國家古籍整理出版專項經費資助項目

〔宋〕范成大 撰
吴企明 校箋

范成大集校箋

一

上海古籍出版社

圖書在版編目(CIP)數據

范成大集校箋 /（宋）范成大撰；吴企明校箋. —
上海：上海古籍出版社，2022.12（2024.5 重印）
（中國古典文學叢書）
ISBN 978-7-5732-0501-8

Ⅰ.①范… Ⅱ.①范… ②吴… Ⅲ.①宋詞—選集②古典散文—散文集—中國—南宋 Ⅳ.①I214.422

中國版本圖書館 CIP 數據核字(2022)第 200591 號

中國古典文學叢書

范成大集校箋

（全五册）

〔宋〕范成大 撰

吴企明 校箋

上海古籍出版社出版發行

（上海市閔行區號景路 159 弄 1-5 號 A 座 5F 郵政編碼 201101）

（1）網址：www.guji.com.cn

（2）E-mail：guji1@guji.com.cn

（3）易文網網址：www.ewen.co

常州市金壇古籍印刷廠印刷

開本 850×1168 1/32 印張 71.625 插頁 27 字數 1,200,000

2022 年 12 月第 1 版 2024 年 5 月第 2 次印刷

印數：1,001—1,600

ISBN 978-7-5732-0501-8

I·3668 平裝定價：280.00 元

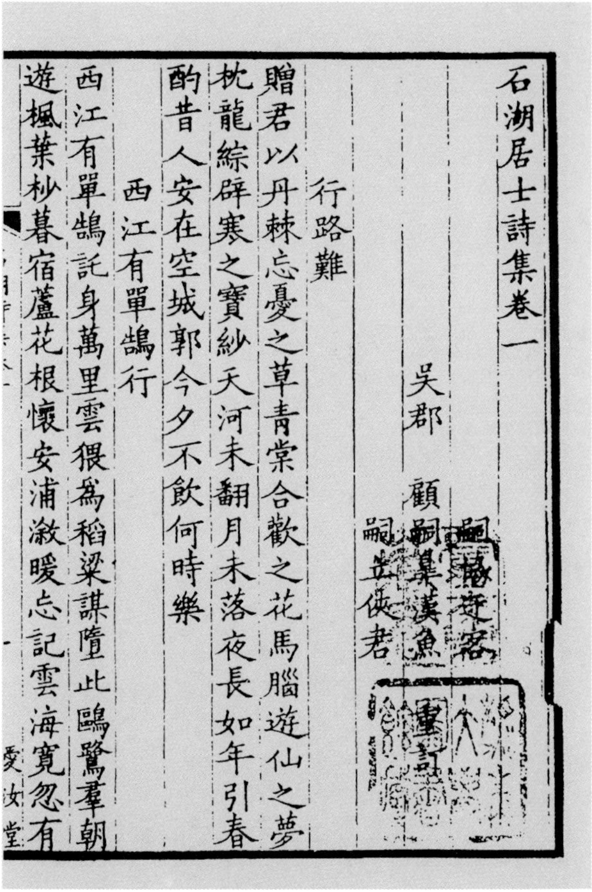
石湖居士詩集卷一

吴郡　顧嗣立俠君

行路難

贈君以丹棘忘憂之草青棠合歡之花馬腦遊仙之夢枕龍綜辟寒之寶紗天河未翻月未落夜長如年引春酌昔人安在空城郭今夕不飲何時樂

西江有單鵠行

西江有單鵠託身萬里雲猥爲稻粱謀墮此鷗鷺羣朝遊楓葉杪暮宿蘆花根懷安浦漵暖忘記雲海寬忽有

《四部叢刊》影印顧嗣立刻本《石湖居士詩集》

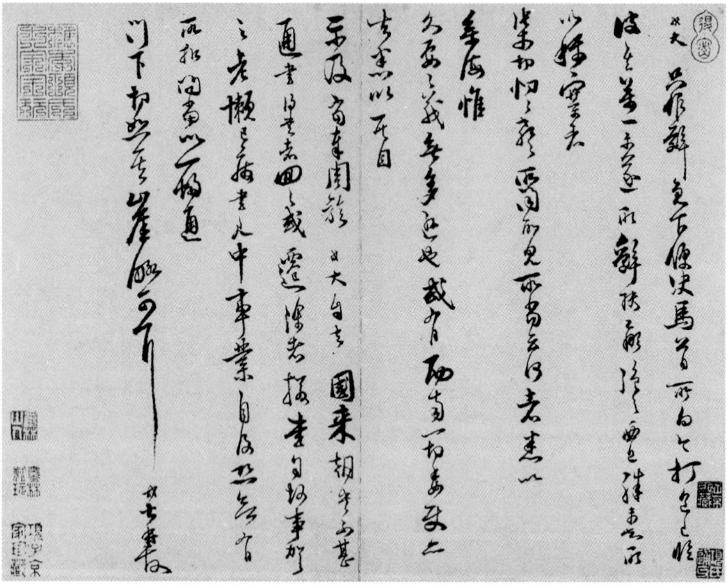

范成大墨迹（《與友人帖》，今藏臺北故宫博物院）

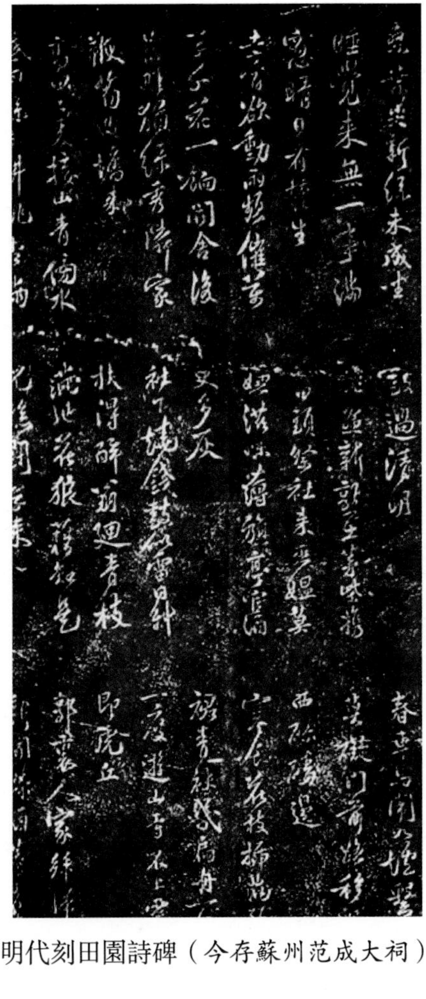

明代刻田園詩碑（今存蘇州范成大祠）

吴企明先生2020年6月攝於蘇州范成大祠

前言

我在整理劉辰翁詞集時，曾經發表過一段感慨：「歷代評論家所以没有重視劉辰翁的創作活動，没有將他放在文學史應有的位置上，與文集的過早散佚和傳世作品多所舛誤有密切關係。」（見劉辰翁詞校注前言）無獨有偶。當我董理鄉賢范成大集，經過六年艱辛勞動，到庚子歲春范成大集校箋即將付梓的時候，我再一次發出類似的感慨：范成大的歷史貢獻和文學成就之被低估，應該説也與他的著作大量散佚和缺乏深入研究有着直接關係。

爲此，筆者下決心盡全力做好范成大集的輯校解讀和研究工作，重新審視范成大的歷史地位，全面評判他的文學創作，與大家一起走近范成大，讀懂他的理想與追求、情感與精神、憂慮與歡樂、奮進與無奈，給予這位名臣、名作家以全新的認識。

一、生平經歷和人格魅力

范成大(一一二六—一一九三),字至能,號此山居士、石湖居士,蘇州吴縣人。生於靖康元年,卒於紹熙四年,享年六十八歲。祖范師尹,贈太子少傅;父范雩,宰相蔡襄孫女婿,潞國公文彦博外孫女婿,宣和六年進士,授江陰教授,紹興十年入爲諸王宫大小學教授,官至校書郎兼玉牒所檢討官,時石湖隨父在杭。石湖自幼聰慧,「年十二,遍讀經史,十四能文詞」(周必大資政殿大學士贈銀青光禄大夫范公成大神道碑,以下略稱周必大神道碑)。十七歲,顯仁皇后自金歸來,石湖獻賦頌,名列前茅。

總觀范成大一生的經歷,可以用四個「十年」來概述。

(一) 讀書十年

紹興十三年(一一四三),范雩卒。十四年起,石湖讀書於崑山薦嚴禪寺,周必大神道碑:「公縈然哀慕,十年不出。」

石湖幼年受父母教誨,勤於學業,很早便掌握了讀書求知的門徑,再經十年閉户讀書,積淀厚重,學養富贍,爲他日後治國理政、詩文創作奠定了堅實的基礎。其間,又參加詩社,結交不少詩友，相與唱酬，開啓了詩歌創作道路。初，石湖并無應舉之念，經父執王葆督勉：「子之先君，期爾禄仕，志可違乎？」（周必大神道碑）遂於紹興二十三年（一一五三）赴建康府漕試，二十四年舉進士，結束了「讀書十年」的生活，開始進入仕途。

（二）京官十年

舉進士後，石湖於紹興二十六（一一五六）至三十年，任徽州司户參軍，這是他進入仕途最初的歷練。從紹興三十二年（一一六二）入行在監太平惠民和劑局開始，到乾道七年（一一七一）罷中書舍人，自西掖回蘇，石湖度過了他的「京官十年」的生活。

隆興元年（一一六三），孝宗修高廟聖政，石湖兼任聖政所檢討官。二年，除樞密院編修官；十二月，試館職，任秘書省正字。乾道元年（一一六五），遷校書郎，兼國史院編修官，又遷著作佐郎。二年二月，爲吏部員外郎，仍兼國史院編修官。三月，爲言者論罷，奉祠歸蘇。乾道三年，起知處州，四年到任，置義役，興水利，民便之。五年（一一六九），召對稱旨，孝宗曰：「卿文學詞翰，宜直禁林。」「不專在内制，正要士人宿直備顧問。」（見周必大神道碑）任禮部員外郎，兼崇政殿説書，并兼國史院編修官、實録院檢討官；本年十二月，爲起居舍人，兼侍講，仍兼實録院檢討官。六年五月，又爲起居郎，秉承孝宗意，假資政殿大學士、左太中大夫、醴泉觀使兼侍講、丹陽郡開國公，充金國祈請國信使使金，求陵寢地及更定受書禮。石湖至金，進國書，與金君臣當廷申辯，詞意慷慨，不畏淫威，抱必死之決心，賦詩以明志：「萬里孤臣致命秋，此身何止一漚浮！提攜漢節同生死，休問羝羊解乳不？」（卷一二會同館）九月，自金還朝，孝宗知其忠節，獎勞之。十月，拜中書舍人。七年（一一七一），自西掖歸吴，出知静江府。

這十年，范成大走過一生中不同尋常的人生歷程。他既受知於朝廷大臣洪邁、陳俊卿等人，更受到孝宗的賞識，入館職，逐步升遷，累官至禮部員外郎、中書舍人，成爲朝廷中近臣。他也没有辜負孝宗的知遇，毅然接受使金重任，經常奏疏或面諫，爲孝宗提出許多治國理政的建議，爲國事作出重要貢獻。

（三）外官十年

自乾道九年（一一七三）赴廣西帥任，到淳熙十年（一一八三）罷知建康府，提舉臨安洞霄宫歸吴，恰恰又是十年。這十年，雖然也曾短暫召回行在，任權禮部尚書僅五月，遷參知政事僅兩月，大部分時間，都在各地任封疆大吏。南至桂林，西至成都，東至明州、建康，對安定邊疆、發展當地經濟作出重大貢獻。

乾道七年，石湖從西掖歸吴待闕；十二月，以集英殿修撰知静江府、廣西經略安撫使；八年十二月始赴任；九年三月，入桂林城接任。他在廣西帥任上，釐鹽政，復官賣法，抑漕司而實郡縣，民不食貴鹽；教練兵勇，團結傜人，靖安邊疆；革除販馬弊政，劾姦吏常恭之罪，取信於邊民。淳熙二年(一一七五),石湖即將離任,還申奏八劄。石湖自桂林帥調任蜀帥,以敷文閣待制、成都府制置使知成都府。到任後,他整訓將士、修飭邊防,抵禦犯邊之敵,罷黜失職官吏;罷和糴、減酒税,體恤民生,發展生産;修繕名勝古迹,保護歷史文化。石湖在成都任上,爲鞏固西部邊境作出重要貢獻。

淳熙四年(一一七七),石湖因病辭蜀帥,召對行在,除權禮部尚書。五年,以禮部尚書知貢舉。四月,拜參知政事,兼權修國史日曆。六月,以言者論罷。七年(一一八〇),知明州,兼沿海制置使。在明州任上有如下重要舉措:一、罷進奉局,罷貢奉海物,還行鋪錢;二、設保甲制,防備海盜;三、抑制蕃舶貿易,杜絶錢幣外流。八年,因石湖「治郡有勞」,除端明殿學士,知建康府,兼行宫留守。四月,抵建康任,恰逢歲旱,奏請移軍儲米二十萬石賑飢民,並請減租税,流徙歸里,措置荒政有力。十年(一一八三),積勞成疾,請辭,除資政殿學士、提舉洞霄宫,返里。石湖仕途生涯至此基本結束。

(四) 退隱十年

自淳熙十年辭官歸里後,石湖一直在蘇養病閑居。其間,朝廷徵召過二次,第一次是淳熙十五年(一一八八)知福州,翌年春赴任,行至婺州,因病力辭奉祠,歸。第二次是紹熙三年(一一九二),加資政殿大學士、知太平州。到任僅一月,愛女卒,哀痛不能自制,遂請納禄,復得洞霄而歸。四年(一一九三)九月五日卒，賜銀青光禄大夫，追封吴郡公，謚文穆，葬吴縣至德鄉上沙祖塋。

范成大一生留心世務，勠力國事，宋光宗曾用「文章德行，師表縉紳」八字(徐自明宋宰輔編年録卷一八引光宗求言詔中語)贊譽。具體説來，他出使金國忠貞愛國，不辱使命，大節凛然，有古大臣之風烈；他立朝輔君主，剛正不阿，屏退不肖，直言敢諫，悉意以陳，有古諍臣之節操；他出守四方，仁民愛物，興利除害，言出必行，有古仁人之風標；他禮賢下士，知人善任，待人接物，寬容大度，有古君子之遺風。范成大以他的人格魅力，贏得衆人贊譽，朝野敬慕。有兩件事，給人留下深刻的印象。他愛護下屬，平和待人，共議國事，唱酬詩咏，與衆人結下深厚友誼。淳熙二年(一一七五)，石湖自桂林移帥成都，幕僚、友人數十人遠道相送，不忍分袂，石湖居士詩集卷一五興安乳洞有上中下三巖妙絶南州率同僚餞别者二十一人遊之：「華裾繡高原，故人紛後陪。……南遊冠平生，已去首猶回。」獨楊商卿父子、譚德稱相送至嘉州，已逾千里。此情此境，感人至深，足見范成大深得人心。石湖入蜀時，見夔峽山路艱險，乃命夔峽守臣四人修治。石湖居士詩集卷一六麻線堆詩序記其事：「余觀峽路，皆未嘗經修，感德賓之事，作麻線堆詩一首，以風夔路使者及歸、峽二州長吏沈、葉、管、熊四君。」吴船録卷下：「(七月甲子)余前入蜀時，亦以江漲不可泝，自此路來，極天下之艱險。乃命峽州守管鑑、歸州守葉默、倅熊浩及夔漕沈作礪，請略修治。」石湖時爲成都府制置使，號令不及峽中，四君乃峽中地方官，而「皆相聽許」，募工修治，以通行旅，這完全是受到范成大「人格魅力」的感召。

二、政治理想和文學創作

清顧沅吴郡名賢圖傳贊評石湖曰：「達於政體，使不辱命。晚歸石湖，怡神養性。」這十六個字難以全面地反映范成大的政治理想及其社會貢獻，更難以探求其文學創作。筆者要論説范成大及其文學創作，唯一可走的正道，便是「回歸文學本位」，借用宋長白的一句話：「當于全集中求之。」（柳亭詩話卷一九「七言警句」條中語）恰好，筆者六年來天天與范成大「見面」，日日走進他的精神世界，我從二千餘首詩詞作品和數百篇文章（輯存之佚文）中，去尋找、去把握、去體認石湖的思想情感、言論行動以及詩文作品的奥秘。

范成大熟讀經書、史傳，系統地接受儒家思想的熏陶，他的政治思想必然以儒家學説爲主導。他的文學創作，也必然是他的政治理想和情感世界在詩文創作中的自然表現。

范成大的政治理想，首先表現在他嚮往堯舜盛世，他在論記注聖語劄子（輯佚卷六）説：「帝者莫盛於堯舜。」次韻郊祀慶成（卷九）詩云：「帝德重堯緒，天心與舜禋。」他期望當今聖上以二典爲理政之準則，論勤政疏（輯佚卷五）云：「今聖主將大有爲，以躡堯舜之迹。」石湖期望群臣都是賢德之人，送郭明復寺丞守蜀州（卷二二）：「去去進明德，後日五四賢。」能輔弼君王實現堯舜之治。送通守林彥强寺丞還朝（卷六）：「只今廣厦論唐虞，斟酌正須醫國手。」他希望林彥强能成爲輔助君王實施堯舜之治的「醫國手」。他自己也以此爲目標，周必大神道碑説他：「洵美范公，心期致主。」指出范成大懷有輔佐君王達到堯舜之治的「心期」，誠如杜甫那樣能「致君堯舜上」（奉贈韋左丞丈二十二韻）。

施行仁政，是石湖政治思想中最爲核心的部分，他歷年所上的奏疏、劄子，主張「仁民固本」、慎刑罰、薄税賦、罷和糴，一切從仁政愛民出發。諸如論邦本疏（輯佚卷五）措置荒政劄子（輯佚卷六），無不表現石湖仁政思想。他出任地方長官，所施行的許多政治舉措，如興水利、釐鹽政、行義役，都是他推行仁政的具體表現。而他的詩歌創作，更是涌現了大量的愛民詩，除代表作四時田園雜興以外，他如「遥憐老農苦」（卷二大暑舟行含山道中雨驟至霆奔龍挂可駭）、「爲國憂元元」（卷一〇與王夷仲檢討祀社）、「東屯平田秔米軟，不到貧人飯甑中」（卷一六夔州竹枝歌九首之六）、「萬隴登禾新霽色」（卷六次韻知郡安撫九日南樓宴集三首之三）、「流渠湯湯聲滿野，今年醉飽鷄豚社」（卷一八初發太城留别田父），憂農之所憂，樂農之所樂，愛民之心，隨處可見。

鋭意進取，建立功業，是歷代儒士的理想，也正是石湖前三個「十年」的行爲準則。他期望自己能建功業於宇宙間，晚集南樓（卷六）：「宇宙勳名無骨相。」江安道中（卷一九）石湖見到韋皋碑，因而唱出「威名功業吾何有」的名句。這時，他剛辭蜀帥離成都，在四川任職三年的功績衆所周知，詩句實際上是他自謙之詞。

南宋前期，外有宋金對峙，内有主和、主戰之紛争，在這一特定歷史背景下，范成大宗儒的政治思想，又有獨特的表現。首先，他維護宋朝權威，堅持抗戰，恢復中原。冬祠太乙六言四首之一（卷九）：「願挽靈旗北指，爲君直擣陰山。」癸水亭落成示坐客長老之記曰癸水繞東城永不見刀兵余作亭於水上其詳具記中（卷一四）：「願挽江流接河漢，爲君直北洗欃槍。」他的愛國思想，在使金時所寫的七十二首詩中，得到充分的表現，而題夫差廟（卷一八）：「千齡只有忠臣恨，化作濤江雪浪堆。」斥責夫差縱敵遺患，爲伍子胥鳴冤，以古諷今，諷刺當時之主和派。

其次，他堅決措置邊防，增强國力，在桂林、成都、明州任職期間，臨民布政，爲鞏固邊疆作出重大貢獻。請措置邊防疏（輯佚卷五）：「内教將兵，外修堡寨，仍講明寨丁，教閲團結之法。」九月十九日衙散回留大將及幕屬飲清心堂觀晚菊分韻得謙暮字（卷一七）：「分弓滴博平，鳴劍伊吾小。君看天山箭，狐兔何足了！開邊吾豈敢，自治有餘巧。」詩咏分兵禦邊患事。石湖言出必行，西南邊境賴以安定。

范成大的政治思想有其複雜性和多變性。他的世界觀固然以儒家爲宗，但也深受佛老思想影響。黄震黄氏日鈔卷六七記：「公喜佛老。」他十五歲時便結識慧舉，平時常與僧徒交往，喜讀佛書，無盡燈後跋（輯佚卷九）説：「念佛三昧，深廣微密。」説佛學深微，很有見識。我不贊同周汝昌先生的説法，他在范石湖集前言中説：「石湖作品，在思想上受釋道兩家的影響較多，常有消極情緒出現，更壞的是有時寫些偈子式的詩，排比禪語，了無意致。」佛老思想在我國歷史文化發展史上，並非一無是處，都是消極的，我們應該對之作出科學的、具體的分析。佛學、道學中的一些哲理，在我國社會發展、文化傳承和文學創作中產生過積極作用。范成大有一篇論孝宗原道辨劄子，黄震日鈔節録云：

原道論一出，則儒術益明，二氏不廢。

黄震另有評語：「此殆公佛學中自有所見。」李心傳建炎以來朝野雜記乙集卷三：

淳熙中，壽皇嘗作原道辨，大略謂三教本不相遠，特所施不同。至其末流，昧者執之，而自爲異耳。以佛修心，以道養生，以儒治世，可也，又何惑焉。

又云：

史公奏曰：「……陛下此文一出，須占十分道理，不可使後世之士議陛下，如陛下之議韓愈也。望陛下稍竄定末章，則善無以加矣。」程泰之時以刑部侍郎侍講席，亦爲上言之，於是易名三教論。

可見，南宋時代，三教合一的思想，已爲君臣共識，石湖的劄子認同這種思想。寄題鹿伯可見一堂（卷二一）：「豈敢避堂邀蓋公。」用漢代蓋公的故事（見漢書曹參傳），意謂用道家「治道貴清静而民自定」的思想來治理政事，正是「三教合一」思想的反映。石湖詩文，特别是晚年養病家居時所作的不少篇章，常用佛老思想修性養生，北山堂開爐夜坐（卷二〇）：「間無雜念惟詩在，老不甘心奈鏡何？八萬四千安樂法，元無秘密可伽陀。」次韻養正元日六言（卷三三）：「渴飲飢餐困睡，是名真學瞿聃。」石湖將禪理、道學與世俗生活結合起來，自我寬慰，不糾纏於虛空、玄幻之理，洵爲「真學」。至於石湖汲取佛學中「六根互通」之説，運用於文藝思想和創作中，詳見下文。以上所説是范成大政治思想複雜性的一面。

范成大的政治思想還有多變性的一面。他前三個「十年」的生活和思想，積極進取，奮發圖强，不顧病骨衰弱，遠道赴任，臨民施政。但是，石湖游宦他鄉，時露羈旅之愁，思鄉之情，重九賞心亭登高（卷二一）：「飲罷此身猶是客，鄉心却附晚潮回。」畫工李友直爲余作冰天桂海二圖冰天畫使北虜渡黄河時桂海畫游佛子巖道中也戲題（卷一四）：「明朝重上歸田奏，更放岷江萬里船。」晚年，他長期在家養病，被衰病所困，不免時有哀嘆之吟，但他在病中仍不廢報國雄心，甲辰人日病中吟六言六首以自嘲之五（卷二三）：「報國丹心何似，夢中抵掌掀髯。」晚年功名灰念，還有生活追求，咏懷自嘲（卷二九）：「日日教澆竹，朝朝遣探梅。園丁應竊笑，猶自説心灰。」因此，説石湖前期思想積極，晚年思想消極，都不免有簡單化的毛病。

三、文藝思想與詩文作品

范成大的詩文創作，前代論家談得比較多的，是他的詩。

范成大是「南宋四大家」之一。楊萬里謝張功父送近詩集：「近代風騷四詩將。」（四人：范石湖、尤梁溪、蕭千巖、陸放翁。）尤袤稱：「温潤有如范致能者乎？痛快有如楊廷秀者乎？高古如蕭東夫，俊逸如陸務觀。是皆自出機杼，亶有可觀者。」（姜夔白石道人詩集自序引）方回跋遂初尤先生尚書詩：「尤、楊、范、陸詩特擅名天下。」其中，方回説最爲流行，因楊萬里比蕭東夫更爲著名。

石湖詩，早年模仿的痕迹比較明顯，如行路難、車遥遥、青青磵上松送致遠入官、夜宴曲（以下共二首效李賀）、樂神曲（以下共四首效王建）。自從他中進士、吏新安，走上仕途以後，既得江山神助，又經社會歷練，詩筆日健，詩藝猛進。他的詩，繼承並發展歷代詩歌創作的優秀傳統，上學詩騷、古今樂府、漢魏風骨，唐取李杜，宋效蘇黄，藝術淵源十分長遠，比較成功地汲取、融合歷代詩歌的藝術風格和表現技巧，卓然自成一家，突破中晚唐和江西詩派詩風的樊籬。

就時代特徵而言，石湖詩兼有唐韻宋調。唐詩重興象，重含蓄，貴氣象渾厚，石湖詩具唐韻者如鄂州南樓（卷一九）：「誰將玉笛弄中秋？黄鶴飛來識舊游。漢樹有情横北渚，蜀江無語抱南樓。燭天燈火三更市，摇月旌旗萬里舟。却笑鱸鄉垂釣手，武昌魚好便淹留！」宋詩重理致，重意趣，貴曲折透脱，石湖詩具宋調者，如題日記（卷四）：「誰言萬事轉頭空，未轉頭時亦夢中。若向夢中尋夢覺，覺來還入大槐宫。」姜宸英唐賢三昧集序：「能以唐自名其家，自放翁、石湖而外，不可多得。」張愻葛莊詩鈔序：「如半山、石湖諸老，誰得以非唐目之？」石湖詩「饒有唐韻」，雖時有宋調，但以唐韻爲主，這是論家共識。

就語言風格而言，石湖詩可以分成兩大類。一類詩真實描寫眼前景物、身邊人事，語言淺俗平易，「羌無故實」、「即目所見」（鍾嶸詩品語），清新自然，如月夜泛舟新塘（卷四）：「溪上清風柳萬重，緑煙無路月朦朧。船頭忽逐回塘轉，一水迢迢却向東。」另一類詩用語典、事典較多，運化前人詩文佳句，傳達自我情思；或則借用歷史人物，比擬自身景况，如中秋無月復次韻（卷八）：「屋山從捲杜陵茅，門徑慵芟仲蔚蒿。澹澹白虹風暈壯，紛紛蒼狗雨雲高。凌空累筯仙無術，半夜撞鐘句謾豪。枵腹題詩將底用？真成兔角與龜毛。」八句詩，連用六典，呈現出石湖詩以學養性的特色。

石湖詩的藝術風格，前人言之多矣。楊萬里標舉「清新」（千巖摘稿序）、尤袤標舉「温潤」（白石道人詩集自序引）、宋濂標舉「宏麗」（答章秀才論詩書）、方回標舉「典雅標致」（曉山烏衣圻南集序）、汪森標舉「豐致」（梅山續稿序）、王昶標舉「清遠」（舟中無事偶作論詩絶句四十六首），諸家各舉一隅。要之，石湖詩清新婉麗，平雅精工，時見杜陵之沈鬱，李、蘇之奔逸，在宋詩壇上獨樹一幟。

就詩歌體格而言，石湖兼工衆體。前代論家較多論説石湖律絶，如劉克莊、方回、賀裳等人。絶句之工者，如冬日田園雜興（卷二七）：「斜日低山片月高，睡餘行藥繞江郊。霜風掃盡千林葉，閒倚筇枝數鸛巢。」澹秀可愛。律詩之工者，如代聖集贈別（卷一）：「一曲悲歌水倒流，尊前何計緩千憂？事如夢斷無尋處，人似春歸挽不留。草色粘天鶗鴂恨，雨聲連曉鷓鴣愁。迢迢緑浦帆飛遠，今夜新晴獨倚樓。」精工雅致。石湖的近體詩，還有一個特徵，即喜寫組詩。絶句動輒連章蟬聯，少則三四首，如臙脂井三首（卷二）、宴坐庵四首（卷二），多則九首十首，如夔州竹枝歌九首（卷一六）、題請息齋六言十首（卷二四），甚至多至六十首，如四時田園雜興。律詩以二三首組詩爲常見，如次韻平江韓子師侍郎見寄三首（卷一四），爲七律組詩。偶而寫出十二首五律組詩，如藻姪比課五言詩已有意趣老懷甚喜因吟病中十二首示之可率昆季賡和勝終日飽閒也（卷二四）。石湖詩情涌動，詩思沛然，一首律絶無法容納許多意象和思緒，所以常常采用組詩的方式，以盡詩興。然而，大家都忽視了石湖的長篇古詩、歌行體詩。石湖既繼承了樂府民歌「感于哀樂，緣事而發」的優良傳統，又發揚元結開創的「即事命篇，無復依倚」的新題樂府和元白、張王等發展的新樂府精神，寫出催租行（卷三）、後催租行（卷五）、刈麥行（卷一一）、勞畬耕（卷一六）、臘月村田樂府（卷三〇）等歌行體詩，表現農民的疾苦和歡樂、田家的生活和習俗，完全可以與四時田園雜興媲美。贈子文雜言（卷七），由三、五、六、七、八、九言句式組成，平仄聲韻交替轉换，靈活自由，淋漓酣暢，便於抒發激越、迭變的思想感情，非常妥切地表現感士不遇的主旨。

石湖除了愛國詩、愛民詩以外，還有幾種題材内容的詩篇值得關注，前代論家還未予以重視。石湖一生「行萬里路」，足迹半天下，寫了大量的紀遊詩，各地的山川勝迹、風土人情，盡在他的詩筆下涌現，與他的紀遊文相呼應，文筆優美，佳作迭現。寫水之勝境，如次韻馬少伊郁舜舉寄示同游石湖詩卷七首之三（卷一一）：「鏡面波光倒碧峰，半湖雲錦萬芙蓉。去年蕩槳香風裏，行傍石橋花正濃。」狀山之奇景，如龍門峽（卷一八）：「插天千丈兩碧城，中有玉塹穿巖扃。瀑流懸布不知數，亂落嵌根飛白雨。瑶琨爲室雲爲關，龍君所居朱夏寒。不辭擊棹更深入，萬一龍驚雷破山。」

石湖酷愛花卉，平生寫下無數咏花詩，梅、蘭、荷、菊、牡丹等常見花卉以外，每見奇花異卉，必有咏唱，在桂林，有紅荳蔻花（卷一四）、燕堂後盧橘一株冬前先開極香（卷一四）。在成都，有寶相花（卷一七）、太平瑞聖花（卷一七）、垂絲海棠（卷一七）；在蘇州，有園丁折花七品各賦一絶（卷二三）、小春海棠來禽（卷二七）。這些詩，描繪各品花卉之形貌、色彩、神態，有時還運用自然審美觀念，賦予它們深厚的人文意蘊，它們是「春」的禮贊，更是「美」的頌歌。

石湖的節令詩特别多，每逢「元日」、「上元」、「清明」、「七夕」、「中秋」、「重九」、「除夕」等節日，他總是感發興會，寫詩以懷人、繪景、述懷、記述節日風物，如甲午除夜猶在桂林念致一弟使虜今夕當宿燕山會同館兄弟南北萬里感悵成詩（卷一四）、丙申元日安福寺禮塔（卷一七）、上元紀吴中節物俳諧體三十二韻等。特别有意思的是，他連綴、綰帶五年之「重九」所作詩詞，憶念萬里遊宦之情思，很感人。丁酉重九藥市呈坐客（卷一七）詩序云：「余於南北西三方，皆走萬里，皆遇重九，每作水調一闋。……今歲倦遊甚矣，不復更和前曲，乃作此詩以自戲。」三年後，他已回家鄉，逢重九日，作水調歌頭（見輯佚卷一，録自周密澄懷録），序云：「始余使虜，是日過燕山館，賦水調，首句云：『萬里漢家使。』後每自和。桂林云：『萬里漢都護。』成都云：『萬里橋邊客。』明年，徘徊藥市，頗嘆倦遊，不復再賦，但有詩云。」兩序相應，說明作「重九」詩詞之緣由。

石湖詞數量不多，石湖詞、石湖詞補遺凡九十一首，本書輯佚卷一輯得十九首，共一百十首。楊長孺石湖詞跋（永樂大典卷二二六六湖字韻）以醉落魄海棠爲「先生最得意者」。黄昇絶妙詞選選石湖眼兒媚萍鄉道中乍晴卧輿中困甚小憩柳塘等數闋。近代論家詹安泰無庵説詞（一九四七年中山大學文學院院刊「文學」）亦以眼兒媚爲石湖小詞之「絶佳者」。可惜，現代諸家中國文學史、詞史，大都没有談到石湖詞，或則雖論及而一筆帶過。

周必大是范成大的密友，他在與范至能參政劄子（周益國文忠公集卷六）中說：「樂府措之花間集中，誰曰不然？」洵爲知言。蓋花間集有「濃而穆」和「淡而穆」之區別，石湖詞恰恰符合「淡而穆」的風格特徵，石湖浣溪沙新安驛席上留别：

送盡残春更出游，風前蹤跡似沙鷗，淺斟低唱小淹留。 月見西樓清夜醉，雨添南浦緑波愁，有人無計戀行舟。

丁丙善本書室藏書志卷四〇：「文穆詩雄一代，詞亦清雅瑩潔。」說的正是這種風格。近人詹安泰無庵説詞也說：「重、拙、大爲作詞三要，固也。然輕清微妙之境界，亦不易到，因此等境界，不容不用意，又不容大著力也。馮正中『風乍起』詞，深得此中三昧。宋詞家惟韓子耕、范石湖有此境。」

其實，石湖詞兼備衆體。水調歌頭燕山九日作、水調歌頭（細數十年事），感激豪宕，可與稼軒詞並駕。念奴嬌（吴波浮動），寫曠達之胸懷，直可與張孝祥念奴嬌過洞庭瀟散出塵之想媲美。滿江紅始生之日丘宗卿使君攜具來爲壽坐中賦詞次韻謝之：「志千里，功名兆。光萬丈，文章耀。」豪情滿懷，置之稼軒集中，後人亦難辨認。又如水龍吟壽留守，頌劉珙功業云：「黄扉紫闥，化鈞高妙，風霆揮掃。漠北寒烟，嶠南和氣，笑談都了。自玉麟歸去，金牛再款，却回首，人間少。」詞尾：「想知心高會，寒霜夜永，儘横參曉。」全詞氣概雄豪。此外，石湖還將田園風光寫入詞中，蝶戀花：「江國多寒農事晚，村北村南，穀雨纔耕遍。秀麥連崗桑葉賤，看看嘗麪收新繭。」如此豐富多彩的題材内容和藝術風格，用眼兒媚一調無論如何難以概括石湖詞的全貌。

石湖文，長期散佚，所以評論文字很少，宋人尚能見到，故周必大曰「文章贍麗清逸」（神道碑），樓鑰曰「文章甚偉」（資政殿大學士通議大夫范成大轉一官致仕制）。宋人有兩則評論，給人的印象極深刻，一爲楊萬里石湖先生大資參政范公文集序：

至於公，訓誥具西漢之爾雅，賦篇有杜牧之之深刻，騷詞得楚人之幽婉，序山水則柳子厚，傳任俠則太史遷。

一爲黄震黄氏日鈔卷六七：

跋語多簡峭可愛，惟漁社圖有韻，梅林集有情，皆長而佳。

其文簡樸無華。

石湖的紀遊文，尤可稱道。石湖有紀行三録（明盧襄合刻於建安書坊），即攬轡録、驂鸞録、吴船録。他記録了自泗州到燕山、自蘇州到桂林、自成都還吴路程中的所見所聞，遊覽了沿途的許多名勝古迹，有不少片段，都是極佳的紀遊文，如驂鸞録（乾道八年十二月十九日）紀遊石林，（九年閏月十四日）紀遊鄰林。又如吴船録（淳熙四年六月）癸巳，紀遊雙溪；（秋七月）戊午，紀遊神女廟；（八月）戊辰，紀遊黄牛峽。而（六月）乙未、丙申紀遊大峨山光相寺一段，尤見精彩：

逡巡，忽雲出巖下，傍谷中，即雷洞山也。雲行，勃如隊仗。既當巖，則少駐。雲頭現大圓光，雜色之暈數重。倚立相對中，有水墨影，若仙聖跨象者。一碗茶頃，光没，而其傍復現一光如前，有頃亦没。雲中復有金光兩道，横射巖腹，人亦謂之小現。日暮，雲物皆散，四山寂然。乙夜，燈出，巖下徧滿，彌望以千百計。夜寒甚，不可久立。丙申。復登巖眺望，巖後岷山萬重，少北則瓦屋山，在雅州，少南則大瓦屋，近南詔，形狀宛然瓦屋一間也。小瓦屋亦有光相，謂之辟支佛現此。諸山之後即西域雪山，崔嵬刻削，凡數十百峰，初日照之，雪色洞明如爛銀晃耀曙光中。此雪自古至今，未嘗消也。山綿延入天竺諸蕃，相去不知幾千里，望之但如在几案間，瑰奇勝絶之觀，真冠平生矣。復詣巖

> 殿致禱，俄氛霧四起，混然一白，僧云銀色世界也。
>
> 有頃，大雨傾注，氛霧辟易。僧云：「洗巖雨也，佛將大現。」兜羅綿雲復布巖下，紛鬱而上，將至巖數丈輒止。雲平如玉地，時雨點有餘飛。俯視巖腹，有大圓光，偃卧平雲之上。外暈三重，每重有青黄紅緑之色。光之正中，虚明凝湛，觀者各自見其形現於虚明之處，毫釐無隱，一如對鏡，舉手動足，影皆隨形而不見傍人。僧云攝身光也。此光既没，前山風起雲馳，風雲之間復出大圓相光，横亘數山，盡諸異色，合集成采。峰巒草木，皆鮮妍絢蒨，不可正視。雲霧既散，而此光獨明，人謂之清現。凡佛光欲現，必先布雲，所謂兜羅綿世界。光相依雲而出，其不依雲，則謂之清現，極難得。
>
> 食頃，光漸移，過山而西。左顧雷洞，山上復出一光，如前而差小，須臾亦飛行過山外，至平野間，轉徙得得，與巖正相值，色狀俱變，遂爲金橋。大略如吴江垂虹，而兩圯各有紫雲捧之。凡自午至未，雲物净盡，謂之收巖，獨金橋現，至酉後始没。

此景奇絶，此文誠爲紀遊美文。明何宇度益部談資卷上：「宋陸務觀、范石湖皆作記妙手，一有入蜀記，一有吴船録，載三峽風物，不異丹青圖畫，讀之躍然。」明陳宏緒吴船録題詞有詳贍的評論，云：

> 范石湖吴船録二卷，自成都至平江數千里，飽歷飫探，具有夙願。其紀大峨八十四盤之奇，與銀色世界兜羅綿雲，攝身清光，現諸異幻，筆端雷轟電掣，如觀戰於昆陽，呼聲動

地，屋瓦振飛也。蜀中名勝不遇石湖，鬼斧神工，亦但施其伎巧耳。豈徒石湖之緣，抑亦山水之遭逢焉。

石湖的紀遊文，與他的許多優美的紀遊詩，相輔相成，構成完美的紀遊文學，成爲石湖詩文作品中一道亮麗的風景綫。

一位作家在創作實踐中不斷地領悟、尋繹出許多藝術見解和文藝主張，而文藝思想又回過頭來指導自己的創作實踐。周而復始，他的文藝思想愈見高明，而創作實踐愈爲猛進。范成大正是這樣一位作家。

范成大並没有專門論述文藝思想的著作或文章，他有不少藝術觀見於他的詩篇和文章中，值得關注的是以下八點。

其一，主張文藝源於生活。這種思想，早年寫的晚集南樓（卷六）「江山得句有神工」，後來的送江朝宗歸括蒼（卷二二）「詩情故崒嵂，袖有天都峰」、「攟拾著錦囊，撫掌夸窮工」，都有充分體現。其二，主張文藝表現生活美，夏夜（卷一）：「儻無詩句子，將奈明月何！」月夜之美，只有用詩表現之。慶充自黃山歸索其道中詩書一絕問之（卷六）：「常日錦囊猶有句，況從三十六峰來。」老友從黃山來，定有詩句將黃山美景描繪出來。其三，重視藝術構思，曉出古巖呈宗偉子文（卷五）「平生癖幽討」、「搜枯尚能句」，搜索枯腸，形容藝術構思十分辛苦。次韻宣州西園二首（卷五）「相公筆力挽回春」，通過藝術構思，詩人詩筆可以回春。其四，主張擴大表現功能。

從二千餘首詩詞，可以看出石湖努力擴大詩歌的表現功能，融抒情、言志、議論、描寫、記述的功能於一體，四時田園雜興六十首，最爲典型。謁南嶽（卷一三）描寫衆山奇狀，記述寺院景物、壁畫，非常細緻。其五，主張運用通感手法。石湖是我國較早地從佛學中領悟到「通感」藝術手法的詩人，耳鳴戲題（卷一四）：「圓通無別法，但自此根修。」晚集南樓（卷六）：「懶拙已成三昧解，此生還證一圓通。」本詩談論詩法，「證圓通」即「六根互用」之通感法。其六，主張融通詩畫。賞雪騎鯨軒子文夜歸酒渴侍兒薦茗飲蜜漿明日以姹同游戲爲書事邀宗偉同作（卷六）：「懸知畫不到，未省詩能說。」真瑞堂前丹桂（卷二一）：「畫不能摹句寫成。」美景畫不成，用詩代替。石湖寫過題畫詩數十首，將畫境轉換成詩境，融通詩畫，洵爲絶妙好詩。其七，變化運用前人技巧，力求創新。落鴻（卷一）「淚濕秋衣不肯乾」，自李賀謝秀才有妾縞練改從於人秀才引留之不得後生感憶座人製詩嘲誚賀復繼四首之四「淚濕紅輪重」句化出，變「紅輪」爲秋衣，變「重」爲不肯乾，語若己出。望金陵行闕（卷二）「靜聽西城打夜濤」，自劉禹錫金陵五題石頭城「潮打空城寂寞回」句化出，從「打」字點化，用「靜聽」點明本意。嘲蚊四十韻（卷二〇），效劉禹錫聚蚊謡，變七言古詩爲五言；變平仄轉韻爲仄聲韻一韻到底；變主旨諷刺官僚爲刺近習竊權。其八，主張博取衆長，自成一家，詳見本節有關石湖詩藝術淵源之論說。

范成大是宋代名臣，是傑出的政治家，他爲宋代的政治、經濟、軍事、文化的發展，作出過重大貢獻。他又是一位著名的詩人、文學家，他詩詞兼善、文備衆體，文學創作能直面人生、思想進步、文筆清峭、風格多樣，爲我們留下了許多優秀作品，是宋文壇上舉足輕重的作家。我們也注意到，范成大在南宋前期激烈的鬭争漩渦中，時有無奈之嘆；晚年衰病閑養，時露頽悵之感，這些因素也明顯地滲透進他的文學創作中。世界觀中的弱點，創作活動的缺憾，成爲他政治生涯和文學創作中的「瑕點」，然而從總體上考察，應是瑕不掩瑜。范成大是我國歷史和文學史上光彩耀眼的瑜玉，他在政治上、文學上所作出的重大貢獻，不可磨滅，將永垂史册。

四、本書校箋工作的六種學術舉措

從實際需要出發，本書校箋工作採用六種學術舉措，即以范注范、多學科並舉、多元化研究方法、强化文學元素、堅持「六字方針」和設置題解，下面分述之。

（一）以范注范

本書整理工作最顯著的一個特徵，便是「以范注范」，這是由范成大文學創作的特性決定的。乾道六年（一一七〇），范成大使金，作攬轡録，逐日記載出京過宋、金分界綫直達燕山的全部過程及其所見所聞，是極爲難得的歷史文化資料。整個過程中，他又作詩七十二首。將詩文參照解讀，可助理解。乾道八年（一一七二），范成大離蘇赴廣西帥任，作驂鸞録，逐日記述途中情况，可以之參讀沿途所作詩，如卷一三與吳興薛士隆使君遊弁山石林先生故居，讀驂鸞録（十二月）十八、十九日記事，可知薛季宣（士隆）、葉夢得（石林）的活動，與詩作相輔。石湖任職桂林後，曾撰寫過一部很重要的著作桂海虞衡志，這部筆記詳細記載以桂林爲中心的廣右地區植物、動物、礦産、土産、工技、巖洞、風俗、氣候、文字等，不啻爲廣右地區的博物志。要讀懂石湖在桂林任職期間所寫的詩，必需用它作注，方能明白原委。離成都帥任還吳時，石湖寫出吳船録，這是他諸記中最爲詳備的一部，保留了許多珍貴的原始資料，如僧繼業到天竺求舍利及貝多葉書的宗教活動，蜀地寺廟中的隋唐繪畫資料，自蜀至吳沿途的自然風光和各地風物。石湖自蜀歸吳寫成的許多詩篇，都可與吳船録比照，如卷一六麻線堆詩，筆者以吳船録卷下（七月）甲子條的記事作注，則詩意與文意互相補充，十分貼切。其餘如詩篇中咏及吳地人物、勝迹、名物、風情，我便以吳郡志之相關部分作注，明確恰當。還有一些頗具地方色彩的詞語，如「盤攤」（卷一七巫山縣）、「灩澦撒髮」（卷一九瞿唐行），不知何意，一般工具書查不到，幸賴吳船録有記載，以此作注，解決了疑難問題。這個舉措，並不一定適合其他作家詩文集的箋釋，但對范成大集而言，却是很合適的。

（二）多學科並舉

范成大自幼熟讀經史諸子、説部別集，酷愛書畫藝術，他的詩文作品，涉及古代哲學、史學、文學、藝術學等多方面的知識。因此，爲石湖集作注，根據實際需要，筆者運用多學科並舉的手段，即運用哲學、史學、文學、藝術學、歷史地理學、文獻學、語言學等多種學科的知識，箋釋、解讀他的詩詞、散文。沈欽韓范石湖詩集注偏重於史學，所以無法全面、周詳地説清石湖詩文的内涵。范成大是南宋時期著名書法家，與張孝祥齊名，並稱「張范」。他寫出十餘篇關於書法的序跋和詩歌，品評十餘位書法家的藝術造詣。他不是畫家，却與繪畫有不解之緣。孔凡禮范成大年譜説他「亦善畫」，依據吴儆平齋記（竹洲集卷一〇）：「石湖文章字畫妙天下。」按，此「字畫」之畫乃筆畫之畫，是品評書法的專用名詞，並不是指繪畫作品。范成大與許多畫家有交往，寫過畫跋畫記五篇、題畫詩五十六首，論及畫家五十餘人。因此，運用書學、畫學知識來詮解他的詩文作品，是理所當然的事。

這裏，我想着重説一説歷史地理學和語言學的問題。石湖詩文中寫到的地名，常用「舊名」，與歷史事件有關，普通史書的地理志中查不到。如卷二五小峨嵋「劉項蝸争鬪靈壁」，寫到劉邦、項羽戰於垓下，即古靈壁地。李吉甫元和郡縣圖志卷九宿州苻離縣有「靈壁故城」，虹縣有「垓下聚」，記劉項争戰事。又如卷一六曉發飛鳥晨霞滿天少頃大雨吴諺云朝霞不出門暮霞行千里驗之信然戲記其事「或加陰石鞭」，語出酈道元水經注卷三七記狼山縣南有陰陽石，居民遇旱則鞭陰石。一般地理書中難以查到。由此觀之，箋注石湖詩文，運用歷史地理學知識十分必要。

石湖詩有兩個明顯的特徵，一類詩語言古奥艱深，用典故較多；一類詩語言通順，多用俗語。因此，箋注石湖詩既要運用語言學中的訓詁知識，又要將常見的俗語注出。我經常既注經史之本文，又注經史之「注」、「疏」，如用莊子語，既注出莊子原文，再附以釋文、疏，以助理解。卷八次韻子文客舍小樓「散盡生涯千答布」，沈氏僅注史記貨殖列傳。按，「答」，史記作「荅」，王引之經義述聞卷二七爾雅中「釋器」，以爲「荅」即「瓻，瓦器」，「千荅布」，即用千瓻糵麴鹽豉换來的貨幣。用訓詁之法，對詩句作解，纔能準確。石湖詩句中的俗語，筆者常用張相詩詞曲語辭匯釋、王鍈詩詞曲語辭例釋、胡樸安俗語典等工具書作注。

（三）多元化的研究方法

爲做好本書的校箋，筆者運用校勘、辨僞、正誤、輯佚、箋注、詮解、作品繫年、品評等多元化的研究方法，並以考證爲核心，解決各類疑難問題。如水龍吟壽留守，孔凡禮以爲此詞他人作，爲成大壽，見范成大年譜淳熙十年譜文。筆者通過考證，依據版本、詞寫秋末景物、劉珙任知建康府的年份、石湖自蜀歸吴年月四點，認定此乃石湖壽劉珙詞，作于淳熙四年。宿義林院（卷二）詩集編於賞心亭再題與荆公墓之間，失當。筆者於新安志卷五考得義林院位於績溪惟新下鄉麟福里，乃鄉間小寺，詩乃作於石湖任新安掾巡檄屬縣時，不應編在崑山讀書、赴建康府漕試諸詩之間。

（四）强化文學元素

在校箋過程中，筆者强調增强校箋的文學性。從校勘層面看，除了重視版本依據外，筆者還運用詩詞韻律作爲依據，校訂文字之是非。園林（卷三〇）顧本「鐵硯磨成雙鬢雪」，誤，因下句末三字爲「一繩牀」，無法形成對偶，當依活字本、叢書堂本、董鈔本、詩淵校改爲「雙雪鬢」。這樣，既合律詩對偶規律，又有版本依據。天平先隴道中時將赴新安掾（卷五）顧本「三年江路旅愁生」，「生」爲下平聲八庚韻，與全詩上平聲十一真韻不叶，而活字本、叢書堂本、董鈔本作「新」，當據改。再從箋注層面看，注詩，特別重視詮解石湖詩中相關的詩史知識、詩人生平、詩歌體式、詩歌技法等。注詞，特別重視詮解石湖詞中有關的詞史知識、詞體特徵、詞人生平、藝術風格、詞作技法等。注文，特別重視石湖文中不同的文體特徵、寫作技法等。如在白玉樓步虛詞六首（卷三一）注中對「步虛詞」作了詳盡詮解；在嶺上紅梅（卷五）注中指出此詩雖爲八句，却非律詩，乃爲古詩，從詩體特徵上加以分析説明。

（五）堅持六字方針

我在校箋辛棄疾詞時，曾在前言中提到「六字方針」，即「取長」、「正誤」、「補闕」。現在，校箋范成大集，我將繼續堅持這六字方針。對前代學者的研究，如沈欽韓的范石湖詩集注、富壽蓀標校的范石湖集、黄畬石湖詞校注、于北山范成大年譜、孔凡禮范成大年譜、孔凡禮范成大佚著輯存等著作，都進行深入考量，作出細緻、審慎的考覈、辨析，分清它們的是與非、得與失、優長與缺失，取其所長、正其所誤、補其所闕。無論是校勘、輯佚、注釋、作品繫年、品評等諸方面，都是如此。

（六）設置「題解」

筆者在每篇作品後設置「題解」一欄，這是我近年來整理、校箋唐宋詩詞集所作的第一次嘗試。

引發我産生設置「題解」想法的主因是「佚文」。收録佚文，必須注明來源出處，版本依據，有些還要加考辨，放在注釋中不合適。所以我吸取前輩學者的經驗，用「題解」來解決問題。「題解」還有其他用途，石湖許多詩文作品，涉及人物、地點、人事背景、文體知識等，都可以在「題解」中作交代。特别是人物首次出現，徵引大量史料考證其生平時，專門在「題解」中作介紹，眉目清楚。其次，「題解」可以將作品繫年、詩人當時的職務、生活地點、作詩緣起等依次交代。再次，石湖與許多詩人有唱酬，次韻詩數量很多，筆者將唱和之作附於「題解」中，便於讀者比照，可以幫助讀者理解石湖詩詞的原意。其四，評論石湖詩文作品的文字不多，不便單獨設立「集評」一欄，筆者便將爲數不多的評論資料，納入「題解」中。總之一切與詩題、文題相關連的信息，統一收納在内。

五、全集整理有五處突破

自從二〇一五年與上海古籍出版社達成整理出版范石湖集的意向後，迭經六度春秋，我終於完成了全書的校箋工作。回顧六年工作，認真審視書稿，與沈欽韓范石湖詩集注、富壽蓀標校范石湖集、黄畬石湖詞校注、于北山范成大年譜、孔凡禮范成大年譜相比，我認爲在校勘、箋注、輯佚、人事交游、評論等五個方面，有新的進展，有所突破，充分體現出筆者對書稿品位和學術質量的執著追求。

（一）校勘

富壽蓀先生校范石湖集，用顧嗣立刻本作底本，參校以黄昌衢刻本、宋詩鈔。校石湖詞，用知不足齋叢書本作底本，參校以彊邨叢書本和全宋詞，寫出校記，列出異文，對原文未加校改，僅標是否。

此次整理，石湖詩集仍以顧本作底本，因爲此本經多次出版，已爲通行本，便於查核。筆者另外選用明弘治十六年金蘭館銅活字印本（以下簡稱「活字本」）、明長洲吴氏叢書堂鈔本（簡稱

「叢書堂本」）、清順治九年董説鈔本（簡稱「董鈔本」）爲校本，又選用明成化元年紫陽書院刻本方回瀛奎律髓所選石湖詩、宋詩鈔、詩淵作爲參校本。這裏，我要特别介紹詩淵。詩淵是一部明人編纂的、規模相當宏大的、專收歷代詩詞的類書，一九八二年書目文獻出版社據北京圖書館藏明稿本影印出版，纔讓這部稀世典籍流布於寰宇，受到學術界廣泛重視。詩淵選録石湖詩九百餘首，數量特别多，占石湖存世詩作的二分之一。其文字與活字本、叢書堂本、董鈔本相同者極多，版本源流比較接近。再者，詩淵成書年代較早，據孔凡禮先生推測，約在明代初年。（詩淵前言：「詩淵在永樂十九年以前即已見書。」「現存永樂大典各韻没有引用詩淵，説明詩淵的編纂約與永樂大典同時代或稍晚些。」）編纂者應該見到過散佚前的范石湖大全集，故極有文獻價值。

經過校勘，筆者發現顧本有不少錯字、漏字，理應據諸本校改，富氏有的已經發現，僅標「是」字，未加校正，有的未發現。漏字如卷二次韻唐子光席上賞梅：「纖手撚香□□公。」叢書堂本、詩淵作「俱惱」，因據補；同卷次韻唐子光教授河豚：「食魚要是□黄粱。」叢書堂本、詩淵作「問」，因據補。錯字如卷一壬辰天申節赴平江錫燕因懷去年以侍臣攝事捧御杯殿上賦二小詩，「天申」顧本誤作「天中」，富氏未發現；卷四送郭季勇同年歸衡山：「何敢吏朱游。」「朱游」顧本誤作「朱浮」，富氏引沈欽韓説，却未改；卷一不寐：「幽田恍澒洞。」「幽田」顧本誤作「丹田」，富氏未發現；卷一九江安道中「有韋皋記功碑。」「韋皋」顧本誤作「韋高」，富已發現，然未改正；卷九次韻郊祠慶成：「天旋鳳曆新。」「鳳曆」顧本誤作「鳳律」，富氏未發現；卷一九夜泊歸州，「歸州」顧本誤作「歸舟」，富氏未發見。其例甚多，不再贅引，讀者可詳見於「校記」。石湖詞之底本、參校本與富氏同，但增加歷代詩餘、陽春白雪、絶妙好詞作參校本。富氏校勘中存在的問題與詩集部分同，可詳見正文「校記」，此不贅述。

佚文輯存，也存在校勘問題，如輯佚卷七春晚晴媚帖，六藝之一録「昨聞知郡中」之「聞知」，上海博物館藏帖、式古堂書畫彙考作「惟知」；「邇者返漁樵」之「邇者」，上博藏帖作「拙者」，均應據改。又如輯佚卷九跋北齊校書圖，輯自李慈銘越縵堂日記，波士頓美術館藏畫、穰梨館過眼録於「尚欠對榻七人」前，尚有「此軸」二字，今據補；「風俗之移久矣」，「移」原作「遺」，亦據之改正。

通過校勘，是正了錯字，補出了缺漏，列出了異文，爲學人提供了一部比較精準的范成大集文本。

（二）箋注

范成大詩、詞，前人有注本，清沈欽韓有范石湖詩集注上、中、下三卷，近人黄畬有石湖詞校注一卷。

沈欽韓（一七七五—一八三一），字文起，號小宛，吴縣木瀆人。嘉慶十二年舉人，官安徽寧國訓導。勤讀苦學，博通經史，旁及諸子百家，著述富贍，有春秋左氏傳補注、漢書疏證、後漢書疏證、三國志補注、水經疏證等，又有韓集補注、蘇文忠詩注補正、王荆公詩集李壁注勘誤補正、王荆公文集注、范石湖詩集注等。

沈欽韓之范石湖詩集注（以下或簡稱「沈注」），有三種版本，我使用續修四庫全書所收録之清光緒潘氏刻功順堂叢書本。要爲石湖詩作注，必先考察沈注的學術價值及其缺點。經過數年的工作，我認定沈注有三大長處，極有利於解讀石湖詩。其一，沈氏長於史學，熟諳左傳、四史，石湖詩所用之史學僻典，他能擷其出處，實是不容易。如卷一七初四日東郊觀麥苗「相將飽喫滹沱飯」，注出後漢書馮異傳；卷二四題請息齋六言十首之三「泣裹難防叔魚」，注出左傳昭公十三年。其二，沈氏熟悉説部，石湖詩中所用説部之典，多能一一擷出。如卷一嘲里人新婚「箜篌細寫歸舟事」，注出逸史；卷六再韻答子文「百年子莫占元緒」，注出劉敬叔異苑；卷二八素羹「合和二物歸藜糝」，注出説苑雜言。其三，沈氏熟悉佛典，石湖詩中之佛語、禪理，都能抉其源。如卷一七密室僡坐「誰家」句，沈氏用翻譯名義集爲注；卷三一浄慈顯老爲衆行化且示近所寫真戲題五絶就作畫贊，他接連注出四個佛典。

沈注的缺點，最主要的是過於簡略，該注而未注的地方實在太多，諸凡人事交游、名物典章、地名勝迹、書畫藝術、詩歌技法、民俗風情、訓詁俗語等，都需要注疏、詮解，人們纔能讀懂石湖詩。這恰恰是筆者需要花大力氣的地方。

其次，有不少詩句，沈注雖注出來源出處，但僅僅一點，很不明確，難明其義。如卷八次韻子文客舍小樓「散盡生涯千筈布」，沈注僅言「史記貨殖傳」，讀者仍無法理解句意；卷二一羔羊齋小池兩涘木芙蓉盛開有懷故園「寒窘令人瘦」，僅云「此用魏志賈逵事」，然三國志魏書賈逵傳未載此事，實見於裴松之注引魏略。

再次，沈注還有不少失誤，如果不加訂正，容易誤導讀者。如卷一五寄題潭帥王樞使佚老堂，沈注王樞使爲王剛中，誤，筆者考訂此潭帥爲王炎；卷二三甲辰人日病中吟六言六首以自嘲「我亦自厭餘生」，沈注以爲出東坡乞常州居住表，誤，實出東坡謝量移汝州表。

其四，沈注運用地理書時序過晚，不當。我國歷代行政區劃多有更易，地名迭變，所以箋注唐宋詩文集，最好使用當時或稍後的地理書。如卷一五鼎河口枕上作，沈氏用一統志注「鼎河口」，可用酈道元水經注卷三七；卷二一香山，沈氏用名勝志注「香山」，可用寶慶四明志；卷二二重九賞心亭，沈氏用明一統志注「賞心亭」，可用景定建康志。

針對沈注的實際情況，筆者充分汲取其優長，又處處審視其注語，有誤則正之，有闕則補之。同時放開手脚，廣泛裒集資料，將它當作無人箋注過的集子做好箋釋工作。

石湖詞，近人黄畬作石湖詞校注，齊魯書社一九八九年出版。黄畬（一九一三—二〇〇七），字經笙，號紉蘭簃主，臺灣淡水人。長期居住在北京，著有歐陽修詞箋注、陽春集校注、山中白雲詞箋等。黄畬先生長於詩詞，校注石湖詞，比較詳明妥貼。筆者工作時，多所借鑑取益，對其不足處，則詳加補充，如水龍吟壽留守，對孔凡禮范成大年譜之異説，未加辨析。筆者在此詞「題解」一欄中考定「留守」即是劉珙，證孔氏之誤。又如蝶戀花「看看嘗麪收新繭」，黄氏用開元天寶遺事「麪繭」條作注，欠當。按此句寫吴地農家喜事，宜以吴郡歲華紀麗之記事爲注。

輯佚部分，大都爲散文，其所涉及的歷史人物、事典語典、名物等在詩詞部分大都已經注釋過，所以，輯佚部分相較於詩詞注釋較少，爲避重複之故也。

（三）輯佚

范成大的作品，散佚甚多，前人述之備矣。最早爲之做輯佚工作的是傅璇琮先生，寫成范成大佚文輯録與繫年（載文學遺産增刊第十一輯），後又作范成大佚文篇目（載楊萬里范成大資料彙編）。二十世紀八十年代初，孔凡禮先生繼續做范成大佚文輯存工作，於一九八三年出版范成大佚著輯存（以下簡稱「孔輯」），書中吸收了傅先生的成果。最後，全宋文出版，范成大佚文部分，吸收了孔氏的成果。于北山先生雖無輯佚專書，但他在范成大年譜中引録過不少范成大佚文，亦足資參考。當我開始從事范文輯佚時，本以爲很容易，只要將孔輯、全宋文的内容編排一下即可。但是，經過一段時間的探索後，我發見「易事」不易，實際上已有的成果還存在問題，必須做好輯考工作，最後纔能將石湖佚文確定下來。其一，現有成果中有些篇目，不是范成大佚文，如孔輯有癸水亭記「癸水繞東城，永不見刀兵」，乃古記中語，見范成大桂海虞衡志雜志。

其二，現存佚文中夾雜他人之文字，輯自於黄震黄氏日鈔卷六七中的佚文，表現最爲突出，如輯佚卷四上折估事奏，孔輯將黄氏之文字與范文連書之，理當將黄震文字從中剥離開來，剔除之；又同卷繳僞會齊仲斷案奏，孔輯將黄氏附加之語亦録入，欠當，亦應剔除之。

其三，爲范文輯佚，亦須校勘，因爲佚文出自不同典籍，文字有異同，很有參考價值，應該列出「校記」，以供學人參考，如輯佚卷三起復新知廬州葉衡可敷文閣待制樞密都承旨制，出永樂大典卷一三四九九，題上原脱「文」字，據宋史職官志二補；又如輯佚卷九跋婺源硯譜，輯自古今事文類聚别集，原文「今其冗塞」之「冗」，據新安志卷一〇引歙硯説改爲「坑」；「數年」，黄震黄氏日鈔作「數十年」近是；原文「牛尾」，據蘇軾鳳咮硯銘改爲「牛後」。餘參上文（一）校勘所談佚文校勘問題。

其四，前人所輯尚有遺漏，筆者從詩淵中輯得佚詩二首，從金程宇美國所藏宋人墨迹䏈録、岳珂寶真齋法書贊、宋會要輯稿、成都文類、歷代名臣奏議、崔敦禮宫教集（永樂大典卷二二六六）、徐璈黄山紀勝、周密癸辛雜識等典籍中，輯得范成大佚文十餘篇，如跋西塞漁社圖、黎州蕃部還納漢口三十九人奏、論文州邊事劄子、暘谷洞題名等。

（四）人事交游

搞好人事交游的研究和箋注，是范成大集整理工作的重中之重。

爲什麽？因爲范成大一生接觸了太多的人。他在崑山讀書時期，與邑中士人、寺院僧人都有交往；到新安作官時，與州郡長官、同僚、當地士人親切相處；在臨安任京官時，他與高、孝、光三位皇帝有密切的過從，與王公大臣、各級官吏，有頻繁的往還；作封疆大吏時，更是與各級官吏、幕府僚屬、當地名士甚至平民百姓有來往。他工詩、善書、喜愛繪畫，與無數詩人唱酬，爲名家法書、名人畫幅題跋、題詩，他還與僧人道士談空有，説神仙，相聚甚洽。所有這些人和事，都是南宋前期歷史的縮影，都與石湖實現政治理想、貫徹文藝思想、實踐文學創作有密切關係。因此，對這些人物作出深入的探索和詳盡的介紹，是研究者的重要任務。沈注在這方面十分簡略，于北山、孔凡禮兩位先生搜集了許多史料，集中體現在兩位先生各自的范成大年譜中，遠遠超過沈注。但仍然有欠缺，他們的工作偏重於歷史人物，所得資料，側重於史料，不够周全。筆者發揮自己的學術長處，充分利用了辛棄疾研究和畫學研究的成果，借助於熟諳吴地文獻和宋代史料筆記的有利條件，盡可能多地爲石湖集中的每位人物裒集相關資料，做好人物交游的研究和箋注。

如卷九次韻李子永雪中長句，于北山范成大年譜僅援宋詩紀事小傳，很簡略，筆者乃據樓鑰攻媿居士文集序、中興以來絶妙詞選「李洪傳」、陸增祥八瓊室金石補正卷一一五般若善知識祠記、景定建康志等資料，對李泳作了全面介紹。又如卷一〇次韻趙德莊吏部休沐，于北山范成大年譜僅引餘干縣志，筆者因補韓元吉直寶文閣趙公墓誌銘、辛棄疾水調歌頭壽趙漕介庵、景定建康志等資料充實之。又如卷二一寶公祈雨感應用陳中公韻賦詩爲謝，陳中公即陳俊卿，于、孔兩譜未及，筆者據宋史本傳、莆陽比事、庶齋老學叢談等典籍，考其生平。

石湖與畫家有交往，如李結、趙師羼等人，于、孔兩譜均未及之，筆者因詳考之。舉李結爲例，卷一〇李次山自畫兩圖其一泛舟湖山之下小女奴坐船頭吹笛其一跨驢渡小橋入深谷各題一絶，李次山即李結，宋代畫史無載，夏文彦圖繪寶鑑補遺僅云：「李結，工山林人物。」筆者因據范成大雪溪漁社圖跋、范成象崑山縣新修學記、全宋詞小傳、范成大吴郡志、咸淳毗陵志等資料，考其生平歷仕，與石湖交游始末。

石湖與僧人有交游，如現老、虎丘範長老、慧舉等人，于、孔兩譜舉其人而一筆帶過，筆者乃盡力裒集資料以舉證。舉慧舉爲例，卷一〇贈舉書記歸雲丘、卷二二送舉老歸廬山、次韻舉老見嘲未歸石湖，舉書記、舉老，即慧舉，筆者乃據樓鑰跋雲丘草堂慧舉詩集、陸游跋雲丘詩集後、寶慶四明志，考知詩僧慧舉乃蘆山普光院僧，善詩，有雲丘詩集。筆者又於范成大題佛日浄慧寺東坡題名（輯佚卷九）文中，考知石湖於十五歲時便與慧舉有交游。

（五）評論

前代論家評論范成大及其文學創作，普遍存在以偏概全的弊病，顧沅吴郡名賢圖傳讚首開其例，後代許多論家，包括現代的蘇州通史、蘇州藝術通史都沿着這一思路立論，没有全面評論他的政治思想和從政業績。對石湖的文學創作，前代論家，多談詩，少談詞與文。談詩，又集中在使金七十二首、四時田園雜興，少談他的數量衆多的愛國、愛民詩。談詞，多談眼兒媚，少談其他風格的詞。這種思想方法，無法正確認識和評價范石湖及其文學創作。

有鑑於此，筆者從事范成大集的校箋和研究，早就抱定全面地、深入地、辯證地評論范成大及其文學創作的決心，努力糾正以偏概全的思想方法。筆者撰寫本書前言，確定「平生經歷與人格魅力」、「政治理想與文學創作」、「文藝思想與詩文作品」三個論題，從三個方面，詳盡論述范成大的人生經歷、人格魅力、政治思想、社會貢獻，詩文創作的藝術特徵和文學價值。我從他的全部作品出發，探索、紬繹，精心論述其政治思想和從政功績，既談他不畏强勢、堅持氣節的愛國精神，也談他興利除弊、減租免税的仁政舉措，又談他重視軍事、鞏固國防的傑出貢獻。精心論述其文學創作，既談他的創作實踐，又論其文藝思想；既談他的詩，又論他的詞與文；既談他愛國、愛民的詩歌内容，又論他的紀遊、節令、咏花詩；既談他的主導風格，也論其多樣風格，目的就是要讓大家全面地、準確地認識范成大的政治思想、政治業績、社會貢獻、詩詞文的藝術特徵及其成就，以便正確地、恰如其分地評價他的歷史地位。

六、結束語

我做范成大集的校箋工作，得到上海古籍出版社領導的關愛，很快確定出版意向，又得到蘇州市委宣傳部的經費資助。工作過程中，責任編輯不厭其煩地提供了多方面的幫助；蘇州大學文學院楊旭輝、趙杏根、蘇州大學出版社史創新、蘇州大學學報編輯部黄建林等同志幫我查找資料，趁着書稿殺青、即將付梓的機會，向衆多的、曾經爲我的箋注工作給予幫助的同志，表示衷心的感謝。整個校箋工作面廣量大，涉及的問題繁多，書稿中定有不少疏忽和誤失，我真誠地期望得到國内外史學、文學界的專家和廣大讀者的諟正。

吴企明

庚子歲初夏識於蘇州西塘北巷蓮花苑寓所

范成大集校箋目録

石湖居士詩集卷二

石湖居士詩集卷三

石湖居士詩集卷四

石湖居士詩集卷五

石湖居士詩集卷六

石湖居士詩集卷七

石湖居士詩集卷八

石湖居士詩集卷九

石湖居士詩集卷十

石湖居士詩集卷十一

石湖居士詩集卷十二

石湖居士詩集卷十三

石湖居士詩集卷十四

石湖居士詩集卷十五

石湖居士詩集卷十六

石湖居士詩集卷十七

石湖居士詩集卷十八

石湖居士詩集卷十九

石湖居士詩集卷二十

石湖居士詩集卷二十一

石湖居士詩集卷二十二

石湖居士詩集卷二十三

石湖居士詩集卷二十四

石湖居士詩集卷二十五

石湖居士詩集卷二十六

石湖居士詩集卷二十七

石湖居士詩集卷二十八

石湖居士詩集卷二十九

石湖居士詩集卷三十

石湖居士詩集卷三十一

石湖居士詩集卷三十二

石湖居士詩集卷三十三

石湖居士詩集卷三十四

附賦

楚辭

石湖詞

石湖詞補遺

范石湖集輯佚卷一　詩　詞

范石湖集輯佚卷二　表

范石湖集輯佚卷三　制

范石湖集輯佚卷四 奏

范石湖集輯佚卷五　疏

范石湖集輯佚卷六　劄子

范石湖集輯佚卷七　書　帖

范石湖集輯佚卷八　啓

范石湖集輯佚卷九　序　跋

范石湖集輯佚卷十　記

范石湖集輯佚卷十一　銘　題名

范石湖集輯佚卷十二　祭文　雜文

附録

石湖居士詩集卷一

行路難

贈君以丹棘忘憂之草〔一〕，青棠合歡之花〔二〕，馬瑙遊仙之夢枕〔三〕，龍綜辟寒之寶紗〔四〕。天河未翻月未落，夜長如年引春酌。昔人安在空城郭〔五〕，今夕不飲何時樂。

【題解】

本詩作年難以確考，要當作於崑山讀書十年期間，是石湖早期的詩歌作品。行路難，樂府古題。吴兢樂府古題要解卷下：「行路難，右備言世路艱難及離别悲傷之意，多以『君不見』爲首。」

【箋注】

〔一〕丹棘忘憂之草：即萱草。萱草，一名諼草，一名宜男，一名丹棘。詩經衛風伯兮：「焉得諼草，言樹之背。」毛傳：「諼草，令人忘憂。」説文：「萱，忘憂草也。」汪灝等廣群芳譜卷四六：

「萱，一名忘憂，一名療愁，一名宜男，一名丹棘。」又引博物志：「神農經曰：中藥養性，謂合歡蠲忿，萱草忘憂。」

〔二〕青棠合歡之花：即合歡花，一名青棠。崔豹古今注卷下：「合歡樹，似梧桐，枝弱葉繁，互相交結，每一風來，輒自相解，了不相絆綴，樹之階庭，使人不忿。嵇康種之舍前。」汪灝等廣群芳譜卷三九：「合歡，一名合昏，一名夜合，一名青棠。」

〔三〕「馬瑙」句：馬瑙，即瑪瑙，寶石，玉髓礦物的一種，用作器皿、裝飾品。西京雜記卷二：「武帝時，身毒國獻連環羈，皆以白玉作之，瑪瑙石爲勒，白光琉璃爲鞍。」杜甫韋諷録事宅觀曹將軍畫馬圖：「内府殷紅馬瑙盤，婕妤傳詔才人索。」遊仙之夢枕：王仁裕開元天寶遺事卷上「遊仙枕」條云：「龜兹國進奉枕一枚，其色如瑪瑙，温温如玉，其製作甚樸素。若枕之，則十洲三島、四海五湖盡在夢中所見。帝因立名爲遊仙枕，後賜與楊國忠。」劉克莊和季弟韻二十首之五：「俗中安得遊仙枕，世上原須使鬼錢。」

〔四〕「龍綜」句：綜，絲縷經綫與緯綫交織曰綜。辟寒，即辟寒金，高似孫緯略卷一〇「辟寒香」條引洞冥記：「魏明帝時，昆明國貢嗽金鳥，飼以真珠，飲以龜腦，常吐金屑如粟。……宫人以鳥吐金飾釵，謂之辟寒金。」全句意謂以辟寒金之絲縷，用龍梭織成寶紗。

〔五〕「昔人」句：搜神後記：「丁令威學道於靈虚山，後化鶴歸遼，集華表柱云：『有鳥有鳥丁令威，去家千年今始歸，城郭如故人民非，何不學仙塚纍纍。』」

西江有單鵠行

西江有單鵠，託身萬里雲。猥爲稻粱謀〔一〕，墮此鷗鷺群。朝遊楓葉杪，暮宿蘆花根。懷安浦漵暖，忘記雲海寬㊀。忽有孤征鴻，驚飛落江濱。眼明見黄鵠，解后傾情真。羽毛雖不同，意氣頗相親。言鵠有六翮，何不高飛翻？水鳥不足群，朝暮徒嘲喧。相將乘風去，一上盤秋旻〔二〕。渴飲顥露滋〔三〕，飢吸晴霞暾〔四〕。方知翅翎俊，可以凌埃塵。東風昨解凍，春光暖如薰。陽鳥當北鄉〔五〕，行止倏已分。儻欲相逐去，關山隔吴秦。兩鳥竟分飛，鳴聲動行人。豈不有歲晚，鴻當復來賓。但愁山海闊，岐路多糾紛。復來失故道，那得相知聞。鴻歸有儔侶，鵠住長悲辛。

【校記】

㊀寬：富校：「黄刻本作『昏』，是。」按，活字本、叢書堂本、董鈔本、詩淵第四册二七四八頁均作「寬」。

【題解】

本詩當作於崑山讀書時期，具體作年難以確考。孔氏定爲紹興二十二年，亦無確據，僅供參考。這首樂府詩題，是范成大自擬的，古樂府中無此題。吴兢樂府古題要解卷上有黃鶴吟，原注：「一曰黃鵠。」雉子斑：「右古詞，中有云：『雉子高飛止，黃鵠飛之以千里。』」石湖即據之以擬題。全詩用比興手法，以鳥喻人。借單鵠，喻己之孤單；借征鴻，喻援己之人。從全詩之詩歌意象和詩境考察，本詩當爲喻指父執王葆督勉自己奮發之往事。王葆，字彦光，崑山人，范成大吴郡志卷二七有傳。于北山范成大年譜紹興十四年譜文云：「父執王葆（彦光）屢加督勉，終以科第進身。」孔凡禮范成大年譜紹興二十二年譜文云：「王葆勉以舉業，當爲是歲事。」吴郡志王葆傳：「成大以早孤廢業，一日呼前，喻勉切至，加以詰責，留之席下，程課甚嚴。未幾亦忝科第。」

【箋注】

〔一〕稻粱謀：以鳥之覓食，喻人之謀生。杜甫同諸公登慈恩寺塔：「黃鵠去不息，哀鳴何所投。君看隨陽雁，各有稻粱謀。」

〔二〕秋旻：即秋天。王逸九思哀歲：「旻天兮清涼，玄氣兮高朗。」

〔三〕顥露：白露。顥，色白貌，説文：「顥，白貌。」

〔四〕「飢吸」句：意謂飢則吸食朝霞。陸游幽居書事二首之一：「赤脚平頭俱遣去，倚牆危坐噏朝暾。」楚辭遠遊：「漱正陽而含朝霞。」王逸章句：「陵陽子明經言春食朝霞。朝霞者，日始欲出，赤黃氣也。」

〔五〕陽鳥：即隨陽雁。尚書禹貢：「彭蠡既猪，陽鳥攸居。」疏：「鴻雁之屬，九月而南，正月而北。……此鳥南北與日進退，隨陽之鳥，故稱陽鳥。」

車遥遥篇

車遥遥，馬憧憧，君遊東山東復東〔一〕，安得奮飛逐西風。願我如星君如月〔二〕，夜夜流光相皎潔。月暫晦，星常明，留明待月復，三五共盈盈。

【題解】

本詩作於崑山讀書十年時期，從全詩模仿痕迹顯露看，當是早年學詩時之作。郭茂倩樂府詩集卷六九雜曲歌辭九有梁車敳車遥遥詩，石湖仿之，原詩云：「車遥遥兮馬洋洋，追思君兮不可忘。君安遊兮西入秦，願將微影隨君身。君在陰兮影不見，君仰日月妾所願。」

【箋注】

〔一〕「君遊」句：自李賀送沈亞之歌「家住錢塘東復東」句化出。

〔二〕「願我」句：自車敳車遥遥「君仰日月妾所願」化出。

放魚行

水落塘枯魚卧陸，小兒抱取不濡足。昂藏赤鯶亦垂頭〔一〕，背負玄鱗三十六〔二〕。

家人滌砧不辭勞，云有素書金錯刀〔三〕。嗟予贖放豈徼福，忍把汝命供吾饕。如今已脱張胡子〔四〕，好上龍門飲湖水〔五〕。不然崛起載飛仙，切莫顛狂稱長史〔六〕。

【題解】

本詩當作於讀書崑山時，然無法推斷具體作年。古樂府中有以「行」命題者，如吴兢樂府古題要解卷下有艷歌行、怨歌行、飲馬長城窟行、君子有所思行等，石湖仿此。

【箋注】

〔一〕昂藏：本指人氣概軒昂，陸機晉平西將軍孝侯周處碑：「汪洋廷闕之傍，昂藏寮寀之上。」這裏借指魚之狀貌。赤鯶：紅色的鯶魚。爾雅釋魚「鯇」，郭璞注：「今鯶魚，似鱒而大。」

〔二〕三十六：段成式酉陽雜俎前集卷一七「廣動植」二：「鯉，脊中鱗一道，每鱗上有小黑點，大小皆三十六鱗。國朝律：取得鯉魚，即宜放，仍不得喫。號赤鯶公，賣者杖六十，言鯉爲李也。」

〔三〕金錯刀：書體名。宣和書譜卷一二：「（李煜）書復喜作顫掣勢，人又目其狀曰金錯刀。」

〔四〕「如今」句：太平廣記卷四六七「張胡子」條：「唐吴郡漁人張胡子，嘗於太湖中釣得一巨魚，腹上有丹書字曰：九登龍門山，三飲太湖水。畢竟不成龍，命負張胡子。」

〔五〕上龍門：藝文類聚卷九六引辛氏三秦記：「河津一名龍門，大魚集龍門下數千，不得上，上者爲龍，不上者（魚），故云曝鰓龍門。」

〔六〕「切莫」句：張旭，唐代書法家，性顛狂，曾任長史。新唐書張旭傳：「旭，蘇州吴人。嗜酒，每大醉，呼叫狂走，乃下筆，或以頭濡墨而書，既醒自視，以爲神，不可復得也，世呼張顛。」

晚步東郊

水墨依林寺，青黄負郭田。斜陽猶滿地，片月早中天。策策鴉飛急〔一〕，冥冥樹影圓。西山元自好，那更著雲煙。

【題解】

本詩作年難以確考，要當作於崑山讀書時期。東郊，指崑山之東郊。

【箋注】

〔一〕策策：象聲詞，韓愈秋懷詩十一首之一：「秋風一披拂，策策鳴不已。」

元夜憶群從

愁裏仍蒿徑，閒中更蓽門。青燈聊自照，濁酒爲誰温？隙月知無夢，窗梅寄斷魂。遥憐好兄弟，飄泊兩江村。

【題解】

本詩作年難以確考。群從，指諸子侄、叔伯兄弟。段成式酉陽雜俎前集卷八：「又成式姑婿裴元裕言：群從中有悦鄰女者，夢女遺二櫻桃，食之。」許逸民注：「群從，謂諸子侄輩，叔伯兄弟。後漢書李固傳：『今梁氏戚爲椒房，禮所不臣，尊以高爵，尚可然也，而子弟群從，榮顯兼加，永平、建初故事，殆不如此。』」本詩云：「遥憐好兄弟，飄泊兩江村。」則所憶者爲叔伯兄弟，諸子侄不在其内。石湖有從兄，成象（至先），伯父之子，至正崑山郡志卷三「進士」：「范成象，至先，雩兄之子，工部郎中。」又有至昌，（本集卷二三至昌爲具賞東軒千葉梅然梅尚未開）、至忠（周必大與龔頤正書中「幸語至忠及三孤」）。石湖有胞弟成績、成己，同住一起，不在憶念之列。

登西樓

少年豪氣合摧鋒〔一〕，青鬢朱顔萬事慵。疇昔四愁無夢到〔二〕，及時一笑有誰供。
詩情飲興如雲薄，草色花光似酒醲。千里春心吟不盡，下樓分付晚煙鐘。

【題解】

本詩作於崑山讀書時期，作年難以確考。

【箋注】

〔一〕摧鋒：摧鋒陷陣之省稱，語出宋書武帝紀：「高祖（劉裕）常被堅執鋭，爲士卒先，每戰輒摧鋒陷陣，賊乃退還浹口。」

〔二〕四愁：指張衡四愁詩，始見於文選卷二七「雜詩」，全詩四章，每章七言七句，反復咏嘆所思之人在遠方，路遥不得追隨，衷情難表。沈德潛古詩源卷二選此詩，評曰：「心煩紆鬱，低徊情深，風騷之變格也，少陵七歌原於此。」

不寐

南風釀卑濕，滑滑病履舄。竟日隱几坐〔一〕，拳局不得適。幽田恍澒洞㊀〔二〕，銀海眩眵黑〔三〕。髀弱類跨鞍〔四〕，臂强如運甓。合體競酸嘶，莫夜輒增極。奏牀不得眠〔五〕，耿耿到明發。黄嬭共住久〔六〕，來夢乃其職〔七〕。睡魔吾故人，曩是不速客。招呼各偃蹇，莫効尺寸力。周公無由來〔八〕，咫尺今古隔。彭尸不得去〔九〕，罡騎無行色〔一〇〕。主客兩愁緒，虚室浪生白。人言老禪師，兩脇不到席。兹事恐未暇，但願了今夕。平生北窗眠〔一一〕，栩栩即聖域〔一二〕。睡僊吾所慕，行步亦鼾息。

【校記】

㈠幽田：原作「丹田」，董鈔本同，活字本「丹」字爲墨丁。叢書堂本作「幽田」，黄庭經至道章有「耳神空閑字幽田」。按，本集卷一四復作耳鳴二首：「珍重幽田爲發揮。」今據叢書堂本、黄庭經改。

【題解】

本詩作於崑山讀書時期，具體作年難以確考。

【箋注】

〔一〕隱几坐：倚着几案而坐。莊子徐無鬼：「南伯子綦隱几而坐，仰天而噓。」

〔二〕幽田：道家認爲是耳神之字，後人又作爲耳的代稱。黄庭經至道章：「耳神空閑字幽田。」澒洞：連續不斷，杜甫自京赴奉先縣詠懷：「憂端齊終南，澒洞不可掇。」本詩上承「耳」字，指聲響連續不斷。此採周小山之説，見古典文獻研究第十二輯范石湖集校正舉隅。

〔三〕銀海：道家認爲是眼的代稱。曾慥類説卷一五引談賓録「玉樓銀海」條云：「東坡作雪詩云：『凍合玉樓寒起粟，光摇銀海眩生花。』後見荆公曰：『道家以兩肩爲玉樓，目爲銀海，是使此事否？』坡退曰：『惟荆公知此出處。』」

〔四〕「髀弱」句：三國志蜀書先主傳裴松之注引九州春秋曰：「備住荆州數年，嘗於表坐起至厠，見髀裏肉生，慨然流涕。還坐，表怪問備。備曰：『吾常生不離鞍，髀肉皆消。今不復騎，髀裏肉生。日月若馳，老將至矣，而功業不建，是以悲耳。』」

〔五〕奏牀：上牀之意。石湖詩集卷一四有宿清湘城外田家：「驅馬力猶彊，奏牀身始疲。」

〔六〕黄嫻：指書卷。蕭繹金樓子雜記卷上：「有人讀書，握卷而輒睡者，梁朝有名士呼書卷爲黄嫻，此蓋見其美神養性如嫻嫗也。」

〔七〕「來夢」句：沈欽韓注引大業拾遺録：「煬帝命韓俊娥爲來夢兒。」詩人僅借用其招來睡夢之意。

〔八〕「周公」句：周公，名姬旦，周文王之子，輔助武王平紂，建周王朝，封于魯。事見史記魯周公世家。論語述而：「子曰：『甚矣吾衰也，久矣吾不復夢見周公！』」石湖詩説「不寐」而無夢，故曰「周公無由來」。

〔九〕彭尸：道家指人之欲望。張讀宣室志：「契虚問棒子曰：『吾向者謁覲真君，真君問我三彭之讎，我不能對。』棒子曰：『夫彭者三尸之姓，常居人身中，伺察功罪，每至庚申日，籍于上帝。故學仙者，當先絶其三尸，如是則神仙可得；不然，雖苦其心，無補也。』」雲笈七籤説得較爲明確，云：「真人云：上尸名彭倨，好寶物；中尸名彭質，好五味；下尸名彭矯，好色慾。」

〔一〇〕罡騎：罡，同「剛」。罡騎，快馬也。

〔一一〕北窗眠：晉書陶潛傳：「高卧北窗，自謂羲皇上人。」

〔三〕聖域：聖人的境界，韓愈進學解：「是二儒者，吐辭爲經，舉足爲法，絶類離倫，優入聖域。」

河豚歎

鰕生藜莧腸〔一〕，食事一飽足。腥腐色所難，況乃衷酖毒。彭亨强名魚〔二〕，殺氣孕慘黷。既非養生具，宜謝砧几酷。吴儂真差事〔三〕，網索不遺育。捐生决下箸，縮手汗童僕。朝來里中子，饞吻不待熟。濃睡唤不譍，已落新鬼録。百年三寸咽，水陸富肴蔌。一物不登俎，未負將軍腹。爲口忘計身，饕死何足哭。作俑者誰歟？至今走末俗。或云先王意，除惡如蓺菽〔四〕。逆梟與毒獍〔五〕，歲歲參幣玉。芟夷入薦羞，蓋欲殲種族。生死有定數，斷命烏可續。適丁是時者，未易一理局。黿鼎子公怒〔六〕，羊羹華元衄〔七〕。異味古所珍，無事苦畏縮。駢頭訌此語，戒諭祇取瀆。聾盲死不悟，明知諒已燭㊀。

【校記】

㊀明知：叢書堂本作「明智」。

【題解】

本詩作於崑山讀書時期。河豚，亦作「河魨」、「鯸鮧魚」、「鯢魚」。段成式酉陽雜俎續集卷八：「鯸鮧魚，肝與子俱毒，食此魚，必食艾，艾能已其毒。江淮人食此，必和艾。」宋唐慎微政和證類本草卷二〇「鯸鮧魚」條引食療本草：「鯸鮧魚，有毒，不可食之。其肝毒殺人，緣腹中無膽，頭中無腮，故知害人。若中此毒及鱸魚毒者，便剉蘆根煮汁飲解之。」又，同書同卷引陳藏器本草拾遺：「鯢魚，肝及子有大毒，入口爛舌，入腹爛腸。肉小毒，人亦食之。煮之不可近鐺，當以物懸之。一名鶘鮧魚。……江海中並有之，海中者大毒，江中者次之。欲收其肝子毒人，則當反被其噬，爲此，人皆不録。唯有橄欖木及魚茗木解之，次用蘆根、烏蓲草根汁解之。」李時珍本草綱目卷四四「河豚」條時珍曰：「豚，言其味美也。侯夷，狀其貌醜也。鯢，謂其體圓也。吹肚、氣包，象嗔脹也。」「今吴越最多。狀如蝌蚪，大者尺餘，其色青黑，有黄縷文，無鱗無腮無膽，腹下白而不光。率以三頭相從爲一部。彼人春月甚珍貴之，尤重其腹腴，呼爲西施乳。」石湖集中寫及河豚者，除此外還有卷二二次韻唐子光教授河豚、卷二七四時田園雜興六十首晚春田園雜興之十一，可參閲。

【箋注】

〔一〕鯫生：淺薄無知的人。史記項羽紀：「（沛公）曰：『鯫生説我曰：距關，無内諸侯，秦地可盡王也。』」集解：「服虔曰：『鯫，音淺鯫，小人貌也。』」又引臣瓚，以鯫爲姓。

〔二〕彭亨：也作「膨亨」、「膨脝」，指腹漲，這裏借指腹大之河豚。詩經大雅蕩：「女炰烋于中國。」毛傳：「炰烋，謂彭亨也。」太平御覽卷七二〇引東魏高湛養生論：「尋常飲食，每令得所，多飡令人彭亨短氣，或致暴疾。」

〔三〕吴儂：猶言吴人，吴人稱己及他人皆曰儂。蘇軾書林逋詩後：「吴儂生長湖山曲。」蘇軾詩集王注次公曰：「吴儂，吴語也，自稱及彼皆曰儂。」

〔四〕蓺菽：種豆。蓺，種植，詩經大雅生民：「蓺之荏菽，荏菽旆旆。」鄭箋：「蓺，樹也。」

〔五〕梟獍：食父母之鳥獸，故曰「逆梟毒獍」。説文：「梟，不孝鳥也。」張華禽經注：「梟在巢，母哺之，羽翼成，啄母目翔去也。」史記孝武本紀：「祠黄帝，用一梟破鏡。」孟康注：「梟，鳥名，食母。破鏡，獸名，食父。」任昉述異記上：「獍之爲獸，狀如虎豹而小，始生，還食其母，故曰梟獍。」

〔六〕「黿鼎」句：用子公故事。左傳宣公四年：「楚人獻黿於鄭靈公。公子宋與子家將見，子公之食指動，以示子家，曰：『他日我如此，必嘗異味。』及入，宰夫將解黿，相視而笑。公問之，子家以告。及食大夫黿，召子公而不與也。子公怒，染指於鼎，嘗之而出。」陸游雜咏園中菓子四首之三：「黿鼎若爲占食指。」即用此典。

〔七〕「羊羹」句：用華元故事。華元，春秋時宋國大夫，宣公二年與鄭戰，戰前殺羊食士，後戰敗被囚，逃歸。左傳宣公二年：「二月壬子，戰於大棘，宋師敗績，囚華元。……將戰，華元殺羊食士。」衄，挫折、失敗。文選曹植求自試表：「流聞東軍失備，師徒小衄。」李善注：「衄，挫折也。」此上兩句，均用左傳典，極爲工巧。

續長恨歌七首

金杯瀲灩曉粧寒，國色天香勝牡丹〔一〕。白鳳詔書來已暮〔二〕，六宮鉛粉半春闌〔三〕。

紫微金屋閉春陽㊀〔四〕，石竹山花却自芳。莫道故情無覓處，領巾猶有隔生香〔五〕。

聞道蓬壺重見時〔六〕，瘦來全不耐風吹。無端却作塵間念，已被仙官聖得知〔七〕。

別後相思夢亦難，東虛雲路海漫漫。仙凡頓隔銀屏影，不似當時取次看。

人似飛花去不歸，蘭昌宮殿幾斜暉〔八〕。百年只有雲容姊，留得當時舊舞衣〔九〕。

驪山六十二高樓，突兀華清最上頭〔一〇〕。玉羽川長湘浦暗，三郎無事更神遊〔一一〕。

帝鄉雲馭若爲留，八景三清好在不〔一二〕？玉笛不隨雙鶴去，人間猶得聽梁州〔一三〕。

【校記】

㊀ 紫微：原作「紫薇」，今據活字本、叢書堂本、董鈔本改。

【題解】

本詩作年難以確考，要當作於崑山讀書時期，因讀白居易長恨歌有感而作本詩。長恨歌，白居易作，叙唐明皇、楊貴妃事。

【箋注】

〔一〕國色天香：李濬松窗雜録：「（大和開成中）會春暮，内殿賞牡丹花，上頗好詩，因問修己曰：『今京邑傳唱牡丹花詩，誰爲首出？』修己對曰：『臣嘗聞公卿間多吟賞中書舍人李正封詩，曰：國色朝酣酒，天香夜染衣。』上聞之，嗟賞移時。」李正封詩本爲形容牡丹花色香奇絶，石湖詩「勝牡丹」，乃以花喻人，喻楊玉環，稱她勝於牡丹。

〔二〕白鳳：白色鳳凰，爲祥瑞之鳥。殷芸小説卷二：「揚雄著太玄經，夢吐白鳳，集於玄上。」白居易賦賦：「掩黄絹之麗藻，吐白鳳之奇姿。」曹唐遊仙詩：「不知今夜游何處，侍從皆騎白鳳凰。」李賀堂堂：「徘徊白鳳隨君王。」則白鳳常在帝王左右。白鳳詔書，此用白鳳銜詔書喻楊玉環事。李隱瀟湘録（商務印書館本説郛卷三三）：「楊貴妃晝寢，驚覺，見簾外有雲氣氤氳，令宮人視之，見白鳳銜書一，有似詔敕，自空而下，立於寢殿前。宮人白貴妃，起而孰視，遂命焚香，親授其書。命宮嬪披讀其文，曰：『敕謫仙子楊氏，爾居玉闕之時，常多傲慢，謫塵寰之後，轉有驕矜，以聲色惑人君，以寵愛庇族屬。内則兼夫人備位，外則使國忠秉權，殊無知過之心，顯有亂時之迹。比當限滿合議復歸，其如罪之更深，法不可貸，專兹告示，且與沉淪，宜令死於人世。』貴妃極惡之，令宮闈間切秘此事，亦不聞於上。其鳳飛去，其書藏於玉匣中，三日後忽失之。」按，同書卷三録無名氏瀟湘録，亦載此事，乃節本，不録。

〔三〕六宮鉛粉：白居易長恨歌：「回眸一笑百媚生，六宮粉黛無顔色。」

〔四〕「紫微」句：紫微，帝王宮殿，歐陽詢藝文類聚卷六二漢李尤德陽殿銘：「皇穹垂象，以示帝王，紫微之則，弘誕彌光。」金屋，用漢武帝金屋藏嬌故事，形容唐明皇寵倖楊貴妃。

〔五〕「領巾」句：此用賀懷智進楊貴妃領巾事，段成式酉陽雜俎卷一：「天寶末，交趾貢龍腦。……時風吹貴妃領巾於賀懷智巾上，良久，回身方落。賀懷智歸，覺滿身香氣非常，乃卸幞頭貯於錦囊中。及上皇復宮闕，追思貴妃不已，懷智乃進所貯幞頭，具奏他日事。上皇發囊，泣曰：『此瑞龍腦香也。』」楊太真外傳亦載此事，實出酉陽雜俎。

〔六〕「聞道」句：道士重見楊貴妃於仙山上，白居易長恨歌詠其事：「忽聞海上有仙山，山在虛無縹緲間。樓閣玲瓏五雲起，其中綽約多仙子。中有一人字太真，雪膚花貌參差是。金闕西廂叩玉扃，轉教小玉報雙成。聞道漢家天子使，九華帳裏夢魂驚。攬衣推枕起徘徊，珠箔銀屏邐迤開。雲鬢半偏新睡覺，花冠不整下堂來。風吹仙袂飄颻舉，猶似霓裳羽衣舞。玉容寂寞淚闌干，梨花一枝春帶雨。」蓬壺，即蓬萊，海上仙山。王嘉拾遺記卷一：「三壺，則海中三山也。一曰方壺，則方丈也。二曰蓬壺，則蓬萊也。三曰瀛壺，則瀛洲也。形如壺器，此三山上廣中狹下方，皆如工制，猶華山之似削成。」

〔七〕聖得知：唐宋俗語。韓愈盆池：「泥盆淺小詎成池，夜半青蛙聖得知。」應劭風俗通義（原文已佚，録自藝文類聚卷二〇）：「聖者，聲也，通也。言其聞聲知性，通於天地，條暢萬物也。」張相詩詞曲語辭匯釋卷六：「此外又有聖得知一語，意猶云神通得知也。……范成大續長恨歌：『無端却作人間念，已被仙官聖得知。』」

〔八〕「蘭昌」句：蘭昌，宮名，在河南福昌縣。新唐書地理志二河南府福昌縣：「西十七里有蘭昌宮。」又云：「有故隋福昌宮。」李賀昌谷詩：「待駕棲鸞老，故宮椒壁圮。」句下原注：「福昌宮在谷東。」

〔九〕「百年」二句：雲容，即張雲容，楊貴妃侍女。太平廣記卷六九載張雲容事，謂唐時士人薛昭過蘭昌宮，遇三女，其一爲張雲容，自言乃楊貴妃侍兒，善舞霓裳羽衣舞。昔年遇申天師，授與絳雪丹一粒，預言服食仙丹後，雖死百年，遇生人交精，便能再生。薛昭如期攜新衣至，張雲容回生，遂同歸金陵。事出傳記。石湖詩意實據張雲容故事寫成。

〔一〇〕驪山、華清：李吉甫元和郡縣圖志卷一：「（京兆府昭應縣）華清宮，在驪山上。開元十一年，初置温泉宮，天寶六年，改爲華清宮。」新唐書地理志一：「（京兆府昭應縣）有宮在驪山下，貞觀十八年置，咸亨二年始名温泉宮。」「六載，更温泉曰華清宮，宮治湯井爲池，環山列宮室，又築羅城，置百司及十宅。」杜牧過華清宮絶句三首之一：「長安迴望繡成堆，山頂千門次第開。」

〔一一〕三郎：指唐玄宗李隆基。李隆基行三（按，唐人行第，依叔伯兄弟排列。獨獨帝王之行第，依同父兄弟排列），人稱「三郎」，明皇亦自稱「三郎」。崔令欽教坊記：「至戲日，上親加策勵，曰：『好好作，莫辱没三郎。』」鄭棨開天傳信記載劉朝霞獻駕幸温泉賦：「遮莫你古時千帝，豈如我今日三郎。」趙翼陔餘叢考卷三七「郎君大相公」條云：「何后稱玄宗爲『三郎』，韋堅唱得寶歌，亦有『三郎當殿坐』之語，優人黄幡綽對玄宗並稱三郎郎當。」

〔二〕八景三清：八景、三清，均爲神仙境界。八景，宋史樂志十五迎奉聖像導引：「洞開霞館法虚晨，八景降飈輪。」曹唐小遊仙詩：「八景風回五鳳車，崑崙山上看桃花。」三清，雲笈七籤卷三道教三洞宗元：「其三清境者，玉清、上清、太清是也，亦名三天。」度人經卷一：「功滿德就，飛昇上清。」李少微注：「按龍蹻經，四梵以上，次有三清，太清十二天，九仙所居；次上清十二天，九真所居；玉清十二天，九聖所居。」

〔三〕「玉笛」二句：用鄭處晦明皇雜録故事。明皇雜録補遺：「其夜，上復與乘月登樓，唯力士及貴妃侍者紅桃在焉。遂命歌涼州詞，貴妃所製，上親御玉笛爲之倚曲。曲罷相睹，無不掩泣。上因廣其曲，今涼州傳於人間者，益加怨切焉。」玉笛隨鶴去，指唐明皇逝世。梁州，曲名，即涼州，鄭棨開天傳信記：「西涼州俗好音樂，新製曲曰涼州。」蘇軾讀開元天寶遺事三首之三：「琵琶絃急衮梁州。」郭茂倩樂府詩集卷七九近代曲辭一録涼州，序云：「樂苑曰：『涼州，宫調曲。開元中，西涼府都督郭知運進。』樂府雜録曰：『梁州曲，本在正宫調中，有大遍小遍。』」馮應榴蘇軾詩集合注卷三引洪容齋隨筆云：「涼州今轉爲梁州，唐人已多誤用，其實從西涼府來也。」涼州曲調極爲怨切，鄭棨開天傳信記曾記載寧王對此曲之評價，云：「曲終，諸王賀，舞蹈稱善，獨寧王不拜。上顧問之，寧王進曰：『此曲雖嘉，臣有聞焉：

夫音者，始於宮，散於商，成於角、徵、羽，莫不根柢囊橐於宮、商也。斯曲也，宮離而少徵，商亂而加暴。臣聞宮，君也；商，臣也。宮不勝則君勢卑，商有餘則臣事僭，卑則逼下，僭則犯上。發於忽微，形於音聲，播於歌詠，見之於人事。臣恐一日有播越之禍，悖逼之患，莫不兆於斯曲也。』上聞之默然。及安史作亂，華夏鼎沸，所以見寧王審音之妙也。」石湖有鑑於歷史教訓，故詩尾作此詠歎。

雷雨鄰舍起龍

雨工避事欲蟠泥〔一〕，帝遣豐隆執以歸〔二〕。連鼓一聲人失箸〔三〕，不知挂壁幾梭飛〔四〕！

【題解】

本詩作年難以確考，要當作於崑山讀書時期。

【箋注】

〔一〕雨工：雨師。李賀神絃曲：「古壁彩虬金貼尾，雨工騎入秋潭水。」李朝威柳毅傳：柳毅過涇陽，見有婦人牧羊於道畔，詢之，知是洞庭龍君之小女。毅曰：「子之牧羊，何所用哉？神祇豈宰殺乎？」女曰：「非羊也，雨工也。」曰：「何爲雨工？」曰：「雷霆之類也。」

〔二〕豐隆：雲師。屈原離騷：「吾令豐隆乘雲兮，求宓妃之所在。」王逸章句：「豐隆，雲師。」

〔三〕人失箸：用劉備故事。三國志吳書先主傳：「先主未出時，獻帝舅車騎將軍董承辭受帝衣帶中密詔，當誅曹公，先主未發。是時曹公從容謂先主曰：『今天下英雄，唯使君與操耳。本初之徒，不足數也。』先主方食，失匕箸。」

〔四〕「不知」句：用陶侃故事。晉書陶侃傳：「侃少時漁於雷澤，網得一織梭，以挂放壁。有頃雷雨，自化爲龍飛去。」

次韻唐致遠雨後喜涼

老陽作氣再三鼓㊀，衰竭之餘不支雨㊁〔一〕。搴旗拔幟掃迹空〔二〕，一點新涼破殘暑。飛蚊薨薨已無奇，蜻蜓翅淨摩天嬉。竹窗日暮轉蕭瑟，喜有促織鳴聲悲。

【校記】

㊀鼓：原作「衰」，活字本、董鈔本同。叢書堂本作「鼓」，富校：「『衰』黄刻本作『鼓』，是。」今據叢書堂本、黄刻本改。

㊁衰：原作「鼓」，活字本、董鈔本同。叢書堂本作「衰」，富校：「『鼓』黄刻本作『衰』，是。」今據叢書堂本、黄刻本改。

【題解】本詩作於崑山讀書時期，具體作年難以確考。唐致遠，即唐子壽，字致遠，崑山人。父唐煇，紹興初，爲禮部侍郎兼侍講。見建炎以來繫年要録卷八七紹興五年三月紀事。致遠於隆興元年中進士，淳祐玉峰志卷中「進士題名」：「隆興元年木待問榜，唐子壽致遠，煇子，朝議大夫。」至正崑山郡志卷三有相同記述。唐致遠爲王葆次女婿，周必大吴郡諸山録：「（乾道丁亥九月）丙午，唐致遠判院來，友之婿也。」唐致遠是石湖在崑山讀書時期的朋友。

【箋注】

〔一〕「老陽」二句：左傳莊公十年：「夫戰，勇氣也，一鼓作氣，再而衰，三而竭。」石湖借用形容太陽威力衰竭，以應題意。

〔二〕搴旗拔幟：李陵答蘇武書：「然猶斬將搴旗，追奔逐北。」

秋日二絶

碧蘆青柳不宜霜，染作滄洲一帶黄。莫把江山誇北客，冷雲寒水更荒涼。

新秋病骨頓成衰，不度溪橋半月來。無事閉門非左計〔一〕，饒渠屐齒上青苔〔二〕。

【題解】

本詩作於崑山讀書時期，具體作年無法確考。

【箋注】

〔一〕左計：辭源釋云：「不恰當的策劃、失策。」書證即引石湖本詩。

〔二〕饒：任也。張相詩詞曲語辭匯釋卷一：「饒（五），猶任也，儘也。假定之辭。凡文筆作開合之勢者，往往用饒字爲曲筆以埶起之。」

窗前木芙蓉

辛苦孤花破小寒，花心應似客心酸。更凴青女留連得〔一〕，未作愁紅怨緑看〔二〕。

【題解】

本詩作年難以確考，約作於崑山讀書時期。木芙蓉，一名木蓮，一名拒霜花，廣群芳譜卷三九「木芙蓉」條自注：「本草云：此花艷如荷花，故有芙蓉、木蓮之名。八九月始開，故名拒霜。」楊萬里戲詠陳氏女剪綵花二絶句拒霜：「染露金風裏，宜霜玉水濱。莫嫌開最晚，元自不争春。」頗得此花之神韻。董説對本詩評價甚高，題上加三圈，全詩加密圈，見董鈔本。

【箋注】

〔一〕青女：神話中的霜雪女神。淮南子天文訓：「至秋三月……青女乃出，以降霜雪。」

〔二〕「未作」句：紅能使人愁，緑能使人怨，寫出色彩的表情功能。李賀黄頭郎：「南浦芙蓉影，愁紅獨自垂。」柳永定風波：「自春來，慘緑愁紅，芳心是事可可。」

嘲里人新婚

冷艷頩容一笑開〔一〕，休將鸞扇更徘徊〔二〕。笠篌細寫歸舟字，彷彿遊仙夢裏來〔三〕。

【題解】

本詩約作於崑山讀書時期，具體作年難以確考。

【箋注】

〔一〕頩容：面貌美好。楚辭遠遊：「玉色頩以脕顔兮，精醇粹而始壯。」注：「面目光澤，以鮮好也。」

〔二〕「休將」句：自王昌齡長信秋詞五首之三「且將團扇共徘徊」句化出。

〔三〕「笠篌」二句：詩意用逸史李生故事。逸史：「（盧生）引李生入北亭，命酌，曰：『兼與公求得佐酒者，頗善箜篌。』須臾，紅燭引一女子至，容色極艷，新聲甚嘉。李生視箜篌上有硃字一行云：『天際識歸舟，雲間辨江樹。』罷酒，二舅曰：『莫願作婚姻否？此人名家，質貌若此。』李生曰：『某安敢？』……其年，往汴州，行軍陸長源以女嫁之。既婚，頗類盧二舅北亭子所睹者。復解箜篌，果有硃書字，視之，『天際』之詩兩句也。李生具説揚州城南盧二舅亭中筵宴事，妻曰：『乍夢見使者云仙官追，一一如公所言。』」箜篌，絃樂器，有多種體制。舊唐書音樂志：「箜篌，漢武帝使樂人侯調所作，以祠太一。或云：侯輝所作，其聲坎坎應節，謂之坎侯，聲訛爲箜篌。或謂師延靡靡樂，非也。舊説依琴制，今按其形，似瑟而小，七絃，用撥彈之，如琵琶。」通典卷一四四：「豎箜篌，胡樂也，漢靈帝好之。體曲而長，二十二絃，豎抱於懷中，用兩手齊奏，俗謂之擘箜篌。」李賀有李憑箜篌引，王琦解：「按箜篌之器不一，有大箜篌、小箜篌、豎箜篌、卧箜篌、首箜篌數種，觀詩中『二十三絲』一語，知憑所彈者，乃豎箜篌也。」

過松江

長虹斗起蛟龍穴，朱碧欄干夜明滅。太湖三萬六千頃〔一〕，多少清風與明月〔二〕？青鵁鶄飛白鷺閒，丹楓未老黃蘆折。誰將橫笛叫蒼煙，無限驚波翻白雪。洞庭林屋舊遊處〔三〕，玉柱金庭路巉絶〔四〕。水仙逢迎摻修袂，問我歸計何當决？去年匹馬兀春寒，今此孤篷窘秋熱。人生意氣得失間，輕重劍頭吹一吷〔五〕。莫將塵土涴朱顏，却待丹砂回白髮。

【題解】

本詩紀述詩人經松江入太湖遊林屋洞之經歷，時當初秋。然作年難以確考。松江，太湖之支流，陸廣微吴地記：「松江，一名松陵，又名笠澤。左傳曰：『越伐吴，禦之笠澤。』其江之源，連接太湖，一江東南流，五十里入小湖；一江東北流，二百六十里入於海；一江西南流，入震澤，此三江之口也。」

【箋注】

〔一〕太湖三萬六千頃：越絶書：「太湖周回三萬六千頃。」朱長文吴郡圖經續記卷中：「太湖，在吴縣南。禹貢謂之震澤，周官、爾雅謂之具區，史記、國語謂之五湖，其實一也。吐納江海，包絡丹陽、義興、吴郡、吴興之境，其所容者大，故以『太』稱焉。」

〔二〕「多少」句：寫盡太湖風光之美，歷代無數詩人描寫太湖「清風」、「明月」之景境。唐王昌齡太湖秋夕：「月明移舟去，夜静魂夢歸。暗覺海風度，蕭蕭聞雁飛。」宋蘇舜欽望太湖：「風煙觸目相招引，聊爲停橈一楚吟。」

〔三〕洞庭林屋：朱長文吴郡圖經續記卷中：「包山，在震澤中，山有林屋洞，昔吴王嘗使靈威丈人入洞穴，十七日不能窮，得靈寶五符以獻，即此洞也。水經注云：『山有洞室，入地潛行，北通琅琊東武，俗謂之洞庭。』石湖詩云洞庭、林屋舊遊處，正指太湖中之包山、林屋洞也。

〔四〕玉柱金庭：乃林屋洞中兩處景點。徐崧、張大純百城烟水卷一「西洞庭」：「自秦家嶺折而南，逾抛壺嶺，爲下方山，稍東爲洞山，林屋洞在焉，直金庭玉柱，爲天帝壇山。」王謇宋平江城坊考卷五「洞庭西山」條云：「道書云：林屋洞是十大洞天之第九洞，一名左神幽虚之洞天，有三門，同會一穴。內有石門，爲隔凡，一名雨洞，一名暘谷。洞向東，更有內洞，中有石室銀房，石鐘石鼓，金庭玉柱，又有白芝隱泉、金沙龍盆、魚乳泉、石燕。」明朱用純洞山：「古今足迹到，玉柱與金庭。」

〔五〕劍頭吹一吷：莊子則陽篇：「夫吹筦者，猶有嗃也；吹劍首者，吷而已。」成玄英疏：「嗃，大聲；吷，小聲。」

過平望

寸碧闖高浪，孤墟明夕陽。水柳摇病緑〔一〕，霜蒲蘸新黄。孤嶼乍舉網，蒼煙忽鳴榔。波明荇葉顫，風熟蘋花香。鷄犬各村落，蓴鱸近江鄉〔二〕。野寺對客起，樓陰濯滄浪。古來離別地，清詩斷人腸。亭前舊時水，還照兩鴛鴦。

【題解】

本詩作年難以確考。石湖在崑山佛寺十載讀書期間，曾數次外出，本詩與長安閘當爲赴杭途中所作，時在秋季。于北山范成大年譜紹興二十年譜文云：「暮春，有臨安之行。」與本詩赴杭之節令不合，當是另一年事。平望，市鎮名，屬吴江。徐崧、張大純百城烟水卷四「吴江」：「平望，去縣南五十里。漢爲松陵鎮，地屬吴縣。唐始設平望驛，以宿信使。……宋高宗建炎二年都臨安，以吴江供給之地稱上縣，設平望巡檢司、巡檢寨。」姚承緒吴趨訪古録卷六「吴江」：「平望，去縣東南四十里，漢爲松陵鎮，唐置驛，築西、南、北三塘以通行旅。宋設巡檢司。元末張士誠據吴江，築土城于此，屬隆平府。其地無高山大陵，一望皆平，故名。」

【箋注】

〔一〕水柳摇病緑：自無名氏西洲曲「海水摇空緑」句化出，取摇緑之意。

〔二〕蓴鱸：吴地的兩種物産。蓴，一作「蒓」，水生植物，多生湖泊中，葉橢圓形，有長柄，浮水中，莖及葉柄有粘液，可作羹。范成大吴郡志卷三〇「土物下」：「蓴，味香滑，尤宜芼魚羹，晉陸機入洛，見王濟，濟指羊酪謂機曰：『吴中何以敵此？』機云：『千里蓴羹，未下鹽豉。』」鱸，魚名，范成大吴郡志卷二九「土物上」：「鱸魚，生松江，尤宜鱠。潔白鬆軟，又不腥，在諸魚之上。江與太湖相接，湖中亦有鱸。俗傳江魚四腮，湖魚止三腮，味輒不及。秋初魚出，吴中好事者競買之，或有遊松江就膾之者。」

長安閘

斗門貯浄練，懸板淙驚雷。黄沙古岸轉，白屋飛檐開〔一〕。是間袤丈許，舳艫蔽川來。千車擁孤隧，萬馬盤一坏。篙尾亂若雨，檣竿束如堆。摧摧勢排軋，洶洶聲喧豗〔二〕。傴仄復傴仄，誰肯少徘徊！傳呼津吏至，弊蓋凌高埃。囁嚅議譏征，叫怒不可裁。吾觀舟中子，一一皆可哀：大爲聲利驅，小者飢寒催。古今共來往，所得隨飛灰。我乃畸於人㈠〔三〕，胡爲乎來哉？

【校記】

㈠畸於：董鈔本作「畸行」，富校：「黄刻本作『羈旅』，宋詩鈔作『畸旅』。」

【題解】

本詩作年參見過平望「題解」。長安閘，沈欽韓引方輿紀要注爲長安鎮，不當。潛説友咸淳臨安志卷三九「水閘」：「鹽官縣，長安三閘，在縣西北二十五里，相傳始於唐。紹聖間鮑提刑累沙羅木爲之，重置斗門二，後壞於兵火。紹聖八年吳運使請易以石埭。紹熙二年，張提舉重修，歲久莫詳諸使者名。凡自下閘九十餘步至中閘，又八十餘步至上閘，蓋由杭而西，水益走下，故置閘以限之。」

【箋注】

〔一〕白屋：普通民居。李賀老夫採玉歌：「村寒白屋念嬌嬰。」漢書吾丘壽王傳：「或由窮巷，起白屋，裂地而封。」王先謙補注：「士以上屋楹方許循等級用采色，庶人則不許，是以謂爲白屋。顔云『以白茅覆屋』，古無其傳也。」元李翀日聞録：「白屋者，庶人屋也。春秋『丹桓宮楹』，非禮也。在禮：楹天子丹，諸侯黝堊，大夫蒼，士黈，黄色也。按此則屋楹循等級用采，庶人則不許，是以謂之白屋也。」

〔二〕喧豗：水相擊之聲。李白蜀道難：「飛湍瀑流争喧豗，砯崖轉石萬壑雷。」王琦注引韻會：「豗，喧也。」

〔三〕畸於人：語出莊子大宗師：「畸人者，畸於人而侔於天。」

榮木 并序

卧病十日，緑陰滿庭，因誦淵明榮木詩。其序曰：「日月推遷，已復有夏，總角聞道，白首無成。」犂然有感〔一〕，乃和其韻。

薰風南來，木榮於茲。木榮幾時㈠？黄落從之。逝其須臾，坐成四時〔二〕。今我不學，殆其已而〔三〕。天旋地遊，日月其根㈡。形息氣徂，不亡者存。去鄉離家，莫肯過門。猗歟先師〔四〕，不我疵陋。褰衣示珠，俾我復舊㈢。自我來歸，十年不富〔五〕。孰蠹孰蟲，惟汝自疚。冉冉榮木，霜華將墜。天黑路長，屹蹶可畏。隸也不力，奚取六驥。脂車着鞭，一息而至〔六〕。

【校記】

㈠ 幾時：詩淵第二册第一一四三頁作「幾何」。

㈡ 日月：活字本、董鈔本「日」下爲空格，叢書堂本、詩淵作「日飛」，近是。

㈢ 俾我復舊：詩淵作「俾復我舊」。

【題解】

本詩作於紹興二十二年（一一五二）五月，與兩木同作於本年五月卧病時。兩木詩序云：「壬申五月。」問天醫賦序：「至紹興壬申，又十三年矣。」均明言本年卧病。

【箋注】

〔一〕犂然：「犂」通「栗」。莊子山木：「木聲與人聲，犂然有當於人之心。」釋文：「司馬云：犂然猶栗然。」

〔二〕坐成：因成。張相詩詞曲語辭匯釋卷四「坐（九）」：「坐，猶因也，爲也。」

〔三〕「今我」二句：語出論語爲政：「子曰：學而不思則罔，思而不學則殆。」

〔四〕猗歟：贊美詞，詩經商頌潛：「猗與漆沮，潛有多魚。」

〔五〕「十年」句：當指薦嚴寺讀書十年。孔凡禮范成大年譜紹興二十二年譜文「作榮木詩」，注云：「此十年，當亦指薦嚴寺十年。」

〔六〕「冉冉榮木」以下八句：孔凡禮范成大年譜紹興二十二年譜文「作榮木詩」，注云：「表示年齡已不算小，征途雖有困難，將加以克服，迎頭趕上。從此，結束十年薦嚴寺生活，轉向舉業宦途。」

兩木 并序

壬申五月，卧病北窗㊀，惟庭柯相對。手植緑橘枇杷，森然出屋，枇杷已著子，橘獨十年不花，各賦一詩。

枇杷昔所嗜，不問甘與酸。黄泥裹餘核，散擲籬落間。春風拆勾萌，樸樕如榛菅。一株獨成長，蒼然齊屋山。去年小試花，瓏瓏犯冰寒。化成黄金彈〔二〕，同登桃李盤。

大鈞播群物〔二〕，斡旋不作難。樹老人何堪，挽鏡覓朱顏㊁。頷髭爾許長，大笑欹巾冠。綠橘生西山〔三〕，得自髯翁家。云此接活根，是歲當著花。俛仰乃十霜，垂蠹紛相遮。芳意竟寂莫，枯枝謾槎牙。風土諒非宜，翁言豈予夸？會令返故山，高深謝污邪。石液滋舊根，山英擢新葩。黄團挂霜實，大如崆峒瓜〔四〕。當有四老人〔五〕，來駐七香車〔六〕。

【校記】

㊀卧病：活字本、叢書堂本、董鈔本均作「病卧」。

㊁挽鏡：富校：「『挽』黄刻本、宋詩鈔作『攬』，是。」活字本、叢書堂本、董鈔本、詩淵第四册二四五二均作「挽鏡」。

【題解】

本詩作於紹興二十二年（一一五二）五月。詩題云「壬申」，即紹興二十二年。時在崑山東禪寺讀書。崑山雜詠録此詩，漏其名，當爲石湖作，諸集本均載，可信。詩淵第四册第二四五二頁亦録本詩。厲鶚宋詩紀事卷四五將本詩列於崑山人陳世守名下，實誤。厲鶚記詩題於「卧病」下有「東禪之」三字，集本無。本年又作問天醫賦，序云：「余幼而氣弱，常慕同隊兒之强壯，生十四年，大病瀕死。至紹興壬申，又十三年矣，疾痛疴癢，無時不有。」與本詩序意合。

【箋注】

〔一〕黄金彈：喻枇杷。宋祁草木雜詠五首枇杷：「樹繁碧玉葉，柯疊黄金丸。」陸游山園屢種楊梅皆不成枇杷一枝獨結實可愛喜作長句：「且從公子拾金丸。」

〔二〕大鈞：指大自然。文選賈誼鵩鳥賦：「大鈞播物兮，坱圠無垠。」如淳曰：「陶者作器於鈞上，此以造化爲大鈞。」應劭曰：「陰陽造化，如鈞之造器也。」

〔三〕緑橘生西山：洞庭西山生橘樹，葉夢得避暑録話卷下：「今吴中橘亦惟洞庭東西兩山最盛。」范成大吴郡志卷三〇「土物」：「緑橘，出洞庭東西山，比常橘特大。」

〔四〕崆峒瓜：王嘉拾遺記卷六：「明帝陰貴人夢食瓜甚美，帝使求諸方國。時燉煌獻異瓜種，恒山獻巨桃核，瓜名『穹隆』，長三尺而形屈曲，味美如飴。父老云：『昔道士從蓬萊山得此瓜，云是崆峒靈瓜，四劫一實，西王母遺於此地，世代遐絶，其實頗在。』」

〔五〕四老人：用橘中四叟故事。牛僧孺玄怪録卷三「巴邛人」：「有巴邛人，不知姓名，家有橘園，因霜後諸橘盡收，餘有兩大橘，如三四斗盎。巴人異之，即令攀摘。輕重亦如常橘，剖開，每橘有二老叟，鬢眉皤然，肌體紅潤，皆相對象戲。……有一叟曰：『……橘中之樂，不減商山。但不得深根固蔕，爲愚人摘下耳。』」

〔六〕七香車：曹操與太尉楊彪書：「今贈足下……畫輪四望通幰七香車一乘。」古樂府：「青牛白馬七香車。」

道中

月冷吟蛩草，湖平宿鷺沙。客愁無錦字，鄉信有燈花〔一〕。蹤跡隨風葉，程途犯斗槎。君看枝上鵲，薄暮亦還家。

【題解】

本詩作年難以確考，詩題僅云「道中」，未知指哪一次外出之紀行詩。

【箋注】

〔一〕「鄉信」句：燈花，燈心餘燼，爆成花形，古人以爲喜兆。西京雜記：「目瞤得酒食，燈火花得錢財。」魚玄機迎李近仁員外：「今日喜時聞喜鵲，昨霄燈下拜燈花。」

落鴻

落鴻聲裏怨關山，淚濕秋衣不肯乾〔一〕。只道一番新雨過，誰知雙袖倚樓寒〔二〕。

【題解】

本詩作年難以確考。

【箋注】

〔一〕「淚濕」句：李白學古思邊：「相思杳如夢，珠淚濕羅衣。」杜甫黄草：「萬里秋風吹錦水，誰家別淚濕羅衣。」李賀謝秀才有妾縞練改從於人秀才引留之不得後生感憶座人製詩嘲誚賀復繼四首之四：「淚濕紅輪重。」

〔二〕「誰知」句：化用杜牧南陵道中：「正是客心孤迥處，誰家紅袖憑江樓。」

題山水横看二首

煙山漠漠水漫漫，老柳知秋渡口寒。盡是西溪腸斷處，憑君將與故人看。

霜入丹楓白葦林，横煙平遠暮江深。君看雁落帆飛處，知我秋風故國心〔一〕。

【題解】

本詩作年難以確考。山水横看，即是山水畫卷。古時山水畫分畫幅和畫卷兩種，本詩便是題詠山水畫卷的詩。

【箋注】

〔一〕故國心：張祜宫詞：「故國三千里，深宫二十年。」杜甫秋興八首之一：「叢菊兩開他日淚，孤舟一繫故園心。」

瑞香花

萬粒叢芳破雪殘，曲房深院閉春寒。紫紫青青雲錦被，百疊薰籠晚不翻〔一〕。酒惡休拈花蕊嗅，花氣醉人醴勝酒。大將香供惱幽禪㊀，恰在蘭枯梅落後。

【校記】

㊀ 大將：詩淵第二册第一一五九頁作「天將」。

【題解】

本詩作年難以確考。或在杭州作。瑞香花，廣群芳譜卷四一「瑞香」：「瑞香一名露甲，一名蓬萊紫，一名風流樹。高者三四尺許，枝榦婆娑，柔條厚葉，四時長青。……冬春之交，開花成簇，長三四分，如丁香狀。共數種，有黄花、紫花、白花、粉紅花、二色花、梅子花、串子花，皆有香。」吕大防瑞香圖序：「瑞香，芳草也。其木高纔數尺，生山坡間，花如丁香，而有黄、紫二種，冬春之交，其花始發，植之庭檻，則芳馨出於户外。」

【箋注】

〔一〕「紫紫」二句：潛説友咸淳臨安志卷五八「花之品」：「瑞香，舊真覺院有此花，東坡詩云『幽香結淺紫，來自孤雲岑。骨香不自知，色淺意殊深』云云。（東坡詩題爲次韻曹子方龍山真覺院瑞香花）今馬塍種最多，大者名錦薰籠。」

讀史

登壇策劉項〔一〕，卧廬料曹孫〔二〕。探懷取事業，一一如印圈。英豪蓋天資，八極入控摶。由來事成毁，只繫手覆翻〔三〕。玉虹朝貫日，劍氣夜燭天。雖欲避功名，何處蟄龍鸞。我生後千載，愚暗難具言。長大但食粟，閔凶不能文。麥豆已難辨，楣棁固不分。抱甕灌圃畦〔四〕，截竿避城門〔五〕。智略類如此，何以超籬藩。龜㓷始神筴〔六〕，木斷方犧尊。朝市有機穽，冠裳或鉗髡。兹事定不暗㊀，吾其老泥蟠。敢云善用短，聊復强自寬。

【校記】

㊀不暗：富校：「『暗』字原脱，據黄刻本補。」今補。按，活字本「暗」字漫漶不清，叢書堂本、詩淵第六册第四二〇〇頁均作「急」。

【題解】

本詩作於崑山讀書時期，具體年月，難以確定。

【箋注】

〔一〕「登壇」句：此用韓信故事。韓信昔日爲項羽屬下，官「郎中」，「數以策干項羽，羽不用」。後來歸劉邦，劉邦聽從蕭何之勸，設將壇拜信爲大將，「登壇」拜將後，乃上禦項之策，助劉邦滅楚。事見史記淮陰侯列傳。

〔二〕「卧廬」句：此用諸葛亮故事。諸葛亮，躬耕隴畝，居南陽茅廬，人稱「卧龍」。劉備三顧茅廬，見之，乃陳三國鼎立之策，勸劉備西入蜀，南聯孫權，北拒曹操。事見三國志蜀書諸葛亮傳。料，料想，預見。

〔三〕「只繫」句：語出杜甫貧交行：「翻手作雲覆手雨，紛紛輕薄何須數。」

〔四〕「抱甕」句：莊子天地：「(子貢)過漢陰，見一丈人方將爲圃畦，鑿隧而入井，抱甕而出灌，搰搰然用力甚多而見功寡。」

〔五〕「截竿」句：邯鄲淳笑林：「魯有執長竿入城門者，初竪執之，不可入；横執之，亦不可入，計無所出。俄有老父至，曰：『吾非聖人，但見事多矣！何不以鋸中截而入？』遂依而截之。」

〔六〕「龜㓦」句：龜㓦，即龜坼，古人以灼龜甲時坼裂的紋理，占卜吉凶。周禮春官占人「卜人占坼」注：「坼，兆亹也。」神筴，神妙之計策，筴，同策，史記留侯世家：「留侯善畫計筴。」

浙江小磯春日

客裏無人共一杯，故園桃李爲誰開？春潮不管天涯恨，更捲西興暮雨來〔一〕。

【題解】

本詩作於紹興二十年（一一五〇）春，于北山范成大年譜紹興二十年譜文云：「暮春，有臨安之行。」浙江，在臨安東南。咸淳臨安志卷三一山川十浙江：「在郡之東南……郭璞曰：在縣東謂之玉山，其水過今建德，合婺溪至富春爲浙江，入於海。」董説很欣賞本詩，於詩題上加三圈，於三、四句旁加密圈，以爲佳句也，見董鈔本。

【箋注】

〔一〕西興：地名，亦名西陵，施宿嘉泰會稽志卷一二：「蕭山縣西興鎮，在縣西十二里。」張淏寶慶會稽續志卷三：「西興鎮，前志云西陵城在蕭山縣西十二里，吴越武肅王以西陵非吉語，遂改曰西興。」蘇軾望海樓晚景五絶之三：「江上秋風晚來急，爲傳鐘鼓到西興。」

代聖集贈別

一曲悲歌水倒流，尊前何計緩千憂？事如夢斷無尋處，人似春歸挽不留。草色粘天鶗鴂恨〔一〕，雨聲連曉鷓鴣愁。迢迢緑浦帆飛遠，今夜新晴獨倚樓。

【題解】本詩作年難以確考。聖集，即趙聖集，于北山范成大年譜紹興二十六年譜文云：「嚴焕時爲州教授，唱酬最多；時友中尚有胡宗偉、林公正、劉慶充、滕子昭、李深之、趙聖集、湯温伯等。」孔凡禮范成大年譜將本詩列在崑山讀書十年中。于北山譜却將趙聖集作爲任徽州司户參軍時結識的友人，比較合理。

【箋注】

〔一〕「草色」句：此用張祜草詩「草色粘天鶗鴂恨」成句。秦觀滿庭芳「山抹微雲，天粘衰草」，亦自張祜詩化出。

二月三日登樓，有懷金陵、宣城諸友

百尺西樓十二欄，日遲花影對人閒。春風已入片時夢〔一〕，寒食從今數日間〔二〕。折柳故情都望斷㊀，落梅新曲與愁關〔三〕。詩成欲訪江南便，千里煙波萬疊山。

【校記】

㊀都：原作「多」，活字本、叢書堂本、董鈔本、詩淵第五册第三五四四頁均作「都」，今據改。

【題解】

本詩作於紹興二十五年（一一五五）春二月三日，寒食節之前。按，石湖於紹興二十三年秋，赴漕試，至金陵；二十四年中舉後去宣城；二十五年春，返回蘇州。

【箋注】

〔一〕「春風」句：自岑參春夢「枕上片時春夢中」句中化出。

〔二〕寒食：節名，宗懔荆楚歲時記：「去冬節一百五日，即有疾風甚雨，謂之寒食，禁火三日，造餳大麥粥。」

〔三〕落梅：即落梅花，又名梅花落，羌族笛曲名。李白與史郎中欽聽黄鶴樓上吹笛：「黄鶴樓中吹玉笛，江城五月落梅花。」段安節樂府雜録笛：「笛，羌樂也。古有落梅花曲，開元中，有李謨獨步於當時，後禄山亂，流落江東。」

寒食郊行書事二首

野店垂楊步〔一〕，荒祠苦竹叢。鷺窺蘆箔水，烏啄紙錢風。媪引濃粧女，兒扶爛醉翁。深村時節好，應爲去年豐。

隴麥欣欣緑，山桃寂寂紅。帆邊漁蓈浪〔二〕，木末酒旗風〔三〕。信步隨芳草，迷途問小童。賞心添脚力，呼渡過溪東。

【題解】

本詩應作於紹興二十五年（一一五五）春，時正自岳家返蘇。于北山范成大年譜紹興二十五年譜文云：「石湖岳家居溧水宣城之間，在此一二年中，曾數次往遊。」本詩與卷五寒食客中有懷、南塘寒食書事等詩，當作於同時。

【箋注】

〔一〕垂楊步：意爲垂楊掩映的船碼頭。步，通「埠」，停船的碼頭。柳宗元永州鐵爐步志：「江之滸，凡舟可縻而上下者曰步。」

〔二〕漁葹：釣魚用的浮子。陸龜蒙奉和襲美吴中書事寄漢南裴尚書：「三泖涼波魚葹動，五茸春草雉媒嬌。」

〔三〕酒旗風：陸龜蒙懷宛陵舊遊：「惟有日斜溪上思，酒旗風影落春流。」杜牧江南春絶句：「千里鶯啼緑映紅，水村山郭酒旗風。」

初夏二首

清晨出郭更登臺，不見餘春只麽回〔一〕。桑葉露枝蠶向老，菜花成莢蝶猶來。

晴絲千尺挽韶光，百舌無聲燕子忙。永日屋頭槐影暗，微風扇裏麥花香。

【題解】

本詩作年難以確考。

【箋注】

〔一〕只麽回：張相詩詞曲語辭匯釋卷三：「只麽，猶云只此或只如此。黄庭堅寄杜家父詩：『閒情欲被春將去，鳥唤花驚只麽回。』言只如此回轉也。」

夏夜

脈脈惜佳夜，泠泠成浩歌。儻無詩句子，將奈月明何！露氣濛花重〔一〕，風聲入樹多。清歡殊未辨，桂影墮江波。

【題解】

本詩作年難以確考。

【箋注】

〔一〕「露氣」句：用杜甫春夜喜雨「花重錦官城」意，變「雨」爲「露氣」。

與時叙、現老納涼池上，時叙誦新詞甚工

會心不在遠，頃步便得之〔一〕。長風吹月來，清影落半池。屋頭見木葉，玲瓏剪琉璃。紅塵絆兩足，大笑兒輩癡。老禪挽我遊，高論方軒眉。潘郎忽鼎來，談詩解人頤〔二〕。晚誦雲髻篇〔三〕，濯濯餘春姿。想見篇中人，清潤如君詩。笑我兩枯木，獨與三冬期。

【題解】

本詩作年難以確考，約當作於崑山讀書十年時期。于北山范成大年譜繫本詩於紹興二十一年，譜文云：「與潘時叙、唐子壽等相唱酬。」然無確據。時叙，即潘時叙，崑山人，寒畯之士，善詩文，石湖盛贊其詩，與之酬唱甚多。現老，薦嚴寺僧。池上，指薦嚴寺後圃池。至正崑山郡志卷一：「東禪寺後圃池上茅亭，吴仁傑取杜詩『可以賦新詩』之句，名曰可賦。范石湖多游息其中。」

【箋注】

〔一〕頃步：當作「頍步」，半步。荀子勸學：「故不積頍步，無以至千里。」楊倞注：「半步曰頍，與跬同。」

〔二〕「潘郎」二句：潘郎，指潘時叙。鼎來，方來。漢書匡衡傳：「諸儒爲之語曰：『無説詩，匡鼎

來。匡說詩，解人頤。』」服虔注：「鼎，方也。」如淳曰：「使人笑而不能止也。」

〔三〕「晚誦」句：雲鬠篇，即潘時叙新作之詩。

林元復輓詩

胸次峥嶸滿貯書，十年名字滿江湖。張公閱世詩千首〔一〕，揚子傳家宅一區〔二〕。謾道春風須得意，那知秋雨不成珠〔三〕。自從雪魄冰魂散，魯國今誰更服儒？

【題解】

本詩作年難以確考，當是崑山讀書時期所作。林元復，是石湖在崑山讀書時期結識的友人，石湖輓詩歎其有才而不得志，哀其謝世。陸友仁中吴舊聞論「林槩」及其子孫，皆衣冠名族，云：「近世儒門之盛，必推林氏云。」林元復當爲其族人。

【箋注】

〔一〕「張公」句：杜牧登池州九峰樓寄張祜：「誰人得似張公子，千首詩輕萬户侯。」張公，指張祜，本詩借以指林元復。

〔二〕「揚子」句：用漢代揚雄故事。漢書揚雄傳：「揚雄字子雲，蜀郡成都人也。……揚季官至廬江太守，漢元鼎間避仇復遡江上，處岷山之陽曰郫，有田一壥，有宅一區，世世以農桑爲業。自季至雄，五世而傳一子，故雄亡它揚於蜀。」

〔三〕「謾道」二句：形容場屋失意，科舉不第。按，春風得意，用孟郊登科夜詩「春風得意馬蹄疾」意。

戲贈少梁

屈膝銅鋪晝掩關〔一〕，薰爐誰伴夕香寒？秋來合有相思字，會待風前片葉看。

【題解】

本詩作於崑山讀書時期，作年難以確考。少梁，即唐少梁，崑山人，與石湖同爲詩社中人。

【箋注】

〔一〕「屈膝」句：語出李賀宮娃歌：「屈膝銅鋪鎖阿甄。」王琦解：「屈膝是門與柱相交處之拳釘，其形折曲若人膝之屈者然，故曰屈膝。」銅鋪，門上獸形銅製飾品，銜門鐶。文選司馬相如長門賦「擠玉户以撼金鋪」，李善注：「金鋪，以金爲鋪首。」吕延濟注：「金鋪，扉上有金花，花中有鈕鐶以貫鎖。」

南徐道中 以下赴金陵漕試作

生憎行路與心違〔一〕，又逐孤帆擘浪飛。吴岫涌雲穿望眼，楚江浮月冷征衣。長歌悲似垂垂淚，短夢紛如草草歸〔二〕。若有一廛供閉户，肯將篋舫换柴扉！

【題解】

本詩作於紹興二十三年（一一五三）。本年秋，石湖赴建康府參加漕試。題下原注：「以下赴金陵漕試作。」建炎以來朝野雜記甲集卷一三「諸路同日解試」條云：「祖宗舊制，諸路州軍科場，並以八月五日鎖院。」金陵爲江東漕司駐地，平江應漕試者，須赴金陵參加考試，解試獲雋者，次年春赴臨安參加禮部試。南徐，即南徐州，唐宋爲潤州，即今江蘇鎮江。顧野王輿地志：「丹徒，南徐州。」（此爲佚文，輯自輿地紀勝卷七）李吉甫元和郡縣圖志卷二五江南道一浙西觀察使潤州：「本春秋吴之朱方邑，始皇改爲丹徒。……晉咸和中，郗鑒自廣陵鎮於此，爲僑徐州理所。昇平二年，徐州刺史北鎮下邳，京口常有留局，後徐州寄理建業，又爲南兖州，後又爲南徐州。」輿地紀勝卷七：「鎮江府，晉元帝渡江，於京口僑置徐、兖二州，宋文帝以南徐州治京口，南兖州治廣陵。」

【箋注】

〔一〕生憎：張相詩詞曲語辭匯釋卷二：「生，甚辭，猶偏也；最也；只也；硬也。盧照鄰長安古意詩：『生憎帳額繡孤鸞，好取門簾貼雙燕。』生憎，猶云偏憎或最憎。」

〔二〕草草：匆匆。王鍈詩詞曲語辭例釋：「草草（一），匆匆，表狀態的形容詞，與通常表示粗率、敷衍的含意有所不同。」

石湖居士詩集卷二

望金陵行闕

聖代規模跨六朝，行宫臺殿壓金鼇〔一〕。三山落日青鸞近〔二〕，雙闕清風紫鳳高。石虎蹲江蟠王氣〔三〕，玉麟涌地鎮神皋。太平不用千尋鎖〔四〕，静聽西城打夜濤〔五〕。

【題解】

本詩作于紹興二十三年（一一五三）秋赴金陵漕試途中。金陵，北宋名江寧府，南宋改建康府。顧野王輿地志：「金陵，右環大江，左枕崇崗，三面據水，以山爲廓，以江爲池，地勢險阻。」（佚文，見重刊江寧府志卷八）建康實録卷一：「建康者，本楚金陵邑，秦改爲秣陵，吴改爲建業。晉愍帝諱業，改爲建康。」石湖遥望金陵行宫，贊其形勝雄偉險要。

【箋注】

〔一〕壓金鼇：語出王建宫詞第一首：「蓬萊正殿壓金鼇。」壓金鼇，用列子湯問典故，古有五神山，山無根，帝「乃命禺彊使巨鼇十五，舉首而載之」。王建因用此典，形容蓬萊正殿的宏偉氣象。

〔二〕三山：金陵有三山，三峰並立，因名，在長江邊上。顧野王輿地志：「三山，周迴四里。大江從西來，勢如建瓴，而此山突出當其衝。有三峰，南北相接，積石森鬱，濱於大江。吴時津戍處也。」（佚文，見讀史方輿紀要卷二〇）李白登金陵鳳凰臺「三山半落青天外」，即此山。景定建康志卷一七：「三山，在城西南三十七里，周迴四里，高二十九丈。」

〔三〕「石虎」句：石虎蹲江，即指石頭城如虎踞江上。顧野王輿地志：「石頭山，即楚金陵邑地，吴晉時，江流山下，最爲險要，其上築城以守之。……諸葛亮嘗駐此，以覩形勢，謂之石頭虎踞，是也。東麓有虎踞關。」（佚文，見江南通志卷一一）六朝事蹟編類卷上：「諸葛亮論金陵地形，云：『鍾阜龍盤，石城虎踞，真帝王之宅。』正謂此也。」

〔四〕「太平」句：此用王濬典故。晉書王濬傳：「太康元年正月，濬發自成都，率巴東監軍、廣武將軍唐彬攻吴丹楊，克之，擒其丹楊監盛紀。吴人於江險磧要害之處，并以鐵鎖横截之，又作鐵錐長丈餘，暗置江中，以逆距船。……濬乃作大筏數十，亦方百餘步，縛草爲人，被甲持杖，令善水者以筏先行，筏遇鐵錐，錐輒著筏去。又作火炬，長十餘丈，大數十圍，灌以麻油，在船前，遇鎖，然炬燒之。須臾，融液斷絶，於是船無所礙。」石湖詩用此典，説明現在太平盛世，不用千尋鎖封絶江面。

〔五〕「静聽」句：自劉禹錫金陵五題石頭城「山圍故國周遭在，潮打空城寂寞回」句化出。

金陵道中

山晚黄羊隨日下，天寒白犢弄風歸。愁挨百轉西州路〔一〕，笑憶沙湖一棹飛〔二〕。

【題解】

本詩作於紹興二十三年（一一五三）秋赴金陵漕試途中。

【箋注】

〔一〕西州路：指金陵之道路。李吉甫元和郡縣圖志卷二五江南道一潤州上元縣：「吴長沙桓王孫策定江東，置揚州於建業，其州廨王敦及王導所創也。後會稽王道子於東府城領州，故亦號此爲西州。」蘇軾遊東西巖：「慟哭西州門。」王注次公曰：「西州門，學者多未曉，在江寧府。以府有東府城，城中有揚州廨，而揚州在府西，故時人號爲東府、西州，而東府城之西門，謂之西州門。見寰宇記。」

〔二〕沙湖：金陵無沙湖，此乃蘇州之湖名。詩云「笑憶」蓋回憶赴漕試時路過沙湖乘船而行之情景。沙湖，在蘇州婁門東。姑蘇志卷一〇「至和塘」條：「其西，自郡城婁門東行，經沙湖，又東入夷亭，諸水或南或北并東入吴淞江。」

曉行 官塘驛

篝燈驛吏喚人行，寥落星河向五更。馬上誰驚千里夢，石頭岡下小車聲〔一〕。

【題解】

本詩作於紹興二十三年（一一五三），赴建康府漕試宿官塘驛晨起作。

【箋注】

〔一〕石頭岡：即石子岡，在金陵城南十五里。景定建康志卷一七：「石子岡，一名石子墩，在城南十五里，長二十里，高一十八丈，吴志云：諸葛恪爲孫峻所害，投之於此岡。……輿地志：宋大明中起迎風觀於其上。舊經云：俗説此岡多細花石，故名石子岡。」沈欽韓注引輿地紀勝：「石子岡，寰宇記云：在江寧縣南十五里。」辛棄疾一剪梅遊蔣山呈葉丞相：「白石岡頭曲岸西」，亦即石子岡。

秦淮

不將行李試問關〔一〕，誰信江湖道路難。腸斷秦淮三百曲〔二〕，船頭終日見方山〔一〕。

【題解】

本詩作於紹興二十三年（一一五三）秋，時正赴建康府漕試。秦淮，水名。沈欽韓注：「秦始皇所鑿，故名秦淮，在江寧府上元縣治東南三里。」惜無書證。按，太平御覽卷六五引輿地志：「秦始皇巡會稽，鑿斷山阜，此淮即所鑿也，亦名秦淮。」孫盛晉春秋亦云：「是秦所鑿。王導令郭璞筮，即此淮也。又稱未至方山，有直瀆行三十許里，以地形論之，淮發源詰屈，不類人功，則始皇所掘，宜此瀆也。」景定建康志卷一八：「秦淮，舊傳秦始皇時，望氣者言五百年後，金陵有天子氣，於是東游以厭當之。乃鑿方山，斷長壟，爲瀆入於江，故曰秦淮。」

【箋注】

〔一〕行李：猶行旅。杜甫贈蘇四徯：「別離已五年，尚在行李中。」間關：道路崎嶇難行。漢書王莽傳：「（王邑）間關至漸臺。」注：「間關，猶言崎嶇展轉也。」

〔二〕秦淮三百曲：謂秦淮河曲折多彎道，太平御覽卷六五引輿地志稱秦淮「縈迂京邑之内」，晉春秋説它「詰屈」，石湖則用「三百曲」形容之。

〔三〕方山：太平寰宇記卷九〇：「方山，在（上元）縣東南五十里，周迴二十里，高一百一十六丈，其山四面等方孤絶。」又引顧野王輿地志云：「湖熟西北有方山，頂方正，上有池水。」

重九獨登賞心亭

誰教佳節滯天涯？强展愁眉管物華。每歲有詩題白雁〔一〕，今年無酒對黄花。悠悠造化占斜日，草草登臨記落霞〔二〕。宇宙此身元是客〔三〕，不須彈鋏更思家〔四〕。

【題解】

本詩作於紹興二十三年（一一五三）重陽日。賞心亭，人稱金陵第一勝概。在建康下水門城上，遺址在今南京水西門。景定建康志卷二二：「賞心亭，在下水門之城上，下臨秦淮，盡觀覽之勝，丁晉公謂建。」文瑩湘山野録卷上：「金陵賞心亭，丁晉公出鎮日重建也。秦淮絶致，清在軒檻，取家篋所寶袁安卧雪圖張於亭之屏，乃唐周昉絶筆。」

【箋注】

〔一〕「每歲」句：彭乘續墨客揮犀卷七「白雁至則霜降」條云：「北方有白雁，似雁而小，色白，秋深則來，白雁至則霜降，河北人謂之霜信。杜甫詩云：『舊國霜前白雁來。』即此也。」

〔二〕草草：匆匆意，已見卷一南徐道中注。

〔三〕「宇宙」句：李白春夜宴從弟桃花園序：「夫天地者萬物之逆旅也，光陰者百代之過客也。」石湖句由此化出。

〔四〕彈鋏：用戰國時齊人馮諼故事。戰國策齊策：「齊人有馮諼者，貧困不能自存。使人屬孟嘗君，願寄食門下。……居有頃，倚柱彈其劍，歌曰：『長鋏歸來乎，食無魚。』左右以告，孟嘗君曰：『食之，比門下之客。』居有頃，復彈其鋏，歌曰：『長鋏歸來乎，出無車。』左右皆笑之，以告，孟嘗君曰：『爲之駕，比門下之車客。』……後有頃，復彈其劍鋏，歌曰：『長鋏歸來乎，無以爲家。』……孟嘗君使人給其食用，使無乏。」

賞心亭再題

天險東南重，兵雄百二尊〔一〕。拂雲千雉繞〔二〕，截水萬崖奔。赤日吴波動，蒼煙楚樹昏。向無形勝地，何以控乾坤？

【題解】

本詩作於紹興二十三年（一一五三），與上首同時作。董説評本詩：「似杜老雄壯。」詩題上加雙圈，全詩字傍加密圈。

【箋注】

〔一〕百二尊：山河險固之地。周書賀蘭祥傳：「天鑑有周，世篤英聖。遂廓洪基，奄荒萬寓。固則神皋西嶽，險則百二猶在。」

〔二〕「拂雲」句：形容金陵城墻雄偉。雉，計算城墻面積的單位，左傳隱公元年：「都城過百雉，國之害也。」杜預注：「方丈曰堵，三堵爲雉。一雉之墻長三丈，高一丈。」

宿義林院

暝氣昏如雨，禪房冷似冰。竹間東嶺月，松杪上方燈。鷺鶿盤金刹〔一〕，流螢拂玉繩〔二〕。明朝窮脚力，連夜斬崖藤。

【題解】

本詩作於任職新安掾時期，即紹興二十六年至三十年間（一一五六—一一六〇），具體作年難以確考。按，義林院，在徽州績溪縣，新安志卷五僧寺：「義林院，在惟新下鄉麟福里，天禧三年建。」此乃鄉間小寺，與詩境合。

【箋注】

〔一〕金刹：佛塔之別稱，法華經授記品：「起七寶塔，長標金刹。」

〔二〕玉繩：星名。張衡西京賦：「上飛闥而仰眺，正睹瑶光與玉繩。」李善注：「春秋元命苞曰：『玉衡北兩星爲玉繩。』」

荊公墓二首

百歲誰人巧拙？一丘底處虧成。半世青苗法意〔一〕，當年雪竹詩情〔二〕。

本意治功徙木，何心黨禍揚塵。報讎豈教行劫，作俑翻成害仁〔三〕。

【題解】

本詩作於紹興二十三年（一一五三）時正赴建康府漕試，乘閒上荊公墳。荊公墓，即王安石墓，在金陵半山寺後。沈欽韓范石湖詩集注卷上引一統志爲注。潛説友景定建康志卷四三風土志諸墓：「王舒王墓，在半山寺後。」周煇清波雜志卷一二：「王荊公墓在建康蔣山東三里，與其子雱分昭穆而葬。」「一日，因報謁於清涼寺，（吕吉甫）問孫：『曾上荊公墳否？』蓋當時士大夫道金陵，未有不上荊公墳者。」孔凡禮范成大年譜紹興二十三年譜文：「吊王安石墓。」附注：「于安石有微詞。」

【箋注】

〔一〕青苗法：亦稱「常平新法」，王安石創新法之一。青黄不接之時，官貸錢與民，正月放而夏斂，五月放而秋斂，納息二分。民間稱爲青苗錢，參見宋史食貨志四。

〔二〕雪竹詩情：魏泰臨漢隱居詩話：「熙寧庚戌冬，王荊公安石自參知政事拜相。是日，官僚造門奔賀者相屬於路，公以未謝，皆不見之。獨與余坐於西廡之小閣，荆公語次，忽顰蹙久之，取筆書窗曰：『霜筠雪竹鍾山寺，投老歸歟寄此生。』放筆揖余而入。元豐己未，公已謝事，爲會靈館使，居金陵白下門外。余謁公，公欣然邀余同遊鍾山，憩法雲寺，偶坐於僧房。是時，雖無霜雪，而虚窗松竹皆如詩中之景。余因述昔日題窗，并誦此詩，公憮然曰：『有是乎？』頷首微笑而已。」

〔三〕「作俑」句：孟子梁惠王上：「仲尼曰：『始作俑者，其無後乎！』」始作俑者，開始用俑作殉葬的人，比喻惡劣先例的開創者。害仁，語出論語衛靈公：「子曰：『志士仁人，無求生以害仁。』」

十月朔客建業，不得與兄弟上冢之列，悲感成詩

歲已看成暮，身今未得歸。風塵孤淚盡，霜露寸心違〔一〕。南磵新流水，西山舊落暉。煙松應好在，宿草定成非。逝水方東去，浮雲浪北飛。危魂先自斷，不待更沾衣。

【題解】

本詩作於紹興二十三年（一一五三）十月，時正參加漕試，客居建業，因不能與兄弟上冢，悲感

而作本詩。

【箋注】

〔一〕寸心：晉葛洪抱朴子嘉遯：「方寸之心，制之在我，不可放之於流遁也。」杜甫偶見：「文章千古事，得失寸心知。」

白鷺亭

倦遊客舍不勝閒，日日清江見倚闌。少待西風吹雨過，更從二水看淮山〔一〕。

【題解】

本詩作於紹興二十三年（一一五三），赴建康府漕試，居建康有時，故稱「倦遊客舍」。白鷺亭，金陵勝迹，沈欽韓注引明一統志。按，景定建康志卷二二「亭軒」云：「白鷺亭，接賞心亭之西，下瞰白鷺洲，杜間有東坡留題。景定元年，馬光祖重建。……李白鳳凰臺詩有『二水中分白鷺洲』之句，亭對此洲，故名。」方輿勝覽卷一四江東路建康府：「白鷺亭在府城上，與賞心亭相接，下瞰白鷺洲。」

【箋注】

〔一〕二水：史正志二水亭記：「秦淮源出句容、溧水兩山，自方山合流，至建業貫城中而西，以達於江，有洲横截其間，李白所謂『二水中分白鷺洲』是也。」

臙脂井三首

昭光殿下起樓臺，拚得山河付酒杯。春色已從金井去，月華空上石頭來〔一〕。

午醉醒來一夢非，忽忽玉樹逐春歸〔二〕。臙脂却作千年計，不似愁魂四散飛。

腰支旅拒更神遊〔三〕，桃葉山前水自流。三十六書都莫恨〔四〕，煩將歌舞過揚州〔五〕。

【題解】

本詩作於紹興二十三年（一一五三），赴建康府漕試時。乘閒遊古迹臙脂井有感，乃賦本詩。臙脂井，又名景陽井，在金陵景陽樓下。景定建康志卷一九：「景陽井，一名胭脂井，又名辱井，在臺城内。陳末後主與張麗華、孔貴嬪投其中，以避隋兵。其井有石欄，多題字，舊傳云：欄有石脈，以帛拭之，作胭脂痕，或云，石脈色類胭脂。」張麗華，南朝陳後主妃，隋兵入陳，與後主自投宫内景陽井中，爲隋軍搜出，被殺，其傳附陳書後主沈皇后傳。

【箋注】

〔一〕「月華」句：石頭，即石頭城，句意從劉禹錫金陵五題石頭城「淮水東邊舊時月，夜深還過女墻來」翻出。石頭城，指六朝古都金陵。景定建康志卷一七：「後漢建安十六年，吴孫權乃加修理，改名石頭城，用貯軍糧器械，今清涼寺西是也。……六朝記云：吴孫權沿淮立栅，又於江岸必争之地築城，名曰石頭，常以腹心大臣鎮守之。今石城故基，乃楊行密稍遷近南，夾淮帶江，以盡地利，其形勢與長干山連接。」

〔二〕玉樹：玉樹後庭花之略稱，南朝樂府，陳後主叔寶作。隋書樂志：「（陳後主）於清樂中造黄驪留及玉樹後庭花、金釵兩臂垂等曲，與幸臣等製其歌詞，綺艷相高，極於輕蕩，男女唱和，其音甚哀。」陳後主耽於聲色，陳朝不久滅亡，後人因視玉樹後庭花爲亡國之音。杜牧泊秦淮：「商女不知亡國恨，隔江猶唱後庭花。」

〔三〕旅拒：沈欽韓注兩説，一説旅拒作旅距，見後漢書馬援傳。按後漢書馬援傳：「若大姓侵小民，黠羌欲旅距，此乃太守之事也。」注：「不從之貌。」有聚衆抗拒之意。此説與石湖詩意不合。一説旅拒作吕鉅，見莊子列禦寇。按，列禦寇：「一命而吕鉅。」沈引釋文：「吕鉅，矯貌。」沈氏引釋文，並非準確解説，郭慶藩莊子集釋引郭嵩燾曰：「釋文：吕鉅，矯貌。疑此不當爲矯。方言：㕧、吕，長也；東齊曰㕧，宋魯曰吕。説文：鉅，大剛也，亦通作巨，大也。吕鉅，謂自高大，當爲矜張之意。云矯，非也。」當從郭説。

〔四〕三十六書：大業拾遺録：「煬帝夢見陳後主，語云：『三十六封書，使人悵悵！』」沈欽韓注：「前人莫解何謂，蓋隋兵渡江警書，爲張貴妃所沈閣者。」

〔五〕「煩將」句：意謂陳朝荒淫失國，隋朝統治者並没有從中吸取歷史教訓，隋煬帝在揚州建造「迷宫」等奢侈宫殿，迷戀奢華生活，結果也因荒淫而亡國。「煩將歌舞過揚州」，是説將陳朝的歌舞帶到揚州來，讓隋代帝王享用。詩意從李商隱隋宫「地下若逢陳後主，豈宜重問後庭花」中化出。

秦淮 并序

自金陵復泛秦淮，宛轉數百曲。世傳始皇東巡，自江乘渡，望氣者以爲金陵有天子氣〔一〕，乃鑿長岡引潮水入焉，號曰秦淮。逶迤屈曲，不類人功，故又傳爲龍所開也。

祖龍驅群龍〔二〕，疏此萬丈溝。雨工戀故棲〔三〕，十步九回頭。至今秦淮曲，蜿若春蛇遊。舟師厭回互，歎息倚柁樓。維昔東巡初，八極圍寸眸。天端有佳氣，鬱鬱東南浮。卜云當興王，在後五百秋。叱咤召六丁〔四〕，慘淡風雲愁。鑿渠斷地脉，自謂神與謀。乾坤有端倪，已露不可收。大帝開吴天〔五〕，定鼎臨江陬。融融秣陵日〔六〕，始照十二斿〔七〕。經營暨六代，兹地稱神州。乃知曆數定，昧者徒私憂。兹事故老傳，未知信然不？姑置勿重陳，作詩歎遲留。

【題解】

本詩作於紹興二十四年（一一五四），本詩列於「九月三日宿胥口始聞雁」之前，又與二十三年所作之數首秦淮詩分開排列，且詩序云：「自金陵復泛秦淮」，可知本詩當作於應試後復過秦淮時作，時已在二十四年矣。

【箋注】

〔一〕金陵有天子氣：藝文類聚卷八三引胡琮別傳：「吴時掘地，得銅匣，以琉璃爲蓋，布雲母於其上，開之，得白玉如意。大皇帝以問琮，對曰：『秦始皇以金陵有天子氣，處處埋寶物以當王者之氣，此抑是乎？』」太平御覽卷七〇三引胡琮別傳，文字與之基本相同。太平御覽卷六一引晉陽秋：「秦始皇東巡，望氣者云：五百年後，金陵有天子氣。於是始皇改曰秣陵，塹北山，以絶其勢。今建康即秣陵，西北界所塹即建康南淮也（今謂之秦淮）。」

〔二〕祖龍：指秦始皇。文選潘安仁西征賦：「憶江使之反璧，告亡期于祖龍。」此用史記秦始皇本紀所載鄭使者言祖龍死期的故事，李善注引蘇林曰：「祖，始也；龍，人君之象，謂始皇也。」

〔三〕雨工：雨師。見卷一雷雨鄰舍起龍注。

〔四〕六丁：道教之神，相傳能行風雷，制鬼神。後漢書梁節王傳：「從官卞忌，自言能使六丁。」注：「六丁謂六甲中丁神也。若甲子旬中，則丁卯爲神；甲寅旬中，則丁巳爲神之類也。」韓愈調張籍：「仙官敕六丁。」老學庵筆記卷九：「撫州紫府觀真武殿像，設有六丁六甲神，而六丁皆爲女子像。」黄庭内景經：「神華執巾六丁謁。」梁丘子注：「六丁者，謂六丁陰神玉女也。老君六甲符圖云：『丁卯神司馬卿，玉女足曰之。丁丑神趙子玉，玉女順氣。丁亥神張文通，玉女曹漂之。丁酉神臧文公，玉女得喜。丁未神石叔通，玉女寄防。丁巳神崔巨卿，玉女開心子。』言服鍊飛根、存漱五牙之道成，則役使六丁之神也。」

〔五〕大帝：指孫堅，三國志吴書吴主傳：「黄龍元年春，公卿百司皆勸權正尊號。夏四月，夏口、武昌并言黄龍、鳳凰見。丙申，南郊即皇帝位。」「（太元二年）夏四月，權薨，時年七十一，謚曰大皇帝。」孫權建吴國，故云「開吴天」。

〔六〕秣陵：縣名，即建業。景定建康志卷一五疆域志「地爲治所」：「建安十六年，孫權自京口徙治秣陵，明年改爲建業。」

〔七〕十二旒：帝王冠冕前後垂懸的玉串。古代帝王、諸侯冠冕前後懸垂的玉串，諸侯九旒，帝王十二旒。

九月三日宿胥口，始聞雁 以下歸崑山作

故人久不見，乍見雜悲喜。新雁如故人，一聲驚我起。把酒不能觴，送目問行

李。曾雲行路難，空濛千萬里。塞北多關山，江南渺雲水。風高吹汝瘦，旅伴今餘幾？斜行不少駐，滅没蒼煙裏。羈遊吾亦倦，客程殊未已！扁舟費年華，短纜繫沙尾。物生各有役，冥心聽行止。江郊匝地熟，場圃平如砥。歸期且勿念，共飽豐年米。

【題解】

本詩作於紹興二十四年（一一五四）秋。本詩編於赴金陵漕試十五首之後，容易使人誤解爲二十三年作，實非。因石湖於二十三年十月，尚在金陵，見卷二十月朔客建業不得與兄弟上冢之列悲感成詩。孔凡禮范成大年譜紹興二十四年譜文云：「中進士後，往宣城溧水岳家省視。秋，自銀林至東灞登舟回姑蘇。」本詩題下自注「以下歸崑山作」，即自岳家回蘇，經胥口歸崑山。胥口，在蘇州城西，范成大吴郡志卷一八：「在木瀆西十里，出太湖之口也。上有胥山，舟出口則水光接天，洞庭東、西山峙銀濤中，景物絶勝。」朱長文吴郡圖經續記：「胥口在姑蘇山西北十二里，因胥山得名。」

欲雪

烏鴉撩亂舞黄雲，樓上飛花已唾人。説與江梅須早計，馮夷無賴欲争春〔一〕。

【題解】

本詩作於紹興二十四年（一一五四）冬，時閑居在家。

【箋注】

〔一〕馮夷：河神名。莊子秋水：「於是焉河伯欣然自喜，以天下之美爲盡在己。」釋文：「河伯，姓馮名夷，一名冰夷，一名馮遲。」

讀史三首

百歲虧成費械機，烏鳶螻蟻竟同歸。一檠燈火挑明滅，兩眼昏花管是非。

堂堂列傳冠元功，紙上浮雲萬事空〔一〕。我若材堪當世用，他年應只似諸公。

鏤冰琢雪戰毛氂〔二〕，畫餅聲名骨朽時〔三〕。汗簡書青已兒戲，峴山辛苦更沉碑〔四〕！

【題解】

本詩作於紹興二十四年（一一五四），時閑居崑山。

【箋注】

〔一〕「紙上」句：言人生如浮雲，萬事皆空。周書蕭大圜傳：「嗟乎！人生若浮雲朝露。」文選賈誼鵬鳥賦：「其生兮若浮。」蘇軾和蔡準郎中見邀遊西湖三首之一：「惟有人生飄若浮。」

〔二〕毛氂：即牦牛，産西藏，其尾毛細而長。漢書郊祀志上：「殺一氂牛，以爲俎豆宰具。」師古注：「西南夷長尾髦之牛也。」

〔三〕畫餅聲名：聲名如畫餅。三國志魏書盧毓傳：「選舉莫取有名，名如畫地作餅，不可啖也。」李清照打馬賦：「説梅止渴，稍蘇奔競之心；畫餅充飢，少謝騰驤之志。」

〔四〕「峴山」句：用晉代羊祜的故事。晉書羊祜傳：「襄陽百姓於峴山祜平生游憩之所建碑立廟，歲時饗祭焉。望其碑者莫不流涕，杜預因名爲墮淚碑。」北堂書鈔卷一〇二引襄陽記説：「羊公峴山碑有二，此立峴山上，乃參佐代立。下文有沈峴山下，則是羊公自序其平吴之勳，萬不可混合。」石湖詩云「沉碑」，指此碑。

宴坐庵四首

油燈已暗忽微明，石鼎將乾尚有聲。衲被蒙頭籠兩袖，藜牀無地著功名。

五更風竹鬧軒窗，聽作江船浪隱牀。枕上翻身尋斷夢，故人待漏滿韡霜。

粥魚吼罷鼓逢逢〔一〕，卧聽飢鼯上曉釭。一點斜光明紙帳，悟知檐雀已穿窗。

跏趺合眼是無何〔二〕，静裏惟聞鳥雀多。俗客叩門稱問字〔三〕，又煩居士起穿鞾〔四〕。

【題解】

本詩作年難以確考，約當作於讀書崑山薦嚴寺時期。從編排順序看，應在紹興二十四年，然詩云「藜牀無地著功名」，二十四年已進士及第，不當云此，則本詩作於二十三年以前。

【箋注】

〔一〕粥魚：寺院裏早晨用木魚聲呼喚僧衆吃粥。蘇軾宿海會寺：「木魚呼粥亮且清。」劉斧摭遺：「有一白衣問天竺長老曰：『僧舍悉懸木魚，何也？』答云：『用以驚衆。』曰：『必刻魚，有何因地？』長老不能答。以問琅山悟卞師，師曰：『魚晝夜未嘗合目，欲修行者日夜忘寐之義。』」鼓逢逢：詩經大雅靈臺：「鼉鼓逢逢。」毛傳：「逢逢，和也。」

〔二〕跏趺：結跏趺坐，僧徒坐禪的一種姿勢，即交疊左右足背於左右股上而坐。白居易在家出家詩云：「中宵入定跏趺坐，女喚妻呼都不應。」希麟續一切經音義「跏趺」：「二字皆相承俗用也，正作『加跗』。……金剛瑜伽儀云：『坐有二種，謂全加、半加。結加坐，即全加也。加跗坐，即半加也，謂降魔吉祥等也。』」

〔三〕問字：漢書揚雄傳：「間請問其故，乃劉棻嘗從雄學作奇字。」後稱從人受學或請教曰問字。黃庭堅謝送碾壑源揀芽：「已戒應門老馬走，客來問字莫載酒。」

〔四〕居士：石湖自稱此山居士。周必大神道碑：「欲買山，無貲，取唐人『只在此山中』之語，自號此山居士。」趙翼陔餘叢考卷三六：「輟耕録云：今人多以居士自號，考之六經，惟禮記有『居士錦帶』，注謂道藝處士也。吴曾能改齋漫録云：居士之號，起於商周之時。韓非子書曰：太公封於齊，東海上有居士狂矞、華士，昆弟二人立議曰『吾不臣天子，不友諸侯，耕而食之，掘而飲之』云云。則居士之名由來久矣。南史：阮孝緒屏居一室，家人莫得見其面，親友因呼爲居士。到洽築室巖阿，幽居積歲，時人號爲居士。虞寄居閩中，知刺史陳寶應有異志，恐禍及，乃着居士服居東山寺。魏書：盧景裕不仕，貞素自得，人號爲居士。」

青青磵上松送致遠入官

青青磵上松，鬱鬱磵底柏〔一〕。松森上曾雲，柏蹋抱幽石。偃植雖不同，臭味乃相得。千霜與百雪，偶立衆芳側。衆芳豈不好，歲晏掃無迹。廣厦覃群木，萬牛挽山澤〔二〕。松材可世用，攀援入王國㊀。草木豈有情，亦復念離析。君看此翠柏，錯莫無顏色〔三〕。孤陰愁月夜，獨籟怨風夕。蒼官何當歸〔四〕，相望長相憶。

【校記】

㊀攀援：叢書堂本、詩淵第四册第二三一三頁作「扳援」。按，「扳」同「攀」。

【題解】本詩作年難以確考，以本集編年序次看，當作於紹興二十六年（一一五六）任徽州司户參軍以前。致遠，即唐子壽，見卷一次韻唐致遠雨後喜涼「題解」。詩人以「磵底柏」自喻，以「磵上松」喻將入官之唐子壽。

【箋注】

〔一〕鬱鬱磵底柏：語出左思詠史「鬱鬱澗底松」，換一「柏」字。

〔二〕「萬牛」句：黄庭堅秋思寄子山：「老松閲世卧雲壑，挽著滄江無萬牛。」任淵注：「老杜古柏行：大厦如傾要樑棟，萬牛回首丘山重。」陸游護國天王院故神霄玉清萬壽宫也廢圮略盡而規模尚極壯麗過之有感：「築宫奔走誰敢後，萬牛挽材山作礎。」

〔三〕錯莫：猶雜亂。韋應物出還：「咨嗟日復老，錯莫身如寄。」王安石欲歸：「塞垣春錯莫，行路老侵尋。」

〔四〕蒼官：指松。樊宗師絳守居園池記：「有柏蒼官青士擁列，與槐朋友。」王安石紅梨：「歲晚蒼官纔自保，日高青女尚横陳。」

除夜感懷

松楸百年哀，霜露終歲悲。天地豈汝偏，鬼神諒無私。孤窮罪當爾，我今怨尤誰？噎絶夢自語，伶俜影相隨。豈無一經傳〔一〕，政坐五鬼嗤〔二〕。鑿枘共齟齬，榛荆費耘耔。付畀踰丘山，奉承劣毫氂。生男九族歡，所願作門楣〔三〕。時命有大謬，生男竟何裨？匏瓜謾枵腹，蒲柳無真姿㊀。蹙縮高顴頰，蕭騷短鬢髭。貧病老歲月，斗杓坐成移〔四〕。曉風淒以寒，簾幕相紛披。月星炯我冠，霧雨泫我衣。焄蒿奉祠事〔五〕，苦淚落酒巵。逝者日已遠，生者日以衰。羸驂駕九折，日暮抱長飢。岐路正巉絶，耿耿誰當知？

【校記】

㊀ 真姿：董鈔本於「真」旁加一「貞」字。富校：「黄刻本作『貞』，是。按，『貞』字乃避宋諱而作『真』。」

【題解】

本詩當作於紹興二十六年（一一五六）任徽州司户參軍以前之除夕。以編詩之順序看，或在二十四年，由詩意之貧病苦況可知。

【箋注】

〔一〕一經傳：蘇軾姚屯田挽詞：「空聞韋叟一經在。」施注：「韋賢傳：宣帝初即位，賢以先帝師爲丞相，少子玄成復以明經位至丞相。故鄒魯諺曰：『遺子黄金滿籯，不如一經。』」

〔二〕五鬼：又稱五窮。韓愈送窮文：「其名曰智窮……其次曰學窮……又其次曰文窮……又其次曰命窮……又其次曰交窮……凡此五鬼，爲吾五患。」

〔三〕「生男」二句：門楣，門上橫梁，借指門第。古人認爲生男孩可以光大門楣。陳鴻長恨歌傳：「故當時謡詠有云：生女勿悲酸，生男勿喜歡。又曰：男不封侯女作妃，看女却爲門上楣。」白居易長恨歌：「姊妹弟兄皆列土，可憐光彩生門户。遂令天下父母心，不重生男重生女。」

〔四〕斗杓：北斗七星，四星象斗，三星象杓。史記天官書：「攝提者，直斗杓所指。」注：「斗，第五至第七爲杓。」蕭統謝敕賚看講啓：「伏以正言深奥，總一群經，均斗杓以命四時，等太陽而照萬國。」斗杓移動，則四時變化。

〔五〕焄蒿：祭祀時香氣散發。禮記祭義：「其氣發揚于上爲昭明，焄蒿悽愴，此百物之精也，神之著也。」注：「焄，謂香臭也；蒿，謂氣蒸出貌也。」

次韻唐子光席上賞梅

玉枝橫斜照清空〔一〕，纖手撚香俱惱公〔一〕。水部無人廣平去〔二〕，後來我輩猶情鍾〔三〕。誰噴昭華送愁絶〔四〕，叫雲三弄怨斜月〔五〕。徑須踏雪問前村〔六〕，莫待馬蹄如踣鐵。春風壓盡百花橋㊁，尊前仍有董嬌嬈〔七〕。惜無楚客歌成雪，空有蕭郎眼似刀〔八〕。

【校記】

㊀俱惱：原爲空格，各本均同。叢書堂本、詩淵第四册第二五四五頁作「俱惱」，今據補。

㊁百花橋：富校：「黄刻本作『嬌』，是。」然活字本、叢書堂本、董鈔本、詩淵均作「橋」，富説未當。

【題解】

本詩作於崑山讀書時期，具體作年難以確考。于北山范成大年譜繫本詩於紹興二十一年，無確據。唐子光，即唐燁，唐輝之弟，建炎二年進士及第，曾任教授（見本卷次韻唐子光教授河豚），官至朝散大夫。淳祐玉峰志卷中「進士題名」云：「建炎二年，李易榜，唐燁子光，煇弟，朝議大夫。」至正崑山郡志卷三「進士」，所載與玉峰志同。

【箋注】

〔一〕「玉枝」句：自林逋山園小梅「疏影横斜水清淺」句化出。

〔二〕「水部」句：「水部」，指張籍，做過水部員外郎，他有溪梅詩；廣平，宋璟字，他有梅花賦。

〔三〕我輩猶情鍾：世説新語傷逝：「王戎喪兒萬子，山簡往省之，王悲不自勝。簡曰：『孩抱中物，何至於此！』王曰：『聖人忘情，最下不及情，情之所鍾，正在我輩。』」本詩借用説情鍾梅花。

〔四〕噴昭華：昭華，樂器名，傳説秦咸陽宮有玉管二尺三寸，二十六孔，銘曰「昭華之琯」。見劉歆西京雜記卷三。噴昭華，吹奏昭華之琯。班固東都賦：「吐燗生風，欲野噴山。」李善注：「噴，吐氣也。」馬融長笛賦：「氣噴勃以布覆兮。」

〔五〕三弄：晉書桓伊傳：「王徽之赴召京師，泊舟青溪側。……令人謂伊曰：『聞君善吹笛，試爲我一奏。』伊是時已貴顯，素聞徽之名，便下車，踞胡牀，爲作三調，弄畢，便上車去，客主不交一言。」李郢贈羽林將軍：「唯有桓伊江上笛，卧吹三弄送殘陽。」陸游幽居春夜：「三弄笛聲初到枕，一枝梅影正横窗。」

〔六〕「徑須」句：齊己早梅：「前村深雪裏，昨夜一枝開。」辛棄疾一剪梅遊蔣山呈葉丞相：「探梅踏雪幾何時。」

〔七〕董嬌嬈：女子名，古詩中多作爲美女形象出現。宋子侯董嬌嬈詩即咏此女。這首詩，始見於玉臺新詠，郭茂倩將它收入樂府詩集雜曲歌辭中。

〔八〕蕭郎眼似刀：蕭郎，指簡文帝蕭繹，他有梅花賦，描寫梅花形貌神采，極爲細緻，故云「眼似刀」。

夜行上沙見梅，記東坡作詩招魂之句

玉妃謫人世〔一〕，乃在流水村。天風吹嬋娟，飄墮寂莫濱。芳心怨命薄，玉色淒路塵。佳人來無期，日暮多碧雲〔二〕。溪聲爲咽絶，月亦低微顰。相逢倦遊子，一笑不復珍。脈脈問不語，亭亭意彌真。要我冰雪句，招此欲斷魂。蘇仙上賓天〔三〕，妙意終難陳。瘖柄忽傾墮〔四〕，曉嵐愁翠昏。

【題解】

本詩作年難以確考，當作於赴新安掾之前，時尚在蘇，故能夜行上沙。上沙，在吴縣至德鄉，石湖祖塋在此。周必大神道碑：「自公曾祖葬吴縣至德鄉上沙之赤山。」「東坡作詩招魂之句」，指蘇軾十一月二十六日松風亭下梅花盛開詩，共二首，第一首云：「春風嶺上淮南村，昔年梅花曾斷魂。」第二首云：「羅浮山下梅花村，玉雪爲骨冰爲魂。」本詩即由東坡詩生發，有感而作。

【箋注】

〔一〕玉妃：喻梅花，陳與義和張規臣水墨梅五絶之三：「粲粲江南萬玉妃，别來幾度見春歸。」

〔二〕「佳人」二句：語出梁江淹休上人怨别：「日暮碧雲合，佳人殊未來。」

〔三〕蘇仙：聯繫詩題，蘇仙乃指蘇軾，因爲蘇東坡人稱「謫仙」。趙翼陔餘叢考卷三九「四謫仙」條云：「白之後東坡亦稱謫仙。王闢之澠水燕談録：『子瞻文章議論，獨出當世，風格高邁，真適仙人也。』史季温亦曰：『山谷常呼李白及東坡爲兩謫仙。』按：山谷詩：『唤取謫仙蘇二來。』」

〔四〕璿柄：即斗柄，北斗星之柄。璿，同「璇」、「旋」，即璿璣。史記天官書：「北斗七星，所謂『旋璣玉衡，以齊七政』。」索隱：「春秋運斗樞云：『斗，第一天樞，第二旋，第三璣，第四權，第五衡，第六開陽，第七摇光。第一至第四爲魁，第五至第七爲標，合而爲斗。』」魁即北斗之前四星，狀如柄，故稱「斗柄」。沈佺期寒食夜：「斗柄更初轉，梅香暗裏殘。」

次韻唐子光教授河豚

世間尤物美惡并，江鄉未用誇吴羹〔一〕。清宫洞房寒熱媒，深山大澤龍蛇生。胡夷信美胎殺氣，不奈吴兒苦知味。楊花欲動荻芽肥〔二〕，汚手死心摇食指。食魚要是問黄粱㊀，古來不必須河魴。君看嗔腹似渾脱〔三〕，寧肯滑甘隨芥薑。先生法語峻立壁〔四〕，譏評不使一錢直。膨亨從此迹如掃〔五〕，坐令梅老詩無力〔六〕。懸知仙骨有青冥，風香久已滌羶腥。大笑日華解毒法〔七〕，何如肘後餐霞經〔八〕。

【校記】

㊀問黄粱：「問」原爲空格，據叢書堂本、詩淵第四册第二七六〇補。

【題解】

本詩作年難以確考，約作於紹興二十二、二十三（一一五二、一一五三）年間。唐子光先有詠河豚之詩，石湖乃次韻和之。河豚，參見卷一河豚歎「題解」。

【箋注】

〔一〕「江鄉」句：吴羹，指吴地的鱸魚、蓴羹，吴人稱美之。晉書張翰傳：「因見秋風起，乃思吴中菰菜、蓴羹、鱸魚膾，曰：『人生貴得適志，何能羈宦數千里以要名爵乎？』」

〔二〕「楊花」句：柳花飛、荻芽生，正是河豚上市的時節。梅堯臣范饒州坐中客語食河豚魚：「春洲生荻芽，春岸飛楊花。河豚當是時，貴不數魚蝦。」蘇軾惠崇春江晚景二首之一：「蔞蒿滿地蘆芽短，正是河豚欲上時。」

〔三〕嗔腹似渾脱：渾脱，皮囊也。蘇轍請户部覆三司諸案劄子：「訪聞河北道頃歲爲羊渾脱，動以千計。渾脱之用，必軍行乏水，過渡無船，然後須之。」渾脱用牛羊皮爲之，盛水盛酒，或製成皮筏以渡河。河豚受驚時，腹如氣包，故云：「嗔腹如渾脱。」參見卷一河豚歎「解題」。

〔四〕法語：指唐子光原詩之意。

〔五〕膨亨：此指腹大之河豚，參見卷一河豚歎注〔二〕。

〔六〕梅老詩：指梅堯臣范饒州坐中客語食河豚魚詩。

〔七〕日華解毒法：沈欽韓注引日華子：「胡夷魚有毒，以蘆根及橄欖等解之。」政和證類本草卷二〇「鯸鮧魚」條引食療本草，又引陳藏器本草拾遺，亦載解毒法，可參見。

〔八〕餐霞經：楚辭遠遊：「漱正陽而含朝霞。」王逸楚辭章句：「陵陽子明經言『春食朝霞』，朝霞者，日始欲出赤黄氣也。」後代道家亦尚餐霞。真誥：「東華真人服日月之象上法云：男服日象，女服月象，日一不廢，使人聰明朗徹，五臟生華，魂魄制鍊，六府安和，長生不死之道也。」馮應榴蘇軾詩集合注卷二一次韻和王鞏六首「何須服日華」，引内景經注：「上清紫文靈書有採飛根之法，常以日初出時東向叩齒九通，陰咒日魂日中五帝，字曰『日魂』云云十六字畢，於是日光流霞俱入口中。」

題如夢堂壁

勃姑午啼唤雨〔一〕，鵯鵊曉囀留春〔二〕。片雲不載歸夢，兩鬢全供客塵。

【題解】

本詩作於紹興二十四年（一一五四）以前，具體作年難考。

【箋注】

〔一〕勃姑：即勃鳩。蘇軾和子由聞子瞻將如終南太平宫谿堂讀書：「中間罹旱暵，欲學唤雨鳩。」續博物志：「暮鳩鳴，即小雨。」陸璣毛詩草木鳥獸蟲魚疏：「勃鳩陰則屏逐其匹，晴則呼之。語曰：『天將雨，鳩逐婦。』」

〔二〕鵯鵊：鳥名，似鳩，身黑尾長而有冠。歐陽修鵯鵊詞：「紅紗蠟燭愁夜短，緑窗鵯鵊催天明。」

曉起

簾額繡波蕩漾〔一〕，燭盤紅淚闌干〔二〕。夢裏五更風急，愁邊一半春殘。

【題解】

本詩作年難以確考。當在崑山讀書時期。

【箋注】

〔一〕簾額：門簾上方之繒帛横額。李賀宫娃歌：「彩鸞簾額著霜痕。」王琦解：「謂以繒帛爲簾帷之額，而繡畫彩鸞於上。」

〔二〕「燭盤」句：蠟燭點燃後滴下之蠟，如淚下之狀，故名蠟淚。白居易房家夜宴喜雪贈主人：「酒鈎送盞推蓮子，燭淚粘盤壘蒲萄。」

再遊上方

僧共老花俱在，客將春雁同回。范叔一寒如此〔一〕，劉郎前度曾來〔二〕。

【題解】本詩作年難以確考，當在崑山讀書時期，春遊上方寺，因作本詩。上方寺，在西山上方山，徐崧、張大純百城烟水卷一：「上方教寺，唐會昌六年僧道徹建，名孤園寺，宋嘉泰間僧無證新之，始改今額。」從石湖詩看，此寺早已改名爲上方寺。

【箋注】

〔一〕「范叔」句：語出史記范雎傳：「須賈意哀之，留與坐飲食，曰：『范叔一寒如此哉！』乃取一綈袍以賜之。」

〔二〕「劉郎」句：劉禹錫再遊玄都觀：「百畝庭中半是苔，桃花淨盡菜花開。種桃道士歸何處，前度劉郎今又來。」

即事

醉袖籠鞭轉柳塘，青門芳樹掩殘香〔一〕。誰驚翡翠雙飛去〔二〕？祇有蓮花對斷腸。

【題解】本詩作於紹興二十年（一一五〇）夏，時在臨安，由「青門」句可知。

【箋注】

〔一〕青門：宋臨安東青門。淳祐臨安志卷五：「城東門，東青門，俗呼菜市門。」陸游念奴嬌：「回首紫陌青門，西湖閒院，鎖千梢修竹。」

〔二〕翡翠：鳥名。爾雅卷五釋鳥「翠鷸」，郝懿行義疏：「漢書尉佗獻文帝翠鳥毛是也。張揖注上林賦云：『翡翠大小如雀，雄赤曰翡，雌青曰翠。』」

春晚即事

屋頭清樾暗荆扉，紫葚斕斑翠莢肥。春晚軒窗人獨困，日長籬落燕雙飛。

【題解】

本詩作年難以確考。

春晚三首

陰陰垂柳閉朱門，一曲闌干一斷魂。手把青梅春已去，滿城風雨怕黄昏〔一〕。

客去鉤窗詠小詩，遊絲撩亂柳花稀。微風盡日吹芳草，蝴蝶雙雙貼地飛。

夕陽槐影上簾鈎，一枕清風夢昔遊。夢見錢塘春盡處，碧桃花謝水西流。

【題解】

本詩約作於紹興二十年（一一五〇）之後某年晚春，具體作年難以考定。

【箋注】

〔一〕滿城風雨：借用潘邠老詩句。費衮梁溪漫志卷七「潘邠老重陽句」條云：「謝無逸嘗從潘邠老求近作。邠老答曰：秋來景物，件件是佳句，恨爲俗氛所蔽。昨日清卧，聞攬林風雨聲，欣然起題其壁曰『滿城風雨近重陽』，忽催租人至，遂敗意。止此一句奉寄。」石湖僅取其字面，形容晚春風雨。

樂先生闢新堂以待芍藥、酴醿，作詩奉贈

芍藥有國色〔一〕，酴醿乃天香〔二〕。二妙絶世立，百草爲不芳〔三〕。先生絶俗姿，風味本無雙。年來悟結習，欲試安心方〔四〕。天魔巧伺便，作計迴剛腸。多情開此花，艷絶温柔鄉。道人爲一笑，正爾未易忘。呼童葺荷芷，擇勝開軒窗。啼鶯不愁思，遊蜂亦猖狂。百年顰呻頃，共此過隙光。朝爲春條緑，暮爲秋葉黄。把翫尚無

幾，況以憂愁妨。願言秉燭遊，迨此春宵長〔五〕。

【題解】

本詩作於崑山讀書時期參加詩社以後，與樂備時有唱酬。樂先生，即樂備，字功成，一字順之，原爲海州人，建炎初，金人大舉入侵，樂備自海州遷崑山，有學行名，能詩文，陸友仁吴中舊事：「樂備，字功成，淮海人，寓居崑山，以文學名於時，登紹興二十四年進士第，仕至軍器監簿。」孔凡禮范成大年譜紹興十八年對樂備之歷仕有詳考，云：「省齋文稿卷四有樂順之司理用楊（文發）韻贊予去歲江行游山之樂再次韻詩，作於乾道五年正月，知其時或稍前任司理。詩末句自注謂樂備『將順流造朝』。同卷又有次韻樂順之司理新釋花權及上元不張燈二絶句，其一有『一自樂卿司樂籍』之句，知司理乃司樂之官。詩亦作於乾道五年正月。時樂備在周必大家鄉廬陵。周必大奏事録乾道六年五月乙卯紀事謂與樂備相會於廬山延真招德觀，時樂備爲江州教授。」

【箋注】

〔一〕「芍藥」句：梅堯臣七里灣得朱表臣寄千葉樓子髻子芍藥：「誰稱爲近侍，宜與牡丹尊。」劉攽芍藥譜序：「天下名花，洛陽牡丹，廣陵芍藥，爲相侔埒。」牡丹有國色之名，芍藥如牡丹，故石湖稱之。

〔二〕「酴醿」句：酴醿，亦作「荼蘼」，廣群芳譜卷四二引廣東志：「酴醿海國所産爲盛，出大西洋國者花大，如中國之牡丹。」牡丹有天香之名，酴醾如牡丹，故石湖稱之。

〔三〕百草爲不芳：黄庭堅觀王主簿家酴醾：「肌膚冰雪薰沉水，百草千花莫比芳。」劉克莊酴醾：「一枝縞色分明好，百卉含羞不敢芳。」

〔四〕安心方：蘇軾病中遊祖塔院：「安心是藥更無方。」施注引傳燈録：「二祖謂達摩曰：『我心未安，請師安心。』達摩曰：『將心來，與汝安。』二祖良久曰：『覓心了不可得。』達摩曰：『與汝安心竟。』」

〔五〕「願言」二句：宋書樂志三：「西門行古詞：……人生不滿百，常懷千歲憂。晝短而夜長，何不秉燭遊。」

題城山晚對軒壁

一枕清風夢緑蘿，人間隨處是南柯〔一〕。也知睡足當歸去，不奈溪山留客何！

【題解】

本詩作於紹興十三年（一一四三）秋，本年六七月，石湖有臨安之行，參加太學試。七月揭榜，未録取。歸，在秋時。宋會要輯稿崇儒一：「（紹興十三年）七月壬申，時國學新成，補試生員，四方來者甚衆，幾六千人。丙子揭榜，取徐驤等二百人。」城山，在德清縣，即吴憾山，以吴夫差憾句踐傷父之足，率兵伐越，築壘於此，因而得名，見康熙德清縣志卷一。驂鸞録乾道八年十二月二十三日記事：「泊舟（德清）左顧亭。……出郊三里，游城山，頃歲赴太學試，道病暑，三宿晚對軒，題詩壁間。」知晚對軒即在城山。

【箋注】

〔一〕南柯：用唐李公佐南柯太守傳故事。這篇傳奇描寫淳于棼醉後入夢，被槐安國王招爲駙馬，出任南柯太守，享盡榮華富貴。夢醒後，始知夢中經歷之處，乃是蟻穴，因感悟人生虛幻，遂棲心道門。

題城山挂月堂壁㈠

百疊煙鬟得眼明〔一〕，坐來心跡喜雙清。秋陽滿地西風起，猶有啼鶯四五聲㈡。

【校記】

㈠ 挂月堂：詩淵第五册第三五八七頁作「桂月堂」。

㈡ 啼鶯：叢書堂本、詩淵作「鶯啼」。

【題解】

本詩作於紹興十三年（一一四三）秋。時赴太學試將歸。挂月堂，在德清縣城山上。

【箋注】

〔一〕煙鬟：即煙山，峰巒如鬟形。蘇軾送程七表弟知泗州：「淮山相媚好，曉鏡開煙鬟。」

姑惡 并序

姑惡，水禽，以其聲得名。世傳姑虐其婦，婦死所化。東坡詩云：「姑惡，姑惡！姑不惡，妾命薄！」此句可以泣鬼。余行苕霅，始聞其聲，晝夜哀厲不絶。客有惡之，以爲此必子婦之不孝者。予爲作後姑惡詩。

姑惡婦所云，恐是婦偏辭。姑言婦惡定有之，婦言姑惡未可知。姑不惡，婦不死。與人作婦亦大難，已死人言尚如此！

【題解】

姑惡，水鳥名。本草綱目卷四九「姑獲鳥」：「藏器曰：『姑獲能收人魂魄。』玄中記云：『姑獲鳥，鬼神類也，衣毛爲飛鳥，脱毛爲女人，云是産婦死後化作。』……時珍曰：『此鳥純雌無雄，七八月夜飛，害人尤毒。』」沈欽韓注：「此則妖鳥，疑非詩所指。」石湖借東坡詩起興，發抒婦姑關係之感喟。「東坡詩」，指蘇軾五禽言五首之五，全詩云：「姑惡，姑惡，姑不惡，妾命薄。君不見東海孝婦死作三年乾，不如廣漢龐姑去却還。」自注：「姑惡，水鳥也，俗云婦以姑虐死，故其聲云。」苕霅，即苕水（苕溪）、霅水（霅溪），位于吴興（即今浙江湖州）。嘉泰吴興志卷五：「浮玉之山，苕水出其陰，北流止于具區。」又：「霅溪，在縣東南一里，自定安門入西，合苕溪北入于太湖。」

大暑舟行含山道中，雨驟至，霆奔龍挂可駭

隤雲曖前驅，連鼓訌後殿。鬖鬖失高丘，擾擾暗古縣。白龍起幽蟄，黑霧佐神變。盆傾耳雙聵，斗暗目四眩。帆重腹逾飽，櫓潤鳴更健。圓漪暈雨點，濺滴走波面。伶俜愁孤鴛，颭閃亂飢燕〔一〕。麥老枕水卧，秧稺與風戰。牛蹊岌城沉，蟻隧洶瓴建。水車競施行〔二〕，歲事敢休宴。咿啞嘯簧鳴，轣轆連鎖轉。骿頭立婦子，列舍望宗伴。東枯駭西潰，寸涸驚尺澱。嗟余豈能賢，與彼亦何辨？扁舟風露熟，半世江湖偏。不知憂稼穡，但解加餐飯。遥憐老農苦，敢厭遊子倦？

【題解】

本詩約作於紹興二十三年（一一五三），時赴建康府漕試，其間或有含山之行。含山，縣名，屬和州。王存元豐九域志卷五淮南西路和州有含山縣。龍挂，葉夢得避暑録話卷下：「吴越之俗，

以五月二十日爲分龍日……故五、六月間，每雷起雲簇，忽然而作……濃雲中見若尾墜地，蜿蜒屈伸者，亦止雨其一方，謂之龍挂。」陸游龍挂：「成都六月天大風，發屋動地聲勢雄。黑雲崔嵬行風中，凜如鬼神塞虚空，霹靂迸火射地紅。上帝有命起伏龍，龍尾不卷曳天東。壯哉雨點車軸同，山摧江溢路不通，連根拔出千尺松。未言爲人作年豐，偉觀一洗芥蔕胸。」可與本詩參看。

【箋注】

〔一〕颭：亂風吹動。柳宗元登柳州城樓寄漳汀封連四州：「驚風亂颭芙蓉水。」

〔二〕水車：農田戽水之工具，又名翻車、龍骨車，詳見本書卷二七四時田園雜興六十首「踏車」注。

題畫卷五首

鑿落秋江水石明〔一〕，高楓老柳兩灘横。君看疊巘雲容變，又有中宵雨意生〔二〕。

欹傾棧路繞山明，隔隴人家犬吠聲。無限白雲堆去路，不知誰識許宣平〔三〕。

春陰十日溪頭暗，夜半西風雨脚收。但覺奔霆吼空谷，遥知萬壑正争流〔四〕。

暑雲潑墨送驚雷〔五〕，坐見前山驟雨來〔六〕。今夜一涼千萬里，更無焦卷與塵埃。

秋晚黄蘆斷岸，江南野水連天。日色微明魚網，雁行飛入蒼煙。

【題解】

本詩作年難以確考。

【箋注】

〔一〕鑿落：以鎸鏤金銀爲飾的酒杯。白居易送春：「銀花鑿落從君勸，金屑琵琶爲我彈。」方干十二月十日：「留伴夜深銀鑿落，莫緣春近玉闌珊。」石湖詩首句似與酒杯無關。詩人乃借用鎸鏤金銀爲飾之義，指畫卷秋江水石之「金碧」色。按，唐李思訓創「金碧」山水畫法，宣和畫譜卷一〇：「（李思訓）今人所畫著色山水，往往多宗之，然至其妙處，不可到也。」湯垕畫鑑：「李思訓著色山水，用金碧輝映，爲一家法。」饒自然繪宗十二忌：「金泥則當於石脚沙嘴霞彩用之。此一家衹宜朝暮及晴景，乃照耀陸離而明艷如此也。」

〔二〕「君看」二句：畫面上，層層山峰聳立。「疊巘」，是静態的；「雲容變」，疊巘中雲霧繚繞，時時變化，是動態的。繪畫是「瞬間藝術」，無法表現動態，詩人却從畫景生發奇想，由静而動，進而又想到今夜要下雨，通過藝術聯想，拓展畫意，增强畫幅的藝術感染力，説明范成大是一位融通詩畫藝術的高手。

〔三〕許宣平：新安歙（今安徽歙縣）人。唐景雲中隱於城陽山，相傳李白曾見其詩，至新安尋訪，未見其人。事迹見續仙傳。

〔四〕萬壑正争流：世説新語言語：「顧長康從會稽還，人問山川之美，顧云：『千巖競秀，萬壑争流，草木蒙籠其上，若雲興霞蔚。』」

〔五〕潑墨：繪畫技法，唐代已興起，朱景玄唐朝名畫録「王墨」條云：「醺酣之後，即以墨潑。」五代人唐希雅題畫：「誰潑烟雲六尺綃，寒山秋樹晚蕭蕭。」

〔六〕坐見：因而望見。張相詩詞曲語辭匯釋卷四：「坐（九）：坐，猶因也，爲也。杜牧山行：『停車坐愛楓林晚。』」

六月七日夜起坐殿廡取涼

畏暑中夜起，出門月露清。晶熒卧銀漢，錯落低玉繩〔一〕。綱户閉妙香〔二〕，石樓棲古燈。風從何處來？殿閣微涼生。桂旗儼不動〔三〕，藻井森上征㊀〔四〕。大星兀，鬼物相枝撐。彭觥鐵拄杖〔五〕，磔磔棲燕驚。俗人豈解事，鼻息春雷鳴〔六〕。檳榍共突送曉來，四窗烔微明。顥氣澡肌骨〔七〕，栩栩兩腋輕〔八〕。乘風欲歸去〔九〕，驂鸞翔青冥〔一〇〕。却恐方平知，浪得狡獪名。

【校記】

㊀森：原作「生」，活字本、叢書堂本、董鈔本均作「森」。富校：「『生』，黄刻本作『森』，是。」今據

諸本改。

【題解】

本詩作於崑山薦嚴寺讀書時期，具體作年難以確考。殿廡：薦嚴寺殿廊，石湖在崑山十年讀書時期，住薦嚴寺。弘治崑山縣志卷一一引元黄溍薦嚴資福禪寺佛殿僧堂記：「平江崑山，故州治之東三百步有大伽藍，曰薦嚴資福佛寺，以其居城之東偏，謂之東禪。……參知政事范公成大讀書處，有紫藤，人稱之爲范公藤。」崑山雜詠卷五范成大小傳：「父亡，讀書薦嚴寺，十年不出。」

【箋注】

〔一〕玉繩：星名，文選張衡西京賦：「上飛闥而仰眺，正睹瑶光與玉繩。」薛綜注：「春秋元命苞曰：『玉衡北兩星曰玉繩。』」

〔二〕綱户：雕花之門窗。楚辭招魂：「網户朱綴，刻方連些。」王逸注：「網户，綺文鏤也。」李白明堂賦：「玉女攀星於網户，金娥納月於璇題。」

〔三〕桂旗：楚辭九歌山鬼：「乘赤豹兮從文貍，辛夷車兮結桂旗。」曹植洛神賦：「左倚采旄，右蔭桂旗。」

〔四〕藻井：繪有文彩如井幹形的天花板，張衡西京賦：「蔕倒茄於藻井，披紅葩之狎獵。」薛綜注：「當棟中，交木，方爲之如井幹也。」

〔五〕彭觥：象聲詞，韓愈記夢：「側身上視溪谷盲，杖撞玉版聲彭觥。」

〔六〕鼻息春雷鳴：韓愈石鼎聯句詩：「道士倚墻睡，鼻息如雷鳴。」元稹八駿圖詩：「鼻息吼春雷，蹄聲裂寒瓦。」

〔七〕顥氣：潔白清鮮之氣。文選班固西都賦：「軼埃壒之混濁，鮮顥氣之清英。」

〔八〕「栩栩」句：自盧仝走筆謝孟諫議寄新茶「七椀喫不得也，唯覺兩腋習習清風生」句化出。

〔九〕乘風欲歸去：語出蘇軾水調歌頭「我欲乘風歸去」。

〔一〇〕驂鸞：文選江淹别賦：「駕鶴上漢，驂鸞騰天。」

中秋卧病呈同社

人間佳風月，浩浩滿大千。俗子不解愛，我乃知其天。以此有盡姿，覷彼無窮妍。受用能幾何？北溟一杯然〔一〕。天公尚齟齬，不肯畀其全。卧病窘詩料，坐貧羞酒錢。瓊樓與金闕，想像屋角邊〔二〕。如聞真率社〔三〕，勝遊若登仙。四者自難并〔四〕，造物豈我偏。

【題解】本詩作於崑山讀書十年之前期，準確作年難以確考。于北山范成大年譜紹興十六年譜文云：「邑中士人組詩社，前輩樂備（功成）紹介入社，與馬先覺（少伊）唱和，約在此一時期。」孔凡禮范成大年譜紹興十八年譜文云：「應樂備之招，入詩社，當爲是歲稍前事。」兩氏均無確據。同社，指同一詩社之友。馬先覺喜樂功成招范至能入詩社（崑山雜詠卷下）：「燕國將軍善主盟，新封詩將一軍驚。范家老子登壇後，鼓出胸中十萬兵。」范成大和馬少伊韻：「氣壓伊吾一劍鳴，風生銅柱百蠻驚。君家自有堂堂陣，我欲周旋恐曳兵。」

【箋注】

〔一〕北溟一杯：李賀夢天：「遥望齊州九點烟，一泓海水杯中瀉。」吴正子注：「詩意言中國九州如九點之微，海水如一杯之小。」

〔二〕「瓊樓」二句：詩意從蘇軾水調歌頭「又恐瓊樓玉宇，高處不勝寒」化出。

〔三〕真率社：謂社中同仁皆真率。吴曾能改齋漫録（佚文，明鈔本説郛卷三五引）：「司馬温公有真率會，蓋本於東晉初時拜官相餉供饌。羊曼在丹陽日，客來早者得佳設，日晏則漸不復精，隨客早晚而不問貴賤。時羊固拜臨海守，竟日皆美，雖晚至者猶獲精饌。時言固之豐腆，不如曼之真率。」

〔四〕「四者」句：謝靈運擬魏太子鄴中集詩八首并序：「天下良辰、美景、賞心、樂事，四者難并。」

秋日雜興六首〔一〕

我友蓬蒿士，却掃謝四鄰。内無三尺童〔一〕，外無雙蒲輪〔二〕。豈非騏驥姿，執轡難其人。無衣可御冬，忍寒待陽春。仰雲發永歎，夜作寒螿呻。奓户勸之起〔三〕，懷寶善自珍。秋月耿清夜，秋風捲曾雲。佳哉爲誰歟？定爲我與君。莫嫌酒味薄，聊復相歡欣。

夕陽下桑柘，餘暉挂西山。西山在何許？冉冉紫翠間。綵雲無朝昏，緑蘿竟暄寒。昔與霞上人〔四〕，同跨雙飛翰。上凌紫霄峰，下弄白石湍。風吹墮渺莽，及此行路難。佳人應望予，我豈真忘還。

秋高氣彌清，歲晏天雨霜。繁枝各病緑，况乃枝上香。向來不勝春，渺在無何鄉〔五〕。樂極定自悲〔六〕，誰歟此更張。春秋無終窮，榮落殊未央！

嫣嫣芙蓉花，秀出清霜晨。衆卉已昨夢，孤芳若爲新？寒蜂無儇飛，一笑静自珍。誰令嬋娟姿，墮此寂寞濱？絶世貴獨立〔七〕，後時莫酸辛。回風佐小舞，薄日生微醺。即事亦足樂，何必桃李塵！

蒼筠如蒼玉，鄉是磵壑姿。揭來西窗下，死生付污泥。蟲緣有病葉，土瘦無新枝。太陽豈我偏，檐影爲蔽虧。昔如松柏獨，今作蒲柳衰〔八〕。暮夜風雨急，歲晏誰與歸？

屋東雙梧桐，婉娩無真姿〔九〕。朝爲春風條，暮爲秋霜枝。夜久風葉鳴，鶖鶬一再飛。梧桐不足愁，會有明年期。人老真可歎，寧復遊冶時？

【校記】

㈠ 活字本、董鈔本題作「六首」。

【題解】

本詩作於崑山讀書時期，具體作年難以確考。

【箋注】

〔一〕三尺童：李密陳情表：「外無期功强近之親，内無應門五尺之童。」石湖句由此變化而來。

〔二〕雙蒲輪：用蒲草裹輪，使車不震動，古時聘請賢士時用之，以表示禮敬。漢書武帝紀：「（建元元年）遣使者安車蒲輪，束帛加璧，徵魯申公。」注：「師古曰：以蒲裹輪，取其安也。」

〔三〕奓户：打開門户。莊子知北游：「奓户而入。」疏：「奓，開也，亦排也。」

〔四〕霞上人：即霞人，仙人。雲笈七籤卷一〇七：「潛光隱曜，内修秘密，深誠所詣，遠屬霞人。」

〔五〕無何鄉：空想的境界。白居易渭上偶釣：「身雖對魚坐，心在無何鄉。」

〔六〕「樂極」句：淮南子道應：「何謂益而損之？曰：『夫物盛而衰，樂極則悲，日中而移，月盈而虧。』」

〔七〕「絶世」句：李延年歌一首：「北方有佳人，絶世而獨立。」石湖句由此化出。

〔八〕「昔如」二句：世説新語言語載顧悦與簡文對話，劉孝標注：「顧愷之爲父傳曰：君以直道陵遲於世，入見王，王髮無二毛，而君已斑白。問君年，乃曰：『卿何偏蚤白？』君曰：『松柏之姿，經霜猶茂；臣蒲柳之質，望秋先零，受命之異也。』王稱善久之。」

〔九〕婉娩：禮記內則：「女子十年不出，姆教婉、娩、聽從。」周禮九嬪注：「婦容婉娩。」石湖借女子和順之容色，形容梧桐。

石湖居士詩集卷三

擬古

彎環樓前月，掩抑樓上人。人月不得語，相看兩凝顰。西窗回紋機，織徧錦字春〔一〕。聊可自持翫，何由將寄君〔二〕。

【題解】

本詩當作於崑山讀書時期。模仿古人詩歌形式寫成的詩稱爲「擬古詩」，陸機有擬古詩十二首，李白有擬古十二首。本詩乃擬古詩十九首的體式寫成。

【箋注】

〔一〕「西窗」二句：用蘇蕙織回文詩故事。晉書列女傳：「竇滔妻蘇氏，始平人也，名蕙，字若蘭，善屬文。滔，苻堅時爲秦州刺史，被徙流沙，蘇氏思之，織錦爲回文旋圖詩以贈滔。宛轉循環以讀之，詞甚悽惋。」

〔二〕「聊可」二句：陶弘景詔問山中何所有賦詩以答：「山中何所有？嶺上多白雲。只可自怡悦，不堪持贈君。」石湖化用陶詩意。

立春日郊行㊀

竹擁溪橋麥蓋坡，土牛行處亦笙歌〔一〕。麴塵欲暗垂垂柳，醅面初明淺淺波。日滿縣前春市合，潮平浦口暮帆多。春來不飲兼無句，奈此金旛綵勝何〔二〕！

【校記】

㊀題：董鈔本於題下注：「崑山作。」

【題解】

本詩作於崑山讀書時期。詩云「日滿縣前」，董鈔本題注「崑山作」，可知。

【箋注】

〔一〕土牛：禮記月令：「（季冬之月）命有司大儺，旁磔，出土牛，以送寒氣。」「出土牛以示農耕之早晚。」顧禄清嘉録卷一「行春」條云：「故事：先立春一日，郡守率僚屬，迎春婁門外柳仙堂，鳴騶清路，盛設羽儀，前列社夥，殿以春牛。觀者如市，男婦争以手摸春牛，謂占新歲造化。」

〔二〕金旛綵勝：古代於立春日有插戴旛勝的風俗。金盈之醉翁談録卷三：「是日（立春日），自郎官、御史、寺監長貳以上，皆賜春旛勝，以羅爲之，近臣皆加賜銀勝。」孟元老東京夢華録卷六：「春日，宰執、親王、百官皆賜金銀旛勝，入賀訖，戴歸私第。」

次韻漢卿舅即事二絶

風捲南枝一夜休，孤芳寧肯爲人留？淡粧素服真成夢，落月横參各自愁。

萬木垂垂欲改柯，根萌焦渴奈春何！晚來礎汗南風壯〔一〕，會有溪雲載雨過。

【題解】

本詩當作於崑山讀書時期。張廷傑先有即事詩，石湖次韻和之。原唱今佚。漢卿舅，即張廷傑，字漢卿，吴人，據周必大靖州推官張君廷傑墓志銘知張氏官迪功郎、靖州軍事推官，「少業儒」，「刻意教子，藏書數千卷，士大夫喜從之遊」。建華山别墅，以終晚年。周必大有跋平江張漢卿推官華山就隱圖。吴郡諸山録提及張漢卿陪同遊山。石湖與張漢卿常相唱和，除本詩外，還有次韻漢卿舅臘梅。張漢卿是王葆之舅兄，年歲長石湖十五歲，王葆乃石湖之父執，故亦能稱漢卿爲舅。

【箋注】

〔一〕礎汗：因空氣中濕度增大，柱下石礎濕潤如汗，是天將雨的徵兆。淮南子説林：「山雲蒸，柱礎潤。」蘇洵辨奸論：「月暈而風，礎潤而雨，人人知之。」

晚潮

東風吹雨晚潮生〔一〕，疊鼓催船鏡裏行〔二〕。底事今年春漲小？去年曾與畫橋平。

【題解】

本詩作於崑山讀書時期。

【箋注】

〔一〕「東風」句：化用韋應物滁州西澗「春潮帶雨晚來急」句意。

〔二〕鏡裏行：釋惠標詠水詩：「舟如空裏泛，人似鏡中行。」

一篙

一篙新緑浦東西〔一〕，雪絮漫江雁不飛〔二〕。宿雨纔晴風又轉，片帆那得及時歸。

【題解】

本詩作年難以確考。

【箋注】

〔一〕「一篙」句：一篙，水漲有一篙深。温庭筠洞户二十二韻：「橋彎雙表迴，池漲一篙深。」新緑，詩人對新漲河水的美稱。周邦彦滿庭芳：「人静烏鳶自樂，小橋外新緑濺濺。」盧祖皋謁金門：「一雨林塘新緑浄。」

〔二〕雪絮：柳絮飛舞如雪。世説新語言語：「謝太傅寒雪日内聚，與兒女講論文義。俄而雪驟，公欣然曰：『白雪紛紛何所似？』兄子胡兒曰：『撒鹽空中差可擬。』兄女曰：『未若柳絮因風起。』公大笑樂。」

碧瓦

碧瓦樓頭繡幕遮，赤欄橋外緑溪斜〔一〕。無風楊柳漫天絮，不雨棠梨滿地花。

【題解】

本詩作年難以確考。

【箋注】

〔一〕赤欄橋：白居易三月三日閑行：「紅欄三百九十橋。」

題記事册　庚午

劃破虚空一劍閒，六根同轉上頭關〔一〕。如今宴坐庵中事，政在凡夫道法閒〔二〕。

【題解】

本詩作於紹興二十年（一一五〇），時年二十五歲，在崑山東禪寺讀書。題注「庚午」，即紹興二十年。

【箋注】

〔一〕「六根」句：六根，佛家語，佛家認爲眼、耳、鼻、舌、身、意爲六根。維摩詰所説經入不二法門品記妙喜菩薩的話：「眼色爲二，若知眼性，於色不貪、不恚、不癡，是名寂滅。如是，耳聲、鼻香、舌味、身觸、意法爲二，若知意性，於法不貪、不恚、不癡，是名寂滅，安住其中，是爲入不二法門。」認爲人之六根處於諸色中而能獲得解脱，安住其中，進入超絶境界，就是入不二法門。如是，即「轉上頭關」。

〔二〕道法：承上意，佛家認爲人們在眼色、耳聲、鼻香、舌味、身觸、意法的轉換中，領悟佛法，便是道法。全句意謂：宴坐庵中，我正處在凡夫向道法的轉化間。

暮春上塘道中

店舍無煙野水寒，競船人醉鼓闌珊。石門柳緑清明市，洞口桃紅上巳山。飛絮著人春共老，片雲將夢晚俱還。明朝遮日長安道〔一〕，慚愧江湖釣手閒。

【題解】

本詩作於紹興二十年（一一五〇）。是年有臨安之行。于北山范成大年譜紹興二十年譜文：「暮春，有臨安之行。」上塘，地名，在臨安城東。淳祐臨安志卷一〇「下塘河」條：「二水合於北郭稅務前……分爲兩派：一由東北上塘過東倉新橋，入大運河，至長安閘，入秀州，曰運河。」咸淳臨安志卷三五同。

【箋注】

〔一〕長安道：指長安閘道中。咸淳臨安志卷三九「水閘」條：「鹽官縣，長安三閘，在縣西北二十五里，相傳始於唐。紹聖間，鮑提刑累沙羅木爲之，重置斗門二。後壞於兵火。紹聖八年，吳運使請易以石埭。紹熙二年，張提舉重修。歲久，莫詳諸使者名。」

江上

天色無情淡，江聲不斷流。古人愁不盡，留與後人愁！

【題解】本詩作於紹興二十年（一一五〇）暮春。本詩上接暮春上塘道中，下接餘杭道中，應與二詩同時作。江，即臨安城東上塘之江水。全詩意象，與秦觀江城子「便作春江都是淚，流不盡，許多愁」同。

餘杭道中

落花流水淺深紅，盡日帆飛繡浪中〔一〕。桑眼迷離應欠雨〔二〕，麥鬚騷殺已禁風。牛羊路杳千山合，鷄犬村深一逕通。五柳能消多許地，客程何苦鎮怱怱〔三〕！

【題解】本詩作於紹興二十年（一一五〇）。時有臨安之行，途經餘杭縣。咸淳臨安志卷一七：「餘杭縣，望，在府城西四十五里，東西三十六里，南北八十里。東至錢塘縣，以閑林爲界，一十八里。西至臨安縣，以杜塢石橋爲界，一十八里。南至富陽縣，以牛寶嶺爲界，二十九里。北至安吉州武康縣，以白茆山爲界，五十一里。」

【箋注】

〔一〕繡浪：劉兼春宴河亭：「舞袖逐風翻繡浪，歌塵隨燕下雕梁。」

〔二〕桑眼：桑葉之嫩芽。陸游初春二首之一：「土膏動後麥苗長，桑眼綻來蠶事興。」

〔三〕鎮：常也。張相詩詞曲語辭匯釋卷二：「鎮，猶常也，長也，儘也。」

陳侍御園坐上

愁眼逢歡春水明，詩情得酒春雲生。花梢蝴蝶作團去，竹裏鵓鳩相對鳴。邂逅浮生此日好，纏綿俗累何時輕？擘牋沬墨乏奇句，擫笛當筵慚妙聲。

【題解】

本詩作於紹興二十年（一一五〇），時有臨安之行，於陳侍御園即興作本詩。

獨遊虎跑泉小庵

苔徑彎環入，茅齋取次成〔一〕。蔓花緣壁起，閒草上堦生。宿雨松篁色，新晴燕雀聲。筒泉烹御米，聊共老僧傾。

【題解】

本詩作於紹興二十年（一一五〇），有臨安之行，獨遊虎跑泉，賦詩以紀行。周密武林舊事卷五「湖山勝概」：「虎跑泉，舊傳性空禪師居此，無泉，二虎跑地而出。東坡詩云：『虎移泉眼趁行脚，龍作浪花供撫掌。』」咸淳臨安志卷三八「泉」：「虎跑泉，舊傳性空禪師嘗居大慈山，無水，忽有神人告之曰：『明日當有水矣。』是夜二虎跑地作穴，泉涌出，因名。」宋濂虎跑泉寺碑記：「虎跑泉在杭之南山大慈寺定慧禪院。唐元和十四年，性空大師來遊兹山，棲禪其中。」

【箋注】

〔一〕取次：張相詩詞曲語辭匯釋卷四：「取次，猶云隨便或草草也。」

王希武通判輓詞二首

當代名臣後，惟公奕世賢〔一〕。及親三釜養〔二〕，遺子一經傳〔三〕。藥石探奇字，芸香緝斷編。堂堂今不見，塵迹自依然。

事契從先世，姻聯亦近親〔四〕。遽爲重壤去，淒斷十年鄰〔五〕。物理真飄忽，家聲正隱轔。門闌可三戟〔六〕，何止駟車云〔七〕。

【題解】

本詩作於紹興二十年（一一五〇）。時在崑山讀書，鄰居王陔卒，作輓詩。王希武通判，即王陔，字希武，王綯之子。陸友仁吴中舊事：「王陔字希武，參知政事綯之子，有第宅在崑山。」于北山范成大年譜紹興二十年譜文：「王陔（希武）卒，有輓詞。」

【箋注】

〔一〕「當代」二句：王陔之父王綯，當代名臣，建炎三年，自資政殿學士兼權太子太傅，遷中大夫，除參知政事，四年五月罷。見宋史宰輔表。龔明之中吴紀聞卷六「王唐公」條：「王綯，字唐公，秦正懿王審琦五世孫。建炎中，爲御史中丞。虜犯維揚，車駕南渡，公扈從以行。東宫初建，以資政殿學士權太子少傅。未幾，拜參知政事，力丐奉祠，御書『霖雨思賢佐』一聯以賜之。紹興七年，薨於崑山僧舍，年六十四，謚和。」明周復俊東吴名賢記卷下：「金虜入寇，（王綯）具陳攻守之策，時宰不能用。高宗南巡，扈從至丹陽，奏曰：『陳東以忠諫被誅，此其里閈也。』帝即命周其家，官其子。三年，拜參知政事。紹興三年，出知越州。會韓世忠邀擊虜於揚子江，綯議遣兵追襲，與世忠夾擊之，同政者議不合，遂求去。綯爲人剛正有守，立朝無所依附。比居政府，每以禄不逮親，自奉甚薄，不營産宅。晚寄薦嚴寺僧寮，蕭然一室，服食器用，無異寒素。天性仁孝，賙䘏姻族，惟恐不及。生平無他，唯以誦讀爲樂，撰述甚富。卒年七十四。謚文恭。墓在崑山金龍橋之陽。」記述與龔明之稍異。

〔二〕「及親」句：莊子寓言：「曾子再仕而心再化，曰：『吾及親仕，三釜而心樂；後仕，三千鍾而不洎，吾心悲。』」疏：「六斗四升曰釜。……曾參至孝，求禄養親，故前仕親在，禄雖少而歡樂；後仕親没，禄雖多而悲悼。」此句意謂王陔用微薄的俸禄養親，感到歡樂。

〔三〕一經傳：用漢書韋賢傳「遺子黄金滿籯，不如一經」之典，參卷三除夜感懷注。

〔四〕「事契」二句：于北山范成大年譜紹興二十年譜文按語：「據詩意，絢與雩蓋舊交。厥後又有姻婭關係。」

〔五〕「淒斷」句：孔凡禮范成大年譜紹興十三年譜文：「此十年中，成大之交游，除詩社諸人外，有王陔。」注云：「成大與陔蓋爲親鄰。」于北山范成大年譜紹興二十年譜文按語：「所謂『淒斷十年鄰』者，蓋指少年時在崑山東禪讀書時事也。」

〔六〕「門闌」句：唐制，三品以上官員可以在邸第門前立戟。白居易裴五：「莫怪相逢無笑語，感今思舊戟門前。」宋代亦有此制，宋會要輯稿儀制四門戟：「徽宗政和八年五月九日，知太原府姚祐奏：『政和格：臣僚私門經恩賜者許立戟，二品以上十四，一品十六。』」

〔七〕「何止」句：承上句意，謂門闌可容駟馬高車，語出漢書于定國傳：「始定國父于公，其閭門壞，父老方共治之，于公謂曰：『少高大閭門，令容駟馬高蓋車。』」

劇暑

赫赫炎官張傘〔一〕，啾啾赤帝騎龍㈠〔二〕。安得雷轟九地，會令雨起千峰。

【校記】

㈠啾啾：富校：「『啾啾』二字原脱，據黄刻本補。」按，叢書堂本、董鈔本亦有此兩字。

【題解】

本詩作年難以確考。

【箋注】

〔一〕「赫赫」句：語出韓愈遊青龍寺贈崔大補闕：「光華閃壁見神鬼，赫赫炎官張火傘。」赫赫，詩經大雅雲漢：「赫赫炎炎。」

〔二〕「啾啾」句：語出李賀河南府試十二月樂詞六月：「啾啾赤帝騎龍來。」啾啾，鳴聲，屈原離騷：「鳴玉鸞之啾啾。」王逸注：「啾，音揫，埤倉云：衆聲也。」赤帝，即祝融氏，爲火神。葛洪枕中書：「祝融氏爲赤帝。」山海經海外南經：「南方祝融氏，獸身人面，乘兩龍。」郭璞注：「火神也。」

次韻時叙

新春殘春一夢間，夢中兀兀長閉關。今朝出門春已去，但見新笋齊屋山。作詩惜春聊復爾，春亦何能與人事？閒心如絮久沾泥〔一〕，但愛日長添午睡。

【題解】

本詩約作於崑山讀書時期。

【箋注】

〔一〕「閒心」句：惠洪冷齋夜話卷六「東坡稱道潛之詩」條云：「東坡餞客罷，與俱來，而紅妝擁隨之。東坡遣一妓前乞詩，潛援筆而成曰：『寄語巫山窈窕娘，好將魂夢惱襄王。禪心已作沾泥絮，不逐春風上下狂。』」石湖詩由此化出，改「禪」字爲「閒」字。

夜宴曲　以下共二首，效李賀。

金麟噴香煙龍蟠〔一〕，玉燈九枝青闌干〔二〕。明瓊翠帶湘簾斑㈠，風幃繡浪千飛鸞。舞娥紫袖如弓彎〔三〕，雲中一笑天解顏。銜杯快卷玻璃乾，花樓促箭春宵寒，二十五聲宮點闌〔四〕。

【校記】

㈠翠：原缺。富校：「『翠』字原脱，據黄刻本補。」按，董鈔本亦作「翠」。今據補。叢書堂本作「押」。

【題解】

本詩約作於崑山讀書時期。題下注：「以下共二首，效李賀。」李賀集中描寫豪華夜宴之場面的有數詩，如秦王飲酒、夜飲朝眠曲、秦宮詩，本詩即效其格調。長吉詩語言凝煉峭拔、色彩濃艷、意象奇詭，形成瑰麗奇峭的審美特徵。范成大「效李賀」，其詩風格差近之。下首神絃同此。

【箋注】

〔一〕「金麟」句：金屬製成之麒麟形香爐。語出花蕊夫人宫詞：「山樓彩鳳棲寒月，宴殿金麟吐御香。」

〔二〕「玉燈」句：李賀秦王飲酒「仙人燭樹蠟燭輕」，王琦解：「其曰樹者，猶枝也，記燭之數曰幾枝，古今通有此稱。」九，泛指多數，詩謂有很多枝玉燈。又，李賀夜來樂：「華燈九枝懸鯉魚。」

〔三〕「舞娥」句：自李賀秦王飲酒「黄鵝跌舞千年觥」句化出。黄鵝，指穿黄色衣裳的舞女。舞女穿著黄色舞衣，舞姿象黄鶺跌仆。錢仲聯讀昌谷集絶句六十首注：「詩所云『黄鶺跌舞千年觥』，即秦王破陣樂中之鶺鸖舞容。」唐會要卷三三：「（貞觀）七年正月七日，上製破陣樂舞圖，左圓右方，先偏後伍，魚麗鶺鸖，箕張翼舒，交錯屈伸，首尾回互，以象戰陣之形。」李賀詩稱舞女著黄色舞衣，石湖换成「紫袖」；李賀詩描寫秦王破陣樂武舞，石湖由此聯想出「紫袖如弓彎」。

〔四〕「花樓」二句：花樓，語出李賀秦王飲酒，此形容樓臺華貴侈麗。箭，宫漏中用以標示時刻之物。周禮夏官挈壺氏：「分以日夜。」鄭玄注：「漏之箭，晝夜共百刻。」箭示時光之漸進，故曰「箭促」。二十五聲宫漏，宫漏所報更點數。古代報時計數，一更爲五點。程大昌演繁露卷四：「點者，則以下漏滴水爲名，每一更又分爲五點。」一夜五更，一更五點，故云「二十五聲宫點」。顔之推顔氏家訓卷六：「或問：一夜何故五更，更何所訓？答曰：漢、魏以來，謂爲甲夜、乙夜、丙夜、丁夜、戊夜，又云鼓，一鼓、二鼓、三鼓、四鼓、五鼓，亦云一更、二更、三更、四更、五更，皆以五爲節。」

神絃

雙娥一去三千秋，粉篁春淚凝古愁〔一〕。神鼉悲鳴老龍怨〔二〕，水爲翻瀾雲爲留〔三〕。素空逗露晚花泣，神官行水鱗僮濕㊀。潮聲不平江風急，蒼梧冥茫九山立〔四〕。

【校記】

㊀鱗僮：詩淵第二册第一四一三頁作「鱗幢」。

【題解】

參見上首夜宴曲「題解」。李賀集中有神絃詩，摹寫女巫迎神送神事。范成大乃借用以咏娥皇、女英事，與李賀詩旨不同。

【箋注】

〔一〕「雙娥」二句：雙娥，指娥皇、女英，帝舜之兩妃。張華博物志卷一〇：「舜死，二妃淚下，染竹成斑。妃死，爲湘水神，故曰湘妃竹。」李賀湘妃詩，即詠其事。

〔二〕「神鼉」句：化用李賀湘妃「幽愁秋氣上青楓，涼夜波間吟古龍」句意。

〔三〕「水爲」句：自李賀巫山高「大江翻瀾神曳煙」句翻出。錢澄之評此句（姚文燮昌谷集注附）：「神曳煙，曳字如畫，畫出漸展漸拓之景。」石湖「雲爲留」，即此景况。

〔四〕蒼梧：山名，即九疑山，帝舜葬於此山。山海經海内南經：「蒼梧之山，帝舜葬於陽。」郭璞注：「即九疑山也，禮記亦曰舜葬蒼梧之野。」

樂神曲 以下共四首，效王建。

豚蹄滿盤酒滿杯，清風蕭蕭神欲來。願神好來復好去，男兒拜迎女兒舞。老翁翻香笑且言，今年田家勝去年。去年解衣折租價，今年有衣著祭社。

【題解】

本詩作年難以確考，從全書編排序次考察，本詩及以下三首，都應該作於崑山讀書時期。于北山范成大年譜紹興二十年譜文云：「樂神曲、繰絲行、催租行約作於此時。」未可爲定論，僅供參考。本詩題下注：「以下共四首，效王建。」詩人所效的是王建寫作新題樂府的精神，明顯地繼承了漢樂府「感於哀樂，緣事而發」和語言通俗明白的特徵。四詩均以農家生活爲題材，表現農民心中的喜和憂，他們的願望和追求，運用直賦其事的表現手法和人物對話的語言形式，增添了詩篇的生活情趣。石湖詩這種風格特徵，長期地保存在他的中後期的創作活動中。

繰絲行

小麥青青大麥黄，原頭日出天色涼。姑婦相呼有忙事〔一〕，舍後煮繭門前香〔二〕。

繅車嘈嘈似風雨〔三〕，繭厚絲長無斷縷〔四〕。今年那暇織絹著，明日西門賣絲去〔五〕。

【題解】

參見上首繅神曲「題解」，本詩描寫農家繅絲情景。

【箋注】

〔一〕「姑婦」句：高啓養蠶詞：「新婦守箔女執筐，頭髮不梳一月忙。」其情景與石湖詩相仿佛。

〔二〕煮繭：顧禄清嘉録卷四「小滿動三車」條云：「小滿乍來，蠶婦煮繭，治車繅絲，晝夜操作。」

〔三〕繅車：顧禄清嘉録卷四「小滿動三車」條引徐炬事物原始云：「西陵氏制繅車以繅絲。」徐光啓農政全書卷三一「養蠶法」引士農必用云：「繅絲之訣，惟在細圓匀緊，使無褊慢節核，粗惡不匀也。繅絲，有熱釜、冷盆之異，然皆必有繅車絲軖，然後可用。」

〔四〕「繭厚」句：顧禄清嘉録卷四「小滿動三車」條引震澤志：「黃繭緒粗，不中織染，另繅以爲絲縛。惟細長而瑩白者，留種繭外，乃繅細絲。」

〔五〕賣絲去：顧禄清嘉録卷四「賣新絲」條云：「繭絲既出，各負至城，賣與郡城隍廟前之收絲客，每歲四月始聚市，至晚蠶成而散，謂之賣新絲。」

田家留客行

行人莫笑田家小，門户雖低堪洒掃。大兒繫驢桑樹邊，小兒拂席軟勝氈〔一〕。木臼新春雪花白，急炊香飯來看客。好人入門百事宜，今年不憂蠶麥遲！

【題解】

參見樂神曲「題解」，本詩描寫田家殷勤留客的盛情。

【箋注】

〔一〕「大兒」三句：描寫大兒、小兒的行動。脱胎於古樂府相逢行：「大婦織綺羅，中婦織流黄。小婦無所爲，挾瑟上高堂。」石湖變「大婦」、「小婦」爲「大兒」、「小兒」。辛棄疾清平樂（茅簷低小）詞亦仿此法。

催租行

輸租得鈔官更催，踉蹡里正敲門來。手持文書雜嗔喜：「我亦來營醉歸耳！」牀頭慳囊大如拳，撲破正有三百錢〔一〕：「不堪與君成一醉，聊復償君草鞋費。」

【題解】

參見樂神曲「題解」，本詩描寫農村催租情景。

【箋注】

〔一〕「牀頭」二句：詩寫「撲滿」，劉歆西京雜記卷五：「公孫弘以元光五年爲國士所推，尚爲賢良，國人鄒長倩……贈以……撲滿一枚……撲滿者，以土爲器，以蓄錢貝，其有入竅而無出竅，滿則撲之。土，粗物也；錢，重貨也；入而不出，積而不散，故撲之。」

緘口翁

張達夫大卿酒尊名。酒尊不應緘口，客令僕嘲之。

君子取中道，常在語默間。多言固自費，不語良獨難。此翁身如鄭文淵〔一〕，辨如懸河思如泉〔二〕。邇來緘口欲挂壁，囁嚅畏客翻可憐！君不見東家玉壺本弟兄，叩之猶解語分明。願聞胚渾甚深義，定自能令一座傾。

【題解】

本詩作年難以確考。張達夫大卿，生平不詳。

【箋注】

〔一〕鄭文淵：即三國時太中大夫鄭泉。三國志吴書吴主傳：「（黄武元年）十二月，權使太中大夫鄭泉聘劉備於白帝，始復通也。」裴松之注引吴書：「鄭泉，字文淵，陳郡人。博學有奇志，而性嗜酒，其閑居每曰：『願得美酒滿五百斛船，以四時甘脆置兩頭，反覆没飲之，憊即住而啖肴膳。酒有斗升減，隨即益之，不亦快乎！』權以爲郎中。嘗與之言：『卿好於衆中面諫，或失禮敬，寧畏龍鱗乎？』對曰：『臣聞君明臣直，今值朝廷上下無諱，實恃洪恩，不畏龍鱗。』後侍宴，權乃怖之，使提出付有司促治罪。泉臨出屢顧，權呼還，笑曰：『卿言不畏龍鱗，何以臨出而顧乎？』對曰：『實恃恩覆，知無死憂，至當出閤，感惟威靈，不能不顧耳。』使蜀，劉備問曰：『吳王何以不答吾書，得無以吾正名不宜乎？』泉曰：『曹操父子陵轢漢室，終奪其位。殿下既爲宗室，有維城之責，不荷戈執殳爲海内率先，而於是自名，未合天下之議，是以寡君未復書耳。』備甚慚恧。泉臨卒，謂同類曰：『必葬我陶家之側，庶百歲之後化而成土，幸見取爲酒壺，實獲我心矣。』」

〔二〕辨如懸河：世説新語賞譽：「王太尉（衍）云：郭子玄（象）語議如懸河寫水，注而不竭。」陸游聞王嘉叟訃報有作：「劇論懸河駭鄰里。」思如泉，見曹植王仲宣誄：「文若春華，思若湧泉。」

春思

沙際緑蘋滿，樓頭芳樹多。光風入綢户，羅幕生繡波。前年花開憶湘水，今年花開淚如洗。園樹傷心三見花，依舊銀屏夢千里。

【題解】本詩作年難以確考。由第五句「前年花開憶湘水」句考量，此詩當在乾道九年赴桂林帥行經湘水以後所作。

次韻漢卿舅臘梅二首

垂垂瘦萼泫微霜㊀，剪剪纖英鎖暗香。金雀釵頭金蛺蝶，春風傳得舊宮粧。

湘袂朝天紫錦裳，光風微度絳霄香。壽陽信美無仙骨〔一〕，空把心情學澹粧。

【校記】

㊀ 泫：叢書堂本、詩淵第四册第二四三四頁均作「泣」。

【題解】

本詩作年難以確考。張廷傑賦臘梅二絶，石湖次韻和之。原唱已佚。

【箋注】

〔一〕壽陽：即壽陽公主，詠梅詩每用壽陽故事。太平御覽卷三〇引雜五行書：「宋武帝女壽陽公主，人日卧於含章殿簷下，梅花落公主額上，成五出花，拂之不去。皇后留之，看得幾時。經三日洗之，乃落。宮女奇其異，競效之，今梅花粧是也。」

宿東寺二首

淡天如水霧如塵，殘雪和霜凍瓦鱗。織女無言千古恨〔一〕，素娥有意十分春〔二〕。

一聲黄鵠夜深歸，栖雀驚鳴觸殿扉。北斗半垂樓閣外，風旛渾欲上雲飛。

【題解】

本詩作於崑山讀書時期，具體作年難以確考。東寺，即東禪寺，薦嚴禪寺在縣東，故又名東禪寺。玉峰志卷下「寺觀」：「薦嚴資福禪寺，在縣東三百步。」

【箋注】

〔一〕織女：星名，在銀河西，與銀河東牽牛星相對。詩經小雅大東：「跂彼織女，終日七襄。雖則七襄，不成報章。」班固西都賦：「臨乎昆明之池，左牽牛而右織女。」

〔二〕素娥：月中嫦娥，又名素娥。謝莊月賦：「引玄兔於帝臺，集素娥於後庭。」

範老前歲相别，約歸括蒼，便游四明，今不知何地，暇日有懷

春色重來意未闌，故人一去肯復還。括蒼洞天歸舊隱〔一〕，補陀海岸尋神山〔二〕。

杖屨雲煙遠游樂，衣裳風雪行路難。鴻飛冥冥鷗浩蕩，安得置之鷄鶩間？

【校記】

㊀歸：原作「掃」，據詩題改。

【題解】

本詩作年難以確考。範老，即希範，虎丘山寺長老，號默堂。周必大吴郡諸山録：「（乾道壬辰三月）丁酉早，過閶門，與大兄同游虎丘，夜宿寺，禮長老希範。」希範號默堂，見成化虎丘山志。括蒼，山名，在浙江東南部，王存元豐九域志卷五台州臨海縣、仙居縣，處州麗水縣有括蒼山。道家以此爲十大洞天福地之一，見雲笈七籤卷二七「十大洞天」。詩之第三句「括蒼洞天」，即指此。四明，山名，在浙江寧波西南，王存元豐九域志卷五明州鄞縣「有四明山、廣德湖」。新定九域志卷五明州：「四明山，孫綽天台山賦云『登陸則四明、天台』是也。今按此山有四面，各産異木，而皆不雜。」

【箋注】

〔一〕「補陀」句：補陀，山名，全稱爲補陀落迦山，爲觀音菩薩的説法道場，今名普陀山。趙彦衛雲麓漫鈔卷二：「補陀落迦山，自明州定海縣招寶山泛海東南行，兩潮至昌國縣。自昌國縣泛海到沈家門，過鹿獅山，亦兩潮至山下。正南一山曰翫月巖，循山而東，曰善財洞，又東曰菩薩泉，又東曰潮音洞，即觀音示現之處。又東曰仙人跡，又東曰甘露潭，東即大海。南逾海曰善財醮，南亦大海。自翫月峰之上過一山，中有平地，四山包之，即補陀寺。……循翫月巖北至善財洞及觀音巖寺前路，循東到古寺基，過圜通嶺，即山之北，亦大海。此山在海中。初，高麗使王舜封船至山下，見一龜浮海面，大如山，風大作，船不能行。忽夢觀音，龜没浪浄，申奏朝廷，得旨建寺，乃元豐三年也。華嚴經云：『補陀洛迦山，亦云小白花山，今此山皆白丁香花。』『東南天水混合無邊際，自東即入遼東、渤海、日本、毛人、高麗、扶桑諸國，自南即入漳、泉、福建路云。觀音多現於洞中，或於巖上，及山峰，變化不一，甚著靈驗。』

癸亥日泊舟吴會亭

去年春盤浙江驛，湛湛清波動浮石。今年春盤吴會亭，冥冥細雨濕高城。天邊作客風沙裏，今年去年成老矣㈠！客心古井冷無波㈡，過眼人情亦如水。憶昔三生住翠微㈢，偶來平地著征衣。山中故人應大笑，扁舟坐穩何當歸？

【校記】

㈠今年去年：叢書堂本、黄刻本、宋詩鈔作「去年今年」。

【題解】

本詩作於紹興二十一年（一一五一），時自臨安歸里。于北山范成大年譜紹興二十一年譜文：「春季，癸亥日泊舟吴會亭，蓋離杭返吴之作。」吴會亭，在吴縣西南。沈欽韓范石湖詩集注卷上引輿地紀勝，僅注出「吴會」意，未注出「吴會亭」何在？按，吴都文粹續編卷一一引本詩，附注：「吴會亭，在織里橋西河北岸。」織里橋，朱長文吴郡圖經續記卷中「橋梁」云：「失履橋，在吴縣西南。吴王有織里，以是名橋。謂之『失履』，俗訛也。」

【箋注】

〔一〕「客心」句：白居易贈元稹：「之子異於是，久處誓不諼。無波古井心，有節秋竹竿。」蘇軾臂痛謁告作三絶句示四君子之二：「心有何求遺病安，年來古井不生瀾。」

〔二〕三生：佛家語，同「三世」，指前生、今生、來生，即過去世、現在世、未來世。集異門足論卷三：「三世者，謂過去世、未來世、現在世。」白居易贈張處士韋山人：「世説三生如不謬，共疑巢許是前身。」

時敍火後，意不釋然，作詩解之

潘郎曉衾夢蘧蘧〔一〕，舞馬竟與融風俱〔二〕。前驅炎官後熱屬，席捲不貸淵明廬〔三〕。淵明有火後詩。君家十年四立壁，震風凌雨啼妻孥。平生白眼蓋九州〔四〕，閉户不納結駟車。清貧往往被鬼笑，付與一炬相揶揄〔五〕。井亜木刊烏鼠赭〔六〕，汝則暫戲吾何辜？天闕悠悠虎豹怒，叱閽上訴非良圖。作詩聊復相料理，甑墮已破空踟躕。浮生適來且適去，况此茅屋三間餘。掃除劫灰得空闊，新月恰上東牆隅㊀。幕天席地正可樂㊁〔七〕，爲君鼓旗助歌呼。

【校記】

㊀上：叢書堂本、詩淵第二册第一五四一頁作「吐」。

㊁樂：叢書堂本、詩淵作「醉」。

【題解】

本詩作年難以確考。

【箋注】

〔一〕夢蘧蘧：莊子齊物論：「昔者莊周夢爲胡蝶，栩栩然胡蝶也。……俄然覺，則蘧蘧然周也。」

〔二〕融風：祝融之風，指大火。柳宗元湘源二妃庙碑：「潛火熻孽，炖于融風。」

〔三〕「席捲」句：陶潛戊申歲六月中遇火：「草廬寄窮巷，甘心辭華軒。正夏長風急，林室頓燒燔。一宅無遺宇，舫舟蔭門前。」

〔四〕白眼：世説新語簡傲：「嵇康與吕安善。」劉孝標注引晉百官志：「（阮）籍能爲青白眼，見凡俗之士，以白眼對之。」

〔五〕「清貧」二句：鬼揶揄，世説新語任誕劉孝標注引晉陽秋：「（羅友）始仕荆州，後在温府。以家貧乞禄，温雖以才學遇之，而謂其誕肆，非治民才，許而不用。後同府人有得郡者，温爲席起别，友至尤晚。問之，友答曰：『民性飲道嗜味，昨奉教旨，乃是首旦出門，於中路逢一鬼，大見揶揄云：「我只見汝送人作郡，何以不見人送汝作郡？」』」白居易東南行一百韻詩：「時遭人指點，數被鬼揶揄。」

〔六〕井堙：堵塞水井。堙，即「堙」，國語晉語六：「夷竈堙井。」木刊，削除樹木，尚書益稷：「隨山刊木。」

〔七〕幕天席地：語出劉伶酒德頌：「幕天席地，縱意所如。」

題湯致遠運使所藏隆師四圖

欠伸

春風吹夢驀江飛，行盡江南只片時〔一〕。深院無人自驚覺，夕陽芳樹乳鴉啼。背立粧臺髻鬟懶，鏡鸞應見茸茸眼〔二〕。不須回首更嫣然，劉郎已自無腸斷〔三〕。

倦繡

猧兒弄煖緣堦走，花氣薰人濃似酒。困來如醉復如愁，不管低鬟釵燕溜。無端心緒向天涯，想見檣竿旛脚斜。槐陰忽到簾旌上，遲却尋常一線花。

倚竹

輕薄人情翻覆手〔四〕，冰容却耐幽居久〔五〕。關中舊事逐春休，付與新人莫迴首〔六〕。目送斜陽忘却歸，竹風搖曳翠羅衣〔七〕。君看脈脈無言處，中有杜陵飢客詩〔八〕。

嗅梅

雪意勒花愁未解，背陰一朵寒先退。東風還是去年香，不比人心容易改。宿酒瞢騰正耐春，花枝人面兩時新〔九〕。相看好作風流伴，只恐花枝却妒人。

【題解】

本詩作於紹興十六至十八(一一四六—一一四八)年間。于北山范成大年譜繫本詩於紹興二十二年,無據。孔凡禮范成大年譜繫本詩於紹興十三年至二十二年十年間,有失寬泛。按湯致遠,即湯鵬舉,字致遠,金壇人,徽宗政和八年(一一一八)進士,歷仕晉陵簿、當塗令,知饒州、江州、常州,紹興十六年,除兩浙轉運判官,十八年知臨安府,後又任御史中丞、參知政事,知樞密院事,封丹陽郡開國侯。宋史無傳。金壇縣志卷九名臣:「湯鵬舉,字致遠。由郡學貢京師,試上舍第一,登第。歷分寧簿、晉陵丞、當塗令。減和買布絹之十六。聽訟敏決,姓名狀貌,一見輒不忘,咸以爲神明。御史劉大中上其政,詔增秩。歷知廣德軍、饒州、江州、常州,陞本路轉運副使。鎮江諸邑秋税,布豆折估歲增,命定其直。自潤至杭,往來苦征税,鵬舉奏,非州縣而征商者皆罷。……秦檜死,朝廷徵言路壅塞之弊,召鵬舉於外,爲殿中侍御史。白上黜檜姻黨,劾左朝散大夫王曮爲檜親知,勒建昌軍居住。直徽猷閣吕愿中貪虐附檜,謫封州安置。極論董德元附檜爲非,罷其資政(殿)學士。請釋趙鼎子汾及王之奇、李孟堅等自便。累官御史中丞……封丹陽郡開國侯。」京口耆舊傳卷八有傳:「除淮東轉運判官……知常州,升本路轉運副使……擢知臨安府。」咸淳毗陵志卷八:「湯鵬舉,紹興十五年□月左朝散大夫直秘閣,十六年三月,除兩浙運判。」咸淳臨安志卷四七載鵬舉於紹興十八年六月,以中奉大夫、直秘閣、兩浙轉運判官除直敷文閣知臨安。王明清揮麈三録卷三:「湯致遠鵬舉守婺州,與通判梁仲鐘厚善。……湯時帥長沙……明年,湯易帥浙東。」吴廷燮南宋制撫年表卷下荆湖南路安撫使知潭州：「紹興二十一年，湯鵬舉，二月壬戌，自知婺州知潭州。」又，同書卷上兩浙東路安撫使知越州紹興府：「紹興二十二年，湯鵬舉，九月癸卯，由湖南知紹興。」二十二年三月丙辰罷。則石湖詩稱「運使」，必在紹興十六年至十八年間，本詩即作於其時。

隆師，宋代畫僧，名梵隆，字茂宗，吴興人。善畫人物、山水，程俱北山集卷一一有詩題云：「隆師作山水筆墨略到，而遠意有餘。」莊肅畫繼補遺卷上：「梵隆，字茂宗，吴興人也。描寫佛像，筆法甚逼龍眠，高宗極喜其畫，每見輒題品。」釋蓮儒畫禪：「梵隆，字宗茂，號無住，吴興人，善白描人物、山水，師李伯時。高宗極喜其畫，每見輒品題之。然氣韻筆法，皆不迨龍眠。」陸游湖州常照院記曾記述梵隆生平梗概云：「鎮江府延慶寺僧梵隆，以異材贍學，高操絶藝，自結上知，不由先容，得對内殿。先是隆師固已結廬於湖州菁山，號無住精舍，一時名士如葉左丞夢得、葛待制勝仲、汪内翰藻、陳參政與義，皆爲賦詩勒銘，傳於天下矣。至是，詔賜庵居於萬松嶺金地山，江濤湖光，映帶几席，壽藤老木，岑蔚夭矯。隆師方力辭，願歸故巢。既至，悦其地，且侈上賜，幡然願留。」

【箋注】

〔一〕「春風」二句：自岑參春夢「枕上片時春夢中，行盡江南數千里」兩句化出。

〔二〕「鏡鸞」句：鏡鸞，即鏡中鸞鳥，范泰鸞鳥詩序云：「昔罽賓王結罝峻卯之山，獲一鸞鳥，甚愛之，欲其鳴而不能致也。乃飾以金樊，饗以珍羞，對之愈戚，三年不鳴。夫人曰：『嘗聞鳥得類而後鳴，何不縣鏡以映之？』王從其言，鸞睹形悲鳴，哀響衝霄，一奮而絶。」茸茸眼，語出韓偓厭花落：「四肢嬌人茸茸眼。」

〔三〕「劉郎」句：用劉禹錫故事。孟棨本事詩情感載李紳宴請劉禹錫，讓歌女勸酒，劉即席賦詩，有「司空見慣渾閑事，斷盡江南刺史腸」句。

〔四〕「輕薄」句：杜甫貧交行：「翻手作雲覆手雨，紛紛輕薄何須數。」

〔五〕幽居：杜甫佳人：「絶代有佳人，幽居在空谷。」

〔六〕「關中」二句：脱化於杜甫佳人：「關中昔喪亂，兄弟遭殺戮。官高何足論，不得收骨肉。世情惡衰歇，萬事隨轉燭。……但見新人笑，那聞舊人哭。」

〔七〕「目送」二句：杜甫佳人：「天寒翠袖薄，日暮倚修竹。」

〔八〕「君看」三句：謂此畫依杜甫佳人詩意畫成。「杜陵飢客」，指杜甫，他曾居於長安杜陵，故云。

〔九〕花枝人面兩時新：自崔護題都城南莊「去年今日此門中，人面桃花相映紅」化出，石湖換桃花爲梅花。

晚步

排門簾幕夜香飄，燈火人聲小市橋。滿縣月明春意好，旗亭吹笛近元宵〔一〕。

【題解】

本詩作年難以確考。

【箋注】

〔一〕旗亭：市樓，文選張衡西京賦：「旗亭五重。」薛綜注：「旗亭，市樓也。」李賀開愁歌：「旗亭下馬解秋衣。」

題開元天寶遺事四首

御前羯鼓透春空，笑覺花奴手未工。一曲打開紅杏蕊，須知天子是天公〔一〕。

謝鑾舞袖貴妃絃，秦國如花虢國妍。不賞纏頭三百萬，阿姨何處費金錢〔二〕？

朝天車馬詔頻催，斸得新湯未敢開。忽報豬龍掀宇宙〔三〕，阿瞞虛讀相書來〔四〕。

剥啄延秋屋上烏〔五〕，明朝箭道入東都〔六〕。宮中亦有風流陣〔七〕，不及漁陽突騎粗〔八〕。

【題解】

本詩作年難以確考。開元天寶遺事，五代王仁裕撰，凡一百五十九條。是書記瑣事遺聞，尤留意宮内外風俗習尚，多採摭民間傳聞，未核史實，故有疏失之處。宋晁公武郡齋讀書志卷九傳記類：「開元天寶遺事四卷，右漢王仁裕撰。仁裕仕蜀至翰林學士。蜀亡，仁裕至鎬京採摭民言，得開元、天寶遺事一百五十九條，後分爲四卷。」陳振孫直齋書録解題卷七亦著録之。蘇軾有讀開元天寶遺事三首。

【箋注】

〔一〕「御前」四句：南卓羯鼓録：汝陽王璡，寧王子也。常戴砑絹帽打曲，上自摘紅槿花一朵，置於帽簷，奏舞山香一曲，而花不墜落。上大喜曰：「花奴姿質明瑩，肌髮光細，非人間人，必神仙謫墮也。」寧王謙讓，隨而短斥之。上笑曰：「大哥不須過慮，阿瞞自是相師。花奴但端秀過人，無帝王之相，固無猜也。」又高力士遣取羯鼓，上臨軒縱擊一曲，曲名春光好。及顧柳杏，皆已發拆。上笑謂嬪御曰：「此一事，不喚我作天公可乎？」

〔二〕「謝蠻」四句：樂史楊太真外傳：「時新豐初進女伶謝阿蠻，善舞。上與妃子鍾念，因而受焉。就按於清元小殿，寧王吹玉笛，上羯鼓，妃琵琶，馬仙期方響，李龜年觱篥，張野狐箜篌，賀懷智拍板。自旦至午，歡洽異常。時唯妃女弟秦國夫人端坐觀之，曲罷，上戲曰：『阿瞞樂籍，今日幸得供養夫人，請一纏頭。』秦國曰：『豈有大唐天子阿姨無錢用耶？』遂出三百萬爲一局焉。」「貴妃絃」，指楊貴妃彈琵琶。「虢國」，指貴妃三姐，嫁裴氏，封虢國夫人。「纏頭」，古代藝人演奏畢，客人以羅絲爲贈，稱纏頭，後代稱賞錢。杜甫即事：「笑時花近眼，舞羅錦纏頭。」白居易琵琶行：「五陵年少争纏頭，一曲紅綃不知數。」蘇軾讀開元天寶遺事三首之三：「破費八姨三百萬，大唐天子要纏頭。」

〔三〕「忽報」句：「豬龍掀宇宙」，指安禄山反叛朝廷。豬龍，指安禄山，樂史楊太真外傳：「又嘗與夜宴，禄山醉卧，化爲一豬而龍首，左右遽告帝。帝曰：『此豬龍，無能爲。』」安禄山反叛，史有詳載，唐郭湜高力士外傳：「（天寶）十四年冬，安禄山作逆，起自范陽，私聚甲兵，假稱朝貢。囚李芝於真定，劫光翽於太原。長驅兩河，將吞九鼎。葠藡戎羯，乘我不虞。國家久致昇平，不修兵甲，卒徵烏合之衆，以禦必死之軍。遂使張介然喪律於陳留，封常清棄甲於汜水。東京已陷，西土猶寧。有詔斬封、高於驛前，鎮哥舒於關上。交鋒縱鏑，向歷半年，斬將搴旗，不逾信宿。兵疲師老，衆潰親離。國忠促哥舒之軍，務令速進；火拔冀禄山之黨，更却先投。烽火遍照於川原，羽書交馳於道路。西京於焉失守，萬姓及此騷然。」

〔四〕「阿瞞」句：李德裕次柳氏舊聞：「天寶中，安禄山每來朝，上特異待之，爲置坐於殿，而偏張金鷄障。其下，來輒賜坐。肅宗諫曰：『自古正殿無人臣坐禮，陛下寵之已甚，必將驕也。』上呼太子前曰：『此胡有奇相，吾以此厭弭之爾。』」阿瞞，玄宗自稱，段成式酉陽雜俎前集卷一史志：「玄宗，禁中嘗稱阿瞞，亦稱鴉。」

〔五〕「剥啄」句：延秋，門名，安史亂時，明皇自此門出逃巴蜀。郭湜高力士外傳：「十五載六月十二日，有詔移仗未央宫。十三日有詔幸巴蜀，至延秋門外，上駐馬謂高公曰：『卿往日之言是。今日之事，朕之曆數尚亦有餘，不須憂懼。』」

〔六〕箭道：梁書武帝紀：「高祖曰：『漢口不闊一里，箭道交至。』」

〔七〕風流陣：王仁裕開元天寶遺事卷下：「明皇與貴妃，每至酒酣，使妃子統宮妓百餘人，帝統小中貴百餘人，排兩陣於掖庭中，目爲風流陣。以霞被錦袾張之爲旗幟，攻擊相鬭，敗者罰之巨觥以戲笑。時議以爲不祥之兆，後果有禄山兵亂，天意人事不偶然也。」

〔八〕「不及」句：白居易長恨歌：「漁陽鞞鼓動地來，驚破霓裳羽衣曲。九重城闕烟塵生，千乘萬騎西南行。」突騎，漢書鼂錯傳：「若夫平原易地，輕車突騎，則匈奴之衆易撓亂也。」白居易琵琶引：「鐵騎突出刀槍鳴。」

讀甘露遺事二首

神理人情本不同，絶憐鼠輩倖元功。天公盍假毛氂助㊀，成敗都懸反掌中〔一〕。

上林輦路草青青，誰向憑高識聖情〔二〕？謾展東封圖畫看〔三〕，不如醲酒亂平生。

【校記】

㊀天公：叢書堂本、詩淵第六册第四二五六頁均作「天心」。

【題解】本詩作年難以確考。石湖讀史至唐文宗朝甘露事變，有感而賦此二絶。甘露遺事，唐文宗大和九年十一月，宰相李訓、節度使鄭注等謀誅宦官。訓等設伏兵，詐稱石榴樹上有甘露，誘宦官仇士良等往觀，即加誅殺。事敗，李訓、鄭注、舒元輿等皆被殺，史稱「甘露事變」，見舊唐書文宗紀。

【箋注】

〔一〕反掌：喻事之極易，語出漢書枚乘傳：「易於反掌，安於太山。」

〔二〕「上林」二句：計有功唐詩紀事卷二：「甘露事後，帝不樂，往往瞠目獨語云：須殺此輩，令我君臣間絶。後賦詩曰：輦路生春草，上林花滿枝。憑高無限意，無復侍臣知。」

〔三〕東封圖畫：圖畫秦始皇東封泰山之盛典，唐吴道子畫。張彦遠歷代名畫記卷三：「弘道觀東封圖，是吴畫，兩京記乃云非名士畫，誤也。」

半塘 以下二十首，城西道中。

柳暗閶門逗曉開，半塘塘下越溪回。炊煙擁柁船船過，芳草緣堤步步來。

【題解】本詩作於紹興二十年（一一五〇）春。半塘詩至白善坑詩，共二十首，均爲同時作。孔凡禮范成大年譜紹興二十年譜文：「過高景庵，有作。」即指本組詩中之金氏庵詩。半塘，姚承緒吴趨訪古録卷三「長洲」：「自大津橋下塘至虎丘，延亘七里，舊名白公堤，約三里半爲半塘。自此至山麓，紅欄碧樹與緑波畫舫相映發，爲游賞勝地。」

楓橋

朱門白壁枕彎流〔一〕，桃李無言滿屋頭。牆上浮圖路傍堠，送人南北管離愁。

【題解】

本詩作於紹興二十年（一一五〇）春，參見半塘「題解」。楓橋，在閶門外，朱長文吴郡圖經續記卷中：「普明禪院，在吴縣西十里楓橋。楓橋之名遠矣，杜牧詩嘗及之，張繼有晚泊一絶，孫承祐嘗於此建塔。近長老僧慶來住持，凡四五十年修飾完備，面山臨水，可以游息。舊或誤爲『封橋』，今丞相王郇公頃居吴門，親筆張繼一絶於石，而『楓』字遂正。」范成大吴郡志卷一七「橋梁」：「楓橋，在閶門外九里道傍，自古有名，南北客經由，未有不憩此橋而題詠者。」

【箋注】

〔一〕枕彎流：杜荀鶴送人游吴：「君到姑蘇見，人家盡枕河。」

横塘

南浦春來緑一川，石橋朱塔兩依然。年年送客横塘路，細雨垂楊繫畫船。

【題解】

本詩作於紹興二十年（一一五〇）春，參見半塘「題解」。横塘，在盤門西。龔明之中吴紀聞卷三：「賀鑄，字方回……有小築在盤門之南十餘里，地名横塘，方回往來其間，嘗作青玉案詞云：『凌波不過横塘路。但目送，芳塵去。……』」徐崧、張大純百城烟水蘇州：「横塘，去盤門西五里，爲游湖入山之路。」姚承緒吴趨訪古録卷二：「横塘，在盤門西五里，有橋額曰横塘古渡，爲游湖入山之路。」

胥口

扁舟拍浪信西東，何處孤帆萬里風。一雨快晴雲放樹，兩山中斷水粘空〔一〕。

【題解】

本詩作於紹興二十年（一一五〇）春，參見半塘「題解」。胥口，朱長文吴郡圖經續記卷下：

「胥口，在姑蘇山西北十二里，因胥山而得名。」范成大吳郡志卷一八「川」：「胥口，在木瀆西十里，出太湖之口也。上有胥山，舟出口，則水光接天，洞庭東西山峙銀濤中，景物絶勝。」周必大吳郡諸山録：「堂上望湖邊兩山相對，東曰胥山，西曰香山，其中曰胥口。」

【箋注】

〔一〕水粘空：韓愈祭河南張員外文：「洞庭漫汗，粘天無壁。」

香山 吳王種香處。

採香徑裏木蘭舟〔一〕，嚼蕊吹芳爛熳游。落日青山都好在，桑間蕎麥滿芳洲。

【題解】

本詩作於紹興二十年（一一五〇）春，參見半塘「題解」。香山，與胥山相對，范成大吳郡志卷一五「山」：「香山，胥口相直。吳王種香於此山，遣美人採香焉。旁有山溪，名採香徑。」周必大吳郡諸山録：「堂上望湖邊兩山相對，東曰胥山，西曰香山，其中曰胥口，故老言香山產香。堂下平田之中，有徑直達山頭，西施自此來採香，故一名采香，亦曰箭徑，言其直也。」

【箋注】

〔一〕木蘭舟：用木蘭樹木造的船。任昉述異記卷下：「木蘭川在潯陽江中，多木蘭樹。……有魯班刻木蘭爲舟，舟至今在洲。詩家云木蘭舟，出於此。」柳宗元酬曹侍御過象縣見寄：「破額山前碧玉流，騷人遥駐木蘭舟。」

上　沙

水邊犬吠隔疎林，籬落蕭森日半陰。繁杏鎖紅春意淺，晚梅飄粉暮寒深。

【題解】

本詩作於紹興二十年（一一五〇）春，參見半塘「題解」。

天平寺　以下天平山。

舊游彷彿記三年，轟飲題詩夜滿山⊖〔一〕。山上白雲應解笑，又將塵土涴朱顔。

三年前，至先兄與余同唐少梁登山絶頂〔二〕，比歸迷路，捫蘿而下，夜已午。主僧散遣群童秉炬求余三人，久而莫得，以爲已仙也。是夜宿寺中，聯句達曉。東坡曰：「自從有此山，白石封蒼苔。何常有此樂，將去復徘徊。」至今往來於余心。

【校記】

㊀夜滿山：富校：「『夜』，宋詩鈔作『月』，是。」

【題解】

本詩作於紹興二十年（一一五〇）春，參見半塘「題解」。天平寺，在天平山下。陸探微吳地記後集：「天平寺，在縣西南二十五里，唐寶曆二年置。」朱長文吳郡圖經續記卷中：「天平寺，在吳縣西南天平山下。山有白雲泉，始見於白公詩。其寺建於寶曆二年，乃樂天爲蘇州刺史之歲，蓋因泉以興寺也。范文正公之先葬其旁，賜額『白雲寺』，中有文正公祠堂。」徐崧、張大純百城烟水吳縣：「天平山……南趾有白雲寺，唐寶曆二年建，今爲范文正公功德院，范文正公祖墓在焉。」

【箋注】

〔一〕轟飲：有鬧飲、痛飲之意，石湖前無人用過，乃石湖首創。

〔二〕至先：石湖堂兄范成象，字至先。唐少梁：石湖在崑山讀書時期的朋友，早逝，本書卷八有奠唐少梁晉仲兄弟墓下詩。

白雲泉

泉色正白，蓋乳泉。

龍頭高啄嗽飛流，玉醴甘渾乳氣浮。捫腹煮泉烹鬬胯㊀，真成騎鶴上揚州〔一〕。

【校記】

〔一〕鬬胯：董鈔本作「鬬勝」。富校：「『胯』黄刻本作『勝』，是。」

【題解】

本詩作於紹興二十年（一一五〇）春，參見半塘「題解」。白雲泉，在蘇州天平山。朱長文吴郡圖經續記卷中：「天平山，在吴縣西二十里……游者陟危，蹬攀巨石，乃至山腹，其上有亭，亭側清泉泠泠不竭，所謂白雲泉也。自白樂天題以絶句，范文正公繼之大篇，名遂顯於世。」白樂天絶句，就是白居易白雲泉：「天平山上白雲泉，雲自無心水自閑。何必奔衝下山去，更添波浪向人間。」「范文正公大篇」，指范仲淹天平山白雲泉五言古詩。「泉色正白，蓋乳泉」，徐崧、張大純百城烟水吴縣：「天平山，在支硎山南……山半有白雲泉，（甚白而甘，蓋乳泉也。宋僧壽老欲作亭泉上，别築遠公亭寺石上。）别有一泉如綫注出石罅，曰一綫泉。（僧壽老始發之。）」

【箋注】

〔一〕騎鶴上揚州：殷芸小説卷六：「有客相從，各言所志，或願爲揚州刺史，或願多貲財，或願騎鶴上升。其一人曰：『腰纏十萬貫，騎鶴上揚州。』欲兼三者。」

山頂

翠屏無路强攀緣，我與枯藤各半仙。不敢高聲天闕近〔一〕，人間漠漠但寒煙。

【題解】本詩作於紹興二十年（一一五〇）春，參見半塘「題解」。

【箋注】

〔一〕「不敢」句：語出李白題峰頂寺：「不敢高聲語，恐驚天上人。」（見侯鯖録，亦見苕溪漁隱叢話、西清詩話等。）

山徑 以下高景山。

雲根新徑絡山腰，暗緑交陰宿露飄。行到竹深啼鳥鬧，鵓鳩老怨畫眉嬌。

【題解】本詩作於紹興二十年（一一五〇）春，參見半塘「題解」。高景山，在蘇州西北三十里。王謇宋平江城坊考卷五「城外」云：「高景山，盧志：『高景山，在縣西北三十里。越絶書作「高頸」。』姑蘇志：『高景山，在定山、羊山北三里。自天平來，漫衍數里，至此而止。越絶書作高頸山。其西麓，對花山、覺林。厓谷盤拱處，曰金盆塢，宋魏文靖公墓在焉。其南爲斜堰嶺。』」

泉　亭

收拾風煙鎖翠微〔一〕，亂山窮處結巖扉。青天不盡鳥飛盡，吴楚川原似衲衣。

【題解】本詩作於紹興二十年（一一五〇）春，參見半塘「題解」。

【箋注】

〔一〕煙鎖翠微：李商隱隋宫：「紫泉宫殿鎖煙霞。」

金氏庵　庵廢無人居。

醉墨題窗側暮鴉，蔓藤緣壁走青蛇。春深有燕捎飛蝶，日暮無人掃落花。

【題解】本詩作於紹興二十年（一一五〇）春，參見半塘「題解」。金氏庵，承上詩「以下高景山」，此庵乃在高景山金盆塢，故又名「高景庵」，參見山徑「題解」。

平雲閣 以下南峰。

背倚天峰涌化宫〔一〕，横空閣道拖雙虹。火雲六月應奇絶，青瑣玲瓏八面風。

【題解】

本詩作於紹興二十年（一一五〇）春，參見半塘「題解」。平雲閣，在支硎山報恩寺内。南峰，山名，即支硎山，晉支遁居於此，故名，有報恩寺，後又名南峰寺、支硎院，平雲閣在寺内。詩云「化宫」，可知。王謇宋平江城坊考卷五城外：「南峰山、北峰山，盧志：『支硎山，在縣西南二十五里。所謂「南峰」、「北峰」，蓋山之支隴。又有中峰、北峰，皆一山也。晉沙門支遁、道林嘗愒息於此。……山中有楞伽院，即古報恩寺基。吴越時觀音院也。又天峰院，即唐支山院，五代南峰也。』」陸探微吴地記：「支硎山在吴縣西十五里。晉支遁字道林，嘗隱於此山，後得道，乘白馬升雲而去。山中有寺，號曰報恩，梁武帝置。」朱長文吴郡圖經續記卷中：「天峰院，在吴縣西二十五里，報恩山之南峰。……所謂『南峰』者，乃古之報恩寺之屬院耳，院枕巖腹，躋攀幽峻。自報恩寢衰，而南峰乃興。」

【箋注】

〔一〕化宫：指佛殿。千手觀音四十手中左一手所把持之物即化宫殿，此手即曰化宫殿手。千手千眼觀世音菩薩廣大圓滿無礙大悲心陀羅尼經：「若爲生生世世，常在佛宫殿中，不處胎藏中受身者，當於化宫殿手。」佛家有「化城」之説，法華經有「化城喻品」，謂化城者，一時化作之城郭也。

鐵錫　支道林遺物。

八環流韻寶枝鳴，古鐵無花紫翠明。莫遣閒人容易振，泉飛石落鬼寰驚。

【題解】本詩作於紹興二十年（一一五〇）春，參見半塘「題解」。鐵錫，鐵製錫杖。支道林遺物，王謇宋平江城坊考卷五城外：「南峰山、北峰山，盧志：『支硎山，在縣西南二十五里……相傳道林冬居石室，夏隱别峰，所遺故物有鐵柱杖、鐵燈籠之屬。』」

放鶴亭　亦道林故事。

石門關外古亭基，樹老藤枯野徑微。放鶴道人今不見，故應人與鶴俱飛。

【題解】本詩作於紹興二十年（一一五〇）春，參見半塘「題解」。放鶴亭，朱長文吴郡圖經續記卷中：「天峰院，在吴縣西二十五里，報恩山之南峰。東晉時，高僧支遁者，嘗居於此，故有支硎之號，山中有支遁石室、馬跡石、放鶴亭，皆因之得名。」

馬跡石

傳云道林騎白馬升天遺跡，今石上雙跡儼然，類蹄涔者，後人爲小塔識其處。

跨馬凌空亦快哉㊀，龍腰鶴背謾徘徊。遊人欲識仙蹤處，但覓蒼崖白塔來。

【校記】

㊀凌空：詩淵第三册第二二八三頁作「凌虚」。

【題解】

本詩作於紹興二十年（一一五〇）春，參見半塘「題解」。馬跡石，在支硎山，支遁騎馬升天處。王謇宋平江城坊考卷五城外：「南峰山、北峰山，盧志：『……有放鶴亭、馬跡石，皆因之得名。今石上雙跡類蹄涔者，後人以小塔識其處。』」徐崧、張大純百城烟水吴縣：「支硎山，以晉支遁嘗居此，有石盤薄平廣，泉流其上，如磨刃石，故名。……有石室、石門、馬跡石（石文如蹄涔）。」

金沙 沙中麸金燦然，人或煉取，多不成。

莊嚴福地守靈仙，不爲人間計子錢。一掬斕斒光照眼，路傍饞隸枉流涎。

【題解】本詩作於紹興二十年（一一五〇）春，參見半塘「題解」。

龍母廟 以下澄照寺。

孝龍分職隸湘西，天許寧親歲一歸。風雹春春損桃李，山中寒食尚冬衣。

【題解】本詩作於紹興二十年（一一五〇）春，參見半塘「題解」。龍母廟，王謇宋平江城坊考卷五城外：「陽山，姑蘇志：『陽山，一名秦餘杭山。……山産白墡，亦名白墡嶺。又名白蓮峰，以下有白蓮寺也，今名澄照寺，其前有龍湫，白龍廟在焉。』」「澄照山，陽山中之一峰，白龍廟在此。」朱長文吳郡圖經續記卷中：「陽山，在吳縣西北三十里，一名秦餘杭山……今澄照寺，白蓮院在其下。」「澄照寺，在長洲縣西北陽山下。方俗以爲丁令威所居。圖經吳縣界有丁令威宅，此殆是歟？錢氏時，有泉出於寺中，因名仙泉，後改曰澄照寺。」徐崧、張大純百城烟水長洲：「陽山，距城西北三十餘里……塢有白龍。（中有龍母冢，冢前有晉柏、龍湫。相傳秦時有端溪温媪，業捕魚，遇澗中棄卵如斗，拾之置缶中。未幾卵竅，物出如龍，媪豢之。及媪治魚，誤突龍尾，龍避去。數年，忽還媪所，如兒戀母。媪亡，龍擁浪迴沙墳媪。又云：晉隆安中，龍母姓繆，爲處子，有白衣老人求寄宿，諾之，已娠而産龍，母駭死，龍去，似不忍，每逢誕日，必來省母。土人於冢後建龍母廟，宋初由山巔遷於山南之曹巷。熙寧丙辰，再遷於澄照。建炎中，主僧覺明新之。紹興己卯，帥漕以祈雨有應，奏賜臨濟廟。乾道戊子，郡守姚憲奏封龍母顯應夫人。）」

白蓮堂

古木參天護碧池，青錢弱葉戰漣漪。匆匆遊子匆匆去，不見風清月冷時。

【題解】

本詩作於紹興二十年（一一五〇）春，參見半塘「題解」。白蓮堂，在白蓮院内。朱長文吴郡圖經續記卷中：「陽山，在吴縣西北三十里，一名秦餘杭山。……今澄照寺、白蓮院在其下。」「白蓮禪院，本澄照别庵，池中生千葉白蓮，故以名院。端拱初，謝賓客濤嘗講學於院之西廡，明年登第，其子絳嘗刻石爲記。」

白善坑

鑿山成井，深數十丈，復轉爲隧道以取之，危險不可逼視。

銀鬚玉璞紫金精，犯難窮探亦有名。白堊區區土同價，吴儂無事亦輕生。

【題解】

本詩作於紹興二十年（一一五〇）春，參見半塘「題解」。白善坑，在陽山，産白堊，其地爲國内最大的白瓷土礦。陸廣微吴地記：「餘杭山，又名四飛山，在吴縣西三十里，有漢豫章太守陸烈墳，東二里有漢山陰縣令陸寂墳。山有白土如玉，甚光潤，吴中每年取以充貢，號曰石脂，亦曰白堊、白礶。」朱長文吴郡圖經續記卷中：「陽山，在吴縣西北三十里，一名秦餘杭山，一名四飛山。有白堊，可以圬墁，潔白如粉，唐時歲以入貢，故亦曰白礶山。」范成大吴郡志卷二九「土物」：「白礶，出陽山，鑿山爲坑，深數十百丈始得。初如爛泥，見風漸堅。膩滑精細，他處無比者。土人亦當白石脂用。」本草注『吴郡貢石脂』，則知可作石脂用。」

石湖居士詩集卷四

賀樂丈先生南郭新居

新堂燕雀喜，竹籬挂藤蘿。崩奔風濤裏，得此巢龜荷〔一〕。西山效爽氣〔二〕，南浦供清波。會心不在遠，容膝何須多。先生淮海俊〔三〕，踏地嘗兵戈。飄飄萬里道，芒鞵厭關河。風吹落下邑，楚語成吴歌〔四〕。豈不有故國，荒垣鞠秋莎。無庸説當歸〔五〕，到處皆南柯〔六〕。卜遷不我遐，一水明青羅。閉户長獨佳，奈客剥啄何！會令蒼苔石，屐齒如蜂窠。

【題解】

本詩作於紹興二十一年（一一五一）樂備卜遷南郭新居，石湖賦詩賀之。于北山范成大年譜紹興二十一年譜文：「賀樂備得南郭新居，歲旱得雨，又次韻和之。」今從之。

【箋注】

〔一〕巢龜荷：史記龜策列傳：「臣爲郎時，見萬畢石朱方，傳曰：『有神龜在江南嘉林中……常巢於芳蓮之上。』」蘇軾蓮龜詩查注引張世南炙龜論：「龜老則神，年至八百，反大如錢，夏則遊於香荷，冬則藏於藕節。」

〔二〕西山效爽氣：世説新語簡傲：「王子猷作桓車騎參軍，桓謂王曰：『卿在府久，比當相料理。』初不答，直高視，以手版拄頰，云：『西山朝來，致有爽氣。』」

〔三〕先生淮海俊：陸友仁吴中舊事：「樂備，字功成，淮海人，寓居崑山。」蘇州府志卷一一二「流寓一」：「樂備，字順之，一字功成，由淮海徙家崑山。」

〔四〕吴歌：又名吴歈、吴愉，是吴地的民間歌謡，用吴語歌唱，語言通俗，或徒歌清唱，或合樂歌唱。楚辭招魂：「吴歈蔡謳，奏大吕些。」王逸注云：「吴、蔡，國名也。歈、謳，皆歌也。」

〔五〕説當歸：此用太史慈故事。三國志吴書太史慈傳：「曹公聞其名，遺慈書，以篋封之，發省無所道，而但貯當歸。」蘇軾寄劉孝叔：「故人屢寄山中信，只有當歸無别語。」

〔六〕到處皆南柯：用李公佐南柯太守傳故事。這篇傳奇描寫淳于棼醉後解巾就枕，昏然入夢，被槐安國王招爲駙馬，出任南柯太守，享盡榮華富貴。夢醒後，知夢中經歷處乃是蟻穴。

歲旱，邑人禱第五羅漢得雨，樂先生有詩，次韻

海山之湫龍所宮，濺瀑下赴聲琤琮。碧臚大士何許主〔一〕？愛此匹練飛冥濛。偶然宴坐百千劫，神力悲願俱無窮。向來火雲挾日走，沙煎日爛千山童。陸渾風高煽熱屬〔二〕，涇川草肥閒雨工〔三〕。萬口嗸嗸叫此士，爐燎未吐誠先通。暮塵捲地羊角暗〔四〕，朝霞橫天魚尾紅。商羊摩霄翥起舞〔五〕，居然一澍歌年豐。人言佛陀入三昧〔六〕，斷取世界如旋蓬。指麾釋梵駿奔走，況爾風伯并雷公。風騷老將亦贊喜，筆陣獨掃詩壇空〔七〕。嗟余嘯咏不釋手，一曲何啻歌三終㊀〔八〕。

【校記】

㊀何啻：活字本、叢書堂本、董鈔本均作「何翅」。按「翅」「啻」通。歌：富校：「『歌』黄刻本作『歆』，是。」然活字本、叢書堂本、董鈔本均作「歌」。

【題解】

本詩作於紹興二十一年（一一五一）。因歲旱邑人祈禱諸矩羅尊者得雨，樂備賦詩記之，石湖次韻和之。第五羅漢，指諸矩羅尊者。玄奘譯大阿羅漢難提密多羅所説法住記：「第五尊者名諾矩羅。」蘇軾自海南歸過清遠峽寶林寺敬贊禪月所畫十八大阿羅漢「第五諾矩羅尊者」：

「善心爲男，其室法喜。背癢孰爬？有木童子。高下適當，輕重得宜。使真童子，能如茲乎？」日本根津美術館藏貫休十六羅漢圖之五，畫幅左上方有「第五南贍部洲諾矩羅尊者」之篆書題記，日本高臺寺亦藏貫休畫十六羅漢圖諾矩羅，兩圖形象並不相同。禱諾矩羅能求得雨，石湖在中巖中云：「無法可示人，但見雨花落。」中巖詩題下注：「去眉州一程，諾矩羅尊者道場。」又云：「世傳雁蕩大小龍湫，亦諾矩羅道場，豈化人往來無常處耶？」均可見禱第五羅漢可得雨。

【箋注】

〔一〕碧矑大士：矑，瞳，眼珠。揚雄甘泉賦「玉女亡所眺其清矑兮」注：「服虔曰：『矑，目童子也。』」大士，即羅漢。碧矑大士，指第五羅漢諾矩羅。

〔二〕「陸渾」句：陸渾，縣名，元和郡縣圖志卷五河南府有陸渾縣。本句意出韓愈陸渾山火和皇甫湜用其韻：「山狂谷很相吞吐，風怒不休何軒軒，擺磨出火以自燔。」

〔三〕「涇川」句：用李朝威柳毅傳故事，參見卷二秦淮「雨工」注。

〔四〕羊角：曲而上升的旋風。莊子逍遥遊：「摶扶摇羊角而上者九萬里。」釋文：「司馬云：風曲上行如羊角然。」

〔五〕商羊：孔子家語：「齊有一足之鳥，飛集於公朝，下止於殿前，舒翅而跳。齊侯大怪之，使使問孔子，孔子曰：『此鳥名曰商羊，水祥也。昔童兒有屈其一脚，振訊兩眉而跳且謡曰：「天將大雨，商羊鼓舞」。』」蘇軾次韻章傳道喜雨：「山中歸時風色變，中路已覺商羊舞。」

〔六〕三昧：佛家語，又作「三摩提」，意即「正定」，排除一切雜念，使人心神平静。大智度論卷七：「善心一處住不動，是名三昧。」大智度論卷二七：「一切禪定攝心，皆名爲三摩提。秦言正心行處，是心從無始世界來，常曲不端，得是正心行處，心則端直。」

〔七〕「風騷」三句：風騷老將，即詩壇老將，此指樂備。筆陣獨掃，語出杜甫醉歌行：「筆陣獨掃千人軍。」王羲之題衛夫人筆陣圖：「紙者陣也，筆者刀稍也」孫何詩戰篇：「物華如陣筆如鋒，沈謝曹劉是七雄。」

〔八〕三終：樂曲奏詩一章，爲一終，奏三章爲三終。禮記鄉飲酒義：「工入，升歌三終。」孔穎達疏：「『工入升歌三終』者，謂升堂歌鹿鳴、四牡、皇皇者華，每一篇而一終也。」

次韻時叙賦樂先生新居

愚士繁俗如囚奴，至人遺形與化俱。紛紜覺夢不可辨，蘧蘧栩栩知誰歟〔一〕？百年如泡亦如電〔二〕，剛欲鑄鐵充門樞〔三〕。列仙之臞墮山澤，一席三椽良有餘。平生嶔巇百戰勇，頓挫久已歸夷途。光芒無用入詩句，青天白日轟雷車。松煤繭紙妙揮掃〔四〕，芸香錦囊深貯儲。紫露雙瓶春夜醉〔五〕，黄雲一稜秋田租。誰能摶扶北溟海〔六〕，政爾歸卧南陽廬〔七〕。鴻飛冥冥隔雲雨，弋人可慕不可呼。

【題解】

本詩作於紹興二十一年（一一五一），與賀樂丈先生南郭新居作於同時。樂備遷入新居，潘時叙作詩賀之，石湖次其韻同賀之。

【箋注】

〔一〕「紛紜」二句：莊子齊物論：「昔者莊周夢爲胡蝶，栩栩然胡蝶也，自喻適志與！不知周也。俄然覺，則蘧蘧然周也。不知周之夢爲胡蝶與？胡蝶之夢爲周與？」

〔二〕「百年」句：金剛般若波羅蜜經：「一切有爲法，如夢幻泡影，如露亦如電，應作如是觀。」陸游聞仲高從兄訃：「生世露電速。」

〔三〕門樞：門上轉軸，漢書五行志下「視門樞下」，顔師古注：「樞，門扇所由開閉者也。」

〔四〕松煤：指墨。墨用松煙和膠製成，張彦遠法書要録卷一晉衛夫人筆陣圖：「其墨取廬山之松煙，代郡之鹿膠，十年以上强如石者爲之。」

〔五〕紫露：紫色的酒。宋人習稱酒爲露，陸游老學庵筆記卷七：「壽皇時，禁中供御酒，名薔薇露。」

〔六〕摶扶北溟海：莊子逍遥遊：「湯之問棘也是已。窮髮之北有冥海者，天池也。有魚焉，其廣數千里，未有知其修者，其名爲鯤。有鳥焉，其名爲鵬，背若太山，翼若垂天之雲，摶扶摇羊角而上者九萬里。」

〔七〕歸卧南陽廬：用諸葛亮躬耕南陽事。三國志蜀書諸葛亮傳：「亮躬耕隴畝。」裴松之注引漢晉春秋：「亮家於南陽之鄧縣。」

病中夜坐呈致遠

似霧如煙夜氣浮，鶴鳴驚睡起搔頭。含風竹影淡留月，著雨蛩聲深怨秋。萬事心空癡已慣，百骸歲晚病相投。便當採藥西山去，脚力蹣跚怕遠游。

【題解】本詩作於紹興二十一年（一一五一）秋，病中夜坐，賦詩致唐子壽。于北山范成大年譜紹興二十一年譜文：「秋季卧病。」附注引録本詩。

戲題藥裹

捲却絲綸颺却竿，莫隨魚鼈弄腥涎。須知别有垂鈎處，枯海無風浪拍天。

【題解】本詩作於紹興二十一年（一一五一）秋，與上詩作於同時。

夜歸

竹輿伊軋走長街，掠面風清醉夢迴。曲巷無聲門户閉，一燈猶照酒壚開。

【題解】本詩作年難以確考，當作於崑山讀書時期。

田舍

呼喚攜鋤至，安排築圃忙。兒童眠落葉，鳥雀噪斜陽。煙火村聲遠，林菁野氣香。樂哉今歲事，天末稻雲黄。

【題解】本詩作年難以確考，當作於崑山讀書時期。

戲題致遠書房

照叢菊釃萬黄金，欹架薇條半緑陰。逋客已隨丹鳳詔〔一〕，但餘花草怨秋深。

【題解】

本詩作於紹興二十二年（一一五二）秋，唐子壽時已入仕，人去書房空，石湖有感而賦其書房，由「但餘花草怨秋深」句，可知。

【箋注】

〔一〕丹鳳詔：高承事物紀原卷二「鳳詔」條云：「後趙石季龍置戲馬觀，觀上安詔書，用五色紙銜於木鳳口而頒之。今大禮御樓肆赦亦用其事，自石季龍始也。」辛棄疾滿江紅送信守鄭舜舉被召：「便鳳凰、飛詔下天來，催歸急。」

烏戍密印寺

烏戍即今之烏鎮。青堆今曰青鎮。

青堆溪上水平堤，烏堆東岸，謂之青堆。絳瓦參差半掩扉。殿用純紅瓦，色爛然。我與聖公俱客寓〔一〕，聖翁本汀州白衣巖主，號定光佛者，連南夫知州載神像歸，寄於寺之藏前，香火蕭然。

人傳帝子尚靈威。寺有昭明太子祠。勝緣齟齬三重障，東佛閣三造不成，今據見材取次成之，猶殊勝。志士辛勤十載歸。鐘樓乃一僧發心束髮爲商，走川廣，得錢二萬緡，凡十年，復髡而歸，樓始成。花木禪房都不見〔二〕，但餘蝙蝠晝群飛。僧房皆爲狹門深洞，極暗，行百餘步不辨人。

【題解】

本詩作於紹興二十年（一一五〇），石湖有臨安之行，經烏鎮，客寓於密印寺，乃賦詩以記行。

「烏戍，即烏鎮，亦名烏墩。」題下原注：「烏戍即今之烏鎮，青堆今曰青鎮。」嘉泰吳興志卷一〇：

「烏程縣，唐至吳越，縣之鎮戍多矣，本朝景德中止管鎮二，曰烏墩，曰大錢戍。」「烏墩鎮在縣東南九十里。」密印寺，在烏鎮，嘉泰吳興志卷一三：「密印寺在普静寺（在縣東南九十里烏鎮）側，梁昭明太子之館也。沈約展墓，昭明館此，約捨墓地爲寺，昭明因以此館别爲一寺。今約與昭明爲二寺伽藍神，舊有碑刻。」輿地紀勝卷四安吉州景物下所載同。

【箋注】

〔一〕聖公：即定光佛，俗姓鄭，名自嚴，泉州人，蘇軾有定光佛贊（永樂大典卷七八九五引臨汀志）。此説見孔凡禮范成大年譜紹興十三年注。

〔二〕花木禪房：常建題破山寺後禪院：「曲徑通幽處，禪房花木深。」

月夜泛舟新塘

溪上清風柳萬重，緑煙無路月朦朧。船頭忽逐回塘轉，一水迢迢却向東。

【題解】

本詩作年難以確考，當作於崑山讀書時期。

客舍

轂擊肩摩錦繡堆，朝聲洶洶暮聲催㈠。忽然憶起長橋路，天鏡無邊白鳥回。

【校記】

㈠ 朝聲：詩淵第五册第三三〇二頁作「潮聲」。

【題解】

本詩作年難以確考，疑爲赴臨安途中作。

病中夜坐

村巷秋春遠，禪房夕磬深〔一〕。飢蚊常繞鬢，暗鼠忽鳴琴。薄薄寒相中，稜稜瘦不禁。時成洛下詠〔二〕，却似越人吟〔三〕。

【題解】

本詩作於崑山東禪寺讀書時期，具體作年難以確考。

【箋注】

〔一〕「禪房」句：自常建題破山寺後禪院「禪房花木深」句套出。

〔二〕「時成」句：「洛下詠」，王維洛陽女兒行結尾二句云：「誰憐越女顏如玉，貧賤江頭自浣紗。」沈德潛唐詩別裁集卷五評曰：「結意況君子不遇也。」本句即用王維詩意，感歎自己不遇。

〔三〕越人吟：即越人歌，劉向説苑善説：「鄂君子晳之泛舟於新波之中，乘青翰之舟，極萵芘，張翠蓋，而擒犀尾，班麗袿衽，會鐘鼓之音畢，榜枻越人擁楫而歌。」歌云：「今夕何夕兮，搴舟中流。今日何日兮，得與王子同舟。蒙羞被好兮，不訾詬耻。心幾頑而不絶兮，得知王子。山有木兮木有枝，心説君兮君不知。」

秋芸有春緑

秋芸有春緑，疎籬照孤芳。清霜早晚至，何草能不黄？寧當念衰落，政爾事容光。及時且自好，來日殊未量。

【題解】

本詩作年難以確考，當作於崑山讀書時期。

三湘怨

牙檣罨畫櫓㊀〔一〕，摇漾三湘浦〔二〕。佳人翔緑裾，含顰爲誰舞？拳拳新荷葉，愁絶煙水暮。風雲忽飄蕩，隱約聞簫鼓。

【校記】

㊀ 罨畫櫓：畫，原作「晝」，活字本、叢書堂本均作「畫」。富校：「『晝』黄刻本作『畫』，是。」今據活字本、叢書堂本、黄刻本改。

【題解】

本詩作年難以確考，當作於崑山讀書時期，仿新樂府，作本詩以見意。按，三湘怨，樂府詩題中無此題名，郭茂倩樂府詩集卷九一新樂府辭二中有湘中弦、湘弦怨、湘弦曲等題名，崔塗湘中弦有「杜蘭香老三湘清」句，石湖或即仿之，自擬新題。

【箋注】

〔一〕罨畫櫓：彩飾之櫓。罨畫，即色彩鮮明之畫。

〔二〕三湘：有多種説法，而古代詩文中之三湘，泛指湘江流域一帶。宋之問晚泊湘江：「五嶺恓惶客，三湘顦顇顔。」

夜發崑山

歲寒人墐户〔一〕，霜重獨登舟。弱櫓摇孤夢，踈篷蓋百憂。但吟今不樂，豈計幾宜休？慚愧沙湖月〔二〕，年年照薄遊。

【題解】

本詩作於紹興二十一年（一一五一）冬，于北山范成大年譜紹興二十一年譜文：「入冬，有離崑山之作。」

【箋注】

〔一〕墐户：用泥土塗塞北面的門窗孔隙。詩經豳風七月：「塞向墐户。」毛傳：「向，北出牖也。墐，塗也。」

〔二〕沙湖：在長洲縣境，自崑山至蘇必經之地。范成大吴郡志卷一九水利上：「熙寧三年，崑山人郟亶，自廣東機宜上奏，以謂天下之利，莫大於水田，水田之美，無過於蘇州。然自唐末以來，經營至今，而終未見其利者，其失有六，今當去六失，行六得。」附載其説：「且今蘇州，除太湖外，止有四湖，常熟有昆，承二湖，崑山有陽城湖，長洲有沙湖。」徐崧、張大純百城烟水長洲：「沙湖堤，去婁門東二十餘里。」王謇宋平江城坊考卷五城外：「至和塘……姑蘇志：『至和塘，一名崑山塘，成於宋至和間，故名。』『其西，自郡城婁門東行，經沙湖，又東入夷亭，諸水或南或北并東入吴淞江。』」

十一月十二日枕上曉作

竹響風成陣，窗明雪已花。柴扉吟凍犬，紙瓦啄飢鴉。宿酒欺寒力，新詩管歲華。日高猶擁被，蓐食媿鄰家〔一〕。

【題解】

本詩緊次夜發崑山後，當即作於紹興二十一年（一一五一）十一月十二日。

【箋注】

〔一〕蓐食：左傳文公七年：「訓卒、利兵、秣馬、蓐食。」杜預注：「蓐食，早食於寢蓐也。」詳石湖詩意，當取杜注意。然王引之經義述聞卷一七春秋左傳上對此有異説：「而云『早食於寢蓐』、云『未起而牀蓐中食』，義無取也。方言曰：『蓐，厚也。』食之豐厚於常，因謂之蓐食。『訓卒、利兵、秣馬、蓐食』者，商子兵守篇曰：『壯男之軍，使盛食負壘，陳而待敵；壯女之軍，使盛食負壘，陳而待令』，是其類也。」

南樓望雪

夜月流瑶圃，春風滿玉都。籬疎先剥落，樹密正模糊。亂點横煙雁〔一〕，驚啼失木烏。醉魂方浩蕩，風袖不支梧〔二〕。

【題解】

本詩作於紹興二十一年（一一五一），列於除夜書懷前，當作於本年雪後。

【箋注】

〔一〕「亂點」句：詩意從秦觀滿庭芳「寒鴉萬點，流水繞孤村」變化而來。

〔二〕支梧：同「支吾」，抵拒意。舊五代史孟知祥傳：「知祥慮唐軍驟至，與遂、閬兵合，則勢不可支吾。」

除夜書懷㈠

運斗寅杓轉〔一〕，周天日御回。夜從冬後短，春逐雨中來。鬢緑看看雪，心丹念念灰。有懷憐斷雁，無思惜疎梅。絮厚眼生纈，蔬寒腸轉雷。燭花紅瑣碎，香霧碧徘徊。昨夢書三篋〔二〕，平生酒一杯。牀頭新曆日，衣上舊塵埃。摇落何堪柳，紛紜各夢槐。隙光能幾許，世事劇悠哉！岐路東西變，羲娥日夜催。頭顱元自覺，懷抱故應開。踴躍金何意㈡，青黄木自災。身謀同斥鷃，政爾願蒿萊〔三〕。

【校記】

㈠題：叢書堂本題下注：「辛未」。

㈡何意：富校：「『意』，宋詩鈔作『喜』，是。」按活字本、叢書堂本、董鈔本均作「意」。

【題解】

本詩作於紹興二十一年（一一五一）除夕夜。叢書堂本題下注「辛未」，即紹興二十一年。時正在客路，飢寒交困，心灰意冷，因賦本詩抒情，感歎身世。

【箋注】

〔一〕「運斗」句：寅，寅月，即正月，夏曆正月爲建寅之月，爾雅釋天：「太歲在寅曰攝提格。」杓，北斗七星柄部三星，又稱斗柄，杓星，史記天官書：「用昏建者杓；杓，自華以西南。」

〔二〕「昨夢」句：書三篋，語出漢書張安世傳：「上行幸河東，嘗亡書三篋，詔問莫能知，唯安世識之，具作其事。後購求得書，以相校無所遺失。」

〔三〕「身謀」二句：莊子逍遥遊：「斥鴳笑之曰：『彼且奚適也？我騰躍而上，不過數仞而下，翱翔蓬蒿之間，此亦飛之至也。』」

戲答澹庵小偈

莫問前程事，漂然海上舟。命乖逢鬼國〔一〕，緣合遇蓬丘。畢竟非身計，俱成錯路頭。故鄉隨脚是，流浪不知休。

【題解】本詩作於紹興二十一、二十二年（一一五一、一一五二）間，時正「流浪」在外，觀詩尾二句可知。澹庵，僧人，石湖在崑山讀書時期結識。小偈，短小的偈體詩。偈，本是佛經中的頌詞，詩人以之引入詩中，成爲一種體式，多寫悟道之語，如白居易歡喜二偈等。

【箋注】

〔一〕鬼國：本來是我國神話傳説中北方古國名，山海經海内北經：「鬼國在貳負之尸北，爲物人面而一目。」佛教稱鬼的世界爲鬼國，楞嚴經卷六：「四者，斷滅妄想，心無殺害，令諸衆生入諸鬼國，鬼不能害。」

偶書

出處由人不繫天，癡兒富貴更求仙〔一〕。東家就食西家宿，世事何緣得兩全。

【題解】本詩與戲答澹庵小偈作於同時。董説評曰：「三首似禪偈語。」（批於本詩之上方，三首指戲答澹庵小偈、偶書、題立雪圖。）

【箋注】

〔一〕「出處」三句：論語顏淵：「子夏曰：『商聞之矣：死生有命，富貴在天。』」

題立雪圖

堂下心如鐵，庵中語似雷。有人參此語，三箇一坑埋。

【題解】

本詩與戲答澹庵小偈同時作。立雪圖，以神光故事畫成的圖。景德傳燈録卷三：「（達磨）寓止於嵩山少林寺……時有僧神光者……乃往彼，晨夕參承。……其年十二月九日夜，天大雨雪，光堅立不動，遲明積雪過膝。」

題日記

誰言萬事轉頭空，未轉頭時亦夢中〔一〕。若向夢中尋夢覺，覺來還入大槐宫〔二〕。

【題解】

本詩作於崑山讀書時期，具體作年難以確定。

【箋注】

〔一〕「誰言」二句：蘇軾西江月：「休言萬事轉頭空，未轉頭時皆夢。」李煜菩薩蠻：「往事已成空，還如一夢中。」

〔二〕大槐宫：用李公佐南柯太守傳故事。大槐宫，即大槐安國之宫廷。

題張氏新亭

水楊成幄翠相遮，猶有東風管歲華。葉底青梅無數子〔一〕，梢頭紅杏不多花。煩將鍊火炊香飯〔二〕，更引長泉煮鬭茶。約我詩成須疥壁，莫嗔欹側似歸鴉！

【題解】

本詩作於崑山讀書時期，具體作年無考。張氏新亭，不詳。

【箋注】

〔一〕「葉底」句：此句意從杜牧詩化出。胡仔苕溪漁隱叢話後集卷一五「杜牧之」引麗情集所載杜牧悵别詩：「如今風擺花狼藉，緑葉成陰子滿枝。」

〔二〕「煩將」句：沈欽韓范石湖詩集注卷上云：「康駢劇談録：乾符中，有李使君出牧罷歸，居在洛陽，深感一貴家舊恩，欲召諸子從容。諸子曰：凡以炭炊饌，先燺令熟，謂之鍊炭，方可入爨。不然，猶有煙氣。李使君宅炭不經鍊，是以難食。」

玉臺體

捲幔燈千朵，鈎簾月半弓〔一〕。繡鴛翔灧水，金雀跂屏風。細意翻長袖，多情結短封。銅壺從婉娩〔二〕，玉珮正丁東〔三〕。

【題解】

本詩作年難以確考。「玉臺體」，梁徐陵玉臺新詠所收作品之體。劉肅大唐新語卷三：「梁簡文帝爲太子，好作艷詩，境内化之，浸以成俗，謂之『宫體』。晚年改作，追之不及，乃令徐陵撰玉臺集，以大其體。」徐陵自序説：「撰録艷歌，凡爲十卷。曾無忝於雅頌，亦靡濫於風人，涇渭之間，若斯而已。」此書所録多爲當時文人所作之宫體詩，寫婦女姿色、閨情别怨，風格纖細艷麗，所體現的體制、風格，人稱「玉臺體」。石湖即擬其體制、風格，寫成本詩。

【箋注】

〔一〕「鈎簾」句：李賀南園十三首之六：「曉月當簾挂玉弓。」王琦解：「玉弓，謂下弦後殘月之狀有似弓形。」

〔二〕「銅壺」句：銅壺，古代計時器，即漏壺，壺爲銅製，故名。戴叔倫早春曲：「博山吹雲龍腦香，銅壺滴愁更漏長。」婉娩，柔順貌，禮記內則：「女子十年不出，姆教婉、娩、聽從。」本句當作從容講。

〔三〕「玉珮」句：丁東，玉珮相撞發出的聲音，温庭筠織錦詞：「丁東細漏侵瓊瑟，影轉高梧月初出。」

枕上

明月無聲滿屋梁，夢餘分影上人牀。素娥脈脈翻愁寂，付與風鈴語夜長。

【題解】本詩作於崑山讀書時期，具體作年難以確考。

斑雖

斑騅別後月纖纖，門外疏桐影畫簾。留下可憐將不去，西風吹上兩眉尖。

【題解】

本詩作年難以確考，當作於崑山讀書時期。此用首句頭二字爲題，取法於古詩。

題傳記二首

莫將綵筆寄朝雲，紅淚羅巾隔路塵〔一〕。説與東風無限恨，倩風吹斷去年春。

綵舟歸去海山青，寂莫瑶臺月自明〔二〕。啼雨落花春已盡，夢魂何必更多情。

【題解】

本詩作年難以確考。「題傳記」，未明言題何人傳記，然詩云「莫將綵筆寄朝雲」，蘇軾有侍妾名朝雲，蘇軾朝雲詩序云：「予家有數妾，四五年相繼辭去，獨朝雲者隨予南遷。因讀樂天集，戲作此詩，朝雲姓王氏，錢唐人。」

【箋注】

〔一〕「莫將」二句：蘇軾曾作朝雲詩和悼朝雲兩詩。二句言朝雲已死，陰陽路隔。

〔二〕「綵舟」三句：此言蘇軾歸舟常州，而朝雲葬於惠州，海山相隔。藝苑雌黄（見宋詩話輯佚）「朝雲」條云：「朝雲者，東坡侍妾也，嘗令就秦少游乞詞，少游作南歌子贈之，云：『靄靄迷春態，溶溶媚曉光。不應容易下巫陽，祇恐翰林前世是襄王。暫爲清歌住，還因暮雨

忙。瞥然歸去斷人腸，空使蘭臺公子賦高唐。」〔一〕

病中絶句八首

空裏情知不著花〔一〕，逢場將病當生涯。蒲團軟暖無時節，夜聽蚊雷曉聽鴉。

溽暑薰天地涌泉〔二〕，彎跧避濕挂行纏〔三〕。出門斟酌無忙事，睡過黄梅細雨天〔四〕。

石鼎颼颼夜煮湯，亂拖芝朮鬭温涼〔一〕〔五〕。化兒幻我知何用〔六〕？祇與人間試藥方。

病中心境兩俱降，猶憶江湖白鳥雙。一夜雨聲鳴紙瓦，聽成飛雪打船窗。

檐頭排溜密如簾，溪上層陰定解嚴。最是看山奇絶處，白雲堆絮擁青尖。

夜合梢頭蘸紫茸，萱葱頂上拆黄封。去年團扇題詩處，依舊疏簾細雨中。

盆傾瓴建夜翻渠，繞屋蛙聲一倍粗。想見西堂渾不睡，明朝踏濕看菖蒲。謂現老〔七〕。

晴色先從喜鵲知〔八〕，斜陽一抹照天西。竹鷄何物能無賴〔九〕，如許泥深更苦啼。

【校記】

〔一〕「亂拖」句：活字本、叢書堂本、董鈔本同此。富校：「『拖』、『芝』黄刻本、宋詩鈔作『拋』、『參』，是。」

【題解】

本詩作於紹興二十二年（一一五二）五月。石湖於紹興二十二年夏，得大病，問天醫賦序云：「生十四年，大病瀕死。至紹興壬申，又十三年矣。疾痛疴癢，無時不有。夏至前一日，得寒疾。」兩木詩序云：「壬申五月，卧病北窗，惟庭柯相對。」壬申，即紹興二十二年，時二十七歲。

【箋注】

〔一〕情知：明知。駱賓王豔情代郭氏答盧照鄰：「情知唾井終無理，情知覆水也難收。」

〔二〕溽暑：盛夏濕熱。何晏景福殿賦：「感乎溽暑之伊鬱，而慮性命之所平。」周邦彥蘇幕遮：「燎沉香，消溽暑。」

〔三〕行纏：亦作「行縢」，裹脚布。韓翃寄哥舒僕射：「帳下親兵皆少年，錦衣承日繡行纏。」

〔四〕黄梅細雨天：山谷别集詩注卷上五老亭「梅雨蒙頭非避秦」注引埤雅：「江、湖、二浙，四五月間梅欲黄而雨，謂之梅雨。」賀鑄青玉案：「一川烟草，滿城風絮，梅子黄時雨。」

〔五〕「亂拖」句：芝、朮，中藥名。本草綱目卷二八「芝」集解引時珍曰：「芝類頗多，亦有花實者，本草惟以六芝標名，然其種類不可不識。」芝有青芝、赤芝、黄芝、白芝、黑芝、紫芝，均有延年益壽之功效。本草綱目卷一二「朮」：「朮，白朮也，氣味甘、温，無毒。」發明引好古曰：「近世多用白朮，治皮間風，止汗消痰，補胃和中，和腰臍間血，通水道。」

〔六〕化兒：造化小兒的略稱，新唐書杜審言傳：審言病甚，宋之問、武平一去探視，審言云：「甚爲造化小兒相苦！」

〔七〕現老：薦嚴寺僧，本集卷一與時叙現老納涼池上時叙誦新詞甚工詩云：「老禪挽我遊，高論方軒眉。」

〔八〕「晴色」句：蘇軾江神子（夢中了了醉中醒）：「烏鵲喜，報新晴。」傅注：「漢武帝時，天新雨止，聞鵲聲，帝以問東方朔，方朔曰：『必在殿後柏木枯枝上，東向而鳴也。』驗之，果然。」

〔九〕「竹鷄」句：竹鷄，鳥名，生江南竹林中，形體比鷓鴣小，好啼。章碣寄友人：「竹裏竹鷄眠蘚石，溪頭鸂鶒踏金沙。」能，甚也。張相詩詞曲語辭匯釋卷三：「能（二），甚辭。」無賴，可愛。王鍈詩詞曲語辭例釋：「無賴（一），等於説可喜、可愛，與通常放刁、撒潑義或指品行不端者不同，往往含有親昵意味。」

病中三偈

擾擾隨流無定期，波停浪息始應知。一塵不偶同歸處，四海無親獨步時。苦相打通俱入妙，病源纔識更何疑㈠〔一〕。霜清木落千山露，笑殺東風葉滿枝。

一交銷取萬黄金，將病求醫在用心㈡。化盡此身成藥樹，不妨栽得病根深。

莫把無言絶病根，病根深處是無言。丈夫解却維摩縛〔二〕，八字轟開不二門〔三〕。

【校記】

㈠病源纔識：原作「病緣纔入」，今據活字本、叢書堂本、董鈔本改。周小山范石湖集校正舉隅（載古典文獻研究第十二期）：「『病源纔識』是。」

㈡在用心：活字本、董鈔本同。叢書堂本作「枉用心」，周小山云：「依詩意，『枉』是。」

【題解】

本詩作於紹興二十二年（一一五二），參見病中絶句八首「題解」。

【箋注】

〔一〕病源纔識：語出舊唐書許胤宗傳：「今人不能別脈，莫識病源。」唐王燾外臺秘要方卷二一出眼疾候一首：「愚人不識病源，直尋古方。」（采周小山范石湖集校正舉隅説。）

〔二〕維摩縛：維摩受病束縛。維摩詰所説經方便品第二：「維摩詰因以身疾，廣爲説法。」辛棄疾江神子聞蟬蛙戲作：「病維摩。意云何。掃地燒香，且看散天花。」

〔三〕「八字」句：維摩詰所説經入不二法門品：「如我意者，於一切法無言無説，無示無識，離諸問答，是爲入不二法門。」「八字」，指「無言無説，無示無識」。

雲間湖光亭

微風不動斂濤湍，組練晶晶色界寒。斜照發揮猶未盡，月明殘夜更來看。

【題解】

本詩作年難以確考，或當作於崑山讀書期間。雲間，即宋代秀州華亭縣之古稱，離崑山很近。

高景庵泉亭

峰頭揮手笑紅塵，天入雙眸洗翳昏。萬里西風熟秔稻，白雲堆裏著黄雲〔一〕。

【題解】

本詩作於紹興二十一年（一一五一）。高景庵，即高景山之金氏庵。泉亭，在高景庵附近，卷三有泉亭、金氏庵，即此景。

【箋注】

〔一〕著黄雲：黄雲，形容農田裏大片已經成熟的、呈金黄色的水稻。本卷田舍「天末稻雲黄」，與此之意境同。

晚入盤門

人語嘲喧晚吹涼，萬窗燈火轉河塘。兩行碧柳籠官渡，一簇紅樓壓女墻。何處采菱聞度曲，誰家拜月認飄香〔一〕。輕裘駿馬慵穿市，困倚蒲團入睡鄉。

【題解】

本詩作於紹興二十一年（一一五一），時有蘇州之行。盤門，蘇州八門之一，陸廣微吳地記：「盤門，古作蟠門，嘗刻木作蟠龍鎮此，以厭越。又云：水陸相半，沿洄屈曲，故曰盤門。又云：吳大帝蟠龍，故名。」朱長文吳郡圖經續記卷上「門名」：「其南曰盤門，以嘗刻蟠龍之狀，或曰爲水陸相半，沿洄屈曲，故謂之盤也。」

【箋注】

〔一〕「誰家」句：拜月，吳地有七夕拜月乞巧之習俗，徐崧、張大純百城烟水蘇州「吳俗最重節物」：「七月七日爲乞巧會，羅拜月下，飣果皆曰巧。」袁景瀾吳郡歲華紀麗卷七「巧果乞巧」條云：「吳中舊俗，七夕，市上賣巧果。……以青竹戴緑荷，繫於庭，作承露盤。男女羅拜月下，以綫刺針孔辨目力。明日視盤中蜘蛛含絲者，謂之得巧。」

九月三十日夜出關候致遠不至

風勁便輕棹，霜嚴怯弊裘。青山蟠巨浸，紅樹立滄洲。月黑雁猶去〔一〕，燈寒人更愁。煙松漫小峴〔二〕，何處問鳴騶〔三〕？

【題解】

本詩作年難以確考。致遠，即唐子壽，本集卷一有次韻唐致遠雨後喜涼，可參閱其「題解」。

【箋注】

〔一〕「月黑」句：自盧綸塞下曲「月黑雁飛高」句翻出。

〔二〕峴：小山。謝靈運從斤竹澗越嶺溪行：「逶迤傍隈隩，迢遞陟陘峴。」

〔三〕鳴騶：顯貴者出行，隨從之騎卒吆喝開道，稱爲鳴騶。孔稚珪北山移文：「及其鳴騶入谷，鶴書赴隴，形馳魄散，志變神動。」

次韻致遠自毗陵見寄二首

黄鵠高飛碧落寒，向來山水夢驚殘。故情若問玄真子，依舊江頭把釣竿〔一〕。

新詞一闋話羈愁，清似寒泉咽隴頭。官下有誰同此景㈠，仲宣應是獨登樓〔二〕。

【校記】

㈠景：原缺。富校：「『景』字原脱，據黄刻本補。」叢書堂本作「段」，董鈔本作「意」。今據黄刻本補。

【題解】

本詩作年難以確考。于北山范成大年譜紹興二十一年譜文云：「與唐子壽等相唱酬。」然無確證。

【箋注】

〔一〕「故情」二句：用唐張志和故事，玄真子，即張志和，唐代詩人、畫家，字子同，號烟波釣徒、玄真子、浪迹先生，婺州人。登明經第，待詔翰林，授左金吾衛録事參軍。因事貶南浦尉，遇赦還，遂浪迹江湖，隱於漁釣。顔真卿浪迹先生玄真子張志和碑銘述其生平事迹甚詳。

〔二〕「官下」二句：據詩意，當是唐子壽在毗陵任職。仲宣，即王粲，爲建安「七子之冠冕」，有登樓賦。

元日山寺

聽熟朝魚又暮鐘，全將慵懶度三冬。貪眠豹褥窗間日，怕擁駝裘陌上風。登阪自憐行蹭蹬㊀〔一〕，讀碑仍怪視蒙籠。少年豪壯今如此，略與殘僧氣味同。

【校記】

㊀ 登阪：原作「登版」，富校：「『版』，黄刻本作『阪』，是。」按，活字本、叢書堂本、董鈔本均作「登阪」，今據改。詩淵第五册第三七四一頁作「登坂」，坂、阪同。

【題解】

本詩當作於崑山東禪寺讀書時期，由首句「聽熟朝魚又暮鐘」可知，然具體作年難以確考。

【箋注】

〔一〕「登阪」句：阪，亦作坂，用戰國策驥駕車過鹽坂故事。戰國策楚策：「驥之齒至矣，服鹽車而上太行，蹄申膝折，尾湛胕潰，漉汁灑地，白汗交流，中坂遷延，負轅而不能上。」李賀馬詩二十三首之十一：「午時鹽坂上，蹭蹬溘風塵。」鹽坂，指虞坂，在今山西平陸縣，李吉甫元和郡縣圖志卷六：「（平陸縣）吴山，即吴坂也，伯樂遇騏驥駕鹽車之地。」

題記事册

北山山下小庵居，佛劫仙塵只故吾。八萬四千空色界〔一〕，不離一法認毗盧〔二〕。

【題解】

本詩作年難以確考。孔凡禮范成大年譜紹興二十年譜文云「題詩記事册」，附注中記及卷三之題記事册，因該詩題下注「庚午」。又附記卷四之題日記、題記事册，然兩詩之作年不易斷定。

【箋注】

〔一〕「八萬」句：八萬四千，佛家法門之數。楞嚴經：等八萬四千清浄寶目，八萬四千爍迦羅首，八萬四千母陀羅臂，皆記佛法門之數。韋三教樂師經序：「八萬四千法門，門門利濟；五千四百八卷，卷卷玄微。」色界，三界之一，在欲界之上，无色界之下。王縉東京大敬愛寺大證禪師碑：「開心地如毛頭，掃意塵於色界。」

〔二〕毗盧：佛名，毗盧舍那的略稱，也譯作毗盧遮那。大日經義釋次住秘密漫荼羅品：「所謂毗盧遮那者，日也。如世間之日，能除一切暗冥，而生長一切萬物，成一切衆生事業，今法身如來亦復如是，故以爲喻也。」

寄贈致遠并呈現老

草草家風節物新，從來憂病不憂貧。琴書稍覺浮生誤，香火惟知此事真。室裏談空思二士〔一〕，花間對影謾三人〔二〕。祇愁盧李分攜後，別有箜篌一曲春〔三〕。

【題解】

本詩與次韻致遠自毗陵見寄乃同一年作，具體作年無考。從「并呈現老」看，當在崑山讀書時期。

【箋注】

〔一〕談空：佛家有「空宗」和「有宗」，後漢書西域傳論：「空有兼遣之宗。」蘇軾眉子石硯歌贈胡闇：「毗耶居士談空處。」談空即闡説空宗之道。

〔二〕「花間」句：李白月下獨酌四首之一：「花間一壺酒，獨酌無相親。舉杯邀明月，對影成三人。」

〔三〕「祇愁」三句：用逸史李生與盧二舅於北亭召女子彈箜篌事，見卷一嘲里人新婚注。

春後微雪一宿而晴

綵勝金旛換物華，垂垂天意晚平沙。東君未破含春蘂〔一〕，青女先飛剪水花〔二〕。夜逐回風鳴瓦壠，曉成疎雨滴檐牙。朝暾不與同雲便，烘作晴空萬縷霞。

【題解】

本詩作於崑山讀書時之某年正月，詩云「綵勝金旛」，可見。

【箋注】

〔一〕東君：日神。屈原九歌東君，朱熹楚辭集注：「此日神也。」

〔二〕青女：霜雪之神。淮南子天文訓：「至秋三月……青女乃出，以降霜雪。」高誘注：「青女，天神，青霄玉女，主霜雪也。」

雪霽獨登南樓

雪晴風勁晚來冰，樓上奇寒病骨驚。雀啄空檐銀笋墮〔一〕，鴉翻高樹玉塵傾。青帘閃閃千家静，黄帽亭亭一水横〔二〕。坐久天容却温麗，一彎新月對長庚。

【題解】

本詩作年無考。

【箋注】

〔一〕銀笋：石湖以之比喻檐溜。古人常稱檐溜爲「冰筋」，石湖改以「銀笋」稱之，喻象鮮明。

〔二〕「黄帽」句：黄帽，亦稱黄頭郎，指船夫，史記佞幸傳鄧通傳：「鄧通……以濯船爲黄頭郎。」集解引漢書音義：「善濯船池中也。一説能持擢行船也。」石湖借指船，蘇軾瑞鷓鴣（城頭月落尚啼烏）：「映山黄帽螭頭舫，夾岸青烟鵲尾爐。」

次時叙韻送至先兄赴調

梅柳欲動風作難，行人意在飛鴻間。一官遠遊門户弱，百歲上策身心閒。胸次饒渠有廊廟，夢魂叵使無江山〔一〕。栽桃種杏須付我，已辦鐵鎖遲公攀。

【題解】

本詩作於紹興二十六年（一一五六）春。至先，即范成象，建炎以來繫年要録卷一七〇：「（紹興二十五年十二月）左從政郎范成象行太學録。成象，成大兄也。」詩云「梅柳欲動風作難」，則時已入次年春。

【箋注】

〔一〕叵使：不可使。張相詩詞曲語辭匯釋卷二：「又有叵耐一辭，叵爲不可之切音，耐即奈也。」叵作不可解，則叵使即不可使也。

上沙遇雨快涼

刮地風來健葛衣，一涼便覺暑光低。雲頭龍挂如垂筯〔一〕，雨在中峰白塔西。

【題解】本詩作於紹興二十一年（一一五一）秋，石湖自上沙至天平嶺，過高景庵，寫下本詩以記行。參見自天平嶺過高景庵詩之「題解」。

【箋注】

〔一〕龍挂：龍卷風，參卷二大暑舟行含山道中雨驟至霆奔龍挂可駭「題解」。

自天平嶺過高景庵

卓筆峰前樹作團〔一〕，天平嶺上石成闗。緑陰匝地無人過，落日秋蟬滿四山。

【題解】本詩作於紹興二十一年（一一五一）秋，石湖自上沙至天平嶺，過高景庵，寫下自天平嶺過高景庵詩以記行。石湖記述過三次遊覽天平山、高景山的活動，第一次在紹興十七年，石湖與至先、唐少梁等遊天平寺，並題詩，見卷三天平寺；第二次在紹興二十年，石湖寫有「城西道中」二十首；第三次在紹興二十一年，石湖寫有上沙遇雨快涼等五首詩。

【箋注】

〔一〕卓筆峰：在蘇州天平山。吴郡志卷一五：「天平山，在吴縣西二十里。……山多奇石，卓筆峰爲最。」徐崧、張大純百城烟水吴縣：「天平山，在支硎山南，視諸山最爲嶒崒，山多奇石，詭異萬狀。有卓筆峰（峰高數丈，截然立雙石之上，附著尤兀臬。）飛來峰、五丈石……」

高景山夜歸

伊軋籃輿草露間，夜涼月暗走孱顔。忽逢陂水明如鏡，照見沉沉倒景山。

【題解】

本詩作於紹興二十一年（一一五一）秋，參見自天平嶺過高景庵「題解」。高景山，在天平山附近。王謇宋平江城坊考卷五城外：「高景山……姑蘇志：『高景山，在定山、羊山北三里。自天平來，漫衍數里，至此而止。越絶書作高頸山。其西麓對花山、覺林。』」

白雲嶺

路入千峰一線通，陸離長劍立天風。五年領客題詩處㊀，正在孤雲亂石中。

【校記】

㊀題詩處：富校：「『詩』黄刻本作『名』，是。」按，活字本、叢書堂本、董鈔本、詩淵第三册第二一

九八頁均作「詩」，當以「詩」爲是。

【題解】本詩作於紹興二十一年（一一五一）秋，參見自天平嶺過高景庵「題解」。白雲嶺，在蘇州天平山，吳郡志卷一五：「天平山……山半有白雲泉，亦爲吳中第一水。」徐崧、張大純百城烟水吳縣：「天平山……南趾有白雲寺，唐寶曆二年建。」泉、寺皆以白雲嶺命名。

偃月泉

松風竹露午猶寒，知有龍蟠一掬慳。我欲今年來結夏，莫扃岫幌掩雲關。

【題解】本詩作於紹興二十一年（一一五一）秋，參見自天平嶺過高景庵「題解」。偃月泉，未詳，約在高景山附近。

代人七月十四日生朝

秋入壺中玉宇鮮〔一〕，芝蘭桃李共熙然。已饒瑞莢明朝滿，先借清蟾一夜圓。北闕紫泥應道路，東山紅袖莫雲煙。如今且醉江湖酒，來歲城南尺五天〔二〕。

【題解】

本詩作年難以確考，當作於崑山讀書時期。

【箋注】

〔一〕「秋入」句：壺中玉宇，即壺中天，雲笈七籤卷二八：「（施存）後遇張申，爲雲臺治官，常懸一壺如五升器大，變化爲天地，中有日月，如世間。夜宿其内，自號『壺天』，人謂曰『壺公』。」

〔二〕尺五天：喻離帝王很近。杜甫贈韋七贊善：「時論同歸尺五天。」

題金牛洞

洞在宣城之成山，前此蕪廢無聞，自魏公尚書發之，常有笙簫仙音之瑞。

故鄉江吴多好山，笋輿篾舫相窮年。春風吹入江南陌，疊障雙峰如舊識。聞道金牛更孱顔，古來鐵鎖高難攀。自從仙伯弭芝蓋〔一〕，鳳舞鸞歌開洞天。新詩賸説山中妙，我不曾游先夢到。從渠弱水隔蓬萊〔二〕，雲山何處無瑶草？

【題解】

本詩作於紹興二十五年（一一五五）春。紹興二十四年，石湖應禮部試，下一年春，受徽州司户參軍之任命，離蘇去新安。詩有「春風吹入江南陌」，可知作年當爲紹興二十五年。金牛洞，在宣城之雲山，魏良臣開發之。尚書，指魏良臣，他曾爲尚書郎。光緒宣城縣志卷三七古迹有記載，云：「金牛洞，即云山洞。在南湖北，有仙人迹仰印石上，四壁石乳下懸，擊之，作鐘鼓聲。幻石造形，天造之巧，極游觀之勝。」寧國府志（嘉慶十二年修，民國石印本）卷一〇輿地志：「雲山在縣東北七十里，有雲山寺，山下有金牛洞，幻石象形，巧成天造，扣之聲侔鼓鐘，魏良臣有洞記。」魏良臣崑山金牛洞記（光緒宣城縣志卷二九載）：「小智自私，則物方域而不通；達人大觀，則包宇宙而無外。蓋天以氣而覆，地以形而載。氣覆於上，則日月星宿照耀森列，有目者皆可睹。至於紫宸金闕，霞府瓊宫，雖聞其名，而世終莫之見。形載於下，則山嶽河海，結峙融流，有足者皆可至。至於名山秘府，真宅奥境，苟傳於世，則必有待而後顯焉。如華陽洞府則以茅真君而顯，龍虎山則以張天師而顯，閤皂山則以葛仙公而顯，卯酉山則以葉天師而顯。自餘塵外仙居，隨寓昭著，未易一一數也。宣城崑山，舊有洞名金牛，蓋以其潛通幽隱，周流而無不遍也。自昔嘗有真隱修煉於此，歷時滋久，丹竈爲墟，榛莽叢蔽，狐兔穴藏，樵父野夫，棄置勿顧，志士道流，睇視嘆息，幾年於兹矣。紹興甲戌秋，僕命猶子仲遠往視之，因稍加荒緝，結小庵於其側。村巷鼓舞，欣然效力，曾未浹旬，已略就緒。僕乃杖策繼往，登臨四顧，洞形敞豁，上有巨迹，如仰足印。青螭蟠繞於前，寶蓋倒垂於下，山川林壑，誇奇挺喬，莫可形容。恍然如游瀛洲，上蓬島，揖浮丘而拍洪崖，不知身之在塵寰也。遐想其游仙旅，雲駢鶴馭，徜徉其間，鼓鈞天之奏，舞霓裳之曲，逍遥快樂，邈乎遼哉，不可尚矣。因知龍吟霧起，虎嘯風生，理固有自然相感者。隱有待而顯，晦有待而明，譬之負材抱道之士，方時未遇，執耒垂竿，販繒屠狗之人，未之奇也。一旦遭時遇主，攄發藴素，則澤及四海，而名垂萬世，亦猶是矣。僕因有感於斯，乃爲之叙，以紀一時之偉觀。」甲戌乃紹興二十四年，時良臣正鄉居。

【箋注】

〔一〕弭：廣韻：「息也。」玉篇：「止也。」　芝蓋：車蓋。文選張衡西京賦：「驪駕四鹿，芝蓋九葩。」薛綜注：「以芝爲蓋，蓋有九葩之采也。」因指仙家之車。

〔二〕弱水：不通舟楫之水，山海經大荒西經：「有大山名曰崑崙之丘……其下有弱水之淵環之。」　蓬萊：史記封禪書：「自威、宣、燕昭使人入海求蓬萊、方丈、瀛洲。此三神山者，其傳在勃海中。」

曉自銀林至東灞登舟，寄宣城親戚

曉山障望眼，脈脈紫翠横。澄江已不見，况乃江上城。結束治野裝，木末浮三星。羸馬隴頭嘶，小車谷中鳴。亭亭東灞樹，練練緑浦明。篙師笑迎我，新漲没蘋汀。徑投一葉去，雲水相與平。聊將塵土面，照此玻璃清。懷我二三友，高堂晨欲興。風細桐葉墮，露濃荷蓋傾。凝香繞燕几，安知路傍情。

【題解】

本詩作於紹興二十四年（一一五四）秋。石湖於本年中進士後，至宣城、溧水岳家省親，秋，取道銀林堰至東瀛登舟，東返蘇，故寄詩與宣城親戚。孔凡禮范成大年譜紹興二十四年譜文云：「中進士後，往宣城、溧水岳家省視。秋，自銀林至東瀛登舟回姑蘇。」范成大再辭免知建康府劄子（永樂大典卷一〇九九八引范石湖大全集）：「又臣妻族魏氏，見居溧水、宣城之間，皆係所部，豈無瓜李之嫌？」至正金陵新志卷一三下：「魏良臣，字道弼，溧水崇教鄉南塘人。」銀林，即銀林堰，又名銀淋堰，在溧水東南一百里。景定建康志卷一六「堰埭」：「銀林堰，在溧水縣東南一百里，長一十二里，即魯陽五堰也。」輿地紀勝卷一七建康府景物下銀淋堰，謂銀淋屬溧水。

讀唐太宗紀　平內難

宫府相圖勢不收，國家何有各身謀。縱無管蔡當時例〔一〕，業已彎弓肯罷休！弟兄相賊斁天倫〔二〕，自古無如舜苦辛〔三〕。掩井捐階危萬死，不聞親殺鼻亭神〔四〕。

佐命諸公趣夜裝，争言社稷要靈長。就令昆季尸神器〔五〕，未必唐家便破亡。

建成回馬欲馳歸，元吉行趨武德闈〔六〕。若使兩人俱得去，却於何處極兵威〔七〕？

嫡長承祧有大倫，老公愛子本平均。只知世上尋常理，争信英雄解滅親。

【題解】

本詩作年難以確考。

【箋注】

〔一〕「縱無」句：史記管蔡世家：「管叔鮮、蔡叔度者，周文王子而武王弟也。武王同母兄弟十人。母曰太姒，文王正妃也。其長子曰伯邑考、次曰武王發、次曰管叔鮮、次曰周公旦、次曰蔡叔度、次曰曹叔振鐸……同母昆弟十人，唯發、旦賢，左右輔文王，故文王舍伯邑考而以發爲太子。」石湖舉此例以與唐初比，故曰「當時例」。

〔二〕斁：敗也。尚書洪範：「彝倫攸斁。」傳：「斁，敗也。」

〔三〕「自古」句：史記五帝本紀：「舜子商均亦不肖，舜乃豫薦禹於天。十七年而崩。三年喪畢，禹亦乃讓舜子，如舜讓堯子。諸侯歸之，然後禹踐天子位。」

〔四〕鼻亭神：舜弟象。史記五帝本紀正義引括地志：「鼻亭神在營道縣北六十里，故老傳云：

舜葬九疑，象來至此，後人立祠，名爲鼻亭神。」

〔五〕尸神器：居帝王之位而不治理國家。尸，尸位，尚書五子之歌：「太康尸位以逸豫。」神器，帝位，漢書叙傳班彪王命論：「不知神器有命，不可以智力求也。」

〔六〕「建成」三句：新唐書太宗紀：「太宗功益高，而高祖屢許以爲太子。太子建成懼廢，與齊王元吉謀害太宗，未發。（武德）九年六月，太宗以兵入玄武門，殺太子建成及齊王元吉。高祖大驚，乃以太宗爲皇太子。」建成，唐高祖長子。元吉，高祖第四子。武德闈，西宫武德殿，新唐書高祖諸子：「初，帝令秦王居西宫承乾殿，元吉居武德殿。」

〔七〕「却於」句：沈欽韓范石湖詩集注卷上：「一門之内，自極兵威。梁元帝語。」

重讀唐太宗紀 立晉王

父子情深苦亦深，蓋天神武一沾襟。想當拔刃投牀際，也憶海池舟裏心。

承乾謀父保天年〔一〕，青雀圖兄亦兩全〔二〕。隱刺諸兒却拏戮〔三〕，一私知隔幾山淵。

更張聊欲亢吾宗，仁孝承家合至公。天發殺機那可料，正投阿武禍胎中〔四〕。

【題解】

本詩與上詩當作於同時，具體作年難以確考。

【箋注】

〔一〕承乾：唐太宗嫡長子、皇太子，因謀反事敗廢爲庶民。

〔二〕青雀：唐太宗第四子魏王泰的小字。資治通鑑唐太宗貞觀十七年：「上謂侍臣曰：『昨青雀投我懷云：「臣今日始得爲陛下子，乃更生之日也。」』」胡三省注：「泰，小字青雀。」

〔三〕隱刺：指建成和元吉。建成追謚爲隱；元吉受封爲巢刺王。

〔四〕阿武：指武則天，她即帝位後，殺李唐宗室多人，見新唐書則天皇后紀。

石湖居士詩集卷五

復自姑蘇過宛陵，至鄧步出陸

漿家饋食槿爲藩，酒市停驂竹廡門。紅樹亭亭棲晚照，黄茅杳杳被高原。飲溪有跡於菟過〔一〕，掠草如飛朴渥翻〔二〕。車軌如溝平地少，飽帆天鏡憶江村。

【題解】

本詩作於紹興二十四年（一一五四）初冬。按石湖中進士後，曾往岳家省視，秋後歸。初冬，復又至岳家，詩云「紅樹亭亭」、「黄茅杳杳」，正是初冬景物。孔凡禮范成大年譜紹興二十四年譜文云：「冬，復自姑蘇過宛陵，至鄧步登陸，往溧水南塘岳家省視，在南塘度歲。」今從孔説。宛陵，即宣城，李吉甫元和郡縣圖志卷二八「宣州」云：「宣城縣，本漢宛陵縣。」鄧步，鎮名，景定建康志卷一六：「鄧步鎮，在溧水縣南一百二十里。」

【箋注】

〔一〕於菟：虎的别稱，左傳宣公四年：「楚人謂乳穀，謂虎於菟。」釋文：「於，音烏；菟，音徒。」

〔一〕朴渥：兔子跳躍貌，本詩指兔子，與上句「於菟」相對。

題南塘客舍

閒裏方知得此生，癡人身外更經營。君看坐賈行商輩〔一〕，誰復從容唱渭城〔二〕？

【題解】

本詩作於紹興二十四年（一一五四）冬。南塘，即石湖岳家所在地，有魏良臣故宅。民國高淳縣志卷三南塘下引范成大題南塘客舍、南塘冬夜唱和。

【箋注】

〔一〕坐賈行商：周禮天官大宰：「以九職任萬民……六曰商賈，阜通貨賄。」注：「行曰商，坐曰賈。」

〔二〕唱渭城：渭城，即渭城曲，王維送元二使安西，因首句「渭城朝雨」，又曰渭城曲，是典型的抒寫離別情緒的作品，商人忙於經商，常常離別家人，誰還會從容地去歌唱此曲？

南塘冬夜倡和

燃萁烘煖夜窗幽，時有新詩趣倡酬。爲問灞橋風雪裏〔一〕，何如田舍火爐頭？寒釭欲暗吟方苦，凍筆難驅字更遒。絶笑兒癡生活淡，略無歲晚稻粱謀。

【題解】

本詩作於紹興二十四年（一一五四）冬。時在岳家南塘，與之唱和的當爲魏仲恭兄弟。魏良臣有三子，即伯友、仲恭、叔介，見民國高淳縣志卷一六名宦魏良臣傳。

【箋注】

〔一〕「爲問」句：用唐鄭綮故事。孫光憲北夢瑣言卷七：「唐相國鄭綮……或曰：『相國近有新詩否？』對曰：『詩思在灞橋風雪中驢子上，此處何以得之？』蓋言平生苦心也。」

游金牛洞題石壁上

仙翁舊游處，琅璈韻靈曲。至今有餘音，玄鶴舞幽谷。衆真期我住，歲晚芝田熟。腰鑱從翁來〔一〕，竊雲跨飛鹿〔二〕。

【題解】

本詩作於紹興二十四年（一一五四）冬。金牛洞，見卷四題金牛洞「題解」。從詩作内容考察，應是本詩在前，題金牛洞詩在後。石湖隨魏良臣游洞，因爲此洞剛剛開發，故隨身攜帶長鑱，以備隨時使用。

【箋注】

〔一〕腰鑱：腰插長鑱，杜甫乾元中寓居同谷縣作歌七首之二：「長鑱長鑱白木柄。」從翁來：隨從魏良臣來游金牛洞。

〔二〕籋雲：躡雲。漢書禮樂志郊祀歌九：「籋浮雲，晻上馳。」注：「蘇林曰：籋音躡，言天馬上躡浮雲也。」跨鹿躡雲，仙游之景。

浄行寺傍皆圩田，每爲潦漲所決，民歲歲興築，患糧絶，功輒不成

崩濤裂岸四三年，落日寒煙正渺然。空腹荷鋤那辦此，人功未至不關天。

【題解】

本詩作於紹興二十五年（一一五五）春。浄行寺，在高淳縣，民國高淳縣志卷一四「寺觀」云：「浄行寺，縣東北十二里。……唐中和三年建寺。」下引本詩。又，同書卷一五載浄行寺後有魏良臣香火院，置有祀田。本詩關心民生，留心世務，體現出石湖關心民瘼的精神。

衮山道中

虎嘯狐鳴苦竹叢，魂驚終日走蒙茸。松林斷處前山缺，又見南湖數十峰〔一〕。

【題解】

本詩作於紹興二十五年（一一五五）春。衮山，亦作滚山，在宣城縣東三十里之麻姑山北。光緒宣城縣志卷四「山川」：「城東三十里麻姑山，高廣視敬亭過之，迤邐崙崒，盤踞百餘里，作鎮東境。……又北曰滚山、雲山。」

【箋注】

〔一〕南湖：在金牛洞之南。光緒宣城縣志卷三七「古迹」：「金牛洞，即雲山洞，在南湖北，有仙人迹印石上。」又，同書卷四「山川」：「大崑山、小崑山，並在南湖之北。」

花山村舍

潦退灘灘露，沙虛岸岸頽。澗聲穿竹去，雲影過山來。柳菌粘枝住，桑花共葉開。庵廬少來往，門巷濕蒼苔。

【題解】本詩作於紹興二十五年(一一五五)春。花山,在高淳縣東南四十里,民國高淳縣志卷三「山川」:「花山,縣東南四十里。上産白牡丹花,故名。」下引本詩。

清明日狸渡道中

灑灑沾巾雨,披披側帽風。花燃山色裏〔一〕,柳卧水聲中。石馬立當道,紙鳶鳴半空。墦間人散後,烏鳥正西東。

【題解】本詩作於紹興二十五年(一一五五)春。狸渡,安徽宣城縣北百餘里有狸頭橋,在高淳縣南,見宣城縣志。

【箋注】

〔一〕「花燃」句:杜甫絶句二首之二:「江碧鳥逾白,山青花欲燃。」

寒食客中有懷

江郭花開也寂寥，不須緑暗與紅凋。疾風甚雨過寒食〔一〕，白日青春吟大招〔二〕。芳景尚隨流水去，故人應作綵雲飄。煙波千里家何在？惟有溪聲似晚潮。

【題解】

本詩作於紹興二十五年（一一五五）春。寒食，即寒食節，唐宋人以此爲祭墓之節日，與後代以清明爲掃墓日不同。李匡乂資暇録卷中：「寒食拜掃，按開元禮第七十八云：昔者宗子去在他國，庶子無廟，孔子許望墓爲壇，以時祭祀。今之上墓，或有憑矣。」石湖有感而作本詩，悼念屈原。

【箋注】

〔一〕「疾風」句：荆楚歲時記（錦繡萬花谷後集卷四引）：「去冬節一百五日，即有疾風甚雨，謂之寒食。」

〔二〕大招：楚辭篇名，王逸楚辭章句云：「大招者，屈原之所作也。或曰景差，疑不能明也。」然篇中有「三公穆穆」、「立九卿只」，其制立於西漢，可見此篇當爲西漢文人模仿招魂悼念屈原之作。

南塘寒食書事

埂外新陂緑，岡頭宿燒紅。裹魚蒸菜把，饋鴨鎖筠籠。酒侶晨相命，歌場夜不空。土風并節物，不與故鄉同。

【題解】

本詩作於紹興二十五年（一一五五）春。

周德萬攜孥赴龍舒法曹，道過水陽相見，留别女弟

草草相逢小駐船，一杯和淚飲江天。妹孤忍使行千里，兄老那堪别數年。馬轉不容吾悵望，櫓鳴肯爲汝留連？神如相此俱强健，緑髮歸來慰眼前。

【題解】

本詩作於紹興二十五年（一一五五）春。周德萬，名傑，石湖妹夫，時將赴龍舒（安徽舒城）法曹任，在水陽鎮相遇，作本詩以留别女弟。水陽，鎮名，元豐九域志卷六江南東路：「望，宣城。一十三鄉。符裏窯、水陽、城子務三鎮。」讀史方輿紀要卷二八寧國府：「水陽鎮，府東北七十里，臨

句溪上。溪北與高淳縣接界。其地有水東山，南唐爲水陽渡，後因爲鎮，今有巡司戍守。又兑軍倉及義倉皆置於此。志云：府東境之備在水陽，繇此東出高淳，越東壩通吴會，此其要防也。」周傑後來入蜀，爲帥府幕客。范成大吴船録記載遊峨眉山絶頂，云：「同登峰頂者，幕客：簡世傑（伯雋）、楊光（商卿）、周傑（德萬）、進士虞植（子建）及家弟成績。」

高淳道中

路入高淳麥更深，草泥needs潤馬駸駸。雨歸隴首雲凝黛，日漏山腰石滲金。老柳不春花自蔓，古祠無壁樹空陰。一簞定屬前村店，衮衮炊煙起竹林。

【題解】

本詩作於紹興二十五年（一一五五）春。

夜至寧庵，見壁間端禮昆仲倡和，明日將去，次其韻

杉松廡門森老蒼，佛屋深夜幡花香。借牀睡倒恍何處，夢隨潛魚聽鷩榔。咿啞禽語曉光浄，窸窣草鳴朝雨涼〔一〕。哦詩出門懷二妙〔二〕，春漲繞山湖水黄。

【題解】 本詩作於紹興二十五年（一一五五）春，時正自岳家返蘇，夜宿西寧庵，見魏仲恭兄弟唱和詩，乃次韻和之。寧庵，即西寧庵，民國高淳縣志卷一四載縣西北七里有西寧庵。端禮，即魏仲恭，魏仲恭斷腸詩集序：「淳熙壬寅二月望日，醉□居士宛陵魏仲恭端禮書。」可知端禮乃仲恭之字。題云「昆仲」，詩云「二妙」，則唱和者爲兄弟二人。魏良臣有子三人，未知題於西寧庵壁間的昆仲詩，是伯友和仲恭，抑或仲恭與叔介？難以斷定。

【箋注】

〔一〕窸窣：輕微細小的聲音。李賀神絃：「紙錢窸窣鳴飈風。」王琦解：「窸窣，音悉速，聲小貌。」

〔二〕二妙：稱同時以才藝著名的二人。新唐書韋維傳：「（維）遷户部郎中，善裁剖，時員外宋之問善詩，故時稱户部二妙。」

行唐村平野，晴色妍甚

煖日烘繁梅，穠香撲征鞅。雲煙釀春色，心目兩駘蕩〔一〕。柳眉翠已掃，桑眼青未放〔二〕。兹遊定不俗，前路入千嶂〔三〕。

【校記】

㈠入：原作「八」。富校：「『八』黄刻本作『入』，是。」按叢書堂本、董鈔本均作「入」，今據改。

【題解】

本詩作於紹興二十五年（一一五五）春。唐村，在高淳縣境内，民國高淳縣志卷四載魏良臣所居之崇教鄉内有西舍唐村，縣東南二十里之立信鄉内亦有唐村。本詩云「征鞅」，又云「前路入千嶂」，則唐村當在石湖回鄉道中。

【箋注】

〔一〕駘蕩：舒緩蕩漾。謝朓直中書省：「朋情以鬱陶，春物方駘蕩。」

〔二〕桑眼：桑葉芽，陸游初春二首之一：「桑眼綻來蠶事興。」

嶺上紅梅

霧雨臙脂照松竹〔一〕，江南春風一枝足〔二〕。滿城桃李各嫣然，寂莫傾城在空谷。
城中誰解惜娉婷？遊子路傍空復情。花不能言客無語，日暮清愁相對生。

【題解】

本詩作於紹興二十五年（一一五五）春，時正自岳家返蘇。此詩二、三聯不對仗，詩句不調平仄，前半押仄聲韻，後半押平聲韻，平仄换韻，爲古體詩押韻特徵。石湖集中這類詩還有不少。

【箋注】

〔一〕「霧雨」句：臙脂，指紅梅。全句詩意從唐朱慶餘早梅詩來：「堪把依松竹，良塗一處栽。」

〔二〕「江南」句：一枝，指梅花。荆州記：「陸凱與范曄相善，自江南寄梅一枝詣長安與曄，並贈詩云：『折花逢驛使，寄與隴頭人。江南無所有，聊贈一枝春。』」

浙東參政寄示會稽蓬萊閣詩軸，次韻寄題二首

仙翁來佩玉符麟，緑髮無霜照碧筠。永夜闌干千嶂月，清風揮麈七州春〔一〕。麈埃不隔壺中境〔二〕，功業猶關物外身。鸞鶴莫驚兵衛峻，主人元是白雲人。

鼇背飛來紺碧浮，人間還有小蓬丘〔三〕。不須擊水三千里〔四〕，已壓中天十二樓〔五〕。羽駕舊曾將夢到，芝田今合爲公秋。玉霄有客方東望，竟欲乘風馭氣遊。

【題解】

本詩作於紹興二十六年（一一五六）秋。浙東參政，即魏良臣，他於紹興二十六年三月知紹興府、浙東安撫使；參政，指他任紹興府以前的官職。魏良臣於本年秋，登蓬萊閣，賦詩寄石湖，石

湖乃次韻寄之。嘉泰會稽志卷二「太守題名」：「魏良臣，紹興二十六年三月，以資政殿學士左中大夫知，十二月奉祠。」吴廷燮南宋制撫年表卷上兩浙東路安撫使兼知越州紹興府：「紹興二十六年，魏良臣，二月辛卯，由參知政事知紹興。十二月庚子罷。」建炎以來繫年要録卷一七五：「（紹興二十六年十二月）庚子，資政殿學士知紹興府魏良臣提舉臨安洞霄宫，從所請也。」蓬萊閣，在會稽卧牛山下，寶慶會稽續志卷一有記載。

【箋注】

〔一〕七州：浙江東路所轄七州，吴廷燮南宋制撫年表卷上：「兩浙東路安撫使、馬步軍都總管、知越州紹興府，領紹興、慶元、瑞安三府，婺、台、衢、處四州。」

〔二〕壺中境：此用「壺天」的典故。後漢書費長房傳：「費長房者，汝南人也。曾爲市掾，市中有老翁賣藥，懸一壺於肆頭，及市罷，輒跳入壺中。市人莫之見，唯長房於樓上睹之，異焉。因往，再拜奉酒脯，翁知長房之意其神也，謂之曰：『子明日可更來。』長房旦日復詣翁，翁乃與俱入壺中，惟見玉堂嚴麗，旨酒甘肴盈衍其中，共飲畢而出。」雲笈七籤卷二八引雲臺治中録云：「施存，魯人，夫子弟子，學大丹之道二百年，十煉不成，唯得變化之術。後遇張申，爲雲臺治官，常懸一壺如五升器大，變化爲天地，中有日月，如世間，夜宿其内，自號『壺天』，人謂曰『壺公』。」

〔三〕「鰲背」二句：傳説蓬萊山以鰲負之，故曰從鰲背飛來，到人間成爲小蓬萊山。列子湯問載蓬萊等五山之根無所連著，帝「乃命禺彊使巨鰲十五，舉首而載之」。

〔四〕擊水三千里：語出莊子逍遥遊：「鵬之徙於南冥也，水擊三千里，摶扶摇而上者九萬里，去以六月息者也。」

〔五〕十二樓：神仙居處。漢書郊祀志五下：「方士有言黄帝時，爲五城十二樓，以候神人於執期，名曰迎年。」顔師古注：「應劭曰：昆侖玄圃，五城十二樓，仙人之所常居。」

外舅輓詞二首

植德千章茂，硎材百鍊剛。事功纔止此〔一〕，物理故難量。雁序雲天遠〔二〕，蘭階雨露芳。公無憾身後，人自惜堂堂。

幽介聯昏援，門闌閲歲更。方欣承燕几〔三〕，何意寫銘旌！笑語猶尋夢，恩勤已隔生。情傷到深處，有淚不勝傾。

【題解】

本詩約作於紹興二十六年（一一五六）後。外舅，即岳父，爾雅釋親：「妻之父爲外舅。」石湖岳父爲魏信臣，良臣之弟信臣，僅任承直郎。周必大神道碑：「妻和義郡夫人魏氏，前公幾月薨，至是袝焉。夫人，承直郎信臣女，紹興參知政事敏肅公之猶子，敏肅知公深，一見以遠大期之。」

【箋注】

〔一〕「事功」句：指岳父魏信臣僅仕至承直郎。

〔二〕雁序：羊祜雁賦：「鳴則相和，行則接武，前不絶貫，後不越序。」本詩以雁序喻兄弟。時魏良臣知紹興府，故云「雲天遠」。

〔三〕燕几：用以倚靠休息的小几。儀禮士喪禮：「綴足同燕几。」疏：「言燕几者，燕，安也，當在燕寢之内，常馮（凴）之以安體。」

天平先隴道中，時將赴新安掾

霜橋冰澗浄無塵，竹塢梅溪未放春。百疊海山鄉夢熟，三年江路旅愁新㊀〔一〕。松楸永寄孤窮淚，泉石終收漫浪身。好住鄰翁各安健，歸來相訪説情真。

【校記】

㊀ 旅愁新：原作「旅愁生」，富校：「『生』字黄刻本作『新』，是。」按，活字本、叢書堂本、董鈔本均作「新」，今據改。又按，「生」爲下平聲八庚韻；「新」爲上平聲十一真韻，與「塵」、「春」、「身」、「真」相叶。

【題解】本詩作於紹興二十五年（一一五五）冬。石湖於本年受命徽州司户參軍，周必大神道碑：「遂中紹興二十四年進士第，調徽州司户參軍。」按成大於紹興二十五年十二月至先塋臘祭，開歲後，舟行赴任，元夕抵霅川，有元夕泊舟霅川，到徽州上任，已是春深。新安掾，即徽州司户參軍。先隴，石湖祖先之塋地在吴縣至德鄉，周必大神道碑：「自公曾祖葬吴縣至德鄉上沙之赤山，少師嘗戒子姪：『他日葬我，毋遠先塋。』」王謇宋平江城坊考附録「鄉都」：「吴縣二十都：吴門……至德。」至德鄉在城西，在天平附近，故稱「天平先隴」。大清一統志卷五五蘇州府陵墓：「范成大墓，在吴縣西天平山南上沙村。」

【箋注】

〔一〕旅愁新：從孟浩然宿建德江「移舟泊烟渚，日暮客愁新」句中套出。

元夕泊舟霅川

蓮炬光中月自圓〔一〕，人情草草競華年。最憐一夜旗亭鼓，能共鐘聲到客船〔二〕。

【題解】本詩作於紹興二十六年（一一五六）正月十五日，時正赴新安掾任，已抵吴興。霅川，即霅溪，王存元豐九域志卷五兩浙路湖州吴興郡，治烏程縣，境内有霅溪。

【箋注】

〔一〕蓮炬：蓮花形的蠟燭，楊萬里姑蘇館上元前一夕陪使客觀燈之集：「節物催人又一年，銀花蓮炬照金尊。」

〔二〕「能共」句：借用張繼楓橋夜泊「姑蘇城外寒山寺，夜半鐘聲到客船」詩意。

桐川郡圃梅極盛，皆圍抱高木，浙中無有

家住丹楓白葦林，横枝一笑萬黄金〔一〕。玉溪園裏逢千樹，還盡春風未足心。

【題解】

本詩作於紹興二十六年（一一五六）春赴新安掾途中。桐川郡，即廣德，見光緒廣德州志卷一。王存元豐九域志卷六江南東路有廣德軍，「太平興國四年，以宣州廣德縣置軍，治廣德縣。」廣德，有桐源山、桐水」。沈欽韓范石湖詩集注卷上引名勝志：「郡圃有古梅一株，枝柯盤屈，姿態奇古，太守趙希仁嘗圖以獻。」

【箋注】

〔一〕一笑：指梅花開放。花開爲笑，劉知幾史通外編雜説上：「今俗文士，謂鳥鳴爲啼，花開

爲笑。」

牧馬山道中

土橋茅屋兩三家，竹裏鳴泉漱白沙。春色惱人無畔岸，亂飄風袖拂梅花。

【題解】本詩作於紹興二十六年（一一五六）春赴新安掾途中。牧馬山，在廣德縣境，參見宿牧馬山勝果寺「題解」。

宿牧馬山勝果寺

佛燈已暗還吐，旅枕纔安却驚。月色看成曉色，溪聲聽作松聲。

【題解】本詩作於紹興二十六年（一一五六）春赴新安掾途中。牧馬山勝果寺，在廣德西南二十里。乾隆廣德州志卷一三「寺觀」：「牧馬寺：萬曆志：『在州西南二十里，唐天祐中建。』案，宋江寧府天蓋寺僧重建。後有僧宛大又奉敕改建，名勝果禪院。」又，下載陳遠撰牧馬寺記：「（寺）舊在牧馬山之巔。明宣德間始移今所。蓋緣勢踞高峻，故以『木末』爲名。山之名又因平寺，語久音轉，訛爲『牧馬』。」以上引述，採自孔凡禮范成大年譜紹興二十六年附注。

游寧國奉聖寺

松梢臺殿鬱高標，山轉溪迴一水朝。不惜褰裳呼小渡，夜來春漲失浮橋。

【題解】

本詩作於紹興二十六年（一一五六）春赴新安掾途中。寧國奉聖寺在宣州寧國縣。嘉慶寧國府志卷一四「寺觀」：「奉聖禪院，在（寧國）縣西三里，舊名白雲山。唐大中時，裴休請黄蘗禪師講經於此。乾寧中賜額永清。宋治平中改奉聖，熙寧中爲禪院。」

自寧國溪行至宣城，舟人云凡百八十灘

波驚石險夜喧雷，曉泊旗亭笑眼開。休問行人緣底瘦，適從百八十灘來。

【題解】

本詩作於紹興二十六年（一一五六）春赴新安掾途中。自寧國縣至宣城縣，在山中沿溪而行，

王存元豐九域志卷六江南東路宣州宣城郡，治宣城縣，縣六：宣城、南陵、涇縣、寧國、旌德、太平。」宣城有句溪。

次韻宣州西園二首

苔茵無地着紅塵，花草含芳一笑新。不待東君能剪刻〔一〕，相公筆力挽回春。
星芒垂耀筆牀寒，河漢波流硯滴乾。棐几松蹈入三昧，一篇詩就一杯殘。

【題解】

本詩作於紹興二十六年（一一五六）春赴新安掾途中。宣州西園，嘉慶寧國府志卷一二「古迹」有載。

【箋注】

〔一〕東君：司春之神。辛棄疾滿江紅暮春詞：「可恨東君，把春去、春來無迹。」

晚步西園

料峭輕寒結晚陰，飛花院落怨春深。吹開紅紫還吹落，一種東風兩樣心。

【題解】

本詩作於紹興二十六年（一一五六）春赴新安掾途中。西園，見上首「題解」。

送端言

東君留戀一分春，蜂蝶闌珊燕子新。桃李無情空緑徑，市橋楊柳送行人。

【題解】

本詩作於紹興二十六年（一一五六）春赴新安掾途中。端言，當爲魏仲恭的兄弟輩。按，仲恭字端禮，則叔介當爲端言。叔介送石湖至宣城，已是暮春，成大乃賦此詩與之告別。

早發竹下

結束晨裝破小寒，跨鞍聊得散疲頑。行衝薄薄輕輕霧，看放重重疊疊山。碧穗炊煙當樹直㊀，緑紋溪水趁橋彎。清禽百囀似迎客，正在有情無思間。

【校記】

㊀ 炊煙：原作「吹煙」，富校：「『吹』黄刻本作『炊』，是。」按，活字本、叢書堂本、董鈔本均作「炊」，

今據改。

【題解】本詩作於紹興二十六年（一一五六）春赴新安掾途中。竹下，在徽州休寧縣黄竹嶺下，沈欽韓范石湖詩集注卷上引輿地紀勝：「黄竹嶺在休寧縣西一百六十一里，地當阨塞，嘗置巡司。」孔凡禮范成大年譜紹興二十六年譜文「復經休寧赴徽州」下附注以爲「沈氏誤引書名」。按，輿地紀勝無此記載，元鄭玉有黄竹嶺巡檢司記，云：「黄竹嶺在休寧縣之西百六十里。」

小澗

石礙珠旒濺，灘平霧縠鋪。小童能好事，繫馬斸菖蒲。

【題解】本詩作於紹興二十六年（一一五六）春赴新安掾途中。

次韻子文探梅水西，春已深，猶未開。水西，謂歙溪，而黄君謨州學記云：瀕江地卑㊀。蓋此水爲浙江之源㊁，正可謂之江也

孤山山下小斜橋，客魂曾共暗香飄〔一〕。五年不踏西湖路，想見黄昏清淺處。如今憔悴古江干，豈有幽芳伴倚欄。臘盡雪殘春不至，坐令愁裏眼長寒。霜稜未貸千林槁，門外風饕人欲倒。斟酌芳心正怯寒，有情真被無情惱〔二〕。

【校記】

㊀ 瀕江：原作「頻江」，活字本、叢書堂本、董鈔本均作「瀕江」。黄震黄氏日鈔卷六七：「述黄君謨州學記云：瀕江地卑。」今據改。

㊁ 浙江：原無「江」字，活字本、叢書堂本、董鈔本均作「浙江」。黄震黄氏日鈔卷六七：「石湖初爲新安掾，謂歙溪爲浙江之源。」即指本詩。今據補。

【題解】

本詩作於紹興二十六年（一一五六）春，時已抵新安掾任。子文，即嚴焕，時任徽州教官。寶祐重修琴川志卷八：「嚴焕字子文，縣人，嘗與同里錢南試，聖人以人占天賦出場問，破題押何字。

南押占字，焕曰：『余奪魁，君第二。』果以首薦登紹興十二年進士第。調徽州、臨安教官，通判建康府，知江陰軍，還太常丞，出爲福建市舶。終於朝奉大夫。焕長於書，筆法尤精。」景定建康志卷二四通判廳：「嚴焕，左承議郎，乾道三年六月十八日到任，五年六月二十五日任滿。」同書卷三二建康府貢院記，有乾道四年十一月「左承議郎通判建康府事姑蘇嚴焕書，左朝請郎直顯謨閣權發遣江南東路計度轉運副使公事浚儀趙彦端書額」之題署。水西，山名，輿地紀勝卷一九江南東路寧國府「景物下」有水西山、水西寺。山在涇縣西五里，林壑深邃。黄君謨州學記，指黄誥所作之徽州新學記。新安志卷一「廟學」：「紹聖二年，黄朝散（按，指黄誥，以朝散郎任郡守）還之於東北隅，米禮部芾爲書所爲記，世所傳徽州新學記是也。」又，卷九「郡守」：「黄誥字君謨，岳陽人……紹聖二年，以朝散郎知州事。」

【箋注】

〔一〕「孤山」二句：暗用林逋事，林氏山園小梅：「疏影横斜水清淺，暗香浮動月黄昏。」孤山，在杭州西湖中，林逋曾隱居於此。

〔二〕「有情」句：翻用蘇軾蝶戀花春景：「笑漸不聞聲漸悄，多情却被無情惱。」

後催租行

老父田荒秋雨裏，舊時高岸今江水。傭耕猶自抱長飢，的知無力輸租米。自從鄉官新上來，黄紙放盡白紙催〔一〕。賣衣得錢都納却，病骨雖寒聊免縛。去年衣盡到家口，大女臨岐兩分首。今年次女已行媒，亦復驅將换升㪷。室中更有第三女，明年不怕催租苦！

【題解】

本詩作於紹興二十六年（一一五六）春，石湖赴新安掾任，沿途見到農民苦况，故續作後催租行。參見本書卷三催租行「題解」。

【箋注】

〔一〕黄紙放盡白紙催：黄紙指減免租税的詔書，白紙指地方官催租的文書。據唐會要卷五七，唐代中書省文書，用黄麻紙或白麻紙製成，凡減免租税多用白麻紙。宋代改用黄麻紙，故石湖詩云「黄紙放盡」。石湖詩意從白居易杜陵叟化出：「不知何人奏皇帝，帝心惻隱知人弊。白麻紙上書德音，京畿盡放今年税。昨日里胥方到門，手持敕牒榜鄉村。十家租税九家畢，虛受吾君蠲免恩。」

次韻子文衝雨迓使者，道聞子規

夢魂翾蜨翅，鼻息吼鼉鼓。喚起治曉裝，馬嘶童僕語。汩泥溷𣆶鶩，慚愧黄鵠舉。猥吟陬隅池，浪廢桔槔圃。啼鵑撩客心，鉤引着何許。請歌蘇仙詞，歸耕一犁雨〔一〕。

【題解】

本詩作於紹興二十六年（一一五六），時在新安掾任上。嚴煥之原唱，已佚。

【箋注】

〔一〕「請歌」二句：蘇仙詞，指蘇軾詩句。蘇軾東坡八首之三：「昨夜南山雲，雨到一犁外。」

奉題胡宗偉推官攬秀堂

城外屏峰雲百疊，城裹看雲笏拄頰〔一〕。山靈自與人争秀，明滅煙霏難應接。南鄰范叔骨相寒〔二〕，不如騎曹知愛山。晨霞儻可救枵腹，丐君分我入朝餐〔三〕。

【題解】

本詩作於紹興二十六年（一一五六）任新安掾初識胡璉時。胡宗偉，即胡璉，字宗偉，號真清居士，徽州人，時任徽州推官。家有攬秀堂，乃命石湖題詩。

【箋注】

〔一〕笏拄頰：世説新語簡傲：「王子猷作桓車騎參軍，桓謂王曰：『卿在府久，比當相料理。』初不答，直高視，以手版拄頰云：『西山朝來，致有爽氣』。」

〔二〕范叔骨相寒：史記范睢蔡澤傳：「須賈意哀之，留與坐飲食，曰：『范叔一寒如此哉！』乃取其一綈袍以賜之。」

〔三〕「晨霞」二句：楚辭遠遊：「漱正陽而含朝霞。」王逸章句：「陵陽子明經言：『春食朝霞。』朝霞者，日始欲出，赤黄氣也。」

次韻太守出郊

曉裝緹騎踏芳辰，江爲安瀾露浥塵。棨戟前驅留住月，笙簫後備帶行春〔一〕。魚龍水面金杯滿，鸞鶴山頭綵筆新。聞道將軍寬禮數，不辭酩酊吐車茵。

【題解】

本文作於紹興二十七年（一一五七）春，時太守爲李稙，宋史卷三七九李稙傳：「李稙，字元直，泗州臨淮人。幼明敏篤學，兩舉於鄉。從父中行客蘇軾門，太史晁無咎見之曰：『此國士也！』以女妻焉。靖康初，高宗以康王開大元帥府，湖南向子諲轉運京畿。時群盜四起，餉道阨絶，環視左右，無足遣者。有以稙薦，遂借補迪功郎，使督四百艘，總押犒師銀百萬、糧百萬石，招募忠義二萬餘衆，自淮入徐趨濟。凡十餘戰，卒以計達。時高宗駐師鉅野，聞東南一布衣統衆而至，士氣十倍，首加勞問，稙占對詳敏，高宗大悦，親賜之食，曰：『得一士如獲拱璧，豈特軍餉而已。』承制授承直郎，留之幕府。……爲汪伯彦、黄潛善所忌。」高宗即位後，累官東南發運司幹辦公事，知潭州湘陰縣，鄂州通判，朝奉大夫通判荆南府，尚書户部員外郎，户部郎中，知桂陽軍，知徽州，朝請大夫直秘閣知鎮江府，遷江淮荆湘都大提點坑冶鑄錢公事，直敷文閣京西河北路計度轉運使。孝宗乾道元年，提刑江西。二年，直寶文閣江南東路轉運使，兼知建康府兼本路安撫使、主管行宫留守司事，以太府卿召，以疾請致仕。年七十六卒。謚忠襄。有臨淮集十卷，胡銓爲之序。稙才兼文武，幹練明達，早爲張浚所知。秦檜當國，浚遭貶謫，稙即丐祠奉親，寓居醴陵十有九年，杜門不仕。檜死，始起復，入見，高宗曰：「朕故人也！」本傳謂「所上防江十策，皆直指事宜，不爲浮泛」。致仕還湘時，「胡安國父子家南嶽下，劉錡家湘潭，相與往還講論，言及國事，必憂形於色，始終以和議爲恨」。康熙三十八年刊本徽州府志卷三「郡職官」：「宋知州：李稙，以朝散大夫紹興二十六年任。」宋羅願新安志卷九「叙牧守」：「李稙，右朝散大夫二十六年十一月九日到官，任内轉右朝請大夫，二十八年四月十八日除荆湖北路轉運判官。」本詩云「帶行春」，則必作於紹興二十七年春。

【箋注】

〔一〕「笙簫」句：太守出郊時，儀仗帶「行春」隊伍。顧禄清嘉録卷一「正月行春」條云：「行春之儀：附郭縣官，督委坊甲，裝扮社夥，如觀音朝山、昭君出塞、學士登瀛、張仙打彈、西施采蓮之類，名色種種。」「故事：先立春前一日，郡守率僚屬，迎春婁門外柳仙堂，鳴騶清路，盛設羽儀，前列社夥，殿以春牛。」此爲吴地習俗，徽州亦相仿佛。

曉出古巖呈宗偉、子文

曉風生小寒，嵐潤裛巾屨。宿雲埋樹黑，奔溪轉山怒。東方動光彩，晃晃金鉦吐〔一〕。千峰森隱現，一氣澹回互。平生癖幽討，邂逅飽新遇。那知塵滿甑，晨炊午未具。不愧忍飢面，來尋古巖路。稻粱亦易謀，烟霞乃難痼〔二〕。持此慰龜腸〔三〕，搜枯尚能句〔四〕。

【題解】

本詩作於紹興二十六年（一一五六），時任新安掾。古巖，地名，有古巖院，在徽州婺源縣永豐鄉，新安志卷三「婺源縣」「僧寺」：「古巖院，在永豐鄉寒山里，唐元昌元年建，有石巖。」沈欽韓范石湖詩集注卷上引通志曰：「古巖在府西一十五里寒山里，巖有石洞，其上丹崖層峙，鸞飛鵠立，稜稜露石骨，有巖横亘，形如覆屋。唐會昌中，建古巖院，名僧相繼出焉。」

【箋注】

〔一〕金鉦吐：鉦，古樂器名，似鑼。日初出，如車輪，石湖喻作金鉦。吐，漸出之貌。語出杜甫月：「四更山吐月。」

〔二〕「烟霞」句：新唐書田游巖傳：「（田游巖）答曰：『臣所謂泉石膏肓，烟霞痼疾者。』」

〔三〕龜腸：古人以爲龜吸氣而生，不食物，故以龜腸喻飢腸。南齊書王僧虔傳載檀珪與僧虔書：「蟬腹龜腸，爲日已久。」

〔四〕搜枯：即搜索枯腸。盧仝走筆謝孟諫議寄新茶：「三椀搜枯腸，唯有文字五千卷。」

積雨蒸潤，體中不佳，頗思故居之樂，戲書呈子文

門外泥深蘸馬鞍，墨雲未放四維寬〔一〕。前山忽接後山暗，暑雨全如秋雨寒。夢裏江湖三歎息，醉中天地一憑闌。斗升留滯休惆悵，枳棘從來著鳳鸞〔二〕。

【題解】

本詩作於紹興二十六年（一一五六），時在新安掾任上。

【箋注】

〔一〕四維：四方之隅。素問氣交變大論：「四維有埃雲潤澤之化。」

〔二〕枳棘：枳木和棘木，二木多刺，文人常用以喻艱難險惡的環境。韓非子外儲左下：「樹枳棘者，成而刺人。」鳳鸞爲瑞鳥，喜棲梧樹上，石湖以鳳鸞來著枳棘，喻寫有才能之人處於艱險之境。

簽廳夜歸用前韻呈子文

簿書堆裏解歸鞍，我亦蕭然轡勒寬。爐篆無風香霧直〔一〕，庭柯有月露光寒。閒思喜鵲填河鼓〔二〕，靜數流螢繞井欄。明日又驅官裏去，從教白鷺侶紅鸞。

【題解】

本詩作於紹興二十六年（一一五六），時在新安掾任上。

【箋注】

〔一〕爐篆：即香爐中的篆香。蘇軾宿臨安淨土寺：「香篆起煙縷。」香霧直：因無風而煙霧直。白居易待漏入閣詩：「碧縷爐煙直。」

〔二〕「閒思」句：應劭風俗通義：「織女七夕當渡河，使鵲爲橋。」秦觀鵲橋仙：「柔情似水，佳期如夢，忍顧鵲橋歸路。」

趙聖集詩説少年俊遊，用前韻記其語戲之㈠

京塵紅軟撲雕鞍，年少王孫酒量寬。倚袖竹風憐翠薄㈡〔一〕，捧杯花露怯金寒。黄雲城上棲烏曲，緑水池邊鬭鴨欄㈢。别後相思惟故物，壁煤侵損扇中鸞。

【校記】

㈠趙聖集：題上原脱「趙」字，活字本正文亦脱；叢書堂本有「趙」字。周小山引石倉歷代詩選卷一七四、陳焯宋元詩會卷三八有「趙」字（見范石湖集校正舉隅）。今據補。又，題上「韻」字前原脱「前」字，活字本正文亦脱；叢書堂本有「前」字。周小山引石倉歷代詩選、宋元詩會有「前」字，今據補。

㈡翠薄：原作「翠簿」，今據活字本、叢書堂本、董鈔本、石倉歷代詩選、宋元詩會改。

㈢緑水池邊：「池」原作「橋」，今據活字本、叢書堂本、董鈔本、石倉歷代詩選、宋元詩會改。

【題解】

本詩作於紹興二十六年（一一五六），與趙聖集有交遊唱酬。本書卷一有代聖集贈别，疑亦作於本年。

【箋注】

〔一〕「倚袖」句：杜甫佳人：「天寒翠袖薄，日暮倚修竹。」

次温伯用林公正、劉慶充倡和韻

前山後山梅子雨，屯雲日夜相吞吐。長林絶壑望不到，時有樵歸説逢虎。奔溪朝來忽怒漲，夾岸柳梢餘尺許。屋頭未放濃嵐散，苦憶清風泛瓊宇。客行落此亂山中，但欲尋人訴羈旅。比鄰邂逅得清士，眉宇津津佳笑語。杯行起舞出新句〔一〕，我氣已衰聊復鼓。明年與君杭太湖〔二〕，扁舟踏浪不踏土。沉沉玉柱閟仙扃〔三〕，矯矯虹梁浮水府。目力無窮天不盡，却笑向來誰縛汝？

【題解】

本詩作於紹興二十六年（一一五六）五月。温伯，姓湯，時任徽州判官。孔凡禮范成大年譜紹興二十六年譜文附注：「湯温伯，時任判官，福州人。」林公正、劉慶充，與湯温伯唱和的友人，生平不詳。

【箋注】

〔一〕起舞：國語晉語二：「驪姬許諾，乃具，使優施飲里克酒。中飲，優施起舞。」蘇軾水調歌頭：「起舞弄清影。」

〔二〕杭：渡，詩經衛風河廣：「誰謂河廣，一葦杭之。」

〔三〕「沉沉」句：玉柱，西山林屋洞内景物。皮日休入林屋洞：「脚底龍蛇氣，頭上波濤聲。有時若服匿，偪仄如見綳。俄爾造平澮，豁然逢光晶。金堂似鐫出，玉座如琢成。」姚承緒吴趨訪古録卷二：「林屋洞。在洞庭西山。洞有三門，同會一穴，中有石室、銀房、金庭、玉柱等異。吴闔閭使靈威丈人探之，行七十日不窮而返，得素書三卷上之，相傳即禹書也。」詩云：「中空石怪集，詭狀難具名。金庭與玉柱，萬古留真形。」王謇宋平江城坊考卷五「洞庭西山」條引盧志云：「周處風土記云：『包山洞穴，潛行地中，無所不通，謂之洞庭地脈。』道書云：林屋洞是十大洞天之第九洞……中有石室銀房、石鐘石鼓、金庭玉柱，又有白芝隱泉、金沙龍盆、魚乳泉、石燕（或云是蝙蝠）。」因玉柱在水底，故云「沉沉」。按古籍描述之景象看，均爲鐘乳石所構成的種種異景異物。石湖曾入洞遊賞，故約湯温伯明年遊林屋洞。徐崧、張大純百城煙水蘇州「洞山」條：「其石尤勝者爲曲岩。」下注：「范文穆記其來遊月日，想見爲昔賢賞心處。」

次韻温伯夜坐。今日忽得舍弟到杭消息，喜見於詞

長風吹月來，影碎竹間牖。良宵坐窘束，媿我塵外友。平生煙霞興，硉兀上南

斗〔一〕。頗亦契三三，未省計九九〔二〕。迷塗入簿領，鄉心幾回首？嗟予季行役〔三〕，舟拂漲溪柳。凌晨雙鵲鳴，翫占得無咎。何當從汝去，履綦尋蕙畝。

【題解】

本詩作於紹興二十六年（一一五六），時在新安掾任上。湯温伯夜坐詩，已佚。舍弟，當指范成績。按，石湖有二位胞弟，一爲成績，字致一；一爲成己，字至存。永樂大典卷一九八六五載范成大佚文水竹贊，文云：「家弟至存。」周必大神道碑：「成己前卒。」本詩記及之舍弟乃爲范成績，因詩作於紹興二十六年，時石湖已三十一歲，至存已逝。

【箋注】

〔一〕硉兀：也作「硉矶」，高聳突出。郭璞江賦：「巨石硉矶以前却。」

〔二〕三三、九九：蘇軾會雙竹席上奉答開祖長官：「算來九九無多日，唱着三三憶舊遊。」馮應榴注：「歲時記：俗用冬至次日數及九九八十一日，多作九九詞。」「唐書：童謡，打麥三三三。」

〔三〕予季：即予弟，唐宋時「季」字即作「弟」字講，如李白送二季之江東、李賀勉愛行二首送小季之廬山。岑仲勉貞石論史：「余按，唐文季字或即弟字解。」

再次韻呈宗偉、温伯

官居數椽間，局促如瓮牖。幸鄰詩酒社，金薤對玉友〔一〕。真清廊廟器，偉望配山斗。宗偉自號真清居士。行當侍紫極，槐棘位三九〔二〕。館舍有奇士，謂温伯。高文粲參首。倡酬猥及我，雙松壓孤柳。生活從冷淡，幸免謷與咎。相從結此夏，何異歸隴畝。

【題解】

本詩作於紹興二十六年（一一五六）夏，時在新安掾任上。

【箋注】

〔一〕金薤：倒薤書的美稱，韓愈調張藉：「平生千萬篇，金薤垂琳瑯。」王愔文字志：「倒薤，書名，小篆法也。垂枝濃直，若薤葉也。」玉友：酒名，張表臣珊瑚鈎詩話卷三：「以糯米藥麯作白醪，號『玉友』，皆奇絶也。」辛棄疾鷓鴣天（石壁虚空雲漸高）：「呼玉友，薦溪毛，殷勤野老苦相邀。」

〔二〕「槐棘」句：三槐九棘，指三公九卿，周禮秋官朝士：「朝士，掌建邦外朝之法：左九棘，孤卿大夫位焉。……面三槐，三公位焉。」後來即以此稱三公九卿。石湖預祝宗偉登上三公九卿之位。

次韻温伯納涼

日斜猶畏暑，吏退合偷閒。霞散紅綃薄，溪迴碧玉彎。伴人惟羽扇，娱客欠風鬟。且復哦新句，相嘲飯顆山〔一〕。

【題解】

本詩作於紹興二十六年（一一五六），時在新安掾任上，與上首作於同時。

【箋注】

〔一〕「且復」二句：舊唐書杜甫傳：「天寶末詩人，甫與李白齊名，而白自負文格放達，譏甫齷齪，而有飯顆山之嘲誚。」李白戲贈杜甫：「飯顆山頭逢杜甫，頂戴笠子日卓午。借問別來太瘦生，總爲從前作詩苦。」

雨涼二首呈宗偉

誰扶病客起龍鍾〔一〕，恩在盆傾一雨中。問訊九關何路到〔二〕？擬牋歡喜謝天公。

驚雷隱地送涼颸，起舞看山不自持。説與騷人須早計，片雲催雨雨催詩〔三〕。

【題解】

本詩作於紹興二十六年（一一五六），時在新安掾任上。

【箋注】

〔一〕龍鍾：老態衰憊，行動不便。黄朝英靖康緗素雜記：「古語有二聲合一字者……蓋切字之原也。……龍鍾切爲癃字，潦倒切爲老字，謂人之老羸癃疾者，即以龍鍾、潦倒目之，其義取之。」（此爲佚文，見孫奕履齋示兒編卷二三）

〔二〕九關：古代天子宮城有九重門關。宋玉招魂：「虎豹九關，啄害下人些。」九辯：「豈不鬱陶而思君兮，君之門以九重。」

〔三〕「片雲」句：杜甫陪諸貴公子丈八溝攜妓納涼晚際遇雨二首之一：「片雲頭上黑，應是雨催詩。」

明日復雨涼，再用韻二首

東山朝日澹冥濛，一片雲生萬疊中。宿雨未蘇焦卷盡，又煩箕井喚雷公〔一〕。

濺瓦排檐散萬絲，顛狂風篠要扶持。恩深到骨吾能報，急賦新涼第一詩。

【題解】本詩作於紹興二十六年（一一五六），時在新安掾任上。

【箋注】

〔一〕箕井：箕宿和井宿。淮南子天文：「五星、八風、二十八宿。」注：「東方：角、亢、氐、房、心、尾、箕；……南方：井、鬼、柳、星、張、翼、軫。」孫子火攻：「日者，月在箕、壁、翼、軫也；凡此四宿者，風起之日也。」史記天官書「禍成井」，張守節正義引晉灼曰：「東井主水事。」

次韻慶充避暑水西寺

佳晨出西郭，仰視天宇清。樂哉曠士懷，浩浩呑四溟。新漲忽勇退，籬落粘枯萍。風幡招客遊，曠望隔蘋汀。僕夫厲清深，竹輿竦亭亭。波翻石鑿落，尚帶蛟龍腥。華堂入松竹，德人占聚星。脱帽飛羽觴，頹放解天刑〔一〕。時當行火令，草腐亦化螢〔二〕。炎官紛陸梁，空飛赤雲軿。遥知隴上耘，暴背愁白丁。兹遊豈易得，未用歎沉冥。

【題解】本詩作於紹興二十六年（一一五六）夏，時在新安掾任上。劉慶充有避暑水西寺詩，石湖次其韻。

【箋注】

〔一〕解天刑：解脱天之法則。國語周語：「上非天刑，下非地德，中非民則。」

〔二〕「草腐」句：禮記月令：「腐草爲螢。」李商隱隋宫：「於今腐草無螢火。」

送滕子昭績溪罷歸

天馬西極來〔一〕，目力盡九寰。執轡者誰歟？墮此空谷間。草深石齧足，一躍度孱顔。長風送逸駕，蕩蕩登虎關。五雲清都上，白日開帝閑。鈎陳動光彩，球琳鏘轡環。亦復念舊群㊀，依然歎駑頑。紅塵起天末，可望不可攀。

【校記】

㊀ 舊群：叢書堂本作「舊郡」。

【題解】

本詩作於紹興二十六年（一一五六），績溪縣令滕膺罷任，石湖賦詩送歸，贊揚其人才識，祝願前程遠大。滕子昭，即滕膺，字子昭，時任績溪縣令。聖宋名賢五百家播芳大全文粹卷首姓氏題名載滕膺子昭。新安志卷五「績溪」「城社」：「紹興二十五年，知縣滕膺增建學爲一堂二位四齋，合三十餘間。」康熙徽州府志績溪縣令有滕膺，紹興二十五年到任。粤西金石略卷八林得之題名，乾道元年臘月，中有張孝祥、滕膺名。乾道四年前後，膺任廣西提刑，宋會要輯稿兵一三：「（乾道四年）八月七日，廣西提刑滕膺言：『兇賊謝實等嘯聚徒衆，侵犯高、藤、容三州，縱火殺略居民。即調發官兵前往收捕。』」

【箋注】

〔一〕「天馬」句：喻滕膺才識過人。史記大宛列傳：「初，天子發書易，云神馬當從西北來。得烏孫馬好，名曰『天馬』。及得大宛汗血馬，益壯，更名烏孫馬曰『西極』，名大宛馬曰『天馬』云。」漢書禮樂志天馬：「天馬徠，從西極，涉流沙，九夷服。」

石湖居士詩集卷六

次韻温伯謀歸㊀

官路驅馳易折肱，官曹隨處是愁城〔一〕。隨風片葉鄉心動，過雨千峰病眼明。一臠何須嘗世味〔二〕，寸田久已廢吾耕。羨君早作歸歟計，屈指從今幾合并。

【校記】

㊀題：叢書堂本將本詩録於卷五，次於送滕子昭績溪罷歸之後。

【題解】

本詩作於紹興二十六年（一一五六），在新安掾任上。

【箋注】

〔一〕愁城：指人愁苦的心境，語出庾信愁賦：「攻許愁城終不破。」黄庭堅行次巫山宋楙宗遺騎送折花廚醖：「攻許愁城終不開，青州從事斬關來。」

〔二〕一臠：淮南子説林：「嘗一臠肉而知一鑊之味。」臠，切成方整的肉。

次韻温伯雨涼感懷

窮士病且飢，古今同一流。身安腹果然，此外吾何求。判司誠卑官〔一〕，未免塵甑憂。窮山更瘴暑，憊卧不舉頭。一物交寇我，生世真如浮。晨朝墨雲作，疾雷破山丘。排檐忽飛溜，蛙蟈鳴相酬。朱冠領熱屬，横潰輸一籌。新涼蘇肺氣，踏濕登城樓。好邀雲雨仙，長袖按梁州〔二〕。吹水添瓶罍，浄洗千斛愁〔三〕。何從有此段，冰廳冷如秋！但覺詩思生，爽氣入銀鈎〔四〕。章成竟何用，知能救窮不？湯子亦旅食，回望家還羞。倡予敢不和，共作商聲謳〔五〕！

【題解】

本詩作於紹興二十六年（一一五六），在新安掾任上。本詩與次韻温伯謀歸當爲後先之作。

【箋注】

〔一〕判司：湯温伯爲徽州判官，故云。按，判官在唐時爲幕職，五代後始以爲州府之職，高承事物紀原卷六「判官」條云：「秦漢以來，郡府之幕，有掾史從事，逮於梁齊，亦無判官。續事始曰：隋元藏機始爲過海使判官，此使府判官之始也。……五代多故，始領郡事，以爲州府職也。」宋史職官志七：「凡諸州減罷通判處，則升判官爲簽判以兼之，小郡推、判官不並置，或以判官兼司法，或以推官兼文使。」

〔二〕梁州：又作涼州，鄭棨開天傳信記記載西涼州俗好音樂，製新曲曰涼州，開元中獻玄宗。元稹連昌宮詞：「逡巡大遍涼州徹，色色龜兹轟陸續。」琵琶曲有濩落梁州，見蔡寬夫詩話。辛棄疾賀新郎賦琵琶：「推手含情還却手，一抹梁州哀徹。」

〔三〕浄洗千斛愁：以千斛、萬斛形容愁之多，使無形之愁思量化，庾信愁賦：「且將一寸心，能容萬斛愁。」

〔四〕銀鉤：此爲鐵畫銀鉤的略稱，喻書法筆勢遒勁。黄庭堅論黔州時字：「懷素飛鳥出林，驚蛇入草，索靖銀鉤蠆尾。」

〔五〕商聲謳：聲音凄愴的歌曲。阮籍詠懷詩其九：「素質遊商聲，悽愴傷我心。」文選李善注：「禮記曰：孟秋之月，其音商。」

次韻子文雨後思歸

斷雲將雨洗松篁，昨夜癡龍起蟄藏。人自無情孤樂事，天猶有意作新涼。尊前不見凌波襪〔一〕，樓下空聞拜月香。萬事安能盡如願，且來相伴壓糟牀〔二〕。

【題解】

本詩作於紹興二十六年（一一五六），時在新安掾任上。嚴焕有雨後思歸之詩，石湖次其韻作本詩。

【箋注】

〔一〕凌波襪：自曹植洛神賦「凌波微步，羅襪生塵」化出。

〔二〕壓糟牀：即糟牀壓酒，榨酒也。李賀將進酒：「小槽酒滴真珠紅。」陸游青玉案：「小槽紅酒，晚香丹荔，記取蠻江上。」參本卷次韻子文注〔三〕。

次韻温伯苦蚊

白鳥營營夜苦飢〔一〕，不堪薰燎出窗扉。小蟲與我同憂患，口腹驅來敢倦飛？

【題解】

本詩作於紹興二十六年（一一五六）夏，時在新安掾任上。

【箋注】

〔一〕白鳥：蚊的别稱。大戴禮記夏小正：「丹鳥羞白鳥。丹鳥者，謂丹良也；白鳥，謂閩蚋也。」

慶充自黄山歸，索其道中詩，書一絶問之

鳴騶如電馬如雷，知是婆娑醉尉迴〔一〕。常日錦囊猶有句〔二〕，況從三十六峰來〔三〕。

【題解】

本詩作於紹興二十六年（一一五六），時在新安掾任上。明章潢圖書編卷六〇：「黄山，舊名黟山，當宣、歙二郡界，高一千一百七十丈，東南屬歙縣，西南屬休寧縣，各一百二十里，北屬宣之太平縣，八十里即軒轅黄帝、浮丘公、容成子棲真之地，唐天寶六年六月十七日，敕改爲黄山。」新安志卷三歙縣「山阜」有相同記載。

【箋注】

〔一〕醉尉：此代指劉慶充，非用史記李將軍列傳典。

〔二〕錦囊：詩囊，用李賀故事。李商隱李長吉小傳：「恒從小奚奴，騎距驢，背一古破錦囊，遇有所得，即書投囊中。」

〔三〕三十六峰：黄山有三十六峰。圖書編卷六〇：「山有三十六峰，三十六源，溪二十四溪，十二洞，八巖。」新安志卷三歙縣「山阜」有相同的記載。

曉出古城山

落月墮眇莽，殘星澹微茫。竹輿亂清溪，飛蓋入嵐光。松檜霧靄濕，桑麻風露香。空翠滴塵纓〔一〕，何必濯滄浪〔二〕？山家亦早作，迨此朝氣涼。林深無人聲，木末炊煙蒼。離離瓜芋區，肅肅棗栗場。田園古云樂，令我思故鄉。墟市稍來集，筠籠轉山忙。吏事亦挽我，歸路盤朝陽。

【題解】

本詩作於紹興二十七年（一一五七），時在新安掾任上。古城山，當即歙縣南之城陽山。新安志卷三歙縣：「城陽山在縣南二里，高百九十仞，周四十里，有觀。」

【箋注】

〔一〕「空翠」句：空翠，空中水氣，映着草木成翠色，故云「空翠」，語出王維山中：「山路元無雨，空翠濕人衣。」石湖詩中之「滴」字，即從王維詩之「濕」變化而來。

〔二〕濯滄浪：語出屈原漁父：「滄浪之水清兮，可以濯吾纓。」

李深之西尉同年談吴興風物，再用古城韻

李侯昔遊吴，蓮舟鏡蒼茫。風鬟與霧鬢〔一〕，共濯玻璃光。采花不盈舫，日暮雲水香。還登縹緲樓，羅襟酒淋浪。卷箔納星月，踏筵按伊梁〔二〕。安知有恨事，但恐蒹葭蒼〔三〕。風吹落窮谷，草深麋鹿場。高岡苦炎熱，遊子悲異鄉。尚喜簡書省，期會無怱忙。猶餘作詩苦，消瘦如東陽〔四〕。

【題解】

本詩作於紹興二十七年（一一五七）夏。李深之，即李濬，字深之，吴興人，紹興二十四年進士，故題云「同年」。浙江通志卷一二五，載紹興二十四年吴興中進士者有李昱、李濬，孔凡禮范成大年譜紹興二十七年注：「似濬即深之，以『濬』有『深之』之意。」

【箋注】

〔一〕風鬟與霧鬢：蘇軾題毛女貞：「霧鬢風鬟木葉衣，山川良是昔人非。」李清照永遇樂：「如今憔悴，風鬟霜鬢，怕見夜間出去。」

〔二〕踏筵：以脚踏地爲節拍，當宴歌舞。蘇軾寄劉孝叔：「公廚十日不生煙，更望紅裙踏筵舞。」施注：「韓退之感春詩：艷姬踏筵舞，清眸射劍戟。」伊梁：即伊州和梁州，均大曲名。

梁州，見次韻温伯涼雨感懷注。伊州，崔令欽教坊記：「教坊人惟得舞伊州、五天，重來疊去，不離此兩曲。」

〔三〕蒹葭蒼：詩經秦風蒹葭：「蒹葭蒼蒼，白露爲霜。」

〔四〕消瘦如東陽：東陽，指沈約，他曾任東陽太守。梁書沈約傳有「革帶常應移孔，以手握臂，率計月小半分」之語。李商隱韓冬郎即席爲詩相送一座盡驚他日余方追吟連宵侍坐裴回久之句有老成之風因成二絶寄酬兼呈畏之員外：「爲憑何遜休聯句，瘦盡東陽姓沈人。」

七月五日夜雨快晴

豐隆坎坎夜伐鼓〔一〕，靈湫老龍撇波舞〔二〕。褰雲掣電上清空，倒捲天潢作飛雨。向來炎官作夏旱，萬里彤霞烘玉宇。豈惟牛馬困蚊蝱，壠上行人口生土〔三〕。我從雪浪葉舟來，不謂山城熱如許！天公知我愁欲病，施與一涼蘇逆旅。稍聞水繞屋除鳴，不覺星從雲罅吐。千山濯濯凈鬟髻，缺月娟娟炯眉嫵。浮生此景萬事足，但欠清歌對芳醑。天上秋期正多事，趣駕星橋跨銀渚〔四〕。人間四者自難并〔五〕，莫妒黄姑迎織女〔六〕。

【題解】

本詩作於紹興二十六年（一一五六）夏，時在新安掾任上。

【箋注】

〔一〕「豐隆」句：豐隆有二説，一爲雲師，一爲雷師，石湖此句所寫乃爲雷師。淮南子天文：「季春三月，豐隆乃出，以將其雨。」注：「豐隆，雷也。」坎坎，象聲詞，詩魏風伐檀：「坎坎伐檀兮，寘之河之干兮。」

〔二〕「靈湫」句：詩意自李賀李憑箜篌引「老魚跳波瘦蛟舞」化出。

〔三〕「壠上」句：蘇軾起伏龍行：「東方久旱千里赤，三月行人口生土。」

〔四〕「趣駕」句：應劭風俗通義：「織女七夕當渡河，使鵲爲橋。」星橋，即指鵲橋。

〔五〕四者自難并：謝靈運擬魏太子鄴中集詩序：「天下良辰、美景、賞心、樂事，四者難并。」

〔六〕黄姑迎織女：黄姑，星名，即河鼓。爾雅釋天：「河鼓謂之牽牛。」郝懿行爾雅義疏卷四：「河鼓亦名黄姑，聲相轉爾。」牽牛迎織女，乃人間美事。

次韻宗偉、温伯

冉冉流光迫歲餘，青林日夜向人疎。雨滋巖桂重堆粟〔一〕，新安木犀，秋暮再花。風折庭蕉又獻書〔二〕。逋客解蘭思婉娩〔三〕，先生彈鋏厭清虚〔四〕。一塵不立渾輸我，即境心安是故廬。宗偉新議婚，温伯病起無聊，故有解蘭、彈鋏之語。

【題解】

本詩作於紹興二十六年（一一五六）秋暮，時在新安掾任上。

【箋注】

〔一〕「雨滋」句：巖桂，俗稱木犀，廣群芳譜卷四〇「巖桂」條云：「叢生巖嶺間，謂之巖桂，俗呼爲木犀。」巖桂花細小如粟，故云「堆粟」。曾幾巖桂詩云：「粟玉黏枝細。」楊萬里木犀初發呈張功父：「寄在梢頭一粟金。」

〔二〕「風折」句：蕉葉可書寫詩句，方干送鄭台處士歸絳巖：「慣采藥苗供野饌，曾書蕉葉寄新題。」

〔三〕「逋客」句：逋客、解蘭均見孔稚珪北山移文：「請迴俗士駕，爲君謝逋客。」「昔聞投簪逸海岸，今見解蘭縛塵纓。」李善注：「蘭，蘭佩也。」

〔四〕彈鋏：用馮諼故事。戰國策齊策四：「齊人馮諼家貧，托食孟嘗君。自言無能，孟嘗君笑予收留。「左右以君賤之也，食以草具。居有頃，倚柱彈其劍，歌曰：『長鋏歸來乎，食無魚！』左右以告，孟嘗君曰：『食之，比門下之客。』居有頃，復彈其鋏，歌曰：『長鋏歸來乎，出無車！』左右皆笑之，以告，孟嘗君曰：『爲之駕，比門下之車客。』于是，乘其車，揭其劍，過其友曰：『孟嘗君客我。』後有頃，復彈其劍鋏，歌曰：『長鋏歸來乎，無以爲家！』左右皆惡之，以爲貪而不知足。孟嘗君問：『馮公有親乎？』對曰：『有老母。』孟嘗君使人給其食用，無使乏。于是馮諼不復歌。」後來馮諼爲孟嘗君謀劃，營就三窟，成爲孟嘗君手下最得力的謀士。史記孟嘗君列傳亦載其事，作「馮驩」。

再韻答子文

浮生飽外莫求餘，羈旅東來計已疎。肩聳已高猶索句〔一〕，眼明無用且繙書。百年子莫占元緒〔二〕，萬法吾今付子虛。惟有登臨心未厭，黄山聞道勝衡廬〔三〕。

【題解】

本詩作於紹興二十六年（一一五六），時在新安掾任上。「再韻」，指再用上一詩之韻，即次韻宗偉温伯詩之韻。

【箋注】

〔一〕「肩聳」句：用孟浩然故事。蘇軾贈寫真何充秀才：「又不見雪中騎驢孟浩然，皺眉吟詩肩聳山。」

〔二〕「百年」句：劉敬叔異苑卷三記載一則龜樹對話的故事。吴孫權時，有人捕一龜獻吴王，過桑樹時，桑樹呼之爲元緒。既至建康，權命煮之，然久煮不爛，諸葛恪曰：「燃以老桑樹乃熟。」權使人伐桑樹煮龜，立爛。至今人呼龜爲元緒。占元緒，即以龜甲占卜吉凶。

〔三〕「黄山」句：詩意謂黄山風景勝過衡山、廬山。范成大遊録（此爲佚文，輯自徐璈黄山紀勝卷四）：「匡廬衡嶽，塊然大山，不得以峰名。最奇秀者，惟池之九華，歙之黄山。」徐霞客贊曰：「薄海内外之名山，無如徽之黄山。登黄山，天下無山，觀止矣。」（趙敏黄山志四種校箋前言引）吴從先曰：「宇内名山，宜若無逾黄山者。」（徐璈黄山紀勝卷四引）

道見蓼花

秋風梟梟露華鮮，去歲如今刺釣船。歙縣門西見紅蓼〔一〕，此身曾在白鷗前。

【題解】

本詩作於紹興二十六年（一一五六）秋，時在新安掾任上。蓼花，水生植物，因花紅色，一名紅蓼，又名水葒花。廣群芳譜卷四七「蓼花」：「諸蓼春苗夏茂，秋始花，花開蓓蘽而細，長二寸，枝枝下垂，色粉紅可觀，水邊甚多。」

【箋注】

〔一〕歙縣：歙州屬縣，郡治所在地。王存元豐九域志卷六：「歙州，新安郡，軍事，治歙縣。」新安志卷三「歙縣沿革」：「歙，望縣，以縣南有歙浦，故名。或曰歙者，翕也，謂山水翕聚也。」

次韻温伯種蘭

靈均墮荒寒，采采紉蘭手。九畹不留客〔一〕，高丘一迴首。峥嶸路孔棘，悽愴肘生柳〔二〕。遂令此粲者，永與窮愁友。不如湯子遠，情事只詩酒。但知愛國香〔三〕，此外付烏有。栽培帶苔蘚，披拂護塵垢。孤芳亦有遇，洒濯居座右。君看深林下，埋没隨藜莠。

【題解】

本詩作於紹興二十六年（一一五六），時在新安掾任上。湯温伯有種蘭詩，因次其韻。

【箋注】

〔一〕九畹：屈原離騷：「余既滋蘭之九畹兮，又樹蕙之百畝。」

〔二〕肘生柳：語出莊子至樂：「支離叔與滑介叔觀於冥伯之丘……俄而柳生其左肘。」

〔三〕國香：蘭爲國香，顔師古幽蘭賦：「惟奇卉之靈德，稟國香於自然。」黄庭堅書幽芳亭：「士之才德蓋一國，則曰國士；女之色蓋一國，則曰國色；蘭之香蓋一國，則曰國香。」

次韻子文

幻塵久已破狐涎〔一〕，身世誰能料鼠肝〔二〕。暮夜雨收千嶂出，晨朝風卷四維寬。我今無事不如夢，君豈有心猶覓安。但促小槽添壓石，龍頭珠滴夜珊珊〔三〕。

【題解】

本詩作於紹興二十六年（一一五六），時在新安掾任上。子文，即嚴焕。

【箋注】

〔一〕狐涎：指野狐涎，迷惑人的話。何光遠鑑戒録卷六旌論衡引楊德輝嘲僧門詩：「説法謾稱獅子吼，魅人多使野狐涎。」

〔二〕鼠肝：莊子大宗師：「俄而子來有病……子犂往問之……倚其户與之語曰：偉哉造化，又將奚以汝爲？將奚以汝適？以汝爲鼠肝乎？以汝爲蟲臂乎？」

〔三〕「但促」二句：江南人用小槽壓製紅酒，名小槽酒，又名真珠紅。胡仔苕溪漁隱叢話前集卷二一：「江南人造紅酒，色味兩絶，李賀將進酒云：『小槽酒滴真珠紅。』蓋謂此也。」秦觀江城子：「小槽春酒滴珠紅，莫匆匆，滿金鍾。」范成大是吴人，熟知此酒，故描寫極爲生動。

次韻知郡安撫九日南樓宴集三首

雙旌暮捲小春容，畫棟雲生笑語中。但覺山光侵酒緑，不知日脚染溪紅〔一〕。控臨縹緲疑無地，指點虚無欲馭風。誰遣玉蟾催騎吹，歸來人影在朦朧。

珠履參陪北海觴〔二〕，仍邀擁節舊中郎〔三〕。碧城香霧連天暝，黄葉霜風捲地涼。佳節轉頭論聚散，清波從古閲興亡。明年重把茱萸醉，公在叢霄貢玉堂。

斯民鄒魯更豐年〔四〕，雅道凄涼見此賢。萬隴登禾新霽色，千村嗚柝舊寒煙。鏘金絶世詩情妙，倚劍凌空隸墨鮮〔五〕。太守新題南樓榜。珍重北窗山六六〔六〕，使君名與汝俱傳。

【題解】

本詩作於紹興二十七年（一一五七）重九日。此日，李椬宴群僚於南樓。孔凡禮范成大年譜紹興二十七年譜文云：「重九，李椬南樓宴集，成大有詩。」知郡安撫，指李椬。李椬於乾道二年任江南東路安撫使兼知建康府，見宋史本傳。事在知徽州後十餘年，可知本詩題是後來編集時添加。新安志卷九「牧守」：「李稙，右朝散大夫，（紹興）二十六年十一月九日到官。」九日宴請群僚必在紹興二十七年。李稙，字元直，泗州臨淮（一作招信，見李心傳建炎以來繫年要録卷一）人。晁無咎之婿。靖康初，康王趙構開大元帥府於濟州（今山東鉅野），稙奉京畿轉運使向子諲之命，賫銀糧詣軍門獻納，并上表勸進。高宗即位後，曾知湘陰，通判鄂州，擊敗馬友、孔彦舟。以才兼文武，幹練明達，深爲張浚所知，薦於朝，通判荆南府。秩滿，除尚書户部員外郎。秦檜當國，丐祠奉親，居醴陵十九年。檜死，除户部郎中。紹興二十六年，知徽州，後知鎮江，紹興三十年遷江淮、荆湘都大提點坑冶鑄錢公事（見建炎以來繫年要録卷一八五），直敷文閣、京西河北路計度轉運使。乾道元年，爲江西提刑，二年，直敷文閣，江南東路轉運使兼知建康兼本路安撫使。後以太府卿召，因疾不能赴任，以中奉大夫、寶文閣學士致仕。卒年七十六，謚忠襄，有臨淮集（陸游渭南文集卷二八跋李徂徠集，即李稙臨淮集），胡銓爲之序。其生平詳宋史卷三七九本傳。

【箋注】

〔一〕日脚：陽光透過雲層，斜射在地面上，稱爲「日脚」。杜甫羌村三首之一：「峥嶸赤雲西，日脚下平地。」

〔二〕北海觴：北海，指李邕。李邕（六七八—七四七），字泰和，揚州江都人，李善子。玄宗時曾任北海太守，時稱「李北海」，邕工書善文，長於碑頌，爲人剛强激烈，得罪權貴，後被李林甫所殺。杜甫有八哀詩贈秘書監江夏李公邕詩，哀其不幸。兩唐書有傳。本詩石湖借以指李穡。

〔三〕舊中郎：指中郎將蔡邕。蔡邕（一三二—一九二），字伯喈，東漢陳留人。靈帝時拜郎中，與楊賜等人奏定六經文字，立碑於太學門外。董卓時，任中郎將，後死於獄中。邕博學，善辭章，工書，後人輯其文爲蔡中郎集。後漢書有傳。石湖因蔡邕之名與李邕相同，兩人又都善文工書，因而連類相及，極藝術想象之能事。

〔四〕鄒魯：古國名，鄒，孟子的故鄉，魯，孔子的故鄉，兩地爲古代禮義之邦，史記孟嘗君列傳：「太史公曰：吾嘗過薛，其俗閭里率多暴桀子弟，與鄒、魯殊。」

〔五〕「倚劍」句：句下自注：「太守新題南樓榜。」可知「倚劍凌空」，乃形容李穡書法筆勢雄健。「隸墨」，指李穡題寫匾額所用書體爲隸書。

〔六〕六六：指黃山三十六峰。

晚集南樓

浪隨兒女怨萍蓬，笑拍闌干萬事空〔一〕。宇宙勳名無骨相，江山詩句有神功㊀〔二〕。掉頭莫覷秋高鶚，留眼來賓日暮鴻。懶拙已成三昧解，此生還證一圓通〔三〕。

【校記】

㈠江山詩句：「詩」字原作「得」字，活字本、叢書堂本、董鈔本均作「江山詩句」。周小山云：「此詩爲七律，頷聯當對仗，『宇宙勳名』與『江山得句』顯然不合格律，改『得』爲『詩』，此結迎刃而解。」（古典文獻研究第十二輯載范石湖集校正舉隅）言之成理。今據改。

【題解】

本詩作於紹興二十七年（一一五七），時在新安掾任上。本詩緊次次韻知郡安撫九日南樓宴集三首之後，景物亦爲秋時，當作於同時。孔凡禮范成大年譜紹興二十七年譜文云：「成大嗣有晚集南樓詩，中有『宇宙勳名無骨相，江山得句有神功』之句，蓋自勉自勵。」

【箋注】

〔一〕「笑拍」句：王闢之澠水燕談録卷五：「（劉槩）先生少時，多寓居龍興僧舍之西軒，往往憑欄静立，懷想世事，吁唏獨語，或以手拍欄干，嘗有詩曰：『讀書誤我四十年，幾回醉把欄干拍。』」

〔二〕「江山」句：四庫全書總目卷一六〇集部别集類三著録石湖詩集，評曰：「自官新安掾以後，骨力乃以漸而遒，蓋追溯蘇、黄遺法，而約以婉峭，自爲一家，伯仲於楊、陸之間，固亦宜也。」本句乃石湖總結自己創作經驗，擷出詩境之變化全在江山之助。劉勰文心雕龍物色：「然屈平所以能洞監風騷之情者，抑亦江山之助乎！」

〔三〕「懶拙」二句：三昧、圓通，均爲佛家語，佛家認爲妙智所證之理曰圓通。三藏法數卷三六：「性體周徧曰圓，妙用無礙曰通，乃一切衆生本有之心源，諸佛菩薩所證之聖境也。」觀世音菩薩以耳根之圓通爲最上，耳聞爲圓通之三昧，故觀音菩薩別號「圓通大士」。三昧，參本集卷四歲旱邑人禱第五羅漢得雨樂先生有詩次韻注。

賞雪騎鯨軒，子文夜歸酒渴，侍兒薦茗飲蜜漿，明日以姹同游〔一〕，戲爲書事，邀宗偉同作

溪山四時佳，今日更奇絶。天公妙莊嚴，施此一川雪。飛花浩如海，眩轉塞空闊。水西萬珠樹，玉塔照銀闕。碧溪不受凍，長灘瀉清咽。漁舟晚猶泛，樵擔寒未歇〔二〕。懸知畫不到〔一〕，未省詩能説。歸來强搜句〔二〕，冰硯冷於鐵。不如嚴夫子〔三〕，迎門生煖熱。梅香不可耐，梅即侍兒小名。但覺酒腸熇。蜜融花氣動，茶泛乳膏發。寧辭春笋寒，爲暖花甆滑。曹騰畫屏暖〔三〕，唤起眼餘纈〔四〕。笑我獨何事，作此淡生活。想像高唐賦〔五〕，何如徑排闥〔六〕。

【校記】

〔一〕以姹同游：「姹」字原作「詫」，活字本、叢書堂本、董鈔本均作「姹」。按，「詫」與「姹」本可通用，

然本詩「以姹同游」，姹作姹女講，即指侍兒梅香。今據活字本、叢書堂本、董鈔本改。

㊁ 樵擔：原作「樵檐」，富校：「『檐』黄刻本、宋詩鈔作『擔』，是。」按，活字本、叢書堂本、董鈔本均作「擔」，今據改。

㊂ 不如：原作「不知」，富校：「『知』黄刻本、宋詩鈔作『如』，是。」按，活字本、叢書堂本、董鈔本均作「如」，今據改。

【題解】

本詩作於紹興二十七年（一一五七）冬，時在新安掾任上。與嚴焕賞雪騎鯨軒，子文夜歸，侍兒以蜜漿解醉，因戲作本詩以紀事。

【箋注】

〔一〕「懸知」句：美景難畫，古人早已説過。唐蘇頲扈從鄠杜間奉呈刑部尚書舅崔黄門馬常侍：「雲山一一看皆美，竹樹蕭蕭畫不成。」辛棄疾好事近西湖：「山色雖言如畫，想畫時難邈。」

〔二〕搜句：語出裴説詩句（全唐詩卷七二〇引苕溪漁隱）：「讀書貧裏樂，搜句静中忙。」

〔三〕瞢騰：亦作「懵騰」，指神志不清，矇矓迷糊。韓偓格卑：「惆悵後塵流落盡，自抛懷抱醉懵騰。」

〔四〕眼餘纈：眼邊有紋路。李賀蝴蝶舞：「楊花撲帳春雲熱，龜甲屏風醉眼纈。」蘇軾聖星堂雪：「未嫌長夜作衣稜，却怕初陽生眼纈。」胡仔苕溪漁隱叢話後集卷一二「李長吉」條云：

「苕溪漁隱曰：……『東坡雪詩：「未嫌長夜作衣稜，却怕初陽生眼纈。」觀此則不獨醉眼可言也。』」

〔五〕高唐賦：宋玉所作之賦，描寫楚王與巫山神女夢中相會的故事。石湖以此形容子文與侍兒之親密，故曰「想像」、「戲書」。

〔六〕排闥：推開門。王安石書湖陰先生壁：「一水護田將緑遶，兩山排闥送青來。」

從聖集乞黄巖魚鮓

截玉凝膏膩白，點酥粘粟輕紅。千里來從何處？想看舶浪帆風。

【題解】 本詩作於紹興二十七年（一一五七），時在新安掾任上。向趙聖集乞要黄巖之魚鮓，因作本詩。黄巖，縣名，王存元豐九域志卷五兩浙路台州有黄巖縣。魚鮓，腌製過的海魚。鮓，此指海蜇。博物志卷三：「東海有物，狀如凝血，從廣數尺方圓，名曰鮓魚，無頭目處所，内無藏。衆蝦附之，隨其東西，人煮食之。」觀石湖詩意，當即此海蜇。

從宗偉乞冬笋山藥

竹塢撥沙犀頂鋭，藥畦粘土玉肌豐。裹芽束縕能分似，政及萊蕪甑釜空〔一〕。

【題解】

本詩作於紹興二十七年（一一五七），時在新安掾任上。向胡宗偉乞要冬笋、山藥，因作本詩。

【箋注】

〔一〕萊蕪甑釜空：杜甫贈裴南部：「塵滿萊蕪甑。」仇注：「後漢書：范丹，字史雲，爲萊蕪長，清貧。人歌曰：『甑中生塵范史雲，釜中生魚范萊蕪。』」

雪後守之家梅未開，呈宗偉

瓦溝凍殘雪，檐溜粘輕冰。破寒一竿日，春隨人意生。瑞葉再三白〔一〕，南枝尚含情。定知司花女，未肯嫁娉婷。官居苦無賴，一笑如河清〔二〕。落木露荒山，寒溪繞孤城。朝暮何所見？雲黄叫飢鷹。東風不早計，愁眼何當明？北鄰小横斜，蘚地可班荆。憑君趣花信〔三〕，把酒撼瓊英。

【校記】

㈠瑞葉：原作「端葉」。富校：「『端』黄刻本作『瑞』，是。」今據改。

【題解】

本詩作於紹興二十七年（一一五七）冬，時在新安掾任上。雪後守之家梅花仍未開，因作本詩記之，並呈胡宗偉。

【箋注】

〔一〕瑞葉：指雪花。石湖集中多次使用，如卷二一雪後雨作：「瑞葉飛來麥已青，更煩膏雨發欣榮。」卷二九起巖又送立春日再得雪詩亦次韻：「已遣梅花斜竹外，更飄瑞葉向人間。」

〔二〕「一笑」句：沈括夢溪筆談卷二二「謬誤」條云：「孝肅（包拯）天性峭嚴，未嘗有笑容，人謂包希仁笑比黄河清。」宋史包拯傳：「人言其笑比黄河清。」

〔三〕花信：即花信風。程大昌演繁露卷一：「三月花開時風名花信風。初而泛觀，則似謂此風來報花之消息耳。按吕氏春秋曰：春之得風，風不信則其花不成。乃知花信風者，風應花期，其來有信也。」周輝清波雜志卷九：「江南自初春至首夏，有二十四番風信。梅花風最先，楝花風居後。」

閉户成癡坐，扶藜得意行。樓臺浮霽色，市井碎春聲。雪盡小橋出，煙消千嶂生。病多無脚力，遥羡落鴻輕。

次韻温伯城上

【題解】本詩作於紹興二十七年（一一五七）春，時在新安掾任上，温伯有城上詩，石湖次其韻作本詩。

知郡安撫，以立春日揭所書新安郡，榜南樓之上，曉雪紛集，邦人以爲善祥，遂開宴以落之。輒賦長句一篇，以附風謡之末

碧瓦朱甍上牛斗，妙墨新題森鎖鈕。使君筆力挽春來，一夜飛花暗梅柳。南山與樓相對高，向來千載争雄豪。八分三字一彈壓〔一〕，衆峰戢戢如兒曹。人間盛事天不隔，急催此雪成三白〔二〕。未論千古福邦人，先卜明年滿岡麥。東風酒面吹凝酥，不辭醉倒歸相扶。短歌萬一傳樂府，湛輩亦與公名俱〔三〕。

【題解】

本詩作於紹興二十七年（一一五七）立春日，時在新安掾任上。本年立春在歲前，故詩云：「先卜明年滿罔麥。」知郡安撫，指李稙。稙以所書「新安郡」三字，榜南樓上，此即次韻知郡安撫九日南樓宴集三首自注：「太守新題南樓榜。」從本詩首句「碧瓦朱甍上牛斗」及「南山與樓相對高」句看，南樓應爲徽州南門之城樓。

【箋注】

〔一〕「八分」句：本詩言榜南樓之字爲「八分三字」，而次韻知郡安撫九日南樓宴集三首云：「倚劍凌空隸墨鮮。」一言「八分」，一言「隸」。按，八分，書體名，字體似隸書而多波磔，秦王次仲所作。張懷瓘書斷卷上：「學者務之，蓋其歲深，漸若八字分散，又名之爲八分。」蔡邕獨擅其體，唐韓擇木承繼之。宣和書譜卷二：「韓擇木，昌黎人也，官至工部尚書、散騎常侍，工隸，兼作八分字，隸學之妙，唯蔡邕一人而已，擇木乃能追其遺法。」杜甫李潮八分小篆歌：「大小二篆生八分，秦有李斯漢蔡邕。」「尚書韓擇木，騎曹蔡有鄰，開元以來數八分，潮也奄有二子成三人。」錢謙益錢注杜詩注釋「二篆生八分」，詳考篆、八分、隸三種書體遞變發展後，作出結論云：「故知隸不能生八分矣。八分則小篆之捷，隸亦八分之捷。」因隸書接近八分，故石湖將二者並稱。彈壓，有制服之意，謂李稙三字足以鎮住衆山。淮南子本經訓：「秉太一者，牢籠天地，彈壓山川。」

〔二〕三白：通俗編卷一：「要宜麥，見三白。朝野僉載引西北人諺語云云，謂臘中三見雪也。」蘇軾次韻王觀正喜雪：「行當見三白，拜舞讙萬歲。」

〔三〕湛輩：詩人自稱，語出晉書羊祜傳：「（鄒）湛曰：『……至若湛輩，乃當如公言耳。』」

次韻知郡安撫元夕賞倅廳紅梅三首

春入林梢一再風㊀，破寒勻染費天工。雖然媚蕩新粧別，只與横斜舊格同。午枕乍醒鉛粉退，曉奩初罷蠟脂融。後來顔色休論似，夾路漫山取次紅。

真色生香絶世逢，煙光池面兩溶溶。楚鄉不待施朱好㊁〔一〕，虢國翻嫌傅粉濃〔二〕。晴日曖雲春照耀㊂，温風霽月夜舂容。酒闌且駐紗籠看，慢破團團一壁龍。

司花一笑爲誰開？知道朱幡得得來。疎影有情當洞户，蔫香無語墮空杯㊃。風生翰墨留連看，月入笙歌次第催〔三〕。來歲如今翻舊唱，五雲叢裏望三台〔四〕。

【校記】

㊀一再風：富校：「『再』黄刻本作『夜』，是。」活字本、叢書堂本、董鈔本、詩淵第四册第二五四五均作「再」。

㈡ 楚鄰：富校：「『鄰』黄刻本作『憐』，是。」按，活字本、叢書堂本、董鈔本、詩淵均作「楚鄰」，且本詩爲七言律詩，「楚鄰」與「虢國」相對，而「楚憐」不合格律。

㈢ 暖雲：叢書堂本、詩淵作「暖雲」。

㈣ 薦香：富校：「『薦』黄刻本作『暗』。」

【題解】

本詩作於紹興二十八年（一一五八）正月十五日，時在新安掾任上。倅廳，指徽州通判廳。新安志卷一「官府」云：「通判州軍事一員……廳在州衙東，舊有棣華堂，宣和中吴郡李彌綸兄弟繼踵，故名。」李稙原唱，已佚。

【箋注】

〔一〕「楚鄰」句：楚人宋玉在登徒子好色賦裏形容東鄰女子「着粉則太白，施朱則太赤」，石湖此句由此生發。

〔二〕「虢國」句：張祜集靈臺二首之二：「虢國夫人承主恩，平明騎馬入宫門。却嫌脂粉污顏色，淡掃蛾眉朝至尊。」石湖隱括其意。

〔三〕次第催：張相詩詞曲語辭匯釋卷四「次第（四）」：「次第，多數之辭。辛棄疾鷓鴣天詞：『只愁畫角樓頭起，急管哀絃次第催。』次第催，猶言陣陣催也。」

〔四〕「五雲」句：此爲祝頌之詞，期望李稙早日入廟堂任職。

新安絶少紅梅，惟倅廳特盛，通判朝議召幕僚賞之，坐皆有詩，亦賦古風一首

華燈收盡江梅落，别有横枝照林薄。天教閬苑染芳根〔一〕，小住山城慰蕭索。騰騰醉後酒紅醺，淡淡粧成笑靨新。斟酌東君已傾倒，爲渠都費十分春。别乘胸懷有風月，催喚清尊洗愁絶。花知主客得不凡㊀，一夜光風融絳雪。樓頭煙暝吹單于〔二〕，花梢挂星光有無。歸來境熟落春夢，夢入鎖香紅綺疏。

【校記】

㊀得不凡：富校：「『得』黄刻本作『俱』，是。」叢書堂本、詩淵第四册第二五四五頁亦作「俱」。

【題解】

本詩作於紹興二十八年（一一五八）。通判朝議，指趙積中，孔凡禮范成大年譜紹興二十八年注：「通判朝議或即彦強。」不當。按，趙積中，即趙子英，黄巖縣志卷一〇：「（紹興五年縣丞）趙子英，字積中，宗室。秩滿，家於西橋。歷官朝議大夫、宗正卿、秘閣修撰。」本集卷七有送通守趙積中朝議詩，即此人。

【箋注】

〔一〕閬苑：又作閬風苑，神仙居處。太平廣記卷五六西王母：「所居宮闕，在龜山春山西那之都，崑崙之圃，閬風之苑。有城千里，玉樓十二；瓊華之闕，光碧之堂；九層玄室，紫翠丹房；左帶瑤池，右環翠水；其山之下，弱水九重，洪濤萬丈。」

〔二〕單于：樂府詩集卷二四横吹曲辭四梅花落：「按唐大角曲有大單于、小單于、大梅花、小梅花等曲，今其聲猶有存者。」李益曉角：「無限塞鴻飛不度，秋風卷入小單于。」

胡宗偉罷官改秩，舉將不及格，往謁金陵丹陽諸使者，遂朝行在，頗有倦游之歎，作詩送之

凍雲埋山天冥濛，北風無情雪塞空。道傍人稀鳥飛絶〔一〕，問君東游何忽忽？君言薄官淡無味，免俗未能聊復爾〔二〕！我評兹事一鴻毛，因行且看佳山水。陵陽樓閣壓高城，煙屏百疊雙流横。宣城疊嶂樓、雙溪閣〔三〕。姑孰江亭更奇絶，濃黛兩抹長眉青。當塗蛾眉亭望東西梁山如雙眉〔四〕。山形成龍復成虎，六代遺蹤供弔古。謂金陵鍾山、石頭。大荒莽蒼江水黄，兩涘風煙眇吴楚㊀。賞心亭雨花臺所見。却浮一葦下長川，浮玉低昂波聒天。長蘆，真州寺。浮玉，丹陽金山也〔五〕。梁溪南岸小停櫓，一酌人間第二泉。無錫惠

山陸子泉。閶門峨峨過吾國，姑蘇，僕故里。閶門，北門也。姑蘇臨波照金碧。太湖三萬六千頃，上有垂虹跨南極。吴江長橋三高亭，鴟夷子在焉〔六〕。我家越相尚神游，試從煙浪訪扁舟〔七〕。問訊白鷗相記否，謂言久客不勝愁。軟紅三尺長安道，九重城闕乾坤繞。西湖山寺浙江樓，君昔曾游今更好。故人客館中天開，非君誰上黄金臺〔八〕？挽着天衢五雲上，却望江湖如夢迴。萬境何如一丘壑，幾時定解冠裳縛。幔亭山下桂叢深，清社向來都寂莫。幔亭、清社皆宗偉舊隱故事〔九〕。

【校記】

〔一〕兩涘：原作「雨淚」，富校：「『雨淚』，黄刻本作『兩涘』，是。按『兩涘』字出莊子秋水篇。兩涘，兩岸。」按，活字本、叢書堂本、董鈔本均作「兩涘」。今據改。

【題解】

本詩作於紹興二十八年（一一五八）春，時在新安掾任上。因胡璉罷官改秩，舉不及格，將謁諸使者推舉，生倦游之歎，石湖因賦本詩寬慰之。「舉將不及格」，沈欽韓范石湖詩集注卷上：「宋制，選人以官滿擢京職者，須舉主五人，乃及格。」按，宋史選舉志六：「初，選人四考，有舉者四人，得磨勘遷京官；始詔增爲六考，舉者五人，須有本部使者。」胡璉因無五人舉，因往謁金陵、丹陽諸使者。

【箋注】

〔一〕人稀鳥飛絶：語出柳宗元江雪：「千山鳥飛絶，萬徑人踪滅。」

〔二〕「免俗」句：據宋史選舉志，知胡璉此行蓋爲謀尋舉薦之人，故云「免俗未能」。

〔三〕「陵陽」二句：陵陽，山名，在宣州境内。二句下自注：「宣城疊嶂樓、雙溪閣。」按方輿勝覽卷一五寧國府：「陵陽山，在宣城。一峰爲疊嶂樓，一峰爲譙樓，一峰爲景德寺。」「疊嶂樓，在府治。唐刺史獨孤霖建。」「雙溪閣，在府治。取宛、句二水以名。」

〔四〕「姑孰」三句：姑孰，一作姑熟，即當塗縣。李吉甫元和郡縣圖志卷二八江南道四宣州當塗縣：「姑熟水在縣南二里，縣名因此。」太平寰宇記卷一〇五：「姑熟溪在太平州當塗縣南二里。姑熟即古縣名。」三句下自注：「當塗蛾眉亭望東西梁山如雙眉。」郭祥正采石峨嵋亭登覽贈翰林張唐公：「前登千丈峰，萬里瞰瀰漫。峨嵋聳雙碧，斬斬天塹斷。……披榛構危亭，突兀出天半。」陸游入蜀記卷三：「十八日，小雨，解舟出姑熟溪，行江中。江溪相接，水清濁各不相亂。挽行夾中三十里，至大信口泊舟。蓋自此出大江，須風便乃可行，往往連日阻風。兩小山夾江，即東梁、西梁，一名天門山。」李白望天門山：「兩岸青山相對出，孤帆一片日邊來。」即咏此景。

〔五〕「却浮」二句：句下自注：「長蘆，真州寺。浮玉，丹陽金山也。」長蘆，寺名，在真州西。陸游入蜀記卷二：「四日，風便，解纜挂帆，發真州。……入夾行數里，沿岸園疇衍沃，廬舍竹樹極盛，大抵多長蘆寺莊。出夾望長蘆，樓塔重複，自江淮兵火，官寺民廬，莫不殘壞，獨此寺之盛，不減承平。」李白送當塗趙少府赴長蘆：「維舟至長蘆，目送烟雲高。」即此長蘆寺。浮玉，即鎮江之金山。太平寰宇記卷八九：「金山，在城西北江中，一名浮玉，唐裴頭陀於此開山得金，故名。」

〔六〕「上有」句：自注：「吴江長橋三高亭，鴟夷子在焉。」吴江長橋，即利往橋，橋有亭曰「垂虹」，又名垂虹橋。朱長文吴郡圖經續記卷中「橋梁」云：「吴江利往橋，慶曆八年，縣尉王廷堅所建也。東西千餘尺，用木萬計，縈以修欄，甃以浄甓，前臨具區，横截松陵，湖光海氣，蕩漾一色，乃三吴之絶景也。橋成，而舟楫免於風波，徒行者晨暮往歸，皆爲坦道矣。橋有亭，曰垂虹。」長橋旁，有鱸鄉亭，舊有范蠡、張翰、陸龜蒙像，榜曰「松陵三高」，因名三高亭，後因亭圮壞，因遷於雪灘地，詳見范成大三高祠記。「鴟夷子在焉」，指范蠡在「三高」中。因范蠡於越國滅吴後，入太湖隱逸，自號「鴟夷子皮」。

〔七〕「我家」二句：我家越相，指范蠡，因助越王，謀攻吴國，被封相國。趙曄吴越春秋卷九勾踐陰謀外傳：「越王勾踐十年二月……乃登漸臺，望觀其群臣有憂與否，相國范蠡、大夫種、句如之屬，儼然列坐，雖懷憂患，不形顏色。」故石湖稱之爲「越相」，因與石湖同姓，故云「我家」。又同書卷一〇：「二十四年，九月丁未，范蠡辭於王……乃乘扁舟，出三江，入五湖，人莫知其所適。」詩云「訪扁舟」，指後人尋訪范蠡踪迹。范成大三高祠記：「遂從而歌之曰：

『若有人兮扁舟，撫湖海兮遠遊。』」即咏范蠡乘扁舟遠遊。

〔八〕黄金臺：故址在今河北省易縣，爲戰國時燕昭王築，置千金放臺上以延聘天下人才。文選鮑照放歌行李善注引上谷郡圖經：「黄金臺在易水東南十六里，燕昭王置千金於臺上，以延天下之士。」

〔九〕「幔亭」二句：自注：「幔亭、清社皆宗偉舊隱故事。」幔亭山，在歙縣西，康熙徽州府志卷二：「幔亭山，在歙縣西。」

黄伯益官舍賞梅

一杯何處洗愁顔，黄法曹家玉樹寒〔一〕。翠袖撚香留客看，春風都在小闌干。

【題解】

本詩作於紹興二十八年（一一五八）春，時在新安掾任上。黄伯益，時任徽州司法參軍，由詩中「黄法曹」可知。

【箋注】

〔一〕法曹：即州府司法參軍。宋史職官志七：「諸曹官。……司法參軍掌議法斷刑。」高承事物紀原卷六「法曹」條云：「漢公府掾史有賊曹掾，主刑法曹之任也。歷代皆有，或爲法曹，隋以後與功曹同。陳孝意爲東郡司法書佐，是也，唐爲參軍事。」

次韻朱嚴州從李徽州乞牡丹三首

佳人絶世墮空谷，破恨解顔春亦來。莫對溪山話京洛，碧雲西北漲黄埃。

歙浦煙山蟠萬疊〔一〕，釣臺雲日擁千章〔二〕。兩侯好事洗寒劣㊀，寶檻移春入燕香。

閬風苑裏司花女，肯作山腰水尾來。十二玉欄天一笑，只今歸路五雲開。時傳使君有召命〔三〕。

【校記】

㊀洗寒劣：富校：「『劣』字原脱，據黄刻本補。」董鈔本亦作「劣」。叢書堂本、詩淵第四册第二四九八頁作「洗寒乞」。

【題解】

本詩作於紹興二十八年（一一五八）春，時在新安掾任上。朱嚴州，即朱翌。朱翌（一〇九八—一一六七），字新仲，號灊山居士，舒州人。政和八年賜同上舍出身，紹興中爲中書舍人，秦檜惡其不附己，謫居韶州十餘年。宋史無傳，寶慶四明志卷八有朱翌傳：「翌字新仲，政和八年賜同上舍出身。歷官至中書舍人。……在朝敢言事，嘗奏論信夷狄太堅，待虜使太厚，排衆論太切，始息諸將太深，待大臣太嚴，立志太弱，忤權臣意，一斥十四年。起知嚴州、寧國、平江府。」延祐四明志卷四人物考先賢：「朱翌，字新仲，舒州灊山人。漢桐鄉嗇夫邑之後，以太學生賜第。初爲建康府溧水縣主簿。高宗南渡，爲秘書監屬，喜其材，俾預修徽宗實録。方是時，范沖領史局，翌以文詞進，删潤功居多。秦檜相逐趙鼎，翌以鼎黨，久貶韶州。後召還，詔領嚴、宣、徽三郡，翌告老不赴，朝廷憫其飢寒，計貶所十四年衣俸，悉與之，遂卜居鄞。」嚴州圖經卷一賢牧題名附：「朱翌，紹興二十七年七月十一日以左朝散郎秘閣修撰知。二十八年十二月初十日改知宣州。」宋會要輯稿職官七十紹興三十二年閏二月除太平州新命，復爲人論罷。朱翌有灊山集三卷、猗覺寮雜記二卷，陸游曾爲其自作墓志作跋云：「秦丞相擅國十九年，而朱公竄嶠南者十有四年，僅免僵仆于炎瘴中耳。以此，胸中浩然無愧。將終，自識其墓，辭氣山立。向使公諂附以苟富貴，至暮年，世事一變，方憂愧内積，惟恐聞人道其平日事，其能慨然奮筆自叙如此乎？慶元六年秋社日，笠澤陸某謹書。」（渭南文集卷二八）朱翌工詩，四庫館臣評其詩：「筆力排奡，實足睥睨一世。」石湖讀其乞牡丹詩後，次韻酬之。

【箋注】

〔一〕歙浦：新安志卷三「水源」：「歙浦，在縣東南十五里，源出揚之水，一名新安江，歙之名縣，由此浦也，南流百五里，入嚴州界。」

〔二〕釣臺：在睦州桐廬縣，嚴子陵垂釣處。元和郡縣圖志卷二五江南道一睦州桐廬縣：「嚴子陵釣臺，在縣西三十里，浙江北岸也。」

〔三〕「只今」句：句下自注：「時傳使君有召命。」使君，指徽州守李稙，春時傳言李稙將有新的任命，新安志卷九「叙牧守」：「李稙，二十八年四月十八日，除荆湘北路轉運判官。」

送琴客許揚歸永嘉

烏帽休衝九陌埃，瘦藤定約到秋迴。龍湫雁蕩經行處〔二〕，斷取松風萬壑雷㊀。

【校記】

㊀雷：原作「來」，活字本、叢書堂本、董鈔本、詩淵第六册第四四三三頁同。富校：「『來』黄刻本作『雷』，是。」按，據詩意，作「雷」妥。今據改。

【題解】

本詩作於紹興二十八年（一一五八），時在新安掾任上。琴客許揚，生平不詳。永嘉，縣名，元和郡縣圖志卷二六江南道二温州有永嘉縣。

【箋注】

〔一〕「龍湫」句：龍湫，流瀑名，有大瀧湫、小龍湫，在雁蕩山，爲「雁蕩三絶」之一，樓鑰大龍湫：「北上太行東禹穴，雁蕩山中最奇絶。龍湫一派天下無，萬衆贊揚同一舌。」雁蕩，山名，在温州，分北、南、西三山。王存新定九域志卷五温州：「北雁蕩山，圖經云：昔有高僧全了入山洞，見此山巖，云是第五羅漢諾矩羅尊者所居。」

送李徽州赴湖北漕

徂徠千丈松，閲世聳絶壁。高標上霄漢，峻節貫金石〔一〕。惟有孤生竹，亭亭附微植〔二〕。月夜借清景，春朝分秀色。託根未渠央，萬牛挽山澤〔三〕。昂藏轉江湖，夷路入王國。明堂五雲上，一柱屹天極。可望不可攀，清都與塵隔。依然此清士，空山淡愁閴。悲吟發清籟，摇蕩風雨夕。

【題解】

本詩作於紹興二十八年（一一五八）夏，時在新安掾任上。李植於本年四月十八日接到任命，本詩當作於其後不久。新安志卷九「叙牧守」：「李植，右朝散大夫二十六年十一月九日到官，任内轉右朝請大夫，二十八年四月十八日除荆湖北路轉運判官。」

【箋注】

〔一〕「徂徠」四句：詩經魯頌閟宫：「徂來之松。」水經注汶水：「又西南流逕徂徠山西，山多松柏，詩所謂『徂徠之松』也。」孔凡禮評本詩前四句曰：「盛贊稙峻節。」（見范成大年譜紹興二十八年附注）

〔二〕「惟有」兩句：「孤生竹」喻雖有清節，然孤立無援。孔凡禮評兩句曰：「則露攀附之意。」（見范成大年譜紹興二十八年附注）

〔三〕「萬牛」句：言萬牛牽挽山林之松材。杜甫古柏行：「大厦如傾要梁棟，萬牛回首丘山重。」黄庭堅秋思寄子由：「老松閲世卧雲壑，挽著滄江無萬牛。」

送通守林彦强寺丞還朝

雁蕩之山天下無，奔岸絶壑不可圖。地靈境秀有人物，新安府丞今第一。紛綸草木變暄寒，竹節松心故凜然。窮山薄宦我無恨，識公大勝荆州韓〔一〕。梅風漲溪緑如酒，曉插檣烏上南斗。只今廣厦論唐虞〔二〕，斟酌正須醫國手〔三〕。秀眉津津雙頰丹，想看鳴佩翔九關。諸公倘欲持公議，莫遣此賢思故山。

【題解】

本詩作於紹興二十八年（一一五八），時在新安掾任上。林彦强還朝，石湖賦詩送之。孔凡禮范成大年譜紹興二十八年譜文：「通守林彦强還朝，成大有詩送之。」附注：「通守蓋即通判。」

【箋注】

〔一〕「識公」句：李白與韓荆州書：「生不用封萬户侯，但願一識韓荆州。」

〔二〕「只今」句：唐虞，是唐堯和虞舜的合稱，即堯舜時代，古人以之爲太平盛世。論語泰伯：「唐虞之際，於斯爲盛。」全句意謂若論盛世棟梁之材，要推林彦强。

〔三〕醫國手：稱譽林爲醫國手。國語晉語：「上醫醫國，其次疾人。」蘇軾端午帖子詞太皇太后閣：「願儲醫國三年艾，不作沉湘九辯文。」

送温伯歸福唐納婦，且約復游霅川

攬秀堂前一笑傾，都忘身世兩浮萍。扶藜處處從君賞，落筆時時得我驚。荔熟閩山勞夢想〔一〕，蘋香苕水約逢迎。祇愁誤入桃源後〔二〕，從此車輪四角生〔三〕。

【題解】

本詩作於紹興二十八年（一一五八），時在新安掾任上，湯温伯歸福唐納婦，因作本詩賀送之。

福唐，縣名，屬福州。元和郡縣圖志卷二九江南道五福州：「福唐縣，聖曆二年析長樂縣東南界置萬安縣，天寶元年改名福唐。」

【箋注】

〔一〕「荔熟」句：福建產荔枝，蔡襄有荔枝譜，第一篇記述福建荔枝的故實及作該譜之由，可參看。

〔二〕誤入桃源：用劉晨、阮肇故事。太平廣記卷六一引神仙傳「天台二女」條，謂劉、阮二人採藥，入桃源，遇二女，遂留半年。石湖以此故事賀温伯納婦。

〔三〕車輪四角生：陸龜蒙古意：「願得雙車輪，一夜生四角。」

次韻宗偉閱番樂

十日閒愁晝掩關，起尋一笑共清歡。罷休詩社工夫淡，洗浄書生氣味酸㊀〔一〕。

盡遣餘錢付桑落，莫隨短夢到槐安。繡韉畫鼓留花住，賸舞春風小契丹〔二〕。

【校記】

㊀洗浄：原作「先浄」，富校：「『先』黄刻本、宋詩鈔作『洗』，是。」按，活字本、叢書堂本、董鈔本均作「洗」，今據改。

【題解】

本詩作於紹興二十八年（一一五八），時在新安掾任上。胡宗偉作閲番樂詩，石湖次韻和之。

【箋注】

〔一〕氣味酸：蘇軾次韻答邦直子由四首之三：「老弟東來殊寂寞，故人留飲慰酸寒。」

〔二〕小契丹：納蘭性德淥水亭雜識：「遼曲宴宋使，酒一行，觱篥起歌；酒三行，手伎入；酒四行，琵琶獨彈，然後食入，雜劇進，繼以吹笙、彈箏、歌擊架、樂角觝。王介甫詩：『涿州沙上飲盤桓，看舞春風小契丹。』蓋紀其事也。至范致能北使，有鷓鴣天詞，亦云：『休舞銀貂小契丹，滿堂賓客盡關山。』則金源燕賓，或襲爲故事，未可定耳。」

題漫齋壁

漢陰無械可容機〔一〕，歲晚功名一衲衣。槁木閒身隨念懶，浮雲幻事轉頭非〔二〕。三彭已罷庚申守〔三〕，五鬼從教乙丑歸〔四〕。富貴神仙兩俱累，此心安處是真依〔五〕。

【題解】

本詩作於紹興二十八年（一一五八），時在新安掾任上。

【箋注】

〔一〕「漢陰」句：語出莊子天地漢陰丈人曰：「吾聞之吾師：有機械者，必有機事；有機事者，必有機心。」

〔二〕轉頭非：蘇軾西江月：「休言萬事轉頭空，未轉頭時皆夢。」陸游讀史二首之二：「榮悴紛紛醉夢中，轉頭何事不成空。」

〔三〕「三彭」句：太平廣記卷二八引張讀宣室志：「契虚因問捀子曰：『吾向者謁見真君，真君問我三彭之仇，我不能對。』曰：『彭者三尸之姓，常居人身中，伺察功罪，每至庚申日，籍於上帝。故學仙者當先絶其三尸，如是則神仙可得；不然，雖苦其心，無補也。』」雲笈七籤膽部章第十四：「上尸彭琚，使人好滋味，嗜欲癡滯。中尸彭質，使人貪財寶，好喜怒。下尸彭矯，使人愛衣服，耽婬女色。」

〔四〕「五鬼」句：詩意從韓愈送窮文化出。文云：「凡此五鬼（其名曰智窮、學窮、文窮、命窮、交窮），爲吾五患，飢我寒我，興訛造訕，能使我迷，人莫能間。」韓愈送窮文所具之年月日爲「元和六年五月乙丑晦」，故石湖詩云：「從教乙丑歸。」

〔五〕此心安處：景德傳燈録卷三：「可（慧可）曰：『我心未寧，乞師與安。』祖（達磨）曰：『將心來與汝安。』可良久曰：『覓心了不可得。』祖曰：『我與汝安心竟。』」陸游晨起：「心安已到無心處。」

四月十六日拄笏亭偶題

轉午聞鷄日正長，小亭方丈納空光。綠陰一雨濃如黛，何處風來百種香？

【題解】本詩作於紹興二十八年（一一五八）四月十六日，時在新安掾任上，與休寧縣主簿李結同遊拄笏亭，因賦此詩。本集卷一〇有李次山自畫兩圖其一泛舟湖山之下小女奴坐船頭吹笛其一跨驢渡小橋入深谷各題二絕（其二）「當年拄笏漫看山」，即指本年事。拄笏亭，在徽州府治。

次韻即席

留連銀燭照金荷〔一〕，腸斷華年一擲梭。月姊有情難獨夜，天孫無賴早斜河。晶晶霜瓦寒生粟，衮衮風幃細涌波。鴰鶡曉啼鳴鵲散〔二〕，許多佳景奈愁何！

【題解】本詩作於紹興二十八年（一一五八），時在新安掾任上。

【箋注】

〔一〕金荷：金屬製成的荷形酒杯。黄庭堅念奴嬌：「共倒金荷家萬里，難得尊前相屬。」又，八音歌贈晁堯民：「金荷酌美酒，夫子莫留殘。」

〔二〕鵮鶡：鵮，鳥名，俗名灰鶴。急就篇卷四：「鷹鷂鴇鵮翳雕尾。」注：「鵮者，鴿也，關西謂之鵮鹿，山東謂之鵮捋，皆象其鳴聲也。」鶡，鳥名，即鶡鷄。山海經中山經：「（煇諸山）其鳥多鶡。」注：「似雉而大，青色，有毛，勇健，鬬死乃止。」

五月聞鶯二首

桑陰浄盡麥頭齊，江上聞鶯每歲遲。不及曉風鵯鵊子〔一〕，迎春啼到送春時。

一聲初上最高枝，忙殺嘔啞百舌兒〔二〕。老盡西園千樹緑，却憐槐眼正迷離。

【題解】

本詩作於紹興二十八年（一一五八）五月，時在新安掾任上。

【箋注】

〔一〕鵯鵊：鳥名，似鳩，身黑尾長而有冠。春分始見，凌晨先鷄而啼。歐陽修鵯鵊詞：「緑窗鵯鵊催天明。」

〔二〕百舌：鳥名，以其鳴聲反復似百鳥之音，故名。杜甫百舌：「百舌來何處，重重祇報春。」

知郡檢詳齋醮禱雨，登時感通，輒賦古風，以附輿頌㈠

六月火雲高偃蹇，使君有意憐焦卷。一封紅篆驛金龍，雨氣倏隨爐燎滿。風師避路雷車鳴，石破天驚檐溜傾〔一〕。不知稻本頗甦否？但覺溪聲如百霆。税駕朱旛未云久〔二〕，造化功成屈伸肘。我評兹事與天通，知公小試調元手〔三〕。清壇深夜賓衆真，前驅霓旌後飈輪。定有靈官識仙伯，報道紫皇思侍臣〔四〕。

【校記】

㈠ 檢詳：原作「檢計」，誤。活字本、叢書堂本之目録、正文，董鈔本正文均作「檢詳」。按，「檢詳」，爲「樞密院檢詳諸房文字」之簡稱，乃潘莘知徽州任之前之官職，詳見本詩「題解」。今據改。

【題解】

本詩作於紹興二十八年（一一五八）六月，時在新安掾任上。知郡檢詳，指潘莘，潘莘於本年六月八日到任，知徽州，新安志卷九「叙牧守」：「潘莘，左朝散大夫二十八年六月八日到任。」檢詳，乃樞密院檢詳諸房文字之簡稱，潘莘自樞密院檢詳出知徽州，故石湖稱之爲「知郡檢詳」。李心傳建炎以來繫年要録卷一七七：「（紹興二十七年九月）考功郎中潘莘爲樞密院檢詳諸房文字。」同書卷一七八「（紹興二十七年十一月）戊寅，樞密院檢詳諸房文字潘莘知徽州。」（按，此爲受命年月，實際到任在紹興二十八年六月。）吴儆送范石湖序（竹洲集卷一二）：「吴郡范至能爲户曹新安三年，州三易將。始安撫李公，剛毅有大度，爲郡以嚴稱，人視之肅然者也；李公既還，繼以檢詳潘公，仁厚變易，號長者，然謹繩墨，不可撓以非法。」潘莘初到任，適逢乾旱，乃齋醮求雨，石湖有感於斯，乃賦古風頌之。

【箋注】

〔一〕石破天驚：語出李賀李憑箜篌引：「石破天驚逗秋雨。」

〔二〕「税駕」句：指潘莘剛剛到任不久。税駕，即停車。曹植洛神賦：「爾迺税駕乎蘅皋，秣駟乎芝田。」

〔三〕調元手：調和陰陽，喻執掌政柄。王珪賜宰臣曾公亮免恩命不允批答：「當抑謙風之固，往調大化之元。」

〔四〕紫皇：指天帝。李白飛龍引二首之二：「載玉女，過紫皇。」王琦注：「太平御覽：秘要經曰：太清九宫，皆有僚屬，其最高者稱天皇、紫皇、玉皇。」

石湖居士詩集卷七

送子文雜言

陰谷雲低梅雨多，黃山滁源溪涌波。南風匝地送歸客，雙槳下瀨如投梭。嚴夫子，君舉酒，我其爲君歌：萬山叢叢石鑿鑿，官居破屋巢煙蘿。杜鵑曉啼猿暮叫，客行到此眞蹉跎！窮愁無復理，一飯三歎息〔一〕。城東黌舍有佳人〔二〕，邂逅使我加餐食。同鄉更同調，目擊心已傳。蟄蟲欲作雷奮地，萬籟方寂風行山。吹竽喚我醒，連鼓相追攀。飈車電轂不可羈，但覺兩腋生飛翰〔二〕。狂歌不必終曲，戲弈不必滿局。有時不揖上馬去，出門大笑驚僮僕〔三〕。窮鄉眼冷見未曾，道上囁嚅相指目。云此陋隘何以有二士？直恐翩翩跨黃鵠。廣文組解登王畿〔四〕，諸公貴人爭勸歸。常日心期有定論，贈行不惜重費詞。腰金佩璐衆目好，汗簡沉碑千載癡。一尊有意重山嶽，五鼎無心輕綱絲。嚴夫子，應領略，別後頻書相發藥。我既爲萬頃之狎鷗，君勿作九皋之嗚鶴！

【校記】

㈠一飯：原作「一飲」。富校：「『飲』黄刻本作『飯』，是。」按，活字本、叢書堂本、董鈔本均作「飯」，今據改。

【題解】

本詩作於紹興二十八年（一一五八）夏，時在新安掾任上。嚴焕調任臨安府教授，石湖賦雜言詩送之。琴川志嚴焕傳僅云：「調徽州、臨安教官。」無任職年月。孔凡禮范成大年譜紹興二十八年譜文：「夏，嚴焕離徽州教授任，就臨安教授任，成大有送行詩。」于譜同。今從之。雜言，古體詩的一種體式，嚴羽滄浪詩話稱之爲「雜言」，徐師曾文體明辨稱之爲「雜言古詩」。這種詩體，不限字數、篇幅，往往以長短不等的句式相間使用，也可變换詩韻。石湖此詩由三、五、六、七、八、九言句式組成，平仄聲韻交替轉换，靈活自由，便於詩人抒發激越的思想情感。

【箋注】

〔一〕「城東」句：黌舍，學舍，宋書臧燾等傳贊：「藝重當時，所居一旦成市，黌舍暫啓，著録或至萬人。」佳人，賢者，有道君子。杜甫佳人：「絶代有佳人，幽居在空谷。」題注：「此詩亦以佳人喻賢者。」

〔二〕兩腋生飛翰：盧仝走筆謝孟諫議寄新茶：「七椀吃不得也，唯覺兩腋習習清風生。」

〔三〕出門大笑：李白南陵別兒童入京：「仰天大笑出門去，我輩豈是蓬蒿人。」石湖詩之氣慨、神情，直取太白詩。

〔四〕「廣文」句：廣文，指鄭虔。鄭虔，字若齊，鄭州滎陽人，天寶九載，授廣文館博士，人稱「鄭廣文」。杜甫醉時歌：「諸公衮衮登臺省，廣文先生官獨冷。」石湖借指嚴焕，亦歎其才高而官冷。登王畿，指嚴焕調任臨安府教授。

新館

露稻粘明璫，風茅衮高浪。荒煙暗白道㊀，行行亂蛩響。日脚午未吐，雲頭晚猶漲。欣此半日涼，籃輿走清曠。病客不堪暑，兹行天肯相。蚊蝱掃無跡，秋意滿千嶂。稍尋泉石盟，略褫簿書障。鴒原定相念〔一〕，因風報無恙。

【校記】

㊀荒煙暗白道：宋詩鈔作「荒荒白楊道」。

【題解】

本詩作於紹興二十八年（一一五八）夏末秋初，時在新安掾任上。本詩及以下七首，均爲因公外出，略舒簿書之累。新館，鎮名，在州治東三十里。新安志卷三歙縣「鎮寨」：「新館鎮在東三十里。」讀史方輿紀要卷二八有新館鎮，在徽州府東三十里，爲宋時置官榷酒之所。

【箋注】

〔一〕鴒原：語出詩經小雅常棣：「脊令在原，兄弟急難。」脊令，也作「鶺鴒」。鄭玄箋：「雝渠，水鳥，而今在原，失其常處，則飛則鳴，求其類，天性也，猶兄弟之於急難。」後因以謂兄弟友愛。

臨溪寺

萬山繞𡺲岭，二水奔澒洞〔一〕。亭亭林中寺，金碧燦櫩棟。解鞍得蒲團，卧受瓦爐供。少捐一炊頃，暫作百年夢。無人自驚覺，幽禽正清哢。倦客如殘僧，無力供世用。此行端爲山，紫翠迭迎送。漱井出門去，驚塵撲飛鞚〔二〕。

【題解】

本詩作於紹興二十八年（一一五八）夏末秋初，時在新安掾任上，參見上一首詩「題解」。臨溪寺，績溪縣有臨溪水，寺在臨溪水旁。新安志卷五績溪「水源」：「臨溪水出縣北三十里，又名乳溪。」輿地紀勝卷二〇江南東路徽州景物下，有臨溪水，在績溪縣。兩書記載相合。

【箋注】

〔一〕二水：指臨溪（又名乳溪）和徽溪。新安志卷五「績溪沿革」云：「以界内乳溪與徽溪相去一里，詰曲並流，離而後合，故以爲名。」又，同卷「水源」云：「臨溪水，源出縣北三十里，又名乳溪。」「徽溪水出徽嶺，水分爲二。」

〔二〕飛鞚：飛奔的駿馬。杜甫麗人行：「黄門飛鞚不動塵。」石湖變化運用之。

盤龍驛

聞鷄一唱罷，占斗三星没。天高月徘徊，野曠山突兀。暗蛩泣草露，怨亂語還咽。涼螢不復舉，點綴稻花末。惟餘絡緯豪〔一〕，悲壯殷林樾。小蟲亦何情，孤客心斷絶！魂驚板橋穿，足側石子滑。行路如許難，誰能不華髮？高城謾回首〔二〕，疊嶂屹天闕。遥知秋衾夢，千里一飄忽。

【題解】

本詩作於紹興二十八年（一一五八）秋，時在新安掾任上。

【箋注】

〔一〕絡緯：蟲名，俗名紡織娘。李白長相思：「絡緯秋啼金井闌，微霜凄凄簟色寒。」

〔二〕「高城」句：宋黄公度青玉案：「鄰鷄不管離懷苦，又還是、催人去。回首高城音信阻。」陸游題接待院壁：「笙歌凄咽離亭晚，回首高城半掩門。」

竹下

松杉晨氣清，桑柘暑陰薄。稻穗黄欲卧，槿花紅未落。秋鶯尚嬌姹，晚蝶成飄泊。犬駭逐車馬，鷄驚撲籬落。道逢行商問：「平生幾芒屩？」「頳肩走四方，爲口不計脚；劣能濡簞瓢，何敢議囊橐？」我亦糜斗升，三年去丘壑。二俱亡羊耳〔一〕，未用苦商略。

【題解】本詩作於紹興二十八年（一一五八）秋初，時在新安掾任上，參見本卷新館「題解」。竹下，地名，在徽州休寧縣黄竹嶺下，參見本書卷五早發竹下「題解」。

【箋注】

〔一〕二俱亡羊：用莊子典。莊子駢拇：「臧與穀，二人相與牧羊，而俱亡其羊。問臧奚事，則挾筴讀書；問穀奚事，則博塞以遊。二人者，事業不同，其於亡羊均也。」石湖借以喻己也。

寒亭

溝塍與澗合，隴畝抱山轉。向來六月旱，此地免焦卷。早穗已垂垂，晚苗猶剪剪。一川豐年意，比屋鬧鷄犬。老農霜須鬢，矍鑠黄犢健。自云「足踏地，常賦何能免？刈熟倩人輸，不識長官面。康年無復事，但恐社酒淺。」我亦有二頃，收拾尚可繭。懷哉笠澤路〔一〕，歸鏟犂頭蘚。

【題解】

本詩作於紹興二十八年（一一五八），時在新安掾任，因公外出，經寒亭，賦詩詠老農之樂。孔凡禮范成大年譜紹興二十八年譜文：「夏末，以公事經新館、臨溪寺、盤龍驛、竹下、寒亭、清逸江、隱静山、新嶺，有詩，竹下及小商，寒亭及老農。」附注：「前者（指竹下詩）及行商之苦，後者及豐年老農之樂。成大關心農村疾苦，於此可見一斑。」

【箋注】

〔一〕笠澤路：笠澤，水名，即松江。陸廣微吴地記：「松江，一名松陵，又名笠澤。……其江之源，連接太湖。」笠澤在石湖家鄉，故借「笠澤路」指稱家鄉。

清弋江㊀

微生本漁樵，長日渺江海。扣舷濯滄浪，尚説天宇隘。揭來車馬路，悒悒佳思敗。黄塵撲眉鬚，驅逐似償債。羸驂繫傴仄，狂犬吠荒怪。鄉心入旅夢，一葉舞澎湃。晨興過墟市，喜有魚鰕賣。眼明見清江，積雨助横潰。褰裳唤扁舟，鮠𩽾不勝載〔一〕。不辭野渡險，弄水聊一快！

【校記】

㈠弋：原作「逸」。富校：「『逸』黄刻本作『弋』，是。」活字本目録、正文，叢書堂本目録、正文，董鈔本正文均作「逸」，黄刻本僅供参考。按，清弋江在宣城縣，史書無作「逸」者，今改。

【題解】

本詩作於紹興二十八年（一一五八）夏末秋初，時在新安掾任上，参見本卷新館解題。孔凡禮范成大年譜紹興二十八年譜文附注：「青逸江當即青弋江。元和郡縣圖志卷二八宣州宣城縣：『青弋水，州西九十九里。』元豐九域志卷六江南東路宣州：『宣城縣，有青弋水。』」

【箋注】

〔一〕鮠𩽾：易困：「困于葛藟，于鮠𩽾。」正義：「鮠𩽾，動摇不安之辭。」

隱静山 杯渡師道場

五峰抱巖扉，千柱奠雲壑。荒原蕞爾縣〔一〕，有此寶樓閣。維昔經營初，衣錫化雙鶴。杖頭具隻眼，矯矯雲中落。尊者一笑許，璇題照林薄。庭柏有祖意，石泉韻天樂。清簧轉碧鷄，飛梭擲蒼鵲㊀。號風飢虎怒，失木啼猿愕。英遊偶然同，吏檄乃不惡。題名記吾曾，醉墨疥丹堊。

【校記】

㊀鶚：原作「鵲」。富校：「『鵲』黄刻本作『鶚』，是。」活字本、叢書堂本、董鈔本均作「鵲」。按，全詩押入鐸韻，「鵲」爲入藥韻，今據改。

【題解】

本詩作於紹興二十八年（一一五八）夏末秋初，時在新安掾任上，參見本卷新館「題解」。隱静山，在繁昌縣。元豐九域志卷六江南東路太平州：「繁昌縣，有隱静山。」輿地紀勝卷一八江南東路太平州景物下有隱静山，在繁昌縣東南七十里。沈欽韓范石湖詩注卷上：「輿地紀勝寧國府『仙釋門』：杯渡著屐登山，以錫擲空，至五峰而止，遂留居，今隱静山即其處也。」周必大吴郡諸山録：「（乾道壬辰四月）庚申早，隱寺人至，絜家行十里至寺。五峰不高，而形勢環抱，本梁朝杯渡禪師道場，禪師謚慧嚴，寺名普慧，邃廊傑閣，江東之巨刹，隸太平州繁昌縣。寺後三百步碧霄峰下，有泉出石中，流入寺，灦灦有聲，且給烹煮灌溉。」周必大與范成大爲同時代人，其記述詳明，尤可信從。

【箋注】

〔一〕蕞爾縣：小縣。蕞爾，小貌。左傳昭公七年：「鄭雖無腆，抑諺曰蕞爾國，而三世執其政柄。」

新嶺

瘦馬兀曹騰，荒鷄號莽蒼。絲窠罥朝露，籬落萬珠網。宿雲拂樹過，飛泉擘山響。老桑踞潛虯，怪蔓挂騰蟒。山行何許深，空翠滴羈鞅〔一〕。釀愁積雨寒，破悶朝日放。曈曈赤幟張，昱昱金鉦上。浮動草花馥，清和野禽唱。僕夫有好語，沙平路如掌。惟憂三溪阻〔二〕，橋斷山水漲。

【題解】

本詩作於紹興二十八年（一一五八）夏末秋初，時在新安掾任上。參見本卷新館「題解」。新嶺，在績溪縣西。孔凡禮范成大年譜紹興二十八年譜文附注：「康熙徽州府志謂新嶺在績溪縣西北三十里，讀史方輿紀要卷二十八謂在休寧西南七十里。」兩書記載不同。然新安志卷三歙縣「水源」云：「揚之水，出積溪大尖山，東流六十里至臨溪入歙縣界，抵郡城西合四水南入新安江。」詩云「惟憂三溪阻」，新嶺似以績溪爲是。

【箋注】

〔一〕羈鞅：泛指馬具。羈，馬籠頭，左傳僖公二十四年：「臣負羈絏，從君巡於天下。」鞅，套在馬頸用以負軛之皮帶。左傳襄公十八年：「太子抽劍斷鞅，乃止。」

〔二〕三溪：沈欽韓范石湖詩注卷上：「三溪即新安江。」按新安志卷三歙縣「水源」謂揚之水合四水南入新安江。石湖謂三溪，實泛指衆溪水。

送通守趙積中朝議請祠歸天台

城頭千峰青繞屋，城下灘流三百曲。誰云傴仄復傴仄，尚有高軒肯來辱。紅梅花下兩芳春，春風惠和如主人。搶攘塵土簿書裏，見此纍籍天球温。厚禄故人車結轍，掉頭獨泛清溪月。不從世外得超然，世間誰肯如公決。生平我亦一沙鷗〔一〕，葦白蘆黄今正秋。送公使我歸思動，破煙衝雨憶扁舟。明年想見東山起，我亦煎茶石橋水。道逢蓑笠把漁竿，即是馬曹狂掾史〔二〕。

【題解】

本詩作於紹興二十八年（一一五八）秋。詩云「葦白蘆黄今正秋」，正是送行時之景物。孔凡禮范成大年譜紹興二十九年譜文云：「春初，通守趙積中請祠歸天台，有送行詩。」附注舉「紅梅花下兩芳春，春風惠和如主人」兩句爲證。其説不妥。詩中「紅梅花下」，乃指趙積中通判廳中之紅梅樹，「兩芳春」，指趙積中任通判二年。見本集卷六新安絶少紅梅惟倅廳特盛通判朝議召幕僚賞之坐皆有詩亦賦古風一首。

【箋注】

〔一〕「生平」句：語出杜甫旅夜書懷：「飄飄何所似，天地一沙鷗。」

〔二〕「即是」句：石湖自謂，因時任新安掾，即徽州司户參軍，簡稱「户曹」。

送詹道子教授奉祠養親

新安學宫天下稀，先生孝友真吾師。斑衣誤作長裾曳〔一〕，二年思歸今得歸。牋詞上訴人叵挽㊀，璽書賜可群公歎。青山百匝不留人，空與諸生遮望眼。白雲孤起越南天，向來恨身無羽翰。下馬入門懷橘拜〔二〕，身今却在白雲邊。鶴髮鬖鬖堂上坐，兒孫稱觴婦供果。世間此樂幾人同，看我風前孤淚墮。一杯送舟下水西〔三〕，我欲贈言無好詞。徑須喚起東廣微，爲君重補南陔詩〔四〕。

【校記】

㈠人叵挽：黄刻本作「人正挽」。

【題解】

本詩作於紹興二十九年（一一五九），時在新安掾任上。詹道子，即詹亢宗，字道子，紹興山陰人，紹興十八年進士，歷官正字、校書郎，紹興二十六年任徽州教授，乾道五年任著作佐郎，六年知處州。南宋館閣録卷七：「詹亢宗，字道子，會稽人。王佐榜同進士出身。治書。（乾道）五年十二月除（著作佐郎），六年六月知處州。」寶應會稽續志卷六「進士」：「紹興十八年，王佐，狀元……詹亢宗。」會稽縣志卷二〇選舉志進士：「紹興十八年戊辰科王佐榜：詹亢宗，林宗弟。」陸游入蜀記卷一：「（六年閏五月）二十六日晚，芮國器司業曄招飲，同集仲高兄、詹道子大著亢宗。」于北山范成大年譜繫本詩於紹興二十八年，孔凡禮范成大年譜繫本詩於紹興二十九年。按，石湖於紹興二十八年送嚴煥教授調任臨安，則詹道子教授奉祠養親，宜在紹興二十九年，故取孔説。

【箋注】

〔一〕斑衣：老萊子著彩衣爲兒戲以嬉親，後用「斑衣」爲老養父母的典故。南史張嵊傳：「少敦孝行，年三十餘，猶斑衣受稷杖。」錢起送韋信愛子歸覲：「棠花含笑待斑衣。」張孝祥滿庭芳：「斑衣侍，雲母屏風。」

〔二〕懷橘拜：用陸績故事。三國志吴書陸績傳：「績年六歲，於九江見袁術。術出橘，績懷三枚。去，拜辭，墮地，術謂曰：『陸郎作賓客而懷橘乎？』績跪答曰：『欲歸遺母。』術大奇之。」陸績懷橘是孝親的故事，石湖用此典以應題「奉祠養親」意。

〔三〕水西：李白別山僧：「何處名僧到水西？乘舟弄月宿涇溪。」王琦注引江南通志：「水西山，在寧國府涇縣西五里，林壑邃密，下臨涇溪。舊建寶勝、崇慶、白雲三寺……寶勝寺即水西寺，白雲寺即水西首寺，崇慶寺即天宮水西寺也。」

〔四〕「徑須」二句：束廣微，即束皙，字廣微，晉代陽平元城人，博學多聞。晉書有傳。南陔，詩經小雅之篇名，有目無詩，小序云：「南陔，孝子相戒以養也。」束皙有補亡詩六首。

道子教授奉祠，諸生率余祖席如意院

暫移三席款雲關，木末闌干暮紫間。絳帳莫貪江上路〔一〕，青鞵先試水西山。伯陽有道來重趼〔二〕，禦寇他年憶解顏〔三〕。怪我抗塵驅俗駕〔四〕，諸公何事許追攀。

【題解】本詩作於紹興二十九年（一一五九），時在新安掾任上，詹亢宗奉祠，見上首「題解」。祖席，送別之席。

【箋注】

〔一〕絳帳：師門、講席之敬稱。後漢書馬融傳：「常坐高堂，施絳紗帳，前授生徒，後列女樂，弟子以次相傳，鮮有入其室者。」

〔二〕「伯陽」句：沈欽韓范石湖詩集注卷上：「南榮趎重趼西見老聃，見莊子庚桑楚篇。趼，讀如繭。」又莊子天道：「士成綺見老子而問曰：『吾聞夫子聖人也，吾固不辭遠道而來願見，百舍重趼而不敢息。』」伯陽，老子之字。

〔三〕「禦寇」句：列子黄帝篇：「列子師老商氏，友伯高子，進二子之道，乘風而歸。」「五年之後，心庚念是非，口庚言利益，（庚，當作更。）夫子始一解顏而笑。」禦寇，即列子。

〔四〕「怪我」句：「抗塵」、「驅俗駕」，均見孔稚珪北山移文：「抗俗塵而走俗狀」、「請迴俗士駕」。

淳安 以後十五首，沿檄嚴、杭道中。

篙師叫怒破濤瀧，水石如鐘自擊撞。欲識人間奇險處，但從歙浦過桐江〔一〕。

【題解】

本詩作於紹興二十九年（一一五九），時在新安掾任上，春晚，沿檄嚴、杭二州，途中寫下十五首詩，見本詩題注。驂鸞録乾道九年正月初一日紀事：「予自紹興己卯歲，以新安户曹沿檄來識釣臺，題詩壁間。」即指本年沿檄嚴、杭事。己卯歲，即紹興二十九年。淳安，縣名，舊名青溪。淳熙嚴州圖經卷一「歷代沿革」：「宣和三年平方臘，改曰遂安軍，改州曰嚴州，改青溪曰淳安，中興因之。」

【箋注】

〔一〕歙浦：新安志卷三歙縣「水源」：「歙浦在縣東南十五里，源出揚之水，一名新安江，歙之名縣由此浦也。」桐江：即桐廬江，在睦州桐廬縣。元豐九域志卷五兩浙路睦州，桐廬縣有桐廬江。

嚴　州

舟人云：自徽至嚴二百灘。

城府黄塵撲馬鞍，一篙重探水雲寒㊀。耳邊眼底無公事，睡過嚴州二百灘。

【校記】

㊀一篙：詩淵第三册一九四〇頁作「一竿」。

【題解】

本詩作於紹興二十九年（一一五九），時在新安掾任上，春晚，沿檄嚴、杭，參見淳安「題解」。嚴州，舊名睦州，宣和中始改嚴州。元豐九域志卷六作「睦州」。張淏雲谷雜記云：「睦州，宣和中始改爲嚴州。」淳熙嚴州圖經卷一「歷代沿革」：「宣和三年平方臘，改曰遂安軍，改州曰嚴州。」

釣臺 臺上題詩甚多，其最膾炙者曰：「世祖功臣二十八，雲臺争似釣臺高？」

山林朝市兩塵埃，邂逅人生有往來。各向此心安處住，釣臺無意壓雲臺〔一〕。

【題解】

本詩作於紹興二十九年（一一五九）。驂鸞録乾道九年正月初一日記事云：「予自紹興己卯歲，以新安户曹，沿檄來識釣臺，題詩壁間。」己卯，即紹興二十九年。題下所引之題詩，乃范仲淹釣臺，前兩句是：「漢包六合網英豪，一個冥鴻惜羽毛。」第三句爲「世祖功臣三十六」，而漢光武帝封雲臺二十八將，石湖詩與之合。

【箋注】

〔一〕雲臺：後漢書陰興傳：「後以（陰）興領侍中，受顧命於雲臺廣室。」注：「洛陽南宫有雲臺廣室殿。」後漢書馬援傳：「（永平中）顯宗圖畫建武中名臣、列將於雲臺，以椒房故，獨不及援。」

桐廬

濕雲垂野淡疎林，十日山行九日陰。梅子弄黄應要雨〔一〕，不知客路已泥深。

【題解】本詩作於紹興二十九年（一一五九），時在新安掾任上，沿檄嚴、杭道中，參見淳安「題解」。桐廬，縣名，元和郡縣圖志卷二五江南道一睦州：「桐廬縣……本漢富春之桐溪鄉，黄武四年分置桐廬縣，以居桐溪地，因名。」元豐九域志卷五睦州有桐廬縣。景定嚴州續志卷七桐廬縣：「縣瀕浙江上流，以舟車所會，素號佳邑。」

【箋注】

〔一〕「梅子」句：庚溪詩話：「江南五月梅熟時，霖雨連旬，謂之黄梅雨。」賀鑄青玉案：「一川煙草，滿城風絮，梅子黄時雨。」參本集卷四病中絶句八首「黄梅細雨天」注。

富陽

不到江湖恰五年〔一〕，歙山青繞屋頭邊。富春渡口明人眼，落日孤舟浪拍天。

【題解】

本詩作於紹興二十九年（一一五九），時在新安掾任上，正沿檄嚴、杭，參見淳安「題解」。富陽，縣名，屬杭州，元豐九域志卷五杭州府有富陽縣。咸淳臨安志卷一七「郡縣境」記富陽縣，在府治西南七十三里，東西五十八里，南北一百。

【箋注】

〔一〕「不到」句：石湖自紹興二十六年春任徽州司户參軍，常在州府，故云「不到江湖」，本年巡檄嚴、杭，經山歷川，恰爲四年，云「五年」爲約數。

餘杭

春晚山花各静芳，從教紅紫送韶光。忍冬清馥薔薇釃〔一〕，薰滿千村萬落香。

【題解】

本詩作於紹興二十九年（一一五九），時在新安掾任上，正沿檄嚴、杭道中，參見淳安「題解」。餘杭，縣名，屬杭州府。元豐九域志卷五杭州府有餘杭縣。咸淳臨安志卷一七「郡縣境」記餘杭縣，在府城西四十五里，東西三十六里，南北八十里。

【箋注】

〔一〕忍冬：藥草名，即金銀花。本草綱目卷一八「草」部：「忍冬……弘景曰：『……藤生，凌冬不凋，故名忍冬。』」又載：「初開者蕊瓣俱色白，經二三日則色變黃，新舊相參，黃白相映，故呼金銀花，氣甚芬芳，四月采花陰乾。」

於潛

俚語云：「於潛昌化，鬼見亦怕。」

邑居官寺兩淒清，晚市都無菜可羹㊀。何處直能令鬼怕？秖今猶自有人行。

【校記】

㊀ 菜可羹：詩淵第三册第一九六二頁作「菜煮羹」。

【題解】

本詩作於紹興二十九年（一一五九），時在新安掾任上，正沿檄嚴、杭道中，參見淳安「題解」。於潛，縣名，屬杭州府，元豐九域志卷五杭州府，屬縣有於潛縣。咸淳臨安志卷一七「郡縣境」記於潛縣，在府治西二百三里四十三步，東西六十七里，南北一百一十里。

昌化

雙溪館，絶景也。

翠染南山擁縣門，一洲横截兩溪分。長官日永無公事，卧聽灘聲看白雲。

【題解】

本詩作於紹興二十九年（一一五九），時在新安掾任上，正沿檆嚴、杭道中，參見淳安「題解」。昌化，縣名，屬杭州府，元豐九域志卷五杭州府，屬縣有昌化縣。咸淳臨安志卷一七「郡縣境」記昌化縣，在府治西二百四十八里三十步，東西一百二十里，南北一百四十里。雙溪館，昌化縣有雙溪。咸淳臨安志卷三六「溪」：「昌化縣，雙溪，在縣前一百步。」沈欽韓范石湖詩集注卷上引徐冠新亭紀略云：「縣治之前，溪分南北流，舊有雙溪館。熙寧間，縣令陸元長臨北流爲亭。東坡經游亭上，題詩記事，有『雙澗響空』之語。」

百丈山

壽聖寺僧房甚雅潔，去王千嶺尚六十里。

沐雨梳風有底忙，解鞍來宿贊公房〔一〕。傳聞三嶺連天峻，未到王千已斷腸。

【題解】

本詩作於紹興二十九年（一一五九），時在新安掾任上，正沿檆嚴、杭道中，參見淳安「題解」。

百丈山，在昌化縣。咸淳臨安志卷二七「山川」：「昌化縣，百丈山，在縣西二十里，高一千五百丈，周回二十里，一名潛山。」壽聖寺，在百丈山麓，又名百丈廣福院。咸淳臨安志卷八五「寺觀十一」：「昌化縣，百丈廣福院，在縣西二十里，舊名寶勝，開寶七年建，熙寧元年改壽聖院，紹興二十二年改今額。」石湖仍用舊名。

【箋注】

〔一〕贊公房：杜甫宿贊公房，題下注：「贊，京師大雲寺主，謫此安置。」石湖借指壽聖寺僧。

昱嶺

竹輿摇兀走婆娑，石滑泥融側足過。昱嶺不高人已困，晚登新嶺奈君何〔一〕！

【題解】

本詩作於紹興二十九年（一一五九），時在新安掾任上，正沿橄嚴、杭道中，參見淳安「題解」。昱嶺，在歙縣東南一百二十里，沈欽韓范石湖詩集注卷上：「在歙縣東南百二十里，接杭州昌化縣界。」讀史方輿紀要卷八九浙江昱嶺：「昱嶺關，在杭州府昌化縣西七十里，西去南直徽州府百二十里。嶺高七十五丈，地勢險阻，右當歙郡之口，東瞰臨安之郊，南出建德之背，置關于此，蓋三郡之要會也。」

【箋注】

〔一〕新嶺：讀史方輿紀要卷二八徽州府休寧縣：「新嶺，縣西南七十里。高六百餘仞，周二十里，西合婺源芙蓉諸嶺，爲五嶺往來通道。嶺南有地名黄茅，可繇小徑直達，爲防禦要地。」

王千嶺

山靈設險合峥嶸，行客何須向此行。羸馬不前人雨汗，此身安得諱勞生。

【題解】

本詩作於紹興二十九年（一一五九），時在新安掾任上，正沿檄嚴、杭道中，參見淳安「題解」。

刈麥

麥熟連雨妨刈，老農云：「得便晴，即大獲；不爾，當減分數。」

麥頭熟顆已如珠，小阨惟憂積雨餘。匄我一晴天易耳，十分終惠莫乘除！

【題解】

本詩作於紹興二十九年（一一五九），沿檄嚴、杭道中。孔凡禮范成大年譜紹興二十九年譜文：「春晚，沿檄嚴、杭道中……途中刈麥、插秧、曬繭、科桑四詩，抒寫農民憂樂。」

插秧

種密移疎緑毯平，行間清淺縠紋生。誰知細細青青草，中有豐年擊壤聲！

【題解】本詩作於紹興二十九年（一一五九），沿橄嚴、杭道中。參見前刈麥「題解」。

㘓繭　俗傳蘗貴即蠶熟，今歲正爾。

隔籬處處雪成窩，牢閉柴荆斷客過。葉貴蠶飢危欲死，尚能包裹一絲窠。

【題解】本詩作於紹興二十九年（一一五九），沿橄嚴、杭道中，參見前刈麥「題解」。

科桑

斧斤留得萬枯株，獨速槎牙立暝途。飽盡春蠶收罷繭，更殫餘力付樵蘇。

【題解】

本詩作於紹興二十九年（一一五九），沿櫢嚴、杭道中，參見前刈麥「題解」。

龍學尚書新安侯羅公輓詞二首 汝檝

今代丹臺籍，頻年緑野居〔一〕。鐵冠真御史〔二〕，革履舊尚書〔三〕。短世浮雲盡，平生半稿餘。人言公不朽，蘭玉照前除。

一昨更調瑟，如聞欲賜環〔四〕。途殫泣西狩〔五〕，望絶起東山〔六〕。華屋林霏慘，新阡草露班。春風埋玉淚，重爲庾公潸〔七〕。

【題解】

本詩作於紹興二十八年（一一五八）五月，時在新安掾任上。龍學尚書新安侯羅公，指羅汝檝。羅汝檝（一〇八九—一一五八），字彦濟，歙（今屬安徽）人。因其曾任龍圖閣學士，又嘗任吏部尚書，故石湖稱之爲「龍學尚書」；曾封新安侯（洪适羅尚書墓誌銘載其長子襲爵爲新安郡侯），故題云「新安侯羅公」。宋史卷三八〇有傳，新安志卷七有其生平介紹。洪适撰羅尚書墓誌銘（盤洲文集卷七七）：「公，羅氏，諱汝檝，字彦濟。其先自豫章，辟五季之亂，徙家於歙，遂爲歙人。曾祖諱仁昪。祖諱承吉。考諱舉，以公故，纍封至右朝請大夫。羅，本春秋時小國，在襄之宜城，又徙荆之枝江。偃姓，皋陶之後。國近楚，後爲楚所并，苗裔遂氏其國。涉晉及唐，間見史策，其名未彰徹。至公而羅氏始大。公强記，妙言語，年十六貢辟廱，角出儕類。鄉先生胡伸爲司業，每對客誦其文。博士毛友龍雅好古，能於稠衆中辨所作。第政和二年進士，教授郴州。眉山唐庚見其詩，擊節賞之。改興國軍永興丞。遭母胡宜人喪，後爲池州儀曹。歷江東轉運司幹辦公事，通判江州，擢樞密院計議官，又通判鎮江府，監登聞鼓院，除大理丞，遷刑部員外郎。以次面對，謂養子之禁不寬，則殺子之風不革；請因貧困而以襁褓之子與人者，毋拘以異姓。占奏詳盡，即拜監察御史。不閲月，遷殿中侍御史。撫州兩陳四繫獄，誤論輕罪者死。公上疏，冤傷之。始詔天下：斷死刑，守以下引囚問姓名鄉里，然後决。廷議防守江淮，異同乖戾。公言：大駕幸臨安，以江爲牆壁，淮爲籬落，二者備等耳。今武昌至當塗，營壘相望，淮瀆獨山陽一軍，非策也。劉錡以孤軍卻敵於順昌，它師亦踴躍争奮，請更戍以休其衆。間諜各私其畺封，言人人殊，請西府擇一謹信者總其事。江西群盜窟穴潮漳之間，蹤捕者不越境，請三路憲臣通治之。户部符□郡折民户紬絹，一縑八千，請從其便，輸本色；或以田業多寡，率財供軍。公言州縣有被災害什四以上，及盜賊未衰息者，若雷同箕斂，則民不堪命。官吏以趣辦受賞者，請删其科。又乞調武人作兩淮守，置都統制以護湖北諸屯，革竄名賞籍人以勸立功者。遷起居郎，權中書舍人，遷右諫議大夫，兼侍講。上問：『或謂春秋無褒，然乎？』對曰：『春秋上法天道，春生秋殺，若貶而不褒，是有秋無春也。』上曰：『自王安石廢春秋學，聖人之旨寖不明。近日得其要者，胡安國與卿耳。』中官梁邦彦用藍珪例免減借月廩，外戚錢愷用潘長卿例落階官，公皆論其不可。又請獎用五嶺進士，以風厲遠學。遷御史中丞。條陳治獄理財、宣詔握兵之弊，皆中時病。或請下州郡分掾屬，比輯續降條法施行之。公言：祖宗畫一之法，悉出仁恕。艱難以來，奇請它比，有罔密文峻之失。其便於後者，宜疏爲令。否則削之。馬院官估富陽沙田爲牧地，馬不至而民代輸如故，公請還其地予民。遷吏部尚書，兼侍講東朝。歸自朔方，天子以孝治天下，廷中持橐而奉親者，公及魏公良臣、林公待聘，凡三人。公在經幄，上屢問：『卿父安否？』嘗以當遷一官，易緋魚爲親寵。居頃之，以父母春秋益高，懇求便郡奉甘旨。除龍圖閣學士、知嚴州。三衙卒入州境，捕民爲兵，公執其人歸之。有鈐轄始至，遺鞍馬縑帛之物甚腆，公卻之；已而果有私請。白烏集黄堂，其僚欲奏瑞，不許。居三歲，匄閒，提點江州太平興國宫。四其任。築室烏聊山之陽，疏巖漸壑，亭榭爽曠。父子白首，鄉黨榮之。歲在戊寅，大夫公即世，公執喪茹哀。後二年，五月丁亥薨，年七十。蓋紹興二十八年也。」宋史本傳記載羅汝檝黨於秦檜，曾與何鑄論罷岳飛事，洪适羅尚書墓誌銘和新安志均略去其事，蓋爲親者諱。洪适盤洲文集卷一〇有挽羅汝檝之詩，録以與范成大詩參觀。羅尚書輓詩三首：「周旋儀禁路，契合本孤忠。帝識尚書履，人驚御史驄。貴名青史上，讜論皂囊中。不入三台志，鹽梅事竟空。」「當年持從橐，白髮奉親闈。安否君王問，尊榮簡策稀。祥琴曾未御，丹旐已同飛。蕭瑟千章柏，深藏五綵衣。」「連蹇魚符忝，宗師藻鑑亡。但瞻揚子宅，莫避蓋公堂。遠水松區對，東風紼路長。九原精爽在，遺恨一莊荒。」

【箋注】

〔一〕「頻年」句：緑野居，指裴度緑野堂。舊唐書卷一七〇裴度傳：「度以年及懸輿，王綱版蕩，不復以出處爲意。……又於午橋創別墅，花木萬株，中起涼臺暑館，名曰緑野堂，引甘水貫其中，釃引脈分，映帶左右。度視事之隙，與詩人白居易、劉禹錫酣晏終日，高歌放言，以詩酒琴書自樂。」羅汝檝自紹興十七年知嚴州任滿後，即請祠居家，故石湖以裴度緑野堂故事喻之。宋史羅汝檝傳：「（知嚴州）秩滿，請祠，居喪未終而卒。」很簡略。新安志卷七：「知嚴州……秩滿，請祠以歸，父子白首相娛，自是不復出，凡提點江州太平興國宮連四任，二十六年，遭先大父憂，未終喪，薨。」石湖所説「頻年」，即此十二年，閒居家中。

〔二〕鐵冠真御史：古代御史戴法冠，以鐵爲柱卷，故名。岑參送魏升卿擢第歸東都：「將軍金印嚲紫綬，御史鐵冠重繡衣。」

〔三〕革履舊尚書：漢書鄭崇傳：「哀帝擢爲尚書僕射。數求見諫争，上初納用之。每見曳革履，上笑曰：『我識鄭尚書履聲。』」

〔四〕賜環：荀子大略：「絶人以玦，反絶以環。」楊倞注：「古者臣有罪待放於境，三年不敢去，與之環則還，與之玦則絶，皆所以見意也。」

〔五〕西狩：史記儒林列傳：「仲尼干七十餘君無所遇，曰：『苟有用我者，期月而已矣。』西狩獲麟，曰：『吾道窮矣。』」劉琨重贈盧諶：「誰云聖達節，知命故不憂。宣尼悲獲麟，西狩涕孔丘。」

〔六〕東山：謝安隱居會稽東山，朝廷屢次征召，方復出，晉書謝安傳：「征西大將軍桓温請爲司馬，將發新亭，朝士咸送，中丞高崧戲之曰：『卿累違朝旨，高卧東山，諸人每相與言，安石不肯出，將如蒼生何！蒼生今亦將如卿何！』」

〔七〕「重爲」句：庾公，指庾信，庾信哀江南賦序：「燕歌遠别，悲不自勝，楚老相逢，泣將何及。……追爲此賦，聊以記言，不無危苦之辭，唯以悲哀爲主。」

龍學侍郎清河侯張公輓詞二首㊀

白水名多士〔一〕，清河最有聲。人危孔北海〔二〕，帝識柳宜城〔三〕。蜀險談間固，蠻訌檄到平。凌煙何處在〔四〕？風雨上銘旌。

太息逢萋錦〔五〕，平生付薄冰〔六〕。滄溟淙赤舌〔七〕，白日照青蠅〔八〕。嶽麓身猶健，星維馭已升。天如遺一老，人亦望三登。

【校記】

㊀題：叢書堂本目録、正文題下注：「宗元」。

【題解】

本詩約作於紹興二十九年（一一五九）前後，時在新安掾任上。張澄卒，洪适作張龍學挽詩二首，范成大見到後，也作挽詩二首。龍學侍郎清河侯張公，即張澄，字宗元，清河爲郡望，侍郎，指户部侍郎。張澄，宋史無傳，他先後知臨安府、洪州、福州，紹興二十三年卒。洪适張龍學挽詩：「重鎮四分符。」孔凡禮范成大年譜紹興二十九年譜文附注云：「查咸淳臨安志、南昌郡乘、淳熙三山志，張澄於紹興八年二月知臨安，十四年十一月再知，十九年知洪州，二十三年知福州。」咸淳臨安志卷四七有澄事迹記載，兹録於後：「（紹興八年戊午）二月庚申，以右朝請大夫集英殿修撰知建康府改知（臨安）。上將還臨安，澄先往措置，受命星馳而至。不數日，前所闕者，率皆辦焉。八月，澄升徽猷閣待制。時臨安守臣，任同京邑，而澄有治劇之才，甚得時譽。十一月，澄言：『臨安古都會，引江爲河，支流於城之内外，交錯而相通，舟楫往來，爲利甚博。歲久湮塞，民頗病之，頃由陛對，嘗冒天聽，乞因農隙略加濬治，議者恐其勞民也，至於今未克行之。今駐蹕之地，公私所載資於舟船者，百倍前日所計。特最關利害者，兩河爾，非盡開城中之河也。臣再行講究，更不調夫興工，乞刷那兩浙諸州壯城及廂兵共千人，赴本府量度，緊慢開濬，以工程計之，半年之外，河流無壅塞矣。』從之。（十年庚申）六月初一日，澄除户部侍郎。」知洪州時，洪适作賀張洪州啓（盤洲文集卷五五）。除知福州時，洪适有賀張福州啓（盤洲文集卷五五）。張澄卒於紹興二十三年，李心傳建炎以來繫年要録卷一六五：「（紹興二十三年）十有一月（是月丙戌朔）丁亥，慶遠軍節度使，知福州張澄提舉江州太平興國宮，以疾自請也。澄未聞命而卒，贈檢校少保。」洪适作張龍學挽詩，未知確年，約在來徽州後。范成大作本詩，在其後，亦不知確年，姑繫於此。説從孔凡禮范成大年譜。洪适張龍學挽詩二首（盤洲文集卷一〇）：「今代風雲會，何人善論兵。丹墀凝睿想，黄石踵家聲。瑞國儀千仞，籌邊妙兩楹。重泉有遺恨，不見復神京。」「中臺雙挈槖，重鎮四分符。井地觀佳政，林巒鑠異圖。犁添長樂犢，鞭截豫章蒲。處處甘棠淚，黄童白叟俱。」

【箋注】

〔一〕白水：縣名，屬同州，縣境有白水，因以爲名。元豐九域志卷三陝西路同州有白水縣。張澄當即白水人。

〔二〕孔北海：即孔融，字文舉，魯國人，曾任北海太守，人稱孔北海，喜抨議時政，言辭激烈，因迕曹操意而被殺。後漢書有傳。明人張溥輯有孔北海集。

〔三〕柳宜城：即柳渾（七一六—七八九），天寶元年，登進士第，歷仕監察御史、右補闕、殿中侍御史、袁州刺史、尚書右丞。貞元元年，拜兵部侍郎，封宜城縣開國伯。三年，以本官同中書門下平章事。五年，卒。兩唐書有傳。柳宗元故銀青光禄大夫右散騎常侍輕車都尉宜城縣開國伯柳公行狀：「賊平，策勳賜輕車都尉，封宜城縣開國伯，拜尚書兵部侍郎。」

〔四〕「凌煙」句：凌煙，即凌煙閣，唐太宗圖畫功臣之處。劉肅大唐新語褒賜：「貞觀十七年，太宗圖畫太原倡義及秦府功臣趙公長孫無忌……等二十四人於凌煙閣，太宗親爲之贊，褚遂良題閣，閣立本畫。」李賀南園十三首之五：「請君暫上凌煙閣，若箇書生萬户侯。」

〔五〕萋錦：即萋斐，指讒毁之言，語出詩經小雅巷伯：「萋兮斐兮，成是貝錦。彼譖人者，亦已大甚。」鄭箋：「喻讒人集作己過以成於罪，猶女工之集采色以成錦文。」

〔六〕薄冰：詩經小雅小旻：「戰戰兢兢，如履薄冰。」此謂張澄平生謹慎行事。

〔七〕赤舌：讒言。陸龜蒙紀事：「嗟今多赤舌，見善惟蔽謗。」

〔八〕青蠅：指讒譖之人。詩經小雅青蠅：「營營青蠅，止于樊。豈弟君子，無信讒言。」

新安侯夫人俞氏輓詞

蚤兆于凰卜〔一〕，來嬪駟馬車。夫君宜竹帛，子舍各詩書。露薤丹旌舉〔二〕，風楊組帳虚。空餘彤管訓〔三〕，他日照鄉閭。

【題解】

本詩作於紹興二十九年（一一五九）前後，時石湖在新安掾任上。

【箋注】

〔一〕凰卜：春秋時齊懿仲想把女兒嫁給陳敬仲，占卜時得到「鳳凰于飛，和鳴鏘鏘」的吉語。事見左傳莊公二十二年。

〔二〕露薤：指薤露歌，挽歌。蘇軾與胡祠部游法華山：「歸途十里盡風荷，清唱一聲聞露薤。」

〔三〕彤管：女史記事所用之筆，後漢書皇后紀序：「女史彤管，記功書過。」

次韻甄雲卿晚登浮丘亭

賓筵舊壓三千客〔一〕，燕榭新高十二城。潑墨雲頭連樹暗，垂絲雨脚過溪生。葛巾羽扇吾身健，雪椀冰甌子句清。從此相從須痛飲，故應此事勝公榮〔二〕。

【題解】

本詩作於紹興三十年（一一六〇）春夏間，時在新安掾任上。本年，同年甄龍友來訪，同登浮丘亭，共唱酬。甄雲卿，即甄龍友，字雲卿，永嘉樂清人，成大同年，仕至國子監簿，見浙江通志卷一二五。周密齊東野語卷一三：「永嘉甄雲卿字龍友，（按，稗海本作「永嘉甄龍友字雲卿」。）少有俊聲，詞華奇麗。」浮丘亭，在歙縣，參見本卷浮丘亭「題解」。

【箋注】

〔一〕三千客：門客衆多。史記春申君列傳：「春申君客三千餘人，其上客皆躡珠履以見趙使，趙使大慚。」

〔二〕公榮：即劉昶，晉沛國人，仕至兖州刺史。世説新語簡傲載王戎詣阮籍，時劉公榮在坐。阮謂王曰：「偶有二斗美酒，當與君共飲。彼公榮者，無預焉。」阮、王共飲，公榮不得一杯。

古風上知府秘書二首

神仙絶世立，功行聞清都。玉符賜長生，簫雲遊紫虚。鷄犬爾何知，偶舐藥鼎餘〔一〕。身輕亦仙去，罡風與之俱〔二〕。俯視舊籬落，眇莽如積蘇。非無鳳與麟，終然侶蟲魚。微物豈有命，政爾謝泥塗。時哉適丁是〔三〕，邂逅真良圖。

大鵬上扶摇，南溟聒天沸。斥鷃有羽翼，意滿蓬蒿裏。不如附驥蠅，掣電抹荆薊〔四〕。誰云極幺麽，俛仰且萬里。向來庭户間，决起不踰咫。飄飖托方便，意氣乃如此。物生未可料，旦暮倘逢世。君看功名場，得失一交臂。

【題解】

本詩作於紹興二十九年（一一五九）九月，時在新安掾任上。九月十六日，洪适來任徽州知州，本月有書和詩上洪适。知府秘書，即洪适。秘書，指秘書省正字。洪适，字景伯，洪皓長子。紹興十二年，中博學宏詞科，歷仕敕令所删定官、秘書省正字、台州通判、知荆門軍、知徽州、司農少卿、中書舍人、參知政事、尚書右僕射、同中書門下平章事兼樞密使、知紹興府、浙東安撫使。淳熙十一年卒，謚文惠。宋史卷三七三有傳。新安志卷九「叙牧守」：「洪适，左朝奉郎，二十九年九月十六日到任，任内累遷左朝請郎。」錢大昕、洪汝奎洪文惠公年譜：「紹興二十九年己卯，四十三歲，在荆門任。其秋，以左朝奉郎借紫知徽州，九月十六日到任。」「范公至能爲司户參軍，公一見知其遠器，勉以吏事，暇日與范公商榷古今。謂范公曰：『君他日必登兩府，慎自愛。』范深德之。」黄震黄氏日鈔卷六七：「初公任徽州户曹，以書謁其守洪公适。」

【箋注】

〔一〕「鷄犬」二句：王充論衡道虚：「（淮南）王遂得道，舉家升天，畜産皆仙，犬吠於天上，鷄鳴於雲中。此言仙藥有餘，犬鷄食之，并隨王而升天也。」

〔二〕罡風：罡，同剛。朱子語類卷二理氣下：「上面氣漸清，風漸緊，雖微有霧氣，都吹散了，所以不結。若雪，則只是雨遇寒而凝，故高寒處雪先結也。道家有高處有萬里剛風之説，便是那裏氣清緊。低處則氣濁，故緩散。」又，卷四九論語二十七：「只似箇旋風，下面軟，上面硬，道家謂之『剛風』。」「罡風」一詞，爲石湖首用，集中屢見。

〔三〕適丁：適逢意。朱熹詩集傳卷一一：「疾痛故呼父母，而傷己適丁是時也。」

〔四〕「不如」二句：王褒四子講德論：「夫蚊虻終日經營，不能越階序，附驥尾則涉千里。」「抹荆薊」，即涉千里也。

拄笏亭晚望

林泉隨處有清涼，山繞闌干客自忙。溪雨不飛虹尚飲〔一〕，亂蟬高柳滿斜陽。

【題解】

本詩作於紹興三十年（一一六〇），時在新安掾任上。拄笏亭，在郡治内，登亭晚望，作本詩以寫景。

【箋注】

〔一〕虹尚飲：漢書燕刺王劉旦傳：「是時天雨，虹下屬宫中飲井水，井水竭。」

乳灘

徽嚴之間，灘如竹節，乳灘之險居第一。

清溪可怖亦可喜，造物於人真虐戲㊀。轟雷捲雪鬢成絲，一擲平生來此試。險絶無雙是乳灘，舟如滚石下高山。畫樓正倚黄昏雨，豈識江間行路難！

【校記】

㊀造物：原作「造化」，活字本、叢書堂本、董鈔本、詩淵第三册第二一七四頁均作「造物」，今

據改。

【題解】本詩作於紹興三十年（一一六〇），時在新安掾任上。過乳灘，賦本詩以紀行。

浮丘亭

知郡秘書新作，以望黃山，有浮丘、容成峰，浮丘公、容成子之所遊也。

黟山鬱律神仙宅〔一〕，三十六峰雷雨隔〔二〕。碧城欄檻偃雙旌，笑挹浮丘爲坐客。巖扉無鎖晝長開，紫雲明滅多樓臺。雲中仙馭參差是，肯爲使君乘興來。西崑巉絶不可至，東望蓬萊愁弱水〔三〕。誰知芳草徧天涯，玉京只在珠簾底。他年麟閣上清空〔四〕，却訪舊遊尋赤松〔五〕。我亦從公負丹鼎，來斸砂牀汲湯井〔六〕。朱砂峰、温泉皆在黃山，黟山即黃山。

【題解】本詩作於紹興三十年（一一六〇），時在新安掾任上。洪适知徽州之第二年，作浮丘亭，以望黃山。本詩題下自注：「知郡秘書新作，以望黃山，有浮丘、容成峰，浮丘公、容成子之所遊也。」吳儆爲作浮丘仙賦(竹洲集卷七六):「黄山在新安郡治之西北百里之遥。山之麓有廟,祀浮丘。相傳黄帝嘗煉丹於兹山,故名。……鄱陽洪公爲郡之明年,作亭於雉堞之上,以望黄山,而榜曰浮丘。」徽州府志卷一七「古迹」:「浮丘亭,在郡治西北雉堞上。有兩古木,宋郡守洪适倚木建亭。休寧吴儆爲之作賦。舊斗山亭即此,今廢。」新安志卷三「山阜」:「世復相傳以爲黄帝嘗命駕與容成子、浮丘公同遊合丹於此,其後又有仙人曹阮之屬,故有浮丘、容成之峰,曹谿、阮谿。唐天寶六年六月十七日敕改爲黄山。」

【箋注】

〔一〕黟山:即黄山,新安志卷三「山阜」:「黄山,舊名黟山,在縣西北百二十里。……唐天寶六年六月十七日敕改爲黄山。」黄山圖經:「黄山舊名黟山,當宣、歙二郡界,在歙之西北,高一千一百七十丈,東南屬歙縣,西南屬休寧縣。各二百二十里,即軒轅黄帝棲真之地。」

〔二〕三十六峰:新安志卷三「山阜」:「望之類太華,故自前世亦名爲小華山,有峰三十六,水源亦三十六谿。」

〔三〕弱水:十洲記:「鳳麟洲在西海之中央……洲四面有弱水繞之,鴻毛不浮,不可越也。」

〔四〕麟閣:麒麟閣之省稱,爲漢代圖畫功臣之所。李白塞下曲:「功成畫麟閣,千載有雄名。」

〔五〕赤松:即赤松子,史記留侯世家:「願棄人間事,欲從赤松子遊耳。」司馬貞索隱引列仙傳:「神農時雨師也,能入火自燒,崑崙山上隨風雨上下也。」

〔六〕「來斸」句：新安志卷三「山阜」：「黄山……第四峰下，有泉沸如湯，出香溪中，號朱砂湯。大曆中，刺史薛邕就立廬舍，設盆杅，以病入浴者多愈。後至大中年，刺史李敬方以風疾比歲，凡再入浴，感白龍而疾瘳，乃作龍堂於湯之西陵，後命僧主之，今祥符寺是也。元符三年……八月，耿公南仲以部使者巡按，因至，山僧文太以一器獻，公嗟味久之，而主簿徐元龜亦乞其一器歸以遺親，由是人始信爲朱砂泉焉。」黄山圖經：「第四紫石峰。純是紫石，連青鸞峰，高六百仞，下有湯泉溪。」歙州圖經云：「黟山東峰下香泉溪中，有湯泉二口，如椀大，出于石澗，熱可煮石。仙經云：山石出硫磺、朱砂，其水即熱。此殆朱砂乎？……尋至唐大曆中，歙州刺史薛邕遣人就立舍宇，大設盆斛，病無輕重，入者皆愈。又至大中五年，刺史李敬方患風疾，遂至湯池浸浴。六年十一月，又入浴，因感白龍見，風疾遂瘥。乃造白龍堂，并勒銘記。」

風月堂

章倅新作，洪守名而記之。

天風無邊吹海月，景入溪山更奇絶。太守文章别乘賢，平分付與金杯滑〔一〕。門闌我亦似彭宣〔二〕，想聞横玉叫蒼煙。讀碑索句仍投轄，誰是揚州控鶴仙〔三〕？

【校記】

㊀平分：原作「平生」，活字本、叢書堂本、董鈔本、詩淵第五册第三〇五九頁均作「平分」，今據改。

【題解】

本詩作於紹興三十年（一一六〇），時在新安掾任上。章氏任新安郡通判後，作風月堂，洪适爲之題名並作記，風月堂記云：「宣城子章子監新安郡之數月，拔園葵作小堂，竹以風鳴，月在花下，誦宋玉、謝希逸之賦，哦翰林公三千首之詩，不捐一錢，清景自致，問名於番陽子洪子。洪子方爲癡兒了官事，籍書横陳，思慮不越凡格。顧嘗登高墉之堂，臨東偏之觀，左規黄山，右迎紫陽，峰巒層出，應接不暇，曾不辦發一詞以酬景物，而塵埃迷人，江山愁予，介然亦莫吾答也。今章子無一於是，直欲挹浮丘許聶而友之，清風佳月，蓋專饗獨有，可以驕稺子而千萬，非所能中鴻溝而東西之也。持以命兹堂，豈其不然？若夫歸雲赴山，丞掾且去，涼颸徐來，嫦娥顧影，停杯攬結，奮髯長嘯，予將進胡牀於坐隅，必有桓野王爲公作三弄者。」洪适於紹興二十九年十一月到徽州任，故風月堂記必作於紹興三十年，而本詩當亦作於是年。

【箋注】

〔一〕彭宣：漢書彭宣傳：「彭宣，字子佩，淮陽陽夏人也。治易，事張禹，舉爲博士，遷東平太傅。禹以帝師見尊信，薦宣經明有威重，可任政事，繇是入爲右扶風，遷廷尉，以王國人出爲太原太守。數年，復入爲大司農、光禄勛、右將軍。……會元壽元年正月朔日蝕，鮑宣復言，上乃召宣爲光禄大夫，遷御史大夫，轉爲大司空，封長平侯。」

〔二〕揚州控鶴仙：用騎鶴到揚州故事，殷芸小説卷六：「有客相從，各言所志，或願爲揚州刺史，或願多貲財，或願騎鶴上升。其一人曰：『腰纏十萬貫，騎鶴上揚州。』欲兼三者。」

寄贈泉石使李元直入覲

漢圖昔中天，百六啓真主。當時鄧高密，徒步赴光武〔一〕。諸公上雲臺，一葉渺湘浦〔二〕。聲名三十年，玉氣貫晴宇。向來宣室問，天語道舊故〔三〕。不圖太平日，復見起兵簿。雙旌奠侯服，三節臨江滸。垂欲大用公，少駐議圜府。人言山澤官〔四〕，底用廟廊具？果聞一乘傳，已踵追鋒去〔五〕。翔鳳覽輝來，風采照鴛鷺㊀。平生經濟心〔六〕，十不一二吐。兹行公勿遜，安國如鼎吕〔七〕。

【校記】

㊀ 鴛鷺：叢書堂本、詩淵第一册第七六七頁作「鵷鷺」，義長。

【題解】

本詩作於紹興三十年（一一六〇），時在新安掾任上。元直，即李稙。泉石使，提點坑冶鑄錢公事。宋史職官志七：「提舉坑冶司，掌收山澤之所産及鑄泉貨，以給邦國之用。」宋史李稙傳：「改知鎮江府，遷江、淮、荆湖都大提點坑冶鑄錢公事。」按，嘉定鎮江志卷一五，李稙任鎮江府後，次年除太府少卿，則遷江、淮、荆湖都大提點坑冶鑄錢公事，在知鎮江府之前。周必大神道碑：「會（李稙）遷提點坑冶，辟公（指石湖）幹辦公事，不就。」未記年月。李稙於紹興二十八年四月八日調湖北漕，即荆湖北路轉運判官。石湖有送李徽州赴湖北漕，則任提點坑冶鑄錢公事，應在紹興三十年知鎮江府以前。李稙辟石湖爲幹辦公事，即在此時。「不就」而寄詩贈之。

【箋注】

〔一〕「當時」二句：鄧高密，即鄧禹，因封高密侯，故云。光武，即後漢光武帝劉秀。後漢書鄧禹傳：「鄧禹字仲華，南陽新野人也。年十三，能誦詩，受業長安。時光武亦游學京師，禹年雖幼，而見光武知非常人，遂相親附。……及聞光武安集河北，即杖策北渡，追及於鄴。」石湖借光武、鄧禹故事，贊譽李稙助高宗事。宋史李稙傳載，靖康初，李稙總押犒師銀百萬、糧百萬石，抵達鉅野高宗處。

〔二〕一葉渺湘浦：據宋史李稙傳記載：秦檜當國，屏黜康王大元帥府舊僚，「稙即丐祠奉親，寓居長沙之醴陵十有九年，杜門不仕」。

〔三〕「向來」二句：宣室，漢未央宫有宣室殿，孝文帝召見賈誼的地方，後來文人用爲明君求賢的故事。宋史李稙傳：「稙始入見，帝曰：『朕故人也。』」

〔四〕山澤官：指提舉坑冶鑄錢公事，即泉石使，因「掌收山澤之所産及鑄泉貨」。

〔五〕追鋒：車行迅速，以追鋒爲名。晉書宣帝紀：「乃乘追鋒車晝夜兼行，自白屋四百餘里，一宿而至。」

〔六〕平生經濟心：指李椬「漕運有才略」。宋史李椬傳：「高宗既即位，爲東南發運司幹辦公事。」「金人敗盟，朝廷將大舉，以椬漕運有才略，授直敷文閣、京西河北路計度轉運使。椬措畫有方，廷議倚重。」「（乾道）二年，直寶文閣、江南東路轉運使兼知建康軍府兼本路安撫使。」

〔七〕鼎吕：國家之重臣。史記平原君虞卿列傳：「毛先生一至楚，而使趙重於九鼎大吕。」司馬貞索隱：「九鼎大吕，國之寶器。言毛遂至楚，使趙重於九鼎大吕，言爲天下所重也。」

休寧

南街豪郡城，東圃壓州宅。誰云沸鑊地，氣象不偪仄。林園富瓜笋，堂密美杉柏。山醪極可人，溪女能醉客。吴子邑中彦，毫端萬人敵。傳杯相勞苦，不覺東方白。吴益恭，豪士也。

【題解】

本詩作於紹興三十年（一一六〇），時在新安掾任上。秋，有休寧、祁門、浮梁之役，晤吴儆，因賦本詩。詩尾注：「吴益恭，豪士也。」吴益恭，即吴儆。吴儆，字益恭，休寧人，宋史無傳。四庫全書總目卷一五九：「竹洲集二十卷，附棣華雜著一卷，宋吴儆撰。儆字益恭。初名偁，避秀邸諱改名。休寧人。紹興二十七年第進士。歷朝散郎、廣南西路安撫使、主管台州崇道觀，卒謚文肅。其集宋史藝文志、書録解題、文獻通考皆不著録。集首有端平乙未敷文閣學士程珌序。稱其文峭直而紆餘，嚴潔而平淡，質而非俚，華而不雕。今觀其詩文，皆意境劖削，於陳師道爲近，雖深厚不逮，而模範略同。」休寧，徽州屬縣，新安志卷四「休寧沿革」：「休寧，望縣，本漢歙縣之西鄉……隋大業中，新安郡治於此，改海寧爲休寧。」

祁門

石梁平波心，金刹駕巖腹。溪藤卷霜縉，山骨琢紫玉。東堂有嘉名，窈窕窗紗緑。落花掃無迹㊀，蕉葉森似束。主人甚愛客，挽袖語陸續。衝雨出門去，役役媿童僕。

【校記】

㊀落花：活字本、叢書堂本、董鈔本、詩淵第五册第三一七五頁均作「洛花」。

【題解】

本詩作於紹興三十年（一一六〇），時在新安掾任上。秋，有休寧、祁門、浮梁之役。過祁門，作本詩紀事。祁門，縣名，屬歙州。元豐九域志卷六江南東路歙州：「祁門，州西一百七十九里，七鄉，有祁山、閶門灘。」

靈山口

陵高類登天，斗下劇窺井。衡從十里近，底用許多嶺？秋雨釀春泥，掀淖力扛鼎。僕夫負隅哭，邂逅憂性命。舊嗤子猷狂，夜半槳歸艇。方知興盡處，頃步令人癭〔一〕。

【題解】

本詩作於紹興三十年（一一六〇），時在新安掾任上。靈山，在歙縣西北。新安志卷三「歙縣」：「靈山，在縣西北三十里，高三百五十仞，周七十七里。……輿地志云：山甚高俊，天欲雨，先聞鼓角聲。」孔凡禮范成大年譜紹興三十年譜文附注：「靈山口『陵高類登天，斗下劇窺井』，寫山勢之險。」

【箋注】

〔一〕「舊嗤」四句：子猷，即王子猷。王子猷雪夜忽憶戴安道，便乘小舟訪之，造門而不前，興盡而返。事見世説新語任誕。

浮梁

大灘石如林，小灘石如枿。微生抛擲過，兩槳砉將劃。一灘復一灘，食頃經七八。崎嶇幸脱免，已足凋鬢髮。我家五湖船〔一〕，鏡面貼天闊。行迷勿浪遠，歸歟泛花月。

【題解】

本詩作於紹興三十年（一一六〇）秋，時在新安掾任上。有休寧、祁門、浮梁之役，因作本詩紀事。浮梁，縣名，屬饒州。元豐九域志卷六江南東路饒州，有浮梁縣。孔凡禮范成大年譜紹興三十年譜文附注：「浮梁『大灘石如林，小灘石如枿』，寫灘石之姿態。」

【箋注】

〔一〕五湖：此指太湖，文選郭璞江賦：「注五湖以漫漭，灌三江而濆沛。」李善注引張勃吴録：

「五湖者，太湖之别名也。」石湖爲吴縣人，故云「我家五湖船」。

番陽湖

淒悲鴻雁來，泱漭魚龍蟄。雷霆一鼓罷，星斗萬里濕。波翻漁火碎，月落村春急。折葦已紛披，衰楊尚僵立。長年畏簡書，今夕念簑笠。江湖有佳思，逆旅百憂集。

【題解】

本詩作於紹興三十年（一一六〇）秋，時在新安掾任上。有休寧、祁門、浮梁之役，又至番陽湖，因作本詩以紀行。番陽湖，即鄱陽湖，尚書禹貢稱「彭蠡」，史記夏本紀「彭蠡既都」，張守節正義引括地志云：「彭蠡湖在今江州潯陽縣東南五十二里。」隋時因湖近鄱陽山，故又名鄱陽湖，見嘉慶一統志卷三〇四南昌府一。元和郡縣圖志卷二八江南道江州：「禹貢揚、荆二州之境，揚州云『彭蠡既豬』，今州南五十二里彭蠡湖是也。」北宋時地志尚稱彭蠡，元豐九域志卷六南康軍星子縣，有彭蠡湖；同卷江州德化縣有彭蠡湖。石湖詩已用新名。孔凡禮范成大年譜紹興三十年譜文附注：「鄱陽湖：『波翻漁火碎，月落村春急。』寫夜泊湖上所見所聞之景。」

回黄坦

渥丹楓凋零，濃黛柏幽獨。畦稻晚已黄，陂草秋重緑。平遠一横看，浩蕩供醉目。落帆金碧溪，嘶馬錦繡谷。世界真莊嚴，造物極不俗。向非來遠游，那有此奇矚！

【題解】本詩作於紹興三十年（一一六〇），過鄱陽湖，回黄坦，因作本詩以寫景。孔凡禮范成大年譜紹興三十年譜文附注：「回黄坦：『落帆金碧溪，嘶馬錦繡谷。』寫世界之莊嚴。」

桑嶺

回腸山百盤，揮手天一握。俯驚危棧穿，仰訝飛石落。挽輿如挽舟，絶叫斷雙筰。怪蔓纏枯槎，瘠草被幽壑。此豈車馬路，誰云强刊鑿。人言遠遊好，呼來試着脚。

【題解】本詩作於紹興三十年(一一六〇),時在新安掾任上。過鄱陽湖,回黄坦、桑嶺,作本詩以寫景。

天都峰 黄山

維帝有下都,作鎮此南國。孤撑紫玉樓,横絶太霄碧。晶熒砂竇紅,夭矯泉紳白。晴雲無盡藏,竟日裊幽石。諸峰三十五,離立侍傍側。會稽眇小哉,請議職方籍。

【題解】本詩作於紹興三十年(一一六〇),時在新安掾任上。秋後有休寧、祁門、浮梁之役,又游黄山,作本詩以紀行。天都峰,黄山三十六峰之一,黄山圖經:「第二天都峰,高九百仞,與煉丹峰相並,如天中群仙之所都。峰下有香谷源,長聞異香馥郁。又有香泉溪,泉水中常香美也。」孔凡禮范成大年譜紹興三十年譜文附注:「天都峰(詩略)寫黄山之雄奇、幽深,因物賦形,功力益進。」

温泉　黄山朱砂峰下

砂牀毓靈源，石液漱和氣。鬱攸甑常蒸，鬵沸鼎百沸。人生本無垢，安用滌腸胃。一瓢灩清肥，回首謝羅罽。山深人跡罕，政以遠爲貴。君看華清池，談者至今諱。

【題解】本詩作於紹興三十年（一一六〇），時在新安掾任上。游黄山温泉，作本詩紀異，參見天都峰「題解」。温泉，自注：「黄山朱砂峰下。」黄山圖經：「第七朱砂峰，宛如削成，高九百仞。……下有朱砂洞、朱砂巖、朱砂溪，溪口水向東，流入湯泉溪。」陳鼎黄山史概：「下爲紫石峰，温湯之源出焉，注於湯溪，趨湯口。」「泉十有九，曰湯泉，在紫石峰之下，味甘，性温無硫氣，有丹砂之臭，爲天下第一，惟滇之安寧州者可與伯仲。」

范成大集校箋

二

〔宋〕范成大 撰
吴企明 校箋

上海古籍出版社

石湖居士詩集卷八

伏聞知府秘書欲取小杜桐廬詩語〔一〕，以見花名堂。成大記東坡送鄭户曹詩云：「蕩蕩清河壖，黄樓我所開。遲君爲坐客，新詩出瓊瑰。樓成君已去，人事固多乖。」此段大類今日。成大行且受代，計梅開堂成，歸舟已下南浦，欲爲坐客不可得。懷不能已，請先爲公賦之

使君來煖東堂席，又見堂前花信息〔二〕。小白猶封竹外枝〔三〕，微黄已點眉間色。山城十月如春臺，聞有細書天上來。説與横斜應早計〔三〕，不須更待雪花催。

【校記】

㊀「伏聞」句：活字本目録、正文「伏聞」上均有「余」字；董鈔本正文於「伏聞」上有「余」字；叢書堂本目録於「伏聞」上有「成大」兩字，正文無。

【題解】

本詩作於紹興三十年（一一六〇）十月，時在新安掾任上，即將滿秩。題云：「成大行且受代。」詩云：「山城十月如春臺。」「小杜桐廬詩語」，指杜牧夜泊桐廬先寄蘇臺盧郎中：「水檻桐廬館，歸舟繫石根。笛吹孤戍月，犬吠隔溪村。十載違清裁，幽懷未一論。蘇臺菊花節，何處與開樽？」于北山范成大年譜紹興三十年譜文云：「洪守欲以『見花』名堂，有詩。」洪守，指洪适。有詩，即本詩。

【箋注】

〔一〕「使君」二句：洪适於紹興二十九年知新安郡，今年又至菊花開時，故詩云：「又見堂前花信息。」

〔二〕「小白」句：小白，李賀南園十三首：「小白長紅越女腮。」竹外枝，見蘇軾和秦太虚梅花：「竹外一枝斜更好。」

〔三〕横斜：指梅花，林逋山園小梅：「疏影横斜水清淺。」

知府秘書遣帳下持新詩追路贈行，輒次韻寄上

冷雲去仍來，凍雨落還歇〔一〕。平明一篙漲，珍重送船發。端成南溪泛〔二〕，寧復東堂謁。何時公三日，請澤看山笏〔三〕。恩勤一未報，終古銘肌骨。幡幡跡雖遠，耿耿心不没。門闌如水波，永印此孤月。

【題解】

本詩作於紹興三十年（一一六〇）冬。石湖新安掾任滿離任，洪适賦送范至能（盤洲文集卷四）：「愁雲暗千山，欲雪意未歇。雨脚侵夜分，鷁首勇朝發。軟紅英俊林，定不冗干謁。磊落胸中書，高談傾上笏。結駟映天街，登瀛有仙骨。摩挲先友碑，姓名或湮没。却顧浮丘亭，寄聲頻日月。」石湖已出發，洪适乃遣帳下持新詩追路贈行，因次其韻。

【箋注】

〔一〕凍雨：寒雨，蘇軾遊三遊洞：「凍雨霏霏半成雪，遊人屨冷蒼苔滑。」

〔二〕端成：真成，張相詩詞曲語辭匯釋卷四：「端，猶準也；真也；究也。」

〔三〕看山笏：蘇軾再用前韻寄莘老：「困窮誰要卿料理，舉頭看山笏拄頰。」王注：「晉書：王徽之爲桓沖參軍，沖嘗謂徽之曰：『卿在府日久，比當相料理。』徽之初不酬答，直高視，以手版

拄頰云：『西山朝來，致有爽氣耳。』」

寄上鄱句之明日，舟次梅口，南枝已有春意，復次知府秘書贈行高韻

晏温解船去〔一〕，暮夜檥船歇。横斜隘梅村，玉蓓粲將發。城中三輔豪，指日承明謁〔二〕。高懷妙康濟〔三〕，未試君前笏。周南又小春〔四〕，微温入花骨。我瞻浮丘亭〔五〕，山高璿柄没。飛鳥正飄蕩，空繞南枝月〔六〕。

【題解】

本詩作於紹興三十年（一一六〇）冬。時離新安掾任，接新安郡守洪适送行詩，即寄次韻詩（即上首），翌日，再次其韻寄之。梅口，梅嶺之山口，輿地紀勝：「梅嶺在嚴州壽昌縣南四十里。」「南枝已有春意」，指梅花將開。

【箋注】

〔一〕晏温：史記武帝本紀：「至中山，晏温，有黄雲蓋焉。」索隱：「如淳云：『三輔俗謂日出清濟爲晏。晏而温，故曰晏温。』許慎注淮南子云：『晏，無雲也。』」

〔二〕「指日」句：承明廬，侍從官員謁見皇帝的地方。漢書嚴助傳：「君厭承明之廬，勞侍從之事。」顏師古注：「張晏曰：『承明廬在石渠閣外，直宿所止曰廬。』」曹植贈白馬王彪：「謁帝承明廬，逝將歸舊疆。」本句祝願洪适早日謁見皇帝。

〔三〕康濟：晉書武帝紀：「朕以不德，託于四海之上，兢兢祗畏，懼無以康濟寓内。」

〔四〕周南：杜甫晴二首之二：「回首周南客，驅馳魏闕心。」詳注引史記曰：「太史公留滯周南，公借以自喻。」史記太史公自序：「是歲天子始建漢家之封，而太史公留滯周南不得與從事。」

〔五〕浮丘亭：在歙縣，參卷七浮丘亭「題解」。

〔六〕「飛鳥」三句：詩意出自曹操短歌行：「月明星稀，烏鵲南飛。繞樹三匝，何枝可依。」石湖借以喻己歸附明公之心意。

晞真閣留別方道士賓實

東山西山雙袖舞，中有清宮蟠萬礎。雲横朱閣碧梧寒，風掃石壇蒼檜古。道人賓實其姓方，來從何許今幾霜？誅蒿仆蓬殿突兀，玉華紫氣騰真香。胸奇腹憤無人識〔一〕，我獨相從似疇昔。時時苦語見鍼砭，邂逅天涯得三益〔二〕。明朝歸客上歸艎，重到晞真計渺茫。只有雙魚相問訊，歙江之水通吴江。

【題解】

本詩作於紹興三十年（一一六〇）冬，時新安掾任滿離徽州。於晞真閣别方實賓，因作本詩。方道士實賓，生平未詳。晞真閣，俟考。

【箋注】

〔一〕胸奇腹憤：苕溪漁隱叢話後集卷二四：「山谷云：『二蘇送梁子熙聯句云：……腹憤軋軋，胸奇陳陳。……二蘇文章豪健痛快如此，潘、陸不足吞也。』」

〔二〕三益：論語季氏：「子曰：益者三友，損者三友。友直、友諒、友多聞，益矣。」文選卷二五盧子諒答魏子悌詩：「寄身蔭四嶽，託好憑三益。」

程助教遠餞求詩

殘山剩水帶離亭〔一〕，送客煩君遠作程。直欲明年擊吴榜〔二〕，白沙翠竹是柴荆〔三〕。

【題解】

本詩作於紹興三十年（一一六〇）冬，時正離新安掾任歸吴。程助教，徽州府學助教，名未詳。

【箋注】

〔一〕殘山剩水：杜甫游何將軍山林之五：「剩水滄江破，殘山碣石開。」

〔二〕擊吴榜：楚辭九章：「乘舲船余上沅兮，齊吴榜以擊汰。」洪興祖注：「吴榜，船櫂也。汰，水波也。」

〔三〕柴荆：江文通從征虜始安王道中：「仰願光威遠，歲晏返柴荆。」

次伯安推官贈別韻

交情彌歲竟悤悤，短棹歸尋一畝宫〔一〕。塞責文書容我懶，及時杯酒賴君同。披雲峰頂城頭月〔二〕，攬秀堂前扇裏風。千里音書慰離索，莫言天遠費鱗鴻〔三〕。

【題解】

本詩作於紹興三十年（一一六〇）冬，時正離新安掾任歸吴。卷五有奉題胡宗偉推官攬秀堂，本詩有「攬秀堂前扇裏風」，知此「伯安推官」當即胡宗偉璉。

【箋注】

〔一〕一畝宫：禮記儒行：「儒有一畝之宫，環堵之室，篳門圭窬，篷户甕牖。」後代因以「一畝之宫」稱寒士的簡陋居處。

〔二〕披雲峰：讀史方輿紀要卷二八歙州府：「披雲峰，在縣治西南。高百仞，周五里，勢峭拔，常有雲氣。」

〔三〕鱗鴻：指書信。樂府歌詞飲馬長城窟行：「客從遠方來，遺我雙鯉魚。呼兒烹鯉魚，中有尺素書。」漢書蘇武傳有大雁傳書事。

次景琳録事贈别韻

放船嗚櫓便秦吴〔一〕，送别空煩長者車〔二〕。宿霧鎖山常羃羃，斷雲將雨忽疎疎。高城五嶺花深處，短棹三江木落初。賴得溪流通尺素，蒲根仍有一雙魚。〔三〕

【題解】

本詩作於紹興三十年（一一六〇）冬，時正離新安掾任返吴，景琳録事賦詩送行，石湖次其韻答之。「景琳録事」，俟考。歷代詩發卷二七評本詩：「温麗雅馴，竟欲毫髮無撼。」

【箋注】

〔一〕秦吴：江淹别賦：「黯然銷魂者，唯别而已矣。況秦吴兮絶國，復燕宋兮千里。」

〔二〕長者車：史記陳丞相世家：「（陳平）家乃負郭窮巷，以弊席爲門，然門外多有長者車轍。」杜甫酬韦韶州見寄：「深慚長者轍，重得故人書。」

〔三〕一雙魚：指書信。用樂府歌詞飲馬長城窟行典。

次黄必先主簿同年贈别韻二首

當年仗外揖高標，繡韉蘆鞭寶馬驕〔一〕。瓊苑天香飄合坐〔二〕，碧城山色照同僚。

思歸意决吾張翰〔三〕，贈别情深子繞朝〔四〕。蠏籪魚梁從此去，他年書札墮煙霄。

山郭官閒得爛遊，彌年還往話綢繆。西園剥栗催奴課㊀，東院尋梅勸客留。皆簿聽故事。筆下修鋒千首富〔五〕，談間和氣兩眉浮。别來悵望何時見？謾上重城謾上樓。

【校記】

㊀剥栗：富校：「『栗』，黄刻本作『棗』，是。按詩經豳風七月：『八月剥棗』。」然活字本、叢書堂本、董鈔本均作「剥栗」，且兩句下自注「皆簿廳故事」，則是實指，非用詩經典。

【題解】

本詩作於紹興三十年（一一六〇）冬，時正離新安掾任歸吴。黄必先，紹興二十四年進士，故曰「同年」。

【箋注】

〔一〕「當年」三句：兩句追憶當年相識並參預唱名、騎寶馬等活動的情景。宋會要輯稿選舉一三「唱名」：「（雍熙二年三月）帝按名一一呼之，面賜及第。唱名賜第，蓋自是爲始。」周密武林舊事卷二「唱名」：「上御集英殿拆號唱進士名，各賜緑襴袍、白簡、黄襯衫。……皆重戴緑袍絲鞭，駿馬快行。各持敕黄於前，黄旛雜沓，多至數十百面。」

〔二〕瓊苑：即瓊林苑，周城東京考卷一一：「瓊林苑在新鄭門外，俗呼爲西青城。乾德中建，爲宴進士之所。」

〔三〕張翰：晉書張翰傳：「張翰，字季鷹，吴郡吴人也。……因見秋風起，乃思吴中菰菜、蒓羹、鱸魚膾，曰：『人生貴得適志，何能羈宦數千里以要名爵乎！』遂命駕而歸。」

〔四〕繞朝：左傳文公十三年：「秦伯師于河西，魏人在東。壽餘曰：『請東人之能與夫二三有司言者，吾與之先。』使士會，士會辭曰：『晉人，虎狼也。若背其言，臣死，妻子爲戮，無益於君，不可悔也。』秦伯曰：『若背其言，所不歸爾帑者，有如河！』乃行。繞朝贈之以策。」服虔云：「繞朝以策書贈士會。」

〔五〕千首：唐宋詩人常以「千首」形容寫詩富贍。杜牧登池州九峰樓寄張祜：「誰人得似張公子，千首詩輕萬户侯。」

次胡經仲知丞贈别韻

先生有道抗浮雲〔一〕，拄頰看山意最真〔二〕。霜鬢不堪痟首疾〔三〕，翠蛾常作捧心顰〔四〕。官如斯立藍田小〔五〕，家似淵明栗里貧〔六〕。俯仰别來蓂莢换，衹今誰與話情親？經仲與侍兒皆多病，又不樂贊邑，賦歸去來詞。

【題解】

本詩作於紹興三十年（一一六〇），石湖新安掾任滿離任，胡權賦送别詩，石湖次其韻。胡經仲，即胡權，處州縉雲人，生於紹聖元年（一〇九四），舉紹興十八年進士，見紹興十八年同年小録。與吴芾有交遊，宋詩紀事補遺卷八七有胡權殊聖寺「共吟有佳致」，當指吴芾。權殁，吴芾有挽詩：「千載微言絶，夫君妙獨傳。鈎深探閫奥，養浩塞天淵。憂世心雖切，歸田志頗堅。斯文今已矣，空復誦遺編。」對胡權推崇備至。

【箋注】

〔一〕抗浮雲：論語述而：「不義而富且貴，於我如浮雲。」

〔二〕「拄頰」句：用王徽之拄笏看山典，見晉書王徽之傳、世説新語簡傲。

〔三〕痟首疾：頭痛病。周禮天官疾醫：「春時有痟首疾。」管子地員：「其泉白青，其人堅勁，寡有疥騷，終無痟酲。」注：「痟，首疾也。」

〔四〕「翠蛾」句：翠蛾，指侍兒，見詩尾自注。捧心顰，用莊子典。莊子天運：「故西施病心而矉其里，其里之醜人見而美之，歸亦捧心而矉其里。」顰，通矉，正字通：「矉，與顰通，心恨額蹙也。」

〔五〕「官如」句：斯立，即崔斯立。唐代詩人崔立之，字斯立，郡望博陵，里籍不詳。貞元四年登進士第，六年，又登博學宏詞科，授秘書省校書郎。元和八年，遷藍田丞，韓愈爲作藍田縣丞廳壁記，贊其人才出衆而嘆其言事黜官。石湖借崔斯立以比況胡經仲之遭際。

〔六〕「家似」句：栗里，陶淵明故里，白居易訪陶公舊居：「柴桑古村落，栗里舊山川。」

次諸葛伯山贍軍贈別韻

歙維群山囿，漫仕富英傑。清標照人寒，玉筍森積雪。嗟余獨委瑣，無用等木屑。又如道傍李，味苦不堪折〔一〕。歸舟坐成泛，去馬亦已刷。三年風波險，盡付一笑閲。惟君同懷抱，各坐天機拙。我家鴟夷子〔二〕，竹帛照吴越。雲仍無肖似〔三〕，頮首媿前哲〔四〕。若家卧龍公〔五〕，事業管蕭埒〔六〕。期君踵祖武，勿惜兒女别。言狂舉白浮〔七〕，醉倒霜松折。

【題解】本詩作於紹興三十年（一一六〇）冬，時因新安掾任滿離任，諸葛伯山賦詩送行，故次韻贈別。諸葛伯山，生平不詳。贍軍，宋史食貨志下七：「酒」：「（紹興）七年，以户部尚書章誼等言，行在置贍軍酒庫。」「十五年，弛夔路酒禁，以南北十一庫並充贍軍激賞酒庫，隸左右司。」沈欽韓范石湖詩集注卷上引宋史食貨志後，按云：「蓋宋時官自賣酒，收其錢於庫，因立名，爲帥守贍給軍士之用。」從全詩詩意看，諸葛伯山蓋爲歙州之監酒税官吏，新安志卷一「官府」：「監在城酒税一員，僦居無定處。」

【箋注】

〔一〕「又如」二句：用王戎的故事。世説新語雅量：「王戎七歲，嘗與諸小兒游，看道旁李樹多子折枝，諸兒競走取之，唯戎不動。人問之，答曰：『樹在道旁而多子，此必苦李。』」

〔二〕鴟夷子：指范蠡，仕越爲大夫，助越王勾踐滅吴國，入太湖隱逸，改名鴟夷子皮。

〔三〕雲仍：遠孫。爾雅釋親：「晜孫之子爲仍孫（仍，亦重也），仍孫之子爲雲孫（言輕遠如浮雲）。」郝懿行爾雅義疏上四：「按，雲古文作云。廣雅云：『云，遠也。』然則雲孫謂遠孫，猶言裔孫也。如浮雲之説，亦望文生義矣。」

〔四〕頫首：低頭。漢書項籍傳贊引賈誼過秦論：「百粤之君頫首係頸，委命下也。」説文：「頫，以爲俛仰。」

〔五〕卧龍公：指諸葛亮。三國志蜀書諸葛亮傳：「時先主屯新野。徐庶見先主，先主器之。謂先主曰：『諸葛孔明者，卧龍也，將軍豈願見之乎？』」

〔六〕事業管蕭埒：管，管仲；蕭，蕭何。語出三國志蜀書諸葛亮傳：「昔蕭何薦韓信，管仲舉王子城父，皆忖己之長，未能兼有故也。亮之器能政理，抑亦管、蕭之亞匹也。」

〔七〕舉白浮：郝懿行證俗文卷三用器：「凡飲酒不盡而得罰者，謂之白，白蓋罰爵也。說苑：『魏文侯與大夫飲，使公乘不仁爲觴政，曰：「飲不釂者，浮以大白！」於是公乘不仁舉白浮君也。』班固漢書叙傳：『及趙、李諸侍中皆引滿舉白。』」

次韻樂先生除夜三絶

團蒲曲几坐成癡，北看南觀恍是非。道眼已空詩眼在〔一〕，梅花欲動雪花稀。

天邊客裏五迎冬〔二〕，争信還鄉似寓公〔三〕。人事都非城郭是〔四〕，獨憐鶏犬識新豐〔五〕。

牀頭曆日鬢絲絲，懶倦慵吟守歲詩。宜入新年須吉利，明朝把筆寫門楣。

【題解】

本詩作於紹興三十年（一一六〇）除夕，石湖新安掾任滿離任，除夕前已到家，觀尾句「明朝把筆寫門楣」，可知。樂先生，即樂備。

【箋注】

〔一〕「道眼」句：道眼，佛家語，指洞察一切、識别真妄之眼力。敦煌變文匯録維摩詰經問疾品變文：「必使天龍開道眼，教伊八部悟深因。」詩眼，有兩解，一指詩句中最精彩、關鍵的一個字或詞，施補華峴傭説詩：「五律須講煉字法，荆公所謂『詩眼』也。」又一解，指詩人的觀察力，蘇軾次韻吴傳正枯木歌：「君雖不作丹青手，詩眼亦自工識拔。」本詩乃用後一解。

〔二〕「天邊」句：指任新安掾歷經五個冬天。他於紹興二十六年春到任，至紹興三十年冬離任，恰是五年。

〔三〕争信：怎信，張相詩詞曲語辭匯釋卷二「争（一）」：「争，猶怎也。自來謂宋人用怎字，唐人只用争字」。從石湖詩看，宋人亦用争字。

〔四〕「人事」句：葛洪神仙傳卷九蘇仙公傳稱蘇耽爲蘇仙公，一日，乘鶴昇天。後有白鶴來止城上，人或挾彈彈之，鶴以爪攫樓板，似漆書，云：「城郭是，人民非，三百甲子一來歸，吾是蘇君彈何爲？」

〔五〕「獨憐」句：葛洪西京雜記卷二：「高祖既作新豐，并移舊社，衢巷棟宇，物色惟舊，士女老幼，相攜路首，各知其室，放犬羊鷄鴨于通塗，亦競識其家。」蘇軾十月二日初到惠州：「仿佛曾游豈夢中，欣然鷄犬識新豐。」即用此典。

次韻唐幼度客中。幼度相别數年，復會於錢塘湖上

西湖冰泮緑生鱗，料峭東風欲中人〔一〕。花片不禁寒食雨，鬢絲猶那涌金春〔二〕。江山契闊詩情在，京洛追隨客夢新。唤取歌聲不愁思，爲君吹水引杯頻〔三〕。

【題解】

本詩作於紹興三十一年（一一六一）春（寒食前後），在臨安晤唐幼度。幼度先有詩，石湖次其韻，原唱已佚。錢塘湖，即杭州西湖。田汝成西湖遊覽志卷一：「西湖，故明聖湖也。……以其介於錢唐也，又稱錢唐湖。以其輸委於下湖也，又稱上湖。以其負郭而西也，故稱西湖云。」白居易有錢唐湖春行詩，即寫杭州西湖景色。

【箋注】

〔一〕料峭東風：陸龜蒙京口：「東風料峭客帆遠，落葉夕陽天際明。」

〔二〕涌金：涌金門，田汝成西湖遊覽志卷三：「涌金門，舊名豐豫門，宋時，有豐樂樓與門相值，若屏障然。」

〔三〕「爲君」句：吹水，閑聊，口水四噴。杜甫蘇端薛復筵簡薛華醉歌：「願吹野水添金杯。」

客中呈幼度

手板頭銜意已慵，墨池書枕興無窮。釀泥深巷五更雨，吹酒小樓三面風。草色有無春最好，客心去住水長東。今朝合有家書到，昨夜燈花綴玉蟲〔一〕。

【題解】

本詩作於紹興三十一年（一一六一）春，時石湖臨時至臨安，故云「客中」。

【箋注】

〔一〕「燈花」句：燈花，燈芯的餘燼，爆成花形，古人以燈花爲吉兆。西京雜記卷三：「夫目瞤得酒食，燈火華得錢財。」綴玉蟲，形容燈花之狀，韓愈詠燈花同候十一：「釵頭綴玉蟲。」鄭珍跋韓詩：「釵以比燈蕊，花在其首，確是釵頭綴玉蟲。」陸游燕堂東偏一室頗深暖盡日率困於吏牘比夜乃得讀書其間戲作三首之二：「油減玉蟲暗，灰深紅獸低。」

奠唐少梁晉仲兄弟墓下

當年連璧氣如蜺，人許躋攀九列齊。黄壤一時埋玉樹〔一〕，青雲何處用丹梯？生平書札頻雙鯉，歲晚交情但隻鷄〔二〕。眼底傷心難制淚，寧論宿草已萋萋。

【題解】

本詩作於紹興三十年（一一六〇）冬，由詩中「歲晚」可見。時已自新安掾任滿歸家，故能奠唐家兄弟墓。唐少梁、晉仲兄弟，當同是崑山人，與石湖有交往，詩云「生平書札頻雙鯉」，又，與唐少梁同遊天平山，本書卷三天平寺附注記述石湖與至先、唐少梁同登天平山，夜迷路，後宿天平寺，聯句達曉。唐氏兄弟歿於石湖新安掾任期内，未能吊唁，故任滿歸家後即往奠祭，寫下本詩。

【箋注】

〔一〕玉樹：喻姿貌秀美、才幹優異之人。世説新語傷逝：「庾文康（亮）亡，何揚州（充）臨葬云：『埋玉樹著土中，使人情何能已已！』」

〔二〕隻鷄：奠祭之物。後漢書徐穉傳：「穉嘗爲太尉黄瓊所辟，不就。及瓊卒歸葬，穉乃負糧徒步到江夏赴之，設鷄酒薄祭，哭畢而去，不告姓名。」

鎮東行送湯丞相帥紹興

吴波鱗鱗越山紫，鎮東旌旆東風裹。前驅傳道相君來，一夜鑑湖春漲起〔一〕。鑑湖如鑑涵空明，相君出處如湖清。十年勳業泰山重，五鼎富貴浮雲輕。人言公如裴相國，綠野堂高貯風月〔二〕。我獨願公如子牟，身在江湖心魏闕〔三〕。浯溪有石高嵯峨〔四〕，公方東征如此何！丁寧湖水莫斷渡，早晚歸來絶江去。

【題解】

本詩作於紹興三十二年（一一六二）閏二月，時在臨安監太平惠民和劑局。本年，湯思退帥紹興，石湖作此詩送行。陸游亦有送行詩送湯岐公鎮會稽。湯丞相，即湯思退，宋史有傳。于北山范成大年譜紹興三十二年譜文按語：「湯思退，字進之。處州人。恃秦檜父子進身。秦檜死後，其黨羽万俟卨、沈該相繼執政；而湯氏爲相滋久。（紹興二十七年至三十年；隆興元年七月復相，二年十一月罷。）外示厚重鎮静，内實巧佞奸詐。侍御史陳俊卿劾其『挾巧詐之心，濟傾邪之術。觀其所爲，多效秦檜』，可謂洞察之論。符離師潰之後，力主割海泗唐鄧四郡與金，密令孫造諭敵以重兵脅和。言者論其急和撤備之罪，遂罷相，責居永州。太學生七十餘人又上書請斬之，湯氏憂悸死。迹其一生所爲，内則以危言蠱惑孝宗，排斥阻撓主戰派（以張浚爲代表）；外則暗通金人，以賣國乞和爲得計，實秦檜之死黨，宋廷之内奸。其出守紹興，本傳不載，今據嘉泰會稽志補其年代。」湯思退帥紹興，時在紹興三十二年閏二月，嘉泰會稽志卷二太守：「湯思退，紹興三十二年閏二月，以觀文殿大學士左金紫光禄大夫知，隆興元年三月奉祠。」對於本詩，于北山范成大年譜有評語云：「洪氏兄弟立朝，均附湯思退者。宋史洪适傳：『或謂适黨湯思退；又謂适來自淮東，言張浚妄費，浚以此罷相。』洪遵傳：『汪澈論湯思退，罷相，遵行制無貶詞。』石湖出三洪門下，思退又其中進士之座師，故送行詩揄揚歌頌，推崇備至。取此作以核湯氏生平，石湖其能免曲詞愧筆之誚乎！」孔凡禮范成大年譜：「（湯思退）爲士論所不許，成大送行詩在詩集卷八，題爲鎮東行送湯丞相帥紹興。詩有『我獨願公如子牟，身在江湖心魏闕。浯溪有石高嵯峨，公方東征如此何』之句，實有諷意。」

【箋注】

〔一〕鑑湖：即鏡湖，在會稽，嘉泰會稽志卷一〇會稽縣：「鏡湖，在縣東二里，故南湖也。……通典云：『東漢永和五年，太守馬臻始築塘立湖，周三百十里，溉田九千餘頃，人獲其利。』王逸少有云：『山陰路上行，如在鏡中游。』鏡湖之得名以此。輿地志：『山陰南湖，縈帶郊郭，白水翠巖，互相映發，若鏡若圖。』任昉述異記云：『軒轅氏鑄鏡湖邊，因得名。』或又云：『黃帝獲寶鏡於此也。』」

〔二〕「人言」二句：裴相國，指裴度。此用唐裴度建綠野堂故事。

〔三〕「我獨」二句：莊子讓王：「中山公子牟謂瞻子曰：身在江海之上，心居乎魏闕之下。」

〔四〕「浯溪」句：太平寰宇記卷一一六：「唐中興頌碑，在縣南五里浯溪口。上元二年，荆南節度判官元結文，撫州刺史魯國公顔真卿書，其字甚大。大曆六年刻其頌，末云：『湘江東西，中有浯溪。石崖天齊，可磨可鐫。刊此頌焉。』」

水月庵謁現老不值

有客叩巖扃，無人管送迎。片雲閒出岫〔一〕，水月自空明。

【題解】

本詩作於紹興三十一年（一一六一），時石湖自新安掾任滿歸家，至西山水月庵訪現老，不遇，因作小詩記興。水月庵，即水月禪院，朱長文吴郡圖經續記卷中：「水月禪院，在洞庭山縹緲峰下，抵吴縣百里，建於梁，廢於隋。至唐光化中，有浮圖志勤者結廬於此，因而經營至數十百楹。天祐四年，刺史曹珪以『明月』名之。大中祥符中，易今名。」范成大吴郡志卷三三有相似的記載。現老，僧名，本書卷一與時叙現老納涼池上時叙誦新詞甚工詩及之。

【箋注】

〔一〕「片雲」句：語出陶潛歸去來兮辭「雲無心以出岫」句。

次韻邊公辨

錯落參旗罥竹梢〔一〕，柴荆臨水閉蓬蒿。春風吹曉玉蟾墮，穰露洗空銀漢高。雙鵲繞枝應也倦，一蛩吟壁已能豪。新秋只合添詩興，莫學潘郎歎二毛〔一〕。

【題解】

本詩作於紹興三十一年（一一六一）秋，時在崑山家居。按，于北山范成大年譜紹興三十二年譜文：「與邊惇德、林子章、馬先覺（少伊）、陳天麟（季陵）等唱酬。」繫本詩於紹興三十二年，不當。邊公辨，即邊惇德，字公辨，玉峰志卷中進士題名：「紹興十五年劉章榜：邊惇德公辨，特科第二。」人物：「邊惇德，字公辨，實之曾祖也。本開封人。樞密直學士肅之四世孫。高祖仕於吳，遂家於崑山。幼孤，至孝，貧不廢禮。以詩文名一時。屢與石湖先生唱酬，至有『敢向詩壇挑老將』之句。其詩，實今已藏於家，筆法如新。以連五薦，就奏名第三。歷仕，舉員及格，會舉將坐累，失改秩。年逾六旬即挂冠。常格，儒林例改宣教；鄉達列其行，朝廷賢其高，特改陞朝，仍著爲令。有脂韋子五十卷存於家。子孫俱業儒。」（太倉舊志五種本）蘇州府志卷九一人物十八：「邊惇德，字公辨。祖珉，始家崑山。惇德幼孤，至孝，貧不廢禮。才思敏給，以能詩名。爲范成大所知，常與倡和。五中鄉舉，就奏名。年逾六十，即致仕。郡縣列上其行義，特改通直郎。」景定建康志卷三三有邊惇德作籌思堂記。

【箋注】

〔一〕參旗：星名，周邦彦夜飞鵲别情：「相將散離會，探風前津鼓，樹杪參旗。」

〔二〕「莫學」句：潘郎，即潘岳。文選潘岳秋興賦序：「余青春三十有二，始見二毛。」賦云：「斑鬢髟以承弁兮，素髮颯以垂領。」

中秋無月復次韻

屋山從捲杜陵茅〔一〕，門徑慵芟仲蔚蒿〔二〕。澹澹白虹風暈壯，紛紛蒼狗雨雲高〔三〕。凌空累篩仙無術〔四〕，半夜撞鐘句謾豪〔五〕。枵腹題詩將底用？真成兔角與龜毛〔六〕。

【題解】

本詩作於紹興三十一年（一一六一）中秋，時在崑山閑居，因中秋無月而賦詩。

【箋注】

〔一〕「屋山」句：杜甫茅屋爲秋風所破歌：「八月秋高風怒號，卷我屋上三重茅。」

〔二〕「門徑」句：用張仲蔚故事。皇甫謐高士傳張仲蔚：「張仲蔚者，平陵人也。與同郡魏景卿俱修道德，隱身不仕。明天官博物，善屬文，好詩賦，常居窮素，所處蓬蒿没人。閉門養性，不治榮名，時人莫識，唯劉龔知之。」

〔三〕蒼狗：語出杜甫可歎：「天上浮雲如白衣，斯須改變如蒼狗。」喻世事變幻無常。

〔四〕「凌空」句：錦繡萬花谷後集卷一「月」引宣室志：「周生者，有道術，中秋夜與客會，月色方瑩，謂坐客曰：『我能梯雲取月，置之懷袂。』因取箸數百，繩而駕之，曰：『我梯此取月。』俄以手舉衣懷中，出月寸許，光色照爛，寒流入肌骨。」因今夜無月，故石湖曰「仙無術」。

〔五〕「半夜」句：用張繼楓橋夜泊「夜半鐘聲到客船」句意。

〔六〕兔角龜毛：楞嚴經：「佛告阿難，無則同於龜毛兔角。」智度論：「又如兔角龜毛，亦但有名而無實。」

公辨用前韻見贈，復次韻

先生筆力玉山鼇〔一〕，氣壓明堂一柱蒿〔二〕。雪椀滌毫詞絶妙，朱絃縮瑟調彌高。

心兵不起無三粲〔三〕，坐客常多似四豪〔四〕。喜有過從南北巷，蘇蘭薪桂瀹溪毛〔五〕。

【題解】

本詩作於紹興三十一年（一一六一），時家居崑山，與邊公辨再次唱和。

【箋注】

〔一〕玉山鼇：列子湯問載歸墟有五山，其一曰蓬萊，帝「乃命禺彊使巨鼇十五，舉首而戴之。」玉山，形容載於鼇之五山。此句喻寫筆力雄偉。

〔二〕「氣壓」句：大戴禮明堂：「周時德澤洽和，蒿茂大以爲宮柱，名蒿宮也。」謝莊明堂歌：「蒿室仰蓋，日館希旌。」此句言公辨之詩氣壓蒿宮。

〔三〕「心兵」句：心兵，語出韓詩外傳：「孔子曰：心欲兵，身惡勞。」吕氏春秋蕩兵：「在心而未發，兵也。」韓愈秋懷詩：「冥茫觸心兵。」三粲，指三女。國語周語上：「夫獸三爲群，人三爲衆，女三爲粲。」

〔四〕四豪：指戰國時孟嘗君、平原君、信陵君、春申君。漢書游俠列傳：「夫四豪者，又六國之辠人也。」

〔五〕蘇蘭薪桂：指煎茶，南部新書壬：「肅皇賜高士玄真子張志和奴婢各一人，玄真子配爲夫妻，名曰漁僮、樵青。人問其故，答曰：『漁僮使卷釣收綸，蘆中鼓枻。樵青使蘇蘭薪桂，竹裏煎茶。』」蘇，取也。溪毛：溪边野菜。左傳隱公三年：「苟有明信，澗溪沼沚之毛……可薦於鬼神，可羞於王公。」杜預注：「溪，亦澗也。毛，草也。」

公辨再贈，復次韻

書生活計極蕭騷，爝火微明似束蒿。犬子地寒徒壁立〔一〕，元龍身懶謾樓高〔二〕。
筆端未辨誇三絶〔三〕，酒裏猶能掃二豪〔四〕。又向詩壇蘄借一，强磨鉛鈍齒吹毛。

【題解】

本詩作於紹興三十二年（一一六二），時閑居在崑山。邊公辨再贈詩，復次其韻作本詩。

【箋注】

〔一〕犬子：史記司馬相如傳：「少時好讀書，學擊劍，故其親名之曰犬子。」「文君夜亡奔相如，相如乃與馳歸成都。家居徒四壁立。」

〔二〕元龍：三國志魏書陳登傳：「而君求田問舍，言無可採，是元龍所諱也，何緣當與君語？如小人，欲卧百尺樓上，卧君於地，何但上下牀之間邪？」蘇軾次韻答邦直子由五首：「懶卧元龍百尺樓」。

〔三〕三絶：指詩、書、畫。封演封氏聞見記卷五「圖畫」：「虔工書畫，又工詩，故有『三絶』之目。」

〔四〕二豪：蘇軾和陶飲酒二十首之二：「二豪詆醉客。」施注：「晉劉伶傳：爲酒德頌曰：有貴介公子，搢紳處士，聞吾風聲，議其所以。先生方捧甖承槽，銜杯漱醪，無思無慮，其樂陶陶，兀然而醉，怳爾而醒。二豪侍側焉，如蜾蠃之與螟蛉。」

送施元光赴江西幕府

鎮南旌旆照江皐，入幕如今客最高。月暗秋城稀擊柝〔一〕，雲飛朝棟賸揮毫〔二〕。

長亭酒盡歌三疊，半夜溪深雨一篙。莫戀陽關更西路〔三〕，九關歸路踏金鼇〔四〕。

【題解】

本詩作於紹興三十二年（一一六二），時在臨安監太平惠民和劑局任上，賦詩送别施元光赴江西幕。周必大神道碑：「（紹興）三十二年，入監行在太平惠民和劑局。」宋會要輯稿職官二七惠民和劑局：「高宗紹興六年正月四日，詔置藥局，以惠行在太醫局熟藥東西南北四所爲名。内將藥局一所以和劑局爲名，從户部侍郎王俣之所請也。同日詔：和劑局置監官，文武各一員。……十八年閏八月二十三日朝旨：熟藥所依在京改作太平惠民局。」

【箋注】

〔一〕「月暗」句：韩愈、李正封晚秋郾城夜會聯句：「月暗秋城柝。」

〔二〕「雲飛」句：語出王勃滕王閣：「畫棟朝飛南海雲。」

〔三〕「莫戀」句：語出王維送元二使安西：「勸君更盡一杯酒，西出陽關無故人。」

〔四〕九關：宋玉九辯：「豈不鬱陶而思君兮，君之門九重。」又招魂：「虎豹九關，啄害下人些。」

次韻林子章阻淺留滯

客行端似未歸雲，指點瓊杓幾易辰。喜有風花黄作暈，似聞溪漲緑生鱗。我從走俗言無味，君已鳴文筆有神〔一〕。繡段炳然空辱贈，急繙緹襲掃蛛塵〔二〕。

【題解】

本詩作於紹興三十二年（一一六二），時在臨安監太平惠民和劑局，林子章留滯行在，賦詩，石湖次其韻。

【箋注】

〔一〕筆有神：語出杜甫奉贈韋左丞丈二十二韻：「讀書破萬卷，下筆如有神。」

〔二〕「繡段」二句：緹襲，摯虞思游賦：「燕石緹襲以華國兮，和璞遥棄於南荆。」謂用赤色繒將物品包裹起來，以示珍貴。二句意謂林子章贈我繡段，我急着翻出赤色繒，掃去蛛塵，將其包裹起來。

次韻馬少伊木犀

月窟飛來露已涼，斷無塵格惹蜂黄。纖纖緑裏排金粟，何處能容九里香〔一〕？

水尾山腰樹影蒼，一天風露不供香。誰家鏡裏能消得，付與詩人古錦囊〔二〕。

密密嬌黄侍翠輿，避風遮日小扶疎。畫闌想見懸秋晚〔三〕，無限宫香總不如。

【題解】

本詩作於紹興三十二年（一一六二）秋，時監臨安太平惠民和劑局。馬少伊先賦木犀，石湖次韻和之。馬少伊，即馬先覺，崑山人。同治蘇州府志卷九一人物十八：「馬先覺，字少伊，友直孫。以文章名。登紹興三十年進士。初主海門簿，調常州教授。既歸，時宰辟沿海制置司幹官，以先覺自重難挽，徑以名聞。授兵部架閣、朝奉郎。素號高逸，不事請謁。出爲浙西常平幹官。以承議郎主管台州崇道觀。號得閑居士。」宋詩紀事卷五三：「先覺，字少伊。崑山人。乾道初進士。累遷兵部架閣，號得閑居士。有慚筆集。」馬少伊中進士年代有異説，一謂紹興三十年；一謂乾道初，當以後説爲是。本詩單純咏桂，未及賀中舉折桂之意。

【箋注】

〔一〕九里香：張邦基墨莊漫録卷八：「湖南呼九里香，江東曰巖桂，浙人曰木犀，以木紋理如犀也。」

〔二〕「付與」句：用李賀故事。李商隱李長吉小傳：「恒從小奚奴，騎駏驉，背一古破錦囊，遇有所得，即書投囊中。」

〔三〕「畫闌」句：李賀金銅仙人辭漢歌：「畫闌桂樹懸秋香。」

林夫人輓詞 黄中之妹，知書。

翰墨門闌正藹然，故應婉娩亦儒先〔一〕。與聞古學三千禮，能誦家書四百篇。卜協嬀姜占永世〔二〕，夢呼辰巳讖凋年〔三〕。班姬合有遺文在，後日從容訪孟堅〔四〕。

【題解】

本詩當作於紹興三十二年（一一六二），時監臨安太平惠民和劑局。林栗時任太學博士，石湖與之同在臨安，因輓其妹。林夫人，題下自注：「林黄中之妹。」林黄中，即林栗，宋史林栗傳：「林栗，字黄中，福州福清人。登紹興十二年進士第。……宰相陳康伯薦爲太學正，守太常博士。孝宗即位，遷屯田員外郎。……侍御史胡晉臣劾栗罷之。出知泉州，又改明州，奉祠以卒。謚簡肅。」陸游紹興三十二年作過林黄中食柑子有感學宛陵先生體，詩云：「博士得黄柑，甚愛不忍擘。」因知林栗正在太學博士任上。

【箋注】

〔一〕婉娩：儀容柔順。禮記內則：「女子十年不出，姆教婉娩聽從。」

〔二〕「卜協」句：左傳莊公二十二年：「初，懿氏卜妻敬仲，其妻占之，曰：吉，是謂：鳳皇于飛，和鳴鏘鏘，有嬀之後，將育于姜。五世其昌，并于正卿。八世之後，莫之與京。」

〔三〕「夢呼」句：後漢書鄭玄傳：「五年春，夢孔子告之曰：『起，起，今年歲在辰，來年歲在巳。』既寤，以讖合之，知命當終。」

〔四〕「班姬」二句：班姬，即後漢才女班昭，班彪之女，班固之妹。孟堅，即班固，字孟堅，著漢書。後漢書曹世叔妻：「扶風曹世叔妻者，同郡班彪之女也，名昭，字惠班，一名姬。博學高才。世叔早卒，有節行法度。兄固著漢書，其八表及天文志未及竟而卒，和帝詔昭就東觀藏書閣踵而成之。」

李仲鎮懶窩

求名當着鞭，訪道亦重趼〔一〕。二邊俱不住，三昧不如懶。向來南嶽師，自謂極蕭散。拉涕且無緒㊀，客至那可款。争如懶窩高，門外轍常滿。殊不妨嘯歌，秉燭苦夜短〔二〕。天寒雪欲花，屋角黄雲晚。徑須煩一妙〔三〕，對洗玻璃盞。

【校記】

㊀拉涕：原作「收涕」，誤。富校：「『收』黄刻本作『拉』，是。」按活字本、叢書堂本、董鈔本、詩淵第五册第三六一三頁均作「拉涕」。今據改。

【題解】本詩作於紹興三十二年(一一六二)冬，時監太平惠民和劑局。于北山范成大年譜紹興三十二年譜文：「有詩題李鼐懶窩。」李仲鎮即李鼐，字仲鎮，號懶窩，李薦之孫，宣城人，寓居宜興，工詩。全宋詞小傳：「鼐字仲鎮，號懶窩。宣城人。工詞章。累官迪功郎、淮西安撫司準備差遣。」韓元吉南澗甲乙稿卷二李仲鎮懶窩：「愛君陽羨居，有田種蘭茳。溪山帶城郭，松竹環旌幢。」「尚餘詩語工，詞源倒三江。」

【箋注】

〔一〕「訪道」句：語出莊子天道：「士成綺見老子而問曰：『吾聞夫子聖人也，吾固不辭遠道而來願見，百舍重趼而不敢息。』」郭慶藩莊子集釋引高注云：「趼，足生胝也。趼，又讀若繭。賈子勸學篇『百舍重繭』，宋策墨子百舍重繭，皆假繭作趼也。」

〔二〕秉燭苦夜短：古詩十九首：「晝短苦夜長，何不秉燭游？」

〔三〕二妙：稱同時以才藝著名的二人。新唐書韋維傳：「(維)遷户部郎中，善裁剖，時員外宋之問善詩，故時稱户部二妙。」

次韻陳季陵寺丞求歙石眉子硯

金星熒熒眉子緑，婺源琢石如琢玉〔一〕。寶玩何曾捄枵腹，但愛文君遠山蹙〔二〕。

丈人筆陣森五兵〔三〕，書品入妙仍詩名。我有陂陀天海樣，與公文字俱金聲。梟盧一擲不須呼〔四〕，況敢定價論車渠〔五〕。只煩將到粧臺下，試比何如京兆畫〔六〕？

【題解】

本詩作於紹興三十二年（一一六二）春，時監太平惠民和劑局。陳天麟知石湖有歙石眉子硯，因作詩求之，石湖贈硯並作次韻詩。陳季陵寺丞，即陳天麟，字季陵，宣州人。宋史無傳，紹興十八年登進士第，歷仕太平州教授、國子正、太學博士、集賢殿修撰、户部侍郎，知饒州、襄陽、贛州。工詩，有櫻寧居士集，失傳。嘉慶寧國府志卷二七人物志宦績：「陳天麟，字季陵。幼警悟，日誦數千言。紹興戊辰進士，調廣德簿。歲饑，代郡將爲書請部使者，得粟三千斛以賑。召對稱旨，除太平州教授。未幾，以國子正召。累官集賢殿修撰，由饒州改知襄陽，修治樓堞，募忠義軍，浚古胥河。察城中奸細，誅之。朝旨嘉奬。改知贛州。時茶商寇贛、吉間，預爲守備，民恃以安。江西憲臣辛棄疾討賊，天麟給餉補軍。棄疾所俘獲送贛獄者，治其魁，餘黨並從末減。事平，棄疾奏：今成功，實天麟方略也。治郡不用威刑，訟亦清簡。未幾，罷。尋復集英殿修撰，卒。晚益苦學，著諸書外，詩三十餘篇，號攖寧居士集。子五人：木、禾、穡、格、植。」宛雅初編卷一引宣城事函，有陳天麟傳，可參。歙石眉子硯，蘇軾有眉子石硯歌，胡仔苕溪漁隱叢話後集卷二九「東坡四」：「新安龍尾石，性皆潤澤，色俱蒼黑，縝密可以敵玉，滑膩而能起墨，以之爲研，故世所珍也。石雖多種，惟羅紋者、眉子者、刷絲者最佳。」辨歙硯説卷末載洪邁跋語云：「歙石細者，肌理如縠，如涵星泓，如眉有棱，四壁垣垣削成，類文玉蒼璧，而短處在不爲毛錐地，好事者病之。」

【箋注】

〔一〕「金星」二句：金星，指眉子石有金星眉者。高似孫硯箋卷二：「羅紋坑在眉子坑東……金星坑在羅紋坑西北，並李氏發。……眉子坑在羅紋坑西……開元中發。」眉子石有金花眉、金星眉、對眉、短眉、長眉、簇眉、闊眉、雁湖眉、錦蹙眉、菉豆眉等名。婺源，縣名，產硯石，唐積著婺源硯譜，范成大作有跋語，見下輯佚。新安志卷一〇「叙雜説·研」：「婺源研，在唐開元中，因獵人葉氏逐獸至長城里，見壘石如城，疊狀瑩潔可愛，因攜之以歸，刊粗成硯，温潤大過端溪者。後數世，葉氏諸孫持以與令，令愛之，訪得匠手，琢爲研，由是天下始傳。」

〔二〕「但愛」句：文君，指卓文君。沈自南藝林彙考「服飾篇」卷四引西京雜記云：「司馬相如妻文君，眉色如望遠山，時人效畫遠山眉。」

〔三〕筆陣森五兵：形容詩文雄健有力，杜甫醉歌行：「詞源倒流三峽水，筆陣獨掃千人軍。」

〔四〕「梟盧」句：語出李賀示弟：「拋擲任梟盧。」梟盧，古代博戲之彩名。程大昌演繁露卷六：「五子之形，兩頭尖鋭，中間平廣，狀似今之杏仁。……凡子悉爲兩面，其一面塗黑，黑之上畫牛犢以爲之章。……一面塗白，白之上即畫雉。……凡投子者五皆現黑，則其名盧，盧者黑也，言五子皆黑也。五黑皆現，則五犢隨現，從可知矣。此在摴蒱爲最高之采。挼木而擲，往往叱喝，使致其極，故亦名呼盧也。其次，五子四黑而一白，則是四犢一雉，則其采名雉，用以比盧降一等矣。自此而降，白黑相雜，每每不同，故或名爲梟。」杜甫今夕行：「馮陵大叫呼五白，袒跣不肯成梟盧。」

〔五〕車渠：玉石，西域七寶之一。藝文類聚卷八四引魏文帝車渠椀賦：「車渠，玉屬也，多纖理縟文，生於西國，其俗寶之。」

〔六〕「只煩」二句：用漢張敞畫眉故事，以切題上「眉子硯」意。漢書張敞傳：「又爲婦畫眉，長安中傳張京兆眉憮。有司以奏敞。上問之，對曰：『臣聞閨房之内，夫婦之私，有過於畫眉者。』上愛其能，弗備責也。」

次韻季陵貢院新晴

鎖闈令嚴深復深〔一〕，五星簾幕晴若陰。澮雲微月謾清夜，短檠政自關人心。看燈作暈生睡色，江南行處夢不隔。覺來快讀新晴篇，怳然寘我鶯花前。徑欲觴公後堂酒，倘煩春衫小垂手〔二〕。

【題解】

本詩作於紹興三十二年（一一六二）春，時在臨安監太平惠民和劑局。

【箋注】

〔一〕鎖闈：即鎖院（貢院）。李心傳建炎以來繫年要録建炎二年六月：「而況鎖闈，典司封校，儻或隱情患失，緘默不言，則負陛下委任之恩。」

〔二〕小垂手：舞名。郭茂倩樂府解題曰：「大垂手、小垂手，皆言舞而垂其手也。」宋唐庚唐子西文録卷二：「古樂府大垂手、小垂手、獨摇手，皆舞名也。」白居易霓裳羽衣舞歌和微之：「小垂手後柳無力，斜曳裾時雲欲生。」

次韻周子充正字館中緋碧兩桃花

碧城香霧赤城霞，深出劉郎未見花〔一〕。憑仗天風扶絳節，爲招萼緑過羊家〔二〕。

【題解】

本詩作於紹興三十二年（一一六二）四月前，時石湖在太平惠民和劑局任上，周必大正任秘書省正字。宋史周必大傳：「召試館職，高宗讀其策，曰：『掌制手也。』守秘書省正字。」未記年月。據南宋館閣録卷八，周必大自紹興三十年十月至本年四月任正字，五月即調任監察御史。周必大省齋文稿卷二范至能以詩求二色桃再次韻二首其一：「霓裳舞罷醉流霞，翠袖頻揎眼欲花。丈室蕭然那用此，春深料得客思家。」其二：「翰墨場中蔡少霞，如今悟徹頌桃花。看朱成碧吾方眩，試把橫枝問作家。」

【箋注】

〔一〕「深出」句：劉郎，指劉禹錫，全句詩意自劉禹錫元和十年自朗州召至京師戲贈看花諸君子「玄都觀裏桃千樹，盡是劉郎去後栽」翻出。

〔二〕「爲招」句：此用萼緑華故事。萼緑華，傳説中的仙女，自言爲九嶷山中得道女羅郁。晉穆帝時，夜降羊權家，贈權詩一篇，火澣手巾一方，金玉條脱各一枚，事見陶弘景真誥運象。石湖以美女喻花。

明日子充折贈，次韻謝之

海上三山冠綵霞，六時高會雨天花。步虚聲裏隨風下〔一〕，吹落尋常百姓家〔二〕。

【題解】

本詩作於紹興三十二年（一一六二）四月前，參見上首「題解」。

【箋注】

〔一〕「步虚」句：步虚聲，指道家步虚躡無披空洞章之吟咏聲。太極真人敷靈寶紫戒威儀諸經要訣：「齋人以次左行，旋繞香爐三匝，畢。是時亦當口咏步虚躡無披空洞章。」晁公武郡齋讀書志卷一六：「步虚經一卷。右太極真人傳左仙公。其章皆高仙上聖朝玄都玉京，飛巡虚空之所諷詠，故曰步虚。」承上句，意謂天花在步虚聲中隨風而下。

〔二〕尋常百姓家：語出劉禹錫烏衣巷：「舊時王謝堂前燕，飛入尋常百姓家。」

明日大雨復折贈，再次韻

一天雲葉翳朝霞，風卷泥沾不惜花。群玉山高春好在〔一〕，人間煙雨暗千家。

【題解】

本詩作於紹興三十二年（一一六二）四月前，參見前二首「題解」。

【箋注】

〔一〕群玉山：傳説中的仙山。穆天子傳卷二：「癸巳，至於群玉之山。」注：「即山海（經）云群玉山，西王母所居者。」

張恭甫正字折贈館中碧桃，因次子充韻　次年

滿枝晴雪照青霞，舊識桃源暈碧花。俯仰京塵隔年夢，東風猶認故人家。

【題解】本詩作於隆興元年（一一六三）春，時在太平惠民和劑局任上。四月後，石湖改任聖政所檢討官，兼敕令所。秘書省正字張宋卿折省館中碧桃以贈，因次周必大去年詩韻答謝之。詩題下附注「次年」，詩云「隔年夢」，知本詩作於隆興元年春，與張宋卿任正字之年月亦相吻合。張恭甫正字，即張宋卿，字恭甫，龍川（今屬廣東）人，紹興二十七年王十朋榜進士，三十二年十二月任秘書省正字，隆興二年，遷秘書郎，乾道元年，任廣東提刑，仕終肇慶守。南宋館閣録卷七：「張宋卿，字恭父，龍川人。王十朋榜進士出身。治春秋。（隆興）二年閏十一月除（秘書郎），乾道元年六月爲廣東提刑。」萬姓統譜卷三九：「張宋卿，字恭父。博羅人。以春秋魁南省，擢紹興初（按應爲末）進士第。除秘書省正字，遷校書郎（按應爲秘書郎）。正色立朝，權貴欲（招）納者謝絶之，由是名重縉紳。終肇慶守。」

雨中報謁呈劉韶美侍郎

花落滿城雨，雨餘雲重陰。驅車有底急？巷泥三尺深。平生黄篾舫，漁榔有清音。斗升得苦相，懷刺衝愁霖。歸來掩關卧，一枕直兼金〔一〕。作詩詫比鄰，幸勿譏褊心。

【題解】

本詩作於紹興三十二年（一一六二）春，時在太平惠民和劑局任上。劉韶美侍郎，即劉儀鳳（一一一〇—一一七五），字韶美。普州（今四川安岳縣）人。紹興二年進士。趙逵薦其富有詞華，恬於進取。歷官諸王宮大小學教授、秘書丞、禮部員外郎、兼國史院編修官兼權秘書少監、兵部侍郎兼侍講。史稱其在朝十年，每歸，即匿其車騎，扃其門户，客至，無親疏皆不得見。政府累月始一上謁，人尤其傲。奉入半以儲書，凡萬餘卷，國史録無遺者。爲御史劾歸蜀。後復集英殿修撰，起知邛州，未上，改漢州、果州，罷歸。淳熙二年十二月卒。事迹見宋史卷三八九本傳。儀鳳苦學，至老不倦，尤工於詩。然頗慕晉人簡傲之風，故平生多蹭蹬。南宋館閣録卷七：「劉儀鳳，字韶美，普康人。張九成榜同進士出身。治書。（隆興）元年四月，以禮部員外郎兼權（秘書少監），二年四月除。乾道元年三月爲權兵部侍郎。」劉儀鳳任兵部侍郎，時在乾道元年，而本詩作於紹興三十二年，詩題稱侍郎，蓋爲編集時所加。劉儀鳳愛書如命，陸游老學庵筆記卷二載其事云：「劉韶美在都下累年，不以家行，得俸專以傳書。書必三本，雖數百卷爲一部者亦然。出局則杜門校讎，不與客接。既歸蜀，亦分作三船，以備失壞。已而行至秭歸新灘，一舟爲灘石所敗，餘二舟無他，遂以歸普慈，築閣貯之。」

【箋注】

〔一〕兼金：價值倍於尋常的精金。孟子公孫丑下：「前日於齊，王餽兼金一百而不受。」

雨中集水月

獻之今年不堪暑〔一〕，天亦相憐病良苦。明便中秋法合涼，夜半行雲曉行雨。蘄州竹簟清如冰〔二〕，飢蚊倔强猶鳴聲。下牀蚤喜衣裳健，出門更覺山川明。曳屐扶藜尋水月，不惜垂垂巾角折。竹間松下已淒然，却要芳樽生煖熱。

【題解】

本詩作於紹興三十二年（一一六二）秋，時近中秋，仍在太平惠民和劑局任上。水月，即水月寺，周密武林舊事卷五「湖山勝概」：「水月寺，路口有靈固石。」

【箋注】

〔一〕獻之：書法家王獻之（三四四—三八六），字子敬，王羲之第七子。這裏石湖以之自喻。朱長文墨池編：「獻之遂不堪暑，氣力恒惙。」石湖吳船録卷下云：「生平不堪暑。」

〔二〕蘄州竹簟：蘄州名産。歐陽修有贈余以端溪緑石枕與蘄州竹簟皆佳物也余既喜睡而得此二者不勝其樂詩：「端溪琢出缺月樣，蘄州織成雙水紋。」

送洪景盧内翰使虜二首

金章玉色照離亭，戰伐和親決此行。國有威靈雙節重，家傳忠義一身輕〔一〕。平生海内文場伯〔二〕，今日胸中武庫兵。萬里往來公有相，淮濆陰德貫神明。近日兩淮戰地掩骼，公之請也。

欃到中原殺氣銷，穹廬那敢説天驕〔三〕。今年蕃始來和漢，即日燕當遠徙遼。北土未乾遺老淚，西陵應望孝孫朝。著鞭往矣功名會〔四〕，麟閣丹青上九霄〔五〕。

【題解】

本詩作於紹興三十二年（一一六二）四月，時監太平惠民和劑局。洪景盧内翰，即洪邁。洪邁使金，在本年四月，石湖有詩送行。宋史高宗本紀：「（紹興三十二年三月）丁巳，遣洪邁等賀金主即位。……（夏四月）洪邁等辭行，報聘書用敵國禮。」金史交聘表中：「（世宗大定二年）六月，宋翰林學士洪邁、鎮東軍節度使張掄賀上書詞不依舊式，詔諭洪邁，使歸諭宋主。」洪邁（一一二三—一一九一），字景盧，洪皓季子。紹興十五年博學宏詞中第，授兩浙轉運司幹辦公事。紹興三十二年春，進起居舍人，假翰林學士充賀金主登位使。七月還朝，張震以邁使金辱命，論罷之。明年，起知泉州；二年，知吉州；三年，拜中書舍人兼侍讀。六年，知贛州，尋知建康府。十一年，知婺州。十三年，拜翰林學士。紹熙元年，進焕章閣學士，知紹興府。二年，以端明殿學士致仕，卒，謚文獻。邁博學，著容齋隨筆、夷堅志，編萬首唐人絶句，行於世。事迹見宋史卷三七三本傳。洪邁使金事，宋史本傳有詳細記載。于北山評本詩（見范成大年譜紹興三十二年譜文按語）云：「石湖送行詩，以『雙節重』、『一身輕』相期勉，其愛國思想躍然紙上。爾後親涉金廷，此不啻息壤之盟矣。（以詩而論，亦集中之佳作。）而洪氏屈服於金人之壓力，辱命南歸，爲張震所參劾，其亦有愧於斯篇乎！」

【箋注】

〔一〕「家傳」句：洪适盤洲集卷七四先君述：「适、遵濫登博學鴻詞科，宰臣以所試制詞進讀，上顧姓名，問曰：『是洪某子耶？父在遠能自立，此忠義報也。可與陞擢差遣。』」

〔二〕文場伯：對文壇善寫文章者的尊稱，亦作文章伯。孫逖故右丞相贈太師燕文貞公挽詞二首之一：「海内文章伯，朝端禮樂英。」

〔三〕「穹廬」句：天驕，語出漢書匈奴傳：「南有大漢，北有强胡，胡者，天之驕子也。」

〔四〕著鞭：用祖逖故事。晉書劉琨傳：「與范陽祖逖爲友，聞逖被用，與親故書曰：『吾枕戈待旦，志梟逆虜，常恐祖生先吾著鞭。』其意氣相期如此。」

〔五〕麟閣：即麒麟閣。漢書蘇武傳：「甘露三年，單于始入朝。上思股肱之美，乃圖畫其人於麒麟閣，法其形貌，署其官爵、姓名。……次曰典屬國蘇武。凡十一人，皆有傳。」

次韻嚴子文旅中見贈

杯中疇昔共江天，傾座新詩報警聯。海浦寸心空共月，京華雙鬢各凋年。交情敢説同方友，句法甘從弟子員。有意數從文字飲，何須争着祖生鞭？

【題解】

本詩作於紹興三十二年（一一六二）夏，時在太平惠民和劑局任上。嚴焕來臨安，路途先寄一詩，石湖乃次韻贈之。本詩及下首當爲同時作，下首詩云：「淹留且結西湖夏」，則二詩均作於本年夏。

次韻子文客舍小樓

客裏仍攜一束書，閉門虹氣自凌虚。未聞光範延珠履〔一〕，誰向甘泉從玉車〔二〕。散盡生涯千答布〔三〕，收將文價百車渠。淹留且結西湖夏，同到秋風賦遂初〔四〕。

【題解】

本詩作於紹興三十二年（一一六二）夏，參見上首「題解」。

【箋注】

〔一〕「未聞」句：史記春申君傳：「春申君客三千餘人，其上客皆躡珠履見趙使。趙使大慙。」詩言未聞嚴煥延請珠履之客。

〔二〕「誰向」句：用甘雨隨車的故事。太平御覽卷一〇引三國吴謝承後漢書：「百里嵩字景山，爲徐州刺史，境旱，嵩出巡遊，甘雨隨澍。東海、祝其、合鄉等三縣父老訴曰：『某等是公百姓，獨不降乎？』迨赴，雨隨車而下。」後成爲稱頌地方長官的用語。石湖用之稱頌嚴煥。「雨」改爲「泉」，爲調平仄故也。

〔三〕「散盡」句：沈欽韓范石湖詩集注：「見史記貨殖傳。」按史記貨殖傳「答」字作「荅」。王引之經義述聞卷二七爾雅中「釋器」：「謹案：史記貨殖傳『蘖麴鹽豉千荅』，徐廣曰：『荅，或作台。（今本「台」作「合」，乃後人依漢書改之。）器名有瓵。』孫叔然云：『瓵，瓦器，受斗六升。台，當爲瓵，音貽。』」石湖全句之意，出史記貨殖傳：「榻布皮革千石，漆千斗，蘖麴鹽豉千荅。」「千荅布」，即用千瓵蘖麴鹽豉換來的貨幣。

〔四〕賦遂初：晉書孫綽傳：「（孫綽）少與高陽許詢俱有高尚之志。居于會稽，游放山水，十有餘年，乃作遂初賦以致其意。」後因以「賦遂初」借指辭官歸隱。

次韻劉韶美大風雨壞門屋

雲煙揮翰墨池翻，緗縹如山晝掩關〔一〕。已許六丁收散落〔二〕，只愁雷電費牆藩〔三〕。

【題解】

本詩作於紹興三十二年（一一六二），時仍在太平惠民和劑局任上。

【箋注】

〔一〕緗縹如山：謂書籍堆積如山。緗縹，淡黄色和淡青色的織物，古人以此爲書衣，故可爲書籍的代稱。梁書王僧孺傳：「含吐緗縹之上，翩躚樽俎之間。」緗縹如山，謂書籍堆積如山。陳巖肖庚溪詩話卷下：「兵部侍郎劉朝美儀鳳，蜀之普州人，性酷嗜書，喜傳録。初以禮部郎兼攝秘書少監，後即真。凡秘府書籍，傳寫殆遍。……張持國之綱爲副端，言其書癖至曠廢職事，以是罷歸蜀。」

〔二〕六丁：後漢書梁節王暢傳：「從官卞忌自言能使六丁。」李賢注：「六丁，謂六甲中丁神也。若甲子旬中，則丁卯爲神，甲寅旬中，則丁巳爲神之類也。役使之法，先齋戒，然後其神至，可使致遠方物及知吉凶也。」

〔三〕雷電費牆藩：揚雄甘泉賦：「雷鬱律而巖突兮，電儵忽於牆藩。」

洪景盧内翰使還入境，以詩迓之㈠

玉帛干戈洶並馳，孤臣叱馭觸危機〔一〕。關山無極申舟去〔二〕，天地有情蘇武歸。漢月凌秋隨使節，胡塵捲暑避征衣。國人渴望公顔色，爲報褰帷入帝畿。

【校記】

㈠内翰：叢書堂本目録、詩淵第一册第二九五頁作「舍人」。

【題解】

本詩作於紹興三十二年（一一六二）八月，時在太平惠民和劑局任上。洪邁於七月二十九日使金還，於鎮江見張浚，八月一日還臨安，石湖作本詩相迓。本詩于、孔譜均繫於紹興三十二年，于氏加按語云：「詩題謂『以詩迓之』，此時石湖尚不知洪氏辱命歸來也。惟晚年自編全集時此詩未删，豈一時疏忽，抑石湖别有所聞耶？或存之以報知己耶？」孔氏加按語云：「詩又有『天地有情蘇武歸』之句，據此，邁並未辱節。然邁終以此爲人論罷，見宋史洪邁傳。」兩氏所論較簡略，今引述相關史料補充之。七月二十九日，洪邁在鎮江見張浚，備述金不禮我使之情狀。建炎以來繫年要録卷二〇〇：「（邁）見張浚，具言金不禮我使狀，且令稱陪臣。」朱熹少師保國軍節度使魏國公致仕贈太保張公行狀（晦庵集卷九五下）：「時洪邁、張掄使虜回，見公於鎮江，具言初到虜中，鎖之寓館，不與飲食，令於表中换『陪臣』字。公奏：虜主恃强，彈壓諸國，今日之事，惟修德立政，寢食之間，無忘此讎，上慰天心，下從人欲，不當復遣使，以重前失。」洪邁此行未完成使命，殿中侍御史張震以邁使金辱命論罷之。宋史孝宗紀：「（八月丁亥）起居舍人洪邁、知閤門事張掄坐奉使辱命罷。」宋史洪邁傳：「七月，邁回朝，則孝宗已即位矣。殿中侍御史張震以邁使金辱命，論罷之。」中興禦侮録卷下：「洪邁、張掄並放罷，責其奉使辱命也。」然而，也有不同之議論，范成大本詩云「天地有情蘇武歸」、「漢月凌秋隨使節」，説邁並未辱節。康熙御批續資治通鑑綱目卷一五於「遣起居舍人洪邁使」條下「發明」曰：「邁乃皓之季子，慷慨忠烈，有諸父風，出使女真，正議無屈，則其不愧是職亦多矣。」又「廣義」曰：「至若邁能盡使節，其無愧於乃父也。」凌郁之洪邁年譜紹興三十二年譜文及附注中，對洪邁此行之真實情况有詳論。

【箋注】

〔一〕「玉帛」三句：孔凡禮范成大年譜紹興三十二年譜文附注：「據史傳及龍飛録，邁用敵國禮及求歸河南地二事，皆未如願。成大當指此種情况而言。」

〔二〕「關山」句：左傳宣公十四年：「楚子使申舟聘于齊，曰：『無假道于宋。』……申舟以孟諸之役惡宋，曰：『鄭昭、宋聾，晉使不害，我則必死。』王曰：『殺女，我伐之。』見犀而行。及宋，宋人止之，華元曰：『過我而不假道，鄙我也。鄙我，亡也。殺其使者必伐我，伐我亦亡也。

亡一也。』乃殺之。……秋九月，楚子圍宋。」

寄題向撫州采菊亭

一葉起秋色，衆緑凋歲華。耿耿霜露側，餘此黄金葩。西風滿天地，孤芳照塵沙。殷勤開小築，花氣日夕嘉。落英楚纍手〔一〕，東籬陶令家。兩窮偶寓意，豈必真愛花。不如亭中人，一笑了天涯。采采勿虚度，門前欲高牙。

【題解】

本詩作於紹興三十二年(一一六二)，時在太平惠民和劑局任上。向撫州築采菊亭，乃題詩寄之。向撫州，不詳何人。

【箋注】

〔一〕「落英」句：落英，語出屈原離騷：「夕餐秋菊之落英。」楚纍，即楚之湘纍，指屈原，漢書揚雄傳：「欽吊楚之湘纍。」注引李奇曰：「諸不以罪死曰纍。……屈原赴湘死，故目湘纍也。」

古風二首上湯丞相

抱瑟游孔門，豈識宫與商？古曲一再行，乃雜巴人倡〔一〕。知音顧之笑，解絃爲更張。歸來掩關卧，冰炭交愁腸。平生桑濮手〔二〕，未省歌虞唐。明發理朱絲，復登君子堂。遺音入三歎，山高水湯湯〔三〕。

空山學仙子，窮年卧巖扃。煮石不得飽〔四〕，秋鬢蒼已星。道逢紫霄翁〔五〕，示我餐霞經〔六〕。采采晨之華，滌濯腐與腥。向來役薪水，終然槁柴荆。跪謝起再拜，飄飄蜕蟬輕。飛升那敢學？倘許學長生。

【題解】

本詩作於紹興三十二年（一一六二），時在太平惠民和劑局任上。于北山、孔凡禮范成大年譜均繫本詩於是年。孔凡禮評曰：「詩其一首云：『抱瑟游孔門，豈識宫與商？古曲一再行，乃雜巴人倡。知音顧之笑，解絃爲更張。』成大紹興二十四年中進士時，思退知貢舉，誼屬師生。此詩似以此種身份向思退傾訴『冰炭交愁腸』之心理狀態。然以『平生桑濮手，未省歌虞唐』，未敢高附。詩其二則云『向來役薪水，終然槁柴荆』，不敢學『飛升』，益申其一之意。」又曰：「孝宗即位，龍大淵、曾覿用事以後，六月丁卯，復召湯思退爲醴泉觀使兼侍講，十二月丁丑，爲尚書左僕射。此二詩當作於湯卷土重來之後。湯似欲網羅成大入其羽下，成大此二詩，似聲言不願受其卵翼。」孔氏之説，可供參考。

【箋注】

〔一〕巴人倡：文選宋玉對楚王問：「客有歌于郢中者，其始曰『下里巴人』，國中屬而和者數千人。」

〔二〕桑濮手：禮記樂記：「桑間濮上之音，亡國之音也。其政散，其民流，誣上行私而不可止也。」鄭玄注：「濮水之上，地有桑間者，亡國之音於此之水出也。昔殷紂使師延作靡靡之樂，已而自沈於濮水，後師涓過焉，夜聞而寫之，爲晉平公鼓之。」

〔三〕「山高」句，列子湯問：「伯牙鼓琴，志在登高山，鍾子期曰：『善哉，峨峨兮若泰山。』志在流水，鍾子期曰：『善哉，洋洋兮若江河。』」湯湯，語出詩經衛風氓：「淇水湯湯，漸車帷裳。」毛傳：「湯湯，水盛貌。」

〔四〕煮石：葛洪神仙傳：「（白石先生）常煮白石爲糧，因就白石山居。」

〔五〕紫霄翁：學道之人。陳師道寄君玉：「不見紫霄翁，侵尋鬢已蓬。」

〔六〕餐霞經：參見卷二次韻唐子光教授河豚注〔八〕。

冷泉亭放水

古苔危磴著枯藜，脚底翻濤洶欲飛〔一〕。九陌倦遊那有此，從教鶯雪濺塵衣。

【題解】

本詩作於紹興三十二年（一一六二），時在太平惠民和劑局任上，游冷泉亭，題詩。冷泉亭，在杭州靈隱寺附近。周密武林舊事卷五「北山路」：「冷泉，有亭在泉上。『冷泉』二字，乃白樂天書；『亭』字乃東坡續書。」田汝成西湖游覽志卷一〇「北山勝概」：「冷泉亭，唐刺史元萸建，舊在水中，今依澗而立。『冷泉』二字，乃白樂天所書，『亭』字乃蘇子瞻續書，今亦亡矣。……白樂天記略云：『東南山水，餘杭爲最。就郡則靈隱寺爲最，就寺則冷泉亭爲最。』」

【箋注】

〔一〕「脚底」句：蘇子瞻聞林夫當徙靈隱寺寓居戲作靈隱前一首：「靈隱前，天竺後，兩澗春淙一靈鷲。不知水從何處來，跳波赴壑如奔雷。」

九月十日南山見梅

五斗留連首屢迴，來尋南澗濯塵埃。春風直恐淵明去，借與橫斜對菊開㈠〔一〕。

【校記】

㈠斜：活字本、叢書堂本、董鈔本、詩淵第四册第二五三四頁作「枝」。

【題解】

本詩作於紹興三十二年（一一六二）九月十日，時在太平惠民和劑局任上。

【箋注】

〔一〕「春風」二句：謂因擔心淵明離去，故梅花在九月與菊花一同盛開。淵明愛菊，有『採菊東籬下，悠然見南山』之句。横斜，指梅，林逋山園小梅：「疎影横斜水清淺，暗香浮動月黄昏。」

送汪聖錫侍郎帥福唐

承明纔入又南州，重見旌旗照柁樓。道義平生無捷徑，風波隨處有虚舟〔一〕。如公未可違文石〔二〕，稽古何妨欠碧油〔三〕。我亦登門煩著録，此行無力爲王留。

【題解】

本詩作於紹興三十二年（一一六二）十月，時在太平惠民和劑局任上。汪應辰於本年十月知福州，石湖賦詩送行。汪聖錫侍郎，即汪應辰，時爲權户部侍郎。汪應辰，字聖錫，信州玉山人。紹興五年進士第一人。本名洋，高宗改賜名應辰。歷仕秘書省正字、建州通判、秘書少監、權户部侍郎知福州、吏部尚書兼翰林學士并侍讀、知平江府，淳熙三年卒於家。事見宋史汪應辰傳。曾敏行獨醒雜志卷一〇：「汪聖錫，本名洋，集英臚唱賜第，御筆更名應辰。或謂取王拱辰十八歲作大魁之義。」吴廷燮南宋制撫年表卷下「福建路」：「紹興三十二年，汪應辰，志：十月，以集英殿修撰知福州。」福唐，即福州。沈欽韓范石湖詩集注卷上：「稱福州曰福唐，蓋宋時俗稱。」按元和郡縣圖志卷二九江南道福州，管縣九，有福唐縣。福建通志卷三「建置」：「福州府，天寶間爲福州長樂郡，轄縣十，有福唐。」

【箋注】

〔一〕「道義」二句：高宗傳位孝宗後，議太上尊號，李燾、陳康伯議以「光堯壽聖」爲稱，汪應辰力主不可，高宗不滿，謂孝宗曰：「汪應辰素不樂吾。」汪應辰乃連乞補外，遂知福州，事見宋史汪應辰傳。蓋汪應辰剛方正直，敢言不避，石湖有感於斯，乃有此二句。

〔二〕文石：漢書梅福傳：「願壹登文石之陛，涉赤墀之塗。」此代指宫廷。

〔三〕碧油：即碧油幢，同緑油幢。南齊書輿服志：「自輦以下，二宫御車，皆緑油幢，絳系絡。」此代指爲官。

送王純白郎中赴閩漕

聲利場中百戰鏖，今誰勇退似公豪。緩尋南粵千山路，先破西興百尺濤〔一〕。平日曼容嫌禄厚〔二〕，他年文本歎官高〔三〕。才名政爾歸安往，富貴追蹤未可逃。純白先君，平生約官至正郎而休，卒踐言。故純白爲兵部，便丐去，以承其志。

【題解】

本詩作於紹興三十二年（一一六二），時在太平惠民和劑局任上。王淪自兵部郎中，赴福建轉運判官任，石湖賦詩送之。王純白郎中，即王淪，孔凡禮范成大年譜紹興三十二年譜文附注：「又查福建通志同上卷（指卷二一），紹興間任福建轉運司轉運判官最後一人爲王淪，當是。淪，紹興十五年進士，歷陽人，見光緒和州志卷十四。後官至工部侍郎兼直學士院，見宋中興百官題名之中興學士院題名。」康熙福建通志卷一九職官二「福建轉運司」：紹興間任轉運判官之最後一人爲王淪。則王淪即王純白，名與字切，當是一人。

【箋注】

〔一〕西興：鎮名，屬蕭山縣。元豐九域志卷五兩浙路越州蕭山縣，有西興鎮。

〔二〕「平日」句：用漢邴曼容典，以切王純白志。漢書兩龔傳：「（邴）漢兄子曼容亦養志自修，爲官不肯過六百石，輒自免去，其名過出於漢。」

〔三〕「他年」句：用岑文本故事。新唐書岑文本傳：「文本歎曰：『吾漢南一布衣，徒步入關，所望不過一秘書郎、縣令耳。今無汗馬勞，以文墨位宰相，奉稍已重，尚何殖産業邪？』」

長至日與同舍遊北山

歲晚山同色，湖平霧不收。寒雲低閣雪，佳節静供愁。竹柏森嚴立，蒲荷索莫休。瘦筇知脚力，政爾耐清遊。

【題解】本詩作於紹興三十二年（一一六二）冬，時在太平惠民和劑局任上。詩題云「長至日」，詩云「歲晚」，知詩作於本年冬日。長至日，指冬至日，太平御覽卷二八後魏崔浩女義：「近古婦人，常以冬至日上履襪於舅姑，踐長至之義也。」白居易冬至宿楊梅館：「十一月中長至夜，三千里外遠行人。」

石湖居士詩集卷九

次韻尹少稷察院九宫壇齋宿

草草馳三里，蕭蕭共一餐。吏方緜禮蕝〔一〕，公自將詩壇〔二〕。隙月窺牀近，窗風刮坐寒〔三〕。鴉鳴未忍散，端爲四并難〔四〕。

【題解】

本詩作於隆興元年（一一六三），時在太平惠民和劑局任上。尹少稷察院，即監察御史尹穡。宋史尹穡傳：「隆興元年，除穡監察御史。」「尹穡，字少稷，兖州人，建炎中自北歸南，紹興三十二年與陸游同爲樞密院編修官，賜進士出身，歷仕監察御史、右正言、殿中侍御史、諫議大夫。主和議，附湯思退，劾張浚，爲言事者論罷。宋會要輯稿選舉九「賜出身」：「紹興三十二年十一月四日，賜樞密院編修官陸游、尹穡進士出身。」羅大經鶴林玉露卷一：「尹穡，字少稷，博學工文，杜門讀書，不汲汲於仕進。諸公薦之，與陸務觀同賜出身，少稷言行有法，又通世務，時論翕然歸重。……後乃附麗湯思退，力排張魏公，以是除諫議，公論始薄之。」陸游老學庵筆記卷五：「尹少稷强記，日能誦麻沙版本書厚一寸。嘗於吕居仁舍人坐上記曆日，酒一行，記兩月，不差一字。」九宫壇，唐玄宗天寶三載，置太乙、天一、招摇、軒轅、咸池、青龍、太陰、天符、攝提九宫神壇，四時祭祀。見舊唐書禮儀志四。宋會要輯稿禮十二「九宫太乙祠」云：「國朝承唐制，祀九宫貴神東郊，用大祠禮。」吴自牧夢粱録卷一四「祠祭」云：「九宫貴神壇，在東青門外，以春秋二仲壇祭感生帝及九宫貴神。北太乙、西南攝提、正東軒轅、東南招摇、中央天符、西北青龍、正東咸池、東北太陰、正南天一之版位也。」

【箋注】

〔一〕「吏方」句：緜禮蕝，蕝，一作「蕞」。史記叔孫通傳：「遂與所征三十人西，及上左右爲學者與其弟子百餘人爲緜蕞野外。」漢初，叔孫通創定朝儀時，於野外畫地爲宫，行繩爲緜，立表爲蕞，用以習儀。本句意謂正在舉行祭祀禮儀。

〔二〕將詩壇：尹穡善詩，與曾幾、葉夢得、韓元吉皆有詩唱和往來，故云。

〔三〕坐寒：漸寒。張相詩詞曲語辭匯釋卷四「坐（五）」條云：「坐，將然辭，猶寖也；旋也；行也。」「窗風刮坐寒」，謂窗風吹刮，漸漸寒冷。

〔四〕四并難：謝靈運擬魏太子鄴中集詩序：「天下良辰、美景、賞心、樂事，四者難并。」

冬祠太乙六言四首

三一舊傳神呪〔一〕，十神今濟時艱〔二〕。願挽靈旗北指，爲君直擣陰山〔三〕。

月色朧明碧瓦，蠟煙浮動黄簾。罡騎飈輪欲下，一天飛霰纖纖。

雲木栖烏未動，風庭警鶴先鳴〔四〕。殘夜百靈夙駕〔五〕，人間鼻息雷驚。

行道羽衣縹緲，捲班玉珮冬瓏。回首金鋪獸面〔六〕，步虚聲在天風。

【題解】

本詩作於紹興三十二年（一一六二）冬，時在太平惠民和劑局任上，參加三年一次的冬祀太乙宫活動，賦詩記其事，寫其感慨。太乙，天神中地位最高的神祇，史記封禪書：「天神貴者太一。」臨安有太乙宫，咸淳臨安志卷一三「宫觀」：「太乙宫，在新莊橋南，始於太平興國初，即京都祠五福太一。駐蹕以來，歲祀於惠照僧舍，言者以爲未稱，請即行宫北隅擇爽塏地建祠，詔禮寺討論權宜設位。」

【箋注】

〔一〕「三一」句：史記封禪書：「古者天子三年壹用太牢祠神三一：天一、地一、太一。天子許之，令太祝領祠之於忌太一壇上，如其方。」

〔二〕「十神」句：咸淳臨安志卷一三「宮觀」：「太乙宮……塑十神像，按，十神者：五福、君綦、大游、小游、天一、地一、四神、臣綦、民綦，直符。凡行五宮，四十五年一移，所臨之地，歲稔無兵疫。」故石湖詩云「今濟時艱」。

〔三〕陰山：古代泛稱河套以北、大漠以南諸山爲陰山。史記秦始皇本紀：「自榆中並河以東，屬之陰山。」王昌齡出塞：「但使龍城飛將在，不教胡馬度陰山。」

〔四〕警鶴：風土記：「鳴鶴戒露，此鳥性警，至八月白露降，流於草上，滴滴有聲，因即高鳴相警，移徙所宿處，慮有變害也。」

〔五〕百靈：即百神。文選班固東都賦：「禮神祇，懷百靈。」

〔六〕金鋪獸面：金屬制成之鋪首，啣門環，飾獸形。文選左思蜀都賦：「金鋪交映。」劉淵林注：「金鋪，門鋪首，以金爲之。」

次韻李子永雪中長句

黄昏苦寒烏鳥稀，吹沙走石交横飛。布衾如鐵復似水〔一〕，夢想東風來解圍。豈知天地有奇事，夜半窗紙生光輝。兜羅寶界佛所現〔二〕，冥凌不敢專璿璣。開門倚杖眩一色，迴立此世空無依。少年行樂怳尚記，瑶林珠樹中成蹊。犬驕鷹俊馬蹄快，狡穴未盡須窮追。湖海粗豪今豈在，但憶嗚哮如餓鴟〔三〕。北鄰亦復淡生活，要我忍寒吟此詩。手龜筆退不可捉〔四〕，墨泓齟齬冰生衣。

【題解】

本詩作於隆興元年（一一六三）冬，時在聖政所檢討官任上。于北山范成大年譜繫本詩於隆興二年；孔凡禮范成大年譜繫於隆興元年，今從之。李子永，即李泳。李泳，字子永，號蘭澤，廣陵（今江蘇揚州）人。李正民之子，李洪弟。陳振孫直齋書録解題卷二一、中興以來絶妙詞選卷五、厲鶚宋詩紀事卷五六均以爲他是廬陵人，誤。按樓鑰䂬庵居士文集序（攻媿集卷五二）：「江都李氏，名族也。紹興間，名之從『民』者，尚多俊茂。余生晚，猶及識將作監端民平叔及其子泳，皆有詩聲。」李氏爲江都人，乃爲「淮甸儒族」。中興以來絶妙詞選卷五：「李子大名洪，家世同登桂籍，躋膴仕，號淮甸儒族。子大其弟漳、泳、淦、淛，皆以文鳴。有李氏花萼集五卷，其姪直倫爲之序。」李泳曾於淳熙年間任坑冶司幹官，分局信州，知溧水縣。陸增祥八瓊室金石補正卷一一五著録般若會善知識祠記，署款爲「淳熙二年六月日，修職郎前兩浙東路安撫司準備差遣李泳記」。李泳於淳熙七年左右任坑冶司幹官，淳熙九年猶在任。辛棄疾水調歌頭再用韻答李子永提幹，提幹，乃坑冶司幹辦公事之略稱，故稼軒於淳熙九年退居帶湖後，能與李泳唱和。淳熙十四年，知溧水縣，景定建康志卷二七「溧水縣令題名」：「李泳，淳熙十四年三月初六日到任。」李泳善詩，著蘭澤野語，洪邁夷堅志已志卷八録十七事，皆出蘭澤野語。趙蕃次韻李子永（淳熙稿卷一五）：「戲調猶能出平淡，意加每輒造瑰奇。」甚稱許其詩。韓元吉李子永惠道中詩卷（南澗甲乙稿卷四）亦贊其詩。

【箋注】

〔一〕布衾如鐵：語出杜甫茅屋爲秋風所破歌：「布衾多年冷似鐵，嬌兒惡卧踏裏裂。」

〔二〕「兜羅」句：兜羅，即兜羅綿，佛經中稱草木之花絮，石湖以此喻雪。翻譯名義集卷七沙門服相篇：「兜羅，此云細香。……或名妬羅綿，妬羅，樹名。綿從樹生，因而立稱，如柳絮也。亦翻楊華。」亦作「堵羅綿」，慧琳一切經音義卷三引道宣回分戒經注：「堵羅綿，草木花絮也。」遍地白色花絮，乃佛所現境界，故曰「寶界」。

〔三〕「但憶」句：梁書曹景宗傳：「景宗謂所親曰：『我昔在鄉里，騎快馬如龍，與年少輩數十騎，拓弓弦作霹靂聲，箭如餓鴟叫，平澤中逐麞，數肋射之。』」

〔四〕手龜：即龜坼之手。陸游雪後龜堂獨坐：「兩手龜坼愁出袖。」

次韻子永見贈建除體

建子玉杓直，黄昏月如霜。除道啓柴扃，客來巾履忙。滿炷寒缸油，共此書檠光。平生卜鄰願，何意登我堂。定交吾豈敢，南榮慚伯陽〔一〕。執手道古作，遺篇記河梁〔二〕。破窗風鳴悲，孤客多慨傷。危腸不捄飢，我詩安得昌。成章類村歌，但可侶牛羊。收功翰墨藪，微子誰能良？開卷得雅音，玉鑾導旂常。閉户坐相念，雪深梅暗香。

【題解】

本詩作於隆興元年（一一六三）冬，時在聖政所檢討官任上。本詩云「卜鄰願」，上詩云「北鄰」，在臨安，李泳居處與石湖居處密近，故相交甚密。建除體，雜體詩名，以建、除、滿、平、定、執、破、成、收、開、閉十二神，放在十二句之句首。嚴羽滄浪詩話詩體中列有此體，自注云：「鮑明遠有建除詩，每句句首冠以『建、除、平、定』等字。」謝榛四溟詩話：「鮑照十數體、建除體……魏、晉以降，多務纖巧，此變之變也。」李泳賦此體詩，以贈石湖，石湖和之。

【箋注】

〔一〕「南榮」句：伯陽，周太史，借指李泳。史記周本紀：「（幽王）三年，周太史伯陽讀史記曰：『周亡矣！』」南榮，南榮趎，庚桑楚弟子，石湖自指。莊子庚桑楚：「今吾才小，不足以化子，子胡不南見老子？」蘇軾留別蹇道士拱辰：「庚桑託鷄鵠，未肯化南榮。」

〔二〕「遺篇」句：指蘇武與李陵於河梁離別之詩篇。李陵與蘇武三首之三：「攜手上河梁，遊子暮何之。徘徊蹊路側，悢悢不得辭。」

與胡經仲、陳朋元遊照山堂，梅數百株盛開

九陌緇塵滿客襟，錢塘門外有園林〔一〕。胡牀住處梅無限，酒斾垂邊柳未深。晴日煖風千里目，殘山剩水一人心㊀。元方伯始皆吾黨〔二〕，邂逅清遊直萬金。

【校記】

㊀一人心：叢書堂本、詩淵第四册第二五〇四頁作「一生心」，近是。

【題解】

本詩作於隆興元年（一一六三）。與胡權、陳蒼舒同遊照山堂，賦詩記其遊興。胡經仲，即胡權，見卷八次胡經仲知丞贈別韻「題解」。陳朋元，即陳蒼舒。蒼舒字朋元，乾道元年至五年，任溧陽縣令，淳熙九年，任樞密院檢詳文字兼樞密副都承旨。溧陽縣志卷九職官志：「陳蒼舒，據周必大泛舟遊山録，字朋元。乾道三年在任。建康志云：右通直郎，乾道元年十一月到任，五年四月得替，任年正合。」淳熙九年，崔敦詩卒，陳蒼舒有挽詞，（詩見崔舍人玉堂類稿附録），具銜爲「朝散大夫樞密院檢詳諸房文字兼樞密副都承旨」。照山堂，在陳園，參見本卷陳園照山堂「題解」。

【箋注】

〔一〕錢塘門：乾道臨安志卷二「城社」：「有城門十二，西曰錢湖、清波、豐豫、錢塘。」則陳園照山堂在錢塘門外。

〔二〕元方伯始：元方，即陳元方，見世説新語政事，此指陳蒼舒。伯始，即胡伯始，東漢胡廣之字，見後漢書胡廣傳，此指胡權。

次韻胡邦衡秘監

斯言向來立，千古敢疵瑕。有命孤蓬轉，何心勁箭加。人窮名滿世，天定客還家。回首冥恩怨，虚空不著花。

【題解】

本詩作於隆興元年（一一六三）四月以前，時仍在太平惠民和劑局任上。本年正月，胡銓任秘書少監，四月，遷起居郎，石湖之次韻詩必作於四月以前。胡銓（一一〇二—一一八〇），字邦衡，號澹庵，廬陵人。建炎二年中進士第。紹興五年，除樞密院編修官，八年，上封事痛諫和議，請斬王倫、秦檜、孫近三人，除名編管昭州，謫新州，再謫吉陽軍。檜死，得自便。除知饒州，改除禮部郎，遷秘書少監，起居郎兼侍講及國史院編修官，中書舍人，宗正少卿兼國子祭酒，兵部侍郎，兼侍讀。復上疏極諫和議可痛哭者十。朝廷罷張浚兵柄，上疏力争，除措置浙西淮東海道使，除知漳州，改泉州，權工部侍郎，封廬陵郡開國侯。卒謚忠簡。有澹庵文集。生平事迹見楊萬里所撰行狀、宋史卷三七四本傳。胡銓任秘書少監的年月，有明確記載：周必大胡銓神道碑：「隆興元年正月，遷秘書少監。」南宋館閣録卷七：「胡銓，字邦衡。廬陵人。李易榜進士及第。治春秋。（隆興）元年正月除（少監）；四月爲起居郎。」詩題云「秘監」，即指此職。

三月四日驟煖

日脚融晴晚氣暄，睡餘初覺薄羅便。如何柳絮沾泥處，煖似槐陰轉午天。

【題解】

本詩作於隆興元年（一一六三）春，時在太平惠民和劑局任上。

久雨地濕

汗礎經旬未肯乾，破窗隨處有蝸涎。秪今不耐春陰得，想見黄梅細雨天〔一〕。

【校記】

㈠黄梅：活字本、叢書堂本、董鈔本、詩淵第三册第二二〇九頁作「梅黄」。

【題解】

本詩作於隆興元年（一一六三）四五月間，時已改任聖政所檢討官兼敕令所。周必大神道碑：「壽皇受禪，命宰臣編類高宗聖政。隆興元年四月，以公爲檢討官，又兼敕令所。」樓鑰華文閣直學士奉政大夫致仕賜金紫光禄大夫陳公行狀：「隆興元年，孝宗修高廟聖政，妙選僚屬，時參政范公成大爲和劑局，與公皆自莞庫中兼檢討官。」

【箋注】

〔一〕梅黄細雨天：陳善捫虱新話：「江湖二浙，四五月間梅欲黄而雨，謂之梅雨。」陳巖肖庚溪詩話卷上：「江南五月梅熟時，霖雨連旬，謂之黄梅雨。」

晝錦行送陳福公判信州

漢家麟閣多王侯，冠佩相望經幾秋。晝錦聲名兩榮耀，惟有信州如相州。國門南頭折楊柳㈠，借問江津垂白叟：住在行都四十年，曾見歸舟似公否？人言公與赤松期，飈車羽輪來何時〔一〕？雲出雲歸俱是道，苦學赤松還未妙。君不見補陀大士海

復山，隨喜却來觀世間〔一〕。

【校記】

㈠國門南頭：富校：「『國南門頭』黄刻本作『國門南頭』，是。」活字本、叢書堂本、董鈔本作「國南門頭」。黄刻本意勝，今改。

【題解】

本詩作於隆興元年（一一六三）十二月，時在聖政所檢討官任上。本年，陳康伯以疾請辭，遂判信州，石湖賦詩送之。因陳康伯爲信州人，今回信州任職，猶如衣錦還鄉，故詩題冠以「晝錦行」。陳福公，即陳康伯，封福國公，故云。陳康伯，字長卿，信州弋陽人。紹興三十一年，拜光禄大夫尚書左僕射。孝宗即位，兼樞密使。隆興元年，以太保、觀文殿大學士、福國公判信州。事迹見宋史卷三八四本傳。宋會要輯稿職官七八「罷免下」云：「（隆興）十二月三日，詔特進、尚書左僕射、同中書門下平章事、兼樞密院使陳康伯除少保、觀文殿大學士、判信州。」（按，宋史作「太保」，宋會要輯稿作「少保」，會要近是。）

【箋注】

〔一〕飈車羽輪：御風而行之車。桓麟西王母傳：「（王母）所居宮闕……其山之下，弱水九重，洪濤萬丈，非飈車羽輪，不可到也。」李白古風五十九首之四：「羽駕滅去影，飈車絶回輪。」

〔二〕「君不見」二句：補陀大士，即觀音菩薩。觀音，又稱觀世音，因唐代避太宗李世民之名諱，略去「世」字，後遂沿用之。妙法蓮華經觀世音菩薩普門品：「佛告無盡意菩薩：善男子！若有無量百千萬億衆生，受諸苦惱，聞是觀世音菩薩，一心稱名，觀世音菩薩即時觀其音聲，皆得解脱。」石湖詩末句「觀世間」，巧借「觀世音」之名，化爲一個表示動態的詞語，表示觀世音菩薩來到世間，觀看人世間之「音」，即人世間種種現象，以便解脱衆生之苦難。

送張真甫中書奉祠歸蜀

種成桃李恰新陰，忽憶家山叢桂林。客路莫嫌歸計拙，春江争似駭機深。一封朝奏鈞天夢〔一〕，萬里江行魏闕心〔二〕。後日還朝飽風露，黑頭應有雪絲侵。

【題解】

本詩作於隆興元年（一一六三），時在聖政所檢討官任上。張震時爲中書舍人，因檄龍大淵、曾覿新命，遂奉祠歸蜀，石湖因作本詩以送行。張真甫中書，即中書舍人張震。張震，字真父、真甫，廣漢人。趙逵榜進士及第。紹興三十一年十月，除著作佐郎，三十二年爲殿中侍御史、起居郎，有所建白。羅大經鶴林玉露丙編卷二：「隆興初，張真父自殿中侍御史除起居郎，孝宗玉音云：『張震知無不言，言皆當理。』令載之訓詞。大哉玉言！真臺諫之金科玉條也。」隆興元年，任中書舍人，因繳龍、曾新命，遂除敷文閣待制、知紹興府，震力辭，請「除一在外宫觀」，不許，震又屢辭職名，孝宗批示：「張震除職已有成命，累上辭免，特從所請，可與外祠，從其本意。」後改知夔州。後知成都府，卒於任。宋史翼卷二〇列傳第二十循吏三：「張震，字真父。廣漢人。嘗爲臺諫，多所建白。……上（指孝宗）初即位，劉度入對，首言龍大淵、曾覿潛邸舊人，待之不可無節度。臣欲退之而陛下欲進之，何面目尚爲諫官，乞賜貶黜！震時爲中書舍人，繳其命至再（指繳龍、曾新命），遂除震敷文閣待制，知紹興府。震力辭。……改知夔州。……後知成都府，卒於官。」南宋館閣録卷八：「張震，（紹興）二十五年十月除（秘書省正字）；二十六年八月，通判荆南府。」卷七：「張震，字真甫。緜竹人。趙逵榜進士及第。治周禮。（紹興）三十一年十月，除（著作佐郎）；三十二年四月，爲殿中侍御史。」石湖作本詩時，在改知夔州之前，故詩題云：「奉祠歸蜀。」周必大歸廬陵日記隆興元年三月甲辰記事：「中書舍人張真父之出，頗涉大淵，外議紛然。」

【箋注】

〔一〕「一封」句：用韓愈左遷至藍關示侄孫湘「一封朝奏九重天，夕貶潮州路八千」詩意。

〔二〕「萬里」句：用莊子文意，莊子讓王：「身在江海之上，心居乎魏闕之下。」

送周子充左史奉祠歸廬陵

黄鵠飄然下九關，江船載月客俱還。名高豈是孤臣願，身退聊開壯士顔。傾蓋當年真旦暮〔一〕，沾巾明日有河山。後期淹速都難料，相對猶憐鬢未斑。

【題解】

本詩作於隆興元年（一一六三）四月，時在聖政所檢討官任上。周必大因進言龍、曾事，坐是請祠歸鄉。周子充左史，即起居郎兼中書舍人周必大。周必大奉祠歸廬陵，石湖賦詩送行之。周必大歸廬陵日記序：「紹興壬午，壽皇初政。予自御史擢起居郎兼權中書舍人、聖政所詳定官。明年癸未，改元隆興。時隨龍人龍大淵、曾覿頗用事，予因進故事，每以爲言，尋擻知閤之命，坐是請祠而去。」歸廬陵日記三月庚申記事：「受敕，主管台州崇道觀，以狀申尚書省，乞免辭謝。」又甲子紀事：「甲子，雨旋霽，骨肉登舟出城，予循城過北關就之。李平叔大監、陸務觀編修、鄒德章監丞、王致君判院、范至能省幹攜詩相送。解舟至閘下，遇修梁而止。」

【箋注】

〔一〕「傾蓋」句：傾蓋，指初交一見如故，史記鄒陽傳：「諺曰：『有白頭如新，傾蓋如故。』」索隱：「服虔云：『如吴札、鄭僑也。』按：家語『孔子遇程子於途，傾蓋而語』。又志林云：『傾蓋者，道行相遇，軿車對語，兩蓋相切，小欹之，故曰傾也。』」蘇軾和邵同年戲贈賈收秀才：「傾蓋相歡一笑中。」

送陳天予大監同年使閩

春闈十載記英遊〔一〕，蚤喜時才近采旒。夷路着鞭方逸駕，急流回首忽扁舟。雲霄正穩君猶去，塵土無邊我合休。問訊後車容客否？茶山荔浦看南州。

【題解】

本詩作於隆興元年（一一六三），時在聖政所檢討官任上。陳天予大監，即軍器監陳良祐，與石湖同爲紹興二十四年進士，故云「同年」。陳良祐，字天與（「與」亦作「予」），婺州金華人。紹興二十四年進士。累官太學録、樞密院編修官、監察御史、軍器監，隆興元年，出爲福建路轉運副使。後又歷仕起居舍人、中書舍人、起居郎、右司諫、右諫議大夫兼侍講、給事中兼直學士院、吏部侍郎、尚書、知州、知府。其在朝論奏，如言會子之弊、請禁公侯戚畹牟商賈之利、諫遣泛使請地等項，均見識力。詳見宋史卷三八八本傳。宋史陳良祐傳：「隆興元年，出爲福建路轉運副使。」康熙福建通志卷一九職官二「福建轉運司」：「陳良祐，隆興間任。」

【箋注】

〔一〕春闈十載：從紹興二十四年進士及第，至本年恰爲十年。

送陸務觀編修監鎮江郡歸會稽待闕

寶馬天街路，煙篷海浦心。非關愛京口，自是憶山陰。高興餘飛動，孤忠有照臨。浮雲付舒卷〔一〕，知子道根深。

見説雲門好〔二〕，全家住翠微。京塵成歲晚，江雨送人歸。邊鎖風雷動，軍書日夜飛〔三〕。功名袖中手，世事巧相違。

【題解】

本詩作於隆興元年（一一六三）六月，時在聖政所檢討官任上。陸游因忤龍大淵、曾覿，歸會稽，待鎮江通判闕（五月得鎮江通判之任命，見陸游鎮江謁諸廟文：「某以隆興改元夏五月癸巳，自西府掾出佐京口，明年春二月己卯至郡。」六月離臨安，見石湖余與陸務觀自聖政所分袂每別輒五年離合又常以六月似有數者詩。）陸務觀編修，即樞密院編修官陸游。陸游（一一二五—一二一〇），字務觀，號放翁。南宋偉大愛國詩人。少年初應試，即以論恢復，反和議觸怒秦檜，幾被禍。宋孝宗趙昚即位，召見，賜進士出身。歷官主簿、通判、知州、提舉、郎中、秘書監，屢兼史官。晚年封渭南伯。卒於嘉定二年除夕（一二一〇年一月二十六日），享年八十五歲。石湖爲蜀帥時，游爲幕僚，仍以舊友相待，不拘禮法。今傳劍南詩稿八十五卷，渭南文集五十卷（包括入蜀記及詞）。

尚有南唐書、老學庵筆記、家世舊聞、天彭牡丹譜等書。陸游於隆興元年六月出都還會稽，賦出都詩，復齋記（渭南文集卷一七）云：「隆興元年夏，某自都還里中。」宋史陸游傳：「時龍大淵、曾觀用事，游爲樞臣張燾言：觀、大淵招權植黨，熒惑聖聽，公及今不言，異日將不可去。燾遽以聞。上詰語所自來，燾以游對。上怒，出通判建康府。（按，宋史誤，當爲鎮江府。）」這一年，石湖接連送張震、周必大、陸游三位知友離京，均與孝宗親幸龍大淵、曾觀有關，于北山范成大年譜爲此加案語云：「張震、周必大、陸游此次去國，均係與趙眘親信龍大淵、曾觀政治矛盾之結果。周、陸、范等此時爲朝廷新進人物，不滿因循萎靡之現實，尤不滿於佞倖近習之當道。膽識風力，均有足稱。石湖雖未陷入政治漩渦，而送行詩感情充沛，愛憎分明，固非僅離情別緒而已。惟從門争之發展觀之，此非結局，而係肇端。厥後與龍、曾及其黨羽門争到底者爲陸游；必大則漸趨妥協，致身通顯，雖非由龍、曾而進，但墮入軟熟應付，不免爲輿論所不與；石湖在此方面，内心有矛盾，宦途多坎坷，故雖屢建節於外藩，但不能久安於朝路。其結果則惋歎自疎、移情山水，蓋亦有感於履霜堅冰，而自置於遯世無悶、憂則違之之域，亦非陸游之比也。」

【箋注】

〔一〕「浮雲」句：句意與陸游出都詩有關，陸詩云：「西厢屋了吾真足，高枕看雲一事無。」

〔二〕雲門：山名，在會稽，嘉泰會稽志卷九：「雲門山，在（會稽）縣南三十里。」陸游有草堂在此山，有留題雲門草堂詩。

〔三〕「邊鎖」二句：孔凡禮范成大年譜隆興元年譜文附注：「時值符離失敗以後，前方仍有戰爭，有望游立功名之意。」

送李仲鎮宰溧陽

相逢已歎十年遲，冷淡貧交又語離。玉笋換班通籍後，黄梅催雨送帆時。月巖家世猶爲縣〔一〕，仲鎮，方叔孫也。金瀨溪山好賦詩〔二〕。唤起酸寒孟東野〔三〕，倒流三峽洗餘悲。

【題解】

本詩作於隆興元年（一一六三），時在聖政所檢討官任上。李鼐以右宣教郎任溧陽縣令，石湖賦詩送行。詩云「黄梅催雨送帆時」，是送别時景物，則石湖此詩作於四五月間，而李鼐到任在九月，景定建康志卷二七溧陽縣縣令題名：「李鼐，右宣教郎。隆興元年九月到任，乾道元年八月罷任。」可知李鼐離臨安後，先回宜興家，至九月始赴任。

【箋注】

〔一〕月巖家世：據附注，知仲鎮爲李廌孫。李廌（一〇五九—一一〇九），字方叔，號月巖、齊南先生、太華逸民，少爲蘇軾所知，入其門，成爲「蘇門六君子」之一。廌一生未仕，今李仲鎮任縣令，故云。見宋史李膺傳。

〔二〕金瀨溪山：溧陽有投金瀨，孟郊嘗在此賦詩，辛文房唐才子傳卷五：「（溧陽）縣有投金瀨、平陵城，林薄蓊翳，下有積水。郊間往坐水傍，命酒揮琴，裴回賦詩終日，而曹務多廢。」因李翺宰溧陽，亦工詩，故石湖用孟郊故事。

〔三〕酸寒孟東野：孟郊（七五一—八一四），字東野，湖州武康人。貞元十二年中進士第。十六年，任溧陽縣尉。憲宗元和元年，鄭餘慶辟爲水陸轉運從事。九年，鄭餘慶鎮興元，復辟爲節度參謀。赴任途中，暴卒於閿鄉。兩唐書有傳。孟郊以苦吟著稱，詩風險怪奇崛，蘇軾祭柳子玉文：「元輕白俗，郊寒島瘦。」，故石湖有「酸寒」之語。

送吴元茂丞浦江

玉笋翻乘縣佐車，飄然不肯待新除。才名已被人争説，官薄何妨計小疎。憶昨西湖同我載，從今南浦望君書。遥知斂板趨風後，始覺丞哉果負予〔一〕。

【題解】

本詩作於隆興元年（一一六三），時在聖政所檢討官任上。吴元茂赴婺州浦江縣丞任，石湖賦本詩送之。浦江，元豐九域志卷五兩浙路婺州，浦江縣，有浦陽江，縣由此得名。

【箋注】

〔一〕「始覺」句：韓愈藍田縣丞廳壁記：「（崔斯立）元和初，以前大理評事言得失黜官，再轉而爲丞茲邑。始至，喟然曰：『官無卑，顧材不足塞職。』既噤不得施用，又喟然曰：『丞哉！丞哉！余不負丞，而丞負余。』」

雪晴呈子永

碧空無處泊同雲，晴入荒園鳥雀馴。冰面小風池欲動，雪邊濃日瓦如薰。塵容俗狀長爲客〔一〕，冷蕊疎枝又作去聲春。詩卷豈能生煖熱，犯寒聊復惱比鄰。

【題解】

本詩作於隆興元年（一一六三），時在聖政所檢討官任上。雪晴，喜作本詩，呈李泳。

【箋注】

〔一〕塵容俗狀：孔稚珪北山移文：「抗塵容而走俗狀。」

次韻子永雪後見贈

雪瓴待伴半陰晴〔一〕，竟日檐冰溜雨聲。九陌泥乾塵未動，南山石露塔猶明。稍聞吉語占農事，便覺歸心勝宦情。想得秫田來歲好，瓦盆加釀灌愁城。

【題解】

本詩作於隆興元年（一一六三）冬，時在聖政所檢討官任上。雪後李泳賦詩見贈，乃次其韻作本詩。

【箋注】

〔一〕待伴：俗語，上次雪未融化，等待下次雪來作伴，稱爲待伴。蔡絛西清詩話卷上：「王君玉謂人曰：『詩家不妨間用俗語，尤見工夫。』雪止未消者，俗謂『待伴』。嘗有雪詩：『待伴不禁鴛瓦冷，羞明常怯玉鉤斜。』待伴、羞明皆俗語，而採拾入句，了無痕類，此點瓦礫爲黄金手也。」

次韻郊祀慶成

帝德重堯緒，天心與舜禋〔一〕。慶期符後甲，元日際初辛〔二〕。土緯扶南極，旄胡拱北辰。律諧風自艮，衡正斗垂寅。桂燎靈宫曉〔三〕，蕭脂太室晨。百神森壁壘，萬衛密鉤陳。日月青旂色，雷霆玉輅塵〔四〕。洗兵銀漢水，收雪紫壇春。天步臨黄道〔五〕，仙班像玉宸。陶匏宗素樸〔六〕，琮璧慕精純㊀〔七〕。秘祝衷時對，高斿欻下賓。金鐘鳴傑簴〔八〕，朱火爇芳薪。日麗鶏竿矗〔九〕，天旋鳳曆新㊁〔一〇〕。端門敷錫後，六合共絪緼。

【校記】

㊀ 慕：叢書堂本、詩淵第一册第三〇一頁作「奠」。

㊁ 鳳曆：原作「鳳律」，按活字本、叢書堂本、董鈔本、詩淵均作「鳳曆」，今據改。

【題解】

本詩作於隆興元年（一一六三）九月，時在聖政所檢討官任上。本年石湖參加三年一度的郊祀活動，禮成，有人賦詩紀事、志感，石湖次其韻作本詩。郊祀之禮，吴自牧夢粱録卷五、周密武林舊事卷一「大禮」條，有詳細記載，參本詩各條「箋注」文字。

【箋注】

〔一〕「帝德」二句：意謂帝王之德，重在繼堯舜之餘緒，通過明禋禮，升煙與天神之心相通。禋，禋祀，以祭神之牲體和玉帛置於柴上，燒柴煙起升上，表示告天。周禮春官大宗伯：「以禋祀祀昊天上帝。」宋代三年一次行明禋郊祀之禮。

〔二〕「元日」句：吴自牧夢粱録卷五「明禋年預教習車象」條云：「明堂大禮，三年一次，春首頒詔天下明禋，以九月上辛日大饗天地。」周密武林舊事卷一「大禮」條云：「三歲一郊，預於元日降詔，以冬至有事於南郊。或用次年元日行事。」夾注：「明堂止於半年前降詔，用是歲季秋上辛日。」初辛，即上辛日。

〔三〕桂燎：用桂木作燎柴。焚柴祭天曰燎，班固白虎通封禪：「燎祭天，報之義也。」宋會要輯稿禮二「郊祀奏告」條云：「有司各詣神位前，取幣、祝版置於燎柴，次引奉禮郎、太祝降詣望燎位立定，禮直官曰：『可燎』，火燎半柴。禮直官贊禮畢，引告官以下退。」本詩下有句「朱火熭芳薪」，熭，暴曬。芳薪，即指桂木。將桂木曬乾，以爲燎柴。

〔四〕玉輅：用玉飾車。吴自牧夢粱録卷五「五輅儀式」條云：「明禋止用玉輅。」「玉輅，按周禮春官：『巾車，掌王之玉輅，錫繁纓十有再就，建太常十有二斿以祀。』康成注曰：『玉輅，以玉飾諸末。』」

〔五〕「天步」句：周密武林舊事卷一「大禮」條云：「上服衮冕，步至小次，升自午階，天步所臨，皆藉以黄羅，謂之『黄道』。」

〔六〕陶匏：禮記郊特牲：「掃地而祭，於其質也，器用陶匏，以象天地之性也。」孔穎達疏：「陶謂瓦器，謂酒尊及豆簋之屬，故周禮旊人爲簋。匏謂酒爵。」

〔七〕琮璧：黄琮與蒼璧，瑞玉。周禮春官大宗伯：「以玉作六器以禮天地四方，以蒼璧禮天，以黄琮禮地。」

〔八〕傑簴：簴，簨簴，古代懸鐘磬鼓的木架。傑簴，巨大的懸挂鐘鼓的木架。禮記明堂位：「夏后氏之龍簨虡。」注：「簨簴，所以懸鐘磬也。横曰簨，飾之以鱗屬，植曰虡，飾之以贏屬、羽屬。」也作「簨簴」。

〔九〕日麗鷄竿矗：用金鷄放赦故事。吴自牧夢粱録卷五「明禋禮成登門放赦」條云：「上登樓臨軒，立金鷄竿放赦，如明禋禮同。」周密武林舊事卷一「大禮」條：「門上中書令稱：『有敕，立金鷄門下。』侍郎應喏，宣奉敕立金鷄。鷄竿一起，門上仙鶴童子捧赦書降下閤門，接置案上，太常寺擊鼓，鼓止，捧案至樓前中心。知閤稱『宣付三省』，參政跪受，捧制書出班跪奏，請付外施行。」金鷄宣赦事，起於後魏、北齊，隋唐沿用之，故王建宫詞曰：「樓前立仗看宣赦，萬歲聲長再拜齊。日照彩盤高百尺，飛仙争上取金鷄。」

〔一〇〕鳳曆：左傳昭公十七年：「高祖少皥摯之立也，鳳鳥適至，故紀於鳥。爲鳥師而鳥名，鳳鳥氏，曆正也。」注：「少皥，黄帝子，鳳鳥知天時，故以名曆正之官。」杜甫上韋左相詩：「鳳曆軒轅紀，龍飛四十春。」

從巨濟乞蠟梅

寂寥人在曉鷄窗，苦憶花前續斷腸。全樹折來應不惜，君家真色自生香。

【題解】本詩作於隆興元年（一一六三）冬，時在聖政所檢討官任上。作本詩向巨濟乞蠟梅。巨濟，生平未詳。

次韻朋元賣花處見梅

煙濃日淡不多寒，擔上看花雪作團〔一〕。想得竹邊春已暗，明朝走馬過溪看。

【題解】本詩作於隆興元年（一一六三）冬，時在聖政所檢討官任上。陳朋元於賣花處見梅，因賦詩贈石湖，石湖乃次其韻作本詩。

【箋注】

〔一〕「擔上」句：賣花者挑着擔兒，裝上若干盆栽花卉，叫賣兜售。蘇杭一帶盛行這種民俗，陸游臨安春雨初霽：「小樓一夜聽春雨，深巷明朝賣杏花。」

與正夫、朋元遊陳侍御園

沙際春風轉物華〔一〕，意行聊復到君家。年年我是曾來客，處處梅皆舊識花。官減不妨詩事業，地寒猶辨醉生涯。城中馬上那知此，塵滿長裾席帽斜〔一〕。

【校記】

㊀轉物華：原作「捲物華」，沈注卷上：「捲，宋詩鈔作轉，是。」活字本、叢書堂本、董鈔本亦作「轉」，今據改。

【題解】

本詩作於隆興元年（一一六三）春，時在監太平惠民和劑局任上。與正夫、朋元遊陳侍御園，有感而作本詩。陳侍御園，即陳園，在錢塘門外，有照山堂，參見本卷與胡經仲陳朋元遊照山堂梅數百株盛開、四月五日集陳園照山堂「題解」。正夫，即劉孝韙。劉孝韙，字正夫，官至侍郎。樓鑰敷文閣學士宣奉大夫致仕贈特進汪公行狀（攻媿集卷八八）：「成就人固多矣，而薦舉非名士不預。樞密大資政葉公翥方爲掌故，公一見，識拔於稠人中；尚書錢公象祖、侍郎劉公孝韙、史公彌大、經略潘公時、屯田鄭公鍔、簽判沈公銖，皆卓然者。其他汲引，光顯於中外，有知人之稱。」侍郎是劉孝韙後來之官識，隆興時任何職，不詳。

【箋注】

〔一〕席帽：馬縞中華古今注卷中「席帽」條：「本古之圍帽也，男女通服之。以韋之四周，垂絲網之，施以朱翠，丈夫去飾。至煬帝淫侈，欲見女子之容，詔去帽戴幞頭巾子幗也，以皂羅爲之，丈夫藤席爲之，骨鞔以繒，乃名『席帽』。」

正月十四日雨中與正夫、朋元小集夜歸

燈市淒清燈火稀，雨巾風帽笑歸遲。月明想在雲堆處，客醉都忘馬滑時。老去樽前花隔霧，春來句裏鬢成絲。浮生不了悲歡事，作劇兒童總未知。

【題解】本詩作於隆興二年（一一六四）正月，時在聖政所檢討官任上。

次韻子永夜雨

辦作長愁客，工哦苦雨吟。挑燈今夕意，欹枕故園心〔一〕。漏屋疎疎滴，空檐細細斟。相過巷南北，屐齒怕泥深。

【題解】本詩作於隆興二年（一一六四）正月，時在聖政所檢討官任上。承上詩，時正春雨連綿，李泳作夜雨詩，石湖次其韻答之。從詩意看，李泳時亦在臨安，居處與石湖相近。

【箋注】

〔一〕故園心：用杜甫秋興八首之一：「叢菊兩開他日淚，孤舟一繫故園心。」

次韻朋元遊王氏園

聯翩步屧翠微間，回首紅塵自鮮歡。捲地雨添千澗急，擁門雲鎖兩山盤。絶憐茶笋能留客，仍喜蛙聲不在官〔一〕。雪白楊梅消息未，重來應至麥秋寒。

【題解】

本詩作於隆興二年（一一六四），時已任樞密院編修官。周必大神道碑：「隆興二年四月，除樞密院編修官。」王氏園，周密武林舊事卷五「湖山勝概」：「北山路，有王氏園。」

【箋注】

〔一〕蛙聲不在官：晉書孝惠帝紀：「帝又嘗在華林園，聞蛙蟆聲，問左右曰：『此鳴者爲官乎？私乎？』或對曰：『在官地爲官，在私地爲私。』」

遊靈石山寺

寺門頫壁，有仙人顏禹、李甲、蕭筠三人題詩，方運筆時，伸臂丈餘，闔人驚報主僧，回顧已失矣。

西湖富清麗，城府塵事并。我獨數能來，不負雙眼明。騷騷殘絮罷，颭颭新荷成。歲華日夜好，遊子能無情？午陰釀初暑，稍喜巾袂輕。小風吹鬢毛，將我入松聲。崖寺金碧暗，石泉肝膽清。壽藟萬蛟舞〔一〕，靈峰雙髻撑。仙人昔來游，筆墨上朱甍。舉臂尋丈高，聊得兒童驚。老矣謝狡獪，題詩記吾曾。

【題解】

本詩作於隆興二年（一一六四）初夏，時在樞密院編修官任上。詩云「騷騷殘絮罷，颭颭新荷成」、「午陰釀初暑」，知時爲初夏。靈石山寺，在靈石山麓。靈石山，一名積慶山，咸淳臨安志卷二三山川二「城南諸山」：「靈石山，在西山放馬場側，石嘗見光怪，故名。古跡事實云：『靈石山寺南山棲真院之上。』」周密武林舊事卷五「湖山勝概」：「靈石山。」明田汝成西湖游覽志卷四南山勝迹云：「靈石山，亦名積慶山，林壑中時有景光，蜿蜒扶輿，狀若異物。」又云：「山畔，舊有靈石寺。」范成大游靈石山，將仙人題詩鈔録下來，寄給李洪。李洪芸庵類稿卷五范至能游靈石録示詩仙留題云，共四首。其一：「南塢數回泉石，西風幾疊烟雲。登攜孰與爲侶？顏禹李甲蕭筠。」其二：「鼎峙傲睨絶景，揮毫想見凌雲。落落真筌玉子，步虚寧作吴筠。」其三：「勝概風生步武，山靈景從歸雲。塵世欲尋飆馭，藤蔭萬個蒼筠。」其四：「雨後泉淙水樂，詩成目送孤雲。寄興西湖南北，忘年丘壑松筠。」李洪，李正民之子，李泳之從兄，揚州人。歷仕知藤州、温州、大理卿等。隆興二年，李洪正在大理卿任上，建炎以來繫年要録卷二〇〇紹興三十二年十月丁卯紀事：「大理少卿李洪引見奏事。」宋會要輯稿職官七一之六：「隆興二年正月十一日，詔大理卿李洪……放罷。……」李洪工詩，有芸庵類稿，原書已佚，今本輯於永樂大典。四庫全書總目卷一六〇芸庵類稿提要云：「雖骨幹未堅，而神思清超，時露警秀，七言律詩尤爲工穩，足以嗣響正民。」

【箋注】

〔一〕壽藟：與下一首詩「緜緜紫藟天所壽」同意。藟，詩經周南樛木：「葛藟纍之。」陸璣毛詩草木鳥獸蟲魚疏：「藟，一名巨苽，似燕薁，亦延蔓生。」新唐書方技傳：「（姜撫）服常春藤，使白髮還鬒。……常春藤者，千歲藟也。」壽藟正指常春藤。

次韻李器之編修靈石山萬歲藤歌

君不見東林怪蔓之詩三百年，字如金繩鐵索相糾纏。不如李侯靈石句，筆陣壓倒長城堅〔二〕。藤陰詩律兩秀發，此段奇事今無前。吾聞草木未有不黄落，雨荒霜倒相後先。緜緜紫蓋天所壽，風雨不動常蒼然。堅姿絶鄰傲一世㈠，深本無極融三泉。騰虬舞蛟矯欲去，流蘇絡帶翩如仙。班荆芘蘋得吾黨〔三〕，酌泉共吸杯中天。詩成一斗屬太白，擘牋揮掃如雲煙。北門西掖君自有，坐擁紅藥然金蓮㈡。山腰澗底莫濡滯，早晚天風吹蜕蟬。

【校記】

㈠一世：原作「一所」，富校：「『所』黄刻本作『世』。」按，活字本、叢書堂本、董鈔本、詩淵第四册第二三四二頁作「一世」，今據改。

㈡擁：活字本、叢書堂本、董鈔本、詩淵作「詠」。

【題解】

本詩作於隆興二年（一一六四），與上首同時作。石湖與李遠同遊靈石山，遠作靈石山萬歲藤歌，石湖次韻和之。李器之，即李遠，字器之，毗陵人，紹興二十七年進士，歷仕樞密院編修官、秘書省正字、校書郎、著作佐郎、福建安撫司參議官。南宋館閣録卷八：「李遠，（乾道）二年十月除（正字），三年七月爲校書郎。」又：「李遠（乾道三年七月除校書郎），四年四月爲著作佐郎。」卷七：「李遠，字器之，毗陵人。王十朋榜進士出身。治詩。（乾道）四年四月除（著作佐郎），五年十二月，爲福建安撫司參議官。」咸淳毗陵志卷一一：「（紹興）二十七年王十朋榜：李遠。」

【箋注】

〔一〕「不如」二句：贊譽李遠靈石山萬歲藤歌筆力雄健。韓元吉李編修器之惠詩卷贊遠詩「語新格健意有餘，風骨峭硬中含腴。猛如横陣舞刀槊，清若雅宴調笙竽。」喻良能送李參議器之（香山集卷一二）：「人間今北海，天上謫仙人。雄論堪醫國，新詩可泣神。」韓、喻二氏之論，與石湖如出一轍。

〔二〕班荆：左傳襄公二十六年：「伍舉奔鄭，將遂奔晉，聲子將如晉，遇之於鄭郊，班荆相與食，而言復故。」茈藾：莊子人世間：「南伯子綦遊乎商之邱，見大木焉有異：結駟千乘，隱將芘其所藾。」郭象曰：「其枝所蔭，可以隱芘千乘。」林希逸曰：「芘，自我芘物也；藾，彼求蔭於我也。」

次韻正夫遊王園，會者六人

丘園窈窕復崎嶇，草木生香景倍殊。花下百杯齊物我〔一〕，雲邊一眼盡江湖。不知朱户趦趄者，能勝青山放浪無？六逸蕭然真可畫，爲君題作竹溪圖〔二〕。

【題解】

本詩作於隆興二年（一一六四）春末，時在樞密院編修官任上，與正夫同遊王園，正夫賦游王園詩，石湖次其韻作本詩。王園，爲官舍，本書卷一〇有王園官舍睡起可知。

【箋注】

〔一〕「花下」句：齊物我，莊子有齊物論，内容宣揚齊物我之思想，後人以之作酒的名稱。宋唐庚詩：「滿引一杯齊物論，白衣蒼狗聽浮雲。」自注：「予在惠州，作酒二種，其和者名養生主，其稍勁者名齊物論。」

〔二〕「六逸」二句：石湖以「會者六人」，比擬歷史上的「六逸」，又説要「爲君題作竹溪圖」。按，唐鄭虔畫竹溪六逸圖卷，見張丑清河書畫舫卷三下：「新都黄氏藏虔竹溪六逸卷紙本，淺絳色，極佳，後有蘇子瞻題跋，米元章鑒定，紹興御府等印記。渴欲一見而不可得。近幸獲觀錢舜舉摹本，筆趣瀟灑，足供卧遊，想見真迹之妙，更何如也。」元陳旅竹溪六逸圖：「山樽共醉徂徠石。」明丘濬竹溪六逸圖：「徂徠之山竹滿溪」，「就中最豪孔與李」，「白也逃生巢父死」。可知鄭虔竹溪六逸圖乃以「竹溪六逸」爲題材畫成。考新唐書李白傳：「更客任城，與孔巢父、韓準、裴政、張叔明、陶沔居徂徠山，日沉飲，號『竹溪六逸』。」唐人有六逸圖，陸庭曜（又作陸曜）畫，今藏北京故宫博物院，畫漢晉逸人馬融、阮孚、邊韶、陶潛、韓康、畢卓六人，則鄭虔竹溪六逸圖與陸庭曜六逸圖，截然不同，不能渾爲一談。

四月五日集陳園照山堂

尋壑經丘到此堂，官閑聊作送春忙。短籬水面殘紅滿，團扇風前衆緑香。盡捲簾旌延竹色，深斟杯酒納山光。洞門無鎖城門近，轉午鷄啼日正長。

【題解】

本詩作於隆興二年（一一六四）四月五日，時在樞密院編修官任上，與友人同集陳園照山堂，因作本詩。陳園照山堂，在錢塘門外。孔凡禮范成大年譜隆興二年譜文附注：「咸淳臨安志卷八十六有陳氏園，在新城縣七賢鄉，當即成大所云之陳園。」欠當。本書卷九與胡經仲陳朋元遊照山堂，云：「錢塘門外有園林。」園林，即陳園，則陳園照山堂應在錢塘門外附近，與本詩之「洞門無鎖城門近」相合。

題寶林寺可賦軒

十里山行雜市聲，道傍無處濯塵纓。寶林寺裏逢修竹，方有詩情約略生。

【題解】

本詩作於隆興二年（一一六四），時在樞密院編修官任上，遊寶林寺可賦軒，題詩。寶林寺，即寶林院，咸淳臨安志卷八四寺觀十富陽縣寶林院：「在縣西南三十五里儀鳳村，舊係雙林院，大中祥符四年建，治平二年改今額。」以下題咏引成大本詩。周密武林舊事卷五湖山勝概南山路有寶林院，附注：「有可賦軒。」

次韻朋元久雨

誰釀愁霧玉宇間，都緣梅子要斕斑。騰騰困思午猶夢，擾擾奔雲風未還。休問滿城騎馬滑，不妨長日閉門閑。今朝晴色熹微似，乾鵲飛來語屋山〔一〕。

【題解】

本詩作於隆興二年（一一六四），時在樞密院編修官任上。陳朋元作久雨詩，石湖次其韻而作本詩。

【箋注】

〔一〕「乾鵲」句：西京雜記卷三：「乾鵲噪而行人至，蜘蛛集而百事喜。」鵲性喜晴，故云「乾鵲」。

韓無咎檢詳出示所賦陳季陵户部巫山圖詩，仰窺高作，歎息彌襟。余嘗考宋玉談朝雲事，漫稱先王時，本無據依，及襄王夢之，命玉爲賦，但云：「頩顔怒以自持，曾不可乎犯干。」後世弗察，一切溷以媟語，曹子建賦宓妃，亦感此而作，此嘲誰當解者？輒用此意，次韻和呈，以資撫掌

瑶姬家山高插天〔一〕，碧叢奇秀古未傳。向來題目經楚客，名字徑度岷峨前。是邪非邪莽誰識？喬林古廟常秋色〔二〕。暮去行雨朝行雲，翠帷瑶席知何人？峽船一息且千里，五兩竿頭見旛尾〔三〕。仰窺仙館至今疑，行人問訊居人指。千年遺恨何當申，陽臺愁絶如荒村。高唐賦裏人如畫，玉色頩顔元不嫁。後來飢客眼長寒，浪傳樂府吹復彈〔四〕。此事牽連到温洛，更憐塵韈有無間〔五〕。君不見天孫住在銀濤許〔六〕，塵間猶作兒女語。公家春風錦瑟傍，莫爲此圖虚斷腸！

【題解】本詩作於隆興二年（一一六四），時在樞密院編修官任上。韓元吉出示所賦陳天麟家藏巫山圖詩，石湖次其韻，發出一段關於宋玉高唐賦的議論。韓無咎檢詳，即韓元吉（一一一八—一一八七），字無咎，號南澗，開封雍丘人，南渡後寓居上饒。北宋宰相韓維四世孫，歷仕樞密院檢詳、江東轉運判官、大理少卿、中書舍人、吏部侍郎，仕至吏部尚書、龍圖閣學士，封潁川公。陸心源宋史翼卷一四韓元吉傳：「韓元吉字無咎，開封雍丘人，門下侍郎維之玄孫。……徙居信州之上饒，所居之前有澗水，號南澗。詞章典麗，議論通明，爲故家翹楚。嘗赴詞科不利，以蔭爲處州龍泉縣主簿。……乾道三年除江東轉運判官。……四年以朝散郎入守大理少卿，權中書舍人，八年權吏部侍郎。……九年權禮部尚書賀金國生辰使。……淳熙元年以待制知婺州，於郡西南隅創貢院，工築方興，明年移知建安。……旋召赴行在，以朝議大夫試吏部尚書，進正奉大夫，除吏部尚書。五年乞州郡，除龍圖閣學士，復知婺州，罷爲提舉太平興國宫。爵至潁川郡公。……與葉夢得、陸游、沈明遠、趙蕃、張浚相唱和，政事文章爲一代冠冕。朱子稱其詩有中原和平之舊，無南方啁哳之音。著有易繫辭解、焦尾集、南澗甲乙稿。」乾隆上饒縣志卷一一寓賢：「韓元吉字無咎，開封人，維之子，仕至吏部尚書、龍圖閣學士，封潁川公。嘗師尹焞，吕祖謙其婿也。師友淵源，爲諸儒所推重。徙居上饒，所居之前有澗水，號南澗。澗南有園，築亭竹間，號蒼筤，與兄元隆俱登甲第，卒葬城東。所著有愚贛録、周易繫辭等書。」檢詳，官名，宋史職官志二：「宋熙寧四年置，掌審定樞密院諸房文字。」「陳天麟家藏之巫山圖」，不知哪位畫家所作，韓元吉未明言。按，巫山圖，唐代已有，李白有觀元丹丘坐巫山屏風：「昔遊三峽見巫山，見畫巫山宛相似。」賀鑄有題巫山圖，題下注：「滏陽張氏出此圖，蓋唐人畫。」韓元吉所賦之詩，今存，題陳季陵家巫山圖（南澗甲乙稿卷二）：「蓬萊水弱波連天，五城十二樓空傳。行人欲至風引船，不知路出巫山前。巫山仙子世莫識，十二高峰作顔色。暮去朝來雨復雲，却將幽恨感行人。江流東下幾千里，日日饑鴉噪船尾。靈帳風生酹酒漿，古廟烟青客遥指。崧高漫説甫與申，道旁况有昭君村。娥眉妙手不能畫，枉學瑶姬夢中嫁。黄牛白馬江聲寒，昭君傳入琵琶彈。漢庭無人楚宫遠，陽臺寂寞空雲間。君家此畫來何許？照水烟鬟欲相語。要須婧服令侍旁，不用作賦回枯腸。」「頩顔」二句，見宋玉神女賦，文選録此賦，李善注云：「廣雅曰：頩，色也，匹零切。方言曰：頩，怒色青貌。切韻：匹迥切，斂容也。蒼頡篇曰：薄，微也，捉顔色而自矜持也。」「曹子建賦宓妃」以下二句，語出曹植洛神賦：「黄初三年，余朝京師，還濟洛川。古人有言，斯水之神，名曰宓妃。感宋玉對楚王神女之事，遂作斯賦。」

【箋注】

〔一〕瑶姬家山：謂神女居處之山，宋玉高唐賦序謂巫山神女居住處爲「巫山之陽，高丘之阻」。

〔二〕古廟：指神女廟，范成大吴船録卷下：「戊午，乘水退，下巫峽……三十五里，至神女廟。」「今廟中石刻引墉城記：瑶姬，西王母之女，稱雲華夫人，助禹驅鬼神，斬石疏波，有功見紀，今封妙用真人，廟額曰凝真觀。」陸游入蜀記卷六：「二十三日，過巫山凝真觀，謁妙用真人祠，真人即世所謂巫山神女也。」

〔三〕五兩：用鷄毛五兩結在高竿頂上以測風向。郭璞江賦：「覘五兩之動静。」

〔四〕「浪傳」句：王楙野客叢書卷一九「古樂府名」：「又如巫山高詞，解題曰：古詞，言江淮水深，無梁可度，臨水遠望，思歸而已。至齊王融之徒，巫山高詞，乃雜以陽臺神女之事，無復故意。」此即石湖所謂「浪傳」也。

〔五〕「此事」二句：意謂巫山神女之事，牽涉到洛水女神，凌波微步於浩淼水中。温洛：古代傳説，王者有盛德，洛水先温。易緯乾鑿度：「帝威德之應，洛水先温，六日乃寒。」塵襪，語出曹植洛神賦：「凌波微步，羅襪生塵。」

〔六〕天孫：即織女星，史記天官書：「婺女，其北織女。織女，天之孫也。」

次韻樂先生吴中見寄八首〔一〕

金鶴飛來尺素通，新詩字字挾光風。三年湖海關心處，都在先生句子中〔二〕。

官居門巷果園西，桃李成蹊杏壓枝。如許年芳忙裏過，斬新今日試題詩。

暮林棲鳥各深枝〔三〕，燕子知巢觸幔飛。倘有三椽今已去，不關五斗解忘歸。

懶不看書似姓邊〔二〕，夢魂飛繞白鷗前。須知席帽衝塵出，不似篷窗聽雨眠〔三〕。送春濛雨漲蘋灘，荷葉田田柳絮闌〔四〕。想見垂虹三萬頃〔五〕，拍天湖水釣絲寒。知從了義透音聞，古井無波豈更渾〔六〕。便好一坑埋衆妙，何須六結解諸根。幾多螻蟻與王侯，往古來今共一丘〔七〕。遮莫功名掀宇宙〔八〕，百年兩角寄蝸牛〔九〕。粟囊聊復寄三餐，埋没緇塵懶濯冠。紅紫百般紛過眼，鄉山歲晚自蒼官〔一〇〕。

【校記】

〔一〕題：叢書堂本將本詩及胡長民監元輓詞兩詩之正文，移入朋元不赴湖上觀雪之集明日余召試玉堂見寄二絶次其韻詩之後。目録與其他諸本同。

〔二〕暮林：原作「墓林」，富校：「『墓』黄刻本作『暮』，是。」活字本、叢書堂本、董鈔本均作「暮林」，今據改。

【題解】

本詩作於隆興二年（一一六四）春，時在樞密院編修官任上。樂備自吴中寄詩八首，次韻答之。

【箋注】

〔一〕「三年」二句：意謂先生身處湖海之上，而詩句中盡是關心我三年來生涯之情意。石湖來臨安已三年（紹興三十二年、隆興元年、二年），故云。

〔二〕「懶不」句：邊，指邊韶，後漢書邊韶傳：「韶口辯，曾晝日假卧，弟子私嘲之曰：『邊孝先，腹便便。懶讀書，但欲眠。』韶潛聞之，應時對曰：『邊爲姓，孝爲字。腹便便，五經笥。但欲眠，思經事。寐與周公通夢，静與孔子同意。』」

〔三〕「不似」句：蔡肇題畫授李伯時：「鴻雁歸時水拍天，平岡老木尚依然。借君餘地安漁艇，乞我寒江聽雨眠。」

〔四〕荷葉田田：吴兢樂府古題要解卷上：「江南曲，右江南曲古詞：『江南可採蓮，蓮葉何田田。』」

〔五〕「想見」句：垂虹，橋名，在吴江松陵鎮，舊名利往橋，俗呼長橋，朱長文吴郡圖經續記卷中：「吴江利往橋，慶曆八年縣尉王廷堅所建也。東西千餘尺，用木萬計，縈以修欄，甃以浄甓，前臨具區，横截松陵，湖光海氣，蕩漾一色，乃三吴之絶景也。」具區，即太湖，垂虹橋前臨太湖，故云「垂虹三萬頃。」

〔六〕古井無波：比喻内心恬静。白居易贈元稹：「無波古井水，有節秋竹竿。」

〔七〕「幾多」二句：史記伍子胥傳贊：「向令伍子胥與奢俱死，何異螻蟻？」石湖詩意自此化出。

〔八〕遮莫：儘教。方以智通雅：「遮莫，猶言儘教也。」

〔九〕「百年」句：莊子則陽：「有國於蝸之左角者，曰觸氏；有國於蝸之右角者，曰蠻氏，時相與争地而戰，伏尸數萬，逐北旬有五日而後反。」白居易禽蟲十二章之十：「蠻觸交争蝸角中。」

〔一〇〕蒼官：松樹的别稱，秦始皇登泰山，休於松下，封松爲五大夫，因稱松爲蒼官。王安石紅梨：「歲晚蒼官纔自保，日高青女尚横陳。」

胡長民監元輓詞

太學虀鹽舊〔一〕，中吴翰墨聲。關山題柱筆，風露讀書檠。夜雨緑荷破，孤墳丹桂生。空將擅場手，往記玉樓成〔二〕。

【題解】

本詩作於隆興二年（一一六四），時在樞密院編修官任上。胡監元卒，石湖作輓詞以悼念之。胡長民監元，則監元字長民，生平不詳。石湖有友人胡元質，字長文，吴人，詩云「中吴翰墨聲」，知胡監元亦爲吴人。

【箋注】

〔一〕虀鹽：素食，喻生活清苦。朱松招友生：「讀書有味虀鹽好，對境無情夢寐清。」

〔二〕「往記」句：用李賀故事。李商隱李長吉小傳云：「長吉將死時，忽晝見一緋衣人，駕赤虯，持一板，書若太古篆或霹靂石文者，云：『當召長吉。』長吉了不能讀，欻下榻叩頭，言阿嬭老且病，賀不願去。緋衣人笑曰：『帝成白玉樓，立召君爲記，天上差樂，不苦也。』」

次韻朋元、正夫夜飲

歌豪仍作家，弈勝豈徼幸。莫嗤老非少，乃尚可以逞。玉瓶引杯長，政爾寒漏永。二三文章公，共此銀燭影。陳卿得秀句，劉郎一笑領。羸驂兀殘夢〔一〕，乘墜恍難省。曉枕訌更潮，俱墮無何境〔二〕。

【題解】

本詩作於隆興二年（一一六四），時在樞密院編修官任上。陳蒼舒、劉孝韙作夜飲詩，石湖次其韻答之。

【箋注】

〔一〕「羸驂」句：蘇軾除夜大雪留濰州元日早晴遂行中途雪復作：「東風吹宿酒，瘦馬兀殘夢。」

〔二〕無何境：即無何鄉，空想的境界，因叶韻改「鄉」爲「境」。劉禹錫遊桃源一百韻：「寂寂無何鄉，密爾天地隔。」

次韻趙正之同年客中

清班合列大明宮〔一〕，自要牛刀試一同〔二〕。踏徧巉巖吾道在，莫將尋尺較窮通。

氈車席帽各青春，花下驊騮一鬨塵。離合飄零十霜露〔三〕，咸陽客舍有詩人〔四〕。

可憐山縣五斤手，不識王孫八斗才〔五〕。君自扶摇有霄漢，從渠蜩鷃舞蒿萊〔六〕。

【題解】

本詩作於隆興二年（一一六四），時在樞密院編修官任上。趙正之，生平不詳，紹興二十四年與石湖同時中舉，故云「同年」。

【箋注】

〔一〕大明宮：宋敏求長安志卷六「東内大明宮」：「東内大明宮，在禁苑之東南，南接京城之北面，西接宮城之東北隅，南北五里，東西三里。貞觀八年，置爲永安宮，後改名大明宮。」石湖借以指宋代京城。

〔二〕牛刀：論語陽貨：「子之武城，聞弦歌之聲。夫子莞爾而笑曰：『割雞焉用牛刀？』」蘇軾送歐陽主簿赴官韋城：「却來小邑試牛刀。」

〔三〕「離合」句：十霜露，十年。自紹興二十四年至本年，石湖與趙正之會合離别恰爲十年。

〔四〕咸陽客舍：語出杜甫今夕行：「咸陽客舍一事無。」石湖借指趙正之來臨安客舍。

〔五〕「不識」句：王孫，指趙正之。八斗才，以曹植詩才喻趙正之之才能。李商隱可嘆：「宓妃愁坐芝田館，用盡陳王八斗才。」錦繡萬花谷前集卷二三「才德」：「謝靈運云：『天下才共一石，曹子建獨得八斗，我得一斗，自古及今共用一斗。』」

〔六〕「君自扶摇」三句：用莊子逍遥遊文意，以鯤鵬喻趙正之，以蜩鷃喻小人：「摶扶摇羊角而上者九萬里，絶雲氣，負青天，然後圖南，且適南冥也。斥鴳笑之曰：彼且奚適也？我騰躍而上，不過數仞而下，翱翔蓬蒿之間，此亦飛之至也。」

次韻陳季鄰户部旦過庵

宦遊觸處似懸匏〔一〕，北嶽南山想獻嘲。拍手百年休鑄鐵〔二〕，蓋頭一把暫誅茅。

玉京歲晚梧桐落，水國霜清橘柚包。飛錫已隨歸夢去，何人頂上鵲成巢〔三〕？

【題解】本詩作於隆興二年（一一六四）冬，時在樞密院編修官任上。詩云「玉京歲晚」，可知。陳天麟作旦過庵，石湖次韻和之。

【箋注】

〔一〕懸匏：有柄的匏瓜。潘岳笙賦：「河汾之寶，有曲沃之懸匏焉。」崔豹古今注：「匏，瓠也。……匏有柄者懸匏，可以爲笙，曲沃者尤善。」

〔二〕「拍手」句：孫光憲北夢瑣言卷一四記羅紹威殺牙軍，後自悔，乃謂親吏曰：「聚六州四十三縣鐵，打一箇錯不成也。」後因稱失誤爲鑄錯。石湖用此典謂百年休鑄鐵，即休鑄錯之意。

〔三〕鵲成巢：詩經召南有鵲巢篇，詩序云：「鵲巢，夫人之德也。……夫人起家而居有之，德如鳲鳩，乃可以配焉。」石湖借此以譽陳天麟夫人之德。

朋元不赴湖上觀雪之集，明日余召試玉堂，見寄二絶，次其韻

雪溪清興未渠闌，晚上西樓帶月看。公子自貪低唱酒〔一〕，肯來同對玉峰寒？

文場寧復鬢霜宜，白玉堂前雪霽時。不惜狂言根忌諱，禿毫冰硯竟無奇。

【題解】

本詩作於隆興二年（一一六四）十二月。時仍在樞密院編修官任上。召試玉堂，指館職定員前之策試，周必大神道碑：「時館職定員，有詔，公與王衜候闕考試。十二月，鄭升之不試先除，牽

聯並除公秘書省正字。公不可，必試策而後就。」南宋館閣續録卷八：「范成大，（隆興）二年十二月除（正字），乾道元年三月除校書郎。」

【箋注】

〔一〕低唱酒：蘇軾趙成伯家有麗人僕忝鄉人不肯開樽徒吟春雪美句次韻一笑：「何如低唱兩三杯。」施注云：「世傳陶穀學士買得黨進太尉家故妓。過定陶遇雪，取之，烹水烹團茶，語妓曰：『黨家應不識此？』妓曰：『彼麄人安有此景，但能於錦帳下，淺斟低唱，喫羊羔兒酒。』陶默然愧其言。」

石湖居士詩集卷十

翰林學士何公溥輓詞　以下館中作

盛際群多士，諸儒遜一賢。名場魁淡墨，官簿到花磚。地近行知政，天高不假年。書生稽古力，何必盡台躔〔一〕。

【題解】

本詩作於隆興二年（一一六四）十二月後。題下注：「以下館中作。」石湖於本年十二月任秘書省正字。南宋館閣續録卷八：「范成大：（隆興）二年十二月除（正字）。乾道元年三月爲校書郎。」何溥，字通遠，浙江永嘉人，紹興十二年試禮部第一，授臨安府學教授，通判婺州，忤秦檜罷。檜死，以薦除監察御史，遷左正言、左司諫，除諫議大夫。溥在言路六年，彈劾不避，知無不言，陸游賀何正言除左司諫啓（渭南文集卷六）：「恭聞聖詔，登用大賢。以白首魁偉之臣，膺明時諫諍之任。善類相慶，公道遂行。」紹興三十一年以右諫議大夫爲翰林學士兼權吏部尚書，仍兼侍講。

見建炎以來繫年要録。光緒永嘉縣志卷一一選舉進士：「紹興十二年壬戌陳誠之榜：何溥。」卷一四人物名臣：「何溥，字通遠。百里坊人。試禮部第一。登紹興進士第。歷臨安府學教授，授刪定官。出通判婺州，忤秦檜罷。檜死，以薦除監察御史，遷左司諫。紹興二十九年六月，御史朱倬、任古劾尚書左僕射沈該，溥與右正言都民望亦言：『沈該性資庸回，志趣猥陋，自爲小官，已無廉聲，徒以諂諛秦檜，遂蒙提挈，濫厠禁嚴，連帥梓、夔，略無善狀。以子弟爲商賈，以親信爲爪牙。陛下比因更化，録其一得之慮，起之謫籍，擢在政途，俾得自新，以圖報塞。今冠台席，亦既三年，舉措乖方，積失人望，引所厚善，置在要津，請托公行，幾成市道。夫宰相之職，無所不統，該乃謂軍旅錢穀之事，各有司存，凡百文書，漫不加省。陛下近念士人留滯逆旅，特令速與差注，旬日以來，未聞有不因介紹而得之者。望亟賜罷黜！』帝命溥等皆退而俟命，尋罷該提舉洞霄宮。十二月，試右諫議大夫，首論將帥不治兵而治財，戰鬥之士，變爲商賈。繼劾鎮江都統制劉寶及吏部侍郎沈介；又率同列攻丞相湯思退，俱罷之。在言路六年，知無不言，號爲稱職。三十年九月權工部侍郎。明年三月，除翰林學士兼權吏部尚書。五月，充館伴使，以疾請外補，授龍圖閣學士，領宮祠卒。」

【箋注】

〔一〕「何必」句：台躔：三公的經歷。台，三台，古代用以比三公。蔡邕太尉汝南李公碑：「天垂三台，地建五岳，降生我哲，應鼎之足。」躔，經歷。左思吴都賦：「習其敝邑而不覿上邦者，未知英雄之所躔也。」因何溥位至尚書，未歷三公之位，故石湖生發感慨。

送洪内翰使虜二首

郊廟熙成霈率濱〔一〕，罪如猾夏亦維新〔二〕。邊烽已却來南虜，使節猶煩第一人。遥想穹廬占漢月，便呼重譯布唐春〔三〕。單于若問公家世，説與麒麟畫老臣〔四〕。

峨冠方侍玉輿香，公比侍祠郊禋，執綏備顧問〔五〕。雙節飄然照大荒。正倚先生令趙重，寧容驕子詫胡强。天教忠信行區脱〔六〕，人許功名上太常〔七〕。試卜和羹知未晚〔八〕，歸來煙雨正梅黄。

【題解】

本詩作於乾道元年（一一八五）正月，時任秘書省正字。本年正月，洪适使金，石湖賦本詩送行。凌郁之洪邁年譜乾道元年譜文：「正月十九日，伯兄适以中書舍人借翰林學士知制誥充賀金生辰使，龍大淵以知閤門事借寧國軍承宣使充賀金生辰使副，入虜界。中興禦侮録卷下。」金史交聘表：「（大定五年）三月庚戌，宋禮部尚書洪适、崇信軍承宣使龍大淵賀萬春節。」洪文惠公年譜：「隆興二年甲申，四十八歲。……是年公使金，龍大淵爲副介。」又：「乾道元年乙酉，四十九歲。三月到燕京館。金遣同僉書宣徽院事高嗣先接伴，禮成而還。」

【箋注】

〔一〕「郊廟」句：意謂郊祀慶成，霑惠四方。率濱，即率土之濱，語出詩經小雅北山：「率土之濱，莫非王臣。」

〔二〕「罪如」句：意謂罪如亂夏之金邦，亦要維新。尚書：「蠻夷猾夏。」傳：「猾，亂也。」

〔三〕重譯：輾轉翻譯。史記太史公自序：「海外殊俗，重譯款塞。」

〔四〕「單于」三句：麒麟畫老臣，指蘇武留匈奴十九年，歸漢後被畫入麒麟閣。本詩以蘇武喻指洪皓，因他使金被拘十五年，宋史洪皓傳：「皓自建炎己酉出使，至是還，留北中凡十五年。同時使者十三人，惟皓、邵、弁得生還，而忠義之聲聞於天下者，獨皓而已。」

〔五〕「峨冠」句暨自注：「祀郊禋」，指隆興元年九月行郊祀禮，范成大有次韻郊祀慶成，即咏此次大禮。時洪适任司農少卿，詩稱洪适侍祠郊禋，史傳無記載，范詩所云，可補史闕。

〔六〕區脱：亦作「甌脱」，匈奴語，本指邊界地區屯守處，亦可代指邊界地區。史記匈奴傳：「東胡……與匈奴間，中有棄地，莫居，千餘里，各居其邊爲甌脱。」集解：「韋昭曰：『界上屯守處。』」索隱：「服虔云『作土室以伺漢人』。又纂文曰：『甌脱，土穴也。』」正義曰：「境上斥候之室爲甌脱。」漢書匈奴傳作「區脱」。

〔七〕「人許」句：洪适於隆興二年二月爲太常少卿兼權直學士院，此次使金，人們稱許可以上升爲太常卿。這是石湖在送行時的推測之辭，實際上洪适歸來後，於五月即遷爲翰林學士。

〔八〕「試卜」句：意謂預測擔當宰相的時間，不會太晚。和羹，尚書説命下：「若作和羹，爾惟鹽梅。」後用以比喻宰相輔助君王治理國家，以鼎鼐喻宰相之位，稱爲和鼎，張九齡敕賜寧王池宴：「徒參和鼎地，終謝巨川舟。」洪适於本年八月，爲參知政事兼權知樞密院事，十二月拜尚書右僕射同中書門下平章事，兼樞密使。

次韻趙德莊吏部休沐

窈窕新堂好，委蛇夜直還。遥知欹帽髮，正奈捲簾山。門外客姑去，窗前人對閑。誰能烏帽底，塵土涴朱顔？

【題解】

本詩作於乾道元年（一一六五），時在秘書省校書郎任上，趙彦端值休沐，因作休沐詩，石湖次其韻作本詩。趙德莊吏部，即吏部員外郎趙彦端。趙彦端（一一二一—一一七五），字德莊，宋宗室，號介庵居士，登紹興八年進士，歷仕臨安府錢塘縣簿，知饒州餘干縣、國子監丞、吏部員外郎、太常少卿、直寶文閣知建寧府，提點浙東路刑獄，淳熙二年卒。餘干縣志卷一一名宦：「趙彦端，字德莊，宋宗室，登紹興進士。知縣事，剛介不屈，爲政四年，以利民爲本，民稱『趙母』。因家東隅。尋爲江東運副，制賑饑之法，嚴不舉子之令。後歷太常少卿，自號介庵居士。有文集若干卷，謝諤爲之序。」韓元吉直寶文閣趙公墓誌銘（南澗甲乙稿卷二一）：「德莊，吾宋之賢宗室也，在士大夫亦曰賢。力學能文，風度灑落……從吏部選，知饒州餘干縣，爲政簡易而辦治。……除國子監丞，遷吏部員外郎。……遷太常少卿，復丐外，除直寶文閣知建寧府。……改提點浙東路刑獄，坐衢州賑歷稽期，削兩秩。德莊恬弗辯，以小疾得主管台州崇道觀。……官至朝奉大夫，享五十有五歲，卒以淳熙二年七月四日。」辛棄疾水調歌頭壽趙漕介庵：「千里渥洼種，名動帝王家。」景定建康志卷二三廣濟倉記：「乾道五年春三月辛未，左朝請郎直顯謨閣權發江南東路計度轉運副使公事趙彦端記。」

次韻王夷仲正字同遊成氏園

秀巖堂上玉東西〔一〕，把酒登臨望眼迷。天宇四垂粘地近，海山一抹帶潮低〔二〕。絶知客好無塵事，聊記吾曾有醉題。倚賴群山聯姓字，他年誰敢一杴泥〔三〕。是日諸公令余題壁。

【題解】　本詩作於乾道元年（一一六五）四五月間，時在秘書省校書郎任上，與館中同仁秘書省正字王衜、秘書少監王淮同游成氏園。王衜先賦遊成氏園詩，石湖次其韻作本詩。同游者王淮亦賦成園詩，詩云「清暑光陰」「闌珊梅雨」，知遊成園在四五月間。王仲夷正字，即王衜，時任秘書省正字。王衜，字夷仲，天台臨海人。紹興二十七年進士，歷仕婺州推官、秘書省正字、校書郎，乾道三年卒。南宋館閣録卷八：「王衜，（乾道）元年三月除（正字），二年六月爲校書郎。」「王衜，（乾道）元年三月以正字兼（日曆所編類聖政檢討官）。」「王衜，字夷仲，天台人。王十朋榜進士及第。治詩賦。（乾道）二年六月除（校書郎）。十二月主管崇道觀。」葉適校書郎王公夷仲墓誌銘（水心先生文集卷一八）：「……夷仲衜，臨海縣人。……解褐，婺州推官。滿秩，待太學博士闕，召試爲秘書省正字，兼聖政檢討官，遷校書郎。足疾，乞玉隆觀。明年，乾道三年，年六十一，疾甚，以六月五日卒。」

【箋注】

〔一〕玉東西：玉製的酒杯。王安石寄程給事：「舞急錦腰迎十八，酒酣玉盞照東西。」李壁注：「東西，酒器名，今猶有玉東西。」

〔二〕「天宇」二句：有二個錬字極佳之處，一「粘」，天宇四垂，粘着地；二「抹」，凡象塗抹狀態的事物，稱一抹。張宗橚詞林紀事卷六引鈕玉樵説：「少游詞山『抹微雲，天粘衰草』，其用意在抹字、粘字。」石湖詩意即從此出。

〔三〕「他年」句：杴，農具名，形如鍬。玉篇：「杴，計嚴切，耕土具，鍬屬。」聯繫自注，全句謂壁上有余題詩，他年誰敢用鍬鏟除壁泥。

王季海秘監再賦成園復次韻

雲莊風榭對東西，清暑光陰近竹迷。一斗正緣詩興盡，兩眉休爲客愁低。披開豹霧尋陳迹〔一〕，掃盡蛛塵看舊題。健往莫愁騎馬滑，闌珊梅雨不成泥。

【題解】

本詩作於乾道元年（一一六五）四五月間，時在秘書省校書郎任上，與館中同仁王衜、王淮遊成氏園，王淮再賦成園，石湖再次王衜詩韻作本詩。王季海秘監，即王淮，時任秘書少監。南宋館閣録卷七：「王淮，（乾道）元年三月除（少監）。六月，特與外任。」王淮（一一二六—一一八九），字季海，婺州金華人。紹興十五年進士，歷仕台州臨海尉、校書郎、右正言、秘書少監、知建寧府、太常少卿、中書舍人，淳熙八年，爲右丞相兼樞密使，九年九月晉左丞相。十六年八月卒，年六十四歲。平生事迹，見楊萬里宋故少師大觀文左丞相魯國王公神道碑（誠齋集卷一二〇）、樓鑰少師觀文殿大學士魯國公致仕贈太師王公行狀（攻媿集卷八七）、宋史卷三九六本傳。

【箋注】

〔一〕豹霧：列女傳陶答子婦：「妾聞南山有玄豹，霧雨七日而不下食者，何也？欲以澤其毛而成文章也。」

春晚偶題

寂寥春事冷於秋，雨打風吹斷送休〔一〕。點檢梨花成一夢，蘸紅新緑滿枝頭。

【題解】

本詩作於乾道元年（一一六五）晚春，時在秘書省校書郎任上。

【箋注】

〔一〕雨打風吹：白居易微之宅殘牡丹：「殘紅零落無人賞，雨打風吹花不全。」辛棄疾永遇樂京口北固亭懷古：「風流總被，雨打風吹去。」

倪文舉奉常將歸東林，出示綺川西溪二賦，輒賦長句爲謝，且以贈行

綺川亭上凌雲賦，人在回仙舊遊處〔一〕。誰教書劍走長安〔二〕，荻月霜楓等閑度。朱門不炙釣竿手，萬卷難供折腰具。偶然把筯憶蓴羹〔三〕，乞得閑官徑呼渡。江漲橋

頭有渡船，船頭歷歷東林路。雲煙如畫水如天，笑憶紅塵問良苦。我亦吴松一釣舟，蟹舍漂摇幾風雨。因君賦裏説江湖，破帽蹇驢明亦去。鷄犬相聞望可見，鷗鷺同盟心已許㈠。相過得得款溪門〔四〕，雪夜前村聽鳴櫓。

【校記】

㈠心已許：原作「心亦許」，活字本、叢書堂本、詩淵第一册第五一七頁均作「心已許」，董鈔本原鈔「亦」，圈去，加「已」字，今據改。

【題解】

本詩作於乾道元年（一一六五）九月，時在秘書省校書郎任上。倪偁將歸東林山，石湖乃賦長詩贈行。倪文舉奉常，即倪偁，時任太常寺主簿。倪偁，字文舉，歸安人，紹興八年黄公度榜進士，受業於張九成，與芮國瑞友善。官太常寺主簿，奉祠歸東林。吴興備志卷一二：「倪偁，字文舉，號綺川居士。南渡時居東林。登紹興進士。任承議郎、太常（主簿）。年五十二卒，贈少師。所著有綺川集十五卷，子恕、愿、思，並登進士第。」嘉泰吴興志卷一七「進士題名」：歸安縣紹興八年黄公度榜，有倪偁。東林，山名，嘉泰吴興志卷四「山」：歸安縣，「東林山，在縣西南五十四里，突兀於菰蒲谿泊之中，峰巒蓊秀，上有祇園寺，頂有浮圖」。

【箋注】

〔一〕「人在」句：回仙，自號回道人。蘇軾有回先生過湖州東林沈氏，飲醉，以石榴皮書其家東老庵之壁云詩，王注陳師道曰：「按王會回仙碑云：熙寧元年八月十九日，湖州歸安縣之東林，有隱君子沈思字持正，隱於東林，因以東老名焉，能釀十八仙白酒。一日，有客自稱回道人，長揖東老曰：『知君白酒新熟，願求一醉否？』公命之坐，徐觀其目，碧色粲然，光彩射人。與之語無不通究，故知非塵埃中人也。因出與飲，自日中至暮，已飲數斗，殊無酒色。回曰：『久不遊浙中，今爲子有陰德，留詩贈子。』乃擘席上榴皮畫字，題於庵壁。」舊遊處，指回仙曾到過此處。嘉泰吴興志卷一八「事物雜志」：歸安縣有火爐頂：「舊編云在東林山上。回仙録云：『葛洪嘗煉丹於此，昔人曾開巖頂，得莩炭數斛，有雙陶合牢，不可啓，擊破視之無物。』」

〔二〕「誰教」句：書劍，語出孟浩然自洛之越：「遑遑三十載，書劍兩無成。」走長安，指行在臨安。宋人常用唐代都城長安，代稱京都，如周邦彦蘇幕遮：「家住吴門，久作長安旅。」即以長安指稱汴京開封。

〔三〕憶蓴羹：用張翰故事。晉書張翰傳：「因見秋風起，乃思吴中菰菜、蓴羹、鱸魚膾，曰：『人生貴得適志，何能羈宦數千里以要名爵乎！』遂命駕而歸。」詩贈倪偁，因吴興亦盛産蓴，故用此典，嘉泰吴興志卷二〇「物産」：「蓴，長興縣西湖出佳蓴，……今水鄉亦種，夏初來買，軟滑宜羹。至秋初亦軟美，此張翰之所以想也。」

〔四〕得得：莊子駢拇：「夫不自見而見彼，不自得而得彼者，是得人之得而不自得其得者也。」

送吴智叔檢詳直中秘使閩

抗章襆被豈公難，已説高風立懦頑。客路莫嫌河畔草〔一〕，直廬須愛道家山〔二〕。秋生蓮浦船初泛，春滿茶溪騎趣還。却訪故人西府舊，定煩書札墮田間。

【題解】

本詩作於乾道元年（一一六五）六月，時任秘書省校書郎兼國史院編修官。吴龜年出閩，任福建提舉，石湖賦詩送行。吴智叔檢詳，即吴龜年，時任樞密院檢詳諸房文字，六月除直秘閣，福建提舉。宋中興百官題名中興東宫官寮題名王府官：「吴龜年，隆興二年十二月，以樞密院檢詳兼恭王府贊讀，乾道元年六月，除直秘閣、福建提舉，乾道二年十二月，以左司兼慶王府直講，三年正月除檢正，仍兼，四年三月除直寶文閣、福建提刑。」康熙福建通志卷一九「職官二」提舉常平茶司：乾道間任第一人爲「吴龜」，證之中興百官題名，當爲「吴龜年」，脱一「年」字。

【箋注】

〔一〕河畔草：語出古詩十九首：「青青河畔草，鬱鬱園中柳。」

〔二〕道家山：人文薈萃之地。後漢書竇融傳附竇章：「是時學者稱東觀爲老氏藏室，道家蓬萊山。」後人遂稱「道山」爲儒林、文苑。

楊君居士輓詞

孝至蘭陔茂〔一〕，身修梓里恭。名場兒中鵠〔二〕，媚黨婿乘龍〔三〕。駒隙驚年運，蟬嫣有慶鍾〔四〕。幽光定無憾，豐刻妙形容。

【題解】

本詩作於乾道元年（一一六五），時任秘書省校書郎兼國史院編修官。楊君居士，生平不詳。

【箋注】

〔一〕蘭陔：詩蘭陔序：「孝子相戒以養也。……有其義而亡其辭。」文選束晳補亡詩：「循彼南陔，言採其蘭，眷戀庭闈，心不遑安。」後人用詩序與束詩之意，用蘭陔爲孝子養親的典故。

〔二〕兒中鵠：兒子及第。中鵠，喻進士及第。黄庭堅次韻晁仲考進士試卷：「注金無全巧，竊發或中鵠。」

〔三〕婿乘龍：俗語乘龍快婿。藝文類聚卷四〇禮部下「婚」：「楚國先賢傳曰：『孫儁，字文英，與李元禮俱娶太尉桓焉女，時人謂桓叔元兩女俱乘龍，言得婿如龍也。』」魏書劉昞傳：「昞遂奮衣來坐，神志肅然，曰：『向聞先生欲求快女婿，昞其人也。』瑀遂以女妻之。」

〔四〕蟬嫣：連續不斷。漢書揚雄傳：「有周氏之蟬嫣兮，或鼻祖於汾隅。」

送周畏知司直歸上饒待次

漫郎西笑費三年〔一〕，故業新聞腹果然。長麈劇談抽繭緒〔二〕，短檠細字綴蠶眠。頻驚陸海風波夢，未了京塵粥飯緣。後日重來應訪舊，五湖煙浪有漁船。

【題解】

本詩作於乾道元年（一一六五），時在秘書省校書郎任上，周畏知司直歸上饒，石湖賦詩送之。周畏知，信州弋陽人。信州又名上饒郡，「歸上饒」，即歸信州。畏知仕途困頓，趙蕃重賦畏知寓齋云：「低回尚前銜，牢落方南征。」南征，指乾道八年畏知爲湖南帥屬。趙蕃重賦畏知寓齋、張栻賦周畏知寓齋二詩，可以見其生平。

【箋注】

〔一〕漫郎：唐詩人元結人稱漫郎。顔真卿元君表墓碑銘序：「將家瀼濱，乃自稱浪士。著浪説七篇，及爲郎，時人以浪者亦漫爲官乎，遂見呼爲漫郎。」李肇唐國史補卷上：「結，天寶中始在商餘之山，稱元子。逃難入猗玗山，或稱『浪士』。漁者呼爲『聱叟』，酒徒呼爲『漫叟』。乃爲官，呼爲『漫郎』。」石湖借唐詩人元結稱周畏知。

〔二〕長麈劇談：魏晉時名士清談，常持麈尾。後因稱客座清談爲麈談。麈尾甚長，故曰「長麈」。

世説新語容止：「王夷甫容貌整麗，妙於談玄。恒捉白玉柄麈尾，與手都無分別。」

次韻魏端仁感懷俳諧體

浪學騷人賦遠游〔一〕，大千何事不悠悠。酒邊點檢顔紅在，鏡裏端詳鬢雪羞。過眼浮雲翻覆易〔二〕，曲肱短夢破除休。孤煙落日冥鴻去〔三〕，心更冥鴻最上頭。

【題解】

本詩作於乾道元年（一一六五），時在秘書省校書郎任上。魏端仁賦感懷俳諧體詩，石湖次其韻作本詩。魏端仁，當爲端禮、端言、端直兄弟輩，即妻魏氏兄弟輩。俳諧體，帶有詼諧、戲謔語句的詩歌，黄徹䂬溪詩話卷一〇：「子建稱孔北海（融）文章多雜以嘲戲，子美亦戲效誹諧體，退之亦有寄詩雜詠俳，不獨文舉（孔融）爲然。」杜甫有戲作俳諧體遣悶二首。魏、范兩氏即效此體作詩。

【箋注】

〔一〕「浪學」句：屈原賦遠遊，王逸章句曰：「遠遊者，屈原之所作也。屈原履方直之行，不容於世，困於讒佞，無所告訴，乃思與仙人俱遊戲，周歷天地，無所不至也。」

〔二〕過眼浮雲：蘇軾寶繪堂記：「譬之煙雲之過眼，百鳥之感耳。」

〔三〕冥鴻：高飛的鴻鳥，後人比喻避世隱居的人。揚雄法言問明：「鴻飛冥冥，弋人何篡焉？」

次韻李子永梅村散策圖

光風先放越溪春，蕭散尋詩索笑人〔一〕。藜杖前頭春浩蕩，三生應是主林神〔二〕。

【題解】

本詩作於乾道元年（一一六五）春，時在秘書省任上。李泳先作梅村散策圖詩，石湖次韻和之。

【箋注】

〔一〕索笑人：索笑，求笑，杜甫舍弟觀赴藍田取妻子到江陵喜寄：「巡簷索近梅花笑，冷蘂疏枝半不禁。」

〔二〕「三生」句：「三生」、「主林神」，均佛家語，見華嚴經。三生，華嚴宗立三生成佛之説，三生指：一見聞生，二解行生，三證入生，以過、今、未三世配三生。探玄記（華嚴經之注疏）卷一八：「依圓教宗有其三位，一見聞位，則是善財次前生身。（中略）二是解行位，頓修如此五位行法，如善財此生所成至普賢位者是也。三證入位，即因位窮終濳同果海，善財來生是也。」主林神，主管林木之神。石湖借以稱道李泳蕭散自在，今生應是主管林木之神。

太師陳文恭公輓詞

日者更皇化〔一〕，公來輔聖能。無心殊轍混，不作衆波澄。舉國材真相〔二〕，他年了中興。天如遺一老，人亦望三登〔三〕。

候火朝連夕㊀，籌帷決縱擒。一江遮虜障，千古殺胡林〔四〕。曒日黄河誓，浮雲緑野心〔五〕。身名兩無憾，天壤獨清音。

聖父咨當璧，元臣預斷金。玉衡賓舜日，黄屋遂堯心。國定功無迹，身閑病已深。旌忠有謨訓，碑牓照來今〔六〕。

趣召單車至，驚傳兩鬢凋。傾城迎國老，即日走天驕〔七〕。夢已商人奠，身猶漢相朝〔八〕。古來賢達意，生滅兩消揺〔九〕。

【校記】

㊀ 朝連夕：活字本、叢書堂本、董鈔本作「連朝夕」，近是。

【題解】

本詩作於乾道元年（一一六五）二月。陳文恭，即陳康伯，文恭爲其謚號。宋史孝宗紀：「（乾道元年二月丁未，陳康伯）薨，贈太師，謚文恭。」陳康伯（一〇九七—一一六五），字長卿，信州弋陽人。中上舍丙科，累遷太學正，歷任太常博士、江東提舉、司勳郎中、知漢州、吏部尚書、參知政事，紹興三十年，守尚書右僕射。隆興元年，以病祈去位，以太保、觀文殿大學士、福國公判信州。二年，拜尚書右僕射，進封魯國公。乾道元年二月，卒，贈太師，謚文恭。宋史卷三八四有傳。陸游老學庵筆記卷四：「陳魯公薨，以其遭際龍飛，又薨于位，與王岐公同。于是，詔用岐公元豐末贈典，超贈太師。其他恩數，皆視岐公猶可也。及其家請謚，遂特賜謚曰文恭，蓋亦用岐公謚。用他人之謚以爲恩數，自古烏有此事哉。」

【箋注】

〔一〕日者：以占候卜筮爲業的人。墨子貴義：「子墨子北之齊，遇日者。」孫詒讓注：「史記日者傳集解：古人占候卜筮，通謂之日者。」史記日者列傳：「自古受命而王，王者之興何嘗不以卜筮決於天命哉！」

〔二〕「舉國」句：材真相，材能堪爲真宰相。宋史陳康伯傳：「（高宗）嘗謂其『靜重明敏，一語不妄發，真宰相也』。」

〔三〕三登：穀物一年三熟。水經注耒水：「（便縣）縣界有温泉水，在郴縣之西北，左右有田數千畝……温水所溉，年可三登。」

〔四〕「候火」以下四句：詠陳康伯於紹興三十一年完顔亮南侵時決策抗敵的故事。宋史陳康伯傳：「九月，金犯廬州，王權敗歸，中外震駭，朝臣有遺家豫避者。康伯獨具舟迎家入浙，且下令臨安諸城門扃鐍率遲常時，人恃以安。敵迫江上，召楊存中至内殿議之，因命就康伯議。康伯延之入，解衣置酒，上聞之已自寬。翌日，入奏曰：『聞有勸陛下幸越趨閩者，審爾，大事去矣，盍静以待之。』一日，忽降手詔：『如敵未退，散百官。』康伯焚之而後奏曰：『百官散，主勢孤矣。』上意既堅，請下詔親征，以葉義問督江、淮軍，虞允文參謀軍事。上初命朱倬爲都督，倬辭，乃命義問。允文尋敗敵於采石，金主亮爲其臣下所斃而還。」建炎以來朝野雜記甲集卷八「陳魯公鎮物」條云：「紹興末，金海陵煬王臨江，中外懾懼，朝士多遺家爲避兵計。時陳魯公爲左相，獨鎮之以静，人心少安。一日邊郡羽書來，上趣召輔臣，公獨後至。中使屢趣之，陳行愈益緩。上嘗夜出手札，欲散百官，浮海避虜。公對中使取御札焚之。當是時，都人將遁去，賴陳不爲摇，都人乃止。北虜退，獨公與黄通老家屬在城中。」「千古殺胡林」句，以德光之死，喻完顔亮爲臣下殺害事。舊五代史契丹傳載：「德光北還……次於欒城縣殺胡林之側。時德光已得寒熱疾數日矣……有大星落於穹廬之前……是月二十一日卒。……契丹人破其屍，摘去腸胃，以鹽沃之，載而北去。漢人目之爲帝羓焉。」

〔五〕「浮雲」句：浮雲，語出論語述而：「不義而富且貴，於我如浮雲。」緑野，堂名，裴度建，參見本書卷八鎮東行送湯丞相帥紹興注。

〔六〕第三首：沈欽韓石湖詩集注卷上：「此指光堯内禪事。」宋史孝宗紀：「贊曰：高宗以公天下之心，擇太祖之後而主之，乃得孝宗之賢，聰明英毅，卓然爲南渡諸帝之稱首，可謂難矣哉！」石湖詩乃詠陳康伯在高宗、孝宗内禪典禮中的重大貢獻。宋史陳康伯傳：「高宗倦勤，有與子意，康伯密贊大議，乞先正名，俾天下咸知聖意，遂草立太子詔以進。及行内禪禮，以康伯奉册。孝宗即位，命兼樞密使，進封信國公，禮遇殊渥，但呼丞相而不名。康伯自建康扈從回，即以病祈去位，不允。明年，改元隆興，請益堅，遂以太保、觀文殿大學士、福國公判信州。上慰勞甚勤，且曰：『有宣召，慎勿辭。』宰執即府餞别，百官班送都門外。已又辭郡，丐外祠，除醴泉觀使。」

〔七〕「趣召」以下四句：詠陳康伯不顧病體，以國事爲重。宋史陳康伯傳：「時北兵再犯淮甸，人情驚駭，皆望康伯復相。上出手札，遣使即家居召之。未出里門，拜尚書左僕射、同中書平章事兼樞密使，進封魯國公。親故謂康伯實病，宜辭，康伯曰：『不然。吾大臣也，今國家危，當輿疾就道，幸上哀而歸之爾。』道聞邊遽，兼程以進，至闕下，詔子安節、婿文好謙掖以見，減拜賜坐。間日一會朝，許肩輿至殿門，仍給扶，非大事不署。敵師退，尋以目疾免朝謁，卧家，旬餘一奏事。」

〔八〕「夢已」二句：意謂陳康伯臨死時，身爲宋相猶自上朝。

〔九〕消摇：安閑自得。世説新語賞譽下「王大將軍與丞相書」注引荀綽冀州記：「（楊）淮見王綱不振，遂縱酒，不以官事規意，消摇卒歲而已。」然從陳康伯一生行蹤考察，他臨危不懼，鎮定自若，身居高官，常辭免賜賚，以疾丐歸，石湖稱他「消摇」，正符合安閑自得之「賢達意」。

送陳朋元赴溧陽

九畹滋蘭静自芳〔一〕，啁啾誰復認孤凰〔二〕。風流歲晚嫌杯酒，文字功深得鬢霜。斂板君猶能俛仰〔三〕，倚樓吾敢計行藏？船開便作江南客，天色無情更雁行。

【題解】

本詩作於乾道元年（一一六五）十一月，時在著作佐郎任上，陳蒼舒爲溧陽縣令，賦詩送之。周必大神道碑：「乾道元年三月升校書郎，六月兼國史院編修官，十一月遷著作佐郎。」南宋館閣録卷八：「范成大，（乾道）元年三月除（校書郎），十一月爲著作佐郎。」「陳朋元，即陳蒼舒，乾道元年十一月任溧陽縣令，景定建康志卷二七「溧陽縣題名」：「陳蒼舒，右通直郎，乾道元年十一月到任，五年四月滿替。」

【箋注】

〔一〕九畹滋蘭：屈原離騷：「余既滋蘭之九畹兮，又樹蕙之百畝。」

〔二〕孤凰：李白聞李太尉大舉秦兵百萬出征東南懦夫請纓冀申一割之用半道病還留别金陵崔侍御十九韻：「孤鳳向西海，飛鴻辭北溟。」石湖以此藝術形象喻陳蒼舒。

〔三〕斂板：盧綸奉和户曹叔夏夜寓直寄呈同曹諸公并見示：「斂板捧清詞，恭聞侍直時。」此板乃詩板。

次韻韓無咎右司上巳泛湖

休沐辰良不待晴，徑稱閑客此閑行。春衫欺雨任教冷，病眼得山元自明。抹黛濃嵐圍坐晚，揉藍新渌没篙清。棲鴉未到催歸去，想被東風笑薄情。

【題解】

本詩作於乾道元年（一一六五）上巳日，時值休沐，與韓元吉同泛湖，元吉作清明後一日同諸友湖上值雨，石湖次其韻作本詩。元吉原唱（南澗甲乙稿卷四）：「出遊初不計陰晴，聊喜湖山信馬行。弱柳自隨煙際緑，幽花還傍雨邊明。嫩蒲碧水人家好，密竹疎松野寺清。爛醉一春纔幾日，可無佳景付詩情。」

太保節使趙公輓詞　密

結髮險艱會，捐軀跳盪功。鬢凋猶陛戟〔一〕，心在惜弢弓〔二〕。劍履三槐次〔三〕，樓臺四壁中。諸郎競文武〔四〕，不朽是清風。

【題解】

本詩作於乾道元年（一一六五）九月，時在秘書省校書郎兼國史院編修官任上。九月，趙密卒，石湖作輓詞悼之。太保節使趙公，即趙密（一〇九五—一一六五），字微叔，太原清源人。久從張俊，削平叛將，抗擊金兵，戰功卓著，隆興二年，進少保。宋史卷三七〇有傳。傳云：「乾道元年九月致仕，卒，年七十一，贈少保。」詩題云「太保」，史傳作「少保」，當從范詩。節使，趙密歷任崇信軍節度使、殿前都指揮使。

【箋注】

〔一〕陛戟：趙密戰功高，兩次任殿前都指揮使，陛前執戟，故云。時年七十歲左右，故云「鬢凋」。

〔二〕弢弓：指平息平事。弢，裝弓之袋，左傳成公十六年：「召養由基，與之兩矢，使射呂錡，中項伏弢。」杜預注：「弢，弓衣。」

〔三〕「劍履」句：周代宫廷外種三棵槐樹，三公朝見天子，面向三槐而立。周禮秋官朝士：「面三槐，三公位焉。」後世遂以三槐喻三公一類的高官。趙密官至太尉、開府儀同三司，故云。

〔四〕諸郎競文武：趙密之子嗣，趙廱，字和仲，登紹興二十四年進士，見李心傳建炎以來繫年要録卷一六六紹興二十四年紀事。廱嘗任江南西路常平提舉，見同治臨川縣志卷三二。趙廱與范成大是同年，有交往。

太宜人程氏輓詞　程泰之吏部之母

我昔官黟歙〔一〕，人傳女訓芳。尊章宜小婦，孫子壽高堂。風木真無定，冰魚已不嘗〔二〕。遥憐霜露感，何必薤歌傷〔三〕！

捧檄三牲養，稱觴百歲期。身猶孺子泣，世已隙駒馳。吉夢青衣卜，豐碑黄絹辭〔四〕。佳城有奇事，應足洗餘悲。

【題解】　本詩作於乾道元年（一一六五），時在秘書省校書郎兼國史院編修官任上。程泰之，即程大昌（一一二三—一一九五），字泰之，徽州休寧人。紹興二十一年進士，歷仕太平州教授、著作佐郎、國子司業、秘書少監、權吏部尚書、知建寧府。慶元元年卒，謚文簡。有集。新安志卷八進士題名：「紹興二十一年趙逵榜：程大昌，休寧。」厲鶚宋詩紀事卷五〇：「程大昌，字泰之，休寧人。紹興二十一年進士。孝宗朝，官至權吏部尚書、龍圖閣直學士。卒謚文簡。有集。」宋史卷四三三有傳。石湖曾在徽州任職，故與程大昌有交往。

【箋注】

〔一〕「我昔」句：指石湖官徽州司户參軍。黟歙，指徽州，元豐九域志卷六江南路歙州，治歙縣，縣有黟山。

〔二〕冰魚：三國志魏書吕虔傳：「請瑯玡王祥爲别駕。」裴松之注引孫盛雜語：「祥字休徵，性至孝，後母苛虐，每欲危害祥，祥色養無怠。盛寒之月，後母曰：『吾思食生魚。』祥脱衣，將剖冰求之。少頃，堅冰解，下有魚躍出，因奉以供，時人以爲孝感之所致也。」

〔三〕薤歌：即薤露歌，送葬之歌。吴兢樂府古題要解卷上：「薤露歌……喪歌，舊曲本出於田横門人，歌以葬横。」詞云：「薤上露，何易晞。露晞明朝已復落，人死一去何時歸。」

〔四〕黄絹辭：世説新語捷悟：「魏武嘗過曹娥碑下，楊脩從，碑背上見題作『黄絹幼婦，外孫齏臼』八字。……脩曰：黄絹，色絲也，於字爲絶；幼婦，少女也，於字爲妙；外孫，女子也，於字爲好；齏臼，受辛也，於字爲辭。所謂絶妙好辭也。」

與王夷仲檢討祀社

殘夜露如雨，秋氣凄以分㊀。牆西雲正黑，跕跕墮金盆。良耜酢西成，豆籩蓊芳芬。去年歲大祲㊁〔一〕，小家甑生塵。疫鬼投其巇，虐甚溺與焚。皇慈降清問，下招離散魂。調糜鬻藥石，黑簿回春温。德馨典神天，秋稼如雲屯。社公亦塞責，醉此豐年樽。神兮率舊職，爲國憂元元。自今歲其有〔二〕，驅癘蒼煙根。

【校記】

㈠ 淒以分：活字本、叢書堂本、董鈔本、詩淵第一册第二九六頁作「淒已分」。

㈡ 大祲：活字本、叢書堂本、董鈔本、詩淵作「大侵」。

【題解】

本詩作於乾道元年（一一六五）秋，時在秘書省校書郎兼國史院編修官任上，與王衜同祀太社，因賦本詩志感。王夷仲檢討，即王衜，時任秘書省正字兼日歷所編類聖政檢討官。參見本卷次韻王夷仲正字同遊成氏園「題解」。祀社，即祀太社。宋會要輯稿禮一四群祀一：「秋分前後戊日，祭太社、太稷。」

【箋注】

〔一〕大祲：又作大侵，嚴重饑荒。穀梁傳襄公二十四年：「五穀不升，謂之大侵。」

〔二〕歲其有：豐收年歲，即大有年，穀梁傳宣公十六年：「五穀大熟，爲大有年。」

王園官舍睡起

公退閉閤卧，官居如浄坊。屋角斷虹飲，日西楊柳黄。客來束我帶，客去書滿牀。睡覺有忙事，煮茶翻斷香。

【題解】本詩作於乾道元年（一一六五）秋季以前。因本年秋石湖移居白塔，見下首題注。王園官舍，參見卷九次韻正夫遊王園「題解」。

古風酬胡元之 以下白塔新居作

拂我膝上琴，當客清風襟。我琴無軫絃不和〔一〕，願借之子調其音。美人一笑千黄金，彈作江岸花木深。下有同隊之游魚，上有同聲之鳴禽。琴聲一疊一歎息，江花江草無終極〔二〕！

【題解】本詩作於乾道元年（一一六五）秋，時在秘書省校書郎兼國史院編修官任上。蘇州胡長卿來臨安參加禮部考試，石湖賦古風酬之，引爲同調。胡元之，即胡長卿，字元之，乾道二年進士，紹熙四年由吉州知州遷廣西提刑。范成大吴郡志卷二八「進士題名」：「乾道二年，蕭國梁榜：胡長卿。」楊萬里七字長句敬餞提刑寺丞胡元之持節桂林（誠齋集卷三六）：「江西太守説誰子？只説吉州有新事。」「君不見吉州太守清何似，白鷺江心愁見底。」吉安府志卷一三秩官志：「胡長卿，紹熙間守吉州。」樓鑰知江州王師古廣東提刑知吉州胡長卿廣西提刑（攻媿集卷三七），作於樓鑰紹熙四年任中書舍人時。本詩題下注「以下白塔新居作」，則石湖原住王園官舍，自本年秋，移住白塔新居。吴自牧夢粱録卷一五「僧塔寺塔」：「街市有塔者……龍山兒頭嶺名白塔嶺，嶺有白塔存焉。」

【箋注】

〔一〕「我琴」句：蕭統陶靖節傳：「淵明不解音律，而蓄無弦琴一張，每酒適，聊撫琴以寄其意。」石湖變化而用之。

〔二〕「江花」句：杜甫哀江頭：「人生有情淚沾臆，江草江花豈終極？」

題徑山凌霄庵

峰頭非塵寰，一舍誰所芟〔一〕。軒眉玉霄近〔二〕，按指沙界豁。萬山紛累塊，衆水眇聚沫。來雲觸石迴，去鳥墮煙没。向無超俗緣，兹路詎可越。偕行木上坐，同我證解脱。

【題解】

本詩與下二首徑山傾蓋亭、題徑山寺樓同爲遊徑山能仁禪寺時作，作於乾道元年（一一六五）秋。徑山，在臨安縣北三十里，唐僧法欽在此開山，結草庵。潛説友咸淳臨安志卷二五：「徑山，在縣北，去縣五十里，徑山事狀云：『山乃天目之東北峰，有徑路通天目，故謂之徑山，奇勝特異，五峰周抱，中有平地，人跡不到。』……北峰之陽，有草庵，云神龍所造，今庵基草木不生。」蔡襄遊徑山記：「有佛祠，號曰承天祠。」吴自牧夢粱録卷一五「城内外寺觀」云：「更七縣寺院，自餘杭縣徑山能仁禪寺以下，一百八十五。」咸淳臨安志卷八三「寺觀九」：「臨安縣，徑山能仁禪院，在縣北三十里，乃天目之東北山也。開山曰國一禪師法欽，唐代宗時，詔杭州即其庵所建徑山寺。乾符六年，改爲乾符鎮國院，大中祥符改賜承天禪院，政和七年（縣志云開禧元年）改今額。」此下録石湖三首遊徑山詩。輿地紀勝：「徑山寺在臨安縣北五十里，有寺曰能仁禪院，五峰周抱，中有平地。唐代宗時，有崑山朱氏子，祝髮曰法欽，至徑山結庵。代宗召赴闕，賜號國一禪師。」

【箋注】

〔一〕「一舍」句：意出詩經召南甘棠：「蔽芾甘棠，勿翦勿伐，召伯所茇。」茇，止宿於茅舍中。

〔二〕軒眉：揚眉。陸游初夏山中：「野客款門聊倒屣，谿潭照影一軒眉。」

徑山傾蓋亭

萬杉離立翠雲幢，嫋嫋稀聞晚吹香。山下行人塵撲面，誰知世界有清涼？

【題解】參見題徑山凌霄庵「題解」。

題徑山寺樓

浴日蒼茫水，捫星縹緲樓。神光來燭夜，壽木不知秋。海内五峰秀，天涯雙徑遊。愛山吾欲住，衰疾懶乘流。

【題解】參見題徑山凌霄庵「題解」。

丙戌閏七月九日，與王必大登姑蘇臺，招王浚明、陳淵叔、耿時舉避暑，次時舉韻㈠

始賀火流西，還嗟斗斜閏。餘暑猶强顔，新涼頗難進。燥剛渴欲坼，焦卷禿如燼。炎官扶日轂，輝赫不停運。登臨有高臺，勇往得三俊〔一〕。仍將王郎子，飛步凌劫仞。風從噫氣來，雲作壞山陣。鄉如垂頭魚，忽已蟄蟲振。空明晚逾清，更要孤月印。書生乃易與，俛仰更喜慍。憑闌天爲高，舉酒山欲近。奇書鐵鉤鎖〔二〕，麗句錦窠暈。茲遊我輩獨，難挽軟紅軔。君看籠中鳥，寧識咸池韻〔三〕。淵叔出米元章書蹟甚奇。

【校記】

㈠王浚明：原作「王浚朋」，誤。富校：「『王浚朋』當作『王浚明』。按本卷有次韻王浚明用時舉苦熱韻見贈、次韻王浚明詠新居木犀，張元幹蘆川歸來集卷十附録中有睢陽王浚明跋，皆可證。」按，活字本、叢書堂本目録、正文，董鈔本正文均作「王浚明」，今據改。

【題解】

本詩作於乾道二年（一一六六）秋。丙戌，即乾道二年。石湖於本年二月，除尚書吏部員外郎，三月爲言者論罷，旋領宮祠，回鄉。宋會要輯稿職官七一：「（乾道二年）三月四日，詔新除吏部郎中范成大放罷，以言者論其巧言幸進，物論不平故也。」會要言石湖除吏部郎中，不確，按，南宋館閣録卷七、周必大神道碑均言石湖除吏部員外郎。本年閏七月九日，與王萬登姑蘇臺，招王曉、陳淵叔、耿鎡避暑，耿鎡賦詩，石湖次其韻作本詩。王必大，即王萬，崑山人，王葆之弟，紹興二十七年進士，見至正崑山縣志卷三。永樂大典卷二三六八引蘇州府志：「（紹興二十七年王十朋榜）王萬，字必大。崑山。葆弟。」王浚明，即王曉，吳人。陸友仁吳中舊事：「王曉，字浚明。」王明清揮麈後録卷七：「明清於王岐公孫曉浚明處，見岐公在翰苑時令門生輩供經史對偶全句十餘册。」又揮麈後録餘話卷二：「王仲薿豐公，岐公暮子。……有子曉，亦能文。」王曉於隆興間通判潭州。乾道六年八月，以朝請郎到行在雜買務、雜買場提轄官任，八年十一月差知撫州。淳熙二年初爲司農少卿。五年復知撫州，爲太府少卿，九年八月罷。以上王曉諸職，據孔凡禮范成大年譜乾道二年譜文注。陳淵叔，未詳。耿時舉即耿鎡。崑山雜詠：「耿鎡，字德基，一名元鼎，字時舉。」龔明之中吳紀聞卷六「西樓詩」條：「紹興中，郡守王喚顯道建西樓，賦詩者甚衆，獨耿時舉德基爲擅場。其詩曰：（略）德基他文稱是。居太學久之，不得一第而死，惜哉！」洪邁夷堅志丙志卷一七「王鐵面」條：「乾道三年至臨安……吳人耿時舉，以恩科得文學，形模舉止如素貴，蒙胡長文力，爲嶽廟。」

【箋注】

〔一〕三俊：古代稱德才兼備的三個人爲「三俊」，如晉代稱顧榮、陸機、陸雲爲「三俊」，見晉書顧榮傳;唐代稱李紳、李德裕、元積爲「三俊」,見舊唐書李紳傳。石湖詩中借指王曉、陳淵叔、耿鎡。

〔二〕鐵鈎鎖:書家筆法名。黄庭堅次韻謝黄斌老送墨竹十二韻:「江南鐵鈎鎖,最許誠懸會。」自注:「世傳江南李後主作竹,自根至梢極小者,一一鈎勒成,謂之鐵鈎鎖。自云柳公權有此筆法。」

〔三〕咸池韻:咸池,古樂名,周禮春官大司樂:「舞咸池以祭地示。」禮記樂記:「咸池,備矣。」疏言此爲黄帝之樂,堯增修沿用。

明日夜雨陡涼,復次前韻呈時舉

幽懷青松獨,直道黄楊閏。懶從襬襶子〔一〕,遮日干主進。閉户友千載,脱簡理秦燼。秋熱出意表,誰云法天運。摧頹如鎩翮,何暇賈餘俊。願從青溪仙〔二〕,飛下二千仞。撇波嘯長風,鏖暑陷其陣。兹行病未能,喝卧何時振〔三〕?一雨忽破慳,江湖發封印。天公如仲尼,亦念季路愠〔四〕。團扇未全疎,短檠差可近。細字讀蠶眠,揩眼眩燈暈。明當呼我友,乘涼躡游軔。賡詩代僕呐,非敢覬强韻。

【題解】本詩作於乾道二年(一一六六)秋,時閑居在蘇。詩云「復次前韻呈時舉」,即指「丙戌閏七月九日」耿鎡所作詩之韻。本詩即作於次日，即閏七月十日。

【箋注】

〔一〕褦襶子：暑日謁客、穿衣整束之人曰褦襶子。藝文類聚卷五「歲時下」：「晉程曉詩曰：平生三伏時，道路無行車。閉門避暑卧，出入不相過。今世褦襶子，觸熱到人家。」

〔二〕青溪仙：劉敬叔異苑卷五：「青溪小姑廟，云是蔣侯第三妹。廟中有大穀扶疎，鳥嘗産育其上。晉太元中，陳郡謝慶執彈乘馬繳殺數頭，即覺體中慄然，至夜，夢一女子衣裳楚楚，怒云：此鳥是我所養，何故見侵？經日謝卒。」

〔三〕暍卧：中暑而卧。説文：「暍，傷暑也。」玉篇：「暍，中熱也。」

〔四〕「天公」二句：季路，即子路。論語衛靈公：「在陳絶糧，從者病，莫能興。子路愠見，曰：『君子亦有窮乎？』子曰：『君子固窮，小人窮斯濫矣。』」孔子勉勵子路堅持自己的道德信仰。

七月二日上沙夜泛

困倚船窗看斗斜，起來風露滿天涯。亭亭宿鷺明菰葉，閃閃凉螢入稻花。月下片雲應夜雨，山根炬火忽人家。江湖處處無窮景，半世紅塵老歲華。

【題解】本詩作於乾道二年（一一六六）七月，時閑居在家，夜泛上沙，賦本詩。

浴罷

西城落日半輪明，浴罷衣裳一倍輕。玉宇風來歸鳥急，火雲銷盡緑雲生。

【題解】本詩作於乾道二年（一一六六）夏，時閑居在家。浴罷，有感而作此小詩。

寄溧陽陳朋元明府，約秋末過之

海内交情兩斷金〔一〕，一官分袂阻登臨。書來恰值看雲眼，夢往誰知共月心。道義只今無捷徑，溪山依舊有清音。西風滿棹蒲帆飽，秉燭相尋語夜深〔二〕。

【題解】本詩作於乾道二年（一一六六）秋，時閑居在家。接陳蒼舒來信，乃賦本詩寄之，約秋末訪之。

【箋注】

〔一〕「交情」句：斷金，語出周易繫辭上：「二人同心，其利斷金。」後人因稱交情深厚爲「斷金」，令狐楚、李逢吉唱和集名斷金集。令狐楚題斷金集：「一覽斷金集，載悲埋玉人。」

〔二〕「秉燭」句：化用杜甫羌村三首之一：「夜闌更秉燭，相對如夢寐。」

次韻耿時舉苦熱

赤日纔低又火雲，巷南街北斷知聞。荷風拂簟昭蘇我，竹月篩窗慰藉君。避暑無奇那避謗，能觴便了莫能文。浮湛放蕩從今始〔一〕，悔把長裾强沐薰。余家近穿小蓮池，時舉亦稱竹簷間，皆爲度暑計。

【題解】

本詩作於乾道二年（一一六六）夏，時閑居在家。耿鎡作苦熱詩，石湖次其韻答之。

【箋注】

〔一〕浮湛：漢書陳遵傳：「嘗謂張竦：『吾與爾猶是矣。足下諷誦經書，苦身自約，不敢差跌；而我放意自恣，浮湛俗間，官爵功名，不減於子，而差獨樂，顧不優邪？』」

次韻王浚明用時舉苦熱韻見贈

暑窗當午思昏昏，雷起千峰睡不聞。鑠石誰能招楚魄〔一〕，斵冰我欲訪湘君。年華祇合加餐飯，事業休工刺繡文。賴有兩賢南北巷，歲寒幽谷共蘭薰。

【題解】

本詩作於乾道二年（一一六六）夏，時閑居在家。王浚明用耿鎡苦熱詩韻作詩相贈，乃次韻和之。

【箋注】

〔一〕「鑠石」句：宋玉招魂：「十日代出，流金鑠石些。」淮南子詮言訓：「大熱鑠石流金，火弗爲益其烈。」

李次山自畫兩圖，其一泛舟湖山之下，小女奴坐船頭吹笛；其一跨驢渡小橋，入深谷。各題一絶

船頭月午坐忘歸〔一〕，不管風鬟露滿衣。橫玉三聲湖起浪，前山應有鵲驚飛。

黄塵車馬夢初闌，杳杳騎驢紫翠間。飽識千峰真面目〔二〕，當年拄笏漫看山〔三〕。

【題解】

本詩作於乾道二年（一一六六）三月以前，時石湖在吏部員外郎任上，李結正監進奏院，亦在臨安，故友相遇，李結乃以畫請題。李次山，即李結（一一二四—？），字元明，河陽人。因慕元結次山之風，自號次山。曾官休寧主簿，見范成大跋西塞漁社圖：「始余筮仕歙掾，宦情便薄，日思故林。次山時主簿休寧，蓋屢聞此語」；新昌縣丞，見樓鑰新昌縣丞廳壁記；隆興二年爲崑山縣宰，范成象崑山縣新修學記：「乾道改元，河陽李侯爲邦之二年也。」乾道二年，監進奏院，見全宋詞李結小傳；乾道七、八年，任浙西提舉常平茶鹽公事，見范成大吴郡志卷七「提舉常平茶鹽司題名」：「右奉議郎李結，乾道七年正月十七日到任，乾道八年七月十六日罷。」淳熙六年，知常州，見史能之咸淳毗陵志卷八「郡守題名」：「李結，淳熙六年二月，以承議郎在任，轉朝奉郎，五月罷。」淳熙九年，知秀州，見全宋詞李結小傳；淳熙十到十二年間，李結、楊冠卿等人結成詩社；淳熙十五年十月之後，紹熙元年之前，李結以尚書郎奉使全蜀，見周必大雪溪漁社圖跋，此跋作於紹熙元年三月，則李結總領四川必在紹熙元年之前。李結善畫，夏文彦圖繪寶鑑補遺：「李結，工山林人物。」范成大曾爲李結畫題詩、題跋。本詩即是題其畫之詩，又有跋西塞漁社圖，此圖今存，藏美國大都會博物館。

【箋注】

〔一〕月午：李賀感諷五首之三：「月午樹立影。」王琦解：「月午，謂月至中天當午位上，則倒影不斜，其直如立。」

〔二〕「飽識」句：自蘇軾詩句化出。蘇軾題西林壁：「不識廬山真面目，只緣身在此山中。」

〔三〕「當年」句：指石湖與李結在紹興二十八年同遊拄笏亭看山事，參見本書卷六四月十六日拄笏亭偶題「題解」。拄笏看山，語出世說新語簡傲：「王子猷作桓車騎參軍，桓謂王曰：『卿在府久，比當相料理。』初不答，直高視，以手版拄頰云：『西山朝來，致有爽氣。』」

太傅楊和王輓歌詞二首

先廟垂忠烈〔一〕，孤童侈舊勳。風雲天策府〔二〕，心膂殿前軍〔三〕。汴猘漸臺蹷〔四〕，胡驕罽幕焚。人亡汗青在，足以詔無垠。定遠之師，劉豫以廢〔五〕；石梁之役，虜帳蕩然，功無烈於此者〔六〕。

歲與靈光晚〔七〕，名登甲令芳。剖符山若礪，交戟鬢如霜。半世三槐位，千秋異姓王〔八〕。哀榮公不憾，人自惜堂堂。

【題解】

本詩作於乾道二年（一一六六）十一月，時閑居在家，聞知楊存中卒，賦本詩輓之。太傅楊和王，即楊存中，曾封和王、太傅。楊存中（一一〇二—一一六六），本名沂中，字正甫，紹興中賜名存中，代州崞縣人。存中屢與金兵交戰，戰功尤著，封恭國公，拜少師，以太師致仕。乾道二年卒，年六十五，追封和王，謚武恭，事見宋史卷三六七楊存中傳。宋史孝宗紀：「（乾道二年）十一月丙午，楊存中薨。」正德姑蘇志卷三一謂：「楊和王府在和會坊。」

【箋注】

〔一〕「先廟」句：楊存中祖、父皆爲國捐軀，故云。宋史楊存中傳：「祖宗閔，永興軍路總管，與唐重同守永興，金人陷城，迎戰死之。父震，知麟州建寧砦，金人來攻，亦死於難。」又云：「父、祖及母皆死難，存中既顯，請于朝，宗閔謚忠介，震謚忠毅，賜廟曰顯忠，曰報忠。」

〔二〕天策府：葉夢得石林燕語卷六：「天策上將，唐官也。……（宋）祥符八年，楚王元佐久疾，以皇兄之寵，故採唐舊典以授之，結銜在功臣上而不開府。」本傳無此銜，石湖借以指君王之榮寵。本傳記載府第建閣，孝宗題「風雲慶會之閣」。石湖本句即出此意。

〔三〕「心膂」句：心和膂是人體的重要部位，喻親信之人。尚書君牙：「今命爾予翼，作股肱心膂。」殿前軍，楊存中歷任御前右軍統領、御前中軍統制、龍神衛四厢都指揮使、殿前都指揮使，宋史楊存中傳稱他「在殿巖凡二十五載」。

〔四〕「汴猘」句：汴猘，指占據河南的劉豫。猘，瘋狗，呂氏春秋首時：「鄭子陽之難，猘狗潰之。」

漸臺，漢武帝作建章宫，太液池中有漸臺。漢末，劉玄兵從宣平門入，王莽逃至漸臺上，卒爲衆兵所殺，事見漢書王莽傳下。本詩借王莽以指劉豫之敗。

〔五〕「定遠」二句：劉猊先犯定遠縣，楊存中率兵襲敗之，猊又列陳于藕塘，存中率大軍擊之，猊大敗。事見宋史楊存中傳。

〔六〕「石梁」三句：指楊存中與金人戰於柘皋，金人大敗，死者以萬計，事見宋史楊存中傳。

〔七〕靈光：指朝廷恩澤。漢書鼂錯傳：「德澤滿天下，靈光施四海。」

〔八〕異姓王：本傳載楊存中於紹興三十一年封同安郡王，卒追封和王。

少卿直閣鄭公輓歌詞 恭老

今代魁梧老，終身寂寞濱。鬢霜三館直〔一〕，碑淚五州春〔二〕。壽相空壬甲〔三〕，行年竟巳辰〔四〕。墳丘纔馬鬣〔五〕，何處著經綸。

憶昨登門日，驪傳考室詩〔六〕。謂公安且吉，何意哭於斯！遺老典刑盡〔七〕，此邦名教悲。誰能傳耆舊，他日慰吴兒。

【題解】本詩作於乾道二年(一一六六)，時閑居在家。鄭作肅卒，石湖因作輓歌詞以悼念之。少卿直閣鄭公，題下注「恭老」，即鄭作肅，字恭老，蘇州人。宣和三年進士，歷仕杭州通判、知常州、知吉州、知鎮江府、以直秘閣知湖州。蘇州府志：「(宣和三年何涣榜)鄭作肅，字恭老，知鎮江府。」(永樂大典卷二三六八)又封爵：「鄭作肅，右朝議大夫、直秘閣、知湖州軍(州)事，主管學事、兼管内勸農使，開國男，食三百户。」(永樂大典卷二三六九)。嘉泰吴興志卷一四「郡守題名」：「鄭作肅，紹興三十二年十二月十六日以左朝議大夫直秘閣到任。」他於乾道元年九月即罷任，因下任王帥於元年九月到任。正德姑蘇志卷五〇有傳：「鄭作肅，字恭老。以進士歷通判杭州。紹興五年，知常州。……二十四年，知吉州，還朝，奏郡中歲輸黄河竹索錢，河久陷僞境，錢何從歸，乞賜蠲免。其他循襲似此者，亦乞盡行除放。高宗嘉納，且諭秦檜，稱奬再三。檜怒，諷以在任不法，興大獄繩治之，逮吏及門，以檜殂得免。(此事，王明清揮麈三録卷三有記載，姑蘇志即據以載入。)二十八年知鎮江府，嚴殺牛之禁。……三十二年冬，改知湖州。……隆興二年，歲歉民貧，有生子不舉棄於道路者，作肅令屬官尋訪收取，又擇乳母爲之保養。月給贍米一石。委請學官專莅其事，條具事目，刻石州縣，遂爲其邦著令。」

【箋注】

〔一〕「鬢霜」句：鬢霜，蘇軾江城子密州出獵：「酒酣胸膽尚開張，鬢微霜，又何妨。」三館，唐有昭文、集賢、史館三館，宋三館合一，並在崇文院内。高承事物紀原卷六「昭文館」云：「宋朝避廟諱，復曰昭文與集賢、史館同爲三館也。」宋於崇文院中堂建秘閣。鄭作肅曾官直秘閣，故詩云「三館直」。

〔二〕「碑淚」句：猶言悲淚，碑、悲諧音。樂府詩集卷六四吴聲歌曲華山畿八：「將懊惱，石闕晝夜題，碑淚常不燥。」石湖本詩即用此語。五州，指鄭作肅曾爲杭州、鎮江、湖州、常州、吉州五州地方長官。

〔三〕「壽相」句：三國志魏書管輅傳：「額上無骨，眼中無守精，鼻無梁柱，脚無天根，背無三甲，腹無三壬，此皆不壽之驗。」

〔四〕「行年」句：後漢書鄭玄傳：「夢孔子告之曰：『起！起！今年歲在辰，來年歲在巳。』既寤，以讖合之，知命當終。」

〔五〕馬鬣：即馬鬣封，墳上的封土長滿枯草，如馬頸上之長毛。禮記檀弓：「孔子之喪……昔者夫子言之曰：吾見封之若堂者矣，見若坊者矣，見若覆夏屋者矣，見若斧者矣，從若斧焉。馬鬣封之謂也。」

〔六〕「驢傳」句：意謂全家歡樂地傳唱新居落成之詩。「考室詩」，指詩經小雅斯干，毛詩序：「斯干，宣王考室也。」古代宫室建成後舉行的典禮，叫考室，猶如後代的落成典禮。全詩描繪宫室建築之美，兄弟家族和睦，多頌禱贊美之語。

〔七〕典刑：語出詩經大雅蕩：「雖無老成人，尚有典刑。」

高景庵讀舊題有感

莓苔風雨舊詩留，十七年前鬢未秋〔一〕。巖桂拂雲篁竹拱，樹猶如此一搔頭〔二〕。

【題解】

本詩作於乾道二年（一一六六）秋，詩云「巖桂拂雲」，可證。時閑居在家，過高景山金氏庵，見十七年前之題詩，有感而作本詩。高景庵，當即高景山之金氏庵，參見卷三金氏庵「題解」。

【箋注】

〔一〕「莓苔」二句：舊詩，指十七年前題在金氏庵的詩，卷三金氏庵：「醉墨題窗側暮鴉。」十七年，指紹興二十年，時自崑山至蘇州「城西道中」，賦詩二十首。自本年向前推算，爲紹興二十年，時石湖二十五歲，故云「鬢未秋」。

〔二〕樹猶如此：世説新語言語：「桓公北征，經金城，見前爲琅琊時種柳，已皆十圍，慨然曰：『木猶如此，人何以堪！』攀枝執條，泫然流淚。」

華山道中

過午曾雲未肯開，煖寒村店竹初灰。蕭蕭林響棠梨戰，晚恐陽山有雨來〔一〕。

【題解】

本詩作於乾道二年（一一六六），時閑居在蘇。過華山，有感而作本詩。華山，在城西，吴郡志卷一五「山」：「華山，在吴縣西六十四里。老子枕中記云：吴西界有華山，可以度難。父老云：山頂北有池，上生千葉蓮花，服之羽化，因曰華山。」

【箋注】

〔一〕陽山：在城西北。吴郡志卷一五：「秦餘杭山，即陽山也。越入吴，夫差晝夜馳走，達於秦餘杭。飢得生稻而食之。」百城烟水卷三長洲：「陽山，距城西北三十餘里（高百五十丈，透迤二十餘里），以面陽，因名，亦名萬安、四飛、秦餘杭。」

送嚴子文通判建康

四海論交賴有子，一日不見真愁予。人誰可與話心曲，天忽遣來同里居。懊惱春來不數面，丁寧歲晚猶頻書。黑頭屢別那敢惜，歎息鬖鬖霜滿梳。

【題解】

本詩作於乾道三年（一一六七）六月，時閑居在家。嚴焕任建康府通判，行前，石湖作本詩送別。重修琴川志卷八「人物」：「（嚴焕）登紹興十二年進士第，調徽州、臨安教授，通判建康府。」景定建康志卷二四：「嚴焕，左承議郎乾道三年六月十八日到任。」詩云：「天忽遣來同里居。」知嚴焕其時已移居吴地。

次韻王浚明詠新居木犀

月窟移來有貴名，一簾金碧照東榮。鼻端入妙睡魔醒，眼底會真詩句生。日氣瓏璁無奈醉，露華凌亂不勝清。君家傾國何時見？淡掃蛾眉撚夕陰〔一〕。

【題解】

本詩作於乾道三年（一一六七）秋，時閑居在家，王曉有詠新居木犀詩，石湖次其韻作本詩。

【箋注】

〔一〕「君家」二句：本詩以美女喻花，故曰「傾國」，即指「木犀」。淡掃蛾眉，用張祜集靈臺二首之二：「却嫌脂粉污顔色，淡掃蛾眉朝至尊。」由詩意可推知王曉新居之桂樹爲「銀桂」。

提刑察院王丈輓詞　彦光

諭蜀三年戍〔一〕，還吴萬里船。雲歸雙節後，雪白短檠前。百世春秋傳〔二〕，一丘陽羨田〔三〕。浮生如此了，何必更淩煙！

日者悲離索，公今又眇冥。門人辦韓集〔四〕，子舍得韋經〔五〕。此去念築室，空來聞過庭〔六〕。平生無路見，終古泣松銘〔七〕。

【題解】

本詩作於乾道三年（一一六七）二月。時閑居在家，知王葆卒，作輓詞悼之。提刑察院王丈，題下自注「彦光」，即王葆，他曾任浙東提刑，監察御史，故云。王葆（？—一一六六）字彦光，崑山人，登宣和八年進士，歷仕麗水主簿、宗正寺丞、監察御史、浙東提刑、知廣德軍，知漢州，知瀘州，歸鄉卒。范成大吴郡志卷二七「人物」云：「王葆，字彦光，崑山人。逸野堂僖之姪。宣和八年進士，崑山自郟亶登科，有孫載，載後六十年，葆始繼之，邑人以爲奇事。葆學行俱高，潛心古道。著春秋集傳十五卷，春秋備論二卷。誘掖後進，推誠樂育，如親子弟。門下士多成立者，號稱鄉先生。初主麗水簿，上疏陳十弊事，皆人所難言。紹興間，歷司封郎，官監察御史、崇政殿説書，終浙東提刑。王公於人物鑒裁尤精。樂巷李侍御史衡，布衣流落，一見以女弟妻之。左丞相周益公必大，初第，以女妻之。知其爲國器也。成大以早孤廢業，一日呼前，喻勉切至，加以詰責。留之席下，程課甚嚴，未幾，亦忝科第。」龔明之中吴紀聞卷六「王彦光」條云：「王葆，字彦光，擢宣和甲辰第。崑山自郟正夫登第後，有孫積中，後六十載，無有繼之者。彦光擢第時，吴昉博士適爲邑宰，有致語云：『振六十載之頹風，賈三千人之餘勇。』紀其實也。紹興改元，天子廣言路，講求賢良等材。彦光時主麗水簿，慨然上疏陳十弊，皆切中時病，其末以儲嗣爲請，語尤切直，至謂『仁宗時，中外無事，海宇晏然，而范鎮等爲國遠計，其所納忠，急急在此。況當今日，國步多艱，人心易動，强虜未靖，群盗陸梁，天下之勢，危若綴旒，而甲觀之祟，未聞流慶，中外惴恐，此爲甚急。臣願陛下爲宗社無疆之計，廣求宗室之中仁明孝友、時論所歸者，歷試諸事，以係人心』。執政讀而奇之。彦光素爲秦益公器重。和議既定，梓宫及太后皆還。彦光時主宗正寺簿，上書於益公，僅三百字，大意謂：『自古宰相功業之盛，無如伊尹、周公，究其終始之言，伊尹過周公遠矣。方其相成湯，輔太甲，其功無與比。當是時，遂思復政於君，而啓其告歸之意，今咸有一德之書是也。周公則不然，夾輔成王，坐致太平之功，此時可以告老矣，而卒不之魯，故其後有四國流言之禍。今欲爲伊尹乎？欲爲周公乎？惟閣下所擇。』益公得書頗喜。久之，除司封郎。彦光既丁内艱，服闋，再居舊職。一日，益公語彦光曰：『檜待告老如何？』曰：『此事不當問之於某。』益公曰：『他人不敢言，以公有直氣，故問之。』嘗記紹興八年，某爲右相時，公以書勸某去位，保全功名，今何故不言？』彥光曰：『果欲告老，不問親與仇，擇其可任國家之事者使居相位，誠天下生民之福。』益公默然。俄除監察御史，兼崇政殿説書。益公薨，出知廣德，移漢州，又移瀘州，終浙東提刑。」王葆最終爲浙東提刑，已是隆興元年，寶慶會稽續志卷二「提刑題名」：「王葆，隆興元年六月十三日，以左朝請大夫到任，乾道元年二月二十一日宫祠。」三年二月卒於宜興。八月，石湖赴宜興，護送王葆之靈柩回崑山卜葬。崑山新陽合志卷一三冢墓：「侍御史王文毅公葆墓在縣東南新漕里，張震銘。」

【箋注】

〔一〕「論蜀」句：王葆知廣漢軍、漢州、瀘州，均在蜀地。據石湖詩知彥光論蜀僅三年。

〔二〕「百世」句：龔明之中吴紀聞卷六「王彥光」條云：「其所成就甚衆，所學最長於春秋，有春秋集傳十五卷，春秋備論兩卷。」

〔三〕陽羨田：用蘇軾買田陽羨以終老事，蘇軾登州謝上表二首：「買田陽羨，誓畢此生。」又有菩薩蠻云：「買田陽羨吾將老。從來只爲溪山好。」

〔四〕「門人」句：韓集，指韓愈昌黎先生集，門人李漢編。李漢韓昌黎集序：「長慶四年冬，先生歿，門人隴西李漢，辱知最厚且親，遂收拾遺文，無所失墜……并目録合爲四十一卷，目爲昌黎先生集，傳於代。」此借李漢故事，謂門人爲王葆編集，惜未見傳世。

〔五〕「子舍」句：洪邁夷堅志卷一二：「王嘉賓夢子」條：「吴人王彥光御史之子嘉賓……字仲

賢，淳熙十二年監左藏封椿庫。」韋經，漢書韋賢傳：「少子玄成，復以明經歷位至丞相。故鄒魯諺曰：『遺子黄金滿籯，不如一經。』」

〔六〕「空來」句：過庭，語出論語季氏：「嘗獨立，鯉趨而過庭。」後稱父教爲過庭之訓。孔凡禮范成大年譜乾道三年譜文注：「提刑察院王丈輓詞其二有『空來聞過庭』之句，蓋不忘其教誨。」

〔七〕終古：久遠。李商隱隋宫：「于今腐草無螢火，終古垂楊有暮鴉。」松銘：文選江淹效潘嶽悼亡詩：「駕言出遠山，徘徊泣松銘。」劉良注：「松銘，山墳銘碑也。」

送闕壽卿校書出守簡州

東壁星宫館列仙〔一〕，一麾苦欲近田園。宅家但寶千金鑑〔二〕，臣輩何辭萬里船？壽卿述藝祖寶訓爲書以獻，多觸貴要者。京洛知心塵鞅裏〔三〕，江吴攜手暮帆邊。聲名如此歸安往？日日閶門望眼穿。

【題解】

本詩作於乾道三年（一一六七）九月，時閑居在家。闕耆卿於本年九月出守簡州，過吴，訪范成大，石湖賦本詩送行。闕壽卿校書，即闕耆孫，字壽卿，蜀之青城人。進士出身，歷仕果州教授、秘書省正字、校書郎、知簡州、著作佐郎、夔州轉運判官。南宋館閣録卷八：「關耆孫，（乾道）二年十二月除（正字），三年七月爲校書郎。」又：「關耆孫，字壽卿。零陵人。王佐榜進士出身。治詩賦。（乾道）三年七月除（校書郎），九月，知簡州。」按，謂「零陵人」，疑非是。洪邁夷堅志丙志卷一九「青城税監子」條謂耆孫爲蜀之青城人。陸游跋關著作行紀（渭南文集卷二六）有「今公歸卧青城山中」句，本詩石湖説他知簡州爲「一麾苦欲近田園」，當從之。孔凡禮范成大年譜乾道三年譜文注：「夷堅志丙志卷三『楊抽馬』條謂耆孫紹興末爲果州教授。乙志卷二十王祖德條、丙志卷四餅店道人謂耆孫紹興三十一二年間在成都，丙志卷十九青城税監子謂隆興元年詣臨安，可信。」陸游有送關漕詩序（渭南文集卷一四）、跋關著作行紀（同書卷二六）時陸游正在夔州通判任上。

【箋注】

〔一〕東壁：二十八星宿之一，漢書五行志：「二十九年二月丁巳朔，日有蝕之，在東壁五度。東壁爲文章，一名娵訾之口。」

〔二〕千金鑑：聯繫下句自注「壽卿述藝祖寶訓爲書以獻，多觸貴要者」看，指壽卿講述宋太祖訓諭以爲書啓，獻呈皇帝，觸犯了權貴，所以出守簡州。千金鑑，千金之寶鑑，即指宋太祖之訓鑑。

〔三〕塵鞅：塵世俗務的束縛。白居易登香爐峰頂：「紛吾何屑屑，未能脱塵鞅。」

頃自吏部郎去國時，獨同舍趙友益追路送詩，數月友益得儀真，過吴江，次元韻招之

東風分袂省西廊，袖有明珠照客航〔一〕。道義有情通出處，文章無地著炎涼。君今猶把一麾去〔二〕，我敢倦鋤三徑荒。邂逅天涯如夢寐，肯來相對話更長？

【題解】

本詩作於乾道二年（一一六六）三月以後數月，時閑居在家。同舍趙友益出任真州知州，過吴江，石湖乃次其送别詩韻，作本詩招之。「頃自吏部郎去國時」，指乾道二年三月石湖自吏部員外郎放罷歸里時。趙友益，生平未詳。儀真，即真州。王存元豐九域志卷五淮南東路有真州，宋史地理志四：「真州……政和七年，賜郡名曰儀真。」

【箋注】

〔一〕明珠：指趙友益詩。杜甫奉和賈至舍人早朝大明宫：「詩成珠玉在揮毫。」

〔二〕一麾：自京官出任地方官。顔延之五君詠阮始平：「屢薦不入官，一麾乃出守。」

長沙王墓在閶門外

孫伯符

英雄轉眼逐東流，百戰工夫土一抔。蕎麥茫茫花似雪，牧童吹笛上高丘。

【題解】

本詩及次韻孫長文泊姑蘇館、長文再作復次韻三詩，具體作年均難以確考。三詩次於頃自吏部郎去國時獨同舍趙友益追路送詩數月友益得儀真過吳江次元韻招之後，則三詩或作於乾道三年、四年之春季。時閑居在家，尋訪孫策墓，有感而作本詩。長沙王，題下注「孫伯符」，即孫策。孫策（一七五—二〇〇），字伯符，孫堅子，孫權兄。策得父部曲，在江東建立政權。曹操表策爲討逆將軍，改封吳侯。建安五年，策爲許賓客擊傷，創重，乃以印綬授孫權。權立，追謚孫策曰「長沙桓王」。事見三國志魏書孫策傳。長沙王墓在蘇州盤門外三里。陸廣微吳地記：「盤門，古作蟠門，嘗刻木作蟠龍，此以鎮越。又云水陸相半，沿洄屈曲，故名盤門。……東北二里有後漢破虜將軍孫堅墳，又有討逆將軍孫策墳。」朱長文吳郡圖經續記卷下「冢墓」：「漢豫州刺史孫堅及其妻吳夫人、會稽太守策三墳，並在盤門外三里，載唐陸廣微吳地記。」范成大吳郡志卷三九「冢墓」亦載之，並載政和間村民發掘事及張體仁考訂、滕宬孫王墓記，文長，不録。

次韻孫長文泊姑蘇館

讀書窗下一燈殘，忽有詩來爲煖寒。聞道扁舟春共載，雪雲雖冷不相干。

【題解】

本詩作年，參見上首長沙王墓在閶門外「題解」。時閑居在家。孫長文，生平未詳。

長文再作，復次韻

渚蒲汀蓼得霜殘，歸客思家不計寒。喜鵲門前人一笑，絶勝風色候長干〔一〕。

【題解】

本詩作年，參見長沙王墓在閶門外「題解」。

【箋注】

〔一〕長干：地名，在今江蘇江寧縣境。左思吴都賦：「長干延屬，飛甍舛互。」劉淵林注：「建鄴之南有山，其間平地，吏民居之，故號爲干。中有大長干、小長干，皆相屬，疑是居稱干也。」

次韻耿時舉、王直之夜坐

庭葉翻翻鬧，燈花粟粟穠。關山千里雁，風雨滿城鐘。隴上新登穀，江頭舊熄烽。今年吾計得，安穩讀三冬。

【題解】

本詩作於乾道三年（一一六七）秋，時閑居在家。耿鎡、王直之有「夜坐」詩，次其韻作本詩。

次韻徐子禮提舉鶯花亭 并序

秦少游「水邊沙外」之詞，蓋在括蒼監征時所作。予至郡，徐子禮提舉按部來過，勸予作小亭，記少游舊事；又取詞中語名之曰鶯花，賦詩六絶而去。明年亭成，次韻寄之。

灘長石出水鳴隄，城郭西頭舊小溪。游子斷魂招不得，秋來春草更萋萋。

愁邊逢酒却成憎，衣帶寬來不自勝㊀〔一〕。煙水蒼茫沙外路㊁，東風何處拄枯藤？

壚下三年世路窮，蟻封盤馬竟難工〔二〕。千山雖隔日邊夢，猶到平陽池館中〔三〕。
文章光燄照金閨㊂〔四〕，豈是遭逢乏聖時。縱有百身那可贖，琳瑯空有萬篇垂。
山碧叢叢四打圍，煩將舊根訪黄鸝。纈林霜後黄鸝少，須是愁紅萬點時〔五〕。
古藤陰下醉中休〔六〕，誰與低眉唱此愁。團扇他年書好句，平生知己識儋州〔七〕。

【校記】

㊀不自勝：詩淵第五册第三二七六頁作「瘦不勝」。

㊁沙外路：原作「外沙路」，董鈔本作「沙外路」，富校：「『外沙』黄刻本作『沙外』，是。按此用秦觀千秋歲詞『水邊沙外』句意。」今據改。

㊂光燄：活字本、董鈔本、詩淵均作「光艷」。

【題解】

本詩乾道五年（一一六九）作於處州。徐子禮，即徐蕆，蘇州人。同治蘇州府志卷七八人物五：「徐蕆，字子禮，林子。由進士知饒州。以居吴去親遠，奏易旁小州便養。乾道初，改知江陰軍，作新廟學，刊書以惠學徒。二年，詔遣轉運副使。姜詵按視水利，蕆延見父老，審訂其説，謂江陰北臨大江，地污下，港瀆善淤，夏秋淫雨，浙西數郡，百川並委，瀕港七鄉並湖，三山低卬之田，混爲一區，十年間，没者百六十餘萬畝，歲蠲秋苗一二萬計，公私病焉。遂請治蔡涇廢牐牐之。故基距河差遠，兩翼迫蹙，波流悍急，易於潰壞，乃移基並東，直抵漕渠，斥而大之，易木以石，長各十三丈四尺，高一丈八尺，洪闊二丈三尺。岸之西北，匯爲渦囊，分殺水怒。土木鐵石之工，萬有九百，費錢二萬二千三百緡，米一萬一千四百石，各有奇。於是增濬漕渠，下通黄田，以防泛濫，絶壅滯，五旬而畢。又奏本軍地狹民貧，有續添認納臨安府買紬絹四千餘匹，兼累遭大水，百姓憔悴，困此重斂；上爲蠲八之五。命下之日，歡聲動阡陌。三年，改浙東提舉常平，知秀州。蕆有學，尤善漢隸書。」寶慶會稽續志卷二提舉題名：「徐蕆，乾道三年八月二十六日，以左朝散郎到任，乾道五年六月初三日知秀州。」徐蕆於乾道三年任浙東提舉常平，五年召回，改知秀州。石湖於乾道四年八月知處州，徐蕆勸他於南園築小亭，並賦鶯花亭六絶句。五年，亭成，石湖次徐蕆韻賦鶯花亭六絶句以寄之。石湖於五年五月離任，則本詩必作於離處州任以前。

鶯花亭，在處州南園内，乾隆浙江通志卷五一古蹟十三：「處州府，南園。名勝志：『郡城小括山與萬象山相連，勢甚高敞。唐時南園在其間。園内有蓮城堂、鶯花亭。』」栝蒼彙紀卷四次舍記：「鶯花亭，在舊治南園。陸游詩：『沙外春風柳十圍，緑陰依舊語黄鸝。故應留與行人恨，不見秦郎半醉時！』」陸游鶯花亭詩，劍南詩稿未載，楊慎詞品卷三「鶯花亭」條云：「秦少游謫處州日，作千秋歲詞，有『花影亂，鶯聲碎』之句，後人慕之，建鶯花亭。陸放翁有詩云：（略）」詩用徐蕆六絶句中第五首之韻，時徐蕆正在山陰。麗水縣志（同治十三年刊本）卷六古蹟：「鶯花亭，在南園，郡守范成大建。」秦鏞淮海先生年譜：「紹聖二年乙亥，四十七歲，先生在處州。……游府治南園，作千秋歲詞。」秦觀千秋歲詞云：「水邊沙外，城郭春寒退。花影亂，鶯聲碎。飄零疎酒盞，離別寬衣帶。人不見，碧雲暮合空相對。　憶昔西池會，鵷鷺同飛蓋。攜手處，今誰在？日邊清夢斷，鏡裏朱顔改。春去也，飛紅萬點愁如海。」秦觀千秋歲詞，吴曾能改齋漫録卷一七「秦少游唱和千秋歲詞」條、曾敏行獨醒雜志卷五均謂秦觀千秋歲詞作於衡陽，與徐、陸、范諸人之説異。按，徐蕆、陸游、范成大距秦觀時代不遠，況且他們都是博洽多識之人，其言當可信從。姑録吴、曾之説以備考。

【箋注】

〔一〕「衣帶」句：自秦觀千秋歲「離別衣帶寬」句中化出。

〔二〕「蟻封」句：世説新語賞譽上「王汝南既除所生服」注引鄧粲晉紀：「（王）湛曰：『今直行車路，何以別馬勝不？唯當就蟻封耳！』於是就蟻封盤馬，果倒踣。」此喻世路不平難行。

〔三〕「猶到」句：平陽，相傳古帝堯所都，以在平水之陽而得名。元和郡縣圖志卷一二「晉州」云：「禹貢冀州之域，即堯、舜、禹所都平陽也。……前趙録曰：『太史令宣于循之言于元海曰：蒲子崎嶇，非可久安。平陽唐堯昔都，願陛下都之。』於是遷都平陽。」此承上句「千山雖隔日邊夢」意，謂千山雖然阻隔輔佐君王之夢，但猶能到堯帝舊都，親霑聖帝之恩澤。

〔四〕金閨：金馬門之別稱，漢代東方朔、主父偃等皆待詔金馬門。江淹別賦：「金閨之諸彦，蘭臺之群英。」

〔五〕「須是」句：自秦觀千秋歲「飛紅萬點愁如海」句中翻出。

〔六〕「古藤」句：秦觀好事近夢中作：「醉卧古藤陰下，了不知南北。」石湖句由此脱化來。

〔七〕「平生」句：吴曾能改齋漫録卷一七「樂府」「秦少游唱和千秋歲詞」條云：「其後東坡在儋耳，姪孫蘇元老，因趙秀才還自京師，以少游、毅甫所贈酬者寄之。東坡乃次韻録示元老，且云：『便見其超然自得，不改其度之意。』」

石湖居士詩集卷十一

己丑五月被召至行在，遇周畏知司直，和五年前送周歸弋陽韻見贈，復次韻答之 以下自處州再至行在作

分袂悠悠爾許年，莫嗔蓬鬢兩蕭然。酒槽不奈青春老，經笥空供白晝眠。暗緑千章新活計，軟紅三尺舊塵緣。相逢且作西湖客，山繞荷花檥畫船。

【題解】

本詩作於乾道五年（一一六九）五月。己丑，即乾道五年。本年五月，石湖被召至行在，留爲京官。遇故友周畏知，同遊西湖，畏知乃以五年前石湖送周歸弋陽韻賦詩贈石湖，石湖乃次韻答之。見本書卷一〇送周畏知司直歸上饒待次。周必大神道碑：「初，上命宰相陳正獻公擇文士掌内制，正獻薦知遂寧府張震及公。至是（指自處州被召行在），上曰：『卿文學詞翰，官直禁林。』……乃除禮部員外郎兼崇政殿説書。上令更加清職，遂加國史院編修官。」南宋館閣録卷

八：「范成大……(乾道)五年五月，以禮部員外郎再兼(實録院檢討官)；十二月爲起居舍人，六年五月爲起居郎，並兼。」建炎以來朝野雜記乙集卷一三「博士正字兼説書」條云：「崇政殿説書，渡江後，自尹彦明始。彦明初以秘書郎兼之。後多以命卿監察官。中間王龜齡、范至能、王與正皆以郎官兼，亦殊命也。」

次韻馬少伊、郁舜舉寄示同游石湖詩卷七首

蕪城老蘇不知春〔一〕，忽有柴門月色新。芝草琅玕無鎖鑰，自無超俗扣門人。

莫問朝歌與棘津〔二〕，浮生惟有一杯春。君看百戰功名地，越戍吴臺兩窖塵〔三〕。

鏡面波光倒碧峰，半湖雲錦萬芙蓉。去年蕩槳香風裏，行傍石橋花正濃。

紅皺黄團熟暑風，甘瓜削玉藕玲瓏。身謀已落園丁後，滿帽京塵日正中。

兩賢風度藹春陽，步屧隨風上柳塘。綵筆紅牋芳徑裏，句中挾我萬花香。

得得來題小隱詩〔四〕，拂花縈柳畫船移㊀。湖邊好景春猶未，須到秋清月滿時。

瀟洒王郎亦勝流〔五〕，今年何事阻清遊？當家風味今如此，孤負山陰夜雪舟。王必大獨不赴二公同游之約。

【校記】

㈠拂花：原作「拂香」，富校：「『香』黄刻本、宋詩鈔作『花』，是。」按，活字本、叢書堂本、董鈔本均作「拂花」，今據改。

【題解】

本詩作於乾道四年（一一六八）。去年，馬先覺、郁異來蘇訪成大，同游石湖。今年寄示同游石湖詩卷，乃次韻作本詩。郁舜舉，即郁異，字舜舉，福州長溪人，寄居崑山，隆興元年進士，見至正崑山郡志卷三。嘗任宣州寧國簿、廬州司直。蘇州府志（永樂大典卷二三六八）：「（隆興元年木待問榜：）郁異，字舜舉。崑山。福州長溪人。廬州司直。寄居。」于北山、孔凡禮二譜均繫本詩於乾道五年，則同游石湖爲乾道四年。然細察石湖詩意及石湖行迹，其説似可商兑。按，范成大於乾道四年五月陛對，七月初即赴知處州任。七月六日，與韓元吉同飲於吴江垂虹橋，元吉水調歌頭題下自注：「七月六日，與范至能會飲垂虹，是時至能赴括蒼，予以九江命造朝，至能索賦。」此時石湖行色匆匆，無時間與馬、郁同游石湖。又從時令風物考察，詩云「半湖雲錦萬芙蓉」，荷花盛開，「熟暑風」、「甘瓜」、「藕」，正是盛夏時分，四年盛夏，石湖正忙於陛對、赴任，不能分身游石湖。再從「小隱」詩意分析，小隱隱陵藪，正與石湖閑居生活相切合。由此可知，成大於乾道三年閑居蘇州，方能與馬先覺、郁異同游石湖。待到四年馬、郁寄來同游詩，成大乃次其韻。乾道四年七月，石湖始赴處州任，本詩當作於赴任之前。

【箋注】

〔一〕「蕪城」句：鮑照作蕪城賦：「澤葵依井，荒葛罥塗。」澤葵，青苔别名。成大借鮑照賦意，指稱石湖别墅之苔蘚。

〔二〕「莫問」句：韓詩外傳卷七：「吕望行年五十，賣食棘津，年七十，屠於朝歌，九十乃爲天子師。」

〔三〕越戍吴臺：越戍，即越城；吴臺，即姑蘇臺。范成大吴郡志卷八「古蹟」：「越城，在胥門外。越伐吴，吴王在姑蘇，越築此城以逼之。城堞仿佛具在，高者猶丈餘，闊亦三丈，而幅員不甚廣。」又云：「姑蘇臺，在姑蘇山。舊圖經云：『在吴縣西三十里。』續圖經云：『三十五里，一名姑蘇，一名姑餘。』」

〔四〕小隱：王康琚反招隱詩：「小隱隱陵藪，大隱隱朝市。」

〔五〕「瀟洒」句：王郎，指王萬，尾句注：「王必大獨不赴二公同游之約。」王萬字必大。

玉堂寓直

摛文窗户九霄中，岸幘燒香愧老農〔一〕。上直馬歸催下鑰〔二〕，傳更人唱促鳴鐘。

金城巇嶫雲千雉，碧瓦參差月萬重。骨冷魂清都不夢，玉階蕭瑟聽秋蛩。

【題解】 本詩作於乾道五年（一一六九）秋，時任禮部員外郎兼崇政殿説書，並兼國史院編修官、實録院檢討官。高承事物紀原卷四「説書」條云：「明道元年，翰林侍講孫奭年老乞外郡，上問誰可代充講官，奭舉昌朝等，至是始特置此職（接上文，指崇政殿説書）。」石湖本年任崇政殿説書，職同侍講，故能寓直玉堂。

【箋注】

〔一〕岸幘：推起頭巾，露出前額。陳與義岸幘：「岸幘立清曉，山頭生薄陰。」

〔二〕上直：即上值，當直，值班之意。王建宮詞：「上直鐘聲始得歸。」花蕊夫人宮詞：「君王未起翠簾捲，宮女更番上直來。」羊士諤臺中遇直晨覽蕭侍御壁畫山水，寫他值夜晨出見蕭祐壁畫山水的感慨。

己丑中秋寓宿玉堂，聞沈公雅大卿、劉正夫户部集張園賞月，走筆寄之

笑看收雲捲雨忙，沉沉宮樹納空光。夜長來伴玉堂宿，天近似聞丹桂香。鳷鵲樓欄浮瑞氣〔一〕，鳳凰城闕帶新涼。遥知勝絶西園會〔二〕，也憶車公對舉觴〔三〕。

【題解】本詩作於乾道五年(一一六九)中秋，時在禮部員外郎任上，玉堂寓宿，聞知沈度、劉孝韙集於張園賞月，因走筆寫成本詩寄之。己丑，乾道五年。范成大吴船録卷下：「(八月)壬午，遂集南樓……丑年，内宿玉堂。」沈公雅大卿，即沈度，字公雅，德清人。宋史翼卷二四有傳。吴興備志卷一二：「沈度，字公雅。德清人。紹興間令餘干，政有三善：田無廢土，市無閒居，獄犴無宿繫。民謳歌之。以考功郎中除直秘閣，知平江府。乾道二年七月召赴行在。上曰：『甲申之歲，委卿守吴門。未幾，治行昭著，果如朕所料，可謂得人。』又詢吴中歲事如何，具以豐穰對。上曰：『二年以來，水澇軫憂，惟恐懼修省，以百姓爲念耳。』度奏：『臣初到郡，水歉艱食，荷陛下捐四萬石馬料以振濟，全活甚衆。』上曰：『正賴良守措置。漢宣帝所謂與我共理者，其惟良二千石乎！』即以爲中書門下省檢正諸房公事。四年，又以直龍圖閣知建寧府。是時朱子在崇安爲屬吏，創立社倉，均糴備貸，度乃以錢六萬緡助其役。倉成，民賴之。朱子爲記其事。又知臨安府，仕終兵部尚書。」沈度于隆興二年知平江府，吴郡志卷一一「牧守」：「沈度，右朝散大夫、直秘閣，隆興二年十一月到，乾道二年七月赴召。」乾道六年，曾任江南東路轉運副使，見景定建康志卷二六轉運司題名：「沈度，右朝散大夫。直龍圖閣，副使。乾道六年十二月十五日到任。」范成大有江南東路轉運副使沈度可秘閣修撰寧國府長史制。劉正夫户部，即劉孝韙。費衮梁溪漫志卷二「北門西掖不以科第進」條云：「乾道、淳熙以來，韓无咎元吉、王嘉叟秬、劉正夫孝韙皆以門蔭特命攝西掖，而劉正夫有召試之命，因力辭，言國朝之制，詞命之臣，皆先試而後命，自渡江以來，廢而不舉。今方修故事，恐弗克稱塞，雖可其奏，然攝詞命幾三年乃罷。」宋詩紀事卷五六：「劉孝韙字正夫。乾淳間以門蔭仕。累官直秘閣，提舉兩浙常平，除直徽猷閣。」

【箋注】

〔一〕鳷鵲：樓閣名，在建康。吴均與柳惲相贈答詩：「日映昆明水，春生鳷鵲樓。」李白永王東巡歌之四：「春風試暖昭陽殿，明月還過鳷鵲樓。」石湖借建康樓閣以指臨安樓閣。

〔二〕西園會：用曹植公宴「清夜游西園，飛蓋相追隨」詩意。

〔三〕車公：晉書車胤傳：「（車胤）又善於賞會，當時每有盛坐而胤不在，皆云『無車公不樂』。」石湖借以自喻，謂兩公西園雅會，憶得我否？

八月二十二日寓直玉堂，雨後頓涼

雨意蒸雲暗夕陽，濃薰滿院橘花香㈠。題詩弄筆北窗下，將此工夫報答涼。

【校記】

㈠橘花：原作「落花」，富校：「『落』黄刻本作『橘』。」按，活字本、叢書堂本、董鈔本均作「橘花」，今據改。

【題解】　本詩作於乾道五年（一一六九）八月二十二日，時在禮部員外郎兼崇政殿説書任上，玉堂寓直有感，因作本詩。

次韻答吴江周縣尉飲垂虹見寄

垂虹亭上角巾傾，鼉怒龍吟醉不聽。安得對君浮大白，想應嗤我汗新青〔一〕。夢魂舞蝶隨春草，時節賓鴻點暮汀〔二〕。湖海扁舟須及健，莫教明月照星星。

【題解】　本詩作於乾道五年（一一六九），時在禮部員外郎任上，吴江縣尉周郔作三高亭懷范石湖：「蓴脆鱸肥酒細傾，浩歌悲壯欲誰聽？沉迷簿領頭將白，彈壓江山眼自青。魚躍紫鱗衝葦岸，鷗翻白雪下沙汀。西風散髮危亭上，醉倚豐碑照日星。」（載徐崧、張大純百城烟水卷四「三高亭」條）周郔將詩寄給石湖，石湖乃次其韻作本詩答之。周郔，字知和，周爲高之子，淮海人。周煇清波雜志卷八「知和叔」條稱他爲「從叔知和」。乾道五、六年間任吴江縣尉，陸游入蜀記卷一乾道六年六月九日記事：「知縣右承議郎管銃、尉右迪功郎周郔來。」清波雜志卷八「知和叔」條云：「知和嘗尉吴江，作垂虹詩話。……惜年未及中，病廢而卒。」至少在淳熙四年他還活着，因爲他寫了丁酉經由三高亭再和詩，丁酉，即淳熙四年。

【箋注】

〔一〕「想應」句：汗新青，謂新寫成書册。汗青，古代文字寫在竹簡上，先用火炙竹，令水分如汗滲出，乾則易寫，且不受蟲蛀。引申爲書册，或寫成書册。新唐書劉子玄傳：「今史司取士滋多，人自爲荀袁，家自爲政駿，每記一事，載一言，擱筆相視，含毫不斷，頭白可期，汗青無日。」

〔二〕賓鴻：即歸鴻，禮記月令：「(季秋之月)鴻雁來賓。」

次韻徐廷獻機宜送自釀石室酒三首

元亮折腰嘻已久㊀〔一〕，故山應有欲蕪田。因君辦作送酒客，憶我北窗清晝眠。

清絶仍香如橘露，甘餘小苦似松肪。官槽重濁那知此，付與街頭白面郎〔二〕。

一語爲君評石室，三杯便可博涼州〔三〕。百年兀兀同渠住，何處能生半點愁？

【校記】

㊀嘻已久：富校：「『嘻』黄刻本作『嗟』，是。」活字本、叢書堂本、董鈔本、詩淵第五册第三四三四頁均作「嘻已久」。

【題解】本詩作於乾道五年（一一六九），時爲禮部員外郎兼崇政殿説書，徐廷獻送石室酒，並作詩，乃次韻和之。徐廷獻，生平未詳。

【箋注】

〔一〕「元亮」句：晉書陶潛傳：「素簡貴，不私事上官。郡遣督郵至縣，吏白應束帶見之，潛歎曰：『吾不能爲五斗米折腰，拳拳事鄉里小人邪！』義熙二年，解印去縣，乃賦歸去來。」

〔二〕白面郎：語見杜甫少年行：「馬上誰家白面郎，臨階下馬坐人牀。不通姓字粗豪甚，指點銀瓶索酒嘗。」

〔三〕「三杯」句：三國志魏書明帝紀裴松之注引三輔決録：「他得之，盡以賂讓，讓大喜。他又以蒲桃酒一斛遺讓，即拜涼州刺史。」石湖改一斛爲三杯。

玉堂寓直，曉起書事，記直舍老兵語

江湖垂釣手，天漢摛文堂。魂清不得眠，室虚自生光。曉緯澹天闕，江濤隱胡牀。傳呼九門開，奔走千官忙。若若誇組綬〔一〕，紛紛夢黄粱。微聞鈴下騶，竊議馬上郎。但計夢長短，寧論已行藏。

【題解】本詩作於乾道五年（一一六九）秋，時在禮部員外郎任上。孔凡禮范成大年譜乾道五年譜文：「玉堂寓直，詩記直舍老兵語，諷醉心仕進而不檢行藏之士大夫。」

【箋注】

〔一〕若若：漢書石顯傳：「牢邪石邪，五鹿客邪！印何纍纍，綬若若邪！」顏師古注：「若若，長貌。」

與長文、正夫游北山

柳岸松門勝處通，馬蹄踏霧入空濛。春寒有力欺遊子，天色無情没斷鴻。雨脚遠連山脚暗，杏梢斜倚竹梢紅。駝裘擁鼻吾衰矣〔一〕，年少猶嫌料峭風。

【題解】本詩作於乾道六年（一一七〇）春初。時在起居舍人兼侍講任上。與胡元質、劉孝韙同游北山，乃賦詩紀其游。長文，即胡元質，字長文，長洲人。范成大吴郡志卷二七「人物」：「胡元質，字長文，長洲人。……壽皇即政，以薦者入爲太學正、歷秘書省正字、校書郎、禮部兼兵部還右司、侍經帷、直史筆、參掌内外制、給事黄門、知貢舉，帝眷特厚。……出守當塗、建業、成都，皆有政績。舊得程公闢光禄南園故居之址，既歸，杜門却掃。園林池館，日以成趣。扁表其堂曰『招隱』。優游自遂，奉祠逾六七年。以正奉大夫、敷文閣學士、吴郡侯致其事而卒，年六十三。贈金紫光禄大夫，葬横山。」南宋館閣録卷八：「胡元質，（乾道元年七月除（正字，）二年三月校書郎。」又：「胡元質，字長文。姑蘇人。王佐榜同進士及第。治詩賦。（乾道）二年三月除（校書郎），十一月爲禮部員外郎。」

【箋注】

〔一〕擁鼻：擁，此爲遮蓋意。禮記内則：「女子出門，必擁蔽其面。」本詩謂年老體衰，駝裘遮鼻。又，世説新語雅量注引宋明帝文章志所記載之「手掩鼻而吟焉」，後代稱爲擁鼻吟。這個典故與本詩無關。

致政承奉盧君輓詞二首 德華父

泮水橋門識太平，歸來霜鬢老柴荆。淹中學邃方成傳，谷口名高豈待卿〔一〕。黄壤無情埋玉樹，青衫有道勝金籯。襄陽耆舊今蕭索，惟有松風到晚清。

純孝當年有護持，赤眉那敢近姜詩〔二〕。眼看庭玉成名後，身及堂萱未老時。湖海青鞵驚斷夢，風霜丹旐挂新悲。尊前五客今誰在〔三〕？愁絶廬山一段奇〔四〕。

【校記】

㈠一段：原作「十段」。富校：「『十』黄刻本作『一』，是。」按，活字本、董鈔本均作「十」，叢書堂本亦作「一」，是，今改。

【題解】

本詩作於乾道五年（一一六九），時在禮部員外郎任上。時盧彦德之父卒，有輓詞。盧君，即盧彦德之父，題下自注：「德華父。」德華，即盧彦德，字德華（一字國華），雍正處州府志卷一三盧彦德傳：「厲志恬退在選調二十年，喜怒不形於色。知廣德軍建平縣，舊版籍有絶户物力錢，抑民代輸縑匹，民苦之，多逃亡。彦德至，大搜隱漏，以實升降，物力三倍於前籍。乃當其賦，削虚産二千餘户，於是逃者復歸。西守蜀郡，再歷憲曹，并著聲績，召爲户部郎官。除福建轉運判官，官至朝請大夫。」

【箋注】

〔一〕「淹中」二句：語出李商隱五言述德抒情詩一首四十韻獻上杜七兄僕射相公：「廢忘淹中學，遲回谷口耕。」淹中，里名，昭明集序：「淹中、稷下之生，金馬、石渠之士。」史記正義：「淹中，里名。」谷口耕，用鄭子真故事。揚雄法言問神：「谷口鄭子真，不屈其志，而耕乎巖石之下，名震于京師，豈其卿！豈其卿！」李白贈韋秘書子春二首：「谷口鄭子真，躬耕在巖石。高名動京師，天下皆籍籍。」

〔二〕「純孝」二句：姜詩，東漢四川廣漢人，娶龐氏爲妻，夫妻共同孝順母親。赤眉軍路過他們居住的地方，知道姜詩夫婦的孝行，不敢驚動他們。事見東觀漢記卷一〇姜詩傳。

〔三〕「尊前」句：辛棄疾念奴嬌重九席上：「點檢尊前客。」此指盧君五位酒友。

〔四〕一段奇：蘇軾次韻王鞏留别：「不辭千里遠，成此一段奇。」施注：「法帖：王羲之帖云：吾年垂耳順，要欲一遊目汶嶺，足下但當保護，以俟此期，得果此緣，一段奇事也。」

寓直玉堂拜賜御酒

歸鴉陸續墮宫槐，簾幙參差晚不開。小雨遂將秋色至，長風時送市聲來。近瞻北斗璿璣次，猶夢西山翠碧堆。慚愧君恩來甲夜〔一〕，殿頭宣勸紫金杯。

【題解】

本詩作於乾道五年（一一六九）秋，時在禮部員外郎兼崇政殿説書任上。

【箋注】

〔一〕甲夜：一夜分五更，第一更又稱甲夜，顔之推顔氏家訓卷六書證：「或問：『一夜何故五更？更何所訓？』答曰：『漢魏以來，謂爲甲夜、乙夜、丙夜、丁夜、戊夜；又云鼓，一鼓、二鼓、三鼓、四鼓、五鼓；亦云一更、二更、三更、四更、五更，皆以五爲節。』」

送汪仲嘉侍郎使虜，分韻得待字

聖人坐明堂，洪覆等穹蓋。歲頒兩玉節，前後歌出塞。公才有廊廟，安用試專對。要煩第一人，鎮撫大荒外。嫩寒欺別酒，微月見征旆。遥知燕山雪，飄灑漢冠佩。玉色照穹廬，驕子亦心醉。要領一笑得，歸來安鼎鼐〔一〕。是時春正佳，湖上花如海。清遊不可遲，日日檥船待。

【題解】

本詩作於乾道五年（一一六九）十月，時在禮部員外郎任上，汪大猷爲賀金正旦使，石湖賦詩送之。汪仲嘉侍郎，即汪大猷，以吏部侍郎權尚書爲賀金國正旦使。宋史孝宗紀：「（乾道五年）冬十月乙酉，遣汪大猷等使金賀正旦。」樓鑰敷文閣學士宣奉大夫致仕贈特進汪公行狀（攻媿集卷八八）：「……借吏部尚書爲六年賀金國正旦國信使。」汪大猷（一一二〇—一二〇〇），字仲嘉，慶元府鄞縣人。紹興十五年進士，曾知崑山縣，累官至吏部侍郎、秘書少監、知泉州、敷文閣學士、江西安撫使等，宋史卷四〇〇有傳。樓鑰汪公行狀：「時孝宗方欲經略中原，使回者或順承旨意，過爲大言。公歸，首以爲問，因具陳經行所見聞者。上曰：『如卿所言，則未可爲攻取計耶？』公頓首曰：『誠如聖訓。今日豈可輕動？且須益務内治，以俟機會耳。』玉色不悦。公又曰：『臣不敢妄論迎合。』聞者以爲名言。」

【箋注】

〔一〕「要領」二句：汪大猷此行有重要使命，一笑得其「要領」。宋史本傳略而未載其事，從樓鑰汪公行狀的記載推斷，大猷此行之使命，即是窺金邦之虚實，以圖攻取之計。汪大猷據實稟告，以爲不可輕動。

李雈知縣作亭西湖上，余用東坡語名之曰飲緑，遂爲勝概

芷葺蓮巢唤客遊，蘆鞭席帽爲君留。未論吹水堪添酒〔一〕，且要移牀學枕流〔二〕。乍霽却陰梅釀雨，暫喧還冷麥催秋。石湖也似西湖好，煩向蒼煙問白鷗。

【題解】

本詩作於乾道六年（一一七〇）春末，時在起居舍人任上。詩云「梅釀雨」、「麥催秋」，可知。李雈知縣作亭於西湖上，石湖用東坡語命亭曰飲緑，賦詩紀之。李雈，字德章，周必大奏事録本年七月庚辰紀事亦稱李雈爲知縣，與石湖詩相合，可知李雈必爲臨安府之附郭屬縣之令。然咸淳臨安志卷五一「縣令」未載其名，諒已佚失。奏事録本月紀事云「居於其家」，又云：「李德章送白酒，

甚奇。」知翬字德章。孔凡禮范成大年譜乾道六年譜文附注：「末云：『（略）』頗如思鄉之念。」

【箋注】

〔一〕「未論」句：語出杜甫蘇端薛復筵簡薛華醉歌：「願吹野水添金杯。」

〔二〕枕流：指隱居山林。世説新語排調：「王曰：『流可枕，石可漱乎？』孫曰：『所以枕流，欲洗其耳；所以漱石，欲礪其齒。』」

草蟲扇

莫嫌絡緯股鳴悲〔一〕，解向寒窗促曉機。海眼多花無藉在〔二〕，顛狂只待學于飛。

【題解】

本詩作於乾道六年（一一七〇）春末，時在起居舍人任上。觀草蟲扇，因作題畫詩。

【箋注】

〔一〕絡緯：蟲名，即莎鷄，又名促織，俗稱紡織娘。馬縞中華古今注卷下「莎鷄」：「一名『促織』，一名『絡緯』，一名『蟋蟀』。促織謂其鳴聲如急。一曰『促機』。『絡緯』一曰『紡緯』。」

〔二〕「海眼」句：海眼，蝴蝶名。段成式酉陽雜俎續集卷二：「滕王圖。一日，紫極宮會，秀才劉魯封云：『嘗見滕王蛺蝶圖，有名江夏班、大海眼、小海眼、村裏來、菜花子。』」無藉在，無拘束。張相詩詞曲語辭匯釋卷四：「無藉在，猶云無賴聊或無拘束也。陸游官居書事詩：『本自陽狂無藉在，更堪羸病不枝梧。』」

送汪仲嘉待制奉祠歸四明，分韻得論字

丹霄碧海眇高騫，厭直承明却自論〔一〕。寶馬十年聽漏箭〔二〕，扁舟一雨看潮痕。侍臣相憶松門遠，歸客還憐菊徑存〔三〕。清潤要非山澤相，又煩一札下雲根。

【題解】

本詩作於乾道七年（一一七一），時在中書舍人任上。汪大猷於本年正月奉祠歸四明，石湖賦本詩送之。汪仲嘉待制，即汪大猷，時爲敷文閣待制。宋史汪大猷傳：「（使金還朝）改權吏部侍郎兼權尚書……差充鹵簿使，以言去，授敷文閣待制，提舉太平興國宫。」樓鑰汪公行狀：「（乾道）七年正月，除敷文閣待制、提舉江州太平興國宫，侍從館閣諸公賦詩留題，以餞行色，今石刻存焉。」

【箋注】

〔一〕厭直承明：語出漢書嚴助傳：「君厭承明之廬，勞侍從之事。」顏師古注：「張晏曰：承明廬在石渠閣外，直宿所止曰廬。」

〔二〕「寶馬」句：汪大猷任京官十年，聽宫漏報更，騎寶馬上朝，故云。

〔三〕菊徑：陶淵明歸去來兮辭：「三徑就荒，松菊猶存。」

魯如晦郎中輓詞二首

術業推游刃，功名苦溯洄。著鞭孤壯志，籌算老奇才。星省龐眉去，雲山袖手來。知公了時命，何必誄餘哀。

自古歸來引，于今遂隱篇。碁燈熒夜觀，歌板聒春船。陳迹空華似，佳城露草邊〔一〕。寂寥鷄黍約，望眼一潸然。

【題解】

本詩作年難以確考，依詩集編次，姑繫於乾道七年（一一七一），時在中書舍人任上。魯如晦，生平不詳。

【箋注】

〔一〕佳城：墓地。西京雜記卷四：「佳城鬱鬱，三千年見白日，吁嗟滕公居此室。」文選沈約冬節後至丞相第詣世子車中作：「誰當九原上，鬱鬱望佳城。」李周翰注：「佳城，墓之塋域也。」

初約鄰人至石湖　以下辛卯自西掖歸吴作。

窈窕崎嶇學種園，此生丘壑是前緣。隔籬日上浮天水〔一〕，當户山横匝地煙。春入葑田蘆綻筍〔二〕，雨傾沙岸竹垂鞭。荒寒未辦招君醉，且吸湖光當酒泉。

【題解】

本詩作於乾道八年（一一七二）春，乾道七年，石湖受知静江府之命，返里。時閑居在蘇。題下原注：「以下辛卯自西掖歸吴作。」周必大神道碑：「（乾道）七年，以知閤門事兼樞密都承旨張説簽書院事，公當制，知空言不可回。明日，袖詞頭納上前，且曰：『閤門官日日引班，一曰驟寘二府，正如州郡以典謁吏爲倅貳，觀聽爲何？』明日，説罷。後月餘，公求去。……尋除集英殿修撰知静江府，充廣西經略安撫使。」全書將乾道六年使金時諸詩列入第十二卷，反將自中書舍人任歸家以後之詩，列入第十一卷。

【箋注】

〔一〕浮天水：語出許渾酬郭少府先奉使巡澇見寄兼呈裴明府：「江村夜漲浮天水，澤國秋生動地風。」蘇軾同王勝之遊蔣山：「峰多巧障日，江遠欲浮天。」

〔二〕葑田：在沼澤中以木爲架，鋪上泥土浮於水面的農田。即王謇宋平江城坊考卷五引續記（即朱長文吴郡圖經續記：「吴有葑田，謂茭土膠結，可以種殖者也。」

社日獨坐

海棠雨後沁臙脂，楊柳風前撚緑絲。香篆結雲深院静〔一〕，去年今日燕來時。

【題解】

本詩作於乾道八年（一一七二）春，時閑居在家。社日，指春社，詩云「去年今日燕來時」，知必爲春社。

【箋注】

〔一〕香篆：洪芻香譜香篆：「鏤木以爲之，以範香塵爲篆文，然於飲席或佛像前，往往有至二三尺徑者。」張孝祥水調歌頭：「緩帶輕裘多暇，燕寢森嚴兵衛，香篆幾徘徊。」

與周子充侍郎同宿石湖

幽香馥蕙帳，清夢安且吉。蘿月墮蒼茫，松風隱蕭瑟。曉禽啄且鳴，喚我起盥櫛。鈎窗納雲濤，瀲瀲浴初日。金鉦忽騰上，倒景落書帙。佳晴有新課，曬種催蓺秫。從今不得閒，東皋草過膝。

【題解】

本詩作於乾道八年（一一七二）三月，時在家待闕。周必大應請游石湖，同游者爲必大兄必達。石湖作本詩紀述之。周必大南歸録：「（乾道壬辰）三月己巳朔。……抵盤門，提刑王季海敷文、提舉李次山奉議結、太守向經甫徽猷、吴縣尉徐君似道（原注：台州人）相見於津亭，既退，易舟徑赴范至能石湖之招。……薄暮方至。……飲酒至夜分，留題壁間云：『吴臺越壘，距盤門纔十里，而陸沉於荒烟野草者千七百年。紫微舍人始創别墅，登臨得要，甲於東南。豈鴟夷子成功於此，扁舟去之，天貽絶景，須苗裔之賢者然後享其樂耶！乾道壬辰三月上巳，東昌周某子充侍家兄子上來游。紫微方要桂林組過家，實爲東道主云。』」周密齊東野語卷一〇「范公石湖」條云：「乾道壬辰三月上巳，周益公以春官去國，過吴，范公招飲園中。夜分，題名壁間云：『略』。」周必大有和詩和范至能舍人農圃堂韻（省齋文稿卷五）：「荒淫吴以顛，戰勝越云吉。是非兩安在，阡陌眇蕭瑟。公來開别墅，草莽手爬櫛。陰晴及寒暑，每到皆勝日。新詩弔興廢，收拾滿箱帙。有客師元亮，甫謝彭澤秩。幸分北窗風，容此易安膝。」

和周子充侍郎見寄樂府戲贈之作

釣海風水急，登樓塵霧高。不如岸綸巾，春船攜小橋〔一〕。芳草含奇薰，光景上東壁。桂林那辦此，辦作安昌客〔二〕。

【題解】

本詩作於乾道八年（一一七二）春，時石湖已得桂林帥之任命，尚未赴任。周必大寄樂府詩，乃和韻作本詩戲贈之。

【箋注】

〔一〕小橋：三國時周瑜妻。三國志吴書周瑜傳：「頃之，策欲取荆州，以瑜爲中護軍，領江夏太守，從攻皖，拔之。時得橋公兩女，皆國色也。策自納大橋，瑜納小橋。」裴松之注引江表傳：「策從容戲瑜曰：『橋公二女雖流離，得吾二人作婿，亦足爲歡。』」橋，一作「喬」。因必大姓周，故用此典以戲之。

〔二〕安昌客：漢書張禹傳：「河平四年代王商爲丞相，封安昌侯。……禹爲人謹厚，内殖貨財，家以田爲業。及富貴，多買田至四百頃，皆涇、渭溉灌，極膏腴上賈。它財物稱是。禹性習知音聲，内奢淫，身居大第，後堂理絲竹筦弦。」

壬辰三月十八日石湖花下作

夜飲海棠月，朝漱山茶露。臞儒槁木形〔一〕，受用侈如許！荆扉隔黄塵，誰識花島路？惟有瘦筇枝，共飽園中趣。林神釀餘春〔二〕，政爾美無度。葱蘢千萬重，芳意未渠暮。風香薦秀色，鼎俎謝腥腐。雖無稻粱謀，捫腹有餘飫。

【題解】

本詩作於乾道八年（一一七二）三月十八日，時正待闕在石湖。

【箋注】

〔一〕槁木形：莊子齊物論：「形固可使如槁木，而心固可使如死灰乎？」郭象注：「死灰、槁木，取其寂寞無情耳。」

〔二〕林神：即主林神，參見卷一〇次韻李子永梅樹注。

刈麥行

梅花開時我種麥，桃李花飛麥叢碧。多病經旬不出門，東陂已作黄雲色。腰鐮刈熟趁晴歸，明朝雨來麥沾泥。犂田待雨插晚稻，朝出移秧夜食麨〔一〕。

【題解】

本詩作於乾道八年（一一七二），時正待闕在石湖。

【箋注】

〔一〕麨：康熙字典亥集下「麥部」：「麨，玉篇：『糗也。』本草注：『麨即糗，以麥蒸磨成屑。』急就篇師古注：『今通以熬米麥以爲麨。』」

壬辰天申節㊀，赴平江錫燕，因懷去年以侍臣攝事，捧御杯殿上，賦二小詩

去歲排場德壽宮〔一〕，薰風披拂灑鱗紅。小臣供奉金龍醆，親到虛皇玉座東。

天中纖動玉輿來，萬歲三聲徹九街。想見牙牀當殿過，舜裳雲委拜堯階〔二〕。

【校記】

㊀天申節：原作「天中節」，顯誤。按活字本、叢書堂本目録、正文，董鈔本均作「天申節」。天申節乃宋高宗生日，見宋會要輯稿禮五七，今據改。

【題解】

本詩作於乾道八年（一一七二）五月二十一日，時在家待闕，於天申節參加平江府賜宴，因憶去年親奉杯賀壽事，賦詩二首以志感。壬辰，即乾道八年。天申節，宋高宗生日，宋會要輯稿禮五

七「上壽」：「天申節，高宗建炎元年五月六日，宰臣等上言，請以五月二十一日爲天申節。從之。」高宗禪位於孝宗後，每逢五月二十一日，仍行天申節儀。「赴平江錫燕」，每逢天申節，平江府設宴慶賀，石湖時已受桂林帥之命，故能赴宴。「去年以侍臣攝事」，指乾道七年任中書舍人時，成大以近臣管攝天申節慶賀事，親自捧觴上壽。周必大神道碑、宋史范成大傳均未記載此事，范詩可補史載之缺。

【箋注】

〔一〕「去歲」句：德壽宫，宋高宗退位後居住的宫殿。宋史孝宗紀：「（紹興三十二年六月）乙亥，内降御札：『皇太子可即皇帝位。朕稱太上皇帝，退處德壽宫，皇后稱太上皇后。』」故隆興元年以後高宗天申節在德壽宫排場。

〔二〕「舜裳」句：意謂孝宗皇帝來德壽宫拜賀天申節。宋高宗禪位於宋孝宗，史稱能繼堯舜之餘緒，本書卷九次韻郊祀慶成首二句「帝德重堯緒，天心與舜禋」，便是稱頌這種帝德。本詩借舜稱頌孝宗，借堯稱頌高宗。

壬辰七月十六日侵晨真率會，石湖路中書事

白葛烏紗稱老農，溪南溪北水車風。稻頭的皪粘朝露，步入明珠翠網中。

【題解】

本詩作於乾道八年（一一七二）七月十六日，時在蘇待闕。侵晨赴真率會，於石湖路中見老農車水、水稻茁壯，即興賦成本詩。真率會，宋代士大夫常舉行之，宋史范純仁傳：「提舉西京留司御史臺，時耆賢多在洛，純仁及司馬光皆好客而家貧，相約爲真率會，脱粟一飯，酒數行，洛中以爲勝事。」

次韻施進之惠紫芝术

山精媒長生〔一〕，仙理信可詰。梨棗本寓言，杞菊亦凡質。幽人愛臞儒，藥鼎薦珍物。絶粒謝煙火，耘苗换肌骨。摩挲萊蕪甑，塵生不須拂〔二〕。

【題解】

本詩作於乾道八年（一一七二），時待闕在蘇。施進之惠紫芝术，並作詩，乃次韻答謝之。紫芝术，乃兩種藥物紫芝與蒼术合稱，本草綱目卷二八：「紫芝，一名木芝，氣味甘温無毒，主治耳聾，利關節，保神，益精氣，堅筋骨，好顔色，久服輕身，不老延年。」蒼术，本草綱目卷一二：「蒼术……氣味苦温，無毒。主治風寒濕痹死肌，痙疸，作煎餌，久服，輕身延年不飢。」

【箋注】

〔一〕「山精」句：本草綱目卷一二：「蒼术，釋名赤术、山精……時珍曰：『異術言术者山之精也，服之令人長生辟穀，致神仙，故有山精仙术之號。』」

〔三〕「摩挲」二句：漢書范冉傳：「或寓息客廬，或依宿樹蔭。如此十餘年，乃結草室而居焉。所止單陋，有時糧粒盡，窮居自若，言貌無改，閭里歌之曰：『甑中生塵范史雲，釜中生魚范萊蕪。』」

題醉道士圖

蜩鷃鵬鶤任過前，壺中春色甕中天。朝來兀兀三杯後，且作人間有漏仙。

【題解】

本詩作於乾道八年（一一七二），時待闕在蘇。醉道士圖，唐閻立本畫，范長壽亦畫之。劉餗隋唐嘉話卷中：「張僧繇始作醉僧圖，道士每以此嘲僧，群僧耻之，於是聚錢數十萬，貿閻立本作醉道士圖，今并傳於代。」郭若虛圖畫見聞志卷五「故事拾遺」云：「僧繇曾作醉僧圖，傳於世，長沙僧懷素有詩云：『人人送酒不曾沽，終日腰間繫一壺。草聖欲成狂便發，真堪畫入醉僧圖。』然道士以此嘲僧，群僧於是聚鏹數十萬，求立本作醉道圖，并傳於代。」宋代詩人林敏修作閻立本畫醉道士圖，詩云：「破除萬事無過酒，有客何須計升斗。解將富貴等浮雲，醉卿即是無何有。昔人繪事亦有神，丹青寫出盡天真。尊罍未耻月漸傾，更待曉出扶桑暾。餐霞服氣浪自苦，自厭神仙足官府。脱巾解帶衣淋漓，眼花錯莫誰賓主。君不見炙手可熱唯權門，欲觀佳麗遭怒嗔。何如銜杯樂聖藉地飲，安用醉吐丞相茵！」范長壽亦曾畫醉道士圖，新唐書藝文志三：「范長壽畫風俗圖、醉道士圖。」周密雲煙過眼録卷上：「范長壽醉道圖，好。」湯垕畫鑒：「范長壽畫醉道士圖，曾見二本，皆直軸，筆法緊實可愛，著色亦潤。」石湖所題之醉道士圖，不知是哪位畫家所作。

五雜俎四首 并序

古樂府有五雜俎及兩頭纖纖，殆類酒令。孔平仲最愛作此〔一〕，以爲詩戲，亦效之。

五雜俎，同心結。往復來，當窗月。不得已，話離別。

五雜俎，流蘇縷。往復來，臨行語。不得已，上馬去。

五雜俎，回文機。往復來，錦梭飛。不得已，獨畫眉。

五雜俎，彩絲鍼。往復來，鳥投林。不得已，夢孤衾。

【題解】本詩作於乾道八年（一一七二），時待闕在蘇。五雜俎，雜體詩之一，古樂府有五雜俎，以「五雜俎」開篇，全篇三言六句，語言通俗。後代文人仿作的很多，著名的有唐權德輿五雜俎：「五雜俎，旗亭客。往復還，城南陌。不得已，天涯謫。」

【箋注】

〔一〕孔平仲：宋代詩人，字義父，臨江新淦（今江西新幹）人，孔文仲、武仲之弟，宋治平二年進士，歷仕秘書丞、集賢校理、江東轉運判官、提點江浙鑄錢、京西刑獄。哲宗紹聖、元符間，以元祐黨人謫衡、韶州。徽宗立，召回任户部、金部郎中，出爲提點永興路刑獄，帥鄜延、環慶。黨禍再起，奉祠，卒。工詩，詩在清江三孔集中，詩風夭矯流麗，錢鍾書稱他的詩「很近蘇軾的風格」（宋詩選注）。集中有詩戲，以人名、藥名、回文爲詩。

兩頭纖纖二首

兩頭纖纖探官繭〔一〕，半白半黑鶴氅緣。腷腷膊膊上帖箭，磊磊落落封侯面。

兩頭纖纖小秤衡，半白半黑月未明。腷腷膊膊扣户聲，磊磊落落金盤冰。

【題解】

本詩作於乾道八年（一一七二），時待闕在蘇。兩頭纖纖，雜體詩之一，歐陽詢藝文類聚卷五六「詩」録古兩頭纖纖詩曰：「兩頭纖纖月初生，半白半黑眼中睛。腷腷膊膊鷄初鳴，磊磊落落向曙星。」後人擬作者不少，齊王融、宋孔平仲都有兩頭纖纖詩。全詩以「兩頭纖纖」發端，七言四句。這種詩體有固定的模式，四句詩分寫四物，第一句寫物之形，第二句寫物之色，第三句寫物之聲，第四句寫物之神態。使用「兩頭纖纖」、「半白半黑」、「腷腷膊膊」語詞固定不變，而描寫形、色、聲、神態之次序也固定不變。這種雜體詩近於遊戲，故沈德潛説詩晬語認爲此體「近於戲弄，古人偶爲之，而大雅弗取」。

【箋注】

〔一〕探官繭：唐宋時代，官僚家庭於正月製作面食，在餡中放置寫有官品之紙條或木片，各人自取，以卜將來官位之高下。袁景瀾吳郡歲華紀麗卷一「繭卜」條引開天遺事：「都中元夕，造麵繭，以官位帖子置其中，探之卜官位高下，或賭筵席以爲戲笑。」則此風自唐代傳來。

再賦五雜組四首

五雜俎，綬若若。往復來，大車鐸。不得已，去丘壑。

五雜俎，侯門戟。往復來，道上檄。不得已，天涯客。

五雜俎，漢旌旆。往復來，賓鴻字。不得已，餐氈使。

五雜俎，非煙雲。往復來，朝馬塵。不得已，嬰龍鱗。

【題解】本詩作於乾道八年(一一七二),時待闕在蘇。參見前五雜俎「題解」。

夜坐聽雨

四檐密密又疎疎,聲到蒲團醉夢蘇。恰似秋眠天竺寺〔一〕,東軒窗外聽跳珠。

【題解】本詩作於乾道八年(一一七二),時正待闕在蘇。

【箋注】

〔一〕天竺寺:在杭州,分上、中、下三竺。武林梵志卷九靈隱寺慧理法師:「西竺人,東晉咸和初來武林,見山巖秀麗,建兩刹。先靈鷲,後以人衆不能容,復建靈隱,實二刹開始祖師。初登山歎曰:此吾天竺靈鷲之一,不知何年飛來。」由此,山名天竺,峰名飛來。後人將所建各寺稱作天竺寺。周密武林舊事卷五「湖山勝概」載三天竺,自靈鷲至上竺郎當嶺爲止。下天竺靈山教寺,中天竺天寧萬壽永祚禪寺,上天竺靈感觀音院。

寒夜獨步中庭

忍寒索句踏霜行，刮面風來鬚結冰。倦僕觸屏呼不應，梅花影下一窗燈。

【題解】

本詩作於乾道八年（一一七二）冬，時待闕在蘇。詩云「刮面風來鬚結冰」，知已入冬。

會散夜步㈠

忘却下樓扶我誰，接䍦顛倒酒沾衣㈡〔一〕。貪看雪樣滿街月，不上籃輿步砌歸〔二〕。步砌，吴語也。

【校記】

㈠夜步：原作「野步」，富校：「『野』黃刻本作『夜』，是。」按，活字本目録、正文，叢書堂本目録、正文，董鈔本均作「夜步」。黃震黃氏日鈔卷六七引本詩題亦爲「夜步」。今據改。

㈡䍦：原作「離」，富校：「『離』黃刻本作『䍦』，是。」叢書堂本作「䍦」，陸友仁吴中舊事引本詩亦作「䍦」，今據改。

【題解】本詩作於乾道八年（一一七二），時待闕在蘇。

【箋注】

〔一〕「接䍦」句：語出世説新語任誕：「山季倫爲荆州，時出酣暢，人爲之歌曰：『山公時一醉，徑造高陽池。日暮倒載歸，茗艼無所知。復能乘駿馬，倒箸白接䍦。舉手問葛彊，何如并州兒？』」

〔二〕步砌：吴語，步行之意。

孟嶠之家姬乞題扇二首 輕雲、翠英。

輕煙小雨釀芳春，草色連天緑似裙〔一〕。斜日滿樓人獨望，斷鴻飛入萬重雲。

翠袖凌寒弄月明，梅花影下醉三更。一天風露誰驚覺，寂寞空杯綴落英。

【題解】

本詩作於乾道八年（一一七二），時待闕在蘇。應孟嵩家姬之請，爲題扇。孟嶠之，即孟嵩（一一三四—一一七七），字嶠之，皇戚信安郡王孟忠厚之次子，南渡後居蘇州。紹興二十七年，任軍器監主簿。父卒，特恩除直秘閣，除浙西安撫司主管機宜文字。乾道二年，通判楚州。秩滿，通判臨安府。淳熙四年卒，年四十四。事見樓鑰直秘閣孟君墓誌銘（攻媿集卷一〇八）。題下原注兩家姬名：「輕雲、翠英」。本詩將兩家姬之名，藏於每首詩的第一字和最後一字。第一首首字「輕」，最後一字「雲」，合「輕雲」之名。第二首首字「翠」，最後一字「英」，合「翠英」之名。此乃糅合雜體詩中「藏字體」和「人名體」的技法寫成。嚴羽滄浪詩話詩體：「又有藏頭、歇後等體。」宋葉夢得石林詩話卷上：「（王荆公詩）『莫嫌柳渾青，終恨李太白』之句，以古人姓名藏句中，蓋以文爲戲。」

【箋注】

〔一〕「草色」句：王安石和惠思歲二日二絶之二：「遥憐草色裙腰緑，湖寺西南一徑開。」

周畏知司直得湖南帥屬，過吴門，復用己丑年倡和韻贈別

邂逅婆娑失少年，劇談抵掌尚超然。君猶拄笏看山去，我且披蓑聽雨眠。京洛分襟疑後會〔一〕，江吴把酒悟前緣。暫來忽去都如夢，疑是陳卿竹葉船〔二〕。

【題解】

本詩作於乾道八年（一一七二），時待闕在蘇，周畏知得湖南帥屬之職，過吴門訪石湖，石湖乃用己丑年唱和詩韻賦本詩以贈別。「復用己丑年倡和韻」，指乾道五年所作之己丑五月被召至行

在遇周畏知司直和五年前送周歸弋陽韻見贈復次韻答之詩韻。周畏知之生平，趙蕃重賦畏知寓齋（淳熙稿卷一）叙之甚詳，也包括他在湖南之景況，詩云：「君昔少年日，起家官帝城。諸公盛稱許，往往動得名。夷途一步趨，可到公與卿。永懷松柏堅，高謝桃李榮。謚齋乃曰漸，毫髮無妄行。維時尹夫子，猶躬南山耕。是公妙言語，一字與不輕。銘能爲君述，君志益以明。蹉跎才幾何，白髮殆數莖。低回尚前銜，牢落方南征。瀟湘清絶地，屈賈放逐情。感今重惻古，慨嘆識此生。究竟『漸』之義，顧未忘蘖萌。彼哉少年事，老矣夫何營。徹之易以『寓』，俯夢仰輒驚。何止宦爲客，身悟浮雲更。南軒子張子，好學如玄成。奮然吐長句，真覺萬户輕。尹張志則異，與君盡同盟。見君極空洞，不比小器盈。嗣宗絶臧否，白眼常若瞠。司馬萬事好，是中差自宏。看君接物際，二十蓋熟評。君今家山居，扁榜猶在桁。傍陳漆園書，立參輿倚衡。因兹大有得，居窮亦如亨。嗟我學道晚，頗困塵網攖。性又多忤物，舉足逢溝坑。誓將過君齋，指南問初程。但恐持寸莛，莫致洪鐘鳴。」

【箋注】

〔一〕「京洛」句：石湖與周畏知曾在臨安分襟，此之京洛，借以指臨安。

〔二〕陳卿竹葉船：唐李玫異聞實録云：江南人陳季卿，遊長安，十年不歸。一日，於青龍寺訪僧不遇，見壁間有寰瀛圖，歎曰：「得此徑歸，不悔無成。」旁有一翁笑曰：「此何難。」乃折階前竹葉，置圖上渭水中，謂陳曰：「注目於此，如願矣。」陳熟視之，恍然登舟，至家團聚。待復返青龍寺，山翁尚擁褐而坐。

偶書 以下十五首，三十年前所作，續得殘稾，附此卷末。

伯勞東去燕西飛，同寄春風二月時。可恨同時不同調，此情那得更相知。

【題解】

本詩約作於紹興十二三年（一一四二、一一四三）間。題下原注：「以下十五首，三十年前所作，續得殘稿，附此卷末。」這組詩附編於乾道八年，以此推算，它們當作於紹興十二三年，時年十七八歲，或隨父在杭。南宋館閣録卷八：「范雩，（紹興）十二年十一月除（校書郎）。」又卷七：「范雩，（紹興）十一年八月除（正字）。」又卷八：「范雩，（紹興）十三年二月除（校書郎），六月致仕。」故于北山認爲范雩卒於十三年。附注云「以下十五首」，然檢殘稿實爲十二首，與自注不合。

雙燕

底處雙飛燕㈠，銜泥上藥欄。莫教驚得去，留取隔簾看。

【校記】

㈠雙飛：原作「飛雙」。富校：「『飛雙』黄刻本、宋詩鈔作『雙飛』，是。」按，活字本、叢書堂本、董鈔本均作「雙飛」，今據改。

【題解】

本詩作年，參見偶書「題解」。

戲題牡丹

主人細意惜芳春，寶帳籠堦護紫雲。風日等閒猶不到，外邊蜂蝶莫紛紛。

【題解】

本詩作年，參見偶書「題解」。

春日三首

藥欄花煖小猧眠，雪白晴雲水碧天。煮酒青梅寒食過，夕陽庭院鎖鞦韆。

西窗一雨又斜暉，睡起薰籠换夾衣。莫放珠簾遮洞户，從教燕子作雙飛。

雙鯉無書直萬金〔一〕，畫橋新緑一篙深。青蘋白芷皆愁思，不獨江楓動客心。

【題解】

本詩作年，參見偶書「題解」。

【箋注】

〔一〕「雙鯉」句：意出杜甫春望「家書抵萬金」。

高樓曲　以下六首，皆夢境所得。

歲暮天涯客，黄昏蝙蝠飛。高樓人不到，小雨怯單衣。

【題解】

本詩作年，參見偶書「題解」。

湘江怨

蘋芷迷煙路，蓮舟忘却歸。夜寒江水黑，風雨夢如飛。

【題解】

本詩作年，參見偶書「題解」。

採蓮三首

溪頭風迅怯單衣，兩槳淩波去似飛。折得蘋花雙葉子，緑鬟撩亂帶香歸。

藕花深處好徘徊，不奈華筵苦見催。記取南涇茭葉路㈠，月明風熟更重來。

柔櫓無聲坐釣魚，浪花飛點翠羅裾。空江日暮無來客，腸斷三湘一紙書㈡。

【校記】

㈠路：原作「露」，富校：「『露』黄刻本作『路』，是。」按，活字本、叢書堂本、董鈔本、詩淵第四册第二五五八頁均作「路」，今據改。

㈡三湘：詩淵作「巫湘」。

【題解】

本詩作年，參見偶書「題解」。

弔陳叔寶詞

賞心亭上再來遊，煙月迷人獨自愁〔一〕。行到江邊無去路，却隨潮水過揚州〔二〕。

【題解】

本詩作年，參見偶書「題解」。陳叔寶，南朝陳的末代皇帝，沉湎酒色，曾作玉樹後庭花曲，後被視爲亡國之音。石湖夢中作「弔陳叔寶詞」，深寓興亡之嘆。

【箋注】

〔一〕「賞心亭」二句：賞心亭在建康，宋代建。石湖於夢中來遊賞心亭，只見煙月迷人，而陳叔寶荒淫失國的陳迹，已不得見。

〔二〕「却隨」句：石湖在夢中將陳叔寶與隋煬帝這兩個奢侈淫逸的君主，綰合起來嘲諷。隋煬帝曾在揚州建造離宮，李商隱隋宮：「紫泉宮殿鎖烟霞，欲取蕪城作帝家。玉璽不緣歸日角，錦帆應是到天涯。于今腐草無螢火，終古垂楊有暮鴉。地下若逢陳後主，豈宜重問後庭花。」石湖的詩思，實出李商隱。

石湖居士詩集卷十二

渡淮 八月十一日渡盱眙，過泗州，順風如飛。

船旗衮衮徑長淮，汴口人看撥不開。昨夜南風浪如屋，果然雙節下天來。

【題解】

本詩作於乾道六年（一一七〇），時石湖奉使北行。宋史孝宗紀：「（乾道六年閏五月）戊子，遣范成大等使金求陵寢地，且請更定受書禮。」宋會要輯稿職官五一：「（乾道六年）閏五月九日詔：起居舍人范成大假資政殿大學士、醴泉觀使，充奉使金國祈請國信使。權知閤門事、兼樞密副都承旨康湑假崇信軍節度使副之。」范成大攬轡録亦有詳明記載：「乾道六年閏五月戊子，成大被命以資政殿大學士與崇信軍節度使康諝爲奉使大金國信使副。六月甲子出國門，八月戊午渡淮。虜遣尚書兵部郎中田彦臯、行侍御史完顔德温爲接伴使副，皆帶銀牌。虜法，出使者必帶牌，有金、銀、木之别，上有女真書『准敕急遞』字及阿骨打花押宣差者。所至視三品，朝旨差者視五品。」題注中之「盱眙」，縣名，屬泗州。王存元豐九域志卷五淮南東路泗州：縣三，「盱眙、臨淮、招信」。

自本詩以下七十二首絶句，均爲使金時作。這批詩曾單獨結集，名北征集。

汴河

汴自泗州以北皆涸，草木生之。土人云：本朝恢復駕回，即河須復開〔一〕。

指顧枯河五十年，龍舟早晚定疏川？還京却要東南運，酸棗棠梨莫蓊然。

【校記】

〔一〕河須復開：黃刻本作「河道復開」。

【題解】

本詩作於乾道六年（一一七〇）使金途中。題注，黃震黃氏日鈔卷六七作「汴河自泗州以北皆涸，草木生之。土人謂本朝駕回即開。」

虞姬墓

在虹縣下馬鋪北三十七里。

劉項家人總可憐，英雄無策庇嬋娟。戚姬葬處君知否〔一〕？不及虞兮有墓田〔二〕。

【題解】

本詩作於乾道六年（一一七〇）使金途中。范成大攬轡録：「庚申，過虞姬墓，墓在路左，雙石門出叢草間，往來觀者成蹊。」

【箋注】

〔一〕戚姬：漢高祖劉邦愛姬。史記呂太后本紀：「及高祖爲漢王，得定陶戚姬，愛幸，生趙隱王如意。孝惠（呂太后生）爲人仁弱，高祖以爲『不類我』，常欲廢太子，立戚姬子如意，『如意類我』。」「呂后最怨戚夫人及其子趙王，乃令永巷囚戚夫人。……太后遂斷戚夫人手足，去眼，煇耳，飲瘖藥，使居厠中，命曰『人彘』。」戚姬命運悲慘，此即詩云劉家人「無策庇嬋娟」。

〔二〕虞兮：即虞姬，項羽愛幸之姬。史記項羽本紀：「項王軍壁垓下，兵少食盡，漢軍及諸侯兵圍之數重。夜聞漢軍四面皆楚歌，項王乃大驚曰：『漢皆已得楚乎？是何楚人之多也？』項王則夜起，飲帳中，有美人名虞，常幸從，駿馬名騅，常騎之。于是，項王乃悲歌忼慨，自爲詩曰：『力拔山兮氣蓋世，時不利兮騅不逝。騅不逝兮可奈何，虞兮虞兮奈若何！』歌數闋，美人和之。項王泣數行下，左右皆泣，莫能仰視。」此即詩云項家人「無策庇嬋娟」。

宿州　五更出城，鬼火滿野。

狐鳴鬼嘯夜茫茫，元是官軍舊戰場。土伯不能藏碧燐，三三兩兩照前岡。

【題解】

本詩作於乾道六年（一一七〇）使金途中。宿州，元豐九域志卷五淮南東路宿州：「符離郡，保静軍節度。治符離縣。」

雷萬春墓　在南京城南，環以小牆，榜曰「忠勇雷公之墓」。

九隕元身不隕名，言言千載氣如生。欲知忠信行蠻貊，過墓胡兒下馬行。

【題解】

本詩作於乾道六年（一一七〇）使金途中。范成大攬轡録：「甲子，至南京，虜改爲歸德府，過雷萬春墓，環以小墻，榜曰『忠勇雷公之墓』。」宋史地理志：「應天府，大中祥符七年，建爲南京。」雷萬春，助張巡守睢陽，城陷遇害。新唐書張巡傳：「（巡）乃與姚闓、雷萬春等三十六人遇害。」後附雷萬春傳：「雷萬春者，不詳所來，事巡爲偏將。令狐潮圍雍丘，萬春立城上與潮語，伏弩發六矢著面，萬春不動。潮疑刻木人，諜得其實，乃大驚。遥謂巡曰：『向見雷將軍，知君之令嚴矣。』潮壁雍丘北，謀襲襄邑、寧陵。巡使萬春引騎四百壓潮，先爲賊所包。巡突其圍，大破賊，潮遁去。萬春將兵，方略不及霽雲，而彊毅用命。每戰，巡任之與霽雲均。」

雙廟

在南京北門外，張巡、許遠廟也，世稱「雙廟」，南京人呼爲「雙王廟」。

平地孤城寇若林，兩公猶解障妖祲。大梁襟帶洪河險，誰遣神州陸地沉？

【題解】

本詩作於乾道六年（一一七〇）使金途中。范成大攬轡録：「（南京）西門外，南望有宋王臺及張巡、許遠廟，世稱『雙廟』，睢陽人又謂之『雙王廟』。」新唐書張巡傳：「大中時，圖巡、遠、霽雲像於凌煙閣。睢陽至今祠享，號『雙廟』云。」韓愈於張中丞傳後叙中，曾對二公的歷史貢獻，作出過精當的評論：「守一城，捍天下，以千百就盡之卒，戰百萬日滋之師，蔽遮江淮，沮遏其勢，天下之不亡，其誰之功也？」新唐書張巡許遠傳贊：「張巡、許遠，可謂烈丈夫矣。以疲卒數萬，嬰孤墉，抗方張不制之虜，鯁其喉牙，使不得搏食東南，牽掣首尾，豗潰梁、宋間。大小數百戰，雖力盡乃死，而唐全得江、淮財用，以濟中興，引利償害，以百易萬可矣。巡先死不爲遽，遠後死不爲屈。巡死三日而救至，十日而賊亡，天以完節付二人，畀名無窮，不待留生而後顯也。」

睢　水　睢口石門已隤，河亦塞，即項羽大敗漢兵處。

一戰填河擁漢屯，拔山意氣已鯨吞。直南即是陰陵路〔一〕，兵果難將勝負論。

【題解】

本詩作於乾道六年（一一七〇）使金途中。水經注卷二四：「睢水，出梁郡鄢縣，東過睢陽縣南，又東過相縣南，屈從城北東流，當蕭縣南，入于陂。」應劭曰：「東南流入于泗，謂之睢口。」酈道元云：「睢水又東逕彭城郡之靈璧東，東南流，漢書：項羽敗漢王于靈璧東。即此處也。」

【箋注】

〔一〕陰陵路：項羽兵敗死前所到之處。史記項羽本紀：「項王至陰陵，迷失道，問一田父，田父紿曰：『左』。左，乃陷大澤中，以故漢追及之。」陰陵，縣名，唐宋時改爲定遠縣。元和郡縣圖志卷九河南道濠州定遠縣：「陰陵縣故城，在縣西北六十五里。本漢縣也。項羽敗於垓下，將麾下八百騎潰圍南走，灌嬰追羽至陰陵，羽迷失道，問田父，田父紿曰左，左乃陷大澤，以故漢兵及之。」

伊尹墓

在空桑北一里，有磚堠刻云「湯相伊公之墓」。相傳墓左右生棘，皆直如矢。

三尺黄壚直棘邊，此心終古享皇天。汲書猥述流傳妄，剖擊嗟無咎單篇。

【題解】本詩作於乾道六年（一一七〇）使金途中。范成大攬轡録：「丙寅，過雍丘縣。二十里，過空桑，世傳伊尹生于此，一里，過伊尹墓，道左有磚堠，石刻云『湯相伊公之墓』。」羅大經鶴林玉露丙編卷三「伊尹墓」條云：「伊尹墓在空桑北一里，相傳墓傍生棘，皆直如矢。范石湖使北過之，有詩云：『（略）。』蓋汲冢書妄載伊尹謀篡，爲太甲所殺也，事見杜元凱左氏傳後叙。」

留侯廟

在陳留縣中。案王原叔諸家考子房所封，乃彭城留城，非陳留也，自宋武下教修復時，其失久矣。

功成輕舉信良謀，心與鴟夷共一舟〔一〕。吕媪區區無鳥喙，先生輕負赤松遊〔二〕。

【題解】本詩作於乾道六年（一一七〇）使金途中。范成大攬轡録：「過陳留縣，有留侯廟。」題下原注有按語，辨張良所封乃彭城留城，非陳留縣，極是。按，李吉甫元和郡縣圖志卷九河南道五徐州沛縣：「故留城，在縣東南五十五里。高祖令張良自擇齊三萬户，良曰：『始臣起於下邳，與陛下會留。』乃封良爲留侯。」陳留，乃汴州屬縣，與張良封留城不同。

【箋注】

〔一〕「心與」句：鴟夷，指范蠡，范佐越王平吴後，功成身退，浮舟五湖去。本詩謂張良之心與范蠡相同，亦欲浮舟而去。

〔二〕「吕媪」二句：史記留侯世家：「（留侯曰）『今以三寸舌爲帝者師，封萬户，位列侯，此布衣之極，於良足矣。願棄人間事，欲從赤松子游耳。』乃學辟穀，道引輕身。會高帝崩，吕后德留侯，乃强食之，曰：『人生一世間，如白駒過隙，何至自苦如此乎！』留侯不得已，强聽而食。」石湖用此典，意謂如果不是吕媪多言，張良是不會輕易孤負赤松子的。此兩句詩意與一、二句呼應，稱道張良本意是要功成身退，效學范蠡五湖浮舟。

西瓜園　味淡而多液，本燕北種，今河南皆種之。

碧蔓凌霜卧軟沙，年來處處食西瓜。形模濩落淡如水，未可蒲萄苜蓿誇。

【題解】

本詩作於乾道六年(一一七〇)使金途中。

宜春苑 在舊宋門外，俗名「東御園」。

狐塚貛蹊滿路隅，行人猶作御園呼。連昌尚有花臨砌〔一〕，腸斷宜春寸草無。

【題解】

本詩作於乾道六年(一一七〇)使金途中。范成大攬轡録：「丁卯，過東御園，即宜春苑也，頹垣荒草而已。」孟元老東京夢華録卷一：「舊京城方圓約二十里許。東壁其門有三：從南汴河南岸角門子，河北岸曰舊宋門，次曰舊曹門。」

【箋注】

〔一〕連昌：唐宫殿名，在河南壽安縣(今河南宜陽縣)，唐元稹有連昌宫詞。

京　城

倚天櫛櫛萬樓棚，聖代規模若化成。如許金湯尚資盜，古來李勣勝長城〔一〕。

【題解】

本詩作於乾道六年（一一七〇）使金途中。攬轡録：「（東御園）二里之東京，虜改南京。」

【箋注】

〔一〕「古來」句：新唐書李勣傳：「治并州十六年，以威肅聞。帝嘗曰：『煬帝不擇人守邊，勞中國築長城以備虜。今我用勣守并，突厥不敢南，賢長城遠矣！』」

護龍河 在新宋門外，中有綱船數十艘。

新郭門前見客舟，清漣淺淺抱城樓。六龍行在東南國〔一〕，河若能神合斷流。

【題解】

本詩作於乾道六年（一一七〇）使金途中。孟元老東京夢華録卷一：「東都外城方圓四十餘里，城濠曰護龍河，闊十餘丈。壕之内外，皆植楊柳。粉墻朱户，禁人往來，城門皆甕城三層，屈曲開門，唯南薰門、新鄭門、新宋門、封丘門，皆直門兩重。蓋此係四正門，皆留御路故也。」

【箋注】

〔一〕「六龍」句：六龍，易乾：「時乘六龍以御天。」後代指君王車駕之六馬爲「六龍」。李白上皇西巡南京歌之四：「誰道君王行路難，六龍西幸萬人歡。」東南國，指南宋君王在臨安。

福勝閣

曹太皇所建㊀，奇崛冠京城中。

翬飛五級半空翔，指點樓欄説太皇。劫火不能侵願力，巋然獨似漢靈光〔一〕。

【校記】

㊀曹太皇：富校：「『皇』下黄刻本有『后』字，是。」

【題解】

本詩作於乾道六年（一一七〇）使金途中。曹太皇，指曹太皇后。宋史卷二四二后妃上：「慈聖光獻曹皇后，真定人。……明道二年，郭后廢，詔聘入宫。景祐元年九月，册爲皇后。……神宗立，尊爲太皇太后，名宫曰慶壽。」

【箋注】

〔一〕「巋然」句：漢靈光，指漢代靈光殿。王延壽魯靈光殿賦：「魯靈光殿者，蓋景帝程姬之子恭王餘之所立也。……遭漢中微，盗賊奔突，自西京未央、建章之殿，皆見隳壞，而靈光巋然獨存。」

相國寺

寺榜猶祐陵御書。寺中雜貨，皆胡俗所需而已。

傾檐缺吻護奎文〔一〕，金碧浮圖暗古塵〔二〕。聞説今朝恰開寺，羊裘狼帽趁時新。

【題解】

本詩作於乾道六年（一一七〇）使金途中。攬轡録：「入新宋門，即麗景門，虜改賓曜門，過大相國寺，傾簷缺吻，無復舊觀。」祐陵，即宋太宗，高承事物紀原卷七：「至道中，太宗御題額易曰大相國寺。」吴曾能改齋漫録卷一三：「大相國寺舊榜，太宗御書，寺十絶之一也。」孟元老東京夢華録卷三「相國寺内萬姓交易」條云：「相國寺每月五次開放，萬姓交易。大三門上皆是飛禽貓犬之類，珍禽奇獸，無所不有。第二、三門，皆動用什物，庭中設彩幙、露屋、義鋪，賣蒲合、簟席、屏幃、洗漱、鞍轡、弓劍、時果、臘脯之類。近佛殿，孟家道院王道人蜜煎、趙文秀筆及潘谷墨，占定兩廊，皆諸寺師姑賣繡作、領抹、花朵、珠翠、頭面、生色銷金花樣幞頭、帽子、特髻冠子、絛線之類。殿後資聖門前，皆書籍、玩好、圖畫及諸路散任官員土物、香藥之類。」

【箋注】

〔一〕奎文：奎，星名，初學記卷二一引孝經援神契：「奎主文章。」奎文，亦作奎章，指皇帝的手筆，岳珂桯史卷一：「山南有萬杉寺，本仁皇所建，奎章在焉。」本詩指宋太宗御書。

〔二〕金碧浮圖：金碧色的塔，相國寺内有東西兩塔院。孟元老東京夢華録卷三「相國寺内萬姓交易」：「寺内有智海、惠林、寶梵、河沙、東西塔院。」王銍默記卷中：「李後主手書金字心經一卷，賜其宫人喬氏，喬氏後入太宗禁中，聞後主薨，自内廷出其經，捨在相國寺西塔以資薦。」

州橋 南望朱雀門，北望宣德樓，皆舊御路也。

州橋南北是天街，父老年年等駕迴。忍淚失聲詢使者：「幾時真有六軍來？」

【題解】本詩作於乾道六年（一一七〇）使金途中。孟元老東京夢華録卷一「河道」條云：「投西角子門曰相國寺橋，次曰州橋（正名天漢橋），正對於大内御街。其橋與相國寺橋，皆低平不通舟船，唯西河平船可過。其柱皆青石爲之，石梁、石笋楯欄，近橋兩岸，皆石壁雕鐫海馬水獸飛雲之狀。橋下密排石柱，蓋車駕御路也。」

宣德樓 虜加崇葺，僞改曰承天門。

嶢闕叢霄舊玉京，御牀忽有犬羊鳴。他年若作清宫使，不挽天河洗不清〔一〕。

【題解】本詩作於乾道六年（一一七〇）使金途中。范成大攬轡録：「過櫺星門，側望端門，舊宣德樓也。虜改爲承天門，五門如畫。」孟元老東京夢華録卷一「大内」條云：「大内正門宣德樓列五門，門皆金釘朱漆，壁皆磚石間甃，鐫鏤龍鳳飛雲之狀，莫非雕甍畫棟，峻桷層榱，覆以琉璃瓦，曲尺朵樓，朱欄彩檻，下列兩闕亭相對，悉用朱紅杈子。入宣德樓正門，乃大慶殿，庭設兩樓，如寺院鐘樓，上有太史局保章正，測驗刻漏，逐時刻執牙牌奏。每遇大禮，車駕齋宿，及正朔朝會於此殿。」

【箋注】

〔一〕「不挽」句：語出杜甫洗兵馬：「安得壯士挽天河，浄洗甲兵長不用。」

市街 京師諸市皆荒索，僅有人居。

梳行訛雜馬行殘，藥市蕭騷土市寒。惆悵軟紅佳麗地〔一〕，黄沙如雨撲征鞍！

【題解】

本詩作於乾道六年（一一七〇）使金途中。范成大攬轡録：「出樊樓街，轉土市馬行街，出舊封丘門，即安遠門也，虜改爲玄武門。」孟元老東京夢華録卷三「天曉諸人入市」條：「諸趁朝入市之人，聞此而起，諸門橋市井已開。……如果木亦集於朱雀門外，及州橋之西，謂之菓子行。」吴自牧夢粱録卷一三：「有名爲行者，如官巷方梳行、銷金行、冠子行，城北魚行，城東蟹行、薑行、菱行、北猪行，候潮門外南猪行。……更有名爲市者，如炭橋藥市、官巷花市、融和市，南坊珠子市，修義坊肉市，城北米市。……」

【箋注】

〔一〕「惆悵」句：軟紅，形容都市繁華。蘇軾次韻蔣穎叔錢穆父從駕景靈宫：「軟紅猶戀屬車塵。」自注：「前輩戲語：『有西湖風月，不如東華軟紅香塵。』」佳麗地，語出謝朓入朝曲：「江南佳麗地，金陵帝王州。」

金水河 在舊封丘門外，河中多大石，皆艮嶽所隤。

菜市橋西一水環〔一〕，宫牆依舊俯清灣。誰憐磊磊河中石，曾上君王萬歲山〔二〕。

【題解】

本詩作於乾道六年（一一七〇）使金途中。范成大攬轡録：「出舊封丘門，即安遠門也，虜改爲玄武門，門西金水河，舊夾城曲江之處，河中卧石礧磈，皆艮嶽所遺。」宋史河渠志：「金水河，一名天源，本京水，導自滎陽黄堆山，其源曰祝龍泉。太祖建隆二年春，命左領軍衛上將軍陳承昭率水工鑿渠引水，過中牟，名曰金水河，凡百餘里，抵都城西，架其水横絶於汴，設斗門，入浚溝，通城濠，東匯於五丈河，公私利焉。乾德三年，又引貫皇城，歷後苑，内庭池沼，水皆至焉。」艮嶽，宋徽宗趙佶於汴梁所築之土山，以象餘杭之鳳凰山，自爲記，都人稱爲萬壽山。王明清揮麈後録卷二：「艮嶽，宣和壬寅歲始告成，御製爲記云：『山在國之艮，故名之曰艮嶽。』」

【箋注】

〔一〕菜市橋：孟元老東京夢華録卷一「河道」：「東北曰五丈河，來自濟鄆，般挽京東路糧斛入京城，自新曹門北入京。河上有橋五，東去曰小横橋，次曰廣備橋，次曰蔡市橋，次曰青暉橋、染院橋，西北曰金水河。」菜市橋，原作蔡市橋。

〔二〕萬歲山：即艮嶽。宋史地理志一「京城」：「萬歲山艮嶽，政和七年，始於上清寶籙宫之東作萬歲山。……宣和四年，徽宗自爲艮嶽記，以爲山在國之艮，故名艮嶽。」

壺春堂 徽廟稱道君時所居，在擷芳園中，俗呼爲八滴水閣者。

松漠丹成去不歸，龍髯無復有攀時〔一〕。芳園留得觚稜在，長與都人作淚垂。

【題解】

本詩作於乾道六年（一一七〇）使金途中。范成大攬轡録：「過藥市橋街、蕃衍宅、龍德宫，擷芳、擷景二園，樓觀俱存，擷芳中喜春堂猶巋然，所謂八滴水閣者，使屬官吏望者皆隕涕不自禁。胡今以爲上林所。」宋史地理志一「京城」：「景龍江北有龍德宫。初，元符三年，以懿親宅潛邸爲之。及作景龍江，江夾岸皆奇花珍木，殿宇比比對峙，中塗曰壺春堂，絶岸至龍德宫。其地歲時次第展拓，後盡都城一隅焉，名曰擷芳園，山水美秀，林麓暢茂，樓觀參差，猶艮嶽、延福也。」

【箋注】

〔一〕「龍髯」句：傳説黄帝鑄鼎於鼎山，鼎成，有龍下迎，黄帝乘之升天。群臣從上者七十餘人，其餘小臣不能上龍身，乃攀持龍髯。典出史記封禪書。

澌水

黄河將決，其地則伏流先出，名曰澌水㊀。河身日徙而南，過封丘至胙城界中，已有澌水，去汴京大約五十里耳。

黄流日夜向南風，道出封丘處處逢。紫蓋黄旗在湖海，故應河伯欲朝宗。

【校記】

㊀「黄河將決」三句：黄震黄氏日鈔卷六七作：「黄河將決處，伏流先出，名澌水。」

【題解】

本詩作於乾道六年（一一七〇）使金途中。澌水，過封丘縣、胙城，即有，離東京約五十里。趙彦衛雲麓漫鈔卷八：「自東京至女真，所謂御寨行程，東京四十五里至封丘縣，皆望北行，四十五里至胙城縣腰頓。」

李固渡

洪河萬里界中州，倒捲銀潢聒地流。列弩燔梁那可渡？向來天數亦人謀！

【題解】本詩作於乾道六年（一一七〇）使金途中。李固渡，在大名府魏縣東南李固鎮，元豐九域志卷一北京魏縣，有李固一鎮。趙彦衛雲麓漫鈔卷八：「自東京至女真，所謂御寨行程……四十五里至渡河沙店。」

天成橋

碑石蔡京書，在濬州岡上驛中東廡下。舊浮橋在此，今河徙南行矣。

一岡邑屋舊河灘，却望河身百里間。涌土漲沙漫白道，天成橋石在高山。

【題解】本詩作於乾道六年（一一七〇）使金途中。宋史河渠志三：「（政和五年）又詔：『居山至大伾山浮橋屬濬州者，賜名天成橋；大伾山至汶子山浮橋屬滑州者，賜名榮光橋。』俄改榮光曰聖功。

七月庚辰，御製橋名，摩崖以刻之。」

舊滑州

在濬州側積水中，爲河所淪久矣。大伾即黎陽山，西望積水不遠。

大伾山麓馬徘徊，積水中間舊滑臺〔一〕。漁子不知興廢事，清晨吹笛棹船來。

【題解】

本詩作於乾道六年（一一七〇）使金途中。舊滑州，元和郡縣圖志卷八滑州：「白馬縣，本衛之曹邑，漢以爲縣，屬東郡，因白馬津爲名，隋開皇三年屬汴州，九年屬杞州，十六年改杞州爲滑州，縣又屬焉。」又：「州城，即古滑臺城。」趙彦衛雲麓漫鈔卷八：「自東京至女真，所謂御寨行程，東京四十五里至封丘縣，皆望北行……四十五里至滑州館。」大伾山，參見天成橋「題解」。

【箋注】

〔一〕滑臺：元豐九域志卷一滑州白馬縣，有滑臺。新定九域志卷一滑州有滑臺。

扁鵲墓 在湯陰伏道路傍，相傳墓上土可療病，禱而求之，或得小圓如丹藥。

活人絶技古今無，名下從教世俗趨。墳土尚堪充藥餌，莫嗔醫者例多盧〔一〕。

【題解】

本詩作於乾道六年（一一七〇）使金途中。范成大攬轡録：「壬申，過伏道，有扁鵲墓，墓上有幡竿，人傳云：四傍土可以爲藥，或于土中得小圓黑褐色以治病，伏道艾醫家最貴之。十里即湯陰縣。」樓鑰北行日録：「（自濬州屯子河）車行四十五里，過伏道，望扁鵲墓，墓前多生艾，功倍于他艾。經伏道河、伏道店，入湯陰縣。」

【箋注】

〔一〕例多盧：扁鵲，家於盧國，因亦稱盧醫。後代泛指良醫。

羑里城 在羑河上，四垣儼然。

陵谷遷移尚故墟，天盈商罪未蠲除。古今行客同嗤罵，何止三篇泰誓書〔一〕。

【題解】

本詩作於乾道六年（一一七〇）使金途中。范成大攬轡録：「癸卯，過羑河，河上有羑里城，四垣儼然，居民林木滿其中。」羑里城，商紂囚周文王於此。淮南子氾論：「紂居於宣室而不反其過，而悔不誅文王於羑里。」注：「羑里，今河内湯陰是也。」李吉甫元和郡縣圖志卷一六相州湯陰縣：「牖里，一名羑里，在縣北九里，紂拘西伯之所也。」

【箋注】

〔一〕三篇泰誓書：尚書有泰誓上、中、下三篇，書序第三十：「惟十有一年，武王伐殷，一月戊午，師渡孟津，作泰誓三篇。」

文王廟 在羑里城南。

堂堂十亂欲興周，肯使君王死作囚。巧笑入宫天亦笑，可憐元不費深謀。

【題解】

本詩作於乾道六年（一一七〇）使金途中。經文王廟，作本詩頌周文王。攬轡録：「癸卯，過羑河，河上有羑里城，四垣儼然，居民林木滿其中。」黄震黄氏日鈔卷六七：「至相州，過湯河、羑河，有羑里城、文王廟。」

相州　推車老人自言：「吾州韓魏公鄉里，南北兩墳尚無恙。」

禿巾髽髻老扶車，茹痛含辛説亂華：「賴有鄉人聊刷耻，魏公元是魯東家。」

【題解】

本詩作於乾道六年（一一七〇）使金途中，過相州，因作本詩。攬轡録：「過相州，市有秦樓、翠樓、康樂樓、月白風清樓，皆旂亭也。……晝錦堂尚存，虜嘗更修飾之。」韓魏公，即韓琦。韓琦回家鄉相州任知州時，在州署建一晝錦堂，宋徽宗時追封韓琦爲魏國公，故稱韓魏公。歐陽修爲作相州晝錦堂記。

秦樓　在相州市中㊀，上有貴人，幕而觀使客，云是郡主太守之妻也。大抵相臺傾城出觀，異於他州。

欄街看幕似春遊，斑犢雕車碧畫油〔一〕。奚女家人稱貴主，縷金長袖倚秦樓。

【校記】

㊀市：原作「寺」，按，活字本、叢書堂本、董鈔本均作「市」，今據改。

【題解】本詩作於乾道六年(一一七〇)使金途中。范成大攬轡録:「過相州,市有秦樓、翠樓、康樂樓、月白風清樓,皆旂亭也。秦樓有胡婦,衣金縷鵝黄大袖袍,金縷紫勒帛,褰簾,吴語,云是宗室女,郡守家也。遺黎往往垂涕嗟嘖,指使人云:此中華佛國人也。老嫗跪拜者尤多。晝錦堂尚存,虜嘗更修飾之。」黄震黄氏日鈔卷六七:「相州觀者甚盛,遺黎往往垂泣,指使人云:我家好官。又云:此中華佛國人,老嫗跪拜者尤多。」

【箋注】

〔一〕碧畫油:用青緑油布製成的帷幕,南齊公主所乘車用之,見南齊書輿服志。後代貴者亦用之,如白居易過温尚書舊莊:「碧幢紅旆照河陽。」許渾和淮南王相公與賓僚同游瓜洲别業題舊書齋:「碧油紅旆想青衿。」

翠　樓　在秦樓之北,樓上下皆飲酒者。

連衽成帷迓漢官,翠樓沽酒滿城歡。白頭翁媪相扶拜:「垂老從今幾度看!」

【題解】

本詩作於乾道六年(一一七〇)使金途中。翠樓,相州城中酒樓,參見秦樓「題解」。

講武城

在漳河上，曹操所築，周遭十數里，鑿城爲道而過。

阿瞞虓武蓋劉孫〔一〕，千古還將鬼蜮論。縱有周遭遺堞在，不如魚復陣圖尊〔二〕。

【題解】

本詩作於乾道六年（一一七〇）使金途中。范成大攬轡録：「過漳河，入曹操講武城，周遭十數里。」

【箋注】

〔一〕虓武：武勇如咆哮之虎。詩經大雅常武：「進厥虎臣，闞如虓虎。」

〔二〕魚復陣圖：魚復，地名，在今四川奉節縣東部。陣圖，即八陣圖，三國志蜀書諸葛亮傳：「推演兵法，作八陣圖。」八陣圖即在魚復。

七十二塚㊀

在講武城外，曹操疑塚也。森然彌望，北人比常增封之。

一棺何用塚如林，誰復如公負此心。聞説群胡爲封土，世間隨事有知音。

【校記】

㊀題：黄震黄氏日鈔卷六七題作：「曹操七十二疑塚詩。」

【題解】本詩作於乾道六年（一一七〇）使金途中。范成大攬轡録：「（講武城）城外有操塚七十二，散在數里間，傳云操塚正在古寺中。」

趙故城 在邯鄲縣南，延袤數十里。

金石笙篁絶代無，鼪鼯藜藿正乘除。園翁但愛城泥煖，侵早鋤霜種晚蔬。

【題解】本詩作於乾道六年（一一七〇）使金途中。趙故城，李吉甫元和郡縣圖志卷一五磁州邯鄲縣：「本衞地也，復屬晉，七國時爲趙都，趙敬侯自立晉陽，始都邯鄲，至幽王遷降，秦遂滅趙以爲邯鄲郡。」范成大攬轡録：「甲戌，過臺城鎮，故城延袤數十里，城中有靈臺，坡陀，邯鄲人春時傾城出祭趙王，歌舞其上。」

邯鄲道 即昔人作黄粱夢處。

薄曉霜侵使者車㈠，邯鄲阪峻且徐驅。困來也作黄粱夢，不夢封侯夢石湖。

【校記】

㈠ 曉：原作「晚」，富校：「『晚』黄刻本作『曉』，是。」按，活字本、叢書堂本、董鈔本均作「曉」，今據改。

【題解】

本詩作於乾道六年（一一七〇）使金途中。唐沈既濟枕中記載，盧生於邯鄲客店中，遇呂翁，翁乃授盧生一枕，使入夢。盧生夢中歷盡富貴榮華。夢醒時，主人炊黄粱尚未熟。此爲傳奇故事，未必真有其事。石湖記其地，亦傳聞而已。

藺相如墓　在邯鄲縣南、趙故城之西。

玉節經行虜障深，馬頭釃酒奠疎林。兹行璧重身如葉，天日應臨慕藺心。

【題解】

本詩作於乾道六年（一一七〇）使金途中。范成大攬轡録：「（趙）故城傍有廉頗、藺相如墓。」李吉甫元和郡縣圖志卷一五磁州邯鄲縣：「藺相如墓，在縣西南二十三里。」黄震黄氏日鈔卷六五：「過趙故城，延袤數十里，傍有廉頗、藺相如墓。」

邯鄲驛

驛後有磔犬祭天者，大抵盡爲胡俗。漢慎夫人㊀，縣人也。

長安大道走邯鄲，倚瑟佳人悵望間。若見羶腥似今日，漢宫何用憶關山！

【校記】

㊀ 慎夫人：原作「戚夫人」，誤。富校：「沈欽韓范石湖集詩注云：『「慎」誤爲「戚」，漢文帝妾也。』按漢書外戚傳載，高祖戚夫人爲定陶人，文帝慎夫人乃邯鄲人，沈説是也。」按，活字本、叢書堂本、董鈔本均作「謹夫人」。此乃避宋孝宗「昚」之諱，改「慎」爲「謹」，可知「謹夫人」即「慎夫人」。今據改。

【題解】

本詩作於乾道六年（一一七〇）使金途中。范成大攬轡録：「至邯鄲縣，墻外居民以長竿磔白犬，自尻洞其首，別一竿縛茅浸酒，揭于上，云女真人用以祭天禳病。」

叢臺

在邯鄲北門外。

憑高閲士劍如林，故國風流變古今。袨服雲仍猶左衽㊀，叢臺休恨緑蕪深。

【題解】本詩作於乾道六年（一一七〇）使金途中。李吉甫元和郡縣圖志卷一五磁州邯鄲縣：「叢臺，在縣城内東北隅。」新定九域志卷二磁州：「叢臺，趙武靈王築，鄒陽上書云：『靚妝袨服，叢臺之下，一旦成市。』」

【箋注】

〔一〕袨服：盛服。漢書鄒陽傳：「夫全趙之時，武力鼎士袨服叢臺之下者，一旦成市，而不能止幽王之湛患。」注：「袨服，盛服也。」　雲仍：遠孫。爾雅釋親：「鼻孫之子爲仍孫，仍孫之子爲雲孫。」陸游秋夜讀書有感：「苦心猶欲付雲仍。」

臨洺鎮

去洺州三十里。洺酒最佳，伴使以數壺及新兔見餉。

竟日霜寒暮解圍，融融桑柘染斜暉。北人争勸臨洺酒，云有棚頭得兔歸。

【題解】本詩作於乾道六年（一一七〇）使金途中。臨洺鎮，唐爲臨洺縣，宋省縣爲鎮。李吉甫元和郡縣圖志卷一五磁州臨洺縣：「北濱洺水，因以爲名。」元豐九域志卷二磁州：「縣四，熙寧六年，省臨洺縣爲鎮，入永年。」又：「永年，臨洺東、西二鎮。」黄震黄氏日鈔卷六七：「四十里至臨洺鎮。」

趙彥衛雲麓漫鈔卷二：「七十里至邯鄲縣館，四十里至臨洺鎮。」

邢臺驛

信德府驛也，去太行最近，城外有荷塘柳隄，頗清麗，不類河朔。

太行東麓照邢州，萬疊煙螺紫翠浮。誰解登臨管風物？枯荷老柳替人愁。

【題解】

本詩作於乾道六年（一一七〇）使金途中。趙彥衛雲麓漫鈔卷二：「四十里至臨洺鎮，七十里至信德府邢臺驛。」宋史地理志二河北路信德府，本邢州，縣八：邢臺。

柳公亭

在邢州城北小園中，伴使邀客入遊，云舊有流杯，今廢。園正對太行馬鞍一峰，極酋崒。

主人敬客有餘情，催喚繩牀坐柳亭。曲水流觴非故物，馬鞍山色舊青青。

【題解】

本詩作於乾道六年（一一七〇）使金途中。元豐九域志卷二邢州，鉅鹿郡，治龍岡縣。

内丘梨園

内丘鵝梨爲天下第一，初熟收藏，十月出汗後方佳。園户云：「梨至易種，一接便生，可支數十年。吾家園者，猶聖宋太平時所接。」

汗後鵝梨爽似冰，花身耐久老猶榮。園翁指似還三歎㊀，曾共翁身見太平。

【校記】

㊀歎：原作「笑」，誤。富校：「『笑』黄刻本、宋詩鈔作『歎』，是。」按，活字本、叢書堂本、黄鈔本、詩淵第三册第二二四四頁均作「歎」，今據改。

【題解】

本詩作於乾道六年（一一七〇）使金途中，内丘，縣名，元豐九域志卷二邢州，縣五，内丘，州北四十七里。黄震黄氏日鈔卷六七：「（邢州）四十里過冷水河，二十五里至内丘縣，縣有鵝梨，云其木尚聖宋太平時所接。」

大寧河

在内丘北，河之東皆梨棗園，二果正熟。

梨棗從來數内丘，大寧河畔果園稠。荆箱擾擾攔街賣，紅皺黄團滿店頭。北人謂道上聚落爲店頭。

【題解】本詩作於乾道六年（一一七〇）使金途中。大寧河，沈欽韓范石湖詩集注：「地志無大寧河，或爲大陸澤，在順德府任縣東北。」按，石湖云：「大寧河，在内丘北。」王存元豐九域志卷二邢州，縣五：「鉅鹿，在州東北一百里，有大陸澤。」「内丘，州北四十七里，有内丘山。」王存所述之大陸澤，屬鉅鹿縣，在内丘縣之北，與石湖所云相合。大陸澤，唐代已有，元和郡縣圖志卷一五邢州鉅鹿縣内有詳細描述：「大陸澤，一名鉅鹿，在縣西北五里，禹貢曰：『恒、衛既從，大陸既作。』按澤東西二十里，南北三十里，葭蘆、茭蓮、魚蟹之類，充牣其中。」

柏鄉 唐志：堯山乃古柏仁。俗傳或以此柏鄉爲柏人。

貫生名壓漢公卿〔一〕，自古逢讎不反兵。仇虜滔天無敢動，柏鄉空溷迫人名。

【題解】本詩作於乾道六年（一一七〇）使金途中。范成大攬轡録：「甲子，過沙河六十里，至柏鄉縣。縣人云：沙河直東有堯山縣，古堯山也，堯葬焉。東有放勳廟。」李吉甫元和郡縣圖志卷一五河東道邢州：「堯山縣，本曰柏人，春秋時晉邑，戰國時屬趙，秦滅趙屬鉅鹿郡。漢高祖八年，從平城過趙，趙相貫高壁人厠上要之，上心動，問縣名，曰：『柏人。』上曰：『柏人者，迫於人也！』去弗宿。後魏改『人』爲『仁』。隋開皇三年，罷鉅鹿郡，屬趙州。大業三年，改屬邢州。天寶元年，改爲堯山縣。」王存元豐九域志卷二河北路趙州：「縣四，熙寧五年，省柏鄉、贊皇二縣爲鎮，入高邑。」按，熙寧爲宋神宗年號，石湖使金時，柏鄉縣已更名爲鎮，這裏石湖仍用舊名。

【箋注】

〔一〕「貫生」句：貫生，趙相貫高。漢高祖立張耳爲趙王。耳薨，子敖嗣立，尚高祖長女。趙相貫高怨趙王孱弱，謀殺高祖。漢八年，高祖過趙，貫高藏人於「柏人」之複壁中，伺機行刺。高祖過其地，欲住宿，因問此縣何名，人曰「柏人」，高祖曰：「柏人者，迫於人也！」乃離去。後事泄，高祖逮捕趙王、貫高等。貫高乃辯白趙王無罪，自認獨謀之。高祖乃赦趙王，以爲貫高能立然諾，稱其賢，赦之。貫高曰：「縱上不殺我，我不愧于心乎？」乃自絶死。自此名聞天下。事見史記張耳陳餘列傳。

唐山

即堯山，金主之父名宗堯，改山名，山下有放勳廟。

勳唐遺德照清灣，百聖聞風不敢班。何物苦寒胡地鬼，一名猶敢廢堯山。

【題解】本詩作於乾道六年（一一七〇）使金途中。唐山，即堯山，縣名，范成大攬轡録：「沙河直東有堯山縣，古堯山也，堯葬焉，東有放勳廟。」李吉甫元和郡縣圖志卷一五邢州有堯山縣。元豐九域志卷二邢州，縣五：「熙寧六年，省堯山縣爲鎮，入内丘。」

光武廟

在柏鄉北，兩壁有二十八將像。廟前有二石人，皆自腰而斷，俗傳光武夜過，以爲生人，問途不應，劍斬之云。

雲臺列像拱真人，野老猶誇建武春〔一〕。不用劍鋒能剸石，冰河一瞥已通神。

【題解】

本詩作於乾道六年（一一七〇）使金途中。光武廟，祭祀後漢光武帝劉秀之廟。李吉甫元和郡縣圖志卷一七河北道趙州：「（柏鄉縣）漢世祖廟，一名壇亭，縣北十四里，鄗縣故城南七里。即世祖即位之千秋亭也，後於此立廟，故後漢書帝紀云『肅宗孝章帝元和三年三月丙子，詔高邑令祠光武於即位壇』，是也。」世祖，即光武帝劉秀，後漢書光武帝紀：「世祖光武皇帝諱秀，字文叔，南陽蔡陽人，高祖九世之孫也。」「兩壁有二十八將像」，指佐劉秀興漢之功臣二十八人。王應麟玉海卷五七「漢南宮雲臺功臣圖」云：「後漢論中興二十八將，前世以爲上應列宿，未之詳也，然咸能感會風雲，奮其智勇，稱爲佐命，亦各志能之士也。永平中，顯宗追感前世功臣，乃圖畫二十八將於南宮雲臺。……故依其本第，係之篇末，以志功臣之次云：太傅高密侯鄧禹（投西討之略）、中山太守全椒侯馬成（平江淮，築亭障）、大司馬廣平侯吴漢（勇鷙有謀，建大策）、河南尹阜成侯王梁（應符而被衮）、左將軍膠東侯賈復（方直多計）、琅琊太守祝阿侯陳俊（定太山）、建威大將軍好時侯耿弇（走延岑、次祝阿）、驃騎大將軍參蘧侯杜茂（破盧芳、平東方）、執金吾雍奴侯寇恂（居河内）、積弩將軍昆陽侯傅俊（定江東）、征南大將軍舞陽侯岑彭（建南征之效）、左曹合肥侯堅鐔（攻洛陽、降朱鮪）、征西大將軍夏陽侯馮異（守洛陽、定關中）、上谷太守淮陽侯王霸（権以濟事）、建義大將軍鬲侯朱祐（降秦豐）、信都太守阿陵侯任光（迎車駕）、征虜將軍潁陽侯祭遵（平河北、用儒雅）、豫章太守中水侯李忠（疏財而受賜，從平萌憲）、驃騎大將軍櫟陽侯景丹（殘五校）、右將軍槐里侯萬脩（從平河北）、虎牙大軍安平侯蓋延（柳城破敵）、太常靈壽侯邳彤（一言興邦，屠邯鄲）、衛尉安成侯銚期（勝青犢）、驃騎大將軍昌成侯劉植（談説而受封）、東郡太守東光侯耿純（克赤眉）、横野大將軍山桑侯王常（心如金石）、城門校尉朗陵侯臧宫（滅公孫述，質樸而見親）、大司空固始侯李通（忘身奉主）、捕虜將軍揚虚侯馬武（力戰無前）、大司空安豐侯竇融（奉圖歸忠）、驃騎將軍慎侯劉隆（討李憲）、太傅褒德侯卓茂（執節淳固）。」黄震黄氏日鈔卷六七：「自柏鄉行十三里，有光武廟。」

【箋注】

〔一〕建武春：光武帝建武年間英勇征戰的光榮歷史。建武，光武帝劉秀的年號。後漢書馬援傳：「永平初，援女立爲皇后。顯帝圖畫建武中名臣、列將於雲臺，以椒房故，獨不及援。」

趙州石橋

在城南洨河上，以鐵笋卯貫石捲篷，不類人工。

石色如霜鐵色新，洨河南北尚通津。不因再度皇華使，誰洗奚車塞馬塵？

【題解】

本詩作於乾道六年（一一七〇）使金途中。趙州石橋，在州南洨河上，原名安濟橋。唐代名斯洨水，見元和郡縣圖志卷一七趙州平棘縣：「斯洨水，縣北三十五里。」宋代稱洨水，元豐九域志卷二趙州平棘縣，有洨水。黃震黃氏日鈔卷六七：「過洨河石橋，所謂趙州橋也。」沈欽韓范石湖詩集注卷中引一統志：「安濟橋在趙州南五里洨河上，俗名大石橋，隋建，廣四十步，長五十餘步。」

柏林院

即東院趙州禪師道場㊀，在城中。

胡來胡現劫灰深，風鼓三災海印沈。急過當年無佛處，庭前空有柏森森。

【校記】

㊀ 趙州禪師：富校：「沈注云：『「趙州」下脱「從諗」二字。傳燈録：「真際禪師從諗居趙州觀音

院。』」

【題解】本詩作於乾道六年（一一七〇）使金途中。趙州禪師，即趙州從諗禪師，宋高僧傳卷一一唐趙州東院從諗傳：「釋從諗，青州臨淄人也。童稚之歲，孤介弗群，越二親之羈絆，超然離俗，乃投本州龍興伽藍，從師剪落。尋往嵩山琉璃壇納戒，師勉之聽習。……後於趙郡開物化迷，大行禪道。」

欒城

縣極草草，伴使怒頓餐不精，欲榜縣令，跪告移時方免。

頹垣破屋古城邊，客傳蕭寒爨不煙。明府牙緋危受杖，欒城風物一淒然！

【題解】本詩作於乾道六年（一一七〇）使金途中。欒城，縣名，元豐九域志卷二真定府，縣八：「欒城，府南六十三里。」黃震黃氏日鈔卷六七：「五里至趙州，寇改爲沃州，三十里至欒城縣。」

呼沱河

即光武渡冰處，在真定南五里。

聞道河神解造冰，曾扶陽九見中興。如今爛被胡羶涴，不似滄浪可濯纓。

【題解】本詩作於乾道六年（一一七〇）使金途中。呼沱河，即滹沱河。後漢書光武紀：「（更始二年）至呼沱河，無船，適遇冰合，得過。」李吉甫元和郡縣圖志卷一八河北省定州深澤縣：「滹沱河，縣南二十五里，光武爲王郎所追，至滹沱，欲渡，導吏還言水深無船，左右懼。上使王霸前瞻水，霸恐驚衆，乃言可渡。比至，冰合，以囊沙布冰上，乃渡。未畢數車，冰陷，今名溝傍合處爲危渡口。」黄震黄氏日鈔卷六七：「（欒城）五十五里過滹沱河，五里至真定。」

真定舞

虜樂悉變中華，惟真定有京師舊樂工，尚舞高平曲破。

紫袖當棚雪鬢凋，曾隨廣樂奏雲韶〔一〕。老來未忍耆婆舞〔二〕，猶倚黄鐘衮六么〔三〕。

【題解】本詩作於乾道六年（一一七〇）八月使金途中，因觀真定樂舞，有感而作本詩。真定，即真定府，元豐九域志卷二河北西路：「真定府，常山郡，成德軍節度使，治真定縣。」高平曲破，舞曲，平調羽聲。段安節樂府雜録「别樂識五音輪二十八調圖」云：「太宗朝三百般樂器内，挑絲竹爲胡部，用宫、商、角、徵、羽，並分平、上、去、入四聲，其徵音，有其聲無其調。」又云：「平聲羽七調：

第一運中吕調，第二運正平調，第三運高平調。……」

【箋注】

〔一〕廣樂：傳説爲天上的一種樂曲。穆天子傳卷一：「天子乃奏廣樂。」史記扁鵲傳：「與百神遊於鈞天，廣樂九奏萬舞。」　雲韶：宋代燕樂名。宋史樂志一七：「雲韶部者，黄門樂也。開寶中，平嶺表，擇廣州内臣之聰警者，得八十人，令於教坊習樂藝，賜名簫韶部。雍熙初，改曰雲韶。」

〔二〕「老來」句：耆婆，年老之婆。禮記曲禮上：「六十曰耆，指使。」因舞者爲京師舊有之樂工、舞女，年齡已老，故云「未忍耆婆舞」，首句「雲鬟凋」，即形容這些老年舞女。

〔三〕「猶倚」句：六么，唐典名，程大昌演繁露卷一二：「段安節琵琶録云：『貞元中，康昆侖善琵琶，彈一曲新翻羽調緑腰。』注云：『緑腰，即緑要也。本自樂工進曲，上令録出要者，乃以爲名，誤言緑腰也。』據此即緑要已訛爲緑腰，而白樂天集有聽緑腰詩，注云：即六么也。」周密齊東野語卷八「六么羽調」條云：「按今六么中，吕調亦有之，非特高平、仙吕也。唐禮樂志，俗樂二十八調，中吕、高平、仙吕在七羽之數。蓋中吕，夾鍾，羽也；高平，林鍾，羽也；仙吕，夷則，羽也。」

東坡祠堂 在中山府學，學在化原坊。

化原坊裏尚黌堂〔一〕，聞道蘇仙有奉嘗〔二〕。想見當年行樂處，牙旗鐵馬照金章。

【題解】

本詩作於乾道六年（一一七〇）八月使金途中。定州府學中有東坡祠堂，石湖因賦本詩紀述之。中山府學，即定州府學，李吉甫元和郡縣圖志卷一八河北道定州：「戰國時爲中山國，與六國並稱王，後爲趙武靈王所滅。中山之地，方五百里，秦兼天下，今州蓋秦趙郡、鉅鹿二郡之地。漢高帝分趙、鉅鹿置常山、中山二郡，郡中有山，故曰中山。……後魏道武帝平慕容垂子寶爲中山郡，置安州，又改爲定州，以安定天下爲名也。……乾元元年復爲定州。」宋仍稱定州，隸河北西路，治安喜縣。

【箋注】

〔一〕黌堂：亦作黌校，即學舍，宋書文帝紀：「元嘉十九年詔：『闕里往經寇亂，黌校殘毁，并下魯郡修復學舍，採召生徒。』」

〔二〕蘇仙：蘇軾亦稱謫仙人，王闢之澠水燕談録卷四：「子瞻文章議論，獨立當世，風格高邁，真謫仙人也。」

松醪

中山酒猶名松醪，然甚漓。

松風漱罷讀離騷，翰墨仙翁百代豪。一笑氈裘那辨此，當年嵇阮尚餔糟。

【題解】

本詩作於乾道六年（一一七〇）使金途中，經中山府，見松醪酒，因作本詩紀之。

望都

縣人多瘦，婦人尤甚。相傳縣東接唐縣，病癭者甚衆，此縣蓋染其風土。縣西有小阜曰由山。

荒寺疎鐘解客鞍，由山東畔白煙寒。望都風土連唐縣，翁媪排門帶癭看。

【題解】

本詩作於乾道六年（一一七〇）八月使金途中。定州望都、唐縣相比鄰，縣人多癭，石湖憫而記之。望都，縣名，元豐九域志卷二河北西路定州，縣八：「唐，州北五十里；望都，州東北六十里。」

安肅軍 舊梁門三城，今惟一城有人煙，溏濼皆涸矣。

從古銅門控朔方，南城煙火北城荒。臺家抵死争溏濼，滿眼秋蕪襯夕陽！

【題解】

本詩作於乾道六年（一一七〇）使金途中。安肅軍，唐代爲易州遂城縣，宋改爲安肅軍。王存元豐九域志卷二「河北路」：「安肅軍，太平興國六年以易州宥戎鎮地置静戎軍，景德元年改安肅。治安肅縣。」黄震黄氏日鈔卷六七：「二十里至安肅軍，故時溏濼今悉淤塞。」

出塞路 安肅北門外大道，容數車方軌。

當年玉帛聘遼陽〔一〕，出塞曾歌此路長。漢節重尋舊車轍，插天猶有萬垂楊。

【題解】

本詩作於乾道六年（一一七〇）使金途中。黄震黄氏日鈔卷六七：「（安肅軍）門外大道，古出塞路也。夾道古柳參天，至白溝始絶。」

【箋注】

〔一〕遼陽：出塞必經之路，元和郡縣圖志卷一三河東道儀州遼山縣：「後魏明帝改爲遼陽。」元豐九域志卷四河東路遼州遼山縣，有遼陽山、遼陽水。温庭筠訴衷情：「遼陽音信稀。夢中歸。」

白溝　在安肅北十五里，闊纔丈餘，古亦名巨馬河，本朝與遼人分界處。

高陵深谷變遷中，佛劫仙塵事事空。一水涓流獨如帶，天應留作漢提封。

【題解】

本詩作於乾道六年（一一七〇）使金途中，過白溝，賦詩紀之。白溝，巨馬河之支流，酈道元水經注卷一二：「巨馬河出代郡廣昌縣淶山，即淶水也。」「督亢水又南，謂之白溝水，南經廣陽亭西，而南合枝溝，溝水西受巨馬河，東出爲枝溝，又東注白溝，白溝又南，入於巨馬河。」黄震黄氏日鈔卷六七：「十五里過白溝河，又過曹河、徐河、暴河。」

太行　渡河即與太行俱北，至燕猶未斷，大抵東至薊門，北至塞北，西接奚界也。若晴日無埃，則出京至封丘，已望見之矣。

西北浮雲捲莫秋，太行南麓照封丘。横峰側嶺知多少〔一〕，行到燕山翠未休。

【題解】本詩作於乾道六年（一一七〇）使金途中。

【箋注】

〔一〕「橫峰」句：蘇軾題西林壁：「橫看成嶺側成峰。」

固城

自白溝十五里至固城鎮，舊遼界也。水味極惡，用柳作大棬汲井，謂之涼罐。

柳棬涼罐汲泉遥，味苦仍鹹似海潮。却憶徑山龍井水〔一〕，一杯洗眼洞層霄。

【題解】本詩作於乾道六年（一一七〇）使金途中，經固城，賦本詩記之。固城，趙彦衛雲麓漫鈔卷二：「自東京至女真……四十里至保州梁臺驛，三十里至固城。」

【箋注】

〔一〕徑山：方輿勝覽卷一：「徑山寺，在餘杭縣北。圖經：『徑山乃天目山之東北峰也，中有徑路，後通天目，故名徑山。』有龍井。」

范陽驛　涿州驛牆外有尼寺，二鐵塔夾塗如雪，俯瞰驛中。

郵亭偪仄但宜冬〔一〕，恰似披裘坐土空。枕上驚回丹闕夢，屋頭白塔滿鈴風。

【題解】本詩作於乾道六年（一一七〇）使金途中。范陽驛，在涿州，趙彦衛雲麓漫鈔卷八：「自東京至女真，所謂御寨行程……五十里至涿州本道館。」元豐九域志卷一〇「河北路涿州」：「領范陽、歸義、固安、新城、新昌五縣。」

【箋注】

〔一〕郵亭：古代傳遞文書、信件人沿途休息的地方。漢書薛宣傳：「過其縣，橋梁郵亭不修。」

定興　舊黄村，虜新建爲縣，井邑未成。

新城遷次少人煙，桑柘中間井徑寒。亦有染人來賣纈〔一〕，淡紅深碧挂長竿。

【題解】本詩作於乾道六年（一一七〇）使金途中。

【箋注】

〔一〕纈：染花的織物，玉篇：「纈，綵纈也。」魏書封回傳：「滎陽鄭雲諂事長秋卿劉騰，貨騰紫纈四百匹，得爲安州刺史。」

清遠店

定興縣中客邸前，有婢兩頰刺「逃走」二字，云是主家私自黥涅，雖殺之不禁。

女僮流汗逐氈軿，云在淮鄉有父兄。屠婢殺奴官不問，大書黥面罰猶輕。

【題解】

本詩作於乾道六年（一一七〇）使金途中。

琉璃河

又名劉李河，在涿州北三十里，極清泚，茂林環之，尤多鴛鴦，千百爲群。

煙林葱蒨帶回塘，橋眼驚人失睡鄉㊀。健起褰帷揩病眼，琉璃河上看鴛鴦。此河

大中祥符間路振乘軺録亦謂琉璃河，惟嘉祐中宋敏求入番録乃謂之六里河，大抵胡語難得其真。

【校記】

㈠橋眼：活字本、叢書堂本、董鈔本同。富校：「沈注云：『「眼」字誤，日下舊聞引作「影」，是。』」

【題解】

本詩作於乾道六年（一一七〇）使金途中。水經注卷一二：「聖水出上谷。（孫云：聖水今琉璃河。）」「又東逕涿縣故城下，與涿水合，世以謂涿水。」琉璃河、劉李河、六里河，音相近而傳訛如此。

灰洞

在涿北燕南之間，兩旁皆高岡，無風而路極狹，塵土坌積，咫尺不辨人物。

塞北風沙漲帽檐，路經灰洞十分添。據鞍莫問塵多少，馬耳冥濛不見尖。

【題解】

本詩作於乾道六年（一一七〇）使金途中。黄震黄氏日鈔卷六七：「行灰洞至涿州，灰洞者，兩邊不通風，塵埃濛洪其間也。」

良鄉

燕山屬邑。驛中供金粟梨、天生子，皆珍果，又有易州栗，甚小而甘。

新寒凍指似排籖，村酒雖酸未可嫌。紫爛山梨紅皺棗，總輸易栗十分甜。

【題解】

本詩作於乾道六年（一一七〇）使金途中。良鄉，縣名，元豐九域志卷一〇河北道幽州，有良鄉縣。趙彥衛雲麓漫鈔卷八：「自東京至女真，所謂御寨行程……五十里至涿州本道館，六十里至良鄉縣。」范成大攬轡録：「乙酉，過良鄉縣，是日，大風幾拔木。接伴吏云：此謂之信風，使人遠來，此風先報，使入城也。」

盧溝

去燕山三十五里。虜以活雁餉客，積數十隻，至此放之河中，虜法五百里内禁採捕故也。

草草輿梁枕水低㊀，忽忽小駐濯漣漪。河邊服匿多生口〔一〕，長記軺車放雁時。

此河宋敏求謂之蘆菰，即桑乾河也，今呼盧溝。

【校記】

㊀輿梁：原作「魚梁」，按活字本、叢書堂本、董鈔本、詩淵第三册二〇第四七頁均作「輿梁」，今據諸本改。

【題解】

本詩作於乾道六年（一一七〇）使金途中。盧溝，水名，即今永定河，源出山西洪溝山，東流經河北，稱盧溝河。讀史方輿紀要卷十直隸一：「桑乾河，源出山西馬邑縣西北十五里、洪濤山……至順天府西南曰盧溝河……乾道六年，金人議開盧溝河以通京師漕運……盧溝蓋京師南面之巨塹也。」

【箋注】

〔一〕服匿：小旃帳。漢書蘇武傳：「三歲餘，王病，賜武馬畜、服匿、穹廬。」顏師古注引劉德曰：「服匿如小旃帳。」

燕賓館

燕山城外館也。至是適以重陽，虜重此節，以其日祭天，伴使把菊酌酒相勸。西望諸山皆縞，云初六日大雪。

九日朝天種落驩，也將佳節勸杯盤。苦寒不似東籬下，雪滿西山把菊看。

【題解】

本詩作於乾道六年（一一七〇）重陽節，時使金至燕賓館，賦詩紀實。范成大攬轡録：「丙戌至燕山城外燕賓館，燕至畢，與館伴使副並馬行柳堤。」

橙綱

燕城外遇數車載新橙，云修貢，種之汴京擷芳園也。

堯舜方堪橘柚包〔一〕，穹廬亦復使民勞。華清荔子沾恩幸，一騎回時萬騎騷〔二〕。

【題解】

本詩作於乾道六年（一一七〇），時使金已抵達燕京。擷芳園，在汴京，范成大攬轡録：「過藥市橋街、蕃衍宅，龍德宫擷芳、擷景二園樓觀俱存。」

【箋注】

〔一〕「堯舜」句：語出尚書禹貢：「厥包橘柚錫貢。」

〔二〕「華清」二句：化用杜牧華清宫絶句：「長安回望繡成堆，山頂千門次第開。一騎紅塵妃子笑，無人知是荔枝來。」諷「使民勞」之史實。

蹋鴟巾

接送伴田彦皋愛予巾裹，求其樣，指所戴蹋鴟有愧色。

重譯知書自貴珍，一生心愧蹋鴟巾。雨中折角君何愛，帝有衣裳易介鱗。

【題解】

本詩作於乾道六年（一一七〇）使金時，已抵燕京。田彦皋，金接伴使，范成大攬轡録：「六月甲子出國門，八月戊午渡淮。虜遣尚書兵部郎中田彦皋、行侍御史完顔德温爲接伴使副。」題注「指所戴蹋鴟有愧色」，黄震黄氏日鈔卷六七作「蹲鴟巾，館伴所裹」。

耶律侍郎

兵部侍郎耶律寶，館伴使也。不識字，如提刑運使等字，亦指以問。

乍見華書眼似麞，低頭慚愧紫荷囊〔一〕。人間無事無奇對，伏獵今成兩侍郎。

【題解】

本詩作於乾道六年（一一七〇）九月，時已至燕京。因館伴使耶律寶不識字，賦本詩紀之。館伴使，攬轡録：「丙戌，止燕山城外燕賓館，燕至畢，與館伴使副並馬行柳堤。」未言館伴使姓名，詩題附注明言之。

【箋注】

〔一〕紫荷囊：同紫荷橐，梁書周舍傳：「周捨又問杳：『尚書官著紫荷橐，相傳云「挈囊」，竟何所出？』杳答曰：『張安世傳曰「持橐簪筆，事孝武皇帝數十年」。韋昭、張晏注並云「橐，囊也。近臣簪筆，以待顧問」。』」

龍津橋 在燕山宣陽門外，以玉石爲之，引西山水灌其下。

燕石扶欄玉作堆，柳塘南北抱城迴。西山剩放龍津水，留待官軍飲馬來。

【題解】

本詩作於乾道六年（一一七〇）九月，時已抵燕京。攬轡録：「過石玉橋，燕石，色如玉，橋上分三道，皆以欄楯隔之，雕刻極工，中爲御路，亦欄以杈子，兩傍有小亭，中有碑，曰『龍津橋』，入宣陽門，金書額。」

燕宮 宏侈過汴京，煬王亮所作。

金盆濯足段文昌〔一〕，乞索家風飽便忘。他日楚人能一炬，又從焦土説阿房〔二〕。

【題解】

本詩作於乾道六年（一一七〇），入燕宮，見其奢侈，賦本詩諷之。范成大攬轡録：「遥望前後殿屋，崛起處甚多，制度不經，工巧無遺力，所謂窮奢極侈者也。」煬王亮，即完顔亮（一一二二—一一六一），字元功，熙宗時任丞相。皇統九年，殺熙宗自立，遷都燕京。正隆六年，大舉攻宋，在采石爲宋軍所敗，退至瓜洲，爲部將所殺。事見金史海陵紀。

【箋注】

〔一〕「金盆」句：孫光憲北夢瑣言卷三「段相踏金蓮」條：「唐段相文昌……富貴後，打金蓮花盆盛水濯足。徐相商致書規之，鄒平曰：『人生幾何，要酬平生不足也。』」

〔二〕「他日」二句：阿房，秦宮殿名，故址在今陝西西安。史記秦始皇紀：「乃營作朝宮渭南上林苑中。先作前殿阿房，東西五百步，南北五十丈，上可以坐萬人，下可以建五丈旗。」杜牧阿房宮賦：「楚人一炬，可憐焦土。」石湖二句意出於此。

會同館

燕山客館也。授館之明日，守吏微言有議留使人者。

萬里孤臣致命秋，此身何止一漚浮〔一〕！提攜漢節同生死，休問羝羊解乳不〔二〕？遼人館本朝使，已謂之「會同館」。

【題解】

本詩作於乾道六年（一一七〇）使金時。周必大神道碑：「初，大臣與上謀移侍衛馬軍屯金陵，示將進取。先遣使請祖宗陵寢河南故地；又隆興再講和，名體雖正，失定受書之禮，上常悔之。六年五月，遷公起居郎，假資政殿大學士、左大中大夫、醴泉觀使兼侍講、丹陽郡開國公，充金國祈請國信使，爲二事也。上語公曰：『朕以卿氣宇不群，親加選擇，聞外議洶洶，官屬皆憚行，有諸？』公曰：『無故遣泛使，近於求釁，不戮則執。臣已立後，仍區處家事爲不還計，心甚安之。』上曰：『朕不敗盟發兵，何至害卿！嚙雪餐氊，理或有之。不欲明言，恐負卿耳。』國書專求陵寢，而命公自及受書事。公乞并載書中，朝廷不從。公遂行。」宋史孝宗本紀：「（乾道六年閏五月）戊子，遣范成大等使金求陵寢地，且請更定受書禮。」使金時，范成大作絶句詩七十二首，本詩是最後一首。

【箋注】

〔一〕「萬里」三句：感嘆自己使金之危難，明知有殺身之禍而決意爲之。羅大經鶴林玉露甲編卷一「范石湖使北」條：述其事：「淳熙中，范至能使北，孝宗令口奏金主，謂河南乃宋朝陵寢所在，願反侵地。至能奏曰：『兹事至重，合與宰相商量，臣乞以聖意諭之，議定乃行。』上首肯，既而宰相力以爲未可，而聖意堅不回。至能遂自爲一書，述聖語。至虜庭，納之袖中。既跪進國書，伏地不起。時金主乃葛王也，性寬慈，傳宣問使人何故不起。至能徐出袖中書，奏曰：『臣來時，大宋皇帝别有聖旨，難載國書，令臣口奏。臣今謹以書述，乞賜聖覽。』書既上，殿上觀者皆失色。至能猶伏地。再傳宣曰：『書詞已見，使人可就館。』至能再拜而退。虜中群臣咸不平，議羈留使人，而虜主不可。至能將回，又奏曰：『口奏之事，乞於國書中明報，仍先宣示，庶使臣不墮欺罔之罪。』虜主許之。報書云：『口奏之説，殊駭觀聽，事須審處，邦乃孚休。』既還，上甚嘉其不辱命。由是超擢，以至大用。至能在燕京會同館，守吏微言有羈留之議，乃賦詩曰：『（略）』。」羅氏記爲「淳熙中」，誤，此事實在乾道六年。周必大神道碑中亦記載石湖使金抗争事：「虜遣吏部郎中田彦皋、侍御史完顔德温迓客。彦皋文儒，深敬慕公，至求巾幘效之。抵燕山，公知虜法嚴，附請不可達；密草奏，具言他日北使至，欲令親王受書，其詞云云，懷之入覲。初跪進國書，陳誼慷慨，虜君臣方傾聽；公隨奏曰：『兩朝既爲叔姪，而受書之禮未稱，昨嘗附完顔仲、李若川等口陳，久未得報，臣有奏劄在此。』搢笏出而執之。金主大駭，厲聲謂其宣徽副使韓鋼曰：『有請當語館伴，此豈獻書啓處耶？自來使者未嘗敢爾！』連呼綽起。鋼惶恐，以笏來綽公，公不爲動，再奏云：『奏不達，歸必死，寧死於此！』金主欲起，左右掖之坐，又厲聲云：『教拜了去！』鋼復以笏抑公拜，公跪如故，金主曰：『何不拜？』公曰：『此奏得達，當下殿百拜以謝。』金主乃令納館伴處，公即袖下殿。望殿上臣僚往來紛然。後聞太子欲殺公，其兄越王不可而止。頃之，引見如常儀。既歸，館伴果宣旨取奏去。是日，鋼押宴，謂公早來殿上甚忠勤，皇帝嘉歎，云：『可以激勵兩國臣子。』後數日，朝辭，金主令其臣傳諭云：『盟好已固，汝國乃以帛書密與夏國任德敬結約，此何理也？』公答以『界外奸細僞爲之』。俄館伴持蜀中蠟書來，指印文示公，公曰：『御寶可僞，況印乎？』德敬者，夏王外祖，號任令公，再世用事，欲篡其國，事敗族誅。而四川宣撫司嘗與通問，爲夏人所獲，致之虜廷云。十月公還，金主答書，有曰：『仰聞附請之辭，欲變受書之禮，出於率易，要以必從。』上於是知公竭節盡忠，奬勞之餘，有『終始保全』語。除中書舍人，同修國史及實録院同修撰，賜紫章服。』岳珂桯史卷四「乾道受書禮」條有極爲詳明之記載：「紹興要盟之日，虜先約毋得擅易大臣。秦檜既挾以無恐，益思媚虜，務極其至。禮文之際，多可議者，而受書之儀特甚。逆亮渝平，孝皇以奉親之故，與雍繼定和好，雖易稱叔侄爲與國，而此儀尚因循未改，上常悔之。乾道五年，陳正獻俊卿爲相，上一日顧問，欲遣泛使直之，且移騎兵於建康，以示北向。會歸正人侍旺未遣，虜屢以爲言，正獻恐召釁，執不可，亟奏曰：『臣早來蒙聖慈宣問遣使事，臣已略奏一二，此事臣子素所憤切，便當理會。屬今者有疑似之迹，彼必以本朝意在用兵，多方爲備。萬一先動，吾事力未辦，淮西城壁未集，今不若少遲。若專遣使，則中外疑惑，使者既行，只宜便相聽許，猶爲有名，苟或未從，殊失國體，天下之人以爲陛下捨其大而圖其小也。適蒙中使降下王弗前此宣旨本末，今遣使不爲無辭。臣之愚見，欲姑俟侍旺事少定，或冬間因賀正使，遣王卞偕行，先與北館伴議論，言朝廷將遣泛使之意，或令殿上口奏，彼若許遣，則有必從之理；若其不許，犬羊豈可責以禮度，則臣願陛下深謀遠慮，磨厲以須，忍其小而圖其大。他時翦除醜類，恢復故疆，名分自正，國勢自强，在於今日，誠未宜計虚名而受實害也。臣淺陋愚暗，念慮及此，更乞宸衷少賜詳酌，天下幸甚。』上爲少止，而終以爲病。其秋，偕虞雍公允文爰立左右，上密求顓對。時范石湖自南宮郎崇政説書，爲右史侍講，天意攸屬。明年，亟欲遂前事，且將先以陵寢爲詞，而使使者自及受書，以御札問正獻曰：『朕痛念祖宗陵寢，淪於腥羶，四十餘年，今欲特差泛使，往彼祈請，依巫伋、鄭藻例施行，卿意以爲何如？可密具奏來。』正獻復奏曰：『臣伏蒙中使宣降到御札，下咨臣以遣北朝泛使本末。顧臣淺陋，豈足上當天問，恭讀聖訓，不勝感泣。仰惟陛下焦勞萬機，日不暇給，規恢遠略，志將有爲。痛祖宗之陵寢未還，念中原之版圖未復，精誠所感，上通於天，天祐聖德，何功不成？此固微臣素所激昂憤切，思以仰贊廟謨，爲國雪耻，恨不即日掛天山之旆，勒燕然之銘。然而性質頑滯，於國家大事，每欲計其萬全，不敢爲嘗試之舉。是以前者留班面奏，亦以爲使者當遣，但目前未可，恐洩吾事機，以實諜者之言，彼得謹爲備。若鎮之以静，遲一二年，彼不復疑，俟吾之財力稍充，士卒素飽，乃遣一介行李，往請所難；往反之間，又一二年，彼必怒而以師臨我，然後徐起應之，以逸待勞，此古人所謂應兵，其勝十可六七。夫天下之事，爲之有機，動惟厥時，孔子曰：「好謀而成。」使好謀而不成，不如無謀。臣之愚暗，安知時變，不過如向所陳，不敢改辭以迎合意指，不敢依違以規免罪戾，不敢僥倖以上誤國事。疎狂直突，罪當萬死，惟陛下憐其愚而録其忠，不勝幸甚。』上不聽，正獻遂去國。范遷起居郎、假資政殿大學士、左太中大夫、醴泉觀使兼侍讀、丹陽郡開國公，爲祈請使以行。上臨遣之曰：『朕以卿氣宇不群，親加選擇，聞外議洶洶，官屬皆憚行，有諸？』范對曰：『無故遣泛使，近於求釁，不執則戮，臣已立後，乃區處家事，爲不還計，心甚安之。』玉色愀然曰：『朕不敗盟發兵，何至害卿？嚙雪餐氊或有之，不欲明言，恐負卿耳。』范奏乞國書，併載受書一節，弗許，遂行。虜遣吏部郎中田彦皋、侍御史元顔温迓焉。范知虜法嚴，附請決不可達，一不泄語，二使不復疑。至燕，乃夜蔽帷秉燭，密草奏，具言他日北使至，欲令親王受書，其辭云云。大昕而朝，遂懷以入，初跪進國書，隨伏奏曰：『兩朝既爲叔侄，而受書禮未稱。昨嘗附元顔仲、李若川等口陳，久未得報，臣有奏劄在此。』搢笏出而執之，雍酋大駭，顧誶其宣徽副使韓綱曰：『有請當語館伴，此豈獻書啓處耶？自來使者未嘗敢爾。』厲聲令綽起者再三，范不爲動，再奏曰：『奏不達，歸必死，寧死於此。』雍酋怒，拂袖欲起，左右掖之坐。又厲聲曰：『教拜了去！』鋼復以笏抑范拜，范跪如初。雍酋曰：『何不拜？』范曰：『此奏得達，當下殿百拜以謝。』乃宣詔令納館伴處。范不得已，始袖以下，望殿上臣僚往來紛然。既而，虜太子謂必戮之以示威，其兄越王不可而止。頃之，引見如常儀，歸，館伴果宣旨取奏去。是日鋼押宴，謂范曰：『公早來殿上甚忠勤，皇帝嘉嘆，云可以激厲兩朝臣子。』范唯唯謝，廷議才殷。會夏國有任德敬者，乃夏酋外祖，號任令公，再世用事，謀篡其國，事敗而族。蜀宣司故嘗以蠟書通問，爲夏人所獲，致之虜庭，雍酋益怒。范朝辭，遂令其臣傳諭詰之，范答以姦細之僞不可測。退朝而館伴持真書來，印文皦然可識。范笑曰：『御寶可僞，況印文乎！』虜直其詞，遂不竟。十月，范還，虜之報章有曰：『抑聞附請之辭，欲變受書之禮，出于率易，要以必從。』上於是知其忠勤，有大用意。後八年，迄參大政云。受書乃隆興以後盟書大節目，故備記其事特詳，當時尚他有廷臣謀議可參見，日月尚邇，惜乎其未盡聞也。」以上這些記載，不僅可以幫助我們理解石湖詩意，更可補史書之不足，彌足珍貴。

〔二〕「提攜」二句：用漢書蘇武傳故事以自勵：「（衛）律知武終不可脅，白單于。單于愈益欲降之，乃幽武置大窖中，絶不飲食。天雨雪，武卧嚙雪與旃毛并咽之，數日不死。匈奴以爲神，乃徙武北海上無人處，使牧羝，羝乳乃得歸。别其官屬常惠等，各置他所。武既至海上，廩食不至，掘野鼠去草實而食之。杖漢節牧羊，卧起操持，節旄盡落。」

石湖居士詩集卷十三

與吳興薛士隆使君遊弁山石林先生故居[一]此卷乾道壬辰冬赴廣西道中所作，舊名南征小集。

白蘋有嘉招，蒼弁得勝踐。會心不憚遠，乘興恐失便。籃輿犯窮臘，共作忍寒面。溟濛雲釀雪，浩蕩風落雁。松篁漸清幽，猿鶴或悲怨[二]。英英文章公，作舍鎖葱蒨[三]。嶢峰俯前榮，佳木秀諸院。窮搜發山骨，林立侍談讌。西巖踞熊虎，東巖峙屏案。履綦故仿佛，蓋瓦已零亂。經營三十年，成毀一飛電。摩挲土花碧[四]，小立爲三歎。

【校記】

[一] 薛士隆：富校：「沈注云：『「隆」當作「龍」，名季宣。宋史儒林傳：「薛季宣字士龍。」』」然活字本目録、正文，叢書堂本目録、正文，董鈔本均作「士隆」，蓋薛季宣字士隆，一作士龍。

【題解】

本詩作於乾道八年（一一七二）十二月。范成大驂鸞録：「石湖居士以乾道壬辰十二月七日發吴郡，帥廣西，泊船姑蘇館。」周必大神道碑：「（乾道）七年，以知閤門事、兼樞密都承旨張説簽書院事，公當制，知空言不可回，明日，袖詞頭納上前，且曰：『閤門官日日引班，一旦驟寘二府，正如州郡以典謁吏爲倅貳，觀聽謂何？』明日説罷。後月餘，公求去。上曰：『卿言引班事甚當，朕方聽言納諫，乃欲去耶？』公自是數有繳奏。會召宋旼，公又論之，章不下。尋除集英殿修撰、知静江府、廣西經略安撫使。明年春，説竟拜樞密。九年，公始赴鎮。」石湖於八年十二月赴桂林任，至九年三月十日始到達桂林接任，故周氏云：「九年，公始赴鎮。」石湖此行，有從者李嘉言（聖俞）、弟成績（致一）及周震（震亨）等。驂鸞録記此事甚詳：「余去年北征，感腹疾於滑州，且死復生。今惟皮骨粗存，比懷桂林之章，再上疏，丐外祠以老，弗獲命。乃襆被行，則從故人李嘉言聖俞，致一老成館客與偕。聖俞舉震亨，故今日遠來。震亨舉業外，尤精珞琭子、林開諸書，試評余五行，則曰：『吾知之舊矣，數語可決。公欲遄歸以老，抑未也？今南去三千里，安坐再朞，末年冬中，復西南行萬里，亦再朞乃歸。但此時某恐不及被公飲食教載之賜耳。』其言詭異，姑筆記之。」

吴興薛士隆，指吴興守薛季宣。宋史儒林傳之薛季宣傳云：「字士龍，永嘉人。起居舍人徽言之子也。」以大理正出知湖州。石湖赴桂林路過湖州，薛季宣設宴招待，並陪遊石林。驂鸞録：「十七日，至湖州，泊碧瀾堂。十八日，湖守薛季宣士隆開宴，方祈雪，蔬食而旦張樂。十九日，將遊北山石林，薛守願同行。乘輕舟十餘里，登籃輿，小憩牛氏歲寒堂。自此入山，松桂深幽，絶無塵事。過大嶺，乃至石林，則棟宇已傾頹，西廊盡拆去，今畦菜矣。正堂無恙，亦有舊牀榻，在凝塵鼠壤中。堂正面卞山之高峰，層巒空翠照衣袂，略似上天竺白雲堂所見，而加雄尊。自堂西過二小亭，佳石錯立道周，至西巖石益奇且多。有小堂曰承詔，葉公自玉堂歸守先隴，經始之初，始有此堂。後以天官召還，受命於此，因以爲志焉。其旁登高有羅漢巖，石狀恠詭，皆嵌空裝綴，巧過鐫劖。自西巖回步至東巖，石之高壯礌砢，又過西巖，小亭亦頹矣。葉公好石，盡力劚山骨，森然發露若林。而開徑於石間，亦有自他所移徙置道旁，以補闕空者。方公著書釋經於堂上，四方學士聞風仰之，如璇璣景星，語石林所在。又如仙都道山，欲至不可得。蓋棺未幾，而其家已不能有，委而棄之灌莽叢薄間。遊子相與徘徊，歎息之不能去。或謂此地離人太遠，岑蔚荒虚，非大官部曲衆多者難久處。又云公歿後，山鬼搶攘，暮夜與人錯行，婦子不能安室，故諸郎去之云。」周密癸辛雜識前集「吳興園圃」記及葉氏石林，云：「左丞葉少藴之故居，在卞山之陽，萬石環之，故名，且以自號。正堂曰兼山，傍曰石林精舍，有承詔、求志、從好等堂，及淨樂庵、愛日軒、躋雲軒、碧琳池，又有巖居、真意、知止等亭。其隣有朱氏怡雲庵、函空橋、玉澗，故公復以玉澗名書。大抵北山一徑，産楊梅，盛夏之際，十餘里間，朱實離離，不減閩中荔枝也。此園在霅最古，今皆没於蔓草，影響不復存矣。」杜綰雲林石譜卷上「卞山石」條：「湖州西門外十五里有卞山，在郡山最爲峭崒。頃朱先生所居産石奇巧，羅布山間，嵌石礌磈，色類靈璧，而清潤尤勝。葉少藴得其地，蓋堂以就其景，故號石林。石上皆有李唐遊人題字，自顏魯公而下，悉署焉。」石林先生，即葉夢得（一〇七七—一一四八），字少藴，號石林，長洲人。紹聖四年進士。真宗朝，累遷翰林學士。南渡後，官户部尚書，江東安撫大使。宋史卷四四五有傳。平生著述甚多，有春秋傳二十卷、石林燕語十卷、石林居士建康集八卷、石林詩話一卷、石林詞一卷。

【箋注】

〔一〕「猿鶴」句：語出孔稚珪北山移文：「蕙帳空兮夜鵠怨，山人去兮曉猿驚。」

〔二〕「作舍」句：「鎖」字從李商隱隋宫「紫泉宫殿鎖烟霞」句中來。

〔三〕前榮：榮，屋翼，俗謂飛檐。儀禮士冠禮：「夙興，設洗直于東榮。」注：「榮，屋翼也。」

〔四〕土花碧：土花，苔蘚。李賀金銅仙人辭漢歌：「畫欄桂樹懸秋香，三十六宫土花碧。」王琦彙解：「土花，苔也。」

自石林回過小玲瓏，巖竇益奇，昔爲富人吴氏所有，今一子尚幼，山檢校於官

一丘乃中虚，洞穴四無礙。却略巖岫杳㊀，黝糾石狀怪㊁〔一〕。蒼牛飲前池，碧鱒灩微瀨。雕鎪具百巧，圖畫窘千態。哀湍寫壞磴，涷雨濕空翠。疎梅照草棘，瘦竹拔

蹊隧。當時閭闔子〔二〕，目力在塵外。孤童藐難料，奇事疑有待。誰歟千金捐，來換把茅蓋。不仙亦足豪，衆埞皆累塊。我評北山遊，勝絶此無對。玲瓏詎可小，孰能爲之大？

【校記】

〔一〕却：富校：「『却』黄刻本作『脱』。」

〔二〕石狀：原作「石牀」，富校：「『牀』黄刻本、宋詩鈔作『狀』。」按，活字本、叢書堂本、董鈔本均作「石狀」，今據改。

【題解】

本詩作於乾道八年（一一七二）十二月。石湖遊石林後，又遊小玲瓏，有感而作本詩。范成大驂鸞録：「（十九日）出石林，飯旌善寺，葉氏墳祠也。霅川有兩玲瓏山，石林爲大玲瓏，又有小玲瓏，在長興縣界路口，聞其尤勝石林，遂過之。小玲瓏今屬沈氏，沈氏之父死，二子幼，方檢校於官。此山石色微黄而更奇古，一丘悉中空，洞穴十數，皆旁相通貫，故名玲瓏。泉聲瀉壞磴中，窈如深谷。堂前小池，石如牛馬，廆隤其中。池後山屏上洗出之石，襞積嵌巖，巧怪萬狀，缺罅清泉泓泓，叢桂覆其上。亭館既無人居，亦漸荒廢。霅川特無好事者能捐厚貲買之沈氏，雖不得仙，亦足以豪矣。玲瓏山，杜牧之所遊，即石林。是小玲瓏晚出而加勝，由沈家步登舟，回至城下，一鼓後矣。」周密癸辛雜志前集「吴興園圃」云：「賽玲瓏，去玲瓏山近三里許，近歲沈氏抉剔爲之。大率此山十餘里，中間皆奇石也。令亦皆蕪没於空山矣。」

【箋注】

〔一〕黝糾：奇崛特出。文選王延壽魯靈光殿賦：「傍夭蟜以横出，互黝糾而搏負。」李善注：「黝糾，特出之貌。」

〔二〕閭閻子：民間百姓。漢書異姓諸侯王表：「適戍彊於五伯，閭閻偪於戎狄。」注：「閭，里門也。閻，里中門也。陳勝、吴廣本起閭左之戍，故總言閭閻。」

濯纓亭在吴興南門外

淒風急雨脱然晴〔一〕，當道横山似見迎〔二〕。野水茫茫何用許，斕供遊子濯塵纓。

【題解】

本詩作於乾道八年（一一七二）十二月。濯纓亭在南門外，迎面見横山，則在湖州城與横山之間，驂鸞録僅記横山而未記此亭。

【箋注】

〔一〕脱然：猶脱的。龍潛庵宋元語言詞典「脱的」條：「忽然，形容十分快速。」

〔二十〕橫山：在湖州城南十八里處。范成大驂鸞録：「二十日，發湖州。十八里，宿橫山。橫山雖小，乃截然溪上，蔽遮一川，若前無路者，相傳爲霅川風水向背之要。」

乾道己丑守括，被召再過釣臺，自和十年前小詩，刻之柱間。後五年自西掖帥桂林，癸巳元日，雪晴復過之，再用舊韻三絶

浮生渺渺但飛埃，問訊星宫又獨來。天上人間最高處，爲君題作鬱蕭臺〔一〕。

拙疎何計補涓埃，慚愧雙旌去復來。三過溪門今老矣，病無脚力更登臺。

界天山雪凈黄埃，溪上扁舟夜泛來。匝地東風勸椒酒，山頭今日是春臺。

【題解】

本詩作於乾道九年（一一七三）元日。石湖於乾道五年五月，自處州守被召爲禮部員外郎兼崇政殿説書，再次過釣臺，自和十年前小詩（指紹興二十九年登釣臺時寫的釣臺詩，見卷七。然乾道五年寫的和詩，今集中無。）「後五年」，即乾道九年，元日自西掖帥桂林，再過釣臺，因再用舊韻寫成本詩。范成大驂鸞録詳載此事：「癸巳歲正月一日，巳午間至釣臺，率家人子登臺講元正禮，

謁三先生祠。登絶頂，掃雪，坐平石上，諸山縞然，凍雲不開，境過清矣。臧獲亦貪殊景，皆忍寒犯滑來登。始，予自紹興已卯歲，以新安户曹沿檄來，識釣臺，題詩壁間。後十年，以括蒼假守被召復至，自和二篇。及今又四年，蓋三過焉，復自和三篇。薄宦區區如此，豈惟愧羊裘公，見篙師灘子，慚顔亦厚。乃併刻數字於右廡柱間，而宿西口。」

【箋注】

〔一〕鬱蕭臺：即鬱羅霄臺，神仙境界。雲笈七籤卷三：「大羅天上有鬱羅霄臺，爲元始天尊演法時所居。」

玉山道中

常山多清溪〔一〕，玉山富喬木〔二〕。行色鬱蒼然，頗亦慰愁目。梅花隔籬見，瓏璁照茅屋。晚來風刮地，想見飄香玉。

【題解】

本詩作於乾道九年（一一七三）正月。范成大驂鸞録：「（正月）十八日，過常山縣，宿蔣連市。十九日，宿信州玉山縣玉山驛。」

【箋注】

〔一〕常山：王存元豐九域志卷五兩浙路衢州：縣五：常山。元和郡縣圖志卷二六江南道二衢州：「常山縣，上。東至州八十里。本太末縣地，隋初置定陽縣，隋末廢。咸亨三年，於今縣東四十里置常山縣，因縣南有常山爲名。廣德二年本道使薛兼訓奏，移置於舊縣西四十里，即今縣是也。」

〔二〕玉山：縣名，王存元豐九域志卷六江南路信州：縣六：玉山。玉山富喬木，范成大驂鸞録：「自入常山至此，所在多喬木茂林，清溪白沙，浙西之所乏也。」記述與詩意正合。

桃花壇下望龜峰

石壇無土謾嶔岑，何自能生小柏林？擬擘蛤蜊龜殼上，病來不殺嬾登臨。

【題解】

本詩作於乾道九年（一一七三）正月。桃花壇，在江西貴溪縣。范成大驂鸞録：「（正月）二十六日，過貴溪縣，宿金沙渡。去縣數里，有桃花臺，大壇石色如桃花。旁入數里，有龜山，遠望一山特起，與他小山接，如龜然，特起者其首也。大抵自上饒溪行，南岸綿延皆低，石山童無草木，色赤似紫，或一石長數里不休，或有如盤、如屏、如几，及卧牛、蹲蟇之狀者，不可勝計。石上平浄，可以攤曝麥禾。」

清音堂與趙德莊太常小飲，在餘干琵琶洲傍，洲以形似得名

曲浦彎環繞縣青，一杯閒客兩飄零。琵琶不語蒼煙暮，山水清音著意聽。

【題解】

本詩作於乾道九年（一一七三）正月。范成大驂鸞録：「（正月）二十八日，至餘干縣，前都司趙彦端德莊新居在縣後山上，亦占勝，同過思賢寺清音堂。下臨琵琶洲，一水灣環循縣郭。中一洲，前尖長，後圓闊，如琵琶，故以『清音』名此堂。從昔爲勝處，晁無咎書其榜，前賢題詩滿梁壁。琵琶洲一名鼇洲，野人相傳，長沙嘗旱，占云：『餘干新漲一洲，如鼇，遠食兹土。』潭人信之，至遣人來鑿洲，今有斷缺處。又云：歲澇，洲不没。大甚，僅漫琵琶之項後。又謂浮洲。餘干之名，見前漢書，縣有干越亭。」輿地紀勝卷二三饒州：「清音堂在餘干縣之觀音院，與琵琶洲相對。」餘干縣志卷八「古蹟」：「『清音堂，向在冠山。宋王龜齡『清音下瞰琵琶洲』之詩可證。……通志載范成大清音堂與趙德莊太常小飲一絶，題亦注明堂所。」趙彦端，見卷一〇趙德莊吏部休沐「題解」。

過鄱陽湖次游子明韻

春工釀雪無端密，大塊囊風不肯收。休問巉巖與敧側，我今弟靡共波流〔一〕。野鷹兀兀平沙上，折葦蕭蕭古渡頭。滿眼荒寒底處所？令人腸斷五湖舟〔二〕。

【題解】

本詩作於乾道九年（一一七三）閏正月一日，石湖赴桂帥任，過鄱陽湖，游次公賦詩，石湖乃次其韻而作本詩。驂鸞録：「閏月一日，宿鄡子口，鄡子者，鄱陽湖尾也。」游子明，即游次公，宋詩紀事卷五七：「游次公，字子明，建安人。號西池。定夫諸孫，禮部侍郎操之子，范石湖帥桂林日，參内幕，有唱酬詩卷。」工詩詞，劉克莊後村詩話前集：「范石湖座上，客有談劉婕妤事者，公與客約賦詞。游次公先成，公不復作，衆亦斂手。」

【箋注】

〔一〕弟靡：不窮貌。莊子應帝王：「不知其誰何？同以爲弟靡，同以爲波流，故逃也。」釋文：云：弟靡，不窮貌。」「盧文弨曰：正字通弟作弚，後來字書亦因之，而於古無有也。類篇弟字下有徒回反一音，

〔二〕五湖舟：指自己乘坐的舟船。五湖，此指鄱陽湖。

豫章南浦亭泊舟二首

繡檻臨滄渚，牙檣插暮沙。浦雲沉斷雁，江雨入昏鴉。野曠天何近〔一〕，春寒歲未華。來朝風一席，隨處且浮家〔二〕。

閏歲花光晚，霜朝草色荒。趁墟猶市井，收潦再耕桑。客路東西懶，江流日夜忙〔三〕。長歌情不盡，一酌酹滄浪。

【題解】

本詩作於乾道九年（一一七三）閏正月四日，時赴桂帥途中於豫章南浦亭泊舟，賦二絶以紀事寫景。驂鸞録：「四日，泛江至隆興府，泊南浦亭。」輿地紀勝卷二六隆興府：「南浦亭，在廣潤門外，下臨南浦，往來舟艤於此。」

【箋注】

〔一〕「野曠」句：自孟浩然宿建德江「野曠天低樹，江清月近人」化出。

〔二〕浮家：語出顏真卿退迹先生元真子張志和碑銘：「真卿以舴艋既敝，請命更之，答曰：『儻惠漁舟，願以爲浮家泛宅，沿泝江湖之上，往來苕、霅之間，野夫之幸矣！』」

〔三〕「江流」句：謝朓暫使下都夜發新林至京邑贈西府同僚：「大江流日夜，客心悲未央。」

清江道中橘園甚夥

芳林不斷清江曲，倒影入江江水緑。未論萬户比封君，瓦屋人家衣食足。暑風汎花蘭芷香，秋日籬落明青黄。客舟來遲佳景盡，但見碧樹愁春霜。

【題解】本詩作於乾道九年（一一七三）閏正月十日，時赴桂帥途中，見清江道中橘園甚多，有感而賦本詩。驂鸞録：「八日，泝清江，宿張家寨。九日，宿市汊，緣岸居人，煙火相望，有樂郊氣象。十日，宿上江。兩日來，帶江悉是橘林，翠樾照水，行終日不絶。林中竹籬瓦屋，不類村墟，疑皆得種橘之利。江陵千本，古比封君，此固不足怪也。」

清江臺在臨江郡圃西岡上，張安國題榜

南來富壽岡，形勝此蟠結。岑㟥戴高臺，欄檻了風月。蕭灘曳長煙〔一〕，閤皁炯殘雪〔二〕。江流當帶横，練練浮木末。天風來無鄉，萬里吹醉纈。登臨信奇事，忍凍亦癡絶。故人春夢覺，遺墨秋蛇掣。浮雲真可咍，揮觶酹空闊。

【題解】

本詩作於乾道九年（一一七三）閏正月十三日，登清江臺見張安國題榜，有感而作本詩。驂鸞録：「十三日，登富壽堂。城西有富壽岡，盤繞郡治，以此爲形勝，因以名堂。登清江臺，前眺江流，練練如横一帶，閤皁、玉笥諸山江外，殘雪未盡，縈青繚白，遠目增明。」臨江郡，即臨江軍，宋時屬江南西路。王存元豐九域志卷六江南西路有臨江軍：「淳化三年，析筠州清江縣置軍。治清江縣。」隸臨江等三縣。張安國，即張孝祥（一一三二—一一七〇），字安國，號于湖，歷陽烏江人。紹興二十四年進士第一，歷仕中書舍人、集賢殿修撰，知平江、建康府、静江府、荆南。工書法，與范成大齊名，時稱「張范」。著有于湖居士集。宋史卷三八九有傳。戴復古將石湖本詩刻之於石，題清江臺（石屏詩集卷五）題注云：「是日新打范石湖碑，表於亭上。」詩云：「秋色無邊際，酬之以醉顔。亭高俯城郭，木闕見江山。勝踐園林古，好詩天地慳。范碑生羽翼，飛上畫屏間。」

【箋注】

〔一〕蕭灘：沈欽韓范石湖詩集注卷中：「蕭水繞城西北流，中有蕭灘。」

〔二〕閤皁：太平寰宇記卷一〇九袁州新淦縣：「閤皂山，在縣北六十里，淦山南一里。爲神仙之攸館。」雲笈七籤卷二七：「七十二福地……第三十六閤皁山，在吉州新淦縣，郭真人所治處。」

自冬徂春，道中多雨，至臨江、宜春之間特甚，遂作苦語

客行無晴時，涔涔如漏天。東吴至西江，舊歲接新年。蠟屐驚踵決，油衣笑鶉懸〔一〕。掀淖起復仆，頃步如重關。略似鴨與猪，汩没泥水闌。我塗未渠窮，一晴愧天慳。倒塔橋已斷，壁破渡無船。路人相告語，未到先長歎。薄晚得磽确〔二〕，稍入袁州山。不辭石齧足，聊免泥没鞯。自古行路吟，聽者凋朱顔〔三〕。軒渠尚能賦〔四〕，詩人類癡頑。

【題解】

本詩作於乾道九年（一一七三）閏正月二十四日，時赴桂帥途中，行進於臨江至宜春道中，苦於天雨道滑，賦詩紀行。驂鸞録：「二十四日，發袁州，宿宣風市。二十五日，宿七里鋪。自離宜春，連日大雨，道上淖泥之漿如油，不知何人治道，乃亂寘塊石，皆刓面堅滑，輿夫行泥中，則漿深汩没，行石上，則不可著脚，跬步艱棘，不勝其勞。」

【箋注】

〔一〕鶉懸：形容衣服破爛，荀子大略：「子夏貧，衣若懸鶉。」

〔二〕磽确：孟子告子上「地有肥磽」，正義曰：「説文石部云：『礊，堅也。』『确，礊也。』『磽，礊也。』毛詩王風『丘中有麻』，傳云：『丘中墝埆之處。』墝埆即磽确也。一切經音義引孟子注云：『磽确，薄瘠地也。』又引通俗文云：『物堅硬謂之磽确。』蓋地土肥則和柔，堅硬則五穀不生，故薄也。」孟郊秋懷詩：「南逸浩淼際，北貧磽确中。」

〔三〕凋朱顔：語出李白蜀道難：「蜀道之難，難於上青天，使人聽此凋朱顔。」

〔四〕軒渠：悦樂貌。後漢書薊子訓傳：「兒識父母，軒渠笑悦，欲往就之。」然無音義解釋。黄朝英靖康緗素雜記卷三「軒渠」條云：「而東坡書魯直草書後云：『他日黔安見之，當捧腹軒渠也。』恐引此軒渠，于義未安。」袁枚隨園隨筆卷一八「辯訛類」下引薊子訓傳謂：軒渠者，開懷暢適之意，非笑也，今人皆誤用。

玉虚觀去宜春二十五里。許君上升時，飛白茅數葉，以賜王長史，王以宅爲觀。觀旁至今有仙茅，極異常草，備五味，尤辛辣，云久食可仙，道士煮湯以設客

白雲堆裏白茅飛，香味芳辛勝五芝。挼葉煮泉摩腹去，全勝石髓畏風吹。

【題解】　本詩作於乾道九年(一一七三)閏正月十五日，時在赴廣右帥途中，遊玉虛觀，賦本詩以紀行。驂鸞録：「十五日，過棲桐山，遊玉虛觀，擷仙茅作湯。舊記晉有王長史居此地，許旌陽既仙，過其家，飛白茅數葉與之，曰：此茅備五味，服之度五世。乃以其居爲觀，入蕭史洞隱去。以餘茅植山後，道士間採得之，極芳辛，以煮湯飲，尤郁烈。徙植他所，無復香味，與凡茅等。余親驗之，疑自是一種香草也。觀中有飛茅殿、仙茅碑，南唐中書舍人江文蔚嘗爲修觀碑。大中祥符中再修，以純緑塗飾，至今色可摘也。魏國張忠獻公嘗宿此，夢與許君談養生，有石刻志之。宿萬安驛。」宜春，縣名。王存元豐九域志卷六江南西路：「袁州，宜春郡，軍事，沿宜春縣。」

入分宜

新喻渡無橋，分宜橋有欄。孰歟兩徼吏，賢否已判然。堂上著威信，四郊如目前。入國政可知，兹焉略闚觀。

【題解】　本詩作於乾道九年(一一七三)閏正月十七日，時在赴桂帥任途中，入分宜縣界，賦本詩紀所見。驂鸞録：「十六日，宿新喻縣。十七日，宿袁州分宜縣。」

方竹杖

竹君箇箇面團團，此士剛方獨凛然。外貌中心俱壁立，任從癡子削教圓。

【題解】本詩作於乾道九年（一一七三）閏正月二十二日，時赴桂帥任途中，遊袁州仰山，見方竹林，因賦本詩以志感。驂鸞録：「聞仰山之勝久矣，去城雖遠，今日特往遊之。……自小釋迦塔後，方竹滿山，取以爲杖，爲世所珍。」

游仰山謁小釋迦塔，訪孚惠二王遺蹟，贈長老混融

堵田溪淵清洄洄，梅洲問路寒雲堆。連空磴道虬尾滑，竹輿直上無梯階。蒼官來迎夾道立，相逢無言心眼開。翠微中斷雪磵吼，兩耳不辨供喧豗〔二〕。林間静極成斷相，政要萬壑號風雷。山如蓮盆繞金地，龍官避席餘蒼崖。祖師抱膝坐古塔，大禪海浪翻天來。騰空狡獪我未暇，拄杖踏濕撞苺苔〔一〕。問龍亦借一席地，解包聽雨眠西齋。當年公案忌錯舉，神通佛法同坑埋。混融庵中的的意，笑我舌本空崔巍。兹

事且置飽喫飯，稊田米賤如黄埃。

【校記】

㈠ 撞莓苔：富校：「『撞』黄刻本作『衝』。」

【題解】

本詩作於乾道九年（一一七三）閏正月二十二日，時在赴桂帥任途中，遊仰山，訪孚惠廟二王遺蹟，賦本詩以贈混融長老。驂鸞録：「十九日，二十日，二十一日，二十二日，皆泊袁州。聞仰山之勝久矣，去城雖遠，今日特往遊之。二十五里，先至孚惠廟，楝宇之盛，與祠山張王廟相埒。祠兄弟二王，不血食，其神龍也。……二王靈蹟，有感化録一篇，著之甚詳，此畧之。桂林迓吏曰吾州亦有此廟。問何以然，則曰：前帥中書舍人張安國赴鎮，適湖南賊李金方作亂，廣西岌岌。張過袁，禱於二王。如西廣不被兵，當於桂林爲神立行廟云。出廟三十里，至仰山，緣山腹喬松之磴甚危，嶺阪上，皆禾田層層，而上至頂，名梯田。建寺之祖仰山師者，事具傳燈録中，號小釋迦，始入山求地，一獺前引，今有獺經橋。至谷中，即二龍所居，化爲白衣，遜其地焉。大仰之名，遂聞天下。二龍故蹟有大池，上有顔淵亭。別有一泓，名叔季泉，酌以瀹茗。自小釋迦塔後，方竹滿山，取以爲杖，爲世所珍。登寺樓以望四山，各有佳峰，每峰如一蓮華之葉，如是數十峰，周遭繞寺，山中目其形勝爲蓮華盆。晚出山，復入袁州。」小釋迦塔，指慧寂禪師之塔。宋高僧傳卷一二唐袁州仰山慧寂傳：「釋慧寂俗姓葉，韶州須昌人也。……依南華寺通禪師下削染，年及十八，尚爲息慈營持道具，行尋知識，先見耽源，數年良有所得。後參大潙山禪師，提誘哀之。棲泊十四五載。……今傳仰山法示成圖相，行于代也。」釋氏稽古略：「（仰山慧寂禪師）一日，忽有梵僧，從空而至。……梵曰：『特來東土禮文殊，却遇小釋迦。』逐出梵書貝多葉數十，與師作禮，乘空而去。自此號師小釋迦。」孚惠，指孚惠廟，古今説部叢書本驂鸞録作「孚忠廟」，非是。輿地紀勝卷二八袁州：「仰山，在州南八十里，周回一千里，高聳萬仞，不可登涉，只可仰觀，以此得名。」「仰山廟，在州南。……會昌三年，大洪水移廟於文明鄉，去郡三十里，興建巖祠，迄今盛焉。今廟額曰孚惠，黄庭堅書。」

【箋注】

〔一〕喧豗：澗水相擊發出喧鬧的聲響。類編：「豗，相擊也。」李白蜀道難：「飛湍瀑流争喧豗。」

大雨宿仰山，翌日驟霽，混融云：「無乃開仰山之雲乎？」出山道中，作此寄混融

誰開大仰雲？此豈吾力及。日光千丈毫，彈指衆峰立。衡山捲陰氣，海市發冬蟄。韓蘇兩枯魚，出語自濡濕〔一〕。人厄與天窮，底用苦封執〔二〕？但喜拄杖俊，仍欣芒屩澀。向來三尺泥，有足似羈馽〔三〕。龍淵古橋皴〔四〕，獺徑寒溜泣〔五〕。龍淵、獺徑皆山中往迹。春淺山容瘦，風饕澗聲急。一篁寄前村，野蔌旋收拾。貓頭髠笋尖，雀舌剥茶粒〔六〕。土毛冠江西，斗酒況可挹。聊同一笑粲，緩賦百憂集。

【題解】

本詩作於乾道九年（一一七三）一月，時赴桂帥任途中，宿仰山，翌日出山，賦本詩寄混融，參見上首「題解」。

【箋注】

〔一〕「韓蘇」兩句：莊子大宗師：「泉涸，魚相與處於陸，相呴以濕，相濡以沫。」枯魚，即由「泉涸」之魚生發。韓、蘇，指韓愈、蘇軾，兩人均曾因事貶嶺南。

〔二〕封執：莊子齊物論「其次以爲有物矣，而未始有封也」，成玄英疏：「初學大賢，鄰乎聖境，雖復見空有之異，而未曾封執。」

〔三〕羈馽：拘絆之意。羈，馬籠頭，左傳僖公二十四年：「臣負羈紲。」馽，絆住馬足的繩索，玉篇：「馽，絆也。」羈馽，亦作「馽羈」，韓愈祭柳宗元文：「天脱馽羈。」

〔四〕龍淵：亭名，驂鸞録作「顔淵亭」，龍淵上有亭，名曰「顔淵」。

〔五〕獺徑：橋名，驂鸞録：「始入山求地，一獺前引，今有獺經橋，至谷中，即二龍所居。」

〔五〕雀舌：茶葉名，緑茶中的佳品。沈括夢溪筆談雜志一：「茶芽，古人謂之雀舌、麥顆，言其至嫩也。」「予山居有茶論嘗茶詩云：『誰把嫩香名雀舌，定知北客未曾嘗。』」劉禹錫病中一二禪客見問因以謝之：「添爐烹雀舌，灑水浄龍鬚。」

初入湖南醴陵界

崖樹陰陰夾暝途，出山歡喜見平蕪。一春客夢飽風雨，行盡江南聞鷓鴣。

【題解】本詩作於乾道九年（一一七三）閏正月，赴桂帥途中，初入醴陵，作本詩記述所見。驂鸞録：「三十日，宿潭州醴陵縣，數日行江西道中，林薄逼塞，蹊徑欹側。比登一小嶺，忽出山，豁然彌望，平蕪蒼然，别是一川陸，蓋已是湖南界矣。縣前渌水橋下小江，本名漉水，比年新作橋，改今名。江色黛緑可愛，流而出於瀟湘。」

醴陵驛

渌水橋邊縣㊀〔一〕，縣前浮橋名。門前柳已黄。人稀山木壽，土瘦水泉香。乍脱泥中滑，還嗟堠子長〔二〕。櫧洲何日到〔三〕？鼓枻上滄浪〔三〕。

【校記】

㈠ 綠水橋邊縣：綠，富校：「沈注云『「綠」當作「淥」』。水道提綱：『淥水東自醴陵縣，會江西萍鄉諸水注湘江。』橋蓋以水爲名。」二今據改。橋邊縣，原作「橋通縣」，通字誤。活字本、叢書堂本、董鈔本、詩淵均作「橋邊縣」，今據改。

㈡ 櫧洲：「洲」原作「州」，富校：「『州』黄刻本、宋詩鈔作『洲』，是。按本卷有櫧洲道中詩可證。」活字本、叢書堂本、董鈔本、詩淵均作「洲」，今據改。

【題解】

本詩作於乾道九年（一一七三）閏正月赴桂帥途中，出醴陵，過淥水，賦此詩以寫景。參見上篇「題解」。

【箋注】

〔一〕淥水橋：淥水，本名漉水，水經注卷三八「湘水」：「又北過醴陵縣西，漉水從東注之。」驂鸞録：「縣前淥水橋下小江本名漉水，比年新作橋，改今名。」

〔二〕堠子：記里程之土堆，五里隻堠，十里雙堠。引申爲路程，本詩之「堠子長」即是。

〔三〕「櫧洲」二句：驂鸞録：「二日，宿儲洲市，又當捨輿泝江。此地既爲舟車更易之衝，客旅之所盤泊，故交易甚夥，敵壯縣。」因舟車更易，故出此二句。

湘潭道中詠芳草

積雨倏然晴，秀野若新沐。芳草徑寸姿，中有不勝緑。萋萋路傍情，頗亦念幽獨。驅馬去不顧，斷腸招隱曲〔一〕。

【題解】本詩作於乾道九年（一一七三）二月赴桂帥途中，行湘潭道中，見芳草而興起幽情，故作本詩。湘潭，縣名，元豐九域志卷六潭州有湘潭縣。

【箋注】〔一〕招隱曲：指劉安之招隱士，詩云：「王孫遊兮不歸，春草生兮萋萋。」「王孫兮歸來，山中兮不可以久留。」

初見山花

三日晴泥尚没鞾，幾將風雨過年華。湘東二月春纔到，恰有山櫻一樹花。

【題解】本詩作於乾道九年（一一七三）二月，時正赴桂帥任途中。

櫧洲道中

煙凝山如影，雲褰日射毫。桃間紅樹迥，麥裏緑叢高。客子歎游倦，田家甘作勞。乘除吾尚可，未擬賦離騷。

【題解】本詩作於乾道九年（一一七三）二月，時正赴桂帥任途中，行進於櫧洲道中，賦小詩以記所見景物。驂鸞録：「二日，宿櫧洲市，又當捨輿泝江。此地既爲舟車更易之衝，客旅之所盤泊，故交易甚夥，敵壯縣。」

浮湘行

湘山中間湘水横，緑蘋葉齊春漲生，盤渦沄沄去無聲。吾乘桂舟泝中濡〔一〕，揚波擊汰雙櫓獰，轆轤引笮如牛鳴。篙師絶叫疊鼓轟，潛魚跳奔乳猿驚〔二〕。煖煙浮空晝瞢騰〔一〕，山長水遠天無情。吹簫拊瑟弔湘靈〔三〕，水妃風御繽來迎〔四〕，問客良苦遠征行。昨者斧鉞下青冥，命我盡護安南兵，嶺海一視如王庭〔五〕。布蕩陽春濯腐腥，王事靡盬來有程〔六〕，匪躬之故惟爾甿。芳洲杜若空青青，九歌淒悲不可聽〔七〕，願賡楚調歸和平。

【校記】

㊀ 瞢騰：原作「夢騰」，活字本、叢書堂本、董鈔本、詩淵第六册第四〇二七頁均作「瞢騰」，今據諸本改。

【題解】

本詩作於乾道九年（一一七三）二月三日至六日，時舟行湘江間，有感於二妃淒悲事，因作本詩。驂鸞録：「（二月）三日，始汎湘江，自此至六日，早暮行，倦則少休，不復問地名。」

【箋注】

〔一〕桂舟：屈原九歌：「美要眇兮宜修，沛吾乘兮桂舟。」王嘉拾遺記卷一〇：「（岱輿山）有丹桂、紫桂、白桂，皆直上百尋，可爲舟航，謂之文桂之舟。」

〔二〕潛魚跳奔：自李賀李憑箜篌引「老魚跳波瘦蛟舞」句化出。

〔三〕弔湘靈：湘靈，湘水女神，屈原遠遊：「使湘靈鼓瑟兮，令海若舞馮夷。」李白陪族叔刑部侍郎曄及中書賈舍人至遊洞庭:「日落長沙秋色遠,不知何處弔湘君。」湘君,亦湘水女神,指堯女娥皇、女英二妃。史記秦始皇本紀:「上問博士曰:『湘君何神?』博士對曰:『聞之,堯女,舜之妻,而葬此。』」

〔四〕水妃:指舜之二妃,舜死,二妃哭之,竹盡斑,妃死,爲湘水之神,故曰水妃,張華博物志卷一〇:「舜死,二妃淚下,染竹成斑。妃死,爲湘水神,故曰湘妃竹。」

〔五〕「昨者」以下三句:詩意謂嶺海有殺戮事,詔命我盡護安南兵民,布陽春而除戰亂。其事驂鸞録和周必大神道碑均無記載。

〔六〕王事靡盬:公事無窮無盡。詩經小雅北山:「王事靡盬,憂我父母。」

〔七〕九歌凄悲:九歌乃屈原作於放逐沅湘之時,「懷憂苦毒,愁思沸鬱」故具格調凄悲。

湘江洲尾快風挂帆

船頭雪浪吼奔雷,十丈高帆滿意開。我自只憑忠信力,風應不爲世情來。兒童屢惜峰巒過,將士猶教鼓笛催㊀。明日祝融天柱去〔一〕,更煩先捲亂雲堆。

【校記】

㊀鼓笛催:叢書堂本、詩淵第二册第一五〇七頁同,活字本、董鈔本「笛」字處空格。富校:

「『笛』黄刻本、宋詩鈔作『角』。」

【題解】

本詩作於乾道九年（一一七三）二月三日至六日，時正赴桂帥途中，遇湘江，過快風，乃挂帆，賦詩記感。驂鸞録：「三日，始汎湘江，自此至六日，早暮行，倦則少休，不復問地名。」

【箋注】

〔一〕祝融、天柱：衡山之峰名。元和郡縣圖志卷二九江南道衡州衡山縣：「南嶽記曰：『衡山者，朱陽之靈臺，太虚之寶洞。』『赤帝館其嶺，祝融託其陽。』」新定九域志卷六潭州：「南岳衡山，祝融峰。」天柱峰，爲衡山七十二峰之一，見讀史方輿紀要卷七五「湖廣一」。

泊湘江魚口灘

知時社燕語檣竿〔一〕，游子奔波自鮮歡。趁客賣魚雙槳急㊀，隔林沽酒小旗寒。瀟湘渾似日南落，嶽麓已從天外看。薄暮灘前收百丈，卧聞三老報平安〔二〕。

【校記】

㊀雙槳：原作「雙漿」，漿字誤。富校：「『漿』黄刻本、宋詩鈔作『槳』，是。」按活字本、叢書堂本、董鈔本均作「雙槳」，今據改。

【題解】本詩作於乾道九年（一一七三）二月，時正赴桂帥任途中，泊舟湘江魚口灘，賦詩志感。

【箋注】

〔一〕社燕語檣竿：自杜甫發潭州「岸花飛送客，檣燕語留人」詩中化出。

〔二〕三老：舵工。杜甫撥悶：「長年三老遥憐汝，捩柂開頭捷有神。」杜詩詳注卷一四引蔡注：「峽中以篙師爲長年，舵工爲三老。」

謁南嶽

湘中固多山，夾岸萬馬屯。坡陀無敢高，似遜喬嶽尊。曉投望雲亭，衆丘拱牆藩。濃嵐忽飄蕩，積翠浮雲端。天柱已峻極，祝融更高寒。紫蓋鬱當中，岡勢洶崩奔。峙爲赤帝峰，下直宫壖垣。角樓捧雙闕，圓方模九閽。炎符撫中興，南正實司天。草木薰協氣，山林奠神姦。妥靈有備物，龍卷鸞旗軒。走悉桂林伯，與神俱南轅。上謁禮亦宜，爲國憂元元。心空禍福相，古井寒無瀾。杯珓不用擲〔一〕，但願歸田園。相傳壁畫好，拂拭塵埃昏。弓刀立壯士，劍珮班靈官。後宫行樂處，窈窕千雲鬟。錦地舞月晝，珠櫳侍春閑。武氏筆已絶〔二〕，梗概猶清妍。後宫壁畫武洞清筆，極禁籞富貴之趣。紹興二十年火後，爲雨所敗，後人摹舊蹟更畫，猶有彷彿。旋車闔廟去，頗厭山市喧。勝果招客遊，徑排集賢關。梵庋絢雜組，衡嶽藏經皆錦絲竹簾護之，孟蜀時捨，簾乃其戶部侍郎彬所造。錫杖鏘古鐶。開山善果尊者所遺。避雨勝業閣，在嶽祠之南。晚晴留凭欄。石廩暎岣嶁，望眼增孱顏。上封眇孤絶，南臺半雲煙。碧岫有靈藥，朱陵巢洞仙。晚晴乃盡見諸峰。病倦懶幽討，山僧鐫我頑。松樛唐季枝，柏踞隋初根。奇事不勝紀，重遊當細論。廟路三十里，夾岸大松五季時馬氏所植。勝業寺柏不見根，偃於地，出八榦，龍蟠占數畝，世所未之見，傳爲隋時物。

【題解】

本詩作於乾道九年（一一七三）二月，石湖於二月九日謁南嶽廟，驂鸞録詳述其見聞，云：「九日，上謁南嶽廟。四阿各有角樓，兩廡土偶仗衛，皆取則帝所。正殿獨一神座，監廟與禮直官日上香火。後殿乃與后並處，湖南馬氏所植古松滿庭。殿後東西北三廊壁畫，後宮武洞清所作。紹興二十五年，火發殿上，燒後廊，壁本不圮，官時不覆護。爲風雨所壞，帥司亟遣衆工模搨。新廟成，用模本更畫，雖不復武氏筆法，然位置意象，十存七八。自宴樂、優戲、琴弈、圖書、弋釣、紉織，下至搗練、汲井，凡宮中四時行樂作務，粲然畢陳。良工運思苦心，有如此者。朵殿又畫嬪御上直、奩香篝衣之事，尤爲精妍。廟吏常鐍後宮門，非命官盛服，毋得入。前廊及中門所畫文武官班、旌旗戈甲之屬，則常筆也。衡嶽寺在門西集賢峰下，有善果尊者鐵錫存焉。孟氏有蜀，特來施此寺藏經。其簾衣，則蜀人户部侍郎歐陽彬所施，織文妙絶。勝業寺在廟前，登御書閣以望嶽。晚晴，衆山雲盡捲，石廪、紫蓋、峋嶁諸峰畢見，惟祝融在雲氣中。嶽廟正值紫蓋峰下一小山。曰赤帝峰。南臺寺在瑞應峰上，登山之最近者。勝業寺有隋柏，盤踞於地，幾一畝，甚怪奇。柳子厚般舟和尚碑，子厚自書，亦有楷法。余病寒，不能風雨中登山，遂還。十日，行舟數里，即再見南嶽峰崛敦可尊而仰。帶江別有小山一重，山民幽居，點綴□上，桃李花方發，望之如臨皋道中。盧仝詩『湘江兩岸花木深』，至此方有句中意。」李吉甫元和郡縣圖志卷二九江南道衡州：「衡山，南嶽也。一名峋嶁山，在縣西三十里。南嶽記曰：『衡山者，朱陽之靈臺，太虛之寶洞。』又云：『赤帝館其嶺，祝融託其陽，以其宿當翼、軫，度應機、衡，故爲名。』」「衡嶽廟，在縣西三十里。南嶽記曰：『南宫四面皆絶，人獸莫至，周迴天險，無得履者。』漢武帝移於江北置廟，隋文帝復移於今所。」

【箋注】

〔一〕杯珓：占卜吉凶之用具，韓愈謁衡嶽廟遂宿嶽寺題門樓：「手持杯珓導我擲，云此最吉餘難同。」程大昌演繁露：「後世問卜於神，有器名杯珓者，以兩蚌殻投空擲地，觀其俯仰，以斷休咎。自有此制後，後人不專用蛤殻矣。或以竹，或以木略，斲削使如蛤形，而中分爲二，有仰有俯，故亦名杯珓。杯者，言蛤殻中空，可以受盛，其狀如杯也。珓者，本合爲教，言神所告教現於此之俯仰也。後人見其質之爲木也，則書以爲校字，義山雜纂曰：『殢神擲校是也。』校，亦音珓也，今野廟之荒凉無資者，止破厚竹根爲之，俗書竹下安教者是也。至唐韻效部所收，則爲珓，其説曰：『珓者，杯珓也，以玉爲之。』説文、玉篇皆無珓字也。案，許氏説文作於後漢，顧野王玉篇作於梁世，孫愐加字則在上元間，而廣韻之成則在天寶十載，然則自漢至梁皆未有此珓字，知必出於後世意撰也。千禄書凡名俗字者，皆此類也。至其謂以玉爲之，決非真玉，玉雖堅，不可颺擲，兼野廟之巫，未必力能用玉也。當是擇蚌殼瑩白者爲之，而人因附玉以爲之名。凡今珠璣琲瑒字，雖從玉，其實蚌屬也。夫惟珓、校、筊既無明據，又無理致，皆所未安，予故獨取宗懔之説也。懔之荆楚歲時記曰：『秋社擬教於神，以占來歲，豐儉其字，無所附並，乃獨書爲教，猶言神所告，於颺擲乎見之也。』此説最爲明逕也。又歲時記注文曰：『教以桐爲之，形如小蛤，言教，教令也。其擲法則以半俯半仰者爲吉也。』此其所以爲教也。」

〔二〕武氏：即武洞清，宋代畫家，武岳之子，長沙人。善畫佛道人物。郭若虚圖畫見聞志卷三：「武洞清，工畫佛道人物，特爲精妙。有雜功德、十一曜、二十八宿、十二真人等像傳於世。」米芾畫史：「武岳學吴有古意。子洞清元作佛像羅漢，善戰掣筆，作髭髮尤工。天人畫壁，髮彩生動。然絹素畫以粉點睛，久皆先落，使人惜之。南岳後殿壁，天下奇筆。」宣和畫譜卷四：「武洞清，長沙人也。工畫人物，最長於天神、道釋等像。布置落墨，廣狹大小，横斜曲直，莫不合度，而坐作進退，向背俛仰，皆有思致。尤得人物名分，尊嚴之體，獲譽於一時。至有市鄽人以刊石著洞清姓名而求售者，然其它畫則未聞，傳於世者亦少，獨十一曜具在。今御府所藏二十有一：太陽像二、太陰像二、金星像二、木星像一、水星像二、火星像一、土星像二、羅睺像一、計都像一、水仙像一、智積菩薩像一、侍香金童像一、散花玉女像一、藥王像一、詩女對吟圖二。」湯垕畫鑑：「武岳長沙人，工畫人物，尤長於天神、星象，用筆純熟。其子洞清，能世其學，過父遠甚。凡世間星象、天神、藥王等像，傳流甚多，神妙不俗，大抵與武宗元相上下，而神采勝之。」

兩蟲

鷓鴣憂兄行不得〔一〕，杜宇勸客不如歸〔二〕。天涯羈思難繪畫，惟有兩蟲相發揮。

【題解】

本詩作於乾道九年（一一七三）春，時正赴桂帥途中。本詩編於謁南嶽與衡陽道中兩詩之間，當即作於衡陽附近，蓋因鷓鴣與杜宇兩鳥而興羈旅之思。兩蟲，即兩鳥。鳥可謂「蟲」，古代有「禽爲羽蟲」之説，見大戴禮曾子天圓。説文敘：「六曰鳥蟲書。」段玉裁注：「此曰鳥蟲書，謂其或像鳥，或像蟲。鳥亦稱爲羽蟲也。」

【箋注】

〔一〕「鷓鴣」句：鷓鴣鳴聲如「行不得也哥哥」，鄧剡鷓鴣詞開端和結尾均有「行不得也哥哥」句。其來已久。

〔二〕「杜宇」句：杜鵑鳴聲似「不如歸去」，梅堯臣杜鵑：「不如歸去語，亦自古來傳。」

衡陽道中二絶

桑下蕪菁晚，高花出短籬。茅簷少春事，惟記浴蠶時〔一〕。

黑羖鑽籬破，花猪突户開。空山竹瓦屋，猶有燕飛來。

【題解】

本詩作於乾道九年（一一七三）二月，時在赴桂帥任途中，經衡陽道中，賦詩記其所見景物。驂鸞録：「（二月）十一日，早暮行湘中。十二日，到衡州。」

【箋注】

〔一〕浴蠶：育蠶選種的一種方法，即將蠶種浸於鹽水，或以野菜花、韭花、白豆花製成的液體中，汰弱留强，進行選種。農政全書卷三一「蠶桑總論」引蠶書：「蠶爲龍精，月直大火，則浴其蠶種。」又引尚書大傳：「大昕之朝，夫人浴種於川。」唐詩紀事卷三九陳潤東都所居寒食下作：「浴蠶看社日，改火待清明。」

衡州石鼓書院

古磴浮滄渚，新黌鎖碧蘿。要津山獨立，巨壑水同波。俎豆彌文肅，衣冠盛事多。地靈鍾傑俊，寧但拾儒科。

【題解】本詩作於乾道九年（一一七三）二月。范成大驂鸞録：「十三日、十四日，泊衡州，謁石鼓書院，實州治也。始諸郡未命教時，天下有書院四，徂徠、金山、嶽麓、石鼓，山名也。州北行，岡隴將盡，忽山右一峰，特起如大磯，浸江中，蒸水自邵陽來，繞其左，瀟湘自桂林、零陵來，繞其右，而皆會於合江亭之前，併爲一水以東去。石鼓雄踞要會，大略如春秋霸王，號令諸侯勤王，蒸湘如兄弟國奔命來會，稟命載書，乃同軌以朝宗，蓋其形勝如此。合江亭見韓文公詩，今名緑浄閣，亦取文公詩中『緑浄不可唾』之句。退之貶潮陽時，蓋自此横絶取路，以入廣東，故衡陽之南，皆無詩焉。西廊外，石磴緣山，謂之西溪，有窪尊及唐李吉甫、齊映諸人題刻。書院之前，有諸葛武侯新廟，家兄至先爲常平使者時所立。」

合江亭 并序

合江亭即石鼓書院，今爲衡州學宫。一峰特立，踞兩水之會，湘水自右，蒸水自左，俱至亭下，合爲一江而東。有感而賦。韓文公所謂「渌浄不可唾」㊀者，即此處。今有渌浄閣㊁。

石鼓鬱嵯峨，截然踞滄洲。有如古盟主，勤王會諸侯。蒸湘伯叔國，禀命會葵丘〔一〕。敢不承載書，戮力朝宗周。混爲同軌去，崩奔不敢留㊂。宜哉百谷王，博大無與儔。氈毳昔亂華，車馬隔中州。未聞齊晉勳，包茅費誅求〔二〕。威文亦弘規〔三〕，尚取童子羞。安知千載後，但泣新亭囚。我題石鼓詩，願言續春秋。

【校記】

㊀ 渌浄不可唾：富校：「『渌』黄刻本作『緑』，是。」按，活字本、叢書堂本、董鈔本均作「渌」。

㊁ 渌浄閣：富校：「『渌』黄刻本作『緑』，是。」按，活字本、叢書堂本、董鈔本均作「渌」。

㊂ 崩奔：叢書堂本、詩淵第五册第三一三一頁作「駿奔」。

【題解】

本詩作於乾道九年（一一七三）二月。合江亭，參見上詩題解。李吉甫元和郡縣圖志卷二九江南道衡州衡陽縣：「縣城東傍湘江，北背蒸水。」「湘水，西南自永州祁陽界入。蒸水，自臨蒸縣北東注於湘，謂之蒸口。」序云：「韓文公所謂『渌浄不可唾』者，即此處。」韓詩原題爲題合江亭寄刺史鄒君：「紅亭枕湘江，蒸水會其左。瞰臨眇空闊，緑浄不可唾。」

【箋注】

〔一〕「蒸湘」二句：蒸，指蒸水；湘，指湘水。會葵丘，左傳僖公九年：「秋，齊侯盟諸侯于葵丘。」兩句意謂蒸湘二水會合於衡州，猶如古代諸侯國會合於葵丘。參見上詩「題解」引驂鸞録。

〔二〕「未聞」二句：包茅，古代祭祀用以濾酒的束綑的菁茅草。尚書禹貢：「包匭菁茅。」左傳僖公四年：「爾貢包茅不入，王祭不供，無以縮酒。」兩句意謂未聞齊侯、晉侯有貢獻，而祭祀時有過度之需索。

〔三〕「威文」句：威，指齊威王，他修明法制，選賢任能，國力日强，稱雄於諸侯。文，指晉文公，文治武功卓著，開創晉國霸業。故石湖稱他們二人「有弘規」。

沈家店道傍棣棠花

乍晴芳草競懷新，誰種幽花隔路塵？緑地縷金羅結帶，爲誰開放可憐春？

【題解】

本詩作於乾道九年（一一七三）二月，時在赴桂帥任途中，過沈家店見道傍棣棠花，有感而作本詩。棣棠花，廣群芳譜卷四三：「棣棠花若金黄，一葉一蘂，生甚延蔓，春深與薔薇同開，可助一色。」引花鏡云：「藤本叢生，葉如荼蘼，多尖而小，邊如鋸齒，三月開，花圓如小毬。」

邵陽口路麤惡，積雨餘濘難行

平生春夢境，俛仰撫八極。湖南天盡頭，夢亦未常識。豈知多病身，今乃著脚歷。山泉澄不清，崖土疊而赤〔一〕。坳堂滑勝油，累塊硬逾石。貪夫一回顧，壯士三歎息。不知清淑氣，果復曾鬱積。我豈鄙夷之，短詠聊一劇。

【題解】

本詩作於乾道九年（一一七三）二月。范成大驂鸞録：「（二月）十六日、十七日，行衡、永間。路中皆小丘阜，道徑粗惡，非堅墩即亂石，砌處又泥淖，雖好晴旬餘，猶未乾。跬步防躓，吏卒呻吟相聞。大抵湘中率不治道，又逆旅漿家皆不設圊溷，行客苦之。自吴至桂三千里，除水行外，餘舟車所通，皆夷坦無大山。惟此有黄羆嶺極高峻，回複半日，方度，與括之馮公，歙之五嶺相若。宿大營。」邵陽，縣名。王存元豐九域志卷六荆湖南路邵州縣四：邵陽。

【箋注】

〔一〕璺：器皿之裂紋，方言卷六：「器破而未離謂之璺。」本詩指崖土坼裂。

馬鞍驛飯罷縱步

食飽倦輿馬，散策步前岡。意行踏芳草，蕭艾翕生香。春事甚寂寥，山桃帶松篁。游蜂入菜花，此豈堪蜜房？今年蠶出遲，柘葉分寸長。好晴纔數日，歲事未渠央。

【題解】

本詩作於乾道九年（一一七三）二月，時在赴桂帥任途中。

黄羆嶺

薄宦每違己〔一〕，兹行遂登危。峻阪盪胸立，恍若對鏡窺。傳呼半空響，濛濛上煙霏。木末見前騶，可望不可追。躋攀百千盤，有頃身及之。白雲亘攬擷〔二〕，但覺沾人衣。高木傲燒痕，葱蘢茁新荑。春禽斷不到，惟有蜀魄啼〔三〕。謂非人所寰，居然見鋤犂。山農如木客，上下翾以飛。寧知有康莊，生死安嶮巇。室屋了無處，恐尚橧巢栖。安得拔汝出，王路方清夷。

【校記】

㈠薄宧：原作「薄遊」，富校：「『遊』黄刻本、宋詩鈔作『宧』。」按，活字本、董鈔本均作「薄宧」。叢書堂本、詩淵第三册第二二八〇頁作「薄官」，當爲「宧」之誤寫。今據活字本、董鈔本、黄刻本、宋詩鈔改。

【題解】

本詩作於乾道九年（一一七三）二月十六七日，時在赴桂帥途中，經黄羆嶺賦本詩紀行。黄羆嶺，在衡州、永州之間，驂鸞録：「自吴至桂三千里，除水行外，餘舟車所通，皆夷坦無大山，惟此有黄羆嶺極高峻，回複半日，方度。」永樂大典卷一一九八〇引元一統志：「黄羆嶺，去永州祁陽縣北三十里，岩壑深邃，舊傳有羆居之，故名。」孔凡禮范成大年譜乾道九年譜文云：「二月十六、十七日，過黄羆嶺，嶺極高峻。有詩及山農困苦生活之狀。」附注云：「山農生活，實與獸類相同，成大深刻同情。結尾『安得』二句，表達改善山農生活環境之願望，亦即此詩之主旨。」

【箋注】

〔一〕叵：不可，俗語。張相詩詞曲語辭匯釋卷二「耐（二）」：「又有叵耐一辭，叵爲不可之切音，耐即奈也。」

〔二〕蜀魄啼：杜鵑啼鳴。文選左思蜀都賦：「鳥生杜宇之魄。」劉淵林注：「蜀記：昔有人姓杜名宇，王蜀，號曰望帝。宇死，俗説云，宇化爲子規。蜀人聞子規鳴，皆曰望帝也。」

衡永之間，山路艱澀，薄晚吏卒閧云：「漸近祁陽，路已平夷。」皆有津津之色

朝登赤土嶺，暮入黄泥谷。春江弄花月，歸夢恍在目。覺來行路難，杜宇叫高木。凹中泥没踝，凸處石齧足。坐輿我尚病，想見肩輿僕。衡陽復祁陽，可暫不可宿。晚來出前岡，路坦亭堠促。將士走相賀，喜色如膏沐。人生本無悶，逆境要先熟。不從憂患來，安識平爲福。夷塗不常遇，歷險始知足。

【題解】

本詩作於乾道九年（一一七三）二月，時在赴桂帥任途中。行於衡陽、永州之間，山路艱澀，感而賦詩。驂鸞録：「十八日，宿永州祁陽縣，始有夷途，役夫至相賀。」祁陽，縣名，屬永州。元豐九域志卷六荆湖南路永州，縣三：零陵、祁陽、東安。

書浯溪中興碑後 并序

乾道癸巳春三月，余自西掖出守桂林，九日渡湘江，游浯溪，摩挲中興石刻洎唐元和至今遊客所題。竊謂四詩各有定體，頌者，美盛德之形容，以其成功告於神明者也，商周魯之遺篇可以概見。今元子乃以魯史筆法，婉辭含譏，蓋之而章，後來詞人復發明呈露之。則夫磨崖之碑，乃一罪案，何頌之有？竊以爲未安，題五十六字，刻之石傍，與來者共商略之。此詩之出，必有相詬病者，謂不合題破次山碑，此亦習俗固陋，不能越拘攣之見耳。余義正詞直，不暇卹也。

三頌遺音和者希，丰容寧有刺譏辭？絶憐元子春秋法〔一〕，都寓唐家清廟詩〔二〕。歌詠當諧琴搏拊，策書自管璧瑕疵。紛紛健筆剛題破，從此磨崖不是碑。

【題解】

本詩作於乾道九年（一一七三）二月。范成大驂鸞録：「十九日，發祁陽里，渡浯溪。浯溪者，進山石磵也，噴薄有聲，流出江中，上有浯溪橋，臨江石崖數壁，纔高尋丈，中興頌在最大一壁。碑之上，餘石無幾，所謂石崖天齊者，説者謂或是天然整齊之義。碑傍巖石，皆唐以來名士題名，無間隙。外有小邱曰峿臺，小亭曰唐亭，與溪而三，是爲三吾，皆元子之撰也。別有一臺，祠次山與顔魯公。橋上僧舍，即漫郎宅，黃魯直書其榜曰浯溪禪寺。又書法堂字，皆崎側不用工。又有陶定書中宮寺榜，寺既不葺，諸榜皆委棄壁下。竊計次山卜隱時，偶見江濱有此叢石，流泉帶之，遂定居。景物不出數畝，湘流至崖下，尤沈碧，助成勝致焉。打碑賣者一民家，自言爲次山後，擅其利。過浯溪，皆荒山，岡阪複重。宿東青驛。始余讀中興頌。又聞諸搢紳先生之論，以爲元子之文，有春秋法，謂如天子幸蜀，太子即位於靈武，書法甚嚴。又如古者盛德大業，必見於歌頌，若今歌頌大業，非老於文學，其誰宜爲？則不及盛德。又如『二聖重歡』之語，皆微詞見意。夫元子之文，固不爲無微意矣，而後來各人，貪作議論，復從旁發明呈露之。魯直詩至謂：『撫軍監國太子事，何乃趣取大物爲。』又云：『臣結春陵二三策，臣甫杜鵑再拜詩，安知臣忠痛至骨，後來但賞瓊琚詞。』魯直既倡此論，繼作者靡然從之，不復問歌頌中興，但以詆罵肅宗爲談柄。至張安國極矣，曰：『樓前下馬作奇祟，中興之功不當罪。』豈有臣子方頌中興，而傍人遽暴其君之罪，於禮安乎？夫頌者，美盛德之形容，以成功告於神明者也，別無他意，非若風雅之有變也。商周魯三詩，可以概見。今元子乃以筆削之法寓之聲詩，婉詞含譏，蓋之而章，使真有意邪？固已非是，諸公譟其旁又如此，則中興之碑，乃一罪案，何頌之有？觀魯直『二三策』與『痛至骨』之語，則誠謂元子有譏焉。余以爲是非善惡，自有史册；歌頌之體，不當含譏。譬如上壽父母之前，捧觴善頌而已。若父母有闕遺，非奉觴時可及。磨崖頌大業，豈非奉觴時邪？元子既不能無誤，而諸人又從旁詆訶之不恕，何異執兵以詬人之父母於其子孫爲壽之時者乎！烏得爲事體之正。余不佞，題五十六字於溪上，如欲正君臣父子之大綱，與夫頌詩形容之本旨，亦不暇爲元子及諸詞人地也。詩既出，零陵人大以爲妄，謂余不合點破渠鄉曲古蹟。有閩人施一靈者，通判州事，助之譟，獨教授王阮南卿是余言，則併指南卿以爲黨云。」「頌者，美盛德之形容，以其成功告於神明者也。」語出詩大序，孔穎達毛詩正義曰：「（詩序）訓頌爲容，解頌名也，以其成功告於神明，解頌體也。」序云「癸巳春三月」，即乾道九年三月。然驂鸞録記石湖游浯溪爲「（二月）十九日」，當從驂鸞録。

【箋注】

〔一〕「絶憐」句：元結用春秋筆法寫中興頌。曾季貍艇齋詩話：「山谷中興頌詩：『臣結春秋二三策。』所謂『春秋二三策』者，言元結頌用春秋之法，其首云：『天寶十四年，安禄山陷洛陽，明年陷長安，天子幸蜀，太子即位於靈武。』以上四句即春秋書法也。」瞿佑歸田詩話卷上：「元次山作大唐中興頌，抑揚其詞以示意，磨崖顯刻於浯溪上。後來黄魯直、張文潛皆作大篇以發揚之，謂肅宗擅立，功不贖罪。繼其作者皆一律。識者謂此碑乃唐一罪案爾，非頌也。」

〔二〕「都寓」句：意謂元結將歌頌唐家盛德之情都寓於中興頌裏。石湖將中興頌比之清廟詩。清廟，詩經周頌第一篇，是祭祀祖先、歌頌祖先文德的詩篇。鄭玄箋：「清廟者，祭有清明之德者之宫也，謂祭文王也。天德清明，文王象焉，故祭之而歌此詩也。廟之言貌也，死者精神不可得而見，但以生時之居，立宫室，象貌爲之耳。」

愚溪在零陵城對岸，渡江即至。溪甚狹，一石澗耳，蓋衆山之水，流出湘中

一水彎環羅帶闊，千古零陵擅風月。取名如許安得愚〔一〕，因病成妍却奇絶。至今鏡浄不可唾，猶恐先生遺翰墨。澤及溪流不庇身，付與後來商巧拙。我欲扁舟窮石澗，春漲未生寒瀨咽。紛紅駭緑四山空〔二〕，惟有風篁韻騷屑。清溪東去客西征，鈷鉧潭邊聊駐節〔三〕。何時隨汝下瀟湘〔四〕？歸路三千櫓伊軋。鈷鉧，熨斗也，潭形似之。

【題解】

本詩作於乾道九年（一一七三）二月。范成大驂鸞録：「（二月）二十日，行群山間，有青石如雕鎪者，叢卧道傍，蓋入零陵界焉。晚宿永州，泊光華館。郡治在山坡上，山骨多奇石，登新堂及萬石亭，皆柳子厚之舊。新堂之後，群石滿地，或卧或立，沼水浸，碧荷亂生石間。萬石堂在高陂，乃無一石，恐非其故處。然前望衆山，回合如海，登覽甚富。子城脚有蒼石崖，圍一小亭，又有瀟湘樓，下臨瀟水，不葺。二十二日，渡瀟水，即至愚溪，亦一澗泉，瀉出江中。官路循溪而上，碧流淙潺，石瀨淺澀，不可杭，春漲時或可。所謂『舟行若窮，忽又無際』者，必是汎一葉舟耳。溪上愚亭以祠子厚，路傍有鈷鉧潭，鈷鉧，熨斗也，潭狀似之。其地如大小石渠、石澗之類，詢之，皆蕪没

篁竹中，無能的知其處者。」零陵城，永州零陵縣城，李吉甫元和郡縣圖志卷二九「江南道永州」：「零陵縣，本漢泉陵縣地，隋平陳改爲零陵縣。」

【箋注】

〔一〕「取名」句：柳宗元愚溪詩序：「寧武子『邦無道則愚』，智而爲愚者也。顔子『終日不違如愚』，睿而爲愚者也。皆不得爲真愚。今予遭有道，而違於理，悖於事，故凡爲愚者莫我若也。夫然，則天下莫能争是溪，予得專而名焉。」石湖意謂柳宗元取溪名「愚」而實智。

〔二〕紛紅駭緑：語出柳宗元袁家渴記：「每風自四山而下，振動大木，掩苒衆草，紛紅駭緑，蓊葧香氣，衝濤旋瀨，退貯谿谷，摇颺葳蕤，與時推移。」

〔三〕鈷鉧潭：在永州零陵城西，柳宗元有鈷鉧潭記。

〔四〕「何時」句：愚溪之水東流入瀟水，柳宗元愚溪詩序：「灌水之陽有溪焉（即愚溪），東流入於瀟水。」

宿清湘城外田家

驅馬力猶彊，奏牀身始疲〔一〕。浮浮雲拂帳，潏潏水鳴籬〔二〕。未熟燈前夢，閑尋道上詩。湘中多夜雨，客枕最先知。

【題解】

本詩作於乾道九年（一一七三）二月，范成大驂鸞録：「（二月）二十四日，宿全州，泊清湘館。」清湘城，即清湘縣城。王存元豐九域志卷六荆湖路全州縣二：清湘。

【箋注】

〔一〕奏牀：上牀之意。參石湖詩集卷一不寐「奏牀不得眠」注。

〔二〕潏潏：史記司馬相如傳引子虚賦「潏潏淈淈，湁潗鼎沸」，索隱云：「潏、淈、湁、潗，郭璞云：皆水微轉細涌貌。潏淈音決骨。」

宿深溪驛，去廣右界只一程

北户書頻到〔一〕，南雲雁不飛。試評騎馬路，何似釣魚磯〔二〕？擊柝黄茅店，篝燈白竹扉。故園桑柘煖，亦有稻粱肥。

【題解】

本詩作於乾道九年（一一七三）二月。范成大驂鸞録：「（二月）二十三日，行山間，宿深溪，桂之門接牙隊，例至於此。」

【箋注】

〔一〕北户：爾雅釋地：「觚竹、北户、西王母、日下，謂之四荒。」本古國名，後借指南方邊遠地區。

〔二〕「試評」二句：石湖此聯，南宋人多有效仿，如南宋末真山民隱懷：「泉石定非騎馬路，功名不上釣魚舟。」王鎡湖山即景次尹緑波：「緑柳影分騎馬路，赤楓葉落釣魚舟。」戴表元霅雨溪漲抵郭可畏：「盡漫騎馬路，衹有釣魚船。」釣魚磯，山谷外集詩注卷七雜詩「子陵何慕釣魚磯」，注云：「後漢嚴光傳：光字子陵，與光武同遊學。及光武即位，變姓名，隱身不見。帝令以物色求之。後齊國上言，有一男子，披羊裘，釣澤中。帝疑其光，乃備安車聘之，三反而後至。竟不屈。」

石湖居士詩集卷十四

晚春二首 以下桂林作，舊在乙稿。

静極聞檐珮，慵來愛枕幃。隙虹飛永晝，簾影碎斜暉。燕踏花枝語，蜂縈柳絮歸。輕颸宜白紵，時節近清微。

好事憐春老，無愁耐日長。爐煙驚扇影，酒面舞花光。照水雲容嬾，移牀竹意涼。更煩紅槿帽，促拍打山香〔一〕。

【題解】

本詩作於乾道九年（一一七三）三月十日以後。題下注：「以下桂林作，舊在乙稿。」按石湖於乾道九年三月十日入桂林城接任，驂鸞録：「三月十日，入城，交府事。」

【箋注】

〔一〕「更煩」二句：南卓羯鼓録：「汝陽王璡，寧王長子也。……常戴砑絹帽打曲，上自摘紅槿花一朵置於帽上笪處……奏舞山香一曲，而花不墜落。」

紅荳蔻花

緑葉焦心展，紅苞竹籜披。貫珠垂寶珞，剪綵倒鸞枝。且入花欄品，休論藥裏宜〔一〕。南方草木狀〔二〕，爲爾首題詩。

【題解】

本詩作於乾道九年（一一七三）春末，時在桂帥任上。見紅荳蔻花開，喜作本詩。紅荳蔻花，范成大桂海虞衡志志花：「紅豆蔻花，叢生，葉瘦如碧蘆，春末發。初開花，先抽一幹，有大籜包之。籜解花見，一穗數十蘂，淡紅，鮮妍如桃杏花色。蘂重則下垂，如蒲萄，又如火齊纓絡，及剪綵鸞枝之狀。此花無實，不與草豆蔻同種。」可與本詩前四句對讀。蘇頌圖經本草：「今嶺南諸州及黔蜀皆有之。内郡雖有而不堪入藥。春生莖，葉如薑苗而大，高一二尺許，花紅紫，色如山薑花。」

【箋注】

〔一〕「休論」句：石湖於桂海虞衡志之記載中，未提及此花可入藥，嵇含南方草木狀云：「舊説此花食之破氣消痰，進酒增倍。」

〔二〕南方草木狀：晉嵇含撰，三卷，今存，有百川學海、廣漢魏叢書、格致叢書等多種版本。該書記載南方許多珍貴花草、樹木。

偶題

檐雨初乾團扇風，夕陽芳樹緑葱葱。蕉心榴蕚俱無賴〔一〕，要與春衫相並紅。

【題解】本詩作於乾道九年（一一七三）春末，時在桂帥任上。閑中見樹木葱鬱，芭蕉榴蕚綻放，因偶題本詩。

【箋注】〔一〕無賴：可愛，辛棄疾浣溪沙：「小桃無賴已撩人。」王瑛詩詞曲語辭例釋：「無賴，等於説可愛，可喜，與通常放刁撒潑義或指品德不端者不同，往往含有親暱意義。」

次韻郭季勇機宜雪觀席上留别

勝絶尊前萬事休，縱非吾土且登樓〔一〕。山迎雨脚俄飛過〔二〕，風約江聲欲倒流。野水漸堪添酒面，夕陽依舊滿簾鈎。憑闌從此遲歸軑，能及中秋對月不？

【題解】

本詩作於乾道九年（一一七三）中秋前。郭見義暫别，作留别詩，石湖次其韻作本詩。郭季勇，即郭見義，湖南衡山人，紹興二十四年進士，曾爲南安教授，見光緒江西通志卷一三三。時爲廣西經略司主管機宜文字，故稱「郭季勇機宜」。

【箋注】

〔一〕「縱非」句：王粲登樓賦：「雖信美而非吾土兮，曾何足以少留。」

〔二〕雨脚：雨滴，杜甫茅屋爲秋風所破歌「雨脚如麻未斷絶」，仇注云：「齊民要術：方言：種麻截雨脚。」

次韻許季韶通判雪觀席上

把酒臨風瑞露傾，瓊漿何用謁雲英〔一〕？捲簾雨脚銀絲挂，倚杖江頭緑漲生。嶺海一涼蘇暑病，山林千籟試秋聲。兹遊奇絶忘羈宦，慚愧煙中短棹横。

【題解】

本詩作於乾道九年（一一七三）秋。許季韶，即許子紹，字季韶，和州歷陽人。紹興二十七年進士，見光緒和州志卷一四。曾任左藏庫、静江府通判。粤西文載卷五七：「（子紹）監左藏庫時，欲得太常丞，時相抑不用，乃出爲靜江府通判。」臨桂縣志卷二一「金石志二」：「許子韶（當爲子紹）詩留別龍隱巖：『矯首初來北斗峰，直穿山腹作玲瓏。石間蜕骨痕猶在，淵底藏珠水更通。霖雨幾時巖墅去，卧龍底處草廬空。眼中要識真英物，寓迹何勞想下風。』淳熙改元重九日，歷陽許□□季韶題。」他在乾道九年赴靜江府通判時，適范成大已到任，故李洪作送許季韶倅桂林有句：「桂林賴有詩書帥，好共驂鸞上玉堂。」

【箋注】

〔一〕「瓊漿」句：唐秀才裴航下第，途經藍橋驛，甚渴，有女雲英飲以水漿，甘如玉液。裴欲娶雲英爲妻，遂遍訪玉杵臼爲聘。婚後，夫妻相偕入山成仙，事見太平廣記卷五〇引裴鉶傳奇。

送周直夫教授歸永嘉

青燈相對話儒酸，老去羈遊自鮮歡。昨夜榕溪三寸雨〔一〕，今朝桂嶺十分寒。知心海内向來少，解手天涯良獨難。一笑不須論聚散，少焉吾亦跨歸鞍。

【題解】

本詩作於乾道九年（一一七三）。周直夫，即周去非，字直夫，永嘉人，隆興元年進士。陳振孫直齋書録解題卷八：「嶺外代答十卷，永嘉周去非（直夫）撰。去非，癸未進士，至郡倅。」臨桂縣志卷二一「金石志二」：「朱紱題名：金華朱紱、永嘉周去非（直夫）、豫章簡世傑（伯俊）、西洛王子曄（晦叔）、廣漢張杓（定叟）、定叟之甥甘奕（可大）東游，壬辰三月晦。」壬辰，乾道八年，時石湖尚未來桂。永嘉縣志卷二〇「選舉」：「隆興癸未，木待問榜：周去非，紹興倅。」周去非任靜江府教授，在石湖赴桂帥前。九年，周離任歸家，故石湖賦詩送之。據樓鑰祭周通判去非：「再仕嶠南，備歷崎嶇。」可知周去非兩度任職嶺南，故石湖於淳熙二年離桂帥赴蜀帥時，周去非能來送行。

【箋注】

〔一〕榕溪：指桂林。嵇含南方草木狀卷中：「榕樹南海、桂林多植之。」

贈趙廉州

馬群雜沓草蒙茸，刮目權奇一洗空〔一〕。天末也煩行李到，歲寒聊得酒尊同。梅花夜夜湘南雨，榕葉年年海北風。少待佳晴看山去，玉篸高插翠雲叢。

【題解】

本詩作於乾道九年（一一七三）冬，時在桂帥任上，下屬趙廉州來晤，贈詩稱其才。詩云「歲寒」、「梅花」，知爲本年冬。趙廉州，姓名、生平未詳。廉州，屬靜江府。

【箋注】

〔一〕權奇：高超非凡。後漢書禮樂志二郊祀歌天馬：「志俶儻，精權奇。」王先謙補注：「權奇者，奇譎非常之意。」李白天馬歌：「嘶青雲，振緑髮，蘭劲權奇走滅没。」一洗空：語出杜甫丹青引：「一洗萬古凡馬空。」

去年過弋陽訪趙恂道通判，話西湖舊遊，因題小詩，近忽刻石，寄來謾録

紅塵寶馬碧湖船，一夢如今費十年。却照清溪尋緑鬢，但餘衰雪兩蕭然。

【題解】

本詩作於乾道十年（一一七四），時在廣右帥任上。十年前，石湖與趙恂道遊西湖。（從「紅塵寶馬碧湖船」句意看，此乃杭州之西湖，非桂林西湖。）去年（即乾道九年），石湖赴任路過弋陽，訪趙恂道通判，話舊遊，因題小詩。後趙將小詩刻石并寄桂，石湖因謾題本詩。石湖經弋陽縣，爲乾道九年正月二十五日，驂鸞録：「（癸巳年正月）二十五日，過弋陽縣。」未言訪趙。本詩當作於乾道十年。弋陽，縣名，屬信州，趙恂道爲信州通判。王存元豐九域志卷六江南東路信州，有弋陽縣。趙恂道，生平未詳。

送唐彥博宰安豐，兼寄呈淮西帥趙渭師郎中

唐子曒自鮮，水清石粼粼。繡腸五車書〔一〕，不鄙簿領塵。黟山與桂嶺，一笑二十春〔二〕。天涯會面難，歲晚情話真。五管無賢侯，但有嵐煙昏〔三〕。此豈功名場，往成清淮濱。北門詩書帥〔四〕，平生吾故人。問訊今何如，淩煙上星辰〔五〕。爲言落南客，病作寒螿呻。飄飄北歸夢，夜繞吳淞雲〔六〕。

【題解】

本詩作於乾道九年（一一七三）冬，時唐彥博赴安豐知縣任，石湖賦詩送之。唐彥博，生平里籍不詳，據石湖詩意，知其歷仕新安、桂林各地之簿尉、倅貳之職，本年始任安豐縣令，詩云「不鄙簿領塵」，可知。安豐，縣名，元和郡縣圖志佚文卷二：淮南道壽州安豐縣。王存元豐九域志卷五淮南西路壽州，有安豐縣。趙渭師，即趙磻老，字渭師，其先東平人，居吳江黎里。娶歐陽懋女，以懋待制恩補官。紹興三十年，任寶應縣主簿。乾道六年，以書記官隨范成大奉使金國。成大薦之，擢正言。乾道八年，以右通直郎知楚州，入爲太府寺丞。淳熙三年，以朝散郎直秘閣，兩浙轉運副使直敷文閣知臨安。四年，除秘閣修撰。五年，除權工部侍郎兼知臨安。十一月罷。著拙庵雜著三十卷、外集四卷，拙庵詞一卷。陳振孫直齋書録解題卷一八「拙庵雜著三十卷」：「工

部侍郎東平趙磻老渭師撰。門下侍郎野之侄。以婦翁歐陽懋待制澤入仕，從范石湖使金。虞丞相允文亦薦之，遂擢用知臨安。坐殿司招兵事，謫饒州。」潛説友咸淳臨安志卷四八「秩官六」：「（淳熙）三年丙申。三月初三日（李）椿罷兼。是日，趙磻老以朝散郎直秘閣兩浙運副使除直敷文閣知。因修垂拱殿除直徽猷閣。又，車駕幸學轉朝奉大夫。四年丁酉，五月十二日，磻老除秘閣修撰。五年戊戌，二月，除權工部侍郎兼知，十一月初七日磻老罷。」趙磻老於乾道九年時任淮西帥，壽安縣正在其轄區内，故送唐彦博赴任詩兼及趙磻老。吴廷燮南宋制撫年表卷上淮南西路引安徽金石略宋趙磻老廬州新學記：「乾道癸巳，磻老假守山陽歸，會兩淮復分帥，命行淮西，安撫合肥郡事，謁學。」後來，趙磻老定居於梨花村，即今江蘇蘇州梨里鎮。

【箋注】

〔一〕繡腸五車書：繡腸，即繡腑，比喻才華出衆。李白冬日于龍門送從弟令問之淮南覲省序：「（令問）常醉目吾曰：『兄心肝五藏，皆錦繡耶？不然，何開口成文，揮翰霧散。』」五車書，形容讀書多，學識淵博。莊子天下：「惠施多方，其書五車。」

〔二〕「黟山」二句：黟山，指徽州，唐彦博曾任新安簿尉。桂嶺，指桂林，唐彦博曾任桂林府簿尉。「二十春」，自乾道九年上推二十年，可知唐約在紹興二十四年始任新安簿尉。

〔三〕「五管」二句：五管，指嶺南五管。唐永徽以後，以廣、桂、容、邕、安南府，隸廣府都督統領，置五府節度使，稱嶺南五管，見舊唐書地理志四。石湖句，語出韓愈劉生詩：「五管歷徧無賢侯」。

〔四〕北門：唐宋學士院在禁中北門，後用爲學士院的代稱。「北門詩書帥」即指趙磻老。

〔五〕凌煙：即凌煙閣，爲表彰功臣而建之高閣。劉肅大唐新語褒錫載貞觀十七年，太宗圖畫太原倡義等二十四人於凌煙閣，並親爲之贊，褚遂良爲題閣，閻立本作畫。

〔六〕吴淞：吴淞江，發源於今蘇州吴江太湖，此石湖借指家鄉。

燕堂後盧橘一株，冬前先開極香㊀

盧橘花殘細細飛，滿枝晴日鬧蜂兒。霜餘有此香無奈，合與稱題賦小詩。

【校記】

㊀燕堂：原作「燕臺」，誤。富校：「『臺』黄刻本作『堂』，是。按本卷有燕堂書事詩可證。」活字本目録、正文，叢書堂本目録、正文，董鈔本均作「燕堂」，今據改。

【題解】

本詩作於乾道九年（一一七三）秋，見盧橘開花，賦小詩以稱道之。

乾道癸巳臘後二日，桂林大雪尺餘，郡人云前此未省見也。郭季勇機宜賦古風爲賀，次其韻

憶昔北征秋遇雪，穹廬苦寒不堪説。飛花如席暗燕然，把酒悲歌度佳節〔一〕。胡兒館客類西河，鐍户不容浮蟻泄〔二〕。當時已分餐氈荸〔三〕，寧復夢遊炎嶺熱。忽逐梅花行萬里，又與故山輕話別。天公恐我愁瘴霧，十日號風吹石裂。同雲乃肯度嚴關〔四〕，一夜玉峰高巀嵲。老榕蓊密最先縞，穲竹梠虛時一折。須知桂海接蓬瀛，滿目三山白銀闕〔五〕。不管樓高翠袖單，但嫌酒淺金杯凸。東郭先生履雖敝〔六〕，詩情却鬭冰壺潔〔七〕。歸撚凍髭搜好句，山館青燈對明滅。爲憐叶氣到黄茅，何止森森松柏悦。豐年作守會飽煖，羈宦思歸自愁絶。豈無菊徑樂琴書，亦有秫田供麴櫱。東岡雪後一犁春，誰在陂頭憶調燮〔八〕？

【題解】

本詩作於乾道九年（一一七三）十二月，時在桂林帥任上。桂林下大雪，郭見義賦古風爲賀，乃次韻和之。乾道癸巳，即乾道九年。

【箋注】

〔一〕「憶昔」四句：石湖於乾道六年使金，燕賓館詩提及燕地九月下雪。詩序云：「西望諸山皆縞，云初六日大雪。」詩云：「苦寒不似東籬下，雪滿西山把菊重。」飛花如席，語出李白北風行：「燕山雪花大如席。」

〔二〕浮蟻：指酒，曹植七啓：「盛以翠樽，酌以雕觴，浮蟻鼎沸，酷烈馨香。」

〔三〕餐氈莩：用蘇武故事，漢書蘇武傳：「乃幽武置大窖中，絶不飲食。天雨雪，武卧嚙雪與旃毛并咽之，數日不死。」莩，草也。漢書中山靖王傳：「今群臣并有葭莩之親，鴻毛之重。」注：「葭，蘆也。莩者，其筩中白皮至薄者也。」

〔四〕同雲：詩經小雅信南山：「上天同雲，雨雪雰雰。」朱熹集傳：「同雲，雲一色也。將雪之候如此。」

〔五〕「須知」二句：蓬瀛：三神山中的蓬萊和瀛洲。史記秦始皇本紀：「齊人徐市等上書，言海中有三神山，名曰蓬萊、方丈、瀛洲，仙人居之。」

〔六〕「東郭」句：東郭先生，漢武帝時齊方士，家貧，履有上無下，行走雪中，足盡踐地，見史記滑稽列傳。李白贈宣城趙太守悦：「自笑東郭履，側慚狐白温。」

〔七〕「詩情」句：自王昌齡芙蓉樓送辛漸「一片冰心在玉壺」句中化出。

〔八〕調燮：調和元氣，諧理陰陽，此謂宰相之職。王安石和王徽之登高齋：「風豪雨横費調燮，坐使髮背爲黄台。」

次韻陳仲思經屬西峰觀雪

仙人灕江遊〔一〕，剪水馮夷宫〔二〕。賓友來鄒枚〔三〕，寒轡摇冬瓏〔四〕。起望天南陲，玉沙滿長風。越人來省識，把酒酹層空。從來嶠南北，人謂將無同。那知梁園霰〔五〕，飛入瑞露中〔六〕。幕府有清士，尋僧上西峰。六花信娟巧，未及五字工。我亦滌冰硯，課虚貴新功。莫嗤兩臞儒，毫端尚清豐。

【題解】

本詩作於乾道九年（一一七三）冬，幕府陳符作西峰觀雪詩，石湖乃次韻和之。陳符，字仲思，長沙人。張孝祥于湖居士文集卷五有詩題爲「陳仲思以太夫人高年，奉祠便養，卜居城東。茅屋數間，澹如也。移花種竹，山林丘壑之勝，湘州所無。食不足而樂有餘，謂古之隱君子若仲思者非耶？乾道戊子六月，某同張欽夫過焉，裴回彌日，既莫而忘去，欽夫欲專壑買鄰。欽夫有詩，某次韻」，知陳符爲長沙人，乾道四年奉祠在家。「經屬」，時陳符參幕，爲經略使府屬官，參預謀畫，經管鹽事、邊事，張栻詩送陳仲思參佐廣右幕府（南軒先生文集卷五）云：「煮海何多説，安邊更預謀。政應勤婉畫，不用賦離憂。」

【箋注】

〔一〕灕江：即灕水，元豐九域志卷九廣南西路桂州，有灕水。

〔二〕馮夷：河神，莊子秋水：「於是焉河伯欣然自喜，以天下之美爲盡在己。」釋文：「河伯，姓馮名夷，一名冰夷，一名馮遲。」

〔三〕鄒枚：漢代鄒陽和枚乘，皆以文辯知名。高適酬龐十兵曹：「懷賢想鄒枚，登高思荆棘。」石湖假此以稱譽陳符。

〔四〕「寒礬」句：自李賀高軒過「金環壓礬摇玲瓏」句化出，「玲瓏」兩字，李賀集宣城本、蒙古本即作「冬瓏」。石湖句扣「礬」、「摇」、「冬瓏」字面。

〔五〕梁園：本指西漢梁孝王所建的东苑，見史記梁孝王世家，此泛指皇家園林。

〔六〕瑞露：蘇軾小圃五詠地黄：「融爲寒食餳，嚥作瑞露珍。」王十朋注：「纂異記：田璆、鄧韶，逢二書生，謂曰：我有瑞露之酒，釀於百花之中。」

喜雪示桂人

臘雪同雲嶺外稀，南人北客盡冬衣。從今老杜詩猶信，梅花飛時雪也飛〔一〕。

【題解】

本詩作於乾道九年（一一七三）冬，時在桂林帥任上。

【箋注】

〔一〕「從今」二句：杜甫寄楊五桂林：「梅花萬里外，雪片一冬深。」石湖詩意自此化出。

寄題商華叔心遠堂，用卷中韻

示我新詩卷，知君遯俗情。安流視巫峽，灰劫笑昆明〔一〕。徼外夜絃語，甕頭春蟻生〔二〕。藍橋即仙窟，何況有雲英〔三〕！

【題解】

本詩作於乾道九年（一一七三），時在桂林帥任上。商華叔寄示新詩卷，石湖乃用其卷中韻作本詩。

【箋注】

〔一〕「灰劫」句：灰劫，即劫灰，劫後餘灰。三輔黃圖卷四：「武帝初穿池（昆明池），得黑土，帝問東方朔，東方朔曰：『西域胡人知。』乃問胡人，胡人曰：『劫燒之餘灰也。』」

〔二〕「甕頭」句：庾信蒲州刺史中山公許乞酒一車未送：「秋菓幾回落，春蟻未曾開。」春蟻，指春日酒甕上所開浮蟻。

〔三〕「藍橋」二句：見本卷次韻許季韶通判觀雪席上注〔一〕。

送郭季勇同年歸衡山

天壤郭有道，文獻今在兹〔一〕。啄啄家鷄群㊀，見子野鶴姿。塵籠萬里心，擇食中夜飢。拙宦避捷徑〔二〕，瘴風吹鬢絲。平生杏園友〔三〕，把酒天南陲。何敢吏朱游㊁〔四〕，但喜見紫芝〔五〕。問君今何適？舊圃餘荒畦。提攜漢陰甕，歲晚俱忘機〔六〕。勿開衡山雲，恐驚隱淪棲。定肯從君遊，歲晚攀桂枝。我亦理吴榜，春湘緑蘋齊。風蒲爲誰落，之子同襟期。丁寧祝融峰，將迎兩枯藜。一望五千里，共洗蠻煙悲。

【校記】

㊀啄啄：原作「啄喙」，富校：「黄刻本作『啄』，是。」按，叢書堂本、董鈔本、詩淵第六册第四四〇一頁均作「啄啄」，今據改。

㊁朱游：原作「朱浮」，誤。詩淵作「游」，沈注云：「此用漢書朱雲語，雲字游，誤作『浮』。」今據詩

淵、沈欽韓説改。

【題解】

本詩作於乾道九年（一一七三），時任桂林帥。郭見義歸衡山，賦詩送行。

【箋注】

〔一〕「天壤」二句：郭有道，即郭泰（一二七—一六九），字林宗，太原界休人。博通經典，居家教授生徒。與河南尹李膺友善。嘗舉有道，不就。卒，蔡邕爲書碑，曰：「吾爲碑銘多矣，皆有慚德，唯郭有道無愧色耳。」事見後漢書卷九八郭太傳。「文獻」，即指後漢書。

〔二〕避捷徑：指避開終南捷徑。劉肅大唐新語卷一〇「隱逸」：「盧藏用始隱於終南山中，中宗朝累居要職。有道士司馬承禎者，睿宗迎至京，將還，藏用指終南山謂之曰：『此中大有佳處，何必在遠。』承禎徐答曰：『以僕所觀，乃仕宦捷徑耳。』藏用有慚色。」

〔三〕杏園友：杏園，在今陝西西安大雁塔南，唐時爲新進士遊宴之地。劉滄及第後宴曲江：「及第新春選勝遊，杏園初宴曲江頭。」石湖與郭見義同爲紹興二十四年進士，故稱「杏園友」。

〔四〕「何敢」句：此用漢代朱雲典。朱雲，字游，因折檻上諫，得直臣名。薛宣爲丞相，欲留朱雲，雲曰：「小生乃欲相吏邪？」事見漢書朱雲傳。

〔五〕「但喜」句：紫芝，即唐元德秀（六九六—七五四），字紫芝，魯山人。德秀師古道，性介潔質樸，名重當世，房琯見德秀，曰：「見紫芝眉宇，使人名利之心盡矣。」（語見李華三賢論）

〔六〕「提攜」二句：莊子天地：「子貢南遊於楚，反於晉，過漢陰，見一丈人方將爲圃畦，鑿隧而入井，抱甕而出灌，搰搰然用力甚多而見功寡。子貢曰：『有械於此，一日浸百畦，用力甚寡而見功多，夫子不欲乎？』」石湖詩意由此生發。

甲午歲朝寓桂林，記去年是日泊桐江，謁嚴子陵祠，迤邐度嶺，感懷賦詩

去年曉纜解江皋，也把屠蘇泛濁醪〔一〕。一席飽風漁浦闊，千山封雪釣臺高〔二〕。將軍老矣鳴孤劍，客子歸哉詠大刀〔三〕。早晚扁舟尋舊路，柁樓吹笛破雲濤。

【題解】

本詩作於淳熙元年（一一七四）元日，時在桂帥任上，記去年元日泊桐廬江，感懷賦成本詩。甲午，即淳熙元年。去年爲乾道九年，癸巳歲，驂鸞録：「癸巳歲正月一日，巳午間至釣臺。率家人子登臺講元正禮。」參卷一三乾道己丑守括被召再過釣臺自和十年前小詩刻之柱間後五年自西掖帥桂林癸巳元日雪晴復過之再用舊韻三絶。

【箋注】

〔一〕屠蘇：宗懔荆楚歲時記：「（正月一日）長幼悉正衣冠，以次拜賀，進椒柏酒，飲桃湯，進屠

蘇酒。」

〔二〕「千山」句：自柳宗元江雪「千山鳥飛絶，萬徑人蹤滅」化出。

〔三〕詠大刀：用漢代李陵故事。漢書李廣傳載，李陵兵敗降匈奴，漢遣任立政使匈奴，見李陵，即目視陵，數自循其刀環，握其足，陰諭陵可還歸漢。後代遂用刀環、大刀作爲還家的暗語。高適送劉評事充朔方判官賦得征馬嘶：「贈君從此去，何日大刀頭？」

癸水亭落成，示坐客長老之記曰：癸水繞東城，永不見刀兵。余作亭於水上，其詳具記中

天將福地聳巖城，形勝山川表裏明。舊説桂林無瘴氣〔一〕，今知灕水辟刀兵。雲深銅柱邊聲樂，月冷珠池海面平〔二〕。願挽江流接河漢，爲君直北洗欃槍〔三〕。

【題解】本詩作於淳熙元年（一一七四）。范成大帥桂，疏浚灕水，築亭於八桂堂前，名之曰癸水亭，自作記，並賦詩記其事。范成大桂海虞衡志雜志：「癸水，桂林有古記，父老傳誦之，略曰：『癸水繞東城，永不見刀兵。』癸水，灕江也。」周去非嶺外代答卷一：「灕江自癸方來，直抵靜江府城東北角，遂并城東而南。古記云：『賴有癸水繞東城，永不見刀兵。』又有石記云：『……昔於城東北

角，溝灘水繞城而西，復南，東合於灘。』厥後居民壅之，溝遂廢。范石湖帥桂，乃浚斯溝，漣漪如帶，於溝口伏波巖之下，八桂堂之前，創爲危亭，名以癸水。」王象之輿地紀勝卷一〇三「静江府」：「癸水，灘江也，桂林有古記，父老傳之，略曰：『（略）』灘水自海陽行二百里，由癸方至城下，傳聞自始安爲郡以來，四封之外，數更大寇，獨城下未嘗受兵，父老以爲樂郊福地。」據范詩小序，知原有癸水亭記，今已不存。孔凡禮范成大年譜淳熙元年譜文：「癸水亭落成，賦詩抒發愛國壯懷。」附注：「第五、六句，寫邊境無事，民族關係和好。最後二句，抒發恢復中原壯志。」孔凡禮范成大佚著輯存録癸水亭記，將古記中之「癸水繞東城，永不見刀兵」當作范成大之佚文，實非。

【箋注】

〔一〕「舊説」句：范成大桂海虞衡志雜志：「瘴，二廣惟桂林無之。」

〔二〕海面平：喻邊境平安。李賀上之回「地無驚煙海千里」，王琦解：「謂海外千里之遠，無烽火之警也。」

〔三〕「願挽」二句：糅合運用杜甫、李白詩意，杜甫洗兵馬：「安得壯士挽天河，净洗甲兵常不用。」李白永王東巡歌：「爲君談笑静胡沙。」欃槍，彗星的别名，爾雅釋天：「彗星爲欃槍。」

綏帶軒獨坐

午日烘開荳蔻苞，檐塵飛動雀争巢。蒙蒙困眼無安處，閒送爐煙到竹梢。

【題解】本詩作於淳熙元年（一一七四），時在桂林帥任上。綏帶軒，府衙内居處，閑坐無事，作本詩寫眼前景。

食罷書字

甲子霖涔雨，東南濕蟄風。荔枝梅子緑，荳蔻杏花紅。捫腹蠻茶快，扶頭老酒中〔一〕。荒隅經歲客，土俗漸相通。蠻茶出修仁，大治頭風。老酒，數年酒，南人珍之。

【題解】本詩作於淳熙元年（一一七四）春，時在桂帥任上。

【箋注】

〔一〕「扶頭」句：老酒，酒名，桂海虞衡志志酒：「老酒，以麥麯釀酒，密封藏之可數年，土人家尤貴重，每歲臘中，家家造鮓，使可以卒歲計。有貴客，則設老酒、冬鮓以示勤。婚娶以老酒爲厚禮。」周去非嶺外代答卷六：「諸郡富民，多醞老酒，可經十年。其色深沉赤黑，而味不壞。」中，中酒，酒酣。漢書樊噲傳：「項羽既饗將士，中酒。」注引張晏曰：「酒酣也。」顔師古曰：「飲酒之中也，不醉不醒，故謂之中。」

次韻平江韓子師侍郎見寄三首

自古四愁湘水深〔一〕，誰將城郭啓山林。有情碧嶂團欒繞，無數朱樓縹緲臨。蚺鼓揭天驚客坐〔二〕，象蝥航海厭蠻琛〔三〕。三千客路長安遠，故舊書來直萬金〔四〕。南人以蚺蛇皮作腰鼓，響徹異常；交趾以象革爲兜鍪，皆異事。

靈泉杖屨浙江頭，經濟長懷尚典州。堂上讀書朝氣爽〔五〕，臺前呼月海光浮。交情尺素勤雙鯉，筆力枯松挽萬牛。已把三章翻樂府，爲君擊節變蠻謳。子師新作小築於浙江，號靈泉，讀書堂、呼月臺皆其處也。

前年衝雪過雙溪〔六〕，風帽泥韉騎吹隨。爛醉依前逢錦瑟，好音惟是欠黄鸝〔七〕。功名未試玉璜玦〔八〕，離别頻傾金屈卮。疇昔北征煩吉夢，南征合有夢歸時。頃年北使時，朝野多妄傳被留不歸，子師家中人忽夢予歸，翌日過界報到，故末句及之。鶯鶯，子師家善歌者，前年過婺，券滿已去。

【題解】本詩作於淳熙元年（一一七四）春末。本詩前食罷書字有「荳蔻杏花紅」，本詩後宜齋雨中有「秀麥一番冷」，可知本詩當作於春末。「韓子師」，即韓彦古，字子師，韓世忠子。宋史無傳，宋史韓世忠傳：「子彥直、彥質、彥古，皆以才見用。彥古，户部尚書。」宋詩紀事卷五六：「彥古字子師，延安人，蘄王世忠之子。淳熙中，知平江府，終敷文閣待制，户部尚書。」咸淳臨安志卷四七：「（乾道七年辛卯）韓彥古是月十九日以右朝請郎試大理少卿，時暫兼知，二十六日除秘閣修撰知，三月八日，彥古改右司郎中。」范成大吳郡志卷一一「牧守題名」：「韓彥古，朝奉大夫，秘閣修撰。淳熙元年七月到，當年九月二十六日，丁母蘄國夫人周氏憂，解官持服。」「韓彥古，起復朝奉大夫，充秘閣修撰，淳熙二年正月到。六月，除敷文閣待制，八月罷。」彥古之爲人，有異説，陳亮極稱譽之，送韓子師侍郎序：「秘閣修撰韓公知婺之明年，以『恣行酷政，民冤無告』劾去。去之日，百姓遮府門願留者，頃刻合數千人，手持牒以告攝郡事，攝郡事振手止之，輒直前不顧，則受其牒，不敢以聞。明日出府，相與擁車下，道中至不可頓足，則冒禁行城上，纍纍不絶，拜且泣下，至有鎖其喉自誓于公之前者。里巷小兒數十百輩羅馬前，且泣下。君爲之抆淚，告以君命決不應留，輒柴其關如不聞。日且暮，度不可止，則奪刺史車置道旁，以民間小輿舁至梵嚴精舍，燃火風雪中圍守之。其挾舟走行闕告丞相、御史者，蓋千數百人而未止。又明日，回泊通波亭，乘間欲以舟去，百姓又相與擁之不置。溪流亦復堰斷不可通。鄉士大夫懼螻蟻之微，不足以回天聽，委曲諭之，且却且前，久乃曰：『願公徐行，天子且有詔矣。』公首肯之，道稍開，公疾馳徑去，後來者咎其徒之不合舍去，責誚怒駡，不啻仇敵。嗚呼，大官，所尊也；民，所信也。所尊之劾如彼，而所信之情如此，吾亦不知公之政何如也，將從智者而問之。」范成大此詩亦盛贊其才：「經濟長懷尚典州。」然周密癸辛雜志前集「韓彦古」條云：「韓彦古字子師，詭譎任數，處性不常。尹京日，范仲西叔爲諫議大夫，皐陵眷之厚，大用有日矣。范素惡韓，將奏黜之，語頗泄，韓窘甚，思所以中之。范門清峻，無間可入，乃以白玉小合滿貯大北珠，緘封於大合中。厚賂鈐下老兵，使因間通之。范大怒，叱使持去。所愛亦在傍，怪其奩大而輕，曰：『此何物也！』試啓觀之，則見玉合，益怪之，方復取視，玉滑而珠圓，分迸四出，失手墮地。合既破碎，益不可收拾。范見而益怒，自起捽妾之冠，而氣中仆地竟不起。其無狀至此。李仁甫亦惡其爲人，弗與交，請謁嘗瞰其亡。一日知其出，往見之，則實未嘗出也。既見，韓延入書屋而請曰：『平日欲一攀屈而不能，今幸見臨，姑解衣盤礴可也。』仁甫辭再三，不獲，遂爲强留。室有二廚，貯書，牙簽黄袱，扃護甚嚴。仁甫問：『此爲何書？』答曰：『先人在軍中日，得於北方。蓋本朝野史，編年成書者。』是時仁甫方修長編，既成，有詔臨安給筆札，就其家繕録以進。而卷帙浩博，未見端緒，彦古常欲略觀不可得。仁甫聞其言窘甚，亟欲得見之。則曰：『家所秘藏，將即進呈，不可他示也。』李益窘，再四致禱。乃曰：『且爲某飲酒，續當以呈。』李於是爲盡量，每杯行輒請。至酒罷，笑謂仁甫曰：『前言戲之耳，此即公所著長編也。已爲用佳紙作副本裝治，就以奉納，便可進御矣。』李視之，信然。蓋陰戒書吏傳録，每一板酬千錢。吏畏其威，利其賞，輒先録送韓所，故李未成帙而韓已得全書矣。仁甫雖憤媿不平，而亦幸蒙其成，竟用以進。其怙富玩世，狡獪每若此。」陳亮素以志存經濟、才氣超邁聞於當世，而婺州又爲其家鄉，他與范成大皆爲韓彦古同時人，則陳、范之言當可信從。

【箋注】

〔一〕「自古」句：語出張衡四愁詩：「我所思兮在桂林，欲往從之湘水深。」時石湖正在桂林任職，運化前人詩意，極爲貼切。

〔二〕蚺鼓：南人用蚺蛇之皮蒙鼓，聲響極遠，周去非嶺外代答卷七「腰鼓」條云：「静江腰鼓，最有聲腔。出於臨桂縣職田鄉，其土特宜，鄉人作窑燒腔。鼓面鐵圈，出於古縣，其地産佳鐵，鐵工善鍛，故圈勁而不褊。其皮以大羊之革，南多大羊，故多皮。或用蚺蛇皮鞔之，合樂之際，聲響特遠，一、二面鼓，已若十面矣。」范成大桂海虞衡志志器「花腔腰鼓」條：「出臨桂職田鄉。其土特宜鼓腔，村人專作窑燒之。油畫紅花紋以爲飾。」

〔三〕象鍪：大理人用象皮製作甲胄，非常堅固。范成大桂海虞衡志志器「蠻甲」條云：「惟大理國最工。甲胄皆用象皮。胸背各一大片，如龜殼，堅厚與鐵等。又聯綴小皮片，爲披膊、護項之屬，製如中國鐵甲，葉皆朱之。兜鍪及甲身内外，悉朱地間黄黑漆，作百花蟲獸之文，如世所用犀毗，器極工妙。又以小白貝纍纍絡甲縫及裝兜鍪，疑猶傳古具胄朱綅遺制云。」

〔四〕「故舊」句：自杜甫春望「烽火連三月，家書抵萬金」脱化而來。

〔五〕朝氣爽：世説新語簡傲：「王子猷作桓車騎參軍，桓謂王曰：『卿在府久，比相當料理。』初不答，直高視，以手版拄頤，云：『西山朝來，致有爽氣。』」

〔六〕雙溪：水名，在浙江婺州城南，附注云「前年過婺」，知雙溪即在婺州。浙江通志卷一七山川九引名勝志：「雙溪在城南（金華城南），一曰東港，一曰南港。」李清照武陵春：「聞説雙溪春尚好，也擬泛輕舟。只恐雙溪舴艋舟，載不動、許多愁。」

〔七〕「好音」句：語出杜甫蜀相：「映階碧草自春色，隔葉黄鸝空好音。」

〔八〕「功名」句：用吕尚磻溪垂釣事。竹書紀年沈約注：「文王至於磻溪之水，吕尚釣於涯，王下趨拜曰：『望公七年，乃今見光景於斯。』尚立變名答曰：『望釣得玉璜。』」唐方干贈浙東王大夫：「已見玉璜曾上釣，何愁金鼎不和羹。」即用此典。

宜齋雨中

秀麥一番冷〔一〕，送梅三日霖。緑肥新荔子〔二〕，紅浥舊蕉心〔三〕。映竹千絲舞，垂檐一線斟。終朝盤膝坐，卑濕恐相侵。

【題解】

本詩作於淳熙元年（一一七四）春末。時在桂林帥任上。

【箋注】

〔一〕秀麥：麥吐穗，史記宋微子世家：「麥秀漸漸兮，禾黍油油。」

〔二〕「緑肥」句：荔子，即荔枝。范成大桂海虞衡志志果：「荔枝，自湖南界入桂林，才百餘里便有之，亦未甚多。昭平出櫪核，臨賀出緑色者尤勝。自此而南，諸郡皆有之，悉不宜乾。」

〔三〕「紅浥」句：紅蕉花，又名「美人蕉」，廣西各地多有之。范成大桂海虞衡志志花：「紅蕉花，葉瘦類蘆箬。中心抽條，條端發花。葉數層，日坼一二葉。色正紅，如榴花荔子，其端各有一點鮮緑，尤可愛。春夏開，至歲寒猶芳。」

次韻許季韶通判水鄉席上

青山緑浦竹間明，彷彿苕溪好處行〔一〕。解慍風來如故舊，催詩雨作要將迎〔二〕。休兵幕府烏鳶樂，熟稻邊城鼓笛聲。摹寫箇中須綵筆，句成仍挾水雲清。

【題解】

本詩作於淳熙元年（一一七四）秋，時在桂帥任上。許子紹通判作水鄉席上，石湖次韻作本詩。

【箋注】

〔一〕苕溪：李吉甫元和郡縣圖志卷二五江南道一湖州烏程縣：「霅溪水，一名大溪水，一名苕溪水，西南自長城、安吉兩縣東北流，至州南與餘不溪水、苧溪水合，又流入於太湖。」

〔二〕催詩雨：杜甫陪諸貴公子丈八溝攜妓納涼晚際遇雨：「片雲頭上黑，應是雨催詩。」

水鄉酌别但能之主管，能之將過石康

南郭河橋市井喧，緑荷香處有江天。一簾梅雨爐煙外，三疊陽關燭淚前〔一〕。馬耳西風君並海，船頭北渚我歸田。後期只恐參商似，且醉金槽四十絃〔二〕。

【題解】

本詩作於淳熙元年（一一七四）夏，「緑荷香處有江天」，可知。但能之，即但中庸，字能之，湖北齊安人。曾在廣右任職，知潯州，嶺南監司。臨桂縣志卷二一金石志二：「劉焞題名：『眉山劉焞（文潛）載酒，齊安但中庸（能之）、晉安韓璧（廷玉）、延平張士佺（子真）、臨賀楊炤（叔戒）、宜春潘修（文叔）共飲彈丸新巖，下舟龍隱。賓主既醉，逮闇乃歸。淳熙庚子六月。』」陸游老學庵筆記卷七：「姓但者，音若檀。近歲有嶺南監司曰但中庸是也。一日，朝士同觀報狀，見嶺南郡守以不法被劾，朝旨令但中庸根勘。」張栻送但能之守潯州（南軒先生文集卷五）：「循吏古猶少，嶺民今未蘇。丁寧煩詔旨，推擇得吾徒。根本誰深念？詩書計不迂。惟應敦此意，豈但應時須！」楊萬里淳熙薦士録贊其人品格云：「有學有文，操守堅正。持節布憲，風采甚厲。」石康，縣名，屬廉州。王存元豐九域志卷九廣南路廉州，屬縣二：石康。

【箋注】

〔一〕三疊陽關：郭茂倩樂府詩集卷八〇録王維送元二使安西詩，題作渭城曲，録入近代曲録，曰：「渭城一名陽關，王維之所作也。本送人使安西詩，後遂被于歌……渭城、陽關之名，蓋因辭云。」蘇軾仇池筆記卷上：「舊傳陽關三疊，今歌者每句再疊而已，若通一首，又是四疊，皆非是。每句三唱以應三疊，則叢然無復節奏。有文勛者，得古本陽關，每句皆再唱，而第一句不疊，乃知唐本三疊如此。」陸游閬中作：「三疊淒涼渭城曲。」

〔二〕金槽四十絃：十位女子彈奏琵琶。金槽，李賀秦王飲酒：「金槽琵琶夜棖棖。」吴正子注引談實録：「中官白秀貞得琵琶槽，有金縷紅紋，以獻楊貴妃。」王琦解：「金槽，以金飾琵琶之槽也。」蘇軾約公擇飲是日大風：「琵琶一抹四十絃。」潘若冲郡閣雅談：「高從誨好彈胡琴。天成中，王仁裕使荆渚，從誨出十妓彈胡琴，仁裕有詩曰：『紅粧齊抱紫檀槽，一抹朱絃四十條。』」

六月十五日夜汎西湖，風月温麗

暮檥金龜潭，追隨今夕涼。波紋挾月影，摇蕩舞船窗。夜久四山高，松桂黯以蒼。長煙界巖腹，浮空餘劍鋩。棹夫三弄笛，跳魚翻素光。我亦醉夢驚，解纓濯滄浪〔一〕。多情芙蕖風，嫋嫋吹鬢霜。會心有奇賞，天涯此何方？清潤不立塵，空明滿生香。過清難久留，俛俯墮渺茫。

【題解】

本詩作於淳熙元年（一一七四）六月。桂林有西湖，在城西三里。永樂大典卷二三六三引桂林郡志：「西湖在桂城西三里，西山之下，環寖隱山六洞。闊七百餘畝。在唐，名其源爲蒙泉，其流爲蒙溪。見隱山六洞記。湖久廢，宋乾道間經略張維築斗門復舊觀。淳熙間，經略張栻以爲放生池。」宋鮑同西湖記：「桂林西湖，今經略使徽猷張公所復也。」「作斗門以閘之，未幾，水遂盈衍潭漫，若潭若池。橫徑將數十畝，望之蒼茫皎澈，千峰影落，霽色秋清，景物輝煌，轉盼若新。」范成大桂海虞衡志志岩洞：「隱山六洞，皆在西湖中，隱山之上。」「荷花時，有泛舟故事，勝賞甲於東南。」

【箋注】

〔一〕解纓濯滄浪：屈原漁父：「滄浪之水清兮，可以濯我纓。」

燕堂書事

歲稔齋鈴閴〔一〕，年深屋壁摧〔二〕。狸爭雷瓦過〔三〕，蝗化雨窗來。盡日風常籟，無時地不梅。耳邊情話少，笑口若爲開〔四〕？

【題解】

本詩作於淳熙元年（一一七四）秋，時在桂帥任上。

【箋注】

〔一〕閴：閴静，没有聲音。洪邁夷堅志丁志「路當可」條：「吾以鬼見困，從其家求閴静處，將具奏於天。」

〔二〕屋墍摧：房屋塗泥已損壞。尚書梓材：「若作室家，既勤垣墉，惟其塗墍茨。」注：「馬融曰：墍，堊色。」

〔三〕「狸争」句：雷瓦，雷通擂，敲擊。樂府詩集卷二鉅鹿公主歌辭：「官家出遊雷大鼓。」全句謂狸在屋上争，敲擊瓦片發出聲響。

〔四〕「笑口」句：杜牧九日齊山登高：「塵世難逢開口笑。」蘇軾出城送客不及步至溪上二首其二：「春來六十日，笑口幾回開。」

酒邊二絶

團扇香中嫋嫋風，斷腸聲裏看羞紅〔一〕。不須過處催乾盞，聽徹歌頭盞自空。

日長繡倦酒紅潮，閒束羅巾理六幺〔二〕。新樣築毬花十八〔三〕，丁寧小玉慢吹簫〔四〕。

【題解】

本詩作於淳熙元年（一一七四），時在桂帥任上。

【箋注】

〔一〕斷腸聲裏：黄庭堅題陽關圖：「斷腸聲裏無形影，畫出無聲亦斷腸。」

〔二〕六幺：唐曲名，蔡寬夫詩話：「緑腰，本名録要，後訛爲此名，今又謂之六幺，然六幺自白樂天時，已若此云，不知何義也。」程大昌演繁露卷一二：「段安節琵琶録云：貞元中，康昆侖善琵琶，彈一曲新翻羽調緑腰，注云：緑腰，即録要也。本自樂工進曲，上令録出要者，乃以爲名，誤言緑腰也。據此即録要已訛爲緑腰，而白樂天集有聽緑腰詩，注云，即六幺也。」

〔三〕「新樣」句：張邦基墨莊漫録卷四：「王禹玉丞相寄程公闢詩云：『舞急錦腰迎十八，酒酣玉帴照東西。』樂府六么曲有花十八，古有玉東西杯，其對甚新也。」吴聿觀林詩話評云：「鮑照云：『傷禽惡弦驚，倦客惡離聲。』『斷腸聲裏無形影，畫出無聲亦斷腸』，蓋以此也。」

〔四〕「丁寧」句：丁寧，樂器名，王建宫詞：「小管丁寧側調愁。」左傳宣公四年：「著于丁寧。」杜預注：「丁寧，鉦也。」小玉，本侍女名，借指女藝人。白居易長恨歌：「轉教小玉報雙成。」李賀江樓曲：「小玉開屏見山色。」唐人多以「小玉」爲侍女之稱。

枕上作

繞枕蚊相聒，翻缸鼠自忙。早衰秋夢亂，不寢曉更長㈠。賦擬騷人屈，吟成病客莊。安心無可覓〔一〕，隨處且爲鄉〔二〕。

【校記】

㈠不寢：叢書堂本、詩淵第二册第一三四〇頁作「不寐」。

【題解】

本詩作於淳熙元年（一一七四）秋，時在桂帥任上。夜不寐，因於枕上作本詩，發人生之感歎。

【箋注】

〔一〕「安心」句：景德傳燈録卷三：「光（慧可）曰：『我心未寧，乞師與安。』師（達磨）曰：『將心來與汝安。』曰：『覓心了不可得。』師曰：『我與汝安心竟。』」

〔二〕「隨處」句：此句連貫上句，實用蘇軾詞意，定風波（常羨人間琢玉郎）：「却道，此心安處是吾鄉。」

思歸再用枕上韻

老覺觸事懶，病添歸計忙。行年心已化〔一〕，疇昔意空長。五柳栗里宅〔二〕，百花錦城莊〔三〕。何時去檢校，一棹水雲鄉。

【題解】

本詩作於淳熙元年（一一七四），時在桂帥任上，因病而生歸思，用枕上作韻賦本詩。

【箋注】

〔一〕行年心已化：用莊子文意。莊子寓言：「曾子再仕而心再化。」疏：「所謂再化，以悲樂易心，爲不及養親故也。」

〔二〕五柳栗里宅：指陶潛之宅。晉書陶潛傳：「嘗著五柳先生傳以自況，曰：『先生不知何許人，不詳姓字，宅邊有五柳樹，因以爲號焉。』」栗里，地名，陶潛居住地，白居易訪陶公潛舊宅：「柴桑古村落，栗里舊山川。」

〔三〕百花錦城莊：錦城，成都；百花，即百花潭，杜甫所居之處，在成都西。杜甫懷錦水居止：「萬里橋南宅，百花潭北莊。」

李正之提點行至郴，用予忙字韻寄，和答

天涯逢我病，秋晚送君忙。感概交情厚，留連别恨長。賓筵猶雪觀，客路已雲莊。搖落郴江路〔一〕，應須憶醉鄉〔二〕。

【題解】

本詩作於淳熙元年（一一七四）七月以後。李正之，即李大正，字正之，建安人。紹興三十一年，任遂昌尉，見揮麈餘話卷一。乾道八年十二月二十六日，以右宣教郎除江淮荆浙福建廣南路提點坑冶鑄錢公事，見宋會要輯稿職官四三。淳熙元年七月，李大正至廣西巡檢，會見范成大，同遊壺天觀，並題名。臨桂縣志卷二二金石志三：「范成大題名：經略安撫使范成大新作壺天觀，提點刑獄鄭丙落其成，轉運判官趙善政、提點坑冶鑄錢李大正同集。淳熙改元，七月十日。」李大正離桂林後，作詩寄給石湖，石湖又和而答之。本詩必作於七月以後。李大正於淳熙十一年任潼川府路提點刑獄，十二年又改爲利州路提刑，十三年猶在任。十一年冬，辛棄疾賦滿江紅送李正之提刑入蜀，即爲李大正赴利州路提刑而作。

【箋注】

〔一〕郴江路：郴江，即郴水，王存元豐九域志卷六荆湖南路郴州，治郴縣，境内有郴水。

〔二〕醉鄉：醉中之境界。新唐書王績傳：「著醉鄉記，以次劉伶酒德頌。」李煜烏夜啼：「醉鄉路穩宜頻到，此外不堪行。」

曉出北郊

偪仄深巷中，葱蘢緑陰交。山家不早起，閉户如藏逃。濃露蜕蟬咽，小風飢燕高。新渠厘涓流，壞陂方怒號。迟旿病瘠土，不肯昏作勞〔一〕。滅裂復滅裂，晚秧如牛毛。空餘朝氣白，浮浮濕弓刀。官稱勸農使，臨風首頻搔〔二〕。

【題解】

本詩作於淳熙元年（一一七四）夏，時爲桂帥兼勸農使，出北郊，見晚秧如牛毛，作本詩以抒憫農之感。

【箋注】

〔一〕昏作勞：尚書盤庚上：「乃不畏戎毒于遠邇，惰農自安，不昏作勞，不服田畝，越其罔有黍稷。」正義曰：「不强於作勞，則黍稷無所獲。」「昏，强。」引孫炎曰：「昏，夙夜之强也。」

〔二〕「官稱」二句：宋會要輯稿職官四二：「勸農使，掌勸課農桑之事。」北宋時，勸農使先由轉運使兼任，後改由提點刑獄官兼，亦可由諸州知州兼任，高承事物紀原卷六「勸農」條：「至景德三年二月，詔諸路轉運、開封知府、諸知州、少卿監以上，並兼勸農使，其餘知州軍、通判並兼勸農事。」從范詩看，他知静江府，亦兼勸農使。

甘雨應祈三絶

晚稻成苞未肯肥，鵓鳩啼曉雨來時。黄紬被冷初眠覺，先向芭蕉葉上知。

數日雖蒙霢霂霑〔一〕，浥塵終恨太廉纖〔二〕。今朝健起巡檐看，恰似廬山看水簾。

高田一雨免飛埃，上水綱船亦可催。説與東江津吏道〔三〕：打量今晚漲痕來。

【題解】

本詩作於淳熙元年（一一七四），時在桂帥任上，喜雨來，感賦本詩。

【箋注】

〔一〕霢霂：小雨。詩經小雅信南山：「益之以霢霂。」

〔二〕廉纖：多形容小雨，蘇軾雪夜獨宿柏仙庵「晚雨纖纖變玉霙」，施注：「韓退之詩：廉纖微雨不能晴。」

〔三〕東江：指桂林東江。津吏：管理渡口、橋樑等的官吏。清梁章鉅稱謂録卷二二津吏條：「楊萬里至洪澤詩：『急呼津吏催開閘，津吏叉手不敢答。』案：即閘官也。」

與鄭少融、趙養民二使者訪古眥家洲，歸憩松關。二君欲助力興廢，戲書此付長老善良，以當疏頭

飄飄竹雨潤輕裘，嫋嫋松風繫小舟。安得從容興廢手，越人重上眥家洲。

【題解】

本詩作於淳熙元年（一一七四），時爲桂帥，與提刑鄭丙、轉運判官趙善政訪古眥家洲，賦本詩紀遊。鄭少融，即鄭丙，字少融，祖籍安陸，後移家福州長樂縣。紹興十五年，擢進士第，歷仕建州州學教授、太學録、國子監主簿。隆興元年，遷監察御史。二年，出爲提點荆湖北路刑獄。乾道六年入對，除尚書禮部員外郎。淳熙元年，爲静江府提點刑獄，四年召爲吏部郎中，累遷秘書監、中書舍人、禮部侍郎、吏部尚書，知紹興府等，事見周必大吏部尚書鄭公丙神道碑，宋史卷三九四有傳。岳珂桯史卷一二「鄭少融遷除」條云：「孝宗在位久，益明習國家事，厲精政本，頗垂意骨鯁，以彊本朝。淳熙六年，鄭少融丙初拜西掖，首疏官冗賞濫，力指時政之失。且謂卿監丞簿，事簡官備，館職史官，至二十員，學官書局，各以十數，監司郡守，疊授三政，參議祠廟，歸正添差，養老將校，充滿外路。東宫徹章，館閣進書，雜流厮役，例霑賞典，曰隨龍，曰應奉。開河修堰，併場蠲賦，無時推恩，他司錢物，漕乞移用，尉不捕賊，詭奏有功，張大虚聲，横被醲賞。累數百言，上覽而壯

之。奎札付中書曰：『賞功遷職，不以濫予，鄭丙言是也。給舍遇書讀，宜隨事以聞。』於是廷臣始側目。既而少融益亹亹論事，敢於劘上，上亦忻然納之，無忤。八年，遂兼夕拜東宫春坊。陳龜年女嫁巨室裴良珣，裴死于酒，兄良顯訴陳女利其富，死有冤事，下天府，語連龜年，尹不敢治，詔送大理，左右有爲之地者。詔漕司先審責良顯：『不實，反坐。』狀始得行。少融駁奏曰：『願少存國法，爲子孫萬世計。』竟如初詔。韓子師以曾覿援，有起廢意，少融極口詆之曰：『是人仰累聖德。』後大臣或指二言之切爲賣直。上不聽，諭少融曰：『朕自喜給舍得人。』亟遷吏書以矯其譏。時王謙仲藺丞宗正，進對曰：『今日不欺陛下，惟鄭丙，惜其愛莫助之耳。』上喜，亦遷監察御史。謙仲尤擊搏，不畏彊禦，馴致大用，奬直厲斷，蓋隱然有亨阿、封即墨之風焉。至今士夫間，猶能誦其獨立敢爲之實也。少融繼守數郡，治微尚嚴云。」趙養民，即趙善政，時任廣西轉運判官，張栻祭趙養民運使文（南軒先生文集卷四四）稱善政「民瘼旁咨」、「邦財益阜」。古訾家洲，在灕水中，唐裴行立立亭於其上，柳宗元作桂州裴中丞作訾家洲亭記：「桂州多靈山，發地峭豎，林立四野。署之左曰灕水，水之中曰訾氏之洲。」

淳熙甲午桂林鹿鳴燕，輒賦小詩，少見勸駕之意

維南吾國最多儒，聳看招招赴隴書〔一〕。竹實秋風辭穴鳳〔二〕，桃花春浪脱淵魚。

月宫移種新栽桂，江水朝宗舊鑿渠。况有狀頭坊井上，明年應表第三間。郡人曹鄰及第詩云〔三〕：「我到月宫收得種，爲君移向故園栽。」今歲用故事植桂正夏、進德二堂之下〔四〕，又復朝宗古渠，以應文章應舉之讖。趙觀文、王世則亦郡人〔五〕，皆魁天下，故詩中悉及之。

【題解】

本詩作於淳熙元年（一一七四）九月，時在桂帥任上。静江府設鹿鳴燕，石湖賦詩以勸駕，亦具見培植人材之意矣。按謝啓昆粤西金石略卷九鹿鳴宴勸駕詩：「淳熙元年秋九月，桂林鹿鳴宴，太守范成大賦詩以勸駕云。」孫星衍、邢澍寰宇訪碑記卷九：「桂林鹿鳴燕詩，范成大撰，行書，淳熙元年九月。」淳熙甲午，即淳熙元年。鹿鳴燕，即鹿鳴宴，宋時殿試文武兩榜狀元唱名後，開設宴席，同年人俱團拜，稱鹿鳴宴。吴自牧夢粱録卷三「士人赴殿試唱名」條云：「……就豐豫樓開鹿鳴宴，同年人俱赴，團拜於樓下。文武狀元注授畢，各歸鄉里。本州則立狀元坊額牌所居之側，以爲榮耀。州縣亦皆迎迓，設宴慶賀。」本詩題云「桂林鹿鳴燕」，即爲州縣長官迎迓時所設之宴。本詩有石刻，陸增祥八瓊室金石補正卷一〇四跋云：「右范成大鹿鳴燕詩，在臨桂伏波巖。」謝啓昆粤西金石略卷九、寰宇訪碑記卷九亦有著録。

【箋注】

〔一〕隴書：隴坻之書，舊唐書德宗紀論：「加以天才秀茂，文思雕華。灑翰金鑾，無愧淮南之作，屬辭鉛槧，何慙隴坻之書。」

〔二〕「竹實」句：竹實秋風，點時令。穴鳳，山海經：「丹穴之山，有鳥狀如鷄，五彩而文，名曰鳳凰。」北史文苑傳序：「潘、陸、張、左，擅侈麗之才，飾羽儀於鳳穴。」李商隱擬意詩：「夫向羊車覓，男從鳳穴求。」

〔三〕郡人曹鄴及第詩：曹鄴，唐代詩人，字鄴之，桂州陽朔（今廣西桂林）人。唐大中四年中進士，歷仕太常博士、主客員外郎、祠部郎中、洋州刺史等。工於詩，與鄭谷、李洞、劉駕等人交游唱和。明人有曹祠部集二卷，全唐詩編其詩二卷。「及第詩」，原題爲寄陽朔友人。陸增祥八瓊室金石補正卷一〇四録范成大鹿鳴詩石刻，陸氏跋云：「曹鄴，唐人，官祠部，嘗讀書於龍頭山下。」

〔四〕正夏：正夏堂，范成大立，陸耀遹金石續編卷九：「杜易題榜：正夏堂。八分書，徑尺許，睢陽杜易書；吴郡范成大立，八分書，徑寸許。」

〔五〕王世則：陸增祥八瓊室金石補正卷一〇四録范成大鹿鳴詩，陸氏跋云：「王世則以太平興國八年魁天下。湖南通志載爲長沙人，與此不符。」

逍遥樓席上贈張邦達教授，張癸未省闈門生也。同年進士俱會樓上者七人

疇昔金門看選賢〔一〕，一星終矣半英躔。誰憐鑾府清池句，不著南山捷徑鞭〔二〕。

作者七人茅瘴地，肅霜九月菊殘天。浮生聚散如風雨，同倚東樓豈偶然。

【題解】

本詩作於淳熙元年（一一七四）九月。逍遥樓，臨桂縣志卷二六勝迹志二：「逍遥樓，在城東角上，軒楹重疊，俯視山川。唐顏真卿書逍遥樓三大字於石。」張邦達教授，静江府教授，生平未詳。癸未，隆興元年。此年，范成大爲試官，故稱張邦達爲門生。宋會要輯稿選舉二〇「試官」：「壽皇聖帝隆興元年正月九日，命翰林學士承旨、知制誥洪遵知貢舉，試兵部侍郎周葵、試中書舍人張震同知貢舉。……監太平惠民和劑局范成大等點檢試卷。」

【箋注】

〔一〕「疇昔」句：金門，金馬門之省稱，漢書揚雄傳解嘲：「與群賢同行，歷金門、上玉堂有日矣。」石湖昔日爲試官，選拔群賢，故云。

〔二〕「不著」句：用「終南捷徑」典。劉肅大唐新語卷一〇：「盧藏用始隱於終南山中，中宗朝屢居要職。有道士司馬承禎者，睿宗迎至京，將還，藏用指終南山謂之曰：『此中大有佳處，何必在遠！』承禎徐答曰：『以僕所觀，乃仕宦之捷徑耳。』藏用有慚色。」

畫工李友直爲余作冰天、桂海二圖㊀，冰天畫使北虜渡黄河時，桂海畫游佛子巖道中也。戲題

許國無功浪著鞭，天教飽識漢山川。酒邊蠻舞花低帽，夢裏胡笳雪没韉〔二〕。收拾桑榆身老矣，追隨萍梗意茫然。明朝重上歸田奏，更放岷江萬里船〔三〕。

【校記】

㊀李友直：富校：「『李』黄刻本、宋詩鈔作『季』。」活字本、叢書堂本、董鈔本均作「李友直」。

【題解】

本詩作於淳熙元年（一一七四）八月以後，時在桂帥任上。八月，遊佛子巖，後畫工李友直爲之畫桂海圖，描繪石湖遊佛子巖道中，因戲題本詩。佛子巖，原名中隱巖，亦名鍾隱巖。范成大桂海虞衡志志巖洞：「佛子巖，亦名鍾隱巖。去城十里，號最遠。一山峯起莽蒼中，山腰有上、中、下三洞。下洞最廣。中洞明敞，高百許丈。上洞差窄。一小寺就洞中結架，因石屋爲堂室。」明張鳴鳳桂勝：「中隱，一作鍾隱。土人曰佛子巖，以宋乾道間建有福緣寺爲僧祖華所居，故名。」石湖遊中隱巖（即佛子巖），在本年八月十八日，有題名在中隱巖。「畫工李友直」，畫史無載，孔凡禮范成大年譜引圖繪寶鑑補遺，謂有「李友直」。

【箋注】

〔一〕〔一〕「許國」四句：題冰天圖，言其使北事。

〔二〕「收拾」四句：題桂海圖，言其帥桂心事。

耳鳴戲題

歷歷從何起，泠泠與耳謀。人言衰相現〔一〕，我以妄心求。遠磬山房夜，寒蜩隴樹秋。圓通無別法，但自此根修〔二〕。

【題解】

本詩作於淳熙元年（一一七四），時在桂帥任上。

【箋注】

〔一〕「人言」句：衰相，佛家語，大明三藏法數卷一六：「天大五衰相：一，衣服垢穢；二，頭上華萎；三，腋下汗流；四，身體臭穢；五，不樂本座。天小五衰相：一，樂聲不起；二，身光忽滅；三，浴水著身；四，著境不捨；五，眼目數瞬。」石湖借用此語，指身體衰老之相。

〔二〕「圓通」二句：圓通，融會貫通。劉勰文心雕龍論説：「故其義貴圓通。」佛家也講圓通，楞嚴經卷六：「十三者，六根圓通，明照無二。」根，佛家稱感覺器官爲根，人之六種感官，稱六根。六根可以互通，楞嚴經卷四：「由是六根可以互通。」「此根」，即指耳。

復作耳鳴二首

至音起寂透希夷㊀〔一〕，珍重幽田爲發揮〔二〕。妙用何關新卷葉〔三〕，圓通自有倒聞機。夢中鼓響生千偈，覺後春聲失百非〔四〕。寄語爵陰吞賊道〔五〕，玉牀安穩坐朱衣。

東極空歌下始青，西方寶網奏韶英。不須路入兜玄國〔六〕，自有音聞室筏城〔七〕。牛蟻誰知牀下鬬，鶤蠅任向夢中鳴。如今却笑難陀種，無耳何勞强聽聲〔八〕。

【校記】

㊀起寂：原作「豈寂」，富校：「『豈』黄刻本作『起』，是。」按活字本、叢書堂本、董鈔本均作「起寂」，今據改。

【題解】

參見上首「題解」。

【箋注】

〔一〕希夷：無聲曰希，無色曰夷。老子：「視之不見名曰夷，聽之不聞名曰希。」柳宗元愚溪詩序：「超鴻蒙，混希夷，寂寥而莫我知也。」

〔二〕幽田：耳神之名，參見卷一不寐注。

〔三〕「妙用」句：楞嚴經卷四：「耳體如新卷葉，浮根四塵，流逸奔聲。」

〔四〕「夢中」二句：楞嚴經卷四：「我正夢時，惑此春音，將爲鼓響。」石湖詩即由此化出。

〔五〕「寄語」句：爵，通「雀」。周武帝無上秘要卷五身神品：「七魄：第一尸狗，第二伏矢，第三雀陰，第四吞賊。……」杜光庭道德真經廣聖義卷一一：「營魄抱一，能無離乎？」注：「制魄之道，常以月三日、十三日、二十三日，存心中赤氣，變化而呼三魄之名……又以月朔、月望、月晦之日，存鼻端白氣，變化而呼七魄之名：尸狗、伏矢、雀陰、吞賊，除穢臭。……此太上營護虚魄度世長生之道也。」

〔六〕「不須」句：沈欽韓注：「玄怪録：薛君冑覺兩耳中有車馬聲，因隤然思寢。纔至席，遂有小車，朱輪青蓋，駕赤犢，出耳中，各高二三寸，車有二童，絳幘青帔，亦長二三寸，而謂君冑曰：『吾自兜玄國來，向聞長嘯月下，甚清激，私心奉慕，願接清論。』君冑大駭曰：『君適出吾耳，何謂兜玄國來？』二童子曰：『兜玄國在吾耳中，君耳安能處我！』一童因傾耳示，君冑覘之，乃别有天地，花卉繁茂，甍棟連接，清泉縈繞，巖岫杳冥。因捫耳投之，已至一都會。

問之，二童已在其側，謂君冑曰：『既至此，盍從我謁蒙玄真伯！』真伯授君冑爲主錄大夫，即有黃帔三四人，引至一曹署，其中文簿，多所不識。因暇登樓遠望，忽有歸思，賦詩示二童子。童子怒曰：『吾以君性質沖寂，引至吾國，鄙俗餘態，果乃未去。』遂疾逐君冑，如陷落地，仰視，乃自童子耳中落，已在舊處，童子亦不復見。問諸鄰人，云失君冑已七八年矣。」

〔七〕「自有」句：室筏城，即室羅筏城。楞嚴經卷三：「如我乞食室羅筏城，在祇陀林，則無有我，此聲必來阿難耳處。」大唐西域記卷六室羅伐悉底國，季羨林注：「室羅伐悉底是梵文，舊譯舍衛、室羅筏、舍婆提。」

〔八〕「如今」二句：沈欽韓注：「又䟦難陀龍，無耳而聽，難陀龍也。翻譯名義：難陀，此云歡喜。段成式酉陽雜俎云：龍無耳。」

碧虛席上得趙養民運使寄詩，約今晚可歸，次韻迓之

偶攜尊酒上孱顏，忽憶行人瘴霧間。便好來分蒼石坐，已教不鎖翠雲關。

【題解】

本詩作於淳熙元年（一一七四），時在桂帥任上。碧虛亭席上，得趙養民運使寄詩，知其今晚

可歸，因次其韻迓之。原倡已佚。

寒夜

萬象閴無語，一蛩吟獨譁。肅肅月浸樹，滿庭穠李花。風從月中來，吹我兩鬢華。北斗聲迴環，南斗亦横斜。人生幾良夜，吾行久天涯。離居隔江漢，何由寄疏麻〔一〕。

【題解】

本詩作於淳熙元年（一一七四）秋，時在桂帥任上。寒夜忽念自己遠遊他鄉，思友人，爲賦本詩。

【箋注】

〔一〕「何由」句：疏麻，傳説中的神麻，古人折以贈别。楚辭屈原九歌大司命：「折疏麻兮瑶華，將以遺兮離居。」唐駱賓王夏日遊德州贈高四：「儻憶幽巖桂，猶冀折疏麻。」

甲午除夜，猶在桂林，念致一弟使虜，今夕當宿燕山會同館，兄弟南北萬里，感悵成詩

把酒新年一笑非，鶺鴒原上巧相違〔一〕。墨濃雲瘴我猶住，席大雪花君未歸。萬

里關山燈自照，五更風雨夢如飛。别離南北人誰免，似此别離人亦稀。

【題解】

本詩作於淳熙元年（一一七四）除夕，時猶在桂林帥任上。知致一弟使虜，今夜當宿燕山會同館，念兄弟南北分離相隔萬里，有感而作本詩。致一弟，即范成績，本年使金賀正旦節，宋史孝宗紀：「（淳熙元年十月）壬戌，遣蔡洸使金賀正旦。」無范成績名，孔凡禮范成大年譜淳熙元年譜文：「十月壬戌，遣蔡洸使金賀正旦，弟成績隨行。」附注云：「以時計之，成績當隨蔡洸使金也。」「成績與洸同行，或有親戚因素。」成大於今年十月，已得知成都府之任命，周必大神道碑：「淳熙元年十月，除敷文閣待制、四川制置使、知成都府。」然本年尚未動身，故云：「猶在桂林。」

【箋注】

〔一〕鶺鴒原上：語出詩經小雅常棣：「脊令原上，兄弟急難。」脊令，即鶺鴒，鳥名，如鷚雀，常在水邊覓食。

乙未元日用前韻書懷，今年五十矣

浮生四十九俱非〔一〕，樓上行藏與願違。縱有百年今過半，别無三策但當歸〔二〕。

定中久已安心竟〔三〕，飽外何須食肉飛〔四〕。若使一丘并一壑，還鄉曲調儘依稀。儘乃俗字〔五〕。

【題解】

本詩作於淳熙二年(一一七五)元日,時仍在桂林帥任上。因當年五十,作詩書懷。乙未,即淳熙二年。瀛奎律髓彙評卷一六方回評:「石湖靖康丙午生。乾道己丑年四十四,充泛使入燕。淳熙甲午、乙未帥桂林,時被命帥蜀,年五十。」查慎行評:「五、六恬退語,卻氣概飛揚。」紀昀評:「純作宋調,語自清圓。雖不免于薄,而勝吕居仁、曾茶山輩多矣。」

【箋注】

〔一〕四十九俱非:淮南子原道:「故蘧伯玉年五十,而有四十九年非。」

〔二〕三策:董仲舒舉賢良對策中提出「天人感應」、「大一統」、「罷黜百家,表彰六經」的主張,世稱三策,用爲典故。

〔三〕「定中」句:定,入定。安心竟,用達摩師語,見本卷枕上作「安心」句注。

〔四〕食肉飛:語出後漢書班超傳:「相者指曰:『生燕頷虎頸,飛而食肉,此萬里侯相也。』」

〔五〕儘乃俗字:胡朴安俗語典:「左傳文十四年:『公子商人,盡其家貸於公。』……按,盡,即忍切,即俗云儘著之儘。儘字,惟見字彙,前此未收也。白居易詩『世上争先從盡汝』,亦用盡字,而自注云:『上聲。』宋間有用儘者,若陸游詩『儘將醉帽插幽香』之類。」

再用前韻 時被命帥蜀

休論今昨總皆非，世味誠甘與我違。蜀道雖如履平地，杜鵑終勸不如歸。三冬自苦坐毛穎，一夢微官陪蠹飛〔一〕。夜久南枝翻倦鵲，茫茫月白衆星稀〔二〕。

【題解】

本詩作於淳熙二年（一一七五）正月，再用前韻，即用甲午除夜猶在桂林念致一弟使虜今夕當宿燕山會同館兄弟南北萬里感悵成詩之韻。時在桂帥任上。再次接除蜀帥詔命，因賦本詩以抒懷。周必大神道碑：「淳熙元年十月，除敷文閣待制、四川制置使、知成都府。……會復置宣撫使，以命樞臣，改公成都路制置使。未幾，復宣撫司，公復專四路之寄。」范成大桂海虞衡志序：「居二年，余心安焉，承詔徙鎮全蜀，亟上疏，固謝不能。留再閱月，辭勿獲命，乃與桂民別。」吴儆有賀范至能自廣帥鎮蜀啓（竹洲集卷五），時吴儆正在邕州。續資治通鑑卷一四四：「（淳熙元年十二月）以資政殿學士、知荆南府沈夏加大學士，爲四川宣撫使。新四川制置使范成大，改管内制置使。」

【箋注】

〔一〕蠹：白蟻的别稱。爾雅釋蟲：「蠹，飛螘。」

〔二〕「夜久」二句：用曹操短歌行詩意：「月明星稀，烏鵲南飛，繞樹三匝，何枝可依。」

與同僚遊棲霞，洞極深遠，中有數路，相傳有通九疑者。燭將盡乃還，飲碧虚上，陳仲思用二華君韻賦詩，即席和之

竹杖芒鞵俗網疎，每逢絶勝更踟躕。但隨岐路東西去〔一〕，莫計光陰大小餘。彷佛桃源猶舞鳳，辛勤李白謾騎魚〔二〕。今朝真作遊仙夢，不似騷人賦子虚〔三〕。

【題解】

本詩作於淳熙二年（一一七五）正月，時離任桂帥將發，與同僚游棲霞洞，酌别於碧虚亭，陳仲思賦詩，石湖即席和之。臨桂縣志卷二一金石志二：「范至能題名：『范至能赴成都，率祝元將、王仲顯、游子明、林行甫、周直夫、諸葛叔時酌别碧虚。淳熙乙未二十八日。』」棲霞，洞名，在七星山上。范成大桂海虞衡志志巖洞：「棲霞洞，在七星山。七星山者，七峰位置如北斗。又一小峰在旁，曰輔星。石洞在山半腹。入石門，下行百餘級，得平地，可坐數十人。」

【箋注】

〔一〕岐路：棲霞洞内多岐路。范成大桂海虞衡志志巖洞：「棲霞洞……進里餘，所見益奇。又

行食頃，則多岐。遊者恐迷途，不敢進。」

〔二〕「辛勤」句：李白騎魚，用李白騎鯨魚故事。杜甫送孔巢父謝病歸遊江東兼呈李白：「南尋禹穴見李白，道甫問信今何如。」一本作：「若逢李白騎鯨魚，道甫問信今何如。」又，棲霞洞，宋人易名爲「仙李洞」，張鳴鳳桂勝：「棲霞，相傳名起自唐，宋改爲仙李巖。」嘉慶廣西通志卷九四記載建炎己酉八月，故相李公（士羨）書棲霞洞，刻於洞門之外，後六年，經略安撫使李彌易名「仙李」。故石湖詩及李白。

〔三〕子虛：子虛賦，司馬相如作。

施元光在崑山，病中遠寄長句，次韻答之

四海飄蓬客舍邊，幾多雲水與風煙。絶無膂力驅長轡，空有孤忠誓大川。參井忽隨征馬上〔一〕，斗牛應挂故山前〔二〕。親交情話知何許，詩到天涯喜欲顛！

【題解】

本詩作於淳熙二年（一一七五），時已有帥蜀之命，然尚在桂林帥任上。施元光在崑山，病中遠寄詩來，石湖次韻答之。施元光，見卷八送施元光赴江西幕府「題解」。

【箋注】

〔一〕「參井」句：參井，是蜀的分野，晉書天文志上：「觜、參，魏、益州。」李白蜀道難：「捫參歷井仰脅息，以手撫膺坐長嘆。」石湖即將入蜀，故云「忽隨征馬上」。

〔二〕「斗牛」句：斗牛的分野在吴越。晉書天文志上：「斗、牽牛、須女，吴、越、揚州。」石湖念及家鄉，故云「應挂故山前」。

次韻趙養民碧虛坐上

已將山色染眉黛，更挽江波添酒罍。珍重江山勸人醉，笑人驅馬悒悒迴。

【題解】

本詩作於淳熙二年（一一七五）正月，時將離桂赴蜀帥任，趙養民作碧虛席上詩以送别，石湖次其韻答之。

贛州明府楊同年輓歌詞二首

拱璧温無纇，深蘭遠自芳。清班孤玉筍〔一〕，薄宦老銅章〔二〕。傳業麒麟子，承家鴻雁行。門闌自簪笏，吾獨憾堂堂。憶昔龍門化，曾容雁塔陪〔三〕。逡巡九閏過，迢遞一書來。未報錯刀贈〔四〕，驚傳丹旐迴。辰陽隔江渚〔五〕，空此楚詞哀。

【題解】

本詩作於淳熙元年（一一七四），時在桂林帥任上，接楊同年訃告，作輓歌悼念之。因編於本卷末，姑繫於淳熙元年。楊同年，名未詳，疑是楊思濟，同於紹興二十四年登第。

【箋注】

〔一〕玉筍：喻才學之士，新唐書李宗閔傳：「俄復爲中書舍人，典貢舉，所取多知名士，若唐沖、薛庠、袁都等，世謂之玉筍。」

〔二〕銅章：後漢書蔡邕列傳下「墨綬長吏，職典理人」，注引漢官儀曰「秩六百石，銅章墨綬」也。

〔三〕「憶昔」二句：龍門，指同登進士第。後漢書李膺傳載，東漢末，李膺提倡名聲節操，不與宦官爲伍，士大夫非常宗仰他，「有被其容接者，名爲登龍門」。李白與韓荊州書：「一登龍門，聲價十倍。」「雁塔陪」，唐代士子考中進士後，同於雁塔題名，王定保唐摭言卷三：「進士題名，自神龍之後，過關宴後，率皆期集於慈恩塔下題名。」石湖用此典表示與楊同年曾同時中進士。

〔四〕「未報」句：錯刀，即金錯刀，張衡四愁詩：「美人贈我金錯刀，何以報之英瓊瑶。」

〔五〕辰陽：即辰州辰溪縣。元和郡縣圖志卷三〇江南道六辰州：「辰溪縣，本漢辰陵縣，屬武陵郡，後改曰辰陽，以在辰水之陽爲名。離騷云『朝發枉渚，夕宿辰陽』，是也。」

石湖居士詩集卷十五

初發桂林，有出嶺之喜，但病餘便覺登頓，至靈川疲甚，自歎羸軀乃無一可，偶陸融州有使來，書此寄之

桂林獨宜人，無瘴古所傳〔一〕。北客守炎官，恃此以泰然。堂高愜宴坐，訟簡容佳眠。不計身落南，璿柄三回天〔二〕。今朝遂出嶺，歡呼繫行纏。罝兔脱豐草，池魚躍清淵。那知多病身，久静翻懷安。長風蕩籃輿，簾箔飄以翾。靈泉路喫蹶〔三〕，僕夫告頳肩。我亦頭岑岑，中若磨蟻旋〔四〕。走投破驛宿，强飯不下咽。兹事未渠央，萬里蜀道難〔五〕。十年故倦遊〔六〕，況乃成華巔。蠶老當作繭，不繭夫何言！

【題解】

本詩作於淳熙二年（一一七五）正月，時離桂林，赴蜀帥任。初發桂林，有出嶺之喜，因賦本詩。靈川，縣名，屬桂州，王存元豐九域志卷九廣南西路桂州：「靈川，州東北五十二里。」陸融

州，未詳。

【箋注】

〔一〕「桂林」二句：范成大桂海虞衡志序：「始余自紫薇垣出帥廣右，姻親故人張飲松江，皆以炎荒風土爲戚。余取唐人詩，考桂林之地，少陵謂之宜人，樂天謂之無瘴，退之至以湘南江山勝於驂鸞仙去，則宦遊之適，寧有逾於此者乎？既以解親友，而遂行。乾道九年三月，既至郡，則風氣清淑，果如所聞。」杜甫寄楊五桂州譚：「五嶺皆炎熱，宜人獨桂林。」白居易送嚴大夫赴桂林：「桂林無瘴氣，柏署有清風。」

〔二〕璿柄：北斗七星的斗柄。三回天：指居桂林前後三年。

〔三〕靈泉：指龍惠泉，參後靈泉詩。

〔四〕磨蟻：晉書天文志上：「天旁轉如推磨而左行，日月右行，隨天左轉……譬之於蟻行磨石之上，磨左旋而蟻右去，磨疾而蟻遲，故不得不隨磨以左迴焉。」

〔五〕萬里蜀道難：黄震黄氏日鈔卷六七録范成大自廣帥蜀謝表：「去國八千里，憾青天蜀道之難；提封六十州，豈白面書生之事！」

〔六〕十年故倦遊：此爲約數，以紹興三十二年（一一六二）赴行在任京官計，則已十三年。

甘棠驛

萬里三年醉嶺梅，東風刮地馬頭迴。心勞政拙無遺愛，慚向甘棠驛裏來〔一〕。

【題解】

本詩作於淳熙二年（一一七五），時自桂林赴蜀帥途中。甘棠驛，在靈川縣南二十里。

【箋注】

〔一〕「心勞」二句：石湖巧借地名，扣合甘棠故事，表明自己在桂林慚無政績。當然這是自謙之語。甘棠，詩經召南篇名，周武王時，召伯出行南國，曾決獄於甘棠樹下，後人思其德，因作甘棠詩。毛詩序：「美召伯也。召伯之教，明於南國。」後用以稱頌有德政的地方官。劉禹錫衢州徐員外使君遺以縞紵兼竹書箱因成一篇用答佳貺：「聞道天台有遺愛，人將琪樹比甘棠。」

靈泉

驛後有龍惠泉

泉螭無語笑經過〔一〕，欲掛衛鰥奈拙何〔二〕！孤奉明恩雖出嶺，歡顏終少汗顏多。

【題解】

本詩作於淳熙二年(一一七五)正月,時自桂林赴蜀帥任途中。甘棠驛後有龍惠泉,因賦本詩紀之。

【箋注】

〔一〕泉竇:石刻龍形之泉眼嘴。

〔二〕煢鰥:煢,同惸,小爾雅廣義:「凡無妻無夫通謂之寡,寡夫曰煢。」鰥,書堯典:「有鰥在下曰虞舜。」孔穎達疏:「王制云:老而無妻曰鰥。舜於時年未三十而謂之鰥者……鰥者無妻之名,不拘老少。」

嚴關

或謂之炎關,桂人守險處。朔雪多不入關,關内外風氣迴殊,人以爲南北之限也。

回看瘴嶺已無憂,尚有嚴關限北州。裹飯長歌關外去,車如飛電馬如流〔一〕。

【題解】

本詩作於淳熙二年(一一七五),自桂林赴蜀帥任途中。嚴關,在桂林興安縣,王存元豐九域志卷九廣南西路桂州:「興安,州東北一百五十里。」沈欽韓范石湖詩集注卷中:「紀要:嚴關在桂林府興安縣西南十七里，桂郡之咽喉也。」

【箋注】

〔一〕「車如」句：後漢書馬皇后傳：「前過濯龍門上，見外家問起居者，車如流水，馬如游龍。」本句由此化出。

施進之追路出嚴關，且寫予真，戲題其上

唤渡牂牁瘴水濱〔一〕，嚴關關外又逢春。神仙富貴俱何在，且作全家出嶺人。

【題解】

本詩作於淳熙二年（一一七五），自桂林赴蜀帥任途中。

【箋注】

〔一〕牂牁：郡名，又作「牂柯」，漢置，隋置牂州，大業三年改牂牁郡，唐永徽後廢。李吉甫元和郡縣圖志卷三〇江南道六：「夷州，本徼外蠻夷之地，自漢至梁陳，並屬牂柯郡。」「都上縣，本漢牂柯郡地，隋大業十二年招慰所置。」「綏陽縣，本漢牂柯郡地，隋大業十二年巴郡丞梁粲招慰所置。」「費州，本古徼外蠻夷地，漢武帝元鼎六年通西南夷，置牂柯郡。隋文帝於此置涪川縣，屬黔州，煬帝改爲黔安郡。貞觀四年，分思州涪川、扶陽縣置費州。」太平寰宇記卷

一二三牂州，記及隋置，大業三年改爲牂牁郡，唐永徽初廢。牂牁轄地，約在今廣西北境，雲南東境，貴州一帶。宋已無此郡，石湖蓋借用漢代郡名代指其出桂林後行經之地。施進之，即施元光，參見本書卷八送施元光赴江西幕府「題解」。施進之能畫，工寫真，畫史無載。

興安乳洞有上中下三巖，妙絶南州，率同僚餞别者二十一人遊之

山水敦夙好，煙霞痼奇懷。向聞乳洞勝，出嶺更徘徊。雪林縞萬李，東風知我來。華裾繡高原，故人紛後陪。繫馬玉溪橋，嵌根豁崔嵬。蕩蕩碧瑶宫，冰泉漱牆限。芝田溉石液，深畦龍所開。匄我一掬慳〔一〕，頮此炎州埃〔二〕。仍呼輪袍舞〔三〕，醉倒瑞露杯〔四〕。但恐驚山靈，腰鼓轟春雷。薪翁雜餉婦，圜視歡以咍。兹巖何時鑿，閲世幾劫灰？始有此客狂，後會真悠哉！南遊冠平生，已去首猶回。歲月可無紀？三洞俱磨崖。會有好事者，摩挲讀蒼苔。

【題解】

本詩作於淳熙二年（一一七五）二月，自桂林赴蜀帥任途中。全詩記述同僚送别於興安時之

盛況。興安乳洞，王存新定九域志卷九桂州：「乳洞，垂乳萬數，其色湛然。」范成大桂海虞衡志志巖洞：「餘外邑巖洞尚多，不可皆到。興安石乳洞最奇。予罷郡時過之，上、中、下亦三洞。」祝穆方輿勝覽：「上、中、下三洞，有泉凝碧，自洞中沿石壁流出。……秉炬入，石乳玲瓏，有五色石橫亘其上，如飛霞，有淺水，揭歷可行，山中亦多石果，好事者名其下洞曰噴雪，中曰駐雲，上曰飛霞，此洞與棲霞相甲乙。」石湖與同僚餞別者二十一人遊之。此爲紀實，盛況空前，亦見石湖在桂帥任深得人心。按，考詩集所記之送行者，計：陳思、陳席珍、李静翁、周去非、鄭郎、祝元將、王光祖、游次公、施進之等人。

【箋注】

〔一〕一掬慳：韓愈題炭谷湫祠堂：「巨靈高其捧，保此一掬慳。」蘇軾南都妙峰亭：「均爲拳石小，配此一掬慳。」一掬，又作一匊，詩經小雅采緑：「終朝采緑，不盈一匊。」毛传：「兩手曰匊。」

〔二〕頮：洗臉。尚書顧命：「甲子，王乃洮頮水。」釋文：「音悔，説文作沬，云古文作頮。馬融云：頮，頮面也。」

〔三〕輪袍舞：依鬱輪袍曲而起舞的舞蹈名。傳説王維詣公主，獨奏新曲，聲調哀切，公主詢之，答曰：「號鬱輪袍。」又出懷中詩卷，公主覽後，奇之。公主召試官至第，遣宫婢傳教。維遂中舉。事見鄭還古郁輪袍傳。

〔四〕瑞露：范成大桂海虞衡志志酒：「瑞露，帥司公廚酒也。經撫廳前有井清冽，汲以釀，遂有名。今南庫中自出一泉。近年只用庫井酒，仍佳。」

鏵嘴

在興安縣五里所㈠，秦史禄所作也㈡。迎海陽水，壘石爲壇，前鋭如鏵，衝水分南北，下爲湘、灕二江，功用奇偉，余交代李德遠嘗修之。

導江自海陽〔一〕，至縣迺瀰迤。狂瀾既奔傾，中流遇鏵嘴。分爲兩道開，南灕北湘水。至今舟楫利，楚粤徑萬里。人謀敚天造〔二〕，史禄所經始。無謂秦無人，虎鼠用否耳。紫藤纏老蒼，白石溜清泚。是聞可作社㈢，牲酒百世祀。修廢者誰歟？配以臨川李〔三〕。

【校記】

㈠興安縣：富校：「『縣』下脱『北』字，宋史河渠志謂『在興安縣北』。」

㈡史禄：原作「史録」，誤。富校：「『禄』誤作『録』。宋史河渠志『初乃秦史禄所鑿』。」活字本、叢書堂本、董鈔本均作「史禄」，今據改。

㈢是聞：富校：「『聞』黄刻本、宋詩鈔作『間』，是。」詩淵第三册第二〇四七頁作「是間」。然活字本、叢書堂本、董鈔本均作「是聞」。

【題解】

本詩作於淳熙二年（一一七五）二月，至興安，賦鏵嘴詩，贊揚李浩修復靈渠之功績。鏵嘴，在靈渠，爲重要水利工程。歐陽忞輿地廣記：「咸通九年，刺史魚孟威以石爲鏵隄，亘四十里。」宋史河渠志七：「廣西水，靈渠源即灕水，在桂州興安縣之北，經縣郭而南。其初乃秦史禄所鑿，以下兵於南越者。至漢，歸義侯嚴出零陵灕水，即此渠也。馬伏波南征之師，饟道亦出於此。唐寶曆初，觀察使李渤立斗門以通漕舟。宋初，計使邊詡始修之。嘉祐四年，提刑李師中領河渠事重闢，發近縣夫千四百人，作三十四日，乃成。」顧祖禹讀史方輿紀要卷一〇七：「咸通九年，刺史魚孟威以石爲鏵隄，亘四十里，植大木爲斗門，至十八重，乃通舟楫。」范成大對鏵嘴、靈渠有詳細描寫，黄震黄氏日鈔卷六七引桂林虞衡志云：「靈渠，在桂州興安縣。湘水北下湖南又融江，牂牁下流也，南下廣西。二水遠不相謀。史禄於沙磕中壘石作鏵嘴，派湘之流而注之融，激行六十里，置斗門三十六，舟入一斗，則復閘一斗，使水積漸進，故能循崖而上，建瓴而下。治水巧妙，無如靈渠者。」今本桂海虞衡志無此條。李德遠，即李浩（一一一六—一一七六），字德遠，紹興十二年進士，歷仕襄陽府觀察推官、太常寺主簿、光禄寺丞、恭王府直講、司農少卿、大理卿、知静江府兼廣西安撫，「浩至郡，舊有靈渠通漕運及灌溉，歲久不治，命疏而通之，民賴其利。」召回除吏部侍郎、夔路帥，淳熙三年九月卒。事見宋史卷三八八本傳。「余交代李德遠」，指李浩爲石湖上一任桂帥，范成大驂鸞録：「（閏正月）十八日至袁州，桂林帥前大理寺丞李浩德遠先在此相候，欲講交承禮，爲留三日。」

【箋注】

〔一〕「導江」句：黄震黄氏日鈔卷六七引桂海虞衡志：「湘、灕二水，皆出靈川之海陽。」海陽，當作陽海，山名，太平寰宇記卷一六二桂州興安縣：「陽海山，在縣城北一百七十里，屬興安縣。」酈道元水經注、輿地廣記卷三六、輿地紀勝卷一〇三均作「陽海山」。石湖記「海陽」，非是。

〔二〕敚：説文：「敚，彊取也。」周書：『敚攘矯虔。』」段玉裁注：「此是爭敚正字。後人假奪爲敚，奪行而敚廢矣。」

〔三〕臨川李：指李浩德遠。宋史李浩傳：「其先居建昌，遷臨川。」

大通界首驛

愚悃無華敢自欺，寸誠珍重吏民知。東風重倚庭前樹，送別人情似到時。

【題解】

本詩作於淳熙二年（一一七五）二月，時自桂林赴蜀帥任途中。大通，鎮名，王存元豐九域志卷七梓州路廣安軍新明縣，有大通鎮。

陳仲思、陳席珍、李静翁、周直夫、鄭夢授追路過大通，相送至羅江分袂，留詩爲别

相送不忍别，更行一程路。情知不可留〔一〕，猶勝輕别去。二陳拱連璧，僊李瑚璉具，周子雋拔俗，鄭子秀風度。嗟我與五君，曩如栖鳥聚。偶投一林宿，飄摇共風雨〔二〕。明發各飛散，後會渺何處？栖鳥固無情，我輩豈漫與？班荆一炊頃〔三〕，聽此昆弟語。把酒不能觴，有淚若兒女〔四〕。脩程各著鞭，慷慨中夜舞。功名在公等，臞儒老農圃。

【題解】

本詩作於淳熙二年（一一七五）二月。陳仲思，即陳符，見卷一四次韻陳仲思經屬西峰觀雪「題解」。陳席珍、李静翁，乃幕府中人，生平未詳。周直夫，即周去非，見卷一四送周直夫教授歸永嘉。周去非歸永嘉後不久，又至桂林任職，故能送石湖赴蜀帥任。鄭夢授，即鄭郥，字夢授，建安人。淳熙初，任静江府司法參軍。范成大祭遺骸文：「（范成大）謹遣左迪功郎臨桂縣令陳舜韶、左迪功郎司法參軍鄭郥以清酌庶羞之奠，祭於新塚諸君之靈。」楊萬里淳熙薦士録（誠齋集卷一一三）：「鄭郥，持身甚廉，愛民甚力，嘗知南雄州保昌縣，殊有治行。太守虐政，一切更之。民

情翕然去思。」厲鶚宋詩紀事卷五九引陝西通志載鄭鄖游洋州崇法院詩之張縯跋語：「建安先生得句法於石湖范公，早以文章名世。」羅江，縣名，在綿州，王存元豐九域志卷七成都府路綿州有羅江縣，因羅江而得名。陳符等五人追路相送，至羅江（已入成都府界）分袂，石湖賦詩留別。

【箋注】

〔一〕情知：明知。駱賓王艷情代郭氏答盧照鄰：「情知唾井終無理，情知覆水也難收。」

〔二〕「嗟我」四句：以棲鳥暮投林，喻己與友人同舟共濟。晁無端宿濟州西門外旅館：「寒林殘日欲棲鳥。」

〔三〕班荆：左傳襄公二十六年：「楚伍參與蔡太師子朝友，其子伍舉與聲子相善……伍舉奔鄭，將遂奔晉。聲子將如晉，遇之於鄭郊，班荆相與食，而言復故。」杜預注：「班，布也。布荆坐地，共議歸楚，事朋友世親。」陶淵明飲酒之十五：「班荆坐松下，數斟已復醉。」

〔四〕「有淚」句：自王勃杜少府之任蜀川「無爲在岐路，兒女共霑巾」句中化出。

懷桂林所思亭

篸山奇絶送歸時，曾榜新亭號所思。桂水祇今湘水外，他年空有四愁詩〔一〕。

【題解】

本詩作於淳熙二年（一一七五）自桂林赴蜀帥任途中。所思亭，臨桂縣志卷二六勝迹志二：「所思亭，宋范成大建。」

【箋注】

〔一〕四愁詩：東漢張衡有四愁詩，其二云：「我所思兮在桂林。欲往從之湘水深，側身南望涕霑襟。美人贈我金琅玕，何以報之雙玉盤。路遠莫致倚惆悵，何爲懷憂心煩傷。」

羅江

嶺北初程分外貪，驚心猶自怯晴嵐。如何花木湘江上，也有黄茅似嶺南。

【題解】

本詩作於淳熙二年（一一七五），時自桂林赴蜀帥任途中。路經羅江，作本詩。沈欽韓范石湖詩集注引紀要：「羅水在全州西五里，出州西羅氏山，經州南入於湘水。」又引齊召南水道提綱：「全州城北有羅江。」

初入湖湘懷南州諸官

今晨入湖南，甘土絳以紫。厥壤既殊異，風氣當稱此。回思始安城，舊籍贅楚尾。實惟荆州隸，零陵之南鄙〔一〕。時雪度嚴關，物色號清美。儻以土宜觀〔二〕，尚非清湘比。何況引而南，焦茅數千里〔三〕。向我作牧時，客過不停軌。憧憧走官下，既至輒咎悔。書來無别語，但説瘴鄉鬼。我今幸北轅，又念衆君子。懷哉千金軀，博此五斗米。作詩諷方來，南遊可以已。車輪倘無角〔四〕，吾詩亦金柅〔五〕。

【題解】

本詩作於淳熙二年（一一七五）二月，離桂林赴蜀帥任，途經全州，出廣西界，初入湖湘，懷念桂林諸友，因賦本詩。

【箋注】

〔一〕「回思」四句：詠桂林之歷史治革。始安城，即桂林城。元和郡縣圖志卷三七嶺南道桂林：「今州即零陵郡之始安縣也，吴歸命侯甘露元年，於此置始安郡，屬荆州。晉屬廣州。梁天監六年，立桂州於蒼梧、鬱林之境，因桂江以爲名，大同六年移於今理。」元豐九域志卷九廣南路，桂林，始安郡，静江軍節度，治臨桂。

〔二〕土宜：周禮地官大司徒：「以土宜之法，辨十有二土之名物。」孔詒讓正義：「即辨各土人民鳥獸草木之法也。」

〔三〕焦茅：王嘉拾遺記前漢下：「（背明之國）有焦茅，高五丈，燃之成灰，以水灌之，復成茅也，謂之靈茅。」

〔四〕車輪倘無角：陸龜蒙古意：「願得雙車輪，一夜生四角。」石湖反其意而用之。

〔五〕金柅：制止車輪轉動之具。周易姤：「繫于金柅，貞吉。」疏：「馬云：柅者，在車之下，所以止輪令不動者也。」

清湘縣郊外雜花盛開，有懷石湖

午行清湘縣，姸煖春事嘉。柴荆鬧桃李，冥冥一川花。故園豈少此？愈此百倍加。我寧不念歸，顧作失木鴉。百年北窗涼，安用天一涯。君恩重喬嶽，敢計征路賒。鄉心與官身，鑿枘方聱牙。橘柚走珍貢，何如繫匏瓜〔一〕？明當復露奏，天日臨幽遐。儻許清江使㊀，曳尾還污邪〔二〕。

【校記】

㊀清江：富校：「『江』黄刻本、宋詩鈔作『河』。」

【題解】

本詩作於淳熙二年（一一七五）二月，自桂赴蜀帥任，至清湘縣，見城外雜花盛開，感發興會，寫本詩以懷念石湖。清湘縣，屬全州，元豐九域志卷六荆湖南路：全州，治清湘縣。

【箋注】

〔一〕繫匏瓜：語出論語陽貨：「吾豈匏瓜也哉，焉能繫而不食？」比喻人伏處一隅未出仕。孫逖和左衛武倉曹衛中對雨創韻贈右衛李騎曹：「道合宜連茹，時清豈繫匏。」

〔二〕「曳尾」句：莊子秋水：「莊子釣于濮水，楚王使二人往先焉，曰：『願以境内累矣！』莊子持竿不顧，曰：『吾聞楚有神龜，死已三千歲矣，王巾笥而藏之廟堂之上。此龜者，寧其死爲留骨而貴乎？寧其生而曳尾於塗中乎？』二大夫曰：『寧生而曳尾塗中。』莊子曰：『往矣！吾將曳尾於塗中。』」石湖用此典，抒全身養性之情思。

珠　塘　未至清湘二十里

林茂鳥鳥急，坡長驢馱鳴。坐輿猶足痺，負笈想肩赬。廢廟藤遮合，危橋竹織成。路傍行役苦，隨處有柴荆〔一〕。

【題解】

本詩作於淳熙二年（一一七五）二月，時離桂林赴蜀帥任途中，見珠塘之風物，賦本詩以紀之。

【箋注】

〔一〕柴荊：江文通從征虜始安王道中：「仰願光威遠，歲晏返柴荊。」

題湘山大施堂 山中祖師號無量壽，真身塔在焉。

重倚春林淚竹枝，南遊風物鬢成絲。難尋桂嶺千峰夢，更了湘山一段奇。來去別無心外法，行藏休問塔中師。若論大施門前事，竿木逢場且賦詩〔一〕。

【題解】

本詩作於淳熙二年（一一七五）二月，自桂林赴蜀帥途中。湘山，在清湘縣西二里，王存元豐九域志卷六荆湖南路全州清湘縣，有湘山。

【箋注】

〔一〕竿木逢場：逢趕場日，有竿木演出。竿木，雜技，演員在竿木上表演各種驚險動作。唐崔令欽教坊記：「上於天津橋南設帳殿，酺三日。教坊一小兒，筋斗絕倫。乃衣以繒綵，梳流，雜於内妓中。少頃，緣長竿上，倒立，尋復去手。久之，垂手抱竿，翻身而下。樂人等皆捨所執，宛轉於地，大呼萬歲。百官拜慶。中使宣旨云：『此技尤難，近方教成。』」（此爲佚文，據淵鑑類函卷一八七補）石湖所記乃爲村野之演竿木者。

清湘驛送祝賀州南歸

海内交情兩斷金〔一〕，離歌倡和俱吴音〔二〕。桃花如雨暮春酒〔三〕，竹箭有筠他日心。萬里書來蜀道易，四愁詩成湘水深。田園將蕪各早計〔四〕，一棹五湖能見尋？

【題解】

本詩作於淳熙二年（一一七五）暮春。祝賀州，即祝大任，字元將。范成大碧虛題名（粵西金石志卷九）：「范至能赴成都，率祝元將、王仲顯……酌别碧虛。淳熙乙未廿八日。」

【箋注】

〔一〕斷金：周易繫辭上：「二人同心，其利斷金。」

〔二〕「離歌」句：范成大與祝大任都是吴人，故詩歌唱和，俱用吴音。吴音，其聲清婉。范成大吴郡志卷二風俗：「吴音，清樂也，乃古之遺音。唐初古典漸闕，管弦之曲多訛失，與吴音轉遠。議者請求吴人使之傳習。（唐會要）貞觀中，有趙師者，善琴獨步，嘗云：『吴聲清婉，若長江廣流，綿綿徐游，國士之風。』今樂府有吴音子，世俗之樂耳。」辛棄疾清平樂：「醉裏吴音相媚好。」

〔三〕「桃花」句：自李賀將進酒「桃花亂落如紅雨」句中翻出，王琦彙解：「桃花亂落，正暮春景候。石湖翻成此句，字字有着落，妙極。

〔四〕田園將蕪：語出陶淵明歸去來兮辭：「田園將蕪胡不歸。」

清湘驛送王柳州南歸二絶

南歸北去路茫茫，不是行人也斷腸。可惜湘江春夜月〔一〕，落花時節照離觴〔二〕。

我已兼程無脚力，君猶追路有襟期。從今月下共花下，誰復醉吟先和詩？

【題解】

本詩作於淳熙二年（一一七五）春。王柳州，即王光祖，字仲顯，清江人。范成大碧虚題名（粵西金石志卷九）：「范至能赴成都，率祝元將、王仲顯……酌別碧虚。淳熙乙未廿八日。」清江縣志（同治九年刊本）卷八人物志孝友：「王光祖，字仲顯。祖甹，建炎末知臨江軍，因家清江。光祖孝友坦易，喜讀書，居官廉勤，有志事功。改知衡陽縣，受知部使者，檄攝郡事。又辟守昭潭。丁內艱，廬墓，服闋，擢知瓊州。嘗病廣右鹽法不便。光宗即位，以光祖爲都提舉，兩路鹽法盡行，公私便之。卒於官。」王光祖時任柳州知州，已離任南歸，因稱「王柳州」。

【箋注】

〔一〕「可惜」句：自唐人張若虚春江花月夜詩套出。

〔二〕落花時節：語出杜甫江南逢李龜年：「正是江南好風景，落花時節又逢君。」石湖反其意而用之。

七里店口占

分手暮江寒，徘徊立馬看。尋常相見易，倍覺别離難〔一〕。

【題解】

本詩作於淳熙二年（一一七五）自桂林赴蜀帥任途中，承上兩首，當作於其後不久。口占，又稱「口號」，指不用起草，隨口吟成的詩篇，李白有口號詩，王琦注：「口號，即口占也。」

【箋注】

〔一〕「尋常」二句：曹丕燕歌行：「别日何易會日難。」李商隱無題推進一層，説：「相見時難别亦難。」石湖借用兩人詩意。

全守支耀卿飲餞七里，倅楊仲宣復攜具至深溪酌別，且乞余書，走筆作此，兼寄耀卿

店舍煙火寒，塵沙亭堠遠。嫣紅糝芸緑，春事亦已晚。年芳去踆踆，江水來衮衮。故人瀟湘逢，留落一笑莞。已張七里飲，更出深溪餞。草間艷紅粉，竹裏趣廚傳〔一〕。故意如許長，由來共鄉縣。愧我不能觴，負此離歌囀。別愁滿天末，不醉何由遣？却憶支使君，風前白波捲。

【題解】

本詩作於淳熙二年（一一七五）晚春。支耀祖，即支邦榮，字耀祖，宋會要輯稿選舉三四：「（乾道七年八月）十九日，詔知全州支邦榮除直秘閣。」廣西通志卷二〇：「支邦榮，孝宗時知全州。」據范詩知支邦榮於淳熙二年尚爲全守。又，景定建康志卷二五「安撫司」於淳熙中有參議官支邦榮。楊仲宣，生平不詳。

【箋注】

〔一〕「竹裏」句：自杜甫嚴公仲夏枉駕草堂兼攜酒饌得寒字「竹裏行廚洗玉盤」句翻出。行廚，出行時攜帶的酒食，葛洪神仙傳：「麻姑，入拜方平，方平爲之起立，坐定，立召行廚，皆金盤

玉杯。」

深溪鋪中二絶，追路寄呈元將、仲顯二使君

賀州歸去柳州還，分路千山與萬山。把酒故人都別盡，今朝真箇出陽關。

衹有南風捲路塵，斷無南客送車輪。故人合在瀟湘見，却向瀟湘别故人。

【題解】本詩作於淳熙二年（一一七五）春，自桂林赴蜀帥任途中，於全州清湘驛送别祝、王兩友，又作二絶，遣使追路寄呈之。

戲題愚溪

碧湍漱白石，沄沄復湯湯〔一〕。既爲人所愚，安用爾許忙？我昔曾經過，重來已三霜〔二〕。無事趼雙足，奔走寧非狂。溪流到江平，翻笑客路長。豈不有歲晚，乞身還故鄉。

【題解】本詩作於淳熙二年（一一七五）春，自桂林赴蜀帥任途中，至愚溪，戲題本詩。愚溪，見卷一〇

三愚溪在零陵城對岸渡江即至溪甚窄一石澗耳蓋衆山之水流出湘中「題解」。

【箋注】

〔一〕沄沄：董仲舒春秋繁露山川頌：「水則源泉混混沄沄，晝夜不竭。」湯湯：尚書堯典：「湯湯洪水方割，蕩蕩懷山襄陵，浩浩滔天。」孔傳：「湯湯，流貌。」詩經衛風氓：「淇水湯湯，漸車帷裳。」毛传：「湯湯，水盛貌。」

〔二〕「重來」句：石湖赴廣右帥任時路經愚溪，時爲乾道九年，今重來，前後相隔恰三年。

初泛瀟湘

六槳齊飛急下灘，碧琉璃上雪花翻。越來溪色清如此〔一〕，只欠磯頭一釣竿。

【題解】

本詩作於淳熙二年（一一七五）晚春。自桂林赴蜀帥任途中，有感而賦此小詩。

【箋注】

〔一〕越來溪：在蘇州。范成大吳郡志卷一八「川」：「越來溪，在橫山下，與石湖連，相傳越兵入吳時由此來，故名。溪上有越城，雉堞宛然。」

湘口夜泊，南去零陵十里矣。營水來自營道，過零陵下，湘水自桂林之海陽至此，與營會合爲一江

我從清湘發源來，直送湘流入營水。故人亭前合江處，暮夜檣竿矗沙尾。却從湘口望湘南，城郭山川恍難紀。萬壑千巖詩不徧，惟有蒼苔痕屐齒。三年瘴霧亦奇絶，浮世登臨如此幾？湖南山色夾江來，無復瑶篸插天起。坡陀狠石蹲清漲〔一〕，澹蕩光風浮白芷。騷人魂散若爲招〔二〕，傷心極目春千里〔三〕。我亦江南轉蓬客，白鳥愁煙思故壘。遠遊雖好不如歸，一聲鵑鵊花如洗。

【題解】

本詩作於淳熙二年（一一七五）暮春，石湖自桂林赴蜀途中。營水、湘水於湘口合爲一江，沈注引齊召南水道提綱：「營水西自永安關來會，又東北經州城東北，又東北總名泥江，又北流至永州府治西南。又東北二十里至湘口入湘江。」酈道元水經注卷三八「湘水」：「湘水出零陵始安縣陽海山，東北過零陵縣東。」「營水，出營陽泠道縣南流山……營水又西逕營道縣，馮水注之。馮水又逕營道縣，而右會營水。」「營水又北流，注於湘水。」黄震黄氏日鈔卷六七：「去零陵十里爲湘口，有營水來自道州營道縣，湘水來自桂之海陽，至此合爲一江。」

【箋注】

〔一〕狠石：蘇軾甘露寺序：「寺有石如羊，相傳謂之狠石。云諸葛孔明坐其上，與孫仲謀論曹公也。」

〔二〕「騷人」句：騷人，指屈原，宋玉作招魂，王逸注：「招魂者，宋玉之所作也。……宋玉憐哀屈原……厥命將落，作招魂，欲以復其精神，延其年壽。」

〔三〕「傷心」句：語出宋玉招魂：「目極千里兮傷春心，魂兮歸來哀江南。」

南臺瑞應閣，用壁間張安國韻

衝雨上山頭，臨雲看山脚。松間一彈指，開此寶樓閣。草鞵方費錢，拂子不暇握。小偈出雷音〔一〕，千古驚猿鶴。

【題解】

本詩作於淳熙二年（一一七五）春，自桂林赴蜀帥任途中，遊南臺寺瑞應閣，賦本詩，用張孝祥南臺詩韻，張詩題於壁間。南臺，即南臺寺，湖南通志卷二三九謂此寺在岳廟之西。瑞應閣，在瑞應峰上。張安國，即張孝祥。瑞應閣壁間之詩，載於于湖先生文集卷五，題名南臺。

【箋注】

〔一〕雷音：佛家語，佛説法的聲音，其聲如雷，故云。維摩詰所説經佛國品第一：「演法無畏，猶獅子吼。其所講説，乃如雷震。」庾信陝州弘農郡五張寺經藏碑：「若夫法雲深藏，師子雷音。」

湘　潭

暮雨檣竿縣一灣，長官立馬水雲間。風吹江沫浮浮去，誰在沙頭閉户閒？

【題解】

本詩作於淳熙二年（一一七五）春，自桂林赴蜀帥任途中，至湘潭縣，賦詩記其所見。湘潭，縣名，王存元豐九域志卷六荆湖南路潭州，縣十一，有湘潭。

泊長沙楚秀亭〔一〕

雨從湘西來，波動南楚門。不知春漲高，但怪江水渾。舟行風打頭〔二〕，陸行泥没鞍。且登裴公臺，半日心眼寬。

【校記】

㊀詩題：富校：「黄刻本作兩首，各四句，是。」活字本、叢書堂本、董鈔本、詩淵第五册第三四六八頁均合爲一首。

【題解】

本詩作於淳熙二年（一一七五），自桂林赴蜀帥任途中，舟泊長沙，登楚秀亭，有感而作本詩。長沙，縣名，王存元豐九域志卷六荆湖南路潭州，治長沙縣。嘉慶長沙縣志卷三〇「古跡」：「楚秀亭，通志：『在縣西北，唐乾符間裴休鎮長沙時建，一名裴公臺。』」張栻和吴伯承：「一葦湘可航，風濤逮春深。裴臺咫尺地，勇往復雨淫。」

【箋注】

〔一〕風打頭：即打頭風。白居易小舫：「黄柳影籠隨棹月，白蘋香起打頭風。」韻府群玉：「石尤風，打頭逆風也。」

題嶽麓道鄉臺

山外江水黄，江外滿城緑。城外杳無際，天低到平陸。長煙貫楚尾，遠勢帶吴蜀。故園東北望，遊子闌干曲。

【題解】本詩作於淳熙二年（一一七五）春，自桂林赴蜀帥任途中，遊嶽麓道鄉臺，賦詩寫景。湖南通志卷三二謂道鄉臺在善化縣西嶽麓寺旁。宋鄒浩（字道鄉）適衡過潭時曾宿於此，後張栻築臺表之，朱熹刻石曰道鄉臺。

寄題潭帥王樞使佚老堂

孺子滄浪濯纓處，千載新堂來卜鄰。潦收無波徹底静，東湖之水堂中人。濛陽花譜勝洛下〔一〕，竹西藥闌來海瀕〔二〕。新篁緑沉桂丹渥，嶽立奇石蒼苔皴。賞心滿眼伴閉户，天風夜下扶車輪。胸中種蠡妙經濟〔三〕，鬢鬚白雪朱顔春。蒼生未佚身未老，斯堂未可忘斯民。四年西略可萬世，孤撑獨立扛千鈞〔四〕。匹馬幡幡恃天日，危言岌岌愁鬼神。浮生蚤休信不惡，持此欲去非吾聞。客遊瀟湘逢騎吹，知公已爲蒼生起〔五〕。公今少勞佚者多，湛輩乃可寒江蓑。王公自言：堂去東湖頃步，新得彭州牡丹，揚州芍藥、丹桂、貓頭竹，并徐氏五怪石，列堂下。

【題解】本詩作於淳熙二年（一一七五）春，自桂林赴蜀帥任途中，寄詩王炎，題詠其豫章之佚老堂。

潭帥王樞使，即王炎；樞使，爲樞密使之略稱。王炎，字公明，相州安陽人，宋史無傳。乾道四年試兵部侍郎，賜同進士出身，除端明殿學士，簽書樞密院事。五年二月，除參知政事，兼同知樞密院事。三月，爲四川宣撫使，仍舊參知政事。七年七月，授樞密使，依前四川宣撫使。八年九月，孝宗召赴都堂治事。九年正月，罷樞密使，以觀文殿學士提舉臨安府洞霄宫。淳熙元年十二月知潭州。宋宰輔編年録卷一七：「王炎，淳熙元年十二月，以觀文殿學士、大中大夫知潭州。二年五月，臣僚論蔣芾、王炎、張説欺君之罪，並詔落職居住。炎落觀文殿學士，袁州居住。」王炎卒於淳熙五年春。辛棄疾作於淳熙五年春之水調歌頭（我飲不須勸）詞序云：「時王公明樞密薨。」宋孝宗時别有一王炎，字晦叔，婺源人，乃詩人，有雙溪集，不能混淆。佚老堂，王炎居處堂名，在豫章東湖附近。周必大有寄題王公明豫章佚老堂詩（省齋文稿卷五），石湖詩云「東湖之水堂中人」，詩尾自注：「王公自言，堂去東湖頃步。」沈欽韓范石湖詩集注卷中以「王樞使」爲王剛中，誤。

【箋注】

〔一〕「濛陽」句：濛陽花譜，即陸游天彭牡丹譜。天彭，指四川彭州，元豐九域志卷七成都府路彭州，濛陽郡，縣四：濛陽。陸游天彭牡丹譜花品序：「牡丹在中州，洛陽爲第一。在蜀，天彭爲第一。」詩尾自注「新得彭州牡丹」，與本句相呼應。

〔二〕「竹西」句：竹西藥闌，指揚州芍藥。群芳譜卷四五「芍藥」：「處處有之，揚州爲上，謂得風土之正，猶牡丹以洛陽爲最也。」竹西，是揚州的代稱，杜牧題揚州禪智寺：「誰知竹西路，歌吹是揚州。」姜夔揚州慢：「淮左名都，竹西佳處。」石湖詩尾自注：「新得彭州牡丹，揚州芍藥。」

〔三〕「胸中」句：贊王炎之才華。種，文種，字會，春秋末楚之郢人，後定居越國，爲勾踐之謀臣，助范蠡爲勾踐打敗夫差，最後被勾踐賜死。事見越絶書。蠡，范蠡，字少伯，楚國宛人，輔助越王勾踐滅吴。後遊齊國，改名鴟夷子皮，以經商致富，號陶朱公。事見史記越王勾踐世家、貨殖傳。

〔四〕「四年」二句：頌王炎宣撫四川四年的業績。王炎在蜀四年，李心傳建炎以來朝野雜記乙集卷一六「紹興至淳熙四川宣撫司錢帛數」條：「（五年）七月己巳，王公明爲樞使入蜀，兩庫見在錢一百二十四萬緡……八年九月，王公明召，十月癸亥離司，兩庫見在錢六百八十九萬緡……」周必大玉堂雜記卷中：「乾道七年七月二十六日……是時參知政事王公明炎在蜀三年。屢求歸。」以此推算，王炎宣撫四川，始於乾道五年，至八年九月召，恰爲四載。吴廷燮南宋制撫年表卷下，乾道五年至八年，僅記制置使晁公武、張震，失載四川宣撫使王炎。王炎宣撫四川之業績，孔凡禮總括三點：其一，選擇人才；其二，移宣撫司治漢中；其三，重視撫存遠人，重視馬政。綜此，知炎時爲恢復籌畫也。（見范成大年譜淳熙二年譜文附注）

〔五〕「客遊」二句：稱道王炎起鎮長沙。宋宰輔編年録卷一七：「淳熙元年十二月，以觀文殿學士、大中大夫知潭州。」周必大此時亦有致王公明樞使函，自注「淳熙二年」，函中有「茲聞袞繡起鎮長沙」語，又謂：「相公此行，恐不止方面重寄，以相印而督師，固有次第。蓋天以大任屬我，則亦宜以天下之重自任。東山之興，當墮渺茫。向來佚老堂惡語，殆成詩讖矣。」（周益國文忠公全集書稿卷四）亦足與石湖詩相印證。沈欽韓范石湖詩集注卷中謂王樞使爲王剛中，佚老堂在鄱陽，蓋失考。

湘陰橋口市别游子明

馬首欲東舟欲西，洞庭橋口暮寒時。三年再别子輕去〔一〕，萬里獨行吾蚤衰。遥憶美人湘水夢〔二〕，側身西望劍門詩。老來不灑離亭淚，今日天涯老淚垂。

【題解】

本詩作於淳熙二年（一一七五）春，自桂林赴蜀帥任途中，游次公自桂林相送至此，已逾千里，石湖賦詩贈别。湘陰，縣名，屬潭州，王存元豐九域志卷六荆湖南路，潭州，縣十一，有湘陰。游子明，即游次公，參見卷一三過鄱陽湖次游子明韻「題解」。

【箋注】

〔一〕「三年」句：自本年向前推算，爲乾道九年，游子明隨石湖至桂林參幕，恰爲三載。

〔二〕美人：賢人，指游子明。詩經邶風簡兮：「云誰之思？西方美人。」曹植美女篇序：「美女者，以喻君子，言君子有美行，願得明君而事之，若不遇時，雖見徵求，終不屈也。」

竈　渚

白魚出水卧銀刀，紫笋堆盤脱錦袍。捫腹將軍猶未快〔一〕，棹船西岸摘蔞蒿。

【題解】

本詩作於淳熙二年（一一七五）春，自桂林赴蜀帥任途中，經竈渚，賦小詩紀事，可見石湖之生活情趣。

【箋注】

〔一〕捫腹：形容飽食後怡然自得的樣子。白居易飽食閒坐：「捫腹起盥漱，下階振衣裳。」蘇軾寓居定惠院之東雜花滿山有海棠一枝土人不知貴也：「先生食飽無一事，散步逍遥自捫腹。」

大波林

湖路荒寒又險艱，大千空水我居間。篙師晚始分南北，指點青青漢口山。

【題解】本詩作於淳熙二年（一一七五）春，自桂林赴蜀帥任，路過大波林，寫詩紀行。

連日風作，洞庭不可渡，出赤沙湖

金沙堆前風未平，赤沙湖邊波不驚。客行但逐安穩去，三十六灣漲痕生。滄洲寒食春亦到，荻芽深碧蔞芽青。汨羅水飽動荆渚，嶽麓雨來昏洞庭。大荒無依飛鳥絕，天地惟有孤舟行。慷慨悲歌續楚些〔一〕，彷彿幽瑟迎湘靈〔二〕。黄昏慘淡檥極浦，雖有漁舍無人聲。冬湖落濡此蹔住〔三〕，春潦怒長隨傭耕。吾生一葉寄萬里㊀，況復摇落浮滄溟。漁蠻尚自有常處㊁，羈官方汝尤飄零㊂。

【校記】

㊀萬里：「里」原作「木」，董鈔本作「里」，富校：「『木』宋詩鈔作『里』，是。」今據改。

㊁漁蠻：富校：「沈注云：『「漁」當作「魚」，東坡有魚蠻子詩。』」活字本、叢書堂本、董鈔本均作「漁蠻」，蓋兩者可通。

㊂羈官：富校：「『官』宋詩鈔作『宧』，是。」活字本、叢書堂本、董鈔本均作「羈官」，獨宋詩鈔作

「宦」，僅供參考。

【題解】

本詩作於淳熙二年（一一七五）寒食，自桂林赴蜀帥任途中，因連日大風，洞庭不可渡，乃出赤沙湖，賦詩寫景抒情。赤沙湖，在華容縣南，又名赤亭湖。湖南通志卷二二：「赤沙湖在華容縣南，與洞庭湖接。」元和郡縣圖志卷二七江南道岳州華容縣：「赤亭湖，在華容縣南八十里。」元豐九域志卷六所載同。沈欽韓范石湖詩集注卷中：「按，此詩當在衡州程途之後，錯置於此。蓋赤沙湖在華容縣西南，與澧水相接，此下有安鄉縣、澧陽江等詩，是由赤沙湖入澧江，從澧州安鄉縣而至荊州府石首縣也。其路程如此。」沈氏按語可供參考。

【箋注】

〔一〕「慷慨」句：楚些，指楚辭招魂，因招魂句尾多用「些」字，故云。辛棄疾沁園春老子平生：「試高吟楚些，重與招魂。」

〔二〕「彷彿」句：楚辭遠遊：「使湘靈鼓瑟兮，令海若舞馮夷。」錢起省試湘靈鼓瑟：「善鼓雲和瑟，常聞帝子靈。」石湖變化運用而寫成本句。

〔三〕落濡：冬湖枯水，水落湖曲。濡，集韻：「濡，水曲。」

寄題贛江亭

陳季陵贛州書云：新作此亭泉，使李正之題其榜，要予詩。

二水之會新作亭〔一〕，主人文章子墨卿〔二〕。我記斯亭且不朽，千載當與文俱鳴。題榜誰歟漢使者，風流好事飾儒雅。平生兩君吾故人〔三〕，安得繫馬亭堦下？鼓旗西征上奔瀧，所思不見心難降。瞿塘縱有文鱗雙，愛莫致之章貢江。

【題解】

本詩作於淳熙二年（一一七五）春。知贛州陳天麟有書來，請爲新作贛江亭賦詩，因寄題之。「陳季陵贛州」，即陳天麟，時任贛州太守。嘉慶寧國府志卷二七：「陳天麟字季陵。……未幾，以國子正召，累官集英殿修撰，由饒州改知襄陽。修治樓堞，募忠義軍，浚古習河，察城中奸細誅之。朝旨嘉獎，改知贛州。時茶商寇贛吉間，預爲守備，民恃以安。江西憲臣辛棄疾討賊，天麟給餉補軍，棄疾所俘獲送贛獄者，治其魁，餘黨並從末減。」宋會要輯稿職官七二：「淳熙二年三月二十九日，知贛州陳天麟除敷文閣待制，知平江府韓彥古除敷文閣待制，並寢罷成命。」辛棄疾賦滿江紅贛州席上呈太守陳季陵侍郎，這是後來的事。李正之，即李大正，見卷一四李正之提點行至郴用予忙字韻寄和答「題解」。

【箋注】

〔一〕二水之會：指章水和貢水會合而成贛水。王象之輿地紀勝卷三二江南西路：「贛州……隋平陳，罷南康郡，爲虔州。……自虔卒造變，議臣請改虔州爲贛州，取章、貢二水合流之義。」顧祖禹讀史方興紀要卷八八江西贛州府：「贛水在府城北，其上源爲章、貢二水。」

〔二〕子墨卿：語出揚雄長楊賦序：「聊因筆墨之成文章，故藉翰林以爲主人，子墨爲客卿以風。」

〔三〕「平生」句：兩君，指陳天麟和李大正，兩人是石湖故友。

浯溪道中

江流去不定，山石來無窮。步步有勝處，水清石玲瓏。安得扁舟繫絶壁，卧聽漁童吹短笛。弄水看山到月明㊀，過盡行人不相識。

【校記】

㊀看山：活字本、叢書堂本、董鈔本作「青山」，詩淵第三册第二〇〇九頁作「清山」。

【題解】

本詩作於淳熙二年（一一七五）春，自桂林赴蜀帥任途中，至浯溪，賦古詩以紀行。浯溪，乾道九年赴桂帥任時曾經過，賦書浯溪中興碑後并序，驂鸞録：「十九日，發祁陽里，渡浯溪。浯溪者，進山石磵也。」

夜泊灣舟大風雨，未至衡州一百二十里

阿香攪客眠，夜半驅疾雷〔一〕。空水受奇響，如從船底來。嘈嘈雨窗鬧，軋軋風柁開。睡魔走辟易〔二〕，耳界愁喧豗。有頃飄驟過，灘聲獨嗚哀。燈婢燭囊衣，篙師理檣桅。煩擾到明發，村鷄亦喈喈。

【題解】

本詩作於淳熙二年（一一七五）春，自桂林赴蜀帥任途中，遇大風雨，泊舟灣曲，因作本作以紀實。

【箋注】

〔一〕「阿香」二句：搜神後記卷三：「義興人姓周，永和年中出都，乘馬，從兩人行。未至村，日暮，道邊有一新小草屋，見一女子出門望，年可十六七，姿容端正，衣服鮮潔。見周過，謂曰：『日已暮，前村尚遠，臨賀詎得至？』周便求寄宿，此女爲然火作食。向至一更，聞外有小兒喚『阿香』聲，女應曰：『諾。』尋云：『官喚汝推雷車。』女乃辭行，云：『今有官事，當去。』夜遂大雷雨。向曉女還。周既上馬，自異其處，返尋，看昨所宿處，止見一新塜，塜口有

馬跡及餘草，周甚驚惋。」蘇軾無錫道中賦水車：「喚取阿香推雷車」，即用此典。

〔二〕辟易：退避。史記項羽本紀：「項王瞋目而叱之，赤泉侯人馬俱驚，辟易數里。」

泊衡州

客裏仍哦對雨吟，夜來星月曉還陰。空江十日無春事，船到衡陽柳色深。

【題解】

本詩作於淳熙二年（一一七五）春，自桂林赴蜀帥任途中，至衡州泊舟，賦此小詩以紀行。衡州，元豐九域志卷六荆湖南路衡州，治衡陽縣。

步入衡山

應有人家住隔溪，緑陰亭午但聞鷄〔一〕。松根當路龍筋瘦，竹笋漫山鳳尾齊〔二〕。墨染深雲猶似瘴，絲來小雨不成泥。更無騎吹喧相逐，散誕閒身信馬蹄。

【題解】

本詩作於淳熙二年（一一七五）春，自桂林赴蜀帥任途中，遊衡山，剛步入山中，感其景色之美，賦成一律詩以紀之。

【箋注】

〔一〕亭午：正午，孫綽遊天台山賦：「爾乃羲和亭午，遊氣高褰。」文選李善注：「亭午，日中。」

〔二〕鳳尾：竹葉。楊巨源和令狐舍人酬峰上人題山欄孤竹：「范雲許訪西林寺，竹葉須和彩鳳看。」

重遊南嶽 焚香鎮南殿，過銓德觀，醮注生祠庭，觀道君玉符玉匕及八角玉印〔一〕，經方四寸許，文曰注生真君玉印。雨中登山，遊南臺、福嚴，至瑞應、擲鉢、天柱諸峰之上，寒甚病衰，不至上封而返。

捨舟得馬如馭氣，步入青松三十里。我從蠻嶺瘴煙來，不怕雨雲埋嶽趾。憶昔南征款廟庭，往來無恙神所祉。當時已有歸田願，帝臨此心如白水。煌煌南正館於東，手握八觚温玉璽〔二〕。駿奔灊霍左右輔〔三〕，好生不殺扶炎紀。崇禋竣事曉壇空，躋攀小試青鞋底。不知雲磴幾千丈，但見漫山白龍尾。石頭招我上南臺，瑞應闌干天半倚〔三〕。福嚴鐘聲過橋來，彷彿三生如夢裏。堂中尊者已先去，苔鎖巖扉何日啓？竹嫌磽确老逾瘦，松畏高寒蟠不起。癯儒尚病怕深登，幽討未窮行且止。我評七十二高峰，鬱律穹窿少觀美。儼然可瞻不可玩，往往雄尊如負扆㊁〔四〕。乃知嶽鎮蓋深厚，不與他山争秀偉。區區獻狀眩兒童，乳洞淡巖真戲耳〔五〕！

【校記】

㊀玉匕：原作「王七」，富校：「『王七』黄刻本作『玉匕』，是。」叢書堂本、董鈔本亦作「玉匕」，今據改。

㊁雄尊：原作「雄争」，富校：「『争』黄刻本作『尊』，是。」活字本、叢書堂本、董鈔本均作「尊」，今據改。

【題解】

本詩作於淳熙二年（一一七五）春，自桂林赴蜀帥任途中，重遊南嶽以紀遊。南嶽，參見本書卷一三謁南嶽詩「題解」。南臺、福嚴，皆寺名。南臺寺，在瑞應峰上；福嚴寺，在擲鉢峰上。范成大驂鸞録：「南臺寺在瑞應峰上。登山之最近者。」

【箋注】

〔一〕八觚：漢書郊祀志：「八觚宣通泉八方。」服虔曰：「八觚，如今社壇也。」顔師古注：「觚，角也。」

〔二〕「駿奔」句：灊霍，灊山與霍山，灊山，漢書武帝紀：元封五年，登灊天柱山。霍山，爾雅釋山：「霍山爲南嶽。」郭注：「即天柱山。」

〔三〕瑞應闌干：指瑞應閣之闌干。瑞應閣在南臺寺中，瑞應峰因閣而名。

〔四〕雄尊：形容衡山之雄偉，范成大驂鸞録：「七日，宿衡山縣，西望嶽山，岧嶤半空，湘中山既皆岡阜，迤邐至嶽山，乃獨雄尊特起，若衆山遜其高寒者。」

〔五〕乳洞：石湖桂海虞衡志志巖洞：「興安石乳洞最奇，予罷郡時過之。上、中、下三洞。此洞與棲霞相甲乙，他洞不及也。」淡巖：黄庭堅有題淡山巖二首，任淵引陶岳零陵記云：「澹山巖，在永州西南，狀如覆盂，其地宜澹竹，故云澹山。中有巖，空闊可容數千人。東南角有缺處，仰望之如窗户，洞照甚明。」

四明人董嶧久居嶽市，乞詩

祝融峰下兩逢春〔一〕，雨宿風餐老病身。莫笑五湖萍梗客，海邊亦有未歸人。

【題解】

本詩作於淳熙二年（一一七五），時正赴蜀帥任途中，在南嶽，遇四明人董嶧乞詩，因賦本詩。董嶧，生平不詳。嶽市，范成大驂鸞録：「八日，入南嶽。半道，憩食。夾路古松三十里。至嶽市，宿衡嶽寺。嶽市者，環皆市區，江、浙、川、廣種貨之所聚，生人所須，無不有。」

【箋注】

〔一〕兩逢春：石湖赴桂林帥時路過南嶽，時在春天。今年自桂赴蜀帥路過南嶽，又逢春天，故云。

三月十五日華容湖尾看月出

雲銷澧陽風，月生岳陽水。誰推赤金盤，涌出白銀地？徘徊忽騰上，蹀蹀恐顛墜。稍高輪漸安，飛彩到篷背。晶晶浪皆舞，曆曆星欲避。兜羅世界網〔一〕，普現無邊際。官居束户庭，有眼如幻翳。向非行大荒，寧有此巨麗？乘除較得失，漂泊非左計。妻孥競讙譁，渠亦知許事！

【題解】

本詩作於淳熙二年（一一七五）三月十五日，自桂林赴蜀帥任途中，途經華容縣，見月光照湖水上，作本詩紀述之。華容湖，顧祖禹讀史方輿紀要卷七七：「縣河在岳州府華容縣城南，俗亦謂之華容湖。」

【箋注】

〔一〕「兜羅」句：兜羅，即兜羅綿，佛經中稱草木花絮爲兜羅綿。翻譯名義集卷七沙門服相篇：

「兜羅，此云細香。……或名妬羅綿。妬羅，樹名。綿從樹生，因而立稱，如柳絮也。亦翻楊華。」月光照水波上，普現白色花絮，如兜羅綿世界。

釣池口阻風，迷失港道

回風打船失西東，柂癡櫓弱無適從。三老號呼鐵纜墜〔一〕，招頭撾鼓驅魚龍。千篙撑折百丈斷，日暮稍與洪相通。推移尋尺力千里，時有黄帽來言功〔二〕。康莊大逵世不乏，乃獨蹇産濤波中。一官横起險易相，刹那憂喜隨兒童。漲湖連天遠目斷，且復加飯追萍蓬。蒲團坐煖看香篆，作止任滅如頑空。

【題解】

本詩作於淳熙二年（一一七五），自桂林赴蜀帥任途中。

【箋注】

〔一〕三老：杜甫撥悶：「長年三老遥憐汝，棙柂開頭捷有神。」仇兆鰲注：「蔡注：『峽中以篙師爲長年，舵工爲三老。』邵注：『三老，棙船者，長年，開頭者。』」宋陸游入蜀記卷五：「問何謂長年三老，云梢工是也。」

〔一二〕黄帽：船工，因著黄帽而稱黄頭郎。史記鄧通傳：「鄧通……以濯船爲黄頭郎。」集解引漢書音義：「善濯船池中也。一説能持櫂行船也。」

鼎河口枕上作

漂泊離巢燕，彎跧負殼蝸。瘦嫌莞席硬〔一〕，老覺畫屏奢。報道帆當落，傳呼鼓已撾。且投人處宿，未到已聞蓋。

【題解】

本詩作於淳熙二年（一一七五）三月，時石湖在赴蜀帥任途中。鼎河口，澌水入沅水處，謂之鼎口。酈道元水經注卷三七：「沅水又東入龍陽縣，有澹水出漢壽縣西楊山，南流東折，逕其縣南，縣治索城，即索縣之故城也。……而是水又東歷諸湖，方南注沅，亦曰澌水也。水所入之處，謂之鼎口。」

【箋注】

〔一〕莞席：用莞製的薦。莞，蒲草，詩經小雅斯干：「下莞上簟，乃安斯寢。」鄭箋：「莞，小蒲也。」爾雅釋草：「莞，苻蘺，其上蒚。」郭注：「今西方人呼蒲爲莞蒲，蒚謂其頭臺首也。今江東人謂之苻蘺。」

安鄉縣西晚泊

水闊烏烏倦，墟寒童僕飢。一灣村縣過，百折暮江遲。曉夢孤燈見，春陰病骨知〔一〕。簡書寧不畏，旅力奈先疲！

【題解】

本詩作於淳熙二年（一一七五）春，時正在赴蜀帥任中。安鄉縣，在澧州，李吉甫元和郡縣圖志闕卷逸文卷一山南道澧州：「安鄉縣，本漢孱陵縣地，屬武陵，後漢分置作唐縣。隋平陳，改置安鄉縣，屬澧州。」王存元豐九域志卷六荆湖北路澧州，縣四：安鄉。

【箋注】

〔一〕病骨：語出李賀示弟：「病骨猶能在，人間底事無。」

澧陽江

順流下沅江，溯流上澧浦。水深蘭芷寒，漂摇憚風雨。采采不盈掬，何由寄遠渚。洞庭浮天白，遐矚莽吴楚。有懷獨晤歎，櫓聲與人語。暮夜即維舟，蒼茫定何許？

【題解】本詩作於淳熙二年（一一七五）三月，時在赴蜀帥任途中。澧陽江，即澧水，經澧陽縣。李吉甫元和郡縣圖志闕卷逸文卷一山南道澧州：「澧陽縣，澧水，在縣南三十步。」王存元豐九域志卷六荆湖南路澧州：縣四：澧陽，有澧水；安鄉，有澧水。

澧浦

葦岸齊齊似碧城，江船罨岸逆風行。緑蘋白芷俱憔悴，惟有蔞蒿滿意生。

【題解】本詩作於淳熙二年（一一七五）三月赴蜀帥任途中。

澧江漁舍　安鄉、澧陽之間，自兵火後，瘡殘猶未復。

狖窟空來四十年，沿江猶自少炊煙㊀。茫茫曠土無人問，蘆荻春深緑滿川。

【校記】

㊀沿江：原作「沼江」，誤。按，活字本、叢書堂本、董鈔本均作「沿江」，沿，即「沿」字，康熙字典水

部「浛」字引正字通云：「浛，同沿，俗省。」詩淵第五册第三一〇一頁作「松江」，蓋因「浛」而誤寫爲「松」。今據活字本、叢書堂本、董鈔本改。

【題解】

本詩作於淳熙二年（一一七五）三月，時離桂林赴蜀帥任途中，至澧江，見兵火後瘡殘景象，有感而成此小詩。南宋紹興初，湖湘地區有僞齊劉豫及農民起義軍楊幺等盤踞，被岳飛等所剿滅，詩所云兵火蓋指此。

孫黄渡

自此登陸至公安，渡江過沙頭。

捨舟從陸更間關〔一〕，徑仄仍荒亦未乾。棘刺近人牢閉眼，泥塗兀馬緊扶鞍。茶山盜藪路程惡，麥壠人家懷抱寬。擔僕輿夫盡劬瘁，病翁那得更加餐。

【題解】

本詩作於淳熙二年（一一七五）三月，時在赴蜀帥任途中。孫黄渡，在公安縣南二里，沈欽韓注：「一統志：孫黄驛在荆州府公安縣西一里，孫黄渡在縣南二里。」公安，縣名，屬江陵府。王存元豐九域志卷六荆湖南路江陵府，縣八：公安，府南九十里。沙頭，王象之輿地紀勝卷六四：「江陵府，沙頭市，去城十五里。四方之商賈輻輳，舟車駢集，謂之沙頭市。」陸游入蜀記卷五：

「（九月）十六日……日入，泊沙市，自公安至此六十里。」劉禹錫荆州歌二首之二：「沙頭檣干上，始見春江闊。」陸游沙頭：「游子行逾遠，沙頭逢暮秋。」都指此地。

【箋注】

〔一〕閒關：象聲詞，車輪轉動發出的聲音。詩經小雅車舝：「閒關車之舝兮，思孌季女逝兮。」傳云：「閒關，設舝也。」

潺陵

舟横攸河水〔一〕，馬滑潺陵道。百里無鉏犁，閒田生春草。春草亦已瘦，栖栖晚花少。落日見行人，愁煙没孤鳥。老翁雪髯鬢，生長識群盜。歸來四十年，墟里迹如掃。莫訝土毛稀，須知人力槁。生聚何當復，兹事恐終老。人言古戰場，瘡痍猝難療。誰使到此極？天乎吾請禱！

【題解】本詩作於淳熙二年（一一七五），時在赴蜀帥任途中。潺陵，即孱陵，宋時爲鎮名。李吉甫元和郡縣圖志闕卷逸文卷一山南道江陵府：「公安縣，本漢孱陵縣地，左將軍劉備自襄陽來油口，城此而居之。」王存元豐九域志卷六荆湖南路江陵府：「公安，涔陽、孱陵二鎮。」

【箋注】

〔一〕攸河：古名油水，酈道元水經注卷三七油水：「油水自孱陵縣之東北，逕公安縣西，又北流注於大江。」元和郡縣圖志稱劉備來油口，即油水入江之口。王存元豐九域志卷六荆湖南路江陵府：公安，有大江、油水。

將至公安

前村後村啼杜宇，伴人憂煎與人語。雲寒日薄春一夢，地闊天低淚如雨。我馬虺隤我僕痡〔一〕，豈不懷歸畏簡書。公安縣前酒可沽，不如且聽提胡盧〔二〕。

【題解】

本詩作於淳熙二年（一一七五）三月，赴蜀帥任途中，將至公安縣，作詩描繪旅途之艱辛。公安，縣名，元豐九域志卷六荆湖北路江陵府，縣八：公安。黄震黄氏日鈔卷六七：「將至公安詩云：『我馬虺隤我僕痡，豈不懷歸畏簡書。』愚前年上孫江陰大閱詩有云：『悠悠旆旌馬蕭蕭。』有同官云：『詩無用經句者。』今石湖集中此類甚多，豈近世晚唐詩始不用經語耶！」

【箋注】

〔一〕「我馬」句：虺隤，疲病。詩經周南卷耳：「陟彼崔嵬，我馬虺隤。」痡，疲勞過度，卷耳：「我馬瘏矣，我僕痡矣。」

〔二〕提胡盧：即鵜鶘，歐陽修啼鳥：「獨有花上提壺蘆，勸我沽酒花前醉。」梅堯臣和永叔六篇啼鳥：「提胡蘆，提胡蘆，爾莫勸翁沽美酒，公多金錢賜醇酎，名聲壓時爲不朽。」

公安渡江

食罷雨方作，起行泥已深。伴愁多楚些，吟病獨吴音。莫怨馬蹄滑，須愁蠶事侵。梅黄時節是，未可決晴陰。

【題解】

本詩作於淳熙二年（一一七五）三月，赴蜀帥任途中，於公安渡江。

荆渚堤上

原田何莓莓〔一〕，野水亂平楚。大堤少人行，誰與藝稷黍？獨木且百歲，骫髒立水滸。當年識兵燼，見赦幾樵斧？摩挲欲問訊，恨汝不能語！薄暮有底忙？沙頭聽鳴櫓。

【題解】

本詩作於淳熙二年（一一七五）春，赴蜀帥任途中，過荆渚，作本詩描寫眼前浩淼景色。荆渚，在荆門附近。李白渡荆門送別：「渡遠荆門外，來從楚國遊。山隨平野盡，江入大荒流。」陸游以爲李白此詩便作於荆渚。陸游入蜀記卷五：「太白詩：『山隨平野盡，江入大荒流。』蓋荆渚所作也。」元豐九域志卷一〇荆湖路：「荆門軍，開寶五年即江陵府荆門鎮建軍，以長林、當陽二縣隸軍；熙寧六年廢軍，以二縣隸江陵府。」

【箋注】

〔一〕莓莓：庾信奉和趙王喜雨：「厥田終上上，原野自莓莓。」倪璠注：「左氏傳曰：『原田莓莓。』杜預曰：『若原田之草莓莓然。』言不惟田成沃壤，即荒郊之草，俱得生也。」

渚宫野步題芳草

草色沐新雨，緑潤如得意。披拂欲生煙，苒苒著巾袂。天涯各芳春，秦吴千萬里。故人攀桂枝，今夕念游子〔一〕。

【題解】　本詩作於淳熙二年(一一七五)春,時正赴蜀帥任途中。渚宫,渚宫城,在江陵。李白荆門浮舟望蜀江:「江陵識遥火,應到渚宫城。」李吉甫元和郡縣圖志闕卷逸文卷一山南道江陵府江陵縣:「渚宫,楚别宫。左傳曰:『王在楚宫。』水經注云:『今城,楚船宫地也,春秋之渚宫。』」范成大吴船録卷下:「(八月)壬申・癸酉,泊沙頭,江陵帥辛棄疾幼安招遊渚宫。敗荷剩水,雖有野意,而故時樓觀,無一存者。後人作小堂,亦草草。舊對此有絳帳臺,今在營寨中,無復遺跡。」

【箋注】

〔一〕「故人」二句:意謂故人盼望游子歸來。盧思道從軍行:「庭前琪樹已堪攀,塞外征人殊未還。」石湖變化運用前人詩句,變琪樹爲桂樹,變征人爲遊子,以切合本詩意。

發荆州　自此登舟至夷陵

初上篷籠竹箭船〔一〕,始知身是劍南官!沙頭沽酒市樓暖,徑步買薪江墅寒。自古秦吴稱絶國,于今歸峽有名灘〔二〕。千山萬水垂垂老,只欠天西蜀道難〔三〕。

【題解】　本詩作於淳熙二年(一一七五)春,時正在赴蜀帥任途中。發荆州,即自江陵沙頭市發舟。荆州，即宋代江陵府江陵縣。李吉甫元和郡縣圖志闕卷逸文卷一山南道江陵府：「唐武德四年平蕭銑，復爲荆州，七年，置大都督府。上元元年，改爲江陵府。」本詩用大行政區劃以指發舟地，實即發舟於江陵之沙頭市，自此换舟入峽。據陸游入蜀記，可知。夷陵，縣名。王存元豐九域志卷六荆湖南路峽州夷陵郡，縣四：夷陵。

【箋注】

〔一〕篷籠竹笮船：入峽專用之船。陸游入蜀記卷五：「(九月)十七日，日入後，遷行李過嘉州趙青船，蓋入峽船也。」又：「二十日，倒檣干、立櫓床。蓋上峽惟用櫓及百丈，不復張帆矣。百丈以巨竹四破爲之，大如人臂。予所乘千六百斛舟，凡用櫓六枝，百丈兩車。」

〔二〕歸峽：歸州和峽州，李吉甫元和郡縣圖志闕卷逸文卷一山南路歸州：「魏武平荆州，以秭歸屬臨江郡。晉武平吴置建平郡，即今夔州巫山縣是也，秭歸縣仍隷焉。」王存元豐九域志卷六荆湖南路歸州，縣二：秭歸，巴東。李吉甫元和郡縣圖志闕卷逸文卷一山南路峽州，屬縣有夷陵縣，宜都縣，巴山縣。王存元豐九域志卷六荆湖南路峽州，治夷陵縣。兩州有達洞灘、東灘、新灘、黄牛灘等，「名豪三峽」，故詩云「有名灘」。

〔三〕「千山」二句：何光遠鑑誡録卷五「禪月吟」條云：「上人天復中自楚遊蜀，有上王蜀太祖陳情詩云：『一瓶一鉢垂垂老，萬水千山得得來。』……於是恩賜甚厚。」石湖句即從此化出。

虎牙灘　又名荆門十二碚，屬夷陵㊀。

傾崖溜雨色，慘淡水墨畫〔一〕。辛夷碎花懸㊁，瘣木老藤挂。翠莽楚甸窮，黄流蜀江下。一灘今始嘗，三峽此其亞。雨點鼓士摻〔二〕，雲騰挽夫跨。驚心度石林，破眼見村舍。牛眠草色裏，犬吠竹林罅。步頭可艤船〔三〕，安穩睡殘夜。

【校記】

㊀荆門十二碚：原作「金門十二倍」，活字本、叢書堂本、董鈔本均同。富校：「沈注云：『「金」當作「荆」，「倍」當作「碚」。』並引陸游入蜀記『過荆門十二碚』云云。」按，酈道元水經注卷三四：「歷荆門虎牙之門。」范成大吴船録卷下：「古語曰：荆門虎牙。」今據改。

㊁懸：原作「縣」，活字本、叢書堂本、董鈔本、詩淵第四册第二二九三頁均作「懸」，今據改。

【題解】

本詩作於淳熙二年（一一七五），時在赴蜀帥任途中。虎牙灘，即荆門十二碚。陸游入蜀記卷六：「（十月）六日，過荆門十二碚，皆高崖絶壁，嶄巖突兀，則峽中之險可知矣。過碚，望五龍及鷄籠山，嵯峨正如夏雲之奇峰。荆門者，當以險固得名。碚上有石穴，正方，高可通人，俗謂之『荆門』，則安也。」范成大吴船録卷下：「古語曰：荆門虎牙，楚之西塞。夷陵即其地，自古以爲重鎮。」酈道元水經注卷三四：「江水又東，歷荆門虎牙之門。荆門在南，上合下開，暗徹山南，有門像，虎牙在北，石壁色紅，間有白文，類牙形，并以物像受名。此二山，楚之西塞也。水勢急峻，故郭景純江賦曰：『虎牙桀豎以屹崒，荆門闕竦而盤薄，圓淵九迴以懸騰，湓流雷呴而電激者也。』」太平寰宇記卷一四七：「荆門山在縣西北五十里，袁山松宜都山川記云：『南崖有山名荆門，北崖有山名虎牙。』」

【箋注】

〔一〕慘淡水墨畫：意謂眼前的山水景色，像是經過精心構思的水墨山水畫。慘淡，杜甫丹青引贈曹將軍霸：「詔謂將軍拂絹素，意匠慘淡經營中。」

〔二〕摻：擊鼓，世説新語言語：「衡揚枹爲漁陽摻撾。」劉孝標注引典略：「（禰衡）乃著幝，畢，復擊鼓摻撾而去。」

〔三〕步頭：步通「埠」，步頭即埠頭，柳宗元永平鐵爐步志：「江之滸，凡舟縻而上下者曰『步』。」

峽州至喜亭

斷崖卧水口，連岡抱城樓。下有吴蜀客，檣竿立滄洲。雨後漲江急，黃濁如潮溝。時見出峽船〔一〕，鐃鼓噪中流。適從稠灘來，白狗連黃牛〔二〕。渦漬大如屋，九死争船頭。人鮓尚脱免〔二〕，虎牙不須憂。

【校記】

㊀出峽船：原作「山峽船」，富校：「『山』黄刻本作『出』，是。」活字本、叢書堂本、董鈔本、詩淵第五册第三二一四頁均作「出峽船」，今據改。

【題解】

本詩作於淳熙二年（一一七五），時正在赴蜀帥任途中。至喜亭，在峽州，太守朱慶基爲方便商旅、船夫休憩而建，歐陽修爲之作記。范成大吴船録卷下：「（八月）己巳，發平善壩，三十里，早食，時至峽州，登至喜亭，敝甚，不稱坡翁之記。」（按，至喜亭記乃歐陽修作，此處石湖誤記。）陸游入蜀記卷六：「（六日）晚至峽州，泊至喜亭下。……至喜亭記，歐陽公撰，黄魯直書。」歐陽修至喜亭記：「夷陵爲州，當峽口，江出峽，始漫爲平流。故舟人至此者，必瀝酒再拜相賀，以爲更生。尚書虞部郎中朱公（慶基）再治是州之三月，作至喜亭于江津，以爲舟者之停留也，且志夫天下之大險，至此而始平夷，以爲行人之喜幸。」

【箋注】

〔一〕白狗：白狗峽。范成大吴船録卷下：「八月戊辰朔，發歸州，兩岸大石連延，蹲踞相望，頑很之態，不可狀名。五里，入白狗峽，山特奇峭。」陸游入蜀記卷六：「十五日，舟人盡出所載，始能挽舟過灘。然須修治，遂易舟。離新灘，過白狗峽，泊舟興山口。」王象之輿地紀勝：「白狗峽在秭歸縣東二十里……又名鶏籠山。荆州記、水經注皆云秭歸白狗峽，蜀江水中，兩面如削，絶壁之際隱出白石，如狗形。」黄牛，黄牛峽。酈道元水經注卷三四「江水下」：「江水又東，逕黄牛山，下有灘，名曰黄牛灘。南岸重嶺疊起，最外高崖間有石，色如人負力牽牛，人黑牛黄，成就分明。既人跡所絶，莫能究焉。此巖既高，加以江湍紆迴，雖途經信宿，猶望見此物。」范成大吴船録卷下：「(白狗峽)八十里至黄牛峽，上有洺川廟，黄牛之神也。亦云助禹疏川者。廟背大峰，峻壁之上，有黄跡如牛，一黑跡如人牽之，云此其神也。……古語云：『朝發黄牛，暮宿黄牛，三朝三暮，黄牛如故。』言其山岧嶤，終日猶望見之。」陸游入蜀記卷六：「(十月)九日，晚次黄牛廟，山復高峻。……傳云，神佐夏禹治水有功，故食於此。……歐詩刻石廟中，又有張文忠一贊，其詞曰：『壯哉黄牛，有大神力，輦聚巨石，百千萬億。劍戟齒牙，磥硊江側，壅激波濤，險不可測。威脇舟人，駭怖失色，刲羊釃酒，千載廟食。』張公之意，似謂神聚石壅流以脇人求祭饗。使神之用心果如此，豈能巍然廟食千載乎？蓋過論也。」

〔二〕人鮓：即人鮓甕，范成大吴船録卷下：「九十里至歸州，未至州數里，曰吒灘，其險又過東奔，土人云黄魔神所爲也。連接城下大灘曰人鮓甕，很石横卧，據江十七八，從人船傾側，水入篷窗，危不濟。……壬戌，泊歸州，水驟退十許丈，沿岸灘石森然，人鮓甕石亦盡出。」陸游入蜀記卷六：「十六日，到歸州……州前即人鮓甕，城中無尺寸平土，灘聲常如驟風雨至。」

初入峽山效孟東野 自此登陸至秭歸

峽山倨而峻，峽泉湍以碕。峽草如毯毛〔一〕，峽樹多樛枝。峽禽惟杜鵑，血吻日夜啼。峽馬類黄狗，不能長鳴嘶。峽曉虎跡多，峽暮人跡稀。峽路如登天，猿鶴不敢梯。僕夫負嵎哭，我亦呻吟悲。悲吟不成章，聊賡峽哀詩〔二〕。

【題解】

本詩作於淳熙二年（一一七五），時正在赴蜀帥任途中。孟東野，即唐代詩人孟郊。孟郊（七五一—八一四），字東野，湖州武康人。貞元十二年登進士第，十六年選任溧陽尉。元和元年，客長安，與韓愈、張籍等人唱和。是年冬，鄭餘慶辟其爲水陸轉運從事。四年，丁母憂離職。九年，鄭餘慶鎮興元府，復辟郊爲節度參謀，試大理評事。赴任途中，卒。工詩，以五言古詩爲主，多憤世嫉俗之語。今傳孟東野詩集十卷。「效孟東野」，即效其詩風。孟郊受中唐「尚奇」審美趨尚的影響，詩風也帶上奇的特色。韓愈評其詩「横空盤硬語，妥帖力排奡」（薦士）；「及其爲詩，劌目鉥心，刃迎縷解。鉤章棘句，掐擢胃腎。神施鬼設，間見層出」（貞曜先生墓誌銘）。宋費衮梁谿漫志卷七「孟東野詩」條則云：「其詩高妙簡古，力追漢魏作者。」簡言之，孟郊詩風構思刻苦，詩境奇崛，造語峭拔，從而形成苦吟高古之風。石湖效學的正是這種詩風。詩中「峽山」、「峽泉」、「峽草」、「峽樹」、「峽禽」、「峽馬」、「峽曉」、「峽暮」、「峽路」等構句之法，亦效自孟郊峽哀詩。秭歸，縣名，李吉甫元和郡縣圖志闕卷逸文卷一山南道歸州：「秭歸縣，漢置秭歸縣，周武帝改秭歸爲長寧縣。隋開皇二年屬信州，大業中以信州爲巴東郡，又改長寧爲秭歸縣。唐置歸州，以縣爲治。」

【箋注】

〔一〕毨：毛整齊貌。尚書堯典：「厥民夷，鳥獸毛毨。」疏：「毨者，毛羽美悦之狀，故爲理也。」

〔二〕峽哀：孟郊詩篇名，是一首組詩，凡十章，反復表現三峽道途艱險危惡之情狀，極悲吟之能事。今摘引其第一章：「昔多相與笑，今誰相與哀。峽哀哭幽魂，噭噭風吹來。墮魂拍空月，出没難自裁。齏粉一閃間，春濤百丈雷。峽水聲不平，碧沱牽清洄。沙稜箭箭急，波齒斷斷開。呀彼無底吮，待此不測災。谷號相噴激，石怒急旋迴。古醉少復鄉，今縲多爲態。字孤徒髣髴，銜雪猶驚猜。薄俗少直腸，交結須橫財。黄金買相弔，幽泣無餘漼。我有古心意，爲君空摧頹。」

土門

污泥汩峻阪，狠石卧中路〔一〕。睥睨無敢前，趦趄屢却顧。長繩引籃輿，前輓後推去。吏士更叫號，作氣欲飛度。顛墜較分寸，商略營蹞步。須臾氣亦竭，一汗如雨。

【題解】

本詩作於淳熙二年（一一七五），時赴蜀帥任途中。土門應在峽州。

【箋注】

〔一〕狠石：參本卷湘口夜泊詩注〔一〕。黄震黄氏日鈔卷六七：「狠石二字，三見此册，湘口夜泊詩云：『狠石蹲清漲。』土門詩云：『狠石卧中路。』……是石湖行川、湘間皆以狠名石。愚按皇甫湜狠石銘謂，秦皇發石驪山爲墳，礎有石屹立，人力莫施，故老相傳，遂以狠名此。語雖不經，而狠石之名，已有自來。京口甘露寺亦有狠石，乃傳爲三國孫、劉事，又展轉附會耶！」

桃花鋪

老蕨漫山鳳尾張，青楓直榦如攢槍。山深嵐重鼻酸楚，石惡淖深神慘傷。陰崖風生吹客急，草中枯株似人立。昳晡卓幕先下程〔一〕，將士黄昏始相及。

【題解】

本詩作於淳熙二年(一一七五),時赴蜀帥任途中,已至峽州,道途艱險,賦本詩以紀之。桃花鋪,沈欽韓范石湖詩集注卷中引名勝志云:「發夷陵之秭歸,出桃花鋪,即上嶺。」可見桃花鋪在夷陵與秭歸之間。

【箋注】

〔一〕「昳晡」句:昳晡,下午時分;晡,同「餔」。史記天官書:「食至日昳,爲稷;昳至餔,爲黍。」昳,午後日偏斜;餔,申時,下午三點至五點。卓幕,高幕。説文:「卓,高也。」下程,宋曹勛北狩見聞録:「徽廟北狩日……人行稍卻,則落後軍馬,從而剿除。至暮下程,即以車前轅内向,繞三面,匝如射帖。又斫枝梢,繚以爲鹿角,持兵備外,嚴於出入。」

覆盆鋪

三登三降岡始斷,一步一休日欲斜。濁酒半瓶不得煖,覆盆有鋪無漿家。

【題解】

本詩作於淳熙二年(一一七五),時赴蜀帥任途中。覆盆鋪,不詳。

小望州

峰頭高絶鄰，四瞰若窺井。小山萬蟻垤，大山拊其頂。叢霄一握近，罡風振衣冷。似聞天人語，笑我雪垂領。曩侍玉案香，委佩太清境。獨下赤城戲〔一〕，俯仰一枰頃。豈其厭晨華，嗅此腥腐鼎。揮手謝天人，伶俜愧孤影。來償繭足債，尚欠界天嶺。老矣且勸遊，歸期行可請。

【題解】本詩作於淳熙二年（一一七五），時赴蜀帥任途中。小望州，望州山，沈欽韓范石湖詩集注卷中：「小望州，一統志：望州山在宜昌府東湖縣西。」

【箋注】

〔一〕赤城：庾信奉答賜酒：「仙童下赤城，仙酒餉王平。」倪璠注引神仙傳：「茅蒙，字初成，乃於華山之中乘雲駕龍，向日昇天，歌曰：『神仙得者茅初成，駕龍上昇入泰清，時下玄洲戲赤城。』」

大望州

望州山頭天四低，東瞰夷陵西秭歸。峽江微茫細如帶，江外千峰青打圍。黄牛廟磯石如劈〔一〕，想看驚湍虎鬚白〔二〕。水行陸走俱險艱，安得如鳥有羽翼？

【題解】

本詩作於淳熙二年（一一七五），時赴成都帥任途中，大望州，參見上首「題解」。

【箋注】

〔一〕黄牛廟：參本卷峽州至喜亭詩注〔一〕。

〔二〕虎鬚：方輿勝覽卷五七：「虎鬚灘，在奉節縣。杜詩：瞿唐漫天虎鬚怒。」

一百八盤

疇昔辭桂林，自謂已出嶺。蜕蟬蠻煙中，恍若醉夢醒。今來峽山路，步步躡雲頂。仍聞蚯蚓瘴，顧與嶠南等。平生行路難，驚浪兀漂梗。迷塗兹益遠，鳥道非人境。老矣法當佚，懷哉跡可屏。拜手天東南，亟上歸田請。

【題解】本詩作於淳熙二年（一一七五），時正赴蜀帥任途中。一百八盤，巫山縣内山路，彎曲險危。黄庭堅新喻道中寄元明用觴字韵：「一百八盤攜手上，至今猶夢遶羊腸。」又，竹枝詞：「浮雲一百八盤縈。」任淵注：「山谷書萍鄉縣廳亦曰：『略江陵，上夔峽，過一百八盤，涉四十八渡。』」陸游入蜀記卷六：「（十月）二十四日，早，抵巫山，縣在峽中，亦壯縣也。市井勝歸、峽二郡，隔江南陵山極高大，有路如綫，盤屈至絶頂，謂之一百八盤。」

火墨坡下嶺

清晨入岑蔚，嵐重寒飀飀。忽聞黄鸝語，方悟麥始秋。旅食法當瘦，遠行人所愁。况復深山中，不與和氣游㊀。苦辛那敢憚，病悴良可憂。徒憂亦無益，聊作商聲謳。

【校記】

㊀和氣：叢書堂本、詩淵第三册第二一九八頁作「叶氣」。

【題解】本詩作於淳熙二年（一一七五），時赴成都帥任途中。火墨坡，不詳。

八場平聞猿

清猿泠泠鳴玉簫，三聲兩聲高樹梢㊀。子母聯拳傳枝去，忽作哀厲長鳴號。天寒林深山石惡，行人舉頭雙淚閣。雪澗琴心未足悲，須寫峽中腸斷時。琴曲有雪澗聞猿。

【校記】

㊀兩聲：原作「西聲」，誤。富校：「『西』黄刻本作『兩』，是。」活字本、叢書堂本、董鈔本、詩淵第四册第二八三五頁亦均作「兩聲」，今據改。

【題解】

本詩作於淳熙二年（一一七五），時赴成都帥任途中。八場平，不詳。從詩云「峽中」看，八場平與上首火墨坡當在峽州境内。

鑽天三里

非岡非嶺復非坡，黄鵠不度吾經過。妻孥下行啼且笑，聯手相攜如踏歌。風吹汗乾人力盡，屐齒與石方相磨。鑽天三里似千里，四十八盤將奈何〔一〕！

【題解】

本詩作於淳熙二年（一一七五），時赴蜀帥任途中。過鑽天三里，賦本詩紀行。黄震黄氏日鈔卷六七：「峽州道始艱，有一百八盤，有鑽天三里，有蛇倒退，有麻線堆，有胡孫愁，有判命坡。峽爲蜀外第一州，湖北之極處。」

【箋注】

〔一〕四十八盤：黄庭堅竹枝詞：「浮雲一百八盤縈。」任淵注：「山谷書萍鄉縣廳亦曰：『略江陵，上夔峽，過一百八盤，涉四十八渡。』」

蛇倒退

山前壁如削，山後崖復斷。曏吾達隴首，如海到彼岸。那知下嶺處，慄甚履冰戰。牽前帶相挽，縋後衣盡綻。健倒輒尋丈，徐行厪分寸。上疑緣竹竿，下劇滚金彈。豈惟蛇退舍，飛鳥望崖反。稍喜一徑平，猶有千石亂。仍逢新燒畬，約略似耕畔。心知人境近，飌末百憂散。山民茆數把，鬼質犢子健。腰鑱走迎客，再拜復三歎。謂「匪人所蹊，官來定何幹？儻爲飢火驅，平地豈無飯？意者官事迫，如馬就羈絆？」我乃不能答，付以一笑粲！

【題解】

本詩作於淳熙二年（一一七五），時赴蜀帥任途中，經蛇倒退，道途艱險，因賦本詩以紀行。參見鑽天三里「題解」。

大丫隘

峽行五程無聚落，馬頭今日逢耕鑿。麥苗疎瘦豆苗稀，椒葉尖新柘葉薄。家家婦女布纏頭，背負小兒領垂瘤〔一〕。山深生理却不乏，人有銀釵一雙插。

【題解】

本詩作於淳熙二年（一一七五），時赴蜀帥任途中。經大丫隘，作本詩紀所見山民景狀。

【箋注】

〔一〕領垂瘤：范成大吴船録卷下：「恭爲州乃在一大磐石上，盛夏無水土氣，毒熱如爐炭燔灼，山水皆有瘴，而水氣尤毒。人喜生癭，婦人尤多。」

范成大集校笺

三

〔宋〕范成大 撰
吴企明 校笺

上海古籍出版社

石湖居士詩集卷十六

麻線堆

峽口驛前，大山崛起，舊路攀援而上，縈紆如線。十五年前，浮圖德寶，始沿澗伐木作新路，不復登山。余觀峽路，皆未嘗經修，感德寶之事，作麻線堆詩一首，以風夔路使者及歸、峽二州長吏沈、葉、管、熊四君。

雲木盪胸起，巉峨一峰危。上有路千折，縺縷如縈絲。是爲麻線堆，厥險天下稀。傴仄容半足，顛墜寧復稽。騰猱尚愁苦，游子將安之？浮屠德寶者，悲智緒等慈。隨山刊古木，尋壑得長磯。輿梁捷飛度，布石綿階梯。自從新路改，重趼無齎咨。縣有孫少府，琬琰劖文詞。勿云此事小，惟有行人知。况觀峽山路，由來欠平治。官吏既弗跡，誰肯深長思？天險固自若，當令略成蹊。土工運畚鍤，石工操鑿椎。烈火敗磽确，築沙填隙巇。多用百夫力，遠無五旬期。但冀米鹽給，不煩金幣支。非客敢竊議，道傍詢旄倪。身雖雪山戍，亦願助毫釐。工費嗟小哉，政須賢有司。東有管夷陵，西有葉秭歸。上維沈隱侯，夔臺今吏師〔一〕。下維熊繹孫，長材佐州麾〔二〕。豈吾金閨彦〔三〕，不如林下緇。懸知議克合，了此一段奇。舟檝避潰潦，置郵疾飛馳。憧憧吴蜀客，來往當無時。仍磨鑽天石，大書四賢詩。不佞願秉筆，遠寄峽口碑。

【題解】

本詩作於淳熙二年（一一七五），時在赴蜀帥任途中。麻線堆，在歸州東南，山道縈紆如線，故名。范成大吴船録卷下：「（七月甲子）余前入蜀時，亦以江漲不可泝，自此路來，極天下之艱險。乃告峽州守管鑑，歸州守葉默，倅熊浩，及夔漕沈作礪，請略修治。先是，過麻線堆下，人告余不須登山，有浮屠德寶，於山脚刊木開路，盡避麻線之厄。縣尉孫某作小記龕道傍石壁上。余感之，謂一道人獨能辦此，況以官司力耶？乃作麻線堆詩，以遺四君。是時，余改成都路制置使，號令不及峽中，故以詩道之。繼而四君皆相聽許，以鹽米募村夫鑿石治梯級。具不可施力者，則改從他塗。除治十六七，商旅遂以通行。」周必大神道碑：「淳熙元年十月，除敷文閣待制、四川制置使、知成都府。稍鑿夔峽山路，以避湍險，人以爲便。」即指命四君鑿通麻線堆山路一事。沈、葉、管、熊四君，指夔州路運使沈作礪，歸州守葉默，峽州守管鑑，歸州倅熊浩。沈作礪，歷任毗陵通判、知衢州。史能之咸淳臨安志卷九「通判」：「沈作礪，乾道三年五月，右朝奉郎，四年十月丁憂。」淳熙中，知衢州，見浙江通志卷一一五。管鑑，字明仲，龍泉人，家臨川。同治臨川縣志卷四〇管鑑傳：「管鑑，字仲明，祖師仁，仕至樞密。鑑力學好修，以父澤補官。再調江西常平提幹，家於臨川。改知泰寧縣，佐湖南帥劉珙平劇盜，以功遷建寧府通判。知峽州，再知全州。陛見奏事，上稱其老成通練。除湖南提舉，勸民濬陂池，溉田萬六千頃。建郴州和糴倉，新石鼓書院。改廣東提刑，權知廣州，兼經略安撫，并漕倉，提舶，凡七印，給循環歷，以考遠郡獄事之輕重久近，吏不能欺。移本路轉運，減潮、惠七郡丁租，置廣安宅，買田以給士大夫南遷不能還者。移湖北轉運，卒年六十三。平生恬于利欲。弟鎔，仕不顯，盡推先業予之。」有養拙堂詞一卷。葉默、熊浩，兩人之生平仕履不詳。

【箋注】

〔一〕「上維」二句：沈隱侯，即沈約，字休文，因被梁武帝封爲建昌縣侯，謚隱，故稱沈隱侯。此借指夔漕沈作礪。

〔二〕「下維」二句：熊繹，周成王時封熊繹於楚，姓芈氏，爲春秋時代楚國的始祖。此借指歸州倅熊浩。

〔三〕金閨彦：出自金馬門的賢俊。金閨，金馬門之别稱。江淹別賦：「金閨之諸彦，蘭臺之群英。」

戲書麻線堆下

一身半世走奔波，疑是三生宿債多。折券已饒麻線嶺，責償難免竹竿坡。

【題解】本詩作於淳熙二年（一一七五）初夏，時赴蜀帥任途中，經峽州之麻線堆，戲書一絶。黄震黄氏日鈔卷六七：「泝峽州，道始艱，有一百八盤，有鑽天三里，有蛇倒退，有麻線堆，有胡孫愁，有判命坡，峽爲蜀外第一州，湖北之極處。」

胡孫愁

傾崖當胸石齧足，失勢毛毿槁幽谷。王孫却走斷不到，惟有哀猿如鬼哭。僕夫酸嘶訴塗窮，我亦付命無何中！悲風忽來木葉戰，落日虎嘷枯竹叢。

【題解】本詩作於淳熙二年（一一七五）初夏，時赴蜀帥任途中，經峽州胡孫愁，賦詩感歎路途之險惡。胡孫愁，參見上詩「題解」。

判命坡

鑽天嶺上已飛魂，判命坡前更駭聞。側足三分垂壞磴，舉頭一握到孤雲。微生敢列千金子，後福猶幾萬石君〔一〕。早晚北窗尋噩夢，故應含笑老榆枌〔二〕。

【題解】

本詩作於淳熙二年（一一七五）初夏，時赴蜀帥任途中，至峽州判命坡，賦本詩描寫山行之艱難。判命坡，參見戲書麻線堆下「題解」。

【箋注】

〔一〕萬石君：漢石奮，字天威，號萬石君，河内温縣人。早年侍高祖。漢文帝時，官太子太傅，後以上大夫禄養老歸家。事見漢書萬石君傳。

〔二〕榆枌：同枌榆，指故鄉，太平廣記卷三四七引裴鉶傳奇趙合：「知君頗有義心，儻能爲歸骨於奉天城南小李村，即某家枌榆耳。」

千石嶺

晨光挂高嶺，晴色媚遠客。哀湍吼叢薄，宿霧臬絶壁。露重薊花紫⊖〔一〕，風來蓬背白。迷塗朴渥跳〔二〕，飲澗於菟跡。層巔多折木，迮磴有飛石。不知山幾重，杳杳人叢碧？

【校記】

㈠薊花：富校：「『薊』黄刻本、宋詩鈔作『蘚』，是。」活字本、叢書堂本、董鈔本均作「薊花」。

【題解】

本詩作於淳熙二年（一一七五）初夏，時赴蜀帥任途中，經峽州判命坡、千石嶺，賦詩描寫山中景物，極細緻。

【箋注】

〔一〕薊花紫：薊，多年生草本植物，可供藥用。爾雅釋草：「术山薊。」郭注：「本草云：术，一名山薊，今术似薊而生山中。」邢昺疏：「赤术，今呼蒼术矣，蒼术苗高二三尺，葉似棠梨，東如鋸齒，根蟠如薑，華淡紫色，今藥用以茅山者良。」石湖云薊花紫，即蒼术之花。富校以「蘚」爲是，非也。

〔二〕朴渥：蘇軾遊徑山：「寒窗暖足來朴朔，夜鉢呪水降蜿蜒。」「朴朔」一本作「朴握」、一本作「朴渥」。次公注曰：「撲渥，兔也。」合注：「通雅引説楛云：兔名朴握。見古文苑。」

九盤坡布水

莫惜縈迴上九盤，洗心雙瀑雪花寒。野翁酌水煎茶獻，自古人來到此難。

【題解】

本詩作於淳熙二年（一一七五）初夏，時離桂林赴蜀帥任途中。九盤坡，在峽州至秭歸之間山中。

荒口

十步九嘆蹶〔一〕，百夫半蹤跚。豁然鳥道窮，努力造其巔。謂是嶺頭了，一峰復當前。既無反顧法，仰望心茫然！

【題解】

本詩作於淳熙二年（一一七五）初夏，時赴蜀帥任途中。

【箋注】

〔一〕嘆蹶：傾跌、難行意。蘇軾有詩，題爲：「數日前，夢人示余一卷文字，大略若諭馬者，用『吃蹶』兩字，夢中甚賞之，覺而忘其餘，戲作數語足之。」詩云：「天驥雖老，舉鞭脱逸。交馳蟻封，步中衡石。旁睨駑駘，豐肉滅節。徐行方軌，動輒吃蹶。天資相絶，未易致詰。」

四十八盤

詰曲不前如宦拙，欹傾當面似交難。若將世路比山路，世路更多千萬盤。

【題解】本詩作於淳熙二年（一一七五）初夏，時赴蜀帥任途中。經四十八盤，作本詩感慨世路之艱危。

紫荷車 峽山此藥甚多

緑英吐弱綫，翠葉抱修莖。矗如青旄節，草中立亭亭。根有却老藥，鱗皴友松苓〔一〕。長生不暇學，聊冀病身輕。

【題解】本詩作於淳熙二年（一一七五）四月，時離桂林赴蜀帥任途中，經峽州，山中多紫荷車，因賦小詩紀之。紫荷車，藥名，本草綱目卷五二「人胞」條云：「胞衣，胎衣，紫河車。」此與本詩不合。卷一七「蚤休」條云：「蚤休，又名紫河車、重臺、重樓金線、七葉一枝花、草甘遂、白甘遂諸名。」時珍曰：「重臺三層，因其葉狀也；金線重樓，因其花狀也；甘遂，因其根狀也；紫河車，因其功用也。」其根入藥。石湖詩與此合。

【箋注】

〔一〕「根有」二句：紫河車之根有却老之功，與松苓媲美。松苓，茯苓，長干松下，故名。本草綱目卷三七「茯苓」條云茯苓，又名伏靈、伏免、松腴。時珍曰：「蓋松之神靈之氣，伏結而成，故謂之茯靈、茯神也。」

錦帶花

東南甚珍此花，峽中漫生山谷。

妍紅棠棣粧，弱緑薔薇枝。小風一再來，飄飄隨舞衣。吴下嫵芳檻，峽中滿荒陂。佳人墮空谷，皎皎白駒詩〔一〕。

【題解】

本詩作於淳熙二年（一一七五）四月，時赴蜀帥任途中，行於峽州山中，見錦帶花，因賦詩紀之。錦帶花，全芳備祖前集卷二七「錦帶花」條：「一名海仙花，一名文官花。此花出荆、楚間，有花如錦，遂名錦帶花。條如郁李，春末方開，紅白二色。」廣群芳譜卷五三「錦帶花」條引益部方物略記：「錦帶花，蜀山中處處有之，長蔓柔纖，花葉間側如藻帶然，因象作名。」

【箋注】

〔一〕「佳人」二句：白駒，詩經小雅之篇名，詩云：「皎皎白駒，食我場苗。」「皎皎白駒，在彼空谷。」石湖詩由此運化而來。佳人，指錦帶花，以美人喻花。

入秭歸界

山根繫馬得漿家㊀，深入窮鄉事可嗟。蚯蚓祟人能作瘴，茱萸隨俗强煎茶。幽禽不見但聞語，野草無名都著花。窈窕崎嶇殊未艾，去程方始問三巴〔一〕。

【校記】

㊀得漿家：方回瀛奎律髓卷四作「貨漿家」。

【題解】

本詩作於淳熙二年（一一七五）四月，時赴蜀帥任途中，入秭歸縣。元豐九域志卷六荆湖北路，上，歸州，巴東郡，軍事，治秭歸縣。范成大吴船録卷下：「秭歸之名，俗傳以屈平被放，其姊女嬃先歸，故以名，殆若戲論。」瀛奎律髓卷四方回評：「淳熙二年乙未，石湖自桂林移帥四川，年五十矣。入峽諸詩多佳者，惟選此篇及人鮓甕詩，如擬劉夢得竹枝歌，亦不減劉也。」柳亭詩話卷一九：「六朝騈儷之句，書不勝書。若七言，則唐人獨擅矣，使必祖唐而祧宋，是徒知大宗之主器，而不知旁支分派亦有當璧之時也，其可乎？間摘數條，（略）范致能入秭歸界：『幽禽不見但聞語，野草無名都著花。』（略）若此之類，聊見一斑。若歐、蘇、楊、陸諸公，當於全集中求之，不多贅也。」瀛奎律髓卷四紀昀云：「『但』作『惟』則諧調，再校本集。」

【箋注】

〔一〕三巴：華陽國志巴志：「建安六年，魚復蹇允白璋争巴名，璋乃改永寧爲巴郡，以固陵爲巴東，徙羲爲巴西太守，是爲三巴。」資治通鑑卷一一三「晉安帝元興三年」：「玄以桓希爲梁州刺史，分命諸將戍三巴以備之。」胡三省注：「三巴，巴郡、巴東、巴西也。」

早發周平驛，過清烈祠下 屈平祠也，祠前有獨醒亭。

物色近人境，喜歡嚴曉裝。山月鷄犬聲，野風麻麥香。登嶺既開豁，入林更清涼。三呼獨醒士，儻肯醻我觴。

【題解】

本詩作於淳熙二年（一一七五）四月，時正赴蜀帥任途中。清烈公祠，即屈原祠，在歸州東。

范成大吴船録卷下：「己未，泊歸州。……州東五里，有清烈公祠，屈平廟也。秭歸之名，俗傳以屈平被放，其姊女嬃先歸，故以名。殆若戲論。」王存新定九域志卷六歸州，有三閭大夫祠。獨醒亭，詩云「獨醒士」，意出楚辭漁父：「舉世皆濁我獨清，衆人皆醉我獨醒。」

白狗峽　陸路亦自峽上，過西岸有玉虚洞。

江紋圓復破，樹色昏還明。連灘竹節稠，洶怒奔夷陵。石磯鐵色頑，相望如姦朋。踞岸意不佳，當流勢尤獰。山回水若盡，但見青玲娙。慘慘疑鬼寰，幽幽無人聲。顛沛安危機，艱難古今情。俯窺得目眩，却立恐神驚〔一〕。白雲冒巖扉，下維玉虚庭。神仙坐閲世，應笑行人行。

【題解】

本詩作於淳熙二年（一一七五）四月，時正在赴蜀帥任途中。白狗峽，參見卷一五峽州至喜亭注。玉虚洞，在秭歸縣東白狗峽附近。范成大吴船録卷下：「八月戊辰朔，發歸州，兩岸大石連延，蹲踞相望，頑很之態，不可狀名。五里，入白狗峽，山特奇峭。峽左小溪入玉虚洞中，可容數百人。」陸游入蜀記卷六：「離新灘，過白狗峽，泊舟興山口，肩輿游玉虚洞。去江岸五里許，隔一溪，所謂香溪也。源出昭君村，水味美，録於水品，色碧如黛。呼小舟以渡，過溪，又里餘，洞門小纔袤丈。既入，則極大，可容數百人，宏敞壯麗，如入大宮殿中。有石成幢蓋、旛旗、芝草、竹笋、仙人、龍、虎、鳥獸之屬，千狀萬態，莫不逼真。其絶異者，東石正圓如日，西石平規如月。予平生所見岩竇，無能及者。有熙寧中謝師厚、岑岩起題名，又有陳堯咨所作記，叙此洞本末，云唐天寶中，獵者始得之。」太平寰宇記卷一四八：「玉虚洞，在縣南五十里，唐天寶五載，其洞忽開，可容千人。」歸州志：「在州城東北，唐天寶中有人遇白鹿於此，薄而窺之，有洞，可容千人。石壁異文成龍虎花木之狀，有石乳結成物象，皆温潤如玉，故名。」

【箋注】

〔一〕却立：倒退而立。史記廉頗藺相如列傳：「相如因持璧却立，倚柱，怒髮上衝冠。」却，即倒退。

秭歸縣

周封楚子熊繹於此。縣宇，宋玉宅；東山清烈祠，屈原宅也。

永日貪程客，長年弔古詩。悲秋荒故宅，負石慘空祠。峻壁鴉翻倦，高畬麥秀遲。窮山熊繹國，偪仄建邦時。

【題解】

本詩作於淳熙二年（一一七五）四月，時正赴蜀帥任途中。周封楚子熊繹於歸州，范成大吴船録卷下：「己未，泊歸州……楚熊繹始封於此，篳路籃縷，以啓山林，其後始大，奄有今荆湖數千里之廣。」陸游入蜀記卷六：「十六日，到歸州。……隔江有楚王城，亦山谷間，然地比歸州差平。或云楚始封於此。山海經：夏啓封孟除於丹陽城。郭璞注云：在秭歸縣南。疑即此也。然史記：成王封熊繹於丹陽。裴駰乃云在枝江，未詳孰是？」按，李吉甫元和郡縣圖志闕卷逸文卷一山南道歸州秭歸縣：「丹陽城，在縣東七里，楚之舊都也，周武王封熊繹於荆丹陽之地，即此也。與江南丹陽不同。」李吉甫所説是也。「縣宇，宋玉宅也。」范成大吴船録卷下：「倚郭秭歸縣，亦傳爲宋玉宅。杜子美詩云：『宋玉悲秋宅。』謂此縣傍有酒壚，或爲題作『宋玉東家』。」陸游入蜀記卷六：「十九日，郡集於歸鄉堂。欲以是晚行，不果。訪宋玉宅，在秭歸縣之東，今爲酒家，舊有石刻『宋玉宅』三字，近以郡人避太守家諱，去之。或遂由此失傳，可惜也。」

歸州竹枝歌二首

東鄰男兒得湘纍，西舍女兒生漢妃〔一〕。城郭如村莫相笑，人家伐閲似渠稀。

東岸艬船拋石門，西山炊煙連白雲。竹籬茅舍作晚市，青蓋黄旗稱使君。

【題解】

本詩作於淳熙二年（一一七五）四月，時赴蜀帥任途中，至秭歸縣，賦此咏其地風土人情。竹枝歌，起源於巴渝的民歌，以描寫風土人情爲主要内容，郭茂倩樂府詩集卷八一「近代曲辭」顧況竹枝：「竹枝本出於巴渝。」劉禹錫竹枝詞并引：「歲正月，余來建平，里中兒聯歌竹枝，吹短笛，擊鼓以赴節。歌者揚袂睢舞，以曲多爲賢。聆其音，中黄鍾之羽。其卒章激訐如吴聲，雖傖儜不可分，而含思宛轉，有淇澳之艷。昔屈原居沅湘間，其民迎神，詞多鄙陋，乃爲作九歌。到于今荆楚歌舞之。故余亦作竹枝詞九篇，俾善歌者颺之，附于末，後之聆巴歈，知變風之自焉。」

【箋注】

〔一〕「東鄰」二句：湘纍，指屈原，史記揚雄傳：「因江潭而淮記兮，欽弔楚之湘纍。」李奇曰：「諸不以罪死曰纍，荀息、仇牧皆是也。屈原赴湘死，故曰湘纍也。」漢妃，指王昭君，蘇軾有昭君村詩，查注云：「太平寰宇記：歸州興山縣，有王昭君宅，王嬙即此邑人，故曰昭君之縣。」詩云：「昭君本楚人，艷色照江水。楚人不敢娶，謂是漢妃子。」屈原爲歸州秭歸人，王昭君爲歸州興山人。

昭君臺

在興山界中，鄉人憐昭君，築臺望之，下有香溪。然三峽女子，十人九癭。

天生尤物元無種，萬里巴村出青塚〔一〕。高臺望思臺已荒，東風溪漲流水香。嬋娟鍾美空萬古，翻使鄉山多醜女。炙眉作瘢亦不須，人人有癭如瓠壺。

【題解】

本詩作於淳熙二年（一一七七）四月，時正赴蜀帥任途中。昭君臺，在歸州興山縣。范成大吴船録卷下：「（歸州）屬邑興山縣，王嬙生焉。今有昭君臺，香溪尚存。城南二里，有明妃廟。余嘗論歸爲州僻陋，爲西蜀之最，而男子有屈宋，女子有昭君，閥閲如此，政未易忽。」杜甫咏懷古迹之三：「群山萬壑赴荆門，生長明妃尚有村。」昭君，即王嬙，字昭君，晉人避司馬昭諱，改稱「明君」，後人因稱「明妃」。漢元帝宫人，匈奴虖韓邪單于入朝，求美人爲閼氏。帝予昭君，以結和親。漢書元帝紀：「竟寧元年春正月，匈奴虖韓邪單于來朝。詔曰：……虖韓邪單于不忘恩德，鄉慕禮義，復修朝賀之禮，願保塞傳之無窮，邊垂長無兵革之事。其改元爲竟寧，賜單于待詔掖庭王嬙爲閼氏。」「三峽女子，十人九癭」，這一怪異現象，范成大吴船録卷下有詳細記載：「峽江水性大惡，飲輒生癭，婦人尤多。前過此時，婢子輩汲江而飲，數日後發熱，一再宿，項領腫起，十餘人悉然，至西川月餘，方漸消散。」

【箋注】

〔一〕青塚：指昭君墓，杜甫咏懷古迹之三：「一去紫臺連朔漠，獨留青塚向黄昏。」

人鮓甕

在歸州郭下，長石截然，據江三之二，水盛時，瀆淖極大，號峽下最險處。東岸即屈原宅，自此復登舟至巫山。

懷沙祠下鐵色磯〔一〕，中流束湍張禍機。與齎俱入彼可弔〔二〕，乘流而下吾亦危〔三〕。江河難犯一至此，天地好生安取斯？朝歌勝母古尚諱〔四〕，我其覆醢航秭歸〔五〕。

【題解】

本詩作於淳熙二年（一一七五）四月，時正赴蜀帥任途中。人鮓甕，在歸州，參見卷十五峽州至喜亭注。屈原宅，王存新定九域志卷六歸州有屈大夫宅。李吉甫元和郡縣圖志闕卷逸文卷一山南道歸州興山縣：「屈原宅，在縣北三十里。」瀛奎律髓卷四方回評：「王者之法如江河，易避難犯，以『天地好生』爲對，亦奇矣。此『吴體』。」馮班評：「詩不必以宋爲諱，但如此惡模樣，自宜痛戒。第八句，石湖語，可厭。」查慎行評：「『與齎俱入』，語出南華。五、六妙于用虚字。」紀昀評：「恣而不野，峭而有韻，江西派中之佳者。」

【箋注】

〔一〕懷沙祠：指屈原祠，即清烈公祠，因相傳屈原投汨羅江前，作九章懷沙，是屈原的絶命詞，故以此代指屈原。

〔二〕與齎俱入：語出列子黄帝篇：「與齎俱入，與汩偕出。」注云：「齎汩者，水迴入涌出之貌。」

〔三〕乘流而下：用馬素禪師語，潛説友咸淳臨安志卷二五山川四徑山：「代宗時，有吴郡崑山朱氏子，貢禮部，道丹徒，至鶴林寺，馬素禪師異之，遂祝髮名法欽（即國一禪師）。大悟宗旨，久之，辭出遊方，請示所止，素曰：『汝乘流而行，遇徑即止。』」

〔四〕朝歌句：史記魯仲連鄒陽列傳：「臣聞盛飾入朝者不以利污義，砥厲名號者不以欲傷行，故縣名勝母而曾子不入，邑號朝歌而墨子回車。」司馬貞索隱：「淮南子及鹽鐵論並云里名勝母，曾子不入，蓋以名不順故也。」

〔五〕覆醢：禮記檀弓上：「孔子哭子路於中庭，有人弔者，而夫子拜之。既哭，進使者而問故。使者曰：『醢之矣。』遂命覆醢。」此言行經人鮓甕也。

巴東峽口

水宿頻欹側，徒行又險艱。舟危神女峽〔一〕，馬瘦鬼門關〔二〕。照夜燒畬隴，緣雲種筀山。催成頭雪白，休説鬢絲斑。

【題解】

本詩作於淳熙二年（一一七五）四月，時正赴蜀帥任途中。巴東，縣名。陸游入蜀記卷六：「二十一日，舟中望石門關，僅通一人行，天下至險也。晚泊巴東縣。江山雄麗，大勝秭歸，但井邑極於蕭條，邑中纔百餘户，自令廨而下，皆茅茨，了無片瓦。」范成大吴船録卷下：「二十里，過歸州巴東縣，有寇忠愍公祠。縣亭二柏，傳爲公手植。」太平寰宇記卷一四八：「巴東縣，本漢巫縣地，三國時屬吴，後周天和三年於巴陵故城置樂鄉縣，隋開皇十八年改樂鄉爲巴東縣，在巴之東，因以爲名。」

【箋注】

〔一〕神女峽：范成大吴船録卷下：「戊午，乘水退，下巫峽，灘瀧稠險，濆淖洄洑，其危又過夔峽。三十五里至神女廟，廟前灘尤洶怒。」與詩意合。

〔二〕鬼門關：古關名，在廣西北流、玉林間，唐楊炎流崖州至鬼門關作：「崖州何處在，生度鬼門關。」此泛指凶險之地。

初入巫峽

鑽火巴東岸，摐金峽口船。東江崖欲合，漱石水多漩。卓午三竿日〔一〕，中間一鏬天。偉哉神禹跡，疏鑿此山川。

【題解】

本詩作於淳熙二年（一一七五）四月，時正赴蜀帥任途中。巫峽，在巫山，杜甫秋興八首之一：「玉露凋傷楓樹林，巫山巫峽氣蕭森。江間波浪兼天涌，塞上風雲接地陰。」范成大吳船録卷下：「七十里，至巫山縣宿。縣人云：『昨夕水大漲，灩澦恰在船底，故可下夔峽。至巫峽則不然，恰須水退十丈乃可。』是夕水驟退數丈，同行者皆有喜色。戊午，乘水退下巫峽，灘瀧稠險，濆淖洄洑，其危又過夔峽。」酈道元水經注卷三四「江水下」：「江水又東逕巫峽……江水歷峽東，逕新崩灘……其下十餘里，有大巫山，非唯三峽所無，乃當抗峰岷峨，借嶺衡疑。……其間首尾百六十里，謂之巫峽，蓋因山爲名也。自三峽七百里中，兩岸連山，略無闕處，重巖疊嶂，隱天蔽日，自非亭午夜分，不見曦月。」

【箋注】

〔一〕三竿日：形容太陽升得很高，時已近中午。南齊書天文志上：「日出高三竿。」劉禹錫竹枝詞：「日出三竿春霧消，江頭蜀客駐蘭橈。」

將至巫山遇雨

數日快晴，水落丈餘，舟人方以爲喜，雨作，即水又長矣。

峽行水落惟憂雨，通昔淋浪怨行旅㈠。千山萬山生白煙，陽臺那得雲如許〔二〕？

牋詞騰告翠帷僊，匄我一晴翻手間。放開十二峰頭色〔二〕，重賦碧叢高插天〔三〕。

【校記】

〔一〕通昔：富校：「『昔』黄刻本作『夕』，是。」按，活字本、叢書堂本、董鈔本均作「通昔」。「昔」與「夕」通，穀梁傳莊公七年：「日入至於星出謂之昔。」通昔，即通夕。

【題解】

本詩作於淳熙二年（一一七五）四月，時正赴蜀帥任途中。至巫山遇雨，賦詩描寫所見景色。

【箋注】

〔一〕「陽臺」句：陽臺，陽雲臺，在巫山。宋玉高唐賦：「（女）去而辭曰：妾在巫山之陽，高丘之阻，旦爲朝雲，暮爲行雨，朝朝暮暮，陽臺之下。」范成大吴船録卷下：「神女廟乃在諸峰對岸小岡之上，所謂陽雲臺、唐高觀，人云在來鶴峰上，亦未必是。神女之事，據宋玉賦云，以諷襄王，其詞亦止乎禮義，如『玉色頩以赬顔』、『羌不可兮犯干』之語，可以概見。後世不詧，一切以兒女子褻之，余嘗作前後巫山高以辯。今廟中石刻引墉城記：瑶姬，西王母之女，稱雲華夫人，助禹驅鬼神，斬石疏波，有功見紀。今封妙用真人，廟額曰凝真觀，從祀有白馬將軍，俗傳所驅之神也。」文選卷一九宋玉高唐賦「妾巫山之女也」，李善引晉習鑿齒襄陽耆舊傳云：「赤帝女曰姚姬，未行而卒。葬於巫山之陽，故曰巫山之女。楚懷王游於高唐，晝寢，夢見與神遇，自稱是巫山之女，王因幸之，遂爲置觀於巫山之南，號爲朝雲。」范成大吴船録卷下又云：「巫峽之最嘉處，不問陰晴，常多雲氣，映帶飄拂，不可繪畫。余兩過其下，所見皆然。豈余經過時偶如此，抑其地固然，行雲之語，亦有所據耶？」可見，「陽臺那得雲如許」，乃是實地景物特點。

〔二〕十二峰：巫山有十二峰，范成大吴船録卷下：「三十五里，至神女廟，廟前灘尤洶怒。十二峰俱在北岸，前後蔽虧，不能足其數。最東一峰尤奇絶，其頂分兩歧，如雙玉篸插半霄，最西一峰似之而差小，餘峰皆鬱嵂非常，但不如兩峰之詭特。相傳一峰之上有文曰巫，不暇訪尋。」陸游入蜀記卷六：「然十二峰者，不可悉見，所見八、九峰，惟神女峰最爲纖麗奇峭，宜爲仙真所託。……廟後山半，有石壇平曠。傳云夏禹見神女，授符書於此。壇上觀十二峰，宛如屏障。是日，天宇晴霽，四顧無纖翳，惟神女峰上有白雲數片，如鸞鶴翔舞徘徊，久之不散，亦可異也。」

〔三〕「重賦」句：語出李賀巫山高：「碧叢叢，高插天，大江翻瀾神曳烟。」

巫山高　并序

余舊嘗用韓無咎韻題陳季陵巫山圖，考宋玉賦意，辨高唐之事甚詳。今過陽臺之下，復賦樂府一首。世傳瑶姬爲西王母女，嘗佐禹治水，廟中石刻在焉。

濕雲不收煙雨霏，峽船作灘梢廟磯。杜鵑無聲猿叫斷，惟有飢鴉迎客飛〔一〕。西真功高佐禹跡〔二〕，斧鑿鱗皴倚天壁。上有瑶簪十二尖〔三〕，下有黄湍三百尺。蔓花虯木風煙昏，薜珮翠帷香火寒。靈旂飄忽定何許〔四〕，時有行人開廟門。楚客詞章元是諷〔五〕，紛紛餘子空嘲弄。玉色頩顔不可干，人間錯説高唐夢。

【題解】

本詩作於淳熙二年（一一七五）四月，時正赴蜀帥任途中。巫山高，樂府曲名，樂府解題（郭茂倩樂府詩集卷一六漢鐃歌巫山高）曰：「古詞言，江淮水深，無梁可度，臨水遠望，思歸而已。若齊王融『想像巫山高』，梁范雲『巫山高不極』，雜以陽臺神女之事，無復遠望思歸之意也。」「余舊嘗用韓無咎韻題陳季陵巫山圖」，指本書卷九題爲「韓無咎檢詳出示所賦陳季陵户部巫山圖詩，仰窺高作，歎息彌襟。余嘗考宋玉談朝雲事，漫稱先王時，本無據依，及襄王夢之，命玉爲賦，但云『頩顔怒以自持，曾不可乎犯干。』後世弗察，一切溷以媟語，曹子建賦宓妃，亦感此而作，此嘲誰當解者？輒用此意，次韻和呈，以資撫掌」一詩，詳參該詩「題解」及注。「世傳瑶姬爲西王母女」，參見上首將至巫山遇雨「陽臺」句注。

【箋注】

〔一〕「惟有」句：范成大吴船録卷下：「（神女）廟有馴鴉，客舟將來，則迓於數里之外，或直至縣，下船過，亦送數里，人以餅餌擲空，鴉仰啄承取，不失一。土人謂之神鴉，亦謂之迎船鴉。」

〔二〕「西真」句：范成大吴船録卷下：「瑶姬，西王母之女，稱雲華夫人，助禹驅鬼神，斬石疏波，有功見紀。今封妙用真人。」西真功高，指此。陸游謁巫山廟兩廡碑版甚衆皆言神佐禹開峽之功而詆宋玉高唐賦之妄予亦賦詩一首：「真人翳鳳駕蛟龍，一念何曾與世同。不爲行雲求弭謗，那因治水欲論功。翺翔想見虚無裏，毁譽誰知溷濁中。讀盡舊碑成絶倒，書生惟慣諂王公。」

〔三〕瑶簪十二尖：十二峰頭如玉簪插天。范成大吴船録卷下：「十二峰俱在北岸，前後蔽虧，不能足其數。最東一峰尤奇絶，其頂分兩歧，如雙玉篸插半霄。」

〔四〕旓：古代旌旗下之飾物，周禮春官巾車：「建大常，十有二旓。」注：「大常，九旗之畫日月者。正幅爲縿，旓則屬焉。」

〔五〕楚客詞章：指宋玉高唐賦。

刺灩澦　并序

灩澦，盤渦之大者，峽江水壯則有之，或大如一間屋。相傳水行峽底，遇暗石則濆起，已而下旋爲渦。然亦未嘗有定處，或無故突然而作，叵測也。舟行遇之，小則欹傾，大則與齎俱入，險惡之名聞天下。峽江饒暗石，水狀日千變。不愁灘瀧來，但畏漬淖見。人言盤渦耳，夷險顧有間。仍於非時作，未可一理貫。安行方熨縠，無事忽翻練。突如湯鼎沸，翕作茶磨旋。勢迫中成窪，怒霽外始暈。已定稍安慰，儵作更驚眩。漂漂浮沫起，疑有潛鯨噀。勃勃駭浪騰，復恐蟄鼉抃。篙師瞪褫魄，灘户呀雨汗。逡巡怯大敵，勇往決鏖戰。幸免與齎入，還憂似蓬轉。驚呼招竿折〔一〕，奔救竹笮斷〔二〕。九死船頭争，萬苦石上牽。旁觀兢薄冰，撇過捷飛電。前余叱馭來，山險固嘗徧。今者擊檝誓〔三〕，豈復憚波面。澎澎三峽長，颭颭一葦亂。既微捔指忙，又匪科頭慢〔四〕。天子賜之履，江神敢吾玩？但催疊鼓轟，往助雙櫓健。

【題解】

本詩作於淳熙二年（一一七五）四月，時正赴蜀帥任途中。漬淖，大漩渦，范成大吴船録卷下：「戊午，乘水退，下巫峽，灘瀧稠險，漬淖洄洑，其危又過夔峽。」文選卷一二郭景純江賦：「漩澴滎瀯，渨溫濆瀑。」李善注：「皆波浪回旋，濆涌而起之貌也。」

【箋注】

〔一〕招竿：即篙竿。吴船録卷下：「二十里，至東奔灘。高浪大渦，巨艑掀舞，不當一槁葉，或爲渦所使，如磨之旋。三老挽招竿叫呼，力争以出渦。」清一統志卷一三三寶慶府蘆埠灘：「石屹中流，波濤洶急，上水以繩牽挽，下水以招竿撥之，旋轉石間。」後漢書班固傳上：「招白閒，下雙鵠，揄文竿，出比目。」李賢注：「招，猶舉也。」

〔二〕竹笮：引船之竹索。舊唐書莊宗紀：「梁樓船三層，蒙以牛革，懸板爲楯。建及率持斧者入艨艟間，斬其竹笮，破其懸楯。又於上流取甕數百，用竹笮維之，積薪於上，灌以脂膏，火發亘空。」

〔三〕擊檝誓：用祖逖故事。檝，即楫。祖逖渡江北伐，中流擊楫而誓曰：「祖逖不能清中原而復濟者，有如大江。」事見晉書祖逖傳。

〔四〕科頭：不戴冠帽。資治通鑑漢獻帝建安元年：「布將河内郝萌夜攻布，布科頭袒衣，走詣都督高順營。」胡三省注：「科頭，不冠露髻也。今江東人猶謂露髻爲科頭。」

嘲峽石　并序

峽山江濱，亂石萬狀，極其醜怪，不可形容，舉非世間諸所有石之比，走筆戲題，且以紀異。

峽山狠無情，其下多醜石。頑質賈憎垂〔一〕，傀狀發笑啞。粗類墳壤黄，沉漬鐵矢黑。或如溝泥涴，或似凍壁坼。堆疑聚廩粟，陊若壞城甓。槎牙鏤朽木，狼籍委枯骼。礧砢包贏蚌，淋漓錮鉛錫。縱紋瓦溝壠㊁，横疊衣摺襞。鱗皴斧鑿餘，坎窞蹴踏力。云何清淑氣，孕此詭譎跡。我本一丘壑〔一〕，嗜石舊成癖。端溪紫琳腴〔二〕，洮河緑沉色〔三〕。階册截肪膩，泗磬鳴球擊〔四〕。嵌空太湖底〔五〕，偶立韶江側〔六〕。真陽劖千巖〔七〕，營道劖寸碧〔八〕。倦游所閲多，未易一二籍。朅來茲山下，刺眼昔未覿。或云：「峽多材，奇秀鬱以積。絶代昭君村，驚世屈原宅。東家兩兒女，氣足豪萬國。山石何重輕，奚暇更融液？」我亦味其言，作詩曉行客。

【校記】

㊀ 憎垂：富校：「『垂』黄刻本作『唾』，是。」按，活字本、叢書堂本、董鈔本均作「憎垂」。

㊁ 縱紋：原作「縱文」，富校：「『文』黄刻本、宋詩鈔作『紋』，是。」活字本、叢書堂本、董鈔本均作「縱紋」，今據改。

【題解】

本詩作於淳熙二年（一一七五）四月，時赴蜀帥任途中，經巫峽，見江濱亂石萬狀，乃作詩嘲之。

【箋注】

〔一〕「我本」句：一丘壑，指耽愛丘壑之人。世説新語品藻：「明帝問謝鯤：『君自謂何如庾亮？』答曰：『端委廟堂，使百僚準則，臣不如亮；一丘一壑，自謂過之。』」

〔二〕「端溪」句：唐李肇國史補卷下：「端溪紫石硯，天下無貴賤通用之。」宋闕名端溪硯譜：「大抵石性貴潤，色貴青紫，乾則灰蒼色，潤則青紫色，眼貴翠緑圓正，有瞳子。」洪邁辨歙石説跋：「研出端溪，其色如豬肝、蒲萄，中邊瑩澈，光可以鑑，粹然紫琳腴也。」

〔三〕「洮河」句：形容洮州緑石硯。錦繡萬花谷前集卷三二「硯」：「山谷以洮州緑石硯贈張文潛，云：『贈君洮州緑石含風漪，能淬筆鋒利如錐。讀書元祐開皇極，第入思齊訪落詩。』」

〔四〕泗磬：尚書禹貢：「泗濱浮磬。」孔穎達疏：「泗水旁山而過，石爲泗水之涯。石在水旁，水中見石，似石水上浮然。此石可以爲磬，故謂之浮磬也。」

〔五〕「嵌空」句：范成大太湖石志：「太湖石，石出西洞庭，多因波濤激嚙而爲嵌空，浸濯而爲光瑩。或縝潤如珪瓚，廉劌如劍戟，矗如峰巒，列如屏障，或滑如肪，或黝如漆，或如人，如獸，如禽鳥。好事者取之，以充苑囿庭除之玩。」

〔六〕「偶立」句：元和郡縣圖志卷三四韶州：「韶石，在縣東北八十五里。兩石相對，相去一里。石高七十五丈，周迴五里，有似雙闕，名韶石。」太平寰宇記卷一五九韶州：「韶石，郡國志云：韶州科斗勞水間有韶石，兩石對峙，相去一里，大小略均，有似雙闕。永和二年，有飛仙衣冠分遊二石上。昔舜遊登此石，奏韶樂，因名。」

〔七〕「真陽」句：方輿勝覽卷三五廣東路英德府真陽：「真陽峽，在真陽東南十五里。崖壁千仞。」楊萬里過真陽峽六首之一：「玉削雙崖一水通，一重一掩更重重。平生山水看多少，最愛真陽第二峰。」又出真陽峽十首之三：「峽嶺分明是假山，亂堆怪石入雲間。上頭更種青瓊樹，下照春江玉鏡寒。」

〔八〕營道：方輿勝覽卷二四湖南路道州營道縣，有營道山、九嶷山。本集卷一五有詩湘口夜泊南去零陵十里矣營水來自營道過零陵下湘水自桂林之海陽至此與營會合爲一江。

勞畬耕 并序

畬田，峽中刀耕火種之地也。春初斫山，衆木盡蹶，至當種時，伺有雨候，則前一夕火之，藉其灰以糞；明日雨作，乘熱土下種，即苗盛倍收，無雨反是。山多磽确，地力薄，則一再斫燒，始可蓺。春種麥豆，作餅餌以度夏；秋則粟熟矣。官輸甚微：巫山民以收粟三百斛爲率，財用三四斛了二税，食三物以終年。雖平生不識秔稻，而未嘗苦飢。余因記吴中號多嘉穀，而公私之輸顧重，田家得粒食者無幾，峽農之不若也！作詩以勞之。

峽農生甚艱，斫畬大山巔。赤埴無土膏，三刀財一田。頗具穴居智，占雨先燎原。雨來亟下種，不爾生不蕃。麥穗黄剪剪，豆苗緑芊芊。餅餌了長夏，更遲秋粟繁。税畝不什一，遺秉得饜餐。何曾識秔稻，捫腹嘗果然。我知吴農事，請爲峽農言：吴田黑壤腴，吴米玉粒鮮。長腰匏犀瘦〔一〕，齊頭珠顆圓。紅蓮勝彫胡〔二〕，香子馥秋蘭。或收虞舜餘，或自占城傳〔三〕。早秈與晚穲〔四〕，濫吹甑甗間㊀〔五〕。長腰米，狹長，亦名箭子；齊頭白，圓浄如珠；紅蓮，色微赤；香子，亦名九里香，斗米入數合作飯，芳香滿案；舜王稻，焦頭無鬚，俗傳瞽瞍燒種以與之；占城種，來自海南；穲稏、秈禾，價最賤；以上皆吴中米品也。不辭春養禾，但畏秋輸官。姦吏大雀鼠，盜胥衆螟蝝。掠剩增釜區，取盈折緡錢。兩鍾致一斛，未免催租瘢。重以私債迫，逃屋無炊煙。晶晶雲子飯〔六〕，生世不下咽。食者定游手，種者長流涎！不如峽農飽，豆麥終殘年。

【校記】

㊀濫吹：富校：「『濫吹』黄刻本、宋詩鈔作『爛炊』，是。」然活字本、叢書堂本、舊鈔本均作「濫吹」。此「濫」，用同「爛」。

【題解】

本詩作於淳熙二年（一一七五），時赴蜀帥任途中，見巫山山民刀耕火種之勞，因賦勞畬耕詩，兼及吳農稅賦沉重。孔凡禮范成大年譜淳熙二年譜文：「入巫峽，賦勞畬耕，深及吳農之苦，揭官府豪家債主之惡。」

【箋注】

〔一〕長腰：粳稻名。蘇軾和文與可洋川園池瀼泉亭：「勸君多揀長腰米。」王注次公曰：「長腰米，漢上米之絶好者。諺云：『長腰粳米，縮項鯿魚。』皆言其好也。」葛立方韻語陽秋卷一六：「長腰粳米，縮頭鯿魚，楚人語也。」

〔二〕紅蓮：稻名，范成大吳郡志卷三〇土物下：「紅蓮稻，自古有之，陸龜蒙別墅懷歸詩云：『遥爲晚花吟白菊，近炊香稻識紅蓮。』則唐人已貴此米。中間絶不種。二十年來，農家始復種，米粒肥而香。」

〔三〕「或自」句：錦繡萬花谷別集卷二七「穀粟」：「湘山野録云：『真宗深念稼穡，聞占城稻耐旱，西天菉豆子多而粒大，各遣使以珍貨求其種，占城得種二十石，至今在處播之。』」

〔四〕「早秈」句：穲，穲稏。韋應物稻田：「緑波春浪滿前陂，極目連雲穲稏肥。」韋應物曾爲蘇州刺史，其所咏之穲稏即石湖詩中之稻。

〔五〕甑甗：周禮考工記陶人：「陶人爲甗，實二鬴，厚半寸，脣寸。……甑，實二鬴，厚半寸，脣寸，七穿。」鄭司農云：「甗，無底甑。」

〔六〕雲子飯：語出杜甫與鄠縣源大少府宴渼陂：「飯抄雲子白，瓜嚼水精寒。」錢謙益箋云：「漢武内傳：「太上之藥，有風實、雲子、玉津、金漿。」朱鶴齡注：「雲子，以擬飯之白耳。」

巫山縣

自此復登陸，至夔門縣，前掉石灘最險，登岸以過舟，謂之盤灘。

城樓曰高唐門㊀，此去瞿唐不百里，縣人以郭西流石堆爲水信，流石没，則灩澦如馬矣。

借馬巫山縣，盤舟掉石灘。梅肥朝雨細，茶老暮煙寒。門對高唐起，江從灩澦難。流堆三尺在，旅夢一枝安。

【校記】

㊀城樓曰高唐門：富校：「『曰』黄刻本、宋詩鈔作『對』，是。按詩亦云『門對高唐起』，可證。」活字本、叢書堂本、董鈔本均作「城樓曰高唐門」。按詩意正因「門對高唐起」，故城樓曰高唐門。

【題解】

本詩作於淳熙二年（一一七五），時正赴蜀帥任途中。巫山縣，屬夔州，王存元豐九域志卷八夔州路夔州：「縣二：奉節、巫山。」范成大吴船録卷下：「十五里，至大溪口，水稍闊，山亦差遠，夔峽之險紓矣。七十里，至巫山縣宿。」盤灘，范成大吴船録卷下對此有具體描寫，云：「八月戊辰朔，發歸州。……（新灘）石亂水洶，瞬息覆溺，上下欲脱免者，必盤博陸行，以虚舟過之。兩岸多居民，號灘子，專以盤灘爲業。」瞿唐，峽名，陸游入蜀記卷六：「二十六日，發大溪口，入瞿唐峽。兩壁對聳，上入霄漢，其平如削成，仰視天，如匹練然。」灔澦，堆名，在瞿唐峽口，陸游入蜀記卷六：「（瞿唐關）關西門正對灔澦堆。堆，碎石積成，出水數十丈。土人云：『方夏秋水漲時，水又高於堆數十丈。』」太平寰宇記卷一四八：「灔澦堆，周圍二十丈，在州西南二百步，蜀江中心，瞿唐峽口。冬水淺，屹然露百餘尺，夏水漲，没數十丈，其狀如馬，舟人不敢進。又曰猶與，言舟子取途，不決水脈，故曰猶與。諺曰：『灔澦大如襆，瞿唐不可觸。灔澦大如馬，瞿唐不可下。灔澦大如鼈，瞿唐行舟絶。灔澦大如龜，瞿唐不可窺。』」爲便於航行，一九五八年灔澦堆已被炸除。范成大吴船録卷下：「舊圖云：灔澦大如襆，瞿唐不可觸。灔澦大如馬，瞿唐不可下。此俗傳灔澦大如象，瞿唐不可上。此俗傳『灩澦大如象，瞿唐不可上』，蓋非是也。後人立石，辨之甚詳。」

自巫山遵陸以避黑石諸灘，大雨不可行，泊驛中一日，吏士自秭歸陸行者亦會

巫山信是陽雲臺，客行五日雲不開。陰晴何常有朝暮，夜雨少休明復來。今朝水長不知數，没盡山根蒼石堆。東磯西磯盡如削，大灘小灘俱若雷。不知瞿唐復何似？想見萬頃淙一杯。衹今水劑已壯矣〔一〕，聞道陸程尤艱哉！摩圍隘口石生角，蹋

颯坡前泥似醅〔二〕。眼前安得故園路，江沙江草便青鞋。

【題解】

本詩作於淳熙二年（一一七五），時正赴蜀帥任途中。黑石諸灘，指瞿塘峽中諸灘。范成大吴船録卷下：「峽中兩岸，高巖峻壁，斧鑿之痕皴皴然。而黑石灘最號險惡，兩山束江驟起，水勢不及平。兩邊高而中窪下，狀如茶碾之槽，舟檝易以傾側，謂之茶槽齊，萬萬不可行。」

【箋注】

〔一〕水劑：「劑」，即「齊」，爾雅釋言：「劑，齊也。」范成大吴船録卷下：「丙辰，泊夔州，早遣人謂瞿唐水齊，僅能没灩澦之頂。」「（黑石灘）狀如茶碾之槽，舟檝易以傾側。謂之茶槽齊，萬萬不可行。余來，水勢適平，免所謂茶槽者。又水大漲，渰没草木，謂之青草齊，則諸灘之上，水寬少浪，可以犯之而行。余之來，水未能盡漫草木，但名草根齊，法亦不可涉，然犯難以行，不可回首也。」詩云現今水勢已壯，故行之險厄也。

〔二〕蹋颯：一作答颯、塌颯、踏颯，有疲薾、懶散之義。翟灝通俗編卷一四：「答颯。南史鄭鮮之傳：『范泰誚曰：「君居僚首，今答颯，去人遼遠，何不肖之甚！」』文與可集有『懶對俗人常答颯』句，能改齋漫録：『俗謂事之不振者曰踏趿，唐人有此語。酉陽雜俎：「錢知微買卜，爲韻語曰『世人踏颯，不肯下錢』是也。」』按踏趿、答颯，字異義同。或又作塌颯，范成大詩

『生涯都塌颯，心曲謾峥嶸。』又集韻有傝㑌字，訓云惡也，似亦塌颯之通。」

燕子坡

大山如牆缺，小山如塚纍。衆山直下看，方知此峰危。木末見夔峽，一溝盎春泥。中有天下險，造化真兒嬉。峰頂不滿笑，舟中鬢成絲。登高尚超覽，況乃絶俗姿。

【題解】本詩作於淳熙二年（一一七五），時赴蜀帥任途中，經巫山縣燕子坡，賦詩記其見聞。燕子坡，沈欽韓范石湖詩集注卷中引名勝志云：「鳥飛巖在夔州府巫山縣西南四十里，與燕子坡相對。」

鬼門關

天作隴頭石闕，人言要隔塵樊。百年會須作鬼，無事先穿鬼關。

【題解】本詩作於淳熙二年（一一七五），時赴蜀帥任途中，經夔州鬼門關，有感而作本詩。鬼門關，沈欽韓范石湖詩集注卷中引明統志：「鬼門關在夔州府城東三十里。」

離巫山好晴，午後入瞿唐關，憩高齋半日

一昨題詩訴苦霖，果然連夜卷曾陰。盡收行雨瑶姬賜，不徇世情巫峽心。喜鵲滿枝朝日淡，哀猿何處宿雲深？水門山徑高齋外，一枕清風屏萬金。高齋，即杜詩所謂「暝色延山徑，高齋次水門」者〔一〕。

【題解】

本詩作於淳熙二年（一一七五）五月，時赴蜀帥任途中，離巫山，入瞿唐關，憇高齋，因賦本詩。范成大吴船録卷下：「余前年入蜀，以重午至夔。……同行皆往瞿唐祀白帝，登三峽堂，及遊高齋，皆在關上。高齋雖未必是杜子美所賦，然下臨灧澦，亦奇觀也。」

【箋注】

〔一〕「水門」二句及自注：高齋，杜甫所名高齋，有三處，陸游東屯高齋記（渭南文集卷一七）：「少陵先生晚遊夔州，愛其山川，不忍去，三徙居皆名高齋。質於其詩，曰次水門者，白帝城之高齋也；曰依藥餌者，瀼西之高齋也；曰見一川者，東屯之高齋也。故其詩又曰：『高齋非一處。』予至夔數月，吊先生之遺迹，則白帝城已廢爲丘墟百有餘年，自城郭府寺，父老無

知其處者，况所謂高齋乎？」杜詩二句，見杜甫宿江邊閣。

灩澦堆

灩澦之石誰劖鐫？惡駭天下形眇然。客行五月潦始漲，但見匹馬浮黄湍。時時吐沫作漬淖，潏潏有聲如粥煎㊀。蜀江西來已無路，鑿山作澮方成川。瞿唐之口狹如帶，乃欲納此江漫漫。奔流下赴故偪仄，汝更争道當其前。舟師歆傾落膽過，石孽水禍吁難全！山川丘陵皆地險，惟此險絶餘難肩。東坡筆端喙三尺，願與作賦評嘲喧〔一〕。云非此石峽更怒，臼頭忽作傾城妍㊁〔二〕。我從巫山飛一棹，歡喜偶脱蛟龍涎。是非信否未暇詰，且上高齋清晝眠。

【校記】

㊀ 粥煎：叢書堂本、詩淵第三册第二一七五頁作「鬻煎」，活字本、董鈔本作「弼煎」。

㊁ 臼頭：富校：「『臼』黄刻本作『白』。」活字本、叢書堂本、董鈔本、詩淵均作「臼頭」。

【題解】

本詩作於淳熙二年（一一七五）五月，時赴蜀帥任途中。舟過瞿唐峽口灩澦堆，賦本詩描寫灩灩澦之險絶。范成大吴船録卷下：「丁巳，水漲未已，辰巳時，遂決解維。十五里至瞿唐口，水平如席，獨灩澦之頂，猶渦紋瀺灂，舟拂其上以過，揺艫者汗手死心，皆面無人色，蓋天下至險之地，行路極危之時，傍觀皆神驚。余已在舟中，一切付自然，不暇問，據胡床坐招頭處，任其盪兀。」參前巫山縣「題解」。

【箋注】

〔一〕「東坡」二句：蘇軾作灩澦堆賦并叙，對灩澦堆石評論云：「世以瞿唐峽口灩澦堆爲天下之至險，凡覆舟者，皆歸咎於此石。以余觀之，蓋有功於斯人者。夫蜀江會百水而至於夔，瀰漫浩汗，横放於大野，而峽之大小，曾不及其十一。苟先無以齟齬於其間，則江之遠來，奔騰迅快，盡鋭於瞿塘之口，則其險悍可畏，當不啻於今耳。因爲之賦，以待好事者，試觀而思之。」東坡賦文，可助理解石湖詩意。

〔二〕「臼頭」句：即臼頭深目之意，劉向列女傳卷六：「鍾離春者，齊無鹽邑之女，宣王之正后也。其爲人極醜無雙，臼頭深目，長指大節，卬鼻結喉，肥項少髮，折腰出胷，皮膚若漆。」全句意謂醜女忽變作絶佳美人。

夔州竹枝歌九首

五月五日嵐氣開，南門競船争看來〔一〕。雲安酒濃麴米賤〔二〕，家家扶得醉人迴。

赤甲白鹽碧叢叢〔三〕，半山人家草木風。榴花滿山紅似火，荔子天涼未肯紅。

新城果園連瀼西〔四〕，枇杷壓枝杏子肥。半青半黄朝出賣，日午買鹽沽酒歸。

瘦婦趁墟城裏來，十十五五市南街。行人莫笑女麤醜，兒郎自與買銀釵㈠。

白頭老媪篸紅花，黑頭女娘三髻丫。背上兒眠上山去，採桑已閑當採茶。

百衲畬山青間紅，粟莖成穗豆成叢。東屯平田秔米軟〔五〕，不到貧人飯甑中。

白帝廟前無舊城〔六〕，荒山野草古今情。只餘峽口一堆石，恰似人心未肯平。

灩澦如襆瞿唐深㈡，魚復陳圖江水心〔七〕。大昌鹽船出巫峽〔八〕，十日溯流無信音。

當筵女兒歌竹枝，一聲三疊客忘歸。萬里橋邊有船到〔九〕，繡羅衣服生光輝。

【校記】

㈠銀釵：詩淵第三册第一九五二頁作「金釵」。

㈡如襆：原作「如樸」，富校：「『樸』當作『襆』」。梁簡文帝淫預歌：「淫預大如襆，瞿唐不可觸。」按灩澦堆亦作淫預堆。」詩淵作「襆」。今據改。

【題解】

本詩作於淳熙二年（一一七五）五月，時正赴蜀帥任途中。范成大吴船録卷下：「余前年入蜀，以重午至夔。黄朝英靖康緗素雜記卷五「端午」條云：「以余意測之，五與午字皆通，蓋五月建午，或用午字，何害於理？」五月五日，即重五，范文云「重午」，即重五也。端午到夔州，則本詩作於其後數日。

【箋注】

〔一〕「南門」句：競船，即競渡，民間風俗五月五日舉行競船，用以紀念屈原。劉餗隋唐嘉話卷下：「俗五月五日爲競渡戲，自襄州已南，所向相傳云：屈原初沉江之時，其鄉人乘舟求之，意急而争前，後因爲此戲。」與宗懔荆楚歲時記相一致。

〔二〕雲安：縣名，宋時屬雲安軍。王存元豐九域志卷八夔州路雲安軍：「開寶六年，以夔州雲安縣置軍，治雲安縣。」

〔三〕赤甲：山名，李吉甫元和郡縣圖志闕卷逸文卷一山南道夔州：「（奉節縣）赤甲山，在城北三里，漢時嘗取邑人爲赤甲軍，蓋犀甲之色也。」正德夔州府志卷三山川：「赤甲山，在府城東十五里，土石皆赤，如人袒臂，故曰赤甲。或云漢人嘗取巴人爲赤甲軍，因名。」白鹽：山名，正德夔州府志卷三：「白鹽山，在府城東十七里，崖壁高峻，色若白鹽。昔張珖嘗書：『白鹽赤甲』四大字於上。」

〔四〕瀼西：杜甫柴門：「孤舟登瀼西，迴首望兩崖。」陸游入蜀記卷六：「（永安宫）比白帝頗平曠，然失關險，無復形勢。在瀼之西，故一曰瀼西。土人謂山澗之流通江者曰瀼云。」

〔五〕東屯：陸游入蜀記卷六：「自關（按，指瞿唐關）而東，即東屯，少陵故居也。」杜甫有自瀼西荆扉且移居東屯茅屋，錢謙益注引困學紀聞（見錢注杜詩卷一四）云：「東屯，乃公孫述留屯之所，距白帝五里。東屯之田，可百許頃，稻米爲蜀第一。」

〔六〕白帝廟：陸游入蜀記卷六：「肩輿入關（瞿唐關），謁白帝廟，氣象甚古，松柏皆數百年物。有數碑，皆孟蜀時所立。」方輿勝覽卷五七：「白帝廟，在奉節縣東八里舊州城内，有三石笋猶存。公孫述據蜀，自稱白帝。」嘉慶四川通志卷三六輿地志祠廟三：「夔州府奉節縣：白帝廟，在縣東八里舊州城内。有三石笋。宋祀公孫述。」

〔七〕魚復陣圖：即諸葛亮之八陣圖，李吉甫元和郡縣圖志闕卷逸文卷一山南道夔州奉節縣：「八陣圖，在縣西七里。」范成大吴船録卷下：「乙卯過午，風稍息，遂行，百四十里至夔州。……魚復方漲，八陣在水中。今來水更過之。六十四蕝，不復得見，頗有遺恨。」陸游入蜀記卷六：「（夔）州東南有八陣磧，孔明之遺迹。碎石行列如引繩。每歲江漲，磧上水數十丈，比退，陣石如故。」太平寰宇記卷一四八：「八陣圖，在縣西南七里。荆州圖副云：『永安宫南一里，諸下平磧上，周迴四百十八丈，中有諸葛武侯八陣圖，聚細石爲之，各高五尺，廣十圍，歷然棋布，縱横相當，中間相去九尺，正中開南北巷，悉廣五尺，凡六十四聚。或爲人散亂，及爲夏水所没，冬水退，復依然如故。八陣圖下東西三里有一磧，東西一百步，南北廣四十步，磧上有鹽泉井五口，以木爲桶，昔常取鹽，即時沙壅，冬出夏没。』盛弘之荆州記云：『壘西聚石爲八行，行八聚，聚間相去二丈許，謂之八陣圖。因曰八陣既成，自今行師更不復敗。八陣及壘，皆圖兵勢行藏之權，自後深識者所不能了。桓温伐蜀經之，以爲常山蛇勢，此蓋意言也。』

〔八〕大昌鹽船：大昌，縣名，其地產鹽。李吉甫元和郡縣圖志闕卷逸文卷一山南道夔州：大昌縣，「晉武帝於此置建昌縣，隋開皇元年，改曰大昌縣」。王存元豐九域志卷八夔州路：「大寧監，開寶六年以夔州大昌縣鹽泉所置監，治大昌縣。」

〔九〕萬里橋：在成都，范成大吳船録卷上：「（合江亭）其西則萬里橋，諸葛孔明送費禕使吳，曰：『萬里之行，始於此。』後因以名橋。杜子美詩曰：『門泊東吳萬里船。』此橋正爲吳人設。余在郡時，每出東郭，過此橋，輒爲之慨然。」

雲安縣

春暮子規少，日斜紅鵠飛。兩山多布水，一島幾柴扉。蚓吐無窮壤，人行不斷磯。巴陽昨夜雨〔一〕，灘上水先肥。杜子美詩云：「涪萬無杜鵑。」雲安詩云：「終日子規啼。」〔二〕今萬州界固不聞杜鵑，而雲安已自少矣。紅鵠飛時，滿背純赤，或云即黃鶴也。峽中蚯蚓之盛，無如雲安，江濱墳壤，戢戢無際。又多大石，岸有一石長里許者。杜子美詩云：「禹功多斷石。」其實甚長。兩山間雨後，瀑泉數十百處，尤可觀。

【題解】

本詩作於淳熙二年（一一七五）五月，時赴蜀帥任途中，經雲安縣泊舟，寫其景，咏成本詩。雲安縣，宋時隸雲安軍，王存元豐九域志卷八夔州路雲安軍，治雲安縣。

【箋注】

〔一〕巴陽：巴江之陽。王存元豐九域志卷八夔州路黔州彭水縣有巴江，又同卷利州路化城縣有巴江。

〔二〕「杜子美」四句：「涪萬無杜鵑」，出杜甫杜鵑：「西川有杜鵑，東川無杜鵑。涪萬無杜鵑，雲安有杜鵑。」「雲安詩云」即杜甫子規詩，首句云「峽裏雲安縣」。

萬州 自此後登陸，州號南浦郡。

晨炊維下巖，晚酌艤南浦。波心照州榜，雲脚響衙鼓。前山如屏牆，得得正當户。西江朝宗來，循屏復東去〔一〕。此萬州形勢也，惟親歷者當知此言之工。官曹倚巖棲，市井喚船渡。瓦屋仄石磴，猿啼鬧人語。剔核杏餘酸，連枝茶剩苦。土人賣杏，皆先剔其核，取仁以爲藥也。土茶甚苦，不簡枝葉，雜茱萸煎之。窮鄉固瘠薄，陋俗亦寒窶。營營謀食艱，

寂寂懷甎訴〔二〕。昔聞吏隱名，今識吏隱處。

【題解】

本詩作於淳熙二年（一一七五），時正赴蜀帥任途中。萬州，范成大吴船録卷下：「（忠州）又行五十里，至萬州武寧縣，八十里，至萬州，宿在江濱。邑里最爲蕭條，又不及恭、涪。蜀諺曰：『益、梓、利、夔最下，忠、涪、恭、萬尤卑。』然泝江入蜀者，至此即捨舟而徒，不兩旬可至成都，舟行即須十旬。」李吉甫元和郡縣圖志闕卷逸文卷一山南道萬州：「春秋及戰國並屬巴國。秦屬巴郡，今州即漢巴郡朐忍縣之地。後魏置安鄉郡，又改萬川。武德二年，立浦城郡。」有南浦縣。王存元豐九域志卷八夔州路：「萬州，南浦郡，軍事。治南浦縣。」

【箋注】

〔一〕「西江」兩句：酈道元水經注卷三三江水（一）：「江水又東南會南、北集渠。……溪水北流注於江，謂之南集渠口，亦曰于陽谿口，北水其水出新浦縣北高梁山分溪，南流逕其縣西，又南百里至朐忍縣，南入於江，謂之北集渠口，别名班口，又曰分水口，朐忍尉治此。」長江於忠州流入萬州界，舊名朐忍縣，宋代改爲萬州南浦郡南浦縣。衆水匯於江，故曰「西江朝宗來」。

〔二〕懷甎：楊衒之洛陽伽藍記卷二：「永安年中（李延寔）除青州刺史，帝謂寔曰：『懷甎之俗，世號難治；舅宜好用心，副朝廷所委。』……時黄門侍郎楊寬在帝側，不曉懷甎之義，私問舍人温子昇。子昇曰：『吾聞至尊兄彭城王作青州刺史，問其賓客從至青州者，云：齊土之民，風俗淺薄，虚論高談，專在榮利。太守初欲入境，皆懷甎叩首，以美其意；及其代下還家，以甎擊之。言其向背速於反掌。是以京師謡語曰：獄中無繫囚，舍内無青州。假令家道惡，腸中不懷愁。懷甎之義起在於此也。』」

横溪驛感懷

行徧天涯與地隅〔一〕，筋骸那比十年初。朱顏有酒且留住，白髮無方能掃除。未得歸田先作賦〔二〕，專攻種樹已成書〔三〕。祇今飛到南山下，猶解清晨出荷鋤。

【題解】

本詩作於淳熙二年（一一七五），時赴蜀帥任途中。承上詩，横溪驛當在萬州。

【箋注】

〔一〕「行徧」句：自乾道二年至淳熙二年間，石湖先在行在任吏部員外郎，爲言者論罷，三年起知嚴州，召回後任禮部員外郎兼崇政殿説書。乾道六年使金，還，任中書舍人。八年十二月，赴廣西帥任，淳熙元年在知静江府兼廣西安撫使任上，二年由廣西轉易爲蜀帥。十年間，東至海隅，南至桂林，西至蜀地，北至燕京，故曰「行徧天涯與地隅」。

〔二〕「未得」句：張衡有歸田賦，文選李善注：「歸田賦者，張衡仕不得志，欲歸於田，因作此賦。凡在曰朝，不曰歸田。」

〔三〕種樹書：史記秦始皇本紀：「所不去者，醫藥、卜巫、種樹之書。」韓愈送石處士赴河陽幕：「長把種樹書，人云避世士。」

午夜登嶓山

癉暑嚴夜裝，乘涼躡危嶠。猿依黑林號，鬼閃青炬嘯。驚鳥動危葉，吟蟲滿荒草。泉聲遠相隨，山色近如杳。夢猶風燈前，身已雲木杪。浮生固有役，遠道何時了？豈惟失寢興，亦自倒昏曉。恭惟天心仁，頗議民力槁。我懷漢制詔，來慰蜀父老。熙如春臺登，沃若時雨膏〔一〕。須知簡書急，勿厭蓐食早。但勤筆力淬，時助詩腸攪〔二〕。

【題解】　本詩作於淳熙二年（一一七五），時赴蜀帥任途中，午夜登嶓冢山，賦本詩以抒感。嶓山，即嶓冢山。李吉甫元和郡縣圖志卷二二山南路興元府金牛縣：「嶓冢山，縣東二十八里，漢水所出。」王存元豐九域志卷八利州路龍州三泉縣，有金牛鎮，有嶓冢山。又，新定九域志卷八龍州：「嶓冢山，禹貢云：『岷、嶓既藝，文是也。』

【箋注】

〔一〕「沃若」句：時雨，應時之雨。尚時洪範：「曰肅，時雨若。」韓非子主道：「是故明君之行賞也，暖乎如時雨。」

〔二〕詩腸攪：詹敦仁柳堤詩序：「時方春也。緑染方勻，柔絲裊風；攪詩腸之百結，宜吾一詠而一觴也。」

峽石鋪

由萬州至此，山頂皆有長石如城壁，亘數峰不斷，峽山至是亦稍開廣，間有稻田。

峰頭壁立偉天造，萬雉石城如帶繞。山骨鱗皴火種難，山下流泉却宜稻。新秧一稜緑茸茸，茅花先秋雪摇風。后皇嘉種不易熟〔一〕，野草何爲攙歲功！

【題解】

本詩作於淳熙二年（一一七五），時赴蜀帥任途中，經峽石鋪，賦詩寫其地風光。峽石鋪，在梁山軍梁山縣東五十里。王存元豐九域志卷八梁山軍，治梁山縣，「開寶三年，以萬州梁山縣隸軍」。沈欽韓范石湖詩集注卷中：「峽石鋪，紀要：峽石市在夔州府梁山縣東五十里。」

【箋注】

〔一〕「后皇」句：后皇嘉種，語出屈原九章橘頌：「后皇嘉樹，橘徠服兮。受命不遷，生南國兮。」石湖以此指橘樹。

蟠龍嶺

自峽、歸、夔、萬至於梁山，五郡間不知其幾嶺？梁山之蟠龍、峰門尤爲高峻，然下嶺即有平陸，吏卒皆相賀云。

夷陵至朐䏰〔一〕，複嶺若絲亂㈠。初程尚勇往，少日還委頓。安得長劍揮，盡剷疊嶂斷。雖云北山愚〔二〕，聊快南溟運〔三〕。此意竟蕭索，勞歌謾淒曼。日日望平陸，念念到彼岸。人言束馬險〔四〕，但欠蟠龍峻。摧頹强弩末，黽勉焚舟戰。譬如已償逋，猶有未折券。山根治曉裝，峰頂寄朝飯。稍脱蚓瘴染，還探虎窠翫。性命乃可憂，筋力何足算！嶺半途有饅頭山，以形得名，其上多鷙獸，土人謂之虎窠。

【校記】

㈠若絲亂：原作「苦絲亂」，叢書堂本、詩淵第三册第二二八〇頁作「若絲亂」，今據改。

【題解】

本詩作於淳熙二年（一一七五），時赴蜀帥任途中，至梁山縣蟠龍嶺，贊歎嶺之高峻，感抒過嶺至平陸後之喜悦，乃賦本詩。蟠龍嶺，在梁山，王象之輿地紀勝卷一七九：「（梁山軍）蟠龍山，距軍東三十里，孤峙秀傑，突出衆山之上，下有二洞。……亦稱是洞溪中有二石，龍狀，首尾相蟠，故名。」梁山，縣名，曹學佺蜀中名勝記卷二三夔州府：「梁山縣，邑名高梁，又曰都梁，皆因山也。」

【箋注】

〔一〕朐䏰：又作「朐䏰」、「朐忍」縣名，即萬州南浦縣。李吉甫元和郡縣圖志闕卷逸文卷一山南道萬州：「南浦縣，本漢朐䏰縣地。」

〔二〕北山愚：北山愚公移山之典，見列子湯問。

〔三〕南溟運：莊子逍遥遊：「是鳥也，海運則將徙於南冥。南冥者，天池也。」

〔四〕東馬：新唐書高適傳：「平戎以西數城，皆窮山之顛，蹊隧險絶，運糧束馬之路，坐甲無人之鄉。」

蟠龍瀑布自山頂漫汗淋漓，分數道而下，望之宛從天降，當爲城中布水第一

銀漢來從左界天〔一〕，天風吹浪落蒼巔。人間只見秧田潤，唤作蟠龍洞裏泉。

【題解】

本詩作於淳熙二年（一一七五），時赴蜀帥任途中，經梁山縣蟠龍山，見蟠龍瀑布，奇甚，作本詩記述之。王象之輿地紀勝卷一七九：「（梁山軍）天下瀑布第一，在蟠龍山下，去軍城二十里，自翔龍山洞中流出，過驛前百步，下注垂崖，岸約二百餘丈。故山腹有飛練。觀者以爲天下瀑布第一，舊名蟠龍。」陸游有蟠龍瀑布：「遠望紛珠纓，近觀轉雷霆。人言水出奇，竟使行人驚。」

【箋注】

〔一〕「銀漢」句：文選謝莊月賦：「斜漢左界，北陸南躔。」李周翰注：「秋時又漢西南斜，遠於左界。」

峰門嶺遇雨，泊梁山

窮鄉誰與話悲酸，駐馬看雲强自寬。酒力無端妨宿病，詩情不淺任塵官。虎狼地僻炊煙晚，風雨天低夏木寒。行盡峰門千萬丈，梁山鼓角報平安。

【題解】

本詩作於淳熙二年（一一七五），時赴蜀帥任途中，過梁山峰門嶺，遇雨，泊梁山，因作本詩。前蟠龍嶺題注：「梁山之蟠龍、峰門尤爲高峻。」輿地紀勝：「峰門山距（梁山）軍東一十五里，其山高大，頂有寒泉，兩崖峻嶮，群峰對峙如門，因以名之。」

朸𨛷驛大雨

暮雨連朝雨，長亭又短亭。今朝騎馬怯，平日繫船聽。竹葉垂頭碧，秧苗滿意青。農疇方可望，客路敢遑寧！

【題解】

本詩作於淳熙二年（一一七五），自桂林赴蜀帥任途中，於朸𨛷驛遇大雨，作詩紀之。朸𨛷，縣名，一作什𨛷。元和郡縣圖志卷三一成都府漢州，縣五：什𨛷縣，云：「本漢舊縣，屬廣漢郡，高祖封雍齒爲什𨛷侯，應劭曰：『什音十。』故曰什𨛷，俗名雍齒城。」王存元豐九域志卷七成都府漢州，縣四：什𨛷。

墊江縣 屬忠州

青泥没髁僕頻驚，黄漲平橋馬不行。舊雨雲招新雨至，高田水入下田鳴。百年心事終懷土，一日身謀且望晴。休入忠州争米市，暝鴉同宿墊江城。

【題解】本詩作於淳熙二年（一一七五），時赴蜀帥任途中。王存元豐九域志卷八夔州路忠州，縣四：墊江。

巾子山又雨

百日籃輿困跼跧，三晨泥坂兀躋攀。晚晴幸自墊江縣，今雨奈何巾子山。樹色於人殊漠漠，雲容憐我稍班班。如今只憶雪溪句，乘興而來興盡還〔一〕。

【題解】本詩作於淳熙二年（一一七五）五月，時自桂林赴蜀帥任途中，至樂温縣巾子山，遇雨，乃賦詩紀行。巾子山，在涪州樂温縣。吴船録卷下：「辛亥，發恭州，嘉陵江自利、閬、果、合等州來合大江。百四十里，至涪州樂温縣，有張益德廟。」王象之輿地紀勝：「（巾子山）在樂温縣北一百里。」王存元豐九域志卷八涪州樂温縣有樂温山。

【箋注】

〔一〕「如今」二句：用王子猷雪夜訪戴故事，見世説新語任誕。

鄰山縣

山頂噓雲黑似煙，修篁高柳共昏然。鳥啼一夜勸歸去，誰道東川無杜鵑〔一〕？

【題解】

本詩作於淳熙二年（一一七五）五月，時赴蜀帥任途中，至渠州鄰山縣，作本詩寫景紀行。鄰山縣，屬渠州，王存元豐九域志卷七梓州路渠州，縣三：鄰山，州東南二百里。王象之輿地紀勝卷一六二：潼川府路，渠州，鄰山縣，下，在州東南二百里。

【箋注】

〔一〕「鳥啼」二句：杜甫杜鵑：「西川有杜鵑，東川無杜鵑。」

没冰鋪晚晴月出，曉復大雨，上漏下濕，不堪其憂

晚色熹微煖似薰，兒童歡喜走相聞。無端星月照濕土，依舊山川生雨雲。吴諺曰：「星月照濕土，明朝依舊雨。」蓋雨後微晴，星月燦然，必復雨，占之每驗。旅枕夢寒涔屋漏，征衫潮潤冷爐熏。快晴信是行人願，又恐田家曝背耘。

【題解】 本詩作於淳熙二年（一一七五），時赴蜀帥任途中，經没冰鋪，曉起復大雨，不堪其憂，乃賦本詩抒感。

金山嶺

阪峻身頻偃，崖深首屢回。雲浮平地出，路拂半天來。但閲關山過，都忘歲月催。湘南初上馬，猶插早春梅。金山嶺險峻，多古梅。

【題解】 本詩作於淳熙二年（一一七五），時赴蜀帥任途中，經金山嶺，賦本詩以寫景抒感。

明日至鄰水又雨

昨日方無雨，今朝又不晴。滿山皆屐齒，隨處有泉聲。頗怪陰霖甚㊀，應催老病成。泥塗千騎士，與我共勞生。

【校記】

㈠甚：原作「差」。富校：「『差』黄刻本作『甚』，是。」董鈔本「差」作「苦」。今據富校改。

【題解】

本詩作於淳熙二年（一一七五），時赴蜀帥任途中，至渠州鄰水縣，遇雨，賦詩紀感。鄰水，縣名，屬渠州，王存元豐九域志卷七梓州路渠州，縣三：鄰水，州東南一百三十里。王象之輿地紀勝卷一六二：潼川府路，渠州，鄰水縣，下，在州東一百五十里。

殘夜至峰頂上

片月挂高嶺，我行至其巔。舉手欲攬擷，恐驚乘鸞仙㈠。菲菲桂香動，肅肅露脚寒。北斗已到地，南斗猶闌干。但聞浮黎音㈡，來從始青天㈢。大星與之俱，曉色明旗旛。素煙渺陸海，中有人所寰。想見地上友，啓明膏火煎。星落玉宇白，日生綺霞丹。冰輪未肯去，相看尚團團。

【題解】

本詩作於淳熙二年（一一七五），時赴蜀帥任途中。

【箋注】

〔一〕「舉手」二句：侯鯖録卷二：「曾阜爲蘄州黄梅令，縣有峰頂寺，去城百餘里，在亂山群峰間，人跡所不到。阜按田偶至其上，梁間小榜，流塵昏暗，乃李白所題詩也。其字亦豪放可愛，詩云：『夜宿峰頂寺，舉手捫星辰。不敢高聲語，恐驚天上人。』或曰：王元之少登樓詩云：『危樓高百尺，手可摘星辰。不敢高聲語，恐驚天上人。』」胡仔苕溪漁隱叢話、邵氏聞見後録等書亦載此詩。又，竹坡詩話記爲楊文公詩，王得臣麈史認爲烏牙寺，不作峰頂寺，與侯鯖録等書所記異。今本李白集無此詩。峰頂，指峰頂山，沈欽韓范石湖詩集注卷中：「名勝志：忠州墊江縣東北二十里有峰頂山。」

〔二〕浮黎音：浮黎天國所奏的音樂。浮黎，天國，在清微天宫。孔雀明王經：「爾時元始天尊，在大羅天上，清微天宫，浮黎國土，郁羅霄台之上，放九色祥光，九色蓮花座。」

〔三〕始青天：神仙境界，東方朔十洲記序：「北至朱陵扶桑之闕，滘海冥夜之丘，純陽之陵，始青之下，月宫之間，内游七丘，中旋十洲。」

望鄉臺

千山已盡一峰孤，立馬行人莫疾驅。從此蜀川平似掌，更無高處望東吴。

【題解】本詩作於淳熙二年（一一七五），時赴蜀帥任途中，經望鄉臺，有感而作此小詩。

蚤晴發廣安軍，晚宿萍池村莊

夜雨洗煩蒸，曉風薦清穆。雲頭隤鐵山，日脚迸金瀑。暑塗一日涼，遠客萬事足。羈人正奔波，觀者何陸續。翠蓋立嚴粧，青裙行跣足。俗陋介南徼，物華入東蜀。竹萌苦已青，荔子酸猶緑。修蘆密成籬，直柏森似纛。泥乾馬蹄鬆，路坦亭堠速。暮投何人莊，窗户暗修竹。

【題解】本詩作於淳熙二年（一一七五），時自桂林赴蜀帥途中。廣安軍，治渠江縣。王存元豐九域志卷七梓州路廣安軍，治渠江縣。王象之輿地紀勝卷一六五：「潼川府路：廣安軍，古梁州之域，治渠江。」

巴蜀人好食生蒜，臭不可近。頃在嶠南，其人好食檳榔合蠣灰。扶留藤，一名蔞藤，食之輒昏然，已而醒快。三物合和，唾如膿血可厭。今來蜀道，又爲食蒜者所薰，戲題

旅食諳殊俗，堆盤駭異聞。南餐灰蔫蠣，巴饌菜先葷。幸脱蔞藤醉，還遭胡蒜熏。絲蓴鄉味好〔一〕，歸夢水連雲。

【題解】

本詩作於淳熙二年（一一七五），時赴蜀帥任途中。爲蜀人好食生蒜，爲之所熏，又思嶺南人好食檳榔，因作本詩調侃之。檳榔，左思吴都賦：「檳榔無柯，椰葉無陰。」劉淵林注引薛瑩荆揚已南異物志：「檳榔樹，高六七丈，正直，無枝，葉從心生，大如楯，其實作房，從心中出，一房數百實，實如鷄子，皆有殼，肉蒲殼中，正白，味苦澀，得扶留藤與石賁灰合食之，則柔滑而美，交趾、安南、九真皆有之。」扶留藤，又名蔞藤，左思吴都賦：「石帆水松，東風扶留。」劉淵林注：「扶留，藤也，緣木而生，味辛，可食。」

【箋注】

〔一〕絲蓴：蓴，亦作蒓，水生植物，一名水葵，范成大吴郡志卷三一「土物」：「蒓，味香滑，尤宜芼魚羹。晉陸機入洛見王濟，濟指羊酪謂機曰：『吴中何以敵此？』機云：『千里蒓羹，未下鹽豉。』時人以爲名對。」絲蓴，即蓴絲。杜甫陪王漢州留杜綿州泛房公西湖：「豉化蓴絲熟，刀鳴鱠縷飛。」仇注引師氏曰：「本草：蓴生水中，三月至八月莖細如釵股，通名爲絲蓴。」

嘉陵江過合州漢初縣下

井徑東川縣，山河古合州。木根拏斷岸，急雨沸中流。關下嘉陵水，沙頭杜老舟。江花應好在，無計會江樓。

【題解】

本詩作於淳熙二年（一一七五），時赴蜀帥任途中。王存元豐九域志卷七梓州路合州，縣五：「漢初，州北一百四十里。」有嘉陵江。范成大吴船録：「辛亥，發恭州，嘉陵江自利、閬、果、合等州來合大江。」

新晴行郪水上，與涪江相近

塗泥初乾雨不落，日色未出暑光薄。畏途得晴天復涼，真是腰錢更騎鶴。渾渾郪水流未平，悄悄涪江如鏡清。過盡江沙穿麥壠，忽有青蜩扶葉鳴。

【題解】

本詩作於淳熙二年（一一七五），時赴蜀帥任途中，行經郪江，賦詩紀行。郪水，即郪江，在梓州郪縣。李吉甫元和郡縣圖志卷三三梓州郪縣：「本漢舊縣，屬廣漢郡，因郪江水爲名也。」「涪江水，經縣東，去縣四里。」王存元豐九域志卷七梓州路梓州郪縣，有涪江、郪江。

小溪縣 屬遂寧

刈麥千平壠，横槎一小溪。梓花紅綻碎，粟穗緑垂低。村婦猶多跣，山猿遂少啼。東川雖已過㊀，錦里尚雲西。

【校記】

㊀東川：活字本、叢書堂本、董鈔本作「東州」。

【題解】　本詩作於淳熙二年（一一七五），時赴蜀帥任途中，小溪縣，爲遂州州治。王存元豐九域志卷七梓州路遂州：「都督府，遂州，遂寧郡，武信軍節度。治小溪縣。」

茸山道中感懷

侍臣筆橐舊西班，大將麾幢又百蠻。挂席南箕宿昔事，閃旗東井何時還！日增衰病復一日，山隔舊遊知幾山？倦拂盤陀蒼石坐，歸心聊與石俱頑。

【題解】　本詩作於淳熙二年（一一七五），時赴蜀帥任途中，過茸山，作本詩感懷。

曉發飛烏，晨霞滿天，少頃大雨。吴諺云：「朝霞不出門，暮霞行千里。」驗之信然，戲紀其事

朝霞不出門，暮霞行千里。今晨日未出，曉氣散如綺。心疑雨再作，眼轉雲四起。我豈知天道，吴農諺云爾。古來占滂沱，説者類恢詭。飛雲走群羊，停雲浴三

豨㈠。月當天畢宿〔一〕，風自少女起〔二〕。爛石燒成香〔三〕，汗礎潤如洗〔四〕。逐婦鳩能拙〔五〕，穴居狸有智〔六〕。蜉蝣强知時〔七〕，蜥蜴與聞計〔八〕。垤鳴東山鸛〔九〕，堂審南柯蟻〔一〇〕。或加陰石鞭〔一一〕，或議陽門閉〔一二〕。或云逢庚變，或自换甲始〔一三〕。刑鵝與象龍〔一四〕，聚訟非一理。不如老農諺，響應捷如鬼。哦詩敢夸博？聊用醒午睡。

【校記】

㈠ 浴三豨：原作「俗三豨」，富校：「『俗』黄刻本、宋詩鈔作『浴』，是。」活字本原刊作「俗」，塗改作「浴」。今據改。

【題解】

本詩作於淳熙二年（一一七五），時赴蜀帥任途中，晨自梓州飛鳥縣出發，霞滿天，少頃大雨，因記吴諺，題本詩戲紀其事。飛鳥，縣名，王存元豐九域志卷七梓州路梓州，縣九：「飛鳥，州西南一百三十五里。」羅大經鶴林玉露丙編卷三「占雨」條：「范石湖詩云（即本詩，略）。此詩援引占雨事，甚詳可喜。諺有云：『日出早，雨淋腦；日出晏，曬殺雁。』」

【箋注】

〔一〕「月當」句：天畢，星名，詩經小雅大東：「有捄天畢，載施之行。」朱熹詩集傳卷五：「天畢，畢星也，狀如掩兔之畢。」楊炯渾天賦：「天畢之陰，蓄洩其雷雨。」

〔二〕風自句：三國志魏志管輅傳「共爲歡樂」，裴松之注引管輅别：「樹上已有少女微風，樹間又有陰鳥和鳴。」清黄生義府少女風：「兑爲少女，位西方，此謂風從西來耳……考輅傳，輅言：『樹上已有少女微風，樹間又有陰鳥和鳴。』又『少男風起，衆鳥和翔，其應至矣。須臾，有艮風鳴』云云，少男爲艮，則少女爲兑可知。」劉孝威雨：「電舒長男氣，枝摇少女風。」

〔三〕爛石句：事類賦注卷二雲燃石聞香，注引王子年拾遺記曰：「爛石色紅似肺，燒之有香，煙聞數百里。煙氣升天，則成香雲；香雲遍潤，則成香雨。」

〔四〕汗礎句：淮南子説林訓：「山雲蒸，柱礎潤。」高誘注：「礎，柱下石礩也。」謝莊喜雨：「燕起知風舞，礎潤識雲流。」

〔五〕逐婦句：海録碎事卷二二鳩逐婦條：「語曰：天將雨，鳩逐婦。蓋鳩陰則屏逐其匹，晴則呼之。」

〔六〕穴居句：搜神記卷一八：「董仲舒下帷講誦，有客來詣，舒知其非常客。又云：『欲雨。』舒戲之曰：『巢居知風，穴居知雨。卿非狐狸，則是鼷鼠。』客遂化爲老狸。」

〔七〕蝦蟆句：資治通鑑卷二六漢紀一八「蝦蟆出以陰」，胡三省注：「陸璣疏云：蝦蟆有角，大如指，長三四寸，甲下有翅，能飛，夏月陰雨時地中出。」

〔八〕蜥蜴句：宋史卷一〇二禮五：「（淳熙）十年四月，以夏旱，内出蜥蜴祈雨法：捕蜥蜴數十納甕中，漬之以雜木葉，擇童男十三歲下、十歲上者二十八人，分兩番，衣青衣，以青飾面及手足，人持柳枝霑水散洒，晝夜環繞，誦呪曰：『蜥蜴蜥蜴，興雲吐霧，雨令滂沱，令汝歸去！』雨足。」

〔九〕「垤鳴」句，語出詩經豳風大東：「我來自東，零雨其濛。鸛鳴于垤，婦歎于室。」

〔一〇〕堂審句：紺珠集卷七引搜神記：「盧汾夢入蟻穴，見堂宇豁開，題榜曰『審雨堂』。」南柯蟻，用李公佐南柯太守傳典。

〔一一〕「或加」句：酈道元水經注卷三七：「夷水出巴郡魚腹縣江，東南過佷山縣南。……西面上里餘，得石穴，把火行百許步，得二大石磧，並立穴中，相去一丈，俗名陰陽石。陰石常濕，陽石常燥。每水旱不調，居民作威儀服飾，往入穴中，旱則鞭陰石，應時雨；多雨則鞭陽石，俄而天晴，相承所説，往往有效。」

〔一二〕或議句：魏書卷七高祖紀：「五月丁巳，帝祈雨於北苑，閉陽門，是日澍雨大洽。」

〔一三〕或云二句：通俗編卷三：「逢庚則變，遇甲方晴。范石湖集大雨紀事詩『或云逢庚變，或云换甲始』，用此諺。月令廣義或謂諺乃云：『逢庚隻變，遇甲雙晴。』蓋單日逢庚則變，遇甲雙日方晴。」

〔一四〕「刑鵝」句：沈欽韓范石湖詩集注卷中引董子求雨篇：「春旱求雨，爲大蒼龍一，小龍七，闔邑里南門，置水其外，開邑里北門。龍取潔土爲之。」

遂寧府始見平川，喜成短歌

峽之西，遂之東。更無平地二千里，惟有高山三萬重。不知誰人鑿混沌，獨此融結何其工！我本江吴弄水月，忽來踏徧西南峰。不知塵界在何許？但怪星辰浮半空。直疑飛入蝶夢境，此豈應有人行蹤？今朝平遠見城郭，云是東川軍府雄〔一〕。原田坦若看掌上，沙路浄如行鏡中。芋區粟壠潤含雨，楮林竹徑涼生風。將士歡呼馬蹄快，康莊直與錦里通。半年崎嶇得夷路，一笑未暇憐飄蓬。

【題解】

本詩作於淳熙二年（一一七五）五月二十六日，時赴蜀帥任途中，至遂寧府，始見平地，喜而寫成本詩。黄震黄氏日鈔卷六七：「是年正月二十八日自廣易蜀，五月二十六日至遂寧，紀行詩百三十五首。」「過鬼門關入瞿唐，歷灧澦，爲夔州、萬州、合州，皆山也，至遂寧府始是平川。」

【箋注】

〔一〕東川軍府雄：遂寧置都督府，爲東川雄州，元豐九域志卷七：「都督府，遂州，遂寧郡，武信軍節度，治小溪縣。」

石湖居士詩集卷十七

九月十九日衙散回，留大將及幕屬，飲清心堂觀晚菊，分韻得譟暮字 暮字作樂府。

甲光射曾雲〔一〕，雨脚不敢到。西山明古雪，秋日一竿照。先偏井絡密〔二〕，後拒參旗掉〔三〕。分弓滴博平〔四〕，鳴劍伊吾小〔五〕。君看天山箭〔六〕，狐兔何足了！開邊吾豈敢，自治有餘巧。歸來翠帷卷，聊共黄花笑。雖無落帽風〔七〕，亦復接䍦倒〔八〕。餘閒校筆陣，刻燭龍蛇掃。毛錐乃更勇，我亦鼓旗譟。

【題解】 本詩作於淳熙二年九月。宋史卷四九六蠻夷四：「黎州諸蠻凡十二種……曰三王蠻，亦曰部落蠻，在州西百里。……部落蠻，有劉、楊、郝、趙、王五姓。……乾道九年，吐蕃青羌以知黎州宇文紹直不讐其馬價，憤怨爲亂。詔帥憲撫安之，紹直罷免。青羌首領奴兒結等市馬黎州，大肆虜掠。權州事王昉多給金帛，亟遣還。宣撫使虞允文言昉貪功，恐他部效尤，漸啓邊釁，詔降昉兩官。十月，黎州吐蕃復寇邊，攻虎掌砦，詔四川宣撫司檄成都府調兵二千人戍黎州以禦之。淳熙二年，奴兒結還所虜生口三十九人；黎州與之盟，復聽其互市，給賞歸之。制置使范成大言：『所虜未盡歸我，豈可復與通好？』詔謫宇文紹直，編管千里外。成大增黎州五砦，籍强壯五千人爲戰兵。吐蕃入寇之徑凡十有八，皆築堡戍之。奴兒結率衆二千扣安静砦，成大調飛山卒千人赴之，度其三日必遁，戒勿追，已而果然。」建炎以來朝野雜記甲集卷一八成都府義勇軍（雄邊軍）：「成都府義勇軍者，淳熙末，趙子直帥蜀時所創也。其始，黎州皆以西兵出戍，即有邊事，則調綿、梓所駐大軍討之，地遠不時至。淳熙初，范致能爲帥，言所教成都禁卒，謂之飛虎軍者，今已可用。乃命五百人往戍之。」本詩所言分兵禦邊，與諸書載述合。

【箋注】

〔一〕「甲光」句：自李賀雁門太守行「甲光向日金鱗開」詩意化出。

〔二〕井絡：蜀之分野。水經注卷三三：「河圖括地象曰：岷山之精，上爲井絡。」陸游晚登子城：「老吴將軍獨護蜀，坐使井絡無欃槍。」

〔三〕參旗：宋史天文志四：「參旗九星，一曰天旗，一曰天弓，司弓弩，候變禦難。星如弓張，則兵起，明，則邊寇動；暗，爲吉。」　掉：摇動意。説文：「掉，摇也，從手卓聲，春秋傳曰：尾大不掉。」

〔四〕滴博：嶺名，在維州。杜甫奉和嚴武軍城早秋：「秋風嫋嫋動高旌，玉帳分弓射虜營。已收滴博雲間戍，更奪蓬婆雪外城。」錢注杜詩：「困學紀聞：的博嶺在維州。韋皋傳：出西山靈關，破峨和、通鶴、定廉城，踰的博嶺，遂圍維州。」的博，即滴博。

〔五〕伊吾：縣名，李吉甫元和郡縣圖志卷四〇「伊州」：「伊吾縣，本後漢伊吾屯，貞觀四年置縣。」其北一百二十里有天山。王存元豐九域志卷一〇陝西路：「伊州，下，伊吾郡，領伊吾、納職、柔遠三縣。」

〔六〕天山箭：舊唐書薛仁貴傳：「軍中歌曰：將軍三箭定天山，戰士長歌入漢關。」

〔七〕落帽風：用孟嘉落帽故事。晉書孟嘉傳：「後爲征西桓温參軍，温甚重之。九月九日，温燕龍山，僚佐畢集。時佐吏並著戎服，有風至，吹嘉帽墮落，嘉不之覺。温使左右勿言，欲觀其舉止。嘉良久如厠，温令取還之，命孫盛作文嘲嘉，著嘉坐處。嘉還見，即答之，其文甚美，四坐嗟歎。」

〔八〕接䍦：帽名，用山簡典。世説新語任誕：「山季倫爲荆州，時出酣暢，人爲之歌曰：『山公時一醉，逕造高陽池。日莫倒載歸，茗艼無所知。復能乘駿馬，倒著白接䍦。』」

冬至日銅壺閣落成

走偏人間行路難，異鄉風物雜悲歡。三年北户梅邊暖，萬里西樓雪外寒。已辦鬢霜供歲籥〔一〕，仍拚髀肉了征鞍〔二〕。故園雲物知何似？試上東樓直北看。

【題解】

本詩作於淳熙二年冬至日。范成大在成都修銅壺閣成，賦詩以記之。陸游有詩暮歸馬上作（劍南詩稿卷八）「銅壺閣上角聲悲」，咏及此閣。閱二年，陸游爲作銅壺閣記（渭南文集卷一八）：「天下郡國，自譙門而入，必有通逵達於侯牧治所，惟成都獨否。自劍南西川門以北，皆民廬、市區、軍壘。折而西，道北爲府。府又無臺門，與他郡國異。考其始，蓋自孟氏國除，矯霸國之僭侈而然。至蔣公堂來爲牧，乃南直劍南西川門西北，距府五十步，築大閣曰銅壺，事書於史。崇寧初，以火廢。政和中，吳公拭因其矩復侈大之。雄傑閎深，始與府稱。淳熙二年夏六月，今敷文閣直學士范公，以制置使治此府。始至，或以閣壞告。公曰：『失今不營，後費益大。』於是躬自經畫，趣令而緩期，廣儲而節用，急吏而寬役。一旦崇成，人徒駭其山立翬飛，業然摩天，不知此閣已先成於公之胸中矣。夫豈獨閣哉？天下之事，非先定素備，欲試爲之，事已紛然，始狼狽四顧，經營勞弊，其不爲天下笑者鮮矣。方閣之成也，公大合樂，與賓佐落之。客或舉觴壽公曰：『天子神聖英武，蕩清中原，公且以廊廟之重，出撫成師，北舉燕趙，西略司并，挽天河之水，以洗五六十年腥膻之污，登高大會，燕勞將士，勒銘奏凱，傳示無極。則今日之事，蓋未足道。』識者以此知公舉大事不難矣，其可闕書？四年四月己卯，朝奉郎、主管台州崇道觀陸某記。」曹學佺蜀中名勝記卷四：「銅壺閣，亦稱郡樓。乖崖公（指張咏）鎮蜀時，通夕宴坐郡樓上。鼓番漏水，歷歷分明。……

慶曆四年，知府事蔣公堂作漏閣，以直午門，以八分大字題額曰『銅壺』。巋然南向，一府之冠也。崇寧初，閣災。政和元年，（吳）栻承乏尹事。……圖閣如慶曆時。通閣上下一十有四間，其高一丈六尺有五寸，廣十丈，深五丈有六尺，審曲面勢，丹堊是飾。瓴覆甓甃，厥有彝度，中設關鍵，闔闢惟謹。」

【箋注】

〔一〕鬢霜：即霜鬢，高適除夜作：「故鄉今夜思千里，霜鬢明朝又一年。」

〔二〕「仍拚」句：此用劉備故事。三國志蜀書先主傳：「表疑其心，陰禦之。」裴松之注引九州春秋：「備住荆州數年，嘗于表坐，起至厠，見髀裏肉生，慨然流涕。還坐，表怪問備，備曰：『吾常身不離鞍，髀肉皆消。今不復騎，髀裏肉生。日月若馳，老將至矣，而功業不建，是以悲耳。』」石湖用其意自勉。陸游銅壺閣記云：「北舉燕趙，西略司并，挽天河之水，以洗五六十年腥膻之污。」亦以靖邊患爲勉。

十二月十八日海雲賞山茶

追趁新晴管物華，馬蹄鬆快帽檐斜。天南臘盡風晞雪，冰下春來水漱沙。已報主林催市柳，仍從掌固問山茶〔一〕〔二〕。豐年自是驩聲沸，更著牙前畫鼓撾。

【校記】

〔一〕掌固：富校：「沈注云：『「掌故」當作「掌固」。舊唐書：「諸亭司掌固，檢校省門户倉庫廳事陳設之事。」宋謂之守當官，非漢書所云太常掌故也。』」按，作「掌固」更妥，今改，然沈氏所論欠當，參注〔一〕。

【題解】

本詩作於淳熙二年十二月。海雲，山名，山有海雲寺。沈欽韓注：「名勝志：海雲山在錦江下流十里，有海雲寺。」山茶，花名，成都有賞山茶花的習俗。廣群芳譜卷四一「山茶」云：「山茶，一名曼陀羅，樹高者丈餘，低者二三尺，枝幹交加，葉似木樨，硬有稜，稍厚，中闊寸餘，兩頭尖，長三寸許，面深緑光滑，背淺緑，經冬不脱。以葉類茶，又可作飲，故得茶名，花有數種，十月開至二月。」又引劍南詩注：「成都海雲寺山茶，一樹千苞，特爲繁麗。海雲寺山茶開，故事宴集甚盛。」

【箋注】

〔一〕「已報」二句：主林：禮記卷三四喪大記「有林麓則虞人設階」，鄭玄注：「虞人，主林麓之官。」周禮夏官大司馬：「虞人萊所田之野爲表。」賈公彦疏：「虞人者，若田在澤，澤虞；若田在山，山虞。」掌固：周禮夏官大司马：「掌固，掌脩城郭、溝池、樹渠之固，頒其士庶子及其衆庶之守。」按，此二句石湖用周禮典。

雨後東郭排岸司申梅開方及三分，戲書小絶，令一面開燕

雨入南枝玉蕊皴，合江雲冷凍芳塵〔一〕。司花好事相邀勒，不著笙歌不肯春〔二〕。

【題解】

本詩作於淳熙二年十二月。吴船録卷上：「故事，臘月賞梅于此，管界巡檢營在亭傍，每花開及三分，巡檢司具申一兩日開宴，監司臨焉。」陸游城南尋梅得絶句四首（劍南詩稿卷九）其三自注：「成都故事，合江園官梅開及五分，即府尹領客來遊。」陸詩與范詩記事小異。

【箋注】

〔一〕合江：指合江園。陸游城南尋梅得絶句四首其三：「青煙漠漠暗西村，問訊梅花置一尊。冷淡生涯元不惡，却嫌歌吹合江園。」

〔二〕笙歌：府主領監司賞花時，有歌吹相伴，陸游詩已言之。曾敏行獨醒雜志卷六：「故事，臘月賞宴其中，管界巡檢營其側，花時日以報府。至開及五分，府坐領監司來燕遊，人亦競集。」

鞭春微雨

旛勝絲絲雨，笙歌步步塵。一年新樂事，萬里未歸人。雲薄竟慳雪，酒濃先受春。送寒東作近，慚愧耦耕身〔一〕！

【題解】

本詩作於淳熙二年十二月。鞭春，又稱打春。吴自牧夢粱録卷一「立春」：「至日侵晨，郡守率僚佐以綵仗鞭春，如方州儀。……街市以花裝欄，坐乘小春牛，及春幡春勝，各相獻遺與貴家宅舍，示豐稔之兆。」袁景瀾吴郡歲華紀麗卷一：「立春侵晨，郡守率僚佐，以綵仗鞭春牛碎之，謂之打春。農民競以麻麥米豆拋擲春牛。街市以花裝欄，置小春牛於中，及春勝春幡出賣。里胥以春毬饋貽貴家宅舍，預兆豐稔。」本詩列於丙申元日詩之前，則丙申年之立春，在年前，詩當作於淳熙二年十二月。

【箋注】

〔一〕耦耕：兩人並耕。吕氏春秋季冬記：「命司農計耦耕事，修耒耜，具田器。」陶淵明辛丑歲七月赴假還江陵夜行塗口作：「商歌非吾事，依依在耦耕。」

緑萼梅

朝罷東皇放玉鸞〔一〕，霜羅薄袖緑裙單。貪看修竹忘歸路，不管人間日暮寒〔二〕。

【題解】

本詩作於淳熙二年（一一七五）冬，時在蜀帥任上。緑萼梅，梅花中的高貴品種。廣群芳譜卷二二「梅花」云：「白者有緑萼梅。」附注：「凡梅花跗蒂皆絳紫色，惟此純緑，枝梗亦青，特爲清高，好事者比之九嶷仙人。」

【箋注】

〔一〕東皇：司春之神。戴叔倫暮春感懷：「東皇去後韶華在，老圃寒香别有秋。」

〔二〕「霜羅」三句：自杜甫佳人「天寒翠袖薄，日暮倚修竹」兩句化出。

玉茗花

折得瑶華付與誰？人間鉛粉弄粧遲。直須遠寄驂鸞客〔一〕，鬢脚飄飄可一枝〔二〕。

【題解】

本詩作於淳熙二年冬。玉茗花，即白色山茶花。同治臨川縣志卷九録史繩祖郡侯家編修約余飲玉茗堂余舊見南豐石湖詩意其爲白山茶也今觀其古樹奇花非山茶也郡乘以爲天下止有此一株他皆接本於此如揚之瓊華因成二絶呈編修（其二）：「爾雅箋名茗即茶，白山茶賦已矜誇。若教見此避三舍，絶品無同玉茗花。」同治臨川縣志卷九地理古迹又引范成大本詩。同書同卷玉茗亭條云：「在府署見山堂西，宋雍熙間郡東院産白山茶一株，康定間州守崔仁冀賦之，名之曰玉茗，謂古樹奇花，天下止此一株，在揚州瓊花之上。黄山谷、謝竹友、曾南豐皆和之。淳熙中，州守趙熠自東偏移於見山堂西，建亭曰玉茗亭。亭前有石，聳立如笋，呼笋石亭，家坤翁重修，今廢。」黄庭堅白山茶賦并序：「姨母文城君作白山茶賦，興寄高遠，蓋以自況，類楚人之橘頌，感之，作後白山茶賦。孔子曰：『歲寒然後知松柏之後凋也。』麗紫妖紅，争春而取寵，然後知白山茶之韻勝也。此木産于臨川之崔嵬，是爲麻源第三谷。仙聖所廬，金堂瓊樹。故是花也，禀金天之正氣，非木果之匹亞，乃得骨于崑閬，非氣靈于施夏。」

【箋注】

〔一〕驂鸞客：江淹别賦：「駕鶴上漢，驂鸞騰天。」韓愈送桂州嚴大夫：「遠勝登仙去，飛鸞不暇驂。」

〔二〕一枝：南朝宋陸凱贈范曄詩：「江南無所有，聊贈一枝春。」

張正字母夫人朱氏輓詞

蘋藻儀邦媛〔一〕，詩書了歲華。籯金寧遺子〔二〕，群玉竟傳家。厚施心無斁〔三〕，浮生自有涯。空餘報恩子，三載亦苴麻〔四〕。

【題解】

本詩作於淳熙二年（一一七五）。石湖作本詩時，張縯正在家守孝。張正字，即張縯，字季長，江原（今四川崇州市）人。隆興進士，歷仕秘書省正字、大理寺少卿、夔州路轉運使、利州路提刑、知遂寧府、潼川府等，開禧三年，卒於江陵。宋史、宋史翼無傳，唯民國崇慶縣志卷八記其事較詳：「張縯，字季長，江源人。隆興進士。先祖中理有傳。初爲幕職，遷秘書省正字，大理寺少卿，與郡人閻蒼舒同官。後出爲夔州路轉運使。富於文。晚歲致仕歸里，著書凡數百卷。……范成大遊青城，過崇慶軍，縯邀至其家善頌堂，觀司馬温公、范鎮贈中理詩卷及趙清獻（按，趙抃）宰江源時題字，族祖浩家藏黄山谷謫戎州時跋仁宗御飛白書。縯，亦當時名人魁士也。惜行事尠傳。惟與陸游同在南鄭幕，交最密，以道義相切琢。縯殁後，游賦詩以寄其悲，有『張卿獨所敬，夙昔推直諒』，又『一慟寢門生意盡，從今無復季長書』諸語。復附蜀中舟寄書存問其家，可想見一時篤誼云。」錢仲聯劍南詩稿校注卷三次韻張季長題龍洞「題解」考張縯仕迹云：「乾道九年九月除正字，淳熙元年十一月丁憂。見陳騤南宋館閣録卷八。淳熙十五年三月，以利州路提刑除直秘閣，知遂寧府。後曾任大理少卿。紹熙二年六月，爲人論罷，主管建寧府武夷山沖佑觀。五年十二月，褫奪職名。慶元元年十月有『前知漢州張縯罷祠禄』之命。嘉泰元年八月，除知潼川府，旋寢新命。見宋會要輯稿九十六册職官六十二、一〇二册職官七十三、一〇三册職官黜降官各條。開禧三年春卒於江原。見文集卷三一跋劉戒之東歸詩。所爲詩文，亦多散佚，全蜀藝文志、陝西通志、夔州府志中收其詩文數篇。著作今知者有中庸辨擇、陶靖節年譜辨正、雜記一卷。游有跋張季長中庸辨擇一則，見文集卷三十一。」于北山范成大年譜淳熙四年「至江源，張縯邀至善頌堂觀家藏圖書文物」之注文按語，有相似的記述。

【箋注】

〔一〕蘋藻：水草，古人取以供祭祀之用。詩經召南采蘋：「于以采蘋，南澗之濱；于以采藻，于彼行潦。」鄭箋：「古者婦人先嫁三月，祖廟未毁，教于公宫，祖廟既毁，教于宗室，教以婦德、婦言、婦容、婦功，教成之祭，牲用魚，芼用蘋藻，所以成婦順也。」

〔二〕「籝金」句：語出漢書韋賢傳：「遺子黄金滿籝，不如一經。」籝，籮筐。

〔三〕無斁：心無厭棄。詩經周南葛覃：「爲絺爲綌，服之無斁。」鄭箋：「斁，厭也。」

〔四〕苴麻：服父母喪之喪服。舊五代史周王殷傳：「晉天福中，丁内艱。尋有詔起復，授憲州刺史。殷上章辭曰：『……因母鞠養訓導，方得成人，不忍遽釋苴麻，遠離廬墓。』

十二月二十四日西樓觀雪

一夜珠簾不下鈎，徹明隨雪上西樓。瑶池萬頃崑崙近〔一〕，玉壘千峰滴博收〔二〕。已報春迴南畝潤，從教寒勒北枝愁。四筵都爲豐年醉，録事何須校酒籌！

【題解】

本詩作于淳熙二年（一一七五）十二月二十四日。西樓，范成大帥蜀時居處，由淳熙三年病中諸詩可見。樓在西園内，民國華陽國志卷二八古蹟二：「西園，宋轉運司園也。轉運署舊有燕思堂，堂之前爲爽西樓，趙清獻再帥蜀時所建，文同、李石皆有記。其園有西樓，有翠錦亭。」

【箋注】

〔一〕瑶池：在崑崙山上，傳説周穆王觴西王母處。穆天子傳：「天子觴西王母於瑶池之上。」

〔二〕玉壘：山名，在四川灌縣西北。杜甫登樓：「錦江春色來天地，玉壘浮雲變古今。」仇兆鰲注引杜臆：「玉壘山在灌縣西，唐貞觀間設關於其下，乃吐蕃往來之衝。」滴博：滴博嶺，又作的博嶺，在四川威州。讀史方輿紀要卷六七威州：「的博嶺，在州西北。唐韋皋分兵出西山，踰的博嶺，圍維州。杜佑曰：『的博嶺在奉州北七十里。』一作『滴博嶺』。」杜甫奉和嚴鄭公軍城早秋：「已收滴博雲間戍，欲奪蓬婆雪外城。」仇注：「困學紀聞：的博嶺在維州。韋皋傳：出西山、靈關，破峨和、通鶴、定廉城，踰的博嶺，遂圍維州，搏棲雞，攻下羊溪等三城，取劍山屯，焚之。」

丙申元日安福寺禮塔

成都一歲故事始於此，士女大集拜塔下，然香挂旛，以禳兵火之災。

嶺梅蜀柳笑人忙，歲歲椒盤各異方〔一〕。耳畔逢人無魯語，蜀人鄉音極難解，其爲京、洛音，輒謂之虜語，或是僭僞時以中國自居，循習至今不改也。既又諱之，改作魯語，尤可笑，姑就用其字。鬢邊隨我是吳霜〔二〕。新年後飲屠蘇酒〔三〕，故事先然窣堵香〔四〕。石笋新街好行樂，與民同處且逢場。余新甃石笋街〔五〕。

【題解】

本詩作於淳熙三年（一一七六）正月。丙申，淳熙三年。安福寺，在成都西門，與石笋街近。安福寺塔俗稱「黑塔」。元費衮歲華紀麗譜：「正月元日，郡人曉持小綵幡，游安福寺塔，粘之楹柱，若鱗次然，以爲厭禳。懲咸平之亂也。塔上燃燈，梵唄交作，僧徒駢集，太守詣塔前張宴，晚登塔眺望焉。」曹學佺蜀中廣記卷五五風俗一：「元日，登安福塔。陸游詩注云：『俗名黑塔也。』按成都古今記，唐大中間建，塔有十三級。李順之亂，燬於火。祥符間重建，仍十有三級。初取材岷山，得青石，中隱白晝浮圖像十有三級，梁柱欄楯，歷歷可觀。邦人以其神異而禮敬之。」

【箋注】

〔一〕椒盤：古代正月初一日用盤進椒，飲酒則取椒置酒中，稱「椒盤」。杜甫杜位宅守歲：「守歲阿戎家，椒盤已頌花。」仇兆鰲注：「崔寔四民月令：過臘一日，謂之小歲，拜賀君親，進椒酒，從小起。後世率以正月一日，以盤進椒，飲酒則撮置酒中，號椒盤焉。晉書：劉臻妻陳氏，元日獻椒花頌曰：標美靈葩，爰采爰獻。」

〔二〕「鬢邊」句：自李賀還自會稽歌「吴霜點歸鬢」句化出。

〔三〕屠蘇酒：袁景瀾吴郡歲華紀麗卷一「正月」：「正月元日，各上椒酒於家長，稱觴介壽。服梅花酒以却老，進屠蘇酒以除瘟癘。」王安石元日：「爆竹聲中一歲除，春風送暖入屠蘇。」李壁注：「四時纂要：屠蘇，孫思邈所居庵名。一云，以其能辟魅，故云。屠，割也；蘇，腐也，今醫方集衆藥爲之。除夕以浸酒，懸于井中，元日取之，自少至長，東面而飲。取其滓，以絳囊盛挂于門桁之上，主辟瘟疫。」

〔四〕窣堵：佛塔，全稱爲「窣堵波」。大唐西域記卷一縛喝國：「伽藍北有窣堵波，高二百餘尺，金剛泥塗，衆寶廁飾，中有舍利。」

〔五〕余新甃石笋街：石笋街在成都西門，太平寰宇記卷七二：「（益州）武擔山，俗曰石笋，在郭內州城西門之外大街中。」大清一統志卷一四一：「石笋街，在成都縣西……杜光庭石笋記：成都子城西通衢，有石二株，挺然聳峭，高丈餘，圍八九尺。」石湖新修石笋街，至第二年之四月，范謩爲作砌街記，記其事甚詳。

初三日出東郊碑樓院

故事，祭東君，因宴此院。蜀人皆以是日拜掃。

遠柳新晴暝紫煙，小江吹凍舞清漣。紅塵一鬨人歸後，跕跕飢鳶蹙紙錢〔一〕。

【題解】

本詩作於淳熙三年（一一七六）正月。碑樓院，又名移忠院，在成都東門外四里。民國華陽縣志卷三〇古蹟四：「移忠寺，舊名碑樓院，在治東城外四里。蜀俗，歲以正月二日及寒食，早宴於此。……石湖集亦有正月三日出東郊碑樓院詩，自注：『故事，祭東君因宴此院，蜀人皆以是日拜掃。』……寺今廢。」陸游於淳熙五年正月也有詩紀其事，寫當日景況，録出以供參考，正月二日晨出大東門是日府公宴移忠院：「成都春事早，開歲已暄妍。藍尾傳燈後，遨頭出廓前。争門金騕褭，滿野繡輜軿。白髮花邊醉，何妨似少年。」范詩與陸詩記日相差一日。

【箋注】

〔一〕跕跕飢鳶：後漢書馬援傳：「下潦上霧，毒氣重蒸，仰視飛鳶跕跕墮水中。」注：「跕跕，墮貌也。」本詩乃形容飢鳶紛紛落下，食用祭品。

郊外閲驍騎剪柳 亦曰槎柳

千騎同瞻白羽揮，驚塵一鬨響金鞿〔一〕。不知掣電彎弓過，但覺柳梢隨箭飛。

【題解】

本詩作於淳熙三年（一一七六）正月，時在成都，於郊外閲驍騎剪柳，賦詩紀其事。

【箋注】

〔一〕鞿：馬韁繩。屈原離騷：「余雖好修姱以鞿羈兮，謇朝誶而夕替。」王逸注：「鞿羈，以馬自喻，韁在口曰鞿，革絡頭曰羈，言爲人所係纍也。」

初四日東郊觀麥苗

去歲秋霖麥下遲，臘殘一雪潤無泥。相將飽喫滹沱飯〔一〕，來聽林間快活啼。

【題解】

本詩作於淳熙三年（一一七六）正月。初四日率僚屬至東郊觀麥苗。

【箋注】

〔一〕飽喫滹沱飯：後漢書馮異傳：「帝謂公卿曰：『是我起兵時主簿也。爲吾披荆棘，定關中。』既罷，使中黄門賜以珍寶、衣服、錢帛。詔曰：『倉卒無蔞亭豆粥，滹沱河麥飯，厚意久不報。』」石湖用此典，昭示不忘艱難之意。

櫻桃花

借煖衝寒不用媒〔一〕，匀朱匀粉最先來〔二〕。玉梅一見憐癡小，教向傍邊自在開。

【題解】

本詩作於淳熙三年（一一七六）春。時在蜀帥任上，見櫻桃花開，感而作此小詩。廣群芳譜卷二八「櫻桃花」云：「櫻桃木多陰，不甚高，春初開白花，繁英如雪，香如蜜，葉圓有尖及細齒。」

【箋注】

〔一〕不用媒：李賀南園十三首之一：「可憐日暮嫣香落，嫁與春風不用媒。」

〔二〕「匀朱匀粉」句：吴融買帶花櫻桃：「粉紅輕淺靚妝新，和露和煙别近鄰。」

再出東郊

晚景增年慣，官身作客諳。大都緣偶熟，豈是性能堪？昔者開三徑〔一〕，他時老一龕〔二〕。越溪親種竹〔三〕，芸緑想毵毵。

【題解】

本詩作於淳熙三年（一一七六）春，時在蜀帥任上，再出東郊，有感而作本詩。

【箋注】

〔一〕開三徑：陶潛辭官歸鄉，賦歸去來兮辭，云：「三徑就荒，松菊猶存。」

〔二〕老一龕：龕，供佛像之小閣子，杜甫石龕：「驅車石龕下。」仇兆鰲注：「地志：龍門石壁，鑿爲龕，石佛數千。」老一龕，即老來專心事佛。

〔三〕越溪：即越來溪，在蘇州城外東南隅。范成大吴郡志卷六：「在越城東南，與石湖通，溪流貫行春及越溪二橋，以入横塘，清澈可鑒。越兵自此溪來入吴，故以名。史記正義：越自松江北開渠至横山東北入吴，即此溪。」

三月二日北門馬上

新街如拭過鳴騶，芍藥酴醾競滿頭。十里珠簾都捲上〔一〕，少城風物似揚州〔二〕。

【題解】

本詩作於淳熙三年（一一七六）三月二日。時在蜀帥任上，出成都北門，寫小詩以記風物。

【箋注】

〔一〕「十里」句：用杜牧贈別：「娉娉裊裊十三餘，荳蔻梢頭二月初。春風十里揚州路，捲上珠簾總不如。」

〔二〕少城：太平寰宇記卷七二：「（華陽縣）少城，在縣南一百步。李膺記：『與大城俱築，惟西南北三壁，東即大城之西墉。』」曹學佺蜀中名勝記卷一成都府一：「大城者，今南門城也。……少城者，西南之間，今錦江樓也。」

上巳前一日學射山、萬歲池故事

北郊征路記前回，三尺驚塵馬踏開。新漲忽明多病眼，好風如把及時杯。青黄麥壠平平去，疎密檟林整整來。游騎不知都幾許？長堤十里轉輕雷。

【題解】

本詩作於淳熙三年（一一七六）三月。太平寰宇記卷七二：「（華陽縣）學射山，一名斛石山，在縣北十五里。李膺益州記：『斛石山有兩女塚。』」曹學佺蜀中廣記卷五五風俗一：「三月三日出北門，宴學射山，既罷後射弓。」蜀中名勝記卷三引寰宇記謂學射山在成都縣北十五里，引通志謂萬歲池廣袤十里。

上巳日萬歲池上呈程詠之提刑

濃春酒煖絳煙霏，漲水天平雪浪遲。緑岸翻鷗如北渚，紅塵躍馬似西池。麥苗剪剪嘗新麪，梅子雙雙帶折枝。試比長安水邊景，祗無飢客爲題詩〔一〕。

【題解】

本詩作於淳熙三年（一一七六）三月，時在蜀帥任上。程詠之，即程沂。程沂，字詠之，紹興二十八年任崑山知縣，時石湖已去徽州任掾，未能結識，故詩中未提及崑山往事。龔明之中吳紀聞卷六「崑山學記」條述其事：「程詠之宰崑山，其政中和，有古循吏風。嘗修治縣庠，張無垢爲作記，欲鐫之石。或謂無垢托此以諷朝士，尋即已之。今橫浦集亦不載，因附見於此：『右通直郎知平江府崑山縣事程公詠之，文簡公之曾孫，伊川先生之侄也。紹興二十八年七月十二日作書抵余，曰：沂聞爲政莫先於教化，教化莫先於興學。吾邑有學，卑陋不治，甚不稱朝廷所以尊儒重道之意。……』」陸友仁吴中舊事云：「程詠之沂，伊川先生之孫，知崑山縣，秩滿，其弟鉅爲府監倉，乃攜其家就居焉。」周必大二老堂雜志：「紹興戊寅正月十日，予在平江府崑山縣挈家同邑宰程沂詠之遊山。」時任四川提點刑獄，故稱程詠之提刑。

【箋注】

〔一〕「試比」二句：飢客：指杜甫，他曾作麗人行，描寫長安水邊景。蘇軾續麗人行：「杜陵飢客眼長寒，蹇驢破帽隨金鞍。」東坡便將杜甫稱爲杜陵飢客。

新作錦亭㈠，程詠之提刑賦詩，次其韻二首

飛鴻銜子謾紛紛，萬里西遊始識真。不管吴霜微點鬢，來看蜀錦爛爭春。倚闌定有司花女〔一〕，秉燭仍留主夜神。異縣賞心誰與共，故人新作坐中賓。

小築聊鋤草棘荒，遊人錯比召南棠〔二〕。花邊霧鬢風鬟滿〔三〕，酒畔雲衣月扇香。燦爛吟牋煩索句，淋漓醉墨自成行。報章遲鈍吾衰矣，終日冥搜謾七襄〔四〕。

【校記】

㊀錦亭：原作「景亭」。富校：「『景』黄刻本作『錦』，是。按本卷有錦亭然燭觀海棠詩可證。」活字本目録、正文，叢書堂本目録、正文，董鈔本均作「錦亭」，今據改。

【題解】

本詩作於淳熙三年（一一七六），時在蜀帥任，新作錦亭，程沂賦詩，次其韻和之。錦亭，在西園，曹學佺蜀中名勝記卷四成都府四：「轉運司園亦稱西園，園中有西樓，有錦亭，一名翠錦亭。章楶詩序云：『轉運西園是僞蜀權臣故宅。爽塏清曠，隨處足樂。』」程沂原唱已佚。

【箋注】

〔一〕司花女：隋遺録卷下：「時洛陽進合蔕迎輦花，云：得之嵩山，塢中人不知名，採者異而貢之。會帝駕適至，因以迎輦名之。花外殷紫，内素膩菲芬，粉蕊心深紅，跗争兩花。枝幹烘翠，類通草，無刺。葉圓長薄。其香氣穠芬馥，或惹襟袖，移日不散，嗅之令人多不睡。帝命寶兒持之，號曰司花女。」

〔二〕召南棠：詩經召南甘棠的簡稱，周召伯巡行鄉邑，曾在甘棠樹下決獄治事，小序云：「甘棠，美召伯也，召伯之教，明于南國。」後因用召南棠爲歌頌官吏政績的典故。

〔三〕霧鬟風鬟：杜甫月夜：「香霧雲鬟濕，清輝玉臂寒。」蘇軾題毛女貞：「霧鬢風鬟木葉衣，山川良是昔人非。」

〔四〕七襄：語出詩經小雅大東：「跂彼織女，終日七襄。雖則七襄，不成報章。」鄭箋：「襄，駕也。駕，謂更其肆也。從旦至莫七辰一移，因謂之七襄。」此爲推敲之意。

錦亭然燭觀海棠

銀燭光中萬綺霞，醉紅堆上缺蟾斜。從今勝絶西園夜，壓盡錦官城裏花。

【題解】

本詩作於淳熙三年春。燃燭賞海棠，這種士大夫的雅舉，早見之於李商隱花下醉：「客散酒醒深夜後，更持紅燭賞殘花。」蘇軾海棠：「只恐夜深花睡去，故燒高燭照紅妝。」此次同賞海棠者，有陸游錦亭（劍南詩稿卷七）：「天公爲我齒頰計，遣飫黄甘與丹荔。又憐狂眼老更狂，令看廣陵芍藥蜀海棠，周行萬里逐所樂，天公於我原不薄。貴人不出長安城，寶帶華纓真汝縛。樂哉今從石湖公，大度不計聾丞聾。夜宴新亭海棠底，紅雲倒吸玻璃鍾。琵琶弦繁腰鼓急，盤鳳舞衫香霧濕。春醪凸盞燭光摇，素月中天花影立。游人如雲環玉帳，詩未落紙先傳唱，此邦律句方一新，鳳閣舍人今有樣。」

寶相花

誰把柔條夾砌栽，壓枝萬朵一時開〔一〕。爲君也著詩收拾，題作西樓錦被堆〔二〕。

【題解】

本詩作於淳熙三年（一一七六）春。時在蜀帥任上，寶相花，即薔薇，廣群芳譜卷四二「薔薇條，記此花之别名：「他如寶相、金鉢盂、佛見笑……」梅堯臣有宋次道家摘寶相花歸清平里。

【箋注】

〔一〕「壓枝」句：語出杜甫江畔獨步尋花其六：「黄四娘家花滿蹊，千朵萬朵壓枝低。」

〔二〕西樓：即范成大居處。錦被堆：形容牡丹艷麗繁多。李商隱牡丹：「繡被猶堆越鄂君。」

三月二十三日海雲摸石

勸耕亭上往來頻，四海萍浮老病身。亂插山茶猶昨夢，重尋池石已殘春。驚心歲月東流水，過眼人情一鬨塵〔一〕。賴有貽牟堪飽飯〔二〕，道逢田畯且眉伸〔三〕。

【題解】

本詩作於淳熙三年（一一七六）三月二十三日。海雲，指海雲山。成都風俗，於三月二十一日，遊海雲寺，摸池中之石，以求子。蜀中名勝記卷二：「海雲山在錦江下流十里，有海雲寺、鴻慶院諸勝。」又引吴中復遊海雲寺唱和詩王霽序云：「成都風俗，歲以三月二十一日遊城東海雲寺，摸石於池中，以爲求子之祥。」歲華紀麗譜：「三月二十一日，出大東門，宴海雲山鴻慶寺，登衆春閣，觀摸石。蓋開元二十三年，靈智禪師以是日歸寂，邦人敬之，入山游禮，因而成俗。山有小池，士女探石其中，以占求子之祥。」

【箋注】

〔一〕一鬨塵：李郢春晚與諸同舍出城迎座主侍郎：「三十驊騮一鬨塵，來時不鎖杏園春。」

〔二〕貽牟：留下之麥。語出詩經周頌思文：「貽我來牟，帝命率育。」

〔三〕田畯：周代勸農之官，詩經豳風七月：「饁彼南畝，田畯至喜。」毛傳：「田畯，田大夫也。」至後代，已泛稱農民，王僧孺答江琰書：「其或蹲林卧石，籍卉班荆，不過田畯野老，漁父樵客。」

四月十日出郊

約束南風徹曉忙，收雲捲雨一川涼。漲江混混無聲緑〔一〕，熟麥騷騷有意黄〔二〕。

吏卒遠時問信馬，田園佳處忽思鄉。鄰翁萬里應相念，春晚不歸同插秧。

【題解】

本詩作於淳熙三年（一一七六）四月十日，時在蜀帥任上，出郊巡田勸農，因賦本詩。從詩意看，此時石湖已有思鄉歸田之意。

【箋注】

〔一〕混混：孟子離婁下：「源泉混混，不舍晝夜。」

〔二〕騷騷：張衡思玄賦：「寒風凄其永至兮，拂窮岫之騷騷。」

納涼

雨洗新秋夜氣清，悴肌無汗葛衣輕〔一〕。畫檐分月下西壁，絡緯飛來庭樹鳴。

【題解】

本詩作於淳熙三年新秋，時在蜀帥任上。

【箋注】

〔一〕悴肌：衰弱的肌膚。悴，衰弱、枯萎，劉向九歎遠逝：「草木摇落，時槁悴兮。」

西樓獨上

竹日駐微暑，松風生早秋。閒尋來處路，獨倚静中樓。老景驅雙轂，鄉心挽萬牛〔一〕。相隨木上坐，脚底亦雲浮。

【題解】

本詩作於淳熙三年（一一七六）早秋，時在蜀帥任上，獨上西樓有感，賦本詩以抒懷。

【箋注】

〔一〕挽萬牛：黄庭堅子瞻詩句妙一世詩：「萬牛挽不前，公乃獨力扛。」

曉詣三井觀

路轉市聲遠，寬閒古城東。適從紅塵來，忽入蒼煙叢。槿心傾穠露，芋葉翻微風。秋陽澹籬落，殘暑不必攻。野老熟睡起，日高首如蓬。官身騎官馬，君應笑龍鍾〔一〕。

【題解】

本詩作於淳熙三年秋。寫景兼抒垂老之情。兩年前即淳熙元年，陸游曾作遊三井觀一詩，内容乃描述、評論古代畫迹（吴道玄、孫知微、石恪三位畫家）。三井觀，在成都城東。張澍蜀典卷一：「晉書：『司星奏曰：三台星墜於蜀，化爲三井。遣使人驗之，撞麗譙鐘聲爲度而汲之，各使人候於井，遂汲一而兩動。』按成都志云：『三台井在天慶觀内。隋文帝夢三台星隕於西南，化爲井，遣人潛訪未獲。有道士馮善英者，修池得二井，每汲一水，則二井皆動。』以晉爲隋，傳聞之訛，當以晉書爲正。」民國華陽縣志卷三〇古蹟四：「三井觀，在治東。宋范成大、陸游并有三井觀詩。亦名勝處，或即以三井橋爲名者歟？」

【箋注】

〔一〕龍鍾：老態衰憊、行進不便。蘇鶚蘇氏演義卷上：「龍鍾者，不昌熾、不翹舉貌。如藍鬖、拉搭、解縱之類。」胡震亨唐音癸籤卷二四：「考埤蒼：蹱踵，行不進貌。古字從省，蹱作龍，踵又借作鍾。」黄朝英靖康緗素雜記（此爲佚文，見載於孫奕履齋示兒編卷二二）：「古語有二聲合爲一字者，如不可爲叵，何不爲盍，而犬爲奊，酷寵爲孔，從西域二合之音，蓋切字之原也。學者不曉龍鍾、潦倒之義，正如二合之音是也。龍鍾切爲癃字，潦倒切爲老字，謂人之老羸癃疾者，即以龍鍾潦倒目之，其義取此。」

曉起

黠鼠緣鈴索，飢鴉啄井欄。不眠秋漏近，多病曉屏寒。咄咄渠何怪〔一〕，休休我自闌〔二〕。牙門朝日上，簫鼓報平安。

【題解】

本詩作於淳熙三年秋，時在蜀帥任上，曉起有感，賦此。

【箋注】

〔一〕咄咄：世説新語黜免：「殷中軍被廢，在信安，終日恒書空作字。揚州吏民尋義逐之，竊視，唯作『咄咄怪事』四字而已。」

〔二〕休休：詩經唐風蟋蟀：「好樂無荒，良士休休。」傳：「休休，樂道之心。」

舫齋晚憩

心作萬緣起，境生千劫忙。誰同油幕静，獨對篆煙長。有盡天魔力〔一〕，無窮海印光〔二〕。雨餘弦月上，塵界本清涼。

【題解】

本詩作於淳熙三年（一一七六），時在蜀帥任上。

【箋注】

〔一〕天魔：即天子魔，欲界第六天之主，常擾礙修行者。大智度論卷六八：「天子魔者欲界主，深著世間樂，用有所得，故生邪見，憎嫉一切賢聖涅槃道法，是名天子魔。」

〔二〕海印光：佛家語，佛所得之三昧也，如於大海中印象一切之事物，湛然於佛之智海印現一切之法也。楞嚴經卷四：「如我按指，海印發光。汝暫舉心，塵勞先起。」

秋雨快晴，靜勝堂席上

一笑憧憧雁鶩行，簿書堆裏賦秋陽。心如墜絮沾泥懶〔一〕，身似飛泉激石忙。雨後蹲鴟先稻熟〔二〕，霜前浮蟻鬥棖香〔三〕。天涯節物遮愁眼，且復隨鄉便入鄉。

【題解】

本詩作於淳熙三年秋。黄昇中興以來絕妙詞選卷二引劉漫塘語曰：「范至能、陸務觀，以東南文墨之彦，至能爲蜀帥，務觀在幕府，主賓唱酬，短章大篇，人争傳誦之。」孔凡禮范成大年譜淳熙三年譜文云：「秋，與陸游唱和甚密。其唱和之作，爲人所傳誦。」陸游和范待制秋日書懷二首游自七月病起蔬食止酒故詩中及之其一（劍南詩稿卷七）：「閑窗貝葉對旁行，不覺城笳報夕陽。嗜酒步兵猶未達，拂衣司諫亦成忙。室無摩詰持花女，囊有婆娑等價香。欲與衆生共安隱，秋來夢不到鱸鄉。」詩末原注：「陳文惠公松江詩云：『西風斜日鱸魚鄉。』傳本或誤作『香』字。張文潛嘗辨之。」

【箋注】

〔一〕「心如」句：自道潛口占絕句：「禪心已作沾泥絮，不逐春風上下狂。」詩句中化出，因不逐春風，故曰「懶」。

〔二〕蹲鴟：指芋。史記貨殖列傳：「吾聞汶山之下，沃野，下有蹲鴟，至死不飢。」張守節正義：「蹲鴟，芋也。」

〔三〕浮蟻：指酒，張衡南都賦：「醪敷徑寸，浮蟻若萍。」李善注引釋名曰：「酒有汎齊，浮蟻在上，泛泛然，如萍之多者。」

新涼夜坐

吏退焚香百慮空〔一〕，静聞蟲響度簾櫳。江頭一尺稻花雨，窗外三更蕉葉風。日日老添明鏡裏〔二〕，家家涼入短檠中。簡編燈火平生事，雪白眵昏奈此翁〔三〕。

【題解】

本詩作於淳熙三年秋，時在蜀帥任上。陸游有和詩和范待制秋興三首其一：「策策桐飄已半空，啼螿漸覺近房櫳。一生不作牛衣泣，萬事從渠馬耳風。名姓已甘黄紙外，光陰全付緑尊中。門前剥啄誰相覓，賀我今年號放翁。」用韻全同。

【箋注】

〔一〕吏退焚香：用王維故事。舊唐書王維傳：「退朝之後，焚香獨坐，以禪誦爲事。」

〔二〕「日日」句：用李白詩意。將進酒：「君不見高堂明鏡悲白髮，朝如青絲暮成雪。」

〔三〕雪白眵昏：語出韓愈短燈檠歌：「夜書細字綴語言，兩目眵昏頭雪白。」眵，目汁凝結，俗稱眼屎。

秋老，四境雨已沛然，晚坐籌邊樓，方議祈晴，樓下忽有東界農民數十人，訴山田却要雨，須長吏致禱，感之作詩

歲晚羈懷有所思，秋來病骨最先知。鏡中公案已甘老，紙上課程休諱癡。西堰頗聞江漲急〔一〕，東山猶説雨來遲。錦城樂事知多少，憂旱憂霖蹙盡眉。

【題解】本詩作於淳熙三年秋。陸游有和詩和范待制秋日書懷二首游自七月病起蔬食止酒故詩中及之，其二云：「故人無字寄相思，敢向窮途怨不知。老病已全惟欠死，貪嗔雖斷尚餘癡。數莖雪鬢江湖遠，九轉金丹日月遲。畬粟山苗俱可飽，明年東去隱峨眉。」籌邊樓，在成都子城之西南，淳熙三年八月范成大新修之，既成，乃命陸游作記。渭南文集卷一八籌邊樓記云：「淳熙三年八月既望，成都子城之西南，新作籌邊樓。四川制置使、知府事范公，舉酒屬其客山陰陸某曰：『君爲我記！』按史記及地志，唐李衛公節度劍南，實始作籌邊樓。廢久，無能識其處者。今此樓望犍爲、僰道、黔中、越嶲諸郡，山川方域，皆略可指，意者衛公故址，其果在是乎？樓既成，公復按衛公之舊圖，邊城地勢險要，與蠻夷相入者，皆可考信不疑。雖然，公於邊境，豈真待圖而後知哉？方公在中朝，以洽聞强記擅名一時，天子有所顧問，近臣皆推公對，莫敢先者。其使虜而歸也，盡能道其國禮儀、刑法、職官、宮室、城邑、制度，自幽薊以出居庸、松亭關，並定襄、五原以抵靈武、朔方，古今戰守離合，得失是非，一皆究見本末，口講手畫，委曲周悉，如言其閫內事。雖虜耆老大人，知之不如是詳也。而況區區西南夷，距成都或不過數百里，一登是樓，在目中矣。則所謂圖者，直按故事而已，請以是爲記。公慨然曰：『君之言過矣，予何敢望衛公！然竊有幸焉。衛公守蜀，牛奇章方居中，每排沮之。維州之功，既成而敗。今予適遭清明寬大之朝，論事薦吏，奏朝入而夕報可。使衛公在蜀，適得此時，其功烈壯偉，詎止取一維州而已哉？』某曰：『請併書公言以詔後世，可乎？』公曰：『唯唯。』九月一日記。」

【箋注】

〔一〕西堰：成都西面的塘堰。民國華陽縣志卷二塘堰水利表：「吾縣土壤，山實多於平原。故山田提封三十餘萬畝，而平原裁二十餘萬畝。其灌溉蓄洩也，則皆資於堰。平原之堰，上流悉自都江堰來，縣境受之，凡爲五水，曰北條河，曰油子河，曰清水河，曰府河，曰新開河。……縣既受此五水，輒用其勢而作堰。」

西樓夜坐

抗塵懷抱若爲寬〔一〕？繞屋蛙聲亦在官〔二〕。巖桂無香秋遂晚，江鱸有約歲將寒。文書散亂嘲癡絶〔三〕，燈火淒清語夜闌。病倦百骸非復我，但思禪板與蒲團〔四〕。

【題解】

本詩作於淳熙三年（一一七六）秋，時在蜀帥任上，在居處西樓夜坐有感而作本詩。

【箋注】

〔一〕抗塵懷抱：指熱衷於名利的心志，語出孔稚圭北山移文：「焚芰製而裂荷衣，抗塵容而走俗狀。」

〔二〕「繞屋」句：晉書惠帝紀：「帝又嘗在華林園，聞蝦蟆聲，謂左右曰：『此鳴者爲官乎，私乎？』或對曰：『在官地爲官，在私地爲私。』」王令和束熙之雨後：「如何農畝三時望，只得官蛙一處鳴。」

〔三〕癡絶：晉書顧愷之傳：「傳愷之有三絶：才絶、畫絶、癡絶。」石湖借用之。

〔四〕禪板：僧人坐禪時安手或靠身之器。釋氏要覽：「倚版，今呼禪版，毗奈耶攝頌曰：倚版爲除勞，僧私皆許畜。」

立秋月夜

已放新凉入簟紋，更驅餘溽避爐薰。穿雲竹月時時見，咽露莎蛩院院聞。稍喜雪山無斥堠，但虞煙驛有移文。行藏且付蘧蘧夢〔一〕，明發還親雁鶩群。

【題解】本詩作於淳熙三年（一一七六）立秋日，時在蜀帥任上。陸游有和詩和范待制秋興三首其二：「睡臉餘痕印枕紋，秋衾微潤覆爐熏。井桐摇落先霜盡，衣杵凄凉帶月聞。佛屋紗燈明小像，經奩魚蠹蝕真文。身如病驥惟思卧，誰許能空萬馬群。」

【箋注】

〔一〕蘧蘧夢：莊子齊物論：「昔者莊周夢爲胡蝶，栩栩然胡蝶也。自喻適志與，不知周也。俄然覺，則蘧蘧然周也。」

前堂觀月

箕踞繩牀政自豪〔一〕，遠遊何暇續離騷。蕭森萬竹秋逾瘦，突兀雙楠夜更高。東郭風喧三鼓市，西城石洶二江濤。色塵聲界如如現〔二〕，本自無禪不用逃〔三〕。

【題解】

本詩作於淳熙三年（一一七六）秋，時在蜀帥任上。陸游有和詩和范待制秋興三首其三：「山澤沉冥氣尚豪，鬢絲未遽歎蕭騷。已忘海運鯤鵬化，那計風微燕雀高。萬里客魂迷楚峽，五更歸夢隔胥濤。故知有酒當勤醉，自古寧聞死可逃。」

【箋注】

〔一〕箕踞：語出莊子至樂：「莊子妻死，惠子弔之，莊子則方箕踞鼓盆而歌。」成玄英疏：「箕踞者，垂兩脚，如簸箕形也。」

〔二〕「色塵」句：色塵，六塵之一，佛教中色、聲、香、味、觸、法爲六塵。鮑照佛影頌：「六塵煩苦，五道綿劇。」如如：慧能壇經行由品：「萬境自如如，如如之心，即是真實。」

〔三〕「本自」句：牟融題寺壁：「聞道此中堪遁跡，肯容一榻學逃禪。」

有懷石湖舊隱

浩蕩沙鷗久倦飛〔一〕，摧頹櫪馬不勝鞿。官中風月常虚度，夢裏關山或暫歸。橘社十年霜欲飽，鱸江一雨水應肥〔二〕。冷雲著地塘蒲晚〔三〕，誰爲披蓑煖釣磯〔四〕？

【題解】

本詩作于淳熙三年（一一七六）秋，時在蜀帥任上。陸游有和詩和范待制月夜有感：「榆枋正復異鵬飛，等是垂頭受轡鞿。坐客笑談嘲遠志，故人書札寄當歸。醉思蓴菜黏篙滑，饞憶鱸魚墜釣肥。誰遣貴人同此感，夜來風月夢苔磯。」用韻與石湖詩同。

【箋注】

〔一〕浩蕩沙鷗：用杜甫旅夜書懷「飄飄何所似，天地一沙鷗」詩意。

〔二〕「鱸江」句：自張翰思吴江歌「秋風起兮佳景時，吴江水兮鱸魚肥」化出。鱸江，指松江，所産鱸魚肥美，故云，吴江亦素有「鱸鄉」之名。

〔三〕塘蒲晚：語出李賀還自會稽歌：「身與塘蒲晚。」世説新語言語：「顧悦與簡文同年而髮早白，簡文曰：『卿何以先白？』對曰：『蒲柳之姿，望秋而落，松柏之質，經霜彌茂。』」劉孝標注：「顧愷之爲父傳曰：君以直道，陵遲於世，入見王，王髮無二毛，而君已斑白。問君年，乃曰：『卿何偏早白？』君曰：『松柏之姿，經霜猶茂，臣蒲柳之質，望秋先零，受命之異也。』王稱善久之。」

〔四〕「誰爲」句：用嚴子陵故事。後漢書嚴光傳：「嚴光字子陵，一名遵，會稽餘姚人也。少有高名，與光武同遊學。及光武即位，乃變名姓，隱身不見。帝思其賢，乃令以物色訪之。後齊國上言：『有一男子，披羊裘釣澤中。』帝疑其光，乃備安車玄纁，遣使聘之，三反而後至。……除爲諫議大夫，不屈，乃耕於富春山，後人名其釣處爲嚴陵瀨焉。」

太平瑞聖花

雪外捫參嶺，煙中濯錦洲。密攢文杏蕊〔一〕，高結綵雲毬。百世嘉名重，三登瑞氣浮。挽春同住夏，看到火西流〔二〕。

【題解】本詩作於淳熙三年（一一七六）秋，時在蜀帥任上。廣群芳譜卷五三「太平瑞聖花」引益部方物略記：「瑞聖花出青城山中，榦不條，高者乃尋丈，花率秋開，四出與桃花類，然數十跗共爲一花，繁密若綴，先後相繼，新蕊開而舊未萎也。蜀人號豐瑞花，故程相畫圖以聞，更號瑞聖花。」陸游劍南詩稿卷五太平花題下自注：「天聖中，獻至京師，仁宗賜名太平花。」

【箋注】

〔一〕「密攢」：宋祁瑞聖花贊：「衆跗聚英，爛若一房。有守繪圖，厥名乃章。繁而不艷，是異衆芳。」

〔二〕火西流：詩經豳風七月：「七月流火，九月授衣。」孔穎达疏：「於七月之中，有西流者，是火之星也，知是將寒之漸。」

無　題

聞道明朝送舊官，無情更鼓夜將闌。此生見面知何日？忍淚須臾子細看。

【題解】

本詩作於淳熙三年（一一七六），時在蜀帥任上。

晁子西寄詩謝酒，自言其家數有逝者，詞意悲甚，次韻解之，且以建茶同往

我讀晁子詩，十語九慨傷。長川日夜逝，鬢髮空蒼浪。君家出世學，無生亦無亡。鄉謂法幢立，何乃槁木僵！起滅不滿笑，古來共楸行〔一〕。豈其揑目華，解翳海印光。我酒愧薄薄，未能煖愁腸。申以春風芽，一瀹萬慮忘。慧刀儻未割，會且掀禪牀〔二〕。錦里有逢迎，謹避舍蓋堂〔三〕。居然足音跫，好在故意長。啁耳念一洗，遲君鳳鳴岡。

【題解】

本詩作於淳熙三年（一一七六），時在蜀帥任上。晁子西，即晁公遡（一一一七—?），字子西，開封人，晁公武弟，「靖康之變」後遷居蜀中。紹興八年進士，嘗爲涪州軍事判官，施州通判，知梁山軍，乾道二年，以朝奉大夫知眉州，提點成都府路刑獄。宋史無傳。計有功宋詩紀事卷一八：「公遡，字子西，公武之弟，有嵩山集。」四庫全書總目提要卷一五八：「嵩山居士集五十四卷，宋晁公遡撰。公遡字子西，鉅野人，公武之弟，宋史無傳，其仕履無考。今案集中上周通判書題左迪功郎，知梁山軍梁山縣尉。又程氏經史閣記稱舊爲涪州軍事判官。又與費行之小簡稱紹興三十

年内任施州通判。又眉州到任謝表及謝執政啓，則嘗知眉州。又答史梁山啓稱：『猥從支郡，遽按祥刑。』而集首師璿序亦稱其爲部使者，則又嘗擢官提刑，而不詳其地。又眉州州學藏書記題乾道年月，而丙戌元夕詩有『刺史敢云樂』句，丙戌爲乾道二年，是時正在眉州。此集刻於乾道四年，蓋皆眉州以前所作。師璿序又稱公遡抱經堂稿『以甲乙分第，汗牛充棟』，此特管中之豹，則其選輯之本也。晁氏自迴以來，家傳文學，幾于人人有集，南渡後，則公武兄弟最爲知名，公武郡齋讀書志世稱該博，而所著昭德文集已不可見，惟公遡此集僅存。」晁公遡其文章「勁氣直達，頗崟崎歷落之致」，其詩「揮灑自如」。石湖於本年寄酒給晁公遡，公遡寄詩表示感謝，石湖及次其韻答之，並附詩寄去建茶。

【箋注】

〔一〕楸行：潘岳懷舊賦：「東武託焉，建塋啓疇。巖巖雙表，列列行楸。望彼楸矣，感于予思。」海録碎事卷二一塚墓門有「行楸」，引潘岳懷舊賦，注曰「楸，墓也」。

〔二〕掀禪牀：沈欽韓范石湖詩集注卷下：「傳燈録：僧問夾山：『承和尚有言，二十年住此山，未曾舉著宗門中事，是否？』曰：『是。』僧便掀倒禪牀。」

〔三〕舍蓋堂：徽州州衙内堂名，洪适葺治之，號舍蓋堂，屬范成大爲之記。參見本書輯佚卷一三舍蓋堂記「題解」。

早衰不寐

官事拘攣似力田，作勞歸晚意茫然。按摩合體俱非我，展轉通宵遠似年㊀。一叟披衣惟兀坐，群兒得枕便佳眠。人生元是華胥客〔一〕，休向迷塗更著鞭！

【校記】

㊀遠似年：原作「似遠年」，富校：「『似遠』黄刻本作『遠似』，是。」按，活字本、叢書堂本亦作「遠似」，董鈔本作「遂似年」，今據活字本、叢書堂本、黄刻本改。

【題解】

本詩作於淳熙三年（一一七六），時在蜀帥任上，不寐，有感而作本詩。

【箋注】

〔一〕華胥客：列子黄帝：「晝寢而夢，游於華胥氏之國。……其民無嗜慾，自然而已。不知樂生，不知惡死，故無夭殤。不知親己，不知疏物，故無愛憎。」

晚步宣華舊苑

喬木如山廢苑西，古溝疎水靜鳴池。吏兵窸窣番更後〔一〕，樓閣崔嵬欲暝時。有露冷螢猶照草，無風驚雀自遷枝。歸來更了程書債〔二〕，目眚昏花燭穗垂〔三〕。

【題解】

本詩作於淳熙三年（一一七六）秋，時在蜀帥任上。宣華舊苑，指前蜀所建宣華苑之舊址。張唐英蜀檮杌卷上：「乾德元年，以龍躍池爲宣華池。……（三年）五月，宣華苑成，延袤十里，有重光、太清、延昌、會真之殿，清和、迎仙之宫，降真、蓬萊、丹霞之亭，土木之工，窮極奢巧。衍數於其中爲長夜之飲，嬪御雜坐，舄履交錯。嘗召嘉王宗壽赴宴，宗壽因持杯諫衍宜以社稷爲念，少節宴飲，其言慷慨激切流涕，衍有愧色。」新五代史前蜀世家之記載，與蜀檮杌相仿佛。黄休復茅亭客話卷八：「至僞蜀王氏……廣開池沼，創立臺榭，奇異花木，怪石修竹，無所不有，署其苑曰宣華。」花蕊夫人宫詞：「會真廣殿約宫墻，樓閣相扶倚太陽。浄甃玉階横水岸，御爐香氣撲龍牀。」即描寫宣華苑會真殿。

【箋注】

〔一〕番更：即更番，指吏兵更替當直。漢書蓋寬饒傳：「共更一年。」顔師古注：「『更』，猶今人言『上番』也。」道宣續高僧傳卷八慧遠傳云：「朕亦依番，上下得歸侍奉。」洪邁夷堅志支景卷八上官醫：「兵校交番，其當直軍員必大聲曰：『上番來。』當下者繼之曰：『下番去！』」花蘂夫人宫詞：「君王未起翠簾捲，宫女更番上直來。」

〔二〕程書：漢書刑罰志：「至於秦始皇……專任刑罰，躬操文墨，晝斷獄，夜理書，自程決事，日縣石之一。」顔师古注引服虔曰：「縣，稱也。石，百二十斤也。始皇省讀文書，日以百二十斤爲程。」

〔三〕目眚：眼睛生翳，視覺模糊。説文：「眚，目病生翳也。」燭穗：燒成穗狀的燭芯。

西樓秋晚

樓前處處長秋苔，俛仰璿杓又欲回〔一〕。殘暑已隨梁燕去，小春應爲海棠來〔二〕。客愁天遠詩無託，吏案山横睡有媒。晴日滿窗鳧鶩散，巴童來按鴨爐灰〔三〕。

【題解】

本詩作於淳熙三年（一一七六）秋，時在蜀帥任上。時至晚秋，賦本詩以志感。

【箋注】

〔一〕璿杓：北斗七星。史記天官書：「北斗七星，所謂『旋、璿、玉衡，以齊七政。』」索隱：「春秋運斗樞云：『斗，第一天樞，第二旋，第三璣，第四權，第五衡，第六開陽，第七搖光。……合而爲北。』文耀鉤云：『斗者，天之喉舌，玉衡屬杓，魁爲琁璣。』」按，琁、旋、璇，同「璿」。

〔二〕小春：農曆十月，舊稱小陽春。爾雅釋名：「十月爲陽。」陳元靚歲時廣記卷三七引初學記：「冬月之陽，萬物歸之，以其温暖如春，故謂之小春，亦云小陽春。」

〔三〕鴨爐：鴨形熏爐。語出晏几道浣溪沙（牀上銀屏幾點山）：「鴨爐香過瑣窗閑。」

明日分弓亭按閱，再用西樓韻

眼看白露點蒼苔，歲月飛流首屢回。老去讀書隨忘却，醉中得句若飛來。聞鷄午夜猶能舞〔一〕，射雉西郊不用媒。自笑支離聊復爾，丹心元未十分灰。

【題解】

本詩作於淳熙三年（一一七六）秋。石湖赴蜀帥任後，積極訓練兵卒。於乙未年創爲分弓亭，成於本年五月，命范謩作分弓亭記。本年秋，按閱兵卒射技，乃賦本詩。詩云「眼看白露點蒼苔」，可知。范謩分弓亭記云：「蜀自岷山、沫若水外，即爲夷境。熙寧以來，歲遣禁旅更戍，今留屯成都者，合土兵凡十有七營。邊久無事，軍政廢弛，游手工技，皆得編名籍中，而鎧仗麾幟，至朽敗不可用。乾道六年，蠻寇雅之碉門；九年，犯黎之虎掌，殺州從事、掠居民以去，勢駸駸若無所憚。上憂之，命敷文閣直學士吴郡范公自廣西經略使徙鎮全蜀。公至，即以練兵丁、繕保障抗章驛聞，上賜詔嘉奬。於是簡士卒之驍勇者，別爲一軍，壯且少者次之，罷遣其老羸者。且示以坐作進退之法，非風雨不休，而尤致意於射。以爲蠻夷所恃，峙嶔大山，掩翳叢木，出没其間，若猿猱然。吾禦之者，非刀稍所能及，乃取弓人於縣，弩人於閫，相膠析幹，治筋液角，極六材之良。闢廣場於府舍之北，築亭西向，摘杜少陵酬嚴武之詩，名之曰『分弓』。時輕裘幅巾，引數百人按試技力，而賞罰其勤惰。未幾，軍容一新，悉爲精鋭。蹶張者至千斤，挽强過六鈞，而命中者十八九。於戲盛哉！公嘗至亭上，語其屬曰：『誰謂蜀兵孱乎？牧野誓師，庸、蜀、羌、髳、微、盧、彭、濮與焉，蓋今東、西蜀與巴郡是也。諸葛、贊皇二公，勳烈偉矣！平蠻討魏，飛星流電之軍，豈盡出於西北哉？士不素習，而使之摻弓挾矢，馳危蹈阸，未有不顛仆者，非獨蜀軍然也。今吾軍既練於昔，而猶有所慮。大抵興滯補弊，用力甚難，而敗之至易。經營終歲而荒之十日，前功蕩然矣。故曰：「屢省乃成，欽哉！」功成而弗省，省而弗屢，此唐虞君臣之至戒。而吾亭所爲作，亦欲取以自近而數省之耳。』公大儒，退若不勝衣，而經綸方略，小用之已如此，况擴而充之乎？所謂收滴博之戍，奪蓬婆之城，又何足言哉！亭創於淳熙乙未之季秋，成於明年之仲夏，命蓍識其歲月，故併公語記之。」

【箋注】

〔一〕「聞鷄」句：晉書祖逖傳：「與司空劉琨俱爲司州主簿，情好綢繆，共被同寢。中夜聞荒鷄鳴，蹴琨覺曰：『此非惡聲也。』因起舞。」

丁酉重九藥市呈坐客

余於南北西三方，皆走萬里，皆遇重九，每作水調一闋。燕山首句云「萬里漢家使」，桂林云「萬里漢都護」，成都云「萬里橋邊客」。今歲倦遊甚矣，不復更和前曲，乃作此詩以自戲㈠。

莫向登臨怨落暉㈡，自緣羈宦阻歸期。年來厭把三邊酒，此去休哦萬里詩。烏帽不辭欹短髮，黄花終是欠東籬。若無合坐揮毫健㈢，誰解西風楚客悲？

【校記】

㈠題下注：活字本、叢書堂本、董鈔本同。富校：「題下注文黄刻本、宋詩鈔作序文。」宋詩鈔作「余於燕山首句云」，中缺「南北西三方，皆走萬里，皆過重九」十三字，下缺「甚矣，不復更和前曲，乃作此詩以」十三字。

【題解】

本詩作於淳熙三年（一一七六）重陽節。題云「丁酉」，當爲「丙申」之誤。范成大於淳熙二年赴成都，當年重陽作水調歌頭「萬里橋邊客」。今年（淳熙三年）不再賦詞，别作本詩。丁酉，淳熙四年，重陽節時，已回吴中。藥市，陸游老學庵筆記卷六：「成都藥市，以玉局化爲最盛，用九月九日。楊文公談苑云七月七日，誤也。」文昌雜録卷二：「蜀人重藥市，蓋常有神仙之遇焉。」歲華紀麗譜：「九月九日，玉局觀藥市，宴監司賓僚於舊宣詔亭，晚飲於五門。凡二日，官爲幕帟棚屋以事游觀。」玉局觀，在成都城北，見蜀中名勝記卷三。

【箋注】

〔一〕「莫向」句：用李商隱詩意，樂遊原：「向晚意不適，驅車登古原。夕陽無限好，只是近黄昏。」

〔二〕「若無」句：合坐，即題上所云「坐客」，指同遊之「監司賓僚」。孔凡禮范成大年譜「淳熙三年」譜文云：「九月九日，循故事，藥市宴客賦詩。」

會慶節大慈寺茶酒

霜暉催曉五雲鮮，萬國歡呼共一天〔一〕。澹澹煖紅旗轉日，浮浮寒碧瓦收煙。銜杯樂聖千秋節〔二〕，擊鼓迎冬大有年。忽憶捧觴供玉座，不知身在雪山邊〔三〕。

【題解】

本詩作於淳熙三年（一一七六）十月二十二日，時在蜀帥任上，恰值會慶節，於大聖慈寺慶賀。宋史禮志十五：「孝宗以十月二十二日爲會慶節。……其上壽稱賀之禮，大略皆如天申節儀。」宋會要輯稿禮五七：「紹興三十二年（孝宗已接位，未改元）八月二十六日，宰臣陳康伯等上言，請以十月二十二日爲會慶節，從之。」大慈寺，即大聖慈寺，沈欽韓范石湖詩集注卷中引四川通志：「大慈寺在成都府東門，唐至德年建，舊有德宗書『大聖慈寺』。」范成大成都古寺名筆記：「成都畫多名筆，散在諸寺觀，而見於大聖慈寺者爲多。」民國華陽縣志卷三〇古蹟四：「大慈寺，治東糠市街。大清一統志：『在華陽縣東。唐至德中建，明皇書大聖慈寺額。』即此寺也。舊志引佛祖統紀稱：『唐玄宗幸成都，沙門英幹施粥救貧餒，敕建大聖慈寺，凡九十六院，八千五百區，并書大聖慈寺四字額。』……而蜀中名勝記云：『大慈寺，唐至德年建。舊有肅宗書大聖慈寺四字，蓋敕賜也，故會昌不在除毀之例。』與一統志及舊志稱玄宗敕賜者不同，然寺始至德則一。至德爲肅宗年號，或實爲肅宗書，亦未可知也。寺爲縣中浮屠之最勝者，又不經會昌詔毀，故歷唐、五代、宋、明數百年間，其壁畫梵王帝釋、羅漢天女、帝王將相，瑰瑋神妙，不可縷數。至於寺院之宏闊壯麗，千栱萬棟，與夫市廛百貨，珍異雜陳，如蠶市、扇市、藥市、七寶市、夜市，莫不麕集焉。」

【箋注】

〔一〕萬國：周易乾：「首出庶物，萬國咸寧。」杜甫垂老別：「萬國盡征戍，烽火被岡巒。」

〔二〕千秋節：舊時皇帝的誕辰，始自唐玄宗。唐會要卷二九節日：「開元十七年八月五日，左丞相源乾曜，右丞相張説等，上表請以是日爲千秋節。」趙彦衛雲麓漫鈔卷二：「明皇始置千秋節，自是列帝或置或不置。」本詩借以指孝宗誕辰。

〔三〕雪山：岷山主峰，在今四川松潘縣。

冬至日天慶觀朝拜，雲日晴麗，遥想郊禋慶成，作驩喜口號

淅淅霜風不滿旗，紫煙黄氣捧朝曦。五更貫索埋光後〔一〕，萬里鈎陳放仗時〔二〕。

留滯周南無舊事，布宣漢德有新詩。豐年四海皆温飽，願把歡心壽玉卮。

【題解】

本詩作於淳熙三年（一一七六）冬至日，時在蜀帥任上，率闔府官吏至天慶觀朝拜，因賦本詩。天慶觀，宋代於各州、府、軍、監設天慶觀，官吏於節序行香朝拜。見宋會要輯稿禮五天慶觀。

【箋注】

〔一〕貫索：晉書天文志上：「貫索九星在其（七公）前，賤人之牢也。一曰連索，一曰連營，一曰天牢，主法律，禁暴强也。……九星皆明，天下獄煩；七星見，小赦；六星、五星，大赦。」

〔二〕鈎陳：文選揚雄甘泉賦：「詔招摇與太陰兮，伏鈎陳使當兵。」李善注引服虔曰：「鈎陳，神名也。紫微宫外營陳星也。」

十一月十日海雲賞山茶

門巷歡呼十里村，臘前風物已知春。兩年池上經行處，萬里天邊未去人。客鬢花身俱歲晚，粧光酒色且時新。海雲橋下溪如鏡，休把冠巾照路塵。

【題解】

本詩作於淳熙三年（一一七六）十一月十日，時在蜀帥任上，遊海雲賞山茶，賦一律記其事。海雲賞山茶，參見本卷十二月十八日海雲賞山茶「題解」。石湖上一年已遊海雲，今年又來，故詩云「兩年池上經行處」。

海雲回，按驍騎於城北原，時有吐番出没大渡河上

古道風沙捲夕霏，小江煙浪皺春漪。天於麥壠猶慳雪，人向梅梢大欠詩。頓轡青驪飛脱兔，離弦白羽嘯寒鴟。牙門列校俱剽鋭〔一〕，檄與河邊秃髮知〔二〕。

【校記】

〔一〕剽鋭：方回瀛奎律髓卷一三作「慓鋭」。

【題解】本詩作於淳熙三年（一一七六）十一月，自海雲回，時有吐蕃出没大渡河上，因賦本詩。大渡河，岷江支流，在四川西南部。上游爲大金川，南流至甘孜丹巴，會小金川，稱大渡河，至樂山縣入岷江。見水經注卷三三江水。瀛奎律髓卷一三方回評：「淳熙四年丁酉致能帥蜀，十一月十日海雲賞山茶回，作此詩。『人向梅梢大欠詩』，佳句也。予選詩不甚喜富貴功名人詩，亦不甚喜詩之富艷華腴者。其人富貴，而其詩高古雅淡，如選此篇，以有此聯佳句耳。」（按，本詩作於淳熙三年，方回云「四年」，非是，因淳熙四年十一月，石湖已回臨安入對，權禮部尚書。）馮班則認爲方評不確，云：「貧寒耳，非高古也。」又云：「前四句與後四句如兩截。不稱，正爲次聯寒儉也。」紀昀亦不認同方氏之見：「此種皆是僻見。人之賢否，詩之工拙，豈以此定？」又云：「第四句宋人鄙語，不足爲佳。」馮舒評：「大宋氣，極不佳。」

【箋注】

〔一〕禿髮：禿髮鮮卑，爲拓跋鮮卑的一支，新唐書吐蕃傳上謂禿髮樊尼後裔爲吐蕃王族來源之一。宋史外國八吐蕃：「吐蕃本漢西羌之地，其種落莫知所出。或云南涼禿髮利鹿孤之後，其子孫以禿髮爲國號，語訛故謂之吐蕃。」

合江亭隔江望瑶林莊梅盛開，過江訪之，馬上哦此

何處春能早，疎籬限激湍。竹間煙雪迴，馬上晚香寒。喚渡聊相覓，巡檐得細看。極知微雨意，未許日烘殘。

【題解】　本詩作於淳熙三年冬。合江亭，在府城東南二江（汶江和永平江）合流處。呂大防合江亭記：「合江故亭，唐人宴餞之地，名人題詩，往往在焉。久茀不治，余始命葺之，以爲船官治事之所。俯而觀之，滄波修闊，渺然數里之遠。東山翠麓，與煙林篁竹，列峙於其前。鳴瀨抑揚，鷗鳥上下，商舟漁艇，錯落游衍，春朝秋夕，置酒其上，亦一府之佳觀也。」曹學佺蜀中廣記卷二成都府二：「括地志云：大江一名汶江，西南自温江縣來，郫江一名永平江，西北自新繁縣來。昔李冰穿二江，城中皆可行舟，合於城之東南，岸曲有合江亭。唐符載云：一郡之奇勝也，是亭鴻盤如山，橫架赤霄，廣場在下，砥平雲截，而東南西北敻然矣。」瑶林莊，民國華陽縣志卷二八古蹟二：「瑶林莊，在縣治東，今廢，陸游有自芳華樓過瑶林莊。」題云「過江訪之」，石湖自合江亭過江訪之，即趙園之梅，陸游有自合江亭涉江至趙園，何耕有自合江亭過渡觀趙穆仲園亭，民國華陽縣志卷二八古蹟二：「趙穆仲園，在治城東郭外錦江北岸。……則此園與合江園正隔江相對，當在今鹽碼

頭江岸上下。蜀中名勝記稱『此兩園與錦江相左右』，得其實矣。」

新作官梅莊，移植大梅數十本繞之

臘前催喚主林神，玉樹飛來不動塵〔一〕。契闊西湖惝處士〔二〕，飄零東閣似詩人〔三〕。一天午夢空花碎，滿地春愁月影新。掃淨宣華藜藋逕〔四〕，他年誰記石湖濱？

【題解】

本詩作於淳熙三年（一一七六）臘前，時在蜀帥任上，新植官梅數十株，因賦詩記其事。

【箋注】

〔一〕飛來不動塵：杜甫麗人行：「黄門飛鞚不動塵。」

〔二〕「契闊」句：西湖處士，指林逋，結廬西湖之孤山，種梅養鶴，人稱「西湖處士」。歐陽修歸田録卷二：「處士林逋居於杭州西湖之孤山。逋工於畫，善爲詩。」蘇軾和秦太虚梅花：「西湖處士骨應槁，只有此詩君壓倒。」辛棄疾鷓鴣天（桃李漫山過眼空）：「吾家籬落黄昏後，剩有西湖處士風。」

〔三〕「飄零」句：詩人，指杜甫，因爲他曾作和裴迪登蜀州東亭送客逢早梅相憶見寄「東閣官梅動詩興」，石湖意謂自己飄零如杜甫。

〔四〕宣華：宣華苑，五代前蜀王衍建，見新五代史卷六三前蜀世家。

丁酉正月二日東郊故事

椒盤宿酒未全醒，擾擾金鞍逐畫輧〔一〕。麥雨一犂隨處緑，柳煙千縷幾時青？客愁舊歲連新歲，歸路長亭間短亭〔二〕。萬里松楸雙淚墮，風前安得諱飄零？

【題解】

本詩作於淳熙四年（一一七七）正月二日，時在蜀帥任上。按故事，出東郊勸農，有感而作本詩。淳熙三年正月初四日，石湖也出東郊，見本卷初四日東郊觀麥。丁酉，即淳熙四年。

【箋注】

〔一〕「擾擾」句：逐畫輧，陸游老學庵筆記卷二：「成都諸名族婦女，出入皆乘犢車。惟城北郭氏車最鮮華，爲一城之冠，謂之『郭家車子』。江瀆廟西廂有壁畫犢車，廟祝指以示予曰：『此郭家車子也。』」

〔二〕「歸路」句：李白菩薩蠻（平林漠漠煙如織）：「何處是歸程。長亭更短亭。」海録碎事卷四：「長短亭，十里五里，長亭短亭。言十里一長亭，五里一短亭。」

二月二十七日病後始能扶頭

複幕重簾苦見遮，暮占栖雀曉占鴉。殘燈煮藥看成老，細雨鳴鳩過盡花。心爲蚤衰元自化，髮從無病已先華㊀。更蒙厲鬼相提唱，此去山林屬當家。

【校記】

㊀ 髮從：活字本、叢書堂本、董鈔本均同。富校：「『從』黄刻本作『雖』。按『從』即縱字，義亦可通。」

【題解】

本詩作於淳熙四年（一一七七）二月。石湖於淳熙四年春，卧病。周必大神道碑云：「三年春，公大病，求歸。」誤。石湖吴船録卷上：「（淳熙丁酉）今春病少城，幾殆，僅得更生。」于北山范成大年譜「淳熙四年」譜文云：「春間卧病，屢見於詩，陸游間有和作。」陸游和范舍人書懷（劍南詩稿卷八）：「歲月如奔不可遮，即今楊柳已藏鴉。客中常欠尊中酒，馬上時看檐上花。末路淒涼老巴蜀，少年豪舉動京華。天魔久矣先成佛，多病維摩尚在家。」即和石湖此詩。

病中聞西園新花已茂，及竹逕皆成，而海棠亦未過

梅塢桃蹊斫竹初，三旬高卧信音疎。春雖與病無交涉，雨莫將花便破除。祇合蘧蘧隨夢去〔一〕，何須咄咄向空書〔二〕。頗聞蜀錦猶相待，去歲今朝已雪如。

【題解】

本詩作於淳熙四年（一一七七）春，時在蜀帥任上。陸游有和詩，和范舍人病後二詩末章兼呈張正字其二：「士生不及慶曆初，下方元祐當勿疎。請看蛟龍得雲雨，豈比鳥雀馴階除。舍人起始北門草，學士歸著東觀書。劍外老農亦吐氣，釀酒畦花常晏如。」石湖詩云「三旬高卧」，知卧牀一月餘。

【箋注】

〔一〕蘧蘧隨夢去：用莊子齊物論莊周夢爲蝴蝶典。

〔二〕咄咄向空書：世説新語黜免：「殷中軍被廢，在信安，終日恒書空作字。揚州吏民尋義逐之，竊視，唯作『咄咄怪事』四字而已。」

枕上

一枕經春似宿酲，三衾投曉尚淒清。殘更未盡鴉先起，虛幌無聲鼠自驚。久病厭聞銅鼎沸，不眠惟望紙窗明。擢頹豈是功名具，燒藥爐邊過此生。

【題解】本詩作於淳熙四年（一一七七）春，時在蜀帥任上。陸游有和詩，和范舍人病後二詩末章兼呈張正字其一：「放衙原不爲春酲，澹蕩江天氣未清。欲賞園花先夢到，忽聞簷雨定心驚。香雲不動熏籠暖，蠟淚成堆斗帳明。關隴宿兵胡未滅，祝公垂意在尊生。」

初履地

扶頭今日強冠簪，餘燼收從百戰酣。長脛閣軀如瘦鶴，衝風奪氣似枯柟〔一〕。客來慵拉懶殘涕〔二〕，老去定同彌勒龕。何處更能容結習？任教花雨落毿毿。

【題解】本詩作於淳熙四年（一一七七）春，時在蜀帥任上。病起初履地，有感作本詩。

【箋注】

〔一〕「衝風」句：自杜甫枯柟「衝風奪佳氣，白鵠遂不來」化出。

〔二〕「客來」句：用懶殘故事。宋高僧傳卷三九唐南嶽山明瓚傳載，衆僧營作，瓚則「晏如」，「時目之懶瓚也。」又，「好食僧之殘食，故殘也」。時號爲「懶殘」。沈欽韓范石湖詩集注卷中引傳燈録云：「懶殘云：『那有工夫爲俗人拭涕！』」惠洪林間録卷下：「唐高僧，號懶瓚，隱居衡山之頂石窟中。……德宗聞其名，遣使馳詔召之，使者即其窟，宣言天子有詔，尊者幸起謝恩。瓚方撥牛糞火，尋煨芋食之，寒涕垂膺，未嘗答。使者笑之，且勸瓚拭涕。瓚曰：我豈有工夫爲俗人拭涕耶！竟不能致而去。德宗欽嘆之。」

密室憊坐

如許頭顱莫振矜，但尋曲几與枯藤。餘生不直一彈指〔一〕，此病寧論三折肱〔二〕。
何處丹房癡候火，誰家籌室强傳燈〔三〕？本來識字耕夫耳，今乃仍添百不能。

【題解】

本詩作於淳熙四年（一一七七）春，時在蜀帥任上。憊坐密室，用佛家語抒感，作成本詩。

【箋注】

〔一〕一彈指：佛家語，喻時間很短促。翻譯名義集：「俱舍云：壯士一彈指頃六十五刹那。」白居易禽蟲十二章：「何異浮生臨老日，一彈指頃報恩讐。」

〔二〕三折肱：左傳定公十三年：「三折肱，知爲良醫。」黄庭堅寄黄幾復：「持家但有四壁立，治病不蘄三折肱。」

〔三〕「誰家」句：用佛家典故。翻譯名義集：「秣兔羅國城東五六里，巖間有石室，高二十餘尺，廣三十餘尺，四寸細籌，填積其内，尊者近護説法，化導夫妻俱證羅漢果者，乃下一籌。」

春晚初出西樓

試倚枯藤似籋雲〔一〕，堂階微步小逡巡。忽逢巖桂新抽葉，屈指黄紬睡一春。

【題解】

本詩作於淳熙四年（一一七七）晚春，時在蜀帥任上。一春多病，至春晚始初出居處，觸景生情，賦此小詩。

【箋注】

〔一〕籋雲：漢書禮樂志：「籋浮雲，晻上馳。」顔師古注引蘇林曰：「籋音躡。言天馬上躡浮雲也。」此形容大病初愈後，身體虚弱、顫顫巍巍之狀。

春晚卧病，故事都廢，聞西門種柳已成，而燕宫海棠亦爛漫矣

軒窗深窈似禪房，竟日虚明裊斷香。詩債無邊春已老〔一〕，睡魔有約晝初長。市橋煙雨應官柳，墟苑池臺自海棠。游騎行歌莫相笑，遨頭六結已龜藏〔二〕。

【題解】

本詩作於淳熙四年春。燕宫，即成都燕王宫，多海棠，陸游張園海棠（劍南詩稿卷八）：「西來始見海棠盛，成都第一推燕宫。」陸游有詞漢宫春「浪迹人間」，題注云：「張園賞海棠作，園故蜀燕王宫也。」陸游忽忽（劍南詩稿卷一三）「列炬燕宫夜」自注：「成都故蜀時燕王宫，今屬張氏，海棠爲一城之冠。」

【箋注】

〔一〕詩債：他人求詩或索和，尚未酬答，如負債然。白居易晚春欲攜酒尋沈四著作先以六韻寄之：「顧我酒狂久，負君詩債多。」

〔二〕遨頭：蘇軾次韻劉景文周次元寒食同遊西湖自注：「成都太守自正月二日出遊，謂之遨頭。

至四月十九日浣花乃止。」陸游寄答綿州楊齊伯左司：「我老一官書紙尾，君行千騎試遨頭。」　六結已龜藏：佛家語，阿毗達摩集論有五結，謂貪、恚、慢、嫉、慳也。沈欽韓注：「此天結，蓋即龜藏六之喻。」

病起初見賓僚，時上疏匄祠未報

浪將冠服衣猿狙〔一〕，因病偷閑稍自如。時有好懷誇得句，略無情語怕回書。邊城晏閉稀傳箭〔二〕，村巷春遊未荷鋤。迨此良辰公事少，天恩儻許賦歸歟〔三〕。

【題解】　本詩作於淳熙四年春。本年春，石湖大病，因上疏求歸。本詩作於尚未得到朝廷回復之時。不久，得詔命，進敷文閣直學士，上兵民十五事，召赴行在。周必大神道碑：「（淳熙）四年（原誤作「三年」，今改）春，公大病，求歸，上令先進敷文閣直學士；明日乃下詔命，公列上兵民十五事。上曰：『范某已病，尚爲國遠慮，可趣其來。』」于北山范成大年譜「淳熙四年」有按語云：「石湖此次進敷學，乃孝宗親筆所下除目。劉克莊孝宗宸翰十五：『臣聞之故老，孝宗留意人材，當時小大之臣，多出親擢，罕由廟堂進擬者。……龔公以首參行相事，故其家藏當時除目甚多：（一）史浩除少保、內祠、侍讀；（二）李彥穎、王淮執政；（三）蜀帥范成大進敷學；（四）林光朝除中舍；

〔五〕趙粹中、周必大除侍郎；〔六〕蓋鈞改官除目。』（後村大全集卷一〇三）」楊甲成都縻棗堰亭記也記及其事：「四年四月，公始與客集於亭上，命其諸生楊甲爲之記。……集于亭之月，上詔來錫公，命加敷文閣直學士，召赴行在所，其治蜀之績可知也。」

【箋注】

〔一〕冠服衣猿狙：莊子天運：「今取猨狙而衣以周公之服，彼必齕齧挽裂，盡去而後慊。」

〔二〕傳箭：杜甫投贈哥舒開府翰：「青海無傳箭，天山早掛弓。」仇兆鰲注引趙汸之曰：「外寇起兵，則傳箭爲號。」

〔三〕賦歸歟：論語公冶長：「子在陳曰：『歸與，歸與！』」

陸務觀云：春初多雨，近方晴，碧鷄坊海棠全未及去年

遲日温風護海棠，十分顔色醉春粧。天公已許晴教好，説與鳴鳩一任忙。

報事碧鷄坊裏來，今年花少似前回。笙簧冷落遨頭病，不著梁州打不開〔一〕。

【題解】

本詩作於淳熙四年三月。詩題所云，乃指陸游海棠其一（劍南詩稿卷八）：「十里迢迢望碧

鷄，一城晴雨不曾齊。今朝未得平安報，便恐飛紅已作泥。」其二：「蜀地名花擅古今，一枝氣可壓千林。譏彈更到無香處，常恨八言太刻深。」此非唱和詩，一用韻不同；二詩意不相和。碧鷄坊，成都重要景區，以海棠著稱。周煇清波雜志別志卷上：「巴蜀風物之盛，或者言過其實。……然海棠富艷，江浙則無之。成都燕王宫、碧鷄坊尤名奇特。客云：碧鷄王氏亭館，先中植一株，繼益於四隅，歲久繁盛，袤延至三兩間屋，下瞰覆冒錦繡，爲一城春遊之冠。」嘉慶四川通志卷四八輿地志古蹟一：「（成都縣）碧鷄坊，在縣西南隅。益州記：『成都之坊百有二十，第四曰碧鷄坊。』」

【箋注】

〔一〕梁州：蘇軾讀開元天寶遺事三首之三「琵琶絃急袞梁州」，查注：「開天傳信記：西涼州新製曲曰涼州。鄭處晦明皇雜録：上歸自蜀，乘月登樓，命歌涼州，即貴妃所製。程大昌演繁露：樂府所傳大曲，惟涼州最先出。會要曰：自晉播遷内地，古樂遂分散不存，苻堅滅涼，始得漢魏清商之樂，及宋武定關中，收之入於江南。隋平陳，獲之，文帝曰：此華夏正聲也。乃置清商署。煬帝乃立清樂、西涼等九部，後遂訛爲梁州。」

清明日試新火作牡丹會 蜀人以洛中千葉種爲京花，單葉爲川花。

再鑽巴火尚浮家，去國年多客路賒。那得青煙穿御柳，且將銀燭照京花。香鬟半醉斜枝重，病眼全昏瘴霧遮。錦地繡天春不散，任教檐雨捲泥沙。

【題解】

本詩作於淳熙四年（一一七七）清明日，時在蜀帥任上。試新火作牡丹會，乃賦詩記其盛況。廣群芳譜卷三二「牡丹一」：「花皆單葉，惟洛陽者千葉，故名洛陽花。」試新火，因寒食禁火，故清明日「試新火」。顧禄清嘉録卷三引吴曼雲江鄉節物詞：「新火纔從竹屋分。」即寫此風俗。

三月十九日夜極冷

誰勒餘寒不放回，春深猶煖地爐灰。鄉心忽向燈前動，夜雨先從竹裏來。鶗鴂已如鶯百囀，酴醾那復雪千堆〔一〕。調糜煮藥東風老，慚愧茶甌與酒杯。

【題解】

本詩作於淳熙四年（一一七七）三月十九日，時仍在蜀帥任上。夜極冷，因賦本詩以志感。

【箋注】

〔一〕「酴醾」句：廣群芳譜卷四二「酴醾」：「花青跗紅，萼及開時變白，帶淺碧，大朵千瓣，香微而清。」又引益部方物略記：「蜀酴醾多白，而黄者時時有之，但香減於白花。」因酴醾花多白色，故云「雪千堆」。

垂絲海棠

春工葉葉與絲絲，怕日嫌風不自持。曉鏡爲誰粧未辦，沁痕猶有淚臙脂〔一〕。

【題解】

本詩作於淳熙四年三四月間。廣群芳譜卷三五「海棠」云：「海棠有四種，皆木本。」垂絲海棠附注：「樹生柔枝長蒂，花色淺紅，蓋山櫻桃接之而成，故花梗細長似櫻桃，其瓣叢密，而色嬌媚，重英向下，有若小蓮。」

【箋注】

〔一〕「沁痕」句：廣群芳譜卷三五「海棠」：「蓋色之美者惟海棠，視之如淺絳，外英英數點如深臙脂，此詩家所以難爲狀也。」陸游張園觀海棠：「黄昏廉纖雨，千點裛紅淚。」

浣花戲題争標者

淩波一劇便捐生，得失何曾較重輕。蝸角虚名人尚愛〔一〕，錦標安得笑渠争！

【題解】

本詩作於淳熙四年四月。浣花，即浣花溪，又名濯錦江、百花潭，在四川成都西郊。溪畔有杜甫故居浣花草堂。方輿勝覽卷五一：「浣花溪在城西五里，一名百花潭。」歲華紀麗譜：「四月十九日，浣花佑聖夫人誕日也。太守出笮橋門，至梵安寺（即杜工部宅）謁夫人祠，就宴於寺之設廳。既宴，登舟觀諸軍騎射，倡樂導前，泝流至百花潭，觀水嬉競渡。」陸游老學庵筆記卷八：「四月十九日，成都謂之浣花遨頭，宴於杜子美草堂滄浪亭，傾城皆出，錦繡夾道。自開歲宴遊，至是而止，故最盛於他時。」

【箋注】

〔一〕蝸角虛名：莊子則陽：「有國於蝸之左角者，曰觸氏；有國於蝸之右角者，曰蠻氏。時相爭地而戰，伏屍數萬，逐北旬有五日而後反。」

鹿鳴宴

岷峨鍾秀蜀多珍，坐上儒先更逸群。墨沼不憂經覆瓿〔一〕，琴臺重有賦凌雲〔二〕。文章小技聊干禄，道學初心擬致君。富貴功名今發軔，願看稽古策高勳。

【題解】

本詩作於淳熙四年（一一七七），時仍在蜀帥任上，成都舉辦鹿鳴宴，石湖贊賀座上俊彦，並期望他們建立功業，賦成本詩。

【箋注】

〔一〕墨沼：即揚雄故宅之墨池。何涉墨池準易堂記：「（揚雄）有宅一區，在錦官西郭隘巷，著書墨池在焉。」曹學佺蜀中名勝記卷三成都府三：「寰宇記云：子雲宅在少城西南角，一名草玄堂。」

〔二〕琴臺：沈欽韓范石湖詩集注卷中引名勝志：「李膺云：市橋西二百步有相如舊宅，今海安寺南有琴臺故地。」太平寰宇記卷七二劍南西道一相如宅條，引又益部耆舊傳云：「宅在少城中笮橋下有百許步是也，又有琴臺在焉。今爲金花等寺。」

陸務觀作春愁曲悲甚，作詩反之

東風本是繁華主，天地元無著愁處。詩人多事惹閒情，閉門自造愁如許〔一〕！病翁老矣癡復頑，風前一笑春無邊。糟牀夜鳴如落泉，一杯正與人相關〔二〕。

【校記】

〔一〕閑門：富校：「『閒』黄刻本作『閉』，是。」活字本、叢書堂本、董鈔本均作「閒門」。今據黄刻本、富校改。

【題解】

本詩作於淳熙四年（一一七七），石湖讀陸游春愁曲詩，有感而作本詩。陸游春愁曲（客話成都，戲作）：「虙羲至今三十餘萬歲，春愁歲歲常相似。外大瀛海環九洲，無有一洲無此愁。我願無愁但歡樂，朱顔緑鬢當如昨。金丹九轉徒可聞，玉兔千年空擣藥。蜀姬雙鬟婭姹嬌，醉看恐是海棠妖。世間無處無愁到，底事難過萬里橋。」陸游詩原作於淳熙元年正月，于北山范成大年譜「淳熙四年」按云：「陸游春愁詩，在集中編於歲暮感懷之前，當係去年歲杪之作，此時石湖始讀及之。」按，陸游春愁曲，作於淳熙元年正月，編于卷四；春愁詩，作於淳熙三年冬，編于卷八。

【箋注】

〔一〕「糟牀」二句：江南人用小槽壓製紅酒，酒如泉落。范成大次韻子文：「但促小槽添壓石，龍頭珠滴夜姍姍。」秦觀江城子：「小槽春酒滴珠紅，莫怱怱，滿金鐘。」

種竹了題愛山亭

灑掃宣華舍此君，煙中月下緑生塵。他年葉葉清風滿，莫忘今年借宅人〔一〕。

【題解】

本詩作於淳熙四年（一一七七）四月，時仍在成都，猶種竹居處，賦本詩以志感。

【箋注】

〔一〕借宅人：晉書王徽之傳：「嘗寄居空宅中，便令種竹。或問其故，徽之但嘯咏，指竹曰：『何可一日無此君耶！』」石湖借以自喻。

題錦亭

手開花徑錦成窠，浩蕩春風載酒過。來歲遊人應解笑，甘棠終少海棠多。

【題解】

本詩作於淳熙四年（一一七七）春，時在成都，題詩寫居處之風物。此詩編於本卷之尾，然時序似應在前。

石湖居士詩集卷十八

初發太城留别田父

西蜀夏旱，未行前數日連得雨，父老云：「今歲又熟矣！」

秋苗五月未入土，行人欲行心更苦。路逢田翁有好語，競説宿來三尺雨。行人雖去亦伸眉，翁皆好住莫相思。流渠湯湯聲滿野〔一〕，今年醉飽鷄豚社〔二〕。

【題解】本詩作於淳熙四年五月二十九日。范成大吴船録卷上：「石湖居士以淳熙丁酉歲五月二十九日戊辰離成都。」石湖離蜀帥任，乃受詔赴行在。楊甲成都縻棗堰記：「集於亭之月，上詔來，錫公命，加敷文閣直學士，召赴行在所。」陸游有送行詩送范舍人還朝（劍南詩稿卷八）：「平生嗜酒不爲味，聊欲醉中遺萬事。酒醒客散獨悽然，枕上屢揮憂國淚。君如高光那可負，東都兒童作胡語。常時念此氣生癭，況送公歸覲明主！皇天震怒賊得長？三年旄星失光芒。旄頭下掃在旦暮，嗟此大議知誰當？公歸上前勉畫策，先取關中次河北。堯舜尚不有百蠻，此時何能穴中國！黄扉甘泉多故人，定知不作白頭新。因公併寄千萬意，早爲神州清虜塵！」李石亦有送行詩送范至能制置（方舟集卷一）：「孔子不到秦，右軍念西岷。劍關鐵嶺江，與世隔紅塵。天亦惜秘境，我豈世間人。天上紫微郎，筆端演絲綸。跨象桂林郡，騎鯨芙蓉津。五嶺與三峽，緣雲躡星辰。憶公玉帳初，草木生華春。豢龍赤城家，長生定前身。扁舟載西子，五湖浮海濱。莫作去來想，雪山輕重均。況從尺一招，甘泉問鬼神。廟謨蓍龜舊，鼎味桃李新。虞衡備編載（自注：至能作虞衡志），我亦願卜鄰。」李石，字知幾，四川資中人。舉進士高第，歷仕成都學官，知合州、黎州、眉州，除成都路轉運判官，爲人耿直，爲官屢遭論斥。陸游稱之爲「資中名士」。關於陸游和詩之作年，孔凡禮范成大年譜淳熙四年譜文：「壬午（六月十四日），陸游送至中巖，賦送范舍人還朝。」于北山范成大年譜淳熙四年譜文：「四月，朝廷徵詔至。將離任，陸游、李石有詩送行。」陸游詩，即送范舍人還朝。又陸游年譜却繫本詩於六月中巖送別時。錢仲聯劍南詩稿校注卷八送范舍人還朝「題解」：「此詩淳熙四年六月作於眉山之慈姥巖。」按，實際上，陸游送范舍人還朝一詩，當作於范成大初受召歸之命時，當時，陸游、李石都在幕府，最早知道此詔命，因而即時賦詩賀其還朝。因此陸、李之送范成大還朝詩，都作於離成都前。當時無法預知日後送別地之情景，只是總體上祝頌石湖回朝後爲君王謀畫，恢復神州。因爲當時范成大事務繁忙（交接政事、安排家眷離蜀），對兩位之送行詩，並未及時酬答。後來陸游送石湖至慈姥巖，沿途有多次唱酬。臨別時，陸游作慈姥巖酌别詩，范成大即作和詩次韻陸務觀慈姥巖酌別二絶。惜乎陸游之原唱，今劍南詩稿中失載。太城，即大城。太平寰宇記卷七二劍南西道一：「（華陽縣）少城，在縣南一百步。李膺記：『與大城俱築，惟西南北三壁，東即大城之西墉。』」曹學佺蜀中名勝志卷一成都府一：「大城者，今南門城也。」臨行前連日雨，范成大吴船録卷上：「臨行連日得雨，道見田翁，欣然曰：『今年又熟矣。』」

【箋注】

〔一〕「流渠」句：范成大吴船録卷上：「六月己巳朔，發弩累，舟下眉州彭山縣，泊。單騎轉城，過東北兩門，又轉而西，自侍郎堤西行秦岷山道中，流渠湯湯，聲震四野，新秧勃然鬱茂。」

〔二〕雞豚社：韓愈南溪始泛三首之三：「願爲同社人，雞豚燕春秋。」陸游思歸示兒輩：「與發雞豚社，心闌翰墨場。」

入崇寧界

桑間三宿尚回頭，何况三年濯錦遊〔一〕。草草郫筒中酒處〔二〕，不知身已在彭州〔三〕。

【題解】本詩作於淳熙四年(一一七七)六月,時自成都離任赴召,入彭州崇寧縣,賦本詩紀行。崇寧,縣名,宋史地理志五成都府路彭州,縣三:「崇寧,望,唐昌縣,崇寧三年改。」

【箋注】

〔一〕濯錦:指成都。王存新定九域志卷七成都府:「江水,亦名濯錦江,俗云:此水濯錦鮮明。」因指成都爲濯錦城。

〔二〕郫筒:儲酒器。范成大吴船録卷上:「郫筒,截大竹,長二尺以下,留一節爲底,刻其外爲花紋,上有蓋,以鐵爲提梁,或朱或黑,或不漆,大率挈酒竹筒也。華陽風俗記所載,乃刳竹傾釀,閉以藕絲蕉葉,信宿馨香達於外,然後斷取以獻,謂之郫筒酒。」

〔三〕「不知」句:暗用段成式小説梵僧難陀典:「唐丞相魏公張延賞在蜀時,有梵僧難陀得如幻三昧。……時時預言人凶衰,皆謎語,事過方曉。成都有百姓供養數日,僧不欲住,閉關留之,僧因是走入壁角,百姓遽牽,漸入,唯餘袈裟角,頃亦不見。來日壁上有畫僧焉,其狀形似,日日色漸薄。積七日,空有黑跡,至八日,跡亦滅,僧已在彭州矣。」

懷古亭

在永康離堆之上，離堆分岷江水一派，溉彭、蜀，而支流道郫縣以入於府江。

朝來寫得故人書，雙鯉難尋雁亦無。付與離堆江水去，解從郫縣到成都。

【題解】

本詩作於淳熙四年（一一七七）六月，時離成都赴召。登永康軍懷古亭，賦詩抒寫懷念成都故人之情思。范成大吴船録卷上：「西門名玉壘關，自門少轉，登浮雲亭，李蘩清叔守郡時所作。取杜子美詩『玉壘浮雲變古今』之句，登臨雄勝。又登懷古亭，俯觀離堆。離堆者，李太守鑿崖中斷，分江水一派入永康以至彭、蜀，支流自郫以至成都。」

離堆行

沿江有兩崖中斷，相傳秦李太守鑿此以分江水；又傳李鎖孽龍於潭中，今有伏龍觀在潭上。蜀旱，支江水涸，即遣官致祭，壅都江水以自足，謂之攝水，無不應。民祭賽者率以羊，歲殺四五萬計。

殘山狠石雙虎卧，斧迹鱗皴中鑿破。潭淵油油無敢唾，下有猛龍跧鐵鎖。自從分流注石門，西州秔稻如黄雲。刲羊五萬大作社〔一〕，春秋伐鼓蒼煙根。我昔官稱勸農使〔二〕，年年來激西江水。成都火米不論錢〔三〕，絲管相隨看蠶市。款門得得酹清尊，椒漿桂酒删羶葷。妄欲一語神豈聞？更願愛羊如愛人！

【題解】

本詩作於淳熙四年（一一七七）六月，時離成都回京赴召。范成大吴船録卷上：「離堆者，李太守鑿崖中斷，分江水一派入永康以至彭、蜀，支流自郫以至成都。懷古（亭）對崖，有道觀曰伏龍，相傳李太守鎖孽龍於離堆之下。觀有孫太古畫李氏父子像。」王象之輿地紀勝卷一五一：「（永康軍）離堆，在軍南，即蜀守李冰鑿之以避沫水之害，事見史記河渠書。應劭風俗通云：『秦昭王使李冰爲蜀守，冰鑿離堆，開成都兩江，溉田萬頃。』」陸游有離堆伏龍祠觀孫太古畫英惠王像詩。

【箋注】

〔一〕「刲羊」句：范成大吴船録卷上：「李太守疏江驅龍，有大功於西蜀，祠祭甚盛，歲刲羊五萬。」陸游和范舍人永康青城道中作（劍南詩稿卷八）：「君看神君歲食羊四萬，處處棄骨高成堆。」曾敏行獨醒雜志卷五：「永康軍城外崇德廟，乃祠李太守父子也……祠祭甚盛，每歲用羊至四萬餘，凡買羊以祭，偶産羔者亦不敢留，永康藉羊税以充郡計。」

〔二〕「我昔」句：范成大任多處地方官兼勸農使，如乾道五年處州任上作通濟渠碑，署銜「處州軍州主管學事兼管内勸農事」，乾道九年静江府任上作祭遺骸文，署銜「知静江軍府事兼管内勸農使事」。

〔三〕火米：李德裕謫嶺南道中作：「五月畬田收火米。」本草綱目卷二二：「西南夷亦有燒山地爲畬田，種旱稻者，謂之火米。」

崇德廟 李太守廟食處也。

雪山南風融雪汁，化作岷江江水來〔一〕。不知新漲高幾畫〔二〕，離堆石壁舊有水則，記漲痕，占歲事，一畫爲一則。但覺樓前奔萬雷。天教此水入中國，兩山辟易分道開。我家長川到海處，却在發源傳酒杯。人生幾屐辦此役，遠遊如許神應咍！東歸短棹昨已具，明日發船撾鼓催。灘平放溜日千里〔三〕，已夢鱠鱸如雪堆〔四〕。丹楓繫纜一回首，玉壘浮雲安在哉〔五〕？

【題解】本詩作於淳熙四年（一一七七）六月，時離成都赴召。范成大吴船録卷上：「至永康軍（今四川灌縣）。一路江水分流入諸渠，皆雷轟雪捲，美田彌望，所謂岷山之下沃野者正在此。崇德廟在軍城西門外山上，秦太守李冰父子廟食處也。」「出玉壘關，登山謁崇德廟，新作廟前門樓甚壯。下臨大江，名曰都江。江源政自西戎中來，由岷山澗壑出而會於此，故名都江。世云江出岷山者，自中國所見言之也。李太守疏江驅龍，有大功於西蜀，祠祭甚盛，歲刲羊五萬。民買一羊將以祭而偶産羔者，亦不敢留，併驅以享。廟前屠户數十百家。永康郡計，至專仰羊税，甚矣其殺也！余作詩刻石以諷，冀神聽萬一感動云。」陸游有和作和范舍人永康青城道中作（劍南詩稿卷八）：「風驅雨壓無浮埃，驂驔千騎東方來。勝遊公自輩王謝，浄社我亦追宗雷。岷山樓上一徙倚，如地始闢天初開。廓然眼界三萬里，山一蟻垤水一杯。世間幻妄幾變滅，正自不滿吾曹咍。丈夫本願布衣老，達士詎畏蒼顔催。君看神君歲食羊四萬，處處棄骨高成堆。西山老翁飽松麨，造物賦予何遼哉！」

【箋注】

〔一〕「雪山」二句：水經卷三三：「岷山在蜀郡氐道縣，大江所出，東南過其縣北。」酈道元注云：「岷山，即瀆山也，水曰瀆水矣。又謂之汶，阜山在徼外，江水所導也。益州記曰：大江泉源，即今所聞始發羊膊嶺下，緣崖散漫，小水百數，殆未濫觴矣。」

〔二〕「不知」句：宋史河渠志：「離堆之趾，舊鑱石爲水則，則盈一尺，至十而止。水及六則，流始足用；過則從侍郎堰減水河泄而歸於江。」

〔三〕日千里：用李白早發白帝城「千里江陵一日還」詩意。

〔四〕「已夢」句：鱸魚肉白如雪。范成大吴郡志卷二九：「鱸魚，生松江，尤宜膾。潔白鬆軟，又不腥，在諸魚之上。」吴郡圖經續記卷下：「鱸魚肉白如雪，不腥。所謂金齏玉膾，東南之佳味也。」

〔五〕玉壘浮雲：語出杜甫登樓：「錦江春色來天地，玉壘浮雲變古今。」

戲題索橋㈠

織簟匀鋪面，排繩强架空。染人高曬帛，獵户遠張罿。薄薄難承雨，翻翻不受風。何時將蜀客，東下看垂虹〔二〕？

【校記】

㈠ 題：宋詩鈔作「過青城題索橋」。題下注云：「以竹繩爲之。」

【題解】

本詩作於淳熙四年（一一七七），時離成都赴召。范成大吴船録卷上：「西門名玉壘關：將至青城，再渡繩橋。每橋長百二十丈，分爲五架，橋之廣十二繩，排連之，上布竹笆。攢立大木數十於江沙中，輦石固其根，每數十木作一架，掛橋於半空。大風過之，掀舉幡然，大略如漁人曬網，染家晾綵帛之狀。又須捨輿疾步，從容則震掉不可立，同行者失色。郡人云：稍迂數里，有白石渡，可以船濟，然極湍險也。」沈欽韓范石湖詩集注引曹學佺蜀中名勝志：「灌縣西二里有橋曰珠浦，即索橋也。其制兩岸鑿石爲穴，揵石爲籠，夾植巨木，屹砥湍流，編竹繩跨江，横闊一丈，離水面五尺，長百二十丈。」

【箋注】

〔一〕垂虹：即吴江垂虹橋。朱長文吴郡圖經續記卷中：「吴江利往橋，慶曆八年，縣尉王廷堅所建也。東西千餘尺，用木萬計。縈以修欄，甃以浄甓，前臨具區，横截松陵，湖光海氣，蕩漾一色，乃三吴之絶景也。橋成，而舟楫免於風波，徒行者晨往暮歸，皆爲坦道矣。橋有亭，曰垂虹。」范成大吴郡志卷一七「橋梁」云：「利往橋，即吴江長橋也。慶曆八年，縣尉王廷堅所建。有亭曰垂虹，而世併以名橋。」

青城山會慶建福宫 宫舊名丈人觀，予爲請於朝賜今名。入山前數日，敕書至自行在，予就設醮以祝聖人壽云。

墨詔東來洶驛傳，璇題金榜照山川。祥開聖代千秋節，響動仙都九室天。觸石湧雲埋紫邏，流金飛火燭蒼巔〔一〕。祇應老宅龐眉客〔二〕，長記新宫錫號年。老宅，即老人村也，舊名潦澤，疑傳之誤，余爲更此名。

【題解】本詩作於淳熙四年（一一七七）六月，時離成都赴召。范成大吴船録卷上：「至青城山，門曰寶仙九室洞天。夜宿丈人觀。觀在丈人峰下，五峰峻峙如屏，觀之臺殿，上至巖腹。丈人自唐以來號五岳丈人儲福定命真君，傳記略云：姓甯，名封，與黄帝同時，帝從之問龍蹻飛行之道。本朝增崇祠典，與灊、廬皆有宫名，此獨號丈人觀。先是其徒以爲言，余爲請之朝……乃賜名會慶建福宫。」王象之輿地紀勝卷一五一：「（永康軍）丈人觀，在青城山，即建福宫也。」「建福宫，即丈人觀，乃甯真君道場也。在青城縣北二十里。上清宫記云：『昔甯封先生棲於此巖之上，黄帝師焉，乃築壇拜甯君爲五岳丈人。』」據本詩自注，乃知建福宫之名，乃石湖請於朝而賜之。

【箋注】

〔一〕「流金」句：范成大吴船録卷上：「夜有燈出四山，以千百數，謂之聖燈。聖燈所至，多有説者，不能堅决。或云古人所藏丹藥之光，或謂草木之靈者有光，或又以謂神龍山鬼所作。其深信者，則以爲仙聖之所設化也。」陸游宿上清宫：「金丹定解幽人意，散作山椒百炬紅。」自注：「夜中山谷火煜然，俗謂聖燈，意古藏丹所化也。」沈欽韓范石湖詩集注卷中引曹學佺蜀中名勝志：「丈人觀上有天池，夜則神燈飛行遍空。」

〔二〕「祇應」句：老宅，即老人村，方輿勝覽卷五五：「老人村在大面山之北，如秦人之桃源，昔人避難居其中，多享年壽，故名。或云：『潛夫張不群因入山採藥，浹旬不返，見一叟，致敬而問之。曰：「吾族本丞相范賢之裔。范公知李雄之祚不永，挈吾輩居此，爲終焉之計。」』圖經云：『即老澤也。』」曹學佺蜀中廣記卷六：「艾子云：『蜀青城山老人村有五世孫者，道極險遠，生不識鹽醯，而溪中枸杞根如龍蛇，飲其水故壽。』」龐眉，雙眉濃密，中間相通。李賀巴童答：「龐眉入苦吟。」王琦解：「又龐字一訓厚，一訓大，李義山作長吉小傳，謂長吉通眉，蓋其眉濃密，中間相通，不甚開豁。」

再題青城山

萬里清遊不暇慵，雙旌換得一枝笻。來從井絡直西路〔一〕，上到江源第一峰〔二〕。海内閒身輸我佚，山中佳氣爲人濃。題詩試刻巖前石，付與他年蘚暈重㊀。

【校記】

㊀蘚暈：原作「蘇暈」，富校：「『蘇』黄刻本作『蘚』，是。」叢書堂本亦作「蘚暈」，今據改。

【題解】

本詩作於淳熙四年（一一七七）六月，時離成都赴召，遊青城山，繼上詩再題一詩。

【箋注】

〔一〕井絡：左思蜀都賦：「岷山之精，上爲井絡。」劉逵注：「河圖括地象曰：『岷山之地，上爲井絡，帝以會昌，神以建福，上爲天井。』言岷山之地，上爲東井維絡；岷山之精，上爲天之井星也。」

〔二〕「上到」句：青城山爲岷山第一峰，岷山又爲大江之源，故云。沈欽韓范石湖詩集注卷中引杜光庭蜀紀：「岷山連峰接岫，千里不絶，青城乃其第一峰耳，高三千六百丈。」

玉華樓夜醮

青城觀殿前大樓，制作瑰麗，初夜有火炬出殿後峰上，羽衣云：「數年前曾一現。」已而如有風吹滅之，比同行諸官至，則無見矣。予默禱云：「此燈果爲我來者，當再明，使衆共觀之。」語訖復現。

丈人峰前山四周，中有五城十二樓〔一〕。玉華仙宮居上頭。紫雲澒洞千柱浮〔二〕，剛風八面寒颼飀〔三〕。靈君宴坐三千秋。蹻符飛行戲玄洲〔四〕。下睨濁世悲蜉蝣，桂旗偃蹇澹少休。知我萬里遥相投，暗蜩奏樂鏘鳴球〔五〕，浮黎空歌清夜遒〔六〕。參旗如虹欻下流，化爲神燈燭巖幽，火鈴洞赤凌空游。誰歟蔽虧黯然收？禱之復然爲我留。半生縛塵鷹在鞲，豈有骨相肩浮丘〔七〕？山英發光洗羈愁，行迷未遠夫何尤！笙簫上雲神欲遊㊀，揖我從之驂素虬。

【校記】

㈠神欲遊：活字本、叢書堂本、董鈔本、詩淵第三册第一六六二頁作「靈欲遊」。

【題解】

本詩作於淳熙四年（一一七七）六月，時自成都離蜀帥任赴召，登青城山，預玉華樓夜醮，賦詩記其盛。范成大吴船録卷上：「余將入山而敕書適至，乃作醮以祝聖謝恩。真君殿前有大樓，曰玉華，翬飛輪奂，極土木之勝。殿四壁，孫太古畫黄帝而下三十二仙真，筆法超妙，氣格清逸。此壁冠於西州。兩廡古畫尚多，半已剥落，惟張果老、孫思邈二像無恙。壬申，泊青城山。……因來名山禳祭。夜，道士就殿前作步虚儀，方升壇，有大炬出殿後巖上，色洞赤，周旋山頂，有頃滅變。同遊者疾趨來觀，則無有矣。余默請於丈人，此燈正爲僕出者，當復見。使諸人共觀之，語脱口，燈復出，分合眩轉，若經藏然。食頃乃没。觀人云：從來此峰無燈，四年前曾一見。今日山後老人村耆耋婦子輩，聞余至此，皆扶攜來觀。村去此不遠，但過數繩橋，俗稱其村曰獠澤，余以爲不雅馴，更名老宅。近來蹔酪路通，壽亦减。」

【箋注】

〔一〕五城十二樓：古代傳説神仙居住的地方，史記孝武本紀：「方士有言：『黄帝時爲五城十二樓，以候神人於執期，命曰迎年。』」李白經亂離後天恩流夜郎憶舊游書懷贈江夏韋太守良宰：「天上白玉京，十二樓五城。」

〔二〕須洞：形容浮雲相連不斷。賈誼旱雲賦：「運清濁之澒洞兮，正重沓而並起。」千柱浮：蘇軾廣州東莞縣資福禪寺羅漢閣記：「堂以是故，創作五百，大阿羅漢，嚴淨寶閣，涌地千柱，浮空三成，壯麗之極，實冠南越。」

〔三〕剛風：同罡風，見卷七古風上知府秘書二首「罡風」注。

〔四〕玄洲：神話中的地名，是虛構的仙境。東方朔十洲記載，大海中有玄洲。

〔五〕鳴球：尚書益稷：「戛擊鳴球，搏拊琴瑟。」孔傳：「球，玉磬。」

〔六〕浮黎：天國，在清微天宮。參見卷一六殘夜至峰頂上「浮黎音」注，石湖詩描寫浮黎天國所奏之樂。

〔七〕「豈有」句：浮丘，傳説中黄帝時仙人。郭璞遊仙詩其三：「左挹浮丘袖，右拍洪崖肩。」文選李善注：「列仙傳曰：浮丘公接王子喬以上嵩高山。」

上清宮 自青城登山，所謂最高峰也。

歷井捫參興未闌〔一〕，丹梯通處更躋攀。冥濛蜀道一雲氣，破碎岷山千髻鬟。但覺星辰垂地上，不知風雨滿人間。蝸牛兩角猶如夢，更説紛紛觸與蠻〔二〕。

【題解】

本詩作於淳熙四年(一一七七)六月,時離成都赴召。范成大吴船録卷上:「癸酉,自丈人觀西登山,五里至上清宫,在最高峰之頂,以板閣插石作堂殿,下視丈人峰,直堵墻耳。岷山數百峰,悉在欄檻之下,如翠浪起伏,勢皆東傾。一軒正對大面山。一上六十里,有夷坦曰芙蓉坪。道人於彼種芎,非留旬日不可登,且涉入夷界,雖羽衣輩亦罕到。雪山三峰,爛銀琢玉。闖出大面後,雪山在西域,去此不知幾千里,而了然可見之,則其峻極可知。上清之游,真天下偉觀哉!」王象之輿地紀勝卷一五一:「高臺山在丈人祠之西,晋朝立宫於上,即上清宫也,夜則神燈遍空。」陸游宿上清宫(劍南詩稿卷六):「九萬天衢浩浩風,此身真是一枯蓬。盤蔬采掇多靈藥,閣道攀躋出半空。累盡神仙端可致,心虚造化欲無功。金丹定解幽人意,散作山椒百炬紅。(夜中山谷火熠然,俗謂聖燈,意古藏丹所化也。)」陸詩作於淳熙元年,可供參考。

【箋注】

〔一〕歷井捫參:李白蜀道難:「捫參歷井仰脅息,以手撫膺坐長嘆。」井,井宿,在東;參,參宿,在西。

〔二〕「蝸牛」兩句:用莊子則陽於蝸角相爭之寓言。

最高峰望雪山

大面峰頭六月寒〔一〕，神燈收罷曉雲班。浮空忽涌三銀闕，云是西天雪嶺山〔二〕。

【題解】

本詩作於淳熙四年（一一七七）六月，時離成都赴召。雪山，岷山主峰。

【箋注】

〔一〕大面峰：范成大吴船録卷上：「岷山之最近者曰青城山，其尤大者曰大面山，大面山之後，皆西戎山也。」沈欽韓范石湖詩集注卷中引輿地紀勝：「大面山在三溪之北，前臨成都，衆峰攢秀，高七十二里。杜光庭記云：『前號青城，後曰大面，其實一也。』」

〔二〕「浮空」二句：此詩境與陸游登灌口廟東大樓觀岷江雪山「千年雪嶺欄邊出，萬里雲濤坐上浮」相彷彿。

范氏莊園

夕陽塵土漲郊墟，六六峰頭夢覺餘。〔一〕竹色唤人來下馬，亂蟬深處有圖書。

【題解】

本詩作於淳熙四年（一一七七）六月，時離成都赴召。范成大吴船録卷上：「甲戌，下山五里，復至丈人觀……乙亥，十五里發青城縣。」甲戌，即宿於青城范氏莊園。按，此詩，輿地紀勝卷一五一成都府及永康軍之「致爽軒」一欄引之，可知致爽軒即范氏莊園，故孫應時稱之爲「青城范氏致爽園」。石湖詩之下，又引陸游、劉焞、趙汝愚、孫應時等人之和韻詩。陸游之和詩云：「黄塵赤日汗沾裾，竹裏煎茶喜有餘。堪笑放翁窮意巧，就君池館讀君書。」此詩劍南詩稿失載，孔凡禮輯入陸游佚著輯存。劉焞和詩云：「團團竹色繞郊居，勾引清風百畝餘。憶昔敲門蘇内翰，而今下馬范中書。」趙汝愚和詩云：「濃陰夾道水流渠，吹盡殘花不復餘。惟有范家千畝竹，青青依舊色侵書。」趙汝愚於淳熙十二年十二月除知成都府，見錢大昕十駕齋養新録卷八「四川制置」條。則趙氏和詩爲後來所作。孫應時和詩云：「可人花木四時足，隨意園池百畝餘。正續岷山高士傳，不談天上故人書。」詩題爲青城范公致爽園用石湖韻。

【箋注】

〔一〕六六：即巫山，因巫山有三十六峰，韓駒念奴嬌（海天向晚）：「霧鬟風鬟何處問，雲雨巫山六六。」

青城縣何子方使君同年園池

榿塍芋壠意中行，浩蕩薰風不計程。雨脚背人歸玉壘，江聲隨馬入青城。五橋今日新知路，千佛當年舊綴名。水竹光中同一笑，丐君荷露濯塵纓。

【題解】

本詩作於淳熙四年（一一七七）六月，時離成都赴召。范成大吴船録卷上：「乙亥，十五里發青城縣，同年雅州守何正仲子方來見，招遊其群從園林。」

何同年書院 有丹竈甚雅。

竹色侵晚帙〔一〕，泉聲漱嵌根。試通丹竈路，應到老人村。

【題解】

本詩作於淳熙四年（一一七七）六月，時離成都赴召，參見上首「題解」。

【箋注】

〔一〕竹色侵晚帙：杜甫嚴鄭公宅同詠竹得香字：「色侵書帙晚。」蘇軾定風波元豐五年七月六日王文甫家飲釀白酒大醉集古句作墨竹詞：「秀色亂侵書帙晚。」

江源縣張季長正字家善頌堂

季長盡出先世所藏圖書，壁有趙清獻公爲令時題名。是日食新米，坐中皆贊喜，夏初嘗大旱也。

我窮江源來，名勝頗追逐〔一〕。薰風秀沃野，在處得奇矚。頌堂有佳士，文字照縑竹。圖書抱世守，古錦韜玉軸。黄金不滿籯，故園有喬木。逡巡酒如澠，霍霍具水陸。田頭新穀升，一飯香滿屋。回思閔雨時，敢望遽炊玉〔二〕。摩挲壁間題，明府遂州牧〔三〕。山高江水長，百世照尸祝。我來坐琴壇，琴壇在成都西園，清獻公彈琴宴坐處。覥汗愧前躅。空餘煙霞痼〔四〕，未許是公獨。請歌青城遊，或附耆舊録。

【題解】

本詩作於淳熙四年（一一七七）六月，時離成都赴召。范成大吳船録卷上：「丁丑，三十里早頓江源縣。前館職張縯季長招至曾祖所作善頌堂。季長之祖，與司馬温公、范太史同朝相善也。論新法不合，歸。二公作善頌堂詩以送之，使歸壽其親。詩卷皆存。壁有趙清獻公宰邑時題字。季長之族祖浩，藏仁宗御飛白書，山谷所跋者。其末句譽天地之高厚，贊日月之光華。『臣知其不能也』，今集中作『臣自知其不能也』，『自』字蓋後來所增，語意方全。山谷自稱『洪州分寧縣雙井里前史官臣黄庭堅』，蓋謫戎州時所跋。」江源縣，唐置唐隆縣，改唐安，宋改江源，亦名蜀州，今四川崇慶縣。元和郡縣圖志卷三一蜀州唐興縣：「武德元年於廢州置唐隆縣，屬益州，垂拱二年割入蜀州。先天元年以犯諱改爲唐安，至德二年改爲唐興縣。」王存元豐九域志卷七蜀州唐安郡縣五：（開寶四年，改唐興縣爲江源。）望，江源。張季長，即張縯，字季長，江源人。參卷一七張正字母夫人朱氏輓詞「題解」。張縯善詩文，與陸游多所唱酬，惜多散佚。著有中庸辨擇、陶靖節年譜辨正。石湖詩云「頌堂有佳士，文字照縑竹」，誠非虚言。石湖過其家時，正丁憂居家。趙清獻公，即趙抃（一〇〇八—一〇八四），字閱道，衢州西安人。景祐元年進士，官殿中侍御史，彈劾不避權貴，京師號曰「鐵面御史」，歷知杭州、青州、成都，參知政事，卒謚清獻。宋史卷三一六有傳。

【箋注】

〔一〕名勝：名流。世説新語文學：「宣武（桓温）集諸名勝講易，日説一卦。」

〔二〕炊玉：戰國策楚策三：「楚國之食貴於玉，薪貴於桂……今令臣食玉炊桂。」

〔三〕明府遂州牧：趙抃任江源縣令時有題字，後升爲遂州知州。

〔四〕煙霞痼：酷愛山水泉石之癖好。貫休别盧使君歸東陽之二：「難醫林藪煙霞癖。」

蜀州西湖

荷花正盛開。水月，登舟亭也。湖陰亭外別有白蓮，尤奇。蜀中無菱，至此始見之。

閒隨渠水來，偶到湖光裏。仍呼水月舟，徑度雲錦地。誰云不解飲，我已荷香醉。湖陰玉嬋娟，敻立紅粧外。何須東閣梅，悠然自詩思〔一〕。驚風入午暑，水竹有秋意。采菱不盈掬〔二〕，興與蓴鱸會〔三〕。遥知新津宿，魂夢亦清麗。

【題解】

本詩作於淳熙四年（一一七七）六月，時離成都赴召，游蜀州西湖，作詩紀遊。范成大吴船録卷上：「乙亥，十五里發青城縣。……丙子，二十里早頓周家莊……十里至蜀州。郡圃内西湖極廣袤，荷花正盛，呼湖船泛之，繫纜古木修竹間，景物甚野，爲西州勝處。……蜀中少菱芡，至此始見之。」沈欽韓范石湖詩集注卷中引名勝志：「西湖在郡圃，蓋皁江之水，皆導城中，環守之居，因瀦其餘以爲湖也。」

【箋注】

〔一〕「何須」二句：運化杜甫和裴迪登蜀州東亭送客逢早梅相憶見寄「東閣官梅動詩興，還如何遜在揚州」詩意。

〔二〕不盈掬：詩經小雅采緑：「終朝采緑，不盈一掬。」蘇軾周教授索枸杞因以詩贈録呈廣倅蕭大夫：「采之終日不盈掬。」

〔三〕興與蓴鱸會：用張翰蓴鱸之思典故。晉書張翰傳：「因見秋風起，乃思吴中菰菜、蓴羹、鱸魚膾，曰：『人生貴得適志，何能羈宦數千里以要名爵乎？』遂命駕而歸。」

新津道中

雨後郊原浄，村村各好音。宿雲浮竹色，清溜走榿陰。曲沼擎青蓋，新畦藝緑針。江天空闊處，不受暑光侵。

【題解】

本詩作於淳熙四年（一一七七），時離成都赴召。新津，縣名。王存元豐九域志卷九：蜀州，唐安郡，軍事。縣五：望，新津。太平寰宇記：「（蜀州）新津縣，東南七十三里，舊二十鄉。本漢犍爲郡武陽縣地。」范成大吴船録卷上：「丁丑，三十里，早頓江原縣。……四十里宿新津縣。成都及此郡送客畢會，邑中借居，僦舍皆滿，縣人以爲盛。」

次韻陸務觀編修新津遇雨，不得登修覺山，徑過眉州三絶

新津館舍，上漏下濕，送客皆不堪憂。修覺一望，人云可見劍門，杜子美所謂西川供客眼處。眉山城中，悉是污池。

送客多情難語離，僕夫無情車載脂。平生飄泊知何限，少似新津風雨時。

離合紛紛怕遠遊，遠遊仍怕賦登樓。何須一望三千里，望盡西州轉更愁。

雨後蓋頤山色開〔一〕，玻瓈江清已可杯〔二〕。緑荷紅芰香四合，又入芙蓉城裹來〔三〕。

【題解】

本詩作於淳熙四年（一一七七）六月，時離成都赴召。范成大吴船録卷上：「丁丑……四十里宿新津縣。成都及此郡送客畢會，邑中借居，僦舍皆滿，縣人以爲盛。」「己卯，大雨，不可登修覺。修覺者，新津縣對江一小山，上有絶勝亭，一望平野，可盡西川。杜子美所謂『西川供客眼，惟有此江郊』。是日霧雨昏昏，非遠望所宜，故不復登。」本詩之原唱陸游詩爲新津小宴之明日欲遊修覺寺以雨不果呈范舍人：「風雨長亭話别離，忍看清淚濕燕脂。酒光摇蕩歌雲暖，不似西樓夜宴時。」「新津渡頭船欲開，山亭準擬把離杯。不如意事十八九，正用此時風雨來。」按石湖詩意，陸

游此詩當爲三首，今僅存二首，佚一首。修覺寺，在新津縣修覺山上。鍾惺修覺山記：「早發新津……坐舟中，指江干削壁千仞，竹樹榱桷，出没晴嵐雪浪外者，異焉，問之則修覺山。」「決策登焉，所從徑，裒山石之複者爲磴，亂整枉直，各肖其理。登者屢憩，憩處每平。……度磴，去頂可四五之一，行住坐立，更端者數矣。其傍乃有石級齒齒，蜿蜒壁間者，往修覺寺道也。」

【箋注】

〔一〕蟇頤：山名，在眉州東七里。太平寰宇記卷七四：「（眉州）蟇頤山，在州東七里，形以蝦蟇頤。」蘇軾和子由踏青王十朋注：「次公曰：子由踏青詩序云：『眉之東門十數里，有山曰蟇頤，山上有亭榭松竹，山下臨大江。每正月人日，士女相與遊嬉飲酒於其上，謂之踏青也。』」

〔二〕玻璃江：范成大吴船録卷上：「眉州城外江，即玻璃江也。冬時水色如此，方夏，潦怒濤漲，皆黄流耳。」

〔三〕芙蓉城：歐陽修六一詩話：「曼卿卒後，其故人有見之者，云恍惚如夢中，言我今爲鬼仙也，所主芙蓉城，欲呼故人往遊，不得，忿然騎一素騾去如飛。」蘇軾芙蓉城并序：「世傳王迥子高與仙人周瑶英遊芙蓉城。元豐元年三月，余始識子高，問之信然，乃作此詩，極其情而歸之正，亦變風止乎禮義之意也。」詩首聯云：「芙蓉城中花冥冥，誰其主者石與丁。」石湖借此典，僅形容緑荷紅芰之勝境。

中巖

去眉州一程，諸詎羅尊者道場。相傳昔有天台僧，遇病僧與之木鑰匙云：「異時至眉州中巖，扣石笋，當再相見。」後果然。今三石屹立如樓，觀前兩樓純紫石，中一樓蘿蔓被之，傍有寶瓶峰甚端正。山半有喚魚潭，慈姥龍所居。世傳雁蕩大小龍湫亦諸詎羅道場，豈化人往來無常處耶？

赤巖倚岭嶙，翠邏森戍削㈠。岑蔚嵐氣重，稀間暑光薄。聊尋大士處，往扣洞門鑰。雙撐紫玉闕，中矗翠雲幄。應供華藏海，歸坐寶樓閣。無法可示人，但見雨花落。不知龍湫勝，何似魚潭樂？夜深山四來，人靜天一握。驚看松桂白㈡，月影到林壑。門前六月江，世界塵漠漠。寶瓶有甘露，一滴洗煩濁。捫天援斗杓，請爲諸君酌。

【校記】

㈠ 森戍削：活字本、董鈔本作「森成削」。

㈡ 松桂：活字本、董鈔本作「杯桂」。

【題解】

本詩作於淳熙四年（一一七七）六月。范成大吳船録卷上：「壬午，發眉州，六十里，午，至中巖，號西川林泉最佳處。相傳爲第五羅漢諾矩那道場，又爲慈姥龍所居。登岸即入山徑，半里，有喚魚潭，水出巖下，莫知淺深，是爲龍之窟宅。人拍手潭上，則群魚自巖下出，然莫敢玩。」諾矩羅尊者，即佛家「十六羅漢」中第五位的名字。我國現存「十六羅漢」名稱最爲完備、準確的内典，爲唐玄奘大師所釋的大阿羅漢難提密多羅所説法住記。雁蕩大小龍湫亦諾詎羅道場，元豐九域志卷五温州樂清縣，有雁蕩山，有瀑布大小龍湫，樓鑰大龍湫：「北上太行東禹穴，雁蕩山中最奇絶。龍湫一派天下無，萬口贊揚同一舌。」新定九域志卷五「温州」：「北雁蕩山，圖經云：『昔有高僧全了入山洞，見此山巖，云是第五羅漢諾矩羅尊者所居。』其山靈異，中有宋真宗皇帝所賜承天、靈岩兩寺額及太宗御書。」

慈姥巖與送客酌別，風雨大至，涼甚。諸賢用中巖韻各賦餞行詩，紛然擘牋。清飲終日，雖無絲竹管絃，而情味有餘

山靈知我厭塵土，喚起蟄雷鏖午暑。松風無力雨絲長，散作毵毵雪塵舞。巖前懸溜珠簾傾，安得吹來添玉觥？詩成酒盡腸亦斷〔一〕，休唤佳人唱渭城〔二〕。

【題解】

本詩作於淳熙四年（一一七七）六月，時離成都赴召。范成大吴船録卷上：「癸未，早食後，與送客出寺，至慈姥巖前，徘徊皆不忍分袂，復班荆，小飲巖下。須臾，風雨大至，巖溜垂下如布。雨映松竹，如玉塵散飛。諸賓各即席作詩，不覺日暮，遂皆不成行。下山，復入宿寺中。」「甲申，早出山，至江步，與送客先歸者别。」陸游送至慈姥巖，曾作酌别詩，已佚。

【箋注】

〔一〕「詩成」句：語出李商隱贈歌妓：「斷腸聲裏唱陽關。」宋畫家李公麟據王維詩意畫成陽關圖，黄庭堅題詩云：「畫出無聲亦斷腸」、「龍眠見出斷腸詩」。

〔二〕唱渭城：即唱渭城曲。王維送元二使安西：「渭城朝雨浥輕塵，客舍青青楊柳春。勸君更盡一杯酒，西出陽關無故人。」因首句有「渭城」二字，故此詩又名渭城曲，是著名的送别詩。

次韻陸務觀慈姥巖酌别二絶

送我彌旬未忍回，可憐蕭索把離杯。不辭更宿中巖下，投老餘年豈再來！

明朝真是送人行，從此關山隔故情。道義不磨雙鯉在，蜀江流水貫吴城。

【題解】

本詩作於淳熙四年（一一七七）六月，時離成都赴召。陸游之原唱詩，劍南詩稿失載。

次韻代答劉文潛司業二絶

平羌江上首空回〔一〕，慈姥巖前定把杯。縱使石腸都忘却〔二〕，也應風雨送愁來。

回廊月下短歌行，惟有知音解有情。一曲紅窗聲裏怨〔三〕，如今分作兩愁城。

【題解】

本詩作於淳熙四年（一一七七）六月，時離成都赴召。至眉州，郡人國子司業劉焞招集於起文堂，賦詩，石湖乃次其韻答之。范成大吴船録卷上：「庚辰，劉焞文潛招集於郡圃起文堂。……文潛，郡人也。」劉焞，字文潛，成都人，紹興二十一年，進士及第，乾道四年除校書郎，五年，以校書郎兼國史院編修官，七年，爲國子司業。劉焞，宋史、宋史翼無傳。于北山范成大年譜「淳熙四年」譜文云：「至眉州，郡人劉焞招集于郡圃起文堂。」並詳考劉焞仕履如下：陳騤南宋館閣録卷八：「劉焞，（乾道）四年十一月除（校書郎），六年六月爲著作佐郎。」又：「劉焞，（乾道）五年九月以校書郎兼（國史院編修官），六年六月爲著作佐郎，七年三月爲國子司業，并兼。」又：「劉焞，（乾道）六年四月，以校書郎兼（實録院檢討官），六月爲著作佐郎，七年三月爲國子司業，并兼。」卷七：

「劉焞，字文潛。成都人。趙逵榜（按，即紹興二十一年）進士及第，治春秋。（乾道）六年六月除（著作佐郎），七年三月爲國子司業。」又引宋會要輯稿職官二十八：「（乾道七年）三月八日，著作佐郎劉焞除國子司業兼太子侍讀。宰臣梁克家奏曰：『劉焞久在館閣，以拘資格，除郎不行，乞稍遷擢，以重宮僚之選。』上曰：『郎官外更有何官可遣？』虞允文奏曰：『國子司業見闕。緣隆興併省指揮，不許添與祭酒並除。』上曰：『司業乃祭酒之貳，並置何妨？可特除國子司業。』」又王質稱其『言語約而肅』，見雪山集卷八與周樞密益公書。」

【箋注】

〔一〕平羌江：又名平羌水、青衣水。唐宋時代四川嘉州有平羌縣，以水得名。李白峨眉山月歌：「峨眉山月半輪秋，影入平羌江水流。」元和郡縣圖志卷三一「嘉州」：「平羌縣，因境内平羌水得名。」同書卷三二「眉州」有洪雅縣，「青衣水，一名平羌水，經縣南一里」。元豐九域志卷七嘉州：「熙寧五年，省平羌縣爲鎮，入龍游。」

〔二〕石腸：爲鐵腸石心的省稱。皮日休桃花賦序：「余嘗慕宋廣平（璟）之爲相，貞姿勁質，剛態毅狀，疑其鐵腸石心，不解吐婉媚辭。」

〔三〕紅窗：宋時有詞牌紅窗睡，柳永、晏殊均曾填此詞。

玻璃江一首戲效陸務觀作

玻璃江頭春淥深，別時沄沄流到今。衹言日遠易排遣，不道相思翻苦心。烏頭可白我可去，菖花易青君易尋。人生若未免離别，不如碌碌無知音。

【題解】

本詩作於淳熙四年（一一七七）六月，時離成都赴召。范成大吴船録卷上：「午後，至眉州城外江，即玻璃江也。冬時，水色如是，方夏，潦怒濤漲，皆黄流耳。」蘇軾和子由踏青王十朋注：「次公曰：子由踏青詩序云：眉之東門十數里，有山曰蟇頤，山上有亭榭松竹，山下臨大江。」按，此江即玻璃江。沈欽韓注引明統志：「蟇頤山在眉州城東七里，玻璃江在山下，即岷江也。一名蟇頤津。」題云「戲效陸務觀作」，指陸游作於淳熙元年之戲咏西州風土，詩云：「衍沃綿千里，融和被四時。蠶叢角歌吹，石室盛書詩。緑樹藏漁市，清江遶佛祠。吾行更堪樂，載酒上蟇頤。」陸游詩之地望、景物，與玻璃江合。而范成大的戲效詩，已多出許多離别之感慨。

余與陸務觀自聖政所分袂，每别輒五年，離合又常以六月，似有數者。中巖送别，至揮淚失聲，留此爲贈

宦途流轉幾沉浮，鷄黍何年共一丘〔一〕。動輒五年遲遠信，常於三伏話羈愁〔二〕。月生後夜天應老，淚落中巖水不流。一語相開仍自解，除書聞已趣刀頭〔三〕。

【題解】本詩作於淳熙四年（一一七七）六月，時離成都赴召。范成大吴船録卷上對此次離别，有詳細記載：「癸未，早食後，與送客出寺，至慈姥巖前，徘徊皆不忍分袂，復班荆，小飲巖下。須臾，風雨大至，巖溜垂下如布。雨映松竹，如玉塵散飛。諸賓客各即席作詩，不覺日暮，遂皆不成行。下山，復入宿寺中。」「甲申，早出山，至江步，與送客先歸者别。」陸游亦在衆送客中。「聖政所分袂」，陸游與范成大隆興元年同在聖政所任職。陸游入蜀記卷一：「（乾道六年六月）二十八日……奉使金國起居郎范至能至山，遣人相招食於玉鑑堂。至能名成大，聖政時同官。」但兩人任職時間有差别。歐小牧陸游年譜「紹興三十二年」譜文云：「九月，孝宗即位，遷樞密院編修官，時始置編類太上皇帝聖政所，妙選時彦，乃以先生兼聖政所檢討官。」同書「隆興元年」譜文云：「五

月癸巳，先生由樞密院編修官出判鎮江府。」孔凡禮范成大年譜「隆興元年」譜文云：「四月，爲編類高宗聖政所檢討官，與陸游、陳居仁同官。」則范成大與陸游在聖政所同官的時間僅一兩個月。陸游離開聖政所，與范成大分袂，恰在隆興元年五六月間。「每别輒五年」，這只是約數，並不確切。范、陸聖政所分袂，時在隆興元年，至鎮江見面，時在乾道六年，則相别已有八年。陸游入蜀記卷一：「至能名成大，聖政所同官，相别八年。」乾道六年鎮江會面後，至淳熙二年在成都見面，爲五年。石湖以第二次分别五年，來概稱「每别輒五年」。「離合又常以六月」，范、陸兩人在聖政所分袂，恰在隆興元年六月，陸游通判鎮江的任命，雖在五月癸巳，但離開臨安已在六月。范、陸兩人在鎮江的相會、分袂，也恰在乾道六年六月，入蜀記有明確的記載。范、陸兩人在成都重新會合，正好在淳熙二年六月，淳熙四年在眉州中巖的分離，也在六月。所以，石湖要説「似有數者」。

【箋注】

〔一〕一丘：漢書敍傳上：「漁釣於一壑，則萬物不奸其志；栖遲於一丘，則天下不易其樂。」

〔二〕三伏：韓鄂歲華紀麗卷二「熱」條云：「夏侯湛作大暑賦，云：三伏相仍，徂暑彤彤。上無纖雲，下無微風。」顧禄清嘉録卷六「三伏天」：「從夏至日起，第三庚爲初伏，第四庚爲中伏，立秋後初庚爲末伏，謂之三伏天。」

〔三〕「除書」句：意謂已聞除書召君還朝。刀頭有環，環與還諧音，人們常以刀頭寓歸還之意。

錢起送崔校書從軍：「別馬連嘶出御溝，家人幾夜望刀頭。」

萬景樓

在漢嘉城中山上，登覽勝絶，殆冠西州，予令畫工作圖以歸。山谷來遊時，但有安樂園，未有此樓也。

左披九頂雲〔一〕，右送大峨月。殘山剩水不知數，一一當樓供勝絶。玻璃濯錦遥相通，指麾大渡來朝宗〔二〕。川靈胥命各東去，我亦順流呼短篷。詩無傑語慚風物，賴有丹青傳小筆〔三〕。仍添書客倚闌看㊀，令與山川相暎發。龍鸞歸路繞烏尤〔四〕，棟雲簾雨邀人留。若爲喚得涪翁起，題作西南第一樓〔五〕。

【校記】

㊀書客：原作「詩客」，活字本、叢書堂本、董鈔本、詩淵第四册第三〇三二頁作「書客」，今據改。

【題解】

本詩作於淳熙四年（一一七七）六月，時離成都赴召，至嘉州，遊萬景樓，乃作詩紀遊。范成大吴船録卷上：「（六月）丙戌，泊嘉州，遊萬景樓，在州城傍高丘之上，漢嘉登臨山水之勝，既豪西州，而萬景所見，又甲於一郡。其前大江之所經，犍爲、戎、瀘，遠山縹緲明滅，煙雲無際。右列三峨，左横九頂，殘山剩水，間見錯出。萬景之名，真不濫吹。予詩蓋題爲西南第一樓也。」「樓前百餘步，有古安樂園，山谷常遊之，名軒曰涪翁，壁間題字猶存，云『見水繞烏尤』，惟此亭耳。是時未有萬景，故山谷以安樂園爲勝，今不足道矣。」

【箋注】

〔一〕九頂：嘉州淩雲山，有九山頂，故名。范成大吴船録卷上：「乙酉，泊嘉州，渡江遊淩雲，在城對岸，山不甚高，綿延有九山頭，故又名九頂，舊名青衣山。青衣，蠶叢氏之神也。」

〔二〕大渡：即大渡河，岷江支流，古稱大渡水，即濛水。至樂山縣，會合青衣水，入岷江。酈道元水經注卷三三江水一：「縣南有峨眉山，有濛水，即大渡水也。水發蒙溪，東南流，與涐水合。……從水我聲，南至南安，入大渡水，大渡水又東入江。」

〔三〕小筆：題下自注：「予令畫工作圖以歸。」本句謂畫工善小筆。小筆，繪畫中的筆法技巧，筆觸細緻，與闊筆相對。郭若虚圖畫見聞志卷二：「禪月大師貫休，婺州蘭溪人，道行文章外，尤工小筆。」歐陽炯蜀八卦殿壁畫奇異記：「爾（指黄筌）小筆精妙。」近人黄賓虹論畫絶句：「唐人小筆宋闊筆，松雪實兼二者長。」孔壽山唐朝題畫詩注（鄭谷予嘗有雪景一絶爲人所諷吟段贊善小筆精微忽爲圖畫以詩謝之注，四川美術出版社一九八五年版）以爲「小筆，即小品」，實非是。

〔四〕龍彎：沈欽韓范石湖詩集注卷中：「明統志：九龍山在州治東北，臨大江之左，右崖上，舊刻九龍形。按，寰宇記：嘉州龍游縣，隋伐陳，有龍見於江引軍，因而改名。所謂龍彎，殆指此。」烏尤：即烏尤峰，范成大吴郡志卷上：「九頂之傍，有烏尤一峰，小江水繞之，如巧畫之圖。」沈欽韓范石湖詩集注卷中引輿地紀勝：「烏尤山一名離堆山，九頂山之左，舊名烏牛，突然水中，作犀牛狀，至黄山谷題涪翁亭，始謂之烏尤，又名烏龍。」

〔五〕「若爲」二句：涪翁，黄庭堅曾貶爲涪州别駕，因自號「涪翁」。黄庭堅善書法，石湖故欲喚取山谷來，爲萬景樓題寫「西南第一樓」匾。

凌雲九頂

即大石佛處。初登山時，巖壁上悉劖爲小佛，不知其數。山前佛頭灘受雅江之衝，最爲艱險。

聊爲東坡載酒遊，萬龕迎我到峰頭。江摇九頂風雷過，雲抹三峨日夜浮〔一〕。古佛臨流都坐斷，行人識路亦歸休。酣酣午枕眠方丈，一笑閒身始自由。

【題解】本詩作於淳熙四年（一一七七）六月，時離成都赴召，登凌雲九頂，作本詩紀遊。范成大吴船録卷上：「（六月）乙酉，泊嘉州，渡江遊凌雲。」參見萬景樓注〔一〕。又云：「躋石磴，登凌雲寺，寺有天寧閣，即大像所在。嘉爲衆水所會，導江、沫水與岷江皆合於山下，南流以下犍爲，沫水合大渡河，由雅州而來，直擣山壁，灘瀧險惡，號舟檝至危之地。唐開元中，浮屠海通始鑿山爲彌勒佛像以鎮之，高三百六十尺，頂圍十丈，目廣二丈，爲樓十三層，自頭面以及其足，極天下佛像之大，兩耳猶以木爲之。佛足去江數步，驚濤怒號，洶涌過前，不可安立正視，今謂之佛頭灘。佛閣正面三峨，餘三面皆佳山，衆江錯流諸山間，登臨之勝，自西州來始見於此耳。東坡詩『但願身爲漢嘉守，載酒常作淩雲遊』，後人取其語，作載酒亭於山上。」

【箋注】

〔一〕三峨：指大峨、中峨、小峨。范成大吴船録卷上：「泊嘉州，遣近送人馬，歸者十九，留家嘉州岸下，單騎入峨眉，有三山爲一列，曰大峨、中峨、小峨。中峨、小峨昔傳有遊者，今不復有路。惟大峨一山，其高摩霄，爲佛書所記普賢大士示現之所。」

戲題方響洞

漢嘉廣福院中水洞，有聲琅然，莫知其所在。舊名丁東水，山谷易今名，且題詩云：「古人名此丁東水，自古丁東直至今。我爲改爲方響洞，要知山水有清音。」

隔凡冰澗不可越，衆真微步壺中月〔一〕。徒倚含風玉珮聲，何須聽作蕤賓鐵〔二〕。

【題解】

本詩作於淳熙四年（一一七七）六月，時離成都赴召。泊嘉州，游方響洞，戲題一絶。范成大吴船録卷上：「（六月）丙戌，泊嘉州。……下山入小巷，至廣福院，中有水洞，静聽洞中，時有金玉聲，琅然清越，不知水滴何許作此聲也。舊名東丁水（按，詩作丁東水），寺亦因名東丁院，山谷更名方響洞，題詩云（略）。」

【箋注】

〔一〕壺中月：雲笈七籤卷二八引雲臺治中録：「施存，魯人，夫子弟子，學大丹之道三百年，十鍊不成，唯得變化之術。後遇張申，爲雲臺治官，常懸一壺如五升器大，變化爲天地，中有日月如世間。夜宿其内，自號壺天，人謂曰壺公。」

〔二〕「何須」句：蕤賓，古樂十二律之一，禮記月令仲夏之月：「其音徵，律中蕤賓。」蕤賓鐵，段安節樂府雜録琵琶：「（廉）郊嘗宿平泉别墅，值風清月朗，攜琵琶池上彈蕤賓調，忽聞芰荷間有物跳躍之聲，必謂是魚。及彈别調，即無所聞。復彈舊調，依舊有聲。遂加意朗彈，忽有一物鏘然躍出池岸之上，視乃方響一片，蓋蕤賓鐵也。以指撥精妙，律吕相應也。」

問月堂酌别

半明燈火話悲酸，此會情知後會難。四海宦遊多聚散，一生情事足悲歡。鬢絲今夜不多黑，酒量徹明無數寬。醉夢登舟都不記，但聞風雨滿江寒。

【題解】

本詩作於淳熙四年（一一七七）六月。於嘉州之問月堂，與送別者酌別，有感而作本詩。范成大吳船録卷上：「（嘉州）行館之側曰問月堂，雖久不葺，然月正出前簷，名不虛得。」

別後寄題漢嘉月榭

陸務觀所作。同年，謂王子蒼。萬景，嘉州酒名。湖亭，明月湖也，在州治前。方作旗亭月榭，正直大峨，取太白峨眉山月之語以名。傍有一巖，景趣尤佳，子蒼欲作樓未果。

隱吏詩情卜築幽，同年惜別勸淹留。試傾萬景湖亭酒，來看半輪江月秋〔一〕。川路雖長猶共此，夜船空載且歸休。碧巖勝處頻回首，好事誰能更小樓。

【題解】

本詩作於淳熙四年（一一七七）七月初五日，時離成都赴召，在嘉州，嘉守王亢留看陸游所作月榭，別後寄本詩題詠之。漢嘉，即嘉州。李吉甫元和郡縣圖志卷三二「劍南道上」：「嘉州，禹貢梁州之域。秦爲蜀郡。今州即漢犍爲郡之南安縣地也，後夷獠所侵。梁武陵王蕭紀開通外徼，立青州，遥取漢青衣縣以爲名也。周宣帝二年，改爲嘉州。按州境近漢之漢嘉舊縣，因名焉。」月榭，陸游所建，陸游刻石跋二賢像（渭南文集卷二六），署款云：「乾道九年九月既望，刻石置漢嘉月榭上，山陰陸某識。」王子蒼，即王亢，淳熙四年，正任嘉州守。范成大吴船録卷上：「（七月）壬寅，將解纜，嘉守王亢子蒼，留看月榭，前權守陸游務觀所作，正對大峨，取李太白『峨眉山月半輪秋，影入平羌江水流』之句，郡治乃在山坡上。」王亢與范石湖同在紹興二十四年舉進士，故云「同年」，詩云：「同年惜别勸淹留。」

【箋注】

〔一〕「來看」句：李白峨眉山月歌：「峨眉山月半輪秋，影入平羌江水流。」本句即自李白詩化出。

過燕渡望大峨，有白氣如層樓，拔起叢雲中

園野千山暑氣昏，大峨煙靄亦繽紛。玉峰忽起三千丈，應是兜羅世界雲。

【題解】

本詩作於淳熙四年（一一七七）六月，時離成都赴召，過燕渡，望大峨山，作詩寫景。

蘇稽鎮客舍

送客都回我獨前，何人開此竹間軒？灘聲悲壯夜蟬咽，併入小窗供不眠！

【題解】本詩作於淳熙四年（一一七七）六月，時離成都赴召，過嘉州蘇稽鎮，有感而作本詩。范成大吴船録卷上：「過渡，宿蘇稽鎮。（六月）壬辰，早發蘇稽，午過符文鎮。」蘇稽鎮，在嘉州龍游縣。李吉甫元和郡縣圖志卷三一嘉州龍游縣：「蘇稽戍，在縣西南三十里。」王存元豐九域志卷七嘉州龍游縣有符文、蘇稽、安國、平羌四鎮。

峨眉縣

縣出符文布，婦女人人績麻，且行且觀。田家束蒿然於門口爲香氣，以迎客。

窮鄉未省識旌旄，鷄犬歡呼巷陌騷。村媪聚觀行績布，野翁迎拜跽然蒿。泉清土沃稻芒蚤，縣古林深槐癭高。珍重里儒來獻頌，盛言千載此丘遭〔一〕。

【題解】本詩作於淳熙四年（一一七七）六月。時離成都赴召，經嘉州龍游縣符文鎮，村婦聚觀於道，村翁燃蒿迎拜，有感而賦詩，記民俗風情之淳樸純真。范成大吴船録卷上：「（六月）壬辰，早發蘇稽，午過符文鎮，兩鎮市井繁遝，類壯縣。符文出布，村婦聚觀於道，皆行而績麻，無索手者。民皆束艾蒿於門，燃之發煙，意者熏祓穢氣，以爲候迎之禮。午後至峨眉縣宿。」李吉甫元和郡縣圖志卷三一劍南道嘉州：「（峨眉縣）枕峨眉山東麓，故以爲名，屬嘉州。隋大業三年割入眉州，皇朝武德元年，又屬嘉州。」王存元豐九域志卷七成都府路：嘉州縣五：峨眉，有峨眉山、大渡河。

【箋注】

〔一〕此丘遭：語出柳宗元鈷鉧潭西小丘記：「是其果有遭乎？書於石，所以賀兹丘之遭也。」辛棄疾鷓鴣天過峽石用韻答吴子似「新詞空賀此丘遭」，亦用其語。

初入大峨

煙霞沉痼不須醫，此去真同汗漫期。曾款上清臨大面，仍從太白問峨眉。山中緣法如今熟，世上功名自古癡。賸作畫圖歸挂壁，他年猶欲卧遊之〔一〕。

【題解】

本詩作於淳熙四年（一一七七）六月。時離成都赴召，經嘉州，遊大峨山，作本詩以紀遊。大峨，即大峨山，范成大吴船録卷上：「（六月）丁亥、戊子、己丑、庚寅、辛卯泊嘉州……單騎入峨眉，有三山爲一列……惟大峨一山，其高摩霄，爲佛書所記普賢大士示現之所。」黃震黃氏日鈔卷六七：「（沫水）由雅州來，渡雅州江，爲大峨山，佛書所謂普賢示現處。去平地百里，盛夏擁重裘，大峨峰頂，天下絕觀。」李吉甫元和郡縣圖志卷三一劍南道上成都府嘉州峨眉縣：「峨眉大山，在縣西七里。蜀都賦云：『抗峨眉於重阻。』兩山相對，望之如峨眉，故名。」

【箋注】

〔一〕「賸作」二句：意謂真該將山景畫成畫幅，歸家掛在壁上，他年可以觀賞，以作「卧遊」之具。賸，真也，張相詩詞曲語辭匯釋卷二：「賸，甚辭，猶真也；儘也；頗也；多也。」卧遊，欣賞山水畫以代遊覽，宋書宗炳傳：「有疾還江陵，歎曰：『老疾俱至，名山恐難徧睹，唯當澄懷觀道，卧以游之。』凡所游履，皆圖之於室。」

華巖寺

衆峰攢壁立，中有路一綫。攀援白雲梯，食頃已天半。我本紫芝曲，誤落青芻棧。向來脱新羈，恍已還舊觀。花煙辭少城，暑雪對大面。來從太白西，更走三峨徧。風生兩腋輕〔一〕，泉吼四山眩。今晨第一程，莫歎輿僕倦。

【題解】本詩作於淳熙四年（一一七七）六月時離成都赴召，在嘉州峨眉縣游華嚴寺，賦詩紀游。范成大吴船録卷上：「（六月）癸巳，發峨眉縣，出西門，登山，過慈福、普安二院，白水莊，蜀村店，十二里龍神堂，自是硐谷春淙，林樾雄深，小憇華嚴院。」沈欽韓范石湖詩集注卷中引輿地紀勝云：「自峨眉縣勝峰門出，歷石魚橋、山門路、黑水、白水莊、彼岸橋、天公龍神堂，妙峰閣、亂石溪、游仙橋、千人洞、清風峽至華嚴寺。」

【箋注】

〔一〕風生兩腋：盧仝走筆謝孟諫議寄新茶：「七碗吃不得也，唯覺兩腋習習清風生。」

中峰

有普賢閣，背倚白崖峰，餘七十峰共環之。茂真尊者舊庵在峰下，其傍一峰最秀，號呼應，孫思邈所往來，傳云茂真與孫常相呼而應，故名。

凌高蹋危峰，斗下頫幽谷〔一〕。仙英馥椒蘭，嘉蔭矗旄纛。空翠元不雨〔二〕，洩雲自膏沐。暑綌森有稜，瘁肌凄欲粟。白崖如負依，金界奠蒼麓。衆峰拱一八，娟妙繞重屋。真人與尊者，幽居接松竹。呼之儻肯應，留我試餐玉。

【題解】

本詩作於淳熙四年(一一七七)六月。時離成都赴召,經峨眉縣,游中峰,賦本詩紀游。中峰,即中峰院。范成大吴船録卷上:「小悊華嚴院,過青竹橋、峨眉新觀、路口、梅樹椏、兩龍堂,至中峰院,院有普賢閣,回環十七峰繞之。背倚白崖峰,右傍最高而峻挺者,曰呼應峰。下有茂真尊者庵,人迹罕至。孫思邈隱於峨眉,茂真在時,常與孫相呼,相應於此云。」

【箋注】

〔一〕頫:同「俯」,低頭看。司馬相如上林賦:「頫杳眇而無見,仰攀橑而捫天。」李善注引聲類:「頫,古文『俯』字。」

〔二〕「空翠」句:源出王維闕題:「山路元無雨,空翠濕人衣。」

雙溪

在白水寺前,兩溪各自一山來,齊出橋下,前行入林數十步,合爲一水,泂而深潭,以入寶現溪。僧云:「此景猶在廬山、三峽、雁蕩龍湫之上。溪中舊常有兩石子門,日照溪中,常有五色光相。」

冷風騷騷木葉飫,洞淵阻深生怪奇。碧琳雙澗黑無底,中有玉龍相對飛。雷轟雪捲入林樾,化爲一龍潭底没。摩尼門罷四山空,時有寶光巖下發〔一〕。

【題解】

本詩作於淳熙四年（一一七七）六月，時離成都赴召，經嘉州，游峨眉山，至雙溪，作本詩紀游。范成大吴船録卷上：「（六月）癸巳，發峨眉縣出西門……出院（中峰院），過樟木、牛心二嶺，及牛心院路口，至雙溪橋，亂山如屏簇，有兩山相對，各有一溪出焉，並流至橋下，石塹深數十丈，窈然沉碧，飛湍噴雪，奔出橋外，則入岑蔚中。可數十步，兩溪合爲一，以投大壑，淵渟凝湛，散爲溪灘。灘中悉是五色及白質青章石子，水色麴塵，與石色相得，如鋪翠錦，非摹寫可具，朝日照之，則有光彩發溪上，倒射巖壑，相傳以爲大士小現也。」

【箋注】

〔一〕「摩尼」二句：摩尼，佛家寶珠名，涅盤經卷九：「是故知大乘方等微妙經典，必定清淨，如摩尼珠，投之濁水，水即爲清。」此二句與題下自注「溪中舊常有兩石子門」相參照，可知石湖乃以「摩尼珠」喻溪中之石子。

寶現溪

雙溪合而一，既出巖竇，散爲此溪叢。三藏自西域歸，過溪見兩石子門，攬得其一，今藏黑水寺。石上有一目，端正透底，溪以此得名。

粲粲罨畫沙〔一〕，鱗鱗麴塵水〔二〕。朝陽相發揮，光景艷孔翠。寧聞雙溪號，但見縠紋細。神魚不謀食，終日印潭底。躍珠本具眼，聊共阿師戲。收藏更傳寶，一笑落第二。

【題解】

本詩作於淳熙四年（一一七七）六月，時離成都赴召，過峨眉縣，游中峰院、雙溪橋、寶現溪，賦詩紀游。范成大吳船録卷上：「牛心寺三藏師繼業，自西域歸，過此，將開山，兩石門溪上，攬得其一，上有一目，端正透底，以爲寶瑞，至今藏寺中，此水遂名寶現溪。」

【箋注】

〔一〕罨畫：即生色畫，彩色畫。高似孫緯略卷七：「墨客揮犀曰：『罨畫，今之生色也。』余嘗謂五采彰施於五服，此固生色之始也。」李賀秦宮詩：「内屋深屏生色畫。」王琦解：「謂畫之鮮明，色像如生者。」

〔二〕麴塵水：麴塵，酒曲上所生菌，此指如麴塵般之淡黄色。吳船録卷上記雙溪橋處「水色麴塵」，參雙溪「題解」。白居易春江閑步贈張山人：「江景又妍和，牽愁發浩歌。晴砂金屑色，春水麴塵波。」

點心山 在白水寺後，自此登峰頂。

入山窘宿雨，上山賀朝霽。跬步便歷險〔一〕，轉盼已呀氣。豈惟膝點心，固已頭搶地。游人貪勝踐，姑吟蜀道易〔二〕。

【題解】

本詩作於淳熙四年（一一七七）六月，時離成都赴召，經峨眉縣，游大峨山，經點心山，賦本詩紀游。范成大吴船録卷上：「（六月）甲午，宿白水寺。……出白水寺側門，便登點心山，言峻甚，足膝點於心胸云。過茅亭觜、石子雷、大小深坑、駱駝嶺、簇店，凡言店者，當道板屋一間，將有登山客，則寺僧先遣人煮湯於店，以俟蒸炊。」

【箋注】

〔一〕跬步：半步，大戴禮勸學：「是故不積跬步，無以致千里。」揚子方言：「半步爲跬。」玉篇：「舉一足也。」

〔二〕「姑吟」句：樂府詩集卷四〇梁簡文帝蜀道難二首題解引尚書談録曰：「李白作蜀道難，以罪嚴武。後陸暢謁韋南康皋於蜀郡，感韋之遇，遂反其詞作蜀道易云：『蜀道易，易於履平地。』」

大扶搒

身如魚躍上長竿，路似鏡中相對看。珍重山丁扶我過，人間踽踽獨行難。

【題解】

本詩作於淳熙四年（一一七七）六月。時離成都赴召，經峨眉縣，游大峨山，過點心山、大小扶搒，賦詩紀游。范成大吴船録卷上：「（六月）甲午宿白水寺。……又過峰門、羅漢店、大小扶搒、錯喜歡、木皮里、胡孫梯、雷洞平，凡言平者，差可以托足之處也。」

小扶搒

食時方了大扶搒，前逢仄徑仍崎嶇。懸崖破棧不可玩，輿丁挾我如騰狙。平生行路險艱足，如今雪鬢應難緑。却憐苔髮鎮長青，千古毿毿挂高木㊀〔一〕。

【校記】

㊀ 毿毿：活字本，叢書堂本、董鈔本、詩淵第二册第一三三二頁均作「髿髿」，二者同。

【題解】

本詩作年與上首同，參見大扶搒「題解」。

【箋注】

〔一〕「却憐」二句：范成大吴船録卷上：「山（大峨山）高多風，木不能長，枝悉下垂，古苔如亂髮，鬖鬖挂木上，垂至地，長數丈。」

胡孫梯　峽山有胡孫愁，予常過之。

木磴鱗鱗滑帶泥，微生欹側寄枯藜。胡孫愁處我猶過，箇裏如今幸有梯。

【題解】

本詩作年與大扶搿同。胡孫愁，在峽山，石湖自桂林赴蜀帥途中，曾游胡孫愁，有詩紀游，見卷一六胡孫愁。胡孫梯，在大峨山，見大扶搿【題解】。

雷洞平　七十二洞皆在道傍，大旱有禱，投香花不應，即以大石或死彘及婦人弊履投而觸之，雷雨即至。

行人魄動風森森，兩崖奔黑愁太陰。不知七十二洞處，側足下窺雲海深。聞有神龍依佛住，棖觸須臾召雷雨。兩川稻熟須好晴，我亦閒游神勿驚。

【題解】本詩作於淳熙四年（一一七七）六月。時離成都赴召，經峨眉縣，遊大峨山，過雷洞平，賦詩紀游。范成大吴船録卷上：「（六月）甲午，宿白水寺。……雷洞者，路在深崖，萬仞蹬道，缺處則下瞰沉黑若洞然。相傳下有淵水，神龍所居，凡七十二洞，歲旱則禱於第三洞，初投香幣，不應，則投死彘及婦人弊履之類，以振觸之，往往雷風暴發。峰頂光明巖上，所謂兜羅綿雲，亦多出於此洞。」

八十四盤

冥鴻無伴鶴孤飛，回首塵籠一笑嬉。八十四盤新拄杖，萬三千乘舊牙旗。石梯碧滑雲生後，木葉紅斑雪霽時。説與同行莫惆悵，人間捷徑轉嶔巇。

【題解】本詩作於淳熙四年（一一七七）六月。時離成都赴召，經峨眉縣，游大峨山，過八十四盤，娑羅平，賦詩紀游。范成大吴船録卷上：「（六月）甲午，宿白水寺。……過新店、八十四盤、娑羅平。娑羅者，其木葉如海桐，又似楊梅，花紅白色，春夏間開，惟此山有之。初登山半即見之，至此滿山皆是。大抵大峨之上，凡草木禽蟲，悉非世間所有，昔固傳聞，今親驗之。余來以季夏，數日前，雪大降，木葉猶有雪漬斕斑之跡。草木之異，有如八仙而深紫，有如牽牛而大數倍，有如蓼而淺青。

聞春時異花尤多，但是時山寒，人鮮能識之。草葉之異者，亦不可勝數。」

娑羅平㊀

仙聖飛行此是家，路逢真境但驚呀。神農嘗外盡靈藥〔一〕，天女散餘多異花。嵐雨逼衣寒似鐵，冰泉炊米硬於沙。峰頭事事殊塵世，缺甃跳梁笑井蛙。

【校記】

㊀娑羅平：原作「婆羅平」，諸本同。范成大吴船録卷上：「過新店、八十四盤、娑羅平。」富校：「沈注云：『「婆」當作「娑」。過天門以外爲娑羅坪。娑羅其葉色青。』」今據改。

【題解】

本詩作年同上首，參見上首「題解」。

【箋注】

〔一〕「神農」句：藝文類聚卷一一帝王部「神農氏」引賈誼書曰：「神農以爲走禽難以久養民，乃求可食之物，嘗百草，察實鹹苦之味，教民食穀。」

思佛亭曉望

栗烈剛風刮病眸，登臨何啻緩千憂。界天暑雪青城外，涌地晴雲瓦屋頭。浩蕩他年誇北客，蒼茫何處認西州？千巖萬壑須尋徧，身是江湖不繫舟。

【題解】本詩作於淳熙四年（一一七七）六月。時離成都赴召，經峨眉縣，游大峨山，登思佛亭，賦本詩寫景。思佛亭，在娑羅平之上，近峰頂光相寺。范成大吳船録卷上：「（六月）甲午，宿白水寺。……自娑羅平過思佛亭、輭草平、洗脚溪，遂極峰頂光相寺。」

光相寺

峰頂四時如大冬，芳花芳草春自融。苔痕新晞六月雪，木勢舊偃千年風。雲物爲人布世界，日輪同我行虛空。浮生元自有超脱，地上可憐悲攓蓬〔一〕。

【題解】本詩作於淳熙四年（一一七七）六月。時離成都赴召，經峨眉縣，游大峨山，達光相寺，乃賦詩紀游。范成大吴船録卷上：「自娑羅平過思佛亭、軟草平、洗脚溪，遂極峰頂光相寺，亦板屋數十間，無人居。中間有普賢小殿。以卯初登山，至此已申後，初衣暑綌，漸高漸寒，到八十四盤，則驟寒，比及山頂，亟挾纊兩重，又加毳衲駝茸之裘，盡衣笥中所藏，繫重巾，躡氈靴，猶凛懔不自持。則熾炭擁爐危坐。山頂有泉，煮米不成飯，但碎如砂粒。萬古冰雪之汁，不能熟物，余前知之。自山下攜水一缶來，財自足也。」

【箋注】

〔一〕攓蓬：語出莊子至樂：「列子行，食於道從，見百歲髑髏，攓蓬而指之。」郭慶藩莊子集釋：「案，攓，正字作攐，説文：攐，拔取也。攓爲攐之借字，故司馬訓爲拔也。亦通作搴，離騷朝搴阰之木蘭。」

七寶巖

大峨絶頂，白水寺已在山半，由白水陡上至巖，又六十里。

天如碧玉甌，下覆白玉盤。晶光眩相射，我獨居兩間。正視不勝瞬，却立聊少安。但覺風浩浩，骨毛森似寒。神仙杳無處，寧論有塵寰。身輕一槁葉，兩腋如飛翰。同行挽我衣，何往何當還。少留作詩去，奇哉此憑闌。

【題解】本詩作於淳熙四年（一一七七）六月。時離成都赴召，經峨眉縣，游大峨山，至峰頂七寶巖，賦詩記其奇。范成大吴船録卷上：「（六月）乙未，大霽，遂登上峰，自此至峰頂光相寺、七寶巖，其高六十里。大略去縣中平地不下百里，又無復蹊磴，斫木作長梯，釘巖壁，緣之而上。意天下登山險峻，無此比者。」

淳熙四年六月二十七日，登大峨之巔，一名勝峰山，佛書以爲普賢大士所居。連日光相大現，賦詩紀實，屬印老刻之，以爲山中一重公案

勝峰高哉摩紫青，白鹿導我登化城〔一〕。住山大士喜客至，兜羅世界繽相迎〔一〕〔二〕。圓景明暉倚雲立，艴如七寶莊嚴成。一光未定一光發，中有墨像隨心生。白毫從地插空碧，散燭象緯天龍驚。夜神受記亦修供，照世洞然千百燈。明朝銀界混一白，咫尺眩轉寒凌兢。天容野色儵開閉，慘澹變化愁仙靈。人言六通欲大現〔三〕，洗山急雨如盆傾。重輪疊采印巖腹〔三〕，非煙非霧非丹青。我與化人中共

住〔四〕，鏡光靚面交相呈。前山忽涌大圓相，日圍月暈浮青冥。林泉草木盡含裹，是則名爲普光明。言詞海藏不勝讚，北峰復有金橋横。衆慈久立佛事竟，一塵不起山竛竮。向來無法可宣説，爲問有耳如何聽？我本三生同行願，隨緣一念猶相應。此行且復印心地，衣有寶珠奚外營？題詩説偈作公案，亦使來者知吾曾。神通佛法須判斷，一任熱椀春雷鳴〔五〕。

【校記】

〔一〕世界：原作「布界」，於意難通，「布」應爲「世」之形誤，石湖三月十五日華容湖尾看月出「兜羅世界網，普現無邊際」，過燕渡望大峨有白氣如層樓拔起叢雲中「玉峰忽起三千丈，應是兜羅世界雲」，次韻項丈雪詩「兜羅世界三千刹，重璧樓臺十二城」，均作「兜羅世界」，可證。

〔二〕疊采：原作「桑采」，誤。富校：「『桑』黄刻本作『疊』，是。」活字本、叢書堂本、董鈔本均作「疊采」，今據改。

【題解】

本詩作於淳熙四年（一一七七）六月二十七日。時離成都赴召，經峨眉縣，登大峨山之巔，目睹奇景，賦詩紀實。同游者有簡世傑、楊光、周傑德、虞植及弟成績。又有楊愻、李嘉謀。范成大吴船録卷上：「丁亥、戊子、己丑、庚寅、辛卯，泊嘉州。遣近送人馬，歸者十九。留家嘉州岸下，單騎入峨眉。有三山爲一列：曰大峨、中峨、小峨。中峨、小峨，昔傳有遊者，今不復有路；惟大峨一山，其高摩霄，爲佛書所記普賢大士示現之所。……人云佛現悉以午，今已申後，不若歸舍，明日復來。逡巡，忽雲出巖下，傍谷中，即雷洞山也。雲行勃如隊仗，既當巖，則少駐，雲頭現大圓光，雜色之暈數重，倚立相對，中有水墨影，若仙聖跨象者。一盌茶頃，光没；而其傍復現一光如前，有頃亦没。雲中復有金光兩道，横射巖腹，人亦謂之『小現』。日暮，雲霧皆散，四山寂然。乙夜，燈出巖下，徧滿彌望，以千百計。夜寒甚，不可久立。丙申，復登巖眺望。巖後岷山萬重。少北，則瓦屋山，在雅州；少南，則大瓦屋，近南詔，形狀宛然瓦屋一間也。小瓦屋亦有光相，謂之辟支佛現此。諸山之後，即西域雪山，崔嵬刻削，凡數十百峰。初日照之，雪色洞明，如爛銀晃耀曙光中，此雪自古至今，未嘗消也。山綿延入天竺諸蕃，相去不知幾千里，望之但如在几案間，瑰奇勝絶之觀，真冠平生矣！復詣巖殿致禱。俄氛霧四起，混然一白。僧云『銀色世界也』。有頃，大雨傾注，氛霧辟易，僧云：『洗巖雨也，佛將大現。』兜羅綿雲復布巖下，紛鬱而上，將至巖數丈輒止，雲平如玉地，時雨點有餘飛，俯視巖腹，有大圓光偃卧平雲之上，外暈三重，每重有青黄紅緑之色。光之正中，虚明凝湛，觀者各自見其形於虚明之處，毫釐無隱，一如對鏡，舉手動足，影皆隨形，而不見傍人。僧云『攝身光也』。此光既没，前山風起雲馳。風雲之間，復出大圓相光，横亘數山，盡諸異色，合集成采，峰巒草木，皆鮮妍絢蒨，不可正視。雲霧既散，而此光獨明，人謂之『清現』。凡佛光欲現，必先布雲，所謂兜羅綿世界，光相依雲而出；其不依雲，則謂之『清現』，極難得。食頃，光漸移，過山而西。左顧雷洞山上，復出一光，如前而差小。須臾，亦飛行過山外，至平野間，轉徙得得，與巖正相值，色狀俱變，遂爲金橋，大略如吴江垂虹，而兩圯各有紫雲捧之。凡自午至未，雲物浄盡，謂之收巖。獨金橋現，至酉後始没。同登峰頂者，幕客簡世傑伯雋、楊光商卿、周傑德俊萬、進士虞植子建及家弟成績。今日復有同年楊愻伯勉、幕客李嘉謀良仲自夾江來，甫至而光現。」石湖賦此詩，囑寺僧印老刻之，樓鑰曾有跋范石湖游大峨詩卷（攻媿集卷七二）：「文殊示現於五臺，普賢示現於大峨，光景殊勝，大略相似。舊見無盡居士清涼傳，書五臺事甚詳，亦有詩紀所見。今石湖先生大峨數篇，尤爲奇偉。張公素不善書，必不能如此翰墨飛動。然無盡後謁無業禪師塔，塔上五色光現，有詩云：『四入臺山禮吉祥，五雲深處看熒煌。而今不打這鼓笛，爲報禪師莫放光。』尤爲禪林稱誦。使石湖再登大峨，必須别有一則佳話也。」于北山范成大年譜極稱賞范成大吴船録所記游山經歷，云：「峨嵋天下秀，向爲我國名山勝境。石湖吴船録中記數日所親歷，雲山蒼蔚，松竹幽深，溪澗瀑流，珍禽異卉，極絢爛雄奇之致，姑録數則以見一斑，原書具在，不待繁引。若寶相佛光之論，所謂『小現』『大現』『清現』以及『普賢示相』者，固爲遊覽罕見之勝狀；但實係太陽光透過水蒸氣折射在雲海上而形成之采色光環，古人受科學知識之局限，視爲神異，附會多端，未足深議。特以其筆墨精工，不失爲遊記佳構；又以其非世人常見景象，故録存之，以當卧遊云爾。」普賢大士，即普賢，菩薩名，釋迦如來之二脇士，乘白象侍佛之右方。法華義疏卷一二：「化無不周曰普，隣極亞聖稱賢。」

【箋注】

〔一〕化城：一時化作之城廓。妙法蓮華經卷三有化城喻品，云：「譬如五百由旬，險難惡道，曠絶無人，怖畏之處，若有多衆，欲過此道至珍寶處，有一導師，聰慧明達，善知險道通塞之相，將導衆人，越過此難。……於險道中，過三百由旬，化作一城。……是時疲極之衆，心大歡喜。」

〔二〕兜羅世界：兜羅，兜羅綿之省稱，原爲梵語棉，此喻雲。吴船録卷上云「忽雲出巖下，傍谷中」，「行雲勃如隊杖」，即「繽相迎」也。

〔三〕六通：佛家語，俱舍論卷二七：「通有六種，一，神境智證通；二，天眼智證通；三，天耳智證通；四，他心智證通；五，宿住隨念智證通；六，漏盡智證通。雖六通中第六唯聖，然其前五，異生亦得。」

〔四〕化人：神佛權自變形爲人。列子曰：「周穆王時，西極之國，有化人來。」翻譯名義集：「周穆王時，文殊、目連來化，穆王從之。即列子所謂化人者也。」

〔五〕熱椀春雷鳴：古尊宿語録卷一六：「示衆云：任你横説竪説，未是宗門苗裔。若據宗門苗裔，是甚熱椀鳴？」

請佛閣晚望，雪山數十峰如爛銀，晃耀暑光中

累塊蒼然是九州，大千起滅更悠悠。雪光正照天西角，日影長浮雨上頭。峰頂何曾知六月，塵間想已别三秋。佛毫似欲留人住，横野金橋晚未收。

【題解】

本詩作年同上首，雪山景象，參見上首「題解」。

浄光軒　白水寺

翳華銷盡八窗明，雨竹風泉演妙聲。身世只今高幾許？北峰渾共倚闌平。

【題解】

本詩作於淳熙四年（一一七七）六月。時離成都赴召，抵峨眉縣，游大峨山，至白水寺，賦本詩紀實。范成大吴船録卷上：「（六月）癸巳，發峨眉縣，出西門，登山。……遂至白水普賢寺。自縣至此，步步皆峻阪，四十餘里，然始是登峰頂之山脚耳。甲午，宿白水寺，大雨，不可登山。」

虎溪 黑水寺前，雖不及雙溪，亦佳處也。開山僧至此斷渡，一虎踞前，因跨之亂流以濟。今作橋其上，水歲推盪，輒更新之。

水本無心作浪波，經行偶與石相磨。不須更問橋安否？喚取於菟載我過。

【題解】

本詩作於淳熙四年（一一七七）六月底。時離成都赴召，經峨眉縣，游大峨山，與諸友同游黑水，過虎溪橋，賦本詩紀實。范成大吴船録卷上：「（六月）丁酉下山。……食後，同游黑水，過虎溪橋。奔流激湍，大略似雙溪而小不及。始開山，僧自白水尋勝至此，溪漲不可渡，有虎蹲伏其傍，因遂跨之，亂流以濟，故以名溪。白黑二水，皆以石色得名。黑水前對月峰，棟宇稍潔，宿寺中東閣。秋七月戊戌，朔，離黑水。」

白雲峽 牛心寺

雙溪疑從銀漢下，我欲窮源問仙舍。飛瀾濺沫漱籃輿，却望兩崖天一罅。疎疎暑雨滑危梯，策策山風掖高駕。幽尋險絶太奇生，莫笑退之號太華。

【題解】本詩作於淳熙四年（一一七七）七月初一日。時離成都赴召，經峨眉縣，游大峨山，過白雲峽，賦詩紀實。范成大吴船録卷上：「秋七月戊戌朔，離黑水，復過白水寺前，渡雙溪橋，入牛心寺。雨後斷路，白雲峽水方漲，碧流白石，照人肺肝，如層冰積雪。籃輿下行峽淺處，以入寺，飛濤濺沫，襟裾皆濡，境過清，毛髮盡竦。」

孫真人庵

何處仙翁舊隱居，青蓮巉絶似蓬壺。雲深未到淘朱洞，雨小先尋煉藥爐。磵下草香疑可餌，林間虎伏試教呼。閒身儘辦供薪水，定肯分山一半無？

【題解】本詩作於淳熙四年（一一七七）七月初。時離成都赴召，經峨眉縣，游大峨山，過孫思邈隱居處，題詩以紀實。孫真人，即孫思邈，隱於峨眉。牛心寺本孫真人隱居處。范成大吴船録卷上：「寺（牛心）對青蓮峰，有白雲、青蓮兩閣最佳。牛心本孫思邈隱居，相傳時出諸山，寺中人數見之。小説亦載招僧誦經，施與金錢，正此山故事。有孫仙煉丹竈在峰頂，及淘朱泉在白雲峽最深處。去寺數里，水深不可涉，獨訪丹竈，竈傍多奇石，祠堂後一石尤佳，可以箕踞宴坐，名玩丹石。」

龍門峽

插天千丈兩碧城，中有玉塹穿巖扃。瀑流懸布不知數，亂落嵌根飛白雨。瑶琨爲室雲爲關，龍君所居朱夏寒。不辭擊棹更深入，萬一龍驚雷破山。

【題解】

本詩作於淳熙四年（一一七七）七月初。時離成都赴召，經峨眉，游大峨山龍門峽，賦詩以紀游。范成大吴船録卷上：「秋七月戊戌朔，離黑水，復過白水寺前，渡雙溪橋，入牛心寺。……復過中峰之前，入新峨眉觀，自觀前開新路，極峻斗下，冒雨以游龍門。竭蹙數里，欻至一處，澗溪自兩山石門中涌出，是爲龍門峽也。以一葉舟棹入石門，兩岸千丈巖壁，色如碧玉，刻削光潤。入峽十餘丈，有兩瀑布，各出一巖頂，相對飛下，嵌根有盤石承之，激爲飛雨，濺沫滿峽。舟過其前，衣皆沾灑透濕。又數丈，半巖有圓龕，去水可二丈，以木梯升之，即龍洞也。峽中紺碧無底，石寒水清，非復人世。舟行數十步，石壁益峻，水益湍，亟回棹。舟人云：『前去更奇』，以雨大作，加飛瀑沾濡，暑肌起粟，骨驚神憹，凜乎其不可以久留也。昔嘗聞峨眉雙溪，不減廬山、三峽，前日過之，真奇絶。及至龍門，則雙溪又在下風。蓋天下峽泉之勝，當以龍門爲第一。要之游者自知，未之游者必以余言爲過，然其路險絶，亂石當道，將至峽，必捨輿，躡草屨，經營躓步於槎牙兀臬中，方至峽口。蓋大峨峰頂天下絶觀，蜀人固自罕游，而龍門又勝絶於山間，游峨眉者亦罕能到，非好奇喜事，忘勞苦而不憚疾病者，不能至焉。」

既離成都，故人送者遠至漢嘉分袂，其尤遠而相及於峨眉之上者六人：范季申、郭中行、楊商卿、嗣勳、李良仲、譚德稱，口占此詩留别

我本住林屋〔二〕，風吹來錦城。錦城亦何樂？所樂多友生。相從不知久，相送不計程。横絶峨眉巔，欲去有餘情。吾宗蓋難弟，李郭人中英。一楊懿文德，譚子資粹清。相視心莫逆，劇談四筵傾㈠。明朝各回首，雲水相與平。我今投紱去〔三〕，行且扶犁耕㈢。淒涼别知賦，慷慨結客行。後會豈不好，路長恐寒盟！諸賢乃不凡，骨相有功名。大廈罩群木，明廷朝萬靈。王畿坦如砥，結綬當同登。道傍石湖水，誰能叩柴荆。夢中儻相見，秉燭聽殘更。

【校記】

㈠四筵傾：原作「四筵輕」。富校：「『輕』黄刻本作『傾』，是。」活字本、叢書堂本、董鈔本均作

「傾」，今據改。

㊁扶犁耕：原作「扶藜耕」。富校：「『藜』黄刻本作『犂』，是。」活字本、叢書堂本、董鈔本均作「犁」，今據改。

【題解】

本詩作於淳熙四年（一一七七）六月。時離成都赴召，故人送行者六人同登峨眉，因口占本詩留別。范季申，即范謩，爲石湖幕客，石湖新甃石笋街，范謩爲作砌街記，載全蜀藝文志卷四〇。范成大吴船録卷上：「（六月）丁酉下山……幕客范謩季申，郭明復中行，楊輔嗣勳皆自漢嘉來會，而不及余於峰頂，食後，同遊黑水。」郭中行，即郭明復，石湖幕客。楊商卿，即楊光，富陽人。范成大吴船録卷上：「同登峰頂者，幕客簡世傑伯雋、楊光商卿……」九年後，楊光到吴訪石湖。嗣勳，即楊輔，乾道二年進士甲科。歷官秘書省正字、校書郎、知眉州、户部郎中總領四川財賦、太府少卿、利西安撫使、秘書監、禮部侍郎、顯謨閣待制知江陵府、移襄陽、又移潼川、知成都府兼本路安撫使、兵部尚書兼侍讀、龍圖閣學士知建康府兼江淮制置使。卒謚莊惠。宋史卷三九七有傳。李良仲，即李嘉謀，石湖幕客，范成大吴船録卷上：「同登峰頂者……今日復有同年楊愻伯勉，幕客李嘉謀良仲。」淳熙十四年，知叙州。建炎以來朝野雜記乙集卷八「丁未成都火」條云：「士人李良仲時知叙州。」譚德稱，即譚季壬，字德稱，崇慶人，蜀中名士，舉進士，爲崇慶府府學教授。陸游居蜀日，與之交誼至厚，曾謂「予與季壬，實兄弟如也」，屢有倡酬。臨別成都，帳飲萬里橋，有詩贈之云：「坐中譚侯天下士，龍馬毛骨矜超遥。」陸游又曾爲之揄揚於公卿名流間：「初，命教成都，今樞密使周公（必大）貳大政，知予與季壬友，以書來告曰：『石室得人矣。』季壬有學行，爲諸公大人所知蓋如此。」（見渭南文集卷三三青陽夫人墓誌銘）。

【箋注】

〔一〕林屋：蘇州西山有林屋山，中有林屋洞。道家雲笈七籤記載林屋洞爲第九洞天，一稱「左神幽虚之天」。石湖借以代指自己之家鄉。

〔二〕投紱：辭去印綬，謂辭官。潘安仁秋興賦：「且斂衽以歸來兮，忽投紱以高厲。」蘇軾和致仕張郎中春書：「投紱歸來萬事輕，消磨未盡衹風情。」

聞威州諸羌退聽，邊事已寧，少城籌邊樓闌檻修葺亦畢工，作詩寄權制帥高子長

籌邊樓上美髯翁，赤白囊飛笑語中。勃律天西元采玉〔一〕，蓬婆雪外昨分弓〔二〕。踏筵舞罷平闌月，橫槊詩成滿袖風〔三〕。諸校各能歌破陣〔四〕，何須琴裏聽平戎〔五〕。破陣、平戎皆有本事，子長當一笑領。

【題解】

本詩作於淳熙四年（一一七七），時離成都赴召途中，因聞邊事已寧，作詩寄權制帥高祚。高子長，即高祚，字子長，歷陽人，事親孝順，見張孝祥高侍郎夫人墓誌銘（于湖居士文集卷二九）。乾道八年，與陸游同在王炎幕府，高任參議，陸游有和高子長參議道中二絕（劍南詩稿卷三）又陸游跋高大卿家書（渭南文集卷二九）「後又同入征西大幕」，即乾道八年陸游入四川宣撫使王炎幕。淳熙四年，范成大離蜀帥任，爲權制帥，時間很短，不久新任制帥胡元質已到任，故吴廷燮南宋制撫年表失載。高祚「長身蒼髯，意象軒舉」（陸游跋高大卿家書）。威州，元豐九域志卷七成都府路有威州。

【箋注】

〔一〕「勃律」句：勃律，指小勃律。小勃律國王爲吐蕃所招，妻以公主，西北二十餘國，貢獻不通，事見舊唐書、高仙芝傳。段成式酉陽雜俎前集卷一四「諾皋記上」：「天寶初，安思順進五色玉帶，又於左藏庫中得五色玉杯。上怪近日西賨無五色玉，令責安西諸蕃，蕃言：『比常進，皆爲小勃律所劫，不達。』上怒，欲征之。」新唐書西域傳下：「小勃律去京師九千里而羸，東少南三千里距吐蕃贊普牙，東八百里屬烏萇，東南三百里大勃律，南五百里箇失蜜，北五百里當護密之娑羅城。王居孽多城，臨娑夷水。」

〔二〕「蓬婆」句：蓬婆，嶺名，在茂州西南，韓范石湖詩集注卷中引通鑑注：「蓬婆嶺在雪山外。」

杜甫奉和嚴公軍城早秋：「秋風嫋嫋動高旌，玉帳分弓射虜營。已收滴博雲間戍，欲奪蓬婆雪外城。」張孝祥水調歌頭凱歌上劉恭父：「玉帳昨分弓。」

〔三〕橫槊詩成：元稹唐故工部員外郎杜君墓係銘：「曹氏父子鞍馬間爲文，往往横槊賦詩。」蘇軾前赤壁賦：「釃酒臨江，横槊賦詩，固一世之雄也。」

〔四〕破陣：秦王破陣樂的簡稱，是唐代著名的歌舞大曲，乃唐代的軍歌。唐太宗貞觀七年，製秦王破陣樂之曲，使吕才協音律，使李百藥、虞世南、褚亮、魏徵等爲歌辭。見舊唐書音樂志二。

〔五〕平戎：平戎策的簡稱。新唐書王忠嗣傳：「時突厥新有難，忠嗣進軍磧口，經略之，烏蘇米施可汗請降。忠嗣以其方彊，特文降耳。乃營木剌、蘭山，諜虚實，因上平戎十八策。」辛棄疾鷓鴣天（壯歲旌旗擁萬夫）：「却將萬字平戎策，换得東家種樹書。」

石湖居士詩集卷十九

犍爲江樓

河邊堵立看歸篷，三老開頭暮欲東。漲水稠灘連峽内，淺山浮石似湘中。無人驛路榛榛草，有客江樓浩浩風。種落塵消少公事，謄裁新語寄詩筒〔一〕。縣令師永錫同年能詩〔二〕。

【題解】

本詩作於淳熙四年（一一七七）七月，時離成都赴召，至嘉州犍爲縣，登江樓有感而賦本詩。犍爲，縣名，王存元豐九域志卷七成都府路嘉州犍爲郡，縣五：犍爲。范成大吴船録卷上：「（七月）癸卯，發王波渡，四十里至羅護鎮。岸有石如馬，村人常以繩縻之，云不然爲怪。百里至犍爲縣，縣有江樓，甚高爽，下臨長川。」

【箋注】

〔一〕「賸裁」句：賸，多也。張相詩詞曲語辭匯釋卷二：「賸，甚辭，猶真也；儘也；頗也；多也。」本句承上「少公事」意，當作多講。詩筒，以竹筒盛詩卷，以便傳遞。白居易醉封詩筒寄微之：「爲向兩州郵吏道，莫辭來去遞詩筒。」胡震亨唐音癸籤卷二九：「詩筒始元、白，白官杭州，元官越州，每和詩，入筒中遞之。白有詩云：『（略）』」

〔二〕師永錫：即師錫文，字永錫，青神人，師伯渾爲其兄，紹興二十四年中進士，石湖稱之爲「同年」。孔凡禮范成大年譜淳熙四年譜文：「癸卯，至犍爲，晤縣令師錫文。」

宣化道中

瘦草蕭疎已似秋〔一〕，盤陀山骨束江流。兩崖若不頑如鐵，争得狂瀾拍岸休！

【題解】

本詩作於淳熙四年（一一七七）七月，時正自成都東歸途中。范成大吴船録卷下：「（七月）甲辰，發下埧，百里至叙州宣化縣。」宋史地理志五潼川府路叙州，縣四：宣化：「唐義賓縣，太平興國元年改。熙寧四年改爲鎮，隸僰道。宣和元年，復以鎮爲縣，改今名。」

【箋注】

〔一〕瘦草：唐語林卷二：「劉禹錫曰：牛丞相奇章公初爲詩，務奇特之語，至有『地瘦草叢短』之句。」

將至叙州

亂山滿平野，漲水豪大川。仄徑無轍跡〔一〕，疎林有炊煙。山農旦燒畬，蠻賈暑荷氈。窮鄉足荒怪，打鼓催我船。

【題解】

本詩作於淳熙四年（一一七七）七月，時離成都赴召東歸途中，將至叙州，賦詩以紀實。范成大吴船録卷下：「（七月）甲辰，發下垻，百里至叙州宣化縣，百二十里至叙州。」黄震黄氏日鈔卷六七：「又百二十里，至叙州，古戎州也。」

【箋注】

〔一〕仄徑：小路，王維宫槐陌：「仄逕蔭宫槐，幽陰多緑苔。」

七夕至叙州登鎖江亭，山谷謫居時屢登此亭，有詩四篇，敬用其韻

水口故城丘壠平，新亭乃有緪鐵橫。舊戎州在對江山趾，下臨馬湖蠻江路，蠻自江出，必過城下，故寘鎖以爲限。今遷城過江，已失形勝，而猶於亭鎖江，特以攔稅而已，非本旨也。歸艎擊汰若飛渡〔一〕，一雨徹明秋漲生。東樓鎖江兩重客，筆墨當代俱詩鳴。我來但醉春碧酒，星橋脈脈向三更。郡醞舊名重碧，取杜子美東樓詩「重碧酤春酒」之句，余更其名春碧，語意便勝。

【題解】

本詩作於淳熙四年（一一七七）七月，時正自成都東歸途中。范成大吳船録卷下：「叙，古戎州也。山谷謫居在小寺中，號大死庵。後人就作祠堂，並裒墨跡刻其中。方山谷謫居時，屢有鎖江亭詩。今江上舊基，別作新亭，頗如法鎖江者。舊戎州，在對江平坡之上，與夷蠻雜處。馬湖江自夷中出，合大江，夷自馬湖舟行，必過舊州下，故聯鎖於江口，以防其出没。今徙州治於南岸，而鎖江之名猶存，猶置鎖中流，但攔稅而已。……郡醞舊名『重碧』，取杜子美戎州詩『重碧拈春酒，輕紅擘荔枝』之句，余謂重字不宜名酒，爲更名『春碧』。印本拈或作酤，郡有碑本，乃作粘字。」沈欽韓范石湖詩集注卷中紀要：「僰道城，政和四年，改爲宜賓縣，爲叙州治。唐太宗

時，治於蜀江之右三江口。武宗會昌中，大水，徙城於蜀江北岸。元至元中，復徙治三江口。」沈欽韓按云：「范石湖是時，州治猶在蜀江北岸也。志云：府城北兩岸，有大石屹立，昔人置鐵絙横絶其處，控扼蠻寇，名曰鎖江。」按，杜甫此詩題名宴戎州楊使君東樓，錢謙益錢注杜詩卷一四注云：「趙曰：元稹元日詩『羞看稚子先拈酒』，白樂天歲假詩『歲酒先拈辭不得』，拈酒，唐人語也，作酤非是。」

【箋注】

〔一〕擊汏：楚辭九章涉江：「乘舲船余上沅兮，齊吴榜以擊汏。」明汪瑗曰：「汏，水波回紋也。蓋舉櫂擊水而生波紋，而櫂又復撓之，故曰擊汏。」

江安道中

近瀘州最險處，號張旗三灘，言張旗之頃，已過三灘，其湍急如此。瀘、戎之間有渡瀘亭，然不知孔明竟出何路？今鎖江對岸廢城，下臨馬湖，有韋皋紀功碑〔一〕，巋然荒榛中，疑此或是古迹。

穲緑連村荔子殘〔二〕，瘴雲將雨暗前灣。張旗且喜三灘駛，叱馭曾驚九折艱。瀘水舟閒迷古渡，馬湖碑缺伴荒山。威名功業吾何有，無事飄飄犯百蠻。

【校記】

㈠ 韋皋：原作「韋高」。富校：「『高』黄刻本作『皋』，是。按新唐書韋皋傳：『皋没，蜀人德之，凡刻石著皋名者，皆鑱其文尊諱之。』」范成大吴船録卷下作「韋皋」，活字本、叢書堂本、董鈔本均作「韋皋」，今據改。

㈡ 茘子殘：原作「茘子丹」，活字本、叢書堂本、董鈔本、詩淵第三册第二〇〇八頁均作「茘子殘」，今據改。

【題解】

本詩作於淳熙四年（一一七七）七月，時正自成都東歸途中。江安，縣名，屬瀘州，宋史地理志五潼川府路瀘州，縣三：瀘川、江安、合江。范成大吴船録卷下：「乙巳，發叙州，十五里，有南廣江來合大江，通百二十里，至南溪縣，四十五里至瀘州江安縣。道中有灘，號張旗三灘，謂湍勢奔急，張旗之頃，已過三灘也。」方輿勝覽卷六二：「偶住亭在江安縣之對。建中初，魯直自僰道還，過邑宰石諒，同游此亭，書琴操，後改爲渡瀘亭。」沈欽韓注：「范石湖以爲諸葛舊迹，誤矣。」「韋皋紀功碑」，吴船録卷下：「舊州有韋皋紀功碑，巍然在荒榛中。」韋皋（七四六—八〇五），字城武，京兆萬年人。建中四年，以阻朱泚功，擢隴州節度使。貞元元年拜劍南西川節度使，累破吐蕃，十三年，以功加檢校司徒、中書令，封南康郡王。新唐書韋皋傳：「（十三年）生擒莽熱，獻諸朝。帝悦，進檢校司徒兼中書令、南康郡王，帝製紀功碑褒賜之。」唐德宗西川節度大使檢校司徒兼中書令上柱國南康郡王韋皋紀功碑銘并序，今存，載全唐文卷五五，韋皋有謝賜御製紀功碑銘表，今存全唐文卷四五三。

瀘州南定樓

歸艎東下興悠哉，小住危闌把一杯。樓下沄沄内江水〔一〕，明朝同入大江來。

【題解】

本詩作於淳熙四年（一一七七）七月，時正自成都東歸途中。范成大吴船録卷下：「丙午，泊瀘州，登南定樓，爲一郡佳處。前帥晁公武子止所作。下臨内江。此水自資、簡州來合大江。城上有來風亭，瞰二江合處，於納凉最宜。」光緒瀘縣志卷二：「南定樓。廣輿記云：在州治内，宋郡守晁公武建。名勝志云：取諸葛孔明出師表中語爲名。范成大南定樓詩……陸游南定樓遇急雨詩……」

【箋注】

〔一〕沄沄：水流洶涌貌，董仲舒春秋繁露山川頌：「水則源泉混混沄沄，晝夜不竭。」

題譚德稱扇

德稱與楊商卿父子，送余遠至瀘之合江，以扇求詩，各爲題一絶。

蠻風吹雨瘴江肥，短草荒山鳥不飛。盡是瀘南腸斷句，如今分與故人歸。

【題解】

本詩作於淳熙四年（一一七七）七月，時正自成都東歸途中。譚德稱，即譚季壬，字德稱，崇慶府人。舉進士，爲崇慶府府學教授，還成都府，爲西蜀名士。陸游青陽夫人墓誌銘（渭南文集卷三三）：「有宋蜀人天池先生譚公諱篆字拂雲之夫人青陽氏……一子曰季壬。……季壬舉進士、拔解。……初，季壬釋褐，爲崇慶府府學教授，凡四年，徙成都府。吏部以僑寓格不下，執政爲奏，復還崇慶以便養。命至，而夫人棄其孤矣。初，命教成都，今樞密使周公（必大）貳大政，知予與季壬友，以書來告曰：石室得人矣。季壬有學行，爲諸公大人所知者蓋如此，以故士皆慕與之交。……予與季壬，實兄弟如也。」陸游喜譚德稱歸：「少鄙章句學，所慕在經世。諸公薦文章，頗恨非素志。一朝落江湖，爛熳得自恣。討論極王霸，事業窺莘渭。孔明景略間，却立頗睥睨。從人無一欣，對事有三喟。譚侯信豪雋，可共不朽事。天涯再相見，握手更抆淚。欲尋西郊路，斗酒傾意氣。浩歌君和我，勿作尋常醉。」評價甚高。范成大吴船録卷下：「蜀中送客至嘉州歸盡，獨楊商卿父子、譚德稱三人，送至此（指合江縣），踰千里矣。」

題楊商卿扇

君歸我去兩銷魂，愁滿千山鎖瘴雲。後夜短檠風雨暗〔一〕，誰能相伴細論文？

【題解】

本詩作於淳熙四年（一一七七）七月，時離成都赴召東歸，爲楊光題扇。參上首「題解」。

【箋注】

〔一〕短檠：韓愈短燈檠歌：「長檠八尺空自長，短檠二尺便且光。……一朝富貴還自恣，長檠高張照珠翠。吁嗟世事無不然，牆角君看短檠棄。」

題楊子容扇

雙竹軒窗聽讀書，垂天雲翼要摶扶〔一〕。與君只作三年別，射策東來過石湖〔二〕。

【題解】

本詩作年同上二詩，參見題譚德稱扇「題解」。楊子容，即楊光之子，名楊之榮，字子容，孔凡禮范成大年譜淳熙四年譜文：「戊申，譚季壬、楊光及其子之榮，送至合江，成大留詩爲別。」附注：「楊之榮，字子容，見金石苑。」

【箋注】

〔一〕「垂天」句：莊子逍遥遊：「化而爲鳥，其名爲鵬。鵬之背，不知其幾千里也；怒而飛，其翼若垂天之雲。……鵬之徙於南冥也，水擊三千里，搏扶摇而上者九萬里。」

〔二〕射策：漢代取士有對策、射策之制。漢書蕭望之傳：「望之以射策甲科爲郎。」顏師古注：「射策者，謂爲難問疑義，書之於策，量其大小，署爲甲、乙之科，列而置之，不使彰顯。有欲射者，隨其所取，得而擇之，以知優劣。射之言投射也。」變，石湖以「射策」代指科舉考試。

譚德稱、楊商卿父子送余，自成都合江亭相從，至瀘南合江縣始分袂，水行踰千里，作詩以別

合江亭前送我來，合江縣裏别我去。江流好合人好乖〔一〕，明日東西南北路。千里追隨不忍歸，一杯重把知何處？臨岐心曲兩茫然，但祝頻書無别語。

【題解】

本詩作於淳熙四年（一一七七）七月，時離成都赴召，在瀘州合江縣，與譚德稱、楊光父子話

別，賦本詩。參題譚德稱扇「題解」。

【箋注】

〔一〕好乖：陶淵明答龐參軍序：「人事好乖，便當語離。」

發合江數里，寄楊商卿諸公

臨分滿意説離愁，草草無言祇淚流〔一〕。船尾竹林遮縣市，故人猶自立沙頭！

【題解】

本詩作於淳熙四年（一一七七）七月，時離成都赴召，與楊商卿諸公別後，又作本詩以抒依依不舍之情。

【箋注】

〔一〕草草：此詞有多義，這裏作匆匆講。王鍈詩詞曲語辭例釋：「草草（一），匆匆，表狀態的形容詞，與通常表示粗率、敷衍的含義有所不同。」

過江津縣睡熟，不暇梢船

西風扶櫓似乘槎，水闊灘沉浪不花。夢裏竹間喧急雪，覺來船底滾鳴沙。

【題解】

本詩作於淳熙四年（一一七七）七月，時正自成都東歸途中。范成大吴船録卷下：「（七月）己酉，發合江，二百四十里至恭州江津縣。」江津，縣名，屬恭州。王存元豐九域志卷八夔州路渝州，縣三：巴、江津、璧山。宋史地理志五夔州路重慶府：「本恭州，巴郡，軍事，舊爲渝州，崇寧三年，改恭州。……縣三：巴、江津、璧山。」

恭州夜泊

草山磽确强田疇〔一〕，村落熙然粟豆秋。翠竹江村非錦里，清溪夜月已渝州〔一〕〔二〕。小樓高下依盤石，弱纜西東戰急流。入峽初程風物異，布裙跣婦總垂瘤〔三〕。

【校記】

〔一〕清溪：原作「青溪」，諸本同。富校：「沈注云：『此用太白語，「青」當作「清」。』按此用李白峨嵋山月歌：『夜發清溪向三峽，思君不見下渝州』句意，沈説是也。」清溪，縣名，見元和郡縣圖志、元豐九域志。今據改。

【題解】

本詩作於淳熙四年（一一七七）七月，時正自成都東歸途中。黄震黄氏日鈔卷六七：「恭州乃在一大磐石上，水毒，生瘿，自此至秭歸皆然。」

【箋注】

〔一〕「革山」句：革山，隱蔽之山。史記淮陰侯傳：「從間道革山而望趙軍。」集解引如淳説：「革音蔽，依山自覆蔽。」磽确：土地瘠薄。古微書卷二三詩含神霧：「其地磽确而收，故其民儉而好畜。」

〔二〕「清溪」句：此用李白峨嵋山月歌：「夜發清溪向三峽，思君不見下渝州。」清溪，縣名，李吉甫元和郡縣圖志卷三一劍南道資州清溪縣：「本漢資中縣地，自晉訖梁，夷獠所居。隋大業十二年於此置牛鞞縣，因牛鞞水爲名也。皇朝初因之，天寶元年改爲清溪縣。」宋史地理志五潼川府路資州：「乾德五年，廢月山、丹山、銀山、清溪四縣。」王存元豐九域志卷七梓州路資州：「乾德五年，省月山、丹山、銀山三縣爲鎮，入磐石，清溪縣入内江。」

〔三〕「入峽」二句：范成大吴船録卷下：「（七月）庚戌發泥培，六十里至恭州，自此入峽路。大抵自西川至東川，風土已不同，至峽路益陋矣。恭爲州乃在一大磐石上，盛夏無水，土氣毒熱如爐炭燔灼，山水皆有瘴，而水氣尤毒，人善生瘿，婦人尤多。」

大熱泊樂温，有懷商卿、德稱

暑候秋逾濁，江流晚更渾。瘴風如火焮，嵐月似煙昏。城郭廩君國〔一〕，山林妃子園〔二〕。故人新判袂，得句與誰論？

【題解】

本詩作於淳熙四年（一一七七）七月，時正自成都東歸途中。范成大吳船録卷下：「（七月）辛亥，發恭州，嘉陵江自利、閬、果、合等州來合大江。百四十里，至涪州樂温縣。」王存元豐九域志卷八夔州路涪州，縣三：涪陵、樂温、武龍。

【箋注】

〔一〕廩君：范成大吳船録卷下：「涪雖不與蕃部雜居，舊亦夷俗，號爲四人。四人者，謂華人、巴人及廩君與盤瓠之種也。」後漢書南蠻傳：「巴郡南郡蠻，本有五姓：巴氏、樊氏、瞫氏、相氏、鄭氏。……未有君長，俱事鬼神，乃共擲劍於石穴，約能中者，奉以爲君。巴氏子務相乃獨中之，衆皆嘆。又令各乘土船，約能浮者，當以爲君。餘姓悉沈，唯務相獨浮。因共立之，是爲廩君。……廩君於是君乎夷城，四姓皆臣之。」史載未記及具體地名，石湖之詩及文確定廩君立國於涪州樂清縣城，可補史傳之失。

〔二〕妃子園：即荔枝園，涪州盛産荔枝，因楊貴妃愛食之，故以爲名。李吉甫元和郡縣圖志卷三〇江南道涪州樂温縣：「縣出荔枝。」范成大吴船録卷下：「自眉、嘉至此，皆産荔枝。唐以涪州任貢，楊太真所嗜。去州數里，有妃子園。然其品質不高，今天下荔枝，當以閩中爲第一。閩中人以蒲田陳家紫爲最。川、廣荔枝生時，固有厚味多液者。乾之，肉皆瘠，閩産則否。」石湖這一記載，與東坡詩相合。蘇軾荔支嘆：「永元荔支來交州，天寶歲貢取之涪。」自注：「天寶中，蓋取涪州荔支，自子午谷路進入。」

涪州江險不可泊，入黔江艤舟

黄沙翻浪攻排亭，濆淖百尺呀成坑〔一〕。坳窪眩轉久乃平，一渦熨帖千渦生。篙師絶叫歐川靈，鳴鐃飛渡如奔霆。水從岷來如濁涇〔二〕，夜榜黔江聊濯纓。玻璃徹底鏡面平㊀〔三〕，忽思短棹中流横，釣絲隨風浮月明。

【校記】

㊀鏡面平：原作「鏡面清」，按，活字本、叢書堂本、董鈔本、詩淵第二册第一四九七頁均作「鏡面平」，今據改。

【題解】本詩作於淳熙四年（一一七七）七月，時正自成都東歸途中。范成大吴船録卷下：「辛亥發恭州……七十里至涪州排亭之前，波濤大洶，瀆漳如屋，不可梢船，過州入黔江泊。」

【箋注】

〔一〕瀆漳：本集卷一六刺瀆漳詩序云：「瀆漳，盤渦之大者。峽江水壯則有之，或大如一間屋。相傳水行峽底，遇暗石則瀆起，已而下旋爲渦。然亦未嘗有定處，或無故突然而作，叵測也。舟行遇之，小則欹傾，大則與齎俱入，險惡之名聞天下。」

〔二〕「水從」句：范成大吴船録卷下：「此江（指黔江）自黔州來合大江，大江怒漲，水色黄濁。」濁涇，涇水渾濁，詩經邶風谷風：「涇以渭濁，湜湜其沚。」毛傳：「涇渭相入而清濁異。」

〔三〕「玻璃」句：范成大吴船録卷下：「黔江乃清泠如玻璃，其下悉是石底，自成都登舟，至此始見清江。」沈注卷中引方輿勝覽：「黔江水淵澄清徹，可鑒毛髮，底見苔石，魚蝦可數。」

妃子園

涪陵荔子，天寶所貢，去州里所有此園。然峽中荔子，不及閩中遠甚，陳紫又閩中之最也。

露葉風枝驛騎傳，華清天上一嫣然〔一〕。當時若識陳家紫，何處蠻村更有園？

【題解】本詩作於淳熙四年（一一七七）七月，時正自成都東歸途中。妃子園，參見本卷大熱泊樂温有懷商卿德稱注。

【箋注】

〔一〕「露葉」三句：語出杜牧過華清宮絶句：「一騎紅塵妃子笑，無人知是荔枝來。」李肇唐國史補卷上：「楊妃生於蜀，好食荔枝，南海所生，尤勝蜀者，故每歲飛馳以進。」吴曾能改齋漫録卷一五方物「貢荔枝地」條：「近見涪州圖經，及詢土人云：『涪州有妃子園荔枝。蓋妃嗜生荔枝，以驛騎傳遞，自涪至長安，有便路，不七日可到。』」

豐都觀

在豐都縣後三里平都山，舊名仙都觀，相傳前漢王方平、後漢陰長生得道處。陰君上升時，五雲從地涌出。丹竈古柏皆其故物，晉、隋殿宇無恙，壁畫悉是當時遺蹟，内王母朝元隊仗尤奇。道士云：「此地即所謂北都羅豐所住，又名平都福地也。」

神仙得者王方平，誰其繼之陰長生。飄然空飛五雲軿，上賓寥陽留玉京〔一〕。石爐丹氣常夜明，寵光萬柏森千齡。峽山偪仄岷江縈，洞宫福地古所銘。云有北陰神帝庭〔一〕，太陰黑簿囚鬼靈〔二〕。自從仙都啓巖扃，明霞流電飛陽晶。暉景下墮鑠九冰，塞絶苦道升無形。至今臺殿棲㸃𡵆，隋圬唐堊留丹青。十仙怪奇溪女清〔三〕，瑶池仙仗紛娉婷，琅璈赴節鏘欲鳴。我來秋暑如炊蒸，汗流呀氣扶枯藤。摩挲衆蹟不暇評，聊記梗概知吾曾。

【校記】

〔一〕上賓：原作「土賓」，據活字本、黄刻本改。　寥陽：叢書堂本、詩淵第三册第一五九二頁作「陽寥」。

【題解】

本詩作於淳熙四年（一一七七）七月，時正自成都東歸途中。范成大吴船録卷下：「（七月）壬子，發涪州……百二十里至忠州酆都縣。去縣三里有平都山仙都道觀，本朝更名景德。冒大暑往遊。阪道數折，乃至峰頂。碑牒所傳前漢王方平、後漢陰長生皆在此山得道仙去。有陰君丹爐及兩君祠堂皆存。祠堂，唐李吉甫所作，壁亦有吉甫像。有晉、隋、唐三殿，制度率痺狹，不突兀，故能久存。壁皆當時所畫，不能盡精。惟隋殿後壁十仙像爲奇筆，豐腫姸怪，各各不同，非若近世繪仙聖者一切爲靡曼之狀也。晉殿内壁，亦有溪女等像，可亞隋壁。」王存新定九域志卷八忠州：「景德觀，圖經云：前漢王方平得道之山。舊名仙都宫，咸平元年賜太宗皇帝御書一百二十卷，景德元年賜今額。」「平都山，按神仙傳，後漢陰長生於此白日昇天，有鍊丹遺跡存焉。」唐太和年間，段文昌曾加修葺，著修仙都觀記（載全唐文卷六一七）記云：「平都山最高頂，即漢時王、陰二真人蟬蜕之所也。峭壁千仞，下臨湍波。老柏萬株，上插峰嶺，靈花彩羽，皆非圖志中所載者。昏旦萬狀，信非人境。貞元十五年，余西遊岷蜀，停舟江岸，振衣虔潔，詣諸洞所，石嵒靈竇，蒼焉相次，苔龕古書，依稀可辨。時與道侶數人坐於下，須臾，天籟不起，萬竅風息，山光耀於耳目，煙霞拂於襟褏，相顧神竦，若在紫府元圃矣。」俞樾茶香室叢鈔卷一六：「按酆都縣平都山爲道家七十二福地之一，宜爲神仙窟宅，而世乃傳爲鬼伯所居，殊不可解。讀吴船録，乃知因陰君傳訛。蓋相沿既久，不知爲陰長生，而以爲幽冥之主者，此俗説所由來也。」

【箋注】

〔一〕「云有」句：北陰神帝庭，陶弘景真靈位業圖：「第七中位，酆都北陰大帝（炎帝大庭氏，諱慶甲，天下鬼神之宗，治羅酆山，三千年而一替。」洪邁夷堅支志癸卷五：「忠州酆都縣五里外有酆都觀……即道家所稱北極地獄之所，舊傳王、陰二真君自彼仙去。」孫光憲北夢瑣言卷一〇：「此鬼都北帝，又號鬼帝，世人有大功德者，北帝得以辟請。」

〔二〕太陰：漢書司馬相如傳下：「邪絶少陽而登太陰兮，與真人乎相求。」顔師古注引張揖云：「太陰，北極。」沈括夢溪筆談象數一：「六壬有十二神將……其後有五將：謂天后、太陰、真武、大常、白虎也，此金水之神在方右者。」此指北陰神帝。

〔三〕「十仙」句：十仙，指十仙像，道家所畫之神仙像，具體所指何仙，不詳。溪女，道家陰神，郭若虚圖畫見聞志卷二道士張素卿傳有十二溪女圖，宣和畫譜卷四顧德謙有十二溪女圖。

萬州西山湖亭秋荷尚盛

叢薈忽明眼，山腰瀲湖光。列岫繞雲錦，深林護風香。西山即太華，玉井餘秋芳。隔江招岑仙〔一〕，共擘雙蓮房。

【題解】

本詩作於淳熙四年（一一七七）七月，時離成都赴召東歸途中，經萬州，游西山，賦詩紀游。范成大吴船録卷下：「（七月）甲寅，早游西山。萬有西山及岑公洞，皆可游。岑叟事見嚴挺之碑，隋末避地得道。洞隔漲江，不暇往。西山之麓登阪，及山半得平地，有泉溢爲小湖，作亭堂其上。荷芰光滿四山，紫翠環之，亦佳處也。山谷題字極稱許之。湖上有煙霏閣，取題中語也。」沈欽韓范石湖詩集注卷中引輿地紀勝云：「西山距州治二里，初，泉荒草蕪，郡守馬元穎、魯有開修西山池亭，種蓮，植荔支雜果，凡三百本。」〔四〕黄震黄氏日鈔卷六七：「萬州有西山，山半有湖，湖上有烟霏閣。」

【箋注】

〔一〕岑仙：蘇軾有萬州太守高公宿約遊岑公洞而夜雨連明戲贈二小詩，查慎行注云：「名勝志：萬縣西山有岑公洞，在大江之南，高六十餘丈，深四十餘丈。圖經云：岑公名道願，江陵人。隋末隱此。唐宋間，封以沖妙大師虚鑒真人之號。輿地碑目：萬州石刻有岑公洞記，元和八年段文昌撰。又有黄魯直題名，在岑公洞下岩寺。」

下巖

疇昔中巖一夢殘，下巖風景亦高寒。峽中無處堪停棹，雨後今朝始凭闌。不用苦求毫相現，祇教長挂水簾看。山僧勸我題蒼壁，坡谷前頭未敢刊〔一〕。

【題解】

本詩作於淳熙四年（一一七七）七月，時正自成都東歸途中。范成大吴船録卷下：「（開江口）四十里至下巖，沿江石壁下忽嵌空爲大石屋，即石壁鑿爲像設。前有瑞光閣，閣上石崖如簷覆之，水簾落巖下，排溜閣前，此景甚奇。」

【箋注】

〔一〕「坡谷」句：坡谷，指蘇軾、黄庭堅的題詩。黄庭堅萬州下巖詩序：「唐末有劉道者，定州無極人，聞道於雲居膺禪師，爲開巖第一祖，法號道徽。自鑿石龕，曰：『死便藏龕中。』二百年後，來游者題詩不可勝讀。」

魚復浦泊舟，望月出赤甲山，山形斷缺如鼉龍坐而張頤，月自缺中騰上山頂

月出赤甲如金盆，蹲龍呀口吐復吞。長風浩浩挾之出，影落半江沉復翻。天高夜静四山寂，惟有灘聲喧水門。高齋詩翁不可作〔一〕，我亦不眠終夕看。

【題解】

本詩作於淳熙四年（一一七七）七月，時正自成都東歸途中。魚復浦，在夔州奉節縣境内。李吉甫元和郡縣圖志闕卷逸文卷一山南道夔州：「奉節縣，本漢魚復縣。永安宫，在縣東七里，先主改魚復爲永安。白帝山，即州城所據也，與赤甲山接。……赤甲山，在城北三里。漢時嘗取邑人爲赤甲軍，蓋犀甲之色也。」太平寰宇記卷一四八：「永安宫，漢末公孫述所築。蜀先主崩於此城中，故號永安宫。古魚復縣在縣西一十五里，蜀先主改爲永安縣，今無城壁也。」赤甲山，在奉節縣境内，參見卷一六夔州竹枝歌注。

【箋注】

〔一〕高齋詩翁：指杜甫。陸游東屯高齋記：「少陵先生晚游夔州，愛其山川，不忍去，三徙居皆名高齋。」三處高齋，即白帝城高齋、瀼西高齋、東屯高齋。

夔門即事

自東川入峽，路至恭州，便有瘿俗。夾岸山悉瘅小，入夔界，山皆傑然連三峽。夔水不可飲，取之卧龍十里之外。雲安麴米春，自唐以來稱之，今夔酒乃不佳。

峽行風物不堪論，祥暑驕陽雜瘴氛。人入恭南多附贅，山從夔子盡侵雲。竹枝舊曲元無調，麴米新芻但有聞。試覓清泠一杯水，筒泉須自卧龍分。

【題解】

本詩作於淳熙四年（一一七七）七月，時離成都赴召東歸途中。范成大吴船録卷下：「（七月）乙卯過午，風稍息，遂行，百四十里至夔州。……峽江水性大惡，飲輒生瘿，婦人尤多。……守、倅乃日取水於卧龍山泉，去郡十許里，前此不知也。」

瞿唐行

七月十九日至夔子，灧澦撒髮不可犯，是夜水漲及山腹，詰旦視灧澦，則已在水中。土人云：「此青草齊也，可以冒險而入。」遂鼓棹略其頂而過。郡中遣候兵立山上，每一舟平安，則摇幟以招後舟。白鹽、赤甲皆峽口大山，黄嵌、黑石皆峽中至險處。入峽西岸有聖泉，舟人或向之疾呼曰「人渴也」，泉即迸下一杯許，復乾。余舟過甚急，未之試也㊀。

川靈知我歸有程，一夜漲痕千丈生。中流擊楫洶作氣，夾岸簸旗呀失聲。不知灧澦在船底，但覺瞿唐如鏡平。鑿峽疏川狠石破，號山索飲飛泉驚。白鹽赤甲轉頭失，黑石黄嵌拚命輕。草齊增肥無泊處，竹枝凝咽空餘情。人間險路此奇絶，客裏驚心吾飽更。劍閣翻成蜀道易，請歌范子瞿唐行。

【校記】

㊀ 題注：活字本、叢書堂本、董鈔本同，富校：「題下注文黄刻本、宋詩鈔作序文。」

【題解】

本詩作於淳熙四年（一一七七）七月，時正自成都東歸途中。范成大吴船録卷下：「丙辰，泊夔州，早遣人視瞿唐，水齊，僅能没灧澦之頂，盤渦數出其上，謂之灧澦撒髮。人云：『如馬尚不可下，况撒髮耶！』是夜水忽驟漲，渰及排亭諸篁舍，亟遣人毁拆，終夜有聲。及明走視，灧澦則已在五丈水下。或謂可以僥倖乘此入峽，而夔人猶難之。」又：「每一舟入峽數里，後舟方敢續發，水勢怒急，恐猝相遇，不可解拆也。帥司遣卒執旗，次第立山之上下，一舟平安，則簸旗以招後船。」又云：「入峽百餘步，南壁有泉，相傳行人欲飲水，則叫呼曰『人渴也』，泉在巖罅，蓋一杯而止。舟行速且難稍泊，不暇考也。」陸游入蜀記卷六：「發大溪口，入瞿唐峽，兩壁對聳，上入霄漢，其平如削成，仰視天，如匹練然。水已落，峽中平如油盎。過聖姥泉，蓋石上一罅，人大呼於旁，則泉出，屢呼則屢出，可怪也。」夔子，即夔子城，在歸州秭歸縣。李吉甫元和郡縣圖志闕卷逸文卷一歸州秭歸縣：「夔子城，在縣東二十里。昔周成王封楚熊繹，初都丹陽，即此，後移枝江，亦曰丹陽，又移都郢。吴置建平郡在此。」

夜泊歸州㈠州有宋玉宅、昭君臺。

舊國風煙古，新涼瘴癘清。片雲將客夢，微月照江聲。細和悲秋賦，遥憐出塞情〔一〕。荒山餘閥閲，兒女擅嘉名〔二〕。

【校記】

㈠歸州：原作「歸舟」，誤。富校：「『舟』黄刻本作『州』，是。」活字本目録、正文，叢書堂本目録、正文，董鈔本均作「歸州」，今據改。

【題解】

本詩作於淳熙四年（一一七七）七月，時正自成都東歸途中。歸州，王存元豐九域志卷六荆湖南路歸州，巴東郡，縣二：秭歸、巴東。吴船録卷下：「己未，泊歸州。……倚郭秭歸縣，亦傳爲宋玉宅，杜子美詩云『宋玉悲秋宅』，謂此。縣傍有酒壚，或爲題作宋玉東家。屬邑興山縣，王嫱生焉，今有昭君臺、香溪尚存。城南二里，有明妃廟。」陸游入蜀記卷六：「十九日，群集於歸鄉堂。欲以是晚行，不果。訪宋玉宅，在秭歸縣之東，今爲酒家，舊有石刻『宋玉宅』三字，近以郡人避太守家諱，去之，或遂由此失傳，可惜也。」

【箋注】

〔一〕「細和」二句：上句咏宋玉，「悲秋賦」，指宋玉九辯，云：「悲哉秋之爲氣也，蕭瑟兮草木摇落而變衰。憭慄兮若在遠行，登山臨水兮送將歸。」下句咏昭君，「出塞情」，指王昭君遠嫁匈奴事。

〔二〕「荒山」二句：范成大吴船録卷下：「余嘗論歸爲州僻陋，爲西蜀之最，而男子有屈、宋，女子有昭君，闕閲如此，政未易忽。」

秭歸郡圃絶句二首

花竹蕭騷小圃畦，官居翻似隱淪棲。巴山四合秋陽滿〔一〕，杜宇黄鸝相對啼。

孤城偪仄復偪仄，前山後山青欲來。市聲蕭條衙鼓静，惟有叱灘喧萬雷〔二〕。叱灘即黄魔灘，下連人鲊甕。

【題解】

本詩作於淳熙四年（一一七七）七月下旬至八月初，時自蜀東歸已至歸州。秭歸郡圃，指歸州之郡圃，因歸州治所在秭歸，故云。

【箋注】

〔一〕秋陽：按石湖在秭歸逗留十日，八月初離秭歸，已是秋天，故云「秋陽」。吴船録卷下記載泊歸州之時日，從「戊午」抵歸州，到「八月戊辰」發歸州，前後恰爲十天。

〔二〕叱灘：峽路中名灘，在歸州境内。又作吒灘。范成大吴船録卷下：「未至州（歸州）數里，曰吒灘，其嶮又過東奔，土人云：黄魔神所爲也。連接城下大灘，曰人鲊甕，很石横卧，據江十七八。」陸游入蜀記卷六：「觀（天慶觀）下即吒灘，亂石無數。」

宋玉宅

相傳秭歸縣治即其舊址，縣左旗亭，好事者題作宋玉東家。

悲秋人去語難工，摇落空山草木風〔一〕。猶有市人傳舊事，酒壚還在宋家東。

【題解】

本詩作於淳熙四年（一一七七）七月，時離蜀東歸逗留歸州。宋玉宅，在歸州秭歸縣，參見本卷夜泊歸州「題解」。旗亭，市樓。文選張衡西京賦：「旗亭五重。」薛綜注：「旗亭，市樓也。」李賀開愁歌花下作：「旗亭下馬解秋衣，請貰宜陽一壺酒。」

【箋注】

〔一〕「悲秋」二句：悲秋人，指宋玉，他曾寫九辯，有「悲哉秋之爲氣也」句，故云。「摇落」句，自九辯「蕭瑟兮草木摇落而變衰」句化出。

後巫山高一首

余前年入峽，常賦巫山高，今復作一篇。十二峰中，東西各一峰最奇，不可繪畫；左右前後，餘峰之可觀者尚多，不止十二峰也。不問陰晴，雲物常相暎帶，尤爲勝絶。但以漲江湍怒難檥泊，鼓棹而過，不復登廟。前余以水暴漲，得下瞿唐至巫山，縣人云：「却須水退，始可入巫峽。」一夜水落十餘丈，遂不復滯留。

凝真宮前十二峰〔一〕，兩峰娟妙翠插空。餘峰競秀尚多有，白壁蒼崖無數重。秋江漱石半山腹，倚天削鐵荒行蹤。造化鍾奇矗瑶巘，真靈擇勝探珠宮㈠。朝雲未罷暮雲起，陰晴竟日長冥濛。瑶姬作意送歸客〔二〕，一夜收潦仍回風。仰看館御飛檝過，回首已在虚無中。惟餘烏鴉作使者〔三〕，迎船送船西復東。

【校記】

㈠ 探珠宮：原作「深珠宮」。活字本、叢書堂本、董鈔本同。富校：「『深』黄刻本作『探』，是。」據改。

【題解】

本詩作於淳熙四年（一一七七）七月。時自蜀東歸已至巫山巫峽。淳熙二年入蜀時，經巫山，作巫山高，參見卷一六巫山高「題解」。

【箋注】

〔一〕「凝真宫」句：凝真宫，即巫山凝真觀。陸游入蜀記卷六：「二十三日，過巫山凝真觀，謁妙用真人祠。真人，即世所謂巫山神女也。祠正對巫山，峰巒上入雲漢，山脚直插江中。議者謂太華衡廬，皆無此奇。……廟後山半，有石壇平曠，傳云夏禹見神女授符書於此。」陸游謁巫山廟兩廡碑版甚衆皆言神佐禹開峽之功而詆宋玉高唐賦之妄予亦賦詩一首：「真人翳鳳駕蛟龍，一念何曾與世同。不爲行雲求弭謗，那因治水欲論功。翱翔想見虛無裏，毁譽誰知溷濁中。讀盡舊碑成絶倒，書生惟慣諂王公。」十二峰，沈注卷中引名勝志：「十二峰曰望霞、翠屏、朝雲、松巒、集仙、來鶴、静壇、上昇、起雲、飛鳳、登龍、聖泉。」

〔二〕瑶姬：水經注江水二：「郭景純曰：丹山在丹陽，屬巴。丹山西即巫山者也。又帝女居焉。宋玉所謂天帝之季女，名曰瑶姬，未行而亡，封於巫山之陽，精魂爲草，實爲靈芝。所謂巫山之女，高唐之阻。」

〔三〕「惟餘」句：神女廟前有馴鴉，迎船送船，參見卷一六巫山高注。

黄牛峽

廟爲黄牛神所居，即石馬繫祠門處。東坡所書歐公詩及本事碑石在東廡。祠後高峰之上有黄牛迹，客舟甚敬之。以歐公故，石馬亦有靈扁，護甚嚴。

朝離悲秋宅，午榜疊石磯。小留黄牛廟〔一〕，細讀石馬詩〔二〕。黄牛隱見蒼山裏，石馬至今猶馘耳。當年夢境識仙翁，馬爲迎門神爲起。物生不朽繫所逢，歐詞蘇筆蒼苔封。山高水長翁之風，石馬亦與翁無窮。

【題解】

本詩作於淳熙四年（一一七七）八月，時自蜀東歸已至黄牛峽。范成大吴船録卷下：「八月戊辰朔，發歸州……八十里至黄牛峽，上有洛川廟，黄牛之神也。亦云助禹疏川者。廟背大峰，峻壁之上，有黄跡如牛，一黑跡如人牽之，云此其神也。廟門兩石馬，一馬缺一耳。東坡所書歐陽公夢記及詩甚詳，至今人以此馬爲有靈，甚嚴憚之。」

【箋注】

〔一〕黄牛廟：陸游入蜀記卷六：「九日……晚次黄牛廟，山復高峻。……廟靈感，神封嘉應保安侯，皆紹興以來制書也。……傳云：神佐夏禹治水有功，故食於此。門左右各一石馬，頗卑小，以小屋覆之。其右馬無左耳，蓋歐陽公所見也。」酈道元水經注卷三四江水二：「江水又東，逕黄牛山，下有灘名曰黄牛灘。南岸重嶺疊起，最外高崖間，有石色如人負刀牽牛，人黑牛黄，成就分明，既人跡所絶，莫得究焉。此巖既高，加以江湍紆迴，雖途逕信宿，猶望見此物。故行者謡曰：『朝發黄牛，暮宿黄牛。三朝三暮，黄牛如故。』言水路紆深，迴望如一矣。」

〔二〕細讀石馬詩：歐陽修黄牛峽祠：「石馬繫祠前，山鴉噪林木。」

假十二峰

即黄牛峽山，自此直至平喜垻，千峰重複，靡不奇峭。

巴東三峽數巫陽，山入西陵更鬱蒼。何以假爲非確論，直疑溟涬弟高唐。

【題解】

本詩作於淳熙四年（一一七七）八月，時離成都赴召東歸。發歸州，過黄牛峽山，至山背，見假十二峰，作詩紀之。范成大吴船録卷下：「自此以往，峽山尤奇，江道轉至黄牛山背，謂之假十二峰，過假十二峰之下，兩岸悉是奇峰，不可數計，不可以圖畫摹寫，亦不可以言語形容，超妙勝絶，殆有過巫陽處。……三十里，得南岸平地，曰平善垻，出峽至是，皆檥泊，相慶如更生。」

扇子峽 兩岸山尤奇，殆過巫峽，蝦蟆碚在南岸。

兹行看山真飽諳，今晨出峽仍窮探。南磯北磯白鐵壁，千峰萬峰蒼玉篸。横前直疑江已斷，崛起競與天相攙。蜀山欲窮此盤礴，禹力已盡猶鐫劖。望舒宫中金背蟾，泥塗脱盡餘老饞。下飲岷江不知去，流涎落吻如排髯〔一〕。挈瓶檥棹斠清甘，未暇煮茗和薑鹽。聊將滌硯濡我筆，恍惚詩律高巉巖〔二〕。

【題解】

本詩作於淳熙四年（一一七七）八月，時離成都東歸途中，已過巫峽。范成大吴船録卷下：「黄牛峽盡，則扇子峽，蝦蟇碚在南壁，半山有石挺出，如大蟇，呿吻向江。」陸游入蜀記卷六：「九日，微雪，過扇子峽，重山相掩，政如屏風扇，疑以此得名。登蝦蟇碚，水品所載第四泉是也。」王象之輿地紀勝卷七三：「明月峽，在夷陵縣，高七百餘仞，倚江干，崖面白如月，又如扇，亦曰扇子峽。」

【箋注】

〔一〕「望舒」四句：望舒，傳説中爲月亮駕車的神仙，後用爲月亮的代稱。屈原離騷：「前望舒使先驅兮。」王逸注：「望舒，月御也。」蟾，蟾蜍，月宫中有蟾蜍。淮南子説林訓：「月照天下，蝕於詹諸。」高誘注：「詹諸，月中蝦蟇。」段成式酉陽雜俎前集卷一「天咫」：「舊言月中有桂，有蟾蜍。」四句詩，寫蝦蟇碚泉之形態，范成大吴船録卷下：「泉出蟇背山竇中，漫流背上，散下蟇吻，垂頤頷間如水簾，以下於江。時水方漲，蟇去江面纔丈餘，聞水落時，下更有小磯承之。張又新水品亦録此泉。」陸游入蜀記卷六亦載之：「蝦蟇在山麓，臨江，頭鼻吻頷絶類，而背脊皰處尤逼真。造物之巧，有如此者。自背上深入，得一洞穴，石色緑潤，泉泠泠有聲，自洞出，垂蝦蟇口鼻間，成水簾入江。」

〔二〕「挈瓶」四句：范成大吴船録卷下：「蜀士赴廷對，或挹取以爲硯水。」斞，音拘，挹也。集韻：「斞，恭于切，音拘。」説文：「斞，挹也。」

荆渚中流，回望巫山，無復一點，戲成短歌

千峰萬峰巴峽裏，不信人間有平地。渚宫回望水連天〔一〕，却疑平地元無山。山川相迎復相送，轉頭變滅都如夢。歸程萬里今三千，幾夢即到石湖邊。

【題解】

本詩作於淳熙四年（一一七七）八月，時離成都東歸至江陵。范成大吴船録卷下：「嚮離蜀都至漢嘉，則江之兩岸皆山矣。入夔州，則山忽陡高，無不摩雲者。自嘉以來，東西三千里，南北綿

亘，以入蕃夷之界，又莫知其幾千里，不知其幾千萬峰，山之多且高大如此。然自出夷陵至是，回首西望，則杳然不復一點，惟蒼煙落日，雲平無際，有登高懷遠之歎而已。」

【箋注】

〔一〕渚宮：楚別宮，在江陵。范成大吳船録卷下：「壬申、癸酉，泊沙頭，江陵帥辛棄疾幼安，招遊渚宮，敗荷剩水，雖有野意，而故時樓觀，無一存者。後人作小堂，亦草草。舊對此有絳帳臺，今在營寨中，無復遺跡。章華臺在城外野寺，亦粗存梗概。詢龍山落帽臺，云在城北三十里，一小丘耳。」李吉甫元和郡縣圖志闕卷逸文卷一山南道江陵府：「渚宮，楚別宮。左傳曰：『王在楚宮。』水經注云：『今城，楚船宮地也，春秋之渚宮。』」

魯家洑入沌

三江口即岳陽路，水大難行，遂入沌行。沌中最空复處名百里荒，盜區也。

過盡巴東巫峽長，荊川鼓棹更茫茫。避風怕入三江口，乘月貪行百里荒。夜後逢人盡刀劍，古來踏地皆耕桑。可憐行路難如此，一簇寒蘆尚稅場！

【題解】本詩作於淳熙四年（一一七七）八月，時離蜀東歸至石首縣。范成大吳船録卷下：「丁丑，發石首，百七十里，至魯家洑，自此至鄂渚有兩塗：一路遵大江，過岳陽，及臨湘、嘉魚二縣，岳陽通洞庭處，波浪連天，有風即不可行。故客舟多避之。一路自魯家洑入沌。沌者，江旁支流，如海之沺。其廣僅過運河，不畏風浪，兩岸皆蘆荻。時時有人家。但支港通諸小湖，故爲盜區，客舟非結伴作氣不可行。偶有鄂兵二百，更戍欲歸，過荆南，遂以舟載使偕行。自魯家洑，避大江入沌，月明，行三十里，宿。戊寅、己卯，皆早暮行沌中。庚辰，行過所謂百里荒者，皆湖濼茭蘆，不復人跡，巨盜之所出没。月色如晝，將士甚武，徹夜鳴艣，弓弩上弦，擊鼓鉦以行，至曉不至。」陸游入蜀記卷五：「九月一日，始入沌，實江中小夾也。過新潭，有龍祠，甚華潔。自是遂無復居人，兩岸皆葭葦彌望，謂之百里荒。又無挽路，舟人以小舟引百丈，入夜才行四五十里，泊叢葦中。平時行舟，多於此遇盜，通濟巡檢持兵來警邏，不寐達旦。」三江口，范成大吳船録卷下：「小泊漢口……午後風息，通行百八十里，至三江口宿。三江之名，所在多有，凡水參會處皆稱之。」王象之輿地紀勝卷四九：「三江口，去黄岡縣三十里，在團風鎮之下。有江三路而下，至此會合爲一。」陸游有泊三江口詩。

鄂州南樓

誰將玉笛弄中秋？黄鶴飛來識舊游。漢樹有情横北渚，蜀江無語抱南樓。燭天燈火三更市，摇月旌旗萬里舟。却笑鱸鄉垂釣手〔一〕，武昌魚好便淹留〔二〕！

【題解】

本詩作於淳熙四年（一一七七）八月中秋，時自蜀東歸到達鄂州，登南樓，因賦本詩及水調歌頭一詞。范成大吴船録卷下：「辛巳晨，出大江，午至鄂渚，泊鸚鵡洲前南市堤下。南市在城外，沿江數萬家，廛閈甚盛，列肆如櫛，酒壚樓欄尤壯麗，外郡未見其比。蓋川、廣、荆、襄、淮、浙貿遷之會，貨物之至者無不售，且不問多少，一日可盡，其盛壯如此！監司、帥守劉邦翰子宣而下，皆來相見邀飯，皆曰未敢定日。及欲移具舟次，余笑曰：『若定日，則莫若中秋；張具，則莫若南樓。』衆亦笑許。壬午晚，遂集南樓。樓在州治前黄鶴山上，輪奂高寒，甲於湖外。下臨南市，邑屋鱗差。岷江自西南斜抱郡城東下，天無纖雲，月色奇甚，江面如練，空水吞吐。平生所遇中秋佳月，似此夕亦有數。况復修南樓故事，老子於此，興復不淺也。」陸游入蜀記卷五：「二十七日，群集於南樓。在儀門之南石城上，一曰黄鶴山，制度閎偉，登望尤勝。鄂州樓觀爲多，而此獨得江山之會，山谷所謂『江東湖北行畫圖，鄂州南樓天下無』是也。」方輿勝覽卷二八：「南樓，在郡治南黄鶴山頂上，有登覽之勝。」瀛奎律髓卷一方回評：「此出蜀時詩。『燭天燈火三更市』，承平時鄂渚之盛如此。」馮班評：「第四句『蜀江無語』，蜀江何曾有語？末句『武昌魚』，此事如何用？」陸貽典評：「『語』字有病，五、六有氣勢。」紀昀評：「聲調自好，然而浮聲多於切響矣。」詩藪外編卷五：「七言如（略）范至能『燭天燈火三更市，摇月旌旗萬里舟。』（略）皆七言近唐句者，此外不多得也。」

【箋注】

〔一〕鱸鄉垂釣手：此石湖自指，吴江盛産鱸魚，有鱸江之稱。參卷一七有懷石湖舊隱「鱸江」注。

〔二〕「武昌魚」句：三國志吴書陸凱傳載，孫皓欲從建業遷都武昌，陸凱進諫云：「又武昌土地，實危險而塉确，非王都安國養民之處，船泊則沈漂，陵居則峻危，且童謡言：『寧飲建業水，不食武昌魚；寧還建業死，不止武昌居。』」此反其意而用之。

題黄州臨臯亭

夏口風帆赤壁磯〔一〕，雪堂釃酒竹樓棋〔二〕。繫舟一日黄州下，只辦登臨不辦詩。

【題解】

本詩作於淳熙四年（一一七七）八月，時東歸至黄州。黄州，宋史地理志四：「黄州，下，齊安郡，軍事。建炎隸沿江制置副使司。」范成大吴船録卷下：「庚寅，發三江口，辰時過赤壁，泊黄州臨臯亭下。赤壁，小赤土山也，未見所謂『亂石穿空』及『蒙茸』『巉巖』之境，東坡詞賦微誇焉。郡將招集東坡雪堂。」陸游入蜀記卷五：「十八日，食時方行，晡時至黄州。州最僻陋少事，杜牧之所謂『平生睡足處，雲夢澤南州』（按，此爲杜牧齊安郡詩中句）。然自牧之、王元之出守，又東坡先生、張文潛謫居，遂爲名邦。泊臨臯亭，東坡先生所嘗寓，與秦少游書所謂『門外數步即大江』是也。烟波渺然，氣象疎豁。」方輿勝覽卷五〇：「臨臯館，在朝宗門外，舊曰臨臯亭，東坡嘗寓居焉。」

【箋注】

〔一〕夏口：即江夏，在今武漢市漢口一帶。李吉甫元和郡縣圖志卷二七江南道三鄂州：「春秋時，謂之夏汭。漢爲沙羨之東境。自後漢末謂之夏口，亦名魯口。……義熙初，劉毅表以爲『夏口，二州之中，地居形要，控接湘川，邊帶漢沔』，請荆州刺史劉道規鎮夏口。」赤壁磯：黄州之赤壁，又名赤壁磯，在黄州古城西門外，因山石顔色赤紅，故名赤壁，蘇軾記赤壁：「黄州守居之數百步爲赤壁，或言即周瑜破曹公處，不知果是否？斷岸壁立，江水深碧，二鶻巢其上。」陸游入蜀記卷四：「十九日，早，游東坡。……循小徑繚州宅之後，至竹樓，規模甚陋，不知當王元之時，亦止此邪？樓下稍東，即赤壁磯，亦茆崗爾，略無草木。」「二十日，曉，離黄州，江平無風，挽船正自赤壁磯下過。」

〔二〕雪堂：蘇軾在黄州所築之堂。方輿勝覽卷五十：「雪堂，在州治東百步，蜀人蘇子瞻謫居黄州三年，故人馬正卿爲守，以故營地數十畝與之，是爲東坡，以大雪中築室名曰『雪堂』，繪雪於堂之壁。」光緒黄岡縣志卷二古迹：「雪堂，在城内東南，蘇子瞻謫黄二年，故人馬正卿爲請於郡，與故營地數十畝，躬耕於中，名爲東坡。……元豐五年，蘇子於東坡之側爲堂，時大雪，因繪雪於堂，號曰雪堂。」竹樓，位於黄州西北角城墻上，北宋時王禹偁所築，并有黄岡竹樓記。陸游入蜀記卷五：「循小徑繞州宅之後，至竹樓，規模甚陋，不知當王元之時，亦止此邪？」

江州庾樓夜宴

前瞰大江，後臨廬山，登臨名勝，殆甲他處。庾亮南樓乃在武昌，非此也。亮常刺江州，後人製此名，非斯樓之要。

岷江漱北渚，廬阜窺南窗。名山復大川，超覽兹樓雙。何必元規塵〔一〕，自足豪他邦。使君林田熟，新涼篘酒缸。落景澹碧瓦，長虹吐金釭。客從三峽來，噩夢隨奔瀧。小留聽琵琶，船旗卷修杠。請呼裂帛絃〔二〕，爲拊洮河腔〔三〕。曲終四憑闌，倦遊心始降。明發挂帆去，曉鐘煙外撞〔四〕。

【題解】

本詩作於淳熙四年（一一七七）八月，時離成都東歸至江州。范成大吴船録卷下：「甲午，泊江州，登庾樓。前臨大江，後對康廬，背、面皆登臨奇絶。又名山大川悉萃此樓，他處不能兼有，此獨擅之。庾元亮故事，本是武昌南樓，後人以元亮嘗刺江州，故亦以庾名此樓。然景物則有南樓不逮者。」陸游入蜀記卷四：「五日，群集於庾樓，樓正對廬山之雙劍峰，北臨大江，氣象雄麗。自京口以西，登覽之地多矣，無出庾樓右者。樓不甚高，而覺江山烟雲，皆在几席間，真絶景也。庾亮嘗爲江、荆、豫州刺史，其實則治武昌。若武昌南樓，名庾樓，猶有理，今江州治所在晉特柴桑縣之湓口關耳，此樓附會甚明。然白樂天詩固已云：『潯陽欲到思無窮，庾亮樓南湓江東。』則承誤亦久矣。張芸叟南遷録云：『庾亮鎮潯陽，經始此樓。』其誤尤甚。」

【箋注】

〔一〕「何必」句：晉王導厭惡庾亮權勢逼人，見大風揚塵，便以扇拂塵，説：「元規塵污人。」元規，庾亮字，事見世説新語輕詆。

〔二〕裂帛絃：自白居易琵琶引「四絃一聲如裂帛」句化出。

〔三〕洮河腔：洮河，發源青海東部，流經甘肅南部，匯入黄河。北宋時在洮河地區發生一次大的戰役，宋史神宗本紀載：「（熙寧六年冬十月）以復熙、河、洮、岷、疊、宕等州，御紫宸殿受群臣賀。」皇宋通鑑長編紀事本末卷六七載：「今日之役最爲大者，洮河之役。」收復失地「二千餘里」。宋代文人筆下之「洮河」被賦予了「收復失地」、「立功邊陲」的喻義，如范祖禹送蔣穎叔赴熙州詩：「詩書謀帥得豪英，去擁洮河十萬兵。」石湖正是借此詩意，呼唤琵琶奏出雄豪的聲調，以抒發自己「收復失地」的愛國情懷。

〔四〕「明發」二句：李白夜泊牛渚懷古：「明朝挂帆去，楓葉落紛紛。」

東林寺

慧遠師白蓮社也，傍有樂天草堂。對山絶頂即天池，文殊現燈處。

李成焚劫南北山，獨不毀二林。

談易繙經宰木春〔一〕，三生猶自裊煙熏。客塵長隔虎溪水〔二〕，劫火不侵香谷雲〔三〕。老矣懶供蓮社課〔四〕，歸哉忺讀草堂文〔五〕。山頭一任天燈現，箇事何曾落見聞。

【題解】

本詩作於淳熙四年（一一七七）八月，時自成都東歸至江州，遊東林寺，賦本詩。范成大吴船録卷下：「乙未，泊江州。……入山五里，至東林寺，晉惠遠師道場也。自晉以來，爲星居寺，數十年前始更十方，樓閣堂殿，奇巧巨麗，然皆非晉舊屋。」「寺東北隅，有新作白樂天草堂。樂天元和十年爲州司馬，作堂香爐峰北遺愛寺南，往來遊處焉。後與寺並廢，今所作非元和故處也。」白居易草堂記：「匡廬奇秀，甲天下山，山北峰曰香爐，峰北寺曰遺愛寺，介峰寺間，其境勝絶，又甲廬山。元和十一年秋，太原人白樂天見而愛之，若遠行客過故鄉，戀戀不能去，因面峰腋寺，作爲草堂。」

【箋注】

〔一〕談易繙經：范成大吴船録卷下：「獨聰明泉如故，商仲堪與遠公談易處也。……承平時，獨有晉安帝輦、佛馱耶舍革舄、謝靈運貝葉經（按，指謝靈運翻涅槃經貝多梵夾），更李成亂，今皆亡去。」太平寰宇記卷一一一：「五松橋，在山之澗北，昔惠遠法師與殷仲堪席澗談易於此，而樹下泉涌，號曰聰明泉。」宰木：公羊傳僖公三十三年：「秦伯怒曰：『若爾之年者，宰上之木拱矣。』」何休注：「宰，冢也。」

〔二〕虎溪：范成大吴船録卷下：「虎溪涓涓一溝，不能五尺闊，遠師送客，乃獨不肯過此，過則林虎又爲號鳴焉。」

〔三〕「劫火」句：香谷，即西林寺，范成大吴船録卷下：「遠師塔西，即西林寺，惠永師道場也。……此地舊名香谷，永先作此寺，遠徙而爲鄰，號東林，至今稱二林焉。」李成焚劫南北山，不毁二林，故云。

〔四〕蓮社：東晉慧遠法師居廬山，與劉遺民等十八人，結白蓮社於廬山東林寺，見晁補之白蓮社圖記（鷄肋集卷三〇）。范成大吴船録卷下：「白蓮池亦不復種花，獨遠公與十八賢祠堂，猶榜曰蓮社。」

〔五〕「歸哉」句：忺，高興。韋應物寄二嚴：「緑竹久已懶，今日遇君忺。」草堂文，指藏於東林寺的白居易集。四庫全書總目卷一五一云：「居易嘗自寫其集，分置僧寺，據所自記，太和九年置東林寺者，二千九百六十四首，勒成六十卷。」

過虎溪，對東林，蒼巖翠樾，下浸大澗，宛似靈隱冷泉。囑長老法才作亭，名曰過溪，且爲率山丁薙草定基，一朝而畢

過溪無限翠屏開，大笑從教虎子猜〔一〕。不獨山中添故事，仍教題作小飛來〔二〕。

【題解】

本詩作於淳熙四年(一一七七)八月，時自蜀東歸至江州，遊東林寺而賦本詩。范成大吴船録卷下：「出虎溪門，隔路有澗，從東來，澗上峰如屏障，翠樾蒙密，絶似杭之靈隱之飛來峰下。余囑主僧法才作亭，名曰過溪。呼山夫鋤治作址，一夕畢。僧約以冬初可斷手。自是東林增一勝處。」「宛似靈隱冷泉」，靈隱，山名，在杭州城西。冷泉，在靈隱山。施諤淳祐臨安志卷八：「武林山……祥符舊經云：在縣西十五里，高九十二丈，周迴一十二里，又名曰靈隱山。」山有冷泉，在飛來峰下，唐元萸作亭。同書云：「冷泉亭，在飛來峰下，唐右司郎中、杭州刺史河南元萸建，長慶三年刺史白居易撰記。」

【箋注】

〔一〕「大笑」句：沈注卷中引名勝志：「虎溪在東林寺前，上有三笑亭。遠公送客，不過此溪，過則虎輒鳴吼。他日送陶淵明、陸修静，不覺過溪，虎忽作聲，三人愕然，大笑而別。」

〔二〕小飛來：指飛來峰。潛説友咸淳臨安志卷二三山川二武林山飛來峰：「晏元獻公輿地志云：晉咸和元年，西天僧慧理登兹山，歎曰：此是中天竺國靈鷲山之小嶺，不知何年飛來？佛在世日，多爲仙靈所隱，今此亦復爾耶？因挂錫造靈隱寺，號其峰曰飛來。」

病倦不能過谷簾、三峽，寄題

白龍青峽紫煙爐〔一〕，山北山南只半塗。説與同來緑玉杖〔二〕，他年終補卧遊圖。

【題解】

本詩作於淳熙四年（一一七七）八月底，時自蜀東歸，遊廬山，病倦未過谷簾、三峽，賦小詩寄題。范成大吴船録卷下記廬山景，未及此二處。谷簾：即廬山谷簾水，方輿勝覽卷二二江州：「谷簾水，在德安東北十里景德觀。」讀史方輿紀要卷八四：「谷簾水，在府（南康府）西三十五里。源出廬山康王谷曰谷簾泉，下流入於彭蠡，陸羽茶經品爲天下第一。桑喬山疏云：『康王谷在府西六十里，泉在谷中曰谷簾，其源出廬山絶頂之漢陽坡，懸注三百五十丈。』」三峽：即廬山三峽澗。讀史方輿紀要卷八四：「漢陽峯之水，西流爲康王谷之谷簾泉。……五老峯下爲棲賢谷。其西爲三峽澗，澗受大小支流九十九派，水行石間，聲如雷霆，擬於三峽之險。」

【箋注】

〔一〕紫煙爐：指廬山香爐峰，石湖此句自李白望廬山瀑布「日照香爐生紫煙」化出。白居易廬山草堂記：「匡廬奇秀，甲天下山，山北峰曰香爐。」

〔二〕緑玉杖：綴有緑玉的杖，傳爲仙人所用。李白廬山謡寄盧侍御虚舟：「我本楚狂人，鳳歌笑孔丘。手持緑玉杖，朝别黄鶴樓。」

湖口望大孤

廬阜岡勢斷，江流漭相通。大孤如小冠，插入瀹淪中。我欲蜕濁浪，往馭揚瀾風。晃晃銀色界，溌溌水晶宫。濯足望八荒，列宿羅心胸〔一〕。客帆詎肯駐，搔首蒼煙叢。

【題解】本詩作於淳熙四年（一一七七）九月初，時自蜀東歸已過江州。范成大吴船録卷下：「九月丁酉朔，泊江州，風作，終日不行。戊戌，風小止，巳時發江州，回望廬山，漸東而高，不復迤邐之狀。

過湖口，望大孤如道士冠，立碧波萬頃中，亦奇觀也。」陸游入蜀記卷三：「三日，早，行未二十里，忽風雲騰涌，急繫纜。俄復開霽，遂行。泛彭蠡口，四望無際，乃知太白『開帆入天鏡』之句爲妙。始見廬山及大孤。大孤狀類西梁，雖不可擬小姑之秀麗，然小孤之旁，頗有沙洲葭葦，大孤則四際渺瀰皆大江，望之如浮水面，亦一奇也。」大孤，山名，太平寰宇記卷一一一：「彭蠡湖在縣東南，與都昌縣分界，湖心有大孤山。顧况詩云：『大孤山盡小孤出，月照洞庭歸客船。』」

【箋注】

〔一〕列宿羅心胸：語出李賀高軒過：「二十八宿羅心胸。」

澎浪磯阻風

浦口舟藏尋丈慳，篙師抱膝朝暮閒。逆風來從水府廟，濁浪欲碎小孤山〔一〕。太白猶高缺蟾墮，長江未盡歸鬢斑。短歌聊復怨行路，當有聽者凋朱顏〔二〕。

【題解】

本詩作於淳熙四年（一一七七）九月，時東歸至澎浪磯。澎浪磯，位於彭澤縣西北臨長江處，與小孤山相望。范成大吴船録卷下：「己亥，發交石夾，東望小孤如艾炷。午後過之，澎浪磯在其南，風起波作。」陸游入蜀記卷三：「八月一日……過澎浪磯、小孤山，二山東西相望。小孤屬舒州宿松縣，有戍兵。」

【箋注】

〔一〕小孤山：又名小姑山，位於安徽宿松縣城東六十五公里的長江中。太平寰宇記卷一一一：「（彭澤縣）小孤山，高三十丈，周迴一里，在古城西北九十里。孤峰聳峻，半入大江。」陸游入蜀記卷三：「凡江中獨山，如金山、焦山、落星之類，皆名天下，然峭拔秀麗，皆不可與小孤比。自數十里外望之，碧峰巉然孤起，上干雲霄，已非他山可擬，愈近愈秀，冬夏晴雨，姿態萬變，信造化之尤物也。」

〔二〕「當有」句：語出李白蜀道難：「蜀道之難，難於上青天，使人聽之凋朱顔。」

馬當湫阻風，居人云：非五日或七日風不止，謂之重陽信

拍岸回流逆上磯，枯楊折葦静相依。趁墟漁子晨争渡〔一〕，賽廟商人晚醉歸〔二〕。重九信來風未憖〔三〕，大千行徧昨俱非。羈愁萬斛從頭數〔四〕，帶眼今秋又減圍。

【題解】

本詩作於淳熙四年（一一七七）九月，時東歸阻風彭澤馬當。馬當，山名，在彭澤縣。李吉甫

元和郡縣圖志卷二八江南道四江州彭澤縣：「馬當山，在縣東北一百里，横入大江，甚爲險絶，往來多覆溺之懼。」范成大吴船録卷下：「通行八十里，泊激背洲，欲泊馬當，風甚不可前。江中有風則白頭浪作，便不可行。庚子，風未止，强移船數里，至馬當對岸小港中泊。」陸游入蜀記卷三：「至馬當，所謂下元水府，山勢尤秀拔，正面山脚，直插大江。廟依峭崖架空爲閣，登降者，皆自閣西崖腹小石徑，捫蘿側足而上，宛若登梯。飛甍曲檻，丹碧縹緲，江上神祠，惟此最佳。」太平寰宇記卷一一一：「馬當山，在古城北一百二十里，其山横枕大江，山象馬形，迴風急繫，波浪涌沸，爲舟船險阻。山腹在江中，山際立馬當山廟。」

【箋注】

〔一〕趁墟：又作趁虚，即趕集之意。錢易南部新書辛：「端州已南，三日一市，謂之趁虚。」本集卷一三豫章南浦亭泊舟其二：「趁墟猶市井，收潦再耕桑。」

〔二〕賽廟：趕廟會之謂。夷堅志甲志卷一〇：「紹興十九年三月，英州僧希賜，往州南三十里洸口掃塔。……既賽廟畢，飲胙頗醉……」

〔三〕慭：正字通：「本作憖，俗省作慭。」春秋左傳詁卷一八「慭使吾君聞勝與臧之死也以爲快」，引惠棟云「『慭』讀爲『銀』，與『寧』同音。又讀爲『甯』。古『寧』、『甯』同字。説文『寧』與『慭』皆訓爲願。」此處石湖似取「安寧」意，謂馬當「重九信風」之大且不可測也。

〔四〕「羈愁」句：萬斛愁，庾信愁賦：「誰知一寸心，乃有萬斛愁。」楊萬里和石湖居士范至能與周子充夜游石湖松江詩韻：「一生句裏萬斛愁。」

放舟風復不順，再泊馬當，對岸夾中馬當水府，即小説所載神助王勃一席清風處也。戲題兩絶

萬里江隨倦客東，馬當山觜勒孤篷。無才解賦珠簾雨，誰肯相賒一席風。

禁江上口柏山東，三日荒寒繫短篷。却憶宮亭湖裏去〔一〕，隨人南北解分風。

【題解】

本詩作於淳熙四年（一一七七）九月，時赴召東歸，泊舟馬當，戲題二絶。范成大吴船録卷下：「庚子，風未止，强移船數里，至馬當對岸小港中泊。」南唐在長江沿岸築上元水府、中元水府、下元水府。下元水府，在馬當山，故云馬當水府。「即小説所載神助王勃一席清風處也」小説，即指羅隱中元傳，宋委心子新編分門古今類事卷三異兆門引羅隱中元傳云：「王勃方十三，隨舅遊江左，遇異叟，云爲中元水府主，告勃『來日滕王閣作記』，『吾助汝清風一席』。」石湖語出於此。唐寅題落霞孤鶩圖：「千年想見王南海，曾借龍王一陣風。」亦用此典。

【箋注】

〔一〕宮亭湖：在南昌。王存元豐九域志卷六江南西路洪州，縣七：南昌，有宮亭湖。

守風嘲舟子

奪命稠灘百戰餘，守風端坐恰乘除。日長飽飯佳眠覺，閒傍蘆花學釣魚。

【題解】本詩作於淳熙四年（一一七七）九月，時赴召東歸，至馬當阻風，見舟子守風無事，乃賦小詩嘲之。

佛池口大風復泊

碧葦無思連天生，青山有情終日橫。風聲洶怒木朝拔，川氣流光珠夜明。誰能坐守白頭浪，我欲往騎金背鯨〔一〕。俛仰之間撫四海，可憐步步愁江程。

【題解】本詩作於淳熙四年（一一七七）九月，時赴召東歸，至佛池口，遇大風復泊，有感而賦本詩。佛池口，沈注卷中：「在池州府東流縣。」從石湖詩題考察，佛池口與池口顯然是二地。佛池口在長風沙之前，池口在長風沙之後，黃震黃氏日鈔卷六七：「經皖口、雁汊，凡三百里，至長風沙上口。

百里至池州池口，十里至池州。」然吴船録未載其地名。蘇轍有佛池口遇風雨詩。

【箋注】

〔一〕「我欲」句：用李白騎鯨故事。杜甫送孔巢父謝病歸江東兼呈李白「南尋禹穴見李白」，仇兆鰲注：「南尋句，一作『若逢李白騎鯨魚』。」

長風沙

夕陽明遠帆，高浪兀孤嶼。綿綿淮山來，閃閃沙鳥去〔一〕。落木兩三家㊀，炊煙南北渡。眉伸擊汰行，夢愕阻風處。

【校記】

㊀兩三家：原作「兩山家」，富校：「『山』黄刻本作『三』，是。」活字本、叢書堂本、董鈔本、詩淵第三册第二二〇五頁均作「兩三家」，今據改。

【題解】

本詩作於淳熙四年（一一七七）九月。時東歸行至長風沙。范成大吴船録卷下：「（九月）戊申，發清溪，泊長風沙。己酉，發長風沙，入夾行，晚泊太平州。」陸游長風沙：「江水六月無津涯，驚濤駭浪高吹花。艣聲已出雁翅浦，荻夾喜入長風沙。長風自古三巴路，檣竿參差雜烟樹。南船北船各萬里，凄凉小市相依住。歌呼雜沓燈火明，黄昏風死浪亦平。勞苦舟師剩沽酒，安穩明朝到池口。」太平寰宇記卷一二五：「長風沙，在（懷寧）縣東一百九十里，置在江界，以防寇盗。元和四年入圖經。李白長干行云：『相迎不道遠，直至長風沙。』即此處也。」

【箋注】

〔一〕「閃閃」句：唐唐彦謙長溪秋望：「寒鴉閃閃前山去，杜曲黄昏獨自愁。」

九月八日泊池口

斜景下天末，煙霏酣夕紅。餘暉染江色，瀲灩琥珀濃。我從落日西，忽到大江東。回首舊游處，嘌黄錦城中。藥市并樂事，歌樓沸晴空。故人十二闌〔一〕，豈復念此翁？

【題解】

本詩作於淳熙四年（一一七七）九月八日，時東歸，泊舟池口，懷念成都故友，因作本詩。范成大吴船録卷下：「甲辰，發長風沙，百里，午至池州池口，泊望淮亭。」池口，鎮名，王存元豐九域志卷六江南東路池州，縣六：貴池，有池口鎮。

【箋注】

〔一〕「故人」句：戴叔倫蘇溪亭：「蘇溪亭上草漫漫。誰倚東風十二闌。」張先蝶戀花（臨水人家深宅院）：「樓上東風春不淺。十二闌干，盡日珠簾捲。有箇離人凝淚眼。淡煙芳草連雲遠。」十二闌干於詩詞中常與送别、相思之意向相關。

池州九日，用杜牧之齊山韻

年年佳節歌式微〔一〕，秋浦片帆還欲飛〔二〕。萬里蜀魂思遠道，九歌楚調送將歸。杯中山影分秋色，木末江光借夕暉。細撚黄花一枝盡，霏霏金屑滿征衣。

【題解】

本詩作於淳熙四年（一一七七）九月九日，時東歸至池州，適逢重陽，有感而作本詩。萬里歸來，感慨良多。范成大吴船録卷下：「（九月）乙巳，泊池州，入城，登九華樓，作重九。風雨陡作，懶至齊山。望之，數里間一土山，極庳小，有翠微亭，特以杜牧之詩傳耳。」「杜牧之齊山韻」，指杜牧九日齊安登高：「江涵秋影雁初飛，與客攜壺上翠微。塵世難逢開口笑，菊花須插滿頭歸。但將酩酊酬佳節，不用登臨嘆落暉。古往今來只如此，牛山何必淚霑衣。」石湖本詩詩意，均自小杜詩生發。

【箋注】

〔一〕歌式微：詩經邶風式微：「式微，式微，胡不歸？」

〔二〕秋浦：縣名，屬池州。元和郡縣圖志卷二八江南道四池州：「管縣四：秋浦、青陽、至德、石埭。」

離池陽十里清溪口，復阻風

恰從秋浦挂籧篨〔一〕，又泊清溪十里餘。愁水愁風吹帽後，作雲作雨授衣初。遠尋草市沽新酒，牢閉篷窗理舊書。行路阻艱催老病，騷騷落雪滿晨梳。

【題解】

本詩作於淳熙四年（一一七七）九月十日，時東歸已抵池州清溪口。范成大吳船録卷下：「丙午，離池州十數里，風作，泊清溪口。」池陽，即池州，名池陽郡。清溪口，沈注卷中：「紀要：清溪河在池州府城東，達江，亦曰清溪口。」

【箋注】

〔一〕籧篨：粗竹席。方言卷五：「簟，其粗者謂之籧篨。」王安石獨飯：「窗明兩不借，榻净一籧篨。」

梅根夾

辛苦淩波棹，平安入夾船。日明漁浦網，風側瓦窰煙。老圃容挑菜，村巫橫索錢。且投人處宿，終夜得佳眠。

【題解】　本詩作於淳熙四年（一一七七）九月，時東歸，經宣州梅根夾，賦詩寫其地之景。梅根夾，沈注卷中：「紀要：梅根河在池州府東四十五里，北達大江，亦曰梅根港。港東五里，即梅根監，歷代鑄錢之所。」李吉甫元和郡縣圖志卷二八江南道四宣州宣城縣：「梅根監，在縣西一百三十五里。梅根監並宛陵監，每歲共鑄錢五萬貫。」太平寰宇記卷一〇五：「銅陵縣，本漢南陵縣，自齊、梁之代爲梅根冶，以烹銅鐵。庚子山枯樹賦云：『東南以梅根作冶地，元管法門、石埭兩場。』隋升法門爲義安縣，又廢入銅官冶。後改爲銅官縣，屬宣州。皇朝割屬池州。」可見，梅根夾即在梅根監附近。

宿長蘆寺方丈

塔廟新浮水，汀洲舊布金。聊憑一葦力，與障萬波侵。帆影窺門近，鐘聲出院深。夜闌雷破夢，欹枕聽潮音。

【題解】

本詩作於淳熙四年（一一七七）九月，時東歸，宿長蘆寺，賦詩紀行。范成大吴船録卷下：「丁巳泊長蘆，襆被宿寺中。此爲菩提達磨一葦浮渡處，寺在沙洲之上，甚雄傑。江波淙齧，行且及門，寺前舊有居人，今皆蕩去。岸下不可泊舟，移在五里所一港中。寺有一葦堂以祠達磨。」長蘆寺，在長蘆鎮，王存元豐九域志卷五淮南東路真州，縣二：六合，有長蘆鎮。沈注卷中引張舜民郴行録：「長蘆崇福院，乃章獻太后爲真宗所營，制度宏麗，甲冠江淮。」邵伯温邵氏聞見録卷一：「章獻明肅太后，成都華陽人。少隨父下峽，至玉泉寺，有長老者善相人，謂其父曰：『君貴人也！』及見后，則大驚曰：『君之貴以此女也。』又曰：『遠方不足留，盍游京師乎？』父以貧爲辭，長老者贈以中金百兩。后自家至京師，遂正位宫闈。真宗判南衙，因張耆納后宫中。……仁宗即位，以太皇太后垂簾聽政。玉泉長老者已居長蘆矣。后屢召不至，遣使就問所須？則曰：『道人無所須也。玉泉寺無僧堂，長蘆寺無山門。』后其念之。』后以本閣服用物，下兩寺爲錢，以建長蘆寺臨江門，起水中。既成，輒爲蛟所壞，后必欲起之，用生鐵數萬斤疊其下，門乃成。」

將至吴中，親舊多來相迓，感懷有作

望見家山意欲飛，古來燕晉一沾衣。回思客路豈非夢，乍聽鄉音真是歸。新事略從年少問，故人差覺坐中稀。不須更説桑榆暖㊀〔一〕，霜後鱸魚也自肥。

【校記】

㊀桑榆暖：原作「桑榆晚」，富校：「『晚』宋詩鈔作『暖』，是。按此用唐摭言卷十五所載唐玄宗『若嫌松桂寒，任逐桑榆暖』句意。」按，活字本、叢書堂本亦作「桑榆暖」，今據改。

【題解】

本詩作於淳熙四年（一一七七）九月末、十月初，時東歸已抵常州，有感而作。范成大吴船録卷下：「（九月）丙寅，發常州，平江親戚故舊來迓者，陸續於道，怳然如隔世焉。」按，石湖自乾道八年十二月自蘇州出發赴廣西帥任，至本年十月自蜀歸抵蘇，已達六年。

【箋注】

〔一〕「不須」句：唐摭言卷一五：「薛令之，閩中長溪人，神龍二年及第，累遷左庶子。時開元東宫官僚清淡，令之以詩自悼，復紀於公署曰：『朝旭上團團，照見先生盤。盤中何所有？苜蓿長闌干。……』上因幸東宫，覽之，索筆判之曰：『啄木觜距長，鳳凰毛羽短。若嫌松桂寒，任逐桑榆暖。』令之因此謝病東歸。」石湖用此故事。

石湖居士詩集卷二十

淳熙五年四月二日，直宿玉堂，懷舊二絶句

桂海冰天老歲華〔一〕，直廬重上玉皇家〔二〕。當年曾識青青鬢〔三〕，惟有東牆一架花。

雪山刁斗不停撾，夜把軍書敢顧家？珍重玉堂今夜夢，静聞宫漏隔宫花〔四〕。

【題解】

本詩作於淳熙五年（一一七八）四月二日，時任禮部尚書，兼直學士院，因直宿玉堂，懷舊作本詩。石湖於淳熙四年東歸後，十一月入對，除權禮部尚書，五年正月，以禮部尚書知貢舉，三月，兼直學士院。周必大神道碑：「十一月入對，除權禮部尚書，賜上方珍劑。五年正月知貢舉……公尋兼直學士院。四月，以中大夫參知政事，又權監修國史、日曆。」作本詩時，尚未有除參知政事之任命。

【箋注】

〔一〕「桂海」句：桂海，指任桂帥時之行止；冰天，指使金景境，參見卷一四畫工李友直爲余作冰天桂海二圖冰天畫使北虜渡黄河時桂海畫游佛子巖道中也戲題「題解」。

〔二〕直廬：文選卷二一陸機贈尚書郎顧彦先之二：「朝游游曾城，夕息旋直廬。」吕延濟云：「直廬，直宿之廬。」

〔三〕「當年」句：石湖有玉堂寓直、己丑中秋寓直玉堂、八月二十二日寓直玉堂諸詩，己丑爲乾道五年，時年四十四歲，頭髮尚黑，故云「青青髮」。

〔四〕宫漏：宫中之漏壺，報時器。以銅壺盛水，壺底穿一小孔，壺中立箭，上刻度數，以記時。唐李益宫怨：「似將海水添宫漏，共滴長門一夜長。」

初歸石湖

曉霧朝暾紺碧烘，横塘西岸越城東。行人半出稻花上，宿鷺孤明菱葉中。信脚自能知舊路，驚心時復認鄰翁。當時手種斜橋柳，無限鳴蜩翠掃空。

【題解】

本詩作於淳熙五年（一一七八）初秋。「初歸石湖」，乃指罷參知政事後歸休石湖。詩云：「稻花」、「菱葉」，知時在初秋。宋史范成大傳：「拜參知政事。兩月，爲言者所論，奉祠。」周必大神道碑：「（淳熙五年）四月，以中大夫參知政事，又權監修國史、日曆。纔兩月，前御史亟論公，公即出門，明日宣押奏事，引咎而已。上曰：『朕不忘卿，數月，訊至卿家矣。』除資政殿學士知婺州。公請以本官奉祠，詔如所乞，提舉臨安府洞霄宮。」于北山范成大年譜淳熙五年附注對石湖此次遭罷有詳細考訂：「石湖爲言者論罷，宋史本傳、周必大神道碑均未明著言者何人。神道碑略透消息，以爲石湖本年正月以禮部尚書知貢舉，開院應由侍御史啓封，司事吏措置稍疏，於是御史『疑薄己，有後言』；下文繼云『纔兩月，前御史亟論公』。不知此特曾黨排陷之借口，未能揭出其實質。姑隱其名，顯有諱忌，碑志之體，未足深異。宋史本傳則只寥寥十餘字：『拜參知政事，兩月，爲言者所論，奉祠。』續資治通鑑踵其說：『范成大罷職奉祠，以言者論之也。』如此輕率，則均非史筆所應有。今考知此言者，即當時任侍御史之謝廓然。謝氏依附曾覿進身，去年始賜進士出身，以侍御史首劾參政龔茂良，茂良，固明爲反曾覿者。摶噬結果，茂良不僅罷政，且貶英州安置以死（本年六月，父子卒於英州貶所，陸游曾爲文祭之）。自此，大獲曾黨之寵信。石湖早年即與張說、曾覿等不睦，此時身爲執政，曾黨必不能使之久立于朝，遇事阻梗。故本年正月，石湖初膺知貢舉之命，謝氏即急對貢舉事有所論列，實對主司横加刁難，使之無所措手足，如云：『近來掌文衡者，主王安石之說，則專尚穿鑿；主程顥之說，則務爲虚誕。虚誕之說行，則日入於險怪；穿鑿之說興，則日趨於破碎。請詔有司公心考校，無得徇私，專尚王程之末習。』而朝廷『從之』。如此，則標準何在？是非何在？其意豈非罷黜王程，應盡從曾覿乎？啓釁之端，已彰彰明甚。嚆矢所加，鋒鏑必至。石湖知朝政日非，本有退志，還朝論奏，鋒鋭已消。睹此情勢，知非口舌所能争，亦非獨力所能抗，故『引咎』遜避而去。謝氏自此，三四年間，躐登二府（同知樞密院事兼參知政事）。仕途騰趠之速，罕有其比，曾氏固不惜以名位酬其鷹犬也。嗣後石湖有嘲蚊四十韻，有『云何人欣戚，乃係汝張歙』，『消息誰使然，智力詎能及』之句，可見其仕進之念雖微，而憂國之心未戢，當即對曾謝等而發也。」

寄蜀州楊道人

老來萬事總蕭然，猶憶西州暑雪邊。爲報岷峨山水道，如今真箇得歸田。

【題解】本詩作於淳熙五年（一一七八），時正罷參知政事歸石湖閒居，寄詩蜀州楊道士志感。楊道士，生平不詳。

送同年萬元亨知階州

老我曾頒萬里春(一)，憐君飛棹也浮秦。當年千佛名經裏(二)，又見西遊第一人。

路入南山舊漢畿，油油清渭照牙旗。古來百戰功名地，正是鷄鳴起舞時〔二〕。

十年關隴困科輸，聖德如天盡掃除。臨遣中和二千石〔三〕，好乘春日下寬書〔四〕。

【校記】

〔一〕曾頌：活字本、叢書堂本、董鈔本均作「曾班」。

【題解】

本詩作於淳熙五年（一一七八）冬，時在蘇州，同年萬鍾赴階州任，路過蘇州，石湖因作三絶句送之。萬元亨，即萬鍾，字元亨，臨安錢塘人。紹興二十四年進士。宋史、宋史翼均無傳，歷仕起居郎、中書舍人、吏部侍郎、階州知州、江東轉運副使、工部侍郎、潤州知州、司農卿、淮西總領等職。南宋館閣續録卷七：「萬鍾，字元亨，臨安錢塘人。紹興二十四年張孝祥榜進士出身。治詩賦。（淳熙）五年二月除（秘書監），五月爲吏部侍郎。」建炎以來朝野雜記乙集卷八「丁未成都火」條云：「萬元亨爲司農少卿，應詔上言：成都之火，於守臣何害？……元亨以何自然之言，起爲江東副漕，召爲工部侍郎。」嘉定鎮江志卷一五宋潤州太守：「萬鍾，中大夫、秘閣修撰，慶元三年九月到，次年十二月除司農卿。」景定建康志卷二六轉運司題名：「萬鍾，中大夫直龍圖閣副使，慶元二年正月十一日到任，七月改除司農卿淮西總領。」楊萬里對他評價很高，誠齋集卷一〇四有與江東萬漕書云：「山藏海韞之學，瓊琚玉佩之詞，光風霽月之望，妙齡孤秀，漢廷無右」，「而論事剴切，抵觸當權，脱然冥鴻之高翔。」階州，宋代屬秦鳳路，王存元豐九域志卷三秦鳳路階州，武都郡，軍事，治福津縣。

【箋注】

〔一〕千佛名經：此指登科名榜。封演封氏聞見記卷三：「進士張繟，漢陽王柬之曾孫也。時初落第，兩手奉登科記頂戴之，曰：『此千佛名經也。』其企羨如此。」

〔二〕雞鳴起舞：即聞雞起舞之意。晉書祖逖傳：「（祖逖）與司空劉琨俱爲司州主簿，情好綢繆，共被同寢。中夜聞荒雞鳴，蹴琨覺曰：『此非惡聲也。』因起舞。」

〔三〕中和：中正和平，荀子王制：「中和者，聽之繩也。」二千石：漢代太守的俸禄，後代亦用以指稱太守一級的官吏爲二千石。

〔四〕「好乘」句：萬鍾於淳熙五年冬出發，至階州是春日，正好下達寬政的詔書。

次韻蜀客西歸者來過石湖，并寄成都舊僚

走徧塵埃倦鳥還，故鄉元在水雲間。黄粱飯裏夢魂醒〔一〕，青篛笠前身世閒〔二〕。鷗鷺飛來俱玉立，松篁歲晚各蒼顔。岷峨交舊如相問，鐵鎖無肩任客攀。

【題解】

本詩作於淳熙五年(一一七八)冬,時正閒居在石湖。詩云「歲晚」,又次於十一月大霧中自胥口渡太湖詩之前,則本詩亦當作於十一月前後。蜀客西歸,過石湖,有詩,石湖乃次其韻作本詩,兼懷成都舊交。

【箋注】

〔一〕「黄粱」句:用沈既濟枕中記「黄粱夢」典。

〔二〕「青篛笠」句:自張志和漁父詞「青箬笠,緑蓑衣,斜風細雨不須歸」化出,形容自己目前的心境。

十一月大霧中自胥口渡太湖

白霧漫空白浪深,舟如竹葉信浮沉。科頭晏起吾何敢,自有山川印此心。

【題解】

本詩作於淳熙五年(一一七八)十一月,大霧中渡太湖,乃賦詩志感。胥口,在木瀆西,范成大吴郡志卷一八:「胥口,在木瀆西十里,出太湖之口也。上有胥山。舟出口則水光接天,洞庭東、西山峙銀濤中,景物勝絶。」朱長文吴郡圖經續記卷下:「胥口,在姑蘇山西北十二里,因胥山得名。」

靈祐觀

即古神景宫也。相傳舊宫廊百間，繞三大殿，謂之百廊三殿，今不復有。堂前有垂絲檜三本。

暘谷西門鎖洞宫〔一〕，古苔斑駁檜蒙茸。百廊三殿惟眢井，萬壑千巖有瘦筇。

【題解】

本詩作於淳熙五年（一一五八），時罷參知政事閒居在家，游靈祐觀，作本詩。靈祐觀，本名神景宫，在洞庭山林屋洞旁。陸廣微吴地記後集：「神景宫在縣西南一百二十里太湖中，唐乾符二年置。」朱長文吴郡圖經續記卷中：「靈祐觀，在洞庭山，唐之神景宫也，蓋明皇時建，内有林屋洞，人間第九洞天也。」范成大吴郡志卷三一「宫觀」：「靈祐觀，在洞庭山林屋洞傍，舊名神景宫，唐乾符二年建。内有林屋洞。」徐崧、張大純百城烟水蘇州：「靈祐觀，在林屋洞旁。……宋天禧五年，詔康孝基重建。」

【箋注】

〔一〕暘谷：即暘谷洞，徐崧、張大純百城烟水蘇州：「洞山，有林屋洞，丙洞，暘谷洞。」王謇宋平江城坊考卷五「洞庭西山」引盧志：「周處風土記云：『包山洞穴，潛行地中，無所不通，謂之洞庭地脈。』道書云：林屋洞是十大洞天之第九洞，一名左神幽虚之天洞。有三門，同會一穴。内有石門，爲隔凡，一名雨谷，一名暘谷。洞向東，更有丙洞，中有石室銀房、石鐘石鼓、金庭玉柱，又有白芝隱泉、金沙龍盆、魚乳泉、石燕。」

林屋洞

仙經：一名左神幽虚洞天。正洞門左觀中，出觀左門，又有二門，一名雨洞，一名暘谷洞。

擊水搏風浪雪翻，煙銷日出見仙村。舊知浮玉北堂路，今到幽墟三洞門。石燕翾飛遮炬火，金龍深阻護嵌根㈠。寶鐘靈鼓何須叩，庭柱宵晨已默存㈡。

【校記】

㈠金龍：原作「金籠」，富校：「『籠』黄刻本作『龍』，是。」按活字本、叢書堂本、董鈔本均作「金龍」，今據改。

【題解】

本詩作於淳熙五年（一一七八），時罷參知政事閒居在家。游林屋洞，賦七律一首以紀遊。林屋洞，在洞庭西山。陸廣微吴地記引洞庭山記：「洞庭有二穴，東南入洞，幽邃莫測，昔闔閭使令威丈人尋洞，秉燭晝夜而行，繼七十日，不窮而返，啓王曰：『初入，洞口狹隘，傴僂而入，約數里，忽遇一石室，可高二丈，常垂津液。』内有石牀枕硯。石几上有素書三卷，持回，上於闔閭，不識，乃請孔子辯之。孔子曰：『此夏禹之書，並神仙之事，言大道也。』王又令再入，經二十日却返。云：『不似前也，唯上聞風水波濤，又有異蟲，撓人撲火，石燕蝙蝠大如鳥，前去不得。』丈人姓毛名萇，號曰毛公。今洞庭有毛公宅，石室并壇存焉。」朱長文吴郡圖經續記卷中「靈祐觀」：「内有林屋洞，人間第九洞天也，爲左神幽虚之天，即天后真君之便闕。真誥云：『勾曲洞天，左通林屋，北通岱宗，西通峨眉，南通羅浮。』言諸洞可以交達也。舊傳禹治水過會稽，夢人衣玄纁，告治水法并不死方在此山石函中，既得之，以藏包山石室。吴人得之，不曉，以問孔子，孔子曰：『此禹石函文。』所謂靈寶經三卷，蓋即此也。」一名雨洞，一名暘谷洞，徐崧、張大純百城烟水蘇州：「洞山，有林屋洞，（面西，王文恪公題「第九洞天」，趙凡夫山人題「左神虚幽之天」於石，入洞如石屋……其中奇窅茫不能悉。名雨洞，俗稱龍洞。）丙洞，（循麓而南，山根一穴甚小，然好事者指爲「林屋三門」，但其上其旁石壁陡削。王文恪題曰「偉觀」。）暘谷洞。（面東，下瞰如深衖。）」

【箋注】

〔一〕「寶鐘」二句：鐘鼓，即石鐘石鼓；庭柱，即金庭玉柱。均爲林屋洞中景物。朱用純洞山：「傳聞林屋中，其事多不經。古今足迹到，玉柱與金庭。」

包山寺

在毛公壇前别峰下，慈受深老所作。深老入山時，手植二竹，今遂成林。山上松多非種植，風吹松子自成，謂之飛松。

仙塢逶半坐，精廬遷古幢。槁衲昔開山，至今坐道場。熾然説慈忍，禪海薰戒香。穉竹暗寒碧，飛松盤老蒼。船鼓入宴坐〔一〕，紅塵隔滄浪。藤杖嬾歸去，共倚蒲團牀。

【題解】

本詩作於淳熙五年（一一七八），時正閒居在家，游包山寺，賦詩以志感。包山寺，在洞庭西山。范成大吴郡志卷三四「郭外寺」：「包山禪院，在吴縣西南一百二十里。院有舊鐘，云梁大同二年置，爲福願寺。天監中再葺。唐上元九年，改爲包山寺，高宗賜名顯慶寺。本朝靖康間，慈受大師懷深居之，詔復賜舊名，院亦復興。」徐崧、張大純百城烟水蘇州：「包山禪寺，梁大同二年建，天監中再葺。初名福源寺，唐上元九年改今名，高宗賜名顯慶寺。宋靖康中慈受深禪師居此，賜額包山禪院。」宋王銍於紹興二年正月爲包山寺作記，云：「靖康元年夏五月，慈受大士普照禪師懷深，住大相國寺慧林禪院之六年。力祈還山，優詔不許。命大丞相喻旨，所以留師者，靡不盡也。師確不可奪，拂袖出都，偏走江浙。所至山川城邑，僧俗擁衆歡迎。瞻頂焚香夾道，如佛行化。靈巖、蔣山，虚一禪席以待。而兩山之人，遮道不得行。師姑慰其意，皆少留而去。最後得洞庭包山廢院，欣然駐錫卷衲，爲終焉計。兹院自六朝之初爲勝地，梁天監中，始再崇葺。唐高宗賜名顯慶，爲大叢林，庇千僧。陸龜蒙、皮日休所賦包山精舍是也。政和中，權豪用事，撤以修其墳寺，瓦木滌地俱盡。淵聖皇帝詔復其名。而舊寺僧法聰，爲師以請。既至山，平江府令其弟了初主院事。然頽基斷址，四顧荒寒。而富者獻財，巧者獻技，壯者獻力。不數月，殿堂門室，鍾經與樓皆具。師平日未嘗求施，兵燼之後，尤不煩人。而施者自遠而至，惟恐弗受。於是禪居靚深，巋然出雲煙之上矣。」

【箋注】

〔一〕「船鼓」句：描寫船宴的景況。唐宋時代，豪家常在船上舉行宴會，李白在水軍宴韋司馬樓船觀妓：「詩因鼓吹發，酒爲劍歌雄。」即是。帝王家亦然，周密武林舊事卷三西湖游幸：「淳熙間，壽皇以天下養，每奉德壽三殿，游幸湖山，御大龍舟。宰執從官，以至大璫應奉諸司，及京府彈壓等，各乘大舫，無慮數百。時承平日久，樂與民同，凡游觀買賣，皆無所禁。畫楫輕舫，旁午如織。至于果蔬、羹酒……玩具等物，無不羅列。」吴地至今還盛傳船宴之風俗。

毛公壇福地

西山最深處。毛公，劉根也，身生緑毛，故云。有劉道人作小庵在隱泉之上。

松蘿滴翠白晝陰，七十二峰中最深〔一〕。緑毛仙翁已仙去，惟有石壇留竹塢。竹陰掃壇石槎牙，漢時風雨生蘚花。山中笙鶴尚遺響，湖外人煙驚歲華。道人眸子照秋色，邀我分山築丹室。驅丁役甲莫兒嬉〔二〕，渴飲隱泉飢餌朮〔三〕。

【題解】

本詩作於淳熙五年（一一七八）秋，時罷參知政事閒居在家，游毛公壇，題詩紀游。毛公壇，在洞庭西山中。范成大吴郡志卷九「古蹟」：「毛公壇，即毛公壇福地，在洞庭山中，漢劉根得道處也。根既仙身，生緑毛，人或見之，故曰毛公。今有石壇，在觀傍，猶漢物也。」

【箋注】

〔一〕七十二峰：即七十二山。徐崧、張大純百城烟水蘇州：「七十二山，湖之西北爲山十有四，馬迹最大。又東爲山四十有一，西洞庭最大。又東爲山十有七，東山最大。」

〔二〕驅丁役甲：即用道家符籙差遣六丁、六甲等神。六丁爲天帝役使的陰神，六甲爲天帝役使的陽神。

〔三〕「渴飲」句：范成大吴郡志卷一五「山」：「洞庭包山，即洞庭山也。……真誥云：包山下有石室銀房，圍百里。又有白芝隱泉，其水紫色。」飢餌朮，即食白芝朮。

上方寺 在銷夏灣上

檥棹古銷夏，揖筇新上方。珠灣鎖員折〔一〕，冰鏡沉空光。楓纈醉晴日，橘黄明蚤霜。閒門松竹徑，隨處有清涼。

【題解】

本詩作於淳熙五年（一一七八）秋，時罷參知政事閒居在家，遊上方寺，題詩寫景。上方寺，在洞庭西山銷夏灣。陸廣微吴地記後集：「洞庭上方院，在縣西南一百二十里，唐會昌六年置。」朱長文吴郡圖經續記卷中：「孤園寺，在洞庭，梁散騎常侍吴猛之宅，施爲精舍。」范成大吴郡志卷三四「郭外寺」：「孤園寺，在洞庭山。梁散騎常侍吴猛宅也，捨而爲寺。」徐崧、張大純百城烟水蘇州：「上方教寺，唐會昌六年僧道徹建，名孤園寺。宋嘉泰間僧無證新之，始改今額。」銷夏灣，在洞庭西山，范成大吴郡志卷一八「川」：「銷夏灣，在太湖洞庭西山之趾山，十餘里繞之。舊傳吴王避暑處。周迴湖水一灣，水色澄徹，寒光逼人，真可銷夏也。」皮日休孤園寺：「艇子小且兀，緣湖蕩白芷。縈紆泊一碕，宛到孤園寺。」可見上方寺實在銷夏灣上。

【箋注】

〔一〕「珠灣」句：淮南子墬行訓：「水圓折者有珠，方折者有玉。」員折，同圓折，指水流曲折。

銷夏灣

吳王避暑處。平湖循山，一灣雲水勝絶。

蓼磯楓渚故離宫㊀〔一〕，一曲清漣九里風㊁。縱有暑光無著處，青山環水水浮空。

【校記】

㊀ 蓼磯楓渚故離宫：詩淵第三册二二三二頁作「蓼磯楓青訪離宫」。

㊁ 九里風：原作「九里宫」，活字本、叢書堂本、董鈔本、詩淵均作「九里風」，今據改。

【題解】

本詩作於淳熙五年（一一七八）秋，時罷參知政事閒居在家，遊銷夏灣，賦小詩紀遊。與上方寺同時作，參見前詩「題解」。

【箋注】

〔一〕離宫：吳王在此避暑，築宫，故曰離宫。

橘園

橘中有佳人，招客果下遊〔一〕。胡牀到何許，坐我金碧洲。沉沉剪綵山，垂垂萬星毬。奇采日中麗，生香風外浮。折贈黄團雙，珍逾桃李投〔二〕。拆開甘露囊，快吸冰泉甌。熱腦散五濁〔三〕，豈止沉疴瘳。未知商山樂，能如洞庭不〔四〕？

【題解】

本詩作於淳熙五年（一一七八）秋，時閒居在家，遊洞庭西山橘園，賦詩頌橘。吴地盛産柑橘。朱長文吴郡圖經續記卷上「物産」：「其果，則黄柑香碩，郡以充貢。橘分丹緑，梨重絲蔕，函列羅生，何珍不有？」范成大吴郡志卷三〇「土物下」：「緑橘，出洞庭東西山，比常橘特大，未霜深緑色，臍間一點先黄，味已全可噉，故名緑橘。……芝田録云：韋蘇州寄橘詩云：『書後欲題三百顆，洞庭須待滿林霜。』蓋南史有人題書尾曰：『洞庭霜橘三百顆。』韋正用此事。」

【箋注】

〔一〕「橘中」二句：牛僧孺玄怪録卷八：「有巴邛人，不知姓名，家有橘園。因霜後諸橘盡收，餘有兩大橘，如三斗盎。巴人異之，即令攀摘，輕重亦如常橘。剖開，每橘有二老叟，鬢眉皤然，肌體紅潤，皆相對象戲。身僅尺餘，談笑自若，剖開後亦不驚怖，但相與決賭。賭訖，一叟曰：『君輸我海龍神第七女髪十兩，智瓊額黄十二枚，紫絹帔一副，絳臺山霞寶散二庾，瀛洲玉塵九斛，阿母療髓凝酒四鍾，阿母女態盈娘子躋虚龍縞襪八緉，後日於王先生青城草堂還我耳。』又有一叟曰：『王先生許來，竟待不得，橘中之樂，不減商山，但不得深根固蒂，爲愚人摘下耳。』又一叟曰：『僕饑矣，當取龍根脯食之。』即於袖中抽出一草根，方圓徑寸，形狀宛轉如龍，毫釐罔不周悉，因削食之，隨削隨滿。食訖，以水噀之，化爲一龍，四叟共乘之，足下泄泄雲起。須臾，風雨晦冥，不知所在。」

〔二〕桃李投：詩經衛風木瓜：「投我以木桃，報之以瓊瑤。」「投我以木李，報之以瓊玖。」

〔三〕五濁：佛家語，稱人世爲五濁惡世。法華經方便品：「諸佛出於五濁惡世，所謂劫濁、煩惱濁、衆生濁、見濁、命濁。」

〔四〕「未知」二句：商山樂，漢書王貢兩龔鮑傳：「漢興，有園公、綺里季、夏黄公、甪里先生，此四人者，當秦之世，避而入商雒深山，以待天下之定也。」玄怪録載橘中一叟云「橘中之樂，不減商山」。

華山寺

在西山盡處，多泉泓，僧房數處有之。有湯岐公、胡茂老樞密、孫仲益尚書諸公題詩。

五湖西岸孤絶處，旃檀大士來同住。性空真水徧清涼，隨緣出現無方所。蒙泉新潔鑑泉明，瀹茗羹藜甘似乳。何須苦問蓮開未，桂子菖花了今古。三翁彩筆照青霞，從此他山都不數。我今閒行作閒客，暫借雲窗解包具。魂清骨冷不成眠，徹曉跏趺聽粥鼓。脚力有餘西塢盡，明日灣頭更鳴櫓。却上東山喚德雲，别峰應在銀濤許。

【題解】

本詩作於淳熙五年（一一七八）十一月後，時閒居在家。遊華山寺，題詩志感。華山寺，又名觀音院，在洞庭西山。范成大吳郡志卷三四「郭外寺」：「觀音院，在洞庭山，宋元嘉安禪師所建華山院也。隋大業間廢，唐開成間再建，咸通間賜今名。」僧懷深有圓通殿記：「洞庭華山觀音院者，本在胥湖之北。宋元嘉中，會稽内史張裕請於朝而立焉。初，裕嘗事應真，謹甚。感池産千葉蓮，因名院曰華山。隋大業間經毁廢，暨唐開成四年，始還於此。往時浚治，得會昌斷石刻，其略云：『羅浮常安禪師卜其地。』即里人進士徐正甫所施也。逮咸通十五載，奏賜今名。再廢於會昌，至是復興。有屋數十楹，視洞庭西峰諸刹，最爲勝絶處。主僧維照，篤志學佛，材器足以立事。嘗語其徒曰：『兹院雖號觀音，蓋未睹其像，名存而實亡矣。或問觀音安在？吾將何辭以對？』於是發廣大心，欲令一切睹相聞名，悉蒙解脱。乃用紫旃檀八百兩，造菩薩像。飾以黄金丹砂、珍珠琉璃，端嚴瑞相，工妙天下。并刻諸天十有六尊，莊嚴畢備，爲大殿以居之。規模雄偉，動人心目。費錢凡三百萬，毫累銖積，閲二十年，厥功乃就。來者作禮，歎未曾有。弟子維鑑實左右之。既而照公欲刻諸石，自太湖汎舟登靈巖，謁慈受叟懷深，求紀其事。懷深曰：華嚴經云：海上有山，多聖賢衆寶所成，極清浄勇猛。丈夫觀自在，爲利衆生，住此山。是大寶殿跨起於層波之中，真若鬼工神運。所謂補陀洛迦山者，豈異此耶？余聞菩薩，從聞思修，入三摩地。乃至心精遺聞，圓融無礙。悲愍群品，迷本循聲。是故不動道場，涉入諸國。廣施無畏，饒益衆生。請試宴坐，反聽嘿觀。則風濤澎湃，水石相薄。林木鳥獸，粥魚齋鼓。莫非三十二應身，八萬四千手眼，徧周法界，又何止於一方耶？雖然，不假乎像，無以示圓通之捷徑。俾夫見聞者，各隨根器。普皆證入，或由此也歟？獨喜照公，能以如幻三昧，成就不思議事，故樂爲之書。像造於崇寧五年二月，工休於四月。殿作於靖康二年之二月，落成於建炎改元之七月。作記以是冬之十月初八日也。」　湯岐公，即湯思退，見卷八鎮東行送湯丞相帥紹興「題解」。　胡茂老，即胡松年，厲鶚宋詩紀事卷三八：「松年字茂老，海州懷仁人。政和二年，上舍釋褐，累遷中書舍人。高宗朝，拜吏部尚書，權知政事，提舉洞霄宮。」　樞密孫仲益尚書，即孫覿，厲鶚宋詩紀事卷三八：「覿，字仲益，晉陵人。大觀三年進士。政和四年，中詞科，高宗朝，仕至户部尚書，提舉鴻慶宮，有鴻慶集。」范成大吴郡志卷三四「郭外寺」「觀音院」條下列孫覿德雲堂：「千丈銀山屹嵩華，浪涌雲屯天一罅。榜舟夜並黿鼉窟，杖藜曉入鷄豚社。處處人家橘柚垂，竹簷茅屋青黄亞。牛羊出没怪石走，蛟龍起伏蒼藤掛。樓殿青紅隱半山，兩腋清風策高駕。飢鼠窺燈佛帳寒，華鯨吼粥僧趺下。世味久諳真嚼蠟，老境得閒如啖蔗。山靈知我欲歸耕，一夜築垣應繞舍。」又引有胡松年德雲堂詩并序等。

縹緲峰　西山最高峰。

滿載清閒一棹孤，長風相送入仙都。莫愁懷抱無消豁，縹緲峰頭望太湖。

【題解】　本詩作於淳熙五年（一一七八）十一月間，時正閒居在家，遊縹緲峰，賦小詩抒懷。縹緲峰，在洞庭西山，爲西山最高峰。徐崧、張大純百城烟水蘇州：「縹緲峰，最高，登其顛則吴越諸山隱隱在目，又有上方、下方、石公、龍頭、金鐸、渡渚諸山，雖皆山之支隴，而逶迤起伏，靈棲邃構隨高下，各擅其勝。」

鎮下放船過東山二首

打頭風急鼻雷鼾〔一〕，醉夢閒心鐵石頑。惟有愛山貪未厭，西山纔了又東山。

老禪竿木各逢場，詩客端來共葦航。一任顛風聒高浪，滿船歡笑和詩忙。

【題解】　本詩作於淳熙五年（一一七八）十一月，時閒居在家。自洞庭西山放舟至東山，賦本詩以紀遊。鎮下，在洞庭西山，具區志村巷載其地，今稱鎮夏。

【箋注】

〔一〕打頭風：通俗編卷二「打頭風」條：「杜甫詩：『風急打船頭。』元稹詩：『船泊打頭風。』按：『打』字舊在梗韻，讀若頂，今語仍然。五代史補：『吴越王初入朝，上賜寶馬，馬出禁中，驕行却走，王顧左右曰：「此豈遇打頭風耶？」』」

翠峰寺

在東山，雪竇顯老道場，山半有悟道井，庭下大羅漢木兩株，虬屈蟠壯，甚奇古。

來從第九天〔一〕，橘社繫歸船〔二〕。借問翠峰路，誰參雪竇禪？應真庭下木，說法井中泉。公案新翻出，諸方一任傳。

【題解】

本詩作於淳熙五年（一一七八）十一月，時閒居在蘇，遊洞庭西山，又至東山翠峰寺，有感而賦本詩。翠峰寺，在洞庭東山。范成大吴郡志卷三四「郭外寺」：「翠峰禪院，在吴縣西南七十里洞庭東山。唐將軍席温其所捨宅也。」徐崧、張大純百城烟水蘇州：「東山……其陰爲翠峰塢，翠峰寺在焉。」又：「翠峰禪寺……唐天寶間席將軍温捨宅建。（白樂天題詩翠峰寺，有「笙歌畫船」之句。）宋初明覺顯禪師説法於此。（淳熙戊申元日建普同塔，迪功郎盛章落成之。）」雪竇顯老，即明覺顯禪師，師出雪竇。文徵明有游洞庭東山詩七首，翠峰寺詩題下自注：「雪竇禪師道場，中有降龍井、悟道泉。」

【箋注】

〔一〕第九天：即林屋洞，爲天下第九洞天，參見本卷林屋洞「題解」。

〔二〕橘社：姚承緒吴趨訪古録卷二「吴縣」：「唐儀鳳中，柳毅應舉不第，過涇陽，見一婦牧羊，蓋洞庭君女也，托柳毅寄書云：『洞庭之陰有大橘焉，曰橘社，擊樹三，當有應者。』今橘社樹猶存，故名其地曰社下。」姚氏所述之事，具見唐李朝威傳奇小説柳毅傳。

社山放船

社下鐘聲送客船，淩波撾鼓轉滄灣。横煙梟處鷄豚社，落日濃邊橘柚山。八表茫茫孤鳥去，萬生擾擾一舟閒。湖心行路平如鏡，陸地風波却險艱。

【題解】

本詩作於淳熙五年（一一七八）十一月，時閒居在蘇。社山，即社下里，在洞庭東山，具區志村卷：「社下里」條下引范成大本詩。

東山渡湖

渡船帆飽如張弓，倏忽世界寒沖瀜〔一〕。堪輿無垠日夜汎〔二〕，浩浩元氣蓬蓬風。湖光日色不可辨，但見水精火齊合集成虛空。波臣川后敬愛客〔三〕，約束秘怪驅魚龍。大千總作大圓鏡〔四〕，光中飛度迷西東。蒼茫一身無四壁，八方上下惟孤篷。毛仙出迎笑相問〔五〕：何乃自苦荒寒中！吾生蓋頭乏片瓦，到處漂摇稱寓公。猶嫌塵土礙人眼，兹遊勝絶餘難同。九衢車馬恍昨夢，付與一笑隨飛鴻。

【題解】

本詩作於淳熙五年（一一七八）十一月，時閒居在蘇，自東山渡太湖，興會感發，賦本詩以志感。

【箋注】

〔一〕沖瀜：湖水深廣貌。文選木華海賦：「沖瀜沆瀁，渺瀰湠漫。」注：「沖瀜沆瀁，深廣之貌。」

〔二〕堪輿：天地總名。漢書揚雄傳引甘泉賦：「屬堪輿以壁壘兮。」注引張晏説：「堪輿天地總名也。」

〔三〕波臣：莊子外物：「周顧視車轍中，有鮒魚焉。周問之曰：『鮒魚來，子何爲者邪？』對曰：

『我，東海之波臣也。君豈有斗升之水而活我哉？』」川后：文選曹植洛神賦：「於是屏翳收風，川后静波。」吕向注：「川后，河伯也。」

〔四〕大圓鏡：佛家語，此用以形容太湖渺淼。大乘本生心地觀經卷二：「大圓鏡智，轉異熟識得此智慧，如大圓鏡現諸色像。如是如來鏡智之中，能現衆生諸善惡業，以是因緣，此智名爲大圓鏡智。」

〔五〕毛仙：即毛公。范成大吴郡志卷九「古蹟」：「毛公壇，即毛公壇福地，在洞庭山中，漢劉根得道處也。根既仙身，生緑毛，人或見之，故曰毛公。」

與游子明同過石湖

契闊相逢一笑歡，當年森桂共驂鸞。試談舊事醒村酒，仍趁新晴暖客鞍。梅粉都皴啼宿雨，柳黄不展噤春寒。從今鼎鼎多幽事〔一〕，仍喜蛙聲不在官。

【題解】本詩作於淳熙六年（一一七九）春，時閒居在蘇，游次公來訪，乃同游石湖。詩云「梅粉」、「柳黄」、「噤春寒」，則時在初春。

【箋注】

〔一〕鼎鼎：禮記檀弓上：「故喪事雖遽不陵節，吉事雖止不怠。故騷騷爾則野，鼎鼎爾則小人，君子蓋猶猶爾。」鄭玄注：「鼎鼎，謂大舒。」

次韻同年楊廷秀使君寄題石湖

儀凰當瑞九韶成，何事栖鸞滯碧城〔一〕？公退蕭然真吏隱，文名藉甚更詩聲。句從月脇天心得〔二〕，筆與冰甌雪椀清。書到石湖春亦到，平堤梅影縠紋生。

半世輕隨出岫雲〔三〕，如今歸作卧雲人。小山有賦招遊子〔四〕，大塊無私佚老身。禪版夢中千嶂曉，鬢絲風裏萬花春。新年社甕鵝黄滿，賸醉田頭紫領巾。

【題解】

本詩作於淳熙六年（一一七九）初，時正閒居在家。孔凡禮楊萬里年譜繫本詩及楊萬里之原唱於淳熙五年，不當。按，楊之原唱及石湖之次韻詩，均寫春景，且云「新年」，當爲六年年初。淳熙五年春，石湖正在臨安任權禮部知貢舉，不可能寫出本詩。于北山范成大年譜繫本詩及楊之原唱於淳熙六年春，是也。「楊廷秀使君」，即楊萬里，時知常州。六年正月，楊雖有廣東提舉常平之任命，然尚未離任。楊萬里寄題石湖先生范至能參政石湖精舍（誠齋集卷一一）：「萬頃平湖石琢成，尚存越壘對吴城。如何豪傑干戈地，却入先生杖履中。古往今來真一夢，湖光月色自雙清。東風不解談興廢，只有年年春草生。」「不關白眼視青雲，四海如今幾若人？渭水傅巖看後代，東坡太白即前身。整齊宇宙徐揮手，點綴湖山别是春。解遣雙魚傳七字，遥知掉脱小烏巾。」

【箋注】

〔一〕碧城：仙人居處。太平御覽卷六七四引上清經：「元始居紫雲之闕，碧霞爲城。」李商隱碧城：「碧城十二曲闌干，犀辟塵埃玉辟寒。」

〔二〕「句從」句：語出皇甫湜顧華陽集序：「偏於逸歌長句，駿發踔厲，往往若穿天心，出月脇，意外驚人語，非尋常所能及。」

〔三〕出岫雲：語出陶淵明歸去來兮辭：「雲無心以出岫。」

〔四〕「小山」句：指淮南小山作招隱士。王逸云：「小山之徒，閔傷屈原，又怪其文昇天乘雲，役使百神，似若仙者，雖身沈没，名德顯聞，與隱處山澤無異，故作招隱士之賦，以章其志也。」

自閶門騎馬入越城

日影穿雲亦未濃，夜來疎雨洗清空。村前村後東風滿，略數桃花一萬重。

斷橋隤岸數家村，雨少晴多減漲痕。雪白鵝兒綠楊柳，日高猶自掩柴門。

【題解】

本詩作於淳熙六年（一一七九）春，時閒居在蘇，自閶門騎馬入越城，賦詩以記沿途風物。閶門，蘇州城西門，陸廣微吳地記：「閶門，亦號破楚門，吳伐楚，大軍從此門出。陸機詩曰：『閶門勢嵯峨，飛閣跨通波。』又孔子登山，望東吳閶門，歎曰：『吳門有白氣如練。』今置曳練坊及望館坊，因此。」朱長文吳郡圖經續記卷下「往迹」：「閶門，故名閶闔門，吳王闔閭時有之。或云魯匠般所製也，有高樓閣道，吳兵後由此出伐楚，改曰破楚門。吳屬楚，復曰閶門。」越城，在蘇州胥門外。陸廣微吳地記：「越城，胥門外越城者，越來伐吳，吳王在姑蘇築此城以逼之。」

姚夫人輓歌詞

衿帨虞鰥後〔一〕，詩書孟母鄰。高懷琴意靜，晚福詔恩新。自古悲風木，于今詠澗蘋。松銘無溢美，百世考堅珉〔二〕。

【題解】

本詩作於淳熙六年（一一七九），時正閒居在家。

【箋注】

〔一〕「衿帨」句：衿，古代衣服的交領。顔之推顔氏家訓書證：「按，古者斜領下連於衿，故謂領爲衿。」帨，佩巾。詩經召南野有死麕：「無感我帨兮。」以上均女子衣飾，借指姚氏。虞鰥，尚書堯典：「師錫帝曰：有鰥在下曰虞舜。」陸游題四仙像：「曾看四嶽薦虞鰥。」虞舜姓姚，本詩輓姚夫人故云。

〔二〕堅珉：指碑刻銘文。蔡邕太傅安樂侯胡公夫人靈表：「追慕永思，憯怛罔極，遂及斯表，鐫著堅珉。」

北山草堂千巖觀新成，徐叔智運使吟古風相賀，次韻謝之

北山松竹堪怡顔，千巖觀前多好山。誰云都無卓錐地〔一〕，亦尚有此茅三間。洞門無鑰常不關，小徑百曲蒼龍盤。衆芳迷人不知處〔二〕，片雲與我俱忘還。花前一杯重鼎吕〔三〕，明日戽田并灌圃。種苗種豆從此忙，昨夜驚雷送膏雨〔四〕。

【題解】

本詩作於淳熙六年（一一七九）春，時正閒居石湖。北山草堂、千巖觀新成，徐本中賦古風賀

之，石湖次韻以答。北山草堂、千巖觀，均石湖別墅中之建築，周密齊東野語卷一〇「范公石湖」條云：「文穆范公成大，晚歲卜築於吴江盤門外十里。蓋因闔閭所築越來溪故城之基，隨地勢高下而爲亭榭，所植多名花，而梅尤多。……壽皇嘗御書石湖二大字以賜之。公作上梁文，所謂『吴波萬頃，偶維風雨之舟；越戍千年，因築湖山之歡』者是也。又有北山堂、千巖觀、天鏡閣、壽樂堂，他亭宇尤多。一時各人勝士，篇章賦咏，莫不極鋪張之美。」石湖志略：「越城之陽，有石湖舊隱，文穆公歸田別墅也。面山臨湖，隨地勢高下而爲棟宇。天鏡閣第一，其餘千巖觀、北山堂、壽櫟堂（原注：光宗御書）、説虎、夢漁二軒，綺川（原注：在莫舍漊上）、盟鷗（原注：在行春橋右）二亭，又有玉雪、錦繡二坡。別築農圃堂，正對楞伽寺，公自作上梁文。周益公過之，留題壁間。」徐叔智，即徐本中，吴郡人，淳熙七年十月任江東運使。景定建康志卷二六「轉運司題名」：「徐本中，朝散郎、充集英殿修撰，副使，淳熙七年十月二十八日到任。」本詩作於六年，徐本中七年始赴江東漕任，則詩稱「運使」，當爲朝命已下，尚未赴任。石湖有送徐叔智運使奉祠歸吴中，時在淳熙九年春，石湖在建康知府任上，故能送徐本中離江東漕歸吴中。

【箋注】

〔一〕卓錐地：即立錐之地意，史記留侯世家：「今秦失德棄義，侵伐諸侯社稷，滅六國之後，使無立錐之地。」卓錐，黄庭堅次韻子瞻和子由觀韓幹馬因論伯時畫天馬圖：「雙瞳夾鏡耳卓錐。」

〔二〕「衆芳」句：白居易錢塘湖春行：「亂花漸欲迷人眼。」石湖句由此化出。

〔三〕鼎吕：史記平原君虞卿列傳：「毛先生一至楚，而使趙重於九鼎大吕。」司馬貞索隱：「九鼎大吕，國之寶器。」

〔四〕膏雨：滋潤作物之及時雨。左傳襄公十九年：「小國之仰大國也，如百穀之仰膏雨焉。」

贈舉書記歸雲丘

一枕清風四十霜，孤生無處話淒涼。相看只有龐眉客，還在雲丘舊草堂。

四股澗松雷斧碎，十圍巖桂燒痕枯。不知堦下跳珠處，舊竹春來有笋無？

青山面目想依依，水石風林入夢思。白髮蒼顏心故在，只如當日看山時。

【題解】

本詩作於淳熙六年（一一七九）春，時閒居在家。詩僧慧舉來游蘇州雲巖寺，將歸雲丘草堂，因作本詩贈行。舉書記，即詩僧慧舉，樓鑰跋雲丘草堂慧舉詩集（攻媿集卷七三）：「余頃歲游雲巖，有詩牌掛壁上，拂塵讀之，云：『朝見雲從巖上飛，暮見雲歸巖下宿。朝朝暮暮雲來去，屋老僧移幾翻覆。夕陽流水空亂山，巖前芳草年年緑。』愛其清甚，視其名，則僧舉也。曰：『非季若乎？』僧曰：『此今之廬山老慧舉也。』後得其詩編，號雲丘草堂集，及與吕東萊紫微公、雪谿王性之、後湖蘇養直、徐師川、朱希真諸公游；最後尤爲范石湖所知，盡和其大峨諸詩。余赴東嘉，亦辱詩爲贈。近世詩僧，如具圓、復瑩、温叟輩，淪落既盡，而師亦亡矣。其徒覺浄求跋其後，感念疇昔，因爲書之。師老於禪悦，詩句特其餘事，而能兼得衆體，佳處不可以一二數，讀之者可想見其人，不勞贊歎也。」陸游亦有跋雲丘詩集後（渭南文集卷二九），稱賞其詩云：「予觀雲丘詩，平淡閒暇，蓋庶幾可以自傳者。政使不遇吕居仁、蘇養直、朱希真、王性之、范至能，亦决不泯没。况如予者，烏足爲斯人重哉？」陸游作跋時爲嘉泰四年，慧舉已卒，其人年歲當長於石湖。

題查山林氏庵

庭户清深宅翠微㊀，雪如佳壁唤題詩。煙梢矗矗青圍屋，露葉鮮鮮緑滿籬。宿雨一春纔汎鴨〔一〕，新蕪幾日已藏碑。山僧見客如枯木，疑是懶殘南嶽師〔二〕。

【校記】

㊀庭户：原作「户庭」，富校：「『户庭』宋詩鈔作『庭户』，是。」按，活字本、叢書堂本、董鈔本、詩淵第五册第三七一三頁均作「庭户」，今據諸本改。

【題解】

本文作於淳熙六年（一一七九），時在家閒居。查山，即玉遮山，在陽山南。乾隆蘇州府志卷四山：「玉遮山在陽山南，横列如屏，今但呼爲遮山。（盧志作查山。）」

【箋注】

〔一〕鴨：鴨緑，指水色濃緑。

〔二〕懶殘南嶽師：宋高僧傳卷一九：「釋明瓚者，未知氏族生緣。初遊方詣嵩山，普寂盛行禪法，瓚往從焉。然則默證寂之心契，人罕推重。尋於衡嶽閑居，衆僧營作，我則晏如，縱被詆訶，殊無愧耻，時目之懶瓚也。一説伊僧差越等夷，或隨衆齋湌，或以瓦釜煮土而食，云是彌陀佛應身，未知何證驗之？一云好食僧之殘食，故殘也。或隨逐之，則時出言語，皆契佛理，事迹難知。天寶初，至南嶽寺執役，晝專一寺之工，夜止群牛之下，曾無倦也。如是經二十年。」

木瀆道中風雨震雷大作

惡風奔雲何壯哉！溪水欲立山欲摧〔一〕。石岸迸裂纜邊樹，胡牀動摇船底雷。靈巖塔後雨脚挂〔二〕，胥口廟前浪花來。篷漏衣沾不足惜，酒瓶傾倒愁空罍。

【題解】

本詩作於淳熙六年（一一七九），時正閒居在蘇。行於木瀆道中，遇風雨震雷大作，賦本詩以紀實。木瀆，古鎮名，城西南三十里，靈巖山麓。施承緒吴趨訪古録卷一吴縣村鎮：「木瀆，在縣西南三十里。」

【箋注】

〔一〕溪水欲立：杜甫朝獻太清宫賦：「九天之雲下垂，四海之水皆立。」蘇軾有美堂暴雨：「天外黑風吹海立，浙東飛雨過江來。」石湖「溪水欲立」從此化出。

〔二〕「靈巖」句：靈巖山上靈巖寺，寺後有塔。范成大吴郡志卷八「古迹」：「館娃宫，吴越春秋、吴地記皆云：闔閭城西有山，號硯石山，山在吴縣西三十里，上有館娃宫。又方言曰：『吴有館娃宫』，今靈巖寺即其地也。」徐崧、張大純百城烟水吴縣：「靈巖山，去城西三十里，館娃宫遺址在焉。」「（僧寺）始建於東晉末，梁天監間智積顯化，唐名靈巖寺。……太平興國二年，藩臣孫承祐爲姊錢王妃建磚塔九級，孫自爲記。」

光福塘上

指點炊煙隔莽蒼，午餐應可寄前莊。鷄聲人語小家樂，木葉草花深巷香。春去已空衣尚絮，雨來何晚稻初芒。祇今農事村村急，第一先陂貯水塘。

【題解】　本詩作於淳熙六年（一一七九）春，時閒居在蘇，行光福塘上，賦本詩以記所見景物。光福，唐代名光福里，陸廣微吴地記（佚文）：「光福山，山本名鄧尉山，屬光福里，因名。」

與至先兄遊諸園看牡丹，三日行徧

拄杖無邊處處過，粉圍紅繞奈春何。閶門昨日看不足，今日婁門花更多〔一〕。

蜂蝶蕭騷草露漫，小家籬落閉荒寒。欲知國色天香句〔二〕，須是倚闌燒燭看。

【題解】　本詩作於淳熙六年（一一七九）春，時閒居在蘇，與至先看牡丹，賦詩記之。

【箋注】

〔一〕婁門：陸廣微吴地記：「陸門八，以象天之八風。……東婁匠之門。」「婁門，本號疁門，東南，秦漢時有古疁縣，至漢王莽改爲婁縣。」朱長文吴郡圖經續記卷上「門名」：「其東曰婁門，婁，縣名也，蓋因其所道也。」

〔二〕國色天香句：指李正封賞牡丹詩斷句：「天香夜染衣，國色朝酣酒。」

次韻同年楊使君回自毗陵，同泛石湖，舟中見贈

客舫中流下，人家夾岸看〔一〕。洛花堆錦煖，吴藕鏤冰寒。莫厭清歡暫，須知後會難。小詩煩本事，任禿彩毫端。

曲誤不須顧〔二〕，客狂當好看。日斜雙槳急，風駛夾衣寒。賸説歸田樂，休歌行路難。石湖三萬頃，何處覓憂端？

北渚乘風渡，西山帶霧看。袖單嫌翠薄，杯淺怯金寒。宿雨收全易，春酲解却難。且留行色住，重肯過蘇端〔三〕？

【題解】

本詩作於淳熙六年（一一七九）三月，時楊萬里赴廣東提舉常平任，過蘇，訪范成大，同泛石湖，共唱酬。毗陵，即常州，王存元豐九域志卷五兩浙路：「常州，毗陵郡，軍事，治晉城、武進二縣。」楊萬里誠齋西歸詩集序（誠齋集卷八〇）：「予假守毗陵，更未盡三月，移官廣東常平使者。既上二千石印綬，西歸過姑蘇，謁石湖先生范公。」廣東提舉告詞（誠齋集卷一三三）：「（淳熙六年正月二十一日，中書舍人陳騤行）爾萬里端實而無欺，宜將庾事於廣部。夫蹈容容之習，固不能以奮事；作赫赫之聲，亦不能以濟功。各適厥中，斯協於選。」知楊萬里於淳熙六

年正月受命，三月上旬即離任返里，過蘇。孔凡禮范成大年譜淳熙六年譜文：「三月，楊萬里移官廣東提舉常平，過姑蘇，晤成大，倡酬游賞甚樂。」下繫本詩。于北山范成大年譜繫本詩於淳熙七年春，非是。楊萬里原唱從范至能參政游石湖精舍坐間走筆：「孤塔鷗邊迥，千巖鏡裏看。折花倩人插，摘葉護窗寒。不是無相識，相從却是難。歸舟望精舍，已在白雲端。」「震澤分波入，垂虹隔水看。何須小風起，生怕牡丹寒。政坐諸峰好，端令落筆難。催人理歸棹，落日許無端。」

【箋注】

〔一〕人家夾岸看：周煇清波雜志卷三「東坡祠」條云：「東坡自海外歸毗陵，病暑，著小冠，披半臂坐船中，夾運河千萬人隨觀之。」

〔二〕「曲誤」句：三國志吴書周瑜傳：「瑜少精意于音樂，雖三爵之後，其有闕誤，瑜必知之，知之必顧，故時有人謡曰：『曲有誤，周郎顧。』」

〔三〕蘇端：杜甫友人，杜有雨過蘇端，有云：「蘇侯得數過，歡喜每傾倒。也復可憐人，呼兒具梨棗。濁醪必在眼，盡醉攄懷抱。紅稠屋角花，碧秀牆隅草。親賓縱談謔，喧鬧慰衰老。」盡顯好友相聚時之歡喜。「過蘇端」在宋詩中儼然成爲好友相聚之典，如陳與義次韻張迪功春日：「從此不憂風雪厄，杖藜時可過蘇端。」王十朋提舶欲移廚過雲榭示詩次韻：「雨中前日過蘇端，又欲移廚就稍寬。」

頃乾道辛卯歲三月望夜，與周子充内翰泛舟石湖松江之間，夜艾歸宿農圃，距今淳熙己亥九年矣。余先得歸田，復以是夕泛湖，有懷昔遊，賦詩紀事

石湖花月浮春空，憶共仙人同短篷。三更半醉吹笛去，櫂入濕銀天鏡中〔一〕。鶴鳴喚歸斗未没，却步扶踈花底月。不知行到碧桃邊〔二〕，但見天風吹積雪。月圓月缺今幾回〔三〕？依舊滿湖金碧堆。仙人還上玉堂宿，合有片時清夢來〔四〕。一笑流光飛電抹，嫦娥相對兩愁絶。桂枝應亦老無花，蟾兔不須疑鶴髮。

【題解】

本詩作於淳熙六年（一一七九）三月望夜，時閒居在家，夜泛石湖，憶及八年前與周必大同游石湖、松江間，乃賦本詩懷舊。「乾道辛卯歲」，石湖誤記。周必大與石湖同游石湖、松江間，時在壬辰，見周必大神道碑：「某與公齊年，御史王公，予外舅也，以是與公善。壬辰春，自春官去朝，過平江，游城西諸山。公訪予靈巖，同宿石湖，望夜，小舟共載湖心，風露浩然，嘗有六十挂冠之約。其後或同朝，或相遇於外，每以未踐言爲恨。」當時，石湖作與周子充侍郎同宿石湖詩，周必大

和之，参見卷一一該詩「題解」。「距今淳熙己亥九年矣」，從壬辰至己亥，當爲八年。詩題兩處誤記，理當更正。石湖本詩寄達周必大後，他於五月作次韻詩和之。次范至能憶同游石湖韻（省齋文稿卷七）（自注：己亥五月）：「桃源非真亦非空，幾年誤轉漁郎篷。豈知石湖天尺五，不隔三萬弱水中。主公心伴白鷗没，莫莫朝朝醉花月。邇來一念了世緣，蟬冕照人頭未雪。如今又作衣錦回，汀洲依舊玉成堆。聞道丹青憶賢佐，白麻早晚從天來。斷章批處階重抹，敢向座中論禮絶。午橋他日倘重陪，庶見方瞳并緑髮。」楊萬里遠在廣東，他讀到范、周的唱和詩，時間已很晚，淳熙七年他作詩和之，和石湖居士范至能與周子充夜遊石湖松江詩韻（誠齋集卷一六）：「石湖醉眼小太空，烏紗白紵雙鬢蓬。翰林來從昭回上，滿袖天香山水中。青山半邊日欲没，珠宫涌出初圓月。兩仙一棹輾琉璃，碎撼廣寒桂花雪。中流浪作凛不回，兩手播灑千銀堆。不知浩浩洪流後，曾有兹游奇特來？古人今人煙一抹，誰煎麟角續絃絶？一生句裏萬斛愁，只白秋來千丈髮。」見于北山楊萬里年譜。

【箋注】

〔一〕濕銀：李商隱河陽詩：「濕銀注鏡井口平，鸞釵映月寒錚錚。」馮浩注：「濕銀，鏡光。」

〔二〕「不知」句：碧桃，仙桃，尹喜内傳：「老子西游，省太真王母，共食碧桃紫梨。」唐高蟾下第後上永崇高侍郎：「天上碧桃和露種，日邊紅杏倚雲栽。」石湖詩取仙桃意，謂泛舟太湖中，如入天上仙境。

〔三〕月圓月缺：蘇軾水調歌頭丙辰中秋歡飲達旦大醉作此篇兼懷子由：「人有悲歡離合，月有陰晴圓缺。」

〔四〕「合有」句：秦觀千秋歲（水邊沙外）：「憶昔西池會。鵷鷺同飛蓋。攜手處，今誰在。日邊清夢斷，鏡裏朱顏改。」

嬾牀午坐

晴霄垂北窗，卧我翠幄中〔一〕。不知幾斧鑿，成此太虛空。前雲稍過盡，後雲來無窮。鳥雀有底忙，激彈過牆東。不如雙飛蝶，款款弄微風。我亦困思生，抛書眼蒙茸。

【題解】

本詩作於淳熙六年（一一七九）三月，時閒居在家，午坐困思，戲作本詩。

【箋注】

〔一〕「晴霄」二句：二句中含「北窗卧」之意，陶潛與子儼等疏：「常言五六月中，北窗下卧，遇涼風暫至，自謂是羲皇上人。」

秋前三日大雨

暑殘堪喜亦堪憎，恰似沙場喋血兵。縱有背城餘燼在，能禁幾度瀉檐聲？

【題解】本詩作於淳熙六年（一一七九）立秋前三日，時閒居在家，立秋前大雨有感，乃作本詩。蘇州有「預先十日作秋天」的氣候特徵，袁景瀾吴郡歲華紀麗卷七「預先秋」條云：「立秋前數日，必有微雲細雨，乍陰乍晴，密點廉纖，輕颸飄忽，俗謂之秋風盲雨。於時玉露晨流，炎暑將退，漸有新秋涼意，俗謂之『預先十日作秋天』。」

秋前風雨頓涼

秋期如約不須催，雨脚風聲兩快哉。但得暑光如寇退，不辭老景似潮來。酒杯觸撥詩情動，書卷招邀病眼開。明日更涼吾已卜，暮雲渾作亂峰堆。

【題解】本詩作於淳熙六年（一一七九）立秋前，時休閒在家。參見上首「題解」。

立秋後二日泛舟越來溪三絶

西風初入小溪帆，旋織波紋縐淺藍。行入鬧荷無水面，紅蓮沉醉白蓮酣。

一川新漲熨秋光，挂起篷窗受晚涼。楊柳無窮蟬不斷，好風將夢過横塘。

飯後茶前困思生，水寬風穩信篙撑。不知浪打船頭響，聽作淩波解佩聲〔一〕。

【題解】

本詩作於淳熙六年（一一七九）立秋後二日，泛舟越來溪，因作絶句三首以寫景。

【箋注】

〔一〕「聽作」句：用江妃解佩與鄭交甫的故事。列仙傳上江妃二女：「江妃二女者，不知何許人也，出遊於江漢之湄，逢鄭交甫。見而悦之，不知其神人也，謂其僕曰：『我欲下請其佩。』……遂手解佩與交甫。」

采菱户

采菱辛苦似天刑〔一〕，刺手朱殷鬼質青。休問揚荷涉江曲〔二〕，只堪聊誦楚詞聽。

【題解】

本詩作於淳熙六年（一一七九）秋，時閒居在家。見采菱户辛苦，賦本詩以志感。

【箋注】

〔一〕天刑：天降的刑罰。韓愈答劉秀才論史書：「夫爲史者，不有人禍，則有天刑。」

〔二〕揚荷涉江曲：楚辭中招魂：「涉江采菱，發揚荷些。」王注：「楚人歌曲也。」

曉起聞雨

老來稍喜睡魔清，兀坐枯株聽五更。蕭索輪囷憐燭燼，飛揚跋扈厭蚊聲〔一〕。登高事了從教雨，刈熟人忙却要晴。莫道西成便無慮〔二〕，大須濃日瞰香秔。

【題解】

本詩作於淳熙六年（一一七九）重陽之後，時閒居在家，曉起聞雨，賦詩以志感。詩云「登高事了」，知詩成於重陽之後。

【箋注】

〔一〕飛揚跋扈：杜甫贈李白：「痛飲狂歌空度日，飛揚跋扈爲誰雄？」

〔二〕西成：尚書堯典：「平秩西成。」孔穎達疏：「秋位在西，於時萬物成熟。」

説虎軒夜坐

白雲深處卧癡頑，挂起東窗水月寬。但得好詩生眼底，何須寶刹現毫端〔一〕。一身莫作官身想，萬境都如夢境看。蟹舍鄰翁能日醉，呼來分與一蒲團。

【題解】

本詩作於淳熙六年（一一七九）秋，時閒居在石湖。説虎軒，石湖别墅内軒名。

【箋注】

〔一〕何須句：謂參禪也。華嚴經卷一一：「於一一毫端處，具足修習盡過去、未來際諸菩薩行。」圓悟佛果禪師語録卷第二：「問：如何是塵塵三昧？師云：點滴不施。進云：是一是二？師云：毫端寶刹。」

偶書

太行巫峽費車舟，休向滄溟認一漚。日下冰山難把玩〔一〕，雨中土偶任漂流〔二〕。

元無刻木牽絲技〔三〕，但合收繩卷索休。惟有酒缸并飯甑，却須秔秫十分收。

【題解】

本詩作於淳熙六年（一一七九），時閒居在蘇。

【箋注】

〔一〕「日下」句：王仁裕開元天寶遺事卷上「依冰山」條：「進士張彖者，陝州人也，力學有大名，志氣高大，未嘗低折於人。人有勸彖令脩謁國忠，可圖顯榮，彖曰：『爾輩以謂楊公之勢，倚靠如太山，以吾所見，乃冰山也。或皎日大明之際，則此山當誤人爾。』後果如其言，時人美張生見幾。」

〔二〕土偶：戰國策卷一〇：「孟嘗君見之。謂孟嘗君曰：今者臣來，過於淄上，有土偶人與桃梗相與語。桃梗謂土偶人曰：『子，西岸之土也，挺子以爲人，至歲八月，降雨下，淄水至，則汝殘矣。』」

〔三〕刻木牽絲：謂木偶戲也。唐詩紀事卷二九録梁鍠詠木老人：「刻木牽絲作老翁，鷄皮鶴髮與真同。須臾弄罷寂無事，還似人生一夢中。」

睡覺

漏箭聲中斷角哀，界窗猶有月徘徊。心兵休爲一蚊動〔一〕，句法却從孤雁來。漱罷玉池甘似醴，夢餘金鼓辯如雷。夜長展轉添許事，推枕蕭然一笑咍。

【題解】

本詩作於淳熙六年（一一七九），時閒居在蘇。

【箋注】

〔一〕心兵：吕氏春秋蕩兵：「在心而未發，兵也。」

閶門行送胡子遠著作守漢川

前年送君朝明光〔一〕，今年送君還故鄉。錦官樓上一樽酒，萬里閶門折楊柳。吴波沄沄蜀山蒼，人生行路如許長。相逢相送鬢如雪，人生能禁幾離别！房湖風月開春臺〔二〕，石湖水雲歸去來。西棹東帆君未了，相逢還向閶門道。

【題解】

本詩作於淳熙六年（一一七九）春，時閒居石湖。胡子遠，即胡晉臣，蜀州人。胡晉臣，歷仕成都通判、秘書省校書郎、著作佐郎、知漢州，官至參知政事兼同知樞密院事，卒於位，贈資政殿學士，謚文靖，事見宋史卷三九一胡晉臣傳。初爲范成大蜀帥府幕客，薦之朝，淳熙四年爲秘書省校書郎。淳熙五年十月，除守漢州。六年春，赴蜀任路過蘇州，謁訪石湖，石湖作本詩送之。周必大有送胡子遠出守漢州分韻得萬字（省齋文集卷七）。建炎以來朝野雜記乙集卷一〇「淳熙至嘉定蜀帥薦士總記」條云：「蜀帥例得薦士。其始，胡長文所薦如吕周輔、范至能所薦如胡子遠，亦不過一二人，皆幕中之士。蓋以蜀去天日遠，士非大帥薦揚，無由自進。」南宋館閣録卷八：「胡晉臣，字子遠，唐安（即蜀州）人。王十朋榜同進士出身，治詩賦。（淳熙）四年三月除（校書郎），五年四月，爲著作佐郎。」又，南宋館閣續録卷八：「胡晉臣，（淳熙）五年四月除（著作佐郎），十月，知漢州。」又卷九：「胡晉臣，（淳熙）五年三月以校書郎兼（國史院編修官），四月，爲著作佐郎，仍兼。」因胡晉臣出守漢州前，朝官爲著作佐郎，故石湖詩題稱「胡子遠著作」。

【箋注】

〔一〕「前年」句：前年，當爲大前年。按，范成大於淳熙三年薦舉胡晉臣，孝宗即召赴行在，入對，疏當今世俗、民力、邊備、軍政四弊，稱旨，故四年三月有校書郎之任命。送胡朝見孝宗，當在淳熙三年，本年送行，上推之，則爲大前年。

〔二〕房湖：又名房公湖，在四川漢州。陸游遊漢州西湖：「房公一跌叢衆毁，八年漢州爲刺史。繞城鑿湖一百頃，島嶼曲折三四里。」嘉慶四川通志卷一〇輿地志山川一：「（漢州）房公湖，在州城南五十步，唐房琯爲刺史日所鑿，凡數百頃，洲島迴環，亭堂臺榭甚多。」

嘲蚊四十韻

暑魃方肆行，羽孽亦厲習。肖翹極么魔㊀，坱圠累闒翕〔一〕。濕生同糞蝎，腐化類宵熠〔二〕。初來鬧郭郛，少進亘原隰。嘤如蠅聲薨，聚若螽羽揖。俄爲殷雷闐㊁〔三〕，遂作密霰集。口銜鋼針鋒，力洞衲衣襲。啾聲先計議，著肉便嘘吸。立豹猶未定，卓錐已深入。血隨姑嘬升〔四〕，勢甚轆轤汲。沉酣尻益高，飽滿腹漸急。晶晶紫蟹眼，滴滴紅飯粒。拂掠倦體煩，爬搔痒肌澀。抹東不虞西，擒一已竄十。新瘢蓓蕾漲，宿暈斑斕浥。竟夜眠轉展，連牀歎於悒。云何人戚欣，乃係汝張歙。驅以葵扇風，熏以艾煙濕。檠長鎮藏遮，帳隙亟補葺。火攻憚穢臭，手拍嫌腥汁。伏翼佐掃除，網蛛助收拾。薄暮洶交攻，大明訌未戢。牛革厚逾氈，鱟介銛勝鈒〔五〕。遭汝若欲困㊂，嗟人何以給？夏蟲雖衆多，罪性相百什㊃。蜂蠆豈房櫳，蟣蝨但褌褶；羊羶蟻登俎，驥逸蝱附畢〔六〕；蠓惟舞醯甕〔七〕，蟫止祟書袠〔八〕；蚤爲鵂所撮〔九〕，蠅亦虎能執〔一〇〕；彼慾可貰死，汝罪當獻級。涼飆倏然至，醜類殆哉岌〔一一〕。一吹揹吻破，再鼓翅翎縶。三千蹀頡利，百萬走尋邑〔一二〕。快哉六合內，蔑有一塵立。虛空既清涼，家巷得寧輯。

鷄窗夜可誦，蛩機曉猶織。雨簾繡浪卷，風燭淚珠泣。客來添羽觴，人静拂塵笈。恍還神明觀，似啓坏户蟄。消長誰使然？智力詎能及！

【校記】

㊀么魔：活字本、叢書堂本、董鈔本、詩淵第四册第二八六三頁作「么麽」。

㊁殷雷：活字本、叢書堂本、董鈔本、詩淵作「隱雷」。

㊂若欲困：活字本、叢書堂本、董鈔本、詩淵作「尚欲困」。

㊃罪性相百：詩淵於此下之文字，與諸本均不同，諒爲誤鈔他人詩，不入校。

【題解】

本詩作於淳熙六年（一一七九）秋，時正閒居在家。詩人有感於近習弄權、讒邪者衆的朝政，效劉禹錫聚蚊謡作本詩。劉禹錫聚蚊謡：「沈沈夏夜閑堂開，飛蚊伺暗聲如雷。嘈然欻起初駭聽，殷殷若自南山來。喧騰鼓舞喜昏黑，昧者不分聰者惑。露花滴瀝月上天，利觜迎人看不得。我軀七尺爾如芒，我孤爾衆能我傷。天生有時不可遏，爲爾設幄潛匡牀。清商一來秋日曉，羞爾微形飼丹鳥。」瞿蜕園劉禹錫集箋證卷二一：「此詩乃借聚蚊成雷之諺，以喻讒者之衆。『天生有時』以下四句，謂讒邪之人雖凶惡，禦之亦自有術，終有一日殲滅之也。」黄震黄氏日鈔卷六七：「嘲蚊四十韻，極工，層層而起，如昌黎咏雪詩。」于北山范成大年譜淳熙六年譜文：「嘲蚊四十韻，有『云何人戚欣，乃係汝張歙』句，蓋刺近習竊權之作。」

【箋注】

〔一〕坱圠：彌漫貌，賈誼鵩鳥賦：「大鈞播物兮，坱圠無垠。」應劭曰：「其氣坱圠，非有限齊也。」

〔二〕「腐化」句：禮記月令：「腐草化螢。」李商隱隋宫：「於今腐草無螢火。」宵熠，螢的别稱。詩經豳風東山：「町畽鹿場，熠燿宵行。」石湖以「宵熠」稱螢。

〔三〕「聚若」三句：漢書十三王傳：「衆喣漂山，聚蚊成雷。」劉禹錫因作聚蚊謡，語出於此。劉詩云：「飛蚊伺暗聲如雷。」殷雷，語出詩經召南殷其雷：「殷其雷，在南山之陽。」

〔四〕姑嘬：用嘴吸食。孟子滕文公上：「蠅蚋姑嘬之。」

〔五〕鱟介：文選左思吴都賦：「乘鱟黿鼉，同罛共羅。」劉逵注：「鱟，形如惠文冠，青黑色，十二足，似蟹，足悉在腹下，長五六寸。雌常負雄行，漁者取之，必得其雙，故曰乘鱟。南海、朱崖、合浦諸郡皆有之。」鱟爲鱗介類動物，故稱鱟介。此以鱟介劍尾借指蚊嘴。

〔六〕蝱：同「虻」、「虻」。莊子天下：「由天地之道觀惠施之能，其猶一蚉一蝱之勞者也。」馵，拴縛馬足的繩索。莊子馬蹄：「連之以羈馵。」

〔七〕蠓：一種小飛蟲。列子湯問：「春夏之月，有蠓蚋者，因雨而生，見陽而死。」

〔八〕蟫：即蠹蟲，又名衣魚。爾雅釋蟲：「蟫，白魚。」注：「衣書中蟲，一名蛃魚。」

〔九〕鵂：即鵂鶹，俗稱貓頭鷹，鴟鴞的一種。莊子秋水：「鴟鵂夜撮蚤，察豪末，晝出瞋目而不見丘山。」

〔一〇〕虎：招蠅虎，蜘蛛名，不結網，常在墻角捕食蠅等小蟲。崔豹古今注中「魚蟲」：「蠅虎，蠅狐也。形似蜘蛛，而色灰白，善捕蠅。」

〔一一〕「涼飆」三句：劉禹錫聚蚊謠：「清商一來秋日曉，羞爾微形飼丹鳥。」

〔一二〕「三千」三句：歐陽修準詔言事上書：「李靖破突厥於定襄，只用三千人，其後破頡利於陰山，亦不過一萬。」後漢書伏湛傳附伏隆傳：「尋、邑以百萬之軍，潰散於昆陽。」

閶門戲調行客

日夜飛帆與跨鞍，閶門川陸路漫漫。人生自苦身餘幾，天色無情歲又寒。萬事惟堪六如觀〔一〕，一杯莫信四并難〔二〕。重陽雖過黃花少，尚有遲開玉雪團〔三〕。

【題解】

本詩作於淳熙六年（一一七九）重陽後，時閒居在家，至閶門，見路上行客匆匆，有感而作本詩。

【箋注】

〔一〕六如觀：佛家語，金剛經：「一切有爲法，如夢、幻、泡、影，如露亦如電，應作如是觀。」

〔二〕四并難：謝靈運擬魏太子鄴中集詩序：「天下良辰、美景、賞心、樂事，四者難并。」

〔三〕玉雪團：白菊花，廣群芳譜卷四八「菊」：「一團雪，一名白雪團，一名簇香毬，一名鬥嬋娟，花極白，晶瑩，瓣如勺，長而厚。」

九月二十八日湖上檢校籬落

村北村南打稻聲，荒園屐齒亦嬉晴。菊邊更覺朝陽好，松下偏聞晚吹清。一歲無非吾樂事，千金不博此閒行。周遭踏偏芙蓉岸，足痺腰頑栩栩輕。

【題解】本詩作於淳熙六年（一一七九）九月二十八日，時閒居在家，漫步石湖，見岸邊芙蓉，作本詩以抒情。

晚步吳故城下

意行殊不計榛菅，風袖飄然勝羽翰。拄杖前頭雙雉起，浮圖絕頂一雕盤。醉紅匝地斜曛暖〔一〕，熨練涵空漲水寒。卻向東臯望煙火，缺蟾先映槲林丹。

【題解】

本詩作於淳熙六年（一一七九）秋，時閒居在蘇，晚步故城之下，賦詩寫景。吴故城有二：一在梅里，范成大吴郡志卷三「城郭」：「太伯城，周三里二百步，外郭三百餘里，在西北隅，名曰故吴，又曰吴城，在今梅里平墟，人民皆田其中。」石湖閒居晚步，不可能去梅里。二指闔閭城，吴郡志卷三：「闔閭城，吴王闔閭自梅里徙都，即今郡城。」陸廣微吴地記：「闔閭城，周敬王六年伍子胥作，大城周迴四十五里三十步，小城八里六百六十步。」

【箋注】

〔一〕醉紅：指紅花，王安石薔薇：「濃緑扶疏雲對起，醉紅撩亂雪爭開。」

上沙田舍

更無雲物起微陰，壠畝人家各好音。歲晚陽和歸稻把，夜來霜力到楓林。兒童笑裏豐年面，烏鳥聲中落日心。釀秫炊秔都入手，臏拚腰脚辦登臨。

【題解】

本詩作於淳熙六年（一一七九）秋，時閒居在家，行經上沙田舍，賦本詩寫景志感。上沙，見卷三上沙「題解」。

與現、壽二長老遊壽泉，因話去年林屋之遊，題贈

何年錫杖劚清甘〔一〕，天遣深源壽此庵。金釅萬枝浮倒影，爲君題作菊花潭。

松風放浪入雲關，二衲相從一士閒。人與瘦笻俱老健，去年今日在包山。

【題解】

本詩作於淳熙六年（一一七九）十一月，時閒居在家，與現老、壽老同遊壽泉，話及去年同遊林屋，題本詩贈之。「去年林屋之遊」，淳熙五年十一月間，范成大渡太湖，遊林屋洞、包山寺等地，同遊者有澹齋、澹庵現老、眉庵壽老等人，本書卷二六再贈壽老詩尾注：「頃與澹齋兄遊洞庭、林屋，并澹庵現老、眉庵壽老偕，今十年矣。壽老見過話舊事，二澹已爲古人。」

【箋注】

〔一〕「何年」句：用六祖惠能故事，苏轼有卓錫泉銘并序云：「六祖初住曹溪，卓錫泉涌，清涼滑甘，贍足大衆，逮今數百年矣。」「祖師無心，心外無學。有來扣者，雲涌泉落。」「初住南華，集衆湞水。水性融會，豈有無理。引錫指石，寒泉自冽。衆渴得飲，如我説法。」

渡太湖

囊風閣雨半晴陰，慘淡誰知造化心？委命浮沉惟一葉，計身輕重亦千金。紅塵猶道不勝險，白浪莫嗔如許深。晚得薌山堪寄纜〔一〕，卧聽鼉吼與龍吟。

【題解】

本詩作於淳熙六年（一一七九），時閒居在蘇，渡太湖，作本詩志感。

【箋注】

〔一〕薌山：即香山。范成大吴郡志卷一五「山」：「香山，胥口相直，吴王種香於此山。」薌，通香。

再渡胥口

古來此地快蓬心，天繞明湖日照臨。一雁雲平時隱現，兩山波動對浮沉〔一〕。衰鬢都共荻花老，醉面不如楓葉深。罾户釣徒來問訊，去年盟在肯重尋？

【題解】

本詩作於淳熙六年（一一七九），時休閒在蘇。再度胥口，作本詩以寫景抒情。

【箋注】

〔一〕「兩山」句：孟浩然望洞庭湖贈張丞相：「氣蒸雲夢澤，波撼岳陽城。」石湖句自此化出。

跨馬過練墟喜晴

稻穗初乾怕雨時，晚來蒸煖欲霏微。西風若肯吹雲盡，不惜飄飄側帽歸〔一〕。

【題解】

本詩作於淳熙六年（一一七九），時在蘇閒居。騎馬過練墟，天晴，因作本詩。練墟，吴郡志卷一七有「練墟新橋」，姑蘇志卷一八有練墟村。

【箋注】

〔一〕側帽：周書獨孤信傳：「（獨孤信）在秦州，嘗因獵，日暮，馳馬入城，其帽微側，詰旦，而吏人有戴帽者，咸慕信而側帽焉。」

晚歸石湖

何須駟馬銜鄉關，只作歸農老圃看。夢裏曾腰綪結佩〔一〕，年來新著惰游冠〔二〕。

和煙種竹聊醫俗，帶月聞蛙不在官〔三〕。久矣此心恬不動，如今併與此身安。

【題解】

本詩作於淳熙六年（一一七九），時休閒在蘇，晚歸石湖有感而作本詩。

【箋注】

〔一〕緉結佩：語出禮記玉藻：「齊則緉結佩而爵韠。」鄭玄曰：「結，屈也。結，又屈之也。」孔穎達曰：「緉結佩，謂結其綬而又屈上之也。」

〔二〕惰游：禮記玉藻：「垂綏五寸，惰游之士也。」

〔三〕聞蛙不在官：晉書惠帝紀：「帝又嘗在華林園，聞蝦蟆聲，謂左右曰：『此鳴者爲官乎，私乎？』或對曰：『在官地爲官，在私地爲私。』」

北山堂開爐夜坐

困眠醒坐一龕多，竹洞無關斷客過。貪向爐中煨榾柮，懶從掌上看庵摩〔一〕。閒無雜念惟詩在，老不甘心奈鏡何？八萬四千安樂法，元無秘密可伽陀〔二〕。

【題解】

本詩作於淳熙六年（一一七九），時在家閒居。北山堂開爐夜坐生感，作本詩。

【箋注】

〔一〕「懶從」句：庵摩，一作庵摩羅，庵摩勒，果名。維摩經弟子品肇注：「庵摩勒果，形似檳榔，食之除風冷。」楞嚴經：「阿那律見閻浮提，如觀掌中庵摩羅果。」

〔二〕伽佗：阿伽佗的略稱。法華經玄贊卷二：「梵云伽佗，此翻爲頌，頌者美也，歌也，頌中文句極美麗故。」

入城

十里清風一餉間，片帆真欲解人顔。林家莊近聞鵝鴨，船到閶門儘未闌。儘字俗用已久，據理只合用盡字〔一〕。

【題解】

本詩作於淳熙六年（一一七九），時閒居在蘇。

【箋注】

〔一〕「儘字」二句自注：胡樸安俗語典卷三人部：「儘著，左傳文十四年：『公子商人，盡其家貸于公。』……按，盡，即忍切，即俗云儘著之儘。儘字惟見字彙，前此未收也。……宋間有用儘者，若陸游詩『儘醉帽幽香』之類。」其説與范石湖相合。

次韻蚤蚊

羽蟲幺魔塞區寰，造化胡爲弗疾頑？長養污泥草木處，縱橫大地山河間。夜聲雷動人力屈，秋喙花開天理還〔一〕。但願江湖無白鳥〔二〕，何須金鼎鑄神姦〔三〕？

【題解】

本詩作於淳熙六年（一一七九），時在家閒居。有人賦蚤蚊詩，次韻和之。

【箋注】

〔一〕秋喙花開：蚊蟲於秋風起以後，其喙破開。石湖嘲蚊四十韻：「涼飆倏然至，醜類殆哉岌。一吹觜吻破，再鼓翅翎縶。」

〔二〕白鳥：大戴禮記夏小正：「（八月）丹鳥羞白鳥。丹鳥也者，謂丹良也。白鳥也者，謂蚊蚋也。」

〔三〕金鼎鑄神姦：左傳宣公三年：「遠方圖物，貢金九牧，鑄鼎象物，百物而爲之備，使民知神姦。」杜預注：「圖鬼神百物之形，使民逆備之。」

冬至晚起，枕上有懷晉陵楊使君

新衣兒女鬧燈前，夢裏莊周正栩然。騎馬十年聽曉鼓，人生元有日高眠。

多稼亭邊有所思，冬來撚却幾行髭〔一〕。也應坐擁黄紬被，斷角孤鴻總要詩。

【題解】

本詩作於淳熙五年（一一七八）冬至日，時閒居在家，此日晚起，枕上懷念楊萬里，賦二絶以寄之。「晉陵楊使君」，即楊萬里，時知常州。于北山范成大年譜、楊萬里年譜，孔凡禮范成大年譜均繫本詩於淳熙五年，是。淳熙六年冬至時，楊萬里已任廣東常平提舉。楊萬里見詩後，作和范至能參政寄二絶句：「生憎雁鶩只盈前，忽覽新詩意豁然。錦字展來看未足，玉蟲挑盡不成眠。」「夢中相見慰相思，玉立長身漆點髭。不遣紫宸朝補衮，却教雪屋夜哦詩。」本卷次韻同年楊廷秀使君寄題石湖，作於淳熙六年春，列於前，本詩却列於後，不當。

【箋注】

〔一〕撚却幾行髭：盧延讓苦吟：「吟安一個字，撚斷數莖鬚。」

寒雨

何事冬來雨打窗？夜聲滴滴曉聲淙。若爲化作漫天雪〔一〕，徑上孤篷釣晚江〔二〕。

【題解】

本詩作於淳熙六年（一一七九）冬，時閒居在蘇，遇寒雨，有感而作此。

【箋注】

〔一〕「若爲」句：自柳宗元與浩初上人同看山寄京華親故「若爲化得身千億，散上峰頭望故鄉」化出。

〔二〕「徑上」句：自柳宗元江雪「孤舟蓑笠翁，獨釣寒江雪」化出。

戲贈脚婆

日滿東窗照被堆，宿湯猶自煖如煨㊀。尺三汗脚君休笑〔一〕，曾踏韡霜待漏來。

【校記】

㊀宿湯：原作「宿窗」，誤。富校：「『窗』黄刻本作『湯』，是。」活字本、叢書堂本、董鈔本、詩淵第

二册第一四二〇頁均作「宿湯」，今據改。

【題解】

本詩作於淳熙六年（一一七九）冬，時閒居在家。冬日，使用暖脚瓶，戲作本詩。脚婆，即暖足瓶，俗稱湯婆子。黄庭堅戲詠暖足缾詩其一：「千金買脚婆，夜夜睡天明。」

【箋注】

〔一〕「尺三」句：唐摭言卷一五：「顧雲，大順中，制同羊昭業等十人修史。雲在江淮，遇高逢休諫議。時劉子長僕射清名雅譽，充塞搢紳，其弟崇望，復在中書。雲以逢休與子長舊交，將造門，希致先容，逢休許之久矣。雲臨岐請書，逢休授之一函，甚草創，雲微有惑，因潛啓閲之，凡一幅，並不言雲，但曰：羊昭業等擬將一尺三寸汗脚，踏他燒殘龍尾道，道懿宗皇帝雖薄德，不任被前人羅織。」

除夜前二日夜雨

雪不成花夜雨來，壠頭一洗定無埃。小童却怕溪橋滑，明日先生合探梅。

【題解】

本詩作於淳熙六年（一一七九）除夕前二日，時在家閒居，因夜雨作此小詩以志感。

次韻章秀才北城新圃

方流桃花塢〔一〕，窈窕入壺天。碧城當巖岫，清灣如澗泉。風月欲無價，聊費四萬錢〔二〕。雪後春事起，紅雲蜂蝶邊。西城如西塞，桃花古來多。釣艇鱖魚肥，前身張志和〔三〕。煙霏幾白鷺，風雨一緑蓑。清江韻新引，清絶勝陽阿。

【題解】

本詩作於淳熙六年（一一七九）春，時閒居在家。章秀才賦北城新圃，石湖次其韻。章秀才，乃蘇州「北章」的後人。龔明元中吴紀聞卷六「南北章」條云：「章氏，本建安郇公之裔，後徙於平江者有二族，子厚丞相家州南，質夫樞密家州北，兩第屹然，輪奂相望，爲一州之甲。吴人號南北章以别之。」王謇宋平江城坊考吴中氏族考：「章氏。嘉祐中，浦城章楶爲蘇州教官，就居於此。故有南北二族：楶居城北，號北章；惇居城南，號南章。其二氏甚盛。」宋詩紀事卷二三章楶小傳云：「楶字質夫，浦城人，得象之姪。治平四年，進士甲科。哲宗朝，歷集賢殿修撰，知渭州，進端明殿學士。徽宗立，拜同知樞密院事，授資政殿學士、中太乙宫使。卒謚莊簡。」則章秀才爲「北章」章楶之後人。

【箋注】

〔一〕桃花塢：徐大焯燼餘録記載，宋代桃花塢範圍極大，云：「入閶門河而東，循能仁寺、章家巷河而北，過石塘橋出齊門，古皆稱桃花河。河西北，皆桃塢地。」舊有章楶别墅，占地甚廣。姑蘇志卷三一：「章氏别業，在閶門裏北城下，今名桃花塢。」明人唐寅卜築桃花庵，只占章園之一角。

〔二〕「風月」二句：用歐陽修滄浪亭：「清風明月本無價，可惜只賣四萬錢。」

〔三〕「釣艇」二句：登明經第，待張志和謁見顔真卿，作漁歌五首，其一云：「西塞山前白鷺飛，桃花流水鱖魚肥。青箬笠，緑蓑衣，斜風細雨不須歸。」

夢中作

漠漠人間一氣平，虚無宫殿鎖飛瓊〔一〕。碧雲萬里海光動，何處書來金鶴鳴？

【題解】

本詩作於淳熙六年（一一七九），時閒居在蘇，賦本詩記夢中之境以寄慨。

【箋注】

〔一〕「虚無」句：李商隱隋宫：「紫泉宫殿鎖煙霞。」飛瓊，即許飛瓊，仙女，漢武帝内傳：「（王母）

又命侍女董雙成吹雲和之笙，石公子擊昆庭之金，許飛瓊鼓震靈之簧。」

北城梅爲雪所厄㊀

凍蕊粘枝瘦欲乾，新年猶未有春看。雪花祇欲欺紅紫，不道梅花也怕寒〔一〕。

【校記】

㊀題：富校：「『城』下黄刻本、宋詩鈔有『梅』字，是。」按，活字本目録、正文，叢書堂本目録、正文，董鈔本，詩淵第四册第二三一一頁詩題均作「北城梅爲雪所厄」，今據補。

【題解】

本詩作於淳熙七年（一一八〇）正月，時閒居在蘇。有感於北城梅爲雪所厄，作本詩以寫意。

【箋注】

〔一〕不道：不料。張相詩詞曲語辭匯釋卷四「不道（一）」：「猶云不料也。」引范成大本詩云「言不料梅花也怕寒」。

雪後六言二首

雨聲和深巷屐，風力到短檠燈。可惜滴殘檐雪，從教漂盡河冰。

歲寒破屋萬卷，風急疎窗一燈。高卧眼生醉纈，遠遊鬚有堅冰。

【題解】

本詩作於淳熙七年（一一八〇），時閒居在家。

元夕大風雨二絶

東風無賴妒華年，一夜淒寒到酒邊。放盡珠簾遮畫炬，莫教檐雨濕青煙。

河傾海立夜翻盆，不獨妨燈更損春。凍澀笙簧猶可耐，滴皴梅頰勢須嗔。

【題解】

本詩作於淳熙七年（一一八〇）元夕，時閒居在家，因元夕大風雨，不能賞燈，故作本詩。

春懷

柳顰梅笑各相惱，詩債棋讎俱見尋。莫道幽居無一事，春來風物總關心。

【題解】

本詩作於淳熙七年（一一八〇）正月，時閒居在家，故詩云「幽居」。

自横塘橋過黄山

陣陣輕寒細馬驕，竹林茅店小帘招。東風已緑南溪水〔一〕，更染溪南萬柳條〔二〕。

【題解】

本詩作於淳熙七年（一一八〇）春，時閒居在蘇，自横塘橋過黄山，賦小詩以寫春景。横塘，在盤門外五里，姚承緒吴趨訪古録卷二：「横塘，在盤門西五里。有橋顔曰『横塘古渡』，爲游湖入山之路。」黄山，在縣西南二十五里。姑蘇志卷九：「黄山，在茶磨山北四里，胥塘之北。諸峰高下相連，俗稱筆格山。」

【箋注】

〔一〕「東風」句：王安石泊船瓜州：「春風又緑江南岸。」

〔二〕「更染」句：李賀瑶華樂：「薰梅染柳將贈君。」

次韻謝李叔玠追路送笋

墮地錦棚茁，解衣温玉姿。來償食竹債〔一〕，大勝伏雌炊〔二〕。少日羹藜子〔三〕，老來煨芋師〔四〕。盤餐登異味，指動已先知〔五〕。

【題解】

本詩作於淳熙七年（一一八〇）二月，時差知明州，李叔玠追路送笋，並賦詩，石湖次其韻答謝之。周必大神道碑：「（淳熙）七年（原作六年，誤。參宋史魏王愷傳、建炎以來朝野雜記甲集卷一魏惠憲王）二月，魏王薨於明州，起公代之，兼沿海制置使。」李叔玠，即李珪，字叔玠，建炎以來朝野雜記乙集卷一六「四川椿管錢物」條：「初遣户部郎官丹稜李叔玠奉使起發，叔玠持不可，上頗難之，會復置宣撫司，事得暫止。」李珪，爲紹興二十四年進士，與石湖爲同年，見嘉慶四川通志卷一二二。

【箋注】

〔一〕來償句：山谷外集詩注卷一二食笋十韻：「觵觵入中廚，如償食竹債。」注云：「楞嚴經云：身爲畜生，酬其宿債。詩意謂牛羊食竹，及死爲笋，爲人所食，若償債然。」

〔二〕伏雌：即母鷄。樂府詩集卷六〇百里奚妻琴歌三首其一：「百里奚，五羊皮。憶别時，烹伏雌，炊扊扅。今日富貴忘我爲！」

〔三〕羹藜：初學記卷九：「堯羹藜，舜飯糗。韓子曰：堯之王天下，糲粢之食，藜藿之羹。孟子曰：舜之飯糗茹草，若將終身焉。」

〔四〕煨芋：佛果圜悟禪師碧巖録卷四：「懶瓚和尚，隱居衡山石室中。唐德宗聞其名，遣使召之。使者至其室宣言：天子有詔，尊者當起謝恩。瓚方撥牛糞火，尋煨芋而食，寒涕垂頤未嘗答。使者笑曰：且勸尊者拭涕。瓚曰：我豈有工夫爲俗人拭涕耶！」

〔五〕指動：左傳宣公四年：「楚人獻黿于鄭靈公。公子宋與子家將見，子公之食指動，以示子家，曰：『他日我如此，必嘗異味。』及入，宰夫將解黿，相視而笑。公問之，子家以告。及食大夫黿，召子公而勿與也。子公怒，染指于鼎，嘗之而出。公怒，欲殺子公。」

石湖居士詩集卷二十一

秀州門外泊舟

拍岸清波撲岸埃，黑頭霜鬢幾徘徊。禾興門外官楊柳〔一〕，又見扁舟上堰來。

【題解】

本詩作於淳熙七年（一一八〇）二月初。時石湖受命知明州軍州事，赴闕路過秀州泊舟，因作本詩。秀州，元豐九域志卷五兩浙路秀州，治嘉興縣。淳熙七年，魏王趙愷卒，起石湖代知明州。周必大神道碑：「（淳熙）七年二月，魏王薨於明州，起公代之，兼沿海制置使。」宋史卷二四六魏王愷傳：「七年，薨於明州，年三十五。」建炎以來朝野雜記甲集卷一魏惠憲王：「淳熙初來朝，徙判明州，易鎮永興、成德。七年二月，薨於明州，年三十五。」寧波府志卷一六秩官上宋知明州軍州事題名：「范成大，（淳熙）七年三月。」又卷一八名宦：「范成大，字至能，吴郡人。淳熙中知州事。」石湖到達寧波在三月，然初受命赴闕，當在二月。

【箋注】

〔一〕禾興：即嘉興縣。李吉甫元和郡縣圖志卷二五江南道一蘇州嘉興縣：「本春秋時長水縣，秦爲由拳縣，漢因之。吴時有嘉禾生，改名禾興縣。後以孫皓父名，改爲嘉興縣也。」至元嘉禾志卷一「沿革」：「吴黄龍三年，由拳野稻自生，改爲禾興，志瑞也。」

臨平道中

煙雨桃花夾岸栽，低低渾欲傍船來〔一〕。石湖有此紅千葉〔二〕，前日春寒總未開。

【題解】

本詩作於淳熙七年（一一八〇）二月，赴闕道中，周必大玉堂類稿卷一二撫問新知明州范成大並賜銀合茶藥（注：淳熙七年三月四日）：「有敕：朕緬懷舊德，起表東藩。喜舟御之遄征，即都門而迎勞。仍加頒賚，用示眷存。」

【箋注】

〔一〕渾欲：簡直要。張相詩詞曲語辭匯釋卷二「渾（一）」：「渾，猶全也，直也。」杜甫春望：「白頭搔更短，渾欲不勝簪。」

〔二〕紅千葉：千葉紅桃。廣群芳譜卷二五「桃花」：「千葉桃，一名碧桃，花色淡紅。」

夜過越上不得遊覽

王程公事兩相催，衝雨片帆連夜開。千巖萬壑在何處？山陰道中無好懷〔一〕。
豈有酒船尋賀老〔二〕，興盡却能訪安道〔三〕。鑑湖春色漫芳菲，付與青青湖畔草。

【題解】

本詩作於淳熙七年（一一八〇）三月，時受命知明州軍州事，自杭赴明州途中，夜過會稽，不得游覽，因賦詩志感。

【箋注】

〔一〕「千巖」二句：王羲之蘭亭集序：「永和九年，歲在癸丑，暮春之初，會於會稽山陰之蘭亭，修禊事也。群賢畢至，少長咸集。此地有崇山峻嶺，茂林修竹，又有清流激湍，映帶左右，引以爲流觴曲水，列坐其次，雖無絲竹管絃之盛，一觴一咏，亦足以暢叙幽情。」

〔二〕「豈有」句：賀老，即賀知章（六五九—七四四），字季真，越州永興人。證聖初，擢進士，歷仕太常博士、太子賓客、禮部侍郎兼集賢殿學士、秘書監。天寶初，求歸故里，詔賜鑑湖一曲。工詩，善草書，喜飲酒，不受拘檢，杜甫飲中八仙歌，首列知章。兩唐書有傳。李白送賀賓客歸越：「鏡湖流水漾清波，狂客歸舟逸興多。山陰道士如相見，應寫黄庭换白鵝。」

〔三〕「興盡」句：用王徽之故事。世説新語任誕：「王子猷居山陰，夜大雪，眠覺，開室，命酌酒，四望皎然。因起彷徨，詠左思招隱詩，忽憶戴安道。時戴在剡，即便夜乘小船就之。經宿方至，造門不前而返。人問其故，王曰：『吾本乘興而行，興盡而返，何必見戴。』」

道中古意二絶

桃李寂無言，垂楊照溪緑。不見苧蘿人〔一〕，空吟若邪曲〔二〕。

浣紗寂不好㊀，辛苦觸戰箭。東施無麗質〔三〕，安穩嫁鄉縣。

【校記】

㊀寂不好：詩淵第三册第一九九七頁作「寧不好」。

【題解】

本詩作於淳熙七年（一一八〇），時正赴知明州任途中，作古絶二首，詠西施故事。

【箋注】

〔一〕苧蘿人：指西施，吴越春秋勾踐陰謀外傳：「乃使相者國中，得苧蘿山鬻薪之女曰西施鄭旦。」

〔二〕「空吟」句：若邪，同若耶，溪名，相傳西施曾浣紗於此，故亦名浣紗溪。李白採蓮曲：「若耶溪傍採蓮女，笑隔荷花共人語。」若邪曲即指此。

〔三〕「東施」句：莊子天運：「故西施病心而矉於里，其里之醜人見而美之，歸亦捧心而矉其里。」後人稱此醜人爲「東施」，太平寰宇記卷六九越州諸暨縣有西施家、東施家。

觀禊帖有感三絶

古人賦多情，無事輒愁苦。蘭亭一觴詠〔一〕，感慨乃如許！

寶章薶九泉，摹本範百世〔二〕。白鵝滿波間，誰識腕中意？

三日天氣新〔三〕，禊飲傳自古。今人不好事，佳節棄如土。

【題解】

本詩作於淳熙七年（一一八〇）三月赴明州任途中，觀王羲之蘭亭集序帖有感，賦三絶句以志感。禊帖，即王羲之所書寫的蘭亭集序，因記修禊事，故稱禊帖。宋高宗翰墨志：「至若禊帖，則測之益深，擬之益嚴，姿態橫生，莫造其源。」

【箋注】

〔一〕「蘭亭」句：用王羲之故事。晉書王羲之傳：「嘗與同志宴集於會稽山陰之蘭亭，羲之自爲之序以申其志，曰：永和九年，歲在癸丑，暮春之初，會於會稽山陰之蘭亭，修禊事也。……

雖無絲竹管絃之盛，一觴一咏，亦足以暢叙幽情。」

〔二〕「寶章」二句：寶章，指蘭亭集序帖真迹，薶，埋之本字，埋藏。淮南子時則訓：「掩骼薶骴。」高誘注：「薶，藏也。」唐太宗酷愛書法，從王羲之七世孫僧智永弟子辯才處，得其真迹，命趙模、韓道政、馮承素、諸葛貞等人各搨數本。太宗臨死時，囑以真迹殉葬於昭陵。故云「寶章薶九泉」。今存定武、神龍諸本皆歐陽詢、褚遂良臨摹搨本。故云「摹本範百世」。唐何延之蘭亭記有詳細記載。

〔三〕三日天氣新：語出杜甫麗人行：「三月三日天氣新。」

浙東舟中

處處槿樊圃，家家桃廡門。魚鹽臨水市，煙火隔江村。雨過張帆重，潮來汲井渾。彎跧短篷底，休説兩朱轓〔一〕。

【題解】

本詩作於淳熙七年（一一八〇）三月，時在赴知明州任途中。

【箋注】

〔一〕兩朱轓：高官顯貴所乘。漢書景帝紀：「令長吏二千石車朱兩轓，千石至六百石朱左轓。」

初赴明州

四征惟是欠東征〔一〕，行李如今忽四明〔二〕。海接三韓諸島近〔三〕，江分七堰兩潮平，擬將寬大來宣詔，先趁清和去勸耕。頂踵國恩元未報〔四〕，驅馳何敢歎勞生。昌國縣圖障於海中，題字云：「自此與高麗國接界。」蓋宇内極東處也〔五〕。

【題解】

本詩作於淳熙七年（一一八〇）三月，時已赴明州任。紹定四明志卷一郡守：「范成大，中大夫兼沿海制置使，淳熙七年三月二十一日到任。」寶慶四明志卷一郡守：「范成大，中大夫兼沿海制置使，淳熙七年三月二十一日到任，八年三月二十一日除端明殿學士知建康府。」

【箋注】

〔一〕四征：出使金國爲北征，赴桂帥爲南征，任蜀帥爲西征，帥明州爲東征，合爲四征。

〔二〕四明：山名，在明州鄞縣境内，因以代指明州。乾道四明圖經卷二鄞縣：「四明山，在縣西南六十里。」

〔三〕「海接」句：三韓，漢代國名，宋代爲高麗國。漢代，朝鮮南部分爲馬韓、辰韓、弁辰（弁韓）三國，合稱「三韓」，見後漢書卷八五東夷傳。後以「三韓」作爲朝鮮的代稱。宋代其流通錢幣中有一種即稱「三韓通寶」。宋史卷四八七高麗傳：「其東所臨，海水清徹，下視十丈，東南望明州，水皆碧。」

〔四〕頂踵：孟子盡心上：「墨子兼愛，摩頂放踵利天下，爲之。」朱子注：「放，上聲。墨子，名翟。兼愛，無所不愛也。摩頂，摩突其頂也。放，至也。」

〔五〕「昌國縣」四句尾注：昌國縣，屬明州，其地即唐代鄮縣之翁洲，李吉甫之元和郡縣圖志卷二六：「（明州鄮縣）翁洲，入海二百里，即春秋所謂甬東地也。越滅吴，請吴王居甬東，吴王曰：『孤老矣，不能事君王。』乃縊。其洲周環五百里，有良田湖水，多麋鹿。」乾道四明圖經卷七昌國縣：「唐開元二十六年，與州同置，即翁山縣是也。」縣有梅岑山，在縣東二百七十里，四面環海：「高麗、日本、新羅、渤海諸國，皆由此取道。守候風信，謂之放洋。」

寄虎丘範長老

誰云簪紱坐成禽〔一〕，亦漫爲官漫好音。身已備嘗生老病，心何曾住去來今。一波不動月空照，萬籟無情風自吟。持此東歸似同志，故應分我半山林。

【題解】

本詩作於淳熙七年（一一八〇），時在知明州任上，寄詩與虎丘範長老，表明自己的心志。範長老，號默堂，見卷二三積雨作寒五首自注：「禪老，範默堂。」

【箋注】

〔一〕成禽：後漢書袁紹傳：「若分遣輕軍，星行掩襲，許拔則操成禽。」

次韻汪仲嘉尚書喜雨

雨雲渾似雪雲同，天意人心本自通。吏役驅驅騎馬滑，何如欹枕閉門中？

老身窮苦不須憂，未有毫分慰此州。但得田間無歎息，何須地上見錢流〔一〕？

【題解】

本詩作於淳熙七年（一一八〇），時已到明州任，汪大猷時奉祠家居，賦喜雨詩，石湖次韻答之。汪仲嘉，即汪大猷，鄞縣人，曾兼權吏部尚書，故稱「尚書」，參見卷一一送汪仲嘉使虜分韻得待字「題解」。原唱已佚。汪大猷工詩，樓鑰敷文閣學士宣奉大夫致仕贈特進汪公行狀（攻媿集卷八八）：「詩造平淡，能道人情曲折，和達哉樂天行等篇，置之集中，殆莫能辨也。」

【箋注】

〔一〕見錢流：用唐代劉晏故事。新唐書劉晏傳：「諸道巡院，皆募駛足，置驛相望，四方貨殖低昂及它利害，雖甚遠，不數日即知，是誰權萬貨重輕，使天下無甚貴賤而物常平，自言如見錢流地上。」辛棄疾水調歌頭壽趙漕介庵：「莫管錢流地，且擬醉黄花。」亦用此典。

曉起

窗明驚起倒裳衣，鈴索頻摇定怪遲。即入簿書叢裏去，少留欹枕聽黄鸝。

【題解】本詩作於淳熙七年(一一八〇)，時在知明州任上。

大風　四明亦有颶風。

颶母從來海若家，青天白地忽飛沙。煩將殘暑驅除盡，只莫顛狂損稻花。

【題解】本詩作於淳熙七年(一一八〇)，時在知明州任上，因四明有颶風，作本詩感之。

大黄花

大芋高荷半畝陰，玉英危綴碧瑶簪。誰知一葉蓮花面，中有將軍劍戟心。

【題解】

本詩作於淳熙七年（一一八〇），時在知明州任上。

進修堂前荷池

方池留水勝埋盆，露入蓮腮沁粉痕。鈴索無聲人不到，小禽飛入鬧荷根。

【題解】

本詩作於淳熙七年（一一八〇），時在知明州任上。進修堂，在明州府衙内。

州宅堂前荷花

淩波仙子静中芳，也帶酣紅學醉粧㈠。有意十分開曉露，無情一餉斂斜陽。泥根玉雪元無染〔一〕，風葉青葱亦自香。想得石湖花正好，接天雲錦畫船凉〔二〕。

【校記】

㈠粧：瀛奎律髓卷二七作「狂」。

【題解】本詩作於淳熙七年（一一八〇）夏，時已在知明州任上，見州宅堂前荷花，興起憶念石湖的情思。瀛奎律髓卷二七方回評：「此明州州宅也。淳熙七年庚子，石湖以前參政起家帥鄞。五、六甚佳。」馮舒評：「起句俚。」馮班評：「破不妥切。」紀昀評：「中四句皆好。『醉狂』不似荷花。七句倒托出州宅。」

【箋注】

〔一〕「泥根」句：周敦頤愛蓮説：「予獨愛蓮之出淤泥而不染。」

〔二〕「接天」句：自楊萬里曉出凈慈寺送林子方「接天蓮葉無窮碧，映日荷花別樣紅」句化出，以雲錦喻盛開之荷花。

新荔枝四絶

荔浦園林瘴霧中〔一〕，戎州沽酒擘輕紅〔二〕。五年食指無占處〔三〕，何意相逢萬壑東。

海北天西兩鬢蓬，閩山猶欠一枝笻。鄞船荔子如新摘，行脚何須更雪峰？

甘露凝成一顆冰，露穠冰厚更芳馨。夜涼將到星河下，擬共嫦娥鬥月明。

趠舶飛來不作難㈠〔四〕，紅塵一騎笑長安〔五〕。孫郎皺玉無消息〔六〕，先破潘郎玳瑁盤〔七〕。四明海舟自福唐來，順風三數日至，得荔子，色香都未減，大勝戎、涪間所產。莆陽孫使君許寄蜜荔，過期不至；貳車潘進奏餉玳瑁一種，亦佳，并賦之。

【校記】

㈠ 趠舶：原作「趠泊」，富校：「沈注云：『東坡集作「舶趠」，此誤也。』按蘇軾舶趠風詩引：『吴中梅雨既過，颯然清風彌旬，歲歲如此，湖人謂之舶趠風。是時海舶初回，云此風自海上與舶俱至云爾。』」按，活字本、叢書堂本、董鈔本、詩淵第二册第一二〇六頁均作「趠舶」，今據改。

【題解】

本詩作於淳熙七年（一一八〇）秋，時在知明州任上。福建新荔枝到明州，石湖賦詩詠之。莆陽守孫紹遠許寄蜜荔未到，甚念之。

【箋注】

〔一〕荔浦：縣名，屬桂州。王存元豐九域志卷九廣南西路桂州，有荔浦縣。

〔二〕戎州：李吉甫元和郡縣圖志卷三一「戎州」：「南溪縣，平蓋山，多荔枝。」王存元豐九域志卷七戎州有南浦縣。

〔三〕食指無占處：參卷二〇次韻謝李叔玠追路送筭「指動」注。

〔四〕趠舶：沈注卷中：「按，東坡集作舶趠，此誤也。」蘇軾舶趠風并引：「吴中梅雨既過，颯然清風彌旬，歲歲如此，湖人謂之舶趠風。是時海舶初回，云此風自海上與舶俱至云爾。」陳巖肖庚溪詩話：「吳中每暑月，則東南風數日，甚者至踰旬而止，吳人名之曰舶趠風云，海外舶船，禱於神而得之，乘此風到江浙間也。」

〔五〕「紅塵」句：語出杜牧過華清宮絶句三首其一：「長安回望繡成堆，山頂千門次第開。一騎紅塵妃子笑，無人知是荔枝來。」

〔六〕孫郎：即孫紹遠，附注「莆陽孫使君」，亦即紹遠，時知莆陽。弘治興化府志卷二宋興化軍知軍題名：「孫紹遠，以承議郎知，（淳熙七年）二月二十一日到任，九年四月十二日滿替。」興化軍，即莆陽，王存元豐九域志卷九興化軍，治莆陽縣。

〔七〕潘郎：即附注中之「貳車潘進奏」，生平未知。

甬東道院午坐

一夜西風轉酒旗，午餘殘暑不多時。緑荷半蝕霜前葉，丹桂全封雨後枝。忙裏有詩償日課〔一〕，老來無賦爲秋悲〔二〕。梳頭小隸那知此，强向窗前數鬢絲。

【題解】本詩作於淳熙七年（一一八〇）秋，時在知明州任上，午坐甬東道院，即景寫情，因賦本詩。甬東道院，在清心堂南。寶慶四明志卷三「公宇」：「甬東道院，在清心堂南，趙子潚建。」

【箋注】

〔一〕詩債：白居易晚春欲攜酒尋沈四著作先以六韻寄之：「顧我酒狂久，負君詩債多。」

〔二〕「老來」句：宋玉九辯：「悲哉秋之爲氣也。」石湖由此生發。

東門外觀刈熟，民間租米船相銜入門㊀，喜作二絶

菊莎杞棘爨無煙〔一〕，日日文書横索錢。今日甬東官况好，東津門外看租船。文書，謂諸司督逋者。

潮到靈橋緑繞船〔二〕，海邊力穡屢豐年。淡青山色深黄稻，恰似胥門九月天。

【校記】

㊀相銜入門：富校：「『門』黄刻本、宋詩鈔作『城』，是。」活字本目録、正文，叢書堂本目録、正文，董鈔本，詩淵第二册第一五〇五頁均作「入門」。

【題解】

本詩作於淳熙七年（一一八〇）九月，時在知明州任上。

【箋注】

〔一〕菊莎杞棘：語出陸龜蒙杞菊賦：「爾杞未棘，爾菊未莎。」參沈欽韓注。

〔二〕靈橋：在州城外，寶慶四明續志卷三「惠民藥局」記載增開子鋪十四所，其中一所即靈橋門鋪。

探木犀

秋半秋香花信遲〔一〕，攀枝擘葉看纖微。昨朝尚作茶槍瘦〔二〕，今雨催成粟粒肥。

【題解】

本詩作於淳熙七年（一一八〇）秋，時在知明州任上，探視桂樹，寫下本詩。

【箋注】

〔一〕秋香：桂花之香，李賀金銅仙人辭漢歌：「畫欄桂樹懸秋香。」

〔二〕茶槍：茶的嫩芽，陸龜蒙奉酬襲美先輩吴中苦雨一百韻：「酒幟風外皷，茶槍露中擷。」注：「茶芽未展者曰槍。」本詩借指桂花花苞之嫩者。

九月五日晴煖步後園

海氣烘晴入斷霞，半空雲影界山斜。輕羅小扇游蜂畔，只比東風有菊花。

【題解】本詩作於淳熙七年（一一八〇）九月五日，時在知明州任上。因晴暖閑步南園，作本詩以寫景。

九日憶菊坡

菊坡長恨隔横塘，城郭山林自不雙。放棹松江花已遠，濤江之外更鄞江〔一〕。

【題解】本詩作於淳熙七年（一一八〇）九月九日，時在知明州任上，憶菊坡，作本詩以志感。

【箋注】

〔一〕鄞江：乾道四明圖經卷二鄞縣：「江在縣東一里，實海口也。」

重陽九經堂作

俗間佳節自怱怱，老去悲秋又客中〔一〕。青嶂捲簾三面月，黄花吹鬢幾絲風。十年故國新栽柳，萬里他鄉舊轉蓬。誰與安排今夜夢？片帆飛到小籬東。

【題解】

本詩作於淳熙七年（一一八〇）重陽，時在明州任上。九經堂，朝廷頒賜明州九經，明州守陳充作九經堂貯之。淳熙七年，范成大修葺之，又收藏皇子趙愷之藏書。寶慶四明志卷二「賜書」：「經，一百一十五部，計五百八十一册。（原注：傳解釋文等在内。）史，七十九部，計一千三百四十三册。（原注：説史者在内。）子，一十五部，計四十五册。文集一百七十一部，計一千五百册。雜書，九十五部，計七百二十八册。御書臨帖五册。（原注：已入御書類。）宸翰詔書一軸。（原注：已入御書類。）右皇子魏王判州，藏書四千九十二册，一十五軸。淳熙七年有旨，就賜明州。於是守臣范成大奉藏於九經堂之西偏。繼又恐典司弗虔，乃奉藏於御書閣，列爲十廚。」寶慶四明志卷三「公宇」云：「九經堂，太宗皇帝淳化元年，詔頒國子監九經，二年，守陳充作堂以藏，久而堂圮書散。元祐五年，守李閌鑿池畚土增舊址，别求九經藏之，火於建炎。紹興十八年，守徐琛又新之，跨池爲石橋，通鄮山堂，翼以步廊。淳熙七年，范成大守明，詔賜魏王所藏書四千九十二册，十五軸，乃葺斯堂，奉其書西偏。已乃藏所賜書於府學之御書閣。築堂及奉安賜書，皆有碑記，而陳之碑逸矣。淳祐五年冬，制帥集撰顏公頤仲重修。」

【箋注】

〔一〕「老去」句：化用杜甫登高「萬里悲秋常作客」句意。

真瑞堂前丹桂

血色凡花太俗生，花工新意染秋英。袍紅太重鞓紅淺，畫不能摹句寫成〔一〕。

官忙風月鎮長閒，開遍香紅酒尚寒。若要與花相領略，千巖隨分有闌干〔二〕。石湖千巖觀前手植丹桂二畝。

【題解】

本詩作於淳熙七年（一一八〇）秋，時在知明州任上。堂前丹桂盛開，詩人興起吟成本詩。真瑞堂，在明州府衙內。寶慶四明志卷三「公宇」：「真瑞堂，熙春亭之東迤於南，前有木犀。」

【箋注】

〔一〕「畫不」句：畫不能成，用詩句寫出。唐詩人蘇頲扈從鄠杜間奉呈刑部尚書舅崔黃門馬常侍：「雲山一一看皆美，竹樹蕭蕭畫不成。」李唐七絕也説：「看之如易作之難。」石湖在賞雪騎鯨軒子文夜歸酒渴侍兒薦茗飲蜜漿明日以詫同游戲爲書事邀宗偉同作：「懸知晝不到，未省詩能説？」

〔二〕隨分：隨意。黄庭堅呻吟齋睡起五首呈世弼：「蔓蒿隨分種，杞菊未須遊。」

題羔羊齋外木芙蓉

慵粧酣酒夕陽濃，洗盡霜痕看綺叢。緑地團花紅錦障，不知庭院有西風。

【題解】本詩作於淳熙七年（一一八〇）秋，時在知明州任上，閑時題咏羔羊齋外木芙蓉。羔羊齋，寶慶四明志卷三「公宇」：「羔羊齋，平易堂之後。」

進思堂夜坐懷故山

塵事潮來不可推，身如病鶴强毰毸〔一〕。簿書遮斷尋詩路，風雨驚殘問月杯〔二〕。想得竹門無客到，直須雪夜有船迴。鱸鄉望眼雙明處〔三〕，衹欠凌霄萬仞臺。

【題解】

本詩作於淳熙七年（一一八〇）秋，時在知明州任上。夜坐進思堂，作本詩以抒懷鄉之情思。進思堂，寶慶四明志卷三「公宇」：「進思堂，紹興四年，守郭仲荀建。淳祐六年冬，制帥集撰顔公頤仲以舊規湫隘卑下，歲老不支，於是增高故址，一新改造。七年春賜御書堂扁，從公請也。」

【箋注】

〔一〕毰毸：同陪鰓，原指鳥羽奮張貌，文選潘岳射雉賦：「摛朱冠之赩赫，敷藻翰之陪鰓。」徐爰注：「陪鰓，奮怒之貌也。」曾鞏不飲酒：「况從多病久衰耗，自顧白髮垂毰毸。」

〔二〕問月杯：自蘇軾水調歌頭「明月幾時有？把酒問青天」句意化出。

〔三〕鱸鄉：吴江盛産鱸魚，故有「鱸鄉」之美稱。吴曾能改齋漫録卷五：「陳文惠（按，即陳堯佐）有題松江詩，落句云：『西風斜日鱸魚鄉。』言惟松江有鱸魚耳。」林肇鱸鄉亭詩序：「肇頃過松陵，讀陳丞相留題詩，有『秋風斜日鱸魚鄉』之句。去秋作亭江上，取『鱸鄉』二字名。」

楊少監寄西征近詩來，因賦二絶爲謝。詩卷第一首乃石湖作別時倡和也

柴門重客醉中歸，尚憶揮毫索紙時。何物與儂供不朽〔一〕，西征卷首石湖詩。

錦囊隨上越王臺〔一〕，天海風濤亦壯哉！書到嶺頭梅恰動，一枝應伴一篇來〔二〕。

【題解】

本詩作於淳熙七年（一一八〇）初冬，時在明州任上。楊萬里從廣東寄詩來，因賦二絶和之。楊少監，即楊萬里，他曾任將作少監，本詩用舊稱，蓋重京官也。楊萬里誠齋西歸詩集序（誠齋集卷八〇）：「予假守毗陵，更未盡三月，移官廣東常平使者。既上二千石印綬，西歸過姑蘇，謁石湖先生范公，公首索予詩，予謝曰：『詩在山林，而人在城市，是二者常巧於相違而喜於不相值。某雖有所謂荆溪集者，竊自薄陋，不敢爲公出也。』既還舍，計在道及待次凡一年，得詩僅二百首，題曰西歸集，録以寄公。」石湖得詩後，賦二絶以謝。楊萬里得其詩後，即和之，遣騎問訊范明州參政報章寄二絶句和韻謝之（誠齋集卷一六）：「南海人從東海歸，新詩到日恰梅時。撚梅細比新詩看，未必梅花瘦似詩。」「一别姑蘇江上臺，緑波碧草恨悠哉。忽然兩袖珠璣滿，割取三吴風月來。」

【箋注】

〔一〕儂：吴人稱我爲儂。

〔二〕「錦囊」句：錦囊，盛詩之囊，用李賀典，李商隱李長吉小傳：「恒從小奚奴，騎駏驉，背一古破錦囊，遇有所得，即書投囊中。」李綱讀李長吉詩：「嘔心古錦囊，絶筆白玉樓。」越王臺，在紹興，方輿勝覽卷六浙東路紹興府：「越王臺、舊經：『在種山。』今在卧龍之西，汪綱創。氣象開豁，極目千里，爲一郡登臨勝處。」

〔三〕「一枝」句：事類賦注卷二六「陸凱寄江南之春」引荆州記：「陸凱與范曄相善，自江南寄梅花一枝，詣長安與曄，兼贈詩曰：『折花逢驛使，寄與隴頭人。江南無所有，聊贈一枝春。』」

羔羊齋小池兩涘，木芙蓉盛開，有懷故園

洞户掩秋深，畫橋横晚静。嫋嫋芙蓉風，池光弄花影。懷我白鷗邊，錦帳繚千頃。明河拍岸平，紅緑染天鏡。釣船無畔岸，收拾入簿領〔一〕。牆籓束院落，寒窘令人瘦〔二〕。

【題解】

本詩作於淳熙七年（一一八〇）秋，時在知明州任上，見羔羊齋前小池兩邊木芙蓉盛開，忽生懷鄉之情，乃賦此詩以抒情。

【箋注】

〔一〕簿領：官府簿册、文書之類，漢書戴就傳：「（戴就）仕郡倉曹掾，楊州刺史歐陽參奏太守成公浮臧罪，遣部從事薛安案倉庫簿領，收就於錢唐縣獄。」蘇軾用王鞏韵贈其姪震：「王猷修潤色，亦有簿領煩。」

〔二〕寒窘令人瘦：沈注卷中：「此用魏志賈逵事。」按，此事不見於三國志魏書賈逵傳，見於裴松之注引魏略：「逵前在弘農，與典農校尉争公事，不得理，乃發憤生瘦，後所病稍大，自啓願欲令醫割之。太祖惜逵忠，恐其不活，教『謝主簿，吾聞「十人割瘦九人死」。』逵猶行其意，而瘦愈大。」

鹿鳴席上贈貢士

登陸由來説四明〔一〕，台星光處更魁星〔二〕。海濱二老尊周室〔三〕，館下諸生右漢廷〔四〕。秋賦重增人物志〔五〕，春闈俱上佛名經〔六〕。一飛好趁扶摇便〔七〕，咫尺西興是北溟〔八〕。

【題解】

本詩作於淳熙七年（一一八〇）秋，時在知明州任上。

【箋注】

〔一〕「登陸」句：孫綽遊天台山賦序：「天台山者，蓋山嶽之神秀者也。涉海則有方丈蓬萊。登陸則有四明天台。皆玄聖之所遊化。靈仙之所窟宅。」四明，三才圖會四明山圖考：「四明山者，天台之委也。高與華頂齊，跨數邑。自奉化雪竇入，則直謂之四明。行山中大約五六十里，山山盤亘，竹樹葱菁，衆壑之水，亂流争趨。入益深，猿鳥之聲俱絶，悄然噫嘔通顥氣，覺與世界如絶，不似天台之近人也。道書稱第九洞天。峰凡二百八十二，中有芙蓉峰，刻漢隸『四明山心』四字。其山四穴如天窻，隔山通日月星辰之光，故曰四明。」

〔二〕台星：三台星，喻指宰輔。晉書天文志上：「三台六星，兩兩而居，起文昌，列抵太微。一曰天柱，三台之位也。在人曰三公，在天曰三台，主開德宣符也。」魁星：通俗編：「魁星，癸辛雜志：『太學先達歸齋，各有光齋之禮，狀元則送鍍金魁星杯柈一副。』儼山外集：『天順癸未會試京邸，戲爲魁星圖，貼于座右，無何失去。時陸鼎儀寓友人温氏，出以爲翫，惘然問所從來，云：「昨日倚門，見一兒持此，以果易之。」予默以爲吾二人得失之兆矣。』按：雜説中載魁星事，所見惟此二條。但以爲儀設圖玩，未嘗祀之也。魁特北斗之首，古人凡首皆謂之魁。……顧寧人日知録言『魁』當『奎』之訛，『奎爲文章之府，文士宜祀』……今祠觀中多祀其像，漸及學宫，不知何時所起。」

〔三〕「海濱」句：孟子離婁：「孟子曰：『伯夷辟紂，居北海之濱，聞文王作興，曰：『盍歸乎來，吾聞西伯善養老者。』太公辟紂，居東海之濱，聞文王作興，曰：『盍歸乎來，吾聞西伯善養老者。』二老者，天下之大老也。」

〔四〕「館下」句：史記叔孫通傳：「叔孫通之降漢，從儒生弟子百餘人。……漢王拜叔孫通爲博士，號稷嗣君。」集解引徐廣曰：「蓋言其德業足以繼蹤齊稷下之風流也。」

〔五〕秋賦：唐宋時州府向朝廷薦舉會試人員的考試，於秋季舉行，故稱，有稱秋貢。宋史選舉一：「景德四年，命有司詳定考校進士程式，送禮部貢院，頒之諸州。士不還鄉里而竊户他州以應選者，嚴其法。每秋賦，自縣令佐察行義保任之，上于州。」

〔六〕春闈：即科舉考試中的禮部試，在春天舉行，故稱。佛名經：即千佛名經，此指登科名榜，封演封氏聞見記卷三：「進士張繟，漢陽王柬之曾孫也。時初落第，兩手奉登科記頂戴之，曰：『此千佛名經也。』其企羨如此。」

〔七〕「一飛」句：莊子逍遥遊：「有鳥焉，其名爲鵬，背若太山，翼若垂天之雲，搏扶摇羊角而上者九萬里，絶雲氣，負青天，然後圖南，且適南冥也。」

〔八〕「咫尺」句：北溟，莊子逍遥遊：「窮髮之北，有冥海者，天池也，有魚焉，其廣數千里，未有知其修者，其名爲鯤。」西興，元豐九域志卷五杭州蕭山縣有西興鎮，方輿勝覽卷六：「西興渡，在蕭山縣西十二里。本名西陵，吴越武肅王以非吉語，改西興。」

大廳後堂南窗負暄

萬壑無聲海不波〔一〕，一窗油紙暮春和。醉眠陡覺氍毹煗，圍坐翻嫌帽㡌多。水煖玉池添潄嚥，花生銀海費揩摩。端如擁褐茅檐下〔二〕，衹欠烏烏擊缶歌〔三〕。

【題解】本詩作於淳熙七年(一一八〇)冬,時在知明州任上。於大廳後堂負暄,有感而賦本詩。

【箋注】

〔一〕海不波:天下太平。韓詩外傳卷五謂周初統一全國後,遠方來朝,稱:「海之不波溢也,三年於兹矣。意中國殆有聖人,盍往朝之。」

〔二〕端如:猶端然,荀子非十二子:「儉然恀然、輔然端然、訾然洞然、綴綴然、瞀瞀然,是子弟之容也。」王先謙集解:「端然,不傾倚之貌。」

〔三〕擊缶歌:漢書楊惲傳:「仰天拊缶,而呼烏烏。其詩曰:『田彼南山,蕪穢不治,種一頃豆,落而爲萁。人生行樂耳,須富貴何時!』」顔師古注引應劭曰:「缶,瓦器也;秦人擊之以節歌。」詩經陳風宛丘:「坎其擊缶,宛丘之道。」

晚步北園

刮地晴飆退海痕,出門無扇可障塵。麥粘瘠土何時雪?梅糝疎林昨夜春。天鏡風煙疑夢事,鬢霜時節尚官身。裹章束帶朝還暮〔一〕,慚愧青鞋紫領巾〔二〕。

【題解】本詩作於淳熙七年（一一八〇），時在知明州任上。

【箋注】

〔一〕褁章：章即章服，飾有象徵等級的圖文的官服。束帶：論語公冶長：「子曰：赤也，束帶立於朝，可使與賓客言也。」皇侃疏：「束帶立於朝，謂赤有容儀，可使對賓客言語也。故范寧曰：『束帶，整朝服也。』」

〔二〕青鞋：杜甫發劉郎浦：「白頭厭伴漁人宿，黄帽青鞋歸去來。」仇兆鼇注：「沈氏曰：黄帽，籜冠。青鞋，芒鞋。」紫領巾：韓愈游城南十六首賽神：「白布長衫紫領巾，差科未動是閑人。」

謝賜臘藥感遇之什

鴻寶刀圭下九關，十年長奉璽封看。扶持蒲柳身猶健〔一〕，收拾桑榆歲又寒〔二〕。

天地恩深雙鬢雪，山川途遠一心丹。疲甿疾苦今何似？拜手歸來愧伐檀〔三〕。

【題解】本詩作於淳熙七年（一一八〇）冬，時在知明州任上。京城送來臘藥，石湖乃賦詩志感。臘藥，唐宋時代，帝王於臘日有賜近臣貴戚口脂、面藥的習俗，杜甫臘日：「口脂面藥隨恩澤，翠管銀罌下九霄。」陳元靚歲時廣記卷三九引提要録云：「唐制，臘日賜宴及口脂、面藥，以翠管銀罌盛之。」

【箋注】

〔一〕蒲柳：世説新語德行：「顧悦與簡文同年，而髮蚤白。簡文曰：『卿何以先白？』對曰：『蒲柳之姿，望秋而落；松栢之質，經霜彌茂。』」

〔二〕桑榆：文選曹植贈白馬王彪：「年在桑榆間，影響不能追。」李善注：「日在桑榆，以喻人之將老。」

〔三〕伐檀：詩經魏風中的篇名，序云：「伐檀，刺貪也。在位貪鄙，無功而受禄，君子不得進仕爾。」

立春後一日作

浮生萬法本悠哉，大笑羲娥轉轂催〔一〕。官事已邀癡作伴，春風應共老俱來。雲容雪意將詩問，柳眼花心待酒媒。九十韶光天不靳㈠〔二〕，人間笑口自難開〔三〕。

【校記】

㈠天不靳：原作「天不斳」，富校：「『斳』黄刻本作『靳』，是。」按，活字本、叢書堂本、董鈔本均作

「天不斬」，今據改。

【題解】

本詩作於淳熙七年（一一八〇），時在知明州任上，立春後一日作本詩以志慨。

【箋注】

〔一〕羲娥：羲和與嫦娥，借指日月。韓愈石鼓歌：「孔子西行不到秦，掎摭星宿遺羲娥。」朱熹考異引孫汝聽曰：「羲娥，日月也。羲和，日御；嫦娥，月御。」曾幾十月一日：「屋角羲娥轉兩輪，今朝水帝又司辰。」

〔二〕靳：吝惜，後漢書崔寔傳附崔烈傳：「烈時因傅母入錢五百萬，得爲司徒……帝顧謂親倖者曰：『悔不小靳，可至千萬。』」

〔三〕「人間」句：白居易藍田劉明府攜酎相過與皇甫郎中卯時同飲醉後贈之：「不爲劉家賢聖物，愁翁笑口大難開。」杜牧九日齊山登高：「塵世難逢開口笑。」

春前十日作

臘淺猶賒十日春，官忙長愧百年身。雪催未動詩無力，愁遣還來酒不神。節物何曾欺老病？書生自慣説悲辛！終朝戚促成何事㊀〔一〕，今古紛紛一窖塵〔二〕。

【校記】

㊀終朝：原作「終期」，富校：「『期』黄刻本、宋詩鈔作『朝』，是。」按，活字本、叢書堂本、董鈔本均作「終朝」，今據改。

【題解】

本詩作於淳熙七年（一一八〇），時在知明州任上，於立春前十日，作本詩抒情遣懷。

【箋注】

〔一〕終朝：整天，杜甫冬日有懷李白：「寂寞書齋裏，終朝獨爾思。」戚促：戚，同蹙，詩經小雅小明：「曷云其還，政事愈蹙。」毛傳：「蹙，促也。」鄭玄注：「何言其還，乃至於政事更益促急。」

〔二〕一窖塵：澠水燕談録卷二：「太子賓客謝濤，生平清慎，恬于榮利。晚節乞知西臺，尋分務洛中，不接賓客，屏去外事，日覽舊史一編，以代賓話。將終前一日，夢中得詩一章，覺，呼其孫景初録之，曰：『百年奇特幾張紙，千古英雄一窖塵。惟有炳然周孔教，至今仁義浸生民。』」

三江亭觀雪

陰山陽朔雪中迴，行到天西玉作堆〔一〕。乘輿却遊東海上，白銀宫闕認蓬萊。

【題解】本詩作於淳熙七年（一一八〇）冬，時在知明州任上，至三江亭觀雪，寫下小詩記事。三江亭，寶慶四明志卷三「公宇」：「三江亭，鄞江之東，舊有亭名三江，久廢。紹興十年，守潘良貴創亭於江之西城之上，東渡門之北，取舊名名之，蓋慈溪之江與奉化江合流其前而入定海江也。」

【箋注】

〔一〕「陰山」三句：陰山，指使金之行程；陽朔，指帥桂林之行程；天西，指帥成都之行程。成都西有雪山，故稱「玉作堆」。

懷歸寄題小艇

日出塵生萬劫忙，可憐虚費隙駒光〔一〕。若教閒裏工夫到，始覺淡中滋味長。歲晚角巾思芋栗〔二〕，年來手版愧耕桑。松風蘿月須相信，春水深時上野航。

【題解】本詩作於淳熙七年（一一八〇）歲晚，時在知明州任上。任職一年，生懷歸之思，因賦本詩，題咏蘇州之小艇。小艇，行駛於蘇州水巷中的小舟，也叫「小舫」，白居易曾對之有詳細的描寫，小舫：「小舫一艘新造了，輕裝梁柱庳安篷。深坊静岸游應偏，淺水低橋去盡通。黄柳影籠隨棹月，狹才容從事座，高低恰稱使君身。舞筵須揀腰輕女，仙棹難勝骨重人。」對小艇的形制，作了具體描寫。

白蘋香起打頭風。慢牽欲傍櫻桃泊，借問誰家花最紅。」他又在重題小舫贈周從事兼戲微之：「闊

【箋注】

〔一〕隙駒光：喻極快之速度。禮記三年問：「將由夫修飾之君子與？則三年之喪，二十五月而畢，若駟之過隙。」鄭玄注：「駟之過隙，喻疾也。」

〔二〕「歲晚」句：沈注卷中：「芧栗，即皁斗也，誤作芧。」按，芧，指櫟實，莊子齊物論：「狙公賦芧。」釋文：「司馬云：橡子也。」富壽蓀先生曾對沈説作過分析，認爲本詩乃爲「芋栗」，不是「芧栗」之誤文，見石湖詩集校記：「沈注云：『芧栗，即皁斗也，誤作「芋」。』杜工部集：『錦里先生烏角巾，園收芋栗未全貧。』亦誤作「芧」，不知「芋栗」字本出莊子也。』按杜詩詳注南鄰『園收芋栗未全貧』下注：『一作「芧」，非。』並引杜臆：『「芋栗」止於一物，作「芋栗」可該園中所産。』又引顧宸曰：『據公他詩云「我戀岷下芋」，又云「嘗果栗皺開」，芋栗，皆成都所産矣。且芋栗野生，不待園中收種，而芋栗充飢，乃貧餒之甚者，豈可云「未全貧」乎？』據上所述，則沈説非是。」

雪後雨作

瑞葉飛來麥已青，更煩膏雨發欣榮。東風不是厭滕六〔一〕，却怕雪天容易晴。

【題解】

本詩作於淳熙七年（一一八〇）冬，時在知明州任上。

【箋注】

〔一〕滕六：牛僧孺玄怪録卷七蕭志忠條：「黄冠曰：『蕭使君每役人，必恤其饑寒，若祈滕六降雪，巽二起風，即不復遊獵矣。』」履齋示兒編卷一五：「雪爲滕六，風爲巽二。」

再雪

銀竹方依檐住，瑶花又入簾窺。一白本憐麥瘦，重來應爲梅遲。

【題解】

本詩作於淳熙七年（一一八〇）冬，時在知明州任上，再次下雪，又詠。

立春日陪魏丞相登三江亭

佳節登臨始此回，聊從晻靄望蓬萊〔一〕。水分江北渡頭去，風自海東潮外來。太白天寒猶帶雪〔二〕，十洲地煖已浮醅㊀〔三〕。一尊往酹發船鼓，我亦歸帆相次開。

【校記】

㊀地煖：原作「池煖」，富校：「『池』黄刻本作『地』，是。」按，活字本、叢書堂本、董鈔本、詩淵第五册第三四七一頁均作「地煖」，今據改。

【題解】

本詩作於淳熙七年（一一八〇）立春日，時在明州任上。淳熙七年爲閏年，有兩個立春日，第一個立春日在年前，第二個立春日在年後。魏丞相，即魏杞，曾任參知政事，故云。魏杞告老後居明州，與石湖志同道合，交往甚密。魏杞，字南夫，壽春人，紹興十二年登進士第，知宣州涇縣，擢太府寺主簿，進丞，遷宗正少卿。隆興初，使金，能尊國體，正敵國禮，損歲幣五萬，不發歸正人北還，不辱使命。還，遷給事中，同知樞密院事，進參知政事，右僕射兼樞密使。淳熙六年知平江府，諫官王希吕論杞貪墨，奪職。後以端明殿學士奉祠告老，復資政殿大學士。淳熙十一年卒，謚文節。見宋史卷三八五魏杞傳。魏杞告老後居明州，延祐四明志卷五、寶慶四明志卷九「先賢事迹下」記其事（與宋史本傳略同）。石湖知明州，適魏杞告老未久，兩人過往甚密。范成大巖桂三首其三自注：「四明丹桂特奇，州宅所種尤蔚茂，常與魏丞相夜飲其下。」

【箋注】

〔一〕晻靄：屈原離騷：「揚雲霓之晻藹兮，鳴玉鸞之啾啾。」姜亮夫屈原賦校注：「晻藹本雙聲聯綿字，又作晻靄、晻濭、晻曖、庵藹、暗濭、暗藹、闇藹、暗薆、煙靄。蓋古有其聲，後擬其字，至漢賦所用遂益繁複不可理矣。」

〔二〕太白：山名，在寧波東六十里。寶慶四明志卷一二鄞縣志一：「太白山，縣東六十里，視諸山爲最高，其巔有龍池，雲氣蓊勃，生於水面不絕。……又曰近有小白嶺，故爲大白，非太白也。」

〔三〕「十洲」句：明州鄞縣有東錢湖，舊名西湖，湖中有十洲，可游賞。寶慶四明志卷一二鄞縣志一：「東錢湖，縣東二十五里，一名黄金湖，以其爲利重也。在唐曰西湖，蓋鄮縣未徙時，湖在縣治之西也。」韓注引輿地紀勝：「西湖在州南，湖中有汀洲島嶼凡十：曰柳汀、曰雪汀、曰芳草洲、曰芙蓉洲、曰菊花洲、月島、松島、花嶼、竹嶼、煙嶼。四時之景不同，而士女游賞，特盛於春夏，飛蓋成陰，畫船漾影，無虚日也。」乾道四明圖經卷八著録劉珵詠西湖十洲詩。劉珵，曾任户部郎中，紹聖年間守明州，濬治西湖，補葺湖上之景，並歌咏之。王亘和之，題云：「太守劉户部，乘水涸時濬治陻塞，因其餘力補葺廢墜，而湖上之景爲之一新，島嶼凡九，作一，成十，隨景命名，遂有十洲之咏，邀余同賦，爲之次韻。」舒亶、陳瓘亦有和韻詩。

寄題鹿伯可見一堂

夢覺春闈俱轉蓬，仙凡今隔玉霄東。聊攀鐵鎖問何似〔一〕，豈敢避堂邀蓋公〔二〕。

生來於君一歲長〔三〕，决去愧我三年遲〔四〕。今世誰不落第二，著鞭尚續堂中詩。

雪溪興盡船當迴〔五〕，却擬登陸游天台〔六〕。經行見一堂前路，轉入湖山尋誤來。

【題解】

本詩作於淳熙七年（一一八〇）歲杪，時在知明州任上。鹿伯可，即鹿何，字伯可，赤城人。紹興三十年登進士第，歷仕泉州南安縣令、吉州通判、知饒州、金部員外郎，未老乞致仕，歸，築見一堂，時號見一先生。嘉定赤城志卷三三：「紹興三十年梁克家榜：……鹿何，臨海人。字伯可。歷監登聞鼓院，通判吉州，知饒州，諸王宫教授，屯田、金部郎官。年五十二乞致仕。進朝奉郎，直秘閣，官一子以華其歸。時號見一先生。子昌運，知連州。」岳珂桯史卷五「見一堂」條云：「孝宗朝尚書郎鹿何年四十餘，一日，上章乞致其事。上驚諭宰相，使問其繇，何對曰：『臣無他，顧德不稱位，欲稍矯世之不知分者耳。』遂以其語奏，上曰：『姑遂其欲。』時何秩未員郎，詔特官一子，凡在朝者，皆詩而祖之。何歸，築堂扁曰『見一』，蓋取『人人盡道休官去，林下何嘗見一人』之句而反之也。何去國時，齒髮壯，不少衰，居二年，以微疾卒。或較其積閥，謂雖居位，猶未該延賞，天道固有知云。所官之子曰昌運，余在故府時，昌運爲左帑，嘗因至北關送客，吳勝之爲余道其事，今知連州。」宋會要輯稿職官七七：「（淳熙）六年十月二十六日，奉議郎、金部員外郎鹿何年未六十，自乞致仕。（何年五十四，未覺衰老而止足，遽求休致，上以其志可嘉，故有是命。）」周必大省齋文稿卷七送鹿伯可致仕直閣兼簡吳明可致政給事，自注：「伯可年五十，自郎曹乞休致，特轉朝奉郎，除前職。」周必大云：「伯可年五十。」這蓋爲約數，當從宋會要輯稿之記載。樓鑰有見一堂集序：「赤城鹿公，以望郎顯於淳熙間。當服官政之年，不以病，不以故，致爲臣而歸。天子既寵褒之，朝之名卿大夫、學校之士，爭爲歌詩以餞其行。郡太守侈其事，裒以爲見一堂集傳於世，將三十年矣，其子龍泉大夫又輯一時諸公寄贈若山園留題等，益之爲十卷。所以顯揚先君子之清風峻節，歆動中外。蓋其祖帳之盛如二疏，歌詩之多如楊巨源，而其齒尚强，其去猶高。雖時移歲久，一覽此編，赫赫若前日事，真足以廉貪立懦也。觀夫大篇短章，鏗鏘眩晃，極其形容之美，寫其慕歎之懷，非不欲庶幾公之所立也，然而至今未聞有繼之者，豈非坡公所謂『有其言而無其心，有其心而無其決』者哉！」（攻媿集卷五二）

【箋注】

〔一〕「聊攀」句：此用陳元達鎖諫的故事。晉書劉聰傳云：「聰將爲劉氏起䳨儀殿於後庭，廷尉陳元達諫曰：『臣聞古之聖王愛國如家，故皇天亦佑之如子。……臣聞太宗承高祖之業，惠呂息役之後，以四海之富，天下之殷，尚以百金之費而輟露臺，歷代垂美，爲不朽之迹。……

愚臣所以敢昧死犯顏色，冒不測之禍者也。』聰大怒曰：『吾爲萬機主，將營一殿，豈問汝鼠子乎！不殺此奴，沮亂朕心，朕殿何當得成邪！』……元達先鎖腰而入，及至，即以鎖繞樹，左右曳之不能動。聰怒甚。劉氏時在後堂，聞之，密遣中常侍私敕左右停刑，於是手疏切諫，聰乃解，引元達而謝之，易逍遥園爲納賢園，李中堂爲愧賢堂。」

〔二〕「豈敢」句：用漢代蓋公故事。漢書曹參傳：「既見蓋公，蓋公爲言『治道貴清静而民自定』，推此類具言之。參於是避正堂，舍蓋公焉。其治要用黄老術，故相齊九年，齊國安集，大稱賢相。」

〔三〕「生來」句：本詩作於淳熙七年，石湖時年五十六歲。鹿何五十四歲時乞致仕，時在淳熙六年，則淳熙七年時恰五十五歲，比石湖小一歲，與詩意合。

〔四〕「決去」句：因本年石湖剛到明州任，決意任滿後致仕，故云「三年遲」。

〔五〕「雪溪」句：用王徽之雪夜訪戴逵典。見世説新語任誕：「王子猷居山陰，夜大雪……忽憶戴安道，時戴在剡，即便夜乘小船就之，經宿方至。造門不前而返。人問其故，王曰：『吾本乘興而行，興盡而返，何必見戴？』」

〔六〕「却擬」句：孫綽遊天台山賦序：「天台山者，蓋山嶽之神秀者也。涉海則有方丈蓬萊。登陸則有四明天台。皆玄聖之所遊化。靈仙之所窟宅。」

將赴建康出城

牒訴繽紛塞甕天，經年癡坐兩三椽。出門納納乾坤大〔一〕，依舊青山繞畫船。

【題解】本詩作於淳熙八年（一一八一），時接江東帥任命，將赴建康，出明州城，作小詩以紀行。周必大神道碑：「（淳熙八年）三月，改帥江東，兼行宮留守。」

【箋注】

〔一〕「出門」句：杜甫野望：「納納乾坤大，行行郡國遥。」

寺莊

大麥成苞小麥深，秧田水滿緑浮針。今年一飽全無慮，寬盡歸舟去客心。

【題解】本詩作於淳熙八年（一一八一）三月，時離明州赴江東帥任，出明州城，見寺莊景物，賦詩抒情。

育王方丈

窗紙悲嘶萬壑風，石梁飛澗倒枯松。殷勤昨夜三更雨㈠〔一〕，添作投淵雪色龍。

【校記】

㈠殷勤：原作「因勤」，活字本、叢書堂本、董鈔本同。富校：「『因』黄刻本作『殷』，是。按此用蘇軾鷓鴣天詞中原句。」今據改。

【題解】

本詩作於淳熙八年（一一八一）三月，時離明州赴江東帥任，宿阿育王寺方丈，賦小詩志感。育王，即阿育王寺，在鄞縣。寶慶四明志卷一三「鄞縣」：「阿育王山廣利寺，縣東三十里，晉義熙元年建，梁武帝賜阿育王額。皇朝大中祥符元年，賜名廣利，大覺禪師懷璉居之，法席鼎盛，名聞天下。」

【箋注】

〔一〕「殷勤」句：此用蘇軾鷓鴣天（林斷山明竹隱墻）詞之成句：「殷勤昨夜三更雨，又得浮生一日涼。」

鰻井

缺甃神通未易論㊀〔一〕，雨聲留客夜翻盆。不辭客路春泥滑，且足秧田舊水痕。

【校記】

㊀缺甃：原作「决甃」，活字本、叢書堂本、董鈔本、詩淵第四册第二二九五頁均作「缺甃」，今據改。

【題解】

本詩作於淳熙八年（一一八一）春，時離明州赴江東帥任中。鰻井，寶慶四明志卷一三鄞縣志二：「淵靈廟，阿育王山廣利寺，環廟有聖井七，自東晉時已著靈異。中井有二鰻，其一金線自腦達於尾，其一每現光耀折花引之，則雙紅蟹或二蝦前導而後出焉。……僧統贊寧嘗著護塔靈鰻菩薩傳，邦人禱雨必應之。」輿地紀勝卷一一：「鰻井，在阿育王山，謂之聖井，中有二大鰻，旱暵祈禱有應，乃護塔神也。」寧波府志卷七山川上：「靈鰻井，縣西南二十五里，延福寺天王像堂前。歲旱，禱雨即應。」

【箋注】

〔一〕缺甃神通：莊子秋水：「公子牟隱机大息，仰天而笑曰：『子獨不聞夫埳井之蛙乎？謂東海之鼈曰：吾樂與！吾跳梁乎井幹之上，入休乎缺甃之崖。』」

妙喜泉

二士共談碑上法，千僧同酌沼中泉。法門泉味知多少？水桶繩頭一串穿。

【題解】本詩作於淳熙八年（一一八一）春，時離明州赴江東帥任。妙喜泉，乾道四明圖經卷一一載張九成妙喜泉銘并序云：「育王爲浙東大道場，地高無水，僧衆苦之。紹興丙子佛日，禪師杲公受請住持，周旋其間，命僧廣恭穿穴兹地，爲一大池。鍬鍤一施，飛泉溢涌。知州事姜公秘監見而異之，名曰『妙喜』，無垢居士爲之銘曰：心外無泉，泉外無心。是心即泉，是泉即心。或者疑之，以問居士。心在妙喜，泉是育王，云何不察，合而爲一。居士曰來，汝其聽取。妙喜未來，泉在何處。妙喜來止，泉即發生。心非泉乎？泉非心乎？謂余未然，妙喜其決之。」

明月堂

古來禪窟鎖巖扃，拂子崔嵬拄杖横。塔上佛光堂上月，莫言公案不分明。

【題解】

本詩作於淳熙八年（一一八一）春，時離明州赴江東帥任。

自育王過天童，松林三十里

竹輿窈窕入蕭森，逗雨梳風冷客襟。翠錦屠蘇三十里，不知脚底白雲深。

【題解】

本詩作於淳熙八年（一一八一）春，時自明州離任，赴江東帥任，遊育王、天童等山。育王，山名，即阿育王山，寶慶四明志卷一二鄞縣志一：「阿育王山，在鄮山之東，高數百仞。阿育王見靈建寺其下，因以名山。寺有徑路可上，山腰有佛左足跡，入石二寸餘。峰頂有極目亭，望海中山如丘垤然。」天童，山名，同書同卷：「天童山，縣東六十里。晉永康中，僧義興結廬山間，有童子來給薪水，久乃辭去，曰：吾太白一辰，上帝遣侍左右。言訖不見。太白、天童之名昉於此。山前有玲瓏巖，石多嵌虛，支徑透其絶頂，景象尤勝。」

香山

抖擻軒裳一闋塵，任教空翠滴烏巾。老身已到籃輿上，處處青山是故人。

【題解】本詩作於淳熙八年(一一八一)春，時離明州赴江東帥任，遊慈溪香山。寶慶四明志卷一六慈溪縣一：「香山，舊名大蓬山，又名達蓬山，縣東北三十五里，山峰有巖，高四五丈，狀如削成。……或云上多香草，故以爲名。」

育王望海亭

海雲晻靄日蘢蔥，案指光中萬象空。想見蓬萊西望眼，也應知我立長風。

【題解】本詩作於淳熙八年(一一八一)春，時自明州赴江東帥任，遊阿育王山。望海亭，乃望海之亭，即阿育王山頂之極目亭，見自育王過天童松林三十里「題解」。

天童三閣

千佛、羅漢、善財。

松蘿冪天墮空翠，迎面風香三十里。曾宮亭亭隔瑶水，碧瓦瓊榱五雲裏。千佛當門無半偈，聲聞未解祖師意。偏參踏破青鞋底，前樓後閣玲瓏起(一)。閒客那知如許事，東齋聽雨爛熳睡。覺來一轉聊布施，普請雲堂來擬議。

【題解】

本詩作於淳熙八年（一一八一）春，時自明州赴江東帥任，遊天童山景德寺。寶慶四明志卷一三鄞縣志二：「天童山景德寺，縣東六十里。……皇朝景德四年，賜今額。紹興初，宏智禪師正覺徹寺而新之，層樓傑閣，倍蓰於前。淳熙五年，孝宗皇帝親灑宸翰，書太白名山，賜了朴。十六年，僧懷敞來主寺，欲改建千佛閣，摹畫甚廣。」

【箋注】

〔一〕「前樓」句：天童山有玲瓏巖，本句指樓閣起於玲瓏巖之上。寶慶四明志卷一二「山」：「天童山，縣東六十里。……山前有玲瓏巖，石多嵌虛，支徑透其絶頂，景象尤勝。」卷一三「寺院」：「天童山景德寺……乾元初，相國第五琦奏以天童玲瓏巖爲寺名。」

石湖居士詩集卷二十二

送江朝宗歸括蒼

半生三邂逅，相看成老翁。詩情故崒嵂〔一〕，袖有天都峰〔二〕。江山佳麗地，登臨苦怱怱〔三〕。塔燈落淮水，寺樓倚霜空。攟拾著錦囊，撫掌夸窮工。歸轡不可挽，思人孤征鴻。洞天我昔遊，俛仰星一終。士友歎契闊，吏民念罷癃〔四〕。婆娑故將軍，白髮簿書叢。足趼雖四方，夢寐煙雨東。歸田有脚力，尚往尋行蹤。期君斬寒藤，伴我揞枯笻。

【題解】

本詩作於淳熙八年（一一八一）秋，時在知建康府任上，江漢自黄山過建康還括蒼，石湖賦詩送之。江朝宗，即江漢，字朝宗，衢州常山人，僑居處州。紹興十二年進士，歷任主簿、密州通判，工詩詞。光緒常山縣志卷五三江漢傳：「江漢，字朝宗，性卓犖，博學能文，尤長于詩。爲密州通判時，秦檜爲郡博士，掌箋表。漢每指摘竄定。高宗欲用之，適檜相，遂乞休歸。」景定建康志卷三二進士題名：「紹興十二年，陳誠之榜……江漢。」宋詩紀事卷六〇載其梅花絶句一首，蔡絛鐵圍山叢談卷二：「政和初，有江漢朝宗者，亦有聲，獻魯公詞曰：『昇平無際。慶八載相業，君臣魚水。鎮撫風稜，調燮精神，合是聖朝房魏。鳳山政好還被，畫轂朱輪催起。按錦轡，映玉帶金魚，都人争指。　丹陛。常注意。追念裕陵，元佐今無幾。繡衮香濃，鼎槐風細，榮耀滿門朱紫。四方具瞻師表，盡道一夔足矣。運化筆，又管領年年，烘春桃李。』時兩學盛謳，播諸海内。魯公喜，爲將上進呈，命之以官，爲大晟府製撰使，遇祥瑞時時作爲歌曲焉。」

【箋注】

〔一〕崒嵂：山高聳貌，這裏形容詩之風格雄偉。方輿勝覽卷四一形容拜相山云「二峰如筍，崒嵂參天」。

〔二〕天都峰：安徽黄山三大主峰之一。宋無名氏黄山圖經：「第二天都峰，高九百仞，與鍊丹峰相並，如天中群仙之所都。峰下有香谷源，長聞異香馥郁。」

〔三〕「江山」二句：謝脁入朝曲：「江南佳麗地，金陵帝王州。」兩句意謂陪江漢登臨金陵勝蹟，可惜時間太匆忙。

〔四〕罷癃：罷，疲困。癃，衰弱多病。國語吴語：「今吴民既罷，而大荒薦饑，市無赤米。」史記平原君傳：「臣不幸有罷癃之病。」

鍾山閣上望雨

天闊山長雨似煙，忽然飛去暗平川。秔禾未實秈禾瘦，不用廉纖便霈然〔一〕。

【題解】

本詩作於淳熙八年（一一八一），時在知建康府任上，在鍾山閣上望雨，有感而賦本詩。景定建康志卷一行宫留守：「范成大，淳熙八年四月，以端明殿學士、安撫使兼行宫留守。」則本詩當作於四月以後，秔秈未熟之前。

【箋注】

〔一〕廉纖：韓愈晚雨：「廉纖晚雨不能晴，池岸草間蚯蚓鳴。」石湖驂鸞録：「雨終日廉纖。」

除夜

鼕尾杯殘雪滿簪〔一〕，牀頭曆日費光陰。故山巧入忙中夢，新歲尤關客裏心。烏鵲倦時三匝繞〔二〕，鷦鷯穩處一枝深〔三〕。勞生佚老尋常事，從政那堪力不任。

【題解】

本詩作於淳熙八年（一一八一）除夜，時在知建康府任上，故有「故山入夢」之句。

【箋注】

〔一〕椄尾杯：唐代稱宴飲時酒至末座爲「椄尾」，唐蘇鶚蘇氏演義卷下：「今人以酒巡匝爲椄尾。又云：『椄，貪也。』謂處於座末，得酒爲貪椄。」

〔二〕「烏鵲」句：曹操短歌行：「月明星稀，烏鵲南飛。繞樹三匝，何枝可依？」

〔三〕「鷦鷯」句：用莊子逍遥遊「鷦鷯巢於深林，不過一枝」句意。

元日

老來百味絮沾泥〔一〕，期會關身尚火馳〔二〕。幾夜鄉心欹枕處〔三〕，今年脚力上樓時。酒缸幸有乾坤大，丹鼎何憂日月遲。莫道神仙無可學，學仙猶勝簿書癡。

【題解】

本詩作於淳熙九年（一一八二）元日，時在知建康府任上，新歲感慨，乃成本詩。

【箋注】

〔一〕絮沾泥：侯鯖録卷三：「東坡在徐州，參寥自錢塘訪之，坡席上令一妓戲求詩，參寥口占一絶云：『多謝尊前窈窕娘，好將幽夢惱襄王。禪心已作沾泥絮，不逐東風上下狂。』坡云：『沾泥絮，吾得之，被老衲又占了。』」

〔二〕火馳：莊子天地：「齧缺之爲人也……與之配天乎，彼且乘人而無天，方且本身而異形，方且尊知而火馳。」林希逸曰：「火馳，如火之馳，言其急也。」

〔三〕「幾夜」句：意出白居易望月有感：「共看明月應垂淚，一夜鄉心五處同。」

體中不佳偶書

生平人比似維摩〔一〕，試比尪孱不啻過〔二〕。舊摘衰髯今雪徧，頻揩病眼轉花多。從來世味聊復爾，此去官身如老何！收拾頹齡加藥餌，尚堪風月對婆娑。

【題解】

本詩作於淳熙九年（一一八二）正月，時在知建康府任上，因感體内不適而賦本詩。

【箋注】

〔一〕維摩：即維摩詰，因多病，又稱「病維摩」，石湖以此自喻。

〔二〕尪孱：身體羸弱多病。禮記檀弓：「歲旱，穆公召縣子然，曰：天久不雨，吾欲暴尪而奚若？」杜預曰：「尪者，病瘠之人，其面鄉上。」

坐嘯齋書懷　時方治賑濟。

老來窮苦事相違，兀坐鈴齋竟日癡。眼目昏緣多押字〔一〕，胸襟俗爲少吟詩。月侵燈影吏方去〔二〕，春偏梅梢官未知。直待食新方綬帶，明朝騎馬過陵陂。

【題解】

本詩作於淳熙九年（一一八二）春，時在知建康府任上。「時方治賑濟」，景定建康志卷一四建康表國朝建炎以來爲年表：「淳熙八年，成大開府金陵，適歲旱，招徠商賈，捐閣夏税，請於上，得軍儲二十萬，願賑飢民。苗額十七萬斛，是年蠲三之二，而五邑受粟總四萬五千四百餘户，無流徙者。」宋會要輯稿瑞異二旱：「（淳熙）九年八月十九日，詔：知建康府范成大、知臨安府王佐轉一官，減二年磨勘。」附注：「以去歲旱傷，賑濟有勞故也。」可知賑濟事在淳熙八年，本詩云「春偏梅梢官未知」，寫初春景色，則賑濟事延至淳熙九年春。「坐嘯齋」，指高齋，景定建康志卷二一：「高齋，舊在江寧府治，今在行宫内，康定中葉公清臣建，胡公宿作記。」記云：「今采謝宣城宴坐之意，直題曰高齋。」此齋可以坐嘯，石湖因而名之。

【箋注】

〔一〕押字：宋代進呈文字，押字而不書名。周密癸辛雜識後集「押字不書名」條云：「見前輩所載乾淳間禮部有申秘省狀，押字而不書名者。或者以爲相輕致憾，范石湖聞之，笑其陋，云：『古人押字，謂之花押印，是用名字稍花之，如韋陟五朵雲是也。』豈惟是前輩簡帖，亦止是前面書名，其後押字，雖剌字亦是前是姓某起居，其後亦是押字。士大夫不用押字代名，方是百餘年事爾。」

〔二〕「月侵」句：于北山范成大年譜淳熙九年譜文：「忙於賑濟，故有『月侵燈影吏方去』語。」

寶公祈雨感應，用陳中公韻賦詩爲謝

膴原龜坼暮春時〔一〕，夾路爐薰共禱祠。喚起雲頭千嶂涌，飛來雨脚萬絲垂。無情梅塢猶紅綻，有意秧田盡緑滋。大施門開須滿願〔二〕，願均此施匝天涯。

【題解】

本詩作於淳熙九年（一一八二）暮春，時在知建康府任上。寶公，即寶公院，在蔣山。景定建康志卷四六寺院：「蔣山，太平興國禪寺，去城一十五里。考證：梁武帝天監十三年以定林寺前岡獨龍阜葬誌公，永定公主以湯沐之資，造浮圖五級於其上。十四年，即塔前建開善寺，今寺乃其地也。唐乾符中改爲寶公院。南唐昇元中，徐德裕重修，後主又改爲開善道場。國朝太平興國五年改賜今額。」陳申公，即陳俊卿，字應求，興化人。紹興八年登進士第，歷仕象州觀察推官、校書郎、著作佐郎、監察御史、殿中侍御史。乾道五年，爲左相。淳熙五年知建康府，八年，告老，以少師中國公致仕，事見宋史卷三八三陳俊卿傳。宋史稱封魏公，而景定建康志、范成大詩均作「申公」，當從之。莆陽比事卷六：「陳俊卿，紹興三十一年爲殿中侍御史。金人將渝盟，時舊臣惟張忠獻公浚謫居湘湖。俊卿乞起浚禦敵。内侍張去爲陰阻其謀，俊卿抗言去爲阻撓，請按軍法斬之，以作士氣。上爲愕然，曰：『卿可爲仁者之勇。』遂以浚知建康。」堅瓠補集卷四：「正獻陳公道德風烈，爲阜陵名相第一。」庶齋老學叢談卷下：「陳丞相應求知福州日，親故干謁者沓至，公設會，置五百貫於前，曰：『有一聯，能對者即席奉送：三山出守，應求何以應其求。』獨一後生對云：『千里遠來，公使盡由公所使。』昔日州郡，各有公使錢庫供太守支用。」景定建康志卷一四建康表十：「淳熙五年戊戌，十月十六日特進觀文殿大學士陳俊卿判府事。」「七年庚子，七月二日，俊卿除少保。」「八年辛丑，三月二日，俊卿除醴泉觀使，進封申國公。」陳俊卿知建康府，爲范成大之前任，故本詩用其祈雨詩韻。孔凡禮范成大年譜繫本詩於淳熙八年，云：「詩首句『膴原龜坼暮春時』，是年閏三月，成大四月十三日到任，亦可言暮春。」其説牽强，今從于北山范成大年譜繫本詩於淳熙九年暮春。

【箋注】

〔一〕膴原：肥沃的土地。詩經大雅緜：「周原膴膴。」

〔二〕大施門：五燈會元卷一〇龍華慧居禪師：「大施門開，何曾壅塞？生凡育聖，不漏纖塵。」

送徐叔智運使奉祠歸吴中

手種湖邊花百畝，東風日夜催歸去。當年辛苦種花時，不道白頭猶未歸。君如肯過城南陌，但向水雲紅處覓。煩呼猿鶴問平安〔一〕，當有畦丁解看客。我今江船亦欲東，櫼迎楓橋成兩翁〔二〕。壓枝萬朵雖過盡〔三〕，尚及巢龜蓮葉中〔四〕。

【題解】

本詩作於淳熙九年（一一八二），時在知建康府任上。徐叔智，即徐本中，參卷二〇北山草堂千巖觀新成徐叔智運使吟古風相賀次韻謝之「題解」。徐本中於本年離江東轉運使任奉祠歸吴中，石湖賦詩送之，時在五六月間。景定建康志卷二六「轉運司」：「徐本中，朝散郎充集英殿修撰副使，淳熙七年十月二十八日到任。」接替他的後任爲趙師夔，於淳熙九年六月十五日到任，則徐本中離任正在此之前，與石湖詩中描寫的「壓枝萬朵雖過盡」的景象相符。

【箋注】

〔一〕猿鶴：隱士之屬。蘇軾和穆父新涼：「家居妻兒號，出仕猿鶴怨。」宋史石揚休傳：「揚休喜閑放，平居養猿鶴，玩圖書，吟詠自適，與家人言，未嘗及朝廷事。」

〔二〕楓橋：宋史河渠志七：平江閶門至常州，有楓橋。」方輿勝覽卷二：「楓橋寺，在吴縣西十里。唐人張繼詩：『月落烏啼霜滿天，江楓漁火對愁眠。姑蘇臺下寒山寺，半夜鍾聲到客船。』」

〔三〕「壓枝」句：杜甫江畔獨步尋花七絶句：「黄四娘家花滿蹊，千朵萬朵壓枝低。」

〔四〕巢龜蓮葉中：史記龜策列傳：「有神龜在江南嘉林中……常巢於芳蓮之上。」温庭筠和太常杜少卿東都修竹里有嘉蓮：「兩處龜巢清露裏，一時魚躍翠莖東。」

送舉老歸廬山

二千里往回似夢，四十年今昔如浮。去矣莫久留桑下，歸歟來共煨芋頭〔一〕。

【題解】

本詩作於淳熙九年（一一八二），時在知建康府任上。舉老，即舉書記，詩僧慧舉，參見卷二〇贈舉書記歸雲丘「題解」。廬山，誤，當作「蘆山」，蘆山，指蘆山普光院。寶慶四明志卷一七慈溪縣志二：「蘆山普光院，縣西南二十五里，唐乾元元年置，皇朝治平二年賜額。大觀間，中書侍郎劉逵記本院輪藏云：『清泰開基，元豐革律，綿歷紹聖，三世禪居。』其山堆青擁翠，秀拔鶴洲梟渚之上，物情萬狀，皆出其中，此亦一方佳景也。謂之清泰開基，則在唐必廢而復興矣。」附注：「石湖范居士集有送舉老歸蘆山偈云：（略）」

【箋注】

〔一〕煨芋頭：用懶瓚垂涕煨芋典。

題現老真

三十年來共葛藤，如今蓮社冷如冰。茶瓜櫻笋遊山會，從此齋廚欠一僧。

【題解】

本詩作於淳熙九年（一一八二），時在知建康府任上。久未見現老，因題其影像，以申憶念之情。

致一齋述事

文書煙海困浮沉，不覺盤跚百病侵。偶問客年驚我老，忽聞鶯語歎春深。今朝麥粒黄堪麪，幾日秧田緑似針。除却一犂春雨足〔一〕，眼前無物可關心。

【題解】

本詩作於淳熙九年（一一八二），時在知建康府任上。致一齋，范成大胞弟成績之書齋。

【箋注】

〔一〕「除却」句：蘇軾如夢令寄黄州楊使君二首：「歸去。歸去。江上一犁春雨。」

次韻楊同年秘監見寄二首

瘴雲嵐雨幾時歸？應把周南視九夷〔一〕。舊説鬼神驚落筆〔二〕，新傳狐兔駭搴旗〔三〕。韶江石老簫音在，庾嶺梅殘驛使遲。自古朱絃清廟具，莫貪鵬海看天池。

吾衰長愧接輿狂〔四〕，忙裏何心領燕香〔五〕。塵土簿書憎鐵研，水雲蓑笠傲金章。論文無伴法孤起，訪舊有情書數行。何日却同湖上醉，露幃宵幄爲君張！

【題解】

本詩作於淳熙九年（一一八二）春，時在知建康府任上。「楊同年秘監」，指楊萬里，范成大於淳熙八年四月任知建康府，楊萬里於初秋時寄出賀詩（即寄賀建康留守范參政端明二首，因路途遥遠，賀詩至八年底或九年初方到達建康（即石湖詩云「庾嶺梅殘驛使遲」），故石湖作次韻詩已在九年春，時楊萬里在廣東提刑任上。秘監，爲秘書少監之省稱，楊萬里任秘監在淳熙十四年十月十一日，見南宋館閣續録卷七，則本詩題，是後來編集時所添改。楊萬里的原唱寄賀建康留守范參政端明：「袞衣不是未教歸，不合威名滿四夷。天與中興開日月，帝分萬乘半旌旗。春生錦繡山河早，秋到江淮草木遲。卧護北門期月爾，却專堂印鳳凰池。」「一生狂殺老猶狂，只炷先生一瓣香。不爲渠儂在廊廟，無端將相更文章。江南海北三千里，玉唾銀鈎十萬行。早整乾坤早巖壑，石湖風月剩分張。」

【箋注】

〔一〕史記太史公自序：「是歲天子始建漢家之封，而太史公留滯周南，不得與從事，故發憤且卒。」九夷：尚書旅獒：「惟克商，遂通道于九夷八蠻。」注云：「四夷慕化，貢其方賄。九、八，言非一，皆通道路，無遠不服。」

〔二〕「舊説」句：杜甫寄李十二白二十韻：「筆落驚風雨，詩成泣鬼神。」

〔三〕搴旗：吴子料敵：「然則一軍之中，必有虎賁之士，力輕扛鼎，足輕戎馬，搴旗斬將，必有能者。」此喻楊萬里在詩壇上之建樹。

〔四〕接輿狂：論語微子：「楚狂接輿歌而過孔子，曰：『鳳兮鳳兮，何德之衰。往者不可諫，來者猶可追。已而已而，今之從政者殆而！』」

〔五〕燕香：安息燕處時所燃之香。燕，安息，禮記經解：「燕處則聽雅頌之音。」

曉起信筆

午枕汗如洗，曉櫛氣稍蘇。莎蛩試風露，滿意鳴相呼。倦客感節物，流光不躊躇。秋聲已如許，殘暑何足驅。人言今歲熱，迥與常歲殊。此理恐未然，豈不知頭顱。年年有三伏，日日非故吾。婆娑今尚可，後當彌不如。病骨須一涼，未暇惜居諸〔一〕。坐來有清思，西風摇井梧。

【題解】

本詩作於淳熙九年（一一八二）盛夏，時在知建康府任上。曉起有感，信筆作本詩。

【箋注】

〔一〕居諸：詩經邶風柏舟：「日居月諸，胡迭而微。」孔穎達疏：「居、諸者，語助也。」後指光陰，蕭綱善覺寺碑銘：「居諸不息，寒暑相移。」

送曾原伯運使歸會稽，用送徐叔智韻

秧田水滿麥棲畝，勸農使者翩然去〔一〕。去年愁苦救荒時，豈敢夢爲今日歸。天津橋西官柳陌〔二〕，文書燈火長相覓。江山信美不留人〔三〕，寂寞回潮工送客〔四〕。鏡湖一曲浙河東，萬頃太湖蓑笠翁。願賡四愁作五詠，我所思兮思剡中。

【題解】

本詩作於淳熙九年（一一八二）夏，時在知建康府任上。曾原伯，即曾逢，字原伯，曾幾長子，歷仕左司郎中、江東轉運副使、大理卿、司農卿，以好學稱。宋史卷三八二曾幾傳：「二子：逢，仕至司農卿；逮，亦終敷文閣待制，而逢最以學稱。」陸游曾文清公墓誌銘（渭南文集卷三二）：「男三人：逢，朝散大夫，尚書左司郎中。」周必大跋曾氏兄弟帖（平園續稿卷八）：「文清公二子：大理卿字原伯，户部侍郎字仲躬，同事孝宗，克纘先業。」陸游祭曾原伯大卿文（渭南文集卷四一）：「惟靈淵乎似道，敏而好學。韋編鐵硯，雪窗螢几，不足以言其勤；冢書壁簡，銅墻鬼炊，不足以名其博。文亂典奥，論議超卓，不使直承明之庭，猶當置諸天禄之閣。」本年，曾逢運使離任歸會稽，石湖賦本詩送之，用送徐本中之詩韻。景定建康志卷二六「轉運使題名」：「曾逢朝請大夫權副使，淳熙七年十一月二十三日到任。」替代者蘇謂，於九年七月初五日到任。故知曾逢離任歸會稽，即在淳熙九年六七月間。

【箋注】

〔一〕勸農使者：指曾逢。宋代置勸農使，例以諸路轉運使兼，也以諸路提刑兼。宋會要輯稿職官四二「勸農使」云：「勸農使，掌勸課農桑之事。」「真宗景德三年二月，詔：『諸路轉運使副、開封府知府及諸道知州、刺史、少卿監已上並兼勸農使，其餘知州軍、通判等並兼勸農事。』」曾逢在孝宗朝，乃以運副兼勸農使，承舊制。

〔二〕天津橋：在建康行宮前。景定建康志卷一六「橋梁」云：「天津橋，在行宮前，舊名虹橋。政和中，蔡公薿建爲石橋，號曰蔡公橋，後改今名。」

〔三〕江山信美：王粲登樓賦：「雖信美而非吾土，曾何足以少留。」

〔四〕寂寞回潮：劉禹錫金陵五題石頭城：「山圍故國周遭在，潮打空城寂寞回。」

王南卿母挽詞

櫛縰稱純孝，笄珈蚤隱憂〔一〕。病中心已化，身外世如浮。聞道悲風木〔二〕，誰能駐壑舟〔三〕？佳兒行古道，足以賁潛幽。

【題解】

本詩作於淳熙九年（一一八二），時在知建康府任上。王阮母卒，爲作挽詞。王南卿，即王阮，字南卿，江西德安人，隆興元年進士，仕至撫州守，因不附韓侂胄，奉祠歸廬山以終。有義豐集。宋史卷三九五有傳。隆興元年禮部對策，時范成大點檢試卷，嘆曰：「是人傑也。」吳愈義豐集序：「慶元初，孽臣竊柄，士大夫倚爲泰山，其門如市。吾邑王公先生以蓍蔡之明，冰霜之操，未嘗一躡其門，晚官臨川，陛辭奏事，柄臣使密客誘致之，迄弗往見。奉祠而歸，優游山間，無一毫隕獲意。此曾子所謂弘毅之士歟！」

【箋注】

〔一〕「櫛縰」二句：禮記內則：「子事父母，鷄初鳴，咸盥漱，櫛、縰、笄、總」。櫛縰，梳洗束髮；笄珈，佩帶首飾。

〔二〕風木：比喻不及奉養父母。韓詩外傳卷九：「夫樹欲靜而風不止，子欲養而親不待。」論語里仁：子曰：「父母之年，不可不知也。一則以喜，一則以懼。」康有爲注云：「常知父母之年，見其壽考則喜，見其衰老則懼。蓋罔極之恩，昊天莫報，孺慕之誠，愛日難釋，以使及時孝養，無致風木興悲也。」

〔三〕壑舟：典出莊子大宗師：「夫藏舟於壑，藏山於澤，謂之固矣。然而夜半有力者負之而走，昧者不知也。」比喻不知不覺中發生的變故。金履祥奠王敬巖文：「風木未盡，壑舟已移，如何不淑，而止於斯！」

次韻鄭校書參議留別

年豐方共慶，歲晚客他之。吏事朝還暮，人生合復離。江山殘夢破，風月片帆移。後會吾衰矣，桑榆一繭絲。

【題解】本詩作於淳熙九年（一一八二）冬，詩云「歲晚客他之」，可知。「鄭校書參議」，即鄭鍔，字剛中，長樂人，紹興三十年進士及第，歷仕校書郎、江東安撫司參議官、秘書郎、屯田員外郎。寶慶四明志卷九：「鄭鍔，字剛中。自福州徙鄞。躬孝友之行，該貫群經，旁通子史百家，文備衆體，尤以詞賦得名。開門授徒，來者雲委。登紹興三十年進士第，仕至屯田郎官。寧宗在英邸，兼小學教授。嘗進勸戒元龜。後特加贈，且官其子沅。」鄭鍔於淳熙五年爲秘書省正字，六年爲校書郎，七年爲江東安撫司參議官，十年爲秘書郎。見南宋館閣續録卷八、卷九。鄭鍔於淳熙九年冬離江東安撫司參議官任，將入秘書省，賦詩留別，石湖乃次韻。

重九賞心亭登高

憶隨書劍此徘徊，投老雙旌重把杯。緑鬢風前無幾在，黄花雨後不多開。豐年江隴青黄徧，落日淮山紫翠來。飲罷此身猶是客，鄉心却附晚潮回。

【題解】本詩作於淳熙九年（一一八二）重九日，時在知建康府任上。本年，大災後豐收，成大心情喜悦，因賦本詩。賞心亭，在建康下水門城上。景定建康志卷二二「亭軒」：「賞心亭，在下水門之城上，下臨秦淮，盡觀覽之勝。丁晉公謂建。景定九年亭燬，馬公光祖重建。」方回瀛奎律髓卷一六選成大此詩，以爲「淳熙八年辛亥」作，非是，并云「苦旱」之歲，「而獨云豐年」，「乃富貴人重九」誤解詩意。紀昀評：「凡六用顔色字，又重其一，殊非詩格。」

寄題王仲顯讀書樓

嗜書如嗜酒，知味乃篤好。欲辨已忘言〔一〕，不爲醒者道。使君青箱家〔二〕，文史裝懷抱。平生名教樂，雙旌不滿笑。忽乘雪溪興，來檥秦淮棹。丘亭客漂泊，夜夜短檠照。人云太癡絶，我自斲輪妙。今朝檣竿起，昨夢繞閤皂〔三〕。云有百尺樓，歸寄北窗傲。滴露紬朱黄，拂塵静緗縹〔四〕。想當呻畢時〔五〕，寧復羨騰趠〔六〕？古心千載事，俗眼詎能料。蕭灘富還往〔七〕，取友必同調。一張復一弛，釀秫助歌嘯。

【題解】本詩作於淳熙九年（一一八二），時在知建康府任上。王光祖家有讀書樓，乃賦詩題之，並寄贈之。王仲顯，即王光祖，參見卷一五深溪鋪中二絶追路寄元將仲顯二使君「題解」。

【箋注】

〔一〕「欲辨」句：此用陶淵明飲酒其五之成句。

〔二〕青箱家：世傳家學。宋書王准之傳：「曾祖彪之，尚書令。……彪之博聞多識，練悉朝儀。自是家世相傳，並諳江左舊事，緘之青箱。世人謂之王氏青箱學。」石湖用王氏典頌王光祖世傳家學，運用貼切巧妙。

〔三〕閤皂：山名，王存新定九域志卷六臨江軍：「閤皂山，道書云此山有一福地。」沈注卷中：「紀要：閤皂山在臨江府東之十里，山形如閤，色如皂，相傳爲神仙之府，道書以爲第三十三福地。」

〔四〕緗縹：淺黄色和淺青色的織物，用以爲書衣。梁書王僧孺傳載與何炯書：「直以章句小才，蟲篆末藝，含吐緗縹之上，翩躚樽俎之側。」此又用王氏典。

〔五〕呻畢：禮記學記：「今之教者，呻其佔畢，多其訊，言及于數，進而不顧其安。」鄭玄注：「呻，吟也。佔，視也。簡謂之畢。」石湖藻姪比課五言詩已有意趣老懷甚喜因吟病中十二首示之可率昆季賡和勝終日飽閒也其一二：「學業荒呻畢，歡悰隔笑皽。」

〔六〕騰趠：跳躍，喻指仕途得意。唐張固幽閒鼓吹：「賓客劉公之爲屯田員外郎時，事勢稍異，旦夕有騰趠之勢。」

〔七〕蕭灘：在臨江軍城西蕭水中。沈注卷中引紀要云：「蕭水在府西五里，中有蕭灘。」

菊　樓　金陵出一種菊甚高，園丁結成樓塔，或至一二丈。

東籬秋色照疎蕪，挽結高花不用扶。净洗西風塵土面，來看金碧萬浮圖。

【題解】

本詩作於淳熙九年（一一八二）秋，時在知建康府任上。

北門覆舟山道中

苒苒霜風掠弊貂，簿書塵外訪漁樵。林煙色淡如濛雨，塘水痕深似落潮。雁字江天聞塞管，梅梢山路欠溪橋。騎驢索句當年事〔一〕，歲暮騷人不自聊。

【題解】

本詩作於淳熙九年（一一八二）冬，時在知建康府任上。覆舟山，在城北七里。六朝事跡編類卷六：「覆舟山，寰宇記云：在城北五里，周回三里，高三十一丈，東接青溪，北臨玄武湖，狀如覆舟，因以爲名。輿地志云：宋元嘉中，改名玄武山，以其臨玄武湖，山復有玄武觀故也。晉北郊壇、宋藥園壘、樂遊苑、冰井、甘露亭，皆在此山。」

【箋注】

〔一〕騎驢索句：此用孟浩然故事。孟浩然赴京途中遇雪：「迢遞秦京道，蒼茫歲暮天。窮陰連晦朔，積雪滿山川。」蘇軾大雪青州道上有懷東武園亭寄交代孔周翰：「又不見襄陽孟浩然，長安道上騎驢吟雪詩。」施注：「世有孟浩然連天漢水闊孤客郢城歸圖，作騎驢吟詠之狀。」

送郭明復寺丞守蜀州

士進固未易，退亦良獨難。西州多故人，歸路常險艱。有道獨行意，郭舟若神仙。勿輕銀兔符〔一〕，傾倒金貂蟬。唐安君昔遊，百萬蠲逋錢〔二〕。我亦常客夢，醉歌采菱船。父老尚相記，況君有前緣。想見東西湖，恩波漲春瀾。此地著經濟，紗籠相後先。潭潭相業堂，新題我所刊〔三〕。政爲來者地，君行豈偶然。去去進明德，後日五四賢〔四〕。

【題解】　本詩作於淳熙九年（一一八二），時在知建康府任上。郭明復，舊爲石湖任蜀帥時幕客，字中行，成都人。隆興元年進士及第。本年郭明復自寺丞出守蜀州，過建康，訪石湖，成大賦詩送之，勵其「進明德」。厲鶚宋詩紀事卷五三：「郭明復，成都人，印子。隆興癸未登科，仕爲宗丞。」癸未，即隆興元年。洪邁容齋三筆卷六「琵琶亭詩」條云：「淳熙己亥，蜀士郭明復，以中元日至亭，賦古風一章。」己亥，淳熙六年，明復自蜀赴行在，任寺丞。范成大吴船録卷上：「（淳熙四年六月丁酉）幕客范謩季申、郭明復中行、楊輔嗣勳，皆自漢嘉來會，而不及余於峰頂。食後，同遊黑水。」周必大與崇慶郭明復書（省齋文稿卷一一）稱明復「邁往之姿，博古之學，翺翔班綴，垂上要津，擁麾而去，上思固釋矣，士論則深惜。捨王國而重侯藩，其望來歸者總總也。」對其期望甚高。

【箋注】

〔一〕銀兔符：銀質兔形的兵符，亦作「銀菟符」。舊唐書高祖紀：「停竹使符，頒銀菟符於諸郡。」

〔二〕「唐安」二句：唐安，即蜀州，王存元豐九域志卷七成都府路：「蜀州，唐安郡，軍事，治晉原縣。」蠲逋錢，指郭中行當年在幕府時曾到過唐安，免去當地的逋欠之錢。

〔三〕「潭潭」二句：相業堂，舊名四相堂，在蜀州。范成大吴船録卷上：「至蜀州，郡圃内西湖極廣袤，荷花正盛。……郡守吴廣仲撤舊四相堂新之，名曰熙春。余謂不若仍其舊。四相，謂唐李絳、鍾紹京等，皆嘗爲蜀州刺史者也。然但名『四相』，嫌限定數，乃爲更名『相業』云。」

〔四〕五四賢：勉勵郭中行「進明德」，創治續，後日能與「四相」賢者相併，合爲五賢。

元日謁鍾山寶公塔

雪後江皋未放春，老來猶駕兩朱輪。歸心歷歷來時路，官事驅驅病裏身。未暇鷄窠尋古佛〔一〕，且防鶴帳怨山人。君看王謝墩邊地，今古功名一窖塵。

【題解】

本詩作於淳熙十年（一一八三）元日，時在知建康府任上。謁鍾山寶公塔，賦詩以志感。寶公塔，見前寶公祈雨感應用陳申公韻賦詩爲謝「題解」。

【箋注】

〔一〕「未暇」句：宋陳葆光三洞群仙録卷一六洞微志：「李守中爲承旨，奉使南方，至瓊州界，道逢一翁，自稱楊遐舉，年八十一，邀守中詣其居，見其父，曰叔連，年一百二十二。又見其祖，曰宋卿，年一百九十五。語次，見鷄窠中有小兒，出頭下視。宋卿曰：此九代祖也。相傳數世不語不食，不知其年多少，朔望取下，子孫列拜而已。」

元日馬上二絶

泥絮心情雪樣髯，詩囊羞澀酒杯嫌。年來萬事都消滅，惟有牀頭曆日添。

筋骸全比去年非，騎吹聲中憶釣磯〔一〕。待得江風欺老病，何如閒健一蓑歸。

【題解】

本詩作於淳熙十年（一一八三）元日，時在知建康府任上。

【箋注】

〔一〕騎吹：李白鼓吹入朝曲：「鐃歌列騎吹。」王琦注：「宋書：漢鼓吹曲曰鐃歌。樂府詩集：漢有朱鷺等二十二曲列於鼓吹，謂之鐃歌。宋書：建初録云：務成、黄爵、玄雲、遠期皆騎吹曲，非鼓吹曲。此則列於殿庭者爲鼓吹，今之從行鼓吹爲騎吹。」

春晚

荒園蕭瑟懶追隨，舞燕啼鶯各自私。窗下日長多得睡，尊前花老不供詩。吾衰久矣雙蓬鬢〔一〕，歸去來兮一釣絲。想見籬東春漲動，小舟無伴柳絲垂。

【題解】

本詩作於淳熙十年（一一八三）春，時在知建康府任上。春晚有感而作本詩。

【箋注】

〔一〕吾衰久矣：論語述而：「子曰：『甚矣吾衰也，久矣吾不復夢見周公。』」

北窗偶書，呈王仲顯、南卿二友

官居故偪仄，北窗誰所開？胡牀憩午暑，簾影久徘徊。高槐忽低昂，知有好風來。須臾墮几席，篆香小飛灰。病翁亦披襟，月露裝奇懷。壠頭暴背耘，永晝婦子偕。不辭夢山裂，田水如潑醅。去年豈堪説，稻根已浮埃。使君坐侯宅，窗間即涼臺。何敢訴苦熱，灑然助心齋。

【題解】

本詩作於淳熙十年（一一八三）初夏，時在知建康府任上。詩云「暴背耘」，知時在初夏。

中秋清暉閣静坐，因思前二年石湖、四明賞月

前年銀界接天迷，去歲金盤涌海低。漂泊相逢重一笑，秦淮東畔女牆西。

【題解】

本詩作於淳熙八年（一一八一）中秋，時在知建康府任上。於中秋夜静坐府衙内清暉閣，追思前二年石湖、四明賞月情景，有感而作本詩。于北山范成大年譜繫本詩於淳熙十年，欠當。按，

「去歲金盤涌海低」，指四明賞月，石湖於淳熙七年知明州任上，度過中秋，八年四月已抵建康任。又，「前年銀界接天迷」，指石湖賞月，淳熙六年，成大與兄成象於中秋夜泛石湖。由此推算，本詩作於淳熙八年。

玉麟堂會諸司觀牡丹、酴醿三絶

東風微峭護餘春，紅紫香中酒自温。不用忙催銀燭上，酴醿如雪照黄昏。

洛園姚魏碧雲愁〔一〕，風物江東亦上游。憶起遨頭八年夢，彭州花檻滿西樓〔二〕。

莫向花前惜酒杯，一年一度有花開。浮生滿百今强半，歲歲看花得幾回？

【題解】

本詩作於淳熙十年（一一八三）春，時在知建康府任上。玉麟堂，景定建康志卷二一堂館：「玉麟堂，在府治。紹興十五年晁公謙之建，錢塘吴説書扁。」

【箋注】

〔一〕姚魏：即姚黄、魏紫，皆爲洛陽牡丹之名品，見歐陽修洛陽牡丹記。又其謝觀文王尚書舉正惠西京牡丹：「姚黄魏紫腰帶鞓，潑墨齊頭藏緑葉。」

〔二〕「憶起」二句：追憶蜀帥任上賞牡丹花事。「八年夢」，石湖於淳熙二年六月到蜀帥任，牡丹花事已過，淳熙三年春在成都賞牡丹，至本年恰爲八年。「彭州花檻」，彭州盛産牡丹，陸游天彭牡丹花品序：「牡丹在中州，洛陽爲第一；在蜀，天彭爲第一。」

重九獨坐玉麟堂

江上西風動所思，又將清賞負東籬。年年客路黄花酒，日日鄉心白雁詩〔一〕。籠月秦淮無舊曲〔二〕，馳煙鍾阜有新移。人生笑口真稀闊，况值官忙閔雨時。

【題解】

本詩作於淳熙十年（一一八三）重九日，時在知建康府任上，獨坐玉麟堂有感而作本詩。

【箋注】

〔一〕白雁詩：沈括夢溪筆談雜志一：「北方有白雁，似雁而小，色白，秋深則來。白雁至則霜降，河北人稱之爲『霜信』。杜甫詩云『故國霜前白雁來』，即此也。」

〔二〕「籠月」句：意出杜牧泊秦淮：「烟籠寒水月籠沙，夜泊秦淮近酒家」。

次韻舉老見嘲未歸石湖

半世吟客舍柳〔一〕，長年憶後園花〔二〕。爲報廬山莫笑，雲丘今屬誰家？

【題解】

本詩作於淳熙十年（一一八二），時在知建康府任上，舉老作詩嘲詩人未歸石湖，乃次其韻答之。

【箋注】

〔一〕客舍柳：語出王維送元二使安西：「客舍青青柳色新。」

〔二〕後園花：何遜閨怨詩其二：「閨閣行人斷。房櫳月影斜。誰能北窗下。獨對後園花。」

次韻曾仲躬侍郎同登伏龜二絶

帶東江淮翠岫圍，掌窺臺殿碧鱗差。劉郎句裏登臨眼〔一〕，壓倒三江二水詩〔二〕。

古來遊客謾西東，領會誰如我與公？露坐繩牀天不盡，絶勝簾雨棟雲中〔三〕。

【題解】

本詩作於淳熙十年（一一八三），時在知建康府任上。曾仲躬侍郎，即曾逮，字仲躬，曾幾次子。全宋詞曾逮小傳：「字仲躬，曾幾次子。隆興二年，太常丞，後以右朝奉郎知温州。乾道九年，户部員外郎、淮東總領。同年八月，除直顯謨閣知荆州。淳熙三年知寧國府，除集英殿修撰。五年，守湖州。六年，朝奉大夫、集英殿修撰守潤州。八年，宫觀。十年，户部侍郎。同年八月，刑部侍郎。終敷文閣待制。學者稱習庵先生。」陸游曾文清公墓誌銘（渭南文集卷三二）：「男三人：逢，朝散大夫、尚書左司郎中；逮，朝奉大夫、充集英殿修撰，知湖州。」周必大跋曾氏兄弟帖（平園續編卷八）：「文清公二子：大理卿字原伯，户部侍郎字仲躬。」范成大吴郡志卷七「提點刑獄司」：「曾逮，右承議郎，隆興二年閏十一月初三日到任，乾道二年五月十六日，丁父憂。」咸淳臨安志卷五〇「兩浙轉運」條云：「曾逮，乾道八年運判。」本詩列於中秋、重九諸詩之後，當作於九月十月間，則其時曾逮已任刑部侍郎。伏龜，樓名，在府城東南隅。景定建康志卷二一：「伏龜樓，在府城上東南隅，景定元年馬大使光祖增創硬樓八十八間。」

【箋注】

〔一〕「劉郎」句：劉郎，指劉禹錫。景定建康志卷二一伏龜樓條引楊萬里詩：「周遭故國是山圍，對景方知此句奇。」由楊詩可見石湖此句乃指劉禹錫金陵五題石頭城：「山圍故國周遭在，潮打空城寂寞回。」

〔二〕「壓倒」句：「三江二水詩」，指李白登金陵鳳凰臺：「三山半落青天外，二水中分白鷺洲。」「三山」與「二水」相對，石湖謂三江二水，疑誤。

〔三〕「絶勝」句：自王勃滕王閣詩「畫棟朝飛南浦雲，珠簾暮捲西山雨」兩句中化出。

題李雲叟畫軸，兼寄江安楊簡卿明府二絶

蒼煙枯木共荒寒〔一〕，籬落堤灣洶漲湍。歸路宛然歸未得，閒將李叟畫圖看。

新圖來自雪邊州，皴石枯槎筆最遒。明府能詩如此畫，爲渠題作小營丘〔二〕。

【題解】

本詩作於淳熙十年（一一八三），時在知建康府任上。李雲叟，即李皓，字雲叟，蜀地畫家，安肅人，居成都，北宋名畫家李世南之孫。鄧椿畫繼卷四：「李皓，字雲叟，唐臣（李世南）孫也，避亂入蜀，居成都。其所作山水，取前輩成樣合而爲一，故能美觀，一時翕然稱之。」江安，王存元豐九域志卷七梓州路瀘州，縣三：江安。楊簡卿，知江安縣。他將李皓的畫幅寄給石湖，石湖便爲李畫題詩，兼寄楊簡卿。

【箋注】

〔一〕「蒼煙」句：描寫畫中之景。畫繼卷四「李世南條」：「予嘗見其孫皓云：『此圖（李世南秋景平遠）本寒林障，分作兩軸：前三幅盡寒林，坡所以有龍蛇姿之句。』」李世南擅畫寒林，李皓承家學，亦擅畫寒林。

〔二〕「爲渠」句：營丘，即李成，北宋山水畫的著名畫家。楊簡卿題其畫，稱李皓爲「小營丘」，就

是稱贊他能繼承李成山水畫的藝術傳統。郭若虛圖畫見聞志三：「李成，字咸熙，其先唐宗室，避地營丘，因家焉。祖、父皆以儒學吏事聞於時，至成，志尚沖寂，高謝榮進。博涉經史外，尤善畫山水寒林，神化精靈，絶人遠甚。」

晨出蔣山道中

霜痕如雨沁東郊，樂歲家家一把茅。故國丘陵多麥壠，新晴籬落有梅梢。小山何在應招隱〔一〕，北嶺如今已獻嘲。歸計未成聊琢玉〔二〕，飄飄風袖作推敲〔三〕。

【題解】

本詩作於淳熙十年（一一八三），時在知建康府任上。蔣山，即鍾山，李吉甫元和郡縣圖志卷二五江南道潤州上元縣：「鍾山，在縣東北十八里。按輿地志，古金陵山也，邑縣之名，皆由此而立。吴大帝時，蔣子文發神異於此，封之爲蔣侯，改山曰蔣山。」景定建康志卷一七山川：「鍾山，一名蔣山，在城東北一十五里，周迴六十里，高一百五十八丈，東連青龍山，西接青溪，南有鍾浦，下入秦淮，北接雉亭山。」

【箋注】

〔一〕「小山」句：小山，指淮南小山，淮南王劉安之門客。招隱，指其所作之招隱士。

〔二〕琢玉：此同琢句，指寫作詩文，王安石憶昨詩示諸外弟：「刻章琢句獻天子，釣取薄禄歡庭闈。」

〔三〕推敲：用賈島故事。胡仔苕溪漁隱叢話前集卷一九「賈浪仙條」：「劉公嘉話云：島初赴舉京師，一日，於驢上得句云：鳥宿池邊樹，僧敲月下門。始欲着推字，又欲着敲字，鍊之未定，遂於驢上吟哦，時時引手作推敲之勢。時韓愈吏部權京兆，島不覺衝至第三節，左右擁至尹前，島具對所得詩句云云。韓立馬良久，謂島曰：作敲字佳矣。遂與並轡而歸，留連論詩，與爲布衣之交。」

有感今昔二首

陽春白雪雅音希〔一〕，俚耳冬烘輒笑嗤。麋見麗姬翻決驟〔二〕，鳥聞韶樂却憂悲。爛奚輕薄人何敢〔三〕，伏獵荒唐自不知〔四〕。蚓竅蠅鳴莫嘲誚，彭亨菌蠹正當時〔五〕。

飄風驟雨謾驚春，掃蕩何煩臂屈伸。天識不衷宜不恕，神歆非類即非仁。休齰地下枯魚骨，且鬭尊前健犢身。靜看可憐還可笑，香山寧是幸災人〔六〕？

【題解】

本詩作於淳熙十年（一一八三），時在知建康府任上，有感於今昔之異而作本詩。于北山范成大年譜淳熙十年繫本詩於「返里後」，似可商兑。

【箋注】

〔一〕「陽春」句：宋玉對楚王問：「客有歌於郢中者，其始曰下里巴人，國中屬而和者數千人。其爲陽阿、薤露，國中屬而和者數百人。其爲陽春、白雪，國中屬而和者不過數十人而已。」

〔二〕「麋見」句：語出莊子齊物論：「毛嬙、麗姬，人之所美也，魚見之深入，鳥見之高飛，麋鹿見之決驟，四者孰知天下之正色哉！」

〔三〕「爛奚」句：舊五代史康福傳：福擢自小校，暴爲貴人，在天水日，嘗有疾，福擁衾而坐；客有退者，謂同列曰：「錦衾爛兮！」福聞之，遽召言者，怒視曰：「吾雖生於塞下，乃唐人也，何得以爲爛奚！」因叱出之。

〔四〕「伏獵」句：新唐書嚴挺之傳：「户部侍郎蕭炅，林甫所引，不知書，嘗與挺之言，稱『蒸嘗伏臘』乃爲『伏獵』，挺之白九齡：『省中而有伏獵侍郎乎！』」

〔五〕「彭亨」句：彭亨，脹大貌，高湛養生論（太平御覽卷七二〇引）：「尋常飲食，每令得所，多餐令人彭亨短氣，或致暴疾。」韓愈石鼎聯句：「豕腹漲彭亨。」菌蠢，語出文選張衡南都賦：「芝房菌蠢生其限。」李善注：「菌蠢，是芝貌也。」韓愈石鼎聯句：「龍頭縮菌蠢。」

〔六〕「香山」句：沈注卷中：「謂甘露之禍，宰相王涯等俱族誅，白樂天有詩曰：『當君白首同歸日，是我青山獨往時。』」

種竹歎。向在成都，種竹滿西園，偶苦寒疾。揭來金陵，復種繞池，未幾以眩卧閤。家人子遂謂不當種竹，其説甚可怪歎，口占此詩

宣華種萬竿，寒疾適相值。玉麟種千竿，偶復須藥餌。僮奴狃今昨〔一〕，競道竹相祟。如將聖作狂，似以儒爲戲。此君來聲冤，林神亦短氣。我夢不平鳴，霍然推枕起。明當還石湖，賸種千畝地。未論比封君，且用執讒喙。

【題解】

本詩作於淳熙十年（一一八三），時在知建康府任上，因在金陵種竹未幾而頭眩，家人以爲不當種竹，乃作本詩。

【箋注】

〔一〕「僮奴」句：狃，詩經鄭風大叔于田：「將叔無狃，戒其傷女。」毛傳：「狃，習也。」此作迷惑解。今昨，指成都種竹，偶苦寒疾；金陵種竹，未幾眩卧。

公退書懷

昨者騰章奏發倉，今兹飛檄議驅蝗。四無告者僅一飽，七不堪中仍百忙〔一〕。曒日自能臨俯仰，浮雲寧解制行藏？求田問舍亦何有〔二〕，歲晚倦遊思故鄉。

【題解】

本詩作於淳熙十年（一一八三），時在知建康府任上。

【箋注】

〔一〕七不堪：嵇康與山巨源絶交書云其不出仕的原因「有必不堪者七，甚不可者二」，此以「七不堪」指代爲官之苦。

〔二〕求田問舍：三國志魏書陳登傳：「備曰：『君有國士之名，今天下大亂，帝主失所，望君憂國忘家，有救世之意。而君求田問舍，言無可采，是元龍所諱也，何緣當與君語？』」

石湖居士詩集卷二十三

初秋二首

急雨過窗紙，新涼生簟籐。蹣跚老鈴下，來炷壁間燈。
壯歲故多病，老年知不堪。何須看公案，只此是真參。

【題解】
本詩作於淳熙十年（一一八三）初秋，時仍在知建康府任上。

蝙蝠

伏翼昏飛急，營營定苦飢。聚蚊充口腹，生汝亦奚爲！

【題解】

本詩作於淳熙十年（一一八三），時仍在知建康府任上。

蛩

壁下秋蟲語，一蛩鳴獨雄。自然遭跡捕，窘束入雕籠㊀。

【校記】

㊀雕籠：原作「雕龍」，富校：「『龍』黄刻本作『籠』，是。」按，活字本、叢書堂本、董鈔本、詩淵第四册第二七三〇頁均作「雕籠」，今據改。

【題解】

本詩作於淳熙十年（一一八三），時尚在知建康府任上，聽蛩鳴有感，作本詩寓戒意。于北山范成大年譜淳熙十年譜文：「蛩詩，寓多言足戒之意。」

四花

素馨間茉莉〔一〕，木犀和玉簪〔二〕。醫來都屏去，頭眩怕香侵。

【題解】

本詩作於淳熙十年（一一八三），時尚在知建康府任上，頭眩病發，避花香，因賦本詩。

【箋注】

〔一〕「素馨」句：素馨，廣群芳譜卷四三：「素馨，一名耶悉茗花，一名野悉蜜花，來自西域，枝榦裊娜，似茉莉而小，葉纖而緑，花四瓣，細瘦，有黄白二色。」又引廣東新語：「隆冬花少，曰雪花，摘經數日乃開。夏月花多，瓊英狼藉。」茉莉，廣群芳譜卷四三引丹鉛録：「茉莉，葉如茶而大，緑色團尖，夏秋開小花，花皆暮開，其香清婉柔淑，風味殊勝。」

〔二〕玉簪：廣群芳譜卷四七：「玉簪……六七月，叢中抽一莖，莖上有細葉十餘，每葉出花一朵，長二三寸，本小末大。未開時，正如白玉搔頭簪形。」

謝范老問病

三椽一席度秋冬，造化兒嬉困此翁。帖有王書難治眩〔一〕，文如陳檄不驅風〔二〕。骨枯似柹膚如腊，髮織成氈鬢作蓬。點檢病身還一笑，本來四大滿虚空〔三〕。

【題解】

本詩作於淳熙十年（一一八三）九月以後，時已自金陵返蘇，范老問病，因作本詩答謝之。孔凡禮范成大年譜淳熙十年附注：「詩集卷二十三謝範老問病（詩略），以佛理自慰。」周必大神道碑：「公以積勤寖苦頭眩，自夏徂秋，五上章求閒。上不得已，進資政殿學士，再領洞霄。」景定建康志卷一四：「十年癸卯八月三十日，成大除資政殿學士，提舉臨安府洞霄宮。」則石湖返蘇，範老問病，必在本年九月後，故詩云「三椽一席度秋冬」。

【箋注】

〔一〕「帖有」句：王羲之書有頭眩方。

〔二〕「文如」句：三國陳琳依附袁紹時作討伐曹操的檄文爲袁紹檄豫州文，後歸附曹操，三國志魏書二一引典略曰：「琳作諸書及檄，草成呈太祖。太祖先苦頭風，是日疾發，卧讀琳所作，翕然而起曰：『此愈我病。』」

〔三〕「本來」句：四大滿虚空，即四大皆空，佛家語。四大爲地、火、水、風，四十二章經二十：「佛言：當念身中四大，各自有名，都無我者。」景德傳燈録卷二〇：「肇法師遭秦王難，臨就刑説偈云：『四大元無主，五陰本來空。將頭臨白刃，猶似斬春風。』」

二偈呈似壽老

法法刹那無住〔一〕，云何見在去來。若覓三心不見〔二〕，便從不見打開。

孟說所過者化〔三〕，莊云相代乎前〔四〕。何處安身立命〔五〕？飢餐渴飲困眠。

【題解】

本詩作於淳熙十年（一一八三），時自建康府歸家，作二偈自慰，呈壽老。孔凡禮范成大年譜淳熙十年附注：「以儒家達觀、莊周相代之說自慰。」

【箋注】

〔一〕「法法」句：無住，無所住著。維摩詰經觀衆生品：「從無住本立一切法。」注：「什曰：法無自性，緣感而起。當其未起，莫知所寄。莫知所寄，故無所住。無所住故，則非有無，非有無而爲有無之本。」

〔二〕三心：佛家有多種含義，此當指過去心、現在心、未來心，金剛經：「佛告須菩提：爾所國土中，所有衆生若干種心，如來悉知。何以故？如來説諸心，皆爲非心，是名爲心。所以者何？須菩提！過去心不可得，現在心不可得，未來心不可得。」

〔三〕「孟説」句：語出孟子盡心上：「所過者化，所存者神，上下與天地同流。」

〔四〕「莊云」句：莊子齊物論：「日夜相代乎前，而莫知其所萌。」

〔五〕安身立命：景德傳燈録卷一〇：「僧問：『學人不據地時如何？』師云：『汝向什麼處安身立命？』」

諸惺庵枕上

噩夢驚回曉枕寒，青燈猶照藥爐邊。紙窗弄色如朧月，又了浮生一夜眠。

【題解】

本詩作於淳熙十年（一一八三），時在家養病。

癸卯除夜聊復爾齋偶題

五夜燈花重〔一〕，東風角韻來。雪慳衣未纊，春早句多梅。寂歷羅門亞，温馨藥鼎煨〔二〕。老嫌新歲换，病喜舊星回。鬱壘先題版〔三〕，屠蘇後把杯〔四〕。書扉無健筆，爆竹有寒灰。餳棵牙難膠〔五〕，椒盤眼倦開〔六〕。陳人仍憊卧〔七〕，身世兩悠哉！

【題解】

本詩作於淳熙十年（一一八三）除夕，時在家養病。癸卯，即淳熙十年。

【箋注】

〔一〕五夜：黄朝英靖康緗素雜記（見説郛卷九。）：「漢官儀黄門持五夜之法，謂甲、乙、丙、丁、戊也。故宋子京夜緒詩云：『宵開甲乙遲。』……或有謂之午夜者，謂半夜時如日之午也。故李長吉七夕詩云：『羅幃午夜愁。』杜少陵所謂『五夜漏聲催曉箭』者，正謂午夜也。」五夜可謂午夜，端午可謂端五，唐宋時尚之。洪邁容齋隨筆卷一一「八月端午」條云：「張説上大衍曆序云：『謹以開元十六年八月端午赤光照室之夜獻之。』唐類表有宋璟請以八月五日爲千秋節，表云：『月惟仲秋，日在端午。』然則凡月之五日，皆可稱端午也。」石湖這裏正以五夜作午夜講。

〔二〕温黁：劉禹錫唐侍御寄遊道林嶽麓二寺詩并沈中丞姚員外所和見徵繼作：「紫髯翼從紅袖舞，竹風松雪香温黁。」李商隱魏侯第東北樓堂郢叔言别聊用書所見成篇：「疑穿花逶迤，漸近火温黁。」

〔三〕鬱壘：宗懔荆楚歲時記引括地圖：「桃都山有大桃樹，盤屈三千里，上有金鷄，日照則鳴，下有二神，一名鬱，一名壘，并執葦索以伺不祥之鬼，得則殺之。」後以鬱壘爲門神，此指桃符之類。陸游歲首書事：「鬱壘自書誇腕力，屠蘇不至歎人情。」

〔四〕「屠蘇」句：宗懔荆楚岁时記：「（正月一日）長幼悉正衣冠，以次拜賀，進椒柏酒，飲桃湯，進屠蘇酒……凡飲酒次第從小起。」石湖年長，故云「後把杯」。

〔五〕餳楪：盛糖果之碟子。顧禄清嘉録卷一一「餳糖」條云：「案：楚詞注：『餳，謂之飴，即古之餦餭也。』吴人呼爲糖，蓋冬時風燥糖脆，利人牙齒。」

〔六〕椒盤：古代於正月初一日以盤盛椒，飲酒時取椒入酒，稱椒盤。杜甫杜位宅守歲：「守歲阿戎家，椒盤已頌花。」

〔七〕陳人：莊子寓言：「人而無以先人，無人道也；人而無人道，是之謂陳人。」郭象注：「直是陳久之人耳。」

甲辰人日病中，吟六言六首以自嘲

攢眉輒作山字，啾耳惟聞水聲。人應見憐久病，我亦自厭餘生〔一〕。

目慌慌蟻旋磨㊀，頭岑岑鼇負山。筆牀久已均伏，藥鼎何時丐閒〔二〕？

政爾榮枯衛澀，剛云人厄天窮。歸咎四衝臨歲〔三〕，乞憐九曜過宫。

復吉既愆七日〔四〕，泰來惟候三陽〔五〕。曆日今頒寅正，占星更候農祥。

有日猶嫌開牖，無風不敢上簾。報國丹心何似，夢中抵掌掀髯。

壯歲喜新節物，老來惜舊年華。病後都盧不問〔六〕，家人時換瓶花。

【校記】

㊀目慌慌：原作「日慌慌」，富校：「『日』黄刻本、宋詩鈔本作『目』，是。」按，活字本、叢書堂本、董鈔本均作「目慌慌」，今據諸本改。

【題解】

本詩作於淳熙十一年（一一八四）正月初七日，時在家養病。甲辰，即淳熙十一年；人日，正月初七。顧禄清嘉録卷一：「俗以七日爲人日，八日爲穀日，九日爲天日，十日爲地日，人視此四日之陰晴，占終歲之災祥。」又引漢東方朔占書：「歲後八日，一日鷄，二日犬，三日豕，四日羊，五日牛，六日馬，七日人，八日穀。其日晴，所主之物育，陰則災。」

【箋注】

〔一〕「我亦」句：蘇軾謝量移汝州表：「臣亦自厭其餘生。」

〔二〕「筆牀」二句：沈注卷下：「均伏、丐閒，亦宋時仕途中語。」

〔三〕四衝：古代命相學中一個術語，生辰八字，有四個天干、四個地支，如果四個地支兩兩犯衝，就是地支四衝，預示運氣起伏不定。

〔四〕「復吉」句：古人分一月爲四分，自朔日至上弦爲「初吉」，自上弦至望爲「既生霸」。見王國維觀堂集林卷一生霸死霸考。「既愆七日」，已過「初吉」，故云「復吉」。

〔五〕「泰來」句：古代稱十一月爲復卦，一陽生其下；十二月爲臨卦，二陽生其下；一月爲泰卦，三陽生其下，故謂「三陽開泰」。陽氣升發，吉祥亨通。宋史樂志：「三陽交泰，日新惟良。」

〔六〕都盧：統統，盧仝守歲：「不及兒童日，都盧不解愁。」

正月九日雪霰後大雨二首

夜霰三更碎瓦，晝冥一陣翻盆。賴是梅花已過，不然皴玉誰温？

黄昏簷溜垂瀑，清曉屐聲滿門。湖光萬頃何似？小沼先吹縠紋。

【題解】

本詩作於淳熙十一年（一一八四）正月九日，時在家養病，因九日雪霰後大雨，作本詩志慨。

正月十日夜大雷震二首

阿香真是健婦〔一〕，夜半鼓行疾驅。直恐南山破碎，絶憐窗紙枝梧。

人言有物司鼓，春到揚桴發聲。但要蟄蟲啓户，何須一許震驚〔二〕？

【題解】

本詩作於淳熙十一年（一一八四）正月十日，時正養病在家。

【箋注】

〔一〕阿香：搜神後記卷五：「義興人姓周，永和年中出都，乘馬，從兩人行。未至村，日暮，道邊有一新小草屋，見一女子出門望，年可十六七，姿容端正，衣服鮮潔。見周過，謂曰：『日已暮，前村尚遠，臨賀詎得至？』周便求寄宿，此女爲然火作食。向至一更，聞外有小兒喚『阿香』聲，女應曰：『諾。』尋云：『官喚汝推雷車。』女乃辭行，云：『今有官事，當去。』夜遂大雷雨。向曉女還。周既上馬，自異其處，返尋，看昨所宿處，止見一新塚，塚口有馬跡及餘草，周甚驚惋。」蘇軾無錫道中賦水車：「天公不見老翁泣，喚取阿香推雷車。」

〔二〕「但要」二句：逸周書周月：「春三月，中氣，驚蟄，春分，清明。」顧禄清嘉録卷二：「土俗，以驚蟄節日聞雷，主歲有秋。諺云：『驚蟄聞雷米似泥。』若雷動于未交驚蟄之前，則主歲歉。諺云：『未蟄先蟄，人吃狗食。』案：孝經緯：『雨水十五日，斗指甲，爲驚蟄二月節。蟄者，蟄蟲震驚起而出也。』本年正月十日先雷震，故石湖發出『何須一許震驚』之感嘆。

吴燈兩品最高

鏤冰影裏百千光，剪綵毬中一萬窗。不是齊人誇管晏，吴中風物竟難雙。

【題解】

本詩作於淳熙十一年（一一八四）正月，時在家養病。吴燈兩品，從詩句看，兩燈指琉璃球燈和萬眼羅燈。吴郡志卷二「風俗」：「上元影燈巧麗，它郡莫及，有萬眼羅及琉璃球者，尤妙天下。」

顧禄清嘉録卷一：「臘後春前，吴趨坊、申衙里、臯橋、中市一帶，貨郎出售各色花燈，精奇百出……其奇巧則有琉璃球、萬眼羅、走馬燈、梅里燈、夾紗燈、畫舫、龍舟，品目殊難枚舉。」關於兩燈的具體描寫，參見本卷上元紀吴中節物俳諧體三十二韻注。

燈夕懷廣蜀舊事

灕水橋西列炬香，少城樓下變燈忙。兒嬉萬里客程遠，老懶一龕春夢長。

【題解】本詩作於淳熙十一年（一一八四）正月十五日，時正養病在家。因燈夕而思桂林、成都舊事，作本詩以志慨。

上元紀吴中節物俳諧體三十二韻

斗野豐年屢〔一〕，吴臺樂事并。酒壚先疊鼓，歲後即旗亭先擊鼓不已，以迎節意。燈市蚤投瓊。臘月即有燈市，珍奇者，數人醵買之，相與呼盧，采勝者得燈。價喜膏油賤，祥占雨雪晴。貧簹仙子洞〔二〕，坊巷燈以連枝竹縛成洞門，多處數十重。菡萏化人城。蓮花燈最多。檣炬疑龍見，舟人接竹桅檣之表，置一燈，望之如星。橋星訝鵲成。橋燈。小家厖獨踞，犬燈。高閈鹿雙撑。鹿燈。屏展輝雲母，琉璃屏風。簾垂晃水精。琉璃簾。萬窗花眼密，萬眼燈以碎羅紅白相間砌成，工夫妙天下，多至萬眼。千隙玉虹明。琉璃毬燈每一隙映成一花，亦妙天下。薝蔔丹房挂，梔子燈。葡萄緑蔓縈。葡萄燈。方縑繙史册，生絹糊大方燈，圖畫史册故事，村人喜看。圓魄綴門衡。月燈。擲燭騰空穩，小毬燈時擲空中。推毬滚地輕。大滚毬燈。映光魚隱見，琉璃壺瓶貯水養魚，以燈映之。轉影騎縱横。馬騎燈。輕薄行歌過，顛狂社舞呈。民間鼓樂謂之社火，不可悉記，大抵以滑稽取笑。村田蓑笠野，村田樂。街市管絃清。街市細樂。里巷分題句，每里門作長燈，題好句其上。官曹別扁名〔一〕。官府名額，多以絹或琉璃照映。旱船遥似泛，夾道陸行爲競渡之樂，謂之划旱船。水偶近如生。水戲照以燈。鉗赭裝牢户，獄燈。嘲嗤繪樂棚。山棚多畫一時可嘲誚之人。堵觀瑶席隘，喝道綺叢争。禁鑰通三鼓，歸鞭任五更。桑蠶春繭勸〔三〕，春繭自臘月即入食次，所以爲蠶事之兆。花蝶夜蛾迎。大白蛾花，無貴賤悉戴之，亦以迎春物也。梟子描丹筆，紅畫鴨子相餽遺。鵝毛剪雪英。剪鵝毛爲雪花，與夜蛾並戴。寳糖珍粔籹，餹拍吴中謂之寳糖餹，特爲脆美。烏膩美飴餳。烏膩糖即白餳，俗言能去烏膩。撚粉團欒意，糰子。熬稃腷膊聲。炒糯穀以卜，俗名孛婁，北人號糯米花〔四〕。筳篿巫志怪，香火婢輸誠。俗謂正月百草靈，故帚葦針箕之屬皆卜焉，多婢子之輩爲之〔五〕。箒卜拖裙驗，弊帚繫裙以卜，名掃帚姑。箕詩落筆驚〔六〕。即古紫姑，今謂之大仙，俗名筲箕姑。微如針屬尾，以針姑卜，伺其尾相屬爲兆，名針姑。賤及葦分莖。葦莖分合爲卜，名葦姑。末俗難訶止，佳辰且放行。此時紛僕馬，有客静柴荆。幸甚歸長鋏，居然照短檠。生涯惟病骨，節物尚鄉情。掎摭成俳體，咨詢逮里甿。誰修吴地志，聊以助譏評。

【校記】

㈠扁名：原作「扁門」，按，活字本、叢書堂本、董鈔本均作「扁名」，句下注：「官府名額，多以絹或琉璃照映。」則當爲「扁名」，今據改。

【題解】

本詩作於淳熙十一年（一一八四）正月十五日，時在家養病。上元，即正月十五日，唐人稱每年正月、七月、十月的十五日爲「三元」，王溥唐會要卷五〇：「（開元）二十二年十月十三日詔：道家三元，誠有科戒，朕嘗精意久矣。……自今已後，及天下諸州，每年正月、七月、十月凡三元日，起十三日至十五日，并官禁斷屠宰。」吴中上元日節物，范成大吴郡志卷二「風俗」條有記載，較略。清嘉録卷一「燈市」條：「臘後春前，吴趨坊、申衙里、皋橋、中市一帶，貨郎出售各色花燈，精奇百出。如像生人物則有老跎少、月明度妓、西施采蓮、張生跳牆、劉海戲蟾、招財進寶之屬；

花果則有荷花、梔子、葡萄、瓜藕之屬；百族則有鶴鳳鵁鶄、猴鹿馬兔、魚蝦螃蟹之屬；其奇巧則有琉璃球、萬眼羅、走馬燈、梅里燈、夾紗燈、畫舫、龍舟，品目殊難枚舉。至十八日始歇，謂之『燈市』。案：周密乾淳歲時記：『元夕張燈，以蘇燈爲最。圈片大者，徑三四尺，皆五色琉璃所成。山水、人物、花竹、翎毛，種種奇妙，儼然著色便面也。』王鏊姑蘇志：『吳燈，往時最多。范成大詩注有琉璃球、萬眼羅二燈，尤爲奇絶。或生綃糊方燈，圖畫史册故事。他如荷花、梔子、葡萄、鹿、犬、走馬之狀，擲空小球燈，滚地大球燈。又有魚魫、鐵絲、麥桿爲之者。一種名「栅子燈」，在魚行橋，盛氏造，今不傳。或懸剪紙人馬於傍，以火運動，曰「走馬燈」。』舊府志：『彩牋鐫細巧人物，出梅里，名「梅里燈」。剡紙刻花、竹、禽、魚，輕綃夾之，名「夾紗燈」。』石湖樂府序云：『吳中風俗，尤競上元。前一月，已賣燈，謂之「燈市」。價貴者數人聚博，勝則得之。喧盛不減燈夕。』俳諧體，舊時詩文内容以游戲取笑爲主的作品，稱爲俳諧體，黄徹䂬溪詩話卷一〇：「子建及孔北海〔融〕文章多雜以嘲戲，子美亦戲效俳諧體，退之亦有『寄詩雜詼俳』，不獨文舉爲然。」

【箋注】

〔一〕斗野：范成大吳郡志卷一「分野」云：「斗建在子，今吳越分野。」新唐書天文志一：「南斗在雲漢下流，當淮海間，爲吳分。」

〔二〕篔簹仙子洞：以松竹葉縛棚，百城烟水卷一蘇州府：「上元作燈市，采松竹葉結棚於通衢，下綴華燈。」

〔三〕桑蠶春繭勸：范成大吳郡志卷二「風俗」：「以糖糰、春繭爲節物。」本詩自注云：「春繭自臘月即入食次。」均指食物。沈注開元天寶遺事「造麪繭，以官位帖子占官位高下」，與本詩意不合。

〔四〕「熬稃」句注：吳郡志卷二「風俗」：「爆糯穀於釜中，名孛婁，亦曰米花，每人自爆，以卜一歲之休咎。」百城烟水卷一蘇州府：「吳俗最重節物。……十三日，以糯粒投焦釜，老幼各占一投，以卜終歲吉凶，謂之爆孛婁，亦曰米花，又曰卜流（言卜流年也）。」

〔五〕「筳篿」三句及自注：清嘉録卷一「百草靈」條云：「婦女又有召帚姑、針姑、葦姑，卜問一歲吉凶者，一名百草靈。」「弊帚繫裙以卜，名掃帚姑。針姑以針卜，伺其尾相屬爲兆，俗名針姑。葦莖分合爲卜，名葦姑。」袁景瀾吳郡歲華紀麗卷一「迎紫姑神」條引便民圖纂云：「俗傳正月間百草皆靈，故苕帚葦針之屬皆卜焉。多婢子輩爲之。」

〔六〕箕詩落筆驚：吳地有迎紫姑神之習俗，劉敬叔異苑卷五：「世有紫姑神者，古來相傳云，是人家妾，爲大婦所嫉。每以穢事相次役。正月十五日，感激而死。故世人以其日作其形，夜於厠間或猪欄邊迎之，祝曰：『子胥不在，是其婿名也，曹姑亦歸，曹即大婦也。小姑可出戲。』投者覺重，便是神來。奠設酒果，亦覺貌輝輝有色，即跳躞不住，能占衆事，卜未來蠶桑。」

雪寒探梅

酸風如箭莫憑闌〔一〕，凍合横枝雪未乾。吳下得春元自晚，那堪添與十分寒㊀。

【校記】

〔一〕添與：原作「天與」，按，活字本、叢書堂本、董鈔本、詩淵第四册第二五三二頁均作「添與」，今據改。

【題解】

本詩作於淳熙十一年（一一八四）正月，時在家養病。

【箋注】

〔一〕「酸風」句：語出李賀金銅仙人辭漢歌：「東關酸風射眸子。」「酸風如箭」之詩意，自李賀句之「射」字生發。後來吴文英八聲甘州：「箭徑酸風射眼。」亦用李賀語。

曉枕三首

煮湯聽成萬籟，添被知是五更。陸續滿城鐘動，須臾後巷鷄鳴。

卧聞赤脚鼾息〔一〕，樂哉栩栩蘧蘧〔二〕。病夫心口相語，何日佳眠似渠？

舒慘常隨天氣，關心窗暗窗明。日晏扶頭未起，唤人先問陰晴。

【題解】

本詩作於淳熙十一年（一一八四），時在家養病。

【箋注】

〔一〕赤脚：指老婢。韓愈寄盧仝：「一奴長鬚不裹頭，一婢赤脚老無齒。」

〔二〕「樂哉」句：莊子齊物論：「昔者莊周夢爲胡蝶，栩栩然胡蝶也。自喻適志與，不知周也。俄然覺，則蘧蘧然周也。」

不寐

春宵似暖非暖，曉夢欲成未成。風竹時驚雀噪，月窗誰伴梅横？

【題解】

本詩作於淳熙十一年（一一八四）春，時在家養病，因不寐而作本詩。

戲書二首

長病人嫌理亦宜，吾今有計可扶衰。煩君昇著山深處，恐有黄龍浴水醫〔一〕。

群兒欺老少陵窮，口燥脣乾髮漫衝〔二〕。顛沛須臾猶執禮，古來惟有一高共〔三〕。

【題解】本詩作於淳熙十一年（一一八四），時在家養病。

【箋注】

〔一〕黄龍浴水醫：太平廣記卷八三「賈耽」條引會昌解頤録：「賈耽相公鎮滑臺日，有部民家富於財，而父偶得疾，身體漸瘦，糜粥不通，日飲鮮血半升而已。……公曰：人病固有不可識者，此人是虱癥，世間無藥可療，須得千年木梳燒灰服之，不然，即飲黄龍浴水，此外無可治也。」

〔二〕「群兒」二句：杜甫茅屋爲秋風所破歌：「南村群童欺我老無力，忍能對面爲盗賊。公然抱茅入竹去，唇焦口燥呼不得。」

〔三〕「古來」句：用史記高共故事。史記趙世家：趙襄子被圍晉陽，群臣皆有外心，禮益慢，惟高共不失臣禮。

耳鳴

風號高木水翻洪，歷歷音聞不是聾。一任大千都震吼，便從卷葉證圓通〔一〕。

【題解】本詩作於淳熙十一年（一一八四），時養病在家，耳鳴生感，乃賦小詩。

【箋注】

〔一〕「便從」句：卷葉，指耳朵，形如卷葉。圓通，佛家語，楞嚴經正脈疏卷五：「圓通即六根互用，周徧圓融之果。」三藏法數二十五圓通：「性體周徧曰圓，妙用無礙曰通，乃一切衆生本有之心源，諸佛菩薩所證之聖境也。」

案上梅花二首

南坡玉雪萬花團，舊約東風載酒看。冷落銅瓶一枝亞，今年天女亦酸寒。

地爐火煖日烘窗，一夜花鬚半吐黄。鼻觀圓通熏百和〔一〕，博山三夕罷燒香〔二〕。

【題解】本詩作於淳熙十一年（一一八四）春，時在家養病。看到插在桌子上銅瓶裹的一枝梅花，有感而賦。

【箋注】

〔一〕「鼻觀」句：鼻觀圓通，指眼睛與鼻子的通感。鼻是嗅覺器官；觀，是眼的功能，是視覺。列子黃帝篇：「眼如耳，耳如鼻，鼻如口，無不同也。心凝形釋，骨肉都融，不覺形之所倚。」五燈會元卷一二淨因繼成禪師：「鼻裏音聲耳裏香，眼中鹹淡舌玄黃。意能覺觸身分別，冰室如春九夏涼。」眼中看到梅花，鼻子嗅到梅香，兩者互通，如同聞到百和熏香。

〔二〕博山：指博山爐。西京雜記卷一：「長安巧工丁緩者……又作九層博山香爐，鏤爲奇禽怪獸，窮諸靈異，皆自然運動。」

古梅二首

孤標元不鬬芳菲，雨瘦風皴老更奇。壓倒嫩條千萬蕊，只消疎影兩三枝。

誰似西湖處士才〔一〕，詩中籬落久塵埃。陸郎舊有梅花課，未見今年句子來〔二〕。

【題解】

本詩作於淳熙十一年（一一八四）春，時在家養病。

【箋注】

〔一〕西湖處士：指林逋，隱居西湖，植梅養鶴，有山園小梅詩。

〔二〕「陸郎」二句：陸郎，即陸凱。太平御覽卷九七〇引荆州記：「陸凱與范曄友善，自江南寄梅花一枝詣長安與曄，並贈詩曰：『折梅逢驛使，寄與隴頭人。江南無所有，聊贈一枝春。』」

至昌爲具賞東軒千葉梅，然梅尚未開

玉葉重英意已芽，新移竹外小横斜〔一〕。東齋何事春工晚㊀，鐵樹已花梅未花〔二〕。

【校記】

㊀何事：原作「何似」，富校：「『似』黄刻本作『事』，是。」按，活字本、叢書堂本、董鈔本、詩淵第四册第二五四六頁均作「何事」，今據改。

【題解】

本詩作於淳熙十一年（一一八四）春，時養病在家。至昌，范成大之堂弟，爲堂兄范成象之胞弟。

【箋注】

〔一〕「新移」句：林逋山園小梅二首其一：「疏影横斜水清淺。」蘇軾和秦太虚梅花：「竹外一枝斜更好。」

〔二〕鐵樹已花：續傳燈録卷三一或庵師體禪師：「淳熙己亥八月朔示微疾……逮夜半，書偈示衆曰：『鐵樹開華，雄鷄生卵，七十二年，摇籃繩斷。』」

喜周妹自四明到

團欒話裏老龐衰，一妹仍從海浦來。孤苦尚餘兄弟樂，如今雖病也眉開。

【題解】本詩作於淳熙十一年（一一八四）春，時養病在家。周妹自四明來，喜賦一絶。周妹，因范成大之妹夫姓周，名傑，故稱此妹爲周妹，參見卷五周德萬攜孥赴龍舒法曹道過水陽相見留别女弟「題解」。

占星者謂命宫月孛，獨行無害，但去年復照作災，今年正月一日已出，而歲星作福，戲書二絶

昔躔初度本除災，何意重逢作病媒。久住靈游今日過，曆翁歡喜勸椒杯〔一〕。

暗曜加臨有救神，煌煌福德自天仁。只煩終惠蘇殘喘，官爵從渠奉董秦〔二〕。

【題解】本詩作於淳熙十一年（一一八四），時在家養病。

【箋注】

〔一〕曆翁：稱謂録卷二七：「曆翁，星官。」周必大詩：「亦知磨蠍是身宫，懶問星官與曆翁。」韓文：「曆翁、星官，莫能與其校得失。」

〔二〕「官爵」句：語出盧仝月蝕詩：「歲星主福德，官爵奉董秦。」董秦，即李忠臣。舊唐書李忠臣傳：「李忠臣，本姓董，名秦，平盧人。」後因平定安史叛臣有功，授開府儀同三司，殿中監同正。

題藥方

孤童亦復夢槐柯，無德無功用福多。天理乘除當老病，巢源王訣奈君何〔一〕！

【題解】

本詩作於淳熙十一年（一一八四），時養病在家。石湖因病常讀藥方、醫書。

【箋注】

〔一〕巢源王訣：兩種醫書，巢元方病源和王叔和脈訣的簡稱。宋史藝文志六：「王叔和脈訣，一卷。」「巢元方巢氏諸病源候論，五十卷。」澁江全善、森立之經籍訪古志補遺醫部：「諸病源候論五十卷，隋大業六年太醫博士臣巢元方奉敕撰。」又：「新刊注王叔和脈訣三卷，首載王叔和序，次元祐五年盧陵通真子劉元賓序，次目録，次通真子補注脈要秘括目録，次左右手脈圖。」

園丁折花七品各賦一絶

單葉御衣黄〔一〕

舟前鵝羽映酒，塞上駝酥截肪。春工若與多葉，應入姚家雁行〔二〕。

水精毬〔三〕，輕盈嫵媚，不耐風日

又名醉西施，又名風嬌，又名玉勝瓊。

縹緲醉魂夢物，嬌饒輕素輕紅。若非風細日薄，直恐雲消雪融。

壽安紅〔四〕，深色粉紅，多葉易種，且耐久

豐肌弱骨自喜，醉暈粧光總宜。獨立風前雨裏，嫣然不要人持〔一〕。

疊羅紅〔五〕，**開遲旬日，始放盡**

襞積剪裁千疊，深藏愛惜孤芳。若要韶華展盡，東風細細商量。

崇寧紅〔六〕

勻染十分艷絶，當年欲占春風。曉起粧光沁粉，晚來醉面潮紅。

鞓紅〔七〕

猩脣鶴頂太赤，榴萼梅腮弄黄。帶眼一般官樣，祇愁瘦損東陽。

紫中貴

沉沉色與露滴，泥泥香隨日烘。滿眼艷粧紅袖，紫綃終是仙風。

【校記】

㈠不要人持：活字本、叢書堂本、董鈔本、詩淵第四册第二四二〇頁均作「不要人醫」。

【題解】

本組詩作於淳熙十一年（一一八四）春，時養病在家。花，指牡丹花，歐陽修洛陽牡丹記花品序：「（洛陽人）至牡丹則不名，直曰花，其意謂天下真花獨牡丹，其名之著，不假曰牡丹而可知也。其愛重之如此。」

【箋注】

〔一〕單葉御衣黃：廣群芳譜卷三二引鄞江周氏洛陽牡丹記：「御袍黃，千葉黃花也，色與開頭大率類女真黃，元豐時，應天院神御花圃中，植山篦數百，忽於其中變此一種，因目之爲御袍黃。」

〔二〕姚家：即牡丹中的「姚黃」。廣群芳譜卷三二「牡丹一」：「花有姚黃，出民姚氏家，一歲不過數朵。」

〔三〕水精毬：廣群芳譜卷三二「牡丹一」著録「水晶毬」一品。

〔四〕壽安紅：廣群芳譜卷三二「牡丹一」：「粗葉壽安紅，肉紅，中有黃蕊花，出壽安縣錦屏山，細葉者尤佳。」歐陽修洛陽牡丹圖：「壽安細葉開尚少，朱砂玉版人未知。」

〔五〕疊羅紅：廣群芳譜卷三二「牡丹一」：「疊羅，中間瑣碎，如疊羅紋。」

〔六〕崇寧紅：陸游天彭牡丹譜花品序：「天彭三邑皆有花……崇寧之間，亦多佳品，自城東抵濛陽，則絶少矣。大抵花品近百種，然著者不過四十，而紅花最多。」

〔七〕鞓紅：廣群芳譜卷三二「牡丹一」：「鞓紅，單葉，深紅，張僕射齊賢自青州以駱駝馱其種，遂傳洛中，因色類腰帶鞓，故名，亦名青州紅。」蘇軾常州太平觀牡丹：「自笑眼花紅緑眩，還將白首對鞓紅。」

聞春遠牡丹盛開

東軒聞道有花開，癡坐三椽首謾回。縱得好晴猶懶看，那堪風雨揭天來。

【題解】

本詩作於淳熙十一年（一一八四），時養病在家。

蜀花以狀元紅爲第一，金陵東御園紫繡毬爲最

西樓第一紅多葉，東苑無雙紫壓枝。夢裏東風忙裏過，蒲團藥鼎鬢成絲。

【題解】

本詩作於淳熙十一年（一一八四），時養病在家。「蜀花以狀元紅爲第一」，廣群芳譜卷三二「牡丹一」：「狀元紅，重葉，深紅花，其色與鞓紅、潛緋相類，天姿富貴，天彭人以冠花品。」

喜雨

昨遣長鬚借踏車，小池須水引鳴蛙。今朝一雨添新漲，便合翻泥種藕花。

【題解】

本詩作於淳熙十一年（一一八四），時養病在家。

嘲風

紛紅駭緑驟飄零〔一〕，癡騃封姨没性靈。報道海棠方熟睡，也須留眼爲渠青。

【題解】

本詩作於淳熙十一年（一一八四），時養病在家。

【箋注】

〔一〕紛紅駭緑：柳宗元袁家渴記：「每風自四山而下，振動大木，掩苒衆草，紛紅駭緑，蓊郁香氣。」

大風

春晴雖好恨多風，到眼花枝轉眼空。晴不與花爲道地，争如雲淡雨濛濛。

【題解】本詩作於淳熙十一年（一一八四），時養病在家。

風止

收盡狂飆捲盡雲，一竿晴日曉光新。柳魂花魄都無恙，依舊商量作好春。

【題解】本詩作於淳熙十一年（一一八四），時養病在家。

苦雨五首

河流滿滿更滿，檐溜垂垂又垂。皇天寧有漏處，后土豈無乾時？

不辭蛾化麥穗，叵忍秧浮浪花〔一〕。兒孫汩汏護岸〔二〕，翁媪扶攜上車〔三〕。

折筍肥梅飣坐〔四〕，涎蝸鬭蟻上梁。雨工莫賈餘勇，留待稻花半黄。

潤礎纔晴又汗，濕薪未爆先煙。壯夫往往言病，病叟岑岑且眠。

已厭衣裳蒸潤，仍憐書畫斕斑。匳香尚餘幾所？盡付熏罏博山。

【題解】

本詩作於淳熙十一年（一一八四），時在家養病。

【箋注】

〔一〕叵忍：即叵耐，張相詩詞曲語辭匯釋卷二「耐（一）」：「耐，奈也。……要之其義則皆如今所云可惡也。」

〔二〕汩汏：此同鼓汏，拍擊波浪之意。陸雲九愍行吟：「揮龍榜以鼓汏，遺芬響而清歌。」

〔三〕上車：指上水車。因雨水太多，翁媪也出來踏水車戽水。

〔四〕「折笋」句：梅，指梅子。飣坐，又作「飣座」，堆疊蔬果於盤。孔武仲石榴：「非徒適人口，飣坐亦風流。」

謝龔養正送蘄竹杖

一聲霜曉謾吹愁，八尺風漪不耐秋。上座獨超三昧地，諸惺庵裹證般舟〔一〕。釋氏謂常行爲般舟三昧。

【題解】

本詩作於淳熙十一年（一一八四）秋，時養病在家。龔頤正送蘄竹杖，作本詩致謝。龔養正，即龔頤正（原名龔敦頤，光宗受禪時改今名），和州歷陽人，龔原之曾孫，父龔相知華亭縣，遂移家吳中。龔長於史地考證之學，石湖著吳郡志，得其襄助。宋史無傳。陸友仁吳中舊事：「龔敦頤，字養正，和州人，兵部侍郎原之曾孫，居於郡中。有史學，念元祐諸臣以及建中靖國上書等人多表表，立名節，經崇寧禁錮，靖康流離，子孫不能盡存，平生施爲，漫不可考，慨然屬意，求訪遺闕，遂成列傳譜述一百卷，凡名在兩籍三百九人。而書於編者三百五人，其不可詳者，四人而已。淳熙七年，周益公必大修國史，薦之，得旨給札繕寫以進。後七年，洪景盧以翰林學士領史事，復薦之，得上州文學。」省齋文稿卷一八書龔史傳後：「頤正博通史學，嫺於辭章，諸公交薦諸朝，天子特命以官。今居姑蘇，閉户著書。近世言儒門者，推龔氏云。」淳熙間修姑蘇志卷五四：「龔頤正，字養正，本名敦頤。其先歷陽人。元祐黨人兵部侍郎原之曾孫。祖漵，通判江寧府。父相，字聖任。

知華亭縣，甚著聲績，遂家吳中。頤正用洪丞相門客恩，爲不理選限，登仕郎。嘗著符祐本末三十卷，又著元祐黨籍三百九人列傳，所佚者六人而已。淳熙末，洪邁領史院，奏授下州文學，補迪功郎，監潭州南嶽廟。光宗立，用薦，主管吏部架閣文字。遷太社令，宗正簿。頤正著續稽古録，言侂胄定策功，擢兼資善小學教授，遷樞密院編修官。嘉泰元年詔：頤正學問該博，賜進士出身。兼實録院檢討官，預修光、孝二宗實録。未幾，遷秘書丞，卒。侂胄死，有詔毁續稽古録。頤正有文名，爲范成大、周必大所稱。」

【箋注】

〔一〕「上座」三句：般舟三昧，佛家語，翻譯名義集卷四：「般舟，此云佛立，亦名十方現在佛悉在前立定經。經云：持佛威神，於三昧中立者有三事，持佛威神力，持佛三昧力，持本功德力。用是三事，故得見佛。」諾惺，古尊宿語録卷二〇：「上堂云：『真如凡聖，皆是夢言。佛及衆生，並爲增語。或有人出來道：「盤山老麽？」但向伊道：「不因紫陌花開早，争得黄鸎下柳條。」若更問道：「四面老㖷？」自云：「喏，惺惺著。」』」

寄題祝郢州白雪樓

楚望風煙倚繡楹，使君静治有高情。祇應襦袴新翻曲，壓倒當年寡和聲。

【題解】本詩作於淳熙十一年（一一八四），時養病在家，爲祝大任題郢州白雪樓，寄之。祝郢州，即祝大任，字元將，淳熙十年任郢州刺史，築白雲樓。孔凡禮范成大年譜淳熙十一年附注：「詩中『壓倒當年』云云，其人爲成大老友，頗疑爲祝元將。」于北山范成大年譜淳熙十一年附注云：「石湖離桂林任途中有清湘驛送祝賀州南歸、深溪鋪中二絶呈元將仲顯二使君二詩，其人爲祝元將，疑即祝大任，元將其字也。未敢確定，姑繫此以待續考。」兩氏所疑甚是，理由有三：一，大任、元將，名與字意義關連。二，祝大任於淳熙十年爲郢州刺史，與石湖詩意合。三，白雪樓故址即在郢州，其地後代改爲鍾祥，有鍾祥縣志爲證。按，鍾祥縣志（同治六年刊本）卷七職官表，淳熙十年刺史有祝大任，無傳。卷三古蹟：「白雪樓，在石城西，下臨漢江。樓今廢，遺址莫尋。

夏至二首

李核垂腰祝饐，粽絲繫臂扶羸〔一〕。節物競隨鄉俗，老翁閒伴兒嬉。
石鼎聲中朝暮，紙窗影下寒温。踰年不與廟祭，敢云孝子慈孫。

【題解】本詩作於淳熙十一年（一一八四）夏至日，時在家養病。

【箋注】

〔一〕「李核」二句：范成大吴郡志卷二「風俗」云：「夏至復作角黍以祭，以束粽之草繫手足而祝之，名健粽，云令人健壯。又以李核爲囊帶之，云療饐。」袁景瀾吴郡歲華紀麗卷五「端五」條云：「以李核爲囊，帶之，云療饐。」又「角黍」條云：「以束粽之草繫手足而祝之，名曰健粽，云令人壯健也。」

重午

熨斗薰籠分夏衣，翁身獨比去年衰。已孤菖緑十分勸㈠，却要艾黄千壯醫〔一〕。蜜粽冰糰爲誰好〔二〕？丹符綵索聊自欺〔三〕。小兒造物亦難料，藥裹有時生網絲。

【校記】

㈠ 菖緑：原作「菖渌」。方回瀛奎律髓卷一六作「菖緑」。富校：「『渌』黄刻本作『緑』，是。」按，「菖緑」與「艾黄」相對。今據改。

【題解】

本詩作於淳熙十一年（一一八四）夏。時在家養病。菊坡叢話卷二評此詩云：「此『菖緑』、『艾黄』之對新，後四句又用吴體。」

【箋注】

〔一〕「已孤」二句：即菖蒲，袁景瀾吴郡歲華紀麗卷五「蒲劍艾旗」條云：「吴俗，端五截蒲爲劍，懸艾爲旗，副以桃梗、蒜頭，懸牀户間，亦以禳毒却鬼。」顧禄清嘉録卷五「蒲劍蓬鞭」條云：「截蒲爲劍，割蓬作鞭，副以桃梗、蒜頭，懸於牀户，皆以却鬼。」袁景瀾吴郡歲華紀麗卷五「端五」條云：「吴俗亦以五日爲端五節，瓶供蜀葵、石榴、蒲、蓬諸花草，婦女簪艾葉、榴花，號爲端五景。人家各具宴會，延賞端陽，藥肆餽遺蒼术、白芷、大黄、雄黄等品於常所往來貿易之家。」千壯，艾灸一次爲一壯，千壯，形容其多。醫説卷二「艾謂之一壯」條云：「醫用艾一灼謂之一壯，以壯人爲法。其言若干壯，壯人當以此數，老幼羸弱，量力減之。」

〔二〕蜜粽冰糰：吴人端午食粽子、糰子。范成大吴郡志卷二「風俗」云：「重午以角黍、水糰、綵索、艾花、畫扇相餉。」袁景瀾吴郡歲華紀麗卷五：「吴門端五節，争以角黍爲節物，巧製各種俱備。又有棗子粽、火肉粽等新製，居人買以相饋貽，并以祀先。」

〔三〕丹符綵索：丹符，即朱符。袁景瀾吴郡歲華紀麗卷五「貼天師符」條云：「吴郡志云：『五日，户貼朱符。』今世俗相沿。五月朔日，人家以道院所貽天師符貼廳事，以鎮惡辟疫癘，至六月朔焚之。梵寺亦多以紅黄白紙，墨畫神符，分貽比户，則非天師符矣。小户粘五色桃印綵符，每描畫姜尚父及財神、聚寶盆之類。受符者必酬以錢米，謂之符金。」綵索，結五色彩絲爲線，吴郡歲華紀麗卷五「進長命縷」條云：「繫五色彩絲爲索，繫小兒之臂，男左女右，云以驗小兒女後日之肥瘠，俗謂之長壽綫。」

積雨作寒五首

壓屋雨雲晝暗，環城霖潦夏寒。西池半没荷柄，南蕩平沉芡盤〔一〕。
已報舟浮登岸，更憐橋塌平池。養成蛙吹無謂，掃盡蚊雷却奇。
熨帖重尋毳衲，補苴盡護紙窗。餘生雪鬢禪榻，昨夢雲帆漲江。
婢喜蚊僵霧帳，兒嗔蝸篆風櫺。兀坐鼻端正白〔二〕，忘懷眼底常青。
山寒禪老不下，泥滑琴僧罕來。且唤園丁閒語，喜聞湖岸未頹。禪老，範默堂〔三〕。琴僧，淨月師也。

【題解】

本詩作於淳熙十一年（一一八四）初夏，時閑居在家，因積雨而作此小詩以志感。

【箋注】

〔一〕芡盤：芡實，俗名鷄頭米，葉圓如盤。袁景瀾吴郡歲華紀麗卷八：「芡實，一名鷄頭。……三月生，葉平貼水面，大於荷葉，皺有芒刺，面青背紫，古稱鷄頭盤。昌黎詩所謂『平池散芡盤』是也。」

〔二〕「兀坐」句：楞嚴經：「孫陀羅難陀……白佛言：『……世尊教我及俱絺羅觀鼻端白，我初諦觀，經三七日，見鼻中氣，出入如煙，身心内明，煙相漸銷，鼻息成白。』」

〔三〕範默堂：即虎丘長老範默堂，參卷二一寄虎丘範長老「題解」。

喜晴二首

驅帚水争溝口，卷簾日款屋山。飢燕癡兒叫怒，拙鳩去婦復還。

窗間梅熟落蔕，牆下筍成出林。連雨不知春去，一晴方覺夏深。

【題解】本詩作於淳熙十一年(一一八四)初夏，時閑居在家。

子文大丞重午日走覝煮酒，清甚，殆與遠水一色，何其妙哉？數語奉謝

臘脚清若空〔一〕，吾聞其語矣。今晨品義尊〔二〕，公酒正如此。太常家有此段奇，銷

得不齋醉如泥〔二〕。但恨今無遏雲曲，送我菖蒲一杯緑。子文舊有歌者名遏雲。

【校記】

㊀ 臘脚：富校：「『臘脚』黄刻本作『遠水』。」

【題解】

本詩作於淳熙十一年（一一八四）端午日，時閑居在家。子文，即嚴焕，見卷五次韻子文探梅水西春已深猶未開水西謂歙溪而黄君謨州學記云瀕江地卑蓋此水爲浙之源正可謂之江也「題解」。嚴焕於端午日送酒來，石湖賦詩謝之。大丞，指太常丞，嚴焕曾任此職。

【箋注】

〔一〕義尊：同義樽，即義酒，蘇軾書雪堂義墨：「予昔在黄州，鄰近四五郡皆送酒，予合置一器中，謂之雪堂義樽。」洪邁容齋隨筆卷八：「合衆物爲之，則有義漿、義墨、義酒。」

〔二〕「太常」二句：後漢書周澤傳：「時人爲之語曰：生世不諧，作太常妻，一歲三百六十日，三百五十九日齋。」唐李賢注：「漢官儀此下云：『一日不齋醉如泥。』」

子文見和，云亦有小鬟能度曲，復用韻戲贈

三年屏杯酌，甚矣吾衰矣！眼中有淄澠〔一〕，猶解商略此。花酒俱來事更奇，不

妨禪心絮沾泥。翠眉何時真度曲?細意煩君畫蛾緑。

【題解】

本詩作於淳熙十一年(一一八四)五月,時閑居在家。上詩寄去後,嚴焕和之,石湖復用韻戲題。

【箋注】

〔一〕淄澠:二水名,均在山東,傳説二水味異,合則難辨,惟春秋時易牙能辨之。

石湖居士詩集卷二十四

題請息齋六言十首

洞門晝掛鐵鎖，閣道秋生綠苔。著下略同龜伏〔一〕，瓜中且免蠅來〔二〕。

多謝紛紛雲雨，相忘渺渺江湖。坐隅但忌占鵩，屋上何煩譽烏㊀〔三〕？

灩澦年年似馬，太行日日摧車。笑中恐有義府㊁〔四〕，泣裏難防叔魚〔五〕。

見影蜮猶鉍鉍〔六〕，聞聲厖尚狺狺〔七〕。問誰毛生名紙，知我角出車輪〔八〕。

不惜人扶難拜，非關我醉欲眠。勞君敬枯木耳，恐汝見濕灰焉〔九〕。

税駕今吾將老，結廬此地不喧。恐妨蝴蝶同夢，笑倩顛當守門〔一〇〕。

口邊一任醭去，鼻孔慵將涕收。閒門冷落車轍，空室團欒話頭〔一一〕。

冷煖舊雨今雨〔一二〕，是非一波萬波。壁下禪枯達磨〔一三〕，室中病著維摩。

親戚自有情話，來往都無雜言。酒熟徑須相報，文成聊與細論〔一四〕。

園丁以時白事，山客終日相陪。竹比平安報到〔一五〕，花依次第折來。

【校記】

㈠何煩：詩淵第四册第三〇一二頁作「何須」。

㈡義府：原作「義甫」。按，詩淵作「義府」，富校：「沈注云：『「甫」當作「府」。唐書李義府傳：「人謂笑中有刀。」』」今據改。

【題解】

本詩作於淳熙十一年（一一八四）秋，時養病在家，題請息齋志感。請息齋，石湖書齋名。

【箋注】

〔一〕「蓍下」句：蓍龜，蓍草和龜甲，古時占卜用具，筮用蓍草，卜用龜甲。易繫辭上：「成天下之亹亹者，莫大於蓍龜。」

〔二〕「瓜中」句：用武儒衡故事。舊唐書武儒衡傳：「時元稹依倚内官，得知制誥，儒衡深鄙之。會食瓜閣下，蠅集於上，儒衡以扇揮之曰：『適從何處來，而遽集於此？』」

〔三〕「屋上」句：劉向説苑貴德：「愛其人者，兼屋上之烏。」杜甫奉贈射洪李四丈：「丈人屋上烏，人好烏亦好。」

〔四〕「笑中」句：新唐書李義府傳：「義府貌柔恭，與人言，嬉怡微笑，而陰賊褊忌著于心，凡忤意者，皆中傷之，時號義府『笑中刀』。」

〔五〕「泣裏」句：左傳昭公十三年：叔魚見季孫且泣。杜預注：「泣以信其言。」

〔六〕「見影」句：蜮，一種能含沙射人影的動物，也叫「短狐」。詩小雅何人斯：「爲鬼爲蜮，則不可得。」毛傳：「蜮，短狐也。」釋文：「蜮，狀如鼈，三足。一名射工，俗呼之水弩。在水中含沙射人。一云射人影。」鉥，通眡，説文：「直視也。」博雅：「視也，一作惡視。」

〔七〕「聞聲」句：尨，犬也。爾雅釋詁：「尨，犬也。」狺狺，語出宋玉九辯：「猛犬狺狺而迎吠兮，關梁閉而不通。」

〔八〕「知我」句：郭茂倩樂府詩集卷四六張祜讀曲歌：「看渠駕去車，定是無四角。」角出車輪，言不能行也。陸龜蒙古意：「願得雙車輪，一夜生四角。」

〔九〕見濕灰：列子黄帝篇巫季咸見列子曰：「子之先生死矣，弗活矣，不可以旬數矣。吾見怪焉，吾見濕灰焉。」

〔一〇〕顛當：蟲名，俗名土蜘蛛。段成式酉陽雜俎前集卷一七「廣動植二」：「顛當，成式書齋前，每雨後多顛當窠，(俗人所呼。)深如蚓穴，網絲其中，土蓋與地平，大如榆莢。常仰捍其蓋，伺蠅蠖過，輒翻捕之，纔入復蓋，與地一色，並無絲隙可尋也。其形如蜘蛛，(如牆角亂綢中者。)爾雅謂之『王蛈蝪』，鬼谷子謂之『蛈母』。秦中兒童戲曰：『顛當顛當牢守門，蠮螉寇汝無處奔。』」

〔一一〕「空室」句：五燈會元卷三龐蘊居士：「有男不婚，有女不嫁。大家團欒頭，盡説無生話。」

〔二〕「冷暖」句：舊雨今雨，語出杜甫秋述：「秋，杜子卧病長安旅次，多雨生魚，青苔及榻。常時車馬之客，舊雨來，今，雨不來。」本書卷二六丙午新正書懷十首其四：「人情舊雨非今雨，老境增年是減年。」

〔三〕「壁下」句：達磨，是菩提達磨的省稱，天竺人，梁普通六年來華，武帝迎之金陵，後渡江，至於嵩山少林寺，面壁九年而化。傳法於神光。見景德傳燈録卷三。

〔四〕「文成」句：杜甫春日憶李白：「何時一樽酒，重與細論文。」

〔五〕「竹比」句：段成式酉陽雜俎續集卷一〇「支植下」：「衛公言北都惟童子寺有竹一窠，纔長數尺。相傳其寺綱維，每日報竹平安。」

送劉唐卿户曹擢第西歸六首

摩挲漢柱愴分襟〔一〕，邂逅吴船喜盍簪。別久十年知幾夢〔二〕？情親萬里只初心。

學道何關紫與青，發身聊假佛名經。歸來解盡程書縛，千古文章似建瓴〔三〕。

槐黄燈火困豪英，此去書窗得此生。學力根深方蔕固，功名水到自渠成。

中年親友惜分離，况我身兼老病衰。餘景庶幾猶及見，登瀛召客過門時。

我識岷峨最上頭，當年脚力與雲浮。兩山父老如相問，一席三椽正卧遊〔四〕。

四海西州舊故多，煩君問訊各如何？心期本自無南北，萬里天波一月波。末句戲用蜀語，以見久要不忘之意。

【題解】

本詩作於淳熙十一年（一一八四），時養病在家。

【箋注】

〔一〕「摩挲」句：劉唐卿昔日爲桂林帥幕僚，淳熙二年，石湖離桂林，與之分襟。

〔二〕「别久」句：自淳熙二年離别至今，恰爲十年。

〔三〕建瓴：史記高祖本紀：「地勢便利，其以下兵於諸侯，譬猶居高屋之上建瓴水也。」

〔四〕「一席」句：卧遊，以欣賞山水圖代替游覽。宋書宋炳傳：「好山水，愛遠遊……有疾還江陵，嘆曰：『老疾俱至，名山恐難遍睹，唯當澄懷觀道，卧以遊之。』」全句謂我當於居室裏欣賞蜀地山水圖。

富順楊商卿使君，曩與余相别于瀘之合江，渺然再會之期。後九年，迺訪余吴門，則喜可知也。今復分袂，更增惘然，病中强書數語送之

合江縣下初語離，共説再會知何時？壽櫟堂前哄一笑，人生聚散真難料！青燈話舊語未終，船頭疊鼓帆争風。草草相逢復相送，直恐送迎皆夢中〔一〕。昨聞親上安邊奏，玉階從容移禁漏。天香懷袖左魚符，歸作雙親千歲壽。我今老病塘蒲衰〔二〕，君歸報政還復來。萬里儻容明月共〔三〕，更期後夢如今夢。

【題解】

本詩作於淳熙十一年（一一八四），時養病在家。本年，楊光自臨安赴任蜀中，路過蘇州，訪成大，成大賦本詩送行。富順，乃梓州路富順監，王存元豐九域志卷七梓州路富順監：「乾德四年，以瀘州富義縣地置富義監，太平興國元年改富順。」題云「使君」，知楊光乃知富順監。「曩與余相别於合江」，參見卷一九譚德稱楊商卿父子送余自成都合江亭相送至瀘南合江縣始分袂水行踰千里作詩以别、發合江數里寄楊商卿諸公兩詩。

【箋注】

〔一〕「直恐」句：杜甫羌村三首其一：「夜闌更秉燭，相對如夢寐。」晏幾道鷓鴣天：「今宵賸把銀釭照，猶恐相逢是夢中。」

〔二〕塘蒲衰：世説新語言語：「顧悦與簡文同年，而髮蚤白，簡文曰：『卿何以先白。』對曰：『蒲柳之姿，望秋而落。松柏之質，經霜彌茂。』」

〔三〕「萬里」句：白居易望月有感詩：「共看明月應垂淚，一夜鄉心五處同。」

久病，或勸勉强遊適，吟四絶答之

風月箇中老子，江湖之上散人〔一〕。化鑪苦靳清福，環堵閒拋好春。

鶴怨久迴俗駕〔二〕，鷗盟誰主載書？一丘一壑謝汝〔三〕，三歲三秋望予。

捫蝨即是忙事〔四〕，驅蠅豈非褊心。香煖香寒功課，窗明窗暗光陰。

羸如蓐婦多忌，倦似田翁作勞。玩具僧梳刖屨，歡悰丁尾龜毛〔五〕。

【題解】

本詩作於淳熙十一年（一一八四），時養病在家。

【箋注】

〔一〕「江湖」句：新唐書陸龜蒙傳：「居松江甫里……不喜與流俗交，雖造門不肯見。不乘馬，升舟設蓬席。齎束書、茶竈、筆牀、釣具往來。時謂江湖散人，或號天隨子、甫里先生。」

〔二〕「鶴怨」句：檃括孔稚圭北山移文句：「蕙帳空兮夜鶴怨，山人去兮曉猿驚。」「請迴俗士駕，爲君謝逋客。」

〔三〕「一丘」句：漢書敘傳上：「漁釣於一壑，則萬物不奸其志；栖遲於一丘，則天下不易其樂。」世説新語品藻：「明帝問謝鯤：『君自謂何如庾亮？』答曰：『端委廟堂，使百官準則，臣不如亮；一丘一壑，自謂過之。』」

〔四〕捫蝨：用王猛故事。晉書王猛傳：「桓温入關，猛披褐而詣之，一面談當世之事，捫蝨而言，旁若無人。」陸游即事：「捫蝨雄豪空自許。」

〔五〕丁尾龜毛：莊子天下篇：「丁子有尾。」疏：「楚人呼蝦蟆爲丁子也。夫蝦蟆無尾，天下共知，此蓋物情，非關至理。以道觀之者，無體非無，非無尚得稱無，何妨非有，可名尾也。」楞嚴經卷一：「龜毛兔角，則汝法身，同於斷滅。」

初秋閒記園池草木五首

茙葵爛紫終陋〔一〕，薝蔔嫣黄亦香〔二〕。醫俗賸延竹色〔三〕，療愁催拆萱房〔四〕。

牛牽碧蔓自繞〔五〕，鷄聳朱冠欲争〔六〕。菱葩可範伯雅〔七〕，蓼節偏宜麴生〔八〕。菱葩爲酒杯，樣最佳。蓼入麴爲勝。

旱地蓮花嬌小〔九〕，水盆梔子幽芳〔一〇〕。薇帳半年春艷〔一一〕，桂叢四季秋香〔一二〕。紫薇一名半年紅。叢桂一種，四季有花。

醉憐金錢齊側〔一三〕，卧看玉簪對横〔一四〕。腥水留灌末利〔一五〕，結香旋薰素馨〔一六〕。末利用治魚腥水澆，方多花。

玉菡化生稚子〔一七〕，碧枝視現聲聞〔一八〕。馬齒任藏汞冷〔一九〕，鴻頭自勝硫温〔二〇〕。謂孩兒蓮、羅漢木。馬齒莧中有水銀。鴻頭，芡實也，芡性煖，號水硫黄。

【題解】

本詩作於淳熙十一年（一一八四）初秋，時閑居在家。

【箋注】

〔一〕茙葵：即蜀葵，廣群芳譜卷四六：「蜀葵一名戎葵……一名吴葵……一名一丈紅。」「肥地勤灌，可變至五六十種，色有深紅、淺紅、紫白、墨紫、深淺桃色、茄子藍等色。」

〔二〕薝蔔：花名，即梔子花。段成式酉陽雜俎卷一八廣動植：「陶貞白言：『梔子剪花六出，刻房七道，其花香甚。』相傳即西域薝蔔花也。」

〔三〕「醫俗」句：蘇軾於潛僧緑筠軒：「可使食無肉，不可使居無竹。無肉令人瘦，無竹令人俗。」陸游表侄江垧種竹名筠坡來求詩：「但令有竹能醫俗，何患無天可寄愁。」

〔四〕「療愁」句：詩經衛風伯兮：「焉得諼草，言樹之背。」毛傳：「諼草令人忘憂。」釋文：「諼，本又作萱。」嵇康養生論：「合歡蠲忿，萱草忘憂。」廣群芳譜卷四六：「萱，一名忘憂……一名療愁……一名宜男。」述異記卷下：「吴中書生呼爲療愁花。」

〔五〕「牛牽」句：牛牽，即牽牛花，果實稱牽牛子，可入藥，見本草綱目卷一八。

〔六〕「鷄聳」句：廣群芳譜卷五二：「鷄冠花，俗名波羅奢花。」「六七月莖端開花，穗圓長而尖者，如青箱之穗；扁卷而平者，如雄鷄之冠。」楊萬里宿花斜橋見鷄冠花二首其一：「出牆那得丈高鷄，只露紅冠隔錦衣。」

〔七〕「菱葩」句：菱葩，即菱花。廣群芳譜卷六六：「蔆，又作菱，一名芰。」「五六月開花，黄白色。」

〔八〕「蓼節」句：蓼，蓼花，有節。廣群芳譜卷四七：「蓼花其類最多，有青蓼、香蓼……身高者丈餘，節生如竹，秋間爛熳可愛。」

〔九〕旱地蓮：即連翹，本草綱目卷一六：「連翹，旱蓮子。……時珍曰：旱蓮乃小翹，人以爲鱧腸者，故同名。」

〔一〇〕梔子：花名，廣群芳譜卷三八：「巵子，今俗加木作梔。」「一種徽州梔子，小枝，小葉，小花，高不盈尺，可作盆景。」詩云「水盆梔子」，即是這種品種。

〔二〕「薇帳」句：廣群芳譜卷三八：「紫薇，一名百日紅，四五月始花，可至八九月，故名。」四月開花，至九月尚紅，歷時六月，故石湖自注「一名半年紅」。

〔三〕「桂叢」句：廣群芳譜卷四〇：「巖桂，叢生巖嶺間，謂之巖桂，俗呼爲木犀。……有秋花者，春花者，四季花者，逐月花者。」石湖自注：「巖桂一種，四季有花。」，與此合。秋香，李賀金銅仙人辭漢歌：「畫欄桂樹懸秋香。」

〔三〕「醉憐」句：金戔，即金盞花，廣群芳譜卷四六引宛陵集詩注：「金盞花，一名醒酒花。」梅堯臣吴正仲遺二物詠之金盞子：「鍾令昔醒酒，豫章留此花。黄金盞何小，白玉椀無瑕。」

〔四〕「卧看」句：廣群芳譜卷四七：「玉簪……一名白萼，一名白鶴仙。……每葉出花一朵，長二三寸，本小末大，未開時，正如白玉搔頭簪形，開時微綻四出，中吐黄蘂。」

〔五〕「腥水」句：末利，同茉莉。廣群芳譜卷四三：「茉莉，一名抹厲……弱莖繁枝，葉如茶而大，緑色團尖，夏秋開小白花，花皆暮開，其香清婉柔淑，風味殊勝。」「六月六日，以治魚水一灌，愈茂，故曰：清蘭花，濁茉莉。」

〔六〕「結香」句：廣群芳譜卷四三：「素馨，一名那悉茗花，一名野悉蜜花，來自西域，枝幹裊娜，似茉莉而小，葉纖而緑，花四瓣，細瘦，有黄白二色。須屏架扶起，不然不克自竪。雨中嫵態，亦自媚人。」

〔一七〕「玉菡」句：廣群芳譜卷二九：「荷爲芙蕖花。……花已發爲芙蓉，未發爲菡萏。」

〔一八〕「碧枝」句：自注：「謂羅漢木。」廣群芳譜卷八二：「羅漢木，石湖詩注：翠峰寺在東山雪竇顯老道場，山半有悟道井，庭下大羅漢木兩株，虬屈蟠狀，甚奇古。」

〔一九〕「馬齒」句：廣群芳譜卷一四：「馬齒莧……有二種，葉大者名豘耳草，不堪用；小葉者又名鼠齒莧，節葉間有水銀，每十觔可得八兩或十兩。」

〔二〇〕「鴻頭」句：即芡實。廣群芳譜卷六六：「芡，一名鷄頭……一名雁喙……一名雁頭……一名鴻頭。爾雅翼云：葉有芒刺，兼有觜，若鷄雁之頭，故有諸名。……一名水硫黄，孫公談圃云：芡甘滑可食，名爲水硫黄，詳見東坡雜記。」

巖桂三首

風簾疎爽月徘徊，悵望家人把酒杯。病著幽窗知幾日，瓶花兩見木犀開。

越城芳徑手親栽，紅淺黄深次第開。不用小山招隱賦〔一〕，身如强健日千迴。

一株蕭索倚宣華，東苑香風屬内家。丹碧屠蘇銀燭照，平生奇絶象山花〔二〕。少城圃中惟有一株，建康東御園有亦不多。四明丹桂特奇，州宅所種尤蔚茂，常與魏丞相夜飲其下。

【題解】

本詩作於淳熙十一年（一一八四）秋，時在家養病。

【箋注】

〔一〕「不用」句：小山招隱賦，指淮南小山招隱士，有云「王孫兮歸來，山中兮不可以久留」。

〔二〕象山花：象山的叢桂，自注：「四明丹桂特奇，州宅所種尤蔚茂，常與魏丞相夜飲其下。」象山，縣名，王存元豐九域志卷五明州有象山縣。魏丞相，即魏杞，在明州時，與石湖交密，見卷二二立春日陪魏丞相登三江亭。

中秋無月三首

兒女無悰坐客稀，今年孤負隔年期〔一〕。誰從天上牢遮月，不管人間大欠詩。

撲地癡雲欲萬重，家家簾幙護房櫳。世間第一無情物，誰似中秋雨與風。

一生露下風前客，兩歲愁邊病裏身。姑置陰晴圓缺事，藥寮燈火正相親。

【題解】

本詩作於淳熙十一年（一一八四）中秋，時閑居在家，因中秋無月，賦三首以志慨。

【箋注】

〔一〕孤負：黄朝英靖康緗素雜記卷一「孤負」條云：「世之學者，多以罪辜之辜爲孤負之字，殊乖禮意。蓋公正衆所附，私反而孤焉。衆所附則有相向之意，故不孤，私反而孤，則有相背之意，非向之也。孤負云者，言其背負而已。」

藻姪比課五言詩，已有意趣，老懷甚喜，因吟病中十二首示之，可率昆季賡和，勝終日飽閒也

舊歲連新歲，涼牀又煖牀。山川屏裏畫，時刻篆中香。畏壘吾安土〔一〕，支離飽太倉〔二〕。若教身更健，鶴背入維揚。

認鹿紛紜夢㊀〔三〕，亡羊散亂心。眵昏遮眼讀，愁苦撚髭吟。幸覺行迷遠，其如卧病深。通身都放下，何用覓砭鍼？

日煖衣猶襲，宵長被有稜。朝晡三楪飯，昏曉一釭燈。伴坐跧如几，扶行瘦比藤。生緣堪入畫，寂寞憩松僧。

繩倚扶枵骨，蒲團閣瘁膚。事疑償業債，形類窘囚拘。空劫真常體〔四〕，浮生幻

化軀。箇中元不二，無語對文殊〔五〕。

軟熟羞盤饌，芳辛實枕幃。候晴先曬席，占濕豫烘衣。易粟鷄皮皺，難培鶴骨肥。頭顱雖若此，虛白自生輝。

數息憎晨清，伸眉愜晚晴。隙塵浮日影，窗穴嘯風聲。捫蝨天機動，驅蚊我相生。偶然成一笑，栩栩暫身輕。

貴仕龜鑽筴〔六〕，閒居馬脱羈。冠塵昏舊製，帶眼剩新圍。堆案書郵少，登門刺字稀。掩關灰木坐，休示季咸機〔七〕。

目眚浮珠珮〔八〕，聲塵籟玉簫。秋懷潘鬢禿〔九〕，午夢楚魂銷。注水瓶花醒，吹薪藥鼎潮。南柯何處是？斜日上廊腰。

静裏秋先到，閒中晝自長。門闌疑泄柳〔一〇〕，尸祝漫庚桑〔一一〕。腹已枵經笥，身猶試藥方。强名今日愈，勃窣負東牆〔一二〕。

汗漬笻枝赤，苔封屐齒青。有醫延上坐，無客抗分庭。霽月鑽窗看，鳴琴側枕聽。莫嗔猿鶴怨，岫幌兩年扃。

視絜勞群從，祇承愧闔家。乳泉供水遞，金液養丹芽。加釀厚如酪，旋舂香勝花。百端扶老憊，無物報投瓜。

學業荒呻畢，歡悰隔笑鹽〔三〕。入秋先複幕，過夏亦疎簾。門客嗔愁思，家人獻吉占。尤憐小兒女，時報鵲鳴簷。

【校記】

㊀認鹿紛紜夢：「認」原作「牣」，富校：「『牣』黄刻本、宋詩鈔作『認』，是。」沈注云：「『牣』當作「仞」，俗作「認」。」按列子周穆王『夢仞人鹿』，沈説是也。」今據改。

【題解】

本詩作於淳熙十一年（一一八四），時在家養病，因吟病中十二首示藻姪，勉子侄賡和。

【箋注】

〔一〕畏壘：莊子庚桑楚：「老聃之役有庚桑楚者，偏得老聃之道，以北居畏壘之山。……居三年，畏壘大穰。」疏：「畏壘，山名，在魯國。」

〔二〕支離：名支離疏，形體殘病，支離不全。莊子人間世：「支離疏者，頤隱於臍，肩高於頂，會撮指天，五管在上，兩髀爲脅。挫鍼治繲，足以餬口；鼓筴播精，足以食十人。上徵武士，則支離攘臂而游於其間；上有大役，則支離以有常疾不受功；上與病者粟，則受三鍾與十束薪。夫支離其形者，猶足以養其身，終其天年，又况支離其德者乎！」

〔三〕「認鹿」句：列子周穆王記載一則故事：鄭國有一樵夫，殺鹿藏於池中，覆以蕉葉。後來，他忘掉藏鹿之所，以爲是夢，便告訴他人。有人依其言，取鹿歸。樵夫忽真夢藏鹿之處，及取鹿之人，遂與之爭訟。其妻曰：「夢認人鹿，無人得鹿，今據有此鹿，請二分之。」

〔四〕空劫：三藏法數：「空劫者，謂世界空虛也。有二十小劫。壞劫之後，自初禪梵世已下，世界空虛，猶如墨穴，無晝夜日月，唯大黑暗，名爲空劫。」真常：楊卓佛學次第統編：「世間之相，虛妄不實，皆是因緣相續之假。若夫聖人所得之法，則是真常。真者真實，離迷情、絶虛妄，是曰真實。常者常住，法無生滅變遷，是曰常住。真實常住，故曰真常。」

〔五〕「箇中」二句：維摩詰經入不二法門品：「文殊師利曰：『如我意者，於一切法無言無説，無示無識，離諸問答，是爲入不二法門。』」

〔六〕「貴仕」句：龜筴，同龜策，古時占卜之具。屈原卜居：「用君之心，行君之意，龜筴誠不能知此事。」

〔七〕季咸：古神巫名。莊子應帝王：「鄭有神巫曰季咸，知人之死生存亡、禍福壽夭，期以歲月旬日，若神。」

〔八〕眚：説文：「目病生翳也。」

〔九〕潘鬢：文選潘岳秋興賦序：「余春秋三十有二，始見二毛。」

〔一〇〕泄柳：春秋時魯國人，字子柳。孟子滕文公下：「孟子曰：『古者不爲臣，不見，段干木逾垣而避之，泄柳閉門而不内，是皆已甚。』」

〔一一〕「尸祝」句：庚桑，老子的弟子。莊子庚桑楚：「老聃之役有庚桑楚者，偏得老聃之道。以居畏壘之山……居三年畏壘大穰。畏壘之民相與言曰：『……子胡不相與尸而祝之，社而稷之乎？』疏：「尸，主也。庚桑大賢之士，慕近聖人之德，何不相與尊而爲君，主南面之事，爲立社稷，建其宗廟，祝祭依禮，豈不善邪！」

〔二〕勃窣：匍匐而行。文選司馬相如子虛賦：「媻珊勃窣，上金隄。」注引韋昭：「媻珊勃窣，匍匐上也。」

〔三〕笑豔：沈注卷下：「豔與艷同，此誤用。文苑英華辨證引容齋隨筆云：玄怪録載蘧篨三娘工唱阿鵲豔。又有突厥豔、黄帝豔、白鴿豔、神雀豔、疏勒豔、滿座豔、歸國豔。唐詩：『媚賴吴娘唱是豔』，『更奏新聲刮骨豔』。然則歌詩謂之豔者，如吟行曲引之類。今南嶽廟獻神樂曲有黄帝豔，而俗傳以爲黄帝炎，長沙志從而書之，不考也。欽韓按：宋書樂志魏武帝碣石篇、明帝夏門篇皆有艷，而明帝櫂歌又有趨，艷與趨，所謂引子尾聲者類是也。志云：漢吹鐃歌十八篇。按古今樂録皆聲辭艷相雜，不可復分。豔乃艷之誤，古豔艷亦相通，郊特牲『而豔諸利』，鄭讀豔爲艷。阿鵲豔之類，皆當作去聲讀，唐人用作平聲，非是。」

贈臨江簡壽玉二首。簡攜王仲顯使君書來謁，并示孔毅甫夢蟾圖，今廟堂五府皆有題字

蕭灘遠客扣田廬，貽我讀書樓上書〔一〕。千里故情元共月，錯吟㊀多病故人疎。

卷中圖畫袖中珍，上有三階五朵雲〔二〕。白日青天光範路〔三〕，未饒蟾窟夢紛紜。

【校記】

㈠錯吟：原作「錯云」，按活字本、叢書堂本、董鈔本、詩淵第一册第四九六頁均作「錯吟」，今據改。

【題解】

本詩作於淳熙十一年（一一八四），時在家養病，臨江簡壽玉來訪，並攜來故人王光祖的書信，並示孔毅甫夢蟾圖，因贈以二絶，其中一首爲題夢蝶圖詩。簡壽玉，江西臨江軍人，生平未詳，只知他在慶元元年時任臨桂主簿，楊萬里有送簡壽玉主簿之官臨桂，見于北山楊萬里年譜。王仲顯，即王光祖。孔毅甫，畫家，生平未詳。

【箋注】

〔一〕讀書樓上書：讀書樓，爲王光祖書樓名，見本書卷二二寄題王仲顯讀書樓。書，乃書信。

〔二〕三階五朵雲：夢蟾圖上有三階星和孔毅甫的簽名。三階，星名，王逸九思守志：「望太微兮穆穆，睨三階兮炳分。」五朵雲，段成式酉陽雜俎續集卷三「支諾臯下」：「（韋陟）每令侍婢主尺牘，往來復章，未常自札，受意而已。詞旨重輕，正合陟意，而書體遒利，皆有楷法，陟唯署名。嘗自謂所書『陟』字如五朵雲，當時人多倣效，謂之『郇公五雲體』。」

〔三〕光範路：即光範門前路。光範，唐宫殿門名，沈注卷下引唐六典：「宣政殿前西廊，曰月華門，門西中書省。省西南北大街，南直昭慶門，出光範門。」唐時新進士至此門侯宰相，後代以此爲被人賞識、擢用的處所，參見卷二九鄭少融尚書初除端殿以書見及賦詩爲賀注〔一〕。

壽櫟前假山成，移丹桂於馬城，自嘲

堂前趣就小嶙峋，未許蹣跚杖屨親。更遣移花三百里，世間真有大癡人。

【題解】本詩作於淳熙十一年（一一八四），時閑居在家，壽櫟堂前砌假山成，自馬城移來丹桂，因賦一絶以自嘲。馬城，在臨安附近，洪咨夔有詩馬城詩寄趙精令，注云：「馬城，在北關外。」

灼艾

血忌詳涓日〔一〕，尻神謹避方〔二〕。艾求真伏道〔三〕，穴按古明堂〔四〕。謝去群巫祝，勝如幾藥湯。起來成獨笑，一病攪千忙。

【題解】本詩作於淳熙十一年（一一八四），時在家養病。醫生用灼艾之法爲石湖治病，因作本詩記針灸之道。

【箋注】

〔一〕「血忌」句：血忌，忌諱見血的日子，王充論衡譏日：「如以殺牲見血，避血忌、月殺，則生人食六畜，亦宜避之。」涓日，涓吉，選擇吉利的日子。文選左思魏都賦：「量寸旬，涓吉日，陟中壇，即帝位。」李善注：「涓，擇也。」邵伯温邵氏聞見後録卷二：「涓日，以次備法駕羽衛前導赴宮。」

〔二〕「尻神」句：尻神，即九宮尻神，古代針灸宜忌學説之一，係以九宮八卦爲依據，按病人年齡來推算人神所在部位，從而避忌刺灸，見針經指南。

〔三〕「艾求」句：伏道，即伏道艾，一種中草藥，宋劉昉幼幼新書卷一：「伏道艾，取葉去梗，搗熟，篩去粗皮，只取艾茸，秤取二兩米醋，煮一伏時，候乾，研成膏。」

〔四〕「穴按」句：古明堂，指古代的明堂圖，後代醫家稱標名人體經絡、針灸穴位之圖爲明堂圖，四庫全書總目卷一〇三子部醫家類一著録明堂灸經八卷，題曰西方子撰。云：「考唐志有黄帝十二經明堂偃側人圖十二卷，兹或其遺法歟？」

東宮壽詩

甲觀秋彌月，前星蚤麗天。君親重慶日，家國中興年。英武神機遠，温文德宇全。摛章森典則，會道極高堅。儉寶躬安履，仁端性自然。淵沖澄有量，海潤浹無邊。五學臨函丈〔一〕，三朝拱邃延。頌聲敷政久，喜色問安還。銅律諧初度，桑弧絶舊傳。菊催重九近〔二〕，梅占小春先。戲綵猗蘭殿〔三〕，宣杯玳瑁筵。青宫千億壽，長對兩宫前。

【題解】

本詩作於淳熙十一年（一一八四）九月，時在家養病。東宫，指皇太子趙惇，即後來之光宗。趙惇以乾道七年二月癸丑，立爲皇太子。宋史光宗紀：「（乾道七年）二月癸丑，乃立帝爲皇太子。……三月丁酉，受皇太子册。」宋會要輯稿樂七：「乾道七年册皇太子四首（樂歌）。」趙惇生日爲九月初四日，宋史光宗紀：「紹興十七年九月乙丑，生於藩邸。」楊萬里有賀皇太子生辰詩（誠齋集卷一九）明言九月初四日爲太子趙惇生辰。本詩當作於九月初。

【箋注】

〔一〕五學：古代稱樂、詩、禮、書、春秋爲五學，漢書藝文志：「至於五學，世有變改，猶五行之更用事焉。」

〔二〕「菊催」句：趙惇生日爲九月初四日，離重陽很近，故云。

〔三〕「戲綵」句：猗蘭殿，用漢武帝故事。相傳漢景帝夢有赤彘從雲中直下，入崇蘭閣，因改閣名猗蘭殿，後武帝生於此殿。事見郭憲洞冥記。

十月朔開爐偶書。余病歸二年，未能拜掃松楸，曩常以此日侍先兄遊洞庭，并寫悲感之懷

圃芋今年紫，籬楓昨日丹。開爐修故事，聽雨説新寒。橘社重遊阻，楸行再拜難。此時西望眼，衰涕不勝彈。

【題解】

本詩作於淳熙十一年（一一八四）十月初一日，時在家養病。因病二年未能祭掃墳塋，不勝悲感，因作本詩以抒懷。十月朔，十月初一。顧禄清嘉録卷一〇「十月朝」條云：「月朔，俗稱十月朝。」開爐，開始生火爐。范成大吴郡志卷二「風俗」：「十月朔，再謁墓，且不賀朔。是日開爐，不問寒燠，皆熾炭。」拜掃松楸，指掃墓。吴自牧夢粱録卷六：「士庶以十月節，出郊掃松，祭祀墳塋。」吴地亦有此俗，顧禄清嘉録卷一〇「十月朝」云：「間有墓祭如寒食者，人無貧富，皆祭其先。」

有懷龔養正

好在楚龔子，秋來情話稀。昨承書素説，行侍板輿歸。煙水潮平棹，風霜歲晚

衣。幾時真訪戴？莫待雪花霏。

【題解】

本詩作於淳熙十一年（一一八四）秋，時在家養病。接龔養正書信，知不久將歸，因作本詩。

白髭行

四十踰四髭始黄，手持漢節臨大荒〔一〕。輿疾歸來皮骨在，兩鬢尚作青絲光。俛仰行年四十九，萬里南馳復西走〔二〕。斑斑頷下點吴霜〔三〕，猶可芟夷誑賓友〔四〕。屈指如今又十年，兩年憊卧秋風前。人生血氣能幾許，不待覽鏡知皤然。長安後輩輕前輩，百方染藥千金賣。煩擱包裹夜不眠〔五〕，無奈露頭出光怪㊀。病翁高卧門長扃，垂雪毶毶骨更清。兒童不作居士唤，唤作堂中老壽星〔六〕。

【校記】

㊀露頭：原作「霞頭」，富校：「『霞』黄刻本、宋詩鈔作『露』，是。」今據改。

【題解】

本詩作於淳熙十一年（一一八四）秋，時在家養病，感嘆自己髭鬚雪白，乃賦本詩以志感。

【箋注】

〔一〕「四十」二句：手持漢節，指使金，時年四十五歲，詩云「四十踰四」，蓋指實足年齡。

〔二〕「俛仰」二句：萬里南馳，指出任桂帥；復西走，指移任蜀帥，時年五十歲，詩云「四十九」，亦指實足年齡，且爲叶韻。

〔三〕點吴霜：李賀還自會稽歌：「吴霜點歸鬢。」

〔四〕芟夷：割除。周禮地官稻人：「凡稼澤，夏以水殄草而芟夷之。」

〔五〕煩撋：揉搓。詩經周南葛覃：「薄污我私。」毛傳：「污，煩也。」鄭箋：「煩，煩撋之用功深。……阮孝緒字略云：『煩撋，猶捼莏也。』」

〔六〕老壽星：壽星，本爲星名，指老人星。爾雅釋天：「壽星，角亢也。」郭璞注：「數起角亢，列宿之長，故曰壽。」東漢時，將祀壽星與敬老活動結合起來，後漢書禮儀志：「仲秋之月，縣道皆案户比民。年始七十者，授之以王杖，餔之糜粥，八十、九十，禮有加賜。」故後代尊年長者爲老壽星。

但能之提刑相别十年，自曲江遠寄二詩，叙舊良厚。次韻爲謝，亦以首章奉懷，略道湘南分攜故事，末篇自述年來衰病，不復故吾也

憶昔驂鸞識俊英〔一〕，朱旙繡斧盡能名〔二〕。書隨庾嶺一枝寄，句挾韶江九奏成。吴粤交馳清夜夢，參辰不隔故人情。何時重醉金槽曲〔三〕，一洗陽關别恨平。

濩落枵虚似瓠壺，新添雪鬢與霜鬚㊀。也知病叟形容變，非是仙儒骨相癯。歲晚山林如自獻，年豐田野亦多娱。無端拙恙妨清樂，未許扁舟到五湖。

【校記】

㊀霜鬚：原作「雙鬚」，富校：「『雙』黄刻本作『霜』，是。」活字本、叢書堂本、董鈔本均作「霜鬚」。今據改。

【題解】

本詩作於淳熙十一年（一一八四），時在家養病。但中庸自韶州寄詩來叙舊，成大次韻作本詩復遠寄之，既叙湘南分别時情景，又述近年老病景狀。但能之，即但中庸，參見卷一四水鄉酌别但能之主管能之將過石康。提刑，指但中庸時任廣東提舉刑獄，廣東通志卷一五淳熙間提刑有但中

庸名。曲江，指韶州曲江縣，王存元豐九域志卷九廣南路：「韶州，始興郡，軍事，治曲江縣。」

【箋注】

〔一〕「憶昔」句：指帥廣西時結識但能之。帥廣時，石湖著有驂鸞録，四庫全書總目卷五八云：「其曰驂鸞者，取韓愈詩『遠勝登仙去』、『飛鸞不暇驂』語也。」

〔二〕繡斧：漢武帝天漢二年遣直指使者暴勝之等衣繡衣，扙斧持節，至各地巡捕群盗，見漢書武帝紀。後代指皇帝指派的執法大臣。

〔三〕金槽：金製的琵琶槽，李賀秦王飲酒：「金槽琵琶夜棖棖。」王琦解：「金槽，以金飾琵琶之槽也。」

復以蟾硯歸龔養正

夢裏何人歌式微〔一〕，覺來石友在書幃〔二〕。鄭環信美非吾寶〔三〕，趙璧猶全任汝歸〔四〕。渴水雙蟾窺海闊，出雲孤月照星稀。好將自草三千牘，莫與蚍蜉作釣磯。

【題解】

本詩作於淳熙十一年（一一八四）仲冬，時養病在家。仲冬，龔頤正攜睢陽五老圖相示，題跋，復以蟾硯歸還頤正，賦詩以紀事。范成大題睢陽五老圖卷：「淳熙甲辰仲冬朔，歷陽龔敦頤攜此卷相示，敬識其末，吴郡范成大書。」甲辰，即淳熙十一年。

【箋注】

〔一〕歌式微：詩經邶風式微：「式微，式微，胡不歸？」

〔二〕石友：情誼堅如金石般的朋友，又稱硯友。潘岳金谷集作詩：「投分寄石友，白首同所歸。」黄庭堅次韻奉酬劉景文河上見寄：「珍重多情惟石友，琢磨佳句問潛郎。」

〔三〕鄭環：左傳昭公十六年：「宣子有環，其一在鄭商。宣子謁諸鄭伯，子産弗與，曰：『非官府之守器也，寡君不知。』」

〔四〕趙璧：用完璧歸趙的故事。

大雪書懷

天將奇賞發清歡，疇昔登臨插羽翰。梅下尋詩騎馬滑，松梢索酒倚樓寒。閉門老子愁無賴〔一〕，返棹歸來興已闌。聊掬玉塵添石鼎，自煎魚眼破龍團〔二〕。

【題解】

本詩作於淳熙十一年（一一八四）冬，時養病在家。

【箋注】

〔一〕閉門老子：用袁安卧雪故事。

〔二〕「自煎」句：魚眼，俗謂湯初沸曰蟹眼，漸大曰魚眼。白居易睡後茶興憶楊同年：「沫下麴塵香，花浮魚眼沸。」龍團，宋代貢茶名，歐陽修歸田録卷二：「茶之品，莫貴於龍鳳，謂之團茶，凡八餅重一斤。慶曆中蔡君謨爲福建路轉運使，始造小片龍茶以進，其品絶精，謂之小團。」

雪中苦寒戲嘲二絶

冥凌分職大間關，辛苦行冬强作難。費盡無邊風與雪，劣能供得一番寒〔一〕。

茸氈帳下玉杯寬，香裹吹笙醉裹看。風雪過門無入處，却投窮巷覓袁安。

【題解】

本詩作於淳熙十一年（一一八四）冬，時養病在家，接上首，復戲嘲而作此二詩。

【箋注】

〔一〕劣能：僅能。蘇軾與梁左藏會飲傳國博家：「識字劣能欺項籍。」張相詩詞曲語辭匯釋卷二「劣」：「劣能，猶云僅能也。」

雪復大作六言四首

奇寒擁被曉枕，噩夢披蓑晚江。遥想漫天匝地，近聽穿幔鳴窗。
釀成送臘三白，功在迎年九秋。樵指擔肩相賀，飯囊酒甕何憂？
初報折篁搶地，旋聞壓柳堆橋。寧教風過掀舞，可惜雨來半銷。
伶俜凍雀蹲晚，噤滲踈梅鎖春。有客典衣沽酒〔一〕，何人增價賣薪？

【題解】

本詩作於淳熙十一年（一一八四）冬，時在家養病。雪又大作，又賦六言四首詠之。

【箋注】

〔一〕「有客」句：杜甫曲江二首其二：「朝回日日典春衣，每日江頭盡醉歸。」

立春　乙巳

綵勝金旛夢裏，茶槽藥杵聲中。索莫兩年春事〔一〕，小窗卧聽東風。

【題解】本詩作於淳熙十二年（一一八五）正月立春日，時在家養病。乙巳，即淳熙十二年。

【箋注】

〔一〕索莫：無生氣貌。鮑照擬行路難其九：「今日見我顔色衰，意中索莫與先異。」

題徐熙風牡丹二首

紫花

蕊珠仙馭曉驂鸞〔一〕，道服朝元露未乾。天半剛風如激箭，緑綃飄蕩紫綃寒。

白花

寒入仙裙粟玉肌，舞餘全不耐風吹。從教旅拒春無力〔二〕，細看腰支嫋嫋時。

【題解】本組詩作於淳熙十一年（一一八四），時在家養病。孔凡禮范成大年譜淳熙十一年譜文云：

「是歲，作題畫詩多首。有題徐熙風牡丹兩首、題黄居寀雀竹圖二首、題張晞顔兩花圖二首、題范道士二牛圖。」今從之。唯本卷諸詩序次欠當，在諸題畫詩之前，有立春一首，題注「乙巳」。乙巳爲淳熙十二年，宜入下卷。徐熙，宋代花鳥畫名家。郭若虚圖畫見聞志卷四：「徐熙，鍾陵人，世爲江南仕族。熙識度閑放，以高雅自任。善畫花木禽魚、蟬蝶蔬果。學窮造化，意出古今。徐鉉云：『落墨爲格，雜彩副之，迹與色不相隱映也。』又熙自撰翠微堂記云：『落筆之際，未嘗以傅色暈淡細碎爲功。』此真無愧於前賢之作！當時已爲難得，李後主愛重其迹。開寶末歸朝，悉貢上宸廷，藏之秘府。亦有寒蘆野鴨、花竹雜禽、魚蟹草蟲、蔬苗果蓏并四時折枝等圖傳於世。」劉道醇聖朝名畫評卷三「花木翎毛門」神品：「徐熙，鍾陵人，世仕僞唐，爲江南名族。熙善花竹林木、蟬蝶草蟲之類，多游園圃，以求情狀。雖蔬菜莖苗，亦入圖寫。意出古人之外，自造於妙。尤能設色，絶有生意。李煜集英殿盛有熙畫，後卒於家。及煜歸命，盡入内府。太宗因閲圖畫，見熙畫安榴樹一本，帶百餘實，嗟異久之，曰：『花果之妙，吾獨知有熙矣，其餘不足觀也。』徧示畫臣，俾爲標準，爲上稱嘆也如此。有孫二人，崇嗣、崇勳，自有傳。評曰：士大夫議爲花果者，往往宗尚黄筌、趙昌之筆，蓋其寫生設色，迥出人意，以熙視之，彼有慚德。筌神而不妙，昌妙而不神，神妙俱完，捨熙無矣。夫精於畫者，不過薄其彩繪，以取形似，於氣骨能全之乎？熙獨不然，必先以其墨定其枝葉蕊萼等，而後傅之以色，故其氣格前就，態度彌茂，與造化之功不甚遠，宜乎爲天下冠也，故列神品。」徐熙風牡丹圖，米芾畫史有記載：「徐熙風牡丹圖，葉幾千餘片，花只三朵，一在正面，一在右，一在衆枝亂葉之背。石竅圓潤，上有一貓兒。」今已不存。

【箋注】

〔一〕蕊珠：蕊珠宫，道家云神仙所居之仙宫。元稹清都春霽寄胡三吴十一：「蕊珠宫殿經微雨，草樹無塵耀眼光。」

〔二〕「從教」句：從教，任教也。張相詩詞曲語辭匯釋卷一：「從，任也，聽也。……蘇軾水龍吟詞咏楊花：『似花還似非花，也無人惜從教墮。』」旅拒，抗拒，亦作「旅距」。後漢書馬援傳：「若大姓侵小民，黠羌欲旅距，此乃太守事耳。」注：「旅距，不從之貌。」

題黄居寀雀竹圖二首 居寀，筌之子。

群雀歲寒保聚，兩鶉日晏忘歸。草間豈無餘粒，刮地風號雪飛。

蔓花露下凝碧，叢竹秋來老蒼〔一〕。噪雀群争何事？么禽自囀清篁。

【題解】

本詩作年，參見題徐熙風牡丹圖「題解」。黄居寀（九三三—九九三），字伯鸞，成都人，黄筌之子。他能繼承父風，善畫花竹、翎毛，妙得天真。西蜀時，任翰林院待詔，歸宋後，受宋太宗趙匡義賞識，授翰林待詔，派他到各地搜訪名畫。郭若虚圖畫見聞志卷四：「黄居寀字伯鸞，筌之季子也。工畫花竹翎毛，默契天真，冥周物理。始事孟蜀，爲翰林待詔，與父筌俱蒙恩遇。圖畫殿庭墻壁，宮闈屏障，不可勝紀，學士徐光溥嘗獻秋山圖歌以美之。曾於彭州棲真觀壁畫水石一堵。自未至酉而畢，觀者莫不嘆服其神速且妙也。乾德乙丑歲，隨蜀主至闕下，太祖舊知其名，尋真命。太宗皇帝尤加眷遇，供進圖畫，恩寵優異。仍委之探訪名跡，銓定品目。居寀狀太湖石尤過乃父。有四時山景、花竹翎毛、鷹鶻、犬兔、湖灘水石、春田放牧等圖傳於世。」劉道醇聖朝名畫評卷一「人物門」妙品：「黄居寀，字伯鸞，亦事孟昶爲待詔，隨筌朝，亦受真命。陶尚書穀在翰苑，因曝圖畫，乃展秋山圖，令品第之。居寀斂容再拜曰：『某與父筌所爲也，孟昶時以答楊渥國信。彌縫處有其父子名姓，當在。』裂之，如居寀言，詢諸庫吏，乃朱梁開平中楚將張浩殺楊渥，籍没此圖。穀命居寀追寫父真，爲當時所重。居寀父子事蜀主三世，凡圖障屏壁，多出其手。愚嘗於唐紫微第見居寀畫西伯獵渭圖，及父筌真像，皆得其妙。」又卷三「花木翎毛門」神品：「黄居寀亦善畫花竹毛羽，多與筌共爲之。其氣骨意思，深有父風。孟昶時畫四時花雀圖數本，當世稱絶。今士人家往往有居寀筆，誇爲珍玩耳。評曰：居寀之畫鶴，多得筌骨。其有佳處，亦不能决其高下。至於花竹禽雀，皆不失筌法。父子俱入神品者，唯居寀一家云。」

【箋注】

〔一〕「蔓花」二句：竹邊蔓花受雨露滋潤，碧緑如凝；深秋竹叢，蒼翠濃郁，沈括評黄氏父子「妙在賦色」（夢溪筆談卷一七）。讀石湖此詩，知沈氏此論切當。

題張晞顔兩花圖二首 晞顔，廣漢人，趙昌之甥。

繁杏

紅粉團枝一萬重，當年獨自費東風。若爲報答春無賴，付與笙歌鼎沸中〔一〕。

玉梨

雪薄冰輕不耐春，雨中愁緒月中真。莫教夢作雲飛去，留伴昭陽第一人〔二〕。

【題解】

本組詩作年參見題徐熙風牡丹二首「解題」。張晞顔，又作張希顔，初名適，漢州人，趙昌外甥。其畫初師趙昌，至京師後，從院體，稍變。鄧椿畫繼卷六：「張希顔，漢州人，初名適。大觀初，累進所畫花，得旨粗似可采，特補將仕郎，畫學諭。希顔始師趙昌，後到京師稍變，從院體，得蜀州推官以歸。不勝士大夫之求，多令任源代作，故復似昌。」夏文彦圖繪寶鑑卷三：「張希顔，漢州人，初名適，善畫，師趙昌。大觀初，累進畫花，得旨補畫學諭。後變從院體，官至蜀州推官。」

【箋注】

〔一〕「付與」句：詩意從宋祁玉樓春「紅杏枝頭春意鬧」句中生發。

〔二〕「留伴」句：詩意出自杜甫哀江頭：「昭陽殿裏第一人。」昭陽，本漢代宮殿名，杜甫借指唐宫。第一人，指楊貴妃。

題范道士二牛圖 道士處州人，號范牛，中年狂顛，人傳其得道。此圖自稱中興道士范子珉，蓋未顛時所作，尤爲精妙。

西疇滌場浄無塵，原頭遠牧秋草春。一牛疾行離其群，一牛返顧如怒嗔。目光炯炯獰而馴，點綴毫末俱逼真。不顛不狂筆有神〔一〕，妙哉吾宗散仙人〔二〕！

【題解】

本詩作年參見題徐熙風牡丹二首「題解」。范道士，即范子珉，一作范子泯，處州人，善畫花果，尤以畫牛稱，人稱「范牛」。樓鑰贈范緯文秀才詩序（攻媿集卷三）云：「括蒼范牛自題云：中興道士范子珉，異人也。淳熙間，武昌羅端良使君（按，即羅願）遠寄詩編，有贈畫牛范秀才一詩，愛玩不能去手，時時誦之，以寫云亡之悲。今十八年矣。有范緯文叩門，初談風鑒，旋及墨戲事。自言視子珉爲大父行。羅使君贈詩，即其人也。既試其説，草數語畀之。」詩云：「中興道士以牛嗚，淡墨百果尤著聲。妙入神品仍有靈，我不識之欽其名。曾得烏犍兩横軸，又有石榴才一幅。武昌使君舊寄詩，末言秀才乃其族。忽有緯文來款門，自言真是當家孫。口誦羅詩若翻水，他詩歷歷俱能言。一見前畫歎真蹟，願得生綃奮吾筆。爲作來禽對石榴，一掃横枝生意出。我詩不工人已陳，有詩豈復能動人。爲君一寫史君語，更求知己如羅君。」陳耆卿嘉定赤城志卷三〇「宫觀」：「天慶觀，在州東北一里一百步。……又道士壁間，有范子珉所繪牛及來禽，人傳其妙云。」

【箋注】

〔一〕筆有神：用杜甫奉贈韋左丞丈二十二韻「下筆如有神」句意。

〔二〕「妙哉」句：散仙，狂放不羈之人，白居易雪夜小飲贈夢得：「久將時背成遺老，多被人呼作散仙。」范子珉與石湖同姓，故稱「吾宗」。

范成大集校箋

〔宋〕范成大 撰
吴企明 校箋

四

上海古籍出版社

石湖居士詩集卷二十五

小峨眉 并序

近得靈壁古石，絶似大峨正峰，名之曰「小峨眉」。東坡常以名盧山，恐不若此石之逼真也。作小峨眉歌以夸之。

三峨參横大峨高，奔崖側勢倚半霄。龍跧虎卧起且伏，旁睨沫水沱江朝〔一〕。禹從岷嶓過其下，奠山著籍稱雄豪〔二〕。告成歸來兩階舞〔三〕，泗濱錫貢備九韶〔四〕。覽觀此石三歎息，髣髴蜀鎮俱岧嶢。惜哉擊拊墮簨虡，輦送淮海還山椒。降商訖周謹呵護，磬氏無敢加鐫彫〔五〕。劉項蝸争鬩靈璧，血漂川谷流腥臊〔六〕。水官恐此被染涴，氈包席裹吴中逃。市門大隱閲千祀，苔衣塵網薶孤標。尤物顯晦定有數，昨者惠顧不待招。我昔西遊踏禹迹，暑宿光相披重貂。十年境落卧遊夢，摩挲壁畫雙鬢凋。天憐愛山欲成癖，特設奇供慰寂寥。恍然坐我寶巖上〔七〕，疑有太古雪未消。嵌根襞積巧入妙，峰頂箕踞貴不驕。爐煙雲浮布銀界，隙日虹貫凝金橋。是時歲杪卧衰疾，健起放杖驚兒曹〔八〕。龍鍾繞圍喜折屐，龜手拂拭寒侵袍。太湖未暇商甲乙，羅浮天竺均鴻毛。小峨之名神所畀，永與野老歸漁樵。作詩賀我得石友，且以併賀兹丘遭。

【題解】

本詩作於淳熙十一年（一一八四），時養病在家。孔凡禮范成大年譜淳熙十一年譜文：「是歲，又有題石詩多首。」列小峨眉、煙江疊嶂、天柱峰。「靈壁古石」，文震亨長物志卷三「水石」：「靈壁，出鳳陽府宿州靈壁縣，在深山沙土中，掘之乃見。有細白紋，如玉，不起岩岫。佳者如卧牛，蟠螭，種種異狀，真奇品也。」

【箋注】

〔一〕「旁睨」句：沫水，岷江支流。水經注卷三六：「沫水，出廣柔徼外，東南過旄牛縣北，又東至越嶲靈道縣，出蒙山南，東北與青衣水合，東入於江。」沱江，舊説即岷江支流郫江。按史記河渠書：「蜀守冰鑿離碓，辟沫水之害，穿二江成都之中。」正義：「任豫益州記云：『二江者，郫江、流江也。』」沫水、郫江（即沱江）都在峨眉山旁，故曰「旁睨」。

〔二〕「禹從」二句：尚書禹貢記：「禹敷土，隨山刊木，奠高山大川。」「導嶓冢，至于荆山……岷山之陽，至于衡山。」

〔三〕「告成」句：尚書禹貢：「禹錫玄圭，告厥成功。」尚書大禹謨：「帝乃誕敷文德，舞干羽于兩階。」

〔四〕「泗濱」句：尚書禹貢：「泗濱浮磬。」孔傳：「泗，水涯，水中見石，可以爲磬。」有磬，乃能奏九韶。

〔五〕磬氏：治磬的工人。周禮考工記磬氏：「磬氏爲磬。……已上則摩其旁，已下則摩其耑。」

〔六〕「劉項」二句：劉邦、項羽戰於垓下，即古靈璧之地。史記高祖本紀：「五年，高祖與諸侯兵共擊楚軍，與項羽決勝垓下。」垓下，在今安徽靈璧東南。李吉甫元和郡縣圖志卷九宿州苻離縣有靈璧故城：「在縣東北九十里。漢二年，漢王入彭城，項羽以精兵三萬人，晨擊漢軍於靈璧東睢水上，大破之，睢水爲之不流。」又虹縣有垓下聚：「在縣西南五十四里，漢高祖圍項羽於垓下，大破之，即此地也。」

〔七〕恍然坐我：語出杜甫奉先劉少府新畫山水障歌：「悄然坐我天姥下。」

〔八〕「是時」二句：描寫畫能治病的功能，秦觀書輞川圖後：「元祐丁卯，余爲汝南郡學官，夏得腸癖之疾，卧直舍中，所善高符仲攜摩詰輞川圖示余曰：『閲此可以愈疾。』……數日疾良愈。」

煙江疊嶂

煙江疊嶂，太湖石也。鱗次重複，巧出天然。王晉卿嘗畫煙江疊嶂圖，東坡作詩，今借以爲名。此石里人方氏所藏故物，非近年以人功雕斵者比，尤可貴。

水太湖嵌根藏洞宫，槎牙石生龕淪中。波濤投隙漱且齧，歲久缺罅深重重〔一〕。江上愁心惟空發聲夜鏜鎝，中有晴江煙嶂疊。誰歟斷取來何時？山客自言藏奕葉。畫圖，蘇仙作詩畫不如〔二〕。當年此石若並世，雪浪仇池何足書〔三〕？我無俊語對巨麗，欲定等差誰與議？直須具眼老香山，來爲平章作新記〔四〕。

【題解】

本詩作於淳熙十一年（一一八四），時居家養病。太湖石，范成大太湖石志（説郛卷九六）：「太湖石，石出西洞庭，多因波濤激嚙而爲嵌空，浸濯而爲光瑩。或縝潤如珪瓚，廉劌如劍戟，矗如峰巒，列如屏嶂，或滑如肪，或黝如漆，或如人，如獸，如禽鳥。好事者取之，以充苑囿庭除之玩。」宋杜綰雲林石譜卷上「平江府太湖石」：「産洞庭水中，石性堅而潤，有嵌空穿眼，宛轉嶮怪勢。一種色白，一種色青而黑，一種微黑青。其質紋理縱横，籠絡隱起於石面，遍多坳坎，蓋因風浪中衝激而成。」王晉卿，即宋代山水畫家王詵（一〇四八—？），字晉卿，祖籍太原，定居汴梁。尚英宗女蜀國公主，被授左衛將軍駙馬都尉，工詩文書畫，繪畫以山水見長。清河書畫舫卷八：「王詵字晉卿，尚英宗女蜀國公主，爲利州防禦使。雖在戚里，而其被服禮義，學問詩書，常與寒士角。平居攘去膏粱，黜遠聲色，而從事於書畫。……其所畫山水學李成，皴法以金碌爲之，似古。今觀音寶陀山狀小景，亦墨作平遠，皆李成法也。故東坡謂晉卿得破墨三昧。有烟江疊嶂圖……等圖傳於世。」烟江疊嶂圖今存，蘇軾有書王定國所藏烟江疊嶂圖。

【箋注】

〔一〕「太湖」四句：范成大吴郡志卷二九土物：「石在水中，歲久爲波濤所衝撞，皆成嵌空，石面鱗鱗作靥，名彈窩，亦水痕也。」胡宿太湖石：「費盡千年白浪聲。」奫淪，水深廣貌。柳宗元招海賈文：「其外大泊泙奫淪。」張敦頤注：「奫淪，水深廣貌。」

〔二〕「江上」二句：蘇仙，指蘇東坡，蘇軾作書王定國所藏烟江疊嶂圖詩，云：「江上愁心千疊山，浮空積翠如雲烟。」

〔三〕雪浪仇池：蘇軾雪浪齋銘：「予於中山後圃得黑石，白脈，如蜀孫位、孫知微所畫石間奔流，盡水之變，又得白石曲陽，爲大盆以盛之，激水其上，名其室曰雪浪齋云。盡水之變蜀兩孫，與不傳者歸九原。異哉駁石雪浪飜，石中乃有此理存。」宋杜綰雲林石譜卷上「英石」條云：「頃年，東坡獲雙石，一緑一白，目爲仇池石。」

〔四〕「直須」二句：香山，指白居易，他自號香山居士。白居易作太湖石記，評牛僧孺所收藏的奇石，以「太湖爲甲」。石湖有煙江疊嶂太湖石，故欲請具樂天眼識者爲之評論，寫出新的太湖石記。

天柱峰

「天柱峰」，英石也。一峰峭豎特起，有昂霄之意。天柱本在衡山，自黄帝時，即以灊山輔南岳，漢氏因之，遂寓其祭於灊天柱山。衡、灊蓋皆有天柱，而灊名特彰。九華雁蕩若他山，亦皆以此名峰，不足算也。

衡山紫蓋連延處〔一〕，一峰巉絶擎玉宇。漢家憚遠不能到，寓祭灊山作天柱。我今卧遊長揜關，却寓此石充灊山。形摹三尺氣萬仞，世間培塿何由攀？南州山骨孕清淑，乳孽砂牀未超俗。神奇都賦小峥嶸，雷雨飛來伴幽獨。哦詩月明清夜闌，坐看高影横屋山。摩霄拂雲政如此，吾言實夸誰敢删！

【題解】

本詩作於淳熙十一年（一一八四），時養病在家。石湖得英石，因其峰峙特起，類天柱峰，因名之，賦詩以紀其奇。英石，英州之石。杜綰雲林石譜卷上：「英石，英州含光真陽縣之間石，産溪水中，有數種，一微青色，有白通籠絡，一微灰黑，一綫緑，各有峰巒，嵌空穿眼，宛轉相通，其質稍潤，扣之微有聲。又一種色白，四面峰巒聳拔，多稜角，稍瑩徹，面面有光，可鑒物，扣之無聲。」文震亨長物志卷三：「英石，出英州，倒生岩下，以鋸取之，故底平起，峰高有至三尺及寸餘者。小齋之前，疊一小山，最爲清貴。然道遠，不易致。」「遂寓其祭於灊天柱山」，史記封禪書：「其明年冬，上巡南郡，至江陵而東，登禮灊之天柱山，號曰南嶽。」王存新定九域志卷五舒州：「灊山，漢之南嶽也。」

【箋注】

〔一〕「衡山」句：衡山有紫蓋峰，范成大驂鸞録：「九日，上謁南嶽廟……登御書閣，以望嶽，晚晴，衆山雲盡捲，石廩、紫蓋、痀瘻諸峰畢見。」

甲辰除夜吟

一年三百六十日，日日三椽卧衰疾。旁人揶揄還歎咨，問我如何度四時？我言平生老行李，蓐食趁程中夜起。當時想像閉門閒，弱水迢迢三萬里。如今因病得疏慵，脚底關山如夢中。重簾複幕白晝静，户外車馬從西東。若問四時何以度？念定更無新與故。瓶花開落紀春冬，窗紙昏明認朝暮。行年六十是明朝〔一〕，不暇自憐聊自嘲。麥尾三杯餳一楪，從今身健齒牙牢。

【題解】

本詩作於淳熙十一年（一一八四）除夜，時養病在家。甲辰，即淳熙十一年。

【箋注】

〔一〕「行年」句：甲辰歲，石湖五十九歲，除夕一過，明朝便是乙辰歲，六十歲，故云。高適除夜作：「愁鬢明朝又一年。」

次韻龔養正送水仙花

色界香塵付八還〔一〕，正觀不起况邪觀。花前猶有詩情在，還作淩波步月看。

【題解】

本詩作於淳熙十一年（一一八四）年底，時在家養病。依編次看，本詩在元日前，當作於本年年底。

【箋注】

〔一〕「色界」句：色界，三藏法數：「色即色質，謂雖離欲界穢惡之色，而有清淨之色，始從初禪梵天，終至阿迦膩吒天，凡有一十八天，並無女形，亦無欲染，皆是化生，尚有色質，故名色界。」香塵，丁福保佛學大辭典：「塵者染污之義。色、聲、香、味等爲污人之情識而覆真性者，故斥之曰塵。香者六塵之一。三藏法數二十八曰：『塵即染污義，謂能染污情識，而使真性不能顯露。（中略）旃檀沈水，飲食之香，及男女身分所有香等，是名香塵。』」八還，佛學大辭典：「諸變化相，各還本所因處，有八種也。楞嚴經曰：『佛告阿難：汝咸看此諸變化相，吾今各還本所因處。云何本因？阿難！此諸變化，明還日輪。何以故？無日不明，明因屬日，是故還日。暗還黑月，通還户牖，壅還牆宇，緣還分別，頑虛還空，鬱埻還塵，清明還霽，則諸世間一切所有，不出斯類。汝見八種見精明性，當欲誰還。』蘇軾次韻道潛留别詩曰：『異同更莫疑三語，物我終當付八還。』」

元日

屋角峥嶸斗柄移，案頭蕭索燭花垂。與時消息評新藥〔一〕，若節春秋憶舊詩〔二〕。飢飯困眠全體懶，風餐露宿半生癡。尊前現在休嫌老，最後屠蘇把一巵〔三〕。

【題解】

本詩作於淳熙十二年（一一八五）元日，時在家養病，因作本詩志感。

【箋注】

〔一〕「與時」句：沈注卷下：「『與時消息評新藥』，易。」按，周易豐：「日中則昃，月盈則食，天地盈虛，與時消息，而况於人乎？况於鬼神乎？」周易无妄：「九五，无妄之疾，勿藥，有喜。象曰：无妄之藥，不可試也。」王弼注：「藥攻有妄者也，而反攻无妄，故不可試也。」石湖此句謂自己體弱多病，不時換用新藥，服後觀察病情，對新藥予以評估。

〔二〕「若節」句：沈注：「『若節春秋憶舊詩』，左傳管仲語。」左傳僖公十一年：「王以上卿之禮饗管仲，管仲辭曰：臣，賤有司也。有天子之二守國、高在，若節春秋，來承王命，何以禮焉？陪臣敢辭。」賈逵云：「節，時也。」王肅云：「春秋，聘享之節也。」此石湖取字面意，與上句「與時消息」同用經語。

〔三〕屠蘇：酒名。陳元靚歲時廣記卷五引歲華紀麗：「俗説屠蘇者，草庵之名也。昔有人居草庵之中，每歲除夕，遺里閭藥一帖，令囊浸井中。至元日，取水置於酒樽，合家飲之，不病瘟疫。今人得其方而不識名，但曰屠蘇而已。」

正月六日風雪大作

滕六無端巽二癡〔一〕，翻天作惡破春遲。邀梅勒柳何功業，誰與停杯一問之〔二〕？

奇寒何事入芳辰，不管燈枝欲試新〔三〕。即日反風吹盡雪，東君已費一分春。

【題解】

本詩作於淳熙十二年（一一八五）正月六日，時在家養病。

【箋注】

〔一〕「滕六」句：滕六，雪神名，見卷二二雪後雨作注。巽二，風神名。

〔二〕「誰與」句：李白把酒問月：「青天有月來幾時，我今停杯一問之。」

〔三〕「不管」句：欲試新，即試新燈，陸游初春：「元日人日來聯翩，轉頭又見試燈天。」百城烟水：「吴俗十三日爲試燈天。」

元夕四首

粉痕紅點萬花攢，玉氣珠光寶月團。簾箔通明香似霧，東君無處著春寒。謂吴中剪羅、琉璃二燈〔一〕。

不夜城中陸地蓮〔二〕，小梅初破月初圓。新年第一佳時節，誰肯如翁閉户眠？

藥爐湯鼎煮孤燈，禪版蒲團老病僧。兒女强修元夕供，玉蛾先避雪鬅鬙。

落梅穠李趁時新，枯木崖邊一任春。尚愛鄉音醒病耳，隔牆時有賣餳人。謂唱賣烏膩糖者〔三〕。

【題解】

本詩作於淳熙十二年（一一八五）正月十五日，時養病在家。孔凡禮范成大年譜淳熙十二年譜文：「正月十五日元夕，有詩，抒寫開歲愉悦心情。」

【箋注】

〔一〕謂吴中剪羅、琉璃二燈：卷二六咏吴中二燈詩對之有詳細描寫，參見該詩「題解」及注。

〔二〕不夜城：漢書地理志不夜縣師古注曰：「齊地記云：古有日夜出，見於東萊，故萊子立此城，以不夜爲名。」石湖借用古地名，形容蘇城燈火通明。

〔三〕烏膩糖：卷二三上元紀吴中節物俳諧體三十二韻：「寳餹珍粔籹，烏膩美飴餳。」

去年多雪苦寒，梅花遂晚，元夕猶未盛開

隔年寒力凍芳塵，勒住東風寂莫濱。只管苦吟三尺雪〔一〕，那知遲把一枝春〔二〕。燈烘畫閣香猶冷，湯煖銅瓶玉尚皴。花定有情堪索笑〔三〕，自憐無術唤真真〔四〕。

【題解】

本詩作於淳熙十二年（一一八五）正月十五日，時在家養病。因去年多雪，梅花遲開，乃賦本詩。

【箋注】

〔一〕「只管」句：淳熙十一年石湖有大雪書懷、雪中苦寒戲嘲二絶、雪復大作六言四首等詠雪書

懷之作。

〔二〕一枝春：指梅花，字面從陸凱詩「江南無所有，聊贈一枝春」中來。

〔三〕「花定」句：杜甫舍弟觀赴藍田取妻子到江陵喜寄三首其二：「巡簷索共梅花笑。」

〔四〕喚真真：杜荀鶴松窗雜記載：唐代進士趙顔，於畫工處得一軟障，上畫婦人甚麗。畫工謂此畫爲神畫，此女名真真，呼其名百日必應，應後以百家彩灰酒灌之必活。趙顔如法爲之，女果活而下障，爲趙顔生一子。後趙顔疑女爲妖，真真即攜子復上軟障而没，唯畫上多添一兒。

寄題筠州錢有文明府新昌小道院

忠厚平生心學，敏明隨處民功。江左幕中荒政〔一〕，江西院裏仁風㊀。

勿云私淑小邑，可以匹休大邦。健筆誰能後賦，向來江夏無雙。

【校記】

㊀院裏：原作「縣裏」，活字本、叢書堂本、董鈔本、詩淵第五册第三八〇六頁均作「院裏」，今據改。

【題解】

本詩作於淳熙十二年（一一八五），時養病在家。錢有文，即錢鍪，字仰之，一字有文，淳熙八年，任建康府安撫司參議官，佐石湖辦理荒政。知筠州新昌縣，作江西小道院，石湖賦詩寄題之。于北山范成大年譜淳熙十二年譜文引鹽乘卷一三：「錢鍪，字（下缺四字，可據石湖詩補有文二字，餘二字爲「邑里」）人。淳熙間，以宣教郎任。好學能文，與范成大善。先是元祐八年，柳平守筠州，樂其事簡訟稀，乃新燕居之堂曰江西道院，請黃庭堅賦之。鍪仿其意，作江西小道院，成大寄題小道院詩有『健筆誰能後賦，向來江夏無雙』語，蓋不敢與庭堅爭勝也。鍪聽政之暇，時或寄情吟詠。嘗倚江作挹秀亭，賦長歌一篇，人爭誦之。詩云：『一江橫絶飛長虹，千峰玉立皆凌空。翔龍舞鳳勢騰躍，方趨忽駐何匆匆？又如萬馬正爭道，一勒一鞚俱回駿。氣融形聚生意足，鍾英産異將無窮。我來結亭攬雄勝，坐挹佳秀窺天功。當今此地多俊傑，冠蓋衮衮登王公。時容疏慵老令尹，休沐吟嘯群賢同。蝶魂莫作銅章夢，傾倒萬壑眠松風。溪聲爲我韻秋意，山花隨地供春紅。檐牙著日千谷曉，鳴禽弄喜歌年豐。地靈祥瑞應時現，鬱葱佳氣朝洪濛。諸君攀桂協奇兆，我當酌酒山亭中。』」又引衡州府圖經志：「錢鍪，朝散郎。紹熙五年九月到。慶元二年，除夔路通判。」筠州新昌縣，王存元豐九域志卷六江南西路筠州，縣三：新昌。于北山范成大年譜釋「道院」云：「道院者，謂地勢偏僻，政刑稀簡，亦無迎送拜會之勞。清淨寧謐，有似禪林。南宋時，尚有數處有此稱。」

【箋注】

〔一〕江左幕中荒政：江左，指建康府。范成大於淳熙八年在建康任上，忙於賑濟及請減租稅，錢鏊時爲安撫司參議官，助理荒政，故云。

題徐熙杏花

老枝當歲寒，芳蘤春澹泞。霧綃輕欲無，嬌紅恐飛去。

【題解】本詩作於淳熙十二年（一一八五），時在家養病。

題趙昌木瓜花

秋風魏瓠實，春雨燕脂花。綵筆不可寫，滴露匀朝霞。

【題解】本詩作於淳熙十二年（一一八五），時在家養病。趙昌，字昌之，廣漢人，工畫花卉，兼善草蟲。師滕昌祐，常在花圃諦視花卉姿容形態，自號「寫生趙昌」。歐陽修歸田録卷二：「近時名畫，李成、巨然山水，包鼎虎，趙昌花果。……昌花寫生逼真，而筆法輭俗，殊無古人格致，然時亦未有其比。」劉道醇聖朝名畫評卷三「花木翎毛門」妙品：「趙昌，劍南人，性簡傲，雖遇强勢，亦不下之，多游巴蜀間。善畫花果，初師滕昌祐，後過其藝。時州伯郡牧，争求其筆迹，昌不肯輕與，故得者以爲珍玩。祥符中，丁朱崖聞之，以白金五百兩爲昌壽。昌驚曰：『貴人以賂及我，必有求。』親往謝之。朱崖延於東閣，命畫生菜數窠及爛瓜生果等，遂命筆遽成，俱得形似。及還蜀中，尤有聲譽。晚年俱出金購其舊畫，其自秘也如此。門生王友亦知名。」范鎮東齋紀事卷四：「又有趙昌者，漢州人，善畫花。每晨朝露下時，繞欄檻諦玩，手中調采色寫之。自號『寫生趙昌』。人謂：『趙昌畫染成，不布采色，驗之者以手捫摸，不爲采色所隱，乃真趙昌畫也。』其爲生菜、折枝、果實尤妙。三人者，平生至意精思，一發於畫，故其畫爲工，而能名於世。」米芾畫史：「趙昌、王友之流，如無才而善佞士，初甚可惡，終須憐而收録，裝堂嫁女亦不棄。」宣和畫譜卷一八：「趙昌，字昌之，廣漢人，善畫花果，名重一時，作折枝極有生意，傅色尤造其妙。兼工於草蟲，然雖不及花果之爲勝，蓋晚年自喜，其所得往往深藏而不市。既流落，則復自購以歸之，故昌之畫世所難得。且畫工特取其形耳。若昌之作，則不特取其形似，直與花傳神者也。又雜以文禽貓兔，議者以謂非其所長，然妙處正不在是，觀者可以略也。」木瓜花，廣群芳譜卷五八果譜五：「木瓜……一名鐵脚梨，樹如柰，叢生；枝葉花俱如鐵脚海棠。……春末開花，紅色微帶白。」

題易元吉獐猿兩圖二首

擇食麕相喚〔一〕，無人意不驚。猿啼風動葉，機熟兩忘情。

烏逐山公噪，驚麕仰望疑。春林無一事，獝狘自生悲〔二〕。

【題解】

本詩作於淳熙十二年（一一八五），時在家養病。易元吉，宋名畫家，字慶之，長沙人，天資穎異，擅畫四季花鳥、猿獐孔雀等。受趙昌「寫生」的影響，他尋訪名山勝川，細心觀察自然景物和野獸生活習性；還在家裏營造園圃，開鑿池沼，種植花草樹木，馴養水禽山獸，以便觀察它們的生態。他所畫的動植物「如生」（湯垕語），富有天趣。米芾畫史：「易元吉，徐熙後一人而已。善畫草木葉心，翎毛如唐、徐，後無人繼，世但以獐猿稱，可歎。或云畫孝嚴殿壁，畫院人妬其能，只令畫獐猿，竟爲人鴆。」郭若虚圖畫見聞志卷四：「易元吉，字慶之，長沙人。靈機深敏，畫製優長，花鳥蜂蟬，動臻精奥。始以花果專門，及見趙昌之迹，乃歎服焉。後志欲以古人所未到者馳其名，遂寫獐猿。嘗遊荆湖間，入萬守山百餘里，以覘猿狖獐鹿之屬。逮諸林石景物，一一心傳足記，得天性野逸之姿。寓宿山家，動經累月，其欣愛勤篤如此！又嘗於長沙所居舍後疏鑿池沼，間以亂石叢花，疎篁折葦，其間多蓄諸水禽，每穴窗，伺其動静遊息之態，以資畫筆之妙。」

【箋注】

〔一〕麕：即麞，説文：「麕，麞也。」獐，同麞。

〔二〕獝狘：獸受驚而逃逸。獝，集韻：「驚遽貌。」狘，説文：「獸走貌。」

題張希賢紙本花四首

牡丹

洛花肉紅姿，蜀筆丹砂染。生綃多俗格，紙本有真艷。

常春〔一〕

染根得靈藥，無時不春風。倚闌與挂壁，相伴歲寒中。

紅梅

酒力欺朝寒，潮紅上粧面。桃李漫同時，輸了春風半。

鷄冠

號名極形似，摹寫與真逼〔二〕。聊以畫滑稽，慰我秋園寂。

【題解】

本詩作於淳熙十二年（一一八五），時養病在家。

【箋注】

〔一〕常春：常春樹，廣群芳譜卷八一：「桓春樹，一作長春……述異記：燕昭王種長春樹，春生碧花，春盡則落。夏生紅花，夏末則凋。秋生白花，秋殘則萎。冬生紫花，遇雪則謝，故號長春樹。」

〔二〕與真逼：畫論家常用逼真來形容畫藝與真事物相似，如鄧椿畫繼用「逼真」、「奪真」、「亂真」等詞語。韓偓倒柳前韻：「縱有才難詠，寧無畫逼真。」

喜沈叔晦至

澹若論交味〔一〕，嚶其求友聲〔二〕。江湖幾魚沫，風雨一鷄鳴〔三〕。舊事休重説，新詩莫細評。煩將憶勤夢〔四〕，歸對海山横。

【題解】

本詩作於淳熙十二年（一一八五），時在家養病。沈叔晦，即沈焕（一一四〇—一一九一），字叔晦，定海人。乾道五年舉進士，歷仕餘杭尉、揚州教授、太學録、浙東安撫司幹辦公事、知婺源、舒州通判，事見宋史卷四一○沈焕傳。周必大有通判舒州沈君焕墓碣（平園續稿卷三八）、袁燮有通判沈公行狀（絜齋集卷一四）。寶慶四明志卷九：「沈焕，字叔晦。世家定海，後徙鄞。年二十四舉於鄉，補國子監，爲選首。居太學，不苟同。每語人曰：『天子學校，當隆師親友，循規蹈矩，以倡郡國。』慕臨川陸九齡之賢，從而學焉。乾道五年，省試第二。調官，歷餘姚尉，揚州教授。八年，召爲太學録，以昔所躬行者淑諸人。蚤暮延見學者，孜孜誨誘，長貳同僚，忌其立異。會充殿試考官，唱名日，序立庭下，孝宗偉其儀觀，遣内侍問姓名，衆滋忌之。或勸其姑營職，道未可行也。焕曰：『道與職，二乎？』適私試發策，引孟子『立乎人之本朝而道不行，耻也』，言路以爲訕己，請黜之。在職纔八旬，得高郵軍教授而去。後充浙東帥屬。高宗山陵，充修奉官，移書御史，請明示喪紀本意，使貴近哀戚之心生，則茇舍菲食自安，不煩彈劾，而須索絶矣。於是治並緣爲奸者，追償率斂者，支費頓減。歲旱，常平使者分擇官屬賑卹，焕得上虞、餘姚二縣，無復流殍。諸司交薦。十五年，用常格改宣教郎，知徽州婺源縣。三省類薦書以聞，上猶簡記，特許升擢，遂通判舒州。歸傒官期，益篤爲己之學。奉親孝。自疑性剛，大書戴記『深愛和氣，愉色婉容』於寢室，其存心養性率類此。史忠定王浩創義田於會稽，凡仕族有親喪之不能舉、孤女之不能嫁者，佽助有差。焕白王，率好義者行之鄉里，得田數百畝，月增歲益，遂爲無窮之利。雖病猶不廢書，拳拳以人才國事爲念。年五十三卒。周文忠公必大聞之曰：『追思立朝，不能推賢揚善，予愧叔晦；益者三友，叔晦不予愧也。昔曾子論弘毅之士，仁爲己任，死而後已；孟子謂明善以誠身，誠身以悦親，悦親以信於友，乃獲於上。若吾叔晦，所謂任重道遠，誠其身以獲乎上者，非耶？』序而銘之。忠定王悼之尤切。一時名賢親炙其言行者，多誌之以傳，世稱之曰沈先生。有文集五卷。」周必大贊沈焕：「行高才全，學富於海。道直於弦，秀出周行。」（見通判舒州沈君焕墓碣。）

【箋注】

〔一〕「澹若」句：莊子山木：「君子之交淡若水。」石湖此句即取莊子意。

〔二〕「嚶其」句：語出詩經小雅伐木：「嚶其鳴矣，求其友聲。」

〔三〕「風雨」句：詩經鄭風風雨：「風雨如晦，鷄鳴不已。既見君子，云胡不喜。」

〔四〕「煩將」句：宋史沈焕傳：「焕人品高明，而其中未安，不苟自恕，常曰晝觀諸妻子，夜卜諸夢寐，兩者無愧，始可以言學。」勤夢正指此。

驚蟄家人子輩爲易疎簾

二分春色到窮閻，兒女祈翁出滯淹。幽蟄夜驚雷奮地，小窗朝爽日篩簾。惠風全解墨池凍，清晝贉緗雲笈籤〔一〕。親友莫嗔情話少，向來屏息似龜蟾。韓尚書新造雲笈七籤。

【題解】本詩作於淳熙十二年（一一八五）二月，時在家養病。驚蟄，節名，禮記月令：「仲春之月……日夜分，雷乃發聲，始電，蟄蟲咸動，啓户始出。」莊子天運：「蟄蟲始作，吾驚之以雷霆。」顧禄清嘉録卷二：「土俗，以驚蟄節日聞雷，主歲有秋。諺云：『驚蟄聞雷米似泥。』」

【箋注】

〔一〕雲笈籤：即雲笈七籤。詩尾自注：「韓尚書新造雲笈七籤。」韓尚書，指韓彦古，參見卷一四次韻平江韓子師侍郎見寄三首「題解」。陳振孫直齋書録解題卷一二：「雲笈七籤，一百二十四卷，集賢校理張君房撰。……此書頃於莆中傳録，纔一册，蓋略本也。後於平江天慶道藏得其全，録之。」

信筆

天地同浮水上萍，羲娥迭耀案頭螢〔一〕。山中名器兩芒屩，花下友朋雙玉瓶。童子昔曾誇了了，主翁今但諾醒醒㊀。歸田贏得都無事㊁，輸與諸公汗簡青。

【校記】

㊀諾醒醒：方回瀛奎律髓卷三九作「諾惺惺」。

〔二〕都無事：原作「多無事」，活字本、叢書堂本、董鈔本、詩淵第二册第一〇八〇頁、瀛奎律髓均作「都無事」，今據諸本改。

【題解】

本詩作於淳熙十二年（一一八五），時正養病在家。春日無事，信筆志感。瀛奎律髓卷三九方回評：「尾句是出處之間有感云云」。查慎行評：「先生有諸惺庵」。紀昀評：「起二句另是一種野調，中四句亦太涉江西。」

【箋注】

〔一〕羲娥：指日與月。羲，即羲和，日之馭車者，此指日光。娥，即嫦娥，此指月光。

請息齋書事三首

覆雨翻雲轉手成〔一〕，紛紛輕薄可憐生！天無寒暑無時令，人不炎涼不世情。栩栩算來俱蝶夢，喈喈能有幾鷄鳴〔二〕？冰山側畔紅塵漲〔三〕，不隔瑤臺月露清。

刻木牽絲罷戲場〔四〕，祭餘雨後兩相忘〔一〕〔五〕。門雖有雀尚廷尉〔六〕，食已無魚休孟嘗〔七〕。蝨裏趨時真是賊，虎中宣力任爲倀〔八〕。籬東舍北誰情話，鷄語鷗盟意却長。

聚蚋醯邊鬧似雷，乞兒争背向寒灰。長平失勢見何晚〔九〕，栗里息交歸去來〔一〇〕。

休問江湖魚有沫，但蘄雲水鶴無媒㊁〔二〕。巖扉岫幌牢扃鑰，不是漁樵不與開。

【校記】

㊀祭餘：活字本、叢書堂本、董鈔本、方回瀛奎律髓卷三九作「祭終」。

㊁但蘄：瀛奎律髓作「但期」。

【題解】

本詩作於淳熙十二年（一一八五），時正養病在家。孔凡禮范成大年譜淳熙十二年譜文云：「作請息齋書事詩，嘆官場世情炎涼，贊農村鄰里之間樸厚之情誼。」其一，瀛奎律髓卷三九馮舒評：「放翁之流儘自在。次聯勸世歌。」馮班評：「石湖體畢竟不堪愛，氣味惡，語言欠穩也。如第五句只是人事如夢耳，連『栩』二字便不好，『栩栩』如何著得『算』字？」紀昀評：「三、四粗鄙，六句用『風雨鷄鳴』意而删去『風雨』，語便不明。七句太淺露。」其二，馮班評：「大厦亦有雀，只是可設雀羅，方見寂寞耳。石湖好處出于白。」紀昀評：「五、六訐激，殊傷大雅。」其三，方回評：「今詳石湖此四詩乃淳熙十二年乙巳正月作。時年六十歲也。」紀昀評：「三詩純是牢騷，殊失和平之旨。」無名氏評：「栗里，陶令所居。」

【箋注】

〔一〕「覆雨」句：語出杜甫貧交行：「翻手作雲覆手雨，紛紛輕薄何須數。」

〔二〕「喈喈」句：喈喈，象聲詞，禽鳥鳴聲。本句語出詩經鄭風風雨：「風雨凄凄，鷄鳴喈喈。」

〔三〕「冰山」句：用楊國忠故事。王仁裕開元天寶遺事卷上：「楊國忠權傾天下，四方之士，爭詣其門。進士張彖者，陜州人也，力學有大名，志氣高大，未嘗低折於人。人有勸彖令脩謁國忠，可圖顯榮，彖曰：『爾輩以謂楊公之勢，倚靠如泰山。以吾所見，乃冰山也。或皎日大明之際，則此山當誤人爾。』後果如其言，時人美張生見幾。」

〔四〕「刻木」句：計有功唐詩紀事卷二九録梁鍠詠木老人：「刻木牽絲作老翁，鷄皮鶴髮與真同。須臾弄罷寂無事，還似人生一夢中。」附注：「明皇還西内，曾詠此詩。」沈欽韓注引楊太真外傳，容易使人誤認爲此詩爲明皇作。

〔五〕「祭餘」句：莊子天運：「夫芻狗之未陳也，盛以篋衍，巾以文繡，尸祝齋戒以將之。及其已陳也，行者踐其首脊，蘇者取而爨之而已。」陸德明注：「芻狗，結芻爲狗，巫祝用之。」芻狗，祭祀時用，祭後拋在路邊，任人踐踏。本句即用莊子文意。

〔六〕「門雖有雀」句：史記汲鄭列傳：「始翟公爲廷尉，賓客闐門。及廢，門外可設雀羅。」

〔七〕食已無魚：用馮諼彈鋏故事。

〔八〕「虎中」句：太平廣記卷四三〇引裴鉶傳奇：「（獵者）曰：『此是倀鬼，被虎所食之人也，爲虎前呵道耳。』」

〔九〕長平失勢：長平古城在澤州高平縣，是白起破趙軍之處。史記趙世家：「七年，廉頗免而趙括代將。秦人圍趙括，趙括以軍降，卒四十餘萬皆阬之。王悔不聽趙豹之計，故有長平之禍焉。」

〔一〇〕栗里句：栗里，在廬山，陶淵明隱居之處，淵明有歸去來兮辭。

〔一一〕鶴無媒：鶴媒，用來誘捕野鶴的鶴。陸龜蒙鶴媒歌：「君不見荒陂野鶴陷良媒，同類同聲真可畏。」

送文季高倅興元

素衣京洛悵成緇〔一〕，青鬢江吴喜未絲。燭暗不眠談舊事，酒闌作惡問行期。琴書情話須親戚，風雨殘春更别離。屈指歸來重一笑，掃除門巷著旌麾。

【題解】

本詩作於淳熙十二年（一一八五）春，時正養病在家。文季高，生平不詳，從「琴書情話須親戚」、「掃除門巷著旌麾」詩意看，可能同爲吴人而有姻親關係。文季高倅興元，石湖賦詩送之。季高後來又於梁益間任幕客，紹熙二三年客死於蜀，蜀帥京鏜委托其族兄文處厚護柩還吴，這是後來事，「屈指歸來」竟未實現。

【箋注】

〔一〕「素衣」句：陳與義和張矩臣水墨梅五絶其三：「相逢京洛渾依舊，唯恨緇塵染素衣。」

書懷二絶，再送文季高，兼呈新帥閻才元侍郎

劍關雲棧守非難，函谷泥封久未刊。今日漢中誰國士，莫教春草上齋壇。

西出陽關有舊知〔一〕，薰風淥水泛蓮時〔二〕。煩君傳語詩書帥〔三〕，更寄臺城別後詞。

【題解】

本詩作於淳熙十二年（一一八五）春，時在家養病。「兼呈新帥閻才元侍郎」，文季高赴興元，時閻正新任興元帥。閻蒼舒，字才元，一字惠夫，蜀州晉原人，紹興二十七年王十朋榜進士第二名，歷仕夔州州學教授，知普州，參王炎四川宣撫使幕，入爲大理少卿。淳熙四年，以試吏部尚書充正使聘金，七年，權禮部侍郎，淳熙十二年，知興元府，淳熙十六年知江陵府。宋史無傳。宋會要輯稿職官六二：「（淳熙十三年六月）十五日詔：興元府閻蒼舒職事修舉，除敷文閣待制。」又，職官七三：「紹熙元年十二月，知江陵府時爲人論罷。」建炎以來朝野雜記甲集卷五：「淳熙七年三月丁丑，權吏部侍郎，有奏事。」于北山范成大年譜淳熙十二年譜文引崇慶縣志：「閻蒼舒，字才元。蜀州晉原人。孝宗隆興中任南鄭幕職。後入爲大理少卿，除吏部郎。……淳熙四年，以試吏部尚書充正使聘金，過汴京，感懷舊都，製水龍吟詞，不勝陸沉之慨。工正書，有楷則。嘗爲時

相陳堯佐書其家將相堂，其爲時推重如此。後乞祠禄，得請歸。慶元間卒。著有興元志二十卷。」又引夔州府志卷二四政績：「閻蒼舒，字惠夫。紹興中，王十朋榜進士第二名。御批答策云：『直言無隱。』任夔州學教授，嘗植杏花於泮宮。歷遷中書舍人，出知普州。王十朋守夔，題泮宮杏花詩有云：『同年紫薇公，昔遊帝王家。翱翔夫子堂，栽花泮水涯。我來節中和，數樹紅交加。不見紫薇郎，猶見紫薇花。』」本二絶，石湖曾自書之，時隔三十四年，岳珂得此帖於建業，范參政書懷詩帖跋曰：「右石湖書懷詩帖真跡一卷。此詩似寄示興元連率者，在淳熙間，殆是章德茂諸君而未得其人也。帖以嘉定己卯十月，得之建鄴。贊曰：當平世而慨想齋壇之國士，因送客而遂及陽關之舊知。蓋拊髀之思在上弗替，故淳熙之士夫亦不敢一日而忘可將之奇。斯帖之傳，固未易例以近世之詩也。」（寶真齋法書贊卷二六）本詩墨迹，牟巘亦曾見之，書范石湖遺墨（陵陽先生全集卷一六）：「石湖公繇廣右帥蜀，不但賓從之賢，詞章翰墨之偉，照映一時。漢中望渭上樹如薺，未嘗不慨然有所賦也。此詩送人，猶知爲『泥封函谷，草上齋壇』等語，不能忘情。今劍棧自夷矣，杜老云『意欲鏟疊嶂』，事復如何，安得起此老問之？」

【箋注】

〔一〕「西出」句：反用王維送元二使安西「西出陽關無故人」。

〔二〕「薰風」句：南史庾杲之傳：「（王儉）用杲之爲衛將軍長史。安陸侯蕭緬與儉書曰：『盛府元僚，實難其選。庾景行汎渌水，依芙蓉，何其麗也。』時人以入儉府爲蓮花池，故緬書美之。」

〔三〕詩書帥：指閻蒼舒。蒼舒善書，宋詩紀事卷五五引皇宋書録：「蒼舒工正書，雄健而有楷則，尤工扁榜。今陳相堯佐家將相堂大字，乃其所書。」亦工詩，其集今不傳，宋詩紀事卷五五録其贈揚州郡帥郭侯，輿地紀勝卷一八三有蒼舒殘句。

寄題石湖海棠二首

手開芳徑越城頭，紅錦屠蘇結綺樓。不把萬枝銀燭照，淡雲微月替人愁。

老懶居家似出家，園林春色雨沾沙。海棠尚自無心看，天女何須更散花？

【題解】

本詩作於淳熙十二年（一一八五）春，時在家養病。石湖海棠花開，乃賦此二詩志感。

家人子輩往石湖檢校暮歸

南浦回春棹，東城掩暮扉。兒修鷄栅了〔一〕，女挈菜籃歸〔二〕。風力雖欺酒，花香尚染衣〔三〕。衰翁牢守舍，腸斷釣魚磯。

【題解】

本詩作於淳熙十二年（一一八五）春，時在家養病。家人往石湖巡檢，暮歸，乃作本詩志感。

【箋注】

〔一〕「兒修」句：杜甫有催宗文樹鷄栅詩，宗文，杜甫長子。

〔二〕「女挈」句：沈注卷下：「傳燈録：趙州和尚訪龐公，公女靈照挈菜籃便歸。」

〔三〕「花香」句：杜甫早朝大明宫呈兩省僚友：「衣冠身惹御爐香。」

枕上聞蒲餅焦

曉寒燕雀噤春陰，珍重清簧度好音。窗色熹微欹枕聽，夢成舟檥竹溪深。

【題解】

本詩作於淳熙十二年（一一八五）春，時在家養病。蒲餅焦，鳥名，一作婆餅焦，陸游枕上聞禽聲：「破曉一聲婆餅焦。」王質林泉結契卷一：「婆餅焦，身褐，聲焦急，微清，無調，作三語，初如云婆餅焦，次云不與吃，末云歸家無消息，後二聲若微于初聲。」

石湖芍藥盛開，向北使歸，過維揚時，買根栽此，因記舊事二首

竹西歌吹荻花秋〔一〕，遺老垂洟送遠遊。羌笛夜闌吹出塞〔二〕，當年如此夢揚州。

萬里歸程許過家，移將二十四橋花〔三〕。石湖從此添春色，莫把蒲萄苜蓿誇。

【題解】

本詩作於淳熙十二年（一一八五）春，時在家養病。石湖芍藥盛開，憶北使時買根栽種，因作本詩以記事。揚州芍藥聞名於天下，廣群芳譜卷四五：「芍藥……花容綽約，故以爲名，處處有之，揚州爲上。」

【箋注】

〔一〕竹西歌吹：杜牧題揚州禪智寺：「誰知竹西路，歌吹是揚州。」馮集梧注引名勝志：「寶祐志云：竹西亭在禪智寺前河北岸，取杜牧詩語也。」姜夔揚州慢：「淮左名都，竹西佳處。」

〔二〕「羌笛」句：王之渙涼州詞：「羌笛何須怨楊柳，春風不度玉門關。」此指石湖使金事。

〔三〕二十四橋：杜牧寄揚州韓綽判官：「二十四橋明月夜，玉人何處教吹簫？」方輿勝覽卷四四：「二十四橋，隋制，并以城門坊市爲名。後韓令坤省築州城，分布阡陌，别立橋梁，所謂

二十四橋者，或存或廢，不可得而考。」沈括夢溪筆談補筆談卷下：「揚州在唐時最爲富盛，舊城南北十五里一百一十步，東西七里三十步，可紀者二十四橋。」清人李斗揚州畫舫録卷一五岡西録以爲二十四橋即吴家磚橋，一名紅葉橋。當以宋人記載爲是。

次韻龔養正中秋無月三首

詞客幕天清露下，老翁卧病破窗中。高吟大醉輸公等，不見嫦娥與我同。

去年怪雨無端甚，今歲癡雲亦復然。減却新詩酸却酒，乘除添得一更眠。

丙夜清光些子見〔一〕，兒童驚喜强雄夸㊀。闌珊高興應無幾，恰似春殘看落花。

【校記】

㊀ 强雄夸：活字本、叢書堂本、董鈔本同。富校：「『雄』黄刻本作『相』。」

【題解】

本詩作於淳熙十二年（一一八五）中秋，時在家養病。龔養正因中秋無月，賦三絶句，石湖次韻答之。

【箋注】

〔一〕丙夜：黄朝英靖康緗素雜記（見説郛商務本卷九）：「漢官儀黄門持五夜之法，謂甲、乙、丙、丁、戊也。故宋子京夜緒詩云：『宵開甲乙遲。』按顏氏家訓云：『或問一夜五更，更何所訓？答曰：漢魏以來，謂爲甲夜、乙夜、丙夜、丁夜、戊夜。又謂之五鼓，亦謂之五更，皆以五爲節。』」

殊不惡齋秋晚閒吟五絶

好風入簾圖畫響，斜照穿隙網絲明。檐間雙雀有時鬬，壁下一蛩終日鳴。

旁若無人鼠飲硯，麾之不去蠅登盤。天涼睡起枕痕煖，日晚慵來香字寒。

就食遷居蟻墳壤，隨風作舍蛛裊絲。百年何處用三窟〔一〕，萬事信緣安一枝〔二〕。

市聲洶洶鼓催陣㊀，日影鬖鬖潮漲痕。消磨意氣歎數息，把翫光陰牢閉門。

中秋昨已等閒過，重九今還如夢來。霜鬢數莖羞墮幘，黄花三度笑空杯。

【校記】

㊀ 鼓催陣：活字本、叢書堂本、董鈔本同。富校：「『催』黄刻本、宋詩鈔作『摧』。」

【題解】

本詩作於淳熙十二年（一一八五）重九日，時在家養病。殊不惡齋，石湖家中齋名，曾作殊不惡齋銘，參見本書輯佚卷一四。

【箋注】

〔一〕三窟：戰國策齊策：「馮諼曰：狡兔有三窟，僅得免其死耳。今君有一窟，未得高枕而卧也。請爲君復鑿二窟。」後比喻人有多種避禍方法。

〔二〕安一枝：杜甫宿府：「已忍伶俜十年事，强移棲息一枝安。」

老陳道人自云：夢被召作地上主者；又常受一貴家供祝之，曰他日必來吾家作兒。戲贈小頌

野人何苦赴官差，符使追呼撓道懷。幸有千門香積供，不如隨喜去羅齋〔一〕。

【題解】

本詩作於淳熙十二年（一一八五），時在家養病。有老陳道人告石湖怪異事，乃作一頌戲贈之。地上主者，神仙傳卷三王遠傳：「方平從後視之，曰：『噫！君心不正，影不端，終不可教以仙道也，當授君地上主者之職。』」又，卷九壺公傳：「公乃嘆，謝遣之，曰：『子不得仙也，今以子爲地上主者，可壽數百餘歲。』」

【箋注】

〔一〕隨喜：佛家語，本指見他人累積功德，如同自己積德一樣歡喜，此指誘導他人行善事。東京

夢華録卷四修整雜貨及齋僧請道：「儻欲修整屋宇、泥補牆壁、生辰忌日，欲設齋僧尼道士，即早辰橋市街巷口，皆有木竹匠人，謂之雜貨工匠，以至雜作人夫，道士僧人，羅立會聚，候人請喚，謂之羅齋。」

題張戡蕃馬射獵圖

陰山磧中射生虜，馬逐箭飛如脱兔。割鮮大嚼飽何求，荐食中原天震怒。太乙靈旗方北指〔一〕，掣轡逃歸莫南顧。猖狂若到殺胡林，郎主猶羓何況汝〔二〕！

【題解】

本詩作於淳熙十二年（一一八五），時在家養病。張戡，北宋畫家，郭若虚圖畫見聞志卷四：「張戡，瓦橋人，工畫蕃馬，居近燕山，得胡人形骨之妙，盡戎衣鞍勒之精。然則人稱高名，馬虧先匠，今時爲獨步矣。」董逌廣川畫跋卷六有書張戡番馬，辨析戡馬缺耳犂鼻之理。卞永譽式古堂書畫彙考卷四〇著録張戡獵騎圖，沈右識云：「觀其攬轡疾馳，宛然有沙漠萬里之態，於是知戡畫法精絶，與胡瓌輩不相上下也。」

【箋注】

〔一〕「太乙」句：史記孝武本紀：「其秋，爲伐南越，告祝泰一，以牡荆畫幡日月北斗登龍，以象天一三星，爲泰一鋒，名曰靈旗。爲兵禱，則太史奉以指所伐國。」泰一，即太乙。太乙靈旗即指戰旗。

〔二〕「猖狂」二句：詩用舊五代史契丹傳德光卒後爲帝羓的典故，參見卷一〇太師陳文恭公輓詞注〔四〕。

題趙昌四季花圖

海棠梨花

醉紅睡未熟〔一〕，淚玉春帶雨〔二〕。阿環不可招，空寄凭肩語〔三〕。

葵花萱草

衛足保明哲，忘憂助歡娱〔四〕。欣欣夏日永，媚我幽人廬。

拒霜旱蓮

霜天木芙蓉，陸地旱蓮草〔五〕。水花雲錦盡，不見秋風好。

梅花山茶

月淡玉逾瘦，雪深紅欲燃〔六〕。同時不同調，聊用慰衰年。

【題解】

本詩作於淳熙十二年（一一八五），時在家養病。趙昌，見前題趙昌木瓜花「題解」。

【箋注】

〔一〕「醉紅」句：形容海棠，樂史楊太真外傳：「上皇登沉香亭，詔太真妃子。妃子時卯酒未醒，命力士使侍兒扶掖而至。妃子醉韻殘妝，鬢亂釵横，不能再拜。上皇笑曰：『豈妃子醉？直海棠睡未足耳。』」

〔二〕「淚玉」句：形容梨花。白居易長恨歌：「梨花一枝春帶雨。」

〔三〕「阿環」二句：阿環，指楊貴妃，名玉環。二句意出白居易長恨歌：「臨别殷勤重寄詞，詞中有誓兩心知。七月七日長生殿，夜半無人私語時。在天願作比翼鳥，在地願爲連理枝。天長地久有時盡，此恨綿綿無絶期。」

〔四〕忘憂：萱草之别名。廣群芳譜卷四六花譜：「萱花……一名忘憂。説文云：萱，忘憂草也。」

〔五〕旱蓮草：本草綱目卷一六草部：「鱧腸……旱蓮草……時珍曰：鱧，烏魚也，其腸亦烏。此草柔莖，斷之有墨汁出，故名，俗呼墨菜是也。細實頗如蓮房狀，故得蓮名。」又曰：「一種苗似旋覆而花白細者，是鱧腸。」

〔六〕紅欲燃：杜甫絶句二首：「江碧鳥逾白，山青花欲燃。」

乙巳十月朔開爐三首

石湖今日開爐，紙窗銀白新糊。童子燒紅榾柮，老翁睡煖氍毹。

石湖今日開爐，兩壁仍安畫圖。萬事篆煙曲几，百年毳衲團蒲。

石湖今日開爐，俗家恰似精廬。拉涕雖無情緒，吟詩却有工夫。

【題解】

本詩作於淳熙十二年（一一八五）十月，時在家養病。乙巳，即淳熙十二年。開爐，宋人十月一日開始生爐取暖。孟元老東京夢華録卷九「十月一日」條：「有司進暖爐炭，民間皆置酒作暖爐會也。」金盈之醉翁談録卷四：「舊俗十月朔開爐向火，乃沃酒及炙臠肉於爐中，圍坐飲啗，謂之暖爐。」袁景瀾吴郡歲華紀麗卷一〇：「吴中貴家，新裝暖閣，婦女垂繡簾，淺斟緩酌，以應開爐之節。」

有歎二首

春秋蘭菊殊調，南北馬牛異方。心醉井蛙海若〔一〕，眼空鵬海鳩枋〔二〕。

貧富交情乃見，炎涼歲序方成。越秦本異肥瘠，魯衛何曾弟兄。

【題解】

本詩作於淳熙十二年（一一八五），時養病在家。

【箋注】

〔一〕海若：海神。莊子秋水：「順流而東行，至於北海，東面而視，不見水端。於是焉河伯始旋其面目，望洋向若而嘆。」楚辭遠遊：「使湘靈鼓瑟兮，令海若舞馮夷。」

〔二〕鵬海鳩枋：莊子逍遥遊：「（鯤）化而爲鳥，其名爲鵬。鵬之背，不知其幾千里也；怒而飛，其翼若垂天之雲。是鳥也，海運則將徙於南冥。」又：「我（鳩）決起而飛，搶榆枋，時則不至，而控於地而已矣。」

留簡伯俊

我昔賦遠遊，萬里無親朋。惟君同懷抱，相從共茵憑〔一〕。踰嶺穿瘴茅，捫參倚枯藤。隨行一瓶鉢，澹如雲水僧〔二〕。火馳炎熱場，見此玉壺冰〔三〕。東歸常愧君，無力相引繩〔四〕。長材屈小邑，果以循吏稱。豈不有薦墨，翩然支郡丞。五溪在何許〔五〕？水駛山崚嶒。漫仕不擇地，摶扶笑鯤鵬。獨有故意長，問疾訪姜肱〔六〕。亹亹談昨夢，一一記吾曾。中年畏離别，況我雪鬅鬙。此意君自解，少留對青燈。

【題解】

本詩作於淳熙十二年（一一八五），時在家養病。簡伯俊，即簡世傑（一一二七—一一九二），字伯俊，進賢人，隆興元年進士。歷任左迪功郎辰州録事參軍，静江府司理參軍，四川制置司準備差遣，蒲圻知縣，靖州通判，知賀州。紹興三年卒，年六十六。楊萬里臨賀太守簡公墓誌銘（誠齋集卷一三〇）：「（在静江府時）有兄弟殺人者，吏當以重比，且連坐；公閱其實，弟初不與謀，卒以讞奏。外邑以盜上府凡六七輩，府以屬公。公物色非是，出之；後果獲真盜。時參知政事范公成大爲帥，將重劾邑令而請賞公，公力辭。范公薦公治獄詳明。……（參四川制置司時）邊防機事，范公專以委公，公悉心襄贊，夙夜不懈。所辟客，惟公一人，相倚如肺腑。邊備稍飭，則考論四蜀利害，次第興除。其大者如對減折估歲五十萬緡，罷關外四州之和糴，以蘇民力，實自公白發其端。……詔中書除知鄂州蒲圻縣，當承平時，賦入甚夥，今視舊十不能一，且經界不正，徭役失平，以作業若干訾民，民皆竄易名數，吏手得以上下。公下令竅欺隱，第甲乙，爲書藏之有司，至今利焉。頻歲荐饑，振廪勸分，境無流莩，諸使者列公治行以聞。有詔秩滿詣中書察廉。丁母憂，服除，通判靖州。」本年，簡世傑來蘇問疾，石湖賦詩留客。

【箋注】

〔一〕「相從」句：史記酷吏列傳：「寧成者，穰人也。……與汲黯俱爲忮，司馬安之文惡，俱在二千石列，同車未嘗敢均茵伏。」茵，車褥，伏，車軾。均茵伏，與「共茵憑」同義。石湖反用之。

〔二〕「隨行」二句：用貫休故事。何光遠鑑戒録卷五禪月吟條：「上人天復中自楚遊蜀，有上王蜀太祖陳情詩云：『一鉼一鉢垂垂老，萬水千山得得來。』」

〔三〕玉壺冰：王昌齡芙蓉樓送辛漸：「洛陽親友如相問，一片冰心在玉壺。」

〔四〕「無力」句：李賀仁和里雜叙皇甫湜新尉陸渾：「排引纔陞强組斷。」王琦解：「方欲薦引陞朝，而君又去，如强繩引物，忽然中斷，更有何益。排引，引薦也。」石湖時已退職，故曰「無力」。

〔五〕五溪：杜甫野望：「山連越嶲蟠三蜀，水散巴渝下五溪。」仇注：「水經注：武陵有五溪，謂雄溪、滿溪、力溪、潕溪、西溪也。辰溪其一焉。夾溪悉是蠻左右所居，故謂五溪蠻也。郭棐西陽正俎云：五溪皆槃瓠子孫所居，其後爲巴。春秋時楚子滅巴，巴子兄弟五人，流入五溪，各爲一溪之長。秦昭王伐楚，取其地，因謂之五溪蠻。」

〔六〕「問疾」句：後漢書姜肱傳：「姜肱，字伯淮，彭城廣戚人也。……乃隱身遁命，遠浮海濱。再以玄纁聘，不就。即拜太中大夫，詔書至門，肱使家人對云『久病就醫』。遂羸服間行，竄伏青州界中，賣卜給食。召命得斷，家亦不知其處，歷年乃還。」

枕上有感

窗明似月曉光新，被煖如薰睡息勻。衝雨販夫牆外過，故應嗤我是何人！

【題解】

本詩作於淳熙十二年（一一八五），時在家養病。

夜坐有感

静夜家家閉户眠，滿城風雨驟寒天。號呼賣卜誰家子，想欠明朝糴米錢。

【題解】

本詩作於淳熙十二年（一一八五），時正養病在家。

十月二十六日三偈

聲聞與色塵，普以妙香薰。昔汝來迷我，今吾却戲君。

有箇安心法，無時不可行。只將今日事，隨分了今生。
窗外塵塵事，窗中夢夢身。既知身是夢，一任事如塵。

【題解】

本詩作於淳熙十二年（一一八五）十月二十六日，時在家養病。

石湖居士詩集卷二十六

吴歈一首送丘宗卿自平江移會稽

吴兒與君緣不薄，再騎竹馬迎南郭〔一〕。吴兒與君緣復淺，坐席纔温旗脚轉。東人賦重越吟悲〔二〕，趣了兹段隨朝鷄。胸奇百鍊當活國〔三〕，君豈獨私吴與越。鶴樟橋猿夜啼，匈奴未滅家何爲〔四〕！功成他年歸結屋，好在山花休斬竹。宗卿十三年前嘗守吴，今復來，期年而去越㊀。民困於和買，蓋有意爲蠲减之。樟橋，宗卿卜築處，有山牡丹二本，歲各發百花；手植筀竹二十年，今一尺圍，作舍時悉當伐去。皆實録席上語也〔五〕。

【校記】

㊀期年：原作「幾年」，富校：「『幾』黄刻本作『期』，是。」今據改。

【題解】

本詩作於淳熙十二年（一一八五）歲末，時在家養病。丘密自去年知平江，本年歲末，移知會稽，石湖作此以送之。吴歈，即吴歌。楚辭招魂：「吴歈蔡謳，奏大吕些。」王逸楚辭章句：「吴、蔡，國名。歈、謳，皆歌也。」文選左思吴都賦：「吴歈越吟。」劉淵林注：「歈，吴歌也。」即吴地的民間歌謡，用吴語歌唱，語言通俗，反映吴地人民的勞動生活、民俗風情，甚至還有對時政的怨懟。本爲民歌，亦用爲詩體。丘宗卿，即丘崈，字宗卿，宋史卷三九八丘崈傳：「丘崈字宗卿，江陰軍人。隆興元年進士，爲建康府觀察推官。丞相虞允文奇其才，奏除國子博士。孝宗諭允文舉自代者，允文首薦崈。……除直秘閣，知平江府，入奏内殿，因論楮幣折閲，請公私出内，並以錢會各半爲定法。詔行其言，天下便之。知吉州，召除户部郎中，兼樞密院檢詳文字。被命接伴金國賀生辰使。……進直徽猷閣、知平江府，升龍圖閣，移帥紹興府。……以病丐歸，拜同知樞密院事。卒，謚忠定。」「自平江移會稽」，范成大吴郡志卷一一「題名」：「丘崈，朝散大夫、直徽猷閣，淳熙十一年十二月到，明年帥越。」嘉泰會稽志卷二：「丘崈，淳熙十三年正月，以朝請大夫直龍圖閣權發遣。」

【箋注】

〔一〕騎竹馬：後漢書郭伋傳：「始至行部，到西河美稷，有童兒數百，各騎竹馬，道次迎拜。」後以此故事稱頌地方官吏。白居易贈楚州郭使君：「笑看兒童騎竹馬，醉攜賓客上仙舟。」

〔二〕越吟：越地之歌。文選左思吴都賦：「吴歈越吟。」李賀江南弄：「吴歈越吟未終曲，江上團團貼寒玉。」

〔三〕活國：南史王珍國傳：「時郡境苦饑，乃發米散財以賑窮乏。高帝手敕云：『卿愛人活國，甚副吾意。』」杜甫贈崔十三評事公輔：「活國名公在，拜壇群寇疑。」

〔四〕「匈奴」句：本岳飛語，宋史卷三六五岳飛傳：「帝初爲飛營第，飛辭曰：『敵未滅，何以家爲！』」岳珂鄂國金佗粹編卷九：「上知其屢空，欲擇第於行都，欲以出師日，自任其家事，先臣辭曰：『北虜未滅，臣何以家爲！』」

〔五〕自注：「宗卿十三年前嘗守吴」。吴郡志卷一一「題名」：「丘崈，左承議郎直秘閣，乾道八年七月到。八月，磨勘轉朝奉郎。」「乾道九年四月，差主管台州崇道觀。」自本年上推十三年，恰爲乾道九年。「民困於和買，蓋有意爲蠲減之」，與第五句「東人賦重越吟悲」相應。此事張淏寶慶會稽續志卷三「和買」條有記載：「太宗時，馬元方爲三司判官，建言方春民乏絶時，預給官錢貸之，至夏秋令輸絹於官，故曰和買。……後來錢既乏支，所買之額不除，遂以等户資産物力而科配焉。然會稽爲額，獨重於他處，故至今以爲病。……淳熙中，提點刑獄張詔乞用畝頭均科，奏狀云：『浙東七州，歲發和買二十八萬匹，紹興一府，獨當一路之半。』」

贈壽老

農圃規模昔共論〔一〕，雲奎卜築又逢君。眉庵壽老長隨喜，好箇抛梁伏願文。

十八年前始作農圃堂，壽老自眉庵遠來，相與度地。今雲奎始基，又值其入城，留觀上梁，似非偶然。

【校記】

㈠ 規模：叢書堂本、詩淵第一册第五〇〇頁作「規橅」。

【題解】

本詩作於淳熙十二年（一一八五），時養病在家。本年在府内卜築雲奎堂。壽老入城，留觀上梁，題詩贈之。

【箋注】

〔一〕農圃：自注云：「十八年前始作農圃堂，壽老自眉庵遠來，相與度地。」自本年向上推算，則農圃堂築於乾道三年。

再贈壽老

澹齋寂莫澹庵空，玉柱金庭一夢中。我病君衰猶見在，莫嫌俱作白頭翁。頃與澹齋兄遊洞庭、林屋，并澹庵、現老、眉庵壽老偕，今十年矣〔一〕。壽老見過，話舊事，二澹已爲古人。

【題解】

本詩作於淳熙十二年（一一八五），時在家養病。繼上首，再作本詩。

【箋注】

〔一〕今十年矣：卷二〇有與現壽二長老遊壽泉因話去年林屋之遊題贈，詩作於淳熙五年，「話去年林屋之遊」，則石湖與澹齋、澹庵、現老、壽老同遊洞庭、林屋，爲淳熙四年，時石湖剛從四川東歸，距淳熙十二年僅八九年，此云十年，蓋爲約數。

雪中聞牆外鬻魚菜者，求售之聲甚苦，有感三絶

飯籮驅出敢偷閒？雪脛冰鬚慣忍寒。豈是不能扃户坐，忍寒猶可忍饑難！

憂渴焦山業海深，貪渠刀蜜坐成禽。一身冒雪渾家煖〔一〕，汝不能詩替汝吟！

啼號升斗抵千金，凍雀飢鴉共一音。勞汝以生令至此，悠悠大塊亦何心？

【題解】

本詩作於淳熙十二年（一一八五）冬，時在家養病。

【箋注】

〔一〕渾家：全家。戎昱苦哉行：「身爲最小女，偏得渾家憐。」

詠河市歌者

豈是從容唱渭城，箇中當有不平鳴。可憐日晏忍飢面，强作春深求友聲〔一〕！

【題解】本詩作於淳熙十二年（一一八五），時在家養病。

【箋注】

〔一〕求友聲：詩經小雅伐木：「嚶其鳴矣，求其友聲。」毛傳：「君子雖遷於高位，不可以忘其朋友。」

偶箴

情知萬法本來空〔一〕，猶復將心奉八風〔二〕。逆順境來欣戚變，咄哉誰是主人翁？

【題解】本詩作於淳熙十二年（一一八五），時在家養病。

【箋注】

〔一〕情知：明知，駱賓王艷情代郭氏答盧照鄰：「情知唾井終無理，情知覆水也難收。」

〔二〕八風：承上句，知此爲佛家之「八風」，又名「八法」，指利、衰、毀、譽、稱、譏、苦、樂，見釋氏要覽下躁静。

丙午新正書懷十首

不用桃符貼畫鷄〔一〕，身心安處是天倪〔二〕。行年六十舊曆日〔三〕，汗脚尺三新杖藜。祝我賸周花甲子〔四〕，謝人深勸玉東西。春風若借筋骸便，先渡南村學灌畦〔五〕。

新圃在河南，名范村。

瘦骨難勝遇節衣㊀，日高催起趁晨炊。病憐榔栗隨身慣，老覺屠蘇到手遲。一飽但蘄庚癸諾，百年甘守甲辰雌〔六〕。莫言此外都無事，柳眼梅梢正索詩。

煮茗燒香了歲時，静中光景笑中嬉。身閒一日似兩日，春淺南枝如北枝。朝鏡略無功業到，午窗惟有睡魔知。年來并束牀頭易，一任平章濟叔癡〔七〕。

窮巷閒門本闃然〔八〕，强將爆竹聒堦前。人情舊雨非今雨〔九〕，老境增年是減年。

口不兩匙休足穀〔一〇〕，身能幾屐莫言錢〔一一〕。掃除一室空諸有，龐老家人總解禪〔一二〕。吳諺云：「一口不能著兩匙。」

厲風翻海雪漫天，百計逃寒息萬緣。穩作被爐如卧炕，厚裁綿旋入聲勝披氈。尊前現在瞢騰醉，飯後無何爛熳眠。斟酌出門高興盡，從教閒却剡溪船〔一三〕。被爐、綿旋皆新得法，老人禦冬之具，二物尤爲要切。

俗情如絮已泥沾，因病偷閒意屬厭。鵬鷃相安無可笑，熊魚自古不容兼〔一四〕。灰藏榾柮多時煖，雪壓蔓菁滿意甜。温飽閉門吾事辦，異時書判指如籤〔一五〕。

炭熟香濃石鼎煨，人言小閣是春臺〔一六〕。蕉心翠展一冬在，梅蕊粉融連夜開。肅肅九冰妨發育，温温三火護恢台。養生此外無遺説，梨棗元須趁煖栽。水芭蕉長三寸，在煖閤中，經冬不瘁。瓶梅亦烘然先拆。

經過掃軌但幽棲，巢穩林深寄一枝。栗里歸來窗下卧〔一七〕，香山老去病中詩。東風馬耳塵勞後，半夜鷄聲睡熟時。俯仰平生盡陳迹㊁，恰如膕膞幾枰棊〔一八〕。

窗明窗暗篆煙霏〔一九〕，珍重晨光與夕暉。東院齋鐘披被坐，南城嚴鼓岸巾歸。幾人霜滑騎朝馬，何處燈殘織曉機？懶裏若承三昧力，始知忙裏事俱非。此篇叙蚤眠晏起之事。

殊方節物記吾曾，海北天西一瘦藤。烏欖鷄檳嘗老酒〔二〇〕，酥花芋葉試新燈。瘴雲度嶺濃如墨，邊雪窺窗冷欲冰。閒展兩鄉圖畫看，卧遊何必減深登〔二一〕。此篇記桂林、成都元日舊事。檳欖皆椒盤中物，老酒，十數年不壞者；滴酥爲花，熬芋爲柳葉，三夕張燈如上元。上下句分記廣、蜀。

【校記】

㈠遇節衣：富校：「『遇』黄刻本、宋詩鈔作『過』，是。」活字本、叢書堂本、董鈔本、方回瀛奎律髓卷一六均作「遇節衣」。

㈡陳迹：原作「塵迹」，富校：「『塵』宋詩鈔作『陳』，是。」活字本、叢書堂本、董鈔本均作「陳迹」，今據改。

【題解】

本組詩作於淳熙十三年（一一八六）新正，時居家養病。石湖自淳熙十年得疾，到寫作本組詩時，已有千日。欣逢新正，又恰過六十花甲之年，因盡述老病生活，追思往事，以抒情述懷。于北山范成大年譜淳熙十三年譜文云：「大抵優遊自了語。」孔凡禮范成大年譜淳熙十三年譜文説：「叙鄉間生活，間寓不能忘情於政事之意。」陸游於紹熙三年（一一九二）居山陰時作次韻范參政書懷十首，此時離范成大原唱的寫作年代已有六年，他和石湖在「老病身衰」的現狀、「仕途艱險」的感悟、「甘守田園」的認同、「閒適達觀」的共性諸方面，默相契合，所以時隔六年次韻了這組詩。其詩爲次韻范參政書懷十首其一：「養氣頽然似木雞，謗讒寧復問端倪。生塵甑暖喜炊黍，轑釜羹香忘糝藜。萬里曾遊雲棧北，一庵今卧鏡湖西。殘年老病侵腰膂，那得隨人病夏畦。」其二：「已著山林掃塔衣，洗除仕路劍頭炊。心光焰焰雖潛發，頷雪紛紛已太遲。度日只今閑水牯，知時從昔羨山雌。掩關未必渾無事，擬徧寒山百首詩。」其三：「身寄崦嵫欲盡時，且貪餘景伴兒嬉。故廬手種竹千箇，醉帽時簪花一枝。蠹篋有書供夙好，衡門無客作新知。羊裘自欠封侯骨，敢道君房徹底癡。」其四：「感昔傷懷一喟然，事賢猶及紹興前。此身顛仆應無日，諸老凋零不計年。客少可羅門外雀，家貧也辦杖頭錢。插花醉舞春風裏，不學龐翁更問禪。」其五：「春寒還似暮冬天，敗絮重披有蝨緣。雖欠高僧分白氎，偶蒙暴客恕青氈。濁醪盎盎貧猶醉，倦枕昏昏晝亦眠。年少從渠笑衰懶，相呼禹廟看龍船。」其六：「祠禄恩寛亦例沾，屏居懷抱苦厭厭。戍邊事往功名忤，迎客兒扶老病兼。遇興榜舟無遠近，破愁沽酒任酸甜。殘年唯有讀書癖，盡發家藏三萬籤。」其七：「芋栗多儲煮復煨，一塵那許到靈臺。虹穿道室爐丹熟，龍吼空山匣劍開。蹻屩未成遊地肺，掩扉聊欲隱天台。桃花榮謝吾何預，一任劉郎去後栽。」其八：「探梅方憶雪中歸，轉眼青青子滿枝。築圃漫爲娛老計，襞牋又賦送春詩。乞身何日還初服，坐食終年愧聖時。睡起西窗澹無事，一枰閑看客爭棋。」其九：「宇内寓形財幾時，西山俄已迫斜暉。百年過隙古所嘆，衆口鑠金胡不歸。已是平生行逆境，更堪末路蹈危機。夜香一炷無他祝，稽首虚空懺昨非。」其十：「趙州行脚我安能，閑却床邊六尺藤。釣閣卧聽西澗雨，棋軒遥見北村燈。平生愛睡如甘酒，晚歲憂讒劇履冰。

剩欲舒懷答清嘯，半空鸞鳳愧孫登。」這組詩，瀛奎律髓卷一六載有諸家評論，其二，方回評：「石湖靖康元年丙午生。是年淳熙十三年丙午，年六十一。其爲參政也，在淳熙五年戊戌。四月入，六月罷，僅兩月耳。是年正月王淮爲左丞相，周必大爲樞密使，而前參政錢良臣皆丙午生，故石湖有『甲辰雌』之句，豈亦不能忘情乎？」馮舒評：「雌甲辰，用晉公事。」錢湘靈評：「用事惡道，都不得古人妙處，牽贅粗漏，使人厭讀。此石湖體也。」紀昀評：「此種已純似近時人詩，古人渾厚之氣盡矣。」又紀昀於尤袤己亥元日下評：「以下三詩，皆無復古意。與石湖五首，均開後來靡靡之音。」其三，紀昀評：「『睡魔』非雅字，而宋人習用。結殊欠和平，『平章』二字亦俗。」其四，方回評：「石湖參大政，嘗帥蜀，後又帥四明、金陵。乃云：『窮巷閑門，嘗質金帶於人。』詩云：『不是典來償酒債，亦非將去换簑衣。』乾、淳間無貪士大夫也。」紀昀評：「五句太俚。」無名氏評：「龐居士藴、女靈昭，皆通佛學。」其六，方回評：「此詩十首，陸放翁皆次韻，然不在丙午年，在淳熙己酉禮部去國之後，亦不言新正意，度是追和。有云：『此身顛仆應無日，諸老彫零不計年。』又云：『百年過隙古所嘆，衆口鑠金胡不歸？』放翁宣和乙巳生，長石湖一歲。佳句尤多。」紀昀評：「『佳句尤多』應在『度是追和』句下，方順。此首兼入香山。」

【箋注】

〔一〕貼畫鷄：荆楚歲時記：「掛畫鷄於户，懸葦索於其上，插桃符於旁，百鬼畏之。」

〔二〕身心安處：白居易吾土：「身心安處爲吾土，豈限長安與洛陽。」蘇軾定風波：「此心安處是吾鄉。」

〔三〕「行年」句：丙午年，范成大六十一歲，「行年六十」在去年，故云「舊曆日」。

〔四〕花甲子：古人以天干地支順序組合爲六十個紀序名號，自甲子至癸丑，共六十年，故稱花甲子，或花甲。

〔五〕南村：即范村，石湖梅譜序云：「余於石湖玉雪坡，既有梅數百本，比年又於舍南買王氏僦舍七十楹，盡拆除之，治爲范村。」

〔六〕「百年」句：甲辰雌，用唐裴度故事，盧氏雜説：「裴晉公度在相位日，有人寄槐癭一枚，欲削爲枕。時郎中庾威世稱博物，召請别之。庾捧玩良久，白曰：『此槐癭是雌樹生者，恐不堪用。』裴曰：『郎中甲子多少？』庾曰：『某與令公同是甲辰生。』公笑曰：『郎中便是雌甲辰。』」

〔七〕「年來」二句：王濟之叔父王湛，妙解易理，少言語，人莫知其才能，兄弟宗族皆以爲癡。「武帝亦以湛爲癡，每見濟，輒調之曰：『卿家癡叔死未？』濟常無以答。」事見晉書王湛傳。

〔八〕「窮巷」句：方回曰：「窮巷閒門，嘗質金帶於人。」（瀛奎律髓卷一六）孔凡禮則説：「『嘗質金帶』云云，當爲傳説。方回似責成大不窮而言窮，其實，此乃古代文人之素習，不足怪。」（范成大年譜淳熙十三年）孔説爲是。

〔九〕「人情」句：語出杜甫秋述：「秋，杜子卧病長安旅次，多雨生魚，青苔及榻。常時車馬之客，舊雨來，今雨不來。」

〔一〇〕「口不」句：詩後石湖自注吴諺「一口不能著兩匙」，又，太平御覽卷七六〇引晉王隱晉書：「石勒時有謡云：一杯食，有兩匙，石勒死，人不知。」

〔一一〕身能幾屐：語出晉書阮孚傳：「或有詣阮，正見自蠟屐，因自嘆曰：『未知一生當著幾量屐！』神色甚閑暢。」

〔一二〕「掃除」兩句：龐老，指龐蘊。景德傳燈録卷八：「襄州居士龐蘊者，衡州衡陽縣人也，字道玄，世以儒爲業。而居士少悟塵勞，志求真諦。……州牧于公問疾次，居士謂曰：『但願空諸所有，慎勿實諸所無，好住世間，皆如影響。』」

〔一三〕「斟酌」兩句：用王子猷夜雪訪戴事，見世説新語任誕。

〔一四〕「熊魚」句：孟子告子上：「魚，我所欲也；熊掌，亦我所欲也。二者不可得兼。」

〔一五〕指如籤：韓愈苦寒：「將持匕箸食，觸指如排籤。」

〔一六〕小閤：指暖閣，吴人入冬後，葺暖室以避寒，曰暖閣，亦作煖閣。袁景瀾吴郡歲華紀麗卷一二「煖室禦冬」條云：「歲聿云暮，冰雪載途，爰葺煖室，以避寒威，紙窗足以通明，地爐於焉取煖。」

〔一七〕栗里：地名，陶潛所遊處。白居易訪陶公舊宅，序云：「予夙慕陶淵明爲人，往歲渭川閑居，嘗有効陶體詩十六首。今遊廬山，經柴桑，過栗里，思其人，訪其宅，不能默默，又題此詩云。」詩云：「柴桑古村落，栗里舊山川。」

〔一八〕「俯仰」兩句：王羲之蘭亭詩序：「夫人之相與，俯仰一世，或取諸懷抱，悟言一室之内，或因寄所托，放浪形骸之外。」

〔一九〕篆煙：盤香的煙霏。蘇軾宿臨安浄土寺：「閉門群動息，香篆起煙縷。」

〔二〇〕烏欖：范成大桂海虞衡志志果：「烏欖，如橄欖，青黑色，肉爛而甘。」鷄檳：即檳榔，狀如鷄子，本草綱目卷三一「檳榔」條「集解」：「一房數百，實如鷄子狀，皆有皮殼。……今醫家亦不細分，但以作鷄心狀，正穩心不虚，破之作錦文者爲佳爾。嶺南人啖之以當果食，言南方地濕，不食此，無以祛瘴癘也。」

〔二一〕卧遊：欣賞山水圖以代遊覽。宋書宗炳傳：「有疾還江陵，歎曰：『老疾俱至，名山恐難偏睹，唯當澄懷觀道，卧以遊之。』」

雲露　并序

予素不能飲，病又止酒，比得佳釀法，客以雲露名之，取吉雲五露，飲之則老者少、病者除之意也，乃復濡唇，且爲賦詩。

飲少嘗遭大户嗤，病中全是獨醒時。三年魯望自憐賦〔一〕，萬祀淵明真止詩〔二〕。破戒忽傳雲露法，賞心仍把雪梅枝。一杯未問長生事，先買蛛塵藥裹絲。陸魯望好飲，病甫里三年，作自憐賦，賓至潔壺置觴而已。

【題解】

本詩作於淳熙十三年（一一八六）早春，時在家養病。石湖因病止酒，有客釀雲露酒，乃濡唇飲之，賦本詩志感。

【箋注】

〔一〕「三年」句：魯望，即唐代詩人陸龜蒙，字魯望，蘇州人。自憐賦序云：「余抱病三年於衡泌之下，醫甚庸而氣益盛，藥非良而價倍高。……既貧且病，能無憂乎？憂既盈矣，能無傷乎？人既傷矣，能無奪壽乎？是不蒙五福，偏被六極者也。誰其憐之？」

〔二〕「萬祀」句：陶淵明有止酒詩，云：「始覺止爲善，今朝真止矣。從此一止去，將止扶桑涘。清顔止宿容，奚止千萬祀。」

丙午新年六十一歲，俗謂之元命，作詩自貺

歲復當生次，星臨本命辰〔一〕。四人同丙午〔二〕，初度再庚寅。長狄名猶記〔三〕，沙隨會若新〔四〕。童心仍竹馬，暮境忽蒲輪〔五〕。鏡裏全成老，尊前略似春。三年歸汶上〔六〕，千日卧漳濱〔七〕。剛長交新泰，陰消脱舊屯〔八〕。網蛛縈藥裹，竇犬吠醫人。窗

下烏皮几，田間紫領巾。鯢淵方止水〔九〕，鯤海任揚塵。波匿觀河面㈠〔一〇〕，維摩示病身。齾端還一笑，默識幻中真。文潞公詩云〔一一〕：「四人三百十二歲㈡，況是同生丙午年。」僕與今丞相王公、樞使周公、參政錢公皆丙午，又頃皆同朝，故用此事稍的也。

【校記】

㈠河面：原作「河見」。富校：「沈注云：『「見」疑「面」之誤。波斯匿王觀河面皺，見楞嚴經。』」按，沈説是，今據改。

㈡三百十二：原作「三百七十」。富校：「『三百七十』黄刻本、宋詩鈔作『二百四十』。按當作『三百十二』。」今據改。參見「文潞公詩」注。

【題解】

本詩作於淳熙十三年（一一八六），時在蘇州，因逢元命之年，作本詩以自貺。丙午，即淳熙十三年。元命，古代用干支紀年，凡六十年循環一周，所以六十歲爲一甲子。到六十一歲，再逢生年的干支，便稱爲元命。

【箋注】

〔一〕本命辰：即本命年，白居易七年元日對酒五首其四：「夢得君知否？俱過本命年。」

〔二〕四人同丙午：指王淮、周必大、錢良臣及范成大。他們四人在淳熙五年同朝爲官，且同是丙午年生。

〔三〕「長狄」句：長狄，春秋時狄族之一支，左傳文公十一年：「十月，甲午，敗狄於鹹，獲長狄僑如。富父終甥舂其喉，以戈殺之。」

〔四〕「沙隨」句：沙隨，春秋時宋地名，左傳成公十六年：「十有六年……秋，公會晉侯、齊侯、衛侯、宋華元、邾人於沙隨。」

〔五〕蒲輪：用蒲草裹車輪，以減小震動，古時徵聘賢士時用之，以示禮敬。漢書武帝紀：「（建元元年）遣使者安車蒲輪，束帛加璧，徵魯申公。」

〔六〕「三年」句：汶上，汶水之北，齊地。論語雍也：「季氏使閔子騫爲費宰，閔子騫曰：『善爲我辭焉！如有復我者，則吾必在汶上焉。』」成大用此故事，指自己已歸鄉三年。

〔七〕「千日」句：王粲贈士孫文始詩：「天降喪亂，靡國不夷。我暨我友，自彼京師。宗守盪失，越用遁違。遷于荆楚，在漳之湄。在漳之湄，亦剋晏處。」石湖借此，指自己已在蘇卧病千日。

〔八〕舊屯：舊時政治上之困厄危難。屯，説文：「屯，難也。」周易屯：「剛柔始交而難生。」劉禹錫子劉子自傳：「重屯累厄，數之奇兮。」

〔九〕鯢淵方止水：列子黄帝：「鯢旋之潘爲淵，止水之潘爲淵。」

〔一〇〕「波匿」句：波匿，即波斯匿王，楞嚴經卷二：「佛言：『我今示汝不生滅性。大王！汝年幾時見恒河水？』王言：『我生三歲，慈母攜我謁耆婆天，經過此流。爾時即知是恒河水。』……佛言：『汝今自傷髮白面皺，其面必定皺於童年，則汝今時觀此恒河，與昔童時觀河之見有童耄不？』王言：『不也，世尊！』佛言：『大王！汝面雖皺，而此見精性未曾皺。皺者爲變。不皺非變，變者受滅，彼不變者元無生滅，云何於中受汝生死，而猶引彼末伽梨等都言此身死後全滅？』」

〔二〕文潞公詩：文潞公，即文彦博，封潞國公。文彦博同甲會詩：「四人三百十二歲，况是同生丙午年。」沈括夢溪筆談卷一五「藝文二」：「文潞公保洛日，年七十八，同時有中散大夫程晌，朝議大夫司馬旦，司封郎中致仕席汝言，皆年七十八，嘗爲同甲會，各賦詩一首。」

丙午人日立春，屈指癸卯孟夏晦得疾，恰千日矣，戲書

百年能有幾春光，只合都將付醉鄉。衰病豁除千日外，尚餘三萬五千場〔一〕。

【題解】

本詩作於淳熙十三年（一一八六）正月初七，時在蘇州。丙午，即淳熙十三年。人日，正月初七。靖康緗素雜記卷四引東方朔占書：「歲後八日，一日鷄，二日犬，三日豕，四日羊，五日牛，六日馬，七日人，八日穀。其日晴，所主之物育。陰則災，雨爲殃。」「屈指癸卯孟夏」，癸卯爲淳熙十

年，自十年孟夏至今，恰爲千日，千日卧病，因戲作本詩自嘆衰病。

【箋注】

〔一〕「尚餘」句：李白襄陽歌：「百年三萬六千日，一日須飲三百杯。」蘇軾滿庭芳蝸角虚名：「百年裏，渾教是醉，三萬六千場。」扣除一千日，故云。

春困二絶

吴俗立春日，兒童以春困相呼，以掉頭不應者爲黠。

綵花生菜又新年〔一〕，節物人情已可憐。不待春來呼我困，四時何日不堪眠？

諸惺庵裏呼春困，特地回頭著耳聽。若解昏昏安穩睡，主翁方始是惺惺。

【題解】

本詩作於淳熙十三年（一一八六）春，時在家養病。

【箋注】

〔一〕「綵花」句：徐崧、張大純百城烟水蘇州：「吴俗最重節物。……元日，飲屠蘇酒，作生菜、春盤、節糕。」

立春大雪，招親友共春盤，坐上作

積雪錮萬瓦，雲容如死灰。豈惟梅柳寒，小槽冰去聲春醅。東風乃多事，仍將六花來。兒女曉翻餅，呵手把一杯。菘甲剪翠羽，韭黃𠡠金釵〔一〕。齒牙幸牢潔，對案心眼開。華年惜節物，況此霜鬢摧。如何千日病，三見寅杓回〔二〕。旁人不堪憂，我心猶始孩。衰翁豈知道，癡絶忘形骸。化兒任惡劇〔三〕，歡伯有奇懷〔四〕。餘寒會退聽，一笑當安排。

【題解】

本詩作於淳熙十三年（一一八六）立春，時在家養病。立春日大雪，乃招親友共食春盤，坐上賦詩以紀。春盤，杜甫立春：「春日春盤細生菜，忽憶兩京梅發時。」草堂詩箋注云：「摭言：晉李鄂，立春日命以蘆菔、芹芽爲菜盤，相餽貺。四時寶鏡：唐立春日食春餅、生菜，號春盤。」

【箋注】

〔一〕𠡠：廣韻：「𠡠，斷物也。」

〔二〕寅杓回：斗柄標寅，即示春回。强至立春：「殘臘新春判此朝，斗寒猶未動寅杓。」

〔三〕化兒：造化小兒，新唐書杜審言傳：「初，審言病甚，宋之問、武平一等省候何如，答曰：

『甚爲造化小兒相苦，尚何言？』」

〔四〕歡伯：酒的别名。焦贛易林坎之兑：「酒爲歡伯，除憂來樂。」楊萬里和仲良春晚即事五首其四：「貧難聘歡伯，病敢跨連錢。」

嚴子文以春雪數作，用「爲瑞不宜多」爲韻，賦詩見寄，次韻

同雲癡不掃，梅柳春到遲。笙歌煖寒會〔一〕，當任主人爲。圍尺庸何傷，衮丈乃非瑞。郢中姑度曲〔二〕，山左已驅癘〔三〕。世無辟寒香〔四〕，誰能不龜手？鄰舍索米歸，衾裯無恙不？貧人寒切骨，無地兼無錐。安知雙綵勝，但寫入春宜。販夫博口食，奈此不售何？無術慰啼號，汝今一身多。

【題解】

本詩作於淳熙十三年（一一八六），時在蘇州。嚴煥因春雪多作，乃用「爲瑞不宜多」爲韻賦詩，寄成大，石湖乃次其韻。

【箋注】

〔一〕笙歌煖寒會：王仁裕開元天寶遺事卷上「掃雪迎賓」條云：「巨豪王元寶，每至冬月大雪之

際，令僕夫自本家坊巷掃雪爲逕路，躬親立於坊巷前，迎揖賓客，就本家具酒炙宴樂之，爲暖寒之會。」

〔二〕郢中姑度曲：文選宋玉對楚王問：「客有歌於郢中者，其始曰下里巴人，國中屬而和者數千人。其爲陽阿薤露，國中屬而和者數百人。其爲陽春白雪，屬而和者不過數十人。引商刻羽，雜以流徵，國中屬而和者，不過數人而已。是其曲彌高，其和彌寡。」

〔三〕山左已驅癘：韓愈柳州羅池廟碑：「驅厲鬼兮山之左。」柳宗元羅池石刻：「羅池北，龍城勝地也。役者得白石，上微辨刻畫云：『龍城柳，神所守。驅厲鬼，山左首。福土氓，制九醜。』」

〔四〕辟寒香：任昉述異記卷上：「辟寒香，丹丹國所出，漢武時入貢，每至大寒，於室焚之，暖氣翕然，自外而入，人皆減衣。」

詠吳中二燈

琉璃毬

龍綜繅冰繭，魚文鏤玉英。雨絲風外縐，雲網日邊明〔一〕。疊暈重重見，分光面面呈。不深閒裏趣，争識箇中情？

萬眼羅

弱骨千絲結，輕毬萬錦裝。綵雲籠月魄，寶氣繞星芒。檀點紅嬌小，梅粧粉細香。等閒三夕看，消費一年忙！

【校記】

〔一〕雲網：富校：「『網』黄刻本作『綵』，是。」活字本、叢書堂本、董鈔本、詩淵第二册第一三七八頁均作「雲網」。「雲網」與「雨絲」對。

【題解】

本詩作於淳熙十三年（一一八六），時在家養病。卷二三有吴燈兩品最高、上元紀吴中節物俳諧體三十二韻兩詩，均有對吴中琉璃球、萬眼羅二燈的描述，可參看。百城烟水蘇州：「吴俗最重節物。……宋時有萬眼羅、琉璃球，尤妙天下。」

元夕後連陰

問訊東風幾日來，冷煙寒霧鎖池臺。掃空積雪翻成雨，收盡殘燈未見梅〔一〕。夜飲厭厭非老伴，春陰漠漠是愁媒〔二〕。誰能腰鼓催花信，快打涼州百面雷〔三〕。

【題解】

本詩作於淳熙十三年（一一八六）正月，時在家養病。元夕後，連日陰雨，石湖乃賦本詩。

【箋注】

〔一〕「收盡」句：蔡絛鐵圍山叢談卷一：「上元張燈，天下止三日，都邑舊亦然。後都邑獨五夜，相傳謂吴越錢王來朝，進錢若干，買此兩夜，因爲故事。非也。蓋乾德間蜀孟氏初降，正當五年之春正月，太祖以年豐時平，使士民縱樂，詔開封增兩夜，自是始。」孟元老東京夢華録卷六：「至十九日收燈，五夜城闉不禁。」

〔二〕春陰漠漠：韓偓春陰獨酌寄同年虞部李郎中：「春陰漠漠土脈潤，春寒微微風意和。」吴融春歸次金陵：「春陰漠漠覆江城，南國歸橈趁晚程。」

〔三〕「誰能」二句：梅堯臣莫登樓：「腰鼓百面紅臂韝，先打六幺後梁州。」蘇軾惜花：「腰鼓百面如春雷，打徹涼州花自開。」王注引南卓羯鼓録：「玄宗嘗過二月初詰旦，宿雨初晴，景色明麗，小殿内庭，柳杏將吐，睹而歎曰：『對此景物，豈可不與他判斷之乎？』高力士遣取羯鼓。上命臨軒縱擊一曲，名春光好。反顧柳杏，皆已發拆。上笑謂嬪御曰：『此一事，不喚我作天公，可乎？』」

次韻嚴子文見寄

雨雲濃壓屋山頭，詩句端來寫客憂。雷電已將金薤取〔一〕，瓊瑶難報木瓜投〔二〕。無心我正銘三住〔三〕，有意君堪話四休〔四〕。何日尋春同步屧，先教啼鳥説來由。

【題解】

本詩作於淳熙十三年（一一八六），時養病在家。嚴焕寄詩給石湖，乃次其韻答之。

【箋注】

〔一〕「雷電」句：韓愈調張籍：「平生千萬篇，金薤垂琳琅。仙官敕六丁，雷電下取將。」

〔二〕「瓊瑶」句：詩經衛風木瓜：「投我以木瓜，報之以瓊琚。」「投我以木桃，報之以瓊瑶。」

〔三〕「無心」句：程氏遺書卷一：「持國曰：道家有三住，心住則氣住，氣住則神住，此所謂『存三守一』。」宋史藝文志載施肩吾有三住銘。

〔四〕「有意」句：黄庭堅四休居士詩序：「太醫孫君昉，字景初……自號四休居士。山谷問其説，四休笑曰：『粗茶淡飯飽即休，補破遮寒暖即休，三平二滿過即休，不貪不妒老即休。』山谷曰：『此安樂法也。』」

再次韻述懷，約子文見過

灰木心形雪滿頭，鶴鳧長短不悲憂〔一〕。甕畦純白無機械，蒲局梟盧任博投㊀〔二〕。若愛陶陶并兀兀〔三〕，先須莫莫與休休〔四〕。箇中情話誰能共？鷄黍明當挽仲由〔五〕。

【校記】

㊀梟盧：原作「梟盧」。富校：「『梟』黄刻本作『梟』，是。」活字本、叢書堂本、董鈔本均作「梟盧」，今據改。

【題解】

本詩作於淳熙十三年（一一八六），時養病在家。上首次韻子文，本詩再次韻約其來家。

【箋注】

〔一〕「鶴鳧」句：莊子駢拇：「鳧脛雖短，續之則憂；鶴脛雖長，斷之則悲。」

〔二〕「蒲局」句：蒲局，即賭局，指摴蒲戲，簡稱蒲戲。宋書王弘傳：「少時嘗摴蒲公城子野舍，及後當權，有人就弘求縣，辭訴頗切。此人嘗以蒲戲得罪，弘詰之曰：『君得錢會戲，何用禄爲？』答曰：『不審公城子野何在？』弘默然。」「梟盧任博投」，李賀示弟：「何須問牛馬，抛擲任梟盧。」吴正子注：「六博得梟者勝，盧次之，此言流行坎止，一付自然，無所容力，如博者之任梟盧也。」程大昌演繁露卷六：「五子之形，兩頭尖鋭，中間平廣，狀似今之杏仁。……凡一子悉爲兩面，其一面塗黑，黑之上畫牛犢以爲之章；一面塗白，白之上即畫雉。……凡投子者五皆現黑，則其名盧，盧者黑也，言五子皆黑也。五黑皆現，則五犢隨現，從可知矣。此在樗蒱爲最高之采。挼木爲擲，往往叱喝，使致其極，故亦名呼盧也。其次，五子四黑而一白，則是四犢一雉，則其采名雉，用以比盧降一等矣。自此而降，白黑相雜，每每不同，故或名爲梟。」

〔三〕「若愛」句：晉書劉伶傳：「著酒德頌一篇，其辭曰：『先生於是方捧甖承槽，銜杯漱醪，奮髯箕踞，枕麴藉糟，無思無慮，其樂陶陶。』」兀兀，古尊宿語録卷二三：「兀兀隨緣任浮沉，不拘春夏及秋冬。」

〔四〕「先須」句：莫莫，揚雄甘泉賦：「炕浮柱之飛榱兮，神莫莫而扶傾。」休休，尚書秦誓：「其心休休焉，其如有容。」鄭康成曰：「休休，寬容也。」

〔五〕「鷄黍」句：仲由，即子路，孔子弟子。論語微子：「（丈人）止子路宿，殺鷄爲黍而食之，見其二子焉。明日，子路行，以告。子曰：『隱者也。』」

寄題郫縣蘧仙觀四楠

蘧仙手植，嘗有丹光現其杪。

沉犀浦上舊仙蹤，老木長春翠掃空。敢請丹光來萬里，爲扶雲嶠駕飛鴻。

【題解】

本詩作於淳熙十三年（一一八六），時在蘇州，爲郫縣蘧仙觀四楠題詩，寄之。郫縣，成都府屬縣，王存元豐九域志卷七成都府有郫縣：「熙寧五年，省犀浦縣爲鎮，入郫。」蘧仙觀四楠，沈注卷下注引老學庵筆記。按，渭南文集卷一八成都犀浦國寧觀古楠記：「予在成都，嘗以事至沉犀，過國寧觀，有古楠四，皆千歲木也。枝擾雲漢，聲挾風雨，根入地不知幾百尺，而陰之所庇，車且百輛。正晝，日不穿漏；夏五六月，暑氣不至，凛如九秋。成都固多壽木，然莫與四楠比者。予蓋愛而不能去者彌日。有石刻立廡下，曰是仙人蘧君手植。」蘧仙觀，即國寧觀。

春來風雨，無一日好晴，因賦瓶花二絶

滿插瓶花罷出遊，莫將攀折爲花愁。不知燭照香薰看，何似風吹雨打休？

酒冷花寒無好懷，柴荆終日爲誰開？三分春色三分雨，疋似東風本不來〔一〕！

【題解】

本詩作於淳熙十三年（一一八六）春，時在蘇州。

【箋注】

〔一〕疋似：即匹似，張相詩詞曲語辭匯釋卷二「匹似」：「匹似，猶譬如也。」楊萬里郡圃杏花：

『海棠穠艷梅花淡，匹似渠儂別樣奇。』」

寄題永新張教授無盡藏

古來誰道四并難，對境心空著處安。要識見聞無盡藏〔一〕，先除夢幻有爲觀。削平丘垤孤峰峻，撤去籓籬萬象寬。快誦老坡秋望賦〔二〕，大千風月一毫端。

【題解】

本詩作於淳熙十三年（一一八六），時在蘇養病。張綱有堂名無盡藏，石湖寄詩題之。永新張教授，即張綱（一一三四—一二〇一），字德堅，一字紹祖，永新人，淳熙八年辛丑進士。歷官静江府司户、廣州右司理參軍、常德府教授、永平（湖南靖縣）知縣、福州通判兼西外宗正丞。知郴州，未及赴任而卒。張綱曾參范成大廣右帥府幕，與石湖交密，故寄詩題其無盡藏堂。周必大郴州張使君墓誌銘（平園續稿卷三四）：「君仕桂林，帥范文穆公文章政事高一世，待以上客。靈川有殺人獄，歲久尸壞不承，君指顱髻下重傷，一問伏辜，闔府神之。……積官朝奉大夫，遲次於鄉，日與親賓享山水園林之樂。藏書逾萬卷。平居事賢友仁，尤爲范文穆公所知。」無盡藏，張綱在永新縣居處之堂名，楊萬里無盡藏記（誠齋集卷七二）：「永新縣東郭外不十里，曰横江，張司理德堅居之。近無邑喧，遠不林荒，乃築山園，以郛萬象。刳壤爲沚，實以芙蕖；布礫爲徑，夾以海棠；

爲亭爲軒，以憩以臨。園成，與吾友劉景明遊焉。德堅若不滿意者，顧曰：『是非不佳，然人爲，非天造也。』乃與景明竹杖芒屨，循海棠徑北行百許步，至禾江之濱，德堅却立曰：『止，吾得佳處矣！』蓋江水西來，渺然若從天流出，至是分爲兩，中躍出一洲，如横緑琴，味昂尻庳，美竹異樹，不蓺而蔚。水流乎洲之南北涯，若裂碧玉釵股，勢若競騖，聲若相應，若將胥命而會於洲之下。覽觀未竟，雲起禾山，意欲急雨，有風東來，吹而散之，不見膚寸。義山之背，忽白光燭天，若有推挽一玉盤疾馳而上山之巔者，蓋月已出矣。景明賀曰：『惟江上之清風，與山間之明月，耳得之而爲聲，目遇之而成色，取之無禁，用之不竭，是造物者之無盡藏也。東坡嘗爲造物守是藏矣，自坡仙去，夜半有力者竊藏以逃，嘗試與子追亡收逋，而貯儲於斯乎？』德堅乃作堂於其處，而題曰『無盡藏』云。」

【箋注】

〔一〕無盡藏：蘇軾前赤壁賦：「取之無禁，用之不竭，是造物者之無盡藏也。」

〔二〕「快誦」句：老坡，指蘇東坡。秋望賦，指蘇軾赤壁賦。

寄題莫氏椿桂堂　莫氏五子皆登科，居崇德縣。

君不見衣冠盛事今猶昔，前説燕山後崇德。聯翩五組帶天香，世上籯金賤如礫。

他年詩禮到雲來，日日高堂稱壽杯。桂長孫枝椿不老，却比竇家應更好。

【題解】

本詩作於淳熙十三年（一一八六），時在蘇養病。應莫氏兄弟之請，爲題椿桂堂，作本詩寄之。莫氏椿桂堂，于北山范成大年譜引石門縣志卷十古蹟：「椿桂堂，靳志：『在縣西。宋邑人莫元忠五兄弟奉親力學，俱登第。監丞周必正扁其堂。』至元志：『建炎初，莫琮避地是邑，因家焉。有子五人，俱登儒科，迎侍禄養，縉紳榮之。邑宰朱軝即所居立五桂坊。家有椿桂堂，士大夫多賦詩。』謝諤椿桂堂記：『范文正叙燕山竇氏，中有「一椿五桂」之句，自後繼之者未易。惟今秀州崇德縣莫氏可儷其美。蓋通直郎致仕、累贈中大夫以儒行起家，試集英殿，名列官簿。其嘉耦臨安縣袁氏，累封太令人，康寧在堂，年方八十一。親生五子，俱登進士科：長曰元忠，字子直，（乾道）壬辰黄榜，見待次池州通判；次曰若晦，字子明，（紹興）庚辰梁榜，見知袁州；次曰似之，字子欽，（淳熙）甲辰衛榜，見任丹徒尉；次曰若拙，字子才，（淳熙）辛丑上舍黄榜，見任真州教授；次曰若沖，字子謙，（淳熙）乙未詹榜，見待次湖州安吉知縣。大抵爲人所不能爲，賢罕見爲奇，壽高爲福。……中大夫諱琮，字叔方。其家自錢唐遷於秀。』」崇德縣，在秀州，王存元豐九域志卷五兩浙路秀州有崇德縣。

春晚即事，留游子明、王仲顯

繡地紅千點，平橋緑一篙。楝花來石首，穀雨熟櫻桃。笑我生塵甑，慚君有意袍〔一〕。故人能少駐，門徑久蓬蒿。

【題解】

本詩作於淳熙十三年（一一八六）晚春，時在家養病，游次公、王光祖來訪，石湖賦此。

【箋注】

〔一〕有意袍：用「綈袍情」故事。史記范雎蔡澤列傳載，戰國時，須賈見范雎穿破衣，送綈袍一件。後代文人常用爲不忘故舊之典，蘇軾用舊韵送魯元翰知洺州：「惟君綈袍信，到我雀羅門。」

留游子明

得得跫音喜，怱怱笑口開。牢愁攻易破，歸夢挽難迴。我已踈茶椀，君今減酒杯。不知乘興棹，更得幾回來？

【題解】

本詩作於淳熙十三年（一一八六），時養病在家。

初夏三絶，呈游子明、王仲顯

東君不解惜芳菲，料峭寒中一夢非。剪盡牡丹梅子綻，何須風雨送春歸？

一簾芳樹緑葱葱，胡蝶飛來覓綺叢。雪白荼蘼紅寶相〔一〕，尚攜春色見薰風。

送春迎夏未聞雷，日日斜風細雨來。不是故人能裹飯，柴門雖設爲誰開？

【題解】

本組詩作於淳熙十三年（一一八六）初夏，時在家養病。初夏，觸景生情，成詩三首寄呈游次公、王光祖。

【箋注】

〔一〕紅寶相：花名，薔薇花的一種，參見卷一七寶相花「題解」。

送王仲顯赴瓊筦

三徑蓬蒿春雨肥，微君誰與開柴扉？電光射牛書過目〔一〕，虹氣干斗酒淋衣。十年五別歲月老〔二〕，一方萬里音塵稀。誰云滄海斷地脈，莫信天南無雁飛。

【題解】

本詩作於淳熙十三年（一一八六），時在蘇州。王光祖將赴知瓊州任，來蘇尋訪，因作本詩送之。王仲顯，即王光祖。瓊筦，即瓊州。王存元豐九域志卷九廣南路瓊州，瓊山郡，治瓊山縣。清江縣志卷八人物志孝友：「王光祖，字仲顯。……丁内艱，服闋，擢知瓊州。」彭龜年送王仲顯赴瓊州：「瓊山太守行赤帷，父老出餞相扶攜。」

【箋注】

〔一〕「電光」句：晉書王戎傳：「戎幼而穎悟，神采秀徹，視日不眩，裴楷見而目之曰：『戎眼爛爛，如巖下電。』」射牛，射牛斗之省稱，晉書張華傳：「初，吴之未滅也，斗牛之間常有紫氣，道術者皆以吴方强盛，未可圖也，惟華以爲不然。及吴平之後，紫氣愈明。華聞豫章人雷煥妙達緯象，乃要煥宿，屏人曰：『可共尋天文，知將來吉凶。』因登樓仰觀。煥曰：『僕察之久矣，惟斗牛之間頗有異氣。』華曰：『是何祥也？』煥曰：『寶劍之精，上徹於天耳。』」

〔二〕十年五別：淳熙二年，成大自桂林赴成都帥途中，於清湘驛與王光祖分別；淳熙九年，成大在知建康府任上，王光祖來訪，分別時爲題其讀書樓；本年，與游次公同訪石湖，別之；本年在蘇州送王光祖赴知瓊州任；還有一次，俟考。此云「十年」，乃是約數。

梅雨五絶

梅雨暫收斜照明，去年無此一日晴。忽思城東黄篾舫，卧聽打鼓踏車聲。

乙酉甲申雷雨驚〔一〕，乘除却賀芒種晴〔二〕。插秧先插蚤秈稻，少忍數旬蒸米成。

吴農忌五月甲申、乙酉雨，雨則大水，諺云：「甲申猶自可，乙酉怕殺我！」

風聲不多雨聲多，洶洶曉衾聞浪波。恰似秋眠隱静寺，玉霄泉從牀下過。繁昌隱静寺方丈〔三〕，山後玉霄泉自板閣下過，最爲佳致。

千山雲深甲子雨，十日地濕東南風。静裏壺天人不到，火輪飛出默存中。道家東向坐，想日出以煉氣。

雨霽雲開池面光，三年魚苗如許長。小荷拳拳可包鮓，晚日照盤風露香。

【題解】

本組詩作於淳熙十三年（一一八六），時在蘇州，因梅雨天，賦五首絶句，描寫梅雨景象。陳善捫蝨新話：「江、湖二浙，四五月間梅欲黄而雨，謂之梅雨。」

【箋注】

〔一〕「乙酉」句：吴地農民忌五月甲申、乙酉日雨。此習俗陸友仁吴中舊事亦有載。

〔二〕「乘除」句：孔平仲孔氏談苑卷二：「江南民言……芒種雨，百姓苦。」

〔三〕繁昌隱静寺：輿地紀勝卷一八太平州：「隱静山在繁昌縣東南七十里。」李白有送通禪師還南陵隱静寺，王琦注引太平府志云：「隱靜寺，在繁昌縣東南二十里。」

芒種後積雨驟冷三絶

一庵濕蟄似龜藏，深夏暄寒未可當〔一〕。昨日蒙絺今挾纊，莫嗔門外有炎涼。

梅黄時節怯衣單，五月江吴麥秀寒。香篆吐雲生煖熱，從教窗外雨漫漫。

梅霖傾瀉九河翻，百瀆交流海面寛。良苦吴農田下濕，年年披絮插秧寒。崑山農人，梅雨時著毳絮以耘秧，歲以爲常。

【校記】

〔一〕當：原作「常」。富校：「『常』黄刻本作『當』，是。」今據改。

【題解】

本組詩作於淳熙十三年（一一八六）五月，時養病在家。芒種節後積雨天寒，感而賦詩。

東宮壽詩

再造炎圖撫太寧，龍樓毓德會千齡〔一〕。三宮疊矩深邦本，兩曜重光炳帝庭。自古東明陪出日，祇今南極是前星。鈞天歲歲家人禮，長對瑶階第四蓂〔二〕。

並世勳華照古今，朱明綵服侍尊臨。邦家大慶重親養，社稷元良萬國心。菊露壺觴秋色正，桂風殿閣月香深。欲知天序無疆處，銅律聲中治世音。

【題解】

本詩作於淳熙十三年（一一八六）九月，時在家養病。

【箋注】

〔一〕龍樓：漢太子宮門名，後泛指太子所居之宮。漢書成帝紀：「元帝即位，帝爲太子，壯好經書，寬博謹慎。初居桂宮，上嘗急召，太子出龍樓門，不敢絶馳道。」注：「張晏曰：門樓上有銅龍，若白鶴、飛廉之爲名也。」

〔二〕蓂：即蓂莢，古代傳説的瑞草名。竹書紀年卷上：「有草夾堦而生，月朔始生一莢，月半而生十五莢，十六日以後，日落一莢，及晦而盡；月小，則一莢焦而不落。名曰蓂莢，一曰歷莢。」

寄題漢中新作南樓二首

我作籌邊倚半霄，西山雲雪照弓刀。如今且説南樓勝，應共漢壇相對高〔一〕。

甲子周天事好還，關河響動劍光寒。秦川草木多如薺，時倚樓闌直北看。

【題解】

本詩作於淳熙十三年（一一八六），時在家養病。

【箋注】

〔一〕漢壇：漢書高祖紀：「於是漢王齋戒，設壇場，拜信爲大將軍，問以計策。」

次韻李子永見訪二首

混俗休超俗，居家似出家。有爲皆影事，無念即生涯〔一〕。莫覓安心法，翻成捏目花〔二〕。作麽須穀粟，千劫漫炊砂〔三〕。有意能停棹，多情易憶家。清詩穿月脇〔四〕，遠夢繞天涯。雨蝶衣濡粉，秋蚊喙吐花〔五〕。新涼宜小駐，談笑有丹砂。

【題解】

本詩作於淳熙十三年（一一八六），時在蘇州。李子永，即李泳。

【箋注】

〔一〕無念：佛家語，言無有妄念，即正念之異名。宗鏡録卷八：「正念者，無念而知。若總無知，何成正念。」頓悟入道要門論卷上：「問：此頓悟門，以何爲宗？以何爲旨？以何爲體？以何爲用？答：無念爲宗，妄心不起爲旨，以清静爲體，以智爲用。問：既言無念爲宗，未審無念者無何念？答：無念者，無邪念，非無正念。」

〔二〕捏目花：佛家語，捏目見花的意思。五燈會元卷三章敬懷暉禪師：「至理亡言，時人不悉。强習他事，以爲功能。不知自性元非塵境，是箇微妙大解脱門。所有鑒覺，不染不礙，如是光明，未曾休廢。曩劫至今，固無變易。猶如日輪，遠近斯照。雖及衆色，不與一切和合。靈燭妙明，非假鍛鍊。爲不了故，取於物象。但如捏目，妄起空華，徒自疲勞，枉經劫數。若能返照，無第二人。」

〔三〕「千劫」句：沈注卷下引楞嚴經：「若不斷淫，修禪定者，如蒸砂石，欲其成飯，經千百劫，祇名熱砂。」用沈欽韓説。

〔四〕穿月脇：皇甫湜唐故著作佐郎顧況集序：「偏於逸歌長句，駿發踔厲，往往若穿天心、出月脇，意外驚人語，非尋常所能及，最爲快也。」

〔五〕「秋蚊」句：秋後蚊喙破，故曰「吐花」。沈注卷下：羅願爾雅翼：「蚊秋後吻輒破，不能螫。或云：更慘於未破時。今驗之，羅後説是也。詩謂吐花，即是破吻。」

自詠瘦悴

皮下多無肉，秋來瘦不禁。骨稜春焙銙，筋蹙海山沉。蟣蝨從何有，蚊蠅枉見侵。惟餘老笻杖，相伴兩虚心。

【題解】

本詩作於淳熙十三年（一一八六），時養病在家。

石湖居士詩集卷二十七

四時田園雜興六十首 并引

淳熙丙午，沉疴少紓，復至石湖舊隱，野外即事，輒書一絶，終歲得六十篇，號四時田園雜興。

柳花深巷午鷄聲，桑葉尖新緑未成。坐睡覺來無一事，滿窗晴日看蠶生〔一〕。

土膏欲動雨頻催〔二〕，萬草千花一餉開。舍後荒畦猶緑秀，鄰家鞭笋過牆來〔三〕。

高田二麥接山青，傍水低田緑未耕。桃杏滿村春似錦，踏歌椎鼓過清明〔四〕。

老盆初熟杜茅柴〔五〕，攜向田頭祭社來。巫媪莫嫌滋味薄，旗亭官酒更多灰〔六〕。

社下燒錢鼓似雷，日斜扶得醉翁回。青枝滿地花狼藉，知是兒孫鬬草來〔七〕。

騎吹東來里巷喧，行春車馬鬧如煙。繫牛莫礙門前路，移繫門西碌碡邊〔八〕。

寒食花枝插滿頭〔九〕，蒨裙青袂幾扁舟。一年一度遊山寺，不上靈巖即虎丘。

郭裏人家拜掃回〔一〇〕，新開醪酒薦青梅。日長路好城門近，借我茅亭煖一杯。

步屧尋春有好懷，雨餘蹄道水如杯。隨人黃犬攙前去，走到溪邊忽自迴。

種園得果廑償勞，不奈兒童鳥雀搔。已插棘針樊筍徑，更鋪漁網蓋櫻桃〔一一〕。

吉日初開種稻包〔一二〕，南山雷動雨連宵。今年不欠秧田水，新漲看看拍小橋。

桑下春蔬綠滿畦，菘心青嫩芥薹肥〔一三〕。溪頭洗擇店頭賣，日暮裹鹽沽酒歸。

右春日田園雜興十二絶

紫青蓴菜卷荷香〔一四〕，玉雪芹芽拔薤長。自擷溪毛充晚供〔一五〕，短篷風雨宿橫塘。

湖蓮舊蕩藕新翻，小小荷錢没漲痕〔一六〕。斟酌梅天風浪緊，更從外水種蘆根。

胡蝶雙雙入菜花，日長無客到田家。鷄飛過籬犬吠竇，知有行商來買茶〔一七〕。

湔裙水滿綠蘋洲，上巳微寒懶出遊〔一八〕。薄暮蛙聲連曉鬧，今年田稻十分秋〔一九〕。

吴下以上巳蛙鳴，則知無水災。

新綠園林曉氣涼，晨炊蚤出看移秧。百花飄盡桑麻小，夾路風來阿魏香〔二〇〕。

三旬蠶忌閉門中〔二一〕，鄰曲都無步往蹤。猶是曉晴風露下，采桑時節暫相逢。

污萊一棱水周圍〔二二〕，歲歲蝸廬没半扉。不着茭青難護岸〔一〕〔二三〕，小舟撐取葑田歸〔二四〕。

茅針香軟漸包茸，蓬櫑甘酸半染紅。采采歸來兒女笑，杖頭高挂小筠籠。

穀雨如絲復似塵〔二五〕，煮瓶浮蟻正嘗新。牡丹破萼櫻桃熟，未許飛花減却春〔二六〕。

雨後山家起較遲，天窗曉色半熹微。老翁欹枕聽鶯囀，童子開門放燕飛。

海雨江風浪作堆，時新魚菜逐春回。荻芽抽笋河魨上〔二七〕，楝子開花石首來〔二八〕。

烏鳥投林過客稀，前山煙暝到柴扉。小童一棹舟如葉，獨自編闌鴨陣歸。

右晚春田園雜興十二絶

梅子金黄杏子肥，麥花雪白菜花稀。日長籬落無人過，惟有蜻蜓蛺蝶飛〔二九〕。

五月江吴麥秀寒〔三〇〕，移秧披絮尚衣單。稻根科斗行如塊〔三一〕，田水今年一尺寬。

二麥俱秋斗百錢，田家唤作小豐年。餅爐飯甑無飢色，接到西風熟稻天。

百沸繰湯雪涌波，繰車嘈囋雨鳴蓑。桑姑盆手交相賀，綿繭無多絲繭多〔三二〕。

小婦連宵上絹機，大耆催税急於飛。今年幸甚蠶桑熟，留得黄絲織夏衣。

下田戽水出江流，高壟翻江逆上溝。地勢不齊人力盡，丁男長在踏車頭〔三三〕。

晝出耘田夜績麻〔三四〕，村莊兒女各當家。童孫未解供耕織，也傍桑陰學種瓜。

槐葉初勻日氣涼，葱葱鼠耳翠成雙〔三五〕。三公只得三株看〔三六〕，閒客清陰滿北窗！

黄塵行客汗如漿，少住儂家漱井香。借與門前磐石坐，柳陰亭午正風涼。

千頃芙蕖放棹嬉，花深迷路晚忘歸。家人暗識船行處，時有驚忙小鴨飛〔三七〕。

采菱辛苦廢犂鉏，血指流丹鬼質枯。無力買田聊種水，近來湖面亦收租〔三八〕！

蜩螗千萬沸斜陽，蛙黽無邊聒夜長。不把癡聾相對治，夢魂争得到藜牀？

右夏日田園雜興十二絶

杞菊垂珠滴露紅，兩蛩相應語莎叢。蟲絲罥盡黄葵葉，寂歷高花側晚風。

朱門巧夕沸歡聲㊁，田舍黄昏静掩扃〔三九〕。男解牽牛女能織，不須徼福渡河星。

橘蠹如蠶入化機，枝間垂繭似蓑衣。忽然蜕作多花蝶，翅粉纔乾便學飛。

静看簷蛛結網低，無端妨礙小蟲飛。蜻蜓倒挂蜂兒窘，催唤山童爲解圍。

垂成穡事苦艱難，忌雨嫌風更怯寒。牋訴天公休掠剩，半償私債半輸官。

秋來只怕雨垂垂，甲子無雲萬事宜〔四〇〕。穫稻畢工隨曬穀〔四一〕，直須晴到入倉時。

中秋全景屬潛夫㊂，棹入空明看太湖。身外水天銀一色，城中有此月明無？

新築場泥鏡面平，家家打稻趁霜晴。笑歌聲裏輕雷動，一夜連枷響到明〔四二〕。

租船滿載候開倉，粒粒如珠白似霜。不惜兩鍾輸一斛〔四三〕，尚贏糠覈飽兒郎。

菽粟瓶罌貯滿家，天教將醉作生涯。不知新滴堪篘未？今歲重陽有菊花。

細擣棖虀買鱠魚，西風吹上四腮鱸。雪鬆酥膩千絲縷，除却松江到處無〔四四〕。

新霜徹曉報秋深，染盡青林作纈林〔四五〕。惟有橘園風景異，碧叢叢裏萬黄金〔四六〕。

右秋日田園雜興十二絶

斜日低山片月高，睡餘行藥繞江郊。霜風掃盡千林葉〔四〕，閒倚筇枝數鸛巢。

炙背檐前日似烘，煖醺醺後困蒙蒙。過門走馬何官職？側帽籠鞭戰北風！

屋上添高一把茅，密泥房壁似僧寮。從教屋外陰風吼，卧聽籬頭響玉簫。

松節然膏當燭籠，凝煙如墨暗房櫳。晚來拭净南窗紙，便覺斜陽一倍紅。

乾高寅缺築牛宫，巵酒豚蹄酹土公。牯牸無瘟犢兒長，明年添種越城東〔四七〕。

放船閒看雪山晴，風定奇寒晚更凝。坐聽一篙珠玉碎，不知湖面已成冰！

撥雪挑來踏地菘，味如蜜藕更肥醲。朱門肉食無風味，只作尋常菜把供。

榾柮無煙雪夜長，地爐煨酒煖如湯。莫嗔老婦無盤飣，笑指灰中芋栗香。

煮酒春前臘後蒸〔四八〕，一年長饗甕頭清。廛居何似山居樂，秫米新來禁入城。

黄紙蠲租白紙催〔四九〕，皂衣旁午下鄉來。長官頭腦冬烘甚，乞汝青錢買酒迴〔五〇〕。

探梅公子款柴門，枝北枝南總未春。忽見小桃紅似錦，却疑儂是武陵人。

村巷冬年見俗情，鄰翁講禮拜柴荆。長衫布縷如霜雪，云是家機自織成。

右冬日田園雜興十二絶

【校記】

㈠不着：原作「不看」，富校：「『看』黄刻本作『着』，是。」叢書堂本、董鈔本亦作「不着」，今據改。
㈡巧夕：富校：「『巧夕』宋詩鈔作『乞巧』。」
㈢全景：富校：「『全』宋詩鈔作『晴』，是。」活字本、叢書堂本、董鈔本均作「全景」。
㈣掃盡：原作「擣盡」，富校：「『擣』黄刻本、宋詩鈔作『掃』，是。」活字本、叢書堂本、董鈔本均作「掃盡」，今據改。

【題解】

本詩寫成於淳熙十三年(一一八六)，序云「淳熙丙午」，即淳熙十三年，石湖時年六十一歲，在蘇州閑居。按，我國田園詩，昉自詩經豳風七月。晉代陶淵明解印歸田，寫出不少優秀的田園詩。有唐一代，王維、儲光羲、柳宗元，均堪稱田園詩名家。石湖四時田園雜興六十首組詩，全面描繪吴地農村四時朝暮景物、陰晴雨雪氣候之變化，寫出吴地風土人情、節日習俗；全面表現男女老幼熟稔、喜愛農桑勞動，寫出他們豐收後之喜悦，歉歲時之愁苦；既寫出了農家幸福的田園生活，又寫出了農民受剥削之艱辛。這一組詩，是江南農村之風景畫、水鄉農夫之耕織畫，也是吴地人民之風俗畫。論家以爲石湖詩風淳樸、自然、清新、明麗，於陶、柳冲淡曠逸，王、儲閑静淡逸之外，别開蹊徑，信然。石湖此詩，詩論家多所論及。方岳深雪偶談：「范石湖田園雜詩，驗物切近，但句律太憑力氣，於唐人之藩，尚窘步焉。」周伯琦跋范成大行書四時田園雜興詩石刻：「公以文學知遇思陵、阜陵，遂登執政。此詩蓋謝事後所作，曲盡吴中郊居風土民俗，不惟詞語膾炙人口；而筆墨標韻，步驟蘇黄之下，使人健羨。」宋長白柳亭詩話卷二二田園：「范石湖四時田園雜興詩於陶、柳、王、儲之外，別設樊籬。王載南評曰：『纖悉畢登，鄙俚盡録，曲盡田家况味。』知言哉！」石湖田園詩創作，影響很廣，後代仿作者甚多。宋人毛珝吾竹小稿有吴門田家十詠。蕭澥有江上冬日效石湖田園雜詠體。梁相、楊本然、陳希聲、陳堯道等均有春日田園雜興詩，見月泉吟社。

【箋注】

〔一〕滿窗晴日看蠶生：徐光啓農政全書卷三一引博聞録：「用地桑葉，細切如絲髮，摻淨紙上，却以蠶種覆於上，其子聞香自下，切不可以鵝翎掃撥。」引務本新書：「農家下蟻，多用桃杖番連敲打。蟻下之後，却掃聚，以紙包裹，秤見分兩，布在箔上。」

〔二〕土膏欲動：國語周語：「陽氣俱蒸，土膏其動。」

〔三〕鄰家鞭笋過牆來：竹笋在地下生長，不以圍墻爲限。齊民要術卷五：「竹性愛向西南引，故於園東北角種之，數歲之後，自當滿園。諺云：『東家種竹，西家治地。』爲滋蔓而來生也。」

〔四〕踏歌：唐宋人一邊唱歌，一邊用脚踏地以作節拍。李白贈汪倫：「李白乘舟將欲行，忽聞岸上踏歌聲。桃花潭水深千尺，不及汪倫送我情。」胡震亨注：「踏歌者，連手而歌，踏地以爲節也。」

〔五〕杜茅柴：吴地冬釀酒之别名。顧禄清嘉録卷一〇：「鄉田人家，以草藥釀酒，謂之冬釀酒，有秋露白、杜茅柴、靠壁清、竹葉清諸名。十月造者，名十月白。以白麵造麯，用泉水浸白米釀成者，名三白酒。其釀而未煮，旋即可飲者，名生泔酒。」

〔六〕官酒：宋史食貨志：「宋榷酤之法，諸州城内皆置務釀酒，縣鎮鄉閭或許民釀而定其歲課。若有遺利，所在多請官酤。」

〔七〕鬬草：吴地春日有鬬草之遊戲。袁景瀾吴郡歲華紀麗卷三「鬬草」云：「荆楚歲時紀：『三月三日，四民踏百草。』今人因有鬬百草之戲。鄭谷詩云：『何如鬬百草，賭取鳳皇釵。』」引范成大田園雜興詩，下注：「田汝成熙朝樂事：『春日婦女喜爲鬬草之戲。』」

〔八〕「騎吹」四句：陳衍宋詩精華録卷三：「此首置之誠齋集中，無能辨者。」行春，後漢書鄭弘傳：「弘少爲鄉嗇夫，太守第五倫行春，見而深奇之，召署督郵，與孝廉。」李賢注：「太守常以春行所主縣，勸人農桑，振救乏絶。」錢起送張員外出牧岳州：「臺上鴛鸞争送遠，岳陽雲樹待行春。」袁景瀾吴郡歲華紀麗卷一「正月」：「行春，吴中自昔繁盛，俗尚奢靡，競節物，好遨遊，行樂及時，終歲殆無虚日，而開春令典，首數行春，即占迎春禮也。」「先立春一日，郡守率僚屬迎春東郊嘐門外柳仙堂。鳴騶清路，盛設羽儀，旂幟前導，次列社夥、田家樂，次勾芒神，次春牛臺。巨室垂簾門外，婦女華粧坐觀，比户啖春餅、春餻，競看土牛集護龍街，駢肩如堵，爭手摸春牛，謂占新歲利市。」碌碡，農具，徐光啓農政全書卷二一：「磟碡，又作礰碡，陸龜蒙耒耜經云：耙而後，有磟碡焉，有礰礋焉。自爬至礰礋，皆有齒，磟碡，觚稜，而咸以木爲之，堅而重者良。余謂磟碡，字皆從石，恐本用石也。」

〔九〕寒食花枝插滿頭：唐宋時代，掃墓在寒食節，吴俗亦然，婦女有簪薺菜花、插柳枝的風俗。唐玄宗許士庶寒食上墓詔敕曰：「寒食上墓，禮經無文，近代相傳，浸以成俗。士庶有不合廟享，何以用展孝思？宜許上墓拜掃，申禮於塋。」李匡乂資暇録卷中：「寒食拜掃，按開元禮第七十八云：昔者宗子去在他國，庶子無廟，孔子許望墓爲壇，以時祭祀。今之上墓，或有憑矣。」袁學瀾吴郡歲華紀麗卷三「寒食上冢」云：「吴俗，清明前後出祭祖先墳墓，俗稱上墳。大家男女，炫照靚粧，樓船宴飲，合隊而出，笑語喧嘩，尋常宅眷，淡粧素服，亦泛舟具饌以往。」顧禄清嘉録卷三「野菜花」云：「或婦女簪髻上，以祈清目，俗號亮眼花。」「吴自牧夢粱録謂『清明以柳條插門，名曰明眼』。與吾鄉三日戴薺花之俗，取意略同。」又，「戴楊柳球」云：「婦女結楊柳球戴鬢畔，云紅顔不老。」吴縣志亦載「清明日，人帶柳圈」。

〔一〇〕郭裏人家拜掃回：吴俗，上墳拜掃後，隨即飲酒玩樂，盡興而歸。袁景瀾吴郡歲華紀麗卷三「寒食上冢」云：「拜掃哭罷，不歸也，必就其路之遠近，趨芳樹，擇園圃，游庵堂、寺院及舊家亭榭，列座盡醉，杯盤酬勸。踏青拾翠，有歌者，哭笑無端，哀往而樂回，以盡一日之歡。」

〔一一〕「種園」四句：姜南蓉塘詩話卷一四：「予家多種竹，春時笋初萌，儿童不知，則踐踏殞折，必先編籬以護之。又櫻桃至暮春熟，苦有鳥雀之損，於是張魚網以驅之。因讀范石湖田園雜興，知古人已如此矣。詩云：『（略。）』其『償勞』一語，又曲盡田家之情也。」袁景瀾吳郡歲華紀麗卷四「櫻筍厨」云：「吳中諸筍，以毛竹筍爲最，味厚而肥鮮。」「吳中所産有四種：朱櫻、紫櫻、蠟珠、纓珠。而朱、紫二種，尤爲珍重。山家當熟時，必蓋以漁網，防鳥啄食。陸魯望詩『魚網蓋櫻桃』是也。」

〔二〕吉日初開種稻包：詩寫農家浸稻種事。徐光啓農政全書卷二五引齊民要術種稻法曰：「淘浄種子，（浮者不去，秋則生稗。）玄扈先生曰：凡種子，皆宜淘去浮者。穀浮者秕，果浮者油也。）漬經三宿，漉出，内草篅（判竹圜以盛穀）中裛之。復經三宿，芽生長二分，一畝三升擲。三日之中，令人驅鳥。」袁學瀾吳郡歲華紀麗卷四「浸種」云：「布穀鳴時，農功興作。水添瓜蔓，沚泛新萍。吳農於是揀擇穀種，取粒長色紅者，名曰紅斑，棄之不用，揀其實粒色白者，每畝以一斗，用蒲包之，繩縛之，陂塘浸之，或瓦盎盛之，晝浸夜收，凡數日，自五六日以至七八日，名曰浸種。芽茁二三分，候天晴明，撒布田間，蓋以稻秸灰。農書云：以雪水浸種，則倍收，且不生蟲。早稻種浸以清明，晚稻種浸以穀雨。」

〔三〕菘心青嫩芥薹肥：菘，菘菜；芥，芥菹，一名水蘇；薹，蕓薹，均爲蔬菜。徐光啓農政全書卷二八引齊民要術：「種芥子及蜀芥、蕓薹，取子者，皆二三月，好雨擇時種。」

〔四〕紫青蓴菜：蓴菜，亦作「蒓菜」，莖葉紫青。范成大吳郡志卷三〇「土物下」：「蒓，味香滑，尤宜芼魚羹。」

〔一五〕溪毛：溪边野菜。左傳隱公三年：「苟有明信，澗溪沼沚之毛……可薦於鬼神，可羞於王公。」杜預注：「溪，亦澗也。毛，草也。」

〔一六〕荷錢：荷葉初生圓如錢。杜甫絶句漫興九首其七：「點溪荷葉疊青錢。」趙長卿朝中措首夏：「荷錢浮翠點前溪。」

〔一七〕行商：往來販賣的商人，與坐賈相對而言。卷五題南塘客舍：「君看坐賈行商輩，誰復從容唱渭城？」

〔一八〕「湔裙」三句：描寫吴地上巳日修禊情景。袁景瀾吴郡歲華紀麗卷三「上巳修禊」云：「江南山平水遠，輿騎便於遊。節届重三，山塘波渌，白堤士女，競出尋芳，集池亭流觴曲水，效修禊故事。」周密癸辛雜志續集下「十干紀節」云：「或云上巳當作十干之己，蓋古人用日例以十干，如上辛、上戊之類，無用支者，若首午尾卯，則上旬無巳矣。故王季夷嶧上已詞云『曲水湔裙三月二』，此其證也。」

〔一九〕「薄暮」三句：描寫吴俗以蛙聲卜晴雨。袁景瀾吴郡歲華紀麗卷三「卜蛙聲」云：「唐人詩云：『田家無五行，水旱卜蛙聲。』農民每於三月三日，聽蛙聲鳴於午前，則高田熟；鳴於午後，則低田熟。諺云：『田鷄叫午前，大年在高田；田鷄叫午後，低田弗要愁。』范石湖詩云：『薄暮蛙聲連晚鬧，今年田稻十分秋。』褚人穫堅瓠集云：『吴中以上巳蛙鳴，則無水患。』諺云：『三月三日，蝦蟆禁口難開。』言不易鳴也。……是日，吳農行田野間，聞閣閣聲，則輾然喜，預以説餅餌香，歌飯顆山焉。」

〔二〇〕阿魏香：牡丹花香。阿魏，即牡丹中之名貴品種。廣群芳譜卷三二：「大抵洛陽之花，以姚魏爲冠。」「魏花，千葉肉紅，略有粉梢，出魏丞相仁溥之家。」

〔二一〕三旬蠶忌：顧禄清嘉録卷四「立夏三朝開蠶黨」：「環太湖諸山，鄉人比户蠶桑爲務。三、四月爲蠶月，紅紙黏門，不相往來，多所禁忌。治其事者，自陌上桑柔，提籠采葉，至村中繭煮，分箔繅絲，歷一月，而後弛諸禁。」

〔二二〕污萊：詩經小雅十月之交：「徹我墻屋，田卒污萊。」毛傳：「上則污，下則萊。」

〔二三〕茭青：青色的馬蘄草。爾雅釋草：「茭，牛蘄。」注：「今馬蘄，葉鈿鋭似芹，亦可食。」本草綱目卷二六：「恭曰馬蘄生水澤旁……時珍曰馬蘄與芹同類而異種，處處卑濕地有之，三四月生苗，一本叢生如蒿。」

〔二四〕葑田：能改齋漫録卷一四引楊文公談苑：「兩浙有葑田，蓋湖上有茭葑所相繆結，積久厚至尺餘，闊沃可殖蔬種稻，或割而賣與人。有任浙中官方視事，民訴失蔬圃，讀其狀甚駭，乃葑園爲人所竊，以小舟撐引而去。余乃知葑之爲田爲圃，廣浙皆有之矣。」

〔二五〕穀雨：逸周書周月：「春三月中氣：雨水、春分、穀雨。」又時訓：「穀雨之日，萍始生。又五日，鳴鳩拂其羽。又五日，戴勝降于桑。」李群玉三月五日陪裴大夫泛長沙東湖：「鳥弄桐花日，魚翻穀雨萍。」

〔二六〕「未許」句：用杜甫曲江二首其一「一片花飛減却春」詩意。

〔二七〕「荻芽」句：蘇軾惠崇春江晚景：「竹外桃花三兩枝，春江水暖鴨先知。蔞蒿滿地蘆芽短，正是河豚欲上時。」

〔二八〕「楝子」句：石首，魚名，吴郡志卷五〇：「吴王回軍，會群臣，思海中所食魚，問所餘何在？所司奏曰：『並曝乾。』吴王索之，其味美。因書美下着魚，是爲『鯗』字。今從『关』，非也。魚出海中作金色，不知其名，吴王見腦中有骨如白石，號爲石首魚。」朱長文吴郡圖經續記卷上「物産」條云：「秋風起則鱸魚肥，楝木華而石首至，豈勝言哉！」袁景瀾吴郡歲華紀麗卷五「鱝魚市」條云：「鱝魚，名石首魚，腦有小石。魚在海中，來潮作陣，其來有聲。海船迎之撒網，一網恒以百數計。吴中重午日，居民必買此魚，爲祀先賞節之需。諺有云：『楝子花開石首來，篋中絮被擁三臺。』言典衣以買魚烹食也。」石湖以吴諺入詩，巧妙如己出。

〔二九〕「梅子」四句：潘德輿養一齋詩話卷九：「四時田園雜興六十首，予獨愛其一首云『梅子金黄（略）』可與坡公『溶溶晴港』一絶相配也。」

〔三〇〕麥秀：麥吐穗。杜甫行次古城店汎江作不揆鄙拙奉呈江陵幕府諸公：「白屋花開裏，孤城麥秀邊。」

〔三一〕科斗：即蝌蚪，爾雅釋魚：「科斗，活東。」注：「蝦蟆子。」郝懿行爾雅義疏下之四：「古今注云：『一曰玄魚，一曰玄針，因形似爲名也。』今科斗狀如河豚，形圓而尾尖，并頭尾有似斗形。冬春遺子水中，有如曳繩，日見黑點。」

〔三二〕「百沸」四句：描寫繅絲情景，顧禄清嘉録卷四「小滿動三車」：「小滿節届，蠶婦煮繭，繅車繅絲，晝夜勤作。……事物原始云：『西陵氏制繅車以繅絲。』震澤志：『黄繭緒粗，不中織染，另繅以爲絲縳。惟細長瑩白，乃繅細絲。』」沈注卷下引士農必用：「粗絲，即是綿繭，謂之囊頭。」

〔三三〕踏車：農田戽水之水車，又名翻車，龍骨車。徐光啓農政全書卷一七「翻車」云：「今人謂龍骨車也。魏略曰：馬鈞居京都城内，有田地可爲園，無水以灌之，乃作翻車，令兒童轉之，而灌水自覆。漢靈帝使畢嵐作翻車，設機引水，洒南北郊路。則翻車之制，又起于畢嵐矣。今農家用之溉田。其車之制，除壓欄木及列檻樁外，車身用板作槽，長可二丈，闊則不等，或四寸至七寸，高約一尺。槽中架行道板一條，隨槽闊狹，比槽板兩頭俱短一尺，用置大小輪軸，同行道板上下通，週以龍骨板繫。其在上大軸兩端，各帶枴木四莖，置於岸上木架之間。人憑架上，踏動枴木，則龍骨板隨轉，循環行道板刮水上岸，此翻車之制，關楗頗多，必用木匠，可易成造。其起水之法，若岸高三丈有餘，可用三車，中間小池倒水上之，足救三丈已上高旱之田。凡臨水地段，皆可置用。但田高則多費人力。如數家相博，計日趨工，俱可濟旱。水具中機械功捷，惟此爲最。」顧禄清嘉録卷四「小滿動三車」：「旱則用連車，遞引溪河之水，傳戽入田，謂之踏水車。……蔣士焕南園戽水謡云：『日脚杲杲曬平地，東家插秧西家蒔。養苗蓄水水易乾，農夫踏車聲如沸。車軸欲折心摇摇，脚跟皸裂皮膚焦。堤水如汗汗如雨，中田依舊成槁土。農夫爾弗憂，天心或憐汝。爾不見南門已闔鐵冶閉，即看好雨西疇至。』」

〔三四〕晝出耘田夜績麻：詩經小雅甫田：「今適南畝，或耘或耔。」毛傳：「耘，除草也。」績麻，詩經陳風東門之枌：「不績其麻，市也婆娑。」

〔三五〕鼠耳：事類賦注卷二五槐「兔目而鼠耳」引《淮南子》曰：「槐之生季春，五日而兔目，十日而鼠耳，更旬而始規。」

〔三六〕「三公」句：周禮秋官朝士：「面三槐，三公位焉。」司馬光涑水紀聞卷七記王旦之父王祐：「嘗明以語人，謂旦必至公輔，手植三槐於庭以識之。」

〔三七〕「千頃」四句：此詩描寫夏日游荷花蕩之情景。袁景瀾吴郡歲華紀麗卷六「荷花蕩」：「二十四日爲荷花生日。舊俗，競於葑門外荷花蕩觀荷納涼。其地皆窪下田，不能藝禾黍，彌望瀆衍，無高堤橋梁亭觀。土人植荷爲生息。花年年盛一方，見慣不鮮，行舟過無采采。凡荷，藕惡石，芋惡泥，花葉喜日，故水太深而陰凉者，不能花也。是地蕩田與荷性宜，故植易蕃。值荷誕日，畫船簫鼓，群集於此。令世異時移，游客皆艤舟虎阜山浜，以應觀荷佳節。或有觀龍舟于荷花蕩者，小艇野航，依然畢集。每多晚雨，游人赤脚而歸，故俗有赤脚荷花蕩之謡。」徐崧、張大純百城烟水蘇州：「吴俗最重節物……六月二十四日，畫船簫鼓競於荷花蕩，觀荷納涼。」

〔三八〕「采菱」四句：袁景瀾吴郡歲華紀麗卷八「採菱」云：「水鄉漁户，種水爲業，界繩港汊，遍藝菱秧，江灣湖漘，亦間有之。秋風乍涼，菱歌四起，髫男雛女，劃舟往來，採擷盈筐，提攜入市，人喧野岸，論斗稱量。」袁景瀾采菱詞：「采蓮唱罷葉田田，十里菱花疊翠鈿。莫道烟波無賦税，近來湖面課租錢。」袁氏此詩，顯受石湖影響。

〔三九〕「朱門」二句：石湖對比描寫「朱門」和農家於七夕夜的兩種景況。巧夕，七夕乞巧，爲我國傳統習俗，吴地亦然。顧禄清嘉録卷七「巧果」云：「吴中舊俗，七夕陳瓜果，焚香中庭。」袁景瀾吴郡歲華紀麗卷七「巧果乞巧」云：「吴中舊俗，七夕，市上賣巧果，以麪和糖，綰作苧結形，或剪作飛禽之式，油煎令脆，總名巧果。閨中兒女，陳花果香燈、瓜藕之屬，於庭中露臺，禮拜雙星，爲乞巧會。令兒女輩悉與，謂之女兒節。以青竹戴緑荷，繫於庭，作承露盤。男女羅拜於下，以線刺針孔辨目力。明日視盤中蜘蛛含絲者，謂之得巧。餘皆舉露飲之。貴家鉅族，結綵樓於庭，爲乞巧樓，穿七孔針，名曰弄影之戲。」

〔四〇〕甲子無雲萬事宜：顧禄清嘉録卷九「祭釘靴」條云：「十三日，俗祭釘靴，占一冬晴雨，晴則冬無雨雪。諺云：『九月十三晴，釘靴挂斷繩。』案：歲時瑣事：『九月十三日，爲釘靴生日，是日宜晴。』江、震志皆云：『是日晴，主一冬少雨，利收穫。諺云：「九月十三晴，不用蓋稻亭。」』」

〔四一〕穫稻：袁景瀾吳郡歲華紀麗卷一〇「穫稻」云：「吳中地沃民稠，俗勤種藝，秋盡冬初，穲稏翻塍，黄雲卷隴，黍稌高下，穜稑後先。當清霜之既降，農民咸趣收斂。於是刈而斷之者曰鐮，肩而荷歸者曰擔，堆高過屋者曰露積，打穀墮地者曰耞板，碾米者有礱，播粞者有篩。喧月明之杵臼，炊香玉於廚甑。」

〔四二〕連枷：亦稱枷板，打稻的農具。徐光啓農政全書卷二二「連枷」云：「擊禾器。國語曰：權節其用，耒耜耞支。（耞，柫也，以擊草。）廣雅曰：柫謂之架。説文曰：柫，架也。柫，擊禾連架。釋名曰：架，加也。加杖於柄頭，以檛穗而出穀也。其制：用木條四莖，以生革編之。長可三尺，闊可四寸。又有以獨梃爲之者，皆於長木柄頭，造爲擐軸，舉而轉之，以撲禾也。方言云：僉，宋魏之間，謂之攝殳，自關而西謂之柫，齊、楚、江、淮之間，謂之柍，或謂之桲，今呼之連耞。南方農家皆用之。」袁景瀾吳郡歲華紀麗卷一〇「穫稻」云：「打穀墮地者曰耞板。」

〔四三〕不惜兩鍾輸一斛：洪邁容齋續筆卷七「田租輕重」條：「李悝爲魏文侯作盡地力之教云：一夫治田百畝，歲收粟百五十石，除十一之税十五石，餘百三十五石。蓋十一之外，更無他數也。今時大不然。每當輸一石，而義倉省耕別爲一斗二升，官倉明言十加六。復於其間用米之精粗爲説，分若干甲，有至七八甲者。則數外之取亦如之，庾人執概，從而輕重其手，度二石二三斗乃可給。至於水脚、頭子、市例之類，其名不一，合爲七八百錢，以中價計之，并僦船負擔，又須五斗，殆是一而取三。以予所見，唯會稽爲輕，視前所云，不能一半也。董仲舒爲武帝言：民一歲力役，三十倍於古，而田租口賦，二十倍於古。謂一歲之中，失其資産三十及二十倍也。又云：或耕豪民之田，見税十五。言下户貧民自無田，而耕墾豪富家田，十分之中，以五輸本田主。今吾鄉俗正如此，目爲主客分云。」

〔四四〕「細擣」四句：四腮鱸，産於松江。范成大吴郡志卷二九「土物上」：「鱸魚，生松江，尤宜鱠。潔白鬆軟，又不腥，在諸魚之上。江與太湖相接，湖中亦有鱸，俗傳江魚四鰓，湖魚止三鰓，味輒不及。」范仲淹松江漁者：「江上往來人，但愛鱸魚美。」張翰秋風歌：「秋風起兮佳景時，吴江水兮鱸魚肥。」

〔四五〕「新霜」三句：屈原橘頌：「曾枝剡棘，圜果摶兮。青黄雜糅，文章爛兮。」韋應物答鄭騎曹重九日求橘：「洞庭須待滿林霜。」李綱食橘：「洞庭一夜天雨霜，橘林緑苞朝已黄。遠題書後三百顆，入手便覺秋風香。」

〔四六〕萬黄金：形容橘林中的成熟橘子，白居易宿湖中：「浸月冷波千頃練，苞霜新橘萬株金。」

〔四七〕「乾高」四句：范成大吴郡志卷二「風俗」云：「牛欄，亦名牛宫。吴地下濕，冬寒，即牛入欄，唐人謂之牛宫。」陸龜蒙祝牛宫辭：「冬十月，耕牛爲寒，築宫納而皂之。建之前日，老農請乞靈於土官，以從鄉教。予勉之而爲之辭：四牸三牯，中一去乳。天霜降寒，納此室處。老農拘拘，度地不畝。東西幾何？七舉其武。南北幾何？丈二加五。偶楹當間，載尺入土。太歲在亥，餘不足數。上締蓬茅，下遠官府。耕耨以時，飲食得所。或寢或卧，免風免雨。宜爾子孫，實我倉庾。」

〔四八〕「煮酒」句：宋史食貨志下七「酒」：「臘釀蒸鬻，候夏而出，謂之『大酒』。」

〔四九〕「黄紙」句：洪邁容齋隨筆卷一「黄紙除書」條云：「樂天好用黄紙除書字。如：『紅旗破賊非吾事，黄紙除書無我名。』『正聽山鳥向陽眠，黄紙除書落枕前。』『黄紙除書到，青宫詔命催。』」沈注卷下：「黄紙，詔書也。白紙，官符也。」此詩意實自白居易杜陵叟來，詩云：「白麻紙上書德音，京畿盡放今年税。昨日里胥方到門，手持敕牒榜鄉村。十家租税九家畢，虚受吾君蠲免恩。」

〔五〇〕「長官」二句：自唐人詩脱化而來。五代王定保唐摭言「誤放」條載，鄭薰主持考試，誤將顔標當做魯公（顔真卿）的後代，將其取爲狀元，當時有人嘲笑他：「主司頭腦太冬烘，錯認顔標作魯公。」

自晨至午，起居飲食皆以牆外人物之聲爲節，戲書四絶

巷南敲板報殘更，街北彈絲行誦經。已被兩人驚夢斷，誰家風鴿鬭鳴鈴？

菜市喧時窗透明，餅師叫後藥煎成。閒居日出都無事，惟有開門掃地聲。

北呰教回撾鼓遠，東禪飯熟打鐘頻。小童三喚先生起，日滿東窗煖似春。

起傍東窗手把書，華顛種種不禁梳〔一〕。朝餐欲到須巾裹，已有重來晚市魚。

【題解】

本組詩作於淳熙十三年（一一八六），時閑居在蘇。

【箋注】

〔一〕華顛種種：華顛，頭髮花白。種種，髮短少貌，左傳昭公三年：「余髮如此種種，余奚能爲？」杜預注：「種種，短也。」

舫齋信筆

燕居故可樂，病卧翻可憐。身閒儻更健，其人半神仙。既無揚州鶴，龍鍾任吾年。南齋深而明，略似西江船。船中何所有，藥氣雜爐煙。親朋稀老伴，暫來即飄然。秋蠅獨戀戀，終朝相撲緣。霜晴日色濃，窗紙烘春妍。但愁添眼花，暝坐聊參禪。困從定中生，瞢騰夢相牽。三昧未得力〔一〕，十魔方現前〔二〕。欠伸付一笑，朽腐難瑂鐫〔三〕。東藍午齋動〔四〕，風順鐘鼓傳。家人亦相呼，趣具先生餐。牛呞能幾何？蟬腹易便便。此日雖可惜，姑付食與眠。

【題解】

本詩作於淳熙十三年（一一八六），時在蘇居閑，閑坐舫齋，信筆志感。

【箋注】

〔一〕「三昧」句：三昧，佛家語，又譯爲三摩提。智度論卷二三：「一切禪定攝心，皆名三摩提，秦言正心行處。是心從無始世界來，常曲不端，得是正心行處，心則端直。」又，大乘義章卷二：「以心合法，離於邪亂，故曰三昧。」

〔二〕「十魔」句：十魔，佛家語，一，藴魔，色等五藴，爲衆惡之淵藪，障蔽正道，害慧命者；二，煩惱魔，貪等煩惱，迷惑事理，障蔽正道，害慧命者；三，業魔，殺等惡業，障蔽正道，害慧命者；四，心魔，我慢之心，障蔽正道，害慧命者；五，死魔，人之壽命有限，妨修道，害慧命者；六，天魔，欲界第六天主作種種之障礙，害人之修道者；七，善根魔，執着自身所得之善根，不更增修，障蔽正道，害慧命者；八，三昧魔，三昧者，禪定也，耽著於自身所得之禪定，不求昇進，障蔽正道，害慧命者；九，善知識魔，慳吝於法，不能開導人，障蔽正道，害慧命者；十，菩提法智魔，於菩提法起智執著，障蔽正道，害慧命者。見華嚴疏鈔卷二九。

〔三〕「朽腐」句：論語公冶長：「朽木不可雕也，糞土之牆不可杇也，於予與何誅？」

〔四〕藍：即伽藍，佛寺的省稱。午齋：中午的齋食。

病中不復問節序，四遇重陽，既不能登高，又不觴客，聊書老懷

四時變遷翻覆手，百卉於人亦何有？騷客顛詩亦狂酒，强惜黄花愛重九。少年習氣似陶公，采采金英滿衣袖。攜壺木末最關情〔一〕，欹帽風前幾搔首。饞吻偏憐粽栗香，新衣不管囊萸臭。貪將節物趁遨頭，肯向賓筵稱病叟。如今衰颯悟空華，現在去來飛電走。登臨舊迹如夢斷，觴詠故人多骨朽。百年長短隨隙駒，萬化陳新直芻狗〔二〕。不堪把玩堪一笑，安用歲時歌拊缶？家人亦復探新蒭，插花洗醆爲翁壽。蒲團困坐眼慵開，莫把故情看老醜。挽鬚兒女太癡生〔三〕，更問今年有詩否？

【題解】

本詩作於淳熙十三年（一一八六）重陽日，時在蘇養病，因卧病四遇重陽，有感而賦本詩。「四遇重陽」，成大自淳熙十年歸里起，至今恰四年，故云。

【箋注】

〔一〕「攜壺」句：杜牧九日齊安登高：「與客攜壺上木末。」

〔二〕「萬化」句：老子：「天地不仁，以萬物爲芻狗；聖人不仁，以百姓爲芻狗。」魏源本义：「結芻爲狗，用之祭祀，既畢事則棄而踐之。」莊子天運：「夫芻狗之未陳也，盛以篋衍，巾以文繡，尸祝齋戒以將之。及其已陳也，行者踐其首脊，蘇者取而爨之而已。」陸德明注：「芻狗，結芻爲狗，巫祝用之。」

〔三〕挽鬚兒女：杜甫北征：「生還對童稚，似欲忘飢渴。問事競挽鬚，誰能即嗔喝？」

閶門初泛二十四韻

淳熙丙午重九後十日，家人輩以余久病，適新修小舫，勸扶頭一出，以禳祓屯滯。遂至北城檢校桃花塢，出關傍漕河望楓橋、横塘，中路而還，故有即事詠景唐律之作。

好在馳煙路，平生載酒行。摧藏身久病，契闊歲頻更。昨夜燈花繞〔一〕，今朝稻把晴。出門新夢境，觸目舊詩情。水遠推篷眩，天寬倚柁驚。轉灣添綷挽，罨岸併篙撐。舫後裝兒女，艫前酌弟兄。醅香新麴嫩，茗味小春輕。紅皺分霜果，黄蔫撚夕英。纈林疎露屋，朱閣静臨城。桃塢論今昔，楓橋管送迎。山腰樵擔動，木末酒旗明。竟日窯煙直，中流塔影横。數帆殘照滿，一笛暮江平。曒網楓邊桁〔一〕，牽罾柳際棚。岫雲縈石住，田水穴堤鳴。過渡牛歸速，穿籬犬吠獰。魚寒猶作陣，雁遠更聞聲。急櫓潮痕出，疎鐘暝色生。鄰翁欣問訊，逋客愧寒盟。一昨成歸卧，于今負耦耕。生涯都塌颯〔二〕，心曲漫峥嶸。猿鶴休多怨，菰蓴尚可羹。藥囊吾厭苦，扶憊且班荆〔三〕。

【校記】

㈠燈花繞：底本、活字本、叢書堂本、董鈔本、詩淵第四册第三〇二六頁作「燈花曉」。富校：「『曉』黄刻本作『繞』，是。」據改。

㈡塌颯：富校：「沈注云：『「塌」字誤。南史鄭鮮之傳：范泰誚鮮之曰：「卿今日答颯，去人甚遠，何不肖之盛（甚）？」』」

【題解】

本詩作於淳熙十三年（一一八六）九月十九日，時在家養病，家人以石湖久病，勸出遊，因乘小舫，經桃花塢出城關，望楓橋、横塘，即興作寫景詩一首。小舫，蘇州行于水巷中的小船，白居易有兩詩，寫到過這種小舫的形制和用途。小舫：「小舫一艘新造了，輕裝梁柱庫安篷。深坊静岸遊應遍，淺水低橋去盡通。黄柳影籠隨棹月，白蘋香起打頭風。慢牽欲傍櫻桃泊，借問誰家花最紅。」又，重題小舫贈周從事兼戲微之：「闊狹才容從事座，高低恰稱使君身。舞筵須揀腰輕女，仙棹難勝骨重人。」唐律，此用唐人五言排律之詩體。

【箋注】

〔一〕曒網：曬魚網。曒，同曬。白居易感情：「中庭曒服玩，忽見故鄉履。」

〔二〕塌颯：委靡不振的樣子。沈注卷下：「塌字誤。南史鄭鮮之傳：范泰誚鮮之曰：『卿今日答颯，去人甚遠，何不肖之甚。』」按，塌字不誤。翟灝通俗編卷一四：「文與可集有『懶對俗人常答颯』句，能改齋漫録：俗謂事之不振者曰踏趿，唐人有此語。酉陽雜俎：錢知微賣卜，爲韻語曰『世人踏趿，不肯下錢』是也。按踏趿，答颯，字異義同，或又作塌颯，范成大詩：『生涯都塌颯，心曲漫峥嶸。』又集韻有傝偛字，訓云惡也，似亦塌颯之通。」康熙字典「人部」引廣韻：「傝偛，惡也。一曰不謹貌。」則塌颯、傝偛、踏趿、答颯互通，字異而義同。

〔三〕班荆：鋪荆於地而坐。左傳襄公二十六年：「伍舉奔鄭，將遂奔晉。聲子將如晉，遇之於鄭郊，班荆相與食，而言復故。」杜預注：「班，布也。布荆坐地，共議歸楚，事朋友世親。」

小春海棠來禽

東君好事惜年華，偏愛荒園野老家。一任西風管摇落，小春自管數枝花。

【題解】本詩作於淳熙十三年（一一八六），時閑居在蘇。小春晴日暖和，賦詩以抒愛花之情。來禽，又名林檎，廣群芳譜卷五七：「林檎，一名來禽。」「二月開粉紅花，子如柰，小而差圓，六七月熟，色淡紅可愛。」

丙午東宫壽詩

國紊丁年盛〔一〕，天開甲觀祥。黄離增焕炳〔二〕，赤伏衍明昌〔三〕。一日三天見，元辰萬國康。姿神輝玉裕，德業燦金相。書聖規宸藻，文心儷漢章。乾坤參久大，日月並升常。祖武瞻興慶〔四〕，親庭拱未央。晨昏兩慈壺〔五〕，詩禮一賢王。道統家傳正，炎圖國本强。桑弧仍穀旦，銅律又清商。舊事蘭猗殿，新凉桂子香。黄華先浥露，青女緩行霜。史賀星同軌，農歌稼滌場。與齡占夢帝，多祐叶思皇。磐石重山固，靈源少海長。三宫同壽域，歲歲頌無疆。

【題解】本詩作於淳熙十三年（一一八六）九月，時在家養病。丙午，即淳熙十三年。逢皇太子誕辰，作本詩賀之。

【箋注】

〔一〕國絫：國家之憂患。絫，累之本字。莊子至樂：「視子所言，皆生人之累也。」疏：「子所言皆是生人之累患也。」

〔二〕黄離：帝王中和之道。易離：「六二，黄離元吉。象曰：黄離元吉，得中道也。」王勃廣州寶莊嚴寺舍利塔碑：「高祖以援危撥亂，伏紫氣以登三。太宗以端拱繼明，白黄離而用九。」

〔三〕赤伏：即赤伏符，後漢書光武紀：「（建武元年）光武先在長安時，同舍生彊華自關中奉赤伏符曰：『劉秀發兵捕不道，四夷雲集龍鬬野，四七之際火爲主。』」

〔四〕興慶：唐宫殿名，本唐玄宗爲太子時的府第，即位後改建爲興慶宫，内有花蕚相輝樓、勤政務本樓等建築。唐詩紀事卷一五姚崇：「龍池，興慶宫池也，明皇潛龍之地。」詳見唐會要卷三〇興慶宫。

〔五〕慈壼：對太后的敬稱。壼，詩經大雅既醉：「其類維何，室家之壼。」朱熹注：「壼，宫中之巷也。言深遠而嚴肅也。」

重陽後菊花二首

寂莫東籬濕露華〔一〕，依前金靨照泥沙。世情兒女無高韻，只看重陽一日花。

過了登高菊尚新，酒徒詩客斷知聞。恰如退士垂車後，勢利交親不到門。

【題解】

本詩作於淳熙十三年（一一八六）重陽後，時養病在家。

【箋注】

〔一〕東籬：陶淵明飲酒其五：「採菊東籬下，悠然見南山。」

驟寒吟

九月奇寒前未聞，巷南巷北無行人。冥凌盡用大冬手〔一〕，肯爲歲華留小春？陰風吹雨作冰屑，駝裘如鐵綿裘折。可憐籬下木芙蓉，不獨宜霜更宜雪。

【題解】

本詩作於淳熙十三年（一一八六）九月，時養病在家，遇奇寒，作本詩。

【箋注】

〔一〕冥凌：楚辭大招：「冥凌浹行，魂無逃只。」王逸注：「冥，玄冥，北方之神也。凌猶馳也。」

重陽後，半月天氣温麗，忽變奇寒，晦日大雪，鄉人御冬之計多未辦

狂飆吹小春，刮面劇劍鋩。雲氣潑濃墨，午窗變曛黄。六花大如掌，浩蕩來無鄉。青女正熟睡，不記行新霜。寒暑故密移，滕巽乃爾狂！南鄰炭未買，北鄰綿未裝。敢論酒價涌，束薪逾桂芳。豈不解蚤計，善舞須袖長〔一〕。頻年田薄收，十家九空囊。被凍知不免，但恨太匆忙。今朝復何朝？晴色挂屋梁。人物各解嚴，兒童笑相將。熙如谷黍温，免作溝木僵。兩鄰報無恙，爲汝歌慨慷。

【題解】

本詩作於淳熙十三年（一一八六）九月三十日，時養病在家。初過大雪，乃賦本詩。

【箋注】

〔一〕「善舞」句：韓非子五蠹：「鄙諺曰：『長袖善舞，多錢善賈。』此言多資之易爲工也。」

戲詠絮帽 簡伯俊傳此樣，睡中甚禦寒氣。

尖斜縚撮似兜鍪，緊護風寒煖白頭。不解兵前當箭鏃，解令曉枕睡齁齁。

【題解】 本詩作於淳熙十三年（一一八六），時正養病在家。「簡伯俊傳此樣，睡中甚禦寒氣」，沈注卷下引宋史王雲傳云：「或發雲笥，得烏絁短巾，蓋雲夙有風眩疾，寢則以護首者。」又按云：「蓋此本出胡地，說文曰：『蠻夷頭衣也。』」石湖本有風眩之疾，故用絮帽護頭。

雪中送炭與龔養正 立春前五日

誰與幽人煖直身〔一〕，篘籠衝雪送烏薪。煩君笑領婆歡喜，探借新年五日春。

【題解】 本詩作於淳熙十三年（一一八六）冬立春前五日，時在家養病。雪中送炭與龔養正，作本詩代柬。陳造有和詩次石湖送炭韻贈龔養正三首（江湖長翁文集卷一八）：「飢烏窘兔不謀身，君亦衣穿桂作薪。小露化工陶鑄手，地爐分得雪中春。」「廣文書案雪沾身，竈婦冰葅燬濕薪。彩勝銀花猶拜賜，凍醅寒餅不生春。（原注：立春日大雪，是日國忌。）」「寒谷冰崖底著身，望晨疑寢越王薪。今年未辦巡簷笑，急雪陰風肯貸春。（原注：立春後雪寒特甚。）」

【箋注】

〔一〕「誰與」句：范成大炭頌：「予病衰，大冬，非附火不暖。既銘被、爐，又作炭頌。」因自己怕冷，故念及友人，送炭與之「煖直身」。

代門生作立春書門貼子詩四首

煖日黃金柳，光風白玉梅。門闌開壽域〔一〕，人物滿春臺。

有喜何須藥，無塵即是仙。壺中春日月，聊數八千年。

草木霑雲露，峰巒近壁奎。新春行樂處，南北共花溪。

日月添書帙，湖山引杖藜。臢周花甲子〔二〕，多醉玉東西〔三〕。

【題解】

本詩作於淳熙十三年（一一八六）冬，時在家養病。

【箋注】

〔一〕壽域：有二解，本詩解爲太平盛世。漢書王吉傳：「述舊禮，明王制，驅一世之民濟之仁壽之域。」杜牧郡齋獨酌：「生人但服食，壽域富農桑。」

〔二〕「賸周」句：人活六十年，爲一花甲，時石湖六十一歲，是新一輪「花甲」的開始，故云。

〔三〕玉東西：酒杯。王安石寄程給事：「酒酣金盞照東西。」李壁注：「東西，酒器名也，今猶有玉東西。」

石湖居士詩集卷二十八

送聞人伯卿赴銅陵

雪壓關山晝掩扃，故人何事短長亭？折腰直爲瓶無粟，便腹猶憐笥有經。牒訴塵埃頭更白，簡編燈火眼終青。可憐東壁輝光外，寥落江湖處士星〔一〕。

【題解】

本詩作於淳熙十四年（一一八七）春，時在家養病。聞人阜民赴銅陵縣令任，過蘇拜訪石湖，遂作詩送之。聞人伯卿，即聞人阜民，字伯卿，嘉興人，宿儒聞人滋之子。紹興二十七年舉進士，歷仕秀州、福州教授，銅陵縣令。汪應辰曾薦之，稱譽他「博學而知要，氣和而有守」（薦聞人阜民狀，文定集卷六）。嘉興縣志卷二〇列傳一：「聞人滋，字茂德，璪子。爲敕令所删定官。嘗受學於沙隨程迥。談經義，滚滚不倦，發明極多。周必大二老堂雜志頗稱之，尤邃於小學。子阜民，字伯卿，紹興二十七年進士。」范成大驂鸞録：「（乾道壬辰）十二月十六日，發垂虹，宿震澤。前福州教授聞人阜民伯卿、賀州文學周震震亨皆來會。」銅陵，縣名，王存元豐九域志卷六江南東路池州有銅陵縣。聞人阜民當爲赴銅陵縣令任，與詩句「折腰」、「牒訴」、「簡編」和下首重送伯卿「頗聞江皋縣」等意相合。

【箋注】

〔一〕處士星：即少微星，晉書隱逸傳謝敷：「初，月犯少微，少微一名處士星，占者以隱士當之。」杜荀鶴寄竇處士：「海畔將軍柳，天邊處士星。」

重送伯卿

雪花來無時，入春遂三作。冰柱凍不解，去地纔一握。東風畏奇寒，未敢破梅萼。已僵員嶠鼇〔一〕，那問紇干雀〔二〕。萬徑無行蹤〔三〕，扣户驚剥啄。故人竹葉舟，歲晚夢漂泊。自云飢所驅，豈不念丘壑？經誼金華省〔四〕，文采石渠閣〔五〕。平生百未試，墨綬嚇猿鶴〔六〕。取舍一熊掌，得喪兩蝸角。不嫌干進鈍，俯仰無愧怍。低回簿書叢，萬卷無處著。惜哉小舉袖〔七〕，負此不龜藥〔八〕。頗聞江皋縣，訟簡民氣樂。政成松竹林，詁訓緝家學〔九〕。迺翁力菑畬，待子收播穫。三年此書出，衆説眇螢爝。持歸許窺覩，慰我久離索。今朝雲潑墨，霰雨縱横落。檣竿挽不住，帆峭北風惡。難忘昆弟語，易散清夜酌。怱怱别知賦，掩涕倚郛郭。

【題解】

本詩作於淳熙十四年（一一八七）春，時在家養病。伯卿，即聞人阜民，詳見上首「題解」。

【箋注】

〔一〕「已僵」句：王嘉拾遺記卷一〇「員嶠山」：「有冰蠶長七寸，黑色，有角，有鱗，以霜雪覆之，然後作繭，長一尺，其色五彩。織爲文錦，入水不濡，以之投火，經宿不燎。」

〔二〕「那問」句：紇干，山名，一名紇真山，李吉甫元和郡縣圖志卷一四河東道雲州雲中縣：「紇真山，在縣東三十里。虜語紇真，漢言三十里，其山夏積雪霜。」賀次君校：「今按，寰宇記朔州鄯陽縣引冀州圖作『虜語紇真，華言千里』。疑此有誤。」新五代史卷二一寇彦卿傳：「昭宗亦顧瞻陵廟，傍徨不忍去，謂其左右爲俚語云：『紇干山頭凍殺雀，何不飛去生處樂。』」

〔三〕「萬徑」句：柳宗元江雪：「千山鳥飛絶，萬徑人蹤滅。」

〔四〕「經誼」句：誼，通議，漢書董仲舒傳：「故舉賢方正之士，論誼考問。」沈注卷下：「經誼金華省：漢書叙傳。」漢書叙傳上：「時，上方鄉學，鄭寬中、張禹朝夕入説尚書、論語於金華殿中，詔伯受焉。」

〔五〕「文采」句：漢書施讎傳：「甘露中，與五經諸儒雜論同異於石渠閣。」石渠閣，漢代宫中藏書之處，在未央宮北。漢初蕭何建。漢書宣帝紀：「（甘露三年三月己丑）詔諸儒講五經同異。太子太傅蕭望之等平奏其議，上親稱制臨決焉。乃立梁丘易、大小夏侯尚書、穀梁春秋博士。」以上兩句，稱贊聞人皁民之學術文采。

〔六〕墨綬：黑色綬帶，又名墨組。漢書百官公卿表：「秩比六百石以上，皆銅印黑綬。」李賀贈陳商：「風雪直齋壇，墨組貫銅綬。」

〔七〕小舉袖：漢書十三王傳：「長沙定王發，母唐姬，故程姬侍者。……以其母微無寵，故王卑濕貧國。」應劭曰：「景帝後二年諸王來朝，有詔更前稱壽歌舞。定王但張袖小舉手，左右笑其拙。上怪問之，對曰：『臣國小地狹，不足回旋。』帝乃以武陵、零陵、桂陽益焉。」

〔八〕不龜藥：即不龜手藥。莊子逍遥遊：「宋人有善爲不龜手之藥……客聞之，請買其方百金。」郭象注：「其藥能令手不拘坼，故常漂絮於水中也。」

〔九〕詁訓緝家學：聞人滋長於經學，尤於小學有精深研究。陸游老學庵筆記卷一：「嘉興人聞人茂德，名滋，老儒也。……予少時與之同在敕局，爲刪定官，談經義滾滾不倦，發明極多，尤邃於小學云。」汪應辰送刪定聞人丈歸嘉禾（文定集卷二四）：「遺經究終始，奇字講聲形。」聞人皁民訓詁經書，即是傳承其父之學。

送壽老往雲間行化

天平船子過華亭〔一〕，舍衛城中次第行〔二〕。留取鉢盂歸院洗，東巖新出一泉清。

【題解】本詩作於淳熙十四年（一一八七），時在家養病。天平寺方丈壽老往華亭行化，作本詩送之。雲間，即華亭。

【箋注】

〔一〕「天平」句：天平，天平寺。船子，指船子和尚，釋氏稽古録略卷三：「華亭朱涇船子和尚，名德誠，得法於藥山，至華亭，泛小舟，隨緣度日，人莫知其高行，因號船子和尚。」天平船子，借指壽老。

〔二〕舍衛城：玄奘、辯機大唐西域記卷六室羅伐悉底國，季羡林注：「室羅伐悉底是梵文 śrāvasti 的對音……舊譯舍衛、室羅筏、舍婆提。此地本係憍薩羅國首都，即法顯所謂拘薩羅國舍衛城。」舍衛城是印度佛教的中心，石湖借以指雲間。

次韻知府王仲行尚書鹿鳴燕古風

昔人重遠行，供帳餞出祖。矧今燕嘉賓，宜有贈行語。府公文章公，青紫拾芥取。聯翩二百言，字字勸稽古。戒之書魚蠹，勉以雲鵬舉。作霖要實用，洗兵嫌不武。諸生承意氣，脱迹蜕農圃。明年一聲雷，幽蟄起平楚。班行入鵷鷺，榜貼綴龍虎。回頭謝府公，公言非漫與。府公亦廟廊，來莅瓊林俎。千載吴趨行〔一〕，愁絶白紵舞〔二〕。我聞有此作，病卧嗟未睹。今晨梅驛動，副墨到衡宇〔三〕。調高瑟音希，茫寒劍光吐。誰云鹿鳴廢，正賴廣微補〔四〕。當年群玉會，方駕肅飆羽。倡酬久寂莫，邂逅相勞苦。世故萬浮雲，交情一舊雨。誰當將詩壇，君實東道主。

【題解】

本詩作於淳熙十三年（一一八六）仲冬，時在家養病。知平江府王希吕作鹿鳴燕古風詩，成大次其韻答之。知府王仲行，即王希吕，字仲行，宋史卷三八八王希吕傳云：「王希吕字仲行，宿州人。渡江後自北歸南，既仕，寓居嘉興府。乾道五年，登進士科。孝宗獎用西北之士，六年，召試，授秘書省正字。除右正言。時張説以攀援戚屬擢用，再除簽書樞密院事，希吕與侍御史李衡交章劾之。上疑其合黨邀名，責遠小監當，既而悔之，改授宫觀。方説之見用，氣勢顯赫，後省不書黄，學士院不草詔，皆相繼斥逐，而希吕復以身任怨，去國之日，屏徒御，躡履以行，恬不爲悔。由是直聲聞于遠邇，雖以此黜，亦以此見知。出知廬州。淳熙二年，除吏部員外郎，尋除起居郎兼中書舍人。淮右擇帥，上以希吕已試有功，令知廬州兼安撫使。修葺城守，安集流散，兵民賴之。加直寶文閣、江西轉運副使。五年，召爲起居郎，除中書舍人、給事中，轉兵部尚書，改吏部尚書，求去，乃除端明殿學士、知紹興府。尋以言者落職，處之晏如。治郡百廢俱興，尤敬禮文學端方之士。天性剛勁，遇利害無回護意，惟是之從。嘗論近習用事，語極切至，上變色欲起，希呂挽御衣曰：『非但臣能言之，侍從、臺諫皆有文字來矣。』佐漕江西，嘗作拳石記以示僚屬，一幕官舉筆塗數字，舉坐駭愕，希呂覽之，喜其不阿，薦之。居官廉潔，至無屋可廬，由紹興歸，有終焉之意，然猶寓僧寺。上聞之，賜錢造第。後以疾卒于家。」按，王希呂知平江府，宋史無載，范成大吳郡志卷一一「牧守題名」：「王希呂，龍圖閣學士、中大夫。淳熙十三年八月到，十四年四月召。」與石湖詩意相合。

于北山、孔凡禮范成大年譜均列本詩於淳熙十四年，欠妥。按，州郡之鹿鳴宴，均在下半年，始於唐，新唐書選舉志上：「每歲仲冬……試已，長吏以鄉飲酒禮，會屬僚，設賓主，陳俎豆，備管弦，牲用少牢，歌鹿鳴之詩，因與耆艾叙長少焉。」石湖詩中有「今晨梅驛動」，知宋代平江州府之鹿鳴宴沿唐例，於仲冬舉行。王希呂於淳熙十三年八月到任，適預其會，若在十四年，則他已於四月被召，無法預宴。

【箋注】

〔一〕吳趨行：樂府詩集卷六四引崔豹古今注：「吳趨行，吳人以歌其地。陸機吳趨行曰：『聽我歌吳趨。』趨，步也。」

〔二〕白紵舞：盛行於晉、南朝各代的江南民間舞蹈。宋書樂志一：「又有白紵舞，按舞詞有巾袍之言，紵本吳地所出，宜是吳舞也。」

〔三〕副墨：莊子大宗師：「南伯子葵曰：『子獨惡乎聞之？』曰：『聞諸副墨之子。』」疏：「副，副貳也。墨，翰墨也。翰墨，文字也。」莊子以爲道術是主，文字是副，而文字又用翰墨寫的，所以稱文字爲副墨。這裏借指王希吕之古風詩。

〔四〕廣微補：束晳，字廣微，作補亡詩六首，見文選卷一九。

苦寒六言

簷冰低挂闌角，隙雪斜侵坐隅。春後一寒如此〔一〕，梅花有信來無？

【題解】

本詩作於淳熙十四年（一一八七）春，時在蘇閑居，因春後苦寒，乃賦本詩。

【箋注】

〔一〕一寒如此：語出史記范雎傳：「須賈意哀之，留與坐飲食，曰：『范叔一寒如此哉！』」

丁未春日瓶中梅殊未開二首

暖閣無人到，寒枝爲我横。情鍾吹蕊破，静極覺香生。老去魂休斷，春來眼且明。逃禪時索笑，百匝傍窗行。

夜雪臘前凍，朝陽春後蘇。人憐疏蕊瘦，花笑病翁臞。露白能多少？尋春似有無。詩催全不力，煮水換銅壺。

【題解】

本組詩作於淳熙十四年（一一八七）春，時在家養病。丁未，即淳熙十四年。瓶中梅尚未開，賦二律詩，陳造有和詩瓶中早梅二首（江湖長翁文集卷一二）其一：「詩翁静三昧，笻杖壁間横。小閣自清絶，幽芳從瘦生。巧當窗影見，時映燭花明。底用尋春去，衝寒踏月行。」其二：「羅帷護春色，群木未昭蘇。絶勝翻香坐，聊陪琢句臞。天資便静獨，冰影倚空無。後夜逢姑射，仙家白玉壺。（原注：翁約相過。）」

再題瓶中梅花

園林籬落凍芳塵，南北枝間玉蕊皴。風袂挽香雖淡薄，月窗横影已精神。雪霜春事年年晚，今古詩情日日新。鐵石如翁猶索句〔一〕，真成嚼蠟對横陳〔二〕。

【題解】

本詩作於淳熙十四年（一一八七）春，時在家養病。再題瓶中梅花，陳造有和詩次韻石湖居士見梅（江湖長翁文集卷一二）：「東風猶是玉爲塵，静女冰肌小帶皴。尚壓芳華擅春事，枉當窮臘議花神。仙姿絶俗遺群妬，鼎實收功看一新。疏影暗香吾袖手，且容詩伯繼黄陳。」方回選入瀛奎律髓卷二〇，諸家有評語。方回評：「淳熙十四年丁未作。」陸貽典評：「此首原好，馮舒抹之，太過。」查慎行評：「『嚼蠟』、『横陳』，語出楞嚴。」紀昀評：「不甚見瓶中意。」

【箋注】

〔一〕「鐵石」句：皮日休桃花賦序：「余嘗慕宋廣平之爲相，貞姿勁質，剛態毅狀，疑其鐵腸石心，不解吐婉媚辭。」

〔二〕「真成」句：語出楞嚴經卷八：「我無欲心，應汝行事，於横陳時，味如嚼蠟。」

王仲行尚書録示近詩，聞今日勸農靈巖，次韻紀事

館娃宫殿壓雲頭，自昔登臨隘九州。雪浪長風三萬頃，蒼煙古木二千秋。賓僚誰伴作詩苦，父老競傳敷政優。想見歸驂穿夜市，月邊燈火滿西樓。

【題解】

本詩作於淳熙十四年（一一八七）春，時閑居在蘇。王希吕録示近詩，乃次韻紀事。

仲行再示新句，復次韻述懷

神仙懶學古浮丘，祖意慵參老趙州〔一〕。四壁塵埃心似水，一生風露鬢先秋。病衰謹謝吳中客，技拙甘同楚國優〔二〕。斥鷃蓬蒿元自足，世間何必卧高樓！

【題解】

本詩作於淳熙十四年（一一八七）春，時閑居在蘇。王希吕再示新詩，復次韻和之。

【箋注】

〔一〕「祖意」句：用趙州禪師從諗的典故。贊寧宋高僧傳卷一一唐趙州東院從諗傳：「釋從諗，青州臨淄人也。……聞池陽願禪師道化翕如，諗執心定志，鑽仰忘疲，南泉密付授之。滅跡匿端，坦然安樂。後於趙郡開物化迷，大行禪道。」沈注卷下：「傳燈録：僧問趙州：『如何是祖師西來意？』曰：『庭前柏子樹。』」

〔二〕「技拙」句：説苑卷一五指武篇：「楚劍利，倡優拙。」石湖詩句自此化出。

李子永赴溧水，過吳訪别，戲書送之

萬壑斷流冰塞川，千巖森玉雪漫天。匆匆葉縣雙鳧舄〔一〕，换却山陰訪戴船。

犯寒書劍出春蘿，風雪橋邊得句多〔二〕。牒訴繽紛似煙海，梅花時節奈君何！

【題解】

本詩作於淳熙十四年（一一八七）春。時養病在家，李泳赴溧水縣令任，過蘇訪石湖，賦詩送之。景定建康志卷二七溧水縣令題名：「李泳，淳熙十四年三月初六日到任。」

【箋注】

〔一〕「匆匆」句：後漢書王喬傳：「王喬者，河東人。顯宗世，爲葉令。喬有神術，每月朔望，常自縣詣臺朝。帝怪其來數，而不見車騎，密令太史伺望之。言其臨至，輒有雙鳧從東南飛來，於是候鳧至，舉羅張之，但得一隻舄焉。乃語上方診視，則四年中所賜尚書官屬履也。」蘇軾雙鳧觀：「王喬古仙子，時出觀人寰。常爲漢郎吏，厭世去無還。雙鳧偶爲戲，聊以驚世頑。」

〔二〕「風雪」句：孫光憲北夢瑣言卷七：「或曰：『相國（指鄭綮）近有新詩否？』對曰：『詩思在灞橋風雪中驢子上，此處何以得之。』」

民病春疫作詩憫之

乖氣肆行傷好春，十家九空寒蛩呻。陰陽何者强作孽，天地豈其真不仁？去臘奇寒衾似鐵〔一〕，連年薄熱甑生塵。疲甿憊矣可更病，我作此詩當感神！

【題解】

本詩作於淳熙十四年（一一八七）春，時閑居在蘇。春疫流行，人民憊病，作詩憫之。

【箋注】

〔一〕「去臘」句：楊萬里衣寒獨覺：「尚有布衾寒似鐵，無衾似鐵始言貧。」

題夫差廟

縱敵稽山禍已胎〔一〕，垂涎上國更荒哉〔二〕！不知養虎自遺患〔三〕，只道求魚無後災〔四〕。夢見梧桐生後圃〔五〕，眼看麋鹿上高臺〔六〕。千齡只有忠臣恨，化作濤江雪浪堆！

【題解】

本詩作於淳熙十四年（一一八七），時養病在家。夫差廟，范成大吳郡志卷一二：「吳王夫差廟，今村落間有之，舊廟無考。鑑誡録云：『世傳此廟拆姑蘇臺木創成。』唐陳羽秀才嘗題夫差廟，時人謂之題破此廟。」陳羽經夫差廟：「姑蘇城畔千年木，刻作夫差廟裏神。冠蓋寂寥塵滿室，不知簫鼓樂何人？」孔凡禮范成大年譜淳熙十四年譜文云：「題夫差廟，責夫差縱敵遺患，爲伍子胥鳴冤，寓以古諷今之義。」方回瀛奎律髓卷二八録本詩，有諸家評語，方回評：「此詩起句、末句俱好，兩『後』字不相妨。」馮舒評：「劣弱。『垂涎』二字不穩、不醒。石湖有高懷，無經濟，不堪作詠古詩。第四句石湖體，可厭。」馮班評：「石湖體。」查慎行評：「三、四對亦自然。」紀昀評：「亦老生之常談。詞調尤野。」無名氏評：「腐極。」

【箋注】

〔一〕「縱敵」句：史記吴太伯世家載吴伐越，敗之，越王句踐乃以甲兵五千棲會稽，求議和。伍子胥諫曰：「句踐爲人能辛苦，今不滅，後必悔之。」吴王不聽，聽太宰嚭，卒許越平，與盟罷兵而去。

〔二〕「垂涎」句：史記吴太伯世家：「七年，吴王夫差聞齊景公死而大臣争寵，新君弱，乃興師北伐齊。」後來不斷與齊争戰，國力削弱，卒爲越國戰敗。

〔三〕「不知」句：養虎遺患，語出史記項羽本紀：「楚兵罷食盡，此天亡楚之時也，不如因其機而遂取之。今釋弗擊，此所謂『養虎自遺患』也。」范成大館娃宫賦：「暗養虎之後患，縱處女使兔脱。」

〔四〕「只道」句：孟子梁惠王上：「以若所爲，求若所欲，猶緣木而求魚也。……緣木求魚，雖不得魚，無後災。」

〔五〕「夢見」句：事類賦注卷二五桐「琴川秋至，吴王望之而每愁」，注云：「述異記曰：梧桐園在吴夫差舊國，一名琴川梧園。宫在句容縣，傳云：吴王别館有楸梧成林焉，古樂府云『梧宫秋，吴王愁』是也。」范成大吴郡志卷八「古迹」：「梧桐園，在吴宫，本吴王夫差園也。」又：「吴宫鄉，在吴江縣甫里之地，在今長洲東南五十里。相傳吴王别宫。」吴郡甫里志卷一六：「吴宫，郡志載吴宫在元和縣治東五十里，吴王别宫，甫里吴宫鄉即其舊址也。」

〔六〕「眼看」句：麋鹿上高臺，語出史記淮南衡山列傳：「（伍被諫淮南王）曰，臣聞子胥諫吴王，吴王不用，乃曰：『臣今見麋鹿游姑蘇之臺也。』今臣亦見宫中生荆棘，露霑衣也。」

翻襪庵夜坐聞雨

閒門冷落静無譁，小閣簾幃密自遮。日晚課程丹竈火，夜深光景佛燈花。人生寧有病連歲，身世略如僧在家〔一〕。步屧尋春非老伴，任教風雨唤雷車。

【題解】

本詩作於淳熙十四年（一一八七），時在家養病。翻襪庵，成大家中小閣名。

【箋注】

〔一〕僧在家：即在家僧。慧遠維摩義記卷一：「居士有二：一，廣積資産，居財之士，名爲居士；二，在家修道，居家道士，名爲居士。」後稱在家奉佛之人爲居士。這與儒家稱貞素自得，不肯出仕者爲「居士」不同。

睡起

憨憨與世共兒嬉，兀兀從人笑我癡。閒裏事忙晴曬藥，静中機動夜争棋。心情詩卷無佳句，時節梅花有好枝。熟睡覺來何所欠？氈根香軟飯流匙〔一〕。

【題解】

本詩作於淳熙十四年（一一八七）春，時閑居在蘇。睡起，忽有所思，賦本詩以志感。方回選入瀛奎律髓卷二六，有諸家評語，方回評：「淳熙十四年丁未春，石湖作此詩，年六十二。可作平生詩第一。『心情詩卷無佳句』，言情思。『時節梅花有好枝』，言景物。詩變體至此，不可加矣。上兩句又自不覺其冗，絶作也。」紀昀評：「虚谷云『此可作平生詩第一』，亦未必然。此變體亦無異諸人，何以獨不可加？語太薄弱，起二句尤濫。『氈根』，羊也。蓋氈以羊毛爲之，而羊者毛之根也。此用入詩，終俚。」

【箋注】

〔一〕氈根：指羊肉。唐薛昭緯謝銀二：「一棵氈根數十皴，盤中猶更有紅鱗。早知文字多辛苦，悔不當初學冶銀。」

賞海棠三絶

芳春隨分到貧家〔一〕，兒女多情惜歲華。聊爲海棠修故事，去年燈燭去年花〔二〕。

燭光花影兩相宜，占斷風光二月時㊀。但得常如妃子醉〔三〕，何妨獨欠少陵詩〔四〕。

憶向宣華夜倚闌，花光妍煖月光寒。如今蹋颯嫌風露〔五〕，且只銅瓶滿插看。

【校記】

㊀ 風光：叢書堂本、詩淵第四册第二五七七頁作「光風」。

【題解】

本組詩作於淳熙十四年（一一八七）春，時養病在家，賞海棠而賦三絶以寄興。

【箋注】

〔一〕隨分：隨處。張相詩詞曲語辭匯釋卷四：「隨分，猶云隨便也，含有隨遇、隨處、隨意各義。陸游蓦山溪詞：『嘯臺龍岫，隨分有雲山。』」

〔二〕「去年」句：錢鍾書談藝録：「東坡海棠詩曰：『只恐夜深花睡去，高燒銀燭照紅妝。』馮星實蘇詩合注以爲本義山之『客散酒醒深夜後，更持紅燭賞殘花』。不知香山惜牡丹早云：『明朝風起應吹盡，夜惜衰紅把火看。』」談藝録補訂：「義山語意，亦唐人此題中常見者。如王建惜歡：『歲去停燈守，花開把燭看。』司空圖落花：『五更惆悵迴孤枕，自取殘燈照落花。』」

〔三〕常如妃子醉：冷齋夜話卷一：「東坡作海棠詩曰：只恐夜深花睡去，高燒銀燭照紅妝。事見太真外傳，曰：上皇登沈香亭，詔太真妃子，妃子時卯醉未醒，命力士從侍兒扶掖而至。妃子醉顏殘粧，鬢亂釵横，不能再拜。上皇笑曰：豈是妃子醉，真海棠睡未足耳！」蘇軾寓居惠定院之東雜花滿山有海棠一株土人不知貴也：「朱唇得酒暈生臉，翠袖卷紗紅映玉。」以人喻花，亦謂其醉態。

〔四〕獨欠少陵詩：杜甫入蜀，未題詠海棠。鄭谷蜀中賞海棠：「濃澹芳春滿蜀鄉，半隨風雨斷鶯腸。浣花溪上堪惆悵，子美無心爲發揚。」自注：「杜工部居西蜀，詩集中無海棠之題。」陳思海棠譜序：「自杜陵入蜀，絶吟於是花，世以此薄之。其後都官鄭谷，已爲舉似。」

〔五〕蹋颯：即塌颯、答颯，見卷二七閶門初泛二十四韻「塌颯」條注。

午窗遺興，家人謀過石湖

雲日初收破柱雷，小窗坐穩興悠哉！爊爐花氣朝酲解，茶鼎松風午夢迴。謝客門闌風動竹〔一〕，惜春時節雨肥梅〔二〕。畫船破浪亦一快，聞道湖光如潑醅。

【題解】

本詩作於淳熙十四年（一一八七）春，時在家養病。陳造有和詩次韻石湖居士晴窗雜興（江湖長翁文集卷一三）：「閶門車馬隱晴雷，我亦臨風詠快哉！平碧際空烟冪歷，蔫紅照影水縈回。園翁門巷初沾絮，游子杯盤欲薦梅。落晚小家還饌客，旋篘春甕取新醅。」

【箋注】

〔一〕風動竹：蔣防霍小玉傳：「母謂曰：『汝嘗愛念「開簾風動竹，疑是故人來」，即此十郎詩也。』」十郎，即李益。

〔二〕雨肥梅：杜甫陪鄭廣文遊何將軍山林十首其五：「緑垂風折笋，紅綻雨肥梅。」

將至石湖，道中書事

水緑鷗邊漲，天青雁外晴。柳堤隨草遠，麥隴帶桑平。白道吴新郭，蒼煙越故城。稍聞鷄犬鬧，僮僕想來迎。

【題解】

本詩作於淳熙十四年（一一八七），時閑居在家。自城内居處至石湖，賦本詩記道中景物。

三月十六日石湖書事三首

春事日以闌，暑陰正清美。拖筇入林下，秀緑照衣袂。盧橘梅子黄，櫻桃桑椹紫。荷依浪花顫，笋破苔色起。風日收宿陰，物色有新意。鄰曲知我歸，争來問何似。病惱今有無？加飯日能幾？掀髯謝父老，衰雪已如此！

種木二十年〔一〕，手開南野荒。苒苒新歲月，依依舊林塘。污萊擅下濕，岑蔚驕衆芳。菱母尚能瘦，竹孫如許長。憶初學圃時，刀笠冒風霜。今兹百不堪，裹帽人扶將。龍鍾數能來，猶勝兩相忘。

湖光明可鑑，山色浄如沐。閒心愜舊觀，愁眼快奇矚。依然北窗下，凝塵滿書簏。訪我烏皮几，拂我青氈褥〔二〕。荒哉賦遠遊，幸甚遂初服。老紅餞餘春，衆緑自幽馥。好風吹晚晴，斜照入疏竹。兀坐胎息匀，不覺清夢熟。

【題解】

本組詩作於淳熙十四年（一一八七）三月十六日，時閑居在蘇，至石湖，作此以紀事。

【箋注】

〔一〕「種木」句：二十年，此爲約數。以二十年推算，當在乾道四年，時在處州。乾道二、三年石湖閑處，種樹或在此時。

〔二〕「訪我」三句：木蘭詩：「開我東閣門，坐我西閣牀。」三句仿此。

或勸病中不宜數親文墨，醫亦歸咎，題四絶以自戒，末篇又以解嘲

作字腕中百斛，吟詩天外片心〔一〕。習氣吹劍一吷〔二〕，病軀垂堂千金。

意馬場中汗血〔三〕，隙駒影裏心灰。吉蠲筆墨安用〔四〕，付與蛛絲壁煤。

詩成徒能泣鬼〔五〕，博塞未必亡羊。剛將妄言綺語，認作錦心繡腸〔六〕。

師熸尚合餘燼〔七〕，羹熱休吹冷虀〔八〕。解酲縱無五斗，且復月攘一鷄！

【題解】

本詩作於淳熙十四年（一一八七），時養病在家。

【箋注】

〔一〕「吟詩」句：皇甫湜唐故著作左郎顧況集序：「往往若穿天心，出月脇，意外驚人語，非尋常所能及。」

〔二〕吹劍一吷：莊子則陽：「吹劍首者，吷而已矣。」疏：「吷，小聲也。」釋文：「司馬云：吷然如風過。」

〔三〕意馬：意馬，即心猿意馬，喻心神不定。通俗編卷一五「心猨意馬」：「參同契注：『心猨不定，意馬四馳。』梁簡文詩：『三修袪愛馬，六意靜心猨。』許渾詩：『機盡心猨服，神閒意馬行。』南唐書元宗子從善傳：『予之壯也，意如馬，心如猱。』」

〔四〕吉蠲：選擇吉日。詩經小雅天保：「吉蠲爲饎。」毛傳：「吉，善；蠲，絜也。」鄭箋：「謂將祭祀也。」

〔五〕「詩成」句：自杜甫寄李太白二十韻「筆落驚風雨，詩成泣鬼神」化出。

〔六〕錦心繡腸：形容詩句構思巧妙，措辭秀麗。柳宗元乞巧文：「駢四儷六，錦心繡口。」齊己讀李賀歌集：「吳綾蜀錦胸襟開。」

〔七〕師熸：左傳襄公二十六年：「王夷師熸。」杜預注：「吳楚之間謂火滅爲熸。」

〔八〕「羹熱」句：楚辭九章惜誦：「懲於羹者而吹齏兮，何不變此志也。」

送遂寧何道士自潭湘歸蜀

塵埃波浪幾東西，歸去丹瓢挂杖藜。戊己爐中真造化，功成分我一刀圭〔一〕。

書劍飄然席未温，火雲撲地暑煙昏。山黄水濁湖南路，竹月荷風憶范村〔二〕。

【題解】

本詩作於淳熙十四年（一一八七）夏，時休閑在蘇。何道士，遂寧人，生平未詳。遂寧，縣名，屬遂州。王存元豐九域志卷七梓州路遂州，有遂寧。

【箋注】

〔一〕「戊己」二句：戊己在五行方位中代指中央土，道教稱煉丹處爲「甲乙壇」「戊己爐」等，此「戊己爐」泛指丹爐。刀圭：取藥物之工具。政和證類本草卷一引陶弘景名醫别録：「凡散藥有云刀圭者，十分方分匕之一，準如梧桐子大也。」章炳麟新方言卷六釋器，説刀即「庛」字，刀圭，古音讀如「條耕」，後人寫作「調羹」。韓愈寄周隨州員外：「金丹别後知傳得，乞取刀圭救病人。」兩句意謂何道士能煉丹藥，歸去後，若爐中煉出丹藥，請分我一些。

〔二〕憶范村：范村，成大城中住宅之南，隔河有園圃，名爲「范村」。他早已經營此圃，於紹熙元年二月，作有范村記。姜夔玉梅令序：「石湖宅南，隔河有圃曰范村，梅開雪落，竹院深静。」

立秋二絶 戴楸葉，食瓜水，吞赤小豆七粒，皆吴中節物也。

三伏熏蒸四大愁，暑中方信此生浮。歲華過半休惆悵，且對西風賀立秋。

折枝楸葉起園瓜，赤小如珠嚥井花。洗濯煩襟酬節物，安排笑口問生涯。

【題解】

本詩作於淳熙十四年（一一八七）立秋，時閑居在家。立秋日，賦二絶，咏吴中節物。食瓜水，即食西瓜。顧禄清嘉録卷七「立秋西瓜」條：「立秋前一月，街坊已擔賣西瓜，至是居人始薦於祖禰，并以之相饋貺，俗稱立秋西瓜。」「吴俗，則以立秋日薦瓜，而崑、新、常、昭志皆云：『立秋日，按時食西瓜。』蓋本豳風『七月食瓜』之意也。」

秋雷歎

吴諺云：「秋孛轆，損萬斛。」謂立秋日雷也。

立秋之雷損萬斛，吴儂記此占年穀。汰哉豐隆無藉在〔一〕，政用此時鳴孛轆。向來夏旱連三月，吁嗟上訴聲滿屋。訟風未憖復占雷〔二〕，助魃爲妖天更酷。我雖閒寂忝祠史，家請官供尚倉粟。塵甑貧交滿目前，卒歲將何救枵腹？但願吴儂言不驗，共割黄雲炊白玉。天人遠近叵戲論，禆竈安能尸禍福〔三〕？

【校記】

〔一〕未憖：原作「未憗」。富校：「沈注云：『憗』當作『憖』。杜預注：『憖，缺也。』」活字本、董鈔本作「愁」，叢書堂本作「愁」。按，愁、愁字同。今據改。

【題解】本詩作於淳熙十四年（一一八七）秋，時在家養病。袁景瀾吴郡歲華紀麗卷七「秋孛碌」條云：「紀曆撮要云：立秋日雷，名躃踣雷，損晚稻，亦云秋霹靂，主晚稻秕。諺云：『秋轂碌，收秕穀。』又云：『秋孛鹿，損萬斛。』」

【箋注】

〔一〕無藉在：無拘束。張相詩詞曲語辭匯釋卷四：「無藉在，猶無聊賴或無拘束也。楊萬里風花詩：『風似病顛無藉在。』」

〔二〕愁：同「愁」。左傳哀公十六年：「孔丘卒，公誄之曰：『旻天不弔，不愁遺一老。』」杜預注：「愁，且也。」詩經小雅十月之交，亦載此句，鄭箋云：「心不欲而自强之辭。」

〔三〕「禆竈」句：禆，古代祭祀大夫所服之禮服，儀禮覲禮：「侯氏禆冕釋幣於禰。」注：「禆冕者，衣禆衣而冠冕也。」此作動詞用，祭祀義。尸，主持，詩經召南采蘋：「誰其尸之，有齊季女。」毛傳：「尸，主。」

用漢中帥閻才元侍郎韻，送樊子南西歸，兼呈侍郎

萬里山巔與水涯，春風招看杏園花。向來科第直溷子〔一〕，此去文章應滿家。休

學遊仙窮越巂[二]，且從知己控褒斜[三]。南樓東望當思我，藥裹堆中兩鬢華。子南嘗自岷山西遊，窮探勝境，多見異人。南樓，侍郎新作。

【題解】

本詩作於淳熙十四年（一一八七），時在家養病。樊子南，生平未詳。閻才元侍郎，即閻蒼舒，參見卷二五書懷二絶再送文季高兼呈新帥閻才元侍郎寄題漢中新作南樓詩之「題解」。

【箋注】

〔一〕「向來」句：用元結故事。顔真卿唐故容州都督兼御史中丞本管經略使元君表墓碑銘：「天寶十二載舉進士，作文編，禮部侍郎陽浚曰：『一第污元子身，有司得元子是賴，遂登高第。』」

〔二〕越巂：本西南夷邛都之地，唐改爲巂州。李吉甫元和郡縣圖志卷三二劍南道中巂州：「本漢南外夷獠，秦、漢爲邛都國，秦嘗攻之，通五尺道，改置吏焉。至漢武帝始誅且蘭邛君，并殺筰侯，而冉駹等皆震恐，乃以邛都之地爲越巂郡，屬益州。按郡有越水、巂水，出生羌界，言越巂者，以彰威德遠也。……隋開皇六年，改爲西寧州，十八年改爲巂州，皇朝因之。」此句指樊子南「自岷山西遊，窮探勝境」。

〔三〕褒斜：古通道名，爲川陜交通要道，也稱褒斜道、褒斜谷，在陜西西南，沿褒水、斜水所形成的河谷。李吉甫元和郡縣圖志卷二二山南道褒城縣：「褒水，源出縣西衙嶺川，斜水與褒水同源而派分。漢孝武帝時，人欲通褒斜道及漕，事下御史大夫張湯。湯問其事，因言（略）。天子然之，拜湯子卬爲漢中守，發數萬人作褒斜道五百里。道果便近，而水多湍石，不可漕，遂止。」

書樊子南遊西山二記後

仙山草木鎖卿雲〔一〕，不到花平不離塵。十丈牡丹如錦蓋，人間姚魏却争春。

右牡丹瓶

春晚娑羅百葉開〔二〕，仙翁精舍長蓬萊。朝元未罷門深閉，不管人間有客來。

右大面〔三〕

【題解】

本組詩作於淳熙十四年（一一八七），時閑居在家。樊子南有遊西山二記，石湖讀之，作此書其後。

【箋注】

〔一〕卿雲：史記天官書：「若煙非煙，若雲非雲，郁郁紛紛，蕭索輪囷，是謂卿雲。卿雲見，喜氣也。」

〔二〕娑羅：范成大吴船録卷上：「過新店、八十四盤、娑羅平。娑羅者，其木葉如海桐，又似楊梅花，紅白色，春夏間開，唯此山有之。」

〔三〕大面：大面山。范成大吴船録卷上：「岷山之最近者曰青城山，其尤大者，曰大面山。大面山之後，皆西戎山矣。」

題天平壽老方丈

二十三年再入山〔一〕，此山於我有前緣。時人不用憐衰病，天與丹房一線泉〔二〕。

壽老近於半山石壁之中，得泉眼如筯，清泉如一線，涓涓而出，大旱不增減，欲爲余作小庵於泉傍，以煉丹云。

【題解】

本詩作於淳熙十四年（一一八七），時在家養病。遊天平山，於壽老方丈，題詩一首。

【箋注】

〔一〕二十三年：自本年向上推算，石湖於乾道元年曾入天平山。其時在京任職，不可能入山。乾道二年三月，爲言者論罷，返里，才有可能入天平山晤壽老。

〔二〕一線泉：范成大吴郡志卷一五「山」：「比年有寺僧師壽，搜摇巖巒，别立數亭，皆奇峭。又於白雲之上石壁中，得一泉如綫，尤清冽云。」徐崧、張大純百城烟水吴縣：「天平山，在支硎山南。……山半有白雲泉，别有一泉如綫，注出石罅，曰一綫泉（僧壽老始發之）。」

再遊天平，有懷舊事，且得卓庵之處，呈壽老

訪舊光陰二十年，殘僧相對兩依然。木蘭已老無花發，石竹依前有礙眠。萬户直須龜手藥，一龕何用買山錢。從今半座須分我，共説昏昏一覺禪〔一〕。

【題解】

本詩作於淳熙十四年（一一八七），時閑居在家。再遊天平，作此呈壽老。

【箋注】

〔一〕一覺禪：一覺，即一悟，金剛三昧經曰：「諸佛如來，常以一覺，而轉諸識，入庵摩羅。」

重九日行營壽藏之地

家山隨處可行楸〔一〕，荷鍤攜壺似醉劉〔二〕。縱有千年鐵門限〔三〕，終須一箇土饅

頭〔三〕。三輪世界猶灰劫〔四〕，四大形骸强首丘〔五〕。螻蟻烏鳶何厚薄，臨風拊掌菊花秋。

【校記】

〔一〕行楸：方回瀛奎律髓卷二八作「松楸」。

【題解】

本詩作於淳熙十四年（一一八七）重陽日，時養病在家。范成大營墓於天平山附近之赤山。吴郡文粹續編卷一九范成大得壽藏於先隴之旁詩後跋：「仰天山，在赤山之東，近天平，舊名馬鞍山。宋范文穆公（成大）營墓於此，以近天平山，慕范文正爲人，故改今名。傍有覺嚴寺，爲文穆奉祠之所，今廢。」周必大神道碑：「自公曾祖葬吴縣至德鄉上沙之赤山，少師嘗戒子姪：『他日葬我，毋遠先塋。』後葬稍南小丘。公嘗營壽藏百步間，以十二月十三日歸窆。」方回瀛奎律體卷二八録本詩，有諸家評語，馮舒評：「石湖體自好。」馮班評：「真白傅子孫。」紀昀評：「三、四粗鄙之極。」無名氏評：「釋氏謂風、水、火三輪則爲三災。老子謂域中有四大：天大、地大、道大、君大也。」載酒園詩話卷一：「范石湖營壽藏，作詩曰：『縱有千年鐵門限，終須一箇土饅頭。』真欲笑殺。」黄白山評：「唐人有張打油一派，尸祝至今，凡胸無書卷而性喜吟詠者皆宗之。」圍爐詩話卷五：「宋人好用成語入四六，後并用之於詩，故多硬轒。如（略）范石湖營壽域詩云：『縱有千年鐵門限，終須一箇土饅頭。』直欲笑殺。」

【箋注】

〔一〕「荷鍤」句：用劉伶故事。劉伶，放情肆志，嗜酒，著酒德頌。晉書劉伶傳：「常乘鹿車，攜一壺酒，使人荷鍤而隨之，謂曰：『死便埋我。』」

〔二〕「縱有」句：李綽尚書故實：「（僧智永）積年學書……人來覓書……所居户限爲之穿穴，乃用鐵葉裹之，人謂爲鐵門限。」蘇軾贈寫御容妙善師：「都人踏破鐵門限，黄金白璧空堆牀。」

〔三〕「終須」句：王梵志詩：「城外土饅頭，餡草在城裏。一人喫一個，莫嫌没滋味。」

〔四〕三輪世界：丁福保佛學大辭典：「此世界之最下爲風輪，風輪之上有水輪，水輪之上有金輪，金輪之上安置九山八海而成一世界，故此世界稱爲三輪世界。」

〔五〕首丘：禮記檀弓：「禮，不忘其本。古之人有言曰：狐死正丘首，仁也。」屈原九章哀郢：「鳥飛返故鄉兮，狐死必首丘。」

得壽藏於先隴之傍，俯酬素願，感慨交懷

密邇松楸地一隅，會心何必問青烏。亢宗雖愧鎮公子〔一〕，没世尚從先大夫。京兆漢阡賢問望㊀，邢山鄭冢儉規模〔二〕。家庭遺訓焄蒿在〔三〕，不學郄卿畫古圖〔四〕。

【校記】

㊀問望：方回瀛奎律髓卷二八作「聞望」。

【題解】

本詩作於淳熙十四年（一一八七），時閑居在蘇。營壽藏，有感而賦。方回録本詩於瀛奎律髓卷二八，方回評：「自古皆有死，二詩達矣。」紀昀評：「不問詩之工拙，而但取其見之達，非選詩之道。亦庸劣。」

【箋注】

〔一〕「亢宗」句：亢宗，庇護宗族，光耀門庭。左傳昭公元年：「吉不能亢身，焉能亢宗？」張説故洛陽尉贈朝散大夫馬府君碑：「伯父匡武撫之曰：『亢宗保家，吾有望爾。』」鎮公子，指春秋曹國公子子臧，册府元龜卷七四六：「子臧，曹公子也。魯成公十五年，晉侯以曹伯殺太子而自立，執而歸諸京師。諸侯將見子臧於王而立之。子臧辭曰：『前志有之曰：「聖達節，次守節，下失節。」爲君非吾節也。雖不能聖，敢失守乎？』遂逃奔宋。十六年六月，曹人請于晉曰：『自我先君宣公即世（在十三年），國人曰：「若之何？憂猶未弭（弭，息也。既葬，國人皆將從子臧，所謂憂未息）。」而又討我寡君（前年晉侯執曹伯），以亡曹國社稷之鎮公子（謂子臧逃奔宋），是大泯曹也（泯，滅也）。……』七月，曹人復請于晉。晉侯謂子臧：『反，吾歸而君（以曹人重子臧故）。』子臧反，曹伯歸。子臧盡致其邑與卿而不出。」

〔二〕「邢山」句：晉書杜預傳：「預先爲遺令曰：『……吾往爲臺郎，嘗以公事使過密縣之邢山，山上有冢，問耕父，云是鄭大夫祭仲，或云子産之冢也。……歷千載無毀，儉之致也。』」

〔三〕焄蒿：禮記祭義：「其氣發揚於上爲昭明，焄蒿悽愴。」注：「焄，謂香臭也。蒿，謂氣蒸出貌也。」

〔四〕「不學」句：後漢書趙岐傳：「岐字邠卿。……先是爲壽藏，圖季札、子産、晏嬰、叔向四家像居賓位，又自畫其像居主位，皆爲讚頌。」

晚登木瀆小樓

萬象當樓黼繡張，闌干一士立蒼茫。雲堆不動山深碧，星出無多月淡黄。宿鳥盡時猶數點，歸鴻驚處更斜行。松陵政有鱸魚上〔一〕，安得長竿坐釣航？

【題解】

本詩作於淳熙十四年（一一八七），時閑居在家，營壽藏，經木瀆，登樓晚望，有感而賦。

【箋注】

〔一〕「松陵」句：松陵，即松江。范仲淹松江漁者：「江上往來人，但愛鱸魚美。」松江盛産鱸魚，范成大吴郡志卷二九：「鱸魚，生松江，尤宜膾，潔白松軟，又不腥，在諸魚之上。」

題秋鷺圖

昨夜新霜冷釣磯，緑荷消瘦碧蘆肥。一江秋色無人問，盡屬風標兩雪衣。

【題解】

本詩作於淳熙十四年（一一八七）秋，時閑居在家，閲秋鷺圖，因題本詩。

送蘇秀才歸永嘉

再入庭闈再入山，偷閒百日了金丹。他年拔宅上升後，休道使親忘我難〔一〕。大道凝神術養形〔二〕，形神俱煉始功成。勸君觀妙還觀徼〔三〕，先作頑仙地上行〔四〕。

【題解】

本詩作於淳熙十四年（一一八七），時閑居在家。

【箋注】

〔一〕「他年」二句：此用蘇耽故事。神仙傳卷九蘇仙公傳：「蘇仙公者，桂陽人也，漢文帝時得道。……先生灑掃門庭，修飾墻宇。友人曰：『有何邀迎？』答曰：『仙侶當降。』俄頃之間，乃見天西北隅紫雲氤氲，有數十白鶴，飛翔其中，翩翩然降於蘇氏之門，皆化爲少年，儀形端美，如十八九歲人，怡然輕舉。先生斂容逢迎。乃跪白母，曰：『某受命當仙，被召有期，儀衛已至，當違色養，即便拜辭。』……聳身入雲，紫雲捧足，群鶴翱翔，遂升雲漢而去。」蘇秀才姓蘇，故用蘇耽故事。

〔二〕凝神：語出莊子達生：「孔子顧謂弟子曰：『用志不分，乃凝於神。』」顏延之五君詠嵇中散：「形解驗默仙，吐論知凝神。」

〔三〕「勸君」句：道德經第一章：「道可道，非常道，名可名，非常名。」「故常無欲，以觀其眇（妙），常有欲，以觀其所徼。」

〔四〕「先作」句：頑仙地上行，即地行仙。楞嚴經卷八：「人不及處有十種仙：阿難，彼諸衆生，堅固服餌，而不休息，食道圓成，名地行仙。」蘇軾樂全先生日以鐵柱杖爲壽二首其一：「先生真是地行仙，住世因循五百年。」

東宫壽詩 丁未年

有赫題期盛，無疆嗣歷昌。中興歸濬哲，重慶啓元良。兩亥開基遠〔一〕，三丁系統長〔二〕。恭惟藝祖、太宗皇帝元命皆在亥，今太上、主上、殿下元命皆在丁。帝咨同物瑞，人卜降年祥。離日融雙照，乾天秉少陽。晨昏周内寢，詩禮舜巖廊。極右辰居焕，心前火德光。與齡偕聖父，德壽協虚皇。銅律風占兑，瑶山樂奏商。蓂芳鄰五位，菊色麗中央。視膳斑衣拱，傳觴玉契將。宸楓霜獻葉，仙桂月輪香。薰炷争延祝，吟牋曷讚揚。形容仁與孝，步障有雲章。

【校記】

㈠德壽：活字本、叢書堂本、董鈔本、詩淵第六册第四四八九頁作「得壽」。

【題解】

本詩作於淳熙十四年（一一八七）九月，時在家養病。

【箋注】

〔一〕「兩亥」句：據詩注，知「開基」者指宋高祖、宋太宗。宋高祖生於後唐天成二年（九二七）丁亥；宋太宗生於晉天福四年（九三九）己亥，故云「兩亥」。

〔二〕「三丁」句：詩注「太上」，指宋高宗，生於大觀元年（一一〇七）丁亥；「主上」，指宋仁宗，生於建炎元年（一一二七）丁未，「殿下」，指皇太子趙惇，生於紹興十七年（一一四七）丁卯，三人均生于「丁」年，故云「三丁」。

送同年朱師古龍圖赴潼川

杏園耆舊如晨星，白頭相對眼故青。奉常禮樂照東蜀〔一〕，十年清名留漢廷〔二〕。歸見岷峨蜀人減估天恩厚，高議清陰猶記否？邇來聞道更蠲除，此段始終君一手。魏闕江湖關出無愧詞，父老笑迎還歎咨。賈生未可去宣室〔三〕，屯膏一州誰謂宜。遥知夢境尚京塵，啞吒滿船聞魯語。蜀士仕於朝者，所買婢處〔四〕，招頭不用催嗚櫓〔五〕。妾，例不肯隨歸，獨師古家無一人肯相舍，傳以爲奇事。蜀人以中原語音爲魯語。

【題解】

本詩作於淳熙十四年（一一八七）十月，時養病在家。朱師古，即朱時敏，字師古，眉山人，與石湖同爲紹興二十四年進士，歷仕秘書郎、著作佐郎、著作郎、將作少監。淳熙十四年，知潼川府。赴任前，過蘇訪石湖。南宋館閣續録卷六：「朱時敏，（淳熙）五年六月除（秘書郎），六年十月，爲著作佐郎。」又：「朱時敏（淳熙）六年十月除（著作佐郎），七年七月爲著作郎。」又：「朱時敏，字師古，眉山人，紹興二十四年張孝祥榜同進士出身，治禮記。（淳熙）七年七月除（著作郎），九年三月爲將作少監。」建炎以來繫年要録乙集卷一一奉常大事例遷儀曹條云：「朱時敏師古，眉山人也。淳熙末爲太常少卿。王季海喜其謹厚，欲用爲從官，而不敢薦，二年半不遷。數請外，季海留之。……一日，方坐寅清堂，有老吏密言曰：『德壽宮服藥，可知之否？』師古顰蹙曰：『知之，奈何？』吏曰：『少卿奚去之果？』師古不諭。既而得小龍，知潼川府。」宋會要輯稿職官六二：「（淳熙十四年九月）二十三日詔，太常少卿朱時敏，久踐周行，備更事任。除直龍圖閣，知潼川府。」朱時敏知潼川之詔命，於九月二十三日方下，則離行在，去蘇州，當在本年十月。

【箋注】

〔一〕「奉常」句：奉常，即太常，指太常寺。高承事物紀原卷五「九寺卿少部第二十四」：「太常，亦周禮春官職也。秦有奉常，漢初改曰太常，蓋秦官也。初學記曰：『高祖改，漢百官表曰：景帝中六年更。』」太常寺卿、少卿掌禮樂。宋史職官志四：「太常寺，卿掌禮樂、郊廟、社稷、壇壝、陵寢之事，少卿爲之貳，丞參領之。」宋會要輯稿職官二二「太常寺」：「太常寺掌社稷及武成王廟、諸壇齋宮習樂之事。」因朱時敏久仕太常少卿，今去東蜀任職，將禮樂之習帶至其地，故云「照東蜀」。

〔二〕「十年」句：朱時敏於淳熙五年任秘書郎，至淳熙十四年任太常少卿，前後恰爲十年，長任京官，有清名，故云「留漢廷」。

〔三〕「賈生」句：用賈誼故事，李商隱賈生：「宣室求賢訪逐臣，賈生才調更無倫。可憐夜半虛前席，不問蒼生問鬼神。」石湖反用此事，故云「未可」。

〔四〕「魏闕」句：莊子讓王：「身在江湖之上，心居乎魏闕之下。」

〔五〕招頭：杜甫撥悶：「長年三老遥憐汝，捩舵開頭捷有神。」仇兆鰲注：「蔡注：『峽中以篙師爲長年，舵工爲三老。』邵注：『三老，捩船者，長年，開頭者。』」陸游入蜀記卷五：「問何謂長年三老，云梢工是也。」入蜀記卷四：「有嘉州人王百一者，初應募爲船之招頭。招頭，蓋三老之長。」

題趙希遠案鷹圖

學射春山萬歲湖，牙門列騎卷平蕪。如今黄土原邊夢，猶識呼鷹嗾犬圖。

【題解】

本詩作於淳熙十四年（一一八七），時閑居在蘇。得觀趙伯驌案鷹圖，因題詩。趙希遠，即趙伯驌，鄧椿畫繼卷二「侯王貴戚」：「其（伯駒）弟路分伯驌，字希遠，亦善山水花木，著色尤工。」湯垕畫鑑：「宋宗室如千里、希遠，皆得丹青之妙。」夏文彦圖繪寶鑑卷四：「趙伯驌字希遠，千里弟，善畫山水人物，尤長於花禽，傅染輕盈，頓有生意。」

題米元暉吴興山水横卷

道場山麓接何山〔一〕，影落苕溪浸碧瀾〔二〕。只欠荷花三十里，橛頭船上把漁竿〔二〕。

【題解】

本詩作於淳熙十四年（一一八七），時在家養病。米元暉，即米友仁（一〇八六—一一六五），字元暉，號懶拙道人，太原人。米芾之子。十九歲時，畫楚山清曉圖，米芾以之進呈宋徽宗，受賞識，由是知名。宣和時任大名府少尹。南渡後，歷仕浙江西路提舉茶鹽公事、工部侍郎，敷文閣直學士等。與父齊名，時稱「二米」或「大小米」。善畫水墨山水，表現江南烟霧迷濛的山水景色。鄧椿畫繼卷三：「米友仁，元章之子也。幼年，山谷贈詩曰：『我有元暉古印章，印刓不忍與諸郎。虎兒筆力能扛鼎，教字元暉繼阿章。』遂字元暉。元章當置畫學之初，召爲博士。便殿賜對，因上友仁楚山清曉圖。既退，賜御書畫各二軸。友仁宣和中爲大名少尹，天機超逸，不事繩墨，其所作山水，點滴烟雲，草草而成，而不失天真。其風氣肖乃翁也。每自題其畫曰墨戲。被遇光堯，官至工部侍郎，敷文閣直學士，日奉清閒之燕。」

【箋注】

〔一〕「道場山」句：道場山，談鑰嘉泰吴興志卷四：「（烏程縣）道場山，昔訥和尚辭師出巡禮，師曰：『逢道即止。』訥經此山，遂留，後建寺山頂，有塔，下有笑月亭、愛山亭。」何山，與道場山相接，同書同卷云：「何山，沈括地志云：『何山，亦曰金蓋山，晉何楷居此習儒業，楷後爲吴興太守，改金蓋山爲何山。……』續圖經曰：推本而言，舊編云山與道場山相接，最爲吳興勝遊。然道場山勝在山頂，何山勝在山下。蘇東坡詩有『道場山頂何山麓』之句。」

〔二〕苕溪：一名霅溪，李吉甫元和郡縣圖志卷二五江南道湖州烏程縣：「霅溪水，一名大溪水，一名苕溪水，西南自長城、安吉兩縣東北流，至州南與餘不溪水、苧溪水合，又流入於太湖，在州北三十五里。」

〔三〕「只欠」二句：方干題畫建溪圖：「分明記得曾行處，只欠猿聲與鳥啼。」秦觀題趙團練畫江干晚景四絕其三：「煩君添小艇，畫我作漁翁。」

圍田歎四絕

萬夫堙水水乾源，障斷江湖極目天。秋潦灌河無洩處，眼看漂盡小家田。

山邊百畝古民田，田外新圍截半川。六七月間天不雨，若爲車水到山邊？

壑鄰罔利一家優，水旱無妨衆户愁。浪説新收若干税，不知逋失萬新收。

臺家水利有科條，膏潤千年廢一朝。安得能言兩黃鵠，爲君重唱復陂謠〔一〕。

【題解】

本組詩作於淳熙十四年（一一八七），時養病在家。石湖於乾道四年知處州，曾修復廢棄之隄堰，使鄉民重享溉田之利。今聞浙西陂塘不修，作圍田歎四首。黄震黄氏日鈔卷六七評曰：「圍田歎四首，言大家之妨細民。」于北山范成大年譜淳熙十四年譜文附注：「今見陂塘不修，旱潦排灌，毫無措施，尤其是村豪壟斷，小民受害；官府不問，專事搜括，引起石湖無限憂悒，故作詩以代申訴與呼籲。」孔凡禮范成大年譜淳熙十四年譜文：「作圩田嘆，揭豪家圩田侵奪貧民之害。」孔先生并對浙西圍田事，廣徵史料：一、宋史全文卷二四：「（乾道二年四月）除浙西圍田，以其壅水害民田故也。」又卷二七：「（淳熙十年四月癸卯）大理寺丞張抑言：浙西諸州豪家大姓，於瀕湖陂蕩，各占爲田，名曰塘田，於是舊爲田者始隔絶水出入之地。淳熙八年，雖因臣僚札子，有旨令兩浙運司根括。而八年（按：「八」當爲「兩」之誤）之後，圍裏益甚。乞自今責之知縣，不得給據；責之縣尉，常切巡捕，責之監司，常切覺察，仍許人告。令下之後，尚復圍裏者，論如法。從之。」二、宋史卷一七三食貨志上一：「（淳熙）十年，大理寺丞張抑言：『陂澤湖塘，水則資之瀦洩，旱則資之灌溉。近者浙西豪宗，每遇旱歲，占湖爲田，築爲長堤，中植榆柳，外捍茭蘆，於是舊爲田者，始隔水之出入。蘇、湖、常、秀昔有水患，今多旱災，蓋出於此。乞責縣令毋給據，尉警捕，監司覺察。有圍裏者，以違制論；給據與失察者，并坐之。』既而漕臣錢冲之請每圍立石以識之，共一千四百八十九所，令諸郡遵守焉。」三、宋會要輯稿食貨六一之三八至三九：「（慶元）二年八月二日，户部尚書袁説友、侍郎張抑言：近年以來，浙西諸郡圍田之利既行，而陂塘淹瀆，皆變爲田。年歲既深，圍田日廣，曩日瀦水之地，百不一存，水無所瀦，旱無所取，雨則易潦，晴則易旱者，皆圍田有以致之也。今浙西鄉落，圍田相望，皆千百畝，陂塘淹瀆，悉爲田疇，有水則無地之可潴，有旱則無水之可戽，易水易旱，歲歲益甚。今不嚴爲之禁，將不數年，水旱易見，又有甚於今日，無復有稔歲矣。」據此數證，益可見石湖這組詩的現實意義。

【箋注】

〔一〕「安得」二句：漢書翟方進傳：「童謡曰：『壞陂誰？翟子威，飯我豆食羹芋魁。反乎覆，陂當復，誰云者？兩黃鵠。』」復陂謡，即指此童謡。

素羹

氈芋凝酥敵少城，土藷割玉勝南京〔一〕。合和二物歸藜糝〔二〕，新法儂家骨董羹〔三〕。

【題解】

本詩作於淳熙十四年（一一八七），時閑居在蘇，食素羹，戲賦一絶以紀事。

【箋注】

〔一〕土藷：藷芋，即山藥。蘇軾聞子由瘦：「土人頓頓食藷芋。」查注引本草：「薯芋，一名土藷，即山藥也。因唐代宗名預，改爲藷藥。又因宋英宗名曙，改爲山藥。」

〔二〕「合和」句：藜糝，語出説苑雜言：「孔子困于陳蔡之間，居環堵之内，席三經之席，七日不食，藜羹不糝。」

〔三〕骨董羹：蘇軾仇池筆記：「羅浮頴老取凡飲食雜烹之，名骨董羹。」

夜雨

燭花垂穗伴空齋，心事如灰入壯懷。老倦更闌惟熟睡，任他疎雨滴空堦。

【題解】本詩作於淳熙十四年（一一八七），時閑居在蘇，夜雨，賦小詩以志感。

野景

菰蒲聲裏荻花乾，鷺立江天水鏡寬。畫不能成詩不到，筆端無處著荒寒。

【題解】本詩作於淳熙十四年（一一八七），時閑居在蘇，見野景，賦詩志之。

除夜地爐書事

節物閙門裏，人情老境中。雁聲凌急雨，燈影戰斜風。糟醨新醅白，柴錐軟火紅〔一〕。家人恔夜話㊀，我已困蒙茸。吴人酌酒甕浮醅，謂之擎醨，酒之精英也。

【校記】

㊀家人：原作「人家」。富校：「『人家』黄刻本、宋詩鈔作『家人』，是。」活字本、叢書堂本、董鈔本均作「家人」，今據諸本改。

【題解】

本詩作於淳熙十四年（一一八七）除夕夜，賦本詩記事。

【箋注】

〔一〕軟火：白居易葺池上舊亭：「軟火深土爐，香醪小瓷榼。」

元日立春感歎有作二首

元日兼春日，霜寒又雪寒。併煩傳菜手，同捧頌椒盤。疊膝稀穿履，扶頭懶正冠。五年如此度，寧得諱衰殘！

元日兼春日，閒身是老身。行年申直戊〔一〕，交運丑支辛〔二〕。豈敢綦安佚，聊希刮鈍屯〔三〕。童兒看書户，把筆已如神。

【題解】

本詩作於淳熙十五年（一一八八）元日，時閑居在蘇。元日立春，作此感歎自己年老體衰。

【箋注】

〔一〕「行年」句：淳熙十五年爲戊申歲，故云。

〔二〕「交運」句：石湖認爲交運的年分是「丑支辛」，即辛丑歲，乃淳熙八年，此年，朝廷以「治郡（指明州）有勞」，除端明殿學士，三月，又令守建康府。宋會要輯稿職官六二：「（淳熙）八年二月二十三日詔：知明州范成大除端明殿學士，以成大治郡有勞，故有是命。」

〔三〕鈍屯：鈍，頑鈍。玉篇：「鈍，頑鈍也。」正字通：「凡質魯者曰鈍。」屯，難，危難。説文：「屯，難也。」易屯：「屯，剛柔始交而難生。」

古鼎作香爐

雲雷縈帶古文章，子子孫孫永奉常〔一〕。辛苦勒銘成底事？如今流落管燒香。

【題解】
本詩作於淳熙十五年（一一八八），時閑居在蘇。
【箋注】
〔一〕「雲雷」三句：漢書卷二五郊祀志：「此鼎殆周之所以褒賜大臣，大臣子孫刻銘其先功，藏之於宮廟也。」雲雷，爲鼎之紋飾。

偶書

捏目華中影現身，有爲皆妄懶方真。已甘搰搰勤爲圃，休向滔滔苦問津。書至五千空拄腹〔一〕，錢非十萬不通神〔二〕。君看汗簡沉碑者，隨水隨風幾窖塵！

【題解】
本詩作於淳熙十五年（一一八八），時閑居在蘇。
【箋注】
〔一〕「書至」句：盧仝走筆謝孟諫議寄新茶：「三椀搜枯腸，撐腸拄腹文字五千卷。」
〔二〕「錢非」句：張固幽閑鼓吹：「相國張延賞將判度支，知有一大獄，頗有冤濫，每甚扼腕。……公曰：『錢至十萬，可通神矣，無不可回之事。』」

太上皇帝靈駕發引挽歌詞六首

紹運鍾陽九，興王撫半千。斷鼇媧立極，翔鳳漢中天。宵旰三星紀〔一〕，希夷十閏年〔二〕。聲容彌宇宙，浯石不勝鐫。

自將吳津騎，誰嬰泰一鋒〔三〕？旄頭連夜落，京觀隔江封。舞武三成備，書文九譯重。修攘遺策在，嗣聖續車攻。

簫勺妖氛靜，甄陶叶氣還。春回慈殿駕，天作祐陵山。開闢風雲慘，登平日月閒。艱難雖獨瘠，壽域徧人間。

傳聖家人禮，凝神象帝先。勳華今曆數，汾社古山川。衆父尊歸父，中天更有天。壽宮何所厭，亟上白雲仙。

帝業雖天廣，皇心本谷虛。神應游混沌，夢不返華胥。玟德難涯涘〔四〕，銘功總緒餘。誰能言大道，第入四墳書〔五〕。

文德堯新廟，威靈禹舊山㊀。海門賓羽衛，地軸啓雲關。無路攀仙駕，當年拱聖顏。小臣衰疾淚，空望帝鄉潸。

【校記】

㈠ 禹舊山：原作「舊禹山」。富校：「『舊禹』黄刻本作『禹舊』，是。」活字本、叢書堂本、董鈔本均作「禹舊山」。今據改。

【題解】

本組詩作於淳熙十五年（一一八八）三月。太上皇帝，指宋高宗趙構。高宗崩於淳熙十四年十月。宋史高宗紀：「淳熙十四年十月乙亥，崩於德壽殿。」高宗崩駕的消息，周必大曾寫信告知石湖，與范至能參政劄子八：「某泣血言，邦禍非常，光堯厭世。聖君號慕，臣庶摧傷。參政策名先朝，以遺嗣聖，位隆二府，同國休戚，諒初奉諱，疼苦難任，無從面訴，第均悲愴。不次。某一自變故以來，聖上執喪過禮，度越前代。日侍軒陛，哽塞無措，坐此致唁稽晏。先蒙鈞誨，慚惕無已。惟鈞慈有以矜亮，幸甚。某比蒙緘啓盛禮，正緣國哀，未敢視儀以報。謹因尺牘，先謝不敏。續别脩染，伏乞鈞照。」與范至能參政劄子九：「某披訴之後，匆匆遂見長至。異時兩宫龍衮交映，聲氣和樂，極古今之盛事。今乃爲縞素哭臨，寧不心折！宫使大資參政，義鈞休戚，固應愁隨一綫而長也。只今聖上，哀傷過禮，言逐涕下。每入侍，輒哽塞。伏恐欲知。一遞筒附記草率，尚乞垂照。」「靈駕發引」，宋史孝宗紀：「（淳熙十五年三月）丙寅，權欑高宗於永思陵。」

【箋注】

〔一〕「宵旰」句：宵旰，本指宵衣旰食，喻勤於政務，此指皇帝。舊唐書劉蕡傳載其大和十二年對策：「若夫任賢惕厲，宵衣旰食，宜黜左右之纖佞，進股肱之大臣。」高宗自建炎元年即位，至紹興三十二年禪位，共在位三十六年。十二年爲一星紀，故云三星紀。

〔二〕希夷：無聲爲希，無色爲夷，形容虛寂微妙。老子：「視之不見名曰夷，聽之不聞名曰希。」

〔三〕「自將」二句：宋高宗中和堂詩：「六龍轉淮海，萬騎臨吴津。」泰一，鶡冠子泰鴻：「泰一者，執大同之制，調泰鴻之氣，正神明之位者也。」陸佃解：「泰一，天皇大帝也。」

〔四〕挍德：挍，同「校」。十駕齋養新録卷三「陸氏釋文多俗字」條：「按説文手部無挍字，漢碑木旁字多作手旁，此隸書之變，非别有挍字。」校德，後漢書申屠剛傳：「今朝廷不考功校德，而虛納毁譽。」

〔五〕四墳書：墳，即墳典，古書的通稱，後漢書趙壹傳報皇甫規書：「高可敷翫墳典，起發聖意。」

别擬太上皇帝挽歌詞六首　不進

身濟投艱業，時乘撥亂機〔一〕。荆榛荒帳殿，風雨頮戎衣。有日臨黄道，無星彗紫微。至今淮海上，猶詠六龍飛。太上皇帝初載御製詩云：「六龍轉淮海，萬騎臨吴津。」

大孝天孚佑，精誠敵可摧。龍輴遷座至，魑馭及泉回〔二〕。永祐千章木，慈寧萬壽杯。古今無此事，絶德詔方來。

斂福開皇極，儲祥握赤符。寇降千猰貐〔三〕，胡拜兩單于。遺誥之下，淮北父老涕泣曰：「太上皇帝真主也，實受北虜兩朝之拜。」謂亶、亮二首，皆嘗在聘使中。洗甲民安枕，垂衣國覆盂。有生何以報，壽域亘綿區。

與子傳神器，承家得聖人。堦庭天下養，壺嶠海中春。四葉斑衣樂，三加玉册新。壽宮如帝所，何必上霄晨。

舞羽修文後，投歌講藝時。天章雲漢麗，國典日星垂。麟絶仲尼筆，猿啼神禹碑。傷心河洛水，無處問龍龜〔四〕。

甫賀蠅傳赦，俄驚鶴馭風。首山銅鼎就〔五〕，前殿玉卮空。日豈揮戈及，天無鍊石功。如何千萬壽，不待九齡終。

【題解】

本組詩作於淳熙十五年，參見太上皇帝靈駕發引挽歌詞六首「題解」。

【箋注】

〔一〕撥亂：治理亂世。公羊傳哀公十四年：「撥亂世，反諸正，莫近諸春秋。」

〔二〕騩：淺黑色馬。晉書輿服志：「皇后先蠶，乘油畫雲母安車，駕六騩馬。」

〔三〕猰貐：食人怪獸。淮南子本經：「猰貐、鑿齒、九嬰、大風、封豨、脩蛇，皆爲民害。」注：「猰貐，獸名也，狀龍首，或曰似貍，善走而食人。」

〔四〕「傷心」二句：河洛，即黄河、洛水。周易顧命：「河出圖，洛出書，聖人則之。」尚書洪範：「天乃錫禹洪範九疇。」孔安國傳：「天與禹，洛出書，神龜負文而出，列于背，有數至于九。」

〔五〕「首山」句：古代傳説，黄帝采首山銅，鑄鼎於荆山，鼎成，有龍垂鬚迎黄帝上天。後世名其地曰鼎湖。見史記封禪書。後來用此爲皇帝死亡的典故。

送許耀卿監丞同年赴静江倅四絶

南國春深雁欲回，湘江花浪一帆開。知君不爲驂鸞去，直爲淵明五斗來。

羅帶江流碧玉峰，舊游如夢一星終。煩披蘚石尋題字，定有人能記此翁。

雁塔交親比斷金，故人歲晚更情深。只今不隔同年面，想見青雲異日心〔一〕。

官塗真有上竿魚〔二〕，玉笋翻乘别駕車〔三〕。聞道留行有公論，從今日日看除書。

【題解】

本詩作於淳熙十五年（一一八八）春，時閑居在家。許耀卿將赴静江倅任，來蘇告别，乃作本詩送行。

【箋注】

〔一〕「只今」二句：語出王定保唐摭言卷三：「紫陌尋春，便隔同年之面；青雲得路，可知異日之心。」

〔二〕「官塗」句：用梅堯臣故事。歐陽修歸田録卷二：「梅聖俞以詩知名，三十年終不得一館職。……其初受敕修唐書，語其妻刁氏曰：『吾之修書，可謂猢猻入布袋矣！』刁氏對曰：『君於仕宦，亦何異鮎魚上竹竿耶！』」

〔三〕別駕車：漢書黄霸傳：「宣帝下詔曰：『制詔御史：其以賢良高第揚州刺史霸爲潁川太守，秩比二千石，居官賜車蓋，特高一丈，別駕主簿車，緹油屏泥於軾前，以章有德。』」

石湖居士詩集卷二十九

次韻虞子建見咍贖帶作醮

齋祠難著野衣冠，旋贖金章始見閒。台架塵侵毬路暗，花書墨漬笏頭斑〔一〕。當年馹騎傳呼賜〔二〕，此日村童拂拭還。若比前廳荒驛舍，見存猶可一開顏。

兒女傳觀省見稀，病身聊復借光輝。莫嫌憔悴沈腰瘦〔三〕，且喜間關秦璧歸〔四〕。不是典來還酒債〔五〕，亦非將去换蓑衣。塵魚甑釜時相阸，微汝誰能爲解圍？

【題解】

本組詩作於淳熙十五年（一一八八），時養病在家。虞子建，即虞植，熟讀經史，曾參石湖蜀帥幕。范成大吴船録卷上：「（六月）丙申，復登巖眺望。……同登峰頂者：幕客簡世傑伯雋、楊光商卿、周傑德俊萬、進士虞植子建及家弟成績。」張鎡有簡虞子建詩（南湖集卷三）述其爲人甚詳：「虞君借屋王城裏，閉門端坐窮經史。游謁俱非射利徒，名公往往爲知己。年來清貧漸到骨，造命由天常自委，屬客雖慳北海樽，出街尚矜東郭履。我交英彦固不少，易足如君誠鮮矣。連朝雪片大似掌，平地未尺俄復止。今晨暘光炙瓦壟，旋滴虚簷聲不已。竹間鳥雀快飛鳴，庭下兒童争跳喜。叩關過我未及款，首問雪詩曾有幾？自云危樓開破牖，盡見山屏群玉倚。遠從臺館聽笙簫，更煮鮭魚傾濁醴。呼兒誦我湖上句，聊當清歌摇醉耳。初聞不覺忽自哂，過奬翻令增愧耻。屢稱非僞弗許辯，更愛無心真絶比。紛紛馳谷跨深坑，苟禄貪榮纇流泚。辛勤縱得席暫暖，争坐成群又催起。豈若高蹈身不與，裹布羹蔬藉温美。乘間書紙本非詩，切勿多傳召嗤鄙。」

【箋注】

〔一〕「台架」三句：歐陽修歸田録卷二：「乃創爲金銙之制以賜群臣，方團毬路以賜兩府，御僊花以賜學士以上，今俗謂毬路爲『笏頭』，御僊花爲『荔枝』，皆失其本號也。」宋史輿服志五「帶」：「其制有金毬路、荔支、師蠻、海捷、寶藏。」附注：「方團二十五兩；荔支自二十五兩至七兩，有四等。」又：「端拱中，詔作瑞草地毬路文方團胯帶，副以金魚，賜中書、樞密院文臣。」又云：「伏見張耆授兼侍中日，特賜笏頭金帶以爲榮異。」又云：「中興仍之，其等亦有玉、有金、有銀、有金塗銀、有犀、有通犀、有角。其制，毬文者四方五團，御仙花者排方。凡金帶，三公、左右丞相、三少、使相、執政官、觀文殿大學士、節度使毬文，佩魚；觀文殿學士至華文殿直學士、御史大夫、中丞、六曹尚書、侍郎、散騎常侍、開封尹、給事中並御仙花，内御史大、六曹尚書、觀文殿學士至翰林學士仍佩魚。」按，石湖曾爲宰執、節度使，故有此帶。

〔二〕駟騎：驛馬。元稹酬樂天東南行詩一百韻：「駟騎來千里，天書下九衢。」

〔三〕沈腰瘦：用沈約故事。沈約與徐勉書：「百日數旬，革帶常應移孔，以手握臂，率計月小半分。」李商隱自桂林奉使江陵詩：「沈約瘦愔愔。」又，韓冬郎即席爲詩相送詩：「瘦盡東陽姓沈人。」

〔四〕「且喜」句：間關，道路崎嶇難行。漢書王莽傳：「（王邑）間關至漸臺。」注：「間關，猶言崎嶇展轉也。」秦璧歸，用完璧歸趙的故事，事見史記藺相如傳。

〔五〕「不是」句：孟棨本事詩高逸：「李太白初自蜀至京師，舍於逆旅。賀監知章聞其名，首訪之。既奇其姿，復請所爲文。出蜀道難以示之。讀未竟，稱歎者數四，號爲謫仙，解金龜換酒，與傾盡醉，期不間日，由是稱譽光赫。」

顏橋道中

村村籬落總新修，處處田疇盡有秋。一段農家好風景，稻堆高出屋山頭。

【題解】

本詩作於淳熙十五年（一一八八），時在家養病。偶過顏橋，喜農家秋收景象，乃賦一絕。顏橋。范成大吳郡志卷一七「橋梁」：「楓橋，在閶門外九里道傍，自古有名。」其下有「顏橋」，則此橋在楓橋附近。沈注卷下：「顏橋道中，在楓橋鎮東北。蘇州府志：在獅山西。」

上沙舍舟

村北村南打稻聲，竹輿隨處款柴荆。斜陽倒景天如醉，明日山行更好晴。

【題解】本詩作於淳熙十五年（一一八八）秋，時在蘇養病。正值秋收時節，成大游顏橋、上沙，訪農舍，喜而賦此。

宿閶門

五更潮落水鳴船，霜送新寒到枕邊。報道霧收紅日上，野翁猶蓋短篷眠。

【題解】本詩作於淳熙十五年（一一八八）秋，時閑居在蘇。過閶門，賦詩紀事。

攜家石湖賞拒霜

水上晴雲綵蝀横〔一〕，許多蜂蝶趁船行。漁樵引入新花塢，兒女扶登小錦城。艷粉發粧朝日麗，濕紅浮影晚波清〔二〕。誰知摇落霜林畔，一段韶光畫不成。

【題解】

本詩作於淳熙十五年（一一八八）秋，時養病在家，已漸康復，故攜家至石湖賞芙蓉花。拒霜，即木芙蓉。廣群芳譜卷三九：「木芙蓉，一名木蓮，一名華木，一名拒霜花。……又有四面花，轉觀花，紅白相間，八九月間次第開謝，深淺敷榮，最耐寒，而不落不結子。總之此花清姿雅質，獨殿衆芳，秋江寂寞，不怨東風，可稱俟命之君子矣。」

【箋注】

〔一〕「水上」句：綵蝀，彩虹。蝀，即蝃蝀，虹的别名。生於水邊的芙蓉，映照緑水，如水上晴雲，彩虹横陳。

〔二〕「濕紅」句：王安石木芙蓉：「水邊無數木芙蓉，露染臙脂色未濃。正似美人初醉著，强抬青鏡欲妝慵。」

壽櫟東齋午坐

屋角静突兀，雲氣低鴻濛。殘葉颭疎雨，孤花側淒風。北窗午睡起，一笑萬事空。無人共此意，莎堦咽微蛩。

【題解】本詩作於淳熙十五年（一一八八）秋，時在蘇，攜家來石湖。壽櫟堂，石湖别墅中堂名。

晚思

蘚牆莎砌響幽蟲，睡起繙書覺夢中。殘暑一窗風不動，秋陽入竹碎青紅。

【題解】本詩作於淳熙十五年（一一八八）秋，時閑居在家。

壽櫟堂枕上

禪牀初著小山屏，夜久秋涼枕席清。繞鬢飛蚊妨好夢，卧聽簷雨入池聲。

【題解】

本詩作於淳熙十五年（一一八八）秋，時閑居在蘇，來石湖别墅居住，作此小詩。

宿妙庭觀次東坡舊韻

桂殿吹笙夜不歸〔一〕，蘇仙詩板挂空悲〔二〕。世人舐鼎何須笑，猶勝先生夢石芝〔三〕。

升降三田自有丹〔三〕，浪尋盤鼎斸仙壇。扣門倦客惟思睡，容膝庵中一枕安。觀爲董雙成故宅，元祐間修造，掘地得琉璃盤、銅鼎，中有丹，已而盤碎失丹，惟鼎存。坡詩蓋紀其事。鼎後爲宣和殿取去。

【題解】

本詩作於淳熙十五年（一一八八）十一月，應召入對，路過富陽，宿妙庭觀，用東坡舊韻，題詩抒情。周必大神道碑「（淳熙）十五年十一月，起知福州，引疾固辭，詔令奏事，又辭。上先遣醫官張廣卿傳旨灼艾。既對，勞公曰：『卿南至桂廣，北使幽燕，西入巴蜀，東薄鄞海，可謂賢勞，宜其多疾。』袖丹砂以賜。」富陽，縣名，在臨安西南。王存元豐九域志卷五兩浙路杭州有富陽。妙庭觀，蘇軾富陽妙庭觀董雙成故宅發地得丹鼎覆以銅盤承以瑠璃盆盆既破碎丹亦爲人争奪持去今獨盤鼎在耳二首：「人去山空鶴不歸，丹亡鼎在世徒悲。可憐九轉功成後，却把飛昇乞内芝。」「琉璃擊碎走金丹，無復神光發舊壇。時有世人來舐鼎，欲隨鷄犬事劉安。」咸淳熙安志卷七五寺觀一：「妙庭觀，在縣西十五里，舊號明真，治平二年，改賜今額，世傳董雙成故宅(今山下多董姓)。天聖中，道士朱去非發地得丹鼎，覆以銅盤，承以琉璃盆，盆破，丹亦飛去。」「題咏」下録蘇軾二詩。

【箋注】

〔一〕「桂殿」句：語出李德裕步虚詞：「仙家女侍董雙成，桂殿夜寒吹玉笛。」(見宋許顗彦周詩話)

〔二〕「蘇仙」句：蘇仙，指蘇軾。蘇軾被人稱爲「謫仙人」。王闢之澠水燕談録卷四高逸：「子瞻文章議論，獨出當世，風格高邁，真謫仙人也。」詩板，唐宋人常將詩句題在特製的木板上，稱爲「詩板」。辛文房唐才子傳章八元：「初長安慈恩寺浮圖，前後名流詩版甚多，八元亦題，有云：『却怪鳥飛平地上，自驚人語半天中。』」

〔三〕「猶勝」句：夢石芝，蘇軾兩次夢石芝，均寫詩，并有叙引。石芝詩引云：「元豐三年五月十一日癸酉夜，夢游何人家，開堂西門，有小園、古井。井上皆蒼石，石上生紫藤如龍蛇，枝葉如赤箭。主人言此石芝也。余率爾折食一枝，衆皆驚笑。其味如鷄蘇而甘，明日作此詩。」東坡又作：「予昔夢食石芝，作詩紀之。今乃真得石芝於海上。子由和前詩見寄，予頃在京師，有鑿井得如小兒手以獻者，臂指皆具，膚理若生。予聞之隱者曰：『此肉芝也。』與子由烹而食之，追記其事，復次前韻。」

〔四〕「升降」句：三田，道家以爲人有上、中、下三丹田，抱朴子地真：「或在臍下二寸四分下丹田中，或在心下絳宫金闕，中丹田，或在人兩眉間，却行一寸爲明堂，二寸爲洞房，三寸爲上丹田也。」

餘杭初出陸

村媪群觀笑老翁，宦途何處苦龍鍾？霜毛瘦骨猶千騎，少見行人似箇儂！

【題解】

本詩作於淳熙十六年（一一八九）春，時赴知福州任，經餘杭縣，賦本詩以自嘲。周必大神道碑：「十五年十一月，起知福州，引疾固辭。……俄壽皇内禪，公行至婺州，以腹疾力請奉祠，從之。」石湖赴福州，應在壽皇内禪之後。本年二月，孝宗内禪，光宗即位，則石湖啓程經餘杭，當在二月以後。

桐廬江中初打槳

二十年前鬢未斑〔一〕，下灘歸路落潮乾。如今衰雪三千丈〔二〕，却趁潮平再上灘。

【題解】

本詩作於淳熙十六年（一一八九）春，時赴知福州任，遊桐廬江，作此。桐廬江，在桐廬縣。元和郡縣圖志卷二五江南道桐廬縣：「桐廬江，源出杭州於潛縣界天目山，南流至縣東一里入浙江。」

【箋注】

〔一〕「二十年」句：二十年前，即乾道五年，石湖四十四歲，時在知處州任上，五月召回，任禮部員外郎兼崇政殿説書，并兼國史院編修官、實録院檢討官，事見周必大神道碑。遊桐廬江，當在自處州歸回臨安之時。

〔二〕「如今」句：李白秋浦歌其十五：「白髮三千丈，緣愁似箇長。」

釣　臺

久矣心空客路埃，兹行端爲主恩來。杜陵詩是吾詩句，卧病豈登江上臺㊀〔一〕！

【校記】

㊀「卧病」句：富校：「沈注云：『「豈」字誤，本詩作「起」。』按杜詩詳注九日五首『抱病起登江上臺』，『起』一作『豈』，而玩范詩詩意，亦應作『豈』，沈説非是。」

【題解】本詩作於淳熙十六年（一一八九）春，時赴知福州任，遊桐廬嚴子陵釣臺，賦詩抒感。釣臺，在桐廬嚴陵山。太平寰宇記卷九五引顧野王輿地志：「桐廬有嚴陵山，境尤勝麗。夾岸是錦峰繡嶺，即子陵所隱之地，因名。」釣臺即在其地。方輿勝覽卷五浙東路建德府：「釣臺，在桐廬西南二十九里，東西二臺，各高數百丈。……上有東漢故人嚴子陵釣臺，孤峰特操，聳立千仞。」顧祖禹讀史方輿紀要卷九〇嚴州府：「富春山在桐廬西三十里，一名嚴陵，山前臨大江，人號嚴陵瀨。有東西二釣臺，各高數百丈。」

【箋注】

〔一〕「卧病」句：杜甫九日五首：「抱病起登江上臺。」石湖變化運用，改「抱」爲「卧」，「起」爲「豈」。

和豐驛

晚境惟於閉户宜，出門惟有病相隨。四方雖是男兒志，莫忘柯山在莒時〔一〕。

【題解】本詩作於淳熙十六年（一一八九）春，時正赴知福州任途中。和豐驛，一作和風驛，在衢州西安縣。浙江通志卷八九引西安縣志作「和風驛」，謂紹興中郡守襄陽張公建。同書卷二五八引弘治衢州府志謂有和風驛記，毛玕撰。

【箋注】

〔一〕「莫忘」句：柯山，即爛柯山，又名石室山。王存元豐九域志卷五衢州西安縣有石室山。王存新定九域志卷五衢州：「爛柯山，圖經云：即晉代樵人王質見石橋下二童子棋，質就橋下看之，二童子指示質斧爛柯焉，即此是也。」乾隆浙江通志卷一八山川十：「西安縣，爛柯山。爛柯山志：『……在縣南二十里，高餘千尺，周回十五里。其址二百步，穿空彌亘，下得平處，可數十步，因名石橋，又名石室，今石室在橋之右五里。』」

次韻龔養正病中見寄

衰翁掃軌欲垂車〔一〕，怪子頽然也向隅。激水要令風在下，涸泉翻以沫相濡〔二〕。瘠肥邈爾自秦越，勢利紛然皆耳餘〔三〕。且復放船來話舊，不妨蓮葉卧看書。

【題解】

本詩作於淳熙十六年（一一八九）春，石湖赴知福州任途中，因腹疾請祠歸里，回蘇後，龔養正病中寄詩，乃次其韻作此。周必大神道碑：「公行至婺州，以腹疾力請奉祠，從之。」

【箋注】

〔一〕「衰翁」句：掃軌，同掃轍。宋書孝武文穆王皇后傳：「往來出入，人理之常，當賓待客，朋友之義。而令掃轍息駕，無闚門之期；廢筵抽席，絶接對之理。」

〔二〕以沫相濡：莊子大宗師：「泉涸，魚相與處於陸，相呴以濕，相濡以沫。」

〔三〕「勢利」句：耳餘，張耳、陳餘。張、陳兩人始爲好友，相與爲刎頸之交，後以勢利互相傾軋，爲後世嗤笑。史記張耳陳餘列傳：「太史公曰：……然張耳、陳餘始居約時，相然信以死，豈顧問哉？及據國争權，卒相滅亡，何鄉者相慕用之誠，後相倍之戾也！豈非以勢利交哉？」

題蜀果圖四首

木　瓜〔一〕

沈沈黛色濃，糝糝金沙絢。却笑宣州房，競作紅粧面。

櫻　桃

火齊寶瓔珞，垂於緑繭絲。幽禽都未覺，和露折新枝。

石榴

日烘古錦囊，露浥紅瑪瑙。玉池嚥清肥，三彭跡如掃〔二〕。

甘瓜〔三〕

夏膚粗已皴，秋蔕熟將脱。不辭抱蔓歸，聊慰相如渴〔四〕。

【題解】

本詩作於淳熙十六年（一一八九），從詩之編次看，此時已奉祠歸里。

【箋注】

〔一〕木瓜：廣群芳譜卷五八「果譜五」：「木瓜……春末開花，紅色微帶白，作房實如小瓜。」又云：「處處有之，山陰蘭亭尤多，而宣城者爲佳，本州以充土貢，故有宣州花木瓜之稱。」

〔二〕「三彭」句：道家稱人體内有三尸，上尸名彭倨，好寶物；中尸名彭質，好五味；下尸名彭矯，好色欲。均有害於人體。張讀宣室志卷一：「浮屠氏契虚者，本姑臧季氏子。……契虚因問㮋子曰：『吾向者謁覲真君，真君問我三彭之讎，我不能對。』㮋子曰：『夫彭者，三尸之姓，常居人身中，伺察功罪，每至庚申日，籍於上帝。故凡學仙者，當先絶其三尸，如是則神仙可得，不然，殆苦其心無補也。」

〔三〕甘瓜：即甜瓜，廣群芳譜卷六七「果譜十四」：「甜瓜，一名甘瓜。」附注：「本草綱目云：味甜於諸瓜，故得甜甘之稱。」

〔四〕相如渴：史記司馬相如列傳：「相如口吃而善著書，常有消渴疾。」

李粹伯侍御挽詞二首

奕葉邯鄲後，乘驄第一人〔一〕。交情多舊雨，到處有陽春。磊落功名意，摧頹夢幻身。黄壚高可隱〔二〕，何地著經綸？

公昔參敷納，人期到辨章。珠光空月皎，玉氣忽虹藏。歲晚東方騎，生平北海觴〔三〕。玳簪風雨散，幾客奠楸行。

【題解】

本組詩作於淳熙十六年（一一八九），時閑居在家。李處全於本年卒，石湖作挽詞二首悼念之。李粹伯，即李處全（一一三四—一一八九），字粹伯，徐州豐縣人，邯鄲公李淑之曾孫，遷居溧陽。高宗紹興三十年進士，歷仕宗正寺簿、太常丞、知沅州、提舉湖北茶鹽、秘書丞兼禮部郎官、殿中侍御史、知處州、舒州，卒於任。有晦庵詞一卷。景定建康志卷四九儒雅傳：「李處全，字粹伯。

徐州豐縣人。邯鄲公淑之曾孫。後遷居溧陽。天資超軼，貫串古今，忠誠許國，寬大好賢。慕劉杼山之爲人。文章閎肆，詩體兼衆長，字畫遒麗。登第，繇宗正寺簿遷太常丞，知沅州，提舉湖北茶鹽，除秘書丞，兼禮部郎官，遷殿中侍御史，遂除侍御史。母憂去朝，奉祠。後知袁州、處州。移贛州，未赴，改舒州。淳熙十六年卒於任。年五十九，官至朝請大夫。」南宋館閣録卷七：「李處全，字粹伯，彭城人。梁克家榜進士出身，治春秋、詩賦。（乾道）六年七月除（秘書丞），九月爲殿中侍御史。」

【箋注】

〔一〕乘驄：桓典爲御史時，常乘驄馬，後遂以「乘驄」指侍御史，事見後漢書桓典傳。

〔二〕「黄壚」句：世説新語傷逝：「（王濬冲）乘軺車，經黄公酒壚下過，顧謂後車客：『吾昔與嵇叔夜、阮嗣宗共酣飲於此壚……自嵇生夭、阮生亡以來，便爲時所羈紲。今日視此雖近，邈若山河。』」

〔三〕「生平」句：北海，指李邕（六七八—七四七），字泰和，鄂州人，書法家，任北海太守，史稱「李北海」，善飲，石湖借以稱李處全。

次韻袁起巖提刑遊金、焦二山二首

二山巉絶照南州，俯看千檣總芥舟〔一〕。日脚鎔金浮巨浸〔二〕，波聲翻雪撼高丘。

鍾聞兩岸詩無敵，口吸西江話已酬〔三〕。別有英雄懷古意，他年擊楫誓中流〔四〕。

憶曾歸自雪邊州，帆落中濡小繫舟〔五〕。食蛤坐來期汗漫〔六〕，駕鴻飛去揖浮丘〔七〕。卧遊久矣無登覽，辱贈翛然有唱酬。寂寞東皋舒嘯後，爲君濡筆賦臨流。

【題解】

本組詩作於淳熙十六年（一一八九）秋，時辭知福州後回歸故里。袁起巖，即袁説友（一一四〇—一二〇四），字起巖，建安人，宋史無傳，宋史翼卷一四：「袁説友，字起巖，建安人，寓居湖州，登隆興元年進士丙科。淳熙四年官秘書丞，兼權左司郎官。……明年，差充浙西安撫司參議。説友上言：『自紹興辛巳之擾，閲今十五年，宿將殂逝過半。幸而僅存者，迫於遲暮，智勇已不逮於壯歲；而新進後生，足爲國家用者，又皆抑遏於褊裨下位，無路自達。不拔之以爲緩急之備，臣恐未免於遺材也。』……六年，召至行在，賜對，除知池州。疏上三策：一、久任統帥，二、選正副將，三、修治戎器。孝宗嘉納之。尋坐事罷，主管武夷山冲佑觀。紹熙中，入爲侍左郎中，加直顯謨閣，知臨安府。遷太府少卿，權户部侍郎。……寧宗即位，落權正職兼侍講。韓侂胄漸用事，臺諫給舍章奏，多格不行。説友上言：『養氣節以勵風俗，當自朝廷始。臺諫給舍之官，所以糾官邪而杜奸慝，陛下既已信之於未用之始，不當難之於已用之後。……』未幾，内批罷侍講朱熹，與外祠。臺諫給舍，交章乞留，不允；説友奏：『……望收回直降御筆，俯從給舍臺諫之請。』疏入，不報。慶元二年，除敷文閣學士，出爲四川制置使兼知成都府。復入爲吏部尚書兼侍讀。尋知紹興府兼浙東路安撫使。嘉泰初，復召爲吏部尚書兼侍讀。二年，除同知樞密院事。三年正月，拜參知政事，九月罷。以資政殿學士知鎮江府。辭，提舉臨安府洞霄宮，加大學士致仕。四年，卒於湖州德清寓第，年六十有五。説友學問淹博，究悉物情，數歷中外凡三十年，章疏敷陳，多切時病。自蜀中回朝，極言蜀將當慮其變，引劉闢、王建、孟知祥以爲戒。後吴曦竟以蜀叛，如説友所料。」南宋館閣録卷七：「袁説友，字起巖。建安人。木待問榜進士出身，治易。（淳熙）四年七月除（秘書丞）。五年閏六月，添差浙西安撫司參議官。」范成大吴郡志卷七「提點刑獄司題名」：「袁説友，以朝議大夫、浙東提舉除，淳熙十六年七月二十八日到任。紹熙元年三月，除直秘閣，知平江府。」袁氏遊山詩當作於到任後不久，石湖乃次韻和答之。

【箋注】

〔一〕芥舟：莊子逍遥遊：「覆杯水於坳堂之上，則芥爲之舟。」

〔二〕日脚鎔金：李清照永遇樂：「落日鎔金，暮雲合璧。」

〔三〕口吸西江：五燈會元卷三龐藴居士：「（龐居士）參馬祖，問曰：『不與萬法爲侶者，是甚麼人？』祖曰：『待汝一口吸盡西江水，即向汝道。』士於言下頓悟玄旨。」

〔四〕「他年」句：用祖逖故事，譽袁説友之襟懷。

〔五〕「帆落」句：中濡，即中泠泉，在丹徒。太平寰宇記：「丹徒縣，中泠泉，天下第一泉。」

〔六〕「食蛤」句：淮南子道應訓：「盧敖遊乎北海，經乎太陰，入乎玄闕，至於蒙穀之上，見一士焉。……盧敖就而視之，方倦龜殼而食蛤梨。」高誘注：「楚人謂倨爲倦。龜殼，龜甲也。蛤梨，海蚌也。」

〔七〕「駕鴻」句：浮丘，即浮丘公，黄帝時仙人。郭璞遊仙詩：「左挹浮丘袖，右拍洪崖肩。」李白古風其十九：「邀我登雲臺，高揖衛叔卿，恍恍與之去，駕鴻淩紫冥。」

次韻謝鄭少融尚書爲壽之作

交游稀似曉來星，歲月飄如水上萍。桂海宦情詩可紀，吴山別恨酒難平。我今以病爲欣戚，公合於時繫重輕。安得故人來話舊，碧空日日暮雲生〔一〕。近見尚書再和桂林詩，成大與尚書相別於桂林，今十二年矣。

【題解】

本詩作於淳熙十六年（一一八九）六月四日。時在故里，鄭丙於石湖生日，贈詩賀壽，因次韻答謝之。于北山范成大年譜、孔凡禮范成大年譜均繫本詩於淳熙十六年。于譜於淳熙十六年本詩後按云：「石湖離桂林任爲淳熙二年，如注中『今十二年』不誤，此詩應作於淳熙十三年。」鄭丙曾任吏部尚書，史傳未明言何年任禮尚，然據下首「初除端殿」之意，可推知鄭丙任禮部尚書，並除端明殿學士，即在此時。

【箋注】

〔一〕「碧空」句：語出江淹休上人怨别：「日暮碧雲合，佳人殊未來。」

鄭少融尚書初除端殿，以書見及，賦詩爲賀

敬老尊賢大政初，速郵響動報新除。即從光範開門館〔一〕，先向文明直殿廬〔二〕。

後日沙堤新宰相〔三〕，當年革履舊尚書〔四〕。鋒車若向吴中路〔五〕，應記南山有荷鋤。

【題解】

本詩作於淳熙十六年（一一八九）。端殿，即端明殿學士之省稱。本年，光宗即位，鄭丙除端明殿學士，周必大吏部尚書鄭公丙神道碑：「光宗登極……詔公年德俱高，踐揚滋久，進端明殿學士。」鄭丙初除端明殿學士，即書告石湖，乃賦詩賀之。

【箋注】

〔一〕「即從」句：光範，唐代宫殿門名。唐六典卷七：「宣政殿前西廊，曰月華門，門西中書省。」徐松唐兩京城坊考卷一「院（集賢殿書院）西有南北街，南直昭慶門，出光範門。」附注：「光範門西與日營門直，東即觀象街，街北出光順門，街南出昭慶門，又南出光範門。」

門。昌黎上宰相書『伏光範門下』者，蓋由此門入中書省。」閻文儒、閻萬鈞兩京城坊考補卷一：「光範門（補注）：集異記：宰相狄仁傑入奏事，出至光範門，以昌宗裘付家奴衣之，促馬而去。是宰相奴得至此門，門外方可馳馬。又摭言：新進士過堂日，先於光範門裏束具供張，同年於此俟宰相上堂。是新及第，得於此門飲酒。」沈注：「曾被識擢者，皆謝云：『仰在門館。』」石湖詩借用唐代制度，稱道鄭丙早年被人賞識、擢用。

〔二〕文明：即文明殿，太宗太平興國五年曾改端明殿學士爲文明殿學士，鄭丙時除端明殿學士，故稱。

〔三〕沙堤：又名「沙路」，李賀沙路曲：「柳臉半眠丞相樹，珮馬釘鈴踏沙路。」李肇唐國史補卷下：「凡拜相禮，絶班行，府縣載沙填路，自私第至於子城東街，名曰沙堤。」詩意祝賀鄭丙日後拜相。

〔四〕「當年」句：漢書鄭崇傳：「每見曳革履，上笑曰：『我識鄭尚書履聲。』」此用鄭姓典故稱頌鄭丙爲帝王倚重。

〔五〕鋒車：即追鋒車，晉書輿服志：「追鋒車，去小平蓋，加通幰，如軺車，駕二。追鋒之名，蓋取其迅速也，施於戎陣之間，是爲傳乘。」

書事三絶

爨婢請淘酒米，園丁催算花錢。如許日生公事〔一〕，誰云窮巷蕭然？

日日處方候脈，時時推筴禳災。門外雖無車轍，醫生卜叟猶來。

簡子約同湖棹，周郎許過田廬。碧雲日暮空合，多病故人遂疎〔二〕。

【題解】

本組詩作於淳熙十六年（一一八九），時閑居在家，庶事頗多，有感而作。

【箋注】

〔一〕「如許」句：沈注卷下：「昌黎集答劉正夫詩曰：『日出事生。』」按，昌黎集無答劉正夫詩，卷一八有答劉正夫書，然無「日出事生」四字，卷一八答殷侍御書中，有「事隨日生」四字。

〔二〕「多病」句：孟浩然歲暮歸南山：「不才明主棄，多病故人疏。」

親鄰招集强往便歸

樂天漸老欲謀歡，大似蒸砂不作團。已覺笙歌無煖熱，仍嫌風月太清寒。氣衰況復三而竭，心賞尤於四者難。却恐人嫌情太薄，聊將花作霧中看〔一〕。

【題解】

本詩作於淳熙十六年（一一八九），時閑居在家。因有感於親鄰招集，勉力赴之，賦此志感。

【箋注】

〔一〕「聊將」句：語出杜甫小寒食舟中作：「春水船如天上坐，老年花似霧中看。」

次韻袁起巖常熟道中三絶句

小雨蕭寒破晚晴，疎疎密密滴篷聲。烏鴉盤舞黄雲亂，早與商量雪意生。

仄徑難勝四牡騑㊀，扁舟辛苦鑿冰歸。簡書鞅掌吟詩苦〔一〕，并與東陽減帶回〔二〕。

使君横槊賦詩回〔三〕，斷取天風海雨來。綵筆從今閒不得，雪花梅蕊一時開。

【校記】

㊀仄徑：底本、活字本、叢書堂本、詩淵第三册第二〇二六頁作「吴」。富校：「『吴』黄刻本作『仄』，是。」今據改。

【題解】

本組詩作於淳熙十六年（一一八九）冬。袁行常熟道中，賦常熟敲冰行舟三首（東塘集卷七）贈石湖，因次韻答之。袁説友原唱云：「岸頭猛作敲冰勢，船下俄聞戛玉聲。寸進未應容退尺，要於此地卜平生。」「晝鷁悠悠輒退飛，一程百里兩程歸。天公若念羈懷惡，一夜東風便解圍。」「一枕更闌客夢回，冰聲猶作浪聲來。并刀曾翦松江水，更欲從渠爲翦開。

【箋注】

〔一〕鞅掌：煩勞。詩經小雅北山：「或王事鞅掌。」毛傳：「鞅掌，失容也。」孔疏：「言事煩鞅掌然，不暇爲容儀也。」

〔二〕東陽減帶：參見本卷次韻虞子建見哈贖帶作醮「沈腰瘦」注。

〔三〕横槊賦詩：行軍中在馬上横戈賦詩。蘇軾後赤壁賦：「舳艫千里，旌旗蔽空，釃酒臨江，横槊賦詩，固一世之雄也。」

次韻袁起巖許浦按教水軍二絶句

横波組練試揚舲，風捲魚龍海欲凝。但得綈袍如挾纊，何妨鐵甲冷如冰。

戈船戰櫂疾如飛，莫遣潮沙澱海湄。草奏直須窮利病，奉身從此繫安危。

【題解】

本組詩作於紹熙元年（一一九〇）春，時閑居在家。袁説友知平江府兼節制御前許浦水軍。袁説友東塘集附家傳謂「節制御前許浦水軍。」建炎以來朝野雜記甲集卷一八「平江許浦水軍」條云：「平江許浦水軍者，本明州定海縣水軍也。……（乾道）五年冬，又改爲御前水軍，八年春，歸許浦鎮，置副都統制統之。」袁説友奉旨按教水軍，作被旨許浦蒐兵道中凍合舍舟行陸二首：「已辦輕舟著脚登，笑渠河伯故陰凝。征車政欲周阡陌，贏得天教一夜冰。」「荒村十里展琉璃，依舊籃輿涉水湄。自是小臣懷恐懼，要令履薄但兢危。」詩寄石湖，石湖次其韻作本詩。

次韻起巖喜雪

吹成一雪便吹殘，風伯無端豈坐慳。夜報飛花平瓦壠，曉驚疎雨落簷間。休教凍解魚龍水，更待誠通虎豹關。准擬姑蘇臺上看，春前三度老青山。袁詩猶以雪未甚積，必念此意，當益感通矣。

【題解】本詩作於淳熙十六年（一一八九）冬，時居家。袁説友作喜雪詩，石湖次韻答之。詩云「春前」，袁説友原唱曰「臘雪」，則本詩當作於淳熙十六年。袁説友原唱臘雪二首：「歲事無多臘近殘，謝渠飛屑破天慳。禱祠空愧兼旬力，造物惟消一夜間。是則化工端有意，要於官政亦相關。雪催詩後詩催雪，更欲堆鹽滿四山。」「無計遮留歲月殘，頗驚節物愧才慳。可人臘雪偏宜處，屈指春風未到間。猶得微吟供午枕，不須高卧閉晨關。晚來碎玉零珠後，已老蘇州一半山。」

枕上聞雪復作，方以爲喜，起巖再示新詩，復次韻

三白何憂稼穡艱，天於玉粒未吾慳。不知夜色明空外，但覺朝寒到夢間。誰子騎驢吟灞上，何人跋馬客藍關〔一〕？争如睡熟蒲團上，静聽飢鴉啄屋山？

【題解】

本詩作於淳熙十六年（一一八九）冬，時居家。袁説友再示新詩，復次韻答之。

【箋注】

〔一〕「何人」句：韓愈左遷至藍關示侄孫湘：「雪擁藍關馬不前。」

起巖又送立春日再得雪詩，亦次韻

十分佳景媚冬殘，好事天心不復慳。已遣梅花斜竹外〔一〕，更飄瑞葉向人間。漁蓑晚色都堪畫〔二〕，羌笛春光亦度關〔三〕。想得東風來處路，白銀宮闕鎖三山。

【題解】

本詩作於紹熙元年（一一九〇），時在家閑居。袁説友原唱立春日雪：「料理風光興未殘，老

無詩手一何慳。新傳彩勝排枝上，趁得冰花落鬢間。噪雀曉來埋屋角，土牛聲已動譙關。寒窗我欲觴眉壽，不是羊羔醉玉山。」

【箋注】

〔一〕「已遣」句：蘇軾和秦太虚梅花：「竹外一枝斜更好。」

〔二〕「漁蓑」句：鄭谷雪中偶題：「江上晚來堪畫處，漁人披得一蓑歸。」

〔三〕「羌笛」句：王之渙涼州詞：「羌笛何須怨楊柳，春風不度玉門關。」此乃反其意而用之。

同年楊廷秀秘監接伴北道，道中走寄見懷之什，次韻答之

昨遣長鬚迓詩老，人言已過閶門了〔一〕。梅邊腸斷傍寒溪，詩老官忙應未知。何時真訪山中許〔二〕，已辦竹深留客處〔三〕。只恐歸程官更忙，天騶催上沙堤去。

【題解】

本詩作於淳熙十六年（一一八九）十二月，時閑居在家。淳熙十六年十二月，楊萬里爲接伴使，赴盱眙淮上迎接金國賀正旦使，道中作詩寄懷石湖，石湖因次韻答之。楊長孺墓誌銘：「光宗登極，召爲秘書監，借焕章閣學士爲接伴金國賀正旦使。」宋史楊萬里傳：「紹熙元年，借焕章閣

學士爲接伴金國賀正旦使兼實録院檢討官。」兩書未言具體月份，金史交聘表中記爲十二月遣賀宋正旦使。則楊萬里爲接伴使去淮上，當在淳熙十六年十二月。楊萬里五更過無錫縣寄懷范參政尤侍郎：「蘇州欲見石湖老，到得蘇州發更了。錫山欲見尤梁溪，過却錫山元不知。起來靈巖在何許，回首惠山亦無處。人生萬世不可期，怏然却向常州去。」

【箋注】

〔一〕「人言」句：與楊萬里原唱「蘇州欲見石湖老，到得蘇州發更了」呼應。

〔二〕山中許：用許宣平故事。阮閱詩話總龜前集卷四七神仙門下：「許宣平，新安人，常挂一花瓢及曲竹枝，每醉即獨吟曰：『負薪朝去賣，沽酒日西歸。路人莫問歸何處，穿白雲行入翠微。』好事者於洛陽、同、華間是處題之。李太白見曰：『此神仙也。』」

〔三〕「已辦」句：杜甫陪諸貴公子丈八溝攜妓納涼晚際遇雨二首其一：「竹深留客處，荷淨納涼時。」

曉枕聞雨

暗淡更殘景，低迷病酒懷。剔燈寒作伴，添被厚如埋。膽冷都無夢，心空却似齋。地爐煎粥沸，聽作雨鳴堦。

【題解】本詩作於淳熙十六年（一一八九）冬，時閑居在家。

雪意方濃復作雨

擬看飛花陣，翻成建水聲。雨吾寧不識，雪汝幾時成？三白從今卜，千倉待此盈。黄雲如有意，青女莫無情。

【題解】本詩作於淳熙十六年（一一八九）冬，時正閑居在家。瀛奎律髓卷二一録本詩，方回評：「『三白』、『千倉』對偶新。」紀昀評：「借『倉』爲『蒼』耳，終是小樣。次句用『建瓴』，删去『瓴』字，不成文理。三、四是上一下四句法，本爲野調，以出語渾成不覺耳。」查慎行評：「三、四句法古。」

春朝早起

莫笑眠常早，還憐起不遲。穠香温夜氣，小雨濕春姿。瘦比中年甚，寒惟病骨知。羡渠兒女健，繞屋探南枝。

【題解】本詩作於紹熙元年（一一九〇）春，時閑居在家。

詠懷自嘲

簷溜春猶凍，門扉晚未開。退閒驚客至，衰懶怕書來。日日教澆竹，朝朝遣探梅。園丁應竊笑，猶自説心灰！

【題解】本詩作於紹熙元年（一一九〇）春，時閑居在家。

早衰

早衰頭腦已冬烘，信拙心情似苦空。僚舊姓名多健忘，家人長短總佯聾。一窗煖日棋聲裏，四壁寒燈藥氣中。晚景只消如此過，不堪拈出教兒童。

【題解】本詩作於紹熙元年（一一九〇）春，時閑居在家。

習閒

習閒成懶懶成癡，六用都藏縮似龜〔一〕。雪已許多猶不飲，梅今如此尚無詩。閒看猫暖眠氈褥，静聽猧寒叫竹籬。寂寞無人同此意，時時惟有睡魔知。

【題解】

本詩作於紹熙元年（一一九〇）春，時閑居在家。長年養病在家，有感而作。瀛奎律髓卷二三録本詩，方回評：「『梅今如此尚無詩』，亦標致可掬。」馮班評：「石湖妙作，亦出白公。」紀昀評：「詞俚而調野，馮氏以體近樂天取之，非也。樂天已有可厭處，況等而下之，揣摹形似乎？」

【箋注】

〔一〕「六用」句：沈注卷下：「法句譬喻經：佛在世時，有一道人，在河邊樹下學道，十二年中，六根貪染，曾無寧息，不能入道。佛知其可度，化作沙門，至彼寄宿。須臾月明，有龜從河中出，來至樹下，有水狗飢行求食，便欲噉龜，龜乃縮其頭尾及四足，藏於甲中，遂不能噉。於是沙門云：『吾念世人，不如此龜，不知無常，放恣六情，外魔得便。』即説偈曰：『藏六如龜，防意如城，慧與魔戰，勝則無患。』」

一龕

一龕窄似鳥窠禪〔一〕，世界悠悠任大千。與老有情冬後煖，去仙無幾日高眠。斫開竹後初三逕，忘却詩來又一年。破戒忽題無味句，劣能成字不成篇。

【題解】

本詩作於紹熙元年（一一九〇）春，時在家閑居。

【箋注】

〔一〕「一龕」句：沈集注卷下：「釋氏稽古略：鳥窠禪師諱道林，見西湖之北秦望山有長松，枝葉繁茂，盤屈如蓋，遂棲止其上，故時人謂之鳥窠禪師。有鵲巢於側，人又曰鵲巢和尚。白舍人出刺杭州，起竹閣於湖上，近師之居，以便朝夕參益。」

陰寒終日兀坐

東風微解綴簷冰，仍喜朝來井水清。臘淺得春全未煖，雪慳和雨最難晴。小窗日煖猶棋局，窮巷更深尚屐聲。莫把摧頹嫌暮景，且將閒散替勞生。

【題解】

本詩作於紹熙元年（一一九〇）春，時閑居在家。

親戚小集

避濕違寒不出門，一冬未省正冠巾。月從雪後皆奇夜，天向梅邊有別春。秉燭登臨空語舊，擁爐情味莫懷新。榮華勢利輸人慣，贏得尊前現在身〔一〕。

【題解】

本詩作於紹熙元年（一一九〇）春，時閑居在家。親戚小集而生感，乃賦此自慰。瀛奎律髓卷二三録此詩，方回評：「石湖風流醖藉，每賦詩必有高致而無寒相，三、四一聯可見。」馮班評：「石湖不寒。」紀昀評：「三、四刻意求工而語未渾融。『奇夜』二字生造。結太落套。」

【箋注】

〔一〕「贏得」句：牛僧孺席上贈劉夢得：「休論世上昇沉事，且鬭樽前見在身。」

立春枕上

擇蔬翻餅鬧殘更，兒女喧喧短夢驚。想得春風連夜到，東襌粥鼓忽分明〔一〕。

【題解】

本詩作於紹熙元年(一一九〇)春，時閑居在家。

【箋注】

〔一〕「東禪」句：東禪，此或指蘇州東南之明覺禪院。吳地記：「明覺禪院，在縣東南一里半，唐大中五年置。」吳郡圖經續記卷中：「明覺禪院，在長洲縣東南，俗所謂『東禪』者。」

睡覺

尋思斷夢半瞢騰，漸見天窗紙瓦明。宿鳥噪群穿竹去，縣前猶自打殘更。

【題解】

本詩作於紹熙元年(一一九〇)春，時閑居在家。

石湖居士詩集卷三十

臘月村田樂府十首 并序

余歸石湖，往來田家，得歲暮十事，採其語各賦一詩，以識土風，號村田樂府。其一冬舂行：臘日舂米爲一歲計，多聚杵臼，盡臘中畢事，藏之土瓦倉中，經年不壞，謂之冬舂米。其二燈市行：風俗尤競上元，一月前已買燈㈠，謂之燈市，價貴者數人聚博，勝則得之，喧盛不減燈市。其三祭竈詞：臘月二十四夜祀竈，其説謂竈神翌日朝天，白一歲事，故前期禱之。其四口數粥行：二十五日煮赤豆作糜，暮夜闔家同饗，云能辟瘟氣，雖遠出未歸者亦留貯口分，至襁褓小兒及僮僕皆預，故名口數粥；豆粥本正月望日祭門故事，流傳爲此。其五爆竹行：此他郡所同，而吴中特盛，惡鬼蓋畏此聲；古以歲朝，而吴以二十五夜。其六燒火盆行：爆竹之夕，人家各又於門首燃薪滿盆，無貧富皆爾，謂之相暖熱。

其七照田蠶詞：與燒火盆同日，村落則以禿帚若麻藍竹枝輩燃火炬，縛長竿之杪以照田，爛然徧野，以祈絲穀。其八分歲詞：除夜祭其先竣事，長幼聚飲，祝頌而散，謂之分歲。其九責癡獃詞：分歲罷，小兒繞街呼叫云：「賣汝癡！賣汝獃！」世傳吴人多獃，故兒輩諱之，欲賈其餘，益可笑。其十打灰堆詞：除夜將曉，鷄且鳴，婢獲持杖擊糞壤致詞，以祈利市，謂之打灰堆；此本彭蠡清洪君廟中如願故事，惟吴下至今不廢云。

冬舂行〔一〕

臘中儲蓄百事利，第一先舂年計米；群呼步碓滿門庭，運杵成風雷動地。篩匀箕健無粞糠，百斛只費三日忙。齊頭圓潔箭子長，隔籮耀日雪生光。土倉瓦龕分蓋藏，不蠹不腐常新香。去年薄收飯不足，今年頓頓炊白玉。春耕有種夏有糧，接到明年秋刈熟。鄰叟來觀還歎嗟，貧人一飽不可賒。官租私債紛如麻，有米冬舂能幾家！

燈市行〔一〕

吳臺今古繁華地，偏愛元宵燈影戲〔二〕。春前臘後天好晴，已向街頭作燈市。疊玉千絲似鬼工，剪羅萬眼人力窮。兩品爭新最先出，不待三五迎東風。兒郎種麥荷鋤倦，偷閒也向城中看。酒壚博簺雜歌呼，夜夜長如正月半。災傷不及什之三，歲寒民氣如春酣。儂家亦幸荒田少，始覺城中燈市好！

祭竈詞〔三〕

古傳臘月二十四，竈君朝天欲言事。雲車風馬小留連，家有杯盤豐典祀。猪頭爛熟雙魚鮮〔三〕，豆沙甘鬆粉餌圓〔四〕。男兒酌獻女兒避，酹酒燒錢竈君喜。婢子鬬爭君莫聞，猫犬觸穢君莫嗔。送君醉飽登天門，杓長杓短勿復云，乞取利市歸來分！

口數粥行〔四〕

家家臘月二十五，淅米如珠和豆煮。大杓轑鐺分口數，疫鬼聞香走無處。鎪薑屑桂澆蔗糖，滑甘無比勝黃粱。全家團欒罷晚飯，在遠行人亦留分。褓中孩子强教嘗，餘波徧沾獲與臧。新元叶氣調玉燭，天行已過來萬福；物無疵癘年穀熟，長向臘殘分豆粥。

爆竹行〔五〕

歲朝爆竹傳自昔，吴儂政用前五日。食殘豆粥掃罷塵，截筒五尺煨以薪。節間汗流火力透，健僕取將仍疾走。兒童却立避其鋒，當堦擊地雷霆吼。一聲兩聲百鬼驚，三聲四聲鬼巢傾。十聲百聲神道寧，八方上下皆和平。却拾焦頭疊牀底，猶有餘威可驅癘。屏除藥裹添酒杯，晝日嬉遊夜濃睡。

燒火盆行〔六〕

春前五日初更後，排門然火如晴晝。大家薪乾勝豆藍，小家帶葉燒生柴。青煙滿城天半白，棲鳥驚啼飛格磔㊄。兒孫圍坐犬鷄忙㊅，鄰曲歡笑遥相望。黄宫氣應纔兩月，歲陰猶驕風栗烈。將迎陽艷作好春，政要火盆生煖熱。

照田蠶行〔七〕

鄉村臘月二十五，長竿然炬照南畝。近似雲開森列星，遠如風起飄流螢。今春雨雹繭絲少，秋日雷鳴稻堆小。儂家今夜火最明，的知新歲田蠶好。夜闌風焰西復東，此占最吉餘難同〔八〕。不惟桑賤穀芃芃，仍更苧麻無節菜無蟲！

分歲詞〔九〕

質明奉祠今古同，吴儂用昏蓋土風。禮成廢徹夜未艾，飲福之餘即分歲。地爐火熨蒼朮香〔一〇〕，飣盤果餌如蜂房。就中脆餳專節物，四座齒頰鏘冰霜。小兒但喜新年至，頭角長成添意氣。老翁把杯心茫然，增年翻是減吾年。荆釵勸酒仍祝願，但願尊前且强健。君看今歲舊交親，大有人無此杯分！老翁飲罷笑撚鬚，明朝重來醉屠蘇！

賣癡獃詞〔一一〕

除夕更闌人不睡，厭禳鈍滯迎新歲。小兒呼叫走長街，云有癡獃召人買。二物於人誰獨無？就中吳儂仍有餘；巷南巷北賣不得，相逢大笑相邪揄。櫟翁塊坐重簾下，獨要買添令問價。兒云翁買不須錢，奉賒癡獃千百年！

打灰堆詞〔三〕

除夜將闌曉星爛，糞掃堆頭打如願。杖敲灰起飛撲籬，不嫌灰涴新節衣。老媪當前再三祝，只要我家長富足。輕舟作商重船歸，大牸引犢雞哺兒。野繭可繅麥兩岐，短衲換著長衫衣。當年婢子挽不住，有耳猶能聞我語。但如我願不汝呼，一任汝歸彭蠡湖！

【校記】

〔一〕買燈：活字本、叢書堂本、董鈔本、詩淵第三册第二二一八頁均作「賣燈」。

〔二〕燈影戲：活字本、叢書堂本、董鈔本、詩淵第三册第二三〇九頁均作「影燈戲」。

〔三〕爛熟：原作「爛熱」。富校：「『熱』黄刻本、宋詩鈔作『熟』，是。」活字本、叢書堂本、董鈔本、詩淵第三册第一六六三頁均作「爛熟」，今據改。

〔四〕粉餌圓：原作「粉餌團」。富校：「『團』黄刻本、宋詩鈔作『圓』，是。」活字本、叢書堂本、董鈔本、詩淵均作「粉餌圓」，今據改。

㊄ 啼飛：富校：「『啼飛』宋詩鈔作『飛啼』，是。」

㊅ 犬鷄：富校：「『犬鷄』宋詩鈔作『鷄犬』，是。」

【題解】

本組詩可繫於紹熙元年（一一九〇），時閑居在蘇。于北山范成大年譜繫本詩於淳熙十六年，孔凡禮范成大年譜繫本詩於紹熙元年。孔曰：「此十詩非作於一時。」極是，今從孔譜，姑繫於紹熙元年。范成大既繼承了漢代樂府民歌「感於哀樂，緣事而發」的傳統，又發揚唐元結開創的「即事名篇，無復依傍」，元、白、張、王繼而發展的新樂府精神，用歌行體組詩的形式，全面描寫吳地農村田家的歲暮生活和習俗，著力表現農家的歡樂與疾苦，可與田園雜興六十首媲美。宋白柳亭詩話卷二二：「村田樂府十首，於臘月風景渲染無遺，吳中習俗，至今可想見也。」

【箋注】

〔一〕冬舂行：記述吳地冬日舂米之節俗。范成大吳郡志二「風俗」：「臘月併力舂一歲糧，藏之土瓦倉中，經歲不蛀壞，謂之冬舂米。」袁景瀾吳郡歲華紀麗卷一二「冬舂米」條：「臘月，風氣鬵發，民乘農隙，計一歲之糧，舂白以爲儲蓄，名冬舂米。於時農家舉秋穫之穀，碾以礱，播以篩，颺以箕，掃以帚，量以升斗斛。婦女童僕，俱習舂、揄、揉、簸之事，嚴冬歲晚，人語聚廊廡，碓聲振場圃，舂成白米粲粲。貧者藏以瓦倉，以藁囤，富者貯以倉廒，以囷廩，俱經久不蛀壞。」顧祿清嘉錄卷一一有相似的記載。陸容菽園雜記：「吳中民家計一歲食米若干石，冬月舂白以儲之，名冬舂米。嘗疑開春農務將興，不暇爲此，及冬預爲之。聞之老農云：『不特爲此，春氣動，則米芽浮動，米粒亦不堅，此時舂者多碎而爲粞，折耗頗多。冬用米堅，折耗少，故及冬舂之。』」

〔二〕燈市行：記述吴地元夕前後燈市盛景。范成大吴郡志卷二「風俗」云：「上元影燈巧麗，它郡莫及，有萬眼羅及琉璃球者，尤妙天下。」周密武林舊事卷二：「元夕張燈，以蘇燈爲最，圈片大者徑三四尺，皆五色琉璃所成，山水、人物、花竹、翎毛，種種奇妙，儼然著色便面也。」顧禄清嘉録卷一「燈市」云：「臘後春前，吴趨坊、申衙里、皋橋、中市一帶，貨郎出售各色花燈，精奇百出……至十八日始歇，謂之燈市。」袁景瀾吴郡歲華紀麗卷一「燈市」條云：「燈市者，朝逮夕，市也；夕逮朝，燈也。金閶中市，商旅駢萃，元夕將臨，山陬海澨之珍異，三代歷朝之骨董，五等四民之服用物，皆集。……向夕燈張，多結架松棚，懸綵球，燃銀蠟。」本集卷二三吴燈兩品最高、上元紀吴中節物俳諧體三十二韻，均寫到吴地元夕燈節盛况，可參看。

〔三〕祭竈詞：記述吴地歲暮祭竈之民俗。范成大吴郡志卷二「風俗」云：「二十四日祭竈，女子不得預。」袁景瀾吴郡歲華紀麗卷一二「二十四日夜送竈」條云：「吴俗，以臘月二十四日夜，比户祀竈，以膠牙餳、糖元寶、米粉裹豆沙餡爲餌，名謝竈糰。祭時婦女不得與，以僧尼所送竈經，焚化禳災。編竹爲輿，中載竈馬，盆中置冬青松柏，舉火焚送門外，稻草寸斷，和青豆俱撒屋頂，爲神秣馬，送竈上天。少長羅拜，祝曰：『辛甘臭辣，竈君莫言。』」顧禄清嘉録卷一二亦有記載。

〔四〕口數粥行：荆楚歲時記：「共工氏有不才之子，以冬至日死，爲疫鬼，畏赤小豆，故冬至作赤豆粥以禳之。」范成大吴郡志卷二「風俗」云：「二十五日食赤豆粥，云辟瘟。舉家大小無不及，下至婢僕猫犬皆有之，家人有外出者，亦貯其分，名曰口數粥。」吴自牧夢粱録卷六「十二月」云：「二十五日，士庶家煮赤豆粥祀食神，名曰人口粥，有貓狗者，亦與焉。」而周密武林舊事卷三記及二十四日作糖豆粥謂之「口數」。徐崧、張大純百城烟水蘇州：「祀竈之明日（即二十五日），用赤豆雜米爲粥以辟瘟，名曰口數粥。」顧禄清嘉録卷一二「口數粥」條云：「二十五日，以赤豆雜米作粥，大小遍餐，有外出者亦覆貯待之，雖襁褓小兒、猫犬之屬亦預，名口數粥，以辟瘟氣。或雜豆渣食之，能免罪過。」

〔五〕爆竹行：吴俗於十二月二十五日燃放爆竹，詩序云：「古以歲朝，而吴以二十五夜。」詩云：「吴儂正用前五日。」徐崧、張大純百城烟水蘇州：「是日（承上文指二十五日），爆竹觀儺，各燃火爐於門外，焰高者喜，古謂之籸盆。」吴地燃放爆竹之風氣很盛，除夕亦放爆竹，稱「封門爆仗」。范成大吴郡志卷二「風俗」：「除夜祭畢，則燃爆竹。」百城烟水蘇州：「除夜放爆竹。」清嘉録卷一「開門爆仗」條：「歲朝，開門放爆仗三聲，云辟疫癘，謂之開門爆仗。」按語云：「俗有兼用之除夕者，謂之封門爆仗。」張説守歲詩：『桃枝堪辟惡，竹爆好驚眠。』薛能除夜作：『竹爆和諸鄰。』王安石詩：『爆竹聲中一歲除。』皆是也。」

〔六〕燒火盆行：燒火盆，又名燒松盆，田汝成熙朝樂事：「除夕，人家祀先及百神，架松柴齊屋，舉火焚之，謂之粈盆。烟焰燭天，爛如霞布。」顧禄清嘉録卷一二「燒松盆」條云：「是夜，鄉農人家，各於門首架松柴，成井字形，齊屋，舉火焚之，烟焰燭天，爛如霞布，謂之燒松盆。」袁景瀾吴郡歲華紀麗卷一二「燒松盆」條引月令事宜云：「除夕，以松柏桃杏諸柴爇火，謂之生盆。合家跨熏而度，燎去一年災痗之氣，以迎新祥。」

〔七〕照田蠶行：范成大吴郡志卷二「風俗」：「是夕（指二十五日）爆竹及儺，田間燃高炬，名照田蠶。」徐崧、張大純百城烟水蘇州：「（二十五日）田間燃長炬，名照田蠶。」顧禄清嘉録卷一二「照田財」條云：「村農以長竿燃燈插田間，云祈有秋，焰高者稔，謂之照田財。」袁景瀾吴郡歲華紀麗卷十二「照田蠶」條：「吴俗歲晚，鄉村田家，就田中插長竿，以禿帚、麻秸、竹篠縛諸竿首，燃爲高炬。夾以爆竹，流星亂灑，喧聞四野，以照燭田塍，爛然遍壠。每深更舉火，視火色赤白，以占水旱。焰高明亮者，爲絲、穀豐稔之驗，謂之照田蠶，一名燒田財。」

〔八〕「此占」句：韓愈謁衡嶽廟遂宿嶽寺題門樓：「手持杯珓導我擲，云此最吉餘難同。」

〔九〕分歲詞：分歲，又作「守歲」，石湖本詩重點描寫除夕吃年夜飯的景況。宗懔荆楚歲時紀：「歲暮，家家具肴蔌，詣宿歲之位，以迎新歲，相聚酣飲。」范成大吴郡志卷二「風俗」：「除夜祭畢，則復爆竹。……家人酌酒，名分歲。食物有膠牙餳、守歲盤。」吴自牧夢粱録卷六「除夜」：「（除夕）圍爐團坐，酌酒唱歌，終夕不眠，謂之守歲。」徐崧、張大純百城烟水蘇州：「除夜……飲曰守歲酒，錫曰膠牙餳。」顧禄清嘉録卷一二「年夜飯」條：「除夜，家庭舉宴，長幼咸集，多作吉利語，名曰年夜飯，俗呼合家歡。」又，「安樂菜」條：「分歲筵中，有名安樂菜者，以風乾茄蒂雜果蔬爲之，下箸必先此品。」又，「暖鍋」條云：「年夜祀先分歲，筵中皆用冰盆，或八，或十二，或十六，中央則置銅錫之鍋，雜投食物於中，爐而烹之，謂之暖鍋。」又「守歲」條云：「家人圍爐團坐，小兒嬉戲，通夕不寐，謂之守歲。」袁景瀾吴郡歲華紀麗卷一二「守歲筵」有相似之記載。

〔一〇〕「地爐」句：吴俗於除夕夜焚蒼朮以辟瘟。范成大吴郡志卷二「風俗」云：「除夜祭畢，則復爆竹，焚蒼朮及辟瘟丹。」徐崧、張大純百城烟水蘇州：「除夜放爆竹，焚蒼朮辟瘟丹。」顧禄清嘉録卷一二「小年夜大年夜」條云：「焚辟瘟丹、蒼朮諸藥，謂之太平丹。」

〔一一〕賣癡獃詞：記述吴地歲暮一種獨特的民俗。陸友仁吴中舊事：「吴人多謂人爲獃子，唐韻云：『獃，小犬癡不解事者。』」袁景瀾吴郡歲華紀麗卷一二「除夕」條云：「舊俗……又小兒繞街呼嗽云：『賣汝癡，賣汝獃。』世傳吴人多獃，故兒女輩戲欲賣之。今皆不傳。」顧禄清嘉録卷一二「小年夜大年夜」有相同的記載。

〔一二〕打灰堆詞：記述吴地歲暮另一種獨特的民俗。范成大吴郡志卷二「風俗」云：「夜（除夕夜）向明，則持杖擊灰積，有祝詞，謂之打灰堆。蓋彭蠡廟中如願故事，吴中獨傳。」徐崧張大純百城煙水蘇州「吴俗最重節物」條云：「（除夕）夜分易門神桃符，更春帖，畫灰於道象弓矢，以射祟。其祝詞爲打灰堆。」袁景瀾吴郡歲華紀麗卷一二「除夕」條云：「舊俗，鷄且鳴，持杖擊灰積，致詞以獻利市，名曰打灰堆。」顧禄清嘉録卷一二「小年夜大年夜」條有相似的記載。

自嘲二絶

終日嘵嘵漫説空，觸來依舊與争鋒。登時覺悟忙收拾，已是闍黎飯後鐘〔一〕。

惡聲惡色横相干，覿面須臾萬箭攢。有客癡聾都不動，方知我被見聞漫。

【題解】

本詩作於紹熙元年（一一九〇），時閑居在家。

【箋注】

〔一〕闍黎飯後鐘：用唐王播事。唐摭言卷七：「王播少孤貧，嘗客揚州惠昭寺木蘭院，隨僧齋飡食，諸僧頗厭怠。播至，已飯矣。後二紀，播自重位出鎮是邦，因訪舊遊，向之題，已皆碧紗幕其上。播繼以二絶句曰：『……上堂已了各西東，慚愧闍黎飯後鐘。二十年來塵撲面，而今始得碧紗籠。』」

海棠欲開雨作

春睡花枝醉夢回，安排銀燭照粧臺。蒼茫不解東風意，政用此時吹雨來。

【題解】

本詩作於紹熙元年（一一九〇）春，時閑居在家。因海棠欲開而雨，感而作此。

雨再作政妨海棠

漂紅濕紫滿莓苔，潑墨濃雲尚送雷。風雨豈無他日再，何須隨却海棠來？

【題解】

本詩作於紹熙元年（一一九〇）春，時閑居在家，風雨作而妨海棠花開，復作此。

蠻觸

蠻觸紛拏室未虚，心知懲忿欠工夫。腹須空洞方容物〔一〕，事過清涼已喪吾。萬仞我山高不極，一團心火蔓難圖。從今立示寒灰觀〔二〕，笑看蒼黄走鄭巫〔三〕。

【題解】

本詩作於紹熙元年（一一九〇），時閑居在家。念及世事紛争，因賦此志感。

【箋注】

〔一〕「腹須」句：用晉周顗故事。晉書周顗傳：「王導甚重之，嘗枕顗膝而指其腹曰：『此中何所有也？』答曰：『此中空洞無物，然足容卿輩數百人。』」

〔二〕寒灰觀：心如寒灰，指不爲外物所動的精神狀態。語出劉禹錫上杜司徒啓：「失意多病，衰不待年，心如寒灰，頭有白髮。」

〔三〕鄭巫：列子卷二：「有神巫自齊來處於鄭，命曰季咸，知人死生、存亡、禍福、壽夭。期以歲、月、旬、日如神。」

偶然

偶然寸木壓岑樓，且放渠儂出一頭。鯨漫横江無奈螘，鵬雖運海不如鳩。躬當自厚人何責，世已相違我莫求。石火光中争底事，寛顔收拾付東流。

【題解】

本詩作於紹熙元年(一一九〇)春,時閑居在家。

曉泊横塘

短夢難成却易驚,披衣起漱玉池清。遥知中夜南風轉,洶洶前村草市聲。

【題解】

本詩作於紹熙元年(一一九〇)春,時閑居在家。晚泊横塘,有感賦此。

次韻袁起巖瑞麥。此麥兩岐已黄熟,其間又出一青枝,亦已秀實,傳記所未載也

民和神福固其宜,况有仁先四者施㊀。吴稻即看收再熟,周牟先已秀雙岐〔一〕。蕙風半老黄金穗,梅雨重春緑玉枝。樂不可支聊發詠,田間日日是芳時。

【校記】

㊀仁先:底本、活字本、叢書堂本、董鈔本、詩淵第四册第二四四二頁均作「仁先」,富校:「『先』

黄刻本作『光』，是。」

【題解】本詩作於紹熙元年（一一九〇）初夏，時閑居在蘇。袁説友麥秀三岐：「用過其才愧弗宜，但於牧養要張施。未應拙政纔兼月，森出來弁過兩岐。長短異形垂美穗，青黄間色識新枝。懸知瑞應由明主，自是豐年屬聖時。」

【箋注】

〔一〕「周牟」句：詩經周頌思文：「貽我來牟。」毛傳：「牟，麥，率用也。」孔穎達疏：「麰麥，大麥也。説文云：麰，周受來牟也。一麥二䅘，象其芒刺之形，天所來也。」

次韻袁起巖甘雨即日應祈

天遣賢侯惠此州，隨車一雨綏千憂〔一〕。藥寮坐看雲穿屋，蓮棹歸將葉蓋頭。三伏涼來那易得，百年飽外更何求？合詞但祝爲霖手，早侍薰絃十二旒〔二〕。

【題解】本詩作於紹熙元年（一一九〇），時閑居在蘇。袁説友賦甘雨即日應祈詩，石湖次其韻而和之，期待賢侯治績早日上聞於君王。袁説友和趙成子提幹喜雨韻其二：「十年三已冒爲州，每每於民有旱憂。午聽雷雨鳴屋角，晚驚雨脚壓雲頭。及時三日爲霖好，爲汝千箱樂歲求。欲辦一椽名喜雨，愧無老筆數宸旒。」

【箋注】

〔一〕「隨車」句：用後漢鄭弘的故事。後漢書鄭弘傳「遷淮陽太守」，注引謝承書：「弘消息繇賦，政不煩苛，行春天旱，隨車致雨。」後代因以隨車雨喻施行仁政。庾肩吾從駕喜雨：「復此隨車雨，民天知可安。」

〔二〕「早侍」句：薰絃，指南風歌。孔子家語辯樂：「昔者舜彈五絃之琴，造南風之詩，其詩曰：南風之薰兮，可以解吾民之愠兮。南風之時兮，可以阜吾民之財兮。」十二旒，指帝王冠冕。全句意謂袁説友在蘇州施行仁政，應該早早侍候君王彈奏南風歌。

劉德修少卿避暑惠山，因便寄贈

鳴鳳朝陽尺五天〔一〕，匆匆忽過白鷗邊。遥憐海内無雙士，獨酌人間第二泉〔二〕。決去君今身似葉〔三〕，贈行誰有筆如椽？老夫但祝重相見，未擬消魂賦黯然。

【題解】

本詩作於紹熙元年（一一九〇），時閑居在家。劉光祖因論近倖貶外，將回蜀，路過惠山避暑，石湖作此寄贈之。劉德修少卿，即劉光祖（一一四二—一二二二），字德修，簡州陽安（今四川簡陽）人，登進士第。除劍南東川節度推官，辟潼川提刑司檢法。淳熙五年召對，論恢復事。除太學正。召試，守正字兼吳、益王府教授，遷校書郎，除右正言，知果州，以趙汝愚薦，召入。光宗即位，除軍器少監兼權侍左郎官，又兼禮部，除殿中侍御史。上書痛論時弊，尤拳拳於朋黨之禍。劾罷户部尚書葉翥、太府卿兼中書舍人沈揆。徙太府少卿，求去不已，除直秘閣、潼川運判，改江西提刑，又改夔州。寧宗朝，除侍御史，改司農少卿，進起居舍人。遷起居郎。朱熹與祠，上疏留之，爲劉德秀所劾，出爲湖南運判，不就，領宫祠。韓侂胄禁「僞學」，光祖撰涪州學記云：「學之大者，明聖人之道以修其身，而世方以道爲僞；小者治文章以達其志，而時方以文爲病。好惡出於一時，是非定於萬世。」奪職謫房州，起知眉州。後累官提刑、知州、知府。以顯謨閣直學士領宫祠。嘉定十五年卒，年八十一，謚文節。趙汝愚稱其「論諫激烈似蘇軾，懇惻似范祖禹」。著有後溪集、鶴林詞。平生事迹，見宋史卷三九七本傳、真德秀劉閣學墓誌銘。南宋館閣續録卷九：「劉光祖，（淳熙）六年十月除（正字），八年閏三月爲校書郎。」卷八：「劉光祖，（淳熙）八年閏三月除（校書郎）。九年十二月爲秘書郎。」又：「劉光祖，字德修。簡州人。乾道五年鄭僑榜進士及第。治書。（淳熙）九年十二月除（秘書郎），十年四月丁憂。」劉光祖被貶時，楊萬里曾上書請復光祖職，或留朝任用，不報。臨行時，有送行詩送劉德修殿院直閣將漕潼川二首。

【箋注】

〔一〕「鳴鳳」句：詩經大雅卷阿：「鳳皇鳴矣，于彼高岡。梧桐生矣，于彼朝陽。」鄭箋云：「鳳皇鳴于山脊之上者，居高視下，觀可集止，喻賢者待礼乃行，翔而後集。梧桐生者，猶明君出也。生於朝陽者，被温仁之氣，亦君德也。鳳皇之性，非梧桐不棲，非竹實不食。」

〔二〕第二泉：惠山泉，見輿地紀勝卷六兩浙西路常州。

〔三〕「決去」句：孔凡禮范成大年譜紹熙元年附注：「知作於其去朝回蜀時，其避暑惠山，乃回蜀時所經由也。」

幽棲

幽棲先自嬾衣裳，秋暑薰肌汗似漿。對客緒言多勉强，謀家生事總荒唐。蚤眠不待星當户，晚飯常占日半牆。莫道閒中無外慕，朝朝屈指望新涼。

【題解】

本詩作於紹熙元年（一一九〇）秋，時閑居在蘇。幽居有感，乃賦此。

園林

園林隨分有清涼，走徧人間夢幾場。鐵硯磨成雙雪鬢〔一〕，桑弧射得一繩牀〔二〕。

光陰畫紙爲碁局〔二〕，事業看題檢藥囊。受用切身如此爾，莫於身外更乾忙〔三〕。

【校記】

㈠雙雪鬢：原作「雙鬢雪」。活字本、叢書堂本、董鈔本、詩淵第三册第二〇六三頁均作「雙雪鬢」，與下句「一繩牀」對仗，今據改。

㈡一繩牀：原作「一繩麻」，失韻。富校：「『麻』黄刻本作『牀』，是。」活字本、叢書堂本、董鈔本、詩淵均作「一繩牀」，今據改。

【題解】

本詩作於紹熙元年（一一九〇），時閑居在蘇。

【箋注】

〔一〕「鐵硯」句：用五代桑維翰故事。舊五代史桑維翰傳：「又鑄鐵硯以示人曰：『硯弊則改而佗仕。』」

〔二〕「光陰」句：杜甫江村：「老妻畫紙爲棋局。」

〔三〕乾忙：空忙。蘇軾滿庭芳：「蝸角虚名，蠅頭微利，算來著甚乾忙。」錢大昕十駕齋養新録卷一六「乾然乾忙」條：「南史范蔚宗傳有乾笑字。韓退之詩：『乾愁漫解坐自累，與衆異趣寧相親。』王介甫詩『賴付乾愁酒一樽』，謂空愁而無益也。偶桓詩：『白首乾忙度歲時。』又云：『乾忙雖是紅塵冷，須聽幽禽快活吟。』亦謂空忙而無用也。」

七月十八日濃霧作雨不成

曉霧障朝暉，日脚戰未透。儻然成一雨，亦足洗塵瞀。江南富秋暑，老穉呻永晝。田問翻畏涼，能粃嘉穀秀。昨朝東有虹，光彩照高柳。占云天掠剩，政恐耗升斗〔一〕。陽光趣堅實，乘除或相捄。臞儒雖病暍，且復忍污垢。吴人謂立秋後虹爲天收，雖大稔亦減分數。

【題解】本詩作於紹熙元年（一一九〇）七月十八日，時閑居在蘇。見濃霧晨虹，憂慮稻秀不實，乃賦此以記。

【箋注】

〔一〕「昨朝」四句：顧禄清嘉録卷七「秋轂碌收粃穀（天收）」條云：「又以稻秀時，濃霧大作，中有白虹横貫者，俗呼白鱟。亦主穫粃穀，謂之天收。」天掠，即天收。石湖詩及附注，與顧氏之記載相合。

戲贈勤長老

從君揮麈演金乘，我已無心纏葛藤。第一圓通三鼓夢，大千世界一窗燈。罷參柏子庭前意〔一〕，權作梅花樹下僧〔二〕。飯飽閒行復閒坐，人間有味是無能。

【題解】

本詩作於紹熙元年（一一九〇），時閑居在蘇。

【箋注】

〔一〕「罷參」句：用趙州禪師從諗故事，參見卷二八仲行再示新句復次韻述懷「祖意」句注。

〔二〕「權作」句：語出黄庭堅出禮部試院王才元惠梅花三種皆妙絶戲答三首其二：「今作梅花樹下僧。」

次韻袁起巖送示郡沼雙蓮圖

珠淵玉水折方員，涌出雙蓮照酒邊。壓倒小湖三級草〔一〕，增光後沼兩重蓮。若華名字元相並，桃葉根株本自連。好把吴歈翻楚些，楊荷新曲勝當年。洞庭小湖寺舊得瑞象，有草繞之，投草湖中，生三級紅蓮。皮日休有木蘭後池重臺蓮詩云：「兩重元是一重心。」皆吴中瑞故事，而未有雙蓮之傳也。

【題解】

本詩作於紹熙元年（一一九〇），時閑居在蘇。紹熙元年，府治後池出雙蓮，袁説友以爲瑞兆，葺雙瑞堂，命人畫郡沼雙蓮圖，賦詩以示石湖，石湖乃次其韻賦此答之。范成大吴郡志卷六「官宇」：「紹熙元年，長洲有瑞麥四岐，及後池出雙蓮，郡守袁説友葺西齋，以雙瑞名堂，以識嘉祥。」范成大雙瑞堂記（參見輯佚卷一三）亦載其事。

【箋注】

〔一〕「壓倒」句：小湖，指小湖寺，三級草，自注：「投草湖中，生三級紅蓮。」事見范成大吴郡志卷三四「郭外寺」條云：「洞庭西山小湖觀音教院，在吴縣西南一百五十里，即舊小湖院也。相傳唐乾符中，有沉香觀音像沉太湖而來，小湖僧迎得之，有草繞像足，投之小湖，生千蓮華，至今有之。」

次王正之提刑韻，謝袁起巖知府送茉莉二檻

千里移根自海隅，風飄破浪走天吴〔一〕。散花忽到毗耶室〔二〕，似欲横機試病夫。

燕寢香中暑氣清，更煩雲鬢插瓊英〔三〕。明粧暗麝俱傾國〔四〕，莫與馨仙品弟兄。

【題解】

本詩作於紹熙元年（一一九〇），時閑居在家。本年，王正己任浙東路提點刑獄，常有詩作唱和。袁説友送茉莉二檻，賦本詩謝之。王正之，即王正己（一一一九—一一九六），字正之，四明人。樓鑰宋史無傳，有朝議大夫秘閣修撰致仕王公墓誌銘（攻媿集卷九九）：「授婺州司法參軍。詔舉縣令，會稽郡王史公浩爲司封郎，以公姓名進，知泰州海陵縣。張忠獻公浚募萬弩手，官吏畏怖，奔走恐後。公獨以邑民方脱兵火之酷，募既難從，聚亦無用，陳利害以獻。旁觀爲之股栗，公亦謁告以俟。忠獻以書遜謝，慰勉安職，人始服公有守，而歎忠獻之樂善也。隆興改元正月，對垂拱殿，上意嚮納，改宣教郎，幹辦行在諸軍糧料院。乾道二年，詔薦監司郡守，丞相魏公杞在瑣闥，薦對祥曦殿，權司農寺主簿，知江陰軍。在任得旨：沿江郡籍民爲兵，防江守城，爲大軍聲援。公抗疏列上徒擾良民，無益備禦者七條，且言舊嘗爲山水寨，騷動兩淮，競進圖册，謂得勝兵數十萬，完顏亮深入，乃無一人爲用，敵退，起焚官寺，聲言欲燒棄山水寨案牘，以絶後害，此最深切著明者。公以此罷，而他郡亦徒擾如公言。起知饒州，改嚴州，復改饒州，以事忤憲司，劾罷，主管台州崇道觀。一以葉丞相之薦，除尚書吏部員外郎，權右司郎官，遂爲真。葉公去國，公亦遭論，再奉祠。……藏書至二萬卷，手抄爲多，號酌古居士，又以名其堂。詩文似其爲人。少嗜山谷詩，造詣已深，爲紫微王公洋所激賞；晚又以杜少陵、蘇長公爲標準。石湖參政范公成大見公近詩，喈曰：『不惟把降幡，殆將焚筆硯矣！』」寶慶四明志卷八「先賢事跡上」：「正己，字正之，勳（王説之孫）長子也。勳與妻薛氏俱没官所，群胡念其清苦，裒金錢二百萬爲賻，正己不受，以叔祖珩任爲豐城主簿，連帥張澄，俾對易理曹。時相黨王鈇家豫章，冢舍亡瑞香花，與一富民有他憾，因誣之，帥諷理曹文致其罪。正之直之，忤帥意，稱疾尋醫而歸。孝宗聞之，既踐祚，詔以不畏强禦，節概可嘉，自泰州海陵縣召對，改合入官。淳熙初，訪求廉吏，參政葉衡舉正己辭賻事以聞，召對，上語輔臣曰：『王正己望之儼然，即之甚温。』史忠定王浩再相，論朋黨事，上曰：『葉衡既去，人以王正己爲其黨，朕固留之。雖衡所引，其人自賢，則知朕不以朋黨待臣下也。』正己凡四典郡，六爲部使者，終太府卿，秘閣修撰致仕。年七十八卒。高宗山陵竣事，嘗進聖德孝感記，上曰：『卿文似韓愈，已宣付史館。』有文集二十卷。嘉定初，被旨，繳納國史院。」范成大吴郡志卷七「提舉刑獄司題名」：「王正己，以朝請大夫、充秘閣修撰、浙江東提刑改除，紹興元年五月初三日到任，十二月初三日，准敕以陳乞宫祠差，主管建寧府武夷山冲佑觀。」茉莉，廣群芳譜卷四三「茉莉」：「原出波斯，移植南海。……葉如茶而大，緑色團尖，夏秋開小白花，花皆暮開，其香清婉柔淑，風味殊勝。」顧禄清嘉録卷六「珠蘭、茉莉花市」條云：「珠蘭、茉莉花來自他省，薰風欲拂，已畢集於山塘花肆。……蔣寶齡吴門竹枝詞云：『蘋末風微六月涼，畫船銜尾泊山塘。廣南花到江南賣，簾内珠蘭茉莉香。』」茉莉二檻，按袁景瀾吴郡歲華紀麗卷六「茉莉花籃」：「又以銅絲紐串茉莉蕊，裝成小花籃，閨閣中買置，夜懸綃帳，香生枕席，引入睡鄉，令人魂夢俱恬。」

【箋注】

〔一〕天吴：神話中的水神。山海經海外東經：「朝陽之谷，神曰天吴，是爲水伯。」李賀浩歌：「南風吹山作平地，帝遣天吴移海水。」

〔二〕「散花」句：用天女散花故事。

〔三〕「更煩」句：吴地婦女鬢間插戴茉莉花。顧禄清嘉録卷六「珠蘭花茉莉花」條云：「花蕊之連蒂者，專供婦女簪戴。」

〔四〕暗麝：廣群芳譜卷四三「茉莉」條引東坡集云：「東坡謫儋耳，見婦女競簪茉莉，含檳榔，戲書几間云：『暗麝著人簪茉莉，紅潮登頰醉檳榔。』」

再賦茉莉二絶

薰蒸沉水意微茫，全樹飛來爛熳香。休向寒鴉看日景，衹今飛燕侍昭陽。

憶曾把酒泛湘灕〔一〕，茉莉毬邊擘荔枝。一笑相逢雙玉樹，花香如夢鬢如絲。

【題解】

本組詩作於紹熙元年（一一九〇），繼上詩後，再賦茉莉，追憶往事。

【箋注】

〔一〕「憶曾」句：湘灕，湘水和灕水，石湖任桂帥時，曾把酒泛舟於兩水。

再賦郡沼雙蓮三絶

館娃魂散碧雲沉，化作雙葩寄恨深。千載不償連理願，一枝空有合歡心。

池光闌檻倚斜暉，把酒看花醉不歸。但許鴛鴦相對浴〔一〕，休驚翡翠一雙飛。

兩岐秀罷已蒿萊，春意還從菡萏回。不是使君和氣勝，此花應向别人開。

【題解】

本組詩作於紹熙元年（一一九〇），時閑居在蘇。繼次韻袁起巖送示郡沼雙蓮圖詠雙蓮之後，又作再賦郡沼雙蓮三絶以寄興。袁説文閲後，和之。和范石湖咏雙蓮三首（東塘集卷六）其一：「江妃瑟裹恨沉沉，萬點紅邊意轉深。擁出三千歌舞罷，翠綃縈得兩同心。」其二：「天泉池上舞晴暉，一别人家未肯歸。千載却隨湘女泣，風前時學鳳凰飛。」其三：「鑒湖一曲記蓬萊，棹入紅蕖挽不開。今日池光少公事，好懷聊復爲渠開。」

【箋注】

〔一〕「但許」句：杜牧齊安郡後池絶句：「鴛鴦相對浴紅衣。」

范村午坐

好風入修篁，槁葉舞而墮。斷續一蛩吟，高下雙蝶過。凍樾午陰圓，静極成癡坐。老便几杖供，慵廢誦弦課。蒲團耎易煖，困來百骸惰。四傍無人聲，誰驚短夢破？

【題解】本詩作於紹熙元年（一一九〇）秋，時閑居在蘇，至范村閑坐，有感而賦。

石湖居士詩集卷三十一

讀白傅洛中老病後詩戲書

樂天號達道，晚境猶作惡。陶寫賴歌酒，意象頗沉著。謂言老將至，不飲何時樂？未能忘煖熱，要是怕冷落。我老乃多戒，頗似僧律縛。閒心灰不然，壯氣鼓難作。豈惟背聲塵，亦自屏杯酌。日課數行書，生經一囊藥。若使白公見，應譏太蕭索。當否竟如何？我友試商略！

【題解】

本詩作於紹熙元年（一一九〇），時在蘇閑居。讀白居易洛中偶作詩，戲賦此見志。白居易洛中偶作：「遇物輒一詠，一詠傾一觴。筆下成釋憾，卷中同補亡。往往顧自哂，眼昏鬚鬢蒼。不知老將至，猶自放詩狂。」

秋夕不能佳眠

晝坐既摧頽，夜卧亦展轉。檢校百骸間，無一得安穩。四大元假合，解散會歸盡。何煩造化兒，前期苦相窘。咄咄方書空，忽發一笑䀹〔一〕。都緣有我相，浪把此身認。於中有安否，隨即生喜愠。蟬聲耳根響，蠅翅目中暈。無明徧大千，祇自植愁本。化兒安在哉？作詩謝不敏。

【題解】

本詩作於紹熙元年（一一九〇）秋，時在蘇閑居。因不能佳眠而生感，賦此自慰。

【箋注】

〔一〕䀹：一作䀹，笑貌。莊子達生：「桓公䀹然而笑。」疏：「䀹，喜笑貌也。」釋文：「䀹，敕引反，徐敕一反，又敕私反。司馬云：笑貌。李云：大笑貌。」

王正之提刑見和茉莉小詩甚工。今日茉莉漸過，木犀正開，復用韻奉呈二絶

南花宜夏不禁涼，猶繞珍叢覓舊香。留得典刑傳菊圃，别篘新酒待重陽。吴中有茉莉菊花。

茉莉吟餘又木犀，碧瑶葉底露金支。從今日日須搜句，莫遣硯池生網絲。

【題解】

本組詩作於紹熙元年（一一九〇）秋，時閑居在蘇。石湖有次王正之提刑韻謝袁起巖知府送茉莉二檻、再賦茉莉二絶贈王正之，正之和之。石湖見茉莉漸謝，木犀正開，又用舊韻賦此奉呈正之。

復用韻記昨日坐中劇談及趙家琵琶之妙，呈王正之提刑二絶

病來六結總龜藏〔一〕，不用濃薰戒定香。花下酒邊非我事，但餘消瘦是東陽。

曹穆新聲和者稀〔二〕，如今妙手屬天支。轉關濩索都傳得〔三〕，想見飛凰舞緑絲。

正之云：「轉關六幺、濩索梁州、歷統薄媚、醉吟商胡渭州，此四曲，承平時專入琵琶，今不復有能傳者。」余按北夢瑣言載黔南節度王保義女善彈琵琶，夢吳人授曲，内有醉吟商一調，其來遠矣〔四〕。

【題解】

本組詩作於紹熙元年（一一九〇）。「趙家琵琶」，指趙師羿家之琵琶妓，本卷戲題趙從善兩畫軸題下注：「王正之云：『從善家有琵琶妓，甚工。』」從善，即趙師羿，詳見戲題趙從善兩畫軸「題解」。

【箋注】

〔一〕「病來」句：卷二九習閒詩有「六用都藏縮似龜」句，沈注用法句譬喻經解説之。本句與之同意。

〔二〕曹穆：曹指曹綱，穆指穆善才，皆善彈琵琶。段安節樂府雜録琵琶：「貞元中，有王芬、曹保、保子善才、其孫曹綱，皆襲所藝。次有裴興奴，與綱同時。曹善運撥，若風雨，而不事扣絃。」白居易琵琶引序：「嘗學琵琶於穆、曹二善才。」元稹琵琶歌：「鐵山已近曹穆間。」原注：「二善才姓」。

〔三〕轉關濩索：蔡寬夫詩話（郭紹虞宋詩話輯佚）「六么」條云：「故言涼州者，謂之濩索，取其音節繁雄，言六么者，謂之轉關，取其聲調閑婉。元微之詩云：『涼州大遍最豪嘈，録要散序多籠撚。』濩索轉關，豈所謂豪嘈籠撚者耶？」

〔四〕「余按北夢瑣言載」四句：林艾園校點北夢瑣言（上海古籍出版社一九八一年版），另據太平廣記補出佚文四卷，佚文卷四：「王蜀黔南節度使王保義，有女適荆南高從誨之子保節。未行前，暫寄羽服。性聰敏，善彈琵琶，因夢異人，頻授樂曲。」石湖自注小異。

再題白傅詩

香山歲晚錯芳辰，索酒尋花一笑欣。列子御風猶有待〔一〕，鄒生吹律強生春〔二〕。若將外物關舒慘，直恐中塗混主賓。此老故應深解此，逢場聊戲眼前人。

【題解】

本詩作於紹熙元年（一一九〇），時閑居在蘇，繼讀白傅洛中老病後詩戲書之後，復作此。

【箋注】

〔一〕「列子」句：莊子逍遥遊：「夫列子御風而行，泠然善也，旬有五日而後反。……此雖免乎行，猶有所待者也。」

〔二〕「鄒生」句：鄒生，指鄒衍。虞世南北堂書鈔卷一一二樂部八「鄒衍温谷」條引劉向別録：

「方士傳言鄒子在燕，燕有黍谷，地美天寒，不出五穀。鄒子居之，吹律而温氣至，今名黍谷也。」

石湖中秋二十韻。十二年前嘗與工部兄及賓客爲此遊，今有隔世者，感今懷舊而作

野外行吾意，城中寄却愁。半秋三夜月，千古五湖舟。涌地金芒發，行天玉鏡流。珠星沉不現，銀漢黯如收。高浪連三境〔一〕，長風近十洲〔二〕。水天雙對鏡，身世一浮漚。迴白包元氣，空明慰病眸。只憐心浩蕩，不管鬢颼飀。放棹真狂矣，關門有此不？四并非易事，一笑亦難謀。急管參漁笛，清歌間棹謳。逢迎成邂逅，嘯咏勸綢繆。女擷蘋花獻，妻傾竹葉酬〔三〕。今宵如不飲，何處可忘憂？憶昔誰同賞，于今歲恰周。陟岡睽魯衛〔四〕，伐木愴應劉〔五〕。獨歎靈光在，能追汗漫遊。大都緣未盡，豈是病都瘳。縱意褰篷席，輕生倚柁樓。節宣誠小爽，猶勝賦悲秋。

【題解】

本詩作於紹熙元年（一一九〇）中秋，時閑居在家。本年中秋，成大攜家眷同游石湖，憶念十

二年前與兄成象及賓客同游石湖，感今懷舊，不勝欣喜。「工部兄」，指范成象。成大中秋泛石湖記：「淳熙己亥中秋，至先、至能自越來溪下石湖，縱舟所如，忘路遠近，約略在洞庭、垂虹之間。天容水鏡，光瀾一色，四維上下，與月無極。風露温美，如春始和。醉夢飄然，不知夜如何其。惟有東方大星，欲度蓬背，自後不復記憶。坐客或有能賦之者。張子震、馬少伊、鄭公玉、章舜元，客也。」至先，即范成象。己亥，即淳熙六年，至本年恰爲十二年。

【箋注】

〔一〕三境：指仙境，雲笈七籤卷二一：「三清圖云：將以玄元始三氣，以爲三境三天。」又卷五五：「復爲三境，玉清、上清、太清也。」

〔二〕十洲：海内十洲記：「漢武帝既聞王母説八方巨海之中有祖洲、瀛洲、玄洲、炎洲、長洲、元洲、流洲、生洲、鳳麟洲、聚窟洲。有此十洲，乃人跡所稀絶處。」

〔三〕竹葉：酒名，即竹葉清，又名「竹葉青」。張華輕薄篇：「蒼梧竹葉清，宜城九醖醝。」

〔四〕「陟岡」句：詩經魏風陟岵：「陟彼岡兮，瞻望兄矣。」論語子路：「魯衛之政，兄弟也。」

〔五〕「伐木」句：詩經小雅伐木：「伐木丁丁，鳥鳴嚶嚶……嚶其鳴矣，求其友聲。」應劉，三國應瑒和劉楨的并稱，後亦泛指宾客。

中秋後兩日，自上沙回，聞千巖觀下巖桂盛開，復檥石湖〔一〕，留賞一日，賦兩絶

金粟枝頭一夜開，故應全得小詩催。籃輿緩緩隨兒女，引入天香洞裏來。

千巖觀下碧瑶林，歲晚青青共此心。隱士歸兮花未老，每年來把一杯深。

【校記】

〔一〕復檥石湖：富校：「『檥』下黄刻本有『舟』字，是。」

【題解】

本詩作於紹熙元年（一一九〇）八月十七日，時閑居在家，與家人共賞石湖千巖觀桂花。

有會而作

拙是天資嬾是真，本來何用戒香薰？强陽氣盡冥恩怨〔一〕，杜德機深泯見聞〔二〕。

念動即時漂鬼國〔三〕，心空隨處走魔軍〔四〕。室中已自空諸有，休負天機與地文。

【題解】

本詩作於紹熙元年（一一九〇），時閑居在家。

【箋注】

〔一〕「强陽」句：列子天瑞篇：「天地强陽，氣也，又胡可得而有邪？」

〔二〕「杜德」句：壯子應帝王：「壺子曰：『……是殆見我杜德幾也。』」

〔三〕「念動」句：沈注卷下：「傳燈録：湖州刺史李翺問藥山：『如何是黑風漂墮羅刹鬼國？』藥山曰：『李翺小子作麽生？』李變色。山曰：『即此是黑風漂墮羅刹鬼國。』」

〔四〕魔軍：大智度論卷五：「除諸法實相，餘殘一切法盡名爲魔，如諸煩惱結使、欲縛取纏、陰界入，魔王、魔民、魔人，如是等盡名爲魔。問曰：『何處説欲縛等諸結使名魔？』答曰：『雜藏經中，佛説偈語魔王：欲是汝初軍，憂愁軍第二，飢渴軍第三，愛軍在第四，第五眠睡軍，怖畏軍第六，疑爲第七軍，含毒軍第八，第九軍利養，著虚妄名聞，第十軍自高，輕慢於他人。汝軍等如是，一切世間人，及諸一切天，無能破之者。我以智慧箭，修定智慧力，摧破汝魔軍，如坏瓶没水。』」

戲題無常鐘二絶

著衫脱袴兩浮休，切莫隨渠認路頭。三尺蒲牢關底事〔一〕，尋聲接響大悠悠。

合成四大散成空，草木經春便有冬。生滅去來相對代，爲君題作有常鐘。

【題解】

本詩作於紹熙元年（一一九〇），時閑居在家。荀子修身：「趣居無定，謂之無常。」涅盤經卷一壽命品：「是身無常，念念不住，猶如電光、暴水、幻炎，亦如畫水，隨畫隨合。」

【箋注】

〔一〕蒲牢：本爲獸名，後爲鐘的別名。文選班固東都賦：「於是發鯨魚，鏗華鐘。」李善注：「薛綜西京賦注曰：海中有大魚曰鯨，海邊又有獸名蒲牢。蒲牢素畏鯨，鯨魚擊蒲牢，輒大鳴。凡鐘欲令聲大者，故作蒲牢於上，所以撞之者爲鯨魚。」

自箴

有對易成畛域，無情那有從違。癡人妄認逆境，平地自生鐵圍。

白傅病猶牽愛，晁公老未斷嗔。莫問是情是性，但參無我無人。

俗物汩陳大好，家奴倒迕何誅。泡幻初無典要，光陰况已桑榆。

【題解】

本詩作於紹熙元年（一一九〇），時閑居在家。悟得老來須豁達放懷，因賦此自箴。

題畢少董繙經圖

絳帳胡沙暗，青編古意深。誰知洛下詠，中有越人吟。

【題解】

本詩作於紹熙元年（一一九〇），時閑居在家。畢少董，即畢良史，字少董，一字伯瑞，蔡州上蔡人（一作東平）。宋史無傳，宋史翼卷二七文苑二：「畢良史，字少董，自號死齋，上蔡人，文簡公士安五世孫，第進士。少喜字學，得晉人筆法。壯遊京師，以買賣古器書畫之屬出入貴人之門，當時謂之畢償賣。靖康之變，僑寓興國軍。蔣璨官江西，喜其辨慧，給貲令赴行在，諸内侍皆喜之。高宗方搜訪古器書畫之屬，恨未有辨其真僞者，得良史甚悦，月給俸五十千，仍令内侍延請爲賓客，又得束脩百餘千。會迪功郎權婺州司户參軍畢隣者死事，得任子恩。其妻言子爲金人所殺，願官姪良史，遂補上州文學。紹興八年，金人歸三京地，擢右迪功郎開封府推官。乃益搜求京城亂後遺棄古器書畫，買而藏之。金人敗盟，開封陷，良史入於金，不仕。乃教學講春秋，有從之遊者，因爲圖，名繙經，寫其訪問紬繹之狀。十二年和議成，與孟庾、李正名同放還，遂盡載所收骨董至行在，上大喜。良史上言，不能死節，請正典刑；詔放罪。旋差監南嶽廟。十三年正月，進春秋正辭，特改右宣議郎，幹辦行在糧料院。十五年七月加直秘閣知盱眙軍。十八年進直敷文閣。二十年八月，卒於任。著有春秋正辭二十卷，繙經堂集八卷。」楊萬里題畢少董繙經圖并序：「畢敷文少董，名良史。紹興初陷虜境，居汴。閉户著春秋正辭、論語探古書，有宋哲夫、李願良輩執經師之。好事者寫爲繙經圖：宋執一卷書背立，且讀且指；李執一卷書向其師，若有問者。而少董坐一榻上，後有二女奴，各有所執。而阿冬者坐其間，少董之季子也。女奴之髽者曰孫壽，冠者曰馬惠真。哲夫名城，願良名師魏云。『宋生把卷讀且指，李生把卷問奇字。榻上坐著一老子，右手秉筆袒左臂。春秋論語訓傳成未成？胸中有話頗欲告兩生。欲呼小白拉重耳，同討犬戎尊帝京。蠶妾不解事，兩生未可語。冬郎政兒痴，誰能復憐許？繙經未了報歸期，攜書歸來獻玉墀。胡沙滿面無人識，回首兩生斗南北。』」三朝北盟會編卷二〇八、陸友仁吳中舊事、李日華六研齋二筆卷四亦載其事。畢少董善書畫，湯垕畫鑑：「畢少董能畫山水，不在朱希真之下，僕嘗見之，故表其異以語後人。」「宋南渡士人多有善畫者，如朱敦儒希真、畢良史少董、江參貫道皆能畫山水、窠石。」夏文彥圖繪寶鑑卷四：「畢良史，字少董，紹興間進士，善作窠木、竹石、雲龍，能寫唐人小楷，書畫俱妙。」

次韻袁起巖喜雨

使君精禱動仙靈，月御俄從畢噣經〔一〕。昨夜雲頭隨皂蓋，今朝雨脚挂青冥。池光拍岸浮州宅，湖面粘天漲洞庭〔二〕。賸采吴歈歌歲事〔三〕，傳歸擊壤調中聽。昨議復池光亭額，故因及之。

【題解】

本詩作於紹熙元年（一一九〇），時閑居在蘇。

【箋注】

〔一〕畢噣：畢星和噣星。詩經小雅漸漸之石：「月離於畢，俾滂沱矣。」詩經召南小星：「嘒彼小星，三五在東。」毛傳：「三心五噣，四時更見。」噣，柳星的别名。月亮經畢、柳而過，主雨。

〔二〕粘天：形容湖面波浪連天。王安石舟還江南阻風有懷伯兄：「白浪粘天無限斷，玄雲垂野少晴明。」

〔三〕吴歈：即吴歌。楚辭招魂：「吴歈蔡謳，奏大吕些。」王逸章句：「吴、蔡，國名也。歈、謳，皆歌也。」梁元帝纂要：「齊歌曰謳，吴歌曰歈，楚歌曰艷。」

再次喜雨詩韻，以表隨車之應〔一〕

仙篆驅龍效水靈，佛螺吹梵演雲經〔二〕。何煩礎汗生蒸潤，便借爐薰作晦冥。一念故應周法界，萬神元不隔明庭。昌時圭璧形聲應，不似周時莫我聽。

【題解】本詩作於紹熙元年（一一九〇），時閑居在家。

【箋注】

〔一〕隨車之應：用東漢鄭弘故事。後漢書鄭弘傳：「遷淮陽太守」，注引謝承書：「弘消息繇賦，政不煩苛。行春天旱，隨車致雨。」柳宗元韋使君黄溪祈雨見召從行至祠下口號：「惠風仍偃草，靈雨會隨車。」

〔二〕雲經：即大雲無想經。沈注卷下：「大雲經求雨法，見法苑珠林。」

三次喜雨詩韻少伸嘉頌

嚮非賢牧政通靈，幾負松陵未耜經〔一〕。天籟侵晨占少女〔二〕，雨師連夜櫬玄冥。作霖豈必求商野，召見誰能右漢庭。聞有追鋒傳好語〔三〕，從今側耳爲君聽。

【題解】本詩作於紹熙元年（一一九〇），時閑居在蘇。袁説友三作喜雨詩，石湖次其韻和之。沈注卷下：「此詩祝其促召還朝也。」

【箋注】

〔一〕松陵耒耜經：松陵，指陸龜蒙，因隱於松陵而得名。陸龜蒙有耒耜經。

〔二〕「天籟」句：沈注卷下：「三國志管輅傳。」按，三國志魏書管輅傳裴松之注引輅别傳：「至日向暮，了無雲氣，衆人并嗤輅。輅言：『樹上已有少女微風，樹間又有陰鳥和鳴。又少男風起，衆鳥和翔，其應至矣。』須臾，果有艮風鳴鳥。日未入，東南有山雲樓起，黄昏之後，雷聲動天。到鼓一中，星月皆没，風雲并興，玄氣四合，大雨河傾。」

〔三〕「聞有」句：晉書宣帝紀：「（景初二年）先是，詔帝便道鎮關中。及次白屋，有詔召帝，三日之間，詔書五至，手詔曰：『間側息望到，到便直排閣入，視吾面。』帝大遽，乃乘追鋒車晝夜兼行，自白屋四百餘里，一宿而至。」追鋒，追鋒車，一種輕便快速之驛車，車行迅速，故以追鋒爲名，見宋書禮志五。

府公録示和提幹喜雨之作，輒次元韻

雨挾潮痕漲具區，流渠決決繞幽居。荷鋤日課都忘倦，抱甕天機本不疎。且喜水平昌谷稻〔一〕，莫教雷假介休車〔二〕。老翁飽外還多事，更把林間種樹書。

【題解】本詩作於紹熙元年（一一九〇），時閑居在家。府公，指袁説友，時任平江知府，故云。袁説友接連寫出喜雨詩，石湖依次和之。

【箋注】

〔一〕「且喜」句：語出李賀昌谷詩：「昌谷五月稻，細青滿平水。」

〔二〕「莫教」句：段成式酉陽雜俎前集卷八「雷」：「李鄘在北都，介休縣百姓送解牒，夜止晉祠宇下。夜半，有人扣門云：『介休王暫借霹靂車，某日至介休收麥。』」霹靂車，即雷神司雷之車。

雨後田舍書事，再用前韻

村村畦圃蓺新區，處處田廬葺舊居。熟透晚梅紅的皪，展開新籜翠扶疎。向來矜寡猶遺秉，此去污邪又滿車〔一〕。誰解續經如魯史，爲將連歲有年書。

【題解】本詩作於紹熙元年（一一九〇），時閑居在家。見田家豐收後之景象，因作雨後田舍記事詩，一抒歡樂之懷。

【箋注】

〔一〕「此去」句：污邪滿車，語出史記淳于髡傳：「（穰田者）祝曰：『甌窶滿篝，污邪滿車，五穀蕃熟，穰穰滿家。』」索隱：「司馬彪云『污邪，下地田』，即下田之中有薪，可滿車。」

放下庵即事三絶

無風香篆吐長絲，書架凝塵不下帷。鳥雀聲和晴日暖，午窗捫蝨坐多時。

病後天魔不戰降，夢中千頃白鷗江。心空境寂聲塵盡，却愛秋蠅撲紙窗。

閉門幽僻斷經過，静極兼無雀可羅。林下故人知幾箇〔一〕，就中老子得閒多。

【題解】

本組詩作於紹熙元年（一一九〇），時閑居在家。

【箋注】

〔一〕林下故人：指退隱林下之故人。慧皎高僧傳義解二竺僧朗：「朗常蔬食布衣，志耽人外……與隱士張忠爲林下之契，每共遊處。」靈澈東林寺酬韋丹刺史：「相逢盡道休官好，林下何曾見一人。」

寄題西湖并送浄慈顯老三絶

南北高峰舊往還〔一〕，芒鞋踏徧兩山間。近來却被官身累，三過西湖不見山。

膏肓泉石痼煙霞〔二〕，半世遊山不著家。老入蒲團三昧定，坐看穿膝長蘆芽。

中秋月了又黄花，卯後新醅午後茶。别没工夫譚不二，文殊休更問毗耶〔三〕。

【題解】

本組詩作於紹熙元年（一一九〇）秋，時閑居在家。浄慈，寺名，咸淳臨安志卷七八「寺觀四」：「報恩光孝禪寺，即浄慈，顯德元年建，號慧日永明院。太宗皇帝賜壽寧院額，紹興十九年改今額。」按蘇軾有病中獨遊浄慈謁本長老周長官以詩見寄仍邀遊靈隱因次韻答之詩，知北宋時已有浄慈之名。

【箋注】

〔一〕南北高峰：淳祐臨安志卷八：「北高峰，靈隱寺後山是也。塔記云：唐天寶中，邑人於北高峰建磚塔七層，會昌中塔廢毀，大中復興。」又：「南高峰，在南山石塢煙霞山後，高崖峭壁，怪石尤多，北望晴煙，江湖接目。峰下出寒水石。」

〔二〕「膏肓」句：新唐書田游巖傳：「帝令左右扶止，謂曰：『先生比佳否？』答：『臣所謂泉石膏盲，煙霞痼疾者』。」

〔三〕「别没」二句：謂不二，談論不二法門。維摩詰所説經卷中：如是諸菩薩各各説已，問文殊師利：「何等是菩薩入不二法門？」文殊師利曰：「如我意者，於一切法無言無説，無示無識，離諸問答，是爲入不二法門。」於是文殊師利問維摩詰：「我等各自説已，仁者當説何等是菩薩入不二法門？」時維摩詰默然無言。文殊師利歎曰：「善哉，善哉！乃至無有文字、語言，是真入不二法門。」毗耶，地名，摩詰居士之居處，代指摩詰居士。

題藥籠

合成四大本非真，便有千般病染身。地火水風都散後，不知染病是何人？

【題解】

本詩作於紹熙元年（一一九〇），時閑居在家。

浄慈顯老爲衆行化，且示近所寫真，戲題五絶，就作畫贊

孤雲野鶴本無求，剛被差充粥飯頭〔一〕。擔負一�牙齒債〔二〕，鐘鳴鼓響幾

時休〔三〕？

冒雪敲冰乞米迴，齋堂如海鉢單開。衆中若有知恩者，一粒何曾齩破來〔四〕？

千里驅馳出爲人，顏容消瘦老於真。食輪轉後無餘事，莫學諸方轉法輪。

何時平地起浮圖，化得冬糧但付廚。推倒禪牀并拄杖〔五〕，飢來喫飯看西湖。

殿中泥佛已丹青，堂上禪師也畫成。笑我形骸枯木樣，無禪無佛太麤生！

【題解】

本組詩作於紹熙元年（一一九〇），時閑居在家，淨慈顯老爲衆行化，且示寫真，因賦此爲畫贊。

【箋注】

〔一〕「剛被」句：語出五燈會元卷一九「保寧仁勇禪師」：「上堂：『……忽然被業風吹到江寧府，無端被人上當，推向十字路頭，住箇破院，作粥飯主人，接待南北。』」

〔二〕箉：集韻：「箉，筥屬。」農書卷一五：「箉亦籮屬，比籮稍匾而小，用亦不同。箉則造酒造飯，用之漉米，又可盛食物。」

〔三〕「鐘鳴」句：沈注卷下：「釋氏稽古略託鉢因緣云：雪峰義存在德山作飯頭，一日，德山託鉢赴堂，雪堂曰：『鐘未鳴，鼓未響，託鉢向甚麼處去？』德山便歸方丈。雪峰舉似巖頭奯，奯曰：『大小德山未會末後何在？』德山聞知，令侍者喚巖來前曰：『汝不肯老僧那！』巖密啓其意，山乃休。明日陞堂，果與尋常不同，巖至僧堂前撫掌大笑曰：『且喜堂頭老漢會末後句，他後天下人不奈伊何。雖然，也只得三年活。』德山後三年示寂。」

〔四〕「一粒」句：五燈會元卷五「藥山惟儼禪師」：「師曰：『……汝若歸鄉，我示汝箇休糧方子。』曰：『便請。』師曰：『二時上堂，不得齩破一粒米。』」

〔五〕「推倒」句：沈注卷下：「傳燈録：僧問夾山：『承和尚有言，二十年住此山，未曾舉著宗門中事，是否？』師曰：『是。』僧便掀倒禪床。」

老態

浮生自有老規模，寒燠隨宜不用拘。未盡九秋先挾纊，猶賒十月已開爐。一心定後冥欣厭，四大安時適慘舒。若使强追年少樂，直成赤手縛於菟。

【題解】

本詩作於紹熙元年（一一九〇），時閑居在家。

憶昔

鉛刀曾齒莫邪銛，遊倦歸歟雪滿髯。柳帶受風元不結，荷盤承露竟無黏。逢場鼓笛如灰冷，送老虀鹽似蜜甜〔一〕。留得本來真面目〔二〕，行藏何假問龜占。

【題解】

本詩作於紹熙元年（一一九〇），時閑居在家。

【箋注】

〔一〕「送老」句：韓愈送窮文：「太學四年，朝虀暮鹽。」蘇軾戲子由：「送老虀鹽甘似蜜。」

〔二〕「留得」句：本來真面目，佛家語，慧能六祖壇經行内品：「不思善，不思惡，正與麼時，那個是明上座本來面目。」

梅林先生夫人徐氏挽詞二首

擇對鳴珂里，宜家駟馬門。肅雍成孝敬，燕喜助平反。閱世彌三壽〔一〕，還鄉忽九原。松風摇草露，愁絶後堂萱。

昔篴鯉庭後㈠〔二〕，嘗瞻林下風〔三〕。一從隨地遠，五度閲星終。教載恩勤在，驚呼夢幻空。送車知幾兩，獨欠舊孤童。

【校記】

㈠ 昔篴：富校：「『篴』黄刻本作『造』。」

【題解】

本詩作於紹熙元年（一一九〇），時閑居在家。梅林先生，生平不詳，有梅林集，成大曾作跋，黄震黄氏日鈔卷六七：「（石湖）跋語多簡峭可愛，惟漁社圖有韻，梅林集有情，皆長而佳。」孔凡禮范成大年譜紹熙元年譜文「作梅林先生夫人徐氏挽詞二首」按云：「劉應時頤庵居士集卷下有梅林即事四首（其四）云：『竹塢松溪雪半埋，興來無處著吟懷。茅檐盡出横斜影，寂寞黄昏月上階。』甚有思致，不知梅林是否爲應時？」

【箋注】

〔一〕三壽：八十以上高壽分三等。左傳昭公三年：「三老凍餒。」杜預注：「三老謂上壽、中壽、下壽，皆八十以上。」養生經：「上壽百二十，中壽百年，下壽八十。」

〔二〕篴：南史王琳傳：「瑒（朱瑒）早篴末僚，預參下席。」鯉庭：論語季氏：「嘗獨立，鯉趨而過庭。曰：『學詩乎？』對曰：『未也。』『不學詩，無以言。』鯉退而學詩。他日又獨立，鯉趨而過庭。曰：『學禮乎？』對曰：『未也。』『不學禮，無以立。』鯉退而學禮。」

〔三〕林下風：世説新語賢媛：「王夫人神情散朗，故有林下風氣。」

胡長文給事挽詞三首

結綬參高妙，垂紳侍邃清。紫荷青瑣闥，玉帳錦官城〔一〕。行矣超龜列，終然鬱驥程。寂寥經濟事，遺恨入銘旌。

許國心如日，還家鬢未星。四并供燕喜，萬事付攖寧〔二〕。東牖樽猶湛，南園醉不醒〔三〕。淒涼招隱路，苔蝕履綦青。

姻館㊀交情厚，官聯事契長。嗚珂朝並轡，秉燭夜傳觴㊁。何意塘蒲晚，翻哦露薤章㊂。羸軀如可强，慟哭踞湖岡。

【校記】

㊀姻館：原作「煙館」，誤。富校：「『煙』黄刻本作『姻』，是。」活字本、叢書堂本、董鈔本均作「姻館」，今據改。

㊁秉燭：原作「秉獨」。活字本、叢書堂本、董鈔本均作「秉燭」，今據改。

㊂露薤：富校：「『露薤』黄刻本作『薤露』，是。」諸本均作「露薤」。蘇軾與胡祠部游法華山：「清唱一聲聞露薤。」則「薤露」詩中亦可作「露薤」。

【題解】

本組詩作於紹熙元年（一一九〇）。本年胡元質卒，石湖與元質交厚，故作挽詞三首以悼念之。胡長文，即胡元質（一一二七—一一九〇），字長文，吳郡人，宋史無傳，范成大吳郡志卷二七：「胡元質，字長文，長洲人。父珣，治生大穰，所親爲之宰，負金萬數。珣焚其書，待之如常。元質少穎悟，年未冠，游太學。紹興十八年，進士高第，亦有隱行。初，旅泊行都，聞隣有貧士夜哭。問之，乃爲人責償，鬻其女相與別。元質慨然，垂橐予之。壽皇即政，以薦者入爲太學正。歷秘書省正字、校書郎、禮部兼兵部遷右司、侍經帷、直史筆、參掌内外制、給事黄門、知貢舉，帝眷特厚。爲書王褒聖主得賢臣頌及親製論以賜，曰：『得天下之常才易，得天下之大才難。蓋常才智力之有限，而大才謀慮之無窮。此大才所以爲難得也。今之朝士大夫，當居臺諫，給舍侍從之時，評議朝政，十中八九。謀王體，斷國論，有優爲之者。及一旦遷入政府，往往識慮詳明頓減於前，使人得以反議其後。諺有「旁觀者審，當局者迷」。此不特爲奕者之論，以今日之秉政，何翅於當局。以昔日之言事，何翅於旁觀。倘能易當局之迷，而爲旁觀之審，天下之事有不足辦者。雖然，是豈可與牽文泥古，沽名釣利，號爲俗儒者言之。必得器識宏博，奇謀遠略，卓然爲天下之大才者，然後可與共非常之功歟。』出守當塗、建業、成都，皆有政績。舊得程公闢光禄南園故居之址，既歸，杜門却掃。園林池館，日以成趣。扁表其堂曰『招隱』。優游自遂，奉祠逾六七年。以正奉大夫、敷文閣學士、吴郡侯致其事而卒，年六十三。贈金紫光禄大夫，葬横山。平居未嘗疾言厲色加人，或評人短長。及告以人之傾己，輒俛首欲寐。每自謂於人無怨惡，其心休休然，好善樂施。家資多推予諸弟，未始較，人皆義之。」南宋館閣録卷八：「胡元質，（乾道）元年七月除（正字），二年三月爲校書郎。」又：「胡元質，字長文，姑蘇人。王佐榜進士及第。治詩賦。（乾道）二年三月除（校書郎），十一月爲禮部員外郎。」紹興十八年同年小録：「胡元質，字長文，小名慶孫，小字季華。……年二十二歲，十月初三日生。」由此可以推知他生於靖康二年（一一二七）。吴郡志謂其享年六十三歲，則可推知長文卒於紹熙元年（一一九〇）。

【箋注】

〔一〕「玉帳」句：玉帳，主帥所居帳篷，胡元質曾任知成都府，主蜀帥，故云。范石湖吴郡志卷二七胡元質傳云：「出守當塗、建業、成都。」

〔二〕攖寧：莊子大宗師：「攖寧也者，攖而後成者也。」釋文曰：「物我生死之見迫於中，將迎成毁之機迫於外，而一無所動其心，乃謂之攖寧。置身紛紜蕃變交争互觸之地，而心固寧焉，則幾於成矣，故曰攖而後成。」

〔三〕南園：胡元質居處在蘇州之南園，得自程公闢，見范成大吴郡志卷二七胡元質傳。

次韻王正之提刑大卿病中見寄之韻，正之得請歸四明，并以餞行

名卿緒前輩，風格如玉山。纍纍培塿中，見此高孱顏。攬轡忽思歸，無人解縻賢。飄飖駕紫車㊀，浮雲視朱丹。向來小病惱，體力今已安。胡爲犯風雪，江湖行路難。呼酒煖征衫，寧計斗十千。倡酬悔不數，長懷悲短緣。離合固常事，忽忙增惘然。浩蕩海山春，登臨想臞仙。笑我守荒徑，老藟深裹纏。擬題憶鄮句，思咽冰下泉〔一〕。遲公寄新作，使我頭風痊。

【校記】

㊀ 紫車：富校：「『紫』黄刻本作『柴』，是。」

【題解】

本詩作於紹熙元年（一一九〇）十二月。王正己因病乞奉祠，獲准主管建寧府武夷山冲佑觀。將歸四明，成大餞行，賦詩送之。范成大吴郡志卷七「提點刑獄司題名」：「王正己，（紹熙元年）十二月初三日，准敕以陳乞宫祠，差主管建寧府武夷山冲佑觀。」大卿，指太府卿，王正己以太府卿、秘閣修撰致仕，見寶曆四明志卷八。本詩題之職，乃後來編集時所加。

【箋注】

〔一〕「思咽」句：白居易琵琶引：「幽咽泉流冰下灘。」

戲題趙從善兩畫軸二首

王正之云：「從善家有琵琶妓，甚工。」病翁未得見，借此畫以戲之。

一枝香杏一枝梅，各占東風挂玉釵〔一〕。居士石腸都似夢〔二〕，王孫心眼怎安排？

無笑無言兩斷魂，一杯誰爲煖霜寒。情知別有真真在，試與千呼萬喚看〔三〕。搔頭珠重步微搖〔四〕，約臂金寒束未牢〔五〕。要見低鬟揎玉腕，更須斜抱紫檀槽〔六〕。

【題解】

本組詩作於紹熙元年（一一九〇），時閑居在家。趙師羼亦居於蘇州，見張仲文白獺髓，故能相從交游，題詠其畫軸。趙從善，即趙師羼，宋宗室，系出燕懿王。父趙伯驌，南宋知名畫家。師羼舉進士，歷仕司農簿、金部郎中、知吉州。光宗初，擢太府少卿，知秀州，改淮南運判。韓侂胄當朝，師羼附之，以工部尚書知臨安府，人以是鄙之。事見宋史卷二四七趙師羼傳。師羼善畫，史無載。本傳僅言：「伯驌少從高宗於康邸，以文藝侍左右。」趙伯驌善畫，高宗亦善畫、愛畫，故伯驌得以隨侍左右。莊肅畫繼補遺卷上趙伯驌傳附載：「後其子師羼登第，官至八座，恩賜少師，領節鉞。」亦未及畫。趙師羼蓋傳承其父繪畫技能。從范成大題畫詩考察，「趙從善兩畫軸」，一幅爲花卉梅杏圖，一幅爲仕女圖。

【箋注】

〔一〕挂玉釵：司馬相如美人賦：「玉釵挂臣冠。」

〔二〕居士石腸：皮日休桃花賦序：「余嘗慕宋廣平之爲相，貞姿勁質，剛態毅狀，疑其鐵腸與石心，不解吐婉媚辭。」

〔三〕「情知」三句：説郛卷四六引杜荀鶴松窗雜記：「唐進士趙顔於畫工處得一軟障，圖一婦人甚麗。顔謂畫工曰：『世無其人也，如可令生，余願納爲妻。』畫工曰：『余神畫也。此亦有名，曰真真。呼其名百日，晝夜不歇，即必應之。應則以百家彩灰酒灌之，必活。』顔如其言，遂呼之百日。……遂活，下步言笑飲食如常。」

〔四〕步微揺：宋玉諷賦：「垂珠步揺，來排臣户。」釋名釋首飾：「步揺，上有垂珠，步則揺也。」

〔五〕約臂：戴於手臂的裝飾品。張樞風入松：「記伴仙曾倚嬌柔，重疊黄金約臂，玲瓏碧玉搔頭。」

〔六〕紫檀槽：指琵琶，以紫檀爲槽，至爲名貴。

枕上六言二首

寒更寂歷向曉，短夢參差屢驚。鷄鳴似喚我醒，犬吠知有人行。

獨眠被出圭角，晏起帳承隙光。一老綢繆牖户〔一〕，幾人顛倒衣裳〔二〕。

【題解】

本組詩作於紹熙元年（一一九〇），時閑居在蘇。

【箋注】

〔一〕綢繆牖户：詩經豳風鴟鴞：「迨天之未陰雨，徹彼桑土，綢繆牖户。」

〔二〕顛倒衣裳：詩經齊風東方未明：「東方未明，顛倒衣裳。顛之倒之，自公召之。」

喜收知舊書，復畏答，書二絶

故人寥落似晨星，珍重書來問死生。筆意不如當日健，鬢邊應也雪千莖。

强裁尺素答相思，兩目眵昏腕力疲。牽率老夫令至此，門前猶説報書遲。

【題解】

本組詩作於紹熙元年（一一九〇），時閑居在蘇。

簡畢叔滋覓牡丹

冷落韶光穀雨寒〔一〕，一年孤負倚闌干〔二〕。欲知春色偏濃處，須向香風逕裏看。

畢園花逕名香風。

【題解】

本組詩作於紹熙二年（一一九一）春。時閑居在家。畢叔滋，即畢希文，家居蘇州。畢希文，字叔滋，畫家畢良史之長子。陸友仁吳中舊事：「（畢良史）子希文、希良，至今子孫多居吳中云。」希文歷仕推官、建康府通判。景定建康志卷二四「通判廳題名」：「畢希文，朝散郎，紹熙二年十一月二十一日到任，三年二月十一日，轉朝請郎，紹熙四年十二月二十七日滿。」陳造有畢叔滋通判義莊記（江湖長翁文集卷二一）記希文秉父志，取范仲淹法設義莊，「赴人之急，愛人之學」。吳人好種牡丹花，陸友仁吳中舊事：「吳俗好花，與洛中不異。……吳中花木，不可殫述，而獨牡丹、芍藥爲好尚之最。……如畢推官希文、韋承務俊心之屬，多則數百株，少亦不下一二百株，習以成風矣。」

【箋注】

〔一〕「冷落」句：牡丹在穀雨開放，陸友仁吴中舊事「吴俗好花」條云：「至穀雨爲花開之候，置酒招賓就壇，多以小青蓋或青幕覆之，以障風日。」廣群芳譜卷三二「牡丹」：「性宜寒畏熱，喜燥惡濕，得新土則根旺，栽向陽則性舒，陰晴相半，謂之養花天。」

〔二〕倚闌干：李白清平調其三：「沉香亭北倚闌干。」

再賦簡養正

南北梅枝噤雪寒，玉梨皴雨淚闌干。一年春色摧殘盡，更覓姚黄魏紫看。

【題解】

本詩作於紹熙二年（一一九一）春，時閑居在蘇。

石湖居士詩集卷三十二

春日覽鏡有感

習氣不解老，壯心故嵯峨。忽與鄉曲齒，方驚年許多。有眼不自見，尚謂朱顏酡㈠。今朝鏡中逢，憔悴如枯荷。形骸即遷變，歲華復蹉跎。悟此吁已晚，既悟當若何？烏兔兩惡劇，不滿一笑呵。但淬割愁劍〔一〕，何須揮日戈〔二〕。兒童競佳節，呼喚儛且歌。我亦興不淺，健起相婆娑。

【校記】

㈠ 尚謂：叢書堂本、詩淵第二册第一五三〇頁作「謂尚」。

【題解】

本詩作於紹熙二年（一一九一）春，時閑居在蘇。春日覽鏡，感韶華之蹉跎，賦此。

【箋注】

〔一〕割愁劍：柳宗元與浩初上人同看山寄京華親故：「海畔尖山似劍鋩，秋來處處割愁腸。」

〔二〕揮日戈：淮南子覽冥訓：「魯陽公與韓搆難，戰酣日暮，援戈而撝之，日爲之反三舍。」

故太夫人章氏挽詞二首 張子儀總領之母

洵美相門裔〔一〕，有齊邦媛賢。藻蘋南澗下，萱竹北堂前。孝敬三從謹〔二〕，哀榮五福全。松銘諸健筆〔三〕，題作晉陵阡。

積慶今如許，生兒得寧馨。軻親躬授教〔四〕，韋子世傳經〔五〕。壽罽明卿月〔六〕，安輿拱使星。市橋何處在？夢斷一溪青。

【題解】

本組詩作於紹熙元年（一一九〇）。張抑母卒，石湖作挽詞悼之。張子儀，即張抑，字子儀，常州晉陵人。張守之孫，宋史卷三七五張守傳：「孫抑，户部侍郎。」隆興元年進士，歷仕常州通判、太府少卿、江東總領、湖廣總領、知福州、户部侍郎、户部尚書」。楊萬里有和張倅子儀送鞓紅魏紫崇寧紅醉西施四種牡丹（誠齋集卷九），時淳熙五年，楊萬里知常州，張子儀任常州通判，始訂交。

樓鑰有張抑太府少卿湖廣總領制，知張抑由太府少卿遷湖廣總領。景定建康志卷二六官守志三：「張抑，朝奉郎，太府少卿。淳熙十五年九月初六日到。十六年四月十四日覃恩，轉朝散郎。五月二十八日磨勘，轉朝請郎。紹熙元年六月二十二日丁憂，去。」張母於紹熙元年六月卒，張抑丁母憂離江東總領任，石湖之挽詞當作於此時。于北山、孔凡禮范成大年譜均繫本詩於紹熙二年，蓋拘於本詩之編次。吳廷燮南宋制撫年表卷下：「嘉泰元年，張抑，福志：四月，以敷文閣學士知福州。」楊萬里有答福帥張子儀書（誠齋集卷六七）。范成大吳郡志卷一一「牧守題名」：「張抑敷文閣學士、中大夫，嘉泰二年三月到。當月，磨勘轉大中大夫，三年二月，除寶文閣學士，宫觀。」樓鑰有尚書張抑挽詞（攻媿集卷一三），知張抑致仕於户部尚書。張抑喜詩文，楊萬里誠齋詩話：「（洪景盧除在京宫觀兼侍讀太府少卿）張抑子儀，以啓賀之云：『珍臺閒館，冠皋伊之倫冠；廣廈細旃，論唐虞之聖道。』前兩句用揚雄賦全語，後兩句用王吉疏全語，皆西漢文章也。子儀舉示予，予驚嘆擊節，以爲不減前輩。」樓鑰尚書張抑詞：「誠齋主詩社，到此亦心降。」

【箋注】

〔一〕相門裔：張抑祖父張守，官至參知政事，故云，見宋史張守傳。

〔二〕三從：禮記喪服：「婦人有三從之義，無專用之道，故未嫁從父，既嫁從夫，夫死從子。」

〔三〕松銘：文選江淹效潘岳悼亡：「駕言出遠山，徘徊泣松銘。」劉良注：「松銘，山墳銘碑也。」

〔四〕「軻親」句：用孟母故事。孟母三遷居，擇良鄰；斷所織之布，以激勵孟子勤奮學習。見劉向列女傳。

〔五〕「韋子」句：韋子，指韋賢。漢書韋賢傳：「賢四子：長子方山爲高寢令，早終；次子弘，至東海太守；次子舜，留魯守墳墓；少子玄成，復以明經歷位至丞相。故鄒魯諺曰：『遺子黄金滿籯，不如一經。』」

〔六〕卿月：語出尚書洪範：「王省惟歲，卿士惟月，師尹惟日。」孔傳：「卿士各有所掌，如月之有別。」劉長卿送許拾遺還京：「文星出西掖，卿月在南徐。」

舅母太夫人方氏挽詞三首

四德儀邦族〔一〕，三遷奠里門〔二〕。姑寧憂疾痛，子自樂平反。夏枕方供扇，薰堂甫種萱。那知秋暑退，無復御輕軒。

門户傳清白，階庭侍紫青。百年歌燕喜，五福用康寧。訣籙嘗觀妙，旒旌謾勒銘。神遊定超絶，何必訊泉扃。

我願延陵道，幾如渭水陽〔三〕。適傳杯泛影，何意隙沉光。擬補蘭陔雅〔四〕，翻吟薤露章。支離妨執紼，雨泣望楸行。

【題解】本組詩作於紹熙二年（一一九一）秋，時閑居在家。詩云「那知秋暑退，無復御輕軒」，知舅母方氏卒於本年秋。舅母太夫人方氏，孔凡禮范成大年譜紹熙二年譜文附注：「此舅母乃蔡氏舅父之妻。」

【箋注】

〔一〕四德：禮記昏義：「教以婦德、婦言、婦容、婦功。」孔疏：「未嫁之前，先教四德。」

〔二〕「三遷」句：用孟母三遷故事。參見上詩「軻親」句注。

〔三〕「我願」二句：延陵道，春秋時，吳季札的封地。李吉甫元和郡縣圖志卷二五江南道一潤州有延陵縣：「漢地理志，季子所居在今毗陵，本名延陵，至漢始改，然今縣北見有其祠，或當時采地所及，其地亦曰連陵。」延陵，即宋之毗陵，蔡家當在其地。孔凡禮范成大年譜紹熙二年譜文：「作舅母太夫人方氏挽詞三首。」注：「其三有『幾如渭水陽』之句，則此舅母乃蔡氏舅父之妻。南渡以後，蔡、范二家常有過往。」渭水陽，詩經秦風渭陽「我送舅氏，曰至渭陽」，毛序：「康公念母也。康公之母，晉獻公之女也。文公遭麗姬之難，未反而秦姬卒，穆公納文公。康公時爲太子，贈送文公于渭之陽，念母之不見也，我見舅氏，如母存焉。及其即位，思而作是詩也。」

〔四〕蘭陔：詩經小雅有「有其義而亡其辭」之詩三篇，其一爲南陔，序云：「孝子相戒以養也。」文選束廣微（晳）補亡詩：「循彼南陔，言采其蘭，眷戀庭闈，心不違安。」後人因以此爲孝子養親之典。

壽櫟堂前小山峰凌霄花盛開，葱蒨如畫，因名之曰凌霄峰

天風摇曳寶花垂，花下仙人住翠微。一夜新枝香焙煖，旋薰金縷緑羅衣。山容花意各翔空，題作凌霄第一峰。門外輪蹄塵撲地，呼來借與一枝笻。

【題解】本組詩作於紹熙二年（一一九一），時閑居在蘇。凌霄花，廣群芳譜卷四三：「凌霄花，一名紫葳。……開花一枝十餘朵，大如牽牛，花頭開五瓣，赬黄色，有數點，夏中乃盈，深秋更赤。」

代兒童作立春貼門詩三首

剪綵宜春勝，泥金祝壽幡。雪梅同雪鬢，相對兩凌寒。

緑野添花逕，青春引杖藜。家人行樂處，雙勸玉東西〔一〕。

盛族推山長，修齡號櫟翁。屏花春不老，日日是東風。

【題解】

本組詩作於紹熙二年（一一九一）立春日，時閑居在蘇。

【箋注】

〔一〕玉東西：王安石寄程給事：「舞急錦腰迎十八，酒酣金盞照東西。」李壁注：「東西，酒器名，今猶有玉東西。」辛棄疾臨江仙：「畫樓人把玉東西。」

代兒童作端午貼門詩三首

畫閤圍香裹，明窗宴坐中〔一〕。兵符不須篆〔二〕，丹轉藥爐紅。

管領神仙侶，追陪山長家。往來惟意適，歌舞對年華。

黍筒小費名田課〔三〕，昌歜多浮樂聖杯〔四〕。笑倩艾人看外户〔五〕，北窗深處詠歸來。

【題解】

本組詩作於紹熙二年（一一九一）端午日。戲代兒童作端午貼門詩，以記吴地端午節物。

【箋注】

〔一〕「畫閣」三句：描寫端午宴會慶賞的盛况。顧禄清嘉録卷五：「五日，俗稱端五。……人家各有宴會，慶賞端陽。」袁景瀾吴郡歲華紀麗卷五：「吴俗亦以五日爲端五節。……人家各具宴會，延賞端陽。」

〔二〕「兵符」句：兵符，即辟兵符，端五日民俗佩朱符以辟兵鬼、邪惡。清嘉録卷五：「江、震志亦云：『五日，道士折紅、黄色紙，畫天師像，爲辟惡靈符，分送檀越。』續漢禮志云：『五月五日，朱索五色桃符爲門户飾，以止惡氣。』韓鄂歲華紀麗：『角黍之秋，浴蘭之月，朱索赤符。』長、元、吴志亦皆云：『五日，户貼朱符。』蔡鐵翁詩：『仙符一道貼清晨。』又云：『拜送癡符盛暑交。』」

〔三〕黍筒：即粽子。歐陽修端午帖子温成閣四首其一：「香黍筒爲糉，靈苗艾作人。」端午日民間以粽子相贈。

〔四〕「昌歜」句：昌歜，即菖蒲菹。左傳僖公三十年：「王使周公閲來聘，饗有昌歜。」杜預注：「菖蒲菹也。」俗以菖蒲浸酒，事文類聚引歲時雜記：「端午以菖蒲或縷或屑泛酒。」樂聖杯，即酒杯。

〔五〕艾人：用艾蒿製爲草人，懸於門，以辟邪。宗懔荆楚歲時記：「五月五日……採艾以爲人，懸門户上，以禳毒氣。

重陽不見菊二絶

節物今年事事遲，小春全未到東籬。可憐短髮空欹帽，欠了黄花一兩枝。

冷蕊蕭疎蝶懶飛，商量何日是花時。重陽過後開無害，只恐先生不賦詩。

【題解】

本詩作於紹熙二年（一一九一），時閑居在蘇，重陽日菊尚未開，因賦本詩以志感。

古風送南卿

廬阜有佳人，顔色皦冰玉。不能時世粧，蕭然古冠服。紛紜倚市門，組麗眩紅緑。妖歌促艷舞，飛上黄金屋。安知乘鸞侣，流落墮空谷。風泉入環珮，月露作膏馥。粱肉豈不珍〔一〕，淪雪煮黄獨〔二〕。聊用慰朝飢，歲寒膚起粟。綺叢三尺塵，無路到松竹。誰能撫孤桐〔二〕，爲奏招隱曲〔三〕。

【校記】

〔一〕粱肉：底本、活字本、叢書堂本、董鈔本作「梁肉」。富校：「『梁』黄刻本作『粱』，是。」今據改。

【題解】本詩作於紹熙二年（一一九一），時王阮來訪，賦古風送之。南卿，即王阮，字南卿，江州德安人，登隆興元年進士第，范成大讀其對策，嘆曰：「此人傑也。」歷仕都昌主簿、永州教授、濠州、知撫州，嘉定元年卒。宋史卷三九五有傳。王阮善詩，岳珂桯史卷二「王義豐詩」條云：「王阮者，德安人，仕至撫州守，曾從張紫微學詩。……阮所作詩號義豐集，刻江泮，其出於藍者蓋鮮，校官馮椅爲之序。」淳熙十四年，從范成大游館娃宮，石湖有館娃宮賦。于北山范成大年譜紹熙二年譜文：「賦詩送別王阮（南卿），惜其不遇。」

【箋注】

〔一〕黄獨：杜甫乾元中寓居同谷縣作歌之二：「黄獨無苗山雪盛，短衣數挽不掩脛。」仇兆鼇注：「又曰：黄獨，狀如芋子，肉白皮黄，蔓延生，葉似蘿摩，梁漢人蒸食之，江東謂之土芋。陳藏器本草：黄獨，遇霜雪，枯無苗，蓋蹲鴟之類。蔡夢弼引別注云：黄獨，歲飢土人掘以充糧，根惟一顆而色黄，故謂之黄獨。其説是也。」

〔二〕撫孤桐：即撫琴。孤桐，尚書禹貢：「嶧陽孤桐。」孔傳：「孤，特也。嶧山之陽，特生桐，中琴瑟。」王安石孤桐：「明時思解愠，願斫五弦琴。」

〔三〕招隱曲：招人歸隱的曲子，左思、陸機都有招隱詩。

偶至東堂

岸幘蕭騷雪滿簪，一間真是直千金。歸來栗里多情話，病後香山少醉吟。久坐蒲團蕉葉放〔一〕，閒拖藜杖蘚花深。飢時喫飯慵時睡，何暇將心更覓心。

【題解】

本詩作於紹熙二年（一一九一），時閑居在家。

【箋注】

〔一〕蕉葉：酒杯名。胡仔苕溪漁隱叢話後集回仙引陸元光回仙録：「飲器中，惟鍾鼎爲大，屈卮螺杯次之，而梨花蕉葉最小。」陸游幽事二首其一：「酒僅三蕉葉，琴纔一履霜。」自注：「東坡自能飲三蕉葉。范文正公酷好琴，止彈履霜一曲。」

李郎中挽詞二首 聖俞

劇郡思賢牧〔一〕，名曹失望郎〔二〕。六参能幾日〔三〕，兩鬢未全霜。霅水新阡遠，桐川舊隱荒〔四〕。絶憐垂白母，淚血獨還鄉。

憶昔單車使，惟君勇輔行。馬隤招共載，羝乳約同盟〔五〕。老去長懷舊，悲來遽隔生。故人凋落盡，衰涕不勝橫。

【題解】

本組詩作於紹熙二年（一一九一），故人李嘉言卒，因作挽詞悼念之。李郎中聖俞，即李嘉言，字聖俞，廣德軍人，隆興元年木待問榜進士。隆興六年，嘗從范成大使金，歷仕宗正寺主簿、知常、饒二州，宗正丞，終度支郎中。廣德州志卷三四選舉志進士：「隆興元年癸未木待問榜：李嘉言，官朝奉郎。」卷三八名臣：「李嘉言，隆興中進士。嘗從范成大使北，使事多從其議。歷知常、饒二州，皆有去思。尋以尚書充使而還。有文集二十卷。」范成大驂鸞録：「（乾道壬辰十二月）十六日發垂虹，宿震澤。前福州教授聞人阜民（伯卿）、賀州文學周震（震亨）皆來會。余去年北征，感腹疾於滑州，且死復生，今惟皮骨粗存。比懷桂林之章，再上疏丐外祠以老，弗獲命，乃襆被行。則從故人李嘉言（聖俞）、致一老成館客與偕，聖俞舉震亨，故今日遠來。」

【箋注】

〔一〕「劇郡」句：劇郡，此指常州、饒州，李嘉言知常州、饒州，有德政。廣德州志卷三八：「歷知常、饒二州，皆有去思。」

〔二〕望郎：李商隱爲滎陽公桂林謝上表：「極望郎於南省。」又，酬令狐郎中見寄：「望郎臨古郡，佳句灑丹青。」

〔三〕六参：唐制，武官五品以上，及折衝當番者，五日一朝參，一月計六次，稱六參，見新唐書百官志三。

〔四〕桐川：廣德軍有桐水。王存新定九域志卷六：「廣德軍，桐水。」左傳哀公十五年：「夏，楚子西、子期伐吴，及桐汭。」杜預注：「宣城廣德縣西南有桐水，出白石山西北。」

〔五〕「羝乳」句：本書卷一二會同館：「提攜漢節同生死，休問羝羊解乳不？」本句即詠其事，李嘉言曾隨從石湖使金，故云。

謝江東漕楊廷秀秘監送江東集并索近詩二首

遠道悠悠日暮雲，愁眉今日爲君軒。殘燈獨照江東集，短夢相尋白下門〔一〕。即事想多梅蕊句，有誰堪共桂花樽？斯文賴有斯人在，會合何時得細論〔二〕。

禿翁衰雪涕垂頤，仿佛三生懶散師。浹髓淪膚都是病〔三〕，傾囷倒廩更無詩。笑看筆格網絲偏，閑數窗櫺花影移。事業光陰今若此，故人休説舊襟期。

【題解】

本組詩作於紹熙二年（一一九一），楊萬里寄來江東集，因賦二詩謝答之。萬里收詩後，唱和二首，據楊萬里詩之小引，知石湖亦寄去石湖洞霄集。楊萬里和謝石湖先生寄二詩韻小引云：「老夫寄江東集與石湖先生，先生寄二詩：一稱賞江東集，一見寄石湖洞霄集。和以謝焉。」詩云：「一張五色石湖雲，天上吹來墮小軒。化作虹橋倚鍾阜，渡將老子到吴門。黄鍾路鼓鳴清廟，玉戚金支舞泰尊。乃是寄儂詩數紙，却拈瓌怪向誰論？」「康鼎才來頓解頤，盧能自笑未經師。分無楓落吴江句，博得池生春草詩。木李拋將引瓊玖，詩筒從此走符移。蛤蜊龜殼非難辨，只問先生汗漫期。」于北山楊萬里年譜繫楊萬里和詩於紹熙三年春，蓋石湖詩作於上年冬，達江東，誠齋和之，已在三年春。「江東漕」，指江南東路轉運使，楊萬里於紹熙元年十二月到任，景定建康志卷二六「轉運司」云：「楊萬里，中奉大夫、直龍圖閣，運副，紹熙元年十二月二十六日到任。三年八月改差。」「江東集」，孔凡禮范成大年譜紹熙二年譜文注：「按，楊萬里江東集，收紹熙元年自臨安赴江東漕，任江東漕及由漕任回鄉途中作品，在今誠齋集卷三十一至卷三十五。萬里寫上二詩時，猶在繼續編輯中。」誠齋詩小引中提及的石湖洞霄集，孔凡禮范成大年譜亦云：「石湖洞霄集之名，他處未見。據書名，當爲成大建康十年（此四字，當爲淳熙十年石湖於建康帥任上）奉祠洞霄後之作。」

【箋注】

〔一〕白下門：白下，地名，李吉甫元和郡縣圖志卷二五潤州上元縣：「隋開皇九年平陳，於石頭城置蔣州，以江寧縣屬焉。武德三年，杜伏威歸化，改江寧爲歸化縣。九年，改爲白下縣，屬潤州。貞觀九年，又改白下爲江寧。」白下門，指白下故城之門。

〔二〕「斯文」二句：用杜甫春日憶李白「何時一樽酒，相與細論文」詩意。

〔三〕「浹髓」句：浹，遍也，透也，爾雅釋言：「浹，徹也。」淪，相互牽連，爾雅釋言：「淪，率也。」浹髓淪膚，謂通體皆病。石湖於淳熙十年因病辭官奉祠，周必大神道碑：「（淳熙）十年，公以積勤寖苦頭眩，自夏徂秋，五上章求閒。上不得已，進資政殿學士，再領洞霄。」

霜後紀園中草木十二絶

菊老芙蓉退，化工少均逸。蚤晚梅花動，從此無閒日。

遮藏茉莉檻〔一〕，纏裹芭蕉身。我亦入室處，忍寒待陽春。

製芰亦不急，緼袍堪禦冬。從渠抱枝槁，摵摵鳴霜風。

種葵如種麥，隔歲已下子。僅成一幹花，浪備四時氣。

棠梨芳意多，頗惜歲晼晚。殷勤小春花，特地慰愁眼。

牡丹初翦時，已具新花眼。代謝不容髮，笑殺鐵門限。

客從揚州來，遺我揚州花〔二〕。筠籠貯枯枿，明年擅春華。

風倒酴醾架，長條頭搶地。趁渠未萌芽，政可相料理。

清霜染柿葉，荒園有佳趣。留連伴歲晚，莫作流紅去。

真珠綴玉船，梧子炒可供。莫嫌能墮髮，老夫頭已童。

桃能驅不祥，霜後葉鋪地。抱枝崑崙奴，猶解禦魑魅〔三〕。

門冬如佳隸，長年護堦除〔四〕。生兒乃不凡，磊落玻璃珠。

【題解】

本組詩作於紹熙二年（一一九一）秋，時閑居在蘇。

【箋注】

〔一〕「遮藏」句：廣群芳譜卷四三「茉莉」：「收藏：霜時移北房簷下，見日不見霜，大寒移入暖處，圍以草薦。盆中任其自乾，至乾極，略用河水盞許澆其根，僅活其命。」

〔二〕「客從」二句：揚州花，指芍藥花。廣群芳譜卷四五「芍藥」：「此草花容綽約，故以爲名，處處有之，揚州爲上。」

〔三〕「抱枝」二句：應劭風俗通義卷八「桃梗葦茭畫虎」條云：「謹按：黄帝書：『上古之時，有荼與鬱、壘昆弟二人，性能執鬼，度朔山上立桃樹下，簡閲百鬼，無道理，妄爲人禍害，荼與鬱、壘縛以葦索，執以食虎。』於是縣官常以臘除夕飾桃人，垂葦茭，畫虎於門，皆追效於前事，冀以衛凶也。」

〔四〕門冬：即麥門冬，本草綱目卷一六「草部」：「麥門冬，釋名：……忍冬、忍凌、不死草、階前草。……時珍曰：……此草根似麥而有鬚，其葉如韭，凌冬不凋，故謂之麥虋冬。」

以狨坐覆蒲龕中

蠹蝕塵昏度幾年，蒙茸依舊軟如綿。且來助煖烏皮几，莫憶銜寒紫繡韉。

【題解】本詩作於紹熙二年（一一九一），時閒居在家。狨坐，沈注卷下引朱彧萍洲可談：「狨坐，文臣兩制，武臣節度使以上許用，每歲九月乘，三月徹，無定日，視宰相乘用則皆乘之，徹亦如之。狨似大猴，生川中，其脊毛最長，色如黃金，取而縫之，數十片成一座，價直錢百千。」

再到虎丘

不過溪橋又兩年，偶隨筇竹訪幽禪。有緣再踏雲巖路，無處重尋石井泉。擬輟半山分座住，先攜一枕借牀眠。覺來飽喫紅蓮飯〔一〕，正是塘東稻熟天。虎丘石井在張又新東南，水品第三。今寺僧不能名其處，妄指寺中一土井當之。經藏後有大方井，舊名觀音井，上有石柱，爲挂轆轤之處，疑此是古石井。今井已堙塞百年，柱亦徙他用，累諷住山者多邈然，今以語壁老。

【題解】

本詩作於紹熙二年（一一九一）秋，時閒居在家。再到虎丘，賦本詩以記事。

【箋注】

〔一〕紅蓮飯：范成大吴郡志卷三〇「土物下」：「紅蓮稻，自古有之，陸龜蒙别墅懷歸詩云：『遥爲晚花吟白菊，近炊香稻識紅蓮。』則唐人已貴此米。中間絶不種，二十年來，農家始復種，米粒肥而香。」

虎丘六絶句

點頭石〔一〕

當年揮麈講何經？賺得堅頑側耳聽。我自吟詩無法説，石頭莫作定盤星。

千人坐〔二〕

聽經人散蘚花深，千古誰能更賞音？只好岸巾披鶴氅，風清月白坐彈琴。

白蓮池〔三〕

碧泓白石偃樛枝，愛水嫌風老更低。潭影中間龍影卧，一山好處没人題。

劍　池〔四〕

石罅泓渟劍氣潛，誰將樓閣苦莊嚴？只知煖熱遊人眼，不道蒼藤翠木嫌。

致爽閣〔五〕

碧嶂横陳似斷鼇，畫闌相對兩雄豪。東軒只有雲千頃，不似西山爽氣高。

方丈南窗〔六〕

鼓板鐘魚徹曉喧，誰云方外事蕭然。窗間日暮寒煙重，未到齋時我正眠。

【題解】本組詩作於紹熙二年（一一九一）秋，時閑居在家。再遊虎丘，用六絶句細寫虎丘景物。

【箋注】

〔一〕點頭石：范成大吴郡志卷一六：「千人坐，生公講經處也，大石盤陀數畝，高下如刻削，亦它山所無。又有秦王試劍石、點頭石、憨憨泉，皆山中之景。」徐崧、張大純百城烟水蘇州：「虎丘，一名漁涌涌，去閶門七里。……點頭石，異僧竺道生講經於此，人無信者，乃聚石爲徒，與談般若，石皆點頭。」

〔二〕千人坐：陸廣微吴地記：「虎丘山……池旁有石，可坐千人，號千人石。」朱長文吴郡圖經續記「山」條：「虎丘……澗側有平石，可容千人，故謂之千人坐，傳説因生公講法得名。」

〔三〕白蓮池：徐崧、張大純百城烟水：「虎丘……白蓮池，周百三十步，巉石旁出而中有磯。云説法時池生千葉蓮花。」

〔四〕劍池：陸廣微吴地記：「虎丘山……秦始皇東巡，至虎丘，求吴王寶劍……劍無復獲，乃陷成池，故號劍池。」范成大吴郡志卷三九「冢墓」：「吴王闔閭墓，在虎丘山劍池下。……扁諸之劍，魚腸三千在焉。」徐崧、張大純百城烟水蘇州：「虎丘……劍池，謂闔閭葬處，兩岸陡峭，泉水中深，横架如橋，平穿兩孔，上置轆轤汲水，今廢。或云秦皇鑿山求劍，或云孫權穿之，其鑿處遂成深澗。顔真卿書『虎丘劍池』四字。」

〔五〕致爽閣：徐崧、張大純百城烟水蘇州：「虎丘……致爽閣，在法堂後。」姚承緒吴趨訪古録卷三：「致爽閣，在法堂後。四山爽氣，日夕西來，故名。」

〔六〕方丈南窗：徐崧、張大純百城烟水蘇州：「虎丘……千頃雲，在舊方丈前，宋咸淳八年僧德垕建，取東坡詩『雲水麗千頃』語。」

雪寒圍爐小集

席簾紙閣護香濃〔一〕，説有談空愛燭紅〔二〕。高飣羶根澆杏酪，旋融雪汁煮松風。康年氣象冬三白，浮世功名酒一中。無事閉門渠易得，何人躡屐響牆東？

【題解】

本詩作於紹熙二年（一一九一）冬，時閑居在家。冬日圍爐小集有感，賦此紀事。

【箋注】

〔一〕「席簾」句：李賀秦宮詩：「帳底吹笙香霧濃。」

〔二〕説有談空：談論佛法。後漢書西域傳：「詳其清心釋累之訓，空有兼遣之宗，道書之流也。」注維摩詰經觀衆生品第七：「不執著爲空，執著爲有，兼遣謂不空不有，虚實兩忘也。」章懷太子注：「佛法有二種，一者有，二者空，若常觀有則累於想著，若常觀空則捨於善本，若空有迭用則不設二過，猶日月代明，萬物以成。」李白僧伽歌：「罕遇真僧説空有。」

白玉樓步虚詞六首 并序

趙從善示余玉樓圖，其前玉階一道，横跨緑霄，中琪樹垂珠網，夾階兩傍。緑霄之外，周以玉闌，闌外方是碧落。階所接亦玉池，中間涌起玉樓三重，千門萬户，無非連璐重璧。屋覆金瓦，屋山綴紅牙垂璫，四簷黄簾皆捲，樓中帝座，依約可望。紅雲自東來，雲中虚皇乘玉輅，駕兩金龍。侍衛可見者：靈官法服騎而夾侍二人，力士黄麾前導二人，儀劍四人，金圍子四人，夾輅黄幡二人，五色戟帶二人，珠幢二人，金龍旗四人，負納陛而後從二人。雲頭下垂，將至玉階，樓前仙官冠帔出迎，方下階，雙舞鶴行前。雲駕之傍，又有紅雲二：其一仙官立幢節間，其二女樂並奏。玉樓之後，又有小玉樓六，其制如前。寶光祥雲，前後蔽虧，或隱或現。小案之前，獨爲金地，亦有仙官自金地下迎。傍小樓最高處，有飛橋直瑶臺，仙人度橋登臺以望。名數可紀者，大略如此。若其景趣高妙，碧落浮黎，青冥風露之境，則覽者可以神會，不能述於筆端。此畫運思超絶，必夢遊帝所者髣髴得之，非世間俗史意匠可到。明窗净几，盡卷展玩，恍然便覺身在九霄三景之上。奇事不可以不識。簡齋有水府法駕導引歌詞，乃倚其體作步虚詞六章，以遺從善。羽人有不俗者，使歌之於清風明月之下，雖未得仙，亦足以豪矣。

琳霄境㈠〔一〕，却似化人宮〔二〕。梵氣彌羅融萬象〔三〕，玉樓十二倚清空〔四〕。一片寶光中。

浮黎路〔五〕，依約太微間〔六〕。雪色寶階千萬丈〔七〕，人間遥作白虹看〔八〕。幢節度高寒。

罡風起〔九〕，背負玉虚廷〔一〇〕。九素煙中寒一色〔一一〕，扶闌四面是青冥〔一二〕。環拱萬珠星。

流鈴響〔一三〕，龍馭籥雲來〔一四〕。夾道鶱華籠綵仗，紅雲扶輅輾天街。迎駕鶴毰毸〔一五〕。

鈞天奏〔一六〕，流韻滿空明。琪樹玲瓏珠網碎〔一七〕，仙風吹作步虚聲。相和八鸞鳴㈡〔一八〕。

樓闕外，輦道插非煙〔一九〕。閒上鬱蕭臺上看〔二〇〕，空歌來自始青天〔二一〕。揚袂揖飛仙〔二二〕。

【校記】

㈠ 琳霄境：原作「珠霄境」。活字本、叢書堂本、董鈔本、詩淵第三冊第一六六六頁均作「琳霄境」，今據改。

㈡八鸞：原作「入鸞」。活字本、叢書堂本、董鈔本、詩淵均作「八鸞」，今據改。

【題解】

本組詩作於紹熙二年（一一九一）。趙從善作玉樓圖，石湖有感於神仙羽化之道，作此，贈遺趙從善。白玉樓，神仙居處。李商隱李長吉小傳：「長吉將死時，忽晝見一緋衣人，駕赤虬，持一板，書若太古篆或霹靂石文者，云：『當召長吉。』……緋衣人笑曰：『帝成白玉樓，立召君爲記，天上差樂，不苦也。』」太平廣記卷四九引宣室志云：「及賀卒，夫人哀不自解。一夕，夢賀來，如平生時。……夫人訊其事，賀曰：『上帝神仙之居也。近者遷都於月圃，構新宮，命曰白瑤。以某榮於辭，故召某與文士數輩，共爲新宮記。』」石湖正用其事。步虛詞，吴兢樂府解題（樂府詩集卷七八引）：「步虛詞，道家曲也，備言衆仙飄渺輕舉之美。」唐劉禹錫、陳羽、施肩吾、蘇郁、李德裕均有步虛詞，原本七言四句。陳與義法駕導引：「東風起，東風起，海上百花摇。十八風鬟雲半動，飛花和雨著輕綃。歸路碧迢迢。」起兩句疊用。石湖此作體式與陳詞相類。黄震黄氏日鈔卷六七評曰：「白玉樓步虛詞序，甚工，類韓愈畫記。」于北山評曰：「石湖晚年，欣羡步虛凌霄、神游帝所，逐漸游離現實，與南宋當時泄沓沉悶之社會氣氛、本身之長年卧疾以及多與方外人士接觸均有關係，爲探討石湖生平思想（特別是晚年）不可忽視之資料。」

【箋注】

〔一〕琳霄：精美的殿宇宮觀，皇朝編年綱目備要卷二八「政和二年夏四月，燕蔡京内苑」，蔡京作記有云：「沼次有山，殿曰雲華，閣曰太寧。左右躡道以登，中道有亭曰琳霄、垂雲、騫鳳。」

〔二〕化人宮：列子周穆王：「周穆王時，西極之國有化人來。……謁王同游，王執化人之袪，騰而上者，中天乃止，暨及化人之宮。化人之宮構以金銀，絡以珠玉，出雲雨之上，而不知下之據，望之若屯雲焉。耳目所聽觀，鼻口所納嘗，皆非人間之有。王實以爲清都、紫微、鈞天、廣樂，帝之所居。」張湛注：「化人，化幻人也。」

〔三〕彌羅：廣爲羅布。真誥闡幽微二：「諸有英雄之才，彌羅四海。」

〔四〕玉樓十二：漢書郊祀志五下：「方士有言黄帝時，爲五城十二樓，以候神人於執期，名曰迎年。」顔師古注：「應劭曰：昆侖玄圃，五城十二樓，仙人之所常居。」

〔五〕浮黎：宋太宗御製靈寶度人經序：「太上靈寶度人經者，元始之妙言，玉晨之寶誥。浮黎真境，紀談受之初；紫微上宮，顯緘藏之跡。」

〔六〕太微：楚辭遠遊：「召豐隆使先導兮，問大微之所居。」王逸注：「博訪天庭在何處也。大，一作太。」

〔七〕寶階：西域記卷四：「劫比他國城西有大伽藍，伽藍大垣内有三寶階，南北列，東面下，是如來自三十三天降還也。」

〔八〕白虹：禮記聘義：「氣如白虹，天也。」後漢書郎顗傳：「凡日傍氣色白而純者名爲白虹。」

〔九〕罡風：即剛風，朱子語類卷二理氣下：「上面氣漸清，風漸緊，雖微有霧氣，都吹散了，所以不結。若雪，則只是雨遇寒而凝，故高寒處雪先結也。道家有高處有萬里剛風之説，便是那裏氣清緊。低處則氣濁，故緩散。」又，卷四九論語二十七：「只似箇旋風，下面軟，上面硬，道家謂之「剛風」。」

〔一〇〕玉虚：庾信步虚詞其二：「寂絶乘丹氣，玄圃上玉虚。」宋史樂志：「玉虚聖境絶纖塵，歡忭洽群倫。」

〔一一〕九素：雲笈七籤卷八：「太初，天中有華景之宫，宫有自然九素之氣，氣烟亂生，雕雲九色，入其煙中者易貌，居其煙中者百變。」

〔一二〕青冥：楚辭九章悲回風：「據青冥而攄虹兮，遂儵忽而捫天。」

〔一三〕流鈴：雲笈七籤卷八釋太上大道君洞真金玄八景玉籙：「若必昇天，當思月中夫人，駕十飛龍，乘我流鈴，西朝六領，遂詣帝堂。」蘇軾芙蓉城：「遶樓飛步高玲瓏，仙風鏘然韻流鈴。」馮應榴合注：「王注憲曰：道家有流金火鈴。汪革曰：度人經云：擲火萬里，流鈴八衝。施注唐文粹吴筠步虚詞：豁落制六天，流鈴威百魔。」

〔一四〕龍馭籋雲：漢書禮樂志郊祀歌：「籋浮雲，晻上馳。」蘇林注：「言天馬上躡浮雲也。」錢起觀法駕自鳳翔回：「聖情蘇品物，龍馭闢雲雷。」

〔一五〕毰毸：鳥羽奮張的樣子。劉禹錫養鷙詞：「翅重飛不得，毰毸止林表。」

〔一六〕鈞天：天上的音樂。劉勰文心雕龍樂府：「鈞天九奏，既其上帝。」

〔一七〕「琪樹」句：琪樹，陳羽步虛詞其二：「笙歌出見穆天子，相引笑看琪樹花。」珠綱，王融月下：「雕雲度綺錢，香風入珠綱。」温庭筠長安寺：「珠綱玉盤龍。」

〔一八〕八鸞：詩經大雅烝民：「四牡彭彭，八鸞鏘鏘。」鸞，鈴，在馬之鑣。左傳桓公二年：「錫、鸞、和、鈴，昭其聲也。」杜預注：「錫在馬額，鸞在鑣。」

〔一九〕非煙：史記天官書：「若烟非烟，若雲非雲。鬱鬱紛紛，蕭索輪囷，是謂卿雲。」

〔二〇〕鬱蕭臺：雲笈七籤卷三：「大羅天上有鬱羅霄臺，爲元始天尊演法時所居。」

〔二一〕始青天：東方朔十洲記序：「北至朱陵扶桑之闕，溽海冥夜之丘，純陽之陵，始青之下，月宮之間，内游七丘，中旋十洲。」

〔二二〕飛仙：十洲記：「蓬萊山……惟飛仙能到其處耳。」

送趙從善少卿將漕淮東

玉笋風標右漢廷，起家聊直使車星。古來將相多頭黑，此去功名尚鬢青。披草兩年南北巷，折梅明日短長亭。門前車轍從今少，寂寞柴荆且暫扃。

【題解】本詩作於紹熙二年（一一九一）冬，時閑居在蘇。趙師羼將赴淮東漕任，賦本詩送行。詩云「折梅明日短長亭」，可證。

范村雪後

習氣猶餘爈，鍾情未濕灰。忍寒貪看雪，諱老强尋梅。熨貼愁眉展，勾般笑口開〔一〕。直疑身健在，時有句飛來。

【題解】本詩作於紹熙二年（一一九一）冬，時閑居在蘇，雪後去范村探梅，賦此寄興。

【箋注】

〔一〕勾般：勾，勾當，辦理，北史序傳：「事無大小，士彦一委仲舉推尋句當，絲髮無遺。」般，和樂，逸周書祭公：「畢桓于黎民般。」注：「般，樂也。」

寒夜觀雪

靜極孤鴻響，寒疑萬籟喑。眼花燈下字，髭斷雪中吟。頗似償前債，非關惜寸陰。可憐蝴蝶夢，翻作蠹書蟫。

【題解】本詩作於紹熙二年（一一九一）冬，時閑居在蘇。

瓶花二首

水仙攙蠟梅，來作散花雨。但驚醉夢醒，不辨香來處。

小梅未可折，不折惜空回。擁鼻撚一枝，也道探春來。

【題解】本組詩作於紹熙二年（一一九一）冬，時閑居在家。

瑞香三首

小檻移秀色，端來媚禪房。道人不解飲，醺然醉天香。

紫雲蹙繡被，團欒覆衣篝。濃薰百和韻，香極却成愁。

一叢三百朵，細細拆濃檀。簾幕護花氣，不知窗外寒。

【題解】

本組詩作於紹熙二年（一一九一）冬，時閑居在家。

石湖居士詩集卷三十三

廛居久不見山，或勸作小樓以助登覽，又力不能辦，今年益衰，此興亦闌矣

結廬占城市，初豈卜云吉。謁醫并治庖，二事便衰疾。乘除徐自笑，翻覺此計失。經年不見山，無異處暗室。平生痼煙霞，歲晚成俗物。安得百尺樓，屋上高突兀。列岫擁青來，爽氣助佔畢〔一〕。嘗試與匠謀，工費蝟毛出。俸餘强弩末，家事空囊澀。經營十年餘，高興竟蕭瑟。人生不如意，十事常六七〔二〕。身今況遲暮，長算屈短日。縱成此段奇，髮白何由漆。且學商山翁，彎跧蟄霜橘〔三〕。

【題解】

本詩作於紹熙二年（一一九一），時閒居在家。廛居久不見山，忽發登樓之想，因賦此志感。

【箋注】

〔一〕佔畢：禮記學記：「今之教者，呻其佔畢。」鄭注：「佔，視也。簡謂之畢。……言今之師，自不曉經之義，但吟誦其所視之簡文。」王引之經義述聞卷一五禮記中「呻其佔畢」條云：「『佔』讀如『笘』。説文曰：『潁川人名小兒所書寫爲笘。』……佔亦簡之類，故以『佔畢』連文。」石湖詩意但取其讀書吟誦之義。

〔二〕「人生」二句：晉書羊祜傳：「祜歎曰：天下不如意，恒十居七八。」石湖詩出於此，改「七八」爲「六七」，爲叶韻故。

〔三〕「且學」二句：商山翁，指漢初商山四隱士東園公、綺里季、夏黄公、角里先生。四人鬚眉皆白，故稱四皓。高祖欲廢太子，吕侯用留侯計，迎四皓，輔太子。一日，四皓侍太子見高祖，高祖曰：「羽翼成矣。」遂停止廢太子之議。見史記留侯世家。蟄霜橘，用橘中叟的故事。牛僧孺幽怪録（類説卷一一）：「巴邛人橘園，霜後兩橘大如三斗盎。剖開，有二老叟相對象戲，談笑自若。……一叟曰：『橘中之樂不減商山，但不得深根固蒂，爲愚人摘下耳。』」石湖乃糅合兩則典故，寫成此二句。

愛雪歌

平生愛雪如子猷，江湖乘興常泛舟。長篙斲冰陰火迸，玉板破碎凝不流。淙琤大響出船底，兩舷戛擊鏘鳴球。棹夫披蓑舞白鳳〔一〕，灘子挽繂拖素虬。四開篷窗愛清供㊀，風卷花絮飛來稠。飄飄著衣寶唾住，片片入酒春酥浮。醉中榜入玉煙去，耳熱不管寒颼颼。大千空濛到何許？日暮未肯回船頭。夜深凍合隨處泊，歌呼達曉魚龍愁。明朝掬雪頮且漱，揮毫落紙雲煙遒。新詩往往成故事，至今句法留滄洲。推遷華年絃柱換〔二〕，俛仰歸鬢塘蒲秋。曉衾聞雪亦健起，徑欲一棹追昔遊。氈衫胖肛束渾脱〔三〕，絮帽匼匝蒙兜鍪〔四〕。十步出門九步坐，兒女遮説相苛留。謂言此是少年事，歲晚牖户當綢繆。萬景無窮鼎鼎至〔五〕，百年有限垂垂休。夢隨落雁墮沙觜，愁對飢鴟蹲瓦溝。重尋勝踐可復許，且挹清寒揩病眸。須臾未遽妨性命，呼童盡捲風簾鈎。

【校記】

㊀ 四開：富校：「『四』黄刻本作『時』，是。」

【題解】

本詩作於紹熙二年（一一九一）冬，時閒居在家。于北山范成大年譜紹熙二年譜文：「又賦愛雪歌，追憶往昔豪興。」

【箋注】

〔一〕白鳳：白鳳凰，爲祥瑞之鳥。海録碎事卷九「吐白鳳」引殷芸小説：「揚雄著太玄經，夢吐白鳳，集於玄上。」白居易賦賦：「掩黄絹之麗藻，吐白鳳之奇姿。」本詩借以喻披蓑之棹夫。

〔二〕「推遷」句：自李商隱錦瑟「錦瑟無端五十絃，一絃一柱思華年」化出。

〔三〕「氊衫」句：胖肛，脹大。胖，玉篇：「胖，脹也。」肛，降肛，脹大貌。韓愈病中贈張十八：「連日挾所有，形軀頓降肛。」廣韻：「降肛，脹大也。」渾脱，充氣之羊皮囊。蘇轍請户部復三司諸案劄子：「訪聞河北道頃歲爲羊渾脱，動以千計。渾脱之用，必軍行乏水，過渡無船，然後須之。」這裏形容穿着氊衫胖大如渾脱。

〔四〕烏匼：烏匼，巾名。杜甫晚涼詩：「晚風爽烏匼，筋力蘇摧折。」

〔五〕鼎鼎：盛貌。陸游歲晚書懷：「殘歲堂堂去，新春鼎鼎來。」

牆外賣藥者九年無一日不過，吟唱之聲甚適。雪中呼問之，家有十口，一日不出，即飢寒矣

十日啼號責望深，寧容安穩坐氊針？長鳴大吒欺風雪，不是甘心是苦心！

【題解】本詩作於紹熙二年（一一九一）冬，時閒居在家。孔凡禮范成大年譜紹熙二年譜文：「雪中，呼問墻外賣藥者，深憫其飢寒。」

大雪送炭與芥隱

無因同撥地爐灰，想見柴荆晚未開。不是雪中須送炭，聊裝風景要詩來。

【題解】本詩作於紹熙二年（一一九一）冬，時閒居在家。大雪天送炭與芥隱，賦此志感。

雪後苦寒

旋融簷滴凍琅玕，風力如刀刮面寒。雪陣攬空風却軟，天公知我倚闌干。

【題解】本詩作於紹熙二年（一一九一）冬，時閒居在家，賦此記雪後苦寒景况。

新歲書懷

門闃知閒好〔一〕，窗晴與睡宜。歲華書户筆，年例探梅詩。看長棊三著，量添飯兩匙。豁除身外事，未是苦衰遲。

【題解】

本詩作於紹熙三年（一一九二）春，時閒居在家，入新歲，因作此書懷。

【箋注】

〔一〕門闃：門庭闃然。南史張緬傳：「（緬爲武陵太守）所得俸禄不敢用，至乃妻子不易衣裳，及還都，並供之母振遺親屬。雖累載所蓄，一朝隨盡。緬私室闃然如貧素者。」傅咸感别賦：「出順景而爲偶，入闃然而無依。」

次韻養正元日六言

歲踰耳順俄七，年去古稀只三〔一〕。從今蓮葉巢穩，誰在槐柯戰酣。臍下丹田休想〔二〕，口邊白醭罷參〔三〕。渴飲飢餐困睡，是名真學瞿聃〔四〕。養正詩云：「流年五十踰二，明日半百過三。」上魏文帝語，下樂天語。養正今年五十三，此句甚工。余今年六十七，亦自撰三字韻二句。

【題解】

本詩作於紹熙三年（一一九二）元日，時閒居在家。龔頤正賦元日詩，石湖次其韻。孔凡禮范成大年譜紹熙三年譜文：「次韻龔頤正（養正）元日六言，欲以無爲自在之道養生。」

【箋注】

〔一〕「歲踰」二句：耳順，六十歲，論語爲政：「六十而耳順。」上句言六十已過七。古稀，杜甫曲江二首其二：「人生七十古來稀。」下句言七十尚少三。兩句均言六十七歲。據本詩詩尾自注，知龔養正二句上用魏文帝語，下用白樂天語，則石湖兩句，亦用其法，上句用孔子語，下句用杜甫語，甚爲巧妙。

〔二〕「臍下」句：黄庭外景經上部經：「呼吸廬間入丹田。」務成子注：「呼吸元氣會丹田中。丹田中者，臍下三寸陰陽户，俗人以生子，道人以生身。」道家養生有意守丹田之説。石湖詩却云「休想」，反其意。

〔三〕白醭：白霉，齊民要術卷八作酢法：「下釀以杷攪之，綿幕瓮口，三日便發，發時數攪，不攪則生白醭。」五燈會元卷一四長蘆清了禪師：「上堂：口邊白醭去，始得入門。通身紅爛去，方知有門裏事。更須知有不出門底。」

〔四〕瞿聃：瞿即瞿曇，爲佛祖釋迦牟尼之姓，亦代指佛教；聃即老子，名聃，爲道教鼻祖，亦代指道教。

次韻姜堯章雪中見贈

玉龍陣長空，皋比忽先犯。鱗甲塞天飛，戰逐三百萬〔一〕。當時訪戴舟，却訪一寒范〔二〕。新詩如美人，蓬蓽愧三粲。

【題解】

本詩作於紹熙二年（一一九一）冬，時閒居在家。姜夔於本年十一月來蘇訪成大，姜夔暗香（白石道人歌曲卷四）自序：「辛亥之冬，予載雪詣石湖。止既月，授簡索句，且徵新聲，作此兩曲。石湖把玩不已，使工妓肄習之，音節諧婉，乃名之曰暗香、疏影。」辛亥，即紹熙二年。至除夕，姜夔別石湖歸去，賦除夜自石湖歸苕溪（白石道人詩集卷下）故本詩當作於此時。姜夔之原唱名雪中訪石湖：「雪矸如玉城，偏師敢輕犯。黄蘆陣野鶩，我自將十萬。三戰渠未降，北面石湖范。先生霸越手，定自一笑粲。」于北山范成大年譜紹熙二年附注：「至石湖詩集編次於新歲書懷、次韻養正元日六言之後，似爲明年正月之作，非是。石湖集編纂年代、時間前後常有紊亂顛倒現象，不足異也。」

【箋注】

〔一〕「玉龍」四句：吴曾能改齋漫録卷一一引張元雪詩：「戰死玉龍三十萬，敗鱗風捲滿天飛。」

〔二〕寒范：即范寒，用范雎故事。戰國時，范雎受須賈笞辱，逃至秦國，仕爲相。後須賈使秦，范雎故著蔽衣往見，賈憐其寒，取綈袍贈之。雎以須賈有眷戀故人之意，乃釋之。事見史記范雎傳。高適詠史：「尚有綈袍贈，應憐范叔寒。」即詠此事。石湖用此事喻己。

次韻徐提舉游石湖三絶

三徑荒蕪岫幌開，錦車何事肯徘徊？春風想爲高人住，落絮殘花好在哉！

日脚烘晴已破煙，山頭雲氣尚披綿。却須多謝朝來雨，洗浄明湖鏡裏天。

天上麒麟翰墨林〔一〕，當家手筆擅文心。欲知萬頃陂中意，但向三篇句裏尋。

【題解】

本組詩作於紹熙三年（一一九二）春，時閒居在蘇。徐提舉，即徐誼，時任浙西提舉。本年春，成大與徐誼游石湖，徐誼賦詩三章紀之，石湖次其韻酬之。徐誼，字子宜，一字宏父，温州人。乾道八年進士，歷仕太常丞、知徽州、提舉浙西常平、右司郎中、左司郎中、檢正中書門下諸房公事、刑部侍郎、工部侍郎、知臨安府、知江州、知建康府兼江淮制置使、知隆興府，卒謚忠文。徐誼在朝敢於論諫，孝宗稱其「卿可謂不以官自惰矣」。事見宋史卷三九七徐誼傳。范成大吳郡志卷七「提舉題名」：「朝奉郎徐誼，紹熙元年十二月初一日到任，三年五月初二日被旨赴行在奏事。」

【箋注】

〔一〕「天上」句：陳書徐陵傳：「寶誌手摩其頂曰：『天上石麒麟也。』」贊徐誼而用同姓之典。

閏月四日石湖衆芳爛漫

北垞南岡總是家，兒童隨逐任驩譁。開嘗臘尾蒸來酒，點數春頭接過花。盡把園林蒙錦繡，多添門户鎖煙霞〔一〕。杖藜想被春風笑，扶却衰翁管物華。

【題解】

本詩作於紹熙三年（一一九二）閏二月四日，時閒居在蘇。

【箋注】

〔一〕鎖煙霞：李商隱隋宮：「紫泉宫殿鎖煙霞。」

檢校石湖新田

今朝南野試開荒，分手耘鋤草棘場。下地若干全種秫，高原無幾謾栽桑。蘆芽碧處重增岸，梅子黄時早濬塘。田里只知温飽事，從今拚却半年忙。

【題解】

本詩作於紹熙三年（一一九二）春，時閒居在蘇，巡檢石湖新開荒田，賦本詩紀事。

致政孫從政挽詞

丈室推居士，安車稱老夫㈠。回骸桑下餓，續命轍中枯。重道幾三叟，輕財似八廚〔一〕。欲知潛德報，青紫付遺孤。

【校記】

㈠安車：原作「安居」。富校：「『居』黄刻本作『車』，是。」活字本、董鈔本亦作「安車」。今據改。

【題解】

本詩作於紹熙三年（一一九二），時閒居在家。

【箋注】

〔一〕「輕財」句：後漢書黨錮傳序：「度尚、張邈、王考、劉儒、胡母班、秦周、蕃嚮、王章爲八廚。廚者，言能以財救人者也。」

寄題林景思雪巢六言三首

大地九冰徹底，小巢四壁俱空。只有梅花同調，雪中無限春風〔一〕。

何處温泉火井，誰家熊席狐裘？堂燕幾番炎熱，冰蠶一繭綢繆。

萬境人蹤盡絶〔二〕，百圍天籟都沉。惟餘冷淡生活，時復撚髭凍吟〔三〕。

【題解】

本組詩作於紹熙三年（一一九二），時閒居在家，以詩寄題林憲雪巢，高其人品、詩品。林景思即林憲，字景思，吴興人。乾道間，中特科，監南嶽廟，後寓居天台。工詩，有雪巢小集。宋史無傳，宋史翼卷三六有補傳。同治湖州府志卷七四人物傳：「林憲，字景思，吴興人。少從侍郎徐度游。度得句法於魏衍，實後山嫡派也。卓犖有大志。參政賀子忱奇其才，以孫女妻之。臨終，復遺以米數百斛，謝不取。賀既亡，挈其孥居蕭寺，屢瀕於餒而不悔，讀書著文，不改其樂。喜哦詩，落筆立就，渾然天成。一時名流，皆願交之。若徐敦立、芮國器、莫子及、毛平仲相與爲莫逆。楊誠齋、樓攻媿皆稱其詩似唐人。其人高尚清淡，五言四韻古句殆逼陶謝。淳熙五年，尤袤爲作雪巢記，又爲雪巢小集序。」陳振孫直齋書録解題卷二〇：「雪巢小集卷，東魯林憲字景思撰。初寓吴興，從徐度敦立游，後爲參政賀允中子忱孫婿，寓臨海。其人高尚，詩清澹，五言四韻古句尤佳，殆逼陶謝。」宋詩紀事卷五四：「林憲，字景思，吳興人。乾道中特科，監南嶽廟。參政賀子忱奇其才，以孫女妻之，因寓居天台。賀亡，挈其孥居城西之蕭寺。有雪巢小集。」

【箋注】

〔一〕「只有」二句：孔凡禮范成大年譜紹熙三年譜文附注：「贊其人品高尚，詩格高雅。」

〔二〕「萬境」句：柳宗元江雪：「千山鳥飛絶，萬徑人蹤滅。」

〔三〕「惟餘」二句：孔凡禮范成大年譜紹熙三年譜文附注：「贊其苦吟。」

枕上二絶效楊廷秀

藤枕頻移觸畫屏，無憀滋味厭殘更。寒鷄且道貪眠著，窗紙如何不肯明。

枕前百念忽紛然㊀，舊學新聞總現前。現到天明無可現，依前還我日高眠。

【校記】

㊀百念：原作「百忍」，活字本、叢書堂本、董鈔本、詩淵第二册第一三四〇頁作「百念」。富校：「『忍』黄刻本作『念』，是。」今據改。

【題解】

本組詩作於紹熙三年（一一九二），時閒居在家。楊萬里詩，活潑自然，饒有諧趣。滄浪詩話詩體：「楊誠齋體，其初學半山、後山，最後亦學絕句於唐人。已而盡棄諸家之體，而別出機杼，蓋其自序如此也。」楊萬里江湖集序：「予少作有詩千餘首，至紹興壬午七月皆焚之，大概江西體也。今所存曰江湖集者，蓋學後山及半山及唐人者也。」楊萬里跋徐恭仲省幹近詩三首其三：「傳派傳宗我替羞，作家各自一風流。黄陳籬下休安脚，陶謝行前更出頭。」此即「別出機杼」之意。

送文處厚歸蜀類試

萬里東來萬里歸，正憐寡婦與孤兒。死生契闊心如鐵，風雨飄揺鬢欲絲。早集漢庭陪振鷺〔一〕，莫留岷嶺戀蹲鴟。故家零落今餘幾，門户非君更屬誰？處厚族弟季高，客死成都，制置使京仲遠誘送其家〔二〕，扶護還吴，慨然遠來，忘其勞費。

【題解】

本詩作於紹熙三年（一一九二）。文處厚，文季高之族兄。文季高生平，參見卷二五送文季高倅興元「題解」。

【箋注】

〔一〕振鷺：喻操行純潔者。詩經周頌振鷺：「振鷺于飛，于彼西雝。」孔穎達疏：「言有振振然絜白之鷺鳥往飛也……美威儀之人臣而助祭王廟亦得其宜也。」文選揚雄劇秦美新：「振鷺之聲充庭，鴻鸞之黨漸階。」李善注：「振鷺、鴻鸞，喻賢也。」

〔二〕制置使京仲遠：即四川制置使京鏜。京鏜，字仲遠，豫章人，紹興二十七年進士第，歷仕監察御史、右司郎官、中書門下省檢正諸房公事、工部侍郎、知成都府、左丞相。卒，贈太保，謚文忠，宋史卷三九四有傳。吳廷燮南宋制撫年表「四川制置使」載淳熙十五年京鏜到任，十六年，紹熙元年、二年，京鏜均在任。紹熙三年四月，丘崈到任，則紹熙三年三月以前京鏜仍在任。故京鏜委托文處厚扶柩還吳，當在紹熙二年，石湖送其歸蜀，當在紹熙三年。

重送文處厚，因寄蜀父老三首

江上連檣疊鼓行，不争微利即争名。算來無似君瀟灑，來往空船載月明。

下峽東歸十五年〔一〕，因君話舊意茫然。煩將遠道悠悠夢，直到天西暑雪邊。

灌口江源不斷流，峨眉山月幾番秋〔二〕。江山好處吾能記，爲問江山記客否？

【題解】

本組詩作於紹熙三年（一一九二），時閒居在家。文處厚歸蜀，賦詩送之，並請寄語蜀中故舊。

【箋注】

〔一〕「下峽」句：石湖自淳熙四年五月二十九日離成都，下峽歸吳，至紹熙三年，恰爲十五年。

〔二〕「峨眉」句：李白峨眉山月歌：「峨眉山月半輪秋。」

虎丘新復古石井泉，太守沈虞卿舍人勸農過之，爲賦三絶，謹次韻

勸耕堂上醉高年，和氣春風共藹然。大士亦修隨喜供，夜來古井躍新泉。

落紙雲煙墮翠巒，一泓潭月鬬清寒。鳳凰池上揮毫手〔一〕，却掬山泉淬筆端。

傳聞公作新亭好〔二〕，先報儂家拄杖知。便擬挈瓶來煮茗，繞闌干角徧尋詩。

【題解】

本組詩作於紹熙三年（一一九二），時閒居在家。虎丘古石井泉新修復，太守沈揆題三絶句，成大次韻和之，同時提舉徐誼、尤懋亦有和作，亦一時之盛事。「新復古石井泉」，紹熙二年，成大游虎丘，以古石井久堙塞，故語主僧如壁，建議修復。參見本書卷三二再到虎丘詩自注。清顧湄重修本虎丘山志卷二：「陸羽石井舊志：劍池傍經藏後大石井，面闊丈餘，嵌巖自然。上有石轆轤，久湮塞。宋紹熙三年，主僧如壁始淘去淤泥五丈許，四旁石壁，鱗皴天成，下連石底漸窄，泉出石脉中，甘冷勝劍池。郡守沈揆作屋覆之，别爲亭於井旁，作烹茶、宴坐之所。」沈虞卿舍人，即沈揆，嘉興人。紹興三十年進士，歷任太學正、知台州、秘書監、秘閣修撰、江東運副、國子祭酒、知吴

郡、司農卿、權吏部侍郎。宋史無傳。嘉慶嘉興府志卷二〇列傳一：「沈揆，字虞卿，縣人，紹興三十年進士。乾道間嘗爲太學正。淳熙六年守台，郡人號儒者之政。十年以秘書少監兼國史院編修官，十一年進秘書監，十四年爲秘閣修撰江東運使。十六年光宗即位，以國子祭酒召入都，越旬日被命使燕。紹熙二年以中大夫秘閣修撰知平江府，四年除司農卿，權吏部侍郎兼實録院同修撰。周必大稱揆喜藏金石刻，且殫見洽聞，與尤袤齊名。」南宋館閣續録卷七：「沈揆，（淳熙）九年十一月除（少監），十一年十一月爲監。」又：「沈揆，字虞卿，嘉興人。紹興三十年梁克家榜進士出身。治書。（淳熙）十一年十一月除（監）。十四年五月爲秘閣修撰、江東運副。」沈揆曾任中書舍人，故成大稱「沈虞卿舍人」。沈揆守吴，時在紹熙二年至四年，范成大吴郡志卷一一「牧守題名」：「沈揆，中大夫，秘閣修撰。紹熙二年六月到，四年二月除司農卿。」沈揆之原唱，題名爲題石井泉（載虎丘山志卷二）其一：「靈源一閟幾經年，石上重流豈偶然。漸喜行春有幽事，人間初見第三泉。」其二：「上方高閣倚層巒，下有清泉一鑑寒。更作小亭供勝覽，盡收吟思入毫端。」其三：「圓通大士閟兹境，誰遣石湖詩老知。人生流止亦如此，時與一來題好詩。」虎丘山志卷二徐誼次韻其一：「布穀催春又一年，使君風旆爲翩然。清泠徹底真無際，果見靈源發漏泉。」其二：「川原膴膴小層巒，千古英雄劍氣寒。滲漉仁風并義澤，只今光焰在毫端。」其三：「發揮有待天須斬，隱顯人間未得知。翰林主人工墨客，它年稚子亦能詩。」尤懋次韻其一：「不知開鑿是何年，已有新亭更翼然。從此雲巖添勝事，合教名亞第三泉。」其二：「烟光滉漾映林巒，井底新泉漱齒寒。

品第試尋張陸記，却因今日又開端。」其三：「靈源顯晦豈無時，便有高人作已知。賞識先從石湖老，發揚更賴隱侯詩。」

【箋注】

〔一〕鳳凰池：魏晉南北朝設中書省於禁苑，稱中書省爲鳳凰池。晉書荀勖傳：「勖守尚書令。……及失之，甚罔罔悵恨，或有賀之者，勖曰：『奪我鳳皇池，諸君賀我耶！』」沈揆曾任中書舍人，成大因而稱他爲「鳳凰池上揮毫手」。

〔二〕「傳聞」句：沈揆作新亭於古石井泉上，見虎丘山志卷二。

連夕大風，凌寒梅已零落殆盡三絶

枝南枝北玉初匀，夜半顛風捲作塵。春夢都無三日好，一冬忙殺探梅人。

玉雪飄零賤似泥，惜花還記賞花時。賞花不許輕攀折，只許家人戴一枝。

花開長恐賞花遲，花落何曾報我知。人自多情春不管，强顔猶作送春詩。

【題解】

本組詩作於紹熙四年（一一九三）春，時閒居在家，因連夕大風，梅花零落，有感賦此詩。

唐懿仲諸公見過，小飲淩寒殘梅之下二絶

春風動是隔年期，更對殘花把一巵㈠。少待和煙和月看，依稀猶似未開時㈡。

問人何處是花蹊？香玉匀鋪不見泥。莫怪山翁行步澀，更無空處著枯藜。

【校記】

㈠ 一巵：叢書堂本、詩淵第四册第二五四七頁作「一枝」。

㈡ 猶似：活字本、叢書堂本、董鈔本、詩淵作「猶是」。

【題解】

本組詩作於紹熙四年（一一九三）春，時閒居在家。唐懿仲諸公見過，小飲梅下，因作此。唐懿仲，生平不詳，或爲唐子壽族人。

雲露堂前杏花

蠟紅枝上粉紅雲，日麗煙濃看不真。浩蕩光風無畔岸，如何鎖得杏園春？

【題解】

本詩作於紹熙四年（一一九三）春，時閒居在家。雲露堂，石湖内堂名。

夢覺作

年增血氣減，藥密飲食稀。氣象不堪説，頭顱從可知。忽作少年夢，嬌癡逐兒嬉。覺來一惘然，形骸乃爾衰。夢中觀河見，只是三歲時。方悟夢良是，却疑覺爲非。

【題解】

本詩作於紹熙四年(一一九三)春，時閒居在家。

次韻陳融甫支鹽年家見贈二首

范村如荒村，一老雪垂領。高軒款門來，驚破雀羅静。披草出迎客，玉笋森秀整。短章雖寂寞，染指已嘗鼎。歸驂不可駐，晨昏思定省。

乃翁一經傳，播穫了家事。短檠寓真樂，尺璧豈良貴。年家有寧馨〔一〕，令我喜無寐。加鞭翰墨場，一躍群空冀〔二〕。

【題解】

本組詩作於紹熙四年（一一九三），時閒居在家。陳融甫贈詩二首，次韻答之。年家，即年家子，稱同年登科者的後輩。陳融甫，生平未詳。

【箋注】

〔一〕「年家」句：洪邁容齋隨筆卷四：「寧馨、阿堵，晉宋間人語助耳。後人但見王衍指錢云：舉阿堵物却。又山濤見衍曰：何物老媪，生寧馨兒？今遂以阿堵爲錢，寧馨兒爲佳兒。」石湖正取此意。

〔二〕「一躍」句：韓愈送温處士赴河陽軍序：「伯樂一過冀北之野，而馬群遂空。」

聞石湖海棠盛開，亟攜家過之三絶

東風花信十分開，細意留連待我來。開過十分風不動，更無一片點蒼苔。

家人扶上錦城頭，蜂蝶團中爛熳遊。報答春光須小醉，紅雲洞裏按伊州。

低花妨帽小移笻㊀，深淺臙脂一萬重。不用高燒銀燭照，煖雲烘日正春濃。

【校記】

㊀ 小移笻：原作「小攜笻」。活字本、叢書堂本、董鈔本、詩淵第四册第二五一六頁作「小移笻」，富校：「『小攜』黄刻本作『少移』。」今據改。

【題解】本組詩作於紹熙四年（一一九三）春，時閒居在蘇，聞石湖海棠盛開，亟攜家眷同往賞花，喜極賦此以紀興。

寄題毛君先生蓮華峰庵

天台一萬八千丈[一]，蓮華峰在諸峰上。峰前結屋屋打頭，獨有幽人自來往。湖海雲遊二十春，歸來還作住庵人。漫山苦蕒食不盡，繞屋長松爲四鄰。丹訣三千滿雲笈，往來且喜無交涉。清晨石上一爐香，此時天地皆訢合。我衰無力供樵蘇，尚能相伴煖團蒲。但願瘦筇緣未斷，會把蓮峰分一半。

【題解】本詩作於紹熙四年（一一九三），時閒居在家。毛君先生，即毛洞元，有庵在天台蓮花峰上，成大題詩寄之。林表民天台續集別集卷四引本詩，題作題雲深毛洞元。蓮華峰，同「蓮花峰」，天台山中峰名。嘉靖浙江通志卷一一：「在（天台）縣西北三十里，周圍九峰，曰紫霄、曰翠巖、曰玉泉、曰卧龍、曰蓮花、曰華琳、曰玉女、曰玉霄、曰華頂。矗立霄漢，遠近相向。王羲之與支道林，嘗往來此山。」

【箋注】

〔一〕天台一萬八千丈：李白夢遊天姥吟留别：「天台四萬八千丈，對此欲倒東南傾。」王琦注引。雲笈七籤云：「天台山高一萬八千丈。」

石湖居士詩集卷三十四

附

賦

館娃宮賦 并序

靈巖山寺〔一〕，故吴館娃宮也。山上下閒臺別館之迹，髣髴可考。余少長遊焉，感遺事而賦之。

洶西山之南奔，勢鬱嵂其巉空；若大敵之在前，忽踞虎而跧龍；半紫崖而砥平，訪館娃之故宮。是爲逸王之舊遊，有墟國之遺恫焉。嗟乎汰哉！愎賢胥之忠告，巽陰嚭之詖説；暗養虎之後患，縱處女使免脱；迨嘗膽之謀成，駭疽囊之潰裂。蓋自有以賈禍，非天爲之作孽㊀。方其銜哀茹痛，抆淚飲血；儼拂士於前庭，剋三年而報越㊁；訖甘心而一快，夫何初志之英發！及其見棲於姑蘇，遽雌伏而大壞！援宿恩而乞憐，或赦圖於臣罪。當是之時，又何其德也！韙禍福之無門，曷今愚而昨賢。後千載之嗤點，莫不鍾咎於嬋娟；固尤物之移人，抑猶有可得而言。蓋嘗觀於若人矣，好大而欲速，厭常而棄舊。狃會稽之得意，謂周鼎其唾手；闖齊楚以朶頤，睨陳蔡而驤首。道甚遠而疾驅，氣已餒而猶鬭。外未寧而內憂，東略之而西否；阻關河以頓兵，撤牆屋而致寇。亟歸視其四封，蔑一夫之能守。是猶螳螂之慕蟬，不知黃雀之議其後也。然以蕞爾之旅，衡行四方；攻靡堅郛，戰無距行；事便時利，如徑乎無人之鄉。惜也未聞大道，宜其逸樂而志荒。次有臺池，宿有嬪嬙；左攜修明，右撫夷光；粲二八以前列，咸絶世而浩倡。嗟浣紗之彼姝，乃獨繫於興亡。蕩龍舟之水嬉，擷香徑之春芳；載夕陽以俱還，秉遊燭於夜長。灩金鍾之千石，倣酒池於舊商；歌吳歈而楚舞，薦萬壽於君王。悵星河之易翻，嘉來日之未央。錚銅壺之鳴悲，爛急烽之森芒；慘梧宮之生愁，踐桐夢之不祥。欷高陵與深谷，委盛麗於蒼茫。所謂玉檻銅溝，朱簾椒房㈢；理鏡之軒，響屧之廊。杳煙蕪與露蔓，紛日暮之牛羊。况捧心之百媚，濯粉之餘粧者哉！今則雲雨之巔，仙聖是宅：硯沼蕁浮，琴臺松崛；封古蘚於井甃，宿暗芳於洞穴；木鯨吼以清厲，金磬隱其蕭瑟。彼方外之徒，龜藏而蠖屈者，又安知往古與來今，方枯禪而縛律；翩鴻影之拂坐，見前山之銜日㈣。

【校記】

㊀非天爲之作孽：原「之」下無「作」字，富校：「『之』下黄刻本有『作』字，是。」董鈔本作「遺孽」，活字本、叢書堂本、吴郡文編卷二四五「之」下有「作」字，今據補。

㊁報越：活字本、叢書堂本、董鈔本、吴郡文編作「報粤」。

㊂朱簾：叢書堂本、吴郡文編作「珠簾」。

㊃銜日：原作「銜石」。活字本、叢書堂本、董鈔本、吴郡文編作「銜日」，今據改。

【題解】

本賦作於淳熙十四年（一一八七），時賦閒在蘇。岳珂桯史卷三「館娃浯溪」條，記王義豐爲館娃作賦，義豐即王阮，賦云：「汎浮玉之北堂，得館娃之遺基，從先生而遊焉，揖夫差而弔之。」王阮賦中之先生，即范成大。本年，王阮來訪，同遊靈巖，同弔夫差，並同賦館娃，石湖作題夫差廟詩（見卷二八）。黄震黄氏日鈔卷六七：「館娃宫賦，謂吴王未聞大道，宜其志荒。」

【箋注】

〔一〕靈巖山寺：朱長文吴郡圖經續記卷中：「秀峰寺，在靈巖山，梁天監中置。既經一紀，忽有異人於殿隅畫一僧相。俄而梵僧見之，曰：『此智慧菩薩也。』化形隨感，靈應甚多。儀相雖經傳繪，吴民瞻奉，至今彌勤。此寺占故宫之境，景物清絶，舊乃律居，不能興葺，徒長紛訟。太守晏公闢爲禪刹，人甚便之。」范成大吴郡志卷三二「郭外寺」：「顯親崇報禪院，在靈巖山頂。舊名秀峰寺，吴館娃宫也。梁天監中始置寺，有智慧菩薩舊蹟，土人奉事甚謹。今爲韓蘄王功德，寺改今名。」又，卷一五「山」：「靈巖山，即古石鼓山，又名硯石山。……越絶書云：『吴人於硯石山作館娃宫。……』今按吴越春秋、吴地記等書云：『闔閭城西有山，號硯石山，高三百六十丈，去入烟三里。在吴縣西三十里，上有吴館娃宫、琴臺、響屧廊。』

問天醫賦 并序

余幼而氣弱，常慕同隊兒之强壯，生十四年，大病瀕死。至紹興壬申，又十三年矣，疾痛疴癢，無時不有。夏至前一日，得寒疾，夢謁天醫，省問答了然，獨未知天醫爲何神。案晉書卷舌六星〔一〕，其一曰天讒，主巫醫；而孫氏千金書〔二〕，以日辰推天醫所在，其是歟？皆未可必也。雖然，吾疾自是其有間哉！乃叙其夢爲問天醫賦。

吴山之臞，不達不聞；有門常關，日與病親。歲直壬申，亢中於昏。薄寒中之，不良睡眠。覺邪夢邪？陸離紛紜。神馬具裝，出於頂門。驅風鞭霆，莫知所從。紫城翠樓，千窗萬櫳；玉書垂芒，天醫之宫。中有一人，瑶冠紫衣；如帝如尊，衆真繞圍。我瞻而思，是其天醫者邪？竊樂其名，幸已我疾。次且而前，再拜以出。仰而稱曰：蟣蝨之臣，有鬱弗宣；幸遭聖靈，利用乞憐。願賜清閒，聽臣苦言：天生下人，如沙如塵；長養安樂，壽其天真。臣獨多疾，支離輪囷。炎黄之經〔三〕，厥病四百；去半取半，臣悉經歷。五日一曳杖，十日一卧簀。茁爲痙痱〔四〕，潰爲瘇癧；遊爲痺頑，尼爲否塞；踈爲洞盪，節爲關格；躁爲囂呼，静爲爽惑。榮衛挾寒而留行〔五〕，溪谷流温而横溢。襲於皮毛，客於絡脈；次於焦府，盎於形色。攣拳惰其四支，黖黣淫乎大宅。百骸九竅，無一得適。十巫遞進，三醫更謁：探金匱之寶藏，紬玉函之秘策。方書堆於几案，藥物庤於牆壁；訪和扁以制度〔六〕，招桐雷使炮炙〔七〕。參以天泉左右之運，列以君臣佐使之職。配合者相須，畏惡者相敵。參朮芝桂，鉛汞乳礫；果菜之英，醪醴之液；萬歲之藟，千年之珀。莫潤於養血之茸，莫濇於委蛻之骼。厭遠效於中和，要近功於武力〔一〕。三建若燎，五毒若螫；入口如荼，下咽如戟。燥剛以發舒，酸苦以涌洩；杵臼無停鳴，鐺鼎不暇滌。瞑眩酷烈，疾戰縱擊；外邪未潰，中氣先踣。久立則蹐，久行則躄；語多則逆，卧多則愓；先寒而裘，未暑而綌。席避風而五遷，衣惡濕而再襞；旦欲興而三休，夜將誦而九息。聽蟻爲牛，視朱作碧。中憒憒其結轖〔二〕，頭岑岑而戴石。人生世間，居處飲食；臣以病故，跬步榛棘。春醅珠紅，暑醴玉白；翠瓢之瓜，青房之菂；泫梨液之流膚，瀹橘泉之破隙。臣欲過門而大嚼，黄媪推臣以避席。清空泬寥，霧旦霜夕；駕牛西上，騎鯨東極；納寒月於半領，御罡風於兩腋。臣欲褰裳而往從，皓華挾臣以辟易。弱柳怪其早衰，瘦木嗤其多瘠。怠侮出於家人，煩勞困於僕役。群居之中，軋軋厭厭；狎者臣嘲，疏者臣嫌。獨疢臣身，不可任堪。人之多疾，自取自探；不一其凡，大略有三：其一者心根泄機，命門喪阻；明消精散，形弊神苦。擲温玉以畀火，奉甘餐而戲虎；陰惑陽而化蜮，風落山而成蠱。若是者得於晦淫，命曰伐性之斧〔八〕。其二者愁莫愁於生離〔九〕，痛莫痛於死别。哭不淚而神傷，歎無聲而怨結；魂欲升而中斷，腸將思而已絶。孤憤爲丹心之灰，隱憂爲青鬢之雪。若是者得於情鍾，命曰蠹心之孽。其三曰深居奥處，温燠窈窕；重帷複幄，風日不到。枵然如久繫之匏，蘙然如處陰之草；玉體軟脆，動輒感冒。若是者得於貴遊，命曰煬和之竈。凡此三者，臣非有之。呻號弊尫，誰職爲之？孰祟孰厲，孰攻孰襲？何方而來，何門而入？抑嘗聞之，造化爲爐，人物爲象；洪鈞無心，大放厥帑。元陽之氣，可斤可兩；人受其中，有瘠有臁。故有禀生多艱，形枯德腴；委隨惰窳，命也何如。子房所以辟穀〔一〇〕，長卿所以閒居〔一一〕。士安散髮，黽勉扶輿〔一二〕；希逸惙惙，疢與生俱〔一三〕。天實爲之，非人速辜。臣也不肖，殆類此乎？地産之藥，方家之書；媲寒配温，僻違怪迂。欲持人以勝天，嗟慮密而功疏。竊聞大神，天醫之王。範圍堪輿，運平陰陽；起死回骸，斡旋天藏；揉太和以爲劑，酌沆瀣而爲漿；嘘碧落以發英，糜朝霞而薦芳。神火氣篴，日噉星芒；度人千億，奮飛仙鄉。賜臣刀圭，刮摩膏肓；濡枯充虚，豐羸植僵。解臣朽骨，濯臣腐腸；宅胎仙以葆真，凝虚白而發光。碎鼎槌鑪，破瓢褫囊。脱兔彭殤之囿，蜕蟬人鬼之場；不老不衰，來歸帝傍。臣之願也，非所敢望。語未竟，仰聞太息曰：有是哉，汝之憂也！凡汝所苦，可以理測；凡汝所求，吾不汝嗇。病自汝得，造化吾知；汝窮汝原，何藥之爲？今即汝身，示汝三機；隱几退思，載撫四維。汝身塊然，汝方火馳；甘寐於牀，委骸陳尸。夢遊何方，悲啼笑嘻；溘焉以死，烏鳶狐狸。生汝安住，死汝安歸？形與化遷，汝豈變移。虚空無傍，奚所據依？厥狀維何，爲青爲黄；爲一爲多，爲短爲長。未病何形，已病何色？癢苛酸辛，誰覺誰識？吾將遠遊，汝速返去；試用我言，周徧求汝。脱焉得之，解痼釋痾；不然已矣，將奈汝何！叩稽玉階，退而下歸；形開神澂，汗濡寢衣。嗚呼異哉！爲信爲欺。是邪非邪？至今疑之。

【校記】

㊀ 近功：活字本、叢書堂本、董鈔本均同。富校：「『功』黄刻本作『切』。」

㊁ 中憒憒：原作「巾憒憒」，活字本、叢書堂本、董鈔本作「中憒憒」。富校：「『巾』黄刻本作『中』，

是。」今據改。

【題解】

本賦作於紹興二十二年（一一五二）五月，時在崑山薦嚴寺讀書。卷一兩木并序：「壬申五月，卧病東禪之北窗，惟庭柯相對。」本賦序云：「至紹興壬申，又十三年矣，疾痛疴癢，無時不有。」壬申，即紹興二十二年。黄震黄氏日鈔卷六七：「問天醫賦謂不敢以人勝天。」浦銑復小齋賦話卷下：「古人句法有相似者，如山谷悼往賦云：『飲泣爲昏瞳之媒，幽憂爲白髮之母。』石湖問天醫賦云：『孤憤爲丹心之灰，隱憂爲青鬢之雪。』而山谷較勝。『媒』字、『母』字猶詩中之有眼也。」

【箋注】

〔一〕晉書卷舌六星：晉書天文志上：「卷舌六星，在昴北，主口語，以知佞讒也。曲，吉；直而動，天下有口舌之害。中一星曰天讒，主巫醫。」

〔二〕孫氏千金書：孫氏，即孫思邈（五八一？—六八二），京兆華原人。隋文帝徵爲國子博士，不就；唐太宗召至京師，欲授官，亦不受。一心從事醫學研究。兩唐書有傳。千金書，指孫思邈之醫學著作千金方。此爲總名，含千金方三十卷，千金翼方三十卷，千金髓方二十卷。千金方，經宋人林億校正，名爲應急千金要方，簡稱千金方。千金翼方也經林億校定。千金髓方已佚。

〔三〕炎黄之經：即黄帝内經，簡稱内經。漢書藝文志著録黄帝内經十八卷。内經包括素問九卷，靈樞九卷，是我國最早的醫學典籍，具有比較完整的理論體系，爲中醫理論之淵藪。

〔四〕「茁爲」句：茁，草初生貌，此謂始生。詩經召南騶虞：「彼茁者葭。」痤疿，癤，素問生氣通天論：「汗出見濕，乃生痤疿。」

〔五〕榮衛：中醫術語，榮指血的循環，衛指氣的周流。素問熱論：「五藏已傷，六府不通，榮衛不行，如是之後，三日乃死。」

〔六〕和扁：古代名醫醫和和扁鵲。醫和，春秋時秦之良醫。左傳昭公元年載：晉平公求醫於秦，秦使醫和視之，和知病不可治，告之，趙孟稱他爲良醫，厚禮遣返之。扁鵲，戰國時期的名醫，善於運用四診，應用砭刺、針灸等法治病，史記扁鵲倉公列傳：「扁鵲者，渤海郡鄚人，姓秦氏，名越人。少時爲人舍長，舍客長桑君過，扁鵲獨奇之，常謹遇之。……乃悉取其禁方書盡與扁鵲。忽然不見，殆非人也。」文選班固答賓戲：「和鵲發精於鍼石。」

〔七〕桐雷：桐君和雷公的合稱，相傳皆爲黄帝時掌醫藥之官。南朝梁陶弘景本草序：「至於藥性所主，當以識識相因，不爾，何由得聞？至於桐雷，乃著在於編簡。」本草綱目卷一序例上歷代諸家本草：「桐君采藥録，時珍曰：桐君，黄帝時臣也，書凡二卷，紀其花葉形色，今已不傳。」

〔八〕伐性之斧：吕氏春秋本生：「靡曼皓齒，鄭衛之音，務以自樂，命之曰伐性之斧。」枚乘七發：「皓齒娥眉，命曰伐性之斧。」

〔九〕「愁莫愁」句：屈原九歌少司命：「悲莫悲兮生别離。」

〔一〇〕「子房」句：子房，即張良。史記留侯世家：「留侯乃稱曰：『家世相韓，及韓滅，不愛萬金之資，爲韓報仇强秦，天下振動。今以三寸舌爲帝者師，封萬户，位列侯，此布衣之極，於良足矣。願棄人間事，欲從赤松子游耳。』乃學辟穀，道引輕身。」

〔一一〕「長卿」句：長卿即司馬相如。長卿閒居，見史記司馬相如列傳：「相如與之俱之臨邛，盡賣其車騎，買一酒舍酤酒，而令文君當鑪，相如身自著犢鼻褌，與保傭雜作，滌器於市中。」

〔一二〕「士安」二句：士安，即皇甫謐。晉書皇甫謐傳：「皇甫謐，字士安，幼名静，安定朝那人，漢太尉嵩之曾孫也。……（後叔母伍氏因謐不好學，教育之）謐乃感激，就鄉人席坦受書，勤力不怠，居貧，躬自稼穡，帶經而農，遂博綜典籍百家之言，沉静寡言，始有高尚之志，以著述爲務，自號玄晏先生。」贊曰：「士安好逸，栖心蓬蓽。屬意文雅，忘懷榮秩。遺制可稱，養生乖術。」

〔一三〕「希逸」二句：希逸，即謝莊（四二一—四六六），宋書謝莊傳：「謝莊字希逸，陳郡陽夏人，太常弘微子也。」傳中有一段他的自述，述其多病：「稟生多病，天下所悉。兩脇癖疾，殆與生俱。……利患數年，遂成痼疾。吸吸惙惙，常如行尸，恒居死病，而不復道者，豈是疾痊，直以荷恩深重，思答殊施。」

望海亭賦 并序

會稽太守參政魏公，作望海亭於卧龍之巔，率其屬爲歌詩以落成，録與書來，且使賦之。余謹掇其膏馥之餘，擬賦一首以寄，後日獲從杖屨，其上於山川之神，尚有舊焉。其辭曰：

諸侯之客，有來自東，而姹會稽之遊者，曰：佳乎麗哉！越之爲邦也。縈山帶湖，樓觀相望；背卧龍而崛起，焕丹碧之翬翔。躋攀下臨，顧瞻無旁；平疇蔚以穊緑，喬木森其老蒼；淙萬壑之春聲，寫千巖之秋光；朝霞暝霏，扶疎微茫。望山河之故墟，弔草木之餘社。夏后萬國之朝，勾踐百戰之野；興亡梗概，猶有存者。至於流觴泛雪，高人之舊事；浣紗采蓮，游女之遺跡。鬱溪山之如畫，尚彷彿其可識；訪故老以問訊，興慨歎於疇昔。是爲游覽之大略，而蓬萊觀風之所得。雖然，士固多感，而況於對景以懷古，撫事而凝情；往往使人魂斷意折，酒澹而歌不平。故麗則麗矣，而未擅乎登臨之勝也。若夫浩蕩軒豁，孤高伶俜；騰駕碧寥，指麾滄溟；墮戞端於眇莽，挹灝氣於空明；飄飄焉有連鼇跨鯨之意，舉莫如望海之新亭。嘗試登兹而望焉：沃野既盡，遥見東極；送萬折之傾注，艷寒光之迸射；浸地軸以上浮，盪天容而一色。珠輝貝芒㊀，矗蝀橫霓；快宇宙之清寬，悵百年之偪仄。當其三星曉橫，萬境俱寂；浴日未動，晨光先激；波鱗鱗而躍金，天晃晃而半赤；赬輪騰上，東方皆白；煙消塵作，栖鳥振翼。俯群動而紛起，寄一笑於遐覿。永我暇日，苒其將夕；餞斜暉於孤嶂，候佳月於滄浦。沉沉上下，杳無處所；驚玉地之破碎㊁，漾銀盤而吞吐；忽褰雲而涌霧，獻霜影於庭宇。夜色既合，初聞鐘鼓。觴屢至而不辭，詩欲成而起舞。又若潮生海門，萬里一息；浮光如線，濤頭千尺。方鐵馬之橫潰，倏銀山之崩坼。氣平怒霽，水面如席；吴帆越檣，飛上空碧。此亦天下之偉觀，然猶未及乎目力。燕香春容，俗客莫陪；神清意消，徙倚徘徊。天風激吹，波濤闔開；五雲明滅，丹宫絳臺；睇三山之不遠，其爲公而飛來。遂招汗漫之勝游，下飆車之逸軌。屬紫霄之妙質，侑玉斝之清醴；勤歌鸞與舞鳳，壽仙伯以多祉；恍風雨之皆散，但驚塵之四起。悟真靈之不隔，而何有乎弱水之三萬里也。噫！昔之居此者多矣，曾靡暇於經營；逮山靈之効奇，發遺址於巖扃。殫妙巧於天藏，超埃𡑞而上征；極觀聽之所接，遂杳渺而難名。嗟此樂之無央，與來者而同登。決眥盪胸，雪其塵纓；且安知前日之蒼煙白露，斷蔓而荒荆者哉！顧客子之所能道者，纔管中之一斑；惟覽者之自得，會絶景於憑闌。心凝神釋，浩如飛翰；而後知兹亭之仙意，而凌虚御風之無難。主人瞿然而起曰：有是哉！吾將觀焉。

【校記】

㈠貝芒：原作「具芒」。富校：「『具』黄刻本作『貝』，是。」活字本、董鈔本亦作「貝芒」，今據改。

㈡玉地：富校：「『地』黄刻本作『池』。」

【題解】

本賦作於紹興二十六年（一一五六）秋，時在新安掾任上。本年，會稽太守魏良臣修望海亭，與僚屬賦詩，寄石湖，並命賦之。于北山范成大年譜紹興二十六年譜文云：「魏良臣自參政出知紹興府，寄蓬萊閣、望海亭詩軸，當在此一時期。」望海亭，在會稽卧龍山之頂，寶慶會稽續志卷一：「望海亭，在卧龍之西，不知始於何時。元微之、李紳嘗賦詩，則自唐已有之矣。」則魏良臣乃修葺之，非始作之。參見本書卷五浙東參政寄示會稽蓬萊閣詩軸次韻寄題二首「題解」。黄震黄氏日鈔卷六七：「望海亭賦，設客辭以誇之。」

惜交賦 并序

屈原既遭子蘭、子椒之譖，傷楚國之俗，朋友道薄，始合之難，而終以輕背，故著惜交之詞，道知心之難遇，故舊之不再得，動心忍性，徘徊不能去。君子覽之，有以增義合之重焉。

余既有此淑質兮，昔幽處而無仇；悵佳人之眇覿兮，走六漠而周求。歲甲子之初春兮，維元日吾始游；紉木蘭以爲蓋兮，抗杜蘅以爲游。詔凍雨俾清道兮，戒日星使燭幽；恐駟驪之選軟兮，又命飛廉而挾輈。羾天紘而鶩列缺兮，頫幽都與玄丘。天地四方多賊姦兮，忽吾班乎齊州。恍神釋而目粲兮，悦夫人之好修。佩轇轕之連璐兮，戴陸離之高冠；紛鵕鸃之朋飛兮，儼黄鵠之蹁躚。葆衆美以自畀兮，夫何獨處之嬋娟。吾恐始合之易兮，終離之者不難；號百靈而訊之兮，筮告余曰吉哉！予令巫咸往招兮，介蹇修而爲媒。枉若人之嘉惠兮，命保介而載予；摻脩袂而約言兮，曰歲晚其與俱。入既與之同袍兮，出又與之同車。投我以蒼玉之連環兮，予報以獨繭之曳緒㊀；玉宛轉而不斷兮，繭縈紆而連縷。谷風習其自東兮，固維風而及雨。汝行前而予殿兮，予安歌而汝舞。至於今其十年兮，固知美惡周必復。敏予德而日新兮，羌未變乎初也；修予容其滋媚兮，嗟采色其猶未暮也。妬被離而害交兮，讒翕脇而敗度；雖君子之石腸兮，固將徇乎市虎。兩造膝而笑言兮，慘其間之容斧；予冶容虞予善泆兮，頫顔謂予汝怒。髪甚短而怨長兮，輿則固而路艱；蹇中道而如遺兮，予既寡而汝鰥。夫豈無他人兮，焉有夫君之好賢；雖得汝於萬一兮，終不及當時之纏綿。彼日而食兮，此月而虧；物不終盡剥兮，信復盈之有時。涕承睫而交下兮，若孟津之流澌；敢誦言而怨慕兮，恐衆人之汝窺。曼予聲以悲吟兮，託長風而要之。政木石必回睠兮，將白首而爲期；儻曾飛而不顧兮，嗟此怨之誰歸？

【校記】

㈠獨藺之曳緒：「之」字原缺。富校：「『藺』下黄刻本有『之』字，是。」今補。

【題解】

本賦作年難以確考。序云：「屈原既遭子蘭、子椒之譖，傷楚國之俗，朋友道薄，始合之難，而終以輕背，故著惜交之詞。」屈原賦中並無「惜交」之篇名，他的「道知心之難遇，故舊之不再得」之意，却在離騷、惜誦等篇中，反覆詠歎。浦銑復小齋賦話卷下：「范石湖惜交賦，忠厚悱惻，怦怦動人，有小雅、騷人之餘風。序所謂『君子覽之，有以增義合之重』者也。」

荔枝賦 并序

紹興丙子夏，有自行都餉貢餘新荔子者，坐客稱歎，窮山所未嘗有。呼酒更酌，鼓琴以侑之，且爲之賦。時爲新安掾。

吾聞南國之南，水激而山蟠；鍾具美於一物，緊化工之所難。擱絳綃以袨服，襲蒨桃而中單；湛冰明之漼漼，粲玉粒之團團；翕生香之令芳，泫仙液於微瀾〔一〕。走候置其萬里，上玉宸與金鑾。顧人間之流落，纔千倉之一簞。餉江南之病客，索孤笑於鬉端。斥蜂蜜之黄膩，謝佛桑之紅乾；覺龍目之幺麽〔二〕，哈蒲萄之甘酸。藉以秋雲之巾，薦以水晶之盤；羞以燒春之浮醅〔三〕，相以流水之清彈。追風月之温麗，耿星河其未翻。予一嚼而三嘸，灩玉池之清寒；恍醉夢之翾飛，掖九天之風翰。望涪江與閩嶺〔四〕，麾八極於雷軿；方溟濛其路暗，儵浩蕩其天寬。岌芳宫與繡户〔一〕，窈玉聲之闌珊；款荔枝之仙人，若平生之所歡。謂客子其少留，紛擘緑而破丹。招玉環於東虚，御清空之雙鸞；訪長生之舊曲〔五〕，有千載之遺歎。悵三山之回風，驚南斗之闌干；亂梧竹之滿庭，渺雲海之漫漫。

【校記】

〔一〕繡户：活字本、叢書堂本、董鈔本作「秀户」。

【題解】

本賦作於紹興二十六年（一一五六）夏，時任新安掾。紹興丙子，即紹興二十六年。新安掾，指徽州司户參軍。石湖有天平先隴道中時將赴新安掾、元夕泊舟霅川，作於紹興二十五年歲末、二十六年元日。

【箋注】

〔一〕「擱絳綃」以下六句：白居易荔枝圖序：「荔枝生巴峽間，樹形團團如帷蓋；葉如桂，冬青；花如橘，春榮；實如丹，夏熟；朵如葡萄，核如枇杷，殼如紅繒，膜如紫綃，瓤肉瑩白如冰雪，漿液甘酸如醴酪。大略如彼，其實過之。」

〔二〕龍目：又名龍眼，俗名桂圓。東坡雜記：「僕嘗問荔枝何所似。或曰：似龍眼。坐客皆笑其陋，荔枝實無所似也。僕曰：荔枝似江瑶柱，應者皆憮然。」范成大桂海虞衡志志果：「龍眼，南州悉有之。極大者出邕州。圍如當二錢。但肉薄，不能遠過常品爲可恨。」

〔三〕燒春：酒名，産蜀地。李肇唐國史補卷下：「（酒有）劍南之燒春。」

〔四〕望涪江與閩嶺：廣群芳譜卷六〇：「荔支，初出嶺南及巴中，今閩之泉、福、漳、興，蜀之嘉、萬、渝、涪，及二廣州郡皆有之，以閩中爲第一，蜀次之，嶺南爲下。」

〔五〕訪長生之舊曲：長生，長生殿；舊曲，指荔枝香。新唐書禮樂十二：「帝幸驪山，楊貴妃生日，命小部張樂長生殿，因奏新曲，未有名，會南方進荔枝，因名曰荔枝香。」

桂林中秋賦 并序

乾道癸巳中秋，湘南樓月色佳甚，病起不觴客，又祈雨，蔬食清坐。默數年來，九遇此夕，皆不常其處。乙酉值三館〔一〕；丙戌與嚴子文游松江〔二〕，有來歲復會之約；丁亥又以薄遽走陽羨，與周子充遇於罨畫溪上〔三〕；戊子守括蒼〔四〕；己丑以經筵内宿〔五〕；庚寅使虜，次於睢陽〔六〕；辛卯出西掖〔七〕，泊舟吴興門外；壬辰始歸石湖〔八〕，而今復踰嶺。歎此生之役役，次其事而賦之。

登湘南以獨夜兮，挹訾洲之横煙〔九〕；絳霄艷其光景兮，涌冰鏡於蒼巔。悵旻宇之佳節兮，并四者其良難；矧吾生之漂泊兮，寄蘧廬於八埏。九得秋而九徙兮，靡一枝之能安。上瀛洲而瀑飲兮，當作噩之初元；旋水宿於垂虹兮，滉金碧之浮天；剋後期而竟爽兮，忽罨畫之滄灣；既戊子而守括兮，摘少微於樓欄；丑寓直於玉堂兮，聽宫漏之清圓；再西風而北征兮㊀，胡笳咽於夜闌；迨返旆之期月兮，放苕霅之歸船。幸故歲之還吴兮，帶夕暉而灌園；甘土偶之遇雨兮㊁，就一丘而考槃〔一〇〕。今又飄飄而桂海兮，賓望舒於南躔；訪農圃之昨夢兮，杳征路之三千。月亦隨予而四方兮，不擇地而嬋娟；諒素娥之我咍兮，老色涴於朱顔。□觀月之曩見兮，炯不動而超然。適病餘而閉閤兮，屏危柱與哀絃；復訟風而閔雨兮，謝鼎食之芳鮮。闃清齋而晤歎兮，驚足迹之間關；誰職爲此驅逐兮，豈不坐夫微官！知明年之何處兮？莞一笑而無眠。

【校記】

㈠再：富校：「『再』黄刻本作『冉』。」活字本、董鈔本亦作「冉」。

㈡甘：富校：「『甘』黄刻本作『其』。」董鈔本亦作「其」。

【題解】

本賦作於乾道九年（一一七三）中秋，時在桂林帥任上。周必大神道碑：「尋除集英殿修撰、知静江府、廣西經略安撫使。……九年，公始赴鎮。」范成大驂鸞録：「三月十日入城，交府事。」是年，成大在桂林度中秋，有感人生顛沛，居無常處，乃作桂林中秋賦。黄震黄氏日鈔卷六七：「桂林中秋賦，感九得秋而九徙。」

【箋注】

〔一〕乙酉值三館：乙酉，即乾道元年，南宋館閣録卷八：「范成大，（乾道）元年三月除（校書郎）。」「元年六月以校書郎兼（國史院編修官）。」三館，唐設弘文、集賢、史館三館，負責藏書、校書、修史等事宜，宋因之。鄭樵通志總序：「欲三館無素餐之人，四庫無蠹魚之簡。」

〔二〕嚴子文：即嚴焕。

〔三〕「丁亥」二句：周必大泛舟遊山録：「（乾道三年八月）丁未，大雨。……同范至能、魯子師、李良佐投宿洞靈館，簷滴通夕如灘聲。……己酉，仲謨從諸人議，徙柩，暫宿洞靈，既至而晴，遂爲佳中秋。」周子充，即周必大，此行爲王葆喪葬事。

〔四〕戊子守括蒼：戊子，即乾道四年，周必大神道碑：「（乾道）四年八日到郡（即處州）。」括蒼，即處州。

〔五〕己丑以經筵内宿：己丑，即乾道五年。本年中秋，恰「内宿玉堂」，見卷一一己丑中秋寓宿玉堂。周必大神道碑：「乃除禮部員外郎兼崇政殿説書。上令更加清職，遂兼國史院編修官。」宋史職官志二：「崇政殿説書，掌進讀書史，講釋經意，兼顧問應對。學士侍從有學術者爲侍講、侍讀，其秩卑資淺而可備講讀者則爲説書。……渡江後，尹焞初以秘書兼之，中間王十朋、范成大皆以郎官兼，亦殊命也。」「經筵」即指此。

〔六〕「庚寅」三句：庚寅，即乾道六年。睢陽，郡名，北宋時爲南京。王存元豐九域志卷一：南京，應天府，睢陽郡。范成大使金，在六月，二十八日抵鎮江，晤陸游。陸游入蜀記卷一：「（六月二十八日）奉使金國起居郎范至能至山，遣人相招食於玉鑑堂。」北上至睢陽，恰遇中秋。

〔七〕辛卯出西掖：辛卯，即乾道七年。卷一二初約鄰人至石湖詩下自注：「以下辛卯，自西掖歸吴作。」本年，石湖在中書舍人任上，八月中秋已至吴興，即離中書舍人任，故云「出西掖」。范成大吴船録淳熙四年八月記事：「卯年自西掖出泊吴興城外。」

〔八〕壬辰始歸石湖：壬辰，即乾道八年。離中書舍人任後，石湖仍留蘇，度過中秋，十二月始發吴郡赴廣西帥任。

〔九〕訾洲：即訾家洲，在桂林漓水中。柳宗元桂州裴中丞作訾家洲亭記：「桂州多靈山，發地峭豎，林立四野。署之左曰灕水，水之中曰訾氏之洲。」

〔一〇〕考槃：詩經衛風考槃序：「考槃，刺莊公也。不能繼先公之業，使賢者退而窮處。」後用爲退隱窮處之代稱。

楚辭

幽誓

天風厲兮山木黄，歲晼晚兮又早霜〔一〕；虎號崖兮石飛下，山中人兮孰虞予。造軔兮挾輈，紛不可兮此淹留；靈曄兮遄邁，趣駕兮遠遊。予高馳兮雨濡蓋，予揭淺兮水漸珮；横四方兮未極，泥盎盎兮予車以敗。望夫君兮天東南，江復山兮斯路巉；恍欲遇兮忽不見，奄晝晦兮雲曇曇。前馬兮無路，税駕兮無所；誰與共兮芳馨，獨蒼茫兮愁苦。

愍遊

君胡爲兮遠遊？蹇行迷兮路阻脩。朝予濟兮滄海，靈胥怒兮蛟蹀舟；暮予略兮太行，車墮輻兮駿決。攀援怪蔓兮一息，雷晝鬬兮山裂。四無人兮又風雨，靈幽幽兮爲予愁絶。君胡爲兮遠道？委玉躬兮荒草。與魑魅兮争光，與虎兕兮群嗥。君之居兮社木蒼然，衡門之下兮可以休老。歸來兮婆娑，芳滿堂兮僊歌；奉君子兮眉壽，光風蕩兮酒生波。雲日兮同社，月星兮偕夜。千秋兮歲華，弭予蓋兮紲予馬。悲莫悲兮天涯，樂莫樂兮還家。

交難

美一人兮巖之扃，珮璧月兮間珠星；歲既單兮不圭幣，路巉絶兮遠莫致。稼石田兮長飢，誰與此兮蓺之；藉予玉兮雙穀，先予絺兮五兩。不萬一兮當此，託長風兮寄想；長風兮無旁，吾媒乏兮鳳凰。謂蘋若兮蒿艾，鳳告予兮以不祥；恐青女兮行秋，奄銷歇兮衆芳。搴芳華兮玉蕤，將以遺兮所思；玉蕤兮霜露，所思兮未知。

將歸[二]

輿不濟兮中河，日欲暮兮情多；子蘭橈兮蕙棹，願因子兮淩波。胥罾兮以漁，周落兮以驅；驪龍兮飛度，郊之麟兮去汝。波河瀆兮迷塗，黄流怒兮不可以桴；目八極兮悵望，獨顧懷兮此都。御右兮告病，鑾鈴兮靡騁；河之水兮洋洋，不濟此兮有命。

【校記】

[一] 晼晚：活字本、董鈔本作「婉娩」，叢書堂本作「婉晚」。

[二] 將歸：原作「歸將」，活字本、叢書堂本、董鈔本、黄震黄氏日鈔卷六十七均作「將歸」，今據諸本改。

【題解】

以上四首作年無考。此仿楚辭而作，似爲早年讀書崑山時之作。

石湖詞

滿江紅　冬至

寒谷春生，薰叶氣、玉筩吹穀〔一〕。新陽後，便占新歲，吉雲清穆〔二〕。休把心情關藥裏，但逢節序添詩軸〔三〕。笑强顔、風物豈非癡，終非俗。　清晝永，佳眠熟。門外事，何時足？且團圞同社，笑歌相屬。著意調停雲露釀〔四〕，從頭檢舉梅花曲〔五〕。縱不能、將醉作生涯，休拘束。

【題解】

本詞作年難以確考。從「且團圞同社，笑歌相屬」二句看，大約作於昆山入詩社時。石湖於紹興十四年（一一四四）起，讀書於昆山薦嚴資福禪寺，後兩年，邑中士人組織詩社，經樂備介紹，石湖入社。陳三聘，字夢弼，吴郡人，嘗和范成大詞一百餘首，編爲和石湖詞一卷。陳三聘和石湖詞跋（彊村叢書本和石湖詞）：「大參相公望重百僚，名滿四海，有志之士□願見而不可得者也。一日，客懷詩詞數十篇相示曰：此大參范公近所作也。三聘正容斂衽登受，謝客曰：夫珍奇之觀，得一而足，況坐群玉之府，心目爲之洞駭，足之至者，止於此乎。客之賜厚無以加。既去，披吟累日，輒以蕪言屬韻，可笑其不自量矣。然使三聘獲登龍門，賓客之後塵，與聞黄鐘大吕之重，平時之願，至足於此，則今日狂率之意，無乃自爲他時之地哉！至於良玉武夫，雜然前陳，兹固不免于罪戾，尚可追耶？東吴陳三聘夢弼謹書。」陳三聘和詞（調題同前）云：「薄日輕雲，天氣好，相將祈穀。民情喜，頌聲洋溢，清風斯穆。飲酒不多元有量，吟詩無數添新軸。對故人，一笑我真愚，君無俗。斜川路，經行熟。黄花在，歸心足。問淵明去後，有誰能屬。神武衣冠驚夢裏，江湖漁釣論心曲。但從今，散髮更披襟，誰能束。」

【箋注】

〔一〕「寒谷」三句：歐陽詢藝文類聚卷五「律」：「劉向別録曰：鄒子在燕，燕有寒谷，地美而寒，不生五穀。鄒子居之，吹律而温氣至，今名黍谷。」又，卷九「谷」：「劉向別録曰：『方士傳云，鄒衍在燕，燕有谷，地美而寒，不生五穀。鄒子居之，吹律而温氣至，而穀生，今名黍谷。』」玉筩，即玉筒，吕氏春秋古樂：「昔黄帝令伶倫作爲律……次制十二筒。」注：「六律六吕各有管，故曰十二筒。」玉筒，即玉製之十二管，亦作「玉琯」。

〔二〕「新陽」三句：新陽，文選謝靈運登池上樓：「初景革緒風，新陽改故陰。」李善注：「神農本草曰：『春夏爲陽，秋冬爲陰。』」歐陽詢藝文類聚卷三歲時上冬：「五經通義曰：『冬至陽氣萌，陰陽交精，始成萬物。』」占新歲，古人冬至日有觀雲占歲的習俗。歐陽詢藝文類聚卷三歲時上冬：「易緯通卦驗曰：『冬至之日，見雲送迎，從下鄉來，歲美，民人和，不疾疫。無雲送迎，德薄，歲惡。故其雲赤者旱，黑者水，白者爲兵，黃者有土功，諸從日氣送迎，此具傚也。』」

〔三〕詩軸：唐宋詩人寫詩於卷軸，故云。杜牧許七侍御棄官東歸瀟灑江南頗聞自適高秋企望題詩寄贈十韻：「錦肆開詩軸，青囊結道書。」

〔四〕雲露釀：美酒，參見本書卷二六雲露詩序。

〔五〕梅花曲：即梅花落，漢樂府橫吹曲名，樂府詩集橫吹曲辭四梅花落郭茂倩題解：「梅花落本笛中曲也。按唐大角曲，亦有大單于、小單于、大梅花、小梅花等曲，今其聲猶有存者。」

又

始生之日，丘宗卿使君攜具來爲壽，坐中賦詞，次韻謝之㊀。

竹裏行廚〔一〕，來問訊、諸侯賓老〔二〕。春滿座、彈絲未遍〔三〕，揮毫先了。雲避仁風收雨脚〔四〕，日隨和氣薰林表。向罇前、來訪白髯翁，衰何早？　志千里，功名兆。光萬丈，文章耀。洗冰壺胸次〔五〕，月秋霜曉。應念一堂塵網暗〔六〕，故將百和香雲繞〔七〕。算賞心、情話古來多㊁，如今少。

【校記】

㈠題序：原無。朱孝臧石湖詞校記（彊村叢書石湖詞後）：「愛日精廬藏書志云：滿江紅第二闋脱『始生之日，丘宗卿使君攜具來爲壽，坐中賦詞，次韻謝之』二十二字。按宗卿滿江紅壽石湖詞正用其韻。」又，石湖詞校記二，朱孝臧題云：「松江韓氏讀有用齋藏毛子晉鈔本石湖詞曹君直校，舉若干條取其可從者，記而刊之，孝臧。」曹君直校云：「毛鈔題同愛日精廬藏書志。」全宋詞第一六二一頁從之。今據朱校、毛鈔曹校、全宋詞補。

㈡情話：毛鈔曹校作「清話」。

【題解】

本詞作於淳熙十二年（一一八五）。丘崈原唱今已不存。石湖作本詞後，丘崈又有和作，滿江紅和范石湖：「十載重游，愧好在、吳中父老。官事裹，突然癡絶，竟何曾了。賴有平生知己地，全勝末路依劉表。竟此身、還復雁門踦，寧論早。　蓬仙語，開朕兆。郇翰灑，增榮耀。倚先聲風動，瞭然家曉。翹館每煩塵想□，賓筵更著紅妝繞。算從前、得此慰初心，於人少。」胡長文見此詞後，和其韻，丘崈再用韻謝之。丘崈滿江紅余以詞爲石湖壽胡長文見和復用韻謝之：「冠蓋吳中，羨來往、風流二老。談笑處、清風滿座，倡酬不了。琪樹相鮮崑閬裏，玉山高竝雲煙表。歎□時、頓有古來無，功名早。　膺帝眷，符夢兆；爲國鎮，騰光耀。更寧容秀野，醉眠清曉。麟組已聯方面重，衮衣行接天香繞。許畸人、巾履奉英遊，榮多少！」附陳三聘和作（詞調與石湖詞同）：「天豈無情，天若道，有情亦老。功名事，問天因甚，蒙人不了。好伴雲烟耕谷口，休將翰墨傳江表。算鬢邊，能得幾春風，驚秋早。陶令尹，張京兆。懷舒嘯，貪榮耀。盡南柯一夢，漏殘鐘曉。滕閣暮霞孤鶩舉，庾樓明月烏飛繞。念老來，於此興無窮，知音少。」

【箋注】

〔一〕竹裏行廚：語出杜甫嚴公仲夏枉駕草堂兼攜酒饌詩云：「竹裏行廚洗玉盤，花邊立馬簇金鞍。」行廚，古人外出時隨身攜帶的酒饌和食具，馮贄雲仙雜記卷一〇引葛洪傳：「左慈明六甲，能役鬼神，坐致行廚。」

〔二〕諸侯賓老：杜甫醉爲馬墜諸公攜酒相看：「甫也諸侯老賓客。」

〔三〕彈絲：彈奏琴瑟等絃樂器。江總寓樂脩堂應令：「彈絲命琴瑟，吹竹動笙簧。」

〔四〕仁風：古代稱頌地方長官之用詞，晉書袁宏傳：「輒當奉揚仁風，慰彼黎庶。」

〔五〕冰壺胸次：喻胸懷清朗。鮑照代白頭吟：「清如玉壺冰。」王昌齡芙蓉樓送辛漸：「洛陽親友如相問，一片冰心在玉壺。」姚崇冰壺賦序：「冰壺者，清潔之至也，君子對之，示不忘乎清也。」

〔六〕塵網：謂人在世間受到種種束縛，如魚在網，故稱塵網。陶潛歸園田居之一：「誤落塵網中，一去三十年。」

〔七〕百和香：多種香料配製的香，漢武帝内傳：「至七月七日，乃修除宫掖之内。……燔百和之香，張雲錦之帳。」

又　雨後攜家遊西湖，荷花盛開。

柳外輕雷，催幾陣、雨絲飛急〔一〕。雷雨過，半川荷氣，粉融香浥。弄蕊攀條春一笑，從教水濺羅衣濕。打梁州、簫鼓浪花中，跳魚立〔二〕。　山倒影，雲千疊。橫浩蕩，舟如葉。有采菱清些〔三〕，桃根雙檝〔四〕。忘却天涯漂泊地，尊前不放閒愁入。任碧筩、十丈卷金波，長鯨吸〔五〕。

【題解】

本詞作於淳熙元年（一一七四），時在桂林廣西帥任上。孔凡禮范成大年譜淳熙元年甲午：「夏，數游西湖。西湖乃桂林勝概。石湖詞滿江紅原注謂：『雨後攜家游西湖，荷花盛開。』鷓鴣天云：『蕩漾西湖採緑蘋。』」又，卷一四六月十五日夜泛西湖風月溫麗，亦爲本年事。陳三聘和詞：「紺縠浮空，山擁髻、晚來風急。吹驟雨、藕花千柄，艷妝新浥。窺鑑粉光猶有淚，淩波羅襪何曾濕。訝漢宮、朝罷玉皇歸，凝情立。　尊前恨，歌三疊。身外事，輕飛葉。悵當年空擊，誓江孤檝。雲色遠連平野盡，夕陽偏傍疏林入。看月明，冷浸碧琉璃，君須吸。」

【箋注】

〔一〕「柳外輕雷」三句：歐陽修臨江仙：「柳外輕雷池上雨，雨聲滴碎荷聲。」石湖詞自此翻出。

〔二〕「打梁州」三句：梁州，大曲名，亦作涼州。元稹連昌宫詞：「逡巡大遍梁州徹，色色龜茲轟陸續。」李益夜上西城聽梁州曲：「行人夜上西城宿，聽唱梁州雙管逐。」跳魚立，蘇軾永遇樂：「曲港跳魚，圓荷瀉露。」魚因鼓樂聲受驚動而跳出水面，巧用列子湯問：「瓠巴鼓琴而鳥舞魚躍。」李賀李憑箜篌引：「老魚跳波瘦蛟舞。」卷一四六月十五日夜泛西湖風月温麗：「棹夫三弄笛，跳魚翻素光。」

〔三〕采菱清些：采菱，曲名，古今樂録：「梁天監十一年冬，武帝改西曲製江南上雲樂十四曲，江南弄七曲……五曰采菱曲。」些，語尾詞。

〔四〕桃根雙檝：古今樂録：「晉王獻之愛妾名桃葉，其妹曰桃根，獻之嘗臨渡歌以送之。」此喻家中女眷鼓雙檝遊西湖。

〔五〕「任碧筩」三句：碧筩，用荷葉製成的酒杯。蘇軾泛舟城南會者五人分韻賦詩得人皆苦炎字四首：「碧筩時作象鼻彎，白酒微帶荷心苦。」王注引張君房脞説：「歷城北有使君林，魏正始中，鄭公慤於三伏之際，率賓僚避暑於此，取大荷葉盛酒，以簪刺令與柄通，屈莖上輪囷如象鼻，傳噏之，名爲碧筩。歷下皆效之云酒味雜蓮氣，香冷勝於他酎。」金波，酒名，朱弁曲洧舊聞卷七：「（張次賢）嘗記天下酒名，今著於此：后妃家……河間府金波，又玉醞。」長鯨吸，語出杜甫飲中八仙歌：「左相日興費百錢，飲如長鯨吸百川。」

又

罨畫溪山，行欲遍、風蒲還舉〔一〕。天漸遠，水雲初静，柁樓人語。月色波光看不定，玉虹横卧金鱗舞〔二〕。算五湖、今夜只扁舟，追千古。懷往事，漁樵侶。曾共醉，松江渚。算一作只今年依舊，一杯滄浦。宇宙此身元是客，不須悵望家何許。但中秋、時節好溪山，皆吾土〔三〕。

【題解】

本詞作於乾道三年（一一六七），時奉祠在家。孔凡禮范成大年譜乾道三年譜文云：「八月，赴溧陽，過宜興，送王葆之柩赴崑山下葬。中秋，與周必大泛舟罨畫溪，賦滿江紅，旋歸。」詩集卷三四桂林中秋賦：「丁亥，又以薄遽走陽羨，與周子充遇于罨畫溪上。」吴船録卷下：「（八月）壬午……亥年，汎陽羨罨畫溪。」亥年，即丁亥年。本詞即作於其時。陽羨，即宜興。罨畫溪，宜興一處勝景。陳三聘有和詞云：「斜日鎔金，三萬頃，棹歌齊舉。風不動，采蘋雙槳，翠鬟相語。月殿欲浮蟾兔魄，海神不放魚龍舞。到今宵，秋氣十分清，無今古。君試喚，扁舟侶。來伴我，瀟湘渚。共夷猶春浪，笑歌秋浦。霸越獨高身退後，塵纓未濯人誰許。歎酒杯，不到子陵臺，劉伶土。」

【箋注】

〔一〕風蒲還舉：周邦彦蘇幕遮燎沉香：「葉上初陽乾宿雨，水面清圓，一一風荷舉。」

〔二〕玉虹：形容橋梁。蘇轍次韻道潛南康見寄：「請君先入開先寺，待濯清溪看玉虹。」

〔三〕吾土：語出王粲登樓賦：「雖信美而非吾土兮，曾何足以少留。」石湖反其意而用之。

千秋歲 重到桃花塢

北城南埭〔一〕，玉水方流匯。青樾裏，紅塵外。萬桃春不老，雙竹寒相對。回首處，滿城明月曾同載。分散西園蓋〔二〕，消減東陽帶〔三〕。人事改，花源在〔四〕。神仙雖可學，功行無過醉。新酒好，就船況有魚堪買。

【題解】

本詞作年難以確考。葺古桃花塢，應在營范村之後，故知本詞約作於石湖晚年。周必大神道碑：「其北，又葺古桃花塢，往來其（范村）間。」石湖閶門初泛二十四韻小序云：「淳熙丙午重九後十日，家人輩以余久病，適新修小舫，勸扶頭一出，以禊祓屯滯。遂至北城檢校桃花塢，出關傍漕河望楓橋、橫塘，中路而還，故有即事詠景唐律之作」。詩云：「桃塢論今昔，楓橋管送迎。」據徐大焯燼餘録記載，宋時桃花塢範圍極大，「入閶門河而東，循能仁寺、章家河而北，過石塘橋出齊門，古稱桃花河，河西北，皆桃塢地。」舊有章楶别墅。陳三聘有和詞，云：「當年漁隱，路轉桃溪匯。流水下，青山外。客行花徑曲，月上松門對。撑艇子，雪中蓑笠親曾載。老去誰傾蓋，腰瘦頻移帶。人健否，花仍在。明年春更好，來向花前醉。青鬢改，恁時難拚千金買。」

【箋注】

〔一〕北城南埭：北城，桃花塢在蘇州城北，故云。

〔二〕西園蓋：語出曹植公宴詩：「清夜游西園，飛蓋相追隨。」

〔三〕「消減」句：用沈約故事。東陽，指沈約，他曾任東陽太守。沈約與徐勉書：「百日數旬，革帶常應移孔，以手握臂，率計月小半分。」杜甫傷秋：「懶慢頭時櫛，艱難帶減圍。」辛棄疾木蘭花慢席上送張仲固帥興元：「不堪帶減腰圍。」均用此典。故陳三聘和詞云：「腰瘦頻移帶。」

〔四〕花源：即桃花源，陶潛有桃花源記，石湖借指桃花塢。

浣溪沙　燭下海棠

傾坐東風百媚生〔一〕，萬紅無語笑逢迎〔二〕，照妝醒睡蠟煙輕〔三〕。　采蝀横斜春不夜〔四〕，絳霞濃淡月微明，夢中重到錦官城〔五〕。

【校記】

㈠ 錦官城：原作「錦宮城」，今據彊邨叢書本、全宋詞改。

【題解】

本詞作於淳熙三年（一一七六），時在成都蜀帥任上。于北山范成大年譜淳熙三年譜文云：「宴賞海棠，乃蜀帥相沿侈靡之風，石湖樂此，屢有詩詞，陸游亦賦詩，京鏜有次韻。」石湖別有醉落魄海棠、錦亭然燭觀海棠（卷一七）亦作於此時。陳三聘和詞：「酒力先從臉暈生，粉妝新麗笑相迎。曉寒高護彩雲輕。不語似愁春力淺。有情應恨燭花明。更於何處覓傾城。」

【箋注】

〔一〕百媚生：白居易長恨歌：「回眸一笑百媚生，六宮粉黛無顔色。」白詩咏楊貴妃，范詞咏牡丹，乃以美人喻花。

〔二〕「萬紅」句：此言衆牡丹花開，笑迎游客。

〔三〕照妝：用蘇軾海棠詩「只恐夜深花睡去，故燒高燭照紅妝」詩意。

〔四〕采蝀：形容燭下海棠艷麗。蝀，虹的别稱，石湖攜家石湖賞拒霜詩有「水上晴雲彩蝀」。

〔五〕「夢中」句：杜甫春夜喜雨：「曉看紅濕處，花重錦官城。」石湖在成都時常觀賞海棠，回憶往事，如在夢中。

又

催下珠簾護綺叢，花枝紅裏燭枝紅㊀〔一〕，燭光花影夜葱蘢。　錦地繡天香霧裏〔二〕，珠星璧月綵雲中〔三〕，人間別有幾春風。

【校記】

㊀裏：原作「裹」，今據彊邨叢書本、全宋詞改。

【題解】

本詞作於紹熙三年，參見上首題解。陳三聘和詞云：「翠幕遮籠錦一叢。尊前初見淺深紅。淡雲和月影葱蘢。　醉態只疑春睡裏，啼妝愁聽雨聲中。更燒銀燭醉東風。」

【箋注】

〔一〕燭枝：古人用量詞「枝」稱燈燭，梁簡文帝蕭綱應令詩：「窗斜八綺，燈懸百枝。」李賀秦王飲酒：「仙人燭樹蠟烟輕。」王琦解：「其曰樹者，猶枝也，記燭之數曰幾枝，古今通用此稱。」

〔二〕「錦地」句：元稹早入永壽寺看牡丹：「壓砌錦地鋪，當霞日輪映。」李賀秦宮詩：「帳底吹笙香霧濃。」

〔三〕珠星璧月：宋史卷四七二蔡攸傳：「帝留意於道家者說，攸獨倡爲異聞，謂有珠星璧月、跨鳳乘龍、天書雲篆之符，與方士林靈素之徒爭證神變事。」

又 新安驛席上留别

送盡殘春更出游，風前蹤跡似沙鷗〔一〕，淺斟低唱小淹留。 月見西樓清夜醉，雨添南浦綠波愁〔二〕，有人無計戀行舟。

【題解】

本詞作於紹興二十九年（一一五九），時任新安掾。于北山范成大年譜紹興二十九年譜文云：「春季，在新安户曹任。公出嚴、杭道中。」孔凡禮范成大年譜本年譜文亦載：「春晚，沿檄嚴、杭道中。」本詞即作於巡檄初離徽州時，驛中留别同僚。陳三聘有和詞云：「不怕春寒更出游。蘭橈飛動却驚鷗。烟光佳處輒遲留。 屏曲未曾歌醉夢，眉尖空只鎖閑愁，從教絲柳絆行舟。」

【箋注】

〔一〕「風前」句：用杜甫旅夜書懷「飄飄何所似，天地一沙鷗」詩意。

〔二〕南浦：多指送别之地，江淹别賦：「送君南浦，傷如之何！」

又

歙浦錢塘一水通，閒雲如幕碧重重，吴山應在碧雲東。　無力海棠風淡蕩，半眠官柳日葱蘢〔一〕，眼前春色爲誰濃？

【校記】

〔一〕官：原作「宫」，據彊邨叢書本、全宋詞改。

【題解】

本詞作於紹興三十一年。吴熊和唐宋詞彙評繫本詞於紹興二十九年，謂在石湖任徽州司户參軍沿檄嚴、杭道時作，非是。于北山范成大年譜於紹興三十年譜文云：「吴儆作送范石湖序。」並附以浣溪沙詞，亦不當。石湖於紹興三十年歲末，徽州司户參軍秩滿去任，即返鄉里，此時同僚送行，吴儆作送范石湖序：「吴郡范至能爲户漕新安六年，州三易守。始安撫李公，剛毅有大度，爲郡以嚴稱，人視之肅然者也。李公既還，繼以檢詳潘公，仁厚樂易號長者，然謹繩墨，不可撓以非法。最後秘書洪公，有文章，名最高，又方以政事稱一時。三公所趣不同，而至能事之，輒見引重。同時幕府屬邑之吏，皆推其能，莫與抗。老奸吏視新進士如兒女子，侮慢且持之者，皆縛手屏進，不敢弄以事。至能之才，用之天下，不患不及，仕不患不達。然僕聞之，才者德之病也，名者身之灾也。莊子有言曰：『虎豹之文來畋，執斄之狗來藉。』近世功名福禄如韓魏公，亦鮮儷矣。其言有曰：『用則可以成功，不用則可以免禍者，其惟晦乎！』至能，文正公之族孫，將世其家者，可無重乎！」至翌年春，石湖赴臨安，賦浣溪沙詞，詞意點明地在杭，「錢塘」、「吴山」；時在春，「海棠」、「官柳」。吴儆於其時作和詞浣溪沙（載竹洲集卷二〇）：「簾額風微紫燕通，樓頭柳暗碧雲重，玉人争勸玉西東。醉擁雕鞍金蹀躞，夜歸花院玉葱蘢，歸心何事與山濃！」全宋詞於石湖詞後案云：「此首又見吴儆竹洲詞。」誤。鮑本注：「此闋或刻入吴儆竹洲詞，誤。」陳三聘有和詞，云：「越浦潮來信息通。吴山不見暮雲重。人生何事各西東。烟外好花紅淺淡，雨餘芳草緑葱蘢。苦無歡意敵春濃。」

【箋注】

〔一〕半眠官柳：形容柳樹倚斜之貌。李賀沙路曲：「柳臉半眠丞相樹。」王琦注云：「半眠者，樹倚斜也。三輔故事：漢苑中有柳，狀如人形，曰人柳，一日三眠三起。」

又

元夕後三日，王文明席上。

寶髻雙雙出綺叢，妝光梅影各春風，收燈時候却相逢〔一〕。魚子牋中詞婉轉〔二〕，龍香撥上語玲瓏〔三〕，明朝車馬莫西東。

【題解】

本詞作年無考。王文明，石湖友人，生平未詳。陳三聘有和詞云：「點檢尊前花柳叢。於中偏占牡丹風。等閒言語慣迎逢。　扇影不摇珠的皪，釵梁斜彈玉玲瓏。夢魂長向楚江東。」

【箋注】

〔一〕收燈時候：即收燈時節，蔡絛鐵圍山叢談卷一：「上元張燈，天下止三日，都邑舊亦然。後都邑獨五夜，相傳謂吴越錢王來朝，進錢若干，買此兩夜，因爲故事。非也。蓋乾德間蜀孟氏初降，正當五年之春正月，太祖以年豐時平，使士民縱樂，詔開封增兩夜，自是始。」孟元老東京夢華録卷六「十六日」條云：「至十九日收燈，五夜城闉不禁。」

〔二〕魚子牋：李肇唐國史補卷下：「紙則有越之剡藤、苔箋，蜀之麻面、屑末、滑石、金花、長麻、魚子十色箋。」

〔三〕龍香撥：撥，捍撥，彈奏琵琶撥動琴絃的工具。白居易琵琶行：「曲終收撥當心畫」，「沉吟放撥插絃中」。因製作材質不同，又有金捍撥、龍香撥之别。鄭嵎津陽門詩：「玉奴琵琶龍香撥。」蘇軾宋叔達家聽琵琶：「數絃已品龍香撥，半面猶遮鳳尾槽。」鄭處晦明皇雜録載楊貴妃使用之琵琶，以龍香板爲撥。

又

紅錦障泥杏葉韉〔一〕，解鞍呼渡憶當年，馬驕不肯上航船。　茅店竹籬開蓆市㊀，絳裙青袂斸薑田，臨平風物故依然〔二〕。

【校記】

㊀ 蓆市：歷代詩餘作「蔗市」。

【題解】

本詞作年難以確考。陳三聘有和詞云：「不躍銀鞍與繡韉。曲笻芒蹻見衰年。尋幽來立渡頭船。　碧澗芹羹珍下筯，紅蓮香飯樂歸田。不妨尊酒興悠然。」

【箋注】

〔一〕紅錦障泥：簡文帝繫馬：「未垂青韉尾，猶挂紫障泥。」馬韉下垂馬腹兩旁，以障泥土，故云。李商隱隋宮：「春風舉國裁宮錦，半作障泥半作帆。」杏葉韉：錢惟演公子：「歌翻南國桃根曲，馬過章臺杏葉韉。」

〔二〕臨平：鎮名，王存元豐九域志卷五兩浙路杭州有仁和縣臨平鎮。

又

白玉堂前緑綺疏〔一〕，燭殘歌罷困相扶，問人春思肯濃無？　夢裏粉香浮枕簟，覺來煙月滿琴書，箇儂情分更何如〔二〕？

【題解】

本詞作年難以確考。陳三聘有和詞云：「簾押低垂月影疏，梅枝和雪玉香扶，兒家春信入來無。半墜寶釵慵覽鏡，任偏羅髻却拈書，琴心誰與問相如。」

【箋注】

〔一〕「白玉堂」句：白玉堂，古樂府：「黄金爲君門，白玉爲君堂。」綺疏，即綺窗，陸雲登臺城賦：「綺疏列於東序，朱户立乎西廂。」

〔二〕箇儂：猶言此人。韓偓贈漁者：「箇儂居處近誅茅，枳棘籬兼用荻梢。」

朝中措　丙午立春大雪，是歲十二月九日丑時立春。

東風半夜度關山，和雪到闌干。怪見梅梢未暖，情知柳眼猶寒〔一〕。　青絲菜甲〔二〕，銀泥餅餌，隨分杯盤〔三〕。已把宜春縷勝〔四〕，更將長命題旛〔五〕。

【題解】

本詞作於淳熙十三年（一一八六），時在家養病。孔凡禮范成大年譜淳熙十三年譜文云：「石湖詞中，自注年歲最晚之作，乃朝中措第一首，該首原注云：『丙午立春大雪，是歲十二月九日丑時立春。』」陳三聘和云：「朝來和氣滿西山。拄頰小闌干。柳色野塘幽興，梅花紙帳輕寒。三杯淡酒，玉腴蔬嫩，青縷堆盤。細寫池塘詩夢，玉人剪做春旛。」

【箋注】

〔一〕「情知」句：情知，明明知道。劉餗隋唐嘉話卷中：「你情知此漢獰，何須犯他百姓？」柳眼，初生柳葉，細長如眼。元稹生春：「何處生春早，春生柳眼中。」

〔二〕青絲菜甲：青絲，細切菜葉如絲。杜甫立春詩：「春日春盤細生菜」，「菜傳纖手送青絲」。菜甲：菜初生的葉芽。杜甫有客：「自鋤稀菜甲，小摘爲情親。」

〔三〕隨分：隨意。張相詩詞曲語辭匯釋卷四：「隨分（一），猶云隨便也，含有隨遇、隨處、隨意各義。朱敦儒臨江仙詞：『隨分盤筵供笑語。』」此即含隨意義。

〔四〕「已把」句：吴俗立春日於采勝上剪貼「宜春」二字，宗懔荆楚歲時記：「立春日，悉剪綵爲燕戴之。」「又造華勝以相遺。」「立春日，貼『宜春』二字於門。」袁景瀾吴郡歲華紀麗卷一「綵勝春幡」條云：「今吴俗綵勝，多雜綴於像生花朵中，或剪綵羢、或紮通草爲之，閨中簪於髻鬢以助粧飾。賀方回詞云：『巧剪合歡羅勝子，釵頭春意翩翩。』」

〔五〕「更將」句：范成大代兒童作立春貼門詩三首其一：「剪綵宜春勝，泥金祝壽幡。」「長命題旛」即是「祝壽幡」。

又

身閒身健是生涯，何況好年華。看了十分秋月，重陽更插黄花〔一〕。　消磨景物，瓦盆社釀〔二〕，石鼎山茶〔三〕。飽喫紅蓮香飯〔四〕，儂家便是仙家。

【題解】

本詞作年莫考。陳三聘有和詞，云：「求田何處是生涯，雙鬢已先華。隨分夏凉冬暖，賞心秋月春花。　吾年如此，愁來問酒，困後呼茶。結社竹林詩老，卜鄰江上漁家。」

【箋注】

〔一〕插黄花：黄花，即菊花。重陽日，吴人插茱萸於鬢，也插黄花。顧禄清嘉録卷九「登高」條引江、震志：「九日，登高燕飲者，必簪菊泛萸。」

〔二〕瓦盆社釀：用瓦盆盛裝社日釀成之酒。杜甫少年行：「莫笑田家老瓦盆，自從盛酒長兒孫。」

〔三〕石鼎山茶：韓愈有石鼎聯句詩序，記軒轅彌明、劉師服、侯喜聯句，起兩句劉師服題：「巧匠斲山骨，刳中事煎烹。」陳時中碧瀾堂賦：「汲石鼎以烹茶，則泉潔而茶香。」

〔四〕紅蓮香飯：陸龜蒙别墅懷歸：「遥爲晚花吟白菊，近炊香稻識紅蓮。」范成大吴郡志卷三〇「土物」云：「紅蓮稻，自古有之。陸龜蒙别墅懷歸詩云：『略』則唐人已貴此米。中間絶不種。二十年來，農家始復種，米粒肥而香。」

又

繫船沽酒碧帘坊〔一〕，酒滿勝鵝黄〔二〕。醉後西園入夢，東風柳色花香。　水浮天處，夕陽如錦，恰似鱸鄉〔三〕。中有憶人雙淚，幾時流到横塘〔四〕？

【題解】

本詞作年莫考。陳三聘有和詞，云：「去年曾醉杏花坊，柳色間輕黄。重覓舊時行迹，春風滿路梅香。　平沙岸草，夫差故國，知是吾鄉。夢斷數聲柔艣，只應已過横塘。」

【箋注】

〔一〕碧帘坊：掛着碧帘的酒坊。碧帘，猶青帘，酒家挂之以爲標識，俗稱酒旗。杜牧江南春絶句：「水村山廓酒旗風。」陸龜蒙懷宛陵舊遊：「酒旗風影落春流。」

〔二〕鵝黄：陸游游寒洲西湖：「歎息風流今未泯，兩川名醖避鵝黄。」自注：「鵝黄，漢中酒名，蜀中無能及者。」

〔三〕鱸鄉：吴江盛産鱸魚，素有鱸鄉之名，陳堯佐秋日泊吴江：「扁舟繫岸不忍去，秋風斜日鱸魚鄉。」知縣林肇建鱸鄉亭，在長橋南，題詩頃過松陵讀陳丞相留題詩有秋風斜雨鱸魚鄉之句去秋作亭江上取鱸鄉二字爲名。

〔四〕横塘：古代詩詞中「横塘」一名甚多，各地多有，如崔顥詩寫金陵之横塘，陸游詩寫山陰之横塘，本詞專指蘇州盤門外之横塘。龔明之中吴紀聞卷三：「（賀鑄）有小築在盤門之南十餘里，地名横塘，方回往來其間。」

又

海棠如雪殿春餘，禽弄晚晴初〔一〕。倦客長惭杜宇〔二〕，佳辰且醉提壺〔三〕。　逍遥放浪，還他漁子，輸與樵夫。一棹何時歸去，扁舟終要江湖。

【校記】

〔一〕弄：彊邨叢書本作「哢」。

【題解】

本詞作年莫考，從下闋詞意看，當爲遊宦外地時作。陳三聘有和詞，云：「草堂春過一分餘，幽事酒醒初。琴調細鳴焦木，矢聲不斷銅壺。　關心藥裹，忘年蓑笠，自著潛夫。雨後長鑱東麓，月明短艇西湖。」

【箋注】

〔一〕「倦客」句：杜宇啼聲似「不如歸去」，故倦遊之客慚聽其聲。柳永安公子：「聽杜宇聲聲，勸人不如歸去。」

〔二〕「佳辰」句：提壺，鳥名。黄庭堅演雅：「提壺猶能勸沽酒。」任淵注：「提壺，鳥名。梅聖俞四禽言云：『提壺蘆，沽美酒。風爲賓，樹爲友。山花撩亂目前開，勸爾今朝千萬壽。』」王禹偁初入山聞提壺鳥：「遷客由來長合醉，不煩幽鳥道提壺。」

又

天容雲意寫秋光，木葉半青黄。珍重西風袪暑，輕衫早怯秋涼。　故人情分，留連病客，孤負清觴〔一〕。陌上千愁易散，尊前一笑難忘。

【題解】

本詞作年莫考。陳三聘有和詞，云：「秋山横截半湖光，湖渚橘枝黄。紈扇罷摇蟾影，練衣已怯風凉。　插紅裂蟹，銀絲鱠鯽，莫負傳觴。醉裏乾坤廣大，人間寵辱兼忘。」

【箋注】

〔一〕孤負清觴：孤負，亦作「辜負」，石湖集中，二字互用。按宋人考證，後人習用之「辜負」一語，原作「孤負」，當以「孤負」爲是，見黄朝英靖康緗素雜記卷二「孤負」條。清觴，語見周邦彦風流子：「未歌先咽，愁近清觴。」

蝶戀花

春漲一篙添水面，芳草鵝兒，緑滿微風岸〔一〕。畫舫夷猶灣百轉，横塘塔近依前遠。　江國多寒農事晚，村北村南，穀雨纔耕遍〔二〕。秀麥連崗桑葉賤〔三〕，看看嘗麵收新繭〔四〕。

【題解】

本詞作於淳熙十四年春。本年春，范成大邀約陳造至石湖賞梅，見卷二八丁未春日瓶中梅殊未開二首。陳造有次韻石湖居士瓶中早梅二首，詩尾自注：「翁約相過。」（詩載永樂大典卷二八〇八）後又同游石湖，石湖賦蝶戀花，命陳造次韻，陳作蝶戀花范參政游石湖命次韻：「山立翠屏開幾面，畫舸經行，蒲茸□□岸。想過溪門帆影轉，湖光忽作浮天遠。　詩卷來時春晼晚，愁把釣游，佳處尋思遍。不許冷官人所賤，拘纏自嘆冰蠶繭。」陳三聘有和詞，云：「閶闔城西山四面，鴨綠鱗鱗，輕拍横塘岸。一陣東風羊角轉，望中已覺孤帆遠。　獨恨尋芳來較晚，柘老桑稠，農務村村遍。山鳥勸酤官酒賤，炊烟深巷聽繰繭。」

【箋注】

〔一〕「春漲」三句：春漲一篙，温庭筠洞户二十二韻：「池漲一篙深。」「緑滿微風岸」，杜甫旅夜書懷：「細草微風岸。」

〔二〕穀雨纔耕遍：指穀雨後播種插秧。吴下田家志：「諺云：清明斷雪，穀雨斷霜。霜斷則可播種，故浸種以穀雨爲候。」袁景瀾吴郡歲華紀麗卷四「浸種」條引李蘭卿江南催耕課稻篇云：「穀雨前插秧，此齊民要術穀雨種稻法也。」

〔三〕「秀麥」句：語出王維渭川田家：「雉雊麥苗秀，蠶眠桑葉稀。」

〔四〕「看看」句：看看，轉眼。張相詩詞曲語詞匯釋卷六：「看看，估量時間之辭，有轉眼義，有當前義。」范成大蝶戀花詞：『秀麥連岡桑葉賤，看看嘗麵收新繭。』此亦轉眼意。」嘗麵收新繭，表示麥熟和蠶桑熟，是農家喜事。袁景瀾吴郡歲華紀麗卷四「小滿動三車」條引震澤志：

「夏初摘菜薹爲蔬，春菜子爲油，磨麵穗爲麵，雜以蠶豆，名曰春熟。」又「賣新絲」條云：「鳥唤紫山，蠶初登箔，白繭蓓蘽，叢簇高下。惟時，鄰翁稱慶，蠶婦相邀，撾鼓賽神，繅車鳴雨，花籬人語，柳户風香，景物清和，絲搏白雪，各攜至城中郡廟前賣之。」黄畬用開元天寶遺事之「麵繭」條作注，欠當。

南柯子㈠

槁項詩餘瘦〔一〕，愁腸酒後柔〔二〕。晚涼團扇欲知秋，卧看明河銀影、界天流。鶴警人初静〔三〕，蟲吟夜更幽。佳辰祇合算花籌〔四〕，除了一天風月、更何求？

【校記】

㈠ 調名：歷代詩餘作「南歌子」。按，南歌子，又作南柯子。萬樹詞律卷一：「南歌子，二十三字，歌又作柯。」「又一體，雙調，五十二字，又名望秦川、風蝶令。……此比唐詞加後一疊，宋人皆用此體。」

【題解】

本詞作年莫考。陳三聘有和詞，云：「别後驚人遠，歸心怯觵柔。晚天凉思冷於秋，冷浸一溪明月、水瀰流。醉裏狂仍在，吟餘趣極幽。夜深何用數更籌，别有好風吹酒、不須求。」

【箋注】

〔一〕槁項：身體瘦弱的樣子。莊子列禦寇：「夫處窮閭阨巷，困窘織屨，槁項黃馘者，商之所短也。」釋文：「槁項，羸弱也。」

〔二〕「愁腸」句：范仲淹蘇幕遮：「酒入愁腸，化作相思淚。」

〔三〕鶴警：蘇軾正輔見和復次前韻慰鼓盆勸學佛：「由來警露鶴。」王注引周處風土記：「白鶴性警，至八月露降，流於草葉上，滴滴有聲，即鳴。」

〔四〕花籌：白居易同李十一醉憶元九：「醉折花枝當酒籌。」

又㈠

悵望梅花驛〔一〕，凝情杜若洲〔二〕。香雲低處有高樓㈡，可惜高樓、不近木蘭舟。

緘素雙魚遠〔三〕，題紅片葉秋㈢〔四〕。欲憑江水寄離愁，江已東流、那肯更西流〔五〕？

【校記】

㈠調名：陽春白雪、歷代詩餘作「南歌子」。

㈡香雲：陽春白雪作「雪雲」。

㊂片葉：陽春白雪作「一葉」。

【題解】

本詞乃石湖帥蜀時懷鄉抒愁之作，觀楊長孺石湖詞跋（永樂大典卷二二六六「湖字韻」）可知：「淳熙戊戌，先生歸自浣花，是時家尊守荆溪，置酒卜夜，觸次從容，先生極談錦城風景之盛，宦情之樂，因舉似數闋……如憶西樓云：『悵望梅花驛，凝情杜若洲……』此蓋先生最得意者。長孺耳剽，恨未飽九鼎之珍也。」具體作年難以確考，然石湖帥蜀虛計三年，當以帥蜀之後期爲是。據楊跋，可知本詞之題爲憶西樓。本詞受劉克莊贊許，曾於後村詩話續集卷四提及。俞陛雲唐五代兩宋詞選釋：「上下闋之後二句，高樓而移傍蘭舟，東流而挽使西注，皆事理所必無者，借以爲喻，見虛願之難償。此與前首之『兩行低雁』二句，雖設想不同，而皆從側面極力濬發，本意遂顯呈于言外矣。」本詞陳三聘有和詞，云：「烟樹觀前浦，風蘋聽遠洲。等閒來上水邊樓，悵望天涯、何處有歸舟。　香斷燈花夜，歌停扇影秋。欲緘尺素説離愁，不見雙魚、空有大江流。」

【箋注】

〔一〕「悵望」句：陸凱寄贈范曄詩：「折梅逢驛使，寄與隴頭人。江南無所有，聊贈一枝春。」

〔二〕杜若洲：字面從楚辭九歌湘君「采芳洲兮杜若，將以遺兮下女」中來。

〔三〕「緘素」句：古樂府飲馬長城窟行：「客從遠方來，遺我雙鯉魚。呼兒烹鯉魚，中有尺素書。」

〔四〕「題紅」句：計有功唐詩紀事卷五九：「（盧）渥應舉之歲，偶臨御溝，見一紅葉，葉上有絕句，置於巾箱，或呈於同志。及宣宗放宮人，初下詔：許從百官司吏，獨不許貢舉人。後一任范陽，獲其退宮，睹紅葉，而吁怨久之。曰：當時偶題隨流，不謂郎君收藏巾篋。驗其書，無不驚訝。詩曰：『水流何太急，深宮盡日閑。殷勤謝紅葉，好去到人間。』」此故事，又作僖宗時于祐事，見劉斧青瑣高議前集卷五。

〔五〕「欲憑」三句：白居易得行簡書聞欲下峽先以此寄：「欲寄兩行迎爾淚，長江不肯向西流。」李煜虞美人：「問君能有幾多愁，恰似一江春水向東流。」石湖詞隱括樂天、後主詩詞意寫出。

又㊀ 七夕

銀渚盈盈渡〔一〕，金風緩緩吹。晚香浮動五雲飛〔二〕，月姊妒人、顰盡一彎眉㊁〔三〕。

短夜難留處，斜河欲淡時。半愁半喜是佳期，一度相逢、添得兩相思。

【校記】

㊀ 調名：歷代詩餘作「南歌子」。

㊁ 顰盡：原作「顰畫」，朱氏校記：「毛鈔『畫』作『盡』。」今改。

【題解】

本詞作年無考。陳三聘有和詞，云：「月傍雲頭吐，風將雨脚吹。夜深烏鵲向南飛，應是星娥顰恨、入雙眉。舊怨垂千古，新歡只片時。一年屈指數佳期，到得佳期别了、又相思。」

【箋注】

〔一〕銀渚：銀河之渚，本書卷六七月五日夜雨快晴：「天上秋期正多事，趣駕星橋跨銀渚。」

〔二〕五雲：白居易長恨歌：「樓閣玲瓏五雲起。」

〔三〕月姊：指嫦娥。李商隱楚宫：「月姊曾逢下彩蟾。」何注：「月姊，嫦娥也。」

水調歌頭

細數十年事，十處過中秋〔一〕。今年新夢，忽到黄鶴舊山頭。老子箇中不淺，此會天教重見，今古一南樓〔二〕。星漢淡無色，玉鏡獨空浮〔三〕。斂秦煙，收楚霧，熨江流〔四〕。關河離合，南北依舊照清愁。想見姮娥冷眼，應笑歸來霜鬢，空敝黑貂裘〔五〕。釃酒問蟾兔，肯去伴滄洲？

【題解】

本詞作於淳熙四年（一一七七）中秋，時離蜀帥任歸吴途經鄂州，監司、州守於中秋邀宴南樓，乃賦本詞。吴船録卷下有詳細記載：「辛巳晨，出大江，午至鄂渚，泊鸚鵡洲前南市堤下。南市在城外，沿江數萬家，廛閈甚盛，列肆如櫛，酒壚樓欄尤壯麗，外郡未見其比。蓋川、廣、荆、襄、淮、浙貿遷之會，貨物之至者無不售，且不問多少，一日可盡，其盛壯如此！監司、帥守劉邦翰（子宣）而下，皆來相見邀飯，皆曰未敢定日。及欲移具舟次，余笑曰：『若定日，則莫若中秋；張具，則莫若南樓。』衆亦笑許。壬午晚，遂集南樓。樓在州治前黄鶴山上，輪奂高寒，甲於湖外。下臨南市，邑屋鱗差。岷江自西南斜抱郡城東下，天無纖雲，月色奇甚，江面如練，空水吞吐。平生所遇中秋佳月，似此夕亦有數。況復修南樓故事，老子於此，興復不淺也。」黄畬石湖詞校注以爲本詞作於淳熙元年，誤。陳三聘有和詞，云：「玉鑑十分滿，清露一年秋。漂流蹤迹，誰念楚尾與吴頭。此夜刮明塵眼，望極好張詩膽，何處有高樓。浩蕩銀潢冷，縹緲白雲浮。笑勞生，難坎止，亦乘流。闌干拍碎，清夜起舞不勝愁。萬里關河依舊，一寸功名烏有，清淚滴衣裘。老去心空在，歸夢繞蘋洲。」本詞收入全宋詞，案云：「此首别誤作王質詞，見雪山集卷十六。」

【箋注】

〔一〕「細數」兩句：吴船録卷下：「向在桂林時，默數九年之間，九處見中秋，其間相去或萬里，不勝飄泊之歎，嘗作一賦以自廣。及徙成都，兩秋皆略見月。十二年間，十處見中秋，去年嘗題數語於大慈樓上，今年又忽至此。通計十三年間，十一處見中秋，亦可以謂之遊子。然余以病匄骸骨，儻恩旨垂允，自此歸田園，帶月荷鋤，得達此生矣。坐中亦作樂府一篇，俾鄂人傳之。水調歌頭：（詞略）所謂『十一處見中秋』，今略識於此：始自酉年紀之，是年直東觀；戊年檥船松江垂虹亭下；亥年汎陽羡罨畫溪；子年守括蒼；丑年内宿玉堂；寅年使虜，次睢陽；卯年自西掖出泊吴興城外；辰年歸石湖；巳、午年帥桂林；未、申年帥成都，而今酉年客武昌也。」

〔二〕「老子」三句：用庾亮南樓故事。晉書庾亮傳：「亮在武昌，諸佐吏殷浩之徒，乘秋夜往共登南樓。俄而不覺亮至，諸人將起避之。亮徐曰：『諸君少住，老子于此處興復不淺。』」

〔三〕玉鏡：喻月。鄭谷春夕伴同年禮部趙員外省直：「冰含玉鏡春寒在，粉傅仙閨月色多。」張子容璧池望秋月：「滿輪沉玉鏡，半魄落銀鉤。」

〔四〕熨江流：江流平。熨，燙平。王琪詞有「金斗熨秋江」之句，見楊慎升庵詩話卷一一。

〔五〕「空敝」句：戰國策秦策：「（蘇秦）説秦王書上而説不行。黑貂之裘弊，黄金百斤盡。」陸游訴衷情：「關河夢斷何處，塵暗舊貂裘。」

又　燕山九日作

萬里漢家使〔一〕，雙節照清秋〔二〕。舊京行遍，中夜呼禹濟黄流〔三〕。寥落桑榆西北〔四〕，無限太行紫翠，相伴過蘆溝。歲晚客多病，風露冷貂裘。

對重九，須爛醉，莫牢愁㊀〔五〕。黄花爲我，一笑不管鬢霜羞。袖裏天書咫尺〔六〕，眼底關河百二〔七〕，歌罷此生浮。惟有平安信，隨雁到南州。

【校記】

㈠ 牢愁：原作「牵愁」，朱氏彊村校記：「毛鈔『牵』作『牢』。」今改。

【題解】

本詞作於乾道六年（一一七〇）九月九日，時在使金途中，行抵燕山，有感而作。孔凡禮范成大年譜乾道六年譜文云：「九月丙戌（初九日），至燕山（今北京市），賦水調歌頭『九月』云云。據攬轡録，在燕山賦水調歌頭，詞見石湖詞。詞中『袖裏天書咫尺』，寫此行使命；『眼底關河百二』，抒發無限感慨。」對於這次石湖使金事，于北山有一段議論，很有參考價值，摭拾於下：「按，宋廷此次遣泛使使金，目的在於請鞏洛陵寢地及變更受書禮二事，而以後者爲乞憐之主文。倡議者爲皇帝趙昚，協贊者爲宰相虞允文、侍講胡銓、起居舍人范成大；異議者爲宰相陳俊卿、吏尚陳良祐、吏部郎官張栻；至當時頗有資望之兵尚黄中，則托詞詭隨、游移兩可者也。雙方皆端方正直之士，所謂賢者之争，與紹興主戰主和、愛國與投降之争有本質之異。今究此事，殊無實際意義。故異議者均能持之有故，不惜被黜以去。而石湖爲争朝廷體貌，毅然受命，不計安危，登車就道。在金主面前則慷慨陳詞，被拘客館則賦詩明志，風骨節概，亦有足多，雖未成功，不應苛責。較之洪邁、湯邦彦輩屈服於金廷威脅困辱之下，狼狽而歸，不可同日語矣。趙昚一生，雖希恢復，但色厲内荏，胸無成算，不量實力，惟圖僥倖；加以内有老投降派首領趙構暗秉事權，秦檜餘黨尚能作祟，遂以『姪皇帝』身分而終。八九年前采石一戰，不圖乘勝進取，已失主動一著；且兩國之間折衝樽俎，其勝負機權，不在壇坫之中，而在疆場之上也。」（見范成大年譜「乾道六年」按語。）本詞可與范成大會同館詩參看。陳三聘有和詞，云：「有客念行役，勁氣凜於秋。男兒未老，銜命如虜亦風流。決定平戎方略，恢復舊燕封壤，安用割鴻溝。莫獻驌驦馬，好衣白狐裘。我何人，懷壯節，但凝愁。平生未逢知己，噲伍實堪羞。金馬文章何在，玉鼎勳庸何有，一笑等雲浮。拚斷好風月，羯鼓打梁州。」

【箋注】

〔一〕萬里漢家使：指使金事。周密澄懷録：「范石湖云：『……始余使虜，是日（按，上文云重九）過燕山館，嘗賦水調，首句云：「萬里漢家使。」後每自和。』」

〔二〕雙節：唐制，節度使建雙節。新唐書百官志四下：「節度使掌總軍旅，顓誅殺。初授，具帑抹兵仗詣兵部辭見，觀察使亦如之。辭日，賜雙旌雙節。行則建節，樹六纛，中官祖送，次一驛輒上聞。」岑參北庭西郊候封大夫受降回軍獻上：「驛馬從西來，雙節夾路馳。」據石湖詞意，宋代使臣亦建雙節。

〔三〕呼禹濟黄流：大禹治理黄河，故云呼禹而渡。黄流，即黄河，因叶韻而改河爲「流」。

〔四〕桑榆：指桑乾河與榆關。卷一二盧溝自注：「此河宋敏求謂之桑菰，即桑乾河也，今呼盧溝。」榆關，榆林關之省稱，李吉甫元和郡縣圖志卷四勝州榆林縣：「榆林關，在縣東三十里，東北臨河，秦却匈奴之處，隋開皇三年，於此置榆林關。」王存元豐九域志卷一〇陝西路：「勝州，中府，榆林郡，領榆林、河濱二縣。」黄畬石湖詞校注認爲榆關指山海關。乃以今地名注古地名。按山海關，明太祖時築城置衛設戍，洪武十五年，築城爲關，因其背山面海，故取名山海關，與唐宋時代之勝州榆林縣之榆林關了不相涉。

〔五〕牢愁：憂愁不平。陸龜蒙紀事：「感物動牢愁，憤時頻骯髒。」

〔六〕袖裏天書咫尺：指國書。周必大神道碑：「六年五月，遷公起居郎，假資政殿大學士、左大中大夫、醴泉觀使兼侍講、丹陽郡開國公，充金國祈請國信使，爲二事也。上語公曰：『朕以卿氣宇不群，親加選擇，聞外議洶洶，官屬皆憚行，有諸？』公曰：『無故遣泛使，近於求釁，不戮則執。臣已立後，仍區處家事爲不還計，心甚安之。』上曰：『朕不敗盟發兵，何至害卿！嚙雪餐氊，理或有之。不欲明言，恐負卿耳。』國書專求陵寢，而命公自及受書事。公乞并載書中，朝廷不從。公遂行。」

〔七〕關河百二：河山險固之地，指燕山。王維遊悟真寺：「山河窮百二，世界滿三千。」

西江月

十月誰云春小〔一〕，一年兩見紅嬌〔二〕。人間霜葉滿庭皋，別有東風不老〔三〕。百媚朝天淡粉〔二〕，六銖步月生綃〔三〕。雲英寂寞倚藍橋，誰伴玉京霜曉㊂〔四〕？

【校記】

㊀紅：原注「一作風」，毛鈔作「風」。

㊁「人間」三句：原注一作「雲英此夕度藍橋，人意花枝都好」。

㊂「雲英」三句：原注一作「人間霜葉滿庭皋，別有東風不老」。

【題解】

本詞作年莫考。陳三聘有和詞，云：「詩眼曾逢花面，畫圖還識春嬌。當年風格太妖嬈，粉膩酥柔更好。　酒量不温香臉，玉慵猶怯輕綃。春風別後又秋高，再見只應人老。」陳詞之三、四、七、八句，用「饒」、「好」、「高」、「老」四韻，與原作之韻並不盡合。

【箋注】

〔一〕「十月」句：古來素有十月小春之語，吳地亦然。通俗編卷三小春條：「初學記：『十月天時和暖似春，故曰「小春之月」。』范成大詩『狂飇吹小春』，楊萬里詩『小春活脱似春時』。按：爾雅『十月爲陽月』，因又曰『小陽春』。」袁景瀾吳郡歲華紀麗卷十「十月應小春」條云：「十月中天時晴煖，桃杏偶試疎花，吳人謂之十月應小春。」

〔二〕朝天淡粉：李白鳳吹笙曲：「復道朝天赴玉京。」張祜集靈臺二首其二：「却嫌脂粉污顔色，淡掃蛾眉朝至尊。」石湖句，化用二人詩意。

〔三〕六銖：此謂生綃極輕細。谷神子博異志：貞觀中，岑文本於山亭避暑，有叩門云上清童子，文本問曰：「衣服皆輕細，何土所出？」對曰：「此上清五銖服。」又問曰：「比聞六銖者，天人衣，何五銖之異？」對曰：「尤細者則五銖也。」

〔四〕「雲英」兩句：裴鉶傳奇有裴航一篇，叙裴航遇雲英於藍橋的故事，云裴航秀才於湘漢巨舟上，遇樊夫人，夫人使侍女贈詩一章，曰：「一飲瓊漿百感生，玄霜搗盡見雲英。藍橋便是神仙窟，何必崎嶇上玉清？」後裴航於藍橋搗藥百日，遂與仙女雲英締姻。

又

北客開眉樂歲〔一〕，東君著意華年。遮風藏雨晚雲天，應怕杏梢紅淺。不惜燈前放夜〔二〕，從教雪後留寒〔三〕。水晶簾箔萬花鈿〔四〕，聽徹南樓曉箭〔五〕。

【題解】

本詞作年莫考。陳三聘有和詞，云：「春事已濃多日，游人偏盛今年。梨花寒食雨餘天，鴨綠含風浪淺。　翠袖半黏飛粉，羅衣尚怯輕寒。不辭歸路委香鈿，門外東風如箭。」

【箋注】

〔一〕北客：黄畬石湖詞校注認爲是石湖出使金國在燕山作客時自稱。此説不當。石湖於乾道六年五月使金，九月即還，稱自己爲北客，與詞意不合。按，北客，生於北方的人，杜甫最能行：「此鄉之人器量窄，誤競南風疏北客。」南宋時北方人多有南渡者，石湖當指這些人爲「北客」。

〔二〕放夜：古代京師有夜禁，唐以後正月十五夜前後數日内，京師例行放夜，便民觀燈。太平御覽卷三〇引韋述西京新記：「西都京城街衢，有執金吾，曉暝傳呼以禁夜行。惟正月十五日夜，敕許弛禁，前後各一日，以看燈。」蘇味道正月十五日：「金吾不禁夜，玉漏待相催。」即是。周邦彦解語花上元：「因念都城放夜，望千門如晝，嬉笑遊冶。」

〔三〕從教：任教。張相詩詞曲語釋匯釋卷一：「從，猶任也，聽也。」蘇軾水龍吟詞咏楊花：『似花還似非花，也無人惜從教墜。』」

〔四〕「水晶」句：宋之問明河篇：「水晶簾外轉逶迤。」萬花鈿，形容水晶簾之艷麗。張仁寶題芭蕉葉上：「野棠風墜小花鈿。」

〔五〕曉箭：古代計時器漏壺，下用箭以示時刻，標示曉晨之箭，稱曉箭。王維冬夜對雪憶胡居士家：「寒更傳曉箭。」杜甫奉和賈至舍人早朝大明宫：「五夜漏聲催曉箭。」

鵲橋仙　七夕

雙星良夜，耕慵織嬾〔一〕，應被群仙相妒。娟娟月姊滿眉顰，更無奈、風姨吹雨〔二〕。相逢草草，争如休見，重攪别離心緒。新歡不抵舊愁多，倒添了、新愁歸去。

【題解】

本詞作於淳熙元年（一一七四），時在知静江府任上。孔凡禮范成大年譜淳熙元年譜文：「秋末，周必大有書來。」引周益國文忠公集書稿卷六淳熙元年與范致能參政第二書：「……今在桂林矣。最後七夕篇，尤道盡人間情意，蓋必履之而後知耳。奇絶！奇絶！……」又云：「石湖詞有兩首咏七夕者，一爲南柯子『銀渚盈盈渡』，一爲鵲橋仙『雙星良夜』，二首中鵲橋仙尤深摯，或爲必大所云之篇。」本詞陳三聘有和詞，云：「銀潢仙仗，離多會少，朝暮世情休妒。夜深風露灑然秋，又莫是、輕分淚雨。　雲收霧散，漏殘更盡，遥想雙星情緒。憑誰批敕訴天公，待留住、今宵休去。」

【箋注】

〔一〕「雙星」二句：雙星，指牽牛、織女二星，宗懔荆楚歲時記：「七月七日，爲牽牛、織女聚會之夜。」應劭風俗通義（佚文，歲華紀麗卷三引）：「織女七夕當渡河，使鵲爲橋。」因牽牛、織女是夕相聚，故慵耕嬾織。

〔二〕風姨：風神。段成式酉陽雜俎續集卷三支諾皋下「處士崔玄微」條云：「封十八姨，乃風神也。」博異記、太平廣記卷四一六亦載其事。

宜男草

籬菊灘蘆被霜後。裊長風、萬重高柳。天爲誰、展盡湖光渺渺，應爲我、扁舟入手〔一〕。

橘中曾醉洞庭酒〔二〕。輾雲濤、挂帆南斗。追舊遊、不減商山杳杳，猶有人、能相記否？

【題解】

本詞作年莫考。陳三聘和詞云：「摇落丹楓素秋後。舞長亭、尚餘衰柳。别夢回、憶得霜柑分我，應自有、濃香噀手。宿酲誰解三杯酒。曉山横、望中銜斗。人去也、縱得相逢似舊，問當日，紅顔在否。」詞譜卷一三：「此詞前後段第三句俱九字，兩結句俱七字，與『舍北烟霏舍南浪』詞異。」徐誠庵詞律補遺卷二補宜男草分爲兩體，「籬菊灘蘆被霜後」六十字，「舍北烟霏舍南浪」五十八字，句字、叶韻俱不同。徐氏於「籬菊」一首下按云：「葉本（指葉申薌天籟軒詞譜）前後第三句俱七字爲句，下二字自爲叶，按陳三聘和韻詞『渺渺』作『分我』，『杳杳』作『似舊』，俱不叶。」

【箋注】

〔一〕扁舟入手：杜甫將適吴楚留别章使君留後兼幕府諸公詩：「不意青草湖，扁舟落吾手。」

〔二〕「橘中」句：牛僧孺幽怪録卷三：巴邛橘園中霜後見橘如缶，剖開，中有二老叟象戲，言橘中之樂，不減商山，但不得深根固蒂耳。酒有洞庭春之名，見竇蘋酒譜。

又

舍北煙霏舍南浪。雪傾籬、雨荒薇漲㊀〔一〕。問小橋、別後誰過㊁？惟有迷鳥羈雌來往〔二〕。　重尋山水問無恙。掃柴荆、土花塵網〔三〕。留小桃、先試光風〔四〕，從此芝草琅玕日長〔五〕。

【校記】

㊀雪傾籬：原作「雲傾籬」，今據彊邨叢書本、全宋詞改。　雨荒薇漲：詞譜、詞律補遺作「灘荒微漲」。

㊁問小橋：全宋詞注：「案，問原作閑。從彊村叢書本。」

【題解】

本詞作年莫考。陳三聘有和詞，云：「緑水黏天浄無浪。轉東風，縠紋微漲。箇中趣、莫遣人知，容我日日扁舟獨往。　平生書癖已無恙。解名繮、更逃羈網。春近也、梅柳頻看，枝上玉蕊金絲暗長。」本詞五十八字，句字、叶韻與上一首均不同，蓋即徐氏所謂「兩體」也。詞譜卷一三：

「此調前後段兩起句，例作拗句，現范詞别首及陳三聘和詞『摇落丹楓素秋後』，『緑水黏天浄無浪』第五字必仄聲，第六字必平聲，可見。兩結句是上二下六句法，陳詞亦然。」

【箋注】

〔一〕雨荒：語見杜甫宿贊公房：「雨荒深院菊。」薇，薇菜，爾雅釋草：「薇，垂水，生於水邊。」

〔二〕迷鳥羈雌：枚乘七發：「龍門之桐，高百尺而無枝……暮則羈雌迷鳥宿焉。」謝靈運晚出西射堂：「羈雌戀舊侣，迷鳥懷故林。」

〔三〕土花：苔蘚：李賀金銅仙人辭漢歌：「三十六宫土花碧。」王琦解：「土花，苔也。」

〔四〕小桃：花名。陸游老學庵筆記卷五：「歐陽公、梅宛陵、王文恭集皆有小桃詩，歐詩云：『雪裏開花人未知，摘來相顧共驚疑。便須索酒花前醉，初見今年第一枝。』初但謂桃花有一種早開者耳，及游成都，始識所謂小桃者，上元前後即着花，狀如垂絲海棠。曾子固雜識云：『正月二十間，天章閣賞小桃。』正謂此也。」

〔五〕芝草琅玕日長：杜甫送孔巢父詩：「知君此計成長往，芝草琅玕日應長。」

秦樓月〔一〕

窗紗薄〔二〕。日穿紅幔催梳掠〔三〕。催梳掠。新晴天氣，畫簷聞鵲。　海棠逗曉都開却。小雲先在闌干角〔一〕。闌干角。楊花滿地，夜來風惡〔二〕。

【校記】

㊀調名：歷代詩餘作「憶秦娥」。按，詞律卷四：「憶秦娥，四十六字，又名秦樓月、碧雲深、雙荷葉。」

㊁窗紗：歷代詩餘作「紗窗」。

㊂日穿紅幔：毛鈔本作「日紅穿幔」，近是。

【題解】

本詞作年莫考。陳三聘有和詞，云：「雲衣薄。春晴自有東風掠。東風掠。試聽枝上，幾聲乾鵲。曲屏心事新題却。離愁何用堆眉角。堆眉角。今朝莫是，打頭風惡。」

【箋注】

〔一〕小雲：宋代歌女名字常有名雲者，這裏「小雲」或爲石湖家歌女名。

〔二〕「楊花」二句：孟浩然春曉：「夜來風雨聲，花落知多少。」風惡，蘇軾月夜與客飲酒杏花下詩：「明朝捲地春風惡。」

又

珠簾狹。卷簾春院花圍合㊀。花圍合。晝長人静，雙雙蝴蝶。花前苦殢金蕉葉〔一〕。瞢騰午睡扶頭怯〔二〕。扶頭怯。閒愁無限，遠山斜疊。

【校記】

㊀春：原注：「一作西。」毛鈔作「西」。

【題解】

本詞作年莫考。陳三聘有和詞，云：「花前狹，翠茵圍坐花陰合。花陰合，閒情不似，一雙狂蝶。　春溝何處尋紅葉，春寒料想羅衣怯。羅衣怯，午醺醒未，翠衾重疊。」

【箋注】

〔一〕金蕉葉：金屬製成之蕉葉形酒杯。東坡志林：「子明飲酒不過三蕉葉，吾少時望見酒盞而醉，今亦能三蕉葉矣。」

〔二〕扶頭：即扶頭酒，容易喝醉的酒。姚合答友人招游詩：「沾酒自扶頭。」杜荀鶴晚春寄同年張曙先輩：「無金潤屋渾閒事，有酒扶頭是了人。」

又

香羅薄。帶圍寬盡無人覺〔一〕。無人覺。東風日暮，一簾花落。　西園空鎖鞦韆索。簾垂簾卷閒池閣。閒池閣。黄昏香火㊀，畫樓吹角。

【校記】

㊀香火：原注：「疑燈火。」

【題解】

本詞作年莫考。陳三聘有和詞，云：「光風薄，楊花欲謝春應覺。春應覺。一庭紅杏，粉花吹落。冶游無復飛紅索。凴高獨上湖邊閣。湖邊閣。黄昏獨倚，畫闌西角。」

【箋注】

〔一〕帶圍寬：形容人形消瘦。南史張融傳：「王敬則見融革帶寬，殆將至髀。謂曰：『革帶太急。』融曰：『既非步吏，急帶何爲。』」

又

樓陰缺。闌干影卧東厢月。東厢月。一天風露，杏花如雪。隔烟催漏金虬咽〔一〕。羅幃暗淡燈花結。燈花結。片時春夢，江南天闊〔二〕。

【題解】

本詞作年莫考。羅忠族認爲：「可能作於此次（指自蜀辭官回家養病）居家養病時。」并認爲范成大集中五首秦樓月：「是經過周密構思的一個整體，既非文字游戲，亦非實寫閨情，而是别有寄托的作品。所謂寄托，即托詞中少婦的懷人之情，寄作者自己的愛君之意。」（上海辭書出版社版唐宋詞鑒賞辭典第一四一〇頁）可備一説。俞陛雲唐五代兩宋詞選釋云：「上闋言室外之景，月斜花影，境極幽俏。下闋言室内之人。燈昏欹枕，夢更迷茫，善用空靈之筆，不言愁而愁隨夢遠矣。」本詞陳三聘有和詞，云：「青樓缺。樓心人待黄昏月。黄昏月。入簾無奈，柳綿吹雪。誰人弄笛聲嗚咽。傷春未解丁香結。丁香結。鱗鴻何處，路遥江闊。」

【箋注】

〔一〕金虬咽：金虬，指銅龍，古代漏壺上所裝的滴水銅製龍頭。李商隱深宫：「金殿銷香閉綺櫳，玉壺傳點咽銅龍。」咽銅龍，即金虬咽。徐堅初學記卷二五：「殷夔漏刻法曰，爲器三重，圓皆徑尺，差立於水輿踟蹰之上，爲金龍口吐水，轉注入踟蹰經緯之中。」

〔二〕「片時」二句：化用岑參春夢「枕上片時春夢中，行盡江南數千里」詩意。

又

浮雲集。輕雷隱隱初驚蟄〔一〕。初驚蟄。鵓鳩鳴怒，緑楊風急。　玉爐烟重香羅浥。拂墻濃杏臙脂濕。臙脂濕。花梢缺處，畫樓人立。

【題解】

本詞作年莫考。陳三聘有和詞，云：「春膏集。新雷忽起龍蛇蟄。龍蛇蟄。柳塘風快，水流聲急。傷心有淚憑誰浥。尊前容易青衫濕。青衫濕。渡頭人去，野船鷗立。」

【箋注】

〔一〕「輕雷」句：黄庭堅清明：「雷驚天地龍蛇蟄。」袁景瀾吴郡歲華紀麗卷二「驚蟄聞雷」條云：「孝經緯稱：『雨水十五日，斗指甲爲驚蟄二月節。蟄蟲咸動，啓户始出。』俗以驚蟄聞雷，主歲有秋。諺云：『驚蟄聞雷米似泥。』若先驚蟄而雷，則主歲歉。」

念奴嬌

雙峰疊障㊀，過天風海雨，無邊空碧。月姊年年應好在，玉闕瓊宫愁寂〔一〕。誰喚癡雲〔二〕，一杯未盡，夜氣寒無色。碧城凝望〔三〕，高樓縹緲西北〔四〕。腸斷桂冷蟾孤㊁，佳期如夢，又把闌干拍〔五〕。霧鬟風鬟相借問〔六〕，浮世幾回今夕？圓缺晴陰，古今同恨，我更長爲客〔七〕。嬋娟明夜〔八〕，樽前誰念南陌？

【校記】

㊀ 疊障：歷代詩餘作「疊嶂」。

㈡ 蟾孤：歷代詩餘作「蟾宮」。

【題解】

本詞作年莫考。陳三聘有和詞，云：「浮雲吹盡，捲長空，千頃都凝寒碧。兔杵無聲風露冷，天也應憐人寂。故遣姮娥，駕蟾飛上，玉宇元同色。天津何事，此時偏界南北。不但對影三人。我歌君和，我舞君須拍。滌洗胸中愁萬斛。莫問今宵何夕。老矣休論，著鞭安用，一笑真狂客。夜深歸去，爛然溪上阡陌。」

【箋注】

〔一〕玉闕瓊宮：喻月宮中之樓臺。郭璞遊仙詩：「翹手攀金梯，飛步登玉闕。」蘇軾水調歌頭：「又恐瓊樓玉宇，高處不勝寒。」段成式酉陽雜俎前集卷二「壺史」：「翟天師名乾祐……曾於江岸與弟子數十翫月，或曰：『此中竟何有？』翟笑曰：『可隨吾指觀。』弟子中兩人見月規半天，瓊樓金闕滿焉。數息間，不復見。」

〔二〕癡雲：王之道南鄉子：「天際彩虹垂，風起癡雲快一吹。」

〔三〕碧城：李商隱碧城：「碧城十二曲闌干。」道源注：「太平御覽：『元始天尊居紫雲之閣，碧霞爲城。』」則碧城實指仙家居處。

〔四〕「高樓」句：古詩十九首：「西北有高樓，上與浮雲齊。」

〔五〕「又把」句：王闢之澠水燕談録卷四：「（劉孟節）少時多寓居龍興僧舍之西軒，往往憑欄靜立，懷想世事，吁唏獨語，或以手拍欄干。嘗有詩曰：『讀書誤我四十年，幾回醉把欄干拍。』」辛棄疾水龍吟登建康賞心亭：「把吴鈎看了，欄干拍遍，無人會、登臨意。」

〔六〕霧鬟風鬟：蘇軾洞庭春色賦：「攜佳人而往遊，勒霧鬟與風鬟。」李清照永遇樂：「如今憔悴，風鬟霧鬢。」

〔七〕「圓缺」三句：蘇軾水調歌頭：「人有悲歡離合，月有陰晴圓缺，此事古難全。」

〔八〕嬋娟明夜：美好明亮的月夜。孟郊嬋娟篇：「月嬋娟，真可憐。」許渾懷江南同志：「唯應洞庭月，萬里共嬋娟。」

又

十年舊事，醉京花蜀酒〔一〕，萬葩千萼。一棹歸來吴下看，俯仰心情今昨。强倚雕闌，羞簪雪鬢，老恐花枝覺。指摩愁眼，霧中相對依約〔二〕。聞道家讌團圞，光風轉夜，月傍西樓落。打徹梁州春自遠㊀，不飲何時歡樂？沾惹天香，留連國艷〔三〕，莫散燈前酌㊁。襪塵生處〔四〕，爲君重賦河洛。

【校記】

㊀春自遠：毛鈔本「遠」作「透」，近是。

㈡莫散：歷代詩餘作「莫放」。

【題解】

本詞作於淳熙五年（一一七八）春，時正在臨安任禮部尚書兼直學士院。吴熊和唐宋詞彙評第二一〇一頁「編年」云：「淳熙四年（一一七七）作。詞言『十年舊事，醉京花蜀酒，萬葩千萼。一棹歸來吴下看，俯仰心情今昨』，則其知成都後歸吴之作。據于北山范成大年譜，成大乾道二年四十一歲除尚書吏部員外郎，二年知處州，五年爲起居舍人，除中書舍人，八年赴廣西帥任，之前在蘇州。淳熙二年，拜爲蜀帥，四年離任，『將抵吴，親舊多來迎。十月己巳入盤門。』詞蓋本年十月前後抵吴時作。」按，石湖歸吴，時在淳熙四年十月，然本詞開端言牡丹，煞尾前又言牡丹，當爲春時。可知本詞不是作於初歸吴時，是寫於翌年（即淳熙五年）牡丹花開時，故全詞以牡丹花貫串前後，回憶十年宦遊舊事。詞言「吴下看」，宋時臨安亦可稱吴，如周邦彦蘇幕遮：「家住吴門，久作長安旅。」周爲杭州人。本詞陳三聘有和詞，云：「晴風麗日，算東君，坼遍梅心桃萼。獨有名花開殿後。一笑嫣然如昨。黄袂層膚，霞冠高擁，多態春纔覺。雨巾風帽，故人來趁花約。　好是羅綺添春，香風環坐，半醉金釵落。老去心情難似舊，手撚花枝爲樂。麝馥縈愁，妝花凝恨，莫惜金荷酌。酒闌花睡，夢魂重到京洛。」

【箋注】

〔一〕京花：千葉牡丹，見石湖清明日試新火作牡丹會自注。

〔二〕「霧中」句：杜甫小寒食舟中作：「老年花似霧中看。」

〔三〕「沾惹」三句：李正封牡丹：「天香夜染衣，國色朝酣酒。」國艷，即國色。

〔四〕「襪塵」三句：曹植洛神賦：「淩波微步，羅襪生塵。」

又

吴波浮動，看中流翻月〔一〕，半江金碧。醉舞空明三萬頃，不管姮娥愁寂。指點瓊樓，憑虛有路，鯨背横東極〔二〕。水雲飄蕩，闌干千丈無力。　家世回首滄洲，烟波漁釣㊀〔三〕，有鴟夷仙迹〔四〕。一笑閒身遊物外，來訪扁舟消息。天上今宵，人間此地，我是風前客。濤生殘夜〔五〕，魚龍驚聽横笛〔六〕。

【校記】

㊀漁釣：原注：「一作艇。」歷代詩餘作「漁艇」。鮑本校云：「『漁釣』一作『漁艇』。」

【題解】

本詞作年難以確考。本詞寫太湖景色，發曠達之胸懷，誠爲佳作。陳三聘有和詞云：「水空高下，望沉沉一色，渾然蒼碧。天籟不鳴凉有露，金氣横秋寂寂。玉宇瓊樓，望中何處，月到天中極，御風歸去，不愁衣袂無力。　此夜飄泊孤篷，短歌誰和，自笑狂蹤迹。咫尺藍橋仙路遠，窅窅雲英消息。疏影婆娑，恍然身世，我是尊前客。一聲悽怨，倚樓誰弄長笛。」

【箋注】

〔一〕中流翻月：杜甫宿江邊閣：「孤月浪中翻。」

〔二〕鯨背：劉禹錫有僧言羅浮事因爲詩以寫之：「日光吐鯨背，劍影開龍鱗。」

〔三〕烟波漁釣：顔真卿浪迹生生元真子張志和碑銘：「既而親喪，無復宦情，遂扁舟垂綸，浮三江，泛五湖，自謂烟波釣徒。」石湖正用張志和事以自喻。

〔四〕鴟夷仙迹：鴟夷，即鴟夷子皮。范蠡在越國平吴之後，遂泛舟五湖，出海到齊國，自稱鴟夷子皮。史記越王勾踐世家：「范蠡浮海出齊，變姓名，自謂鴟夷子皮，耕於海畔，苦身戮力，父子治産，居無幾何，致産數十萬。」

〔五〕殘夜：王灣次北固山下詩：「海日生殘夜，江春入舊年。」

〔六〕「魚龍」句：杜甫秦州詩：「水落魚龍夜，山空鳥鼠秋。」列子湯問：「匏巴鼓琴而鳥舞魚躍。」李賀李憑箜篌引：「老魚跳波瘦蛟舞。」

又

水鄉霜落，望西山一寸，修眉横碧〔一〕。南浦潮生帆影去，日落天青江白。萬里浮雲，被風吹散，又被風吹積。尊前歌罷，滿空凝淡寒色。　人世會少離多，都來名利，似蠅頭蟬翼〔二〕。贏得長亭車馬路，千古羈愁如織。我輩情鍾，匆匆相見，一笑真難得。明年誰健〔三〕？夢魂飄蕩南北。

【題解】

本詞爲送友人離別時作，具體作年難以確考。陳三聘有和詞，云：「餘霞飛綺，望長天，頃刻雲容凝碧。今夕江皋風力軟，明日波心頭白。客舸東流，語離深夜，遺我新愁積。春融花麗，定知天相行色。　別後一紙鄉書，故人相問，好趁秋鴻翼。空有佳人千點淚，錦字機中曾織。利鎖名繮，古今同是，誰失知誰得。來朝愁望，舊樓何處西北。」

【箋注】

〔一〕修眉：形容遠山。黄庭堅念奴嬌詞：「浄秋空，山染修眉新緑。」

〔二〕「都來名利」二句：形容名利輕微如蠅頭、蟬翼。蘇軾滿庭芳：「蝸角虛名，蠅頭微利，算來著甚乾忙？」蔡邕讓高陽僕表：「臣事輕葭莩，功薄蟬翼。」陸游宿武連縣驛：「宦情薄似秋蟬翼。」

〔三〕明年誰健：杜甫九日藍田崔氏莊：「明年此會知誰健。」

又　和徐尉遊石湖

湖山如畫〔一〕，繫孤篷柳岸，莫驚魚鳥。料峭春寒花未遍，先共疎梅索笑〔二〕。一夢三年〔三〕，松風依舊，蘿月何曾老。鄰家相問，這回真箇歸到。　緑鬢新點吴霜〔四〕，樽前强健，不怕衰翁號。賴有風流車馬客，來覓香雲花島。似我麤豪，不通姓字，只要銀瓶倒〔五〕。奔名逐利，亂帆誰在天表？

【題解】

本詞作於乾道八年（一一七二）秋，時正閑居在家，不久即赴知静江府任。孔凡禮范成大年譜「乾道八年」譜文云：「與徐似道、崔敦禮游石湖，賦詞倡酬。似道受知于成大。」徐尉，即徐似道，字淵子，台州黄巖人。南宋館閣續録卷七：「徐似道，字淵子。台州黄巖人。乾道二年蕭國梁榜進士出身，治詩賦。（開禧）二年正月除（少監），三月爲起居舍人。」卷九：「徐似道，（開禧）元年閏八月，以禮部員外郎兼國史院編修官，實録院檢討官；二年正月爲秘書少監，三月爲起居舍人，並兼。」台州府志（光緒二十年修、民國十五年鉛印本）人物傳十文苑一：「徐似道，字淵子。黄巖人，今隸太平。乾道二年進士第，授吴江尉，受知范成大。轉户曹參軍。入爲太常丞，吏部司封郎官，起居舍人，權直學士院，遷秘書少監，知郢州，終朝散大夫、提點江西刑獄。所至以廉能稱。……似道韻度清雅，才華敏捷，名重一時，見知於丞相周必大，戴復古師事之。寧宗立皇子詢時，帝春秋猶盛，似道制詞云：『爰建神明之胄，以觀天地之心。』葉紹翁歎爲真學士。平生酷嗜書畫，不屑屑於功名。爲小篷，朝聞彈章，坐以小舟，載菖蒲數盆，翩然而逝，道間争望，若神仙然。劉改之賀啓有云：『以載鶴之船載書，入覲之清標如此；移買山之錢買硯，生平之雅好可知。』閒居時，姓氏不通州縣。其於里社，歡洽最甚。楊萬里品藻中興以來諸賢詩，深賞之。劉克莊謂其才氣飄逸，記問精博，警句巧對，殆于天造地設，略不戟人喉舌。品在姜堯章諸人之上。有竹隱集十一卷。」洪武蘇州府志卷二五徐似道傳：「徐似道字淵子，台州天台人。早負才名，爲吴江尉，受知于范文穆公。」嘉定赤城志卷三三徐似道傳，載其歷仕較爲詳明，録以備考，傳云：「歷官告院、知鄂州、太常丞，禮部司封員外、權直學士院，遷秘書少監，終朝散大夫，提點江西刑獄，自號竹隱，有文集藏於家。」徐似道善詩詞，陸游劍南詩稿卷一七題徐淵子環碧亭亭有茶山曾先生詩，詩有「徐卿赤城古仙子，十年四海推才華」之句。劉克莊後村詩話續集稱似道著有竹隱集十一卷，其暮年詩尚不在内。又稱其人材飄逸，記問精博，警句天造地設，并摘句甚多。周密癸辛雜識續集卷下「徐淵子詞」條云：「竹隱徐淵子似道，天台人，名士也，筆端輕俊，人品秀爽。」本詞陳三聘有和詞，云：「扁舟此計，問當年，誰與尋盟鷗鳥。許國勳名彝鼎在，風月不妨吟笑。碧草臺邊，紅雲溪上，壽杖扶詩老。水浮天處，未應俗駕曾到。盛事埒美知章，鑑湖君賜。宸翰今題號。指點飛烟輕靄外，有路直通仙島。蓑笠漁船，琴書客坐，清夜尊罍倒。未須歸去，片蟾初上林表。」

【箋注】

〔一〕湖山如畫：洪邁容齋隨筆卷一六：「江山登臨之美，泉石賞玩之勝，世間佳境也，觀者必曰『如畫』。故有『江山如畫』、『天開圖畫即江山』、『身在畫圖中』之語。」

〔二〕「先共」句：杜甫舍弟觀赴藍田取妻子到江陵喜寄詩：「巡檐索共梅花笑，冷蕊疏枝半不禁。」

〔三〕一夢三年：石湖於乾道五年五月離處州任，回京任中書舍人，七年有帥廣西之任命，乃歸里，八年赴任，恰爲三年，故云。

〔四〕新點吴霜：李賀還自會稽歌：「吴霜點歸鬢。」

〔五〕「似我麤豪」三句：用杜甫少年行「不通姓氏麤豪甚，指點銀瓶索酒嘗」詩意。

惜分飛

易散浮雲難再聚，遮莫相隨百步〔一〕。誰唤行人去？石湖烟浪漁樵侣。　重別西樓腸斷否？多少淒風苦雨。休夢江南路，路長夢短無尋處。

【題解】

本詞作年莫考。陳三聘有和詞，云：「莫唱驪駒容首聚，花徑重來微步。從此朝天去。故山怨鶴栖猿侶。試卜西園春在否，無奈濛濛細雨。明日長亭路。斷腸芳草人何去。」

【箋注】

〔一〕遮莫：張相詩詞曲語辭匯釋卷二「遮莫（五）」：「遮莫，猶云莫要也。」黄畬注：「遮莫，儘教也。」與本詞意不合。

夢玉人引

送行人去，猶追路，再相覓。天末交情，長是合堂同席。從此尊前，便頓然少箇，江南羈客。不忍匆匆，少駐船梅驛。酒斟雖滿，尚少如、別淚萬千滴。欲語吞聲〔一〕，結心相對嗚咽。燈火凄清，笙歌無顏色。從別後㊀，儘相忘，算也難忘今夕。

【校記】

㊀從別後：朱氏校記：「毛鈔『從』作『縱』。」

【題解】

本詞作年莫考。陳三聘有和詞，云：「別來何處，酒醒後，夢難覓。晚日溪亭，清曉便挂帆席。滿載離愁，指去程，還作江南行客。目斷層城，數迢迢山驛。素巾空染，淚痕斑，應是暗中滴。記得輕分，玉簫猶自悽咽。昨夜東風，梅柳驚春色。料伊也，没心情，過却好天良夕。」詞譜卷二一：「夢玉人引，雙調八十五字，前段九句，四仄韻，後段八句，四仄韻，此與朱敦儒詞同。惟前段第七句九字異。」徐本立詞律補遺卷三列朱敦儒夢玉人引，八十四字；又一體，范成大夢玉人引，八十五字。注云：「都用入聲韻，旁注平仄，以范別作及陳三聘和詞爲據。『偏錦城』句，比前詞（指朱詞）多一字，分上五下四。後結十二字，分六字兩句，與前詞異。」

【箋注】

〔一〕吞聲：哭無聲。杜甫夢李白二首其一：「死別已吞聲，生別常惻惻。」

又

共登臨處，飄風袂㊀，倚空碧。雨捲雲飛，長有桂娥看客〔一〕。簫鼓生春，偏錦城如畫，雪山無色㊁。一夢纔成，悵天涯南北㊂。　舞餘歌罷，料宣華回首盡陳迹〔二〕。萬里秦吴，有情應問消息。我欲歸耕，如何重來得？故人若望江南，且折梅花相憶。

【校記】

㊀飄風袂：風，原作「然」，注：「一作風。」今據毛鈔本、詞律拾遺、全宋詞改。

㊁雪山：詞律拾遺作「春山」。

㊂ 悅天涯南北：悅，原作「況」，今據毛鈔本、詞律拾遺、全宋詞改。

【題解】

本詞作於淳熙四年（一一七七）春，時在蜀帥任上。石湖於淳熙二年到成都上任，時已夏日（六月七日），淳熙三年春，石湖公務繁忙，尚未露歸耕意。至淳熙四年春，卧病，且上疏丐祠，每有歸耕之意，故可推定本詞當作淳熙四年。陳三聘有和詞，云：「倚闌干久，人不見，暮雲碧。芳草池塘，春夢暗驚詩客。昨夜溪梅，向空山雪裏，輕勻顏色，好贈行人，折枝南枝北。　雨巾風帽，昔追游，誰念舊蹤迹。料得疏籬，暗香時度風息。淡月微雲，有何人消得。便歸去，踏溪橋，慰我經年思憶。」

【箋注】

〔一〕桂娥：指嫦娥，因與月中桂共處，故云。張問瓊花賦：「桂娥競爽，借月影于冰蟾，阿母來觀，下雲輧于皓鵠。」

〔二〕宣華：蜀古苑名，參見卷一七晚步宣華舊苑「題解」。

如夢令

罨畫屏中客住〔一〕。水色山光無數。斜日滿江聲，何處撐來小渡。休去。休去。

驚散一洲鷗鷺。

【題解】

本詞作年莫考。陳三聘有和詞，云：「紅紫不將春住。風定更飄無數。溪漲緑含風，短艇晚橫沙渡。歸去，歸去，肯念西池鴛鷺。」

【箋注】

〔一〕罨畫：彩色畫。白居易草詞畢遇芍藥初開因詠小謝紅藥當階翻詩以爲一句未盡其狀偶成十六韻：「疑香薰罨畫，似淚著燕脂。」高似孫緯略卷七：「墨客揮犀曰：『罨畫，今之生色也。』余嘗謂五采彰施於五服，此固生色之始也。」此句之屏，即下句之「山」。

又

兩兩鶯啼何許？尋遍緑陰濃處。天氣潤羅衣〔一〕，病起却忺微暑〔二〕。休雨。休雨。明日榴花端午〔三〕。

【題解】

本詞作年莫考。陳三聘有和詞，云：「珍重故人相許。來向水亭幽處，文字間金釵，消盡晚天微暑。無雨，無雨，不比尋常端午。」

【箋注】

〔一〕「天氣」句：謂溽暑天氣使衣服潮濕，周邦彦滿庭芳：「衣潤費爐烟。」

〔二〕忺：方言：「青齊呼意所好爲忺。」

〔三〕榴花端午：石榴花爲端午節時的應時景物，故云。周密武林舊事卷五「端午」云：「又以大金瓶數十，偏插葵、榴、梔子花，環繞殿閣。」袁景瀾吴郡歲華紀麗卷五：「端五」條云：「吴俗亦以五日爲端五節，瓶供蜀葵、石榴、蒲、蓬諸花草，婦女簪艾葉、榴花，號爲端五景。」唐李匡文資暇集卷中「端午」條云：「端五者，案周處風土記：仲夏端五，烹鶩角黍。端，始也，謂五月初五日也。今人多書『午』字，其義無取焉。」宋黄朝英靖康緗素雜記卷五「端午」條針對李説云：「余案宗懔荆楚歲時記引周處風土記云：『仲夏端午，烹鶩角黍。』乃直用午字，與濟翁所載不同。以余意測之，五與午字皆通，蓋五月建午，或用午字，何害於理。」

菩薩蠻

小軒今日開窗了，挼藍染碧緣堦草〔一〕。簷佩可憐風〔二〕，杏梢烟雨紅。　飄零歡事少，鬢點吴霜早。天色不愁人，眼前無限春。

【題解】

本詞作年莫考。陳三聘有和詞，云：「笻枝探得梅開了。青鞋漸踏江頭草。日日作東風，海棠相次紅。　離多良會少，此計應須早。莫待作行人，却將愁送春。」

【箋注】

〔一〕挼藍：藍色，李之儀怨三三詞：「清溪一派瀉挼藍。」王安石漁家傲：「挼藍一水縈花草。」

〔二〕簷佩：指屋簷間懸挂之裝飾，陸游秋夜：「風起忽聞簷珮鳴。」

又　元夕立春㊀

雪林一夜收寒了，東風恰向燈前到。今夕是何年〔一〕？新春新月圓。　綺叢香霧隔，猶記疎狂客。留取縷金旛，夜蛾相並看㊁〔二〕。

【校記】

㊀詞題：原無，今據彊邨叢書本、全宋詞補。

㊁夜蛾：蛾原作「娥」，今據毛鈔本、全宋詞改。

【題解】

本詞作年未詳。陳三聘有和詞，云：「春城辦得紅蕖了。紅蕖未點春先到。新月入新年，方纔今夜圓。雲屏誰爲隔，腸斷金釵客。好語寫春旛，都教席上看。」

【箋注】

〔一〕今夕是何年：取蘇軾水調歌頭丙辰中秋歡飲達旦大醉作此篇兼懷子由詞中成句。

〔二〕「留取」二句：描寫元夕、立春兩個節日之節物。縷金旛，立春之節物，周處歲時風土記：「立春之日，士大夫之家，剪綵爲小旛，或懸於家人之頭，或綴於花之下。」吴自牧夢粱録卷一：「街市以花裝欄，坐乘小春牛，及春幡春勝，各相獻遺與貴家宅舍，示豐稔之兆。」夜蛾，元夕女子飾物，周密武林舊事元夕：「元夕節物，婦人皆帶珠翠、鬧蛾、玉梅、雪柳。」辛棄疾青玉案元夕：「蛾兒雪柳黄金縷。」

又

黄梅時節春蕭索㊀〔一〕，越羅香潤吴紗薄㊁。絲雨日朧明㊂〔二〕。柳梢紅未晴。多愁多病後，不識曾中酒。愁病送春歸，恰如中酒時。

【校記】

㊀黄梅：陽春白雪作「梅黄」。

㊁越羅、吴紗：陽春白雪作「羅衣」、「紗衣」。

㊂ 絲雨日朧明：陽春白雪作「斜日雨絲明」。

【題解】

本詞作年莫考。陳三聘有和詞，云：「楊花滿院飛紅索。春光不似人情薄。樓閣斷霞明，梨花開晚晴。　玉虬香散後，扶困三杯酒。不是聽思歸，歸心思此時。」

【箋注】

〔一〕「黄梅」句：農曆四五月間，江南多雨，時值梅子成熟，俗稱黄梅雨。儲光羲晚霽中園喜赦作：「五月黄梅時，陰氣蔽遠邇。」賀鑄青玉案：「一川烟草，滿城風絮，梅子黄時雨。」陳善捫虱新話：「江湖二浙，四五月間梅欲黄而雨，謂之梅雨。」高祖基平江紀事：「吴族以芒種節氣後遇壬爲梅，凡十五日，夏至節氣後遇庚爲出梅。」

〔二〕絲雨：如絲細雨。皎然九月八日送蕭少府歸洪州：「布帆絲雨望霏霏。」

臨江仙

羽扇綸巾風嫋嫋〔一〕，東厢月到薔薇。新聲誰唤出羅幃？龍鬚將笛繞〔二〕，雁字入箏飛〔三〕。　陶寫中年須箇裏，留連月扇雲衣〔四〕。周郎去後賞音稀〔五〕。爲君持酒聽，那肯帶春歸。

【題解】

本詞作年莫考。陳三聘有和詞，云：「夜飲只愁更漏促，留連笑罥薔薇。歌聲繚繞徹簾幃。坐中清淚落，梁上暗塵飛。　重睹舞腰驚束素，不應更褪羅衣。别來容易見來稀。次公狂已甚。不醉亦忘歸。」

【箋注】

〔一〕羽扇綸巾：晉書顧榮傳：「榮廢橋斂舟於南岸，敏率萬餘人出不獲濟，榮麾以羽扇，其衆潰散。」晉書謝萬傳：「萬著白綸巾，鶴氅裘，履版而前。」蘇軾念奴嬌：「羽扇綸巾，談笑間、强虜灰飛烟滅。」

〔二〕「龍鬚」句：指龍笛。李白襄陽歌：「鳳笙龍管行相催。」

〔三〕「雁字」句：箏上有柱，斜排如雁字。李商隱昨日詩：「二八月輪蟾影破，十三弦柱雁行斜。」

〔四〕月扇雲衣：庾信北園新齋成應趙王教詩：「文弦入武曲，月扇掩歌兒。」劉向九嘆：「游清霧之颯戾兮，服雲衣之披披。」

〔五〕「周郎」句：三國時周瑜，精於音律。三國志吳書周瑜傳：「瑜少精意於音樂，雖三爵之後，其有闕誤，瑜必知之，知之必顧，故時人謡曰：『曲有誤，周郎顧。』」

又

萬事灰心猶薄宦，塵埃未免勞形〔一〕。故人相見似河清〔二〕。恰逢梅柳動，高興逐春生。　卜晝匆匆還卜夜〔三〕，仍須月墮河傾。明年我去白鷗盟〔四〕。金閨三玉樹，好問紫霄程〔五〕。

【題解】

本詞作年莫考。陳三聘有和詞，云：「白首故人重會面，論交爾汝忘形。從今心迹喜雙清。飛鴻追往事，爲蝶笑餘生。　琥珀杯濃春正好，此懷端爲君傾。舊時猿鶴敢寒盟。鳩居從拙計，鵬冀任高程。」

【箋注】

〔一〕勞形：語出淮南子原道訓：「夫任耳目以聽視者，勞形而不明，以知慮爲治者，苦心而無功。」

〔二〕河清：此指時機難遇，王粲登樓賦：「惟日月之逾邁兮，俟河清其未極。」張説季春下旬詔宴薛王山池序：「河清難得，人代幾何。」

〔三〕卜晝、卜夜：晝夜相繼。左傳莊公二十二年：「齊侯使敬仲爲卿……飲桓公酒，樂。公曰：

『以火繼之。』辭曰：『臣卜其晝，未卜其夜，不敢。』」後人因謂宴樂無度，晝夜相繼曰卜晝卜夜。

〔四〕白鷗盟：與白鷗爲友，喻隱居生活。黄庭堅次韻向和卿行松滋縣與鄒天錫夜語南極亭其二：「唯有白鷗盟未寒。」陸游夙興：「鶴怨憑誰解？鷗盟恐已寒。」

〔五〕「金閨」二句：賀故人有子弟輩入京應考。金閨，江淹别賦：「金閨之諸彦，蘭臺之群英。」玉樹，晉書謝玄傳：「爲叔父安所器重，安嘗戒約子姪，因曰：『子弟亦何豫人事，而正欲使其佳？』諸人莫有言者，玄答曰：『譬如芝蘭玉樹，欲使其生于庭階耳。』」紫霄，指翰林苑。李肇翰林志：「居翰林者，皆謂之凌玉清、遡紫霄。」

減字木蘭花

雙松凍

玉烟浮動〔一〕，銀闕三山連海凍〔二〕，翠袖闌干。不怕樓高酒力寒。折，忽憶衰翁容易别。想見鷗邊，壓損年時小釣船。

【題解】

本詞作年莫考。陳三聘有和詞，云：「凝雲不動，玉海無聲千丈凍。來倚闌干，襟袖憑虚徹骨寒。歸心易折，後夜月明應恨别。罨畫圖邊，著我披蓑上釣船。」

【箋注】

〔一〕玉烟：李商隱無題：「藍田日暖玉生烟。」

〔二〕「銀闕」句：銀闕，塗以銀色的宫門。盧照鄰雨雲曲：「高闕銀爲闕，長城玉作城。」三山，指海上三神山：蓬萊、方丈、瀛州。漢書郊祀志：「自威、宣、燕昭使人入海求蓬萊、方丈、瀛洲，此三神山者，相傳在渤海中，去人不遠，蓋嘗有至者。」

又

折殘金菊，棖子香時新酒熟。誰伴芳尊？先問梅花借小春。　道人破戒，染酒題詩金鳳帶〔一〕。愁病相關，不似年時酒量寬。

【題解】

本詞作年莫考。陳三聘有和詞，云：「東籬黄菊，細撚香枝人事熟。少緩芳尊，且醉儂家麴米春。　老人齋戒，底事新來移角帶。歸夢相關，明月松江萬頃寬。」

【箋注】

〔一〕「道人」二句：金鳳帶，有金鳳花紋的帶子，爲女子飾物。李賀洛姝真珠詩：「鸞裾鳳帶行烟重。」道人於女子金鳳帶上題詩，故云「破戒」。

又

波嬌鬢裊，中隱堂前人意好〔一〕。不奈春何，拚却輕寒透薄羅〔二〕。　翦梅新曲〔三〕，欲斷還聯三疊促〔四〕。圍坐風流，饒我尊前第一籌〔五〕。

【題解】

本詞作年莫考。陳三聘有和詞，云：「盈盈嫋嫋，欲問卿卿還好好。無奈嬌何，摺摺湘裙薄薄羅。　尊前顧曲，舞作迴風花拍促。壓盡時流，棋裏輸伊一百籌。」

【箋注】

〔一〕中隱堂：吴郡志卷一四園亭云：「中隱堂在大酒巷，都官員外分司南京龔宗元所居。取樂天詩：『大隱住朝市，小隱入丘樊。不如作中隱，隱在留守間。』乃作中隱堂。」

〔二〕拚却：甘願之辭。晏幾道鷓鴣天：「當年拚却醉顔紅。」

〔三〕翦梅新曲：詞調中有一剪梅。

〔四〕三疊：詞曲反復誦唱，謂之三疊，如陽關三疊，見蘇軾東坡志林卷七。

〔五〕第一籌：黄畬注引花蘂夫人宫詞，不當。其詩乃寫打毬事，與酒籌無關。酒籌乃飲酒記數之具，以竹製成。白居易同李十一醉憶元九：「花時同醉破春愁，醉折花枝作酒籌。」

又

枕書睡熟〔一〕，珍重月明相伴宿。寶鴨金寒〔二〕，香滿圍屏宛轉山〔三〕。　鷄人聲杳〔四〕，瑶井玉繩相對曉㊀〔五〕。黯淡窗紗，却下風簾護燭花。

【校記】

㊀玉繩：原作「玉人」，誤，今據彊邨叢書本、全宋詞改。

【題解】

本詞作年莫考。陳三聘有和詞，云：「先生困熟，萬卷書中聊托宿。似怯清寒，更爇都梁向博山。　游仙夢杳，啼鳥聲中春又曉。未著烏紗，獨坐溪亭數落花。」

【箋注】

〔一〕枕書：白居易秘省後廳詩：「盡日後廳無一事，白頭老監枕書眠。」

〔二〕寶鴨：指鴨形香爐，孫魴夜坐：「坐久烟消寶鴨香。」

〔三〕「香滿」句：描寫枕屏景物。温庭筠菩薩蠻「小山重疊金明滅」，即寫枕屏。又，「枕上屏山掩」。

〔四〕鷄人：古代報曉之官。周禮春官：「鷄人，掌共鷄牲，辨其物，大祭祀，夜嘑旦，以𠾃百官。」

王維和賈舍人早朝大明宮之作：「絳幘鷄人報曉籌。」

〔五〕瑤井玉繩：李白明堂賦：「目瑤井之熒熒，拖玉繩之離離。」瑤井，即玉井，晉書天文志一：「玉井四星，左參左足下，主水漿以給廚。」玉繩，星名。太平御覽卷五：「春秋元命苞曰：『玉衡北兩星爲玉繩，玉之爲言溝刻也，瑕而不掩，折而不傷。宋均注曰：繩能直物，故曰玉繩。』」

又

臘前三白〔一〕，春到西園還見雪。紅紫花遲，借作東風萬玉枝。　歸田計決，麥飯熟時應快活。身在高樓，心在山陰一葉舟〔二〕。

【題解】

本詞作年莫考。陳三聘有和詞，云：「殷勤舉白，昨夜東風猶有雪。莫恨春遲，曾見梅花第一枝。　陰晴未決，早晚清明新火活。夢繞秦樓，欲趁歸潮上客舟。」

【箋注】

〔一〕臘前三白：袁景瀾吳郡歲華紀麗卷一「臘雪」條云：「臘月雪謂之臘雪，亦曰瑞雪。」又引陶朱公書：「臘前得兩三番雪，宜麥。諺云：『若要麥，見三白。』」引張鷟朝野僉載：「一臘見三白，田父笑嚇嚇。」

〔二〕心在山陰一葉舟：用王子猷雪夜訪戴故事。劉義慶世説新語任誕：「王子猷居山陰，夜大雪……忽憶戴安道，時戴在剡，即便夜乘小船就之，經宿方至。造門不前而返，人問其故，王曰：『吾本乘興而行，興盡而返，何必見戴？』」

鷓鴣天

休舞銀貂小契丹〔一〕，滿堂賓客盡關山〔二〕。從今裊裊盈盈處，誰復端端正正看？模淚易，寫愁難〔三〕，瀟湘江上竹枝斑〔四〕。碧雲日暮無書寄〔五〕，寥落烟中一雁寒。

【題解】

本詞作於淳熙二年（一一七五）正月，時在離廣赴蜀帥途中。于北山范成大年譜淳熙二年譜文：「正月二十八日發桂林，出嚴關，抵興安，遊乳洞。陳仲思、陳席珍、李静翁、周直夫、鄭夢授等送至羅江始分袂，贈詩相勉。」孔凡禮范成大年譜同。按，石湖帥廣右時，幕僚、賓客甚多，臨行，來送行，故有「滿堂賓客」之語。詞云「雁寒」，石湖於各地任職，離任時能見到「雁寒」的，只有徽州和桂林二處。然徽州時僅爲司户參軍，與「滿堂賓客」之意不合，當以桂林爲是。本詞陳三聘有和詞，云：「酒暈從教上臉丹，春愁何事點眉山。都將別後深深意，且向尊前細細看。多少恨，說應難，粉巾空染淚斕斑。爐猊箏雁長閑却，明月樓心夜正寒。」

【箋注】

〔一〕「休舞」句：小契丹，樂曲名，參見卷六次韻宗偉閱番樂注。

〔二〕「滿堂」句：王勃滕王閣序：「關山難越，誰悲失路之人；萍水相逢，盡是他鄉之客。」

〔三〕「模淚易」二句：意爲表現悲傷容易，抒寫哀愁就難。

〔四〕「瀟湘」句：化用兩妃淚灑斑竹的故事。張華博物志卷八：「舜二妃曰湘夫人，舜崩，二妃哭，以涕揮竹，竹盡斑。」劉禹錫瀟湘神：「斑竹枝，斑竹枝，淚痕點點寄相思。」又泰娘歌：「如何將此千行淚，更灑湘江斑竹枝。」

〔五〕碧雲日暮：江淹擬休上人怨別：「日暮碧雲合，佳人殊未來。」

又

蕩漾西湖采綠蘋，揚鞭南埭滾紅塵㈠。桃花暖日茸茸笑㈡，楊柳光風淺淺顰。

章貢水〔一〕，鬱孤雲〔二〕，多情爭似桂江春〔三〕。崔徽卷軸瑤姬夢㈢〔四〕，縱有相逢不是真㈣。

【校記】

㊀ 滚：原作「衮」，今據彊邨叢書本、歷代詩餘改。

㊁ 茸茸：歷代詩餘作「濃濃」。

㊂ 卷軸：原作「卷袖」，今據彊邨叢書本、全宋詞改。

㊃ 縱有：歷代詩餘作「縱自」，原注：「有，一作自」。

【題解】

本詞作於淳熙二年（一一七五）春，自桂林赴蜀帥任，途經贛江時作。吴熊和唐宋詞彙評於本詞「編年」欄中云：「淳熙元年（一一七四）作。按詞有『桃花暖日茸茸笑，楊柳光風淺淺顰』云云，則作于春日。又有『多情争似桂江春』句，則作于桂林。據于北山范成大年譜，成大乾道九年爲桂帥，三月十日接任。淳熙二年罷任，正月二十八日發桂林，出嚴關，抵新安。故繫詞于淳熙元年較爲合適。」此説未顧及詞中「章貢水、鬱孤雲」二句，尚可商榷。按，本詞上闋寫離桂林時的初春景物，下闋寫途中贛江景物和情思，「多情争似桂江春」，回扣上闋，正是赴蜀途中之實境。揆理而論，定于淳熙二年作，較爲合宜。本詞陳三聘有和詞，云：「指剥春葱去采蘋，衣絲秋藕不沾塵。眼波明處偏宜笑，眉黛愁來也解顰。　巫峽路，憶行雲，幾番曾夢曲江春。相逢細把銀釭照，猶恐今宵夢似真。」

【箋注】

〔一〕章貢水：即贛水，今江西贛江。上游有二水，西爲章水，即古豫章水，東爲貢水，即古湖漢水。水經注卷三九「贛水」條云：「贛水出豫章南野縣，西北過贛縣東。……東入湖漢水，庾仲初謂大庾嶠水北入豫章，注于江者也。」「湖漢水又西北逕贛縣東，西入豫章水也。」李吉甫元和郡縣圖志卷二八江南道四虔州贛縣：「貢水西南自南康縣來，章水東南自雩都縣來，二水至州北合而爲一，通謂之贛水，因爲縣名。」

〔二〕鬱孤雲：鬱孤臺之雲。王象之輿地紀勝「江南西路贛州」云：「鬱孤臺，在郡治，隆阜鬱然，孤起平地數丈，冠冕一郡之形勝，而襟帶千里之山川。」

〔三〕桂江：灕水流至桂林曰桂江，王存元豐九域志卷九廣南西路桂林，臨桂縣有桂江。

〔四〕「崔徽」句：崔徽卷軸，指崔徽之寫真，唐代畫家丘夏畫。元稹崔徽歌：「崔徽，河中府娼也。裴敬中以興元幕使蒲州，與徽相從累月。敬中使還，崔以不得從爲恨，因而成疾。有丘夏善寫人形，徽托寫真寄敬中，曰：『崔徽一旦不及畫中人，且爲郎死。』發狂卒。」詩云：「崔徽本不是倡家，教歌按舞娼家長。使君知有不自由，坐在頭時立在掌。有客有客名丘夏，善寫儀容得艷姿。爲徽持此謝敬中，以死報郎爲終始。」緑窗新話卷一〇崔徽私會裴敬中引麗情集亦載此故事。瑶姬夢，用楚懷王夢與神遇的故事，其神即瑶姬。習鑿齒襄陽耆舊傳：「赤帝女曰瑶姬，未行而卒，葬于巫山之陽，故曰巫山之女。楚懷王游于高唐，晝寢而夢與神遇，自稱是巫山之女。遂爲置觀號曰朝雲。」

又

嫩緑重重看得成㊀，曲闌幽檻小紅英。酴醿架上蜂兒鬧，楊柳行間燕子輕。　春晼晚㊁〔一〕，客飄零，殘花淺酒片時清。一杯且買明朝事㊂，送了斜陽月又生。

【校記】

㊀看得：歷代詩餘作「看漸」，原注：「得，一作漸。」

㊁晼晚：原作「婉晚」，今據彊邨叢書本改。

㊂且買：毛鈔作「且置」。

【題解】

本詞作年莫考。陳三聘有和詞，云：「昨夜東風怒不成，曉來猶自掃殘英。半酸梅子連枝重，無力楊花到地輕。　情易感，涕先零，玉虬香冷更凄清。事如芳草綿綿遠，恨比浮雲冉冉生。」

【箋注】

〔一〕春晼晚：春已晚。宋玉九辯：「白日晼晚其將入兮。」李商隱春雨：「遠路應悲春晼晚。」石湖詞語出此。

又 雪梅

壓蕊拈鬚粉作團，疎香辛苦顫朝寒。須知風月尋常見，不似層層帶雪看。
春髻重，曉眉彎，一枝斜並縷金旛。酒紅不解東風凍〔一〕，驚怪釵頭玉燕乾〔二〕。

【題解】

本詞作年無考。陳三聘有和詞，云：「剪碎霜綃巧作團，玉纖特地破朝寒。疏花好向釵横見，瘦影難敲月墮看。將舊恨，入眉彎，不須多様縷金旛。當時千點東風淚，怪見妝成粉未乾。」

【箋注】

〔一〕酒紅：語見蘇軾縱筆詩：「小兒誤喜朱顏在，一笑那知是酒紅。」

〔二〕釵頭玉燕：郭憲洞冥記卷二：「元鼎元年，起招仙閣於甘泉宫西……神女留玉釵以贈帝，帝以賜趙婕妤。至昭帝元鳳中，宫人猶見此釵。……既發匣，有白燕飛升天。後宫人學作此釵，因名玉燕釵，言吉祥也。」

好事近

雲幕暗千山，腸斷玉樓金闕。應是高唐小婦，妒姮娥清絶。　夜涼不放酒杯寒，醉眼漸生纈〔一〕。何待桂華相照，有人人如月〔二〕。

【題解】

本詞作年莫考。陳三聘有和詞，云：「我欲御天風，飛上廣寒宫闕。撼動一輪秋桂，照人間愁絶。　歸來須著酒消磨，玉面點紅纈。起舞爲君狂醉，更何須邀月。」

【箋注】

〔一〕醉眼漸生纈：庾信夜聽擣衣詩：「花鬢醉眼纈。」蘇軾聚星堂雪：「未嫌長夜作衣稜，却怕初陽生眼纈。」纈，織物上印染花紋。眼纈謂眼花。

〔二〕人人如月：韋莊菩薩蠻詞：「壚邊人似月，皓腕凝霜雪。」

又

昨夜報春來，的皪嶺梅開雪。攜手玉人同賞，比看誰奇絶？　闌干倚遍憶多情，怕角聲嗚咽。與折一枝斜戴，襯鬢雲梳月〔一〕。

【題解】

本詞作年莫考。陳三聘有和詞，云：「枝上幾多春，數點不融香雪。縱有筆頭千字，也難誇清絕。艷桃穠李敢争妍，清怨笛中咽。試策短笻溪上，看影浮波月。」

【箋注】

〔一〕鬢雲：鬢髮如雲。語出詩經鄘風偕老：「鬢髮如雲。」温庭筠菩薩蠻：「鬢雲欲度香腮雪。」

卜算子

涼夜竹堂虚，小睡匆匆醒。銀漏無聲月上堦〔一〕，滿地闌干影。何處最知秋？風在梧桐井〔二〕。不惜驂鸞弄玉簫〔三〕，露濕衣裳冷。

【題解】

本詞作年莫考。陳三聘有和詞，云：「雪後竹枝風，醉夢風吹醒。瘦立寒階滿地春，淡月梅花影。門外轆轤寒，曉汲喧金井。長笛何人更倚樓，玉指風前冷。」

【箋注】

〔一〕銀漏：指古代計時器漏壺，王勃乾元殿頌序：「蟬機撮化，銅渾將九聖齊懸，虬箭司更，銀漏與三辰合運。」

〔二〕梧桐井：古代院落裏井邊多植梧桐，王昌齡長信秋詞：「金井梧桐秋葉黄。」

〔三〕驂鸞：江淹别賦：「駕鶴上漢，驂鸞騰天。」

又

雲壓小橋深，月到重門静。冷蕊疎枝半不禁〔一〕，更著横窗影㊀。回首故園春，往事難重省。半夜清香入夢來，從此熏爐冷。

【校記】

㊀更著：毛鈔本作「更看」。

【題解】

本詞作年莫考。陳三聘有和詞，云：「澗下水聲寒，壑底松風静。時有清香度竹來，步月尋疏影。往事屬東風，試問花應省。曾是花前把酒人，别夢溪堂冷。」

【箋注】

〔一〕「冷蕊」句：用杜甫舍弟觀赴藍田取妻子到江陵喜寄成句。

三登樂

一碧鱗鱗〔一〕，横萬里、天垂吴楚。四無人、櫓聲自語。向浮雲、西下處，水村烟樹。何處繫船？暮濤漲浦。　正江南摇落後〔二〕，好山無數。儘乘流、興來便去。對青燈、獨自歎，一生羈旅。欹枕夢寒，又還夜雨。

【題解】

本詞作年莫考。陳三聘有和詞，云：「南北相逢，重借問、古今齊楚。燭花紅、夜闌共語。悵六朝興廢，但空倚高樹。目斷帝鄉，夢迷雁浦。　故人疏梅驛斷，音書有數。塞鴻歸、過來又去。正春濃、依舊作，天涯行旅。傷心望極，淡烟細雨。」徐本立詞律拾遺卷二補范成大三登樂，詞後注：「『四無人』下，與後『儘乘流』下，同。」此指用豆處，與全宋詞標法異，今從詞律拾遺。下三首與此同。

【箋注】

〔一〕一碧鱗鱗：碧水波紋細如魚鱗。李群玉江南：「鱗鱗别浦起微波，汎汎輕舟桃葉歌。」

〔二〕摇落：草木凋零。曹丕燕歌行：「秋風蕭瑟天氣涼，草木摇落露爲霜。」杜甫詠懷古迹五首其二：「摇落深知宋玉悲。」

又

路轉橫塘，風捲地、水肥帆飽〔一〕。眼雙明、曠懷浩渺。問菟裘、無恙否〔二〕，天教重到。木落霧收，故山更好。　過溪門休蕩槳，恐驚魚鳥。算年來、識翁者少。喜山林、蹤跡在，何曾如掃〔三〕？歸鬢任霜，醉紅未老。

【題解】

本詞作年未可確考，按詞意，當作於晚年退居姑蘇時。陳三聘有和詞，云：「注望曉山，晴色麗、晨餐應飽。縠紋平、漲天渺渺。倚藤枝、撐艇子，昔游曾到。江山自古，水雲轉好。　悵年來心縱在，盟寒鷗鳥。故人中、黑頭漸少。問幾時、尋舊約，石磯重掃。一竿釣月，鬢霜任老。」

【箋注】

〔一〕水肥帆飽：化用蘇軾次韻沈長官韻詩：「風來震澤帆初飽，雨入松江水漸肥。」

〔二〕菟裘：地名，春秋時魯邑，在今山東泗水縣北。李吉甫元和郡縣圖志卷一〇兖州泗水縣：「菟裘故城，在縣北五十五里。魯隱公曰：『使營菟裘，吾將老焉。』」魯隱公語，見左傳隱公十一年。

〔三〕「喜山林」三句：化用杜甫贈李白：「苦乏大藥資，山林迹如掃。」

又

今夕何期㈠，披岫幌、雲關重啓〔一〕。引冰壺、素空似洗〔二〕。捲簾中、欹枕上，月星浮水。天鏡夜明，半窗萬里。　盻庭柯都老大〔三〕，樹猶如此〔四〕。六年前、轉頭未幾。喚鄰翁、來話舊，同芻新蟻〔五〕。秉燭夜闌，又疑夢裏〔六〕。

【校記】

㈠ 何期：全宋詞作「朝」。

【題解】

本詞作於淳熙四年（一一七三）十月，時自蜀返歸蘇州。吳船録卷下：「（十月）己巳晚，入盤門。」十一月，赴臨安入對。本詞寫初歸家之喜悦心情，必作於自蜀歸蘇與入對之間。吳熊和唐宋詞彙評本詞「編年」云：「淳熙四年（一一七三）作。按詞有『盻庭柯、都老大，樹猶如此。六年前、轉頭未幾』云云，是歸吳時作。其時已別吳六年。按，據于北山范成大年譜，乾道八年任廣帥，先歸蘇州，後抵任，淳熙二年轉蜀帥，四年離任，『將抵吳，親舊多來迎。十月己巳入盤門。』疑詞即作于本年，正好相別蘇州六年。」所言極是。本詞陳三聘有和詞，云：「久蟄群虬，猶未肆，新雷初啓。鼓東風、雨膏爲洗。望横塘、越溪路，石湖烟水。西接洞庭，下連甫里。　憶當年歸計早，扁舟從此。祖清風、相門有幾。圃堂高、應解笑，紛紛蝸蟻。錦囊雪月，更看醉裏。」

【箋注】

〔一〕「披岫幌」句：孔稚圭北山移文：「宜扃岫幌，掩雲關。」石湖反用之。

〔二〕「引冰壺」句：化用許渾天竺寺題葛洪井：「雲朗鏡開匣，月寒冰在壺。」

〔三〕盻庭柯：陶淵明歸去來兮辭：「引壺觴以自酌，眄庭柯以怡顔。」

〔四〕樹猶如此：庾信枯樹賦：「樹猶如此，人何以堪。」

〔五〕同篘新蟻：篘，過濾酒以去滓。新蟻，新釀之酒未經過濾，上有浮滓，稱爲新蟻。白居易問劉十九：「緑螘新醅酒。」文選謝玄暉在郡卧病呈沈尚書「淥蟻方獨持」，李善注：「釋名曰：酒有汎齊，蜉蟻在上洗洗然。」

〔六〕「秉燭」二句：杜甫羌村三首：「夜闌更秉燭，相對如夢寐。」

又

方帽衝寒〔一〕，重檢校、舊時農圃。荒三徑、不知何許〔二〕。但姑蘇臺下，有蒼然平楚〔三〕。人笑此翁，又來訪古。況五湖元自有，扁舟祖武〔四〕。記滄洲、白鷗伴侶。歎年來、孤負了，一蓑烟雨。寂寞暮潮㊀，唤回棹去。

【校記】

㈠ 暮潮：原作「潮暮」，今據彊邨叢書本、全宋詞改。

【題解】

本詞作年難以確考，大要作於晚年居石湖時。陳三聘有和詞，云：「一品歸來，强健日、小園幽圃。扁舟興、恐天未許。相當年、持漢節，衆齊咻楚。丹忠此日，盛名千古。掞詞章師海内，緯文經武。莫寒盟、故山舊侣。到鱸鄉、還又是，秋風斜雨。嗚刀鱠雪，未應便去。」

【箋注】

〔一〕方帽：陶穀清異録：「羅隱帽輕巧簡便省樸，人竊仿學，相傳爲減様方平帽。」

〔二〕荒三徑：語出陶潛歸去來兮辭「三徑就荒」。

〔三〕蒼然平楚：語出謝脁宣城郡内登望詩：「寒城一以眺，平楚正蒼然。」

〔四〕祖武：詩經大雅下武：「昭兹來許，繩其祖武。」毛傳：「武，迹也。」扁舟祖迹，即指范蠡扁舟下五湖事。

浪淘沙

黯淡養花天〔一〕。小雨能慳〔二〕。烟輕雲薄有無間。官柳絲絲都緑遍，猶有春寒。空翠濕征鞍。馬首千山。多情若是肯俱還。別有玉杯承露冷，留共君看。

玉杯，官舍中牡丹絶品也。

【題解】

本詞作年莫考。陳三聘有和詞，云：「風雨晚春天。芳興慵慳。淺紅稠緑滿園間。獨有梨花三四朵，留住春寒。年少躍金鞍。咫尺關山。倦飛如我已知還。灑向東風千點淚，衣上重看。」

【箋注】

〔一〕養花天：蘇軾次韻曹子方龍山真覺院瑞香花：「養花須晏陰。」施注：「唐釋仲休花品：每至牡丹開月，多有輕雲微雨，謂之養花天。」

〔二〕能：甚也，能慳，甚慳。張相詩詞曲語辭匯釋卷三：「能（二），能，甚辭，凡亦可作這樣或如許解而嫌其不得勁者屬此。」吴地至今用此語。

虞美人　寄人覓梅

霜餘好探梅消息，日日溪橋側。不如君有似梅人，歌裏工顰妍笑兩眉春。

疎枝冷蕊風情少，却稱衰翁老。從教來作静中鄰，冷淡無言無笑也無顰。

【題解】本詞作年莫考。陳三聘有和詞，云：「融融睡覺東風息。行到溪亭側。一枝梅玉似人人。索笑依然消瘦不禁春。　相逢試問情多少，應怪山翁老。翠羅高護結花鄰，一任餘芳爭學捧心顰。」

又

落梅時節冰輪滿〔一〕，何似中秋看。瓊樓玉宇一般明〔二〕，只爲姮娥添了萬枝燈。　錦江城下杯殘後〔三〕，還照鄞江酒〔四〕。天東相見説天西，除却衰翁和月更誰知？

【題解】本詞作年莫考。詞云「鄞江」、「天東相見」，約作於淳熙七年知明州以後。陳三聘有和詞，云：「天公意向人情滿，燈月教同看。中秋雖是十分明，不比今宵處處有華燈。　艷桃穠李歌闌後，更醉青樓酒。不妨飲盡玉東西，横笛聲中春色要君知。」

【箋注】

〔一〕冰輪：滿月，語出蘇軾宿九仙山詩：「夜半老僧呼客起，雲峰缺處涌冰輪。」

〔二〕瓊樓玉宇：語出蘇軾水調歌頭詞：「只恐瓊樓玉宇，高處不勝寒。」

〔三〕錦江城：指成都。水經注卷三三江水：「錦工織錦則濯之江流，而錦至鮮明，濯以他江，則錦色弱矣，遂命之爲錦里。」岷江流至成都，謂之濯錦江，李白上皇西巡南京歌：「濯錦清江萬里流，雲帆龍舸下揚州。」

〔四〕鄞江：方輿勝覽卷七慶元府：「鄞江，亦曰鄞水。」

又

玉簫驚報同雲重〔一〕，仍怪金瓶凍。清明將近雪花翻，不道海棠消瘦柳絲寒。　王孫沉醉狨氈幕〔二〕，誰怕羅衣薄。燭燈香霧兩厭厭㈠，髣髴有人愁損上眉尖。

【校記】

㈠兩厭厭：毛鈔本「兩」作「雨」。

【題解】

本詞作年莫考。陳三聘有和詞，云：「飛瓊曉壓梅枝重，酒面羊羔凍。誰將縞帶逐車翻，明月秦樓昨夜不勝寒。　何須捲起重簾幕，愁怕春羅薄。玉杯持勸醉厭厭。無奈有人籠袖出香尖。」

【箋注】

〔一〕「玉簫」句：玉簫，侍女名，范攄雲溪友議卷三：西川節度使韋皋，少游江夏，止于姜使君之館，有小青衣曰玉簫，常令祇侍，後稍長，因而有情。同雲，詩經小雅信南山：「上天同雲，雨雪雰雰。」朱熹詩集傳：「同雲，雲一色也。」

〔二〕狨氈幕：狨，猿類，長尾，俗稱金絲猴。朱彧萍洲可談卷一：「狨座，文臣兩制，武臣節度使以上，許用……狨似大猴，生川中，其脊毛最長，色如黄金。取而縫之，數十片成一座，價直錢百千。」

又 紅木犀

誰將擊碎珊瑚玉，裝上交枝粟。恰如嬌小萬瓊妃〔一〕，塗罷額黄嫌怕污燕支〔二〕。

夜深未覺清香絶㊀，風露溶溶月〔三〕。滿身花影弄淒涼，無限月和風露一齊香。

日深疑夜深。

【校記】

㊀夜深：「夜」原作「日」，誤。詞尾原注：「『日夜』疑『夜深』」。彊邨叢書本、全宋詞改同。今據改。

【題解】

本詞作年莫考。陳三聘有和詞，云：「乾紅剪碎煩纖玉，相并黄金粟。漢宫素面説明妃，馬上秋風應解著燕支。　黄昏小樹堪愁絶，不比梅花月。滿天風露透肌凉，插取雙枝歸去是誰香。」

【箋注】

〔一〕萬瓊妃：瓊妃，玉妃，指美人，喻木犀花。因花細小量多，故云「萬」。鄭愔奉和幸上官昭容院獻詩：「更覓瓊妃伴，來過玉女泉。」

〔二〕額黄：古時婦女習尚塗黄於額，謂之額黄。梁簡文帝戲贈麗人詩：「同心鬟裏撥，異作額間黄。」李商隱無題詩：「壽陽公主嫁時妝，八字宫眉捧額黄。」

〔三〕「風露」句：化用晏殊寓意詩：「梨花院落溶溶月，柳絮池塘淡淡風。」

醉落魄　元夕

春城勝絶，暮林風舞催花發〔一〕。垂雲捲盡添空闊。吹上新年，美滿十分月〔二〕。　紅蕖影下勾絲抹，老來牽强隨時節。無人知道心情別。惟有蛾兒，驚見鬢邊雪。

【題解】

本詞作年難以確考。從「春城勝絶」、「老來牽强隨時節」句看，當爲晚年養病蘇城時作。陳三聘有和詞，殘，云：「東風寒絶，江城待得花枝發。欲知此夜碧天闊。（下缺）」

【箋注】

〔一〕催花發：語出白居易嘆春風兼贈李二十侍郎詩：「樹根雪盡催花發，池岸冰銷放草生。」

〔二〕美滿十分月：曾季貍艇齋詩話：「東坡『美滿風帆十幅蒲。』『美滿』字出杜牧之詩『千帆美滿風』。東湖亦用『美滿』字云：『正須美滿十分晴。』」東湖乃徐東湖。

石湖詞補遺

醉落魄㈠

棲烏飛絶〔一〕，絳河緑霧星明滅〔二〕。燒香曳簟眠清樾。花影吹笙，滿地淡黄月。　好風碎竹聲如雪，昭華三弄臨風咽〔三〕。鬢絲撩亂綸巾折。涼滿北窗，休共軟紅説〔四〕。

【校記】

㈠ 調名：歷代詩餘作「一斛珠」。按，萬樹詞律卷八：「一斛珠，五十七字，又名醉落魄。」

【題解】

本詞作年難以確考。陸輔之詞旨卷下：「警句凡九十二則。……『花影吹笙，滿地淡黄月。』石湖醉落魄。『涼滿北窗，休共軟紅説。』同上。」李佳左庵詞話卷下警句：「詞家有作，往往未能竟體無疵。每首中，要亦不乏警句，摘而出之，遂覺片羽可珍。……范石湖云：『花影吹笙，滿地淡黄月。』又云：『涼滿北窗，休共軟紅説。』又云：『惟有兩行低雁，知人倚、畫樓月。』」俞陛雲唐五代兩宋詞選釋：「『淡黄月』句已頗清新，更有吹笙人在花影中，風情絶妙。近人鷗堂詞『月要被他，愁作酒般黄』，著意描寫，不若『滿地淡黄月』五字融渾。」

【箋注】

〔一〕棲烏飛絶：語出柳宗元江雪：「千山鳥飛絶。」

〔二〕「絳河」句：絳河，天河，杜審言七夕詩：「白露含明月，青霞斷絳河。」緑霧：語見李賀江南弄：「江中緑霧起涼波，天上疊巘紅嵯峨。」

〔三〕「好風」三句：宋翔鳳樂府餘論：「下解『好風碎竹聲如雪』，寫笙聲也。『昭華三弄臨風咽』，吹已止也。」昭華，古樂器名，晉書律曆志：「舜時西王母獻昭華之琯，以玉爲之。」

〔四〕軟紅：即軟紅塵土。蘇軾次韻蔣穎叔錢穆父從駕景靈宫詩：「軟紅猶戀屬車塵。」自注：「前輩戲語，西湖風月，不如東華軟紅香土。」

朝中措

長年心事寄林扃，塵鬢已星星〔一〕。芳意不如水遠，歸心欲與雲平。留連一醉，花殘日永，雨後山明。從此量船載酒〔二〕，莫教閒却春情。

【題解】

俞陛雲唐五代兩宋詞選釋：「『芳意』二句較唐人『水流心不競』、『雲在意俱遲』句，同就雲水寫懷，而別有意味。」

【箋注】

〔一〕「塵鬢」句：形容鬢髮已白。左思白髮賦：「星星白髮，生於鬢垂。」文選謝靈運游南亭：「星星白髮垂。」李周翰注：「星星，白髮貌。」

〔二〕量船載酒：晉書畢卓傳：「卓謂人曰：『得酒滿數百斛船，四時甘味置兩頭，右手持酒杯，左手持蟹螯，拍浮酒船中，便足了一生矣。』」

眼兒媚

萍鄉道中乍晴，卧輿中困甚，小憩柳塘。

酣酣日脚紫烟浮〔一〕，妍暖試輕裘。困人天氣㊀，醉人花底㊁，午夢扶頭。春慵恰似春塘水，一片縠紋愁〔二〕。溶溶泄泄〔三〕，東風無力，欲皺還休〔四〕。

【校記】

㊀天氣：原作「天色」，今據彊邨叢書本改。

㊁花底：原作「花氣」，今據彊邨叢書本改。

【題解】

本詞作於乾道九年（一一七三）閏正月，時正赴廣右帥任，途經萍鄉。石湖驂鸞録：「（閏正月）二十六日，宿萍鄉縣，泊萍實驛。」本詞必作於此時。本詞歷代評論如下：詩人玉屑卷二一：「（范石湖眼兒媚）詞意清婉，咏味之，如在畫圖中。然後段之意，蓋本于嚴維『柳塘春水慢』之句云。」沈際飛草堂詩餘别集云：「『妍』字得春暖味。」又云：「字字軟温，着其氣息即醉。」古今詞統卷六評「春塘」三句云：「比『吹皺一池春水』更妖矣。」潘游龍古今詩餘醉卷一五云：「字字温潤」。許昂霄詞綜偶評：「换頭，『春慵』緊接『困』字、『醉』字來，細極。」王闓運湘綺樓評詞：「范成大眼兒媚：『酣酣日脚紫烟浮。』自然移情，不可言説，綺語中仙語也，考上上。」况周頤蕙風詞話卷二：「詞亦文之一體。昔人名作，亦有理脈可尋，所謂蛇灰蚓綫之妙。如范石湖眼兒媚萍鄉道中云：（略）『春慵』緊接『困』字『醉』字來，細極。」俞陛雲唐五代兩宋詞選釋：「上闋『午夢扶頭』句領起下文。以下五句借東風皺水，極力寫出春慵，筆意深透，可謂入木三分。」

【箋注】

〔一〕紫烟：李白望廬山瀑布：「日照香爐生紫烟。」

〔二〕縠紋：錢起贈張南史詩：「縠紋江水縣前流。」蘇軾臨江仙：「夜闌風静縠紋平。」

〔三〕溶溶洩洩：水波蕩漾。羅隱浮雲詩：「溶溶曳曳自舒張。」

〔四〕「東風」三句：化用馮延巳謁金門：「風乍起，吹縐一池春水。」

霜天曉角 梅㈠

晚晴風歇。一夜春威折㈡〔一〕。脈脈花疎天淡，雲來去，數枝雪〔二〕。勝絕。愁亦絕㈢。此情誰共說？惟有兩行低雁，知人倚，畫樓月。以上四闋見絕妙好詞。

【校記】

㈠題：原無「梅」字，今據絕妙好詞、彊邨叢書本補。

㈡春威：陽春白雪「威」作「堪」。

㈢愁亦絕：陽春白雪「亦」作「更」。

【題解】

本詞作年莫考，從詞意看，當爲游宦外地時作。陸輔之詞旨：「（警句）『惟有兩行低雁，知人倚，畫樓月。』」李佳左庵詞話卷下警句：「詞家有作，往往未能竟體無疵。每首中，要亦不乏警句，摘而出之，遂覺片羽可珍。……范石湖云：『花影吹笙，滿地淡黃月。』又云：『涼滿北窗，休共軟紅說。』又云：『惟有兩行低雁，知人倚，畫樓月。』」俞陛雲唐五代兩宋詞選釋：「此調末二句最爲擅勝，若言倚樓人托孤愁于征雁，便落恒蹊。此從飛雁所見，寫倚樓之人，語在可解不可解之間，詞家之妙境，所謂如絮浮水，似沾非著也。」

【箋注】

〔一〕春威折：受春寒威力的摧折。温庭筠陽春曲：「霏霏霧雨杏花天，簾外春威著羅幕。」

〔二〕數枝雪：用王安石梅花：「墻角數枝梅，凌寒獨自開。遥知不是雪，爲有暗香來」詩意。

惜分飛　南浦舟中與江西帥漕酌别，夜後忽大雪㊀。

畫戟錦車皆雅故〔一〕，簫鼓留連客住。南浦春波暮，難忘羅韈生塵處〔二〕。

明日船旗應不駐，且唱斷腸新句。捲盡珠簾雨〔三〕，雪花一夜隨人去。

【校記】

㊀調名：原作「一落索」，今據彊邨叢書本石湖詞補遺、全宋詞改。按，萬樹詞律卷六惜分飛（五十字），徐本立詞律補遺卷一列惜分飛四十八字、五十一字兩體。本詞即用詞律五十字之一體。惜分飛無一落索之别名，且詞律卷四一落索列六體，其字數、用韻均與惜分飛不同，故不能混爲一談。

【題解】

本詞作於乾道九年（一一七三）赴桂帥途經江西時。南浦，在江西浦城縣南門外，江西帥漕，指龔茂良和劉焞。黄畬石湖詞校注：「江西帥漕乃劉文潛。」非是。按，范成大驂鸞録：「（乾道九年閏正月五日）又登南昌樓、江月臺。郡圃偪仄無可觀。江西帥前右正言龔實之欲取王士元三江五湖之句，以廳事後堂爲襟帶堂，余爲書其榜。」則石湖明言江西帥爲龔實之，即龔茂良，字實之，興化軍人，紹興八年進士登第，宋史卷三八五有傳。江西漕爲劉焞，字文潛，四川成都人，趙逵榜進士及第。乾道六年六月，除著作佐郎，七年三月爲國子司業，見南宋館閣録卷七。淳熙間帥桂林，見宋史孝宗紀。孔凡禮范成大年譜乾道九年譜文云：「閏月四日，至隆興，爲留三日，晤知隆興府龔茂良，漕使劉焞，登滕王閣，游東湖，謁孺子亭。」甚是。

【箋注】

〔一〕「畫戟」句：形容江西帥府之威武雍容。陳師道後山詩話：「白樂天云……『歸來未放笙歌散，畫戟門前蠟燭紅。』非富貴語，看人富貴者也。」韋元旦奉和送金城公主適西番應制：「軍容旌節送，國命錦車傳。」

〔二〕「難忘」句：羅韈生塵，出曹植洛神賦，此喻宴席上之歌女。

〔三〕「捲盡」句：此用王勃滕王閣「珠簾暮卷西山雨」詩意。

菩薩蠻 湘東驛

客行忽到湘東驛，明朝真是瀟湘客。晴碧萬重雲〔一〕，幾時逢故人？江南如塞北，別後書難得。先自雁來稀，那堪春半時。

【題解】

本詞作於乾道九年（一一七三）二月，赴廣右帥途經湘東驛時。石湖驂鸞録：「（二月）九日，上謁南嶽廟。……湖南馬氏所植古松滿庭。」湘東驛，在湖南衡陽縣東十二里。

【箋注】

〔一〕晴碧：語出温庭筠郭處士擊甌歌：「晴碧烟滋重疊山。」

滿江紅　清江風帆甚快，作此與客劇飲歌之。

千古東流，聲捲地、雲濤如屋〔一〕。橫浩渺、檣竿十丈，不勝帆腹。夜雨翻江春浦漲，船頭鼓急風初熟〔二〕。似當年呼禹亂黃川，飛梭速。　擊楫誓，空驚俗。休拊髀，都生肉。任炎天冰海，一杯相屬〔三〕。荻筍蔞芽新入饌〔四〕，鵾絃鳳吹能翻曲〔五〕。笑人間何處似尊前，添銀燭。

【題解】

本詞作於乾道九年（一一七三）閏正月，時石湖正赴廣右帥任路過清江。石湖驂鸞録：「（閏正月)八日,泝清江,宿張家寨。……十日宿上江。兩日來帶江悉是橘林。」

【箋注】

〔一〕雲濤如屋:晉書天文志:「堅城之上有黑雲如屋,名曰軍精……不可攻。」本書卷一二渡淮:「昨夜南風浪如屋。」

〔二〕風初熟:熊孺登祇役遇風謝湘中春色:「水生風熟布帆新。」蘇軾金山夢中作:「夜半朝來風又熟。」

〔三〕一杯相屬:語出韓愈八月十五夜贈張功曹:「一杯相屬君當歌。」

〔四〕荻笋蔞芽:蘆荻之幼苗似竹笋,可食,故名荻笋,亦名荻芽。蔞蒿的嫩芽,香脆可食。盧象竹里館:「荻笋亂無叢。」蘇軾惠崇春江曉景:「蔞蒿滿地蘆芽短。」

〔五〕「鵾絃」句:鵾絃,用鵾鷄筋做成的樂器絃叫鵾絃,段安節樂府雜録:「開元中有賀懷智,其樂器,以石爲槽,鵾鷄筋作絃,用鐵撥彈之。」鳳吹,語出孔稚圭北山移文:「聞鳳吹於洛浦,值薪歌於延瀨。」王子晉善吹笙,聲如鳳鳴,故曰鳳吹。

謁金門

宜春道中,野塘春水可喜,有懷舊隱。

塘水碧,仍帶麴塵顏色〔一〕。泥泥縠紋無氣力〔二〕,東風如愛惜。　恰似越來溪側，也有一雙鸂鶒。只欠柳絲千百尺，繫船春弄笛。

【題解】

本詞作於乾道九年（一一七三）閏正月，時赴廣右帥任途經宜春。石湖驂鸞録：「（閏正月）十八日至袁州。桂林帥前大理寺丞李浩德遠先在此相候，欲講交承禮。爲留三日。」袁州，即宜春。張宗橚詞林紀事卷一〇引詞品云：「范成大出使回，每思石湖，故言之悒悒如此。」

【箋注】

〔一〕麴塵：酒麴所生之細菌，色微黄如塵，因謂淡黄色曰麴塵。白居易春江閒步贈張山人詩：「晴沙金屑色，春水麴塵波。」

〔二〕泥泥：濡濕貌。詩經小雅蓼蕭：「蓼彼蕭斯，零露泥泥。」鄭玄箋：「霑濡也。」

秦樓月㊀寒食日湖南提舉胡元高家席上聞琴。

湘江碧，故人同作湘中客。湘中客，東風回雁〔一〕，杏花寒食。　温温月到藍橋側〔二〕，醒心絃裏春無極〔三〕。春無極，明朝殘夢，馬嘶南陌。以上五闋見花庵絶妙詞選。

【校記】

㊀調名：花草粹編作「憶秦娥」。按，秦樓月，即憶秦娥。萬樹詞律卷四：「憶秦娥，四十六字，又

名秦樓月、碧雲深、雙荷葉、玉交枝。」

【題解】

本詞作於乾道九年（一一七三）寒食日，時赴廣右帥途經湖南，湖南提舉常平茶鹽公事胡抑設宴招待石湖，因作此詞。湖南提舉胡元高，即胡抑，字元高，徽州績溪人。以蔭補承務郎，遷太府寺丞。歷直秘閣，提舉湖南常平茶鹽公事，終朝散大夫，賜紫金魚袋，事見弘治徽州府志卷上。父舜陟，字汝明，官至廣西經略，爲秦檜所害，屈死獄中，宋史卷三七八有傳。兄仔，字元任，即苕溪漁隱叢話的作者。

【箋注】

〔一〕回雁：湖南衡陽有回雁峰，相傳大雁至衡陽而回，故名。

〔二〕温温：朱淑真探梅：「温温天氣似春和。」

〔三〕醒心絃：謂琴絃上彈出曲調，使人神志湛然。黄庭堅好事近詞：「一弄醒心絃，情在兩山斜疊。」

玉樓春　梅花〔一〕

佳人無對甘幽獨，竹雨松風相澡浴〔二〕。山深翠袖自生寒〔三〕，夜久玉肌元不粟〔三〕。却尋千樹烟江曲，道骨仙風終絶俗〔四〕。絳裙縞袂各朝元〔五〕，只有散仙名萼緑㈡〔六〕。

【校記】

㈠ 題：「梅花」二字原無，今據彊邨叢書本補。

㈡ 散仙：原作「散香」，今據朱孝臧彊邨叢書本、全宋詞改。

【題解】

本詞作年莫考。參詞意，當是晚年所作。

【箋注】

〔一〕「竹雨」句：句意自柳宗元晨詣超師院讀禪經「青松如膏沐」句化出。竹雨，陳師道和王子安至日：「竹雨深宜晚。」松風，杜甫玉華宮：「溪回松風長。」

〔二〕「山深」句：用杜甫佳人「天寒翠袖薄，日暮倚修竹」詩意，且與本詞首句呼應。

〔三〕「夜久」句：肌不粟，用趙飛燕事。漢伶玄飛燕外傳：「體温舒，亡疹粟。」蘇軾雪後書北臺壁：「凍合玉樓寒起粟。」

〔四〕道骨仙風：李白大鵬賦序：「余昔于江陵，見天台司馬子微，謂余有仙風道骨，可與神遊八極之表。因著大鵬遇希有鳥賦以自廣。」

〔五〕朝元：道教徒朝拜玄元皇帝稱朝元。

〔六〕「只有」句：散仙，韓愈奉酬盧給事雲夫四兄曲江荷花行見寄并呈上錢七兄閣老張十八助教詩：「上界真人足官府，豈如散仙鞭笞鸞鳳終日相追陪。」萼緑，即萼緑華，陶弘景真誥卷一：愕緑華者自云是南山人，女子，年可二十，顏色絶整，以晉穆帝升平三年十一月降羊權家，授權尸解藥。隱景化形而去。范成大梅譜云：「梅花純緑者，好事者比之九嶷仙人萼緑華云。」

醉落魄　海棠

馬蹄塵撲，春風得意笙歌逐㈠〔一〕。款門不問誰家竹〔二〕。只揀紅妝，高處燒銀燭㈡〔三〕。　碧鷄坊裏花如屋〔四〕，燕王宫下花成谷〔五〕。不須悔唱關山曲㈢。只爲海棠，也合來西蜀㈣。

【校記】

㈠笙歌：劉克莊後村詩話續集卷四「歌」作「簫」。

㈡高處：後村詩話作「多處」。

㈢關山曲：後村詩話作「陽關曲」。

㈣只爲：後村詩話作「直爲」。

【題解】

本詞作於淳熙三年（一一七六）賞海棠時，時任蜀帥。于北山范成大年譜淳熙三年譜文：「宴賞海棠，乃蜀帥相沿侈靡之風，石湖樂此，屢有詩詞。」本詞即此時作，參見詩集卷一七錦亭然燭觀海棠、浣溪沙燭下海棠等作。楊長孺石湖詞跋：「淳熙戊戌，先生歸自浣花，是時家尊守荆溪，置酒卜夜，觴次從容，先生極談錦城風景之盛，宦情之樂，因舉似數闋，如賦海棠云：『（詞略）』……此蓋先生最得意者。長孺耳剽，恨未飽九鼎之珍也。」京鏜後帥蜀，有和作醉落魄觀碧鷄坊王園海棠次范石湖韻，云：「芳塵休撲，名花唤我相追逐。淺妝不比梅欹竹。深注朱顔，嬌面稱紅燭。阿嬌合貯黄金屋，是誰却遣來空谷。酡顔遍倚闌干曲。一段風流，不枉到西蜀。」

【箋注】

〔一〕「馬蹄」二句：自孟郊登科後「春風得意馬蹄疾」句翻出，已變化原意。

〔二〕「款門」句：用王徽之觀竹故事。劉義慶世説新語卷下：「王子猷嘗行過吴中，見一士大夫家極有好竹，主已知子猷當往，乃灑埽施設，在聽事坐相待。王肩輿徑造竹下，諷嘯良久，主已失望，猶冀還當通。遂直欲出門。主人大不堪，便令左右閉門，不聽出。王更以此賞主人，乃留坐，盡歡而去。」

〔三〕「只揀」二句：翻用蘇軾海棠詩：「只恐夜深花睡去，故燒高燭照紅妝。」

〔四〕碧鷄坊：參見本書卷一七陸務觀云春初多雨近方晴碧鷄坊海棠全未及去年題解。

〔五〕燕王宫：即燕宫，参見本書卷一七春晚卧病故事都廢聞西門種柳已成而燕宫海棠亦爛漫矣題解。

玉樓春 牡丹

雲横水繞芳塵陌，一萬重花春拍拍〔一〕。藍橋仙路不崎嶇，醉舞狂歌容倦客。　真香解語人傾國〔二〕，知是紫雲誰敢覓〔三〕？滿蹊桃李不能言，分付仙家君莫惜。

【題解】

本詞作年莫考。

【箋注】

〔一〕春拍拍：蘇軾遊桓山得澤字：「春風在流水，鳧雁先拍拍。」本詞謂春風拍動花朵。

〔二〕「真香」句：羅隱牡丹花詩：「若教解語應傾國，任是無情也動人。」蘇軾題楊次公蕙：「幻色雖非實，真香亦競空。」

〔三〕紫雲：李愿家中歌女，石湖借美女以喻紫色牡丹。計有功唐詩紀事卷五六：杜牧爲御史分務洛陽，李愿罷鎮閒居，高會朝客，杜引滿三巵，問李云：「聞有紫雲者，孰是？」李指之，杜凝睇良久曰：「名不虚得，宜以見惠。」諸妓回首破顔。

菩薩蠻　木芙蓉

冰明玉潤天然色，凄涼拚作西風客。不肯嫁東風〔一〕，殷勤霜露中。　緑窗梳洗晚〔二〕，笑把琉璃盞。斜日上妝臺，酒紅和困來。以上四闋見全芳備祖。

【題解】

本詞作年莫考。

【箋注】

〔一〕「不肯」句：李賀南園十三首：「嫁與春風不用媒。」張先一叢花令：「沈恨細思，不如桃杏，猶解嫁東風。」石湖反其意而用之。

〔二〕梳洗晚：温庭筠夢江南詞：「梳洗罷，獨倚望江樓。」

水龍吟　壽留守〔一〕

仙翁家在叢霄，五雲八景來塵表〔一〕。黄扉紫闥〔二〕，化鈞高妙〔三〕，風霆揮掃。漠北寒烟，嶠南和氣，笑談都了。自玉麟歸去〔四〕，金牛再款〔五〕，却回首，人間少。天與丹臺舊籍〔六〕，笑蒼生祝公難老。春葩秋葉，暄寒易變，壺天長好〔七〕。物外新聞，鳳歌鸞翥〔八〕，龍蟠虎遶。想知心高會，寒霜夜永〔二〕，儘横參曉。右一闋見翰墨全書。

【校記】

〔一〕詞題：原作「壽留寺」，誤，今據全宋詞改正。

〔二〕寒霜：詩淵（第四六一九頁）引本詞作「霜寒」，義長。

【題解】

本詞作於淳熙四年（一一七七）九月，時石湖自蜀帥歸吴途經建康，晤建康留守劉珙，作本詞爲之祝壽。孔凡禮以爲本詞非范成大作，范成大年譜淳熙十年譜文：「有人賦水龍吟，爲成大壽。」孔氏以爲此詞乃他人作，理由有：「漠北寒烟」、「嶠南和氣」，與范成大仕歷合；「玉麟歸去」，指陳俊卿離建康任，「金牛再款」，指范成大繼任，由此推定本詞爲他人所作之祝石湖壽。孔氏此説尚可商兑。按，本詞爲范成大作，有文獻記載可證，截江網、翰墨全書均記爲范成大詞，尤其是詩淵，乃明初人據范石湖大全集所編纂，比較可信。其次，石湖生於六月四日，而本詞篇末點明秋末初冬，季節不合，則本詞非爲石湖作也。再次，孔氏以「漠北寒烟」、「嶠南和氣」指實石湖使金、帥桂，較穿鑿，此乃概括我國南北方而言。詳考石湖生平，惟淳熙四年自蜀東歸途經建康，晤留守劉珙，適逢其壽辰，本詞或爲劉氏作。劉珙，字共父，劉子羽長子。歷仕禮部郎官，秘書少監、中書舍人。金人犯邊，宋師北向，詔檄多出其手。淳熙二年，知建康府、行宮留守，五年卒，贈光禄大夫，謚忠肅，宋史卷三八六有傳。

【箋注】

〔一〕「五雲」句：五雲，參見南柯子銀渚盈盈渡注。八景，庾信道士步虚詞：「三元隨建節，八景逐回輿。」曹唐小遊仙：「八景風回五鳳車，崑崙山上看桃花。」塵表，世外，南史阮孝緒傳：「挂冠人世，棲心塵表。」

〔二〕黄扉紫闥：朝廷機要辦公處。黄扉，黄朝英靖康緗素雜記卷一「黄閣」條：「天子曰黄闥，三公曰黄閣，給事舍人曰黄扉，太守曰黄堂。」劉珙曾任中書舍人，故云。紫闥，皇甫謐釋勸篇：「排閶闔，步玉岑。登紫闥，侍北辰。」劉珙曾任秘書少監、中書舍人，兼直學士院，出入紫闥，故云。

〔三〕化鈞高妙：化鈞，化育鈞陶之意，劉勰文心雕龍時序：「昔在陶唐，德盛化鈞。」

〔四〕玉麟：玉麟堂，在建康府治内。輿地紀勝卷一四江南東路建康府景物下：「玉麟堂，在府治，取『留守玉麟符』之義。」景定建康志卷二一「堂館」：「玉麟堂，在府治，紹興十五年晁公謙之建，錢塘吴説書扁。」「玉麟歸去」，指劉珙自玉麟堂歸朝。宋史劉珙傳：「從幸建康，兼直學士院。」

〔五〕金牛再款：瑞應圖：「金牛，瑞器也。王者土地開闢，則金牛至。」此指劉珙任建康留守，再次來到金陵。

〔六〕丹臺：道家謂神仙居住的地方。藝文類聚卷七八真人周君傳：「紫陽真人周義山，字委通，汝陰人也。……入蒙山，遇羨門子。……君乃再拜叩頭乞長生要訣，羨門子曰：『子名在丹臺玉室之中，無憂不仙。』」

〔七〕壺天：雲笈七籤卷二八引雲臺治中録：「施存，魯人，學大丹之道三百年，十煉不成，唯得變化之術。後遇張申，爲雲臺治官，常懸一壺，如五升器大，變化爲天地，中有日月如世間，夜宿其内，自號壺天，人謂曰壺公。」

〔八〕鳳歌鸞翥：李白盧山謡寄盧侍御虚舟：「我本楚狂人，鳳歌笑孔丘。」陸機浮雲賦：「鸞翔鳳翥，鴻驚鶴奮。」

酹江月　嚴子陵釣臺

浮生有幾？歎歡娱常少，憂愁相屬。富貴功名皆由命〔一〕，何必區區僕僕〔二〕。燕蝠塵中〔三〕，鷄蟲影裏〔四〕，見了還追逐。山間林下，幾人真個幽獨？　誰似當日嚴君，故人龍衮，獨抱羊裘宿〔五〕。試把漁竿都掉了，百種千般拘束。兩岸烟林，半溪山影，此處無榮辱。荒臺遺像，至今嗟咏不足。右一闋見花草粹編。

【題解】

本詞作於紹興二十九年（一一五九），時在新安掾任上，沿檄至此，題詩於壁，見本書卷七釣臺。本詞亦作於其時。按，范成大三次經釣臺，驂鸞録：「始予自紹興己卯歲，以新安户曹沿檄來識釣臺，題詩壁間；後十年，以括蒼假守被召復至，自和二篇；及今又四年，蓋三過焉，復自和三篇。」從詞意考察，本詞當作於新安掾時。嚴子陵釣臺，在浙江桐廬縣富春江嚴陵瀨上。太平寰宇記卷九江南東道睦州：「桐溪一名紫溪，水木泉石相映，自桐溪至於潛，有九十六瀨，第二即嚴陵瀨也。」方輿勝覽卷五浙江路建德府：「釣臺，在桐廬西南二十九里，東西二臺，各高數十丈。……驚波間馳，秀壁雙峙，上有東漢故人嚴子陵釣臺。孤峰特操，聳立千仞。」

【箋注】

〔一〕「富貴」句：論語顔淵：「子夏曰：『商聞之矣，死生有命，富貴在天。』」

〔二〕僕僕：煩擾勞頓的樣子。孟子萬章下：「子思以爲鼎肉使己僕僕爾亟拜也，非養君子之道也。」

〔三〕燕蝠：蘇軾徑山道中次韻答周長官兼贈蘇寺丞：「奈何效燕蝠，屢欲争晨暝。」

〔四〕鷄蟲：杜甫縛鷄行：「鷄蟲得失無了時，注目寒江倚山閣。」

〔五〕「誰似」三句：嚴君，指嚴光。後漢書嚴光傳：「嚴光字子陵，一名遵，會稽餘姚人也。少有高名，與光武同遊學。及光武即位，乃變名姓，隱身不見。帝思其賢，乃令以物色訪之。後齊國上言：有一男子，披羊裘釣澤中。帝疑其光，乃備安車玄纁，遣使聘之，三反而後至，舍於北軍。」

醉落魄

雪晴風作，松梢片片輕鷗落。玉樓天半褰珠箔〔一〕。一笛梅花，吹裂凍雲幕。去年小獵灕山脚〔二〕，弓刀濕徧猶橫槊〔三〕。今年翻怕貂裘薄〔四〕。寒似去年，人比去年覺。

【題解】

本詞作於淳熙元年（一一七四）。石湖於乾道九年三月到桂林赴帥任，詞云「去年小獵漓山脚」，則本詞必作于淳熙元年。

【箋注】

〔一〕珠箔：珠簾。漢武故事：「武帝起神室，以白珠織爲箔。」

〔二〕「去年」句：漓山，一名象鼻山，在廣西桂林南。太平寰宇記卷一六二：「灕山，在城南二里，灕水之陽，因以名焉。」范成大桂海虞衡志志洞巖：「水月洞，在灕山之麓，其半枕江，天然刓刻作大洞門，透徹山背。」又，復水月洞銘并序：「水月洞，剜灕山之麓，梁空踞江，春水時至，湍流貫之。」

〔三〕横槊：蘇軾前赤壁賦：「釃酒臨江，横槊賦詩。」

〔四〕貂裘：貂皮袍，李頻贈長城庾將軍：「逆風走馬貂裘卷，望塞懸弧雁陣分。」陸游訴衷情：「關河夢斷何處，塵暗舊貂裘。」

霜天曉角

少年豪縱，袍錦團花鳳。曾是京城游子，馳寶馬，飛金鞚〔一〕。　舊遊渾似夢，鬢點吳霜重。多少燕情鶯意，都瀉入，玻璃甕。以上三闋見陽春白雪。

【題解】

本詞作年無考。從詞意看，約作於父范雩任京官時。按，建炎以來繫年要録卷一四七紹興十二年十一月己亥紀事：「詔：皇太后回鑾，士人曾經奉迎起居及獻賦頌等，文理可采者，令後省看詳申省取旨。時獻賦頌千餘人，而文理可采者近四百人。大理正吳㮚頌曰：『輔臣稽首，對揚聖志。惟斷乃成，願破群異。』有司奏爲第一。左奉議郎知真州張昌次之。詔有官人進一官，進士免文解一次。于是吳縣范成大亦在數中。桌，江寧人。成大，雩子也。」孔凡禮范成大年譜據本詞「少年豪縱，抱錦團花鳳。曾是京城游子，馳寶馬，飛金鞚」，認爲「所寫當爲此時事。」

【箋注】

〔一〕飛金鞚：杜甫麗人行：「黄門飛鞚不動塵。」

木蘭花慢 送鄭伯昌

古人吾不見，君莫是、鄭當時〔一〕？更築就山房，躬耕谷口，名動京師。諸公任他袞袞〔二〕，與杜陵野老共襟期。有客至門先喜，得錢沽酒何疑。昔年聯轡柳邊歸，陳迹恍難追。況種桃道士，看花才子，回首皆非〔三〕。相逢故人問訊，道劉郎去久無詩㊀。把做一場春夢，覺來莫要尋思。右一闋見古今圖書集成。

【校記】

㊀劉郎去：全宋詩校云：「案『去』字上下缺一字。」按，詞律此處爲八字，「去」字上或下缺一字。

【題解】

本詞作年莫考。

【箋注】

〔一〕鄭當時：漢代陳人，字莊，以任俠聲聞于時。好客，無論貴賤俱留之。景帝時爲太子舍人，武帝時爲大農令，遷汝南太守。漢書有傳。此乃用同姓人典。

〔二〕「諸公」句：杜甫醉時歌贈廣文館博士：「諸公衮衮登臺省，廣文先生官獨冷。」廣文先生即鄭虔，石湖用此典以切鄭伯昌。

〔三〕「况種桃道士」三句：劉禹錫元和十一年自朗州承召至京戲贈看花諸君子：「紫陌紅塵拂面來，無人不道看花回。玄都觀裏桃千樹，盡是劉郎去後栽。」再游玄都觀：「種桃道士歸何處，前度劉郎今又來。」

〔宋〕范成大 撰
吴企明 校箋

范成大集校箋

五

上海古籍出版社

范石湖集輯佚卷一　詩　詞

和馬少伊韻

氣壓伊吾一劍鳴〔一〕，風生銅柱百蠻驚。君家自有堂堂陣，我欲周旋恐曳兵。

【題解】

本詩約作於紹興十六年（一一四六）前後，時在崑山東禪寺讀書。本詩輯自崑山雜咏卷下，孔凡禮范成大佚著輯存第一頁有録。馬少伊，即馬先覺，崑山人，參見卷八次韻馬少伊木犀「題解」。崑山雜咏卷下有馬先覺喜樂功成招范至能入詩社：「燕國將軍善主盟，新封詩將一軍驚。范家老子登壇後，鼓出胸中十萬兵。」詳石湖本詩意，當爲和馬先覺此詩之意。

【箋注】

〔一〕伊吾：郡名，李吉甫元和郡縣圖志卷四〇隴右道下伊州：「禹貢九州之外，古戎地，古稱昆吾。……隋大業六年得其地，以爲伊吾郡。……貞觀四年，胡等慕化内附，於其地置伊州。」

次韻項丈雪詩

兜羅世界三千刹〔一〕，重壁樓臺十二城。雲暗峨嵋封古色，日曛鳷鵲溜春聲。莫將蕉葉評摩詰〔二〕，且撚梅花慰廣平〔三〕。更憶緱山可憐夜，怯寒誰與伴調笙〔四〕。晏元獻雪詩：「緱御怯調笙。」

【題解】

本詩作於紹興十八年（一一四八）前後，時在崑山東禪寺讀書。于北山范成大年譜繫本詩於紹興二十一年，孔凡禮范成大年譜繫本詩於紹興十八年。本詩輯自崑山雜咏卷下，孔凡禮范成大佚著輯存第一頁有録。項丈，即項寅賓，字彦周，亦爲詩社中人。崑山雜咏卷下録項寅賓雪詩：「凍雲同色墜飛霙，送臘迎春一歲成。但見紅花洗芳面，那聞黄竹度新聲。密移瓊室祥光滿，倒瀉銀河白浪平。已屬畫師圖此景，炎蒸相對卧桃笙。」

【箋注】

〔一〕「兜羅」句：兜羅世界，即兜羅綿組成的世界，形容雪後景色。兜羅綿，翻譯名義集卷七沙門服相篇：「兜羅，此云細香……或名妬羅綿，妬羅，樹名。綿從樹生，因而立稱，如柳絮也。亦翻楊華。」三千，佛家謂三千大千世界，見智度論卷七。刹，梵語刹多羅的省稱，指國土，見玄應一切經音義卷一。全句形容無邊無際的河山被白雪覆蓋，像白絮構成的兜羅世界。

〔二〕「莫將」句：摩詰，即王維。王維畫袁安卧雪圖，圖中有芭蕉，沈括夢溪筆談卷一七：「余家所藏摩詰畫袁安卧雪圖，有雪中芭蕉，此乃得心應手，意到便成，故造理入神，迥得天意，此難可與俗人論也。」朱翌猗覺寮雜記卷上：「故惠洪云：『雪裏芭蕉失寒暑。』」故石湖要發出「莫將蕉葉評摩詰」的意想。

〔三〕「且撚」句：廣平，即宋璟，他有梅花賦，稱頌梅花君子之節，極有名。

〔四〕「更憶」二句：句尾自注：「晏元獻雪詩：緱御怯調笙。」知此兩句從晏殊詩中翻出。緱山，在河南緱氏縣，元和郡縣圖志卷五河南道一河南府緱氏縣：「緱氏山，在縣東南二十九里，王子晉得仙處。」列仙傳：「王子喬者，周靈王太子晉也。好吹笙，作鳳凰鳴，游伊、洛之間，遇道士浮丘公接以上嵩高山。」李白鳳笙篇：「仙人十五愛吹笙，學得崑丘彩鳳鳴。」

元日奉呈項丈諸生

節物陰涔裏，人情冷淡中。百憂尋老大，一笑屬兒童。雪意愁飢雀，風聲入斷鴻。新衣滿閭巷，終日自西東。

【題解】本詩作於紹興十八年（一一四八）前後，時在崑山東禪寺讀書。與項寅賓有唱和，參見上首「題解」。本詩輯自崑山雜咏卷下，孔凡禮范成大佚著輯存第一頁有録。崑山雜咏卷下有項寅賓和范至能元日：「獻歲身留外，思家恨滿中。桃符禳厲鬼，椒酒勸仙童。出謁憑羸馬，題書附去鴻。青春應時節，斗柄夜摇東。」

送舉老歸廬山偈

二千里往來似夢，四十年今昔如浮。去矣莫久留桑下，歸歟來共煨芋頭。

【題解】本詩作於淳熙九年（一一八二），時在知建康府任上。友人舉慧和尚將歸廬山普光院，因作本偈送之，同時還作送舉老歸廬山詩。舉老，即舉書記，詩僧舉慧。參見卷二〇贈舉書記歸雲丘「題解」。本文輯自寶慶四明志卷一七，全宋文卷四九八五有録。

酬姜堯章

鵝鵞聲暗雪意豪，直前不憚夜行勞。更能櫜鞬尊裴度，千古人知李愬高。

【題解】

本詩作於紹熙二年（一一九一）冬，時閒居在家，姜夔來訪，盤桓經月，有唱酬。姜夔有雪中訪石湖詩，石湖作次韻姜堯章雪中見贈（見卷三三）。石湖又作酬姜堯章（即本詩），見周密浩然齋雅談。孔凡禮范成大佚著輯存第二頁有録。

口號

我是蘇州監本獃，與爺上壽獻棺材㊀。宗室元來是皇族，㊁雨下水從屋上來㊂。

【校記】

㊀上：姑蘇筆記作「祝」。

㊁宗室元來是皇族：姑蘇筆記作「近來仿佛知人事」。

㊂水從屋上：姑蘇筆記作「還將屋裏」。

【題解】

本詩作年無考。張仲文白獺髓謂本詩作於「成大初官時」。本詩輯自白獺髓，涵芬樓鉛印本説郛引羅志仁姑蘇筆記，謂此口號見鄭獬所作楚樂亭記。孔凡禮范成大佚著輯存第二頁有録。

城頭歌

城頭煙暝催發更，遥聞鼕鼕復丁丁。可憐一夜勞鼓鉦，東方明矣寤無聲。聲聲兮未足悲，今夜再有發更時。只恐昨日如昨夢，事去絶蹤那可追。君不見燈火高堂歌舞地，香雲覆坐圍珠翠。馬嘶人散日照梁，狼籍尊罍飛鳥至。人間萬事要有極，前世繁華總便迹。汝無神仙度世術，持此區區欲安適。

【題解】本詩作年無考。本詩輯自詩淵第三册第一九八〇頁，孔凡禮范成大佚著輯存、全宋詩均未録。

村居即景

緑遍山原白滿川，子規聲裏雨如烟。鄉村四月閒人少，纔了蠶桑又插田。

【題解】本詩作年無考。本詩輯自千家詩。孔凡禮范成大佚著輯存第三頁有録，按云：「此詩亦見宋翁卷葦碧軒集，題作鄉村四月，錢鍾書先生宋詩選注二五二頁選入，繫於翁卷。然千家詩之七言部分乃宋末謝枋得所選，想亦有據。今姑録於此。」

田家

稺子呼牛女拾耕，山妻自餉小溪鱗。安知曝背庭中老，不是淵明行輩人？

【題解】

本詩作年無考。本詩輯自分門纂類唐宋時賢千家詩選卷一四，孔凡禮范成大佚著輯存第三頁、全宋詩卷二二七二有録。孔氏按云：「此詩原題『又』。其前一首亦題爲『又』，起句爲『梢柮無烟雪夜長』，爲秋日田園雜興十二絶之一，見詩集卷二十七。再前一首爲『田家』，起句爲『晝出耘田夜績麻』，爲夏日田園雜興十二絶之一，亦見詩集卷二十七。故以『田家』爲題。」詩又見劉克莊集，題爲田舍。

秋蟬

斷角斜陽觸處愁，長亭搔首晚悠悠。世間最有蟬堪恨，送盡行人送盡秋。

【題解】

本詩作年無考。本詩輯自分門纂類唐宋時賢千家詩選卷二〇，孔凡禮范成大佚著輯存第三頁、全宋詩卷二二七二有録。本詩又見陸游集，題爲秋日聞蟬。

滿江紅

山繞西湖，曾同泛，一篙春緑〔一〕。重會面，未温往事，先翻新曲。勁柏喬松霜雪後，知心惟有孤生竹。對荒園，猶解兩高歌，空驚俗。　人更健，情逾熟。櫻共柳，冰和玉〔二〕。恐相逢如夢，夜闌添燭〔三〕。别後書來空悵望，尊前酒到休拘束。笑簞瓢〔四〕，未足已能狂，那堪足。

【題解】

本詞作年莫考。本詞輯自永樂大典卷二二六六湖字韻。全宋詞第三册第一六二五頁、黄畬石湖詞校注均有録。「客悵望」，全宋詞作「空悵望」。

【箋注】

〔一〕一篙春緑：温庭筠洞户：「池漲一篙深。」

〔二〕「櫻共柳」二句：白居易詩（孟棨本事詩事感）云：「櫻桃樊素口，楊柳小蠻腰。」本詞借白詩意，櫻、柳、冰、玉指當時之歌女或侍女。

〔三〕「恐相逢如夢」二句：杜甫羌村：「夜闌更秉燭，相對如夢寐。」

〔四〕簞瓢：論語雍也：「一簞食，一瓢飲，在陋巷，人不堪其憂，回也不改其樂。」

水調歌頭 人日

元日至人日〔一〕，未有不陰時。新年叶氣，無處人物不熙熙。萬歲聲從天下，一札恩隨春到，光采動天鷄。壽域遍寰海〔二〕，直過雪山西。憶曾預，宣玉册，捧金巵。如今萬里，魂夢空繞五雲飛。想見大庭宫館，重起三山樓觀，雙指赭黄衣〔三〕。此會古無有，何止古來稀。

【題解】

本詞輯自永樂大典卷三〇〇一。全宋詞第三册第一六二六頁、黄畬石湖詞校注亦録本詞，調名爲水調歌頭。從詞意考察，本詞當作於任職京師恰遇正月人日時。石湖於乾道五年十二月，除起居舍人兼侍講，六年乃在起居舍人任上，則乾道六年在京師過年。乾道六年十月，任中書舍人，七年仍在中書舍人任上，則乾道七年亦在京師過年，淳熙四年十一月，權禮部尚書，五年正月，以禮部尚書知貢舉，則淳熙五年，亦在京師過年。故本詞究竟作於何年，難以判定。孔凡禮范成大年譜淳熙三年譜文云：「初七日，賦水調歌頭。」詞句誤爲「直過西山雪」，以爲是成都之西山，故認爲作於蜀帥任上。

【箋注】

〔一〕元日至人日：顧禄清嘉録卷一「七人八穀九天十天」條引漢東方朔占書：「歲後八日，一日鷄，二日犬，三日豕，四日羊，五日牛，六日馬，七日人，八日穀。其日晴，所主之物育，陰則災。」晉議郎董勛答問禮俗：「正月一日爲鷄，二日爲狗，三日爲猪，四日爲羊，五日爲牛，六日爲馬，七日爲人，八日爲穀。縷金以相遺，改舊從新之意也。」

〔二〕壽域：太平盛世。漢書禮樂志：「驅一世之民，濟之仁壽之域。」杜甫上韋左相二十韻：「八荒開壽域，一氣轉洪鈞。」

〔三〕赭黄衣：皇帝所穿衣服的顏色。和凝宫詞：「紫燎光銷大駕歸，御樓初見赭黄衣。」

浣溪沙　江村道中

十里西疇熟稻香〔一〕，槿花籬落竹絲長〔二〕。垂垂山果挂青黄。　濃霧知秋晨氣潤，薄雲遮日午陰涼。不須飛蓋護戎裝。

【題解】

本詞作年難以確考。本詞輯自永樂大典卷三五七六。全宋詞第三册第一六二六頁、黄畬石湖詞校注均有録。

【箋注】

〔一〕西疇：語出陶潛歸去來兮辭：「農人告余以春及，將有事於西疇。」

〔二〕槿花籬落：張耒田家詩：「新插茅檐紅槿籬。」

破陣子　祓禊

漂泊天隅佳節，追隨花下群賢。只欠山陰修禊帖〔一〕，却比蘭亭有管弦。舞裙香未湔。　淚竹斑中宿雨，折桐雪裏蠻烟〔二〕。唤起杜陵饑客恨〔三〕，人在長安曲水邊。碧雲千疊山。

【題解】

本詞作於淳熙元年（一一七四）三月三日。孔凡禮范成大年譜淳熙元年譜文：「三月三日，祓禊，作破陣子詞。詞見全宋詞第一六二六頁。詞中『漂泊天隅』，『蠻烟』云云，當在廣西作。以時考之，當爲今年。以去年三月十日入城，明年此時，又在赴蜀道中。」本詞輯自永樂大典卷一三九九三，全宋詞第三册第一六二六頁、黄畬石湖詞校注均有録。

【箋注】

〔一〕山陰修禊帖：指王羲之蘭亭集序。序云：「永和九年歲在癸丑，暮春之初，會於會稽山陰之蘭亭，修禊事也。」周密齊東野語卷一二「禊序不入選帖」云：「逸少禊序，高妙千古，而不入選。或謂『絲竹管絃，天朗氣清』，有以累之。不知『絲竹管絃』，不特見前漢張禹傳，而東都賦亦有『絲竹管絃，燁煜抗五聲』之語。然此二字相承，用之久矣。張衡賦：『仲冬之月，時和氣清。』又晉褚爽禊賦亦曰：『伊暮春之令月，將解禊於通川，風摇林而自清，氣扶嶺而自鮮。』况清明爲三月節氣，朗即明，又何嫌乎？若以筆墨之妙言之，固當居諸帖之首，乃不得列官法帖中，又何哉？豈以其表表得名，自應别出，不可與諸任齒耶？亦前輩選詩不入李、杜之意耳，識者試評之。」

〔二〕「折桐」句：折桐，即折桐花。洞天清禄集：「花桐，春來開花，如玉簪而微紅，號折桐花。」蠻烟：指西南少數民族地區的烟雲。張詠舟次辰陽：「山連古洞蠻烟合。」

〔三〕杜陵饑客：指杜甫，蘇軾續麗人行：「杜陵飢客眼長寒，蹇驢破帽隨金鞍。」

鷓鴣天 席上作

樓觀青紅倚快晴〔一〕，驚看陸地涌蓬瀛。南園花影笙歌地，東嶺松風鼓角聲。　山繞水，水縈城。柳邊沙外古今情。坐中更有揮毫客，一段風流畫不成〔二〕。

【題解】本詞作年無考。本詞輯自永樂大典卷二一〇三五三。全宋詞第三册第一六二六頁、黄畬石湖詞校注均有録。

【箋注】

〔一〕快晴：晴天氣爽。陳與義夏夜：「兩鵲翻明月，孤松立快晴。」

〔二〕「一段」句：自高蟾金陵晚望「世間無限丹青手，一片傷心畫不成」句中翻出。

水調歌頭

萬里籌邊處，形勝壓坤維〔一〕。恍然舊觀重見〔二〕，鴛瓦拂參旗〔三〕。夜夜東山銜月，日日西山横雪，白羽弄空暉〔四〕。人語半霄碧，驚倒路傍兒。分弓了，看劍罷，倚闌時。蒼茫平楚無際，千古鎖煙霏。野曠岷嶓江動〔五〕，天闊崤函雲擁〔六〕，太白暝中低〔七〕。老矣漢都護，却望玉關歸〔八〕。

【題解】

本詞輯自楊慎全蜀藝文志卷二五，蜀中名勝記卷四，全宋詞第三册第一六二七頁，黄畲石湖詞校注均有載。籌邊城，在成都子城之西南，唐代李德裕鎮蜀時建，久廢。淳熙三年，范成大新建之，樓既成，石湖請陸游爲之記。陸游籌邊樓記：「淳熙三年八月既望，成都子城之西南，新作籌邊樓，四川制置使知府事范公舉酒屬其客山陰陸某曰：『君爲我記。』按史記及地志，唐李衛公節度劍南，實始作籌邊樓，廢久，無能識其處者。今此樓望犍爲、僰道、黔中、越嶲諸郡，山川方域，皆略可指。意者衛公故址，其果在是乎？樓既成，公復按衛公之舊圖，邊城地勢險要，與蠻夷相入者，皆可考信不疑。雖然，公于邊境，豈真待圖而後知哉！方公在中朝，以洽聞强記，擅名一時，天子有所顧問，近臣皆推公對，莫敢先者。其使虜而歸也，盡能道其國禮儀、刑法、職官、宫室、城邑、制度，自幽薊以出居庸、松亭關，并定襄、五原，以抵靈武、朔方，古今戰守離合，得失是非，一皆究其本末，口講字畫，委曲周悉，如言其國内事。雖虜耆老大人，知之不如是詳也。而况區區西南夷，距成都或不過數百里，一登是樓，在目中矣，則所謂圖者，直按故事而已。請以是爲記。公慨然曰：『君之言過矣，予何敢望衞公。然竊有幸焉，衞公守蜀，牛奇章方居中，每排沮之，維州之功，既成而敗。今予適遭清明寬大之朝，論事薦吏，奏朝入而夕報可。使衞公在蜀，適得此時，其功烈壯偉，詎止取一維州而已哉！』某曰：『請并書公言，以詔後世，可乎？』公曰：『唯！唯！』九月一日記。」本詞當作於樓成之日，即淳熙三年。

【箋注】

〔一〕坤維：即地維。列子湯問：「共工氏與顓頊争爲帝，怒而觸不周之山，折天柱，絶地維。」張協雜詩：「大火流坤維。」

〔二〕舊觀重見：重新見到唐代李德裕所建籌邊樓的模樣。蜀中名勝記卷四：「唐書：李德裕建籌邊樓于成都府治之西，四壁圖蠻夷險要，日與習邊事者，籌畫其上。」文中衞公，乃德裕。

〔三〕「鴛瓦」句：鴛瓦，嵌合成雙的瓦片。白居易長恨歌：「鴛鴦瓦冷霜華重。」參旗，星名，史記天官書：「參爲白虎，三星直者，是爲衡石。……其西有句曲九星，三處羅：一曰天旗，二曰天苑，三曰九游。」正義曰：「參旗九星，在參西，天旗也。」

〔四〕白羽：指箭。史記司馬相如傳：「彎繁弱，滿白羽，射游梟。」正義曰：「文穎云：引弓盡箭鏑爲滿，以白羽羽箭，故云白羽也。」

〔五〕岷嶓：岷山和嶓山。

〔六〕崤函：崤山與函谷關。

〔七〕太白：星名。

〔八〕「老矣」二句：用班超典，漢代西域都護班超，年老思歸，上疏請求「生入玉門關」。後漢書班超傳：「超自以久在絶域，年老思土，上疏曰：『……臣不敢望到酒泉郡，但願生入玉門關。』」

鷓鴣天

仗下儀容筆下文，天風駕鶴住仙真〔一〕。榴花三日迎端午，蕉葉千春紀誕辰。經圀志〔二〕，立朝身。暫煩高手活吴民。明朝莫遣書丹篆〔三〕，怕引新符刻玉麟〔四〕。

【題解】

本詞作年莫考。本詞輯自詩淵第六册第四六〇〇頁，原題爲鷓鴣天壽。黄畬石湖詞校注、孔凡禮范成大佚著輯存第四頁均有録。孔氏於詞下按云：「本詞，詩淵謂爲『宋范大成』作。查詩淵其他各册，亦偶有署『宋范大成』作者，其詩作即見今本詩集。又，本詞『暫煩高手活吴民』云，似成大爲壽平江守而作，以平江乃范成大之鄉郡也。『大成』當爲『成大』之誤。下詞洞仙歌，詩淵亦謂爲『宋范大成』作。今均繫於范成大之名下。自西江月以下各詞，詩淵皆謂『宋范成大作』。」

【箋注】

〔一〕「天風」句：駕鶴，語見江淹别賦：「駕鶴上漢，驂鸞騰天。」仙真，即仙人。

〔二〕圀：古國字，武則天造。玉篇：「古文國字，唐武后所作。」正字通：「唐武后時，有言國中或者，惑也，請以武鎮之。又有言武在口中，與困何異，復改爲圀。」

〔三〕丹篆：張正見和幸樂游苑侍宴：「鳳下書丹篆，龜符著緑編。」

〔四〕新符刻玉麟：隋書樊子盈傳：爲河南内史，文帝命留守東郡，曰：「社稷大事，終以委公……凡可施行，無勞形迹。今爲公别造玉麟符，以代銅獸。」

洞仙歌

碧城風物〔一〕，有湖中天地。長笑羲娥不停軌〔二〕。記蟠桃枝上，金母嗔嘗〔三〕，回首處，還又三千歲矣。料仙人拊頂，曾授長生，名在雲瓊賜書裏。懶上鬱蕭臺，應厭高寒，飄然下，赤城游戲。且山澤留連作臞仙，不要管蓬萊，海中塵起〔五〕。

【題解】

本詞作年莫考。本詞輯自詩淵第六册第四六〇三頁，孔凡禮范成大佚著輯存第四頁、黄畬石湖詞校注均有録。

【箋注】

〔一〕碧城：仙境。太平御覽：「元始（天尊）居紫雲之闕，碧霞爲城。」李商隱碧城：「碧城十二曲闌干，犀辟塵埃玉辟寒。」

〔二〕羲娥：即羲和和嫦娥。羲和，傳説中駕馭日車之人。羲娥，代指日月。韓愈石鼓歌：「孔子西行不到秦，掎摭星宿遺羲娥。」

〔三〕金母：指西王母。陶弘景真誥甄命授：「昔漢初，有四五小兒路上畫地戲。一兒歌曰：『著青帬，入天門，揖金母，拜木公。』……所謂金母者，西王母也。」

〔五〕「不要」二句：葛洪神仙傳：卷三：「麻姑自説：『接待以來，已見東海三爲桑田，向到蓬萊，水又淺於往昔，會時略半也，豈將復還爲陵陸乎？』方平笑曰：『聖人皆言，海中行復揚塵也。』」

西江月

櫻筍園林緑暗〔一〕，槐榆院落清和〔二〕。年年高會引笙歌，戲采人隨燕賀〔三〕。

一笑難逢身健，十分休惜顔酡〔四〕。還將瓜棗送金荷〔五〕，遍照金章滿座。

【題解】本詞作年莫考。本詞輯自詩淵第六册第四六一〇頁。孔凡禮范成大佚著輯存第五册、黃畬石湖詞校注均有録。

【箋注】

〔一〕櫻笋：櫻桃和春笋的合稱，兩物俱爲春夏之交之物，亦用以代指時令。陸龜蒙奉和襲美所居首夏水木尤清適然有作次韻：「亦以魚蝦供熟鷺，近緣櫻笋識鄰翁。」

〔二〕清和：氣候清潤温和。曹丕槐賦：「伊暮春之既替，即首夏之初期……天清和而温潤，氣恬淡以安治。」謝靈運游赤石進帆海詩：「首夏猶清和。」

〔三〕「戲采人」句：戲采人，古代老人誕辰，演戲祝賀，上演老萊子著彩衣娛母爲壽的故事。高士傳：「老萊子年七十，作嬰兒戲，著五色斑斕衣。取水上堂，跌仆臥地，爲小兒啼。欲母喜。」燕賀，語出淮南子説林訓：「大厦成而燕雀相賀，憂樂別也。」

〔四〕顔酡：醉顔紅潤。宋玉楚辭招魂：「美人既醉，朱顔酡些。」

〔五〕金荷：金屬製成的荷形杯皿。黃庭堅醉落魄：「割愛金荷，一碗淡莫托。」

臨江仙

功行三千宜五福〔一〕，長生何假金丹。從教滄海又成田，瓊枝春不老，璧月夜長妍〔二〕。上界從來官府滿〔三〕，何妨游戲人間。年年强健到樽前，莫辭杯瀲灧，君是酒中仙〔四〕。

【題解】

本詞作年莫考。本詞輯自詩淵第六册第四六一二頁。孔凡禮范成大佚著輯存第五頁、黄畬石湖詞校注均有録。

【箋注】

〔一〕「功行」句：功行，指功德。功行三千，吕巖浪淘沙：「修成功行滿三千。」五福，古人稱壽、富、康寧、攸好德、考終命爲五福。尚書洪範：「一曰壽，二曰富，三曰康寧，四曰攸好德，五曰考終命。」

〔二〕「瓊枝」二句：從陳書張貴妃傳：「璧月夜夜滿，瓊樹朝朝新。」化出。

〔三〕「上界」句：上界，佛、道教稱神仙居住的地方。晁補之定風波：「上界雖然官府好，總道，散仙無事好追陪。」

〔四〕酒中仙：杜甫飲中八仙歌：「李白一斗詩百篇，長安市上酒家眠。天子呼來不上船，自稱臣是酒中仙。」

鷓鴣天

繡户當年瑞氣充，紫陽駕鶴下天風〔一〕。萬山秀色渾鍾盡，六月炎光一洗空。蕉葉滿，彩衣重。刻符持節盡人雄。坐中金母欣餘慶〔二〕，勸醉周公勸魯公〔三〕。

【題解】

本詞作年莫考。本詞輯自詩淵第六册第四六一六頁。孔凡禮范成大佚著輯存第五頁、黄畬石湖詞校注均有録。孔氏於詞下按：「原調作瑞鷓鴣，誤，今改。」按詞律，鷓鴣天與瑞鷓鴣明顯爲兩調，句逗、用韻不同，本詞符合鷓鴣天調格，詩淵誤題。

【箋注】

〔一〕紫陽：即紫陽真人。道家傳説漢代周義生，字季通，入蒙山，遇羨門子，得長生秘訣，乘雲駕龍而去。雲笈七籤卷一〇六紫陽真人周君内傳：「紫陽真人姓周諱義生字季通，汝陰人也。」李白憶舊遊寄譙郡元參軍：「紫陽之真人，邀我吹玉笙。」

〔二〕餘慶：即餘福，謂福澤及於後人。周易坤：「積善之家，必有餘慶。」

〔三〕「勸醉」句：微子：「周公謂魯公曰：『君子不施其親，不使大臣怨乎不以。』」孔安國曰：「魯公，周公之子伯禽也，封於魯。」

滿江紅

天氣新晴，尋昨夢，池塘春早。朝雨過、湔裙〔一〕，水上柳絲風嫋。却憶去年今日事，桃花人面依前好〔二〕。惟今年，酒量却添多，銀杯小。　誰勸我，玉山倒〔三〕。催細抹〔四〕。翻新調。漸金猊壓錦〔五〕，噴首雲繞。籠柏飛來雙翠袖，弓彎内樣人間少。爲留連，春色伴仙翁，都休老。

【題解】

本詞作年莫考。本詞輯自詩淵第六册第四六二〇頁。孔凡禮范成大佚著輯存第五頁、黄畬石湖詞校注均有録。與原文相較，孔輯、黄注有漏字、誤字如下：「雨過」前，原有「朝」字，「今日」下，原有「事」字，兩書漏；「嫋」，黄注作「裊」；「伴仙翁」，兩書作「伴山翁」。黄注有「校勘」三條，云：「山，明鈔本詩淵誤作『仙』，費解，兹改作『山』字。猊，明鈔本詩淵誤作『狎』，費解，且平仄不合，兹改爲『猊』字。帕，明鈔本詩淵作『柏』，亦費解，兹改爲『帕』字。」按作「山」、作「柏」非誤，不當改。「狎」處本應平聲，改爲「猊」，可從。

【箋注】

〔一〕湔裙：古時的一種風俗，呂渭皇帝移晦日爲中和節：「湔裙移舊俗，賜尺下新科。」

〔二〕「却憶」二句：自崔護題都城南莊詩：「去年今日此門中，人面桃花相映紅。人面不知何處去，桃花依舊笑春風。」詩中化出。

〔三〕玉山倒：醉後倒地如玉山之傾倒。劉義慶世説新語容止：「山公曰：嵇叔夜之爲人也，巖巖若孤松之獨立；其醉也，傀俄若玉山之將崩。」

〔四〕細抹：仔細按抹。抹，輕按，彈奏琵琶的指法。白居易琵琶引：「輕攏慢撚抹復挑。」王建宮詞：「琵琶先抹六么頭。」

〔五〕金猊：金屬製成的狻猊形香爐。花蕊夫人宮詞：「金猊烟穗繞觚稜。」

清平樂

降嵩儲昴〔一〕，仙馭來塵表〔二〕。身佩安危人不老〔三〕。化國風光長好〔四〕。

功名南北天涯。歡聲鑾嶠胡沙〔五〕。草木何□□露，小春桃李都花。

【題解】

本詞作年無考。本詞輯自詩淵第六册第四六二三頁，孔凡禮范成大佚著輯存第六頁、黃畬石湖詞校注均有録。

【箋注】

〔一〕降嵩儲昴：祝賀生日常用之語，詩經大雅崧高：「崧高維嶽，峻極于天。維嶽降神，生甫及申。」羅隱錢尚父生日：「大昴光分降牛斗，興唐宗社作諸侯。」

〔二〕仙馭：仙駕。李世民賦秋日懸清光賜房玄齡：「仙馭隨輪轉，靈烏帶影飛。」

〔三〕身佩安危：即身繫安危。佩，帶也，繫也。

〔四〕化國：化外之國。王符潛夫論：「化國之日舒以長。」蘇軾葉待制求先墳水慕亭詩：「靈區有異産，化國無潛珍。」

〔五〕蠻嶠胡沙：泛指南北方少數民族地區。

清平樂

何須輕舉〔一〕，上界多官府。身似靈光長鎮魯〔二〕。俯仰人間今古。　雨餘簾捲江流，朱顏流映瓊舟〔三〕。不假崗陵□壽〔四〕，西山柢似西樓。

【題解】　本詞作年無考。本詞輯自詩淵第六册第四六二三頁，孔凡禮范成大佚著輯存第六頁、黄畬石湖詞校注均有録。

【箋注】

〔一〕輕舉：登仙，漢書張良傳：「乃學道，欲輕舉。」

〔二〕「身似」句：靈光，殿名，王延壽魯靈光殿賦序：「魯靈光殿者，蓋景帝程姬之子恭王餘之所立也……遭漢中微，盜賊奔突，自西京未央、建章之殿，皆見隳壞，而靈光巋然獨存。」靈光殿在魯地，故云「長鎮魯」。

〔三〕瓊舟：指酒杯。蘇軾玉盤盂：「直待瓊舟覆玉彝。」按，周禮春官司尊彝：「六彝，皆有舟。」鄭玄注：「舟，尊下臺，若今時承槃。」

〔四〕崗陵：詩經小雅天保：「如山如阜，如崗如陵。」祝壽之詞，猶今之「壽比南山」。

菩薩蠻　寓直晚對內殿

彤樓鼓密催金鑰〔一〕。沉沉青瑣重重幕。宣喚晚朝天〔二〕，五雲籠暝烟。　風急東華路〔三〕。暖扇遮微雨〔四〕。看霧撲人衣〔五〕，上林鳥滿枝〔六〕。

【題解】

本詞作於淳熙五年，孔凡禮范成大年譜「淳熙五年」三月譜文云：「寓直晚對內殿，作菩薩蠻詞。據咸淳臨安志卷一五，見全宋詞一六二四頁。咸淳臨安志以此詞引入學士院賦咏。下月二日，成大已爲參知政事。此詞當作于三月。」宋中興學士院題名：「范成大，淳熙五年三月，以權禮部尚書兼直院。四月，除參知政事。」本詞當作於五年三月。本詞輯自咸淳臨安志卷一五，全宋詞第一六二四頁、黄畬石湖詞校注均有録。

【箋注】

〔一〕金鑰：金鎖。方言卷五：「户鑰，自關而東，陳楚之間，謂之鍵；自關而西謂之鑰。」

〔二〕朝天：古代稱朝見皇帝曰朝天。舊唐書韓弘傳：「朝天有慶，就日方伸。」

〔三〕東華路：沈括夢溪筆談卷一：「今學士初拜，自東華門入，至左承天門下馬。」宋史地理志一：「宫城周圍五里，南三門，中曰乾元，東曰左掖，西曰右掖。東西面門曰東華、西華。……東華門内一門曰左承天祥符，西華門内一門曰右承天。」

〔四〕暖扇：宫扇。宋史儀衛二：「紹興奉迎太母，極意備禮，然猶曰太后天性樸素，不敢過飾儀從。器物惟塗金，輿前用黄羅繖扇二，緋黄繡雉扇六，紅黄緋金拂扇二，黄羅暖扇二。」

〔五〕撲人衣：杜甫大曆三年春白帝城放船出瞿塘峽久居夔府將適江陵漂泊有詩凡四十韻：「空翠撲肌膚。」

〔六〕上林：本秦時苑名，這裏借指南宋宫苑。

水調歌頭 桂林九日作

萬里漢都護。

【題解】本詞作於乾道九年(一一七三)重九日,時在桂帥任上,登七星山,遊棲霞、水月諸洞,有登臨之興,因作本詞。謝啓昆粤西金石略卷八章潭范成大題名:「乾道癸巳重九,吴人章潭邃道、范成大至能攜家同登七星山,遂遊棲霞、水月諸洞。」本詞輯自周密澄懷録卷下,僅存一句。全宋詞第一六二四頁有録。

水調歌頭 成都九日作

萬里橋邊客。

【題解】本詞作於淳熙二年(一一七五)重九日,時在蜀帥任上。周密澄懷録卷下:「始余使虜,是日過燕山館,賦水調,首句云:『萬里漢家使。』後每自和。……成都云:『萬里橋邊客。』明年,徘徊藥市，頗嘆倦游，不復再賦。但有詩云：『年來厭把三邊酒，此去休哦萬里詞。』」明年，指淳熙三年，本書卷一七有丁酉重九藥市呈坐客（按：「丁酉」，當爲「丙申」之誤）。淳熙四年五月二十九日離成都，知本詞作於淳熙二年。本詞輯自周密澄懷録卷下，僅存一句。全宋詞第一六二四頁有録。

水調歌頭

淳熙己亥重九，與客自閶門泛舟，徑橫塘。宿霧一白，垂垂欲雨。至彩雲橋，氛翳豁然，晴日滿空，風景閑美，無不與人意會。四郊刈熟，露積如繚垣。田家婦子着新衣，略有節物。挂帆溯越來溪，潦收淵澄，如行玻璃地上。菱華雖瘦，尚可采。檥櫂石湖，扳紫荆，坐千巖，觀下菊叢中，大金錢一種已爛熳穠香，正午薰入酒杯，不待轟飲，已有醉意。其傍丹桂二畝，皆盛開，多欒枝，芳氣尤不可耐。攜壺度石梁，登姑蘇後臺，躋攀勇往，謝去巾輿筇杖，石稜草滑，皆若飛步。山頂正平，有坳堂蘚石可列坐，相傳爲吴故宫閑臺别館所在。其前湖光接松陵，獨見孤塔之尖。少北，墨點一螺爲崐山。其後西山競秀，縈青叢碧，與洞庭、林屋相賓。大約目力逾百里，具登高臨遠之勝。始余使虜，是日過燕山館，賦水調，首句云：「萬里漢家使。」後每自和。桂林云：「萬里漢都護。」成都云：「萬里橋邊客。」明年，徘徊藥市，頗嘆倦遊，不復再賦。但有詩云：

「年來厭把三邊酒，此去休哦萬里詞。」今年幸甚，獲歸故園，偕鄰曲二三子，酬酢佳節於鄉山之上，乃復用舊韻。

萬里吳船泊，歸訪菊籬秋。

【題解】

本詞作於淳熙六年（一一七九），時正閒居在家，適逢重陽佳節，與鄰居二三友人酬酢佳節於鄉山之上，因賦本詞。可惜僅存兩句，幸有長序被周密記録下來，可見當日詞人興會。本詞輯自周密澄懷録卷下，全宋詞第一六二五頁有録。

范石湖集輯佚卷二　表

賀天申節表

上天申命用休，大德必得其壽。呼神山之萬歲，夢遠鈞天；開壽域於八荒，驩同率土。

【題解】本文作於紹興三十二年（一一六二）五月，時在監太平惠民和劑局任上，逢高宗天申節，因上表祝賀。天申節，爲宋高宗生辰之節。宋史禮志一五：「建炎元年五月，宰臣等上言，請以五月二十一日爲天申節。」本文輯自黄震黄氏日鈔卷六七，孔凡禮范成大佚著輯存第一〇〇頁、全宋文卷四九七七均有録。題參全宋文擬。

賀太上皇表

三十六年之在宥，與物爲春；萬八千歲之升恒，自今以始。（闕）爲天子父，尊之至密，藏廣運之聖神；在太極先，不爲高坐，閲無疆之歷服。

【題解】

本文作於紹興三十二年（一一六二）六月，時在監太平惠民和劑局任上。太上皇，即宋高宗，宋史高宗紀：「（紹興三十二年六月）乙亥，内降御札：『皇太子可即皇帝位，朕稱太上皇帝，退處德壽宫。』」本文即作於其時。本文輯自黄震黄氏日鈔卷六七，孔凡禮范成大佚著輯存第一〇〇頁、全宋文卷四九七七均有録。題參全宋文擬。

賀加太上皇帝尊號表

太上皇帝休道集虚，洗心藏密㊀。受兼南北，如春養而海涵；福峻岡陵，與天長而地久。

【校記】

㊀密：原作「蜜」，于北山范成大年譜引本文作「蜜（密？）」。今從其説，校改之。

【題解】本文作於紹興三十二年（一一六二），時在監太平惠民和劑局任上。上太上皇帝尊號，時在紹興三十二年六月，宋史孝宗紀：「（紹興三十二年六月）甲午，上太上皇帝尊號曰光堯壽聖太上皇帝，太上皇后曰壽聖太上皇后。」本文作於其時。于北山范成大年譜繫本文於隆興元年，欠當。本文輯自永樂大典卷九七六二，于北山范成大年譜隆興元年、全宋文卷四九七七均有録。題據于譜擬。

加光堯尊號賀壽皇表

重堯帝之華，稽古亦咨而命禹；以王季爲父，無憂允賴於繼文。

【題解】本文作於紹興三十二年（一一六二），時在監太平惠民和劑局任上。爲高宗加光堯尊號，時在紹興三十二年六月，宋史孝宗紀：「（紹興三十二年六月）甲午，上太上皇帝尊號曰光堯壽聖太上皇帝。」壽皇，指宋孝宗，因加高宗尊號而賀孝宗，然「壽皇」之名號，至淳熙十六年方上尊號，紹興三十二年不可能預知，此蓋黄震未能明辨，故有此誤。本文輯自黄震黄氏日鈔卷六七，孔凡禮范成大佚著輯存第一〇二頁、全宋文卷四九七七亦録之。題參全宋文擬。

北使回除中書舍人謝表

使四方不辱君命，既莫效於捐軀；俾萬姓咸大王言，復何資於潤色。

【題解】本文作於乾道六年（一一七〇）十月。九月，石湖使金回行在，十月，除中書舍人，因作此謝表。本文輯自黃震黄氏日鈔卷六七，孔凡禮范成大佚著輯存第九九頁、全宋文卷四九七七均有録。周必大神道碑：「除中書舍人同修國史及實録院同修撰，賜紫章服。」南宋館閣録卷八：「范成大，（乾道）六年十月，以中書舍人兼（同修國史）。」又：「范成大，（乾道）六年十月，以中書舍人兼（實録院同修撰）。」

自中書帥廣謝表

紫微鳳閣，曾莫代於堯言；桂海冰天㊀，但欲窮於禹迹。

【校記】

㊀冰天：原作「水天」，據用典改。

【題解】

本文作於乾道九年（一一七三）。石湖於乾道七年接受以集英殿修撰知静江府、廣西經略安撫使之任命，即歸故里。乾道八年十二月，自吴郡赴廣西帥任，九年三月入桂林，接任，乃作謝表。本文輯自黄震黄氏日鈔卷六七，孔凡禮范成大佚著輯存第九九頁、全宋文卷四九七七均有録。題參全宋文擬。范成大驂鸞録：「（乾道九年）三月十日，入城交府事。」吴廷燮南宋制撫年表卷下「知静江府」：「乾道九年，范成大。淳熙元年，范成大，碑：淳熙元年十月，除知成都。」

知静江府到任表

矧今炎州，號國南屏。指揮部屬，多至二十五城；經撫郡蠻，不知幾千萬落。

【題解】

本文作於乾道九年（一一七三）三月。范成大驂鸞録：「（乾道九年）三月十日入城，交府事。」静江府，即桂林，建炎以來繫年要録卷六三：「紹興二年二月丁亥朔，陞桂州爲静江府。」本文輯自輿地紀勝卷一〇三，孔凡禮范成大佚著輯存第一〇四頁、全宋文卷四九七七均有録。黄氏日鈔有自中書帥廣謝表，可參看。

帥蜀謝表

去國八千里，憾青天蜀道之難；提封六十州，豈白面書生之事。

【題解】本文作於淳熙元年（一一七四）十月。本年七月，復四川制置使，十月，范成大以成都府路安撫制置使攝使事，有謝表，即本文。本文輯自黃震黃氏日鈔卷六七，孔凡禮范成大佚著輯存第九九頁、全宋文卷四九七七均有録。題參全宋文擬。于北山范成大年譜淳熙二年譜文：「拜蜀帥命，有謝表。」附注引自廣帥蜀謝表。周必大神道碑：「淳熙元年十月，除敷文閣待制、四川制置使、知成都府。」建炎以來朝野雜記甲集卷一一制置使：「自休兵後，獨成都守臣帶四川安撫制置使，掌節制御前軍馬、官員陞改放散、類省試舉人、銓量郡守、舉辟邊州守貳，其權略視宣撫司；惟財計、茶馬不與。」本文云「提封六十州」，即指四川制置使之轄區，孔凡禮范成大年譜對此曾有詳考，云：「四川制置使，轄成都府路、潼川府路、利州路、夔州路四路，計府五、州四十六、軍十、監二。成大言六十州，乃舉概數。」

帥蜀即真謝表

俎豆則嘗聞之，何以折衝於疆場；期月而已可也，豈宜久假於事權。不泄邇，不忘遠，均萬里於户庭；在知人，在安民，揭九霄之日月。

【題解】

本文作於淳熙三年（一一七六）十一月。本文輯自黄震黄氏日鈔卷六七，孔凡禮范成大佚著輯存第九九頁、全宋文卷四九七七均有録。題參孔氏、全宋文擬。于北山范成大年譜繫本文於淳熙二年，孔凡禮范成大年譜繫本文於淳熙三年十一月，並云：「皇宋中興兩朝聖政十一月戊申紀事尚稱『權四川制置使』，下條所引口宣，已無『權』字，則即真當在十一月戊申後不久。」今從之。

謝賜生日生餼表

伏奉詔書，以臣生日，特降中使賜臣羊酒米麵者。初度載逢，方軫蓼莪之感；中天蕃錫，遽叨稟餼之恩。拜賜焜煌，拊躬震惕。中謝。伏念臣少孤多難，幼學畬荒。嗟漫叶於熊祥，悵莫償於烏哺。偶逢聖擇，躐預政機。質蒲柳以先秋，材櫟樗而寖散。設桑弧於門左，雖粗效於馳驅；寘檀輻於河漘，終難逃於尸素。矧突黔之未久，已臺餽之下盼。慰其劬勞之思，寵以燕喜之具。特迂敕使，光賁私庭。此蓋伏遇皇帝陛下，仁壽躋民，恩勤逮下。中昃弗遑於暇食，大亨獨謹於養賢。在厥初生，貺之大禮。至若斗筲之陋，亦污體貌之隆。臣敢不戒屬厭之心，勉謀遠之慮。予以馭其幸，雖弗洎於親榮；忠可移於君，尚永肩於國事。

【題解】

本文作於淳熙五年（一一七八）六月五日，時石湖在參知政事任上，孝宗於六月四日賜餼羊、御酒，因於次日上表謝恩。周必大賜參知政事范成大（玉堂類稿卷九，自注：淳熙五年六月四日）：「敕成大，考律林鍾，炳靈雋輔。常延登之有俶，念載誕之斯臨。賜以餼牢，貳之醪醴。將予厚意，介爾修齡。」本文輯自永樂大典卷一三九九二，孔凡禮范成大佚著輯存第九八頁、全宋文卷四九七七均有録。生餼，饋贈活牲畜。儀禮聘禮：「介皆有餼。」注：「凡賜人以牲，生曰餼。」

御書石湖二大字謝表

天縱聖能，游藝超絶。典則高古如伏羲畫，體勢奇逸如神禹碑。日光雲章，垂耀縑素，環列改觀，禁籞動色。臣驚定喜極，不知抃蹈。昧死奉觴，上千萬歲壽，奉寶書以出。越五日，至石湖藏焉。石湖者，具區東匯，自爲一壑，號稱佳山水。臣少長釣游其間，結茅種木，久已成趣。春秋時，吳臺其陰，越城其陽，登臨訪古，往迹具在。

污萊露蔓，千七百餘年，莫有過而問者。今猥以臣故，徹聞高清，天光溥臨，燕及荒野，由開闢來，未睹斯盛。裴度、李德裕皆唐宗臣，緑野平泉，亦聲震當代，揆今所蒙無傳焉。何物幺麽，獨冒寵赫，百身萬殞，莫能負戴。臣蒲柳早秋，仕無補益。縣官儻畹晚不休，昧止足之戒，則將上累隆知，俯媿初服，臣用是懼。冀幸少日，遂賜骸骨，歸老湖上，宿衛奎壁，與山川之神暨猿鶴松桂，同在昭回中。一介姓名，亦因是不朽，使後世之臣屬厭榮禄，得全於桑榆，以無辱君賜，則陛下丕顯休命，不委於草莽，庶幾報恩之萬一。臣既摩刻扁榜，又被之琬琰以傳，且附著臣之自叙云㈠。七月朔，端明殿學士中大夫知建康軍府事、兼管内勸農使、提轄本府界分諸鋪遞角、充江南東路安撫使、馬步軍都總管兼營田使、兼行宫留守、吴縣開國伯、食邑七百户、賜紫金魚袋臣范成大拜手稽首謹書㈡。

【校記】

㈠ 自叙云：江蘇金石志作「自叙云爾」。

㈡ 署銜：諸本無，今據江蘇金石志補。「中大夫」三字，原爲缺文，據崔舍人玉堂類稿卷一〇賜中大夫知明州軍州事兼沿海制置使范成大再辭免除端明殿學士不允不得再有陳請詔補。

【題解】本文作於淳熙八年（一一八一）七月，時在建康任。本文輯自吴郡文粹續編卷二三，古今事文類聚别集卷一二、石湖文略卷一、繆荃蓀江蘇金石志金石十三、孔凡禮范成大佚著輯存第一三六頁、全宋文卷四九八三均有録。題原作「御書石湖二大字跋」，文前有：「淳熙八年三月庚戌制書，擢臣居守金陵。閏三月丁亥，朝行在所。庚寅，辭後殿。翼日既望，詔賜清燕苑中，皇帝親御翰墨，大書『石湖』二字以賜。」現擬此題。江蘇金石志繆氏識云：「『石湖』二大字，在蘇州。拓本。連額高六尺六寸，廣三尺五寸。三截刻：上，額；中，石湖二大字；下，正書謝表。」徐崧、張大純百城烟水卷一：「石湖别墅，在縣西南二十里楞伽山下。宋參政范成大因越來溪故城，隨地勢高下而爲臺榭，别築農圃堂對楞伽寺。孝宗御賜『石湖』二大字。有北山堂、千岩觀、天鏡閣、玉雪坡、錦綉坡、説虎軒、夢魚軒、綺川亭、盟鷗亭、越來城等處。以天鏡閣爲第一。」

改元賀表

春秋謂一以爲元，日月重明而麗正。

【題解】本文作於淳熙十六年（一一八九）十一月。宋史光宗紀：「（淳熙十六年）十一月庚午，詔改明年爲紹熙元年。」改元，即指此事。本文輯自黄震黄氏日鈔卷六七，孔凡禮范成大佚著輯存第一〇二頁、全宋文卷四九七七均有録。題參全宋文擬。

賀壽皇表　一

保國家如金甌，治定中興之後；輕天下如敝屣，神凝太極之先。致二十七年之太平㈠，功已成而與子；綏萬有千歲之眉壽，福方永於後天。

【校記】

㈠致：孔凡禮輯存、全宋文作「撫」。

【題解】

本文作於淳熙十六年（一一八九）二月。壽皇，即孝宗，宋史孝宗紀：「（淳熙十六年）二月辛未，上尊號曰至尊壽皇聖帝，皇后曰壽成皇后。」本文即作於其時。本文輯自黄震黄氏日鈔卷六七，孔凡禮范成大佚著輯存第一〇一頁、全宋文卷四九七七亦録之。題參全宋文擬。

賀壽皇表　二

蕩蕩民無能名，曷詠歌於太極；蒼蒼天其正色，惟想像於層霄。

【題解】本文或即上表之另一部分。本文輯自黄震黄氏日鈔卷六七，孔凡禮范成大佚著輯存第一〇一頁，全宋文卷四九七七亦録之。

誕皇孫賀皇太后表

王假有家，克開闕後；孫又生子，俾熾而昌。

【題解】本文作於紹熙四年（一一九三），時在家閒居。宋史光宗紀：「（紹熙四年二月）甲辰，皇孫生。」本文輯自黄震黄氏日鈔卷六七，孔凡禮范成大佚著輯存第一〇三頁、全宋文卷四九七七均有録。題參全宋文擬。

賀會慶節表

四七際而火爲主，親協帝以重華；五百年而王者興，儼恭己以南面。

【題解】

本文作於紹興三十二年（一一六二），逢孝宗壽誕，上表祝賀。會慶節，宋孝宗生辰之節。宋會要輯稿禮五七會慶節：「紹興三十二年（孝宗已即位，未改元）八月二十六日，宰臣陳康伯等上言，請以十月二十二日爲會慶節。從之。十月會慶節，百官赴文德殿拜表稱賀。」本文輯自黄震黄氏日鈔卷六七，孔凡禮范成大佚著輯存第一〇〇頁、全宋文卷四九七七均有録。

謝□□表

瞻爾庭而有待，人謂何功；以公服而衣徂㊀，臣猶知懼。（闕）貪天之功，以爲己力，固何異竊財之譏；如川之至，以莫不增，尚能歌歸美之報。

【校記】

㊀ 衣徂：原作「衣租」，從孔凡禮輯存改。

【題解】

本文作年難以確考。本文輯自黄震黄氏日鈔卷六七，孔凡禮范成大佚著輯存第一〇〇頁、全宋文卷四九七七均有録。題參孔氏、全宋文擬。

郊祀上表

美盛多而告神明，觀會通而行典禮。

【題解】　本文作年莫考。或作於任中書舍人時。本文輯自黄震黄氏日鈔卷六七，孔凡禮范成大佚著輯存第一〇〇頁、全宋文卷四九七七均有録。題参全宋文擬。

賀重明節表

兑報矩以司秋，離重明而麗正。（闕）本乎天，本乎地，咸歸覆幬之中；得其壽，得其名，方啓熾昌之運。

【題解】　本文作年莫考。重明節，乃光宗生辰之節。宋史禮志十五：「光宗以九月四日爲重明節。」宋史光宗紀：「（淳熙十六年）二月辛巳，以生日爲重明節。」宋會要輯稿禮五七「重明節」云：「淳熙十六年二月二十一日，宰臣等上言，請以九月四日爲重明節。從之。」本文輯自黄震黄氏日鈔卷六七，孔凡禮范成大佚著輯存第一〇二頁、全宋文卷四九七七亦録之。題參全宋文擬。

謝轉官表　一㊀

繼明而照四方，仰重光於日月；勞賜而加一級，覃大賚於江湖。

【校記】

㊀題：原作「謝轉官」，孔凡禮輯存同，今從全宋文所擬題。

【題解】

本文作年無考。本文輯自黄震黄氏日鈔卷六七，孔凡禮范成大佚著輯存第一〇二頁、全宋文卷四九七七均有録。題參全宋文擬。范成大轉官次數很多，從文字看，很難判定本文指哪一次轉官。

謝轉官表　二

舜帝重華，授受光於三聖；周邦大賚，寵綏遍於四方。

【題解】

本文作年無考。孔凡禮按云：「『三聖』云云，此文當作於光宗即位後。」本文輯自黄震黄氏日鈔卷六七，孔凡禮范成大佚著輯存第一〇二頁，全宋文卷四九七七均有録。題參全宋文擬。

賀表

受祉施於孫子，立愛始於家邦。（闕）睦族以和萬邦，明倫而察庶物。

【題解】本文作年無考。本文輯自黄震黄氏日鈔卷六七，孔凡禮范成大佚著輯存第一〇三頁、全宋文卷四九七七均有録。孔凡禮輯存作「佚題」，按云：「此兩聯節文，不知是否爲賀改元？『受祉』句前，明甲本有『雜對』二字，似不爲賀改元而作。」全宋文擬題爲「賀表」，今從之。

賀正旦表

陛下道參覆載，功妙裁成。敬授人時，稽昊天而欽若；乃垂治象，謹正月之始和。

【題解】本文作年無考。本文輯自永樂大典卷八〇二二，全宋文卷四九七七有録。

范石湖集輯佚卷三　制

丘㝔、楊萬里國子博士告詞

敕：左宣義郎國子博士丘㝔等：奉常，禮樂之司；成均，教養之地。號爲博士，非若他官。正繫名儒，始稱清選。爾㝔行藝傑出，氣養以剛；爾萬里詞華蔚然，思覃於古。俱以可大之業，際夫有爲之時。歲當郊禋，方欲刺六經而作王制，士樂絃誦，要能本三代以明人倫。各勉厥修，毋負所學。可依前件。

【題解】

本文作於乾道六年（一一七〇）十月六日，時任中書舍人。本文輯自楊萬里誠齋集卷一三三附録歷官告詞國子博士告詞，孔凡禮范成大佚著輯存八四頁、全宋文卷四九七六均録此文。黄氏日鈔卷六七有録，係節文。周必大神道碑：「除中書舍人，同修國史及實録院同修撰，賜紫章服。」無年月。南宋館閣録卷八：「范成大，（乾道）六年十月，以中書舍人兼（同修國史）。」「范成大，

（乾道）六年十月，以中書舍人兼（實録院同修撰）。」誠齋集附録國子博士告詞原注云：「乾道六年十月六日，中書舍人范成大行。」

周必大權禮部侍郎兼權直學士院陞同修國史實録院同修撰制

敕：朕遠稽載郁之文，監於二代；孰副維寅之命，僉曰伯夷。是咨能賢，俾貳掌禮。左朝散郎、試秘書少監兼權直學士院兼國史院編修官實録院檢討官兼權兵部侍郎周必大，尚古作者，爲時聞人。德性守於宫庭，常特立獨行而不顧；文聲諧於韶護，有一唱三歎之遺音。朕夙聞其摛藻之工，嘗試以出綸之任。乃常羊而難進，雖聞遠以益光。逮兹再見之期年，安有用賢而累日？亟躋禁列，以贊春卿。夫問揖遜之儀者，何足以治神人？聽鏗鏘而已者，何足以被動植？其順中和之致，來資制作之成。益尊見聞，嗣有選任。可特授，依前左朝散郎、權尚書禮部侍郎、兼權直學士院、兼同修國史、實録院同修撰。

【題解】本文作於乾道七年（一一七一），時任中書舍人。本文輯自周綸周益國文忠公年譜（周益國文忠公集卷首）：「乾道七年辛卯，公年四十六。……七月壬辰，除權禮部侍郎；丁酉有旨，仍兼權直學士院、陞同修國史、實録院同修撰。制詞：『（略）』范成大行。」孔凡禮范成大佚著輯存八五頁、全宋文卷四九七六均有録。

楊萬里太常博士告詞

敕：左奉議郎、國子博士楊萬里，六經之道同歸，禮樂之用爲急。故學宮有博士員，而奉常亦設焉。皆所以訪論稽古，而佐興人文也。爾湛思典籍，風操甚厲，繇儒林徙禮寺，職名不殊，柬擢之意則厚。高議顯相，以大厥官。可依前件。

【題解】本文作於乾道七年（一一七一）七月二十八日，時任中書舍人。本文輯自楊萬里誠齋集卷一三三附録歷官告詞太常博士告詞，下注：「乾道七年七月二十八日，中書舍人范成大行。」孔凡禮范成大佚著輯存八五頁、全宋文卷四九七六均有録。

瓊州山寨首領黄氏可宜人制

瓊管守臣，言汝以健婦自將，群盜帖息。旌以褒律，嗣其母封。弗懈益虔，培植後福。

【題解】　本文作於乾道七年（一一七一），時任中書舍人。本文輯自永樂大典卷二九七二，孔凡禮范成大佚著輯存八五頁、全宋文卷四九七六均有録。本文所述之「瓊州山寨」，指瓊管安撫司所轄之「黎洞」，宋史蠻夷傳三黎洞：「紹興間，瓊山民許益爲亂，王母黄氏撫諭諸峒，無敢從亂者，以功封宜人。至是，黄氏年老無子，請以其女襲封，朝廷從之。」宋會要輯稿第一九八册蕃夷五之四七云：「乾道七年，王母黄氏特封爲宜人。」兩書所載，與范成大制相合。黄氏其女即王氏，文獻通考卷三三一四裔考八黎洞之後引范成大桂海虞衡志云：「有王二娘者，瓊州熟黎之酋，有夫而名不聞，家饒財，善用衆，能制服群黎，朝廷封宜人。瓊管有號令，必下王宜人，無不帖然。」周去非嶺外代答卷二：「峒中有王二娘者，黎之酋也。夫之名不聞，家饒於財，善用其衆，力能制服群黎，朝廷賜封宜人，瓊管有令于黎峒，必下王宜人，無不帖然。」。

和義郡夫人蔡氏可封碩人制

朕斂時五福，延及群生。我澤如春，罔不漸被。篤近舉遠，宜有異恩。具官令儀靜媛，素履芳裕。慶鍾淑女，克昌其門。欣碩嘉名，用作爾祉。宜其象服，以對龍光。

【題解】

本文作於乾道七年（一一七一），時任中書舍人。本文輯自永樂大典卷二九七二，孔凡禮范成大佚著輯存八六頁、全宋文卷四九七六均有録。和義郡，即榮州。李吉甫元和郡縣圖志卷三三劍南道下榮州，有和義縣，「隋大業十二年分置和義縣，以招和夷獠，故以和義爲名」。王存元豐九域志卷七梓州路：「下，榮州，和義郡，軍事。治榮德縣。」

臺州仙居縣尉余閎母潘氏饒州浮梁縣主簿謝偁母董氏并可特封孺人制

朕歸胙庭闈，大霈祭澤。凡一命而上，親年及耄耋者，皆錫封焉，老吾老以及人之老也。往服寵光，以濟壽域。

【題解】本文作於乾道七年（一一七一），時任中書舍人。本文輯自永樂大典卷二一九七二，孔凡禮范成大佚著輯存八六頁、全宋文卷四九七六均有録。

右迪功郎汪大定可從事郎制

頃者修聘殊鄰，汝爲之屬。勞還第賞，亦既踰時。躐陞文階，以寵少從。

【題解】本文作於乾道七年（一一七一），時任中書舍人。本文輯自永樂大典卷七三二五，孔凡禮范成大佚著輯存八六頁、全宋文卷四九七六均有録。

右迪功郎余穎可右從事郎制

牛爲耕稼之本，盜輒敓而殺之，固刑所不貸。爾能盡得其黨與，則賞其可廢哉！

【題解】本文作於乾道七年（一一七一），時任中書舍人。本文輯自永樂大典卷七三二五，孔凡禮范成大佚著輯存第八六頁、全宋文卷四九七六均有録。

左迪功郎趙善登可左從政郎制

爾譜屬之英，自同寒素，能以藝業，决吾儒科。勵之寵章，遷秩二等。進脩自好，安步亨衢。

【題解】

本文作於乾道七年（一一七一），時任中書舍人。本文輯自永樂大典卷七三二五，孔凡禮范成大佚著輯存第八七頁、全宋文卷四九七六均有録。

歸正人趙虚己可迪功郎制

爾以書生，忠義自奮，間關險阻，奉身來歸。官以文階，益勵壯志。

【題解】

本文作於乾道七年（一一七一），時任中書舍人。本文輯自永樂大典卷七三二五，孔凡禮范成大佚著輯存第八七頁、全宋文卷四九七六均有録。歸正人，指自金國來歸者，朱子語類卷四二論語二四：「或曰：『今州郡有三項請受，最可畏：宗室、歸正、添差使臣也。』曰：『然。歸正人今却漸少，宗室則日盛，可畏。』」

歸正人歸州助教高粲可右迪功郎制

爾扶義來歸，既預簪笏，扣閽陳説，深諒所懷。列之文階，俾克仕進。

【題解】本文作於乾道七年（一一七一），時任中書舍人。本文輯自永樂大典卷七三二五，孔凡禮范成大佚著輯存第八七頁、全宋文卷四九七六均有録。

鄉貢進士方權輸米補迪功郎制

敕某：勸分之令下，未有帥先爲吾元元輸粟於縣官者。而爾嘗預計偕，能奉明詔，授之初官，以厲來者，不亦可乎！可。

【題解】本文作於乾道七年（一一七一），時任中書舍人。本文輯自永樂大典卷七三二五，孔凡禮范成大大佚著輯存第八七頁、全宋文卷四九七六均有録。

閤門宣贊舍人幹辦皇城司吴瓌施行親從推垛子可轉右武郎制

張任天下武勇，以備容衛。三歲校藝，咸以序陞。以爾選練之勞，厥有成效。選官懋賞，其克祗承。

【題解】本文作於乾道七年（一一七一），時任中書舍人。本文輯自永樂大典卷七三二六，孔凡禮范成大佚著輯存第八七頁、全宋文卷四九七六均有録。宋史職官志六：「皇城司，幹當官七人，以武功大夫以上及内侍都知、押班充，掌宫城出入之禁令，凡周廬宿衛之事、宫門啓閉之節皆隸焉。」「元祐元年，詔幹當官閲三年無過者遷秩一等。」吴瓌即因「三歲校藝」而轉遷一等爲右武郎。右武郎，爲武官官階，據宋史職官志九載：西上閤門副使，可轉右武郎。則吴瓌原官階爲西上閤門副使，而閤門宣贊舍人，爲其職使。宋史禮志二十「入閤儀」，載北宋韓維據入閤圖增損裁定入閤儀，其中有「通喝舍人」一職，具有宣贊、導引之職，南宋時才改爲閤門宣贊舍人，石湖此制文可補宋史之缺漏。

勝捷都虞侯周元可秉義郎制

爾結髮編伍，克有戰多。易官前班，以華其老。矢心勿懈，圖稱明恩。

【題解】

本文作於乾道七年（一一七一），時任中書舍人。本文輯自永樂大典卷七三二六，孔凡禮范成大佚著輯存第八八頁、全宋文卷四九七六均有録。秉義郎，爲武官官階，宋史職官志九載秉義郎由原「西頭供奉官」轉遷，則周元原官勝捷都虞侯爲西頭供奉官。

忠訓郎柴進修蓋營寨有勞可秉義郎制

爾僝功壁壘，能悉忠力，典司言狀，進其武階。夙夜敬共，益淬來效。

【題解】

本文作於乾道七年（一一七一），時任中書舍人。本文輯自永樂大典卷七三二六，孔凡禮范成大佚著輯存第八八頁、全宋文卷四九七六均有録。忠訓郎爲柴進原有官階，進遷一等，即爲秉義郎，見宋史職官志九。

振華軍都虞候劉俊馬軍司都虞候小劉安並可秉義郎制

爾等咸以戰多，服勞小校，參稽軍瑣，易授官班。忠力方剛，勿忘報國。

【題解】本文作於乾道七年（一一七一），時任中書舍人。本文輯自永樂大典卷七三二六，孔凡禮范成大佚著輯存第八八頁、全宋文卷四九七六均有録。

將仕郎戴安國捕獲海賊可承信郎制

爾豪於海壖，爲郡耳目。寇船晝檥，服襆過門。物色成擒，議賞中率。益懋多績，嗣兹以聞。

【題解】本文作於乾道七年（一一七一），時任中書舍人。本文輯自永樂大典卷七三二七，孔凡禮范成大佚著輯存第八八頁、全宋文卷四九七六均有録。宋代武官官階中無「將仕郎」一階，據宋史職官志九載，由「三班借職」可轉承信郎，則戴安國之將仕郎乃爲借職。

忠義軍統制官耶律适哩妻弟蕭慶元可承信郎制

爾父遼東之豪，屢亢讎虜，卒與姻黨，同歸本朝。何惜一官，併寵其息。

明州水軍統制下董㳽招安到海賊倪德等可補承信郎制

【題解】

本文作於乾道七年（一一七一），時任中書舍人。本文輯自永樂大典卷七三二七，孔凡禮范成大佚著輯存第八八頁、全宋文卷四九七六均有録。

東溟稽天，盜倚而肆。帥閫有命，國威風馳。爾奉辭揚靈，鼠背弭楫㈠，其祗醲賞，無怠忠勤！

【校記】

㈠ 背：全宋文校疑應作「輩」。

【題解】本文作於乾道七年（一一七一），時任中書舍人。本文輯自永樂大典卷七三二七，孔凡禮范成大佚著輯存第八九頁、全宋文卷四九七六均有録。

進勇副尉陳廣捕獲海賊可承信郎制

姦盜阻海，儌巡難攻。爾以才豪，爲郡所遣。揚舲巨浸，俘致酋魁。錫官疇庸，更勉來效。

【題解】本文作於乾道七年（一一七一），時任中書舍人。本文輯自永樂大典卷七三二七，孔凡禮范成大佚著輯存張八九頁、全宋文卷四九七六均有録。

張建陣亡與子德普恩澤補承信郎制

爾父死於敵，録爾以官，所以報也。往哉！惟孝惟忠，以顯父休。

【題解】本文作於乾道七年（一一七一），時任中書舍人。本文輯自永樂大典卷七三二七，孔凡禮范成大佚著輯存第八九頁、全宋文卷四九七六均有録。

提舉兩浙東路常平茶鹽公事周閎可户部員外郎總領淮西財賦制

國家謹供軍之制，特全師所營，必以王官持節護饋饟，寄朕耳目，分國顧憂。班序甚高，舉在凡奉使命大夫上。以爾詳明練習，籍有才譽。乘軺東部，席固未温；進輝郎星，將我使事。調度密則軍不乏興，甘苦均則士有奮志。緊汝之職，往其欽哉！

【題解】本文作於乾道七年（一一七一），時任中書舍人。本文輯自永樂大典卷一三四九八，孔凡禮范成大佚著輯存第八九頁、全宋文卷四九七六均有録。周閎由户部員外郎總領淮西財賦，見宋史職官志七：「總領，四人。掌措置移運應辦諸軍錢糧，以朝臣充，仍帶幹階、户部等官。朝廷科撥州軍上供錢米，則以時拘催，歲較諸州所納之盈虧，以聞于上而賞罰之。」「建康、池州諸軍錢糧，淮西總領掌之。」

起復新知廬州葉衡可敷文閣待制樞密都承旨制㈠

奪情之典，實自從戎；基命之司，正關立武。既可緣於古誼，宜更錫於詔除。具官某，才猷應於時須，風績愜於僉論。出分藩郡，卓有能聲；入領計曹，敏無闕事。慨閔時之在疚，申變禮以遄歸。弗與其辭，屢招乃至。朕念北陲作牧，固惟金革之虞；而右府爲僚，亦總甲兵之問。爰進寶儲之直，俾須密命之承。揆理弗殊，留行惟允。儻忘家而憂國，當移孝以爲忠。

【校記】

㈠敷文閣：原脱「文」字，據宋史職官志二補。

【題解】

本文作於乾道七年（一一七一），時任中書舍人。本文輯自永樂大典卷一三四九九，孔凡禮范成大佚著輯存第九〇頁、全宋文卷四九七六均有録。敷文閣待制，宋史職官志二：「敷文閣學士、直學士、待制，紹興十年置，藏徽宗聖製，置學士等官。」樞密都承旨，指樞密院都承旨，宋史職官志二：「樞密院，掌軍國機務、兵防、邊備、戎馬之政令，出納密命，以佐邦治。凡侍衛諸班直、内外禁兵招募、閲試、遷補、屯戍、賞罰之事，皆掌之。」「院設都承旨、副都承旨職，「掌承宣旨命，通領院務。若便殿侍立，閲試禁衛兵校，則隨事敷奏，承所得旨以授有司；蕃國入見亦如之。檢察主事以下功過及遷補之事」。

江南東路轉運副使沈度可秘閣修撰寧國府長史制

朕惟前代時若，遠遣親王，爲國藩翰；又稽天聖令甲，立之參佐，以統理庶僚，紀綱衆務。職有常古，非敢私於我家。疇咨時才，往踐厥次。以爾聞見有原，儒雅飾吏，公府卿寺，駸駸近密。而轍環江閫，泊然難進。故以論譔清班，俾輔吾子。昔之遴選此官者，號稱天下第一，惟清介正立者宜焉。爾尚無愧，其克欽承。

【題解】

本文作於乾道七年（一一七一），時任中書舍人。本文輯自永樂大典卷一三四九九，孔凡禮范成大佚著輯存第九〇頁、全宋文四九七六均有録。沈度，字公卿，參見本書卷一一己丑中秋寓宿玉堂聞沈公雅大卿劉正夫户部集張園賞月走筆寄之「題解」。秘閣修撰，宋史職官志二：「秘閣修撰，政和六年置，以待館閣之資深者。」寧國府長史，寧國大都督府，親王爲大都督，設長史以輔之。

宋史職官志七：「大都督府、都督府，設長史、左右司馬，大都督及長史掌同牧、尹。」原注：「親王爲節度，則大都督領之。」制文云：「故以論譔清班，俾輔吾子。」則命沈度爲長史，以輔親王。按，宋史孝宗紀二：「（七年）二月，詔立子惇爲皇太子，以慶王愷爲雄武、保寧軍節度使，判寧國府。」則沈度所輔者即慶王趙愷。

知臨安府姚憲可司農少卿兼權户部侍郎制

昔少皞列九農正之官，成周有小司徒之職。今吾設卿以治粟，立貳於司元。惟裕民足國之是圖，故稽古建官而惟謹。以爾疏通而知體，精敏而用和。幾節甸符，轍環殆徧，邦儲民力，目擊固存。才素許於辦多，職何憂於共二。夫顧難圖後，則天不能貧；散滯取贏，則國有餘蓄。戒索裘之不蚤，雖拾瀋以何庸。朕選惟艱，爾功其懋。儻不孤於委任，夫豈後於褒陞？

【題解】

本文作於乾道七年（一一七一），時任中書舍人。本文輯自永樂大典卷一三五〇七，孔凡禮范成大佚著輯存第九一頁、全宋文卷四九七六均有録。司農少卿，即司農寺少卿，宋史職官志五：「司農寺……元豐官制行，始正職掌，置卿、少卿、丞、主簿各一人。卿掌倉儲委積之政令，總苑囿庫務之事而謹其出納，少卿爲之貳，丞參領之。」權，唐宋時代稱代理、攝守官職爲權。兼權户部侍郎，即謂代理其職。據咸淳臨安志卷四八「古今郡守表」：「乾道八年正月十一日，姚憲以朝請大夫權户部侍郎除，權工部侍郎兼少尹，八月十六日，憲除左諫議大夫。」方志之記載，與范成大之制文，略有不合。按，范成大於乾道七年底，受命知静江府，離西掖歸吴，則姚憲之知臨安府當在乾道七年，此年又除司農少卿兼户部侍郎，仍在知臨安府任上，至八年八月十六日除左諫議大夫，離知臨安府任。范成大之制文比較可信。

新知通州許克昌可秘書省秘書郎兼權司封郎官制

朕惟人才實難，世道所惜。常恐有遐遺之歎，故弗忘留落之餘。爾早以藝文，先乎俊造，一跌不振，十稔於兹。比得覯於清閒，能告猷於閎遠。輟其之郡，留以在廷。遂典領於書林，且攝承於郎位。晉用之亟，否傾則然。脂車良辰，發軔英軌。

【題解】　本文作於乾道七年（一一七一），時任中書舍人。本文輯自永樂大典卷一三五〇七，孔凡禮范成大佚著輯存第九一頁、全宋文卷四九七六均有録。

左宣教郎馬大同可國子監主簿制

勾稽成均之法，蓋儒學者流，非他主簿比。爾以有用之學，推稱於時，蓋將試以劇煩；而今處之學省者，亦以示文學政事，未嘗兩塗。益尊所聞，以俟選擢。

【題解】本文作於乾道七年（一一七一），時任中書舍人。本文輯自永樂大典卷一四六〇八，孔凡禮范成大佚著輯存第九一頁、全宋文卷四九七六均有録。

國子監主簿潘慈明可太常寺主簿武學博士劉敦義可國子監主簿制

寺監設主簿員，均之以勾稽爲職。然容臺學省，專治禮樂藝文之事，尤爲清貴。以爾慈明徊翔於王官，爾敦義淹久於講席，皆以文行自將，並蒙選任，益務進修，以對休渥。

【題解】本文作於乾道七年（一一七一），時任中書舍人。本文輯自永樂大典卷一四六〇八，孔凡禮范成大佚著輯存第九二頁、全宋文卷四九七六均有録。

右奉議郎張權可軍器監主簿制

武監有簿領員職，雖止於鈎枝，然通班朝謁，號稱選擢。爾比因錫對，俾游其間，宜敬共以贊其長，稱朕試功之意。

【題解】本文作於乾道七年（一一七一），時任中書舍人。本文輯自永樂大典卷一四六〇八，孔凡禮范成大佚著輯存第九二頁、全宋文卷四九七六均有録。

賜趙雄辭免參知政事不允第二詔

卿既爲朕基命樞筦，密勿廟算，裔夷心醉，知中國有人矣。

【題解】本文作於淳熙五年（一一七八）三月，時任權禮部尚書。本文輯自永樂大典卷三〇〇〇，孔凡禮范成大佚著輯存第九二頁、全宋文卷四九七六均有録。趙雄，字温叔，資州人，爲隆興元年類省試第一。虞允文宣撫西蜀，辟幹辦公事。入相，薦於朝。雄請復置恢復局，日夜講磨，條具合上意，除中書舍人。乾道八年，以母憂去。淳熙二年，召爲禮部侍郎，除端明殿學士，五年三月，參知政事，十一月拜右相。事見宋史卷三九六趙雄傳。

尚書禮部侍郎兼直學士院兼侍講鄭聞磨勘可左朝請郎制

五禮教萬民之中，既分卿職；三歲計群吏之治，并舉國常。具官某以卓躒不群之才，富疏通知遠之學。温恭朝夕，屢造辟以盡規；奮發文章，方掞天而摛藻。紬繹金華之業，春容玉筍之班，適會課於宮成，當陟明之功令。用陛顯級，其對明恩。

【題解】本文作於乾道七年（一一七一），時任中書舍人。本文輯自永樂大典卷七三二二，全宋文卷四九七六有録。

歸正張□特補右承務郎制

爾昔仕虜帳，嘗嬰禍機。奉身來奔，其可遐棄！彈冠束帶，禄廩隨之。俯仰平生，思報所遇。

【題解】本文作於乾道七年（一一七一），時任中書舍人。本文輯自永樂大典卷七三二三，全宋文卷四九七六有録。

皇侄孫右監門率府率子倚可换通直郎制

敕某：朕以教養之法推於九族，而迪予訓者，爾以父子繼焉，可謂宗室之秀矣。朕惟汝嘉，肆頒明命。弗循著格，時乃異恩；造於成人，則有終譽。可。

【題解】本文作於乾道七年（一一七一），時任中書舍人。本文輯自永樂大典卷七三二三，全宋文卷四九七六有録。

皇兄右監門率府率令術可授通直郎制

敕：經明行修，士之高選。矧予宗子，迪教有聞。寘我周行，以需器使。可。

【題解】本文作於乾道七年（一一七一），時任中書舍人。本文輯自永樂大典卷七三二三，全宋文卷四九七六有録。

右宣教郎奉使大金祈請國信所書狀官趙磻老回程可通直郎制

間者遣使殊鄰，少從多憚遠役。爾以文儒有氣節，慨然與俱。朕既更選而送之，還有餘賞，俾通閨籍，往益淬礪，以趣事功。

【題解】本文作於乾道七年（一一七一），時任中書舍人。本文輯自永樂大典卷七三二三，全宋文卷四九七六有録。趙磻老，字渭師，其先東平人，居吴江黎里。參見本書卷一四送唐彦博宰安豐兼寄呈淮西帥趙渭師郎中「題解」。

敷文閣直學士知明州趙伯圭磨勘可朝奉郎制

四國於宣，騰治聲於甸服；三年大計，申陟典於銓庭。具官某以西周信厚之賢，號兩漢循良之守。農有餘粟，德政格於婁豐；海不揚波，威聲儋乎群盗。雖備禁嚴之列，亦階計最之科。閥閲宜陞，絲綸有焕，其對揚於茂渥，益舒發於閑撫。

【題解】本文作於乾道七年（一一七一），時任中書舍人。本文輯自永樂大典卷七三二四，全宋文卷四九七六有録。

資政殿學士王之望致仕轉官制

學海老成，政塗耆舊。氣高崧岱，頡頏議論之宗；風動關河，磊落功名之意。

【題解】

本文作於乾道六年（一一七〇），時任中書舍人。本文輯自永樂大典卷八〇二二，全宋文卷四九七六有録。王之望，字瞻叔，襄陽穀城人，寓居台州。紹興八年，登進士第，歷仕處州教授、太學録、提舉湖南茶鹽、太府少卿、户部侍郎、吏部侍郎、參知政事。乾道元年，起知福州、福建路安撫使。捕海賊王大老，捷聞，加資政殿大學士，移知温州，尋復罷。六年冬，卒。則王之望致仕後不久即逝世。宋史三七二有傳。

洪皓追封魏國公制

魏，大名也，其命維新。

【題解】

本文作於乾道七年（一一七一），時任中書舍人。本文輯自趙與時賓退録卷四，孔凡禮范成大佚著輯存第九七頁、全宋文卷四九七六均有録。從文意看，當是節文。趙與時賓退録卷四：「封國公者，先小國，次次國，後大國。已至大國者，許於本等内改封，國朝之制也。洪忠宣以子貴，追封鄴，徙封衛。乾道三年十二月改封魏矣，至七年四月又再封魏。其誥前銜稱『贈太師，追封魏國公。』後又云：『可特追封魏國公，餘如故。』范文穆行詞，略云：『魏，大名也，其命維新。』」

沈介帥潭制㈠

夙夜浚明，入則宣其三德；文武是憲，出則柔此萬邦。

【校記】

㈠題：原作「沈介師潭」，「師」，「誤」。「制」，據黃震黃氏日鈔「外制」加。

【題解】

本文作於乾道七年（一一七一），時任中書舍人。本文輯自黃震黃氏日鈔卷六七，孔凡禮范成大佚著輯存第九四頁、全宋文卷四九七六均有録。全宋文於此文題下標「乾道四年」。按，乾道四年，范成大正在赴知處州任。沈介之帥潭，據吴廷燮南宋制撫年表卷下「知潭州」：「乾道四年，沈介代張孝祥；五年、六年在任。六年，乞致仕。七年四月，晁公武代。」乾道七年三月二十六日周必大有顯謨閣學士左中奉大夫知潭州沈介辭免召赴行在乞宫觀不允詔，成大此文當與必大詔文作於同時。

黄中宫祠制

疏傅之歸鄉里，雖祖道於都門；子牟之在江湖，諒存心於魏闕。

【題解】本文作於乾道七年(一一七一),時任中書舍人。本文輯自黄震黄氏日鈔卷六七,孔凡禮范成大佚著輯存第九四頁、全宋文卷四九七六均有録。

曾懷户部尚書制

問錢穀出入之幾,能析秋毫;報簿書期會之間,殆窮日力。

【題解】本文作於乾道七年(一一七一),時任中書舍人。本文輯自黄震黄氏日鈔卷六七,孔凡禮范成大佚著輯存第九四頁、全宋文卷四九七六均有録。題參全宋文擬。

葉衡起復制

事親盡道,孝固可以移忠;體國忘私,恩或不能掩義。

【題解】本文作於乾道七年(一一七一),時任中書舍人。本文輯自黄震黄氏日鈔卷六七,孔凡禮范成大佚著輯存第九四頁、全宋文卷四九七六均有録。

陳良翰詹事制

太子正而天下定，方妙簡於宮僚；有進德而朝廷尊，喜來趨於驛召。

【題解】本文作於乾道七年（一一七一），時任中書舍人。本文輯自黄震黄氏日鈔卷六七，孔凡禮范成大佚著輯存第九四頁、全宋文卷四九七六均有録。宋史孝宗紀二：「（乾道七年三月）丙申，御大慶殿册皇太子。」因召陳良翰任太子詹事。「詹事」，即太子詹事，東宫官屬，見宋史職官志二。宋史職官志二：「（乾道）七年，光宗正儲位（即趙惇），以敷文閣直學士王十朋、敷文閣待制陳良翰爲太子詹事。」

王十朋詹事制

建太子而尊宗廟，鄉儒術而招賢良。

【題解】本文作於乾道七年（一一七一），時任中書舍人。本文輯自黃震黄氏日鈔卷六七，孔凡禮范成大佚著輯存第九五頁、全宋文卷四九七六均有録。乾道七年三月，光宗趙惇册爲皇太子，因命王十朋、陳良翰任太子詹事。參上文「題解」。

趙雄使回奬諭制

仗漢使之節旄，有安社稷利國家之志；得月氏之要領，乃履山川犯霜露而歸。

【題解】本文作於乾道七年（一一七一），時任中書舍人。本文輯自黃震黄氏日鈔卷六七，孔凡禮范成大佚著輯存第九五頁、全宋文卷四九七六均有録。趙雄於乾道六年十一月使金，本年回。宋史孝宗紀二：「（十一月）遣趙雄等賀金主生辰，别函書請更受書之禮。」「（七年）三月，趙雄至金，金拒其請。」

沈復工部侍郎兼臨安府少尹制

示樸以先天下，朕靡煩侈服之共；首善之自京師，爾其贊重暉之德。

【題解】本文作於乾道七年（一一七一），時任中書舍人。本文輯自黄震黄氏日鈔卷六七，孔凡禮范成大佚著輯存第九五頁、全宋文卷四九七六均有録。題參全宋文擬。咸淳臨安志卷四八「古今郡守表」：「乾道七年，沈復，是月（承上文，當爲七月）初十日以左朝請郎直龍圖閣、兩浙運副除權工部侍郎兼少尹。」此時適范成大任中書舍人。文云「爾其贊重暉之德」，指贊助皇太子治理臨安。宋史孝宗紀二：「（乾道七年夏四月）甲子，詔皇太子判臨安府。……辛未，詔皇太子領臨安尹。」

外制一

宮室苑圃無所益㊀，朕雖示敦樸之先㊁；巧技工匠精其能，爾尚裨總核之治。

【校記】

㊀苑圃：原作「花圃」，今從元刻本改。

㊁示：原作「是」，孔校：「今從元刻本。」今據改。

【題解】本文作於乾道七年（一一七一），時任中書舍人。本文輯自黄震黄氏日記卷六七，孔凡禮范成大佚著輯存第九三頁、全宋文卷四九七六均有録。自本文起所録之外制，文字均從黄氏日鈔録出，黄氏原無題目，故無法確知受制之人的姓氏、官銜。

外制　二

閒暇而明政刑，會通而行典禮。

【題解】

本文作於乾道七年（一一七一），時任中書舍人。本文輯自黄震黄氏日鈔卷六七，孔凡禮范成大佚著輯存第九三頁、全宋文卷四九七六均有録。

外制　三

大臣慮四方，皇極錫五福。

【題解】

本文作於乾道七年（一一七一），時任中書舍人。本文輯自黄震黄氏日鈔卷六七，孔凡禮范成大佚著輯存第九三頁、全宋文卷四九七六均有録。

外制　四

五禮教萬民之中，三歲計郡吏之治。

【題解】本文作於乾道七年（一一七一），時任中書舍人。本文輯自黄震黄氏日鈔卷六七，孔凡禮范成大佚著輯存第九三頁、全宋文卷四九七六均有録。

外制　五

五材並用，誰能去兵；六卿分職，各率其屬。

【題解】本文作於乾道七年（一一七一），時任中書舍人。本文輯自黄震黄氏日鈔卷六七，孔凡禮范成大佚著輯存第九五頁、全宋文卷四九七六均有録。

外制 六

天申命以用休，臣歸美而報上。

【題解】

本文作於乾道七年（一一七一），時任中書舍人。本文輯自黃震黃氏日鈔卷六七，孔凡禮范成大佚著輯存第九五頁、全宋文卷四九七六均有録。

外制 七

祗承於帝，方圖百志之咸熙；清問下民，惟恐一夫之失所。

【題解】

本文作於乾道七年（一一七一），時任中書舍人。本文輯自黃震黃氏日鈔卷六七，孔凡禮范成大佚著輯存第九六頁、全宋文卷四九七六均有録。

外　制　八

聖主獨觀於萬化，微臣莫望於清光。

【題解】本文作於乾道七年（一一七一），時任中書舍人。本文輯自黄震黄氏日鈔卷六七，孔凡禮范成大佚著輯存第九五頁、全宋文卷四九七六均有録。

外　制　九

夙夜浚明有家，左右祗事厥辟。

【題解】本文作於乾道七年（一一七一），時任中書舍人。本文輯自黄震黄氏日鈔卷六七，孔凡禮范成大佚著輯存第九六頁、全宋文卷四九七六均有録。

范石湖集輯佚卷四　奏

乞革弓手之弊奏　一

弓手之制弊壞。大縣額管百人，姑以十分爲率，其闕額不補者常二分，差出借事者亦二分，縣中過數占留與縣尉幹預民事、承引追呼者又二分，此三色者，固已占破六十餘人，寔在尉司者四十人而已。又有小吏、閽人、院子、市買之屬，亦不下十數人，寔計真爲弓手者，纔二十人而已，僅足以充縣尉當直肩輿之役，往往全無椿充教閱、緝捕之數。欲望先委諸路提刑官徧行屬州，汰減老弱，隨闕招填，依今來訓練將兵之制，分定弓弩、槍牌諸色技藝，具名注籍。逐州委鈐轄或路分一員，每季下縣教閱，倣禁軍賞格，隨宜激賜，略以軍法檢校。如此，則州縣之勢稍壯。

【題解】

本文作於乾道五年（一一六九）五月十三日。輯自宋會要輯稿兵三，全宋文卷四九七七録本文。題參全宋文擬。宋會要輯稿兵三弓兵：「（乾道）五年五月十三日，權發遣處州軍州事范成大進對，奏：『（略）。』上曰：『卿理會此，極切事情。』」

乞革弓手之弊奏　二

近日臨安府餘杭縣尉司弓手捕捉私鹽，勢力不敵，爲所殺傷，正以弓手單弱，疏失如此。伏見諸州禁軍占役、偷惰之弊，陛下令以姓名、事藝注籍於禦前，不測於逐州點撥一二十人到行在核實。緣此，州郡皇恐奉承，斷不敢占留雜役及不敢一日不入教場。若欲痛革弓手之弊，亦當依禁軍造籍，開具姓名及所執事藝鬥力細數上之於兵部。一年一次，取旨量擇一二十縣，每縣點撥數名，赴兵部或樞密院，依籍核試，以其殿最虛實，將教閱官及縣尉重作賞罰。其籍乞限指揮到一季申發，令兵部專一拘催，毋令迤邐廢格。

【題解】本文作於乾道六年（一一七〇）五月，時任起居舍人。輯自宋會要輯稿兵三，全宋文卷四九七七録本文。題參全宋文擬。宋會要輯稿兵三弓兵：「（乾道六年）五月四日，詔：『令諸路提刑司行下所部州縣，遵依已降指揮，將弓手精加教閱，每歲躬親前去點檢拍試，具有無事藝，陞進退憜，置籍申樞密院。』以起居舍人范成大言：『（略）。』故有是命。」

乞避兄成象立班奏

乞避兄成象立班，照慶曆八年，李端懿復防禦使，與弟沂州防禦使端願同班，端願乞下之例。

【題解】本文作於乾道五年（一一六九），時任禮部員外郎兼崇政殿說書，并兼國史院編修官，實録院檢討官。周必大神道碑：「會從兄成象爲工部郎官，公援故事，乞班其下，從之。」本文輯自黄震黄氏日鈔卷六七，孔凡禮范成大佚著輯存第四八頁、全宋文卷四九七七亦録之。題參全宋文擬。

繳僞會齊仲斷案奏

七月七日降指揮，十一日方關户部檢法案。金部之與法案，同一曹局，頃步之間，八日方能關行，而況傳至外州！合更審會湖州出榜的日，仍豁限三日，敕限外照本人所犯日子，然後處斷。

【題解】

本文作於乾道六年（一一七〇），時初任中書舍人。輯自黃震黃氏日鈔卷六七；孔凡禮范成大佚著輯存第四十三頁録本文時，將黃氏附加之語亦録之；全宋文卷四九七七録本文。黃震黃氏日鈔卷六七「奏狀」云：「繳僞會齊仲斷案，爲中書時所奏。初，乾道六年七月四日指揮，限三日毀印，湖州齊仲以八月十七日有犯，斷以死罪，謂在三日外也。石湖謂：（略）。愚謂此仁人之舉也，記之。」黃氏這一段文字，除「石湖謂」以下爲本文外，其餘均爲抄録范文時所附加。于北山范成大年譜乾道七年譜文云：「在朝屢有奏陳」，將本文繫於七年，欠當。

論諜者奏

諜者詭姓遁迹，冒九死而圖萬全，索隱察微，問一二而知十百。此非妄男子所能，非其人不可泛遣。用晉遣人覘宋事。

【題解】

本文作於乾道六年（一一七〇），時使金還行在。輯自黃震黃氏日鈔卷六七，孔凡禮范成大佚著輯存第五〇頁、全宋文卷四九七七亦録本文。題參全宋文擬。黄震黄氏日鈔卷六七云「使回奏」，使，即指出使金國。

諸軍不得輒容合避親充將佐奏

如渥比者，始可權免爾。劉錡之於劉汜，不避子姪之嫌，吴璘之於姚仲，不避姻家之嫌，皆至敗事。蓋兵官利害，動關生殺，非若州縣官止於舉劾而已。令諸軍不得因今來指揮，輒容合避親充將佐。

【題解】

本文作於乾道七年（一一七一），時任中書舍人。輯自黄震黄氏日鈔卷六七；孔凡禮范成大佚著輯存第四十三頁録本文時，將黄氏附加之語亦録入；全宋文卷四九七七録本文。石湖奏文前，黄震黄氏日鈔卷六七尚有「主管殿前司公事王友直奏：易娶左翼軍統制趙渥女，以渥分戍泉南，免避親嫌。石湖謂：（略）。」宋會要輯稿職官六三避親嫌有更詳盡之記載：「（乾道）七年六月三十日，詔左翼軍統制趙渥特免迴避王友直指揮更不施行，以臣僚論列故也。臣僚上言：『近睹録黄，殿帥王友直奏，男娶左翼軍統帥趙渥之女，即目渥雖駐劄泉州，緣是部曲，拘礙親嫌。已降指揮特免迴避。竊恐自後諸軍見有免避之例，漸開不避之端，不可以不論。臣嘗見主帥與將佐姻連者多矣，當其無釁也，上則曲意容庇，下則恃勢妄作，積弊日深，軍政遂壞。及其交惡也，小則紊煩朝廷，大則敗誤國事。如近年劉錡之於劉汜，不避子姪之嫌；吴璘之於姚仲，不避姻家之嫌。敗事失職，天下迄今恨之。欲乞下臣此章，令諸軍不得輒容合避之親充填本軍將佐。有未經改正者，並仰日下自陳。庶經申嚴國法，振起軍政，非細務也。』故有是命。」文中臣僚之言，包含范成大語。

請禁貴近勳臣越制請求奏

立愛惟親，固聖人之用心；法行自近始，亦聖治之先務。貴近無尺寸者，相習如此，異時勳臣戰士，若復越制請求，則如之何而拒之。

【題解】

本文作於乾道七年（一一七一），時任中書舍人。輯自黄震黄氏日鈔卷六七；孔凡禮范成大佚著輯存第四四頁録本文時，將黄氏附加之語亦録入；全宋文卷四九七七録本文。題擬。黄震黄氏日鈔卷六七於「論宋貺召命」條下注云：「以上皆中書所奏。」石湖奏文前，黄氏尚有「節使知宗士銖乞照嗣王例全支米麥等恩數，石湖奏」一段文字，乃黄氏附加。

進象奏一

昨令安南買發馴象十頭，觀其移文，意欲詣闕進奉大禮。

【題解】

本文作於乾道九年（一一七三）六月十一日，時知静江府兼廣南西路經略安撫使。本文輯自宋會要輯稿蕃夷七朝貢，文前有：「（乾道九年）六月十一日，廣南西路經略安撫司言。」文後有：「詔：『依五月七日已降指揮，候管押象人到，以禮管設發回。』先是朝廷有旨，收買牙象應奉大禮，而安南奏請入貢，令貢物十分受一。」孔凡禮范成大佚著輯存第七一頁録本文，全宋文未收。

進象奏二

安南都知兵馬使郭進，賫牒關報，差使、副管押稱賀今上皇帝登極及進奉大禮綱運赴行在。進呈稱賀登極綱運表章一函，金三百三十兩數鏁乘象羅我一副，金四十兩數裝象牙鞘一副，金五十兩數裝象額一副，金一百二十兩數沙鑼二面，金銀裹象鉤連同心帶五副，金間銀裝象額一副，金銀裝纏象藤條一副，銀四百兩數沙鑼八面，沉水香等二千斤，馴熟大象五頭，金鍍銅裝象脚鈴四副，裝象銅鐸連鐵索五副，禦乘象繡坐簟一面，裝象犛牛花朵一十六件，禦乘象朱梯一枚，禦乘象羅我龍頭同心帶四條。赴行在人員：一員大使，八名職員，一名書狀官，一名都衙，二名通引官，四人知客，五人象公，三十人衙官從人。其進奉大禮綱運方物：表章一函，雄大牙象一十頭，金銀裹象鈎連結同心帶五副，銀頭朱竿象鈎五副，裝象銅鐸連鐵索一十副，朱裝纏象藤條一十副。赴行在人員：一員正使，一員副使，一十六名職員，一名監綱，一名書狀官，一名孔目官，一名書表司，一名行首，一名都衙，二名通引官，二名押衙，二名教練，四名知客，十人象公，十五人長行防援官，三十二人衙官從人。本司欲權宜下欽州，如例排備管接，界首聽旨。及安南乞差人押貢詣行在。若許押進，所有彼道人員數目及管設儀制等事，已有紹興二十六年例，亦可參照。

【題解】

本文作於乾道九年（一一七三）七月四日，時知静江府兼廣南西路經略安撫使。本文輯自宋會要輯稿蕃夷七朝貢，文前有「七月四日，廣西經略安撫使言」，文後有「詔依，仍令廣西經略安撫使司差簽判已下曉識事體人伴送前來」。孔凡禮范成大佚著輯存第七一—七二頁録本文，全宋文未録。

進象奏 三

安南使副尹子思等稱：本道紹興二十六年入貢方物，係是輕細。今來進奉象身，所用供禦羅我重大之器，并有沉水香等二千斤，所用夫力除減省檐仗外，實用七百五十人，馬四十匹。乞比舊例，增五十人。

【題解】 本文作於乾道九年（一一七三）十二月十三日，時知静江府兼廣西經略安撫使。本文輯自宋會要輯稿蕃夷七朝貢，文前有「（乾道九年）十二月十三日，廣南西路經略安撫司言」，文後有「從之」。孔凡禮范成大佚著輯存第七二頁録本文，全宋文未録。

進象奏 四

進奉使副等到本司，除公參大排茶酒外，其餘禮數頗繁，本司並行折算，及説諭在路不宜稽滯。已依稟趁程起發，所有經由以北州軍門迎、大排、辭送、管設之類，並乞一併折算，可算搔擾繁縟之費，已備牒照應施行。舊例：帥臣往使人館舍報謁，仍移庖茶酒七盞。竊謂本司經略諸蠻、安南等道，皆係綏撫。其陪臣無敵體之禮，遂檢准政和五年「交州進奉，經過州軍更不復禮」指揮，令尹子思等赴本司參謁，叙寒温罷，即以門狀就廳展還，尹子思等降階揖謝而退。次日亦不移庖，折送還之。自此可爲定例。及除參司并特排外，其餘大排、謝會、辭府、朔旦等茶酒，悉准物價遞送。官司省費，蠻人亦以爲利。

【題解】本文作於乾道九年（一一七三）十二月十三日，時知静江府兼廣西經略安撫使。本文輯自宋會要輯稿蕃夷七朝貢，文後云：「並從之。」孔凡禮范成大佚著輯存第七四頁録本文，全宋文未録。

條四事奏

一、乞招填諸州將兵。二、乞以前提刑滕賡效用，軍發赴行在，逃亡者招充本路效用，小弱者斷給據自便。三、以廣西人少，一保動隔山川，改户長法，止以三十户爲一科。四、以簿尉規避上司，別差無籍者攝之，乞禁止。

【題解】本文作於乾道九年（一一七三），時任知静江府。輯自黄震黄氏日鈔卷六七，孔凡禮范成大佚著輯存第四五頁，全宋文卷四九七七亦録本文。題參全宋文擬。黄震黄氏日鈔卷六七於本條後注云：「凡皆帥廣時奏。」于北山范成大年譜繫本文於乾道九年，從之。

安南貢使入境宜遵舊制奏 乾道九年

本司經略諸蠻，安南在撫綏之内，其陪臣豈得與中國王官亢禮！政和間，貢使入境，皆庭參，不得報謁。宜遵舊制，於禮爲得。

【題解】本文作於乾道九年（一一七三），時任知静江府。本文輯自宋史卷四八八交趾傳，孔凡禮范成大佚著輯存第七三頁、全宋文卷四九七七亦録本文。宋史外國交趾傳：「（乾道）九年，天祚復遣尹子思、李邦正求入貢，帝嘉其誠，詔館於懷遠驛。廣南西路經略使范成大言：『略』。朝廷從其請。」

交州進奉事奏

交州進奉，政和五年指揮，經過州軍，更不復禮。紹興二十六年，施鉅帥廣，報謁移庖，遂爲例。至是絶之。

【題解】本文作於乾道九年（一一七三），時知静江府。本文輯自黄震黄氏日鈔卷六七，孔凡禮范成大佚著輯存第五一頁、全宋文卷四九七七亦録本文。題参全宋文擬。宋史外國四交趾傳：「（紹興）二十六年，命右司郎中汪應辰宴安南使者於玉津園。八月，天祚遣李國等以金珠、沉水香、翠羽、良馬、馴象來貢。詔加天祚檢校太師，增食邑。」交州，即交趾，後漢置交州，晉、宋、齊、梁、陳因之，又爲交趾郡。唐武德中，改交州總管府。宋置安南大都護府。王存元豐九域志卷一〇廣南路交州：「安南大都護府，經略，領宋平、朱鳶、龍編、交阯、平道、武平、南定七縣。」

論馬政四弊奏

邕州買馬大弊二。蠻人先驅一二百瘦病者爲馬樣，邀以買此而後大隊至。暨至，亦雜以半。買馬司典吏與招馬人歲久爲弊，一也。横山寨無草場，支錢悉爲官吏乾没〔一〕，不以時得草，二也。沿路損馬大弊二。所至無橋道，涉水貪程，一也。州縣不與草料，但計囑押人而去，二也。買之弊乞擇官，損之弊乞馬病隨寓留醫。

【題解】

本文作於淳熙元年（一一七四），時知静江府。本文輯自黄震黄氏日鈔卷六七，孔凡禮范成大佚著輯存第五一頁、全宋文卷四九七七亦録本文。題參全宋文擬。

【箋注】

〔一〕乾没：侵吞公家財物，如水之掩物，沉没無迹。漢書張湯傳：「張湯始爲小吏，乾没。」隋書王劭傳贊：「乾没營利，得不以道。」黄朝英靖康緗素雜記卷二「乾没」條引蘇鶚演義云：「言乾地而没，不待沉于江湖也，故謂之乾没。」

乞禁私錦奏

静江府興安縣，客旅私販水銀入建陽、邵武買異色私錦〔一〕，涉宜州蠻界〔二〕，至邕州溪洞，邀蠻人教止易銀，而以私錦售易之。官價：錦當銀三十五兩，私錦只十五兩。致官錦無用。獨一色銀，易馬不足。且誘省地民負荷而縛賣之，或夾帶奸細。乞禁約於建陽、邵武出錦之源。

【校記】

㈠私錦：原作「錦私」，據下文改。

㈡宜州：原作「宜用」，據孔凡禮輯存、全宋文改。

【題解】

本文作於淳熙元年（一一七四），時在知静江府任上。本文輯自黄震黄氏日鈔卷六七，孔凡禮范成大佚著輯存第五一—五二頁、全宋文卷四九七七亦録本文。題參全宋文擬。

關防官鹽之弊奏

官賣鹽既行，關防三事：一、慮漕司撥與諸郡抑配。二、慮取贏擡價，民食貴鹽。三、慮倉吏減斤，多裝籠葉。

【題解】

本文作於淳熙元年（一一七四），時知静江府。本文輯自黄震黄氏日鈔卷六七，孔凡禮范成大佚著輯存第五四頁、全宋文卷四九七七亦録本文。題參全宋文擬。

乞除放黎州欠負奏

旌黎州死事者五人：推官黎商老、巡檢王勝、監税杜立、指使崔俊、楊滌，并乞除放黎州欠負㊀。乾道寇入，致欠錢引一萬五百四十道，而總領司置獄雅州，抑吏均賠錢引萬餘，必非出自吏胥之家，掊領居民，漁奪商賈，何所不至，民困誅求，反思有寇之歲，無此追擾。望聖慈計其大者，指此錢引下總司，特免催理。

【校記】

㊀ 黎州欠負：下原有「其説曰」三字，乃黄震之語。

【題解】

本文作於淳熙二年（一一七五），時任成都府路制置使及四川制置使。本文輯自黄震黄氏日鈔卷六七，孔凡禮范成大佚著輯存第五五頁、全宋文卷四九七七亦録本文。題參全宋文擬。周必大神道碑：「初及境，言：『吐蕃、南詔昔爲唐患，今幸瓜分，西南無警二百年。近者雅州碉門蠻入寇，敗官軍。乾道九年，吐蕃、青羌兩犯黎州，而奴兒結、蕃列等尤桀黠，輕視中國。』」黎州死事者，即指乾道九年抗擊吐蕃、青羌時战死者。

黎州蕃部還納漢口三十九人奏

黎州申：「五月六日，安静寨押到蕃部首領奴兒結等九名，還納所虜漢口周往保等三十九名，乞再行打誓，依舊入省地互市。本州已將人口津送歸業，其奴兒結等亦支犒設發歸部訖。」照得本朝故事，蠻作過，若欲復通，須還虜去人口，如何但得三十九名，便與打誓通和？

【題解】

本文作於淳熙二年（一一七五），時在四川制置使任上。本文輯自宋會要輯稿蕃夷五黎州諸蠻，孔凡禮范成大佚著輯存、全宋文均未收録。題據文意擬。黎州申報本年五月六日蕃部還納漢口三十九名，成大因上奏此事，故詔令四川制置司疾速取勘。宋會要輯稿蕃夷五黎州諸蠻：「（八月）二十日，詔前知黎州宇文紹直特送千里外州軍編管，秦嵩令四川制置使疾速取勘，以范成大言：（略）。」

採聞崖轙部義兄弟争殺事奏

奉御筆體究黎州邛部川崖轙、部義兄弟争殺事。今採聞，五月二十九日，有兩林蠻王弟籠畏、首領崖來等，同部義率人馬三四百來攻邛部川之籠甕城，不克，虜掠牛羊千餘。崖轙遣人追逐，殺三人，部義等復歸兩林，崖轙見守籠甕自固。照得崖轙、部義兄弟相攻未已，臣已行下黎州嚴切隄備，并遣發更戍西兵前去守把。

【題解】

本文作於淳熙二年（一一七五），時在四川制置使任上。本文輯自宋會要輯稿蕃夷五黎州諸蠻，孔凡禮范成大佚著輯存、全宋文均未收録。題據文意擬。成大奉御筆體究黎州邛部川崖轙、部義兄弟争殺事，查明真相，因上此奏疏。八月五日，下詔制置使范成大於本路諸州軍係將、不係將禁軍内均選彊壯作兩番，每番七百人，分上、下半年於黎州屯戍。委制置司置辦衣甲、軍器等，差有智勇兵官一員統轄訓練，與輪戍大軍三百人同共防托。

上折估事奏

去四川數十年之害，培其本根，徐用其力，國家長計也。遠方州縣吏爲入朝廷根本憂者幾人，折估不辦，上司怪怒，百方貼補上場。陛下赤子而不恤，後日意外之患。其間貪墨又或并緣此，所以實聞於朝廷者寡也。

出納之司，徒見枝葉粗存，不知本根將撥。望陛下斷自宸衷，與帷幄大臣决之，不須更付有司。彼有司者，但知出納之吝，安知根本之憂。

【題解】

本文作於淳熙三年（一一七六），時在蜀帥任。本文輯自黄震黄氏日鈔卷六七，孔凡禮范成大佚著輯存第五五—五六頁，全宋文卷四九七七亦録本文。題參全宋文擬。孔凡禮范成大年譜淳熙三年譜文：「六月乙酉，詔四川酒課折估虚額錢四十七萬餘緡，自今年爲始減放，以湖廣總領所上供錢内撥還，從成大之請也。」黄震黄氏日鈔卷六七亦云：「蜀自失陝，竭其力養關外軍，而折估最病民。折估者，蜀酒課名也。公契勘：成都一郡元額四萬八千四百八十貫，見收四十萬八千六百四十貫，縣額十五萬六千四百四十貫，見收三十九萬二百七十貫。遂并覈實，四路共六十二州，内十三州元無折估，五州不申敗缺，餘四十四州，各有重額，共奏減四十七萬二千五百四十三道錢引，計十分内減八釐三毫有奇，以總領司經費外事，故僧道度牒截撥對減。奏凡三四上，其要有曰：『（略）。』及得旨蠲放。」

關外麥熟奏

關外麥熟，倍於常年。緣去歲朝廷免和糴一年，民力稍紓，得以從事於耕作，故其效如此。

【題解】本文作於淳熙四年（一一七七）三月，時在蜀帥任上。本文輯自宋史全文續資治通鑑卷二六，文前有云：「（淳熙四年三月）丙午，范成大奏。」全宋文卷四九七七録本文。題參全宋文擬續資治通鑑卷一四五於本文後，尚有：「帝曰：『免和糴一年，民間已如此，乃知民力不可以重困也。』王淮曰：『去歲止免關外，今從李蘩之請，盡免蜀中和糴一年，爲惠尤廣。』」續資治通鑑所載無「去歲」、「故其效如此」七字。

乞關防蜀中度牒之弊奏

蜀中一度牒賣錢引七百一十道，一紫衣止賣錢引六七十道，少者三四十道。小人貪十倍之利，又不費織作，止是指改數字，以冒法爲之。當令省部措置，止將上件四川逐司見在綾紙於紙背批鑿給散年月及用印記，並置合同號簿勘同等，以爲關防。

【題解】本文作於淳熙四年（一一七七），時任四川制置使，就蜀中度牒之弊上奏。輯自宋會要輯稿職官一三，全宋文卷四九七七録本文。題参全宋文擬。宋會要輯稿職官一三：「(淳熙四年)十一月二日詔：『(略)』。先是，四川制置使范成大言：『(略)。』既而成大入爲禮部尚書，復申前請，故有是命。」按，范成大於淳熙四年四月，詔赴行在，本文必作於四年四月以前。十一月，權禮部尚書，復申前請，故於十二月二日下詔。

舶舡抽解事奏

將舶舡客貨抄數估直若干，候回舶，亦將博買中國貨物，估直與來貨價同，方令登舟，使別無餘力可换銅錢，以絶舊來輕舠載錢潛行數程以俟大舟洩錢莫道之弊。

【題解】　本文作於淳熙七年(一一八〇)，時知明州。本文輯自黄震黄氏日鈔卷六七，孔凡禮范成大佚著輯存第六一頁、全宋文卷四七九九亦録本文。題参全宋文擬。石湖於淳熙七年三月到任，寧波府志卷一六秩官上宋知明州軍州事題名：「范成大，(淳熙)七年三月。」黄震黄氏日鈔卷六七：「又奏：減免舶舡抽解。」「又奏：『(略)。』愚恐徒擾而無補，如不科其抽解，竟禁其貿易足矣。」愚，指黄震，此三句乃黄震之見解，應與范文剥離，孔凡禮輯存連書之，欠當。

乞罷海物之獻奏

張津、伯圭、魏王皆國懿親，時節奉海物於兩宫，臣外朝臣也，不敢效尤。

【題解】本文作於淳熙七年（一一八〇），時在知明州任上。本文輯自周必大神道碑。文後尚有：「上命停貢，而罷進奉局。」周必大玉堂類稿卷一二新知明州范成大（自注：淳熙七年三月四日，内侍李琪）：「有敕：朕緬懷舊德，起表東藩。喜舟御之遄征，即國門而迎勞。仍加頒賚，用示眷存。」寧波府志卷一六秩官上宋知明州軍州事題名：「范成大，（淳熙）七年三月。」又卷一八名宦：「范成大，字致能，吴郡人。淳熙中知州事。先是魏王守郡，歲貢海物。成大奏言：『王，國之懿親，得貢獻兩宫；臣，外臣，不敢效尤。』孝宗從之。」孔凡禮范成大佚著輯存第八一頁録本文。題參孔氏擬。

論重征莫甚於沿江奏

重征莫甚於沿江，如蘄之江口，池之雁汊，號大小法場。上而至荆峽，往往有是名。虚舟往來爲力勝，本無奇貨，而妄呼名件爲虚喝，宜征千金，先抛十金之數爲花數。客費日多，則物日涌，錢日輕。乞禁沿江置場，繁併并州縣於支港小路私置處省之。

【題解】

本文作乾道六年（一一七〇）閏五月。皇宋中興兩朝聖政卷四八（乾道六年）閏月己亥記臣僚言，即本文。本文輯自黄震黄氏日鈔卷六七，孔凡禮范成大佚著輯存第四八頁、全宋文卷四九七七亦録之。題參全宋文擬。

論銅錢入北奏

乞聚茶榷場，專以見錢出賣，而輕其價，則錢之在北者必來。

【校記】

【題解】

本文作年無考。本文輯自黄震黄氏日鈔卷六七，孔凡禮范成大佚著輯存第四九頁、全宋文卷四九七七亦録之。題原作「論銅錢入北」，孔凡禮輯存同，全宋文擬本題，今從之。

范石湖集輯佚卷五　疏

應詔言弊疏

通國之弊，蔽以一言，曰文具。

【題解】本文作於隆興元年（一一六三），孝宗新禪位，詔百官言時弊，成大因上本文。時在監太平惠民和劑局任上，四月，兼編類高宗聖政所檢討官。周必大神道碑：「壽皇受禪……詔百官條時弊，公舉十事極論文具非所以爲國，執政奇其才。」本文輯自黄震黄氏日鈔卷六七，孔凡禮范成大佚著輯存第六七頁録本文，題據文意擬。

論勤政疏

臣聞治天下之道，非以無其具之爲患，而以有其具而不責其成功之爲患也。譬猶工匠，雖有械器雜然前陳，而不課其成器之效，則與無械器者何異。夫興事造業，發號出令之初，何嘗不長慮却顧，殫智竭力，再三熟復而後有所爲哉！推而放之之久，則必有偏而不舉，尼而不行，與夫沮抑於下而弗使見功者，一聽其自然，不復過而問焉。則曏之所謂殫智竭力而爲之者，終於徒勞而無補，此所以治具雖多，而治功愈遠也。大抵末俗之陋，樂宴安而憚改作，習委靡而忘振起，譬猶王良之御駑馬，審其銜勒而謹握之，猶可維持以行。跬步稍弛，則蹶躓隨之矣。故曰：「一日二日萬幾，無曠庶官，天工人其代之。」此言一日曠官，則萬事之幾，必有廢失者，況其久乎！故善治之主，不敢一日不用其才焉。孜孜業業，執其所以爲治具者，晝夜提策之，曰：吾前日興某利，其果興矣乎？前日去某害，其果去矣乎？利宜興而未興，害宜去而未去，無乃吾法制有未善者乎？抑亦有沮抑於下而使法制不得行者乎？及其利已興矣，害已去矣，則又曰：其果能久而弗變矣乎，雖變而猶可通之以盡利乎？夫如是，則有所不爲，爲無不成，而成亦不壞矣。堯舜之治，莫要乎二典，二典莫盛於賡歌，治至於君臣作歌以相戒，宜不作不急之語。而皋陶之颺言，但曰：「率作興事，謹乃憲，欽哉。屢省乃成，欽哉。」蓋興事之初，不謹憲度，固無可行之理，憲度謹矣，而必繼以「屢省」者，蓋事不加省，則雖成而必隳。屢之爲言，不一而足之謂，朝省之，暮又省之，今日省之，明日又省之，不知何時而已也。二典之治，百聖所師，臯陶之謨，後世莫及。撮其樞要，初不遠於人情，而無高世離俗，甚高難行之説。今聖主將大有爲，以躡堯舜之迹，觀臯陶之歌，思過半矣。

【題解】

本文作於乾道二年（一一六六），時任禮部員外郎。于北山范成大年譜乾道五年譜文繫本文於乾道五年，欠當。本文輯自歷代名臣奏議卷一九〇「勤政」，原文前尚有「孝宗時禮部員外兼崇政殿説書范成大上奏曰」十九字，永樂大典卷二四〇六録宋范石湖大全集論勤政劄子，乃本文之節録。孔凡禮范成大佚著輯存第一一頁、全宋文卷四九七八均録本文。題參孔氏、全宋文擬。

論不舉子疏

臣伏見比者臣寮有請，以福建等路有不舉子之風，乞支錢米以濟貧乏。陛下推天地好生之德，特從其請，恩至渥矣。然其間尚有委曲，臣請續終其説。姑以臣前任處州言之。小民以山瘠地貧，生男稍多，便不肯舉。女則不問可知，村落間至無婦可娶，買於他州。計所夭殺，不知其幾。檢准紹興八年指揮，貧乏妊娠，支常平米四斗。十五年指揮，改支常平米一石。又著令殺子之家父母鄰保與收生之人，皆徒刑編置。

賞罰具著如此，而此風未殄者，蓋州縣以常平積欠，救過不暇，決不敢以此非時發倉。支賜既不復行，罪名亦不復問。臣伏睹去冬聖旨，將諸路常平義倉漏底折欠十七萬八千餘石，盡行除放。若以此數救不舉之子，當活十七萬八千餘人。而典吏臣蠹陷失如此，陛下尚且置而不問，臣決知陛下無所惜於貧乏之家也。昔蘇軾知密州，盤量寬剩，得數百名，專儲以養棄兒。是時初無常平給賜之令，使軾在今日，則推廣上恩，當如何哉！臣愚欲望聖慈申飭諸路提舉司并州縣長吏，有似此風俗之處，依累降指揮，勘會貧乏，如數支賜。又須申嚴法禁，與之并行。并窮山僻縣常平義倉所管數少，不了支給，定成空文，乞令運司仿蘇軾遺意，措置寬剩，量撥助之。每歲各具支過錢米、活過赤子數目奏聞。於以滋聖朝仁壽之福，衍清廟靈長之休，抑又得十年生聚之義，惟宸慈軫念。

【題解】

本文作於乾道二年（一一六六），時任禮部員外郎。于北山范成大年譜繫本文於乾道五年，欠當。本文輯自歷代名臣奏議卷一〇八「仁民」，文前有「禮部員外郎范成大上奏曰」。孔凡禮范成大佚著輯存第一三頁、全宋文卷四九七八均録本文。黄震黄氏日鈔卷六七有本文之節録。題參孔氏、全宋文擬。

論慎刑疏

臣聞獄，重事也。民之受冤，不止於捶楚鍛鍊之苦而已。其間貧乏之人，無家供食，干連守待，易得淹延，空腸枵腹，以受捶楚，加以雪霜疫癘，非時侵之，故罪不抵死而斃於囹圄者極多。准令，給囚之物許支錢；准格，在禁之囚許支米。錢則許於贓罰頭子運司等處隨宜撥支；米雖立定升數，而無顯然名色。是致官司循習不問，諸處縣獄，尤無指擬。長吏賢者，至或巡門乞米以爲一粥之資；吏或不賢，粥亦不可常得。宜其瘐死者衆，實奸泰和。臣愚欲望聖慈特降睿旨，檢照給囚之物，既許支用，係省窠名；其糧米，亦合一體。乞令運司行下州縣，量度每歲所須，徑於苗米截撥。有闕米處，即以合支之錢依數收糴。庶幾狴犴之中接濟飢苦，稱罪受刑，不夭生命。

【題解】 本文作於乾道二年（一一六六），時在禮部員外郎任上。于北山范成大年譜繫本文於乾道五年，欠當。本文輯自歷代名臣奏議卷二一七「慎刑」，文前有「禮部員外郎范成大上奏曰」。孔凡禮范成大佚著輯存第一四頁、全宋文卷四九七八均録本文。題参孔氏、全宋文擬。

又論慎刑疏

臣聞獄者，君子之所盡心也。求其生而不可得，故雖死而不怨殺者。使其尚有可生之理，而必置之死地，則冤矣。國家列聖相授，哀矜折獄，諸大辟刑名疑慮、情理可憫者，皆許奏裁，死而復生，十常六七。堯舜之德，何以尚兹！然而近年以來，案牘或壅，則不得以時聞徹，又不能如期行下。及至指揮到州，間蒙貸宥；而在禁之囚，等待淹延，動閱時序，往往死於桎梏之下久矣，不及沾被湛恩者甚衆。當職官吏，捧詔太息，付之無可奈何，豈不甚傷天地父母好生之心？恭惟宸慮，必爲惻然。臣愚欲望聖慈，特降睿旨，申飭攸司，凡奏讞之牘所經由處，並嚴立近限，剋期報應，覺舉稽違，速與行下，庶幾有可宥之理者，不置之必死之地。嘉生協氣，薰爲泰和，實發政施仁之助。

【題解】本文作於乾道二年（一一六六），時在禮部員外郎任上。于北山范成大年譜繫本文於乾道五年，欠當。本文輯自歷代名臣奏議卷二一七「慎刑」，文前有「成大又上奏曰」。孔凡禮范成大佚著輯存第一四頁、全宋文卷四九七八均録本文。題參孔氏擬。

論義役疏 一

松陽縣民輸金買田以助役户，爲田三千三百畝有奇。排比役次，以名聞官，不煩差科，可至二二十年者，請命諸縣通行之。

【題解】本文作於乾道四年(一一六八)，時在知處州任上。本文輯自李心傳建炎以來朝野雜記甲集卷七「處州義役」條，文前尚有「乾道中，范文穆成大知處州，言」十二字。孔凡禮范成大佚著輯存第六九頁、全宋文卷四九七九均録本文。于北山范成大年譜乾道四年譜文云：「八月，抵處州任。興義役，規劃水利。」題參孔氏、全宋文擬。周必大神道碑：「四年八月至郡，松陽民争役，公曉之曰：『吾聞東陽縣有率錢助役者，前婺守吴侯義之，爲易鄉名，揭碑褒勸，爾與之鄰，獨無愧乎？』民既感謝，則推廣其制，諭鄉人視貧富輸金買田，擇信義之家掌其事，儲歳入助當役者，命曰義役。許自第名次，有司勿預。數月間，人皆樂從。」可與本文參證。

論日力國力人力疏

臣聞自古建功業者，必有一定之規摹。規摹既定，則以其力之所能及者，日夜淬厲以赴之，而不可分其力於規摹之外。所謂力者有三：一曰日力，寸陰是也；二曰國力，資用是也；三曰人力，思慮智術之所及者是也。世事無窮，而三力有限，豈可分之於不急之地哉？臣雖疵賤，去國未久，固嘗仰窺陛下神謨聖策，將大有爲。竊計復古之心，規摹已定；然而風俗宴安，期會倥偬，稽古禮文之事太繁，承平虚費之習未除。日力窮於不急之務，國力耗於不急之須，人力疲於不急之役，皆非所以副陛下規摹之所欲爲者。非曠然大有以損益之，恐不免於志勤道遠之歎。願陛下與共政之臣，自治三力，專用之於所欲爲之地。凡規摹之外，一切稍緩。俟大欲既濟，復之未晚。昔越勾踐未得志也，蚤朝晏罷，非謀吴之策則不講。自古能用三力，無出其右者，故功業卓然。此雖陳迹，可以驗今，臣故併以爲陛下獻。取進止。

【題解】本文作於乾道四年（一一六八）赴處州任時。本文輯自歷代名臣奏議卷九六「經國」，原文尚有「知處州范成大上疏曰」九字。南宋文範卷一六、孔凡禮范成大佚著輯存第八頁、全宋文卷四九七八均録此文。題參孔氏、全宋文擬。全宋文題下注：「乾道四年。」周必大神道碑：「（乾道）三年十二月，起知處州。陛對論力之所及者有三。」即指本文。

論獄法疏

臣聞獄者，萬民之命。民命莫重於大辟。方鍛鍊時，何可盡察？故其節目，獨在聚録之際。蓋大情既定，成案已結，官吏聚於一堂，引囚而讀示之，死生之分，決此頃刻，可謂要會矣。而獄吏憚於平反，摘紙疾讀，離絶其文，嘈囋其語，故爲不可曉解之音，造次而畢，呼囚書字，茫然引去，指日聽刑。人命所干，輕忽若此，遠方近甸，習俗皆然。傍觀寒心，大傷政體。臣竊檢照聚録之法，有曰：「人吏依句宣讀，無得隱漏，令囚自通重情，以合其欵。」詳此法意，蓋不止於只讀成案而已。欲望聖慈，深詔攸司，痛革前弊。臣之愚見，謂當稽參「自通重情，以合其欵」之文，於聚録時，委長吏點無干礙吏人先附囚口責狀一通，覆視獄案，果無差殊，然後亦點無干礙吏人依句宣讀，務要詳明，令囚通曉。庶幾伏辜者無憾，負枉者獲伸，足以稱陛下矜恤之心，滋聖朝仁厚之福。

【題解】

本文作於乾道四年（一一六八）八月赴處州任以前。本文輯自歷代名臣奏議卷二一七「慎刑」，文前有「成大知處州，又上奏曰」。孔凡禮范成大佚著輯存第九頁、全宋文卷四九七八均録本文。題參孔氏、全宋文擬。

論兵制疏

臣伏見國家於屯衛正兵之外，別令諸州自募禁卒，故逐路皆成全師，規摹深矣。法意中弛，戎備久缺。陛下聖武布昭，沉機遠馭，大蒐軍實，以壯國威，又嚴諸郡教閱之法。今則器仗顯設，程課精明，郡始知有兵，兵始知有戰。不增募卒之費，坐獲成軍之實，甚盛舉也！臣竊詢宿弊，尚有二端：一曰簡閱未精；二曰營伍未立。何謂簡閱未精？按禁軍著令，惟郡守兵官，得破不堪披帶之人充當直外，其餘百役，專用廂軍。向來一概混役。禁卒各有事務，未嘗講武。自陛下修明軍政以來，此等或憚肄習之勤勞，或戀司局之優厚，率作緣故，降就廂軍。春秋二揀，百計不赴。其尤黠者，則徑降剩員，終身不揀。是以禁軍尚有怯弱，廂軍反多强壯。事體倒置，議者不平，此弊未除，恐負陛下强兵之意。何謂營伍未立？按祖宗舊制，營房損漏，兵官不得替移；霖雨經時，有司先葺營寨。中間雖嘗申嚴，州郡漫不加省。有營無屋，有屋無人，帶甲之軍，雜處閭井。晨出無期會，暮歸無點集，蹤跡難制，號召難齊，甘苦難知，真僞難察。一旦調發，如群市人。雖有法制，何緣紀律？此弊不振，恐妨陛下制軍之法。欲望聖慈，嚴飭揀兵之官，執法從事，刷諸路見管厢軍剩員，不以是何官司，盡數揀點。仍先立寬限，必須呈身。若臨期託病，或申差出，即時開落，勿復容情。精料其可爲勝兵者，十必三四。其司局占破尚是禁軍者，亦可改正。仍令所在修蓋營房，部領遷入，各具了畢月日上聞。夫簡閱精則人材可恃；營伍立則紀律可行。二事具舉，成軍隱然。惟陛下令之耳。

【題解】

本文作於乾道四年（一一六八）八月赴處州任以前。本文輯自歷代名臣奏議卷二二三「兵制」，文前有「成大知處州，又奏曰」。孔凡禮范成大佚著輯存第九頁、全宋文卷四九七八均録本文。題參孔氏、全宋文擬。宋會要輯稿兵六：「（乾道四年）五月十三日，新權發遣處州范成大進對，論諸州軍簡閱未精，營伍未立。上曰：正緣無營寨，所以紀律不行。」可以參看。

上郊祀疏

近准録黄林栗等劄子，爲季秋祀上帝，乞於郊丘行事，得旨已依所乞。然尚有當議者，蓋國初沿襲唐制，一歲四祭昊天上帝於郊丘，謂祈穀、大雩、饗明堂、祀圓丘也。唯是明堂當從屋祭，因循未正。至元祐六年，太常博士趙叡建言：本朝親饗之禮，自明道以來，即大慶殿以爲明堂，蓋得聖人之意。至於有司攝事之所，乃尚寓於圓丘。竊見南郊齋宫有望祭殿，其間屋宇頗寬，乞將來季秋大饗明堂，有司攝事，只就南郊齋宫行禮。至元符元年，又寓於齋宫端誠殿。以此考之，蓋既曰明堂，當從屋祭故也。前日寓祭於城西惠照齋宫，以方位爲非是。今既改就南郊，於禮爲合。但明堂當從屋祭，不當在壇。臣等竊見今郊丘之隅，有淨明寺，每祠事遇雨，望祭於此。欲乞遇明堂親饗，則遵依紹興三十一年已行典禮，如常歲。有司攝事，則當依元祐臣僚所陳，權寓淨明寺行禮。庶合明堂之義。

【題解】　本文作於乾道五年（一一六九）九月，時任禮部員外郎兼崇政殿説書。本文輯自宋會要輯稿禮二三「郊祀壇殿大小次」，文前有「（乾道五年九月）二十七日，權禮部侍郎鄭聞、員外郎范成大等言」，文後有「詔依」。孔凡禮范成大佚著輯存第六九—七〇頁、全宋文卷四九七九亦録本文。題參孔氏、全宋文擬。

論增絹價以輕刑疏

承平時，絹匹不及千錢，而估價過倍。紹興三年，遞增五分，爲錢三千足。今絹益貴，當倍時值。

【題解】

本文作於乾道六年（一一七〇），成大於乾道五年十二月爲起居舍人兼侍講，仍兼實録院檢討官。周必大神道碑：「乾道令以絹計贓，估價頗輕，論罪過重，公奏：『（即本文，略。）』上驚曰：『是陷民深文也。』遂增爲四千，而刑輕矣。」孔凡禮范成大佚著輯存第七〇頁録本文，並據文意擬本題，今從之。黄震黄氏日鈔卷六七曰：「承平絹價不滿一貫，而二貫滿疋定贓罪，寬之也。其後兵興物貴，紹興三年詔疋準三貫。石湖以時價已至六七千，合更量增一貫和買，取民財隨時增價，定民罪則減之，聖政所大不忍也。」黄氏所鈔，雜以己意，可與周必大之記載參看。全宋文未録本文。

論義役疏 二

處州六邑，義役已成，可以風示四方，美俗興化，請命守臣胡沂以其規約來。

【題解】　本文作於乾道七年（一一七一），時任中書舍人。本文輯自李心傳建炎以來朝野雜記甲集卷七「處州義役」條。文前有「文穆爲中書舍人，復言」九字，文後有「上從之」三字，下有原注「乾道七年正月」。全宋文卷四九七九亦録本文。題参全宋文擬。

論宋貺召命疏

臣伏睹中書省録黄指揮，宋貺召赴行在。臣謂率土之濱，莫非王臣，陛下欲見一臣寮，何所不可？天鑑之下，將無所逃，用捨廢置，皆未可知，固無必不可見之理。但臣採之公議，有不得而默者。契勘宋貺當秦檜柄國之時，號爲親昵用事，爲世指目，章章尤顯者。士大夫醜其姓名，於今有年矣。臣取會前後章疏，姦污之狀，固不一端，爲奉使則興販北貨，攝京府則强略倡優，任版曹則買諸軍之銀，領贍軍則受辟官之賂，司建康留鑰，則專爲權門起造園宅。如此之類，未易概舉，亦未暇論也。究其始初罷逐之由，正緣司計不職，以致左帑闕乏，支遣不行，至用臨安公使庫及激賞贍軍等庫錢物那移。又勘虚旁令軍人自往漕司支請。若漕司無錢，幾致生事。臣寮論其身爲計臣，經晝如此。是時檜猶無恙，而既已斥矣，則其才術已試大繆，明白如此。今聞忽有召命，竊恐或謂其有富國才術欺陛下者。只考元罷户部因由，則是非虚實，灼然可見。臣聞人才難得，弗忍終棄，聖人之用心也。使君子之人而偶罣憲網，固當拔拭而進之；使小人而有才，亦可覆其玷缺，駕馭以驅使之。今以既爲君子而偶罣憲網耶？則平生姦污之聲，遍於海隅矣。以爲小人而有才者耶？則當兵釁未開之前，朝廷積富之後，從容版曹，而使帑藏空乏，至以虚旁撥遣軍人，亦可駭矣。竊恐一旦進用，不惟無益於國，其餘黨類帖息伏潛者，皆將動心經營，僥倖復進，徒使疑議四起，又費彈壓。臣恭惟陛下昭德塞違，以臨照百官，正欲安靖國人，統一風俗而已。將來既或有所除授，必致衆議紛紛，以發其不靖之機。臣蒙被陛下擢寘西掖，正典書命，比之諸臣，尤不當緘默。伏惟聖慈儲神委照，攬臣此章，特留聖念，别賜處分，不勝幸甚。

【題解】

本文作於乾道七年（一一七一），時任中書舍人。本文輯自歷代名臣奏議卷一八三，孔凡禮范成大佚著輯存第二一頁、全宋文卷四九七八均録本文。題參全宋文擬。孔凡禮於文下加案云：

「此疏之題，據日鈔加。歷代名臣奏議謂此文爲成大作吏部郎官時作，誤。神道碑、日鈔均謂爲中書舍人時作。」按，嘉定鎮江志卷一五「宋潤州太守」云：「宋貺，故相莒公之族孫，乾道辛卯復右大中大夫集英殿修撰守鎮江，九月到。明年，詔賜金帶，九月，被旨奏事，既對而罷。」辛卯，即乾道七年，可見石湖之奏，未被采納。

論治道疏

德莫大於好生，陛下得之矣。乃者御書政論，意在飭紀綱，振積弊，而近日大理議刑，遞加一等，此非所以嚴致平，乃酷也。

【題解】　本文作於乾道七年（一一七一），時任中書舍人，四月，兼侍講。孝宗書崔實政論賜輔臣，成大乃奏此。本文輯自周必大神道碑，文前尚有「上勵精政事，患風俗委靡，書崔實政論賜輔臣。公講禮記『天子不合圍，諸侯不掩群』，上曰：『此成湯祝網意也。』公遂奏：『略』。」文後有：「上大喜曰：『卿知言，聞臨安已觀望行事矣。』講退，侍講張君栻謂公深得『納約自牖』之義。右史莫君濟曰：『當書之記注。』後數日，公進故事，復申其説。」宋史范成大傳，亦載此，文前有「初，上書崔實政論賜輔臣，成大奏。」文後有「上稱爲知言。」孔凡禮范成大佚著輯存第六九頁録本文，據文意擬題，今從之。全宋文未録。

請趙士銖例支嗣王米麥等恩數

立愛惟親，固聖人之用心；法行自近始，亦聖治之先務。貴近無尺寸者，相習如此，異時勳臣戰士，若復越制請求，則如之何而拒之。

【題解】本文作於乾道七年(一一七一)，時在中書舍人任上。本文輯自黄震黄氏日鈔卷六七，孔凡禮范成大佚著輯存第四四頁録本文。文前，黄氏日鈔尚有「節使知宗士銖，乞照嗣王例，全支米麥等恩數。石湖奏」乃黄震之説明。

請復官賣鹽疏

官自賣鹽，不過奪商人之利以利官，而民無折米之患。往日西路賣及八萬籮，今爲虚數矣。只以實賣及五萬籮爲率，而榷以廣西鹽價，每一斤以一百四十文足爲率，歲可得七十餘萬緡，足計九十餘萬緡省，需乎其有餘矣。

【題解】本文作於乾道九年(一一七三),時在廣西帥任上。孔凡禮范成大佚著輯存第七四頁、全宋文卷四九七九均録本文。續資治通鑑卷一四三:「(乾道九年十二月)癸酉,廣西鹽復官賣法,從帥臣范成大之請也。」皇宋中興兩朝聖政卷五二乾道九年十二月紀事:「是月,廣西鹽復官賣法,從帥臣范成大之請也。」本文輯自周去非嶺外代答卷五「廣西鹽法」條,其文前後爲:「范石湖作帥,抗疏請復官賣,其説曰:『(略)』朝廷始疑而後從之。廣東申乞不已,又爲東路歲認發東鹽入界鈔之數二萬四千六百餘緡,其議遂定。然漕計優裕,實范公之力也。」周去非,曾參范成大廣西帥府幕,熟知成大事,其記載信實可靠。

論宜州不宜置場疏

宜州密邇内地,無故通道,諸蠻且開邊隙,不敢奉詔。

【題解】本文作於淳熙元年(一一七四),時在廣西帥任上。本文見文獻通考卷三三一引桂海虞衡志佚文,孔凡禮范成大佚著輯存第七五頁、全宋文卷四九七九均録本文,題參孔氏全宋文擬。胡起望、覃光廣校注桂海虞衡志志蠻云:「己丑歲(按:乾道五年),自(按,承上文指莫延葚)言州去産馬蠻不遠，願與國買馬，乞於宜州置場，意欲藉朝廷任使，威制永樂。邊將常恭與交通，至爲代作奏章，至闕下，不經由帥司，樞密院是其説，差官置司宜州。余論奏：『（略）』且自行在所捕得常恭，因而劾奏其事。朝廷大悟，削籍竄之九江，永不放還。外有省民冒法，商販入南丹，受其帖牒至内地幹事者，多桂之興安人，余亦物色得其渠，送獄論如法，南丹稍讋。」李心傳建炎以來朝野雜記甲集卷一八「廣馬」條云：「宜州溪洞巡檢常恭者赴闕，持南丹州莫延葚表來，乞就宜州市馬，比之横州可省三十餘程。（原注：産馬地至南丹十程，南丹至静江府十三程。）張説在樞筦，以其表聞。李壽翁時爲檢詳文字，爲説言：『邕遠宜近，人孰不知，前迂其途，豈無意乎？況今莫氏方横，乃欲爲之除道，而擅以互市之饒，誤矣。小吏妄作，將啓邊釁，請論如法。』説不聽。命從義郎李宗彦以提點綱馬驛程，往宜州措置。（原注：九月十二日壬戌。）既而説罷政，密院乃奏宗彦等所言邊防不便罷之。時淳熙元年秋也。（原注：説以八月己未罷政，密院以九月乙巳奏罷宜州買馬。）帥臣范至能因劾常恭之罪，下吏削籍流竄焉。」周必大神道碑亦詳載其事：「有沿邊巡檢常恭者，誘南丹酋莫延葚開路市馬，直達帥司，自以爲功。張説猶在樞庭，引恭見上，詔委李宗彦措置馬事。公奏：『南丹越宜州已非法，今并舍帥司，邊防壞矣。』疏恭罪惡，密遣人擒歸。會説去位，流恭江州。」宋會要輯稿兵二三云：「淳熙元年九月二十一日詔住置宜州買馬。」宋史孝宗本紀載淳熙元年九月「罷宜州市馬」。可知本文即作於淳熙元年。孔凡禮范成大佚著輯存第七五頁、全宋文卷四九九七九均録本文。

論邊患疏

南丹州莫延葚二三年來，專作不靖，恐爲邊患。

【題解】本文作於淳熙元年（一一七四），時在廣西帥任上。本文輯自宋會要輯稿兵二九邊防，文前有：「（淳熙元年）六月十二日，詔廣西帥憲司行下宜州溪洞司常明遠斥堠過作隄備，仍整齪將兵土丁等，常爲持敵之計，以備不測，毋令侵犯作過，以知静江府范成大言。」孔凡禮范成大佚著輯存第七五頁、全宋文卷四九七九均録本文。題參孔氏、全宋文擬。

請措置成都府路邊防疏

本路邊防，欲行措置：一則欲精閲一路將兵，添置器械，而無犒賞營繕之力；二則欲葺治保障，修明防隘，而無調度夫役之費。則當講究寨户土丁之舊，置造軍器，給散與之，團結教閲，以省戍役。然須有以助邊州支用給犒。乞給降度牒五百道，付本司轉變措置上項經畫。數月之間，稍有端緒，逐旋圖寫奏聞。

【題解】　本文作於淳熙二年（一一七五）八月二十二日，繼請措置邊防疏之後不久。本文輯自宋會要輯稿兵二九邊防，文前有：「（淳熙二年）八月二十二日，知成都府范成大言。」孔凡禮范成大佚著輯存第七六頁、全宋文卷四九七九均録本文。題參全宋文擬。

請措置邊防疏

吐蕃、南詔昔爲唐患，今幸瓜分，西南無警二百年。近者雅州碉門蠻入寇，敗官軍。乾道九年，吐蕃、青羌兩犯黎州，而奴兒結、蕃列等尤桀黠，輕視中國，臣當内教將兵，外修堡塞，仍講明寨丁，教閱團結之法，使人自爲戰。三者非財不可。

【題解】　本文作於淳熙二年（一一七五）六月，任蜀帥初到境時。本文輯自周必大神道碑，黄震黄氏日鈔卷六七、宋史本傳有節文。題參孔氏、全宋文擬。范成大與五一兄書：「成大自正月起離廣西，六月七日方入成都府。」本文上達後，「上手札奬勵，賜度牒錢四十萬緡」（周必大神道碑），孝宗有賜范成大奬諭，石湖以之刻石，見答孝宗奬諭疏，兩文可以參看。

乞鳳州不測互相應援疏

相度乞下興州都統司，如鳳州不測緩急，所有應援一節，一面應機將附近軍馬遣發前去，却申制司照會。

【題解】本文作於淳熙二年（一一七五）九月，時在蜀帥任上，見皇宋中興兩朝聖政卷五四淳熙二年九月甲辰紀事，孔凡禮范成大佚著輯存第七六頁、全宋文卷四九七九均録本文，題參孔氏、全宋文擬。鳳州，宋時屬秦鳳路，本不在成都府路的管轄範圍，石湖認爲邊防上不同轄區的兵力，遇有不測，應以國家安全爲大局，互相支援。

奏禄柬之邊事有功疏

柬之於淳熙元年知叙州日，蠻寇横江，邊寨危急，柬之以郡事委佐官，用沿邊都巡檢使職事，提兵出討，焚蕩聚落五處，蠻酋納其銅鼓重器，面縛出降。柬之以軍法誅召寇之人，群蠻讋服。

【題解】　本文作於淳熙三年（一一七五）三月，時在蜀帥任上。本文輯自宋會要輯稿職官六二「特恩除官」文前有：「（淳熙三年）四月七日，詔知黎州祿東之除秘閣，以知成都府范成大及潼川府帥司言。」文後有：「故有是命。」孔凡禮范成大佚著輯存第七八頁、全宋文卷四九七九均録本文。題參孔氏、全宋文擬。祿東之，宋史無傳，李心傳建炎以來朝野雜記乙集卷一九「丙申青羌之變」條云：「淳熙三年夏四月，制置司辟承議郎祿東之知黎州。且奏其前守叙州勞績，上恩加直秘閣。又奏差本路兵馬都監高晃，總轄出戍沈黎之卒。」「東之字粹父，潼川人，知名士也。青羌既降，制置使胡長文上其功績於朝，五年夏，就除本路提點刑獄。數月移潼川小漕，暨五部落之變，復自夔部還，爲提刑兼權制置使職事，未數月而卒，蜀人至今稱之。」

請減放四川酒課折估虛額錢疏

四川酒課折估虛額錢四十七萬餘緡，乞自淳熙三年爲始減放。

【題解】　本文作於淳熙三年（一一七五）六月，時在蜀帥任上。本文輯自皇宋中興兩朝聖政卷五四，孔凡禮范成大佚著輯存第七八頁、全宋文卷四九七九均録本文，題參孔氏、全宋文擬。

四川酒課虛額減放蜀民感恩疏

陛下俯念四蜀酒課虛額之弊，乃六月十二日詔書，各與次第蠲減，歲蠲上供緡錢四十七萬，爲蜀民代補贍軍折估之數。令下之日，百萬生靈，鼓舞驩呼，如脱溝壑，寰區四路州縣節次申到，自今年七月十五日以後，各於寺觀啓建感恩祝聖道場。臣謹按慶曆六年三司使王拱宸建議榷河北滄、濱兩州鹽，仁宗皇帝曰：「使人頓食貴鹽，豈朕意哉！」下詔弗許。河朔父老相率拜迎於澶州，爲佛老會，報上恩。今舉四蜀之廣，民心愛辭，不侔同辭，宜與河朔故事，俱傳不朽，伏望宣付史館。

【題解】　本文作於淳熙三年（一一七五）十一月，時在蜀帥任上。本文輯自皇宋中興兩朝聖政卷五四，黄震黄氏日鈔卷六七有節文。孔凡禮范成大佚著輯存第七九頁、全宋文卷四九七九均録本文。題參孔氏、全宋文擬。周必大神道碑曾記及其事云：「初，蜀之財用止以贍蜀，自屯大兵，始竭民力，公私俱困。公略計成都在城建炎三年酒税，歲纔四萬緡有奇，後增十倍；縣鎮酒税，場店、民户買撲課利，總十五萬有奇，後累至四十萬，他郡可知，即具以聞。詔歲減四十八萬緡。公隨額重輕，躬爲裁定，蜀人呼舞，即寺觀爲感恩祝聖道場。」續資治通鑑卷一四五：「（淳熙三年）六月乙西，四川制置使范成大奏：『四川酒課，折沽虚額錢四十七萬餘緡，請自淳熙三年爲始減放。』詔以湖廣總領所上供錢内撥還。」

言飛虎軍可用疏

所教成都禁卒，謂之飛虎軍者，今已可用。

【題解】

本文作於淳熙三年（一一七五），時在蜀帥任上。本文輯自李心傳建炎以來朝野雜記甲集卷一八「成都府義勇軍」條，文前有「淳熙初，范致能爲帥言」，文後有「乃命五百人往戍之」。孔凡禮范成大佚著輯存第七九頁、全宋文卷四九七九均録本文。題參孔氏、全宋文擬。按，石湖於淳熙二年六月到任，調教卒兵非短時可成，故定本文作於到任之次年，即淳熙三年。

答御賜奬諭疏

臣不肖，日者待罪桂林，蒙恩徙鎮蜀道，次於荆州，詔問西南邊事。臣愚無識知，嘗試妄論大要：練兵丁，繕保障，倘事力弗給可若何？行及廣漢，則昧死上其説。制下尚書，其盼劍南西川度牒五百，爲緡錢三十五萬八千有奇，以贍工費，而賜臣八月二十五日璽書如前。臣謹拜手稽首言曰：昔堯舜之於群臣，聞其言善，則俞之，必有訓敕之辭，繼之曰「懋哉」、曰「往欽哉」，二典之書是已。今陛下過聽，擇於蒭蕘，又勉之以底績，此堯舜之法，二典之所以書也，臣何足以得此！雖貪天子之命，以爲己榮，而一介齷齪，狗馬早衰，罷軟不自勝，恐終無尺寸補益縣官，且奸大荷以隕越於下，茲榮也，祇所以爲懼哉！敬奉賜書，被之琬琰，以旦夕瞻仰於前，其敢侈臣之榮，識臣之懼而已。

【題解】　本文作於淳熙二年（一一七五）八月二十五日，時知成都府。接孝宗賜范成大獎諭：「卿遠鎮坤維，兼總戎律，究心夙夜，朕甚嘉之。所進內教將兵、外修堡塞、團結土丁三説，皆善，更益勉旃，務在必行，早見成效，以副朕倚注之意。」石湖因作此。周必大神道碑「上手札獎諭」即指此事。本文輯自成都文類卷一七，全蜀藝文志卷二六、孔凡禮范成大佚著輯存第二二一二三頁、全宋文卷四九七八亦録本文。題參全宋文擬。

答措置和糴戒諭詔疏

淳熙二年七月，詔復四川制置使，以成都府路安撫制置使臣成大攝使事。臣辭弗獲命，奉印章唯謹，於兵民之政，莫敢有所罷行。厥十一月，皇帝親御翰墨，賜臣戒諭。雲章自天，光被昌莽，昭回震耀，不可櫝藏。謹昧死立石，與群有司共之。切惟井絡之區，最遠天極，吏之逸勤，民之戚休，軍政之否臧，不能以時上聞。蜀父老之病久矣。陛下明見萬里，無隱弗燭，一札十行，有德有刑，雷風鼓舞，咫尺在上，若見若聞，靡不兢慄。臣冒閫外之寄，才薄望輕，不敢先事舉職，敢煩威命之辱。臣救過且不暇，其何能奉宣大律，以肅官政，猶日夜引領，庶幾萬一者。惟陛下亟命重臣，俾大此官，講明憲度，罔有廢格，則臺家長無西顧之憂。臣誠大幸，卒蒙全覆，歸伏田畝，以終免於戾，臣之願也，非所敢望也。

【題解】

本文作於淳熙二年（一一七五）十一月，時在知成都府任上。本年十一月，宋孝宗有賜范成大措置和糴戒諭詔：「蜀爲西南屏蔽，兵民庶物，尤當平允，宜相度諸處民之豐約措置，以均和糴之數，及不得令在職官，捨己所任，避難就易，營攝别職，以便私計。其屯戍兵將官，占護軍人，不分曲直，唯務己勝，將量罪輕重，必罰無赦，詳此戒諭，其毋怠忽。」本文作於接詔之後，答謝孝宗，並將此詔刻之於石。本文輯自成都文類卷一七，孔凡禮范成大佚著輯存第二九頁、全宋文卷四九七八亦録本文。題參全宋文擬。

選調綿州潼川戍兵疏

更就綿州、潼川兩處屯駐西兵内各選差一百人。

【題解】本文作於淳熙二年（一一七五）十月十六日，時在蜀帥任上。本文輯自宋會要輯稿兵六屯戍上，文前有「（淳熙二年）十月十六日，四川制置使范成大言」，文後有「從之」。題據文章擬。于北山范成大年譜淳熙二年譜文云：「十月上疏，選調戍兵。」孔凡禮范成大佚著輯存、全宋文均未録本文。

論李彦堅王彪疏㈠

文州管下蕃部作過，知州李彦堅，畏懦失職，下任王彪老謬，不肯之官。

【校記】

㈠題：原無，孔凡禮輯存、全宋文據文意擬本題，今從之。

【題解】

本文作於淳熙三年（一一七六）二月，時在蜀帥任上。本文輯自宋會要輯稿職官四七「判知州府軍監」，文前有「（淳熙）三年三月二日詔：四川都統制吴挺選習兵官一員，兼知文州，以四川制置使范成大言」等文字，文後有「彦堅、彪既罷，因有是命」。孔凡禮范成大佚著輯存第七七頁、全宋文卷四九七九均録本文，題參孔氏、全宋文擬。

論兵制疏

臣竊見天下將兵之政，其弊甚矣！竭諸郡之力以養兵，不爲不久，而終無可恃之勢。朝廷不時下令，督責纖悉，州郡類若漠然者，其故何哉？不揣其本而齊其末，不揆其力而課其功，雖日下一令，猶無益也。臣比自廣入蜀，皆承乏連帥之職，實嘗躬督屬部，不遺餘力。才藝自振者，十不一二；廢惰自如者，比比相望。然其勢難以盡効，誠見州郡之力，亦有不可得而强者焉。緊欲修明將兵之政，則須招填闕額，葺治器械，准備激犒，三者舉非徒手可辦，今皆缺然無力以及之。帥漕二司，又不與之通心商略，徒以文移責辦，何異於説河畫餅者哉？臣愚謂宜行下諸路帥漕臣，逐一詢究：某郡闕額若干，當如何招募；器械之闕及弊壞者若干，當如何葺治；一歲之按閲若干，當如何激犒。三者各以是何窠名錢物應副。如逐州皆有樁備，則立之程式，以觀厥成。如委無可出，當從帥漕司措置應副。不得已，則爲申明朝廷，量度支賜以助之，而後可以責軍政之實矣。臣伏見陛下費財以養軍，勞心以定制，其於天下將兵，豈不望其有一日之用；而州郡實未嘗講明其故。臣不敢隱默，冒昧略陳之。

【題解】

本文作於淳熙三年（一一七六），時在成都任上。本文輯自歷代名臣奏議卷二二三「兵制」，文前有「敷文閣待制、四川制置使范成大奏曰」。孔凡禮范成大佚著輯存第二三頁、全宋文卷四九七八均録本文。題參孔氏、全宋文擬。于北山范成大年譜淳熙三年譜文云：「請朝廷修明將兵之政，責州郡軍政之實。」

論黎州買馬疏㈠

臣勘會趙楙劄子，乞緩黎州一年馬額，令臣相度以聞。臣自到官以來，蜀人言黎州買馬利害者甚多，大抵與趙彬今來所陳相類，事理明白，衆論如一，委是可行。但慮議者必謂祖宗時，西北馬多，不賴西南夷馬爲用，故止以爲羈縻蠻夷之術，與今日事勢不可。臣稽之蜀人之論，則以爲權免立額，示以不急，使蠻人不得挾以爲重，反邀中國，而蠻人所須茶、綵之類，皆是朝夕急須，其所産馬，不賣之中國，將安所用？故不患其馬之不來，正如趙彬之説。臣竊謂衆論既皆如此，不若且用其説，密諭提舉買馬官，權與不拘歲額。若蠻馬自如常年而至，有司既不怵於殿最，可以揀擇良駿，其價亦可少平，恐亦未必不及額也。年歲之外，果見成效，則遂可久行，邊州稍重，外侮漸消，於制御彈壓蠻夷之術，至爲利便。萬一緣此馬不時至，別議改法，亦不爲晚，更合取自睿斷施行。

【題解】

本文作於淳熙三年（一一七六），時在蜀帥任上。本文輯自歷代名臣奏議卷二四二「馬政」，歷朝茶馬奏議卷一、文前有「敷文閣待制四川制置使范成大奏曰」十五字。孔凡禮范成大佚著輯存第二四頁、全宋文卷四九七八均録本文。題參孔氏、全宋文擬。于北山、孔凡禮范成大年譜均繫本文於淳熙三年。孔凡禮於本年譜文云：「上疏，乞緩黎州一年馬額。」並引建炎以來朝野雜記甲集卷一八「川秦買馬」條，謂乾道間川秦買馬之額，歲爲萬有一千九百有奇，四川黎、叙、文三州及長寧、南平二軍共六千，至慶元初，黎州爲三千。孔氏加按語云：「文中有『臣自到官以來，蜀人言黎州買馬利害者甚多』之語，當作於本年。若在明年，始爲生病，繼則准備離去，不合。」

論赦宥疏

臣聞刑罰者，聖人所不得已也；赦宥者，亦聖人所不得已也。愚民犯法，彼固無辭；遇赦當釋，官亦無辭。縱有情重難貸，出於一時特斷者，亦當因赦而稍輕，不應引赦而反重，此理甚明，而人不以爲怪，臣竊惑之。伏見近日奏案，赦前犯罪者，有司以爲依赦合原，緣情重奏裁，以人情事理論之，特不用赦而行刑，已爲甚重；今乃反增其刑，謂如本犯徒一年，遇赦當放，以情重，故特斷徒二年、三年，或增至配流之類。雖欲禁暴戢姦，然非德刑並用之意。兼在外州縣禁囚遇赦者，則依等第，徑行釋放。其偶在奏案者，乃反增加，則是州縣用恩，朝廷用威，豈不倒置！欲望聖慈，特降睿旨，今後遇有赦前犯罪情重奏裁決不可貸者，止於特不用赦，以元刑斷之，已自不恕，人情事理，實爲允愜。

【題解】

本文作於淳熙三年（一一七六），時在蜀帥任上。本文輯自歷代名臣奏議卷二一八「赦宥」，文前有「孝宗時，敷文閣待制、四川制置使范成大上奏曰」。孔凡禮范成大佚著輯存第三〇頁、全宋文卷四九七八均録本文。題參孔氏、全宋文擬。

論任將疏

臣伏見諸路將兵部轄官，自總管、鈐轄而下，則有正副將、部隊將、教押軍隊等官。及沿邊主兵窠闕，於法應以材武人充者，皆須事藝可觀，膽勇可仗，方爲稱職。其次，亦須稍知弓馬，略識行陣，或人材身手真是武臣者，乃可爲之。除總管至州鈐，皆係朝廷選差別有格法外，竊見諸州將官以下窠闕，或以出職雜流及私家給使之人爲之，而西蜀尤甚。於弓馬行陣，懵然不知。使吾選士技卒俯首於下，聽驅役而受鞭笞，尋常不平於心，緩急寧肯共力？此不待智者而知其不可也。伏睹近降聖旨，今後正將，差曾經從軍立功，或曾任兵官并沿邊巡尉及經捕盗有勞之人。仰詳處分，深合事宜。但今來新格，未及副將以下者。豈非以正將得人，則副將以下尚可容其濫吹耶？臣竊謂若正將與副將以下同在一處，則可只嚴選正將一員以爲表率。今姑以蜀中諸州論之，則大不然。蓋副將以下，乃分屯别州，名爲副隊，其實各當一面，與正將了不相關，而責任一同，皆難以用有名無實之人，緩急誤事，悔之恐晚。臣愚欲望聖裁，應副將以下官合分屯處，並依今來正將已得指揮。其沿邊主兵窠闕，應以材武人充者，亦不得以雜流出職及給使無武藝人虛占員闕，及不許時暫差權。內或有傑然自有武藝智略者，從帥臣保明以聞，特與差注；及許一面權攝，以防遺材。仰副陛下整軍經武之實，上肅軍政，下厭士心。

【題解】

本文作於淳熙三年（一一七六），時在蜀帥任上。本文輯自歷代名臣奏議卷二四〇「任將」，文前有「敷文閣待制、四川制置使范成大上奏曰」。孔凡禮范成大佚著輯存第三二頁、全宋文卷四九七八均録本文。題參孔氏、全宋文擬。

請榜告文州蕃部疏

乞預爲文告，崛强者討擊之，善良者撫摩之，使知畏慕，不可專示弱啓侮。

【題解】

本文作於淳熙三年（一一七六），時任知成都府兼四川制置使。本文輯自周必大神道碑，文之前後云：「文州蕃部間擾邊，公奏：『（略）』。上以公深知事體，即日施行。」孔凡禮范成大佚著輯存第八〇頁録本文。孔氏據文意擬題，今從之。全宋文未録。

言和糴之害疏

凡西兵十萬，歲用米一百四十七萬斛，兑買省計及營田之外，闕五十二萬斛。括興元、階、成、西和、鳳、文、龍等州民户家業而均科之，每石予錢引四道有半，其二分折茶，實給三引，耗費斛而不與焉。

【題解】

本文作於淳熙三年（一一七六），時在蜀帥任上。本文輯自周必大神道碑。周氏云：「詔與總領李蘩議。蘩密計本所饋遺乾没，歲約百萬，隱而不言，獨奏乞朝廷降本招糴。執政怒，詔公劾蘩違制不同議。公遣人語蘩，蘩感懼，始出羡數。是歲遂以此錢所在招糴。其後上疑歲歉或防闕，公謂：『脱不得已，權科一年，歲豐如故，不猶愈於常擾民乎？』上曰：『善。』令每歲降旨揮，而科糴遂止。」孔凡禮范成大佚著輯存第七九頁録本文，全宋文未收。于北山范成大年譜淳熙三年譜文云：「七月，朝廷以倉部員外郎李蘩來總蜀賦，蘩先上疏言利路和糴之害，並請變抑配舊法，詔同制帥范成大同詳度。」

論邦本疏

臣聞民惟邦本，本固邦寧，帝興王成，未有不得民而能立邦家之基也。得民有道，仁之而已。省徭役，薄賦斂，蠲其疾苦而便安之，使民力有餘而其心油然知后德之撫我。則雖天不能使之變，而況蠻夷盜賊水旱之作，安能摇其本而輕動哉！此甚易知易行，而後之論治者，往往過計，謂天下之大，將人人而濟之，安得力而給諸？於是輕言功利，而重言道德，卒之道德不建，而功利亦無聞焉。雖然，論治者皆以仁民爲難，而臣今敢以爲非難者，誠有得於聖主躬行之效。小臣將命，實親見之者，請略詳其目。乃者，四蜀酒估之患，人不聊生，陛下睿斷，歲捐錢五十萬以代之償。此令一下，五十餘郡驩呼祝聖者，沸天隱地，旬日皆遍。士大夫舞手相慶，以謂吾蜀當有數十百年之安。臣於是知民之易德有如此者。又如關外和糴之困，詔旨下詢，有司未知所出。陛下睿斷，先免階、成、和、鳳一年之糴。異時歲雖大熟，不足輸官。淳熙三年，免糴令下，秋旱薄收，而四州粒米狼戾，充箱溢筥，排門求售，較之穰歲，物價反平。漕臣行部過之，邊氓遮道誦説，東向感恩，或至涕下。臣於是知民之易德，有如此者。恭惟聖主端委穆清之上，一動其念，加諸遠民，而萬里之外，覿德丕應，捷如影響。微臣不佞，愚心了然，見王道之易易焉。孟子謂保民而王，易若折枝，而非挾山超海之難，不爲過論。臣拳拳之誠，更願帝德廣運，益加聖心，深詔内外執事，曉然知陛下仁民固本之指，凡吾民疾苦，悉以上聞。苟有可以惠利便安之者，勿牽故常，臨以睿斷，使光天之下，至於海隅，蒼生罔有不被堯舜之澤，如是，則衆心成城，道德有威，惟恩以保四海，天下可運諸掌矣，其何大欲之不濟哉！此陛下躬行之效，證於孟軻之言，非臣臆説，惟聖神財幸。

【題解】

本文作於淳熙四年（一一七七），時知成都府。本文輯自歷代名臣奏議卷一〇八，孔凡禮范成大佚著輯存第三四頁、全宋文卷四九七九亦録本文。題參孔氏、全宋文擬。歷代名臣奏議卷一〇八「仁民」本文前有「成大爲敷文閣待制，四川制置使，又上奏曰」。于北山范成大年譜淳熙四年譜文：「三月，上民爲邦本劄子。」（按，即本文）周必大神道碑：「（淳熙）四年（原作三年，誤）春，公大病求歸，上令先進敷文閣直學士，明日乃下詔令。公列上兵民十五事。」本文即十五事之一。

關外麥熟疏

關外麥熟，倍於常年。蓋由去歲罷糴一年，民力稍紓，得以從事耕作。

【題解】本文作於淳熙四年（一一七七），時知成都府兼四川制置使。本文輯自魏了翁朝奉大夫太府卿四川總領財賦累贈通奉大夫李公（蘩）墓誌銘（鶴山先生大全集卷七八），文之前後云：「（淳熙）四年五月丙午，辛執進呈范成大奏：『（略）』上曰：『免和糴一年，民間便已如此，乃知民力不可以重困也。』」又見續資治通鑑卷一四五，「蓋由」作「緣」。孔凡禮范成大佚著輯存第八〇頁、全宋文卷四九七七均有録。

論兩廣進士攝官之弊疏

深廣州郡，多以進士攝官權録參、司理者。攝官月俸微，既無以養廉，悉以賄成。乞下二廣轉運司，除依法不許權攝外，不得徇私逐急，以進士、攝官兼權獄官，或遇闕員，只以本州縣見任官兼攝。

【題解】本文作於淳熙五年（一一七八），時任權禮部尚書。本文輯自宋會要輯稿職官六二「攝官」，文前有「（淳熙五年）二月六日，權禮部尚書范成大言」，文後有「從之」。宋史孝宗本紀：「（淳熙五年二月）詔：二廣毋以攝官入治獄。」孔凡禮范成大佚著輯存第八十頁、全宋文卷四九七九均錄本文。題參孔氏、全宋文擬。

論恍、怳二字並通，乞詳定修入禮部韻疏

照對舉人程文賦內，押「惚」、「怳」字，或書作「怳」，或書作「恍」。除「怳」字禮部韻已收入外，其「恍」字，按老子云：「無物之象，是謂惚恍㊀。」係從心從光。禮部韻卻不曾收載。近年雖曾增廣，亦失附入。案集韻：「怳」、「恍」，並虎晃切，皆以昏爲義，即「恍」、「怳」二字並通。恐礙後來舉人引用，乞下國子監詳定修入。

【校記】

㊀是謂惚恍：原無「謂」字，據老子原文補。

【題解】本文作於淳熙五年（一一七八），時任權禮部尚書知貢舉。本文輯自宋會要輯稿選舉五「貢舉

雜録三」，文前有「（淳熙五年）二月二十一日，知貢舉范成大等言」，文後有「從之」。孔凡禮范成大佚著輯存第八十頁、全宋文卷四九七九均録本文。題參孔氏、全宋文擬。周必大神道碑：「（淳熙五年）正月知貢舉。」周必大二老堂詩話：「淳熙戊戌（即五年）春，余爲翰林學士，上已點定（指知貢舉人選），而趙温叔爲相，密奏云：『殿試臨軒，當用天子私人主文；今省試是禮部事。』乃就下差權禮部尚書范成大。」宋會要輯稿選舉一「貢舉」：「（淳熙）五年正月七日，以權禮部尚書范成大知貢舉，試尚書刑部侍郎兼侍講程大昌、試右諫議大夫蕭燧同知貢舉。」禮部韻，即指禮部韻略，宋丁度曾參與修訂景祐禮部韻略，南宋時又有淳熙監本禮部韻略，兩書並見宋史藝文志一，是爲宋代通行的韻書。

乞貢院添卷首長條背印疏

比年試院多有計囑拆换卷子之弊，謂如甲知乙之程文優長，即拆離乙文换綴甲家狀之後。其卷首，雖有禮部壓縫墨印，緣其印狹長，往往可以裁去重粘。臣等今措置，於卷首背縫添造長條朱印，以「淳熙五年省試卷頭背縫印」爲文㊀，仍斜印之，使其印角横亘家狀、程文兩紙，易於覺察。乞自後應幹試院，依此施行。

【校記】

㈠背縫印：「背」字原作「皆」，宋會要輯稿校記云：「據上句改。」

【題解】

本文作於淳熙五年（一一七八），時任權禮部尚書知貢舉。本文輯自宋會要輯稿選舉五「貢舉雜録三」，文前有「（淳熙）五年二月二十五日，知貢舉范成大等言」。孔凡禮范成大佚著輯存第八一頁、全宋文卷四九七九均録本文。題參孔氏、全宋文擬

論治明州海盜疏

海道荒杳，界分不明，時有寇攘，並無任責。臣昨將明州管下諸寨，各考古來海界，繪成圖本。及根括沿海船户，以五家爲甲。如一船有犯，同保併科。亦已攢寫成册，並藏在制司。如遇獲到海賊，即檢照犯人船甲，根株究治。乞行下制置司，令于所隸州縣，一體施行。

【題解】

本文作於淳熙八年（一一八一）閏三月十三日，時雖有知建康府之新命，然石湖尚未離明州，

故有此疏。本文輯自宋會要輯稿兵一三「捕賊三」，文前有「（淳熙）八年閏三月十三日，新知建康府范成大言」。黄震黄氏日鈔卷六七録有節文。孔凡禮范成大佚著輯存第八二頁、全宋文卷四九七九均録本文。題參孔氏、全宋文擬。

請免收流移之人渡錢疏

近降指揮：流移之人如願歸業耕種，即量支錢米，給據津遣。今欲移文兩淮安撫、漕司，行下所屬，約束沿江渡口，遇有江浙流移歸業之人，其人口、行李、牛畜等，並與免收渡錢，無致邀阻。其江浙津渡，亦乞一例免收。

【題解】

本文作於淳熙九年（一一八二）正月六日，時在知建康府任上。本文輯自宋會要輯稿食貨六九「逃移」，文前有「（淳熙）九年正月六日，知建康府范成大言」。孔凡禮范成大佚著輯存第八二頁、全宋文卷四九七九均録本文。題參孔氏、全宋文擬。

請記高宗退處後言行疏

臣聞追孝莫大於顯親，顯親莫大於述事。恭惟高宗皇帝御曆三紀，休功盛德，陛下既已著之於聖政之編矣。至退處德壽之後，天旋日用，豈無可紀？如漢禁中起居注、唐諸王所修内起居注之類。向來闕此等一書，使二十五年之間堯言堯行〔一〕，不得盡聞於世，甚可惜也。竊意陛下曩者久奉大養，從容北宫，慶溢庭闈，事兼家國，必有授受之謨訓，諒多慈愛之話言，以至歲時燕喜，曠儀盛事，無非載籍之所未聞，皆當志其大略，以侈萬古。今事雖已往，日月尚新，陛下孝思永慕，見於羹墻，恐有可以記憶者。又參之以東朝東宫之所聞見，與夫宫禁老成之所流傳，特命親王，悉加記録，以付史氏，則陛下述事之孝，傳無窮而施罔極矣。臣嘗考虞書堯典一篇，紀陶唐行事備矣。而魯論有「堯曰咨舜」之訓，孟子有「放勳勞來」之言，及莊、列所記游汾、觀華、康衢等事，皆在堯典之外。則知虞舜之世，述堯遺事，必有他書，不止於僅存之一典而已。伏惟陛下自留聖心。

【題解】本文作於淳熙十五年（一一八八），時正養病在家。本文輯自歷代名臣奏議卷二七七「國史」，文前有「孝宗時，端明殿學士范成大上奏曰」。孔凡禮范成大佚著輯存第四一頁、全宋文卷四九七八均録本文。題參孔氏、全宋文擬。高宗趙構於淳熙十四年十月卒於德壽宫，于北山、孔凡禮范成大年譜均繫本文於淳熙十五年，全宋文題下注：「淳熙十五年。」于北山范成大年譜淳熙十五年録本文後，加按語云：「尋繹此奏語言，當在高宗卒後不久，石湖造朝復請之際。石湖隆興元年在朝，曾參加編類高宗『聖政』，乾道初，以館職兼國史院編修官。厥後屢兼史職，數有論奏。本年五月，詔修高宗實録，石湖所論，亦思對此有所獻替也。」

【箋注】

〔二〕二十五年之間：高宗自紹興三十二年六月退處德壽宫，至淳熙十四年十月去世，恰爲二十五年。

論郭鈞疏

郭鈞馭衆無術，幾至生變。

【題解】

本文作年難以確考。本文輯自樓鑰少師觀文殿大學士魯國公致仕贈太師王公（淮）行狀（攻媿集卷八七），孔凡禮范成大佚著輯存第七七頁録本文。全宋文未録。楊萬里宋故少師大觀文左丞相魯國公王公神道碑：「……先是蜀帥范成大言興元軍帥郭鈞御衆無術。」

范石湖集輯佚卷六　劄子

議兵莫若留營屯劄子

議兵莫若留營屯。蓋度支月給，諸軍居十之九。三歲大禮犒軍，居十之八。一有軍興，大費突出。雖積金齊於箕斗，發粟浩如江河，終亦屈竭。宜留營屯。以更戍轉輸之費，供鋤耰墾鑿之須。漸開屯田，以時閲習。漢高帝，一天下者也，家室狼狽而不顧。越句踐，復讎者也，非報吴之事則不言。東晉，保境土者也，稽古禮文之事畢興，而北嚮争天下之事不問焉。今終日所從事者，保境土之規模而已，又兼欲爲越王、漢帝之所爲，宜其材散力分，坐縻歲月。

【題解】　本文作於隆興二年（一一六四）十二月，石湖試館職上策，除秘書省正字。本文輯自黄震黄氏日鈔卷六七，文前云「館職策」。周必大神道碑：「（隆興）二年二月，除樞密院編修官。……時館職定員，有詔公與王衜候闕召試。十二月，鄭升之不試先除，牽聯併除公秘書省正字，公不可，必試策而後就。」本文便是「試館職策」。孔凡禮范成大年譜隆興二年録本文，加按語云：「館職召試，北宋即有定制，南宋官制，多踵舊章，館職召試而後除，仍爲定制。石湖請『必試策而後就』，蓋不肯違舊制以招倖進之謗也。」孔凡禮范成大佚著輯存第六六頁、全宋文卷四九七九均録本文。孔凡禮輯存分本文爲二條，全宋文合爲一條，今從之。

論三朝國史劄記

臣聞自古有國有家，雖盛衰不同，而未嘗無一代之史策。以小喻之，譬如士庶之家，大則有家法，小則有日記。雖倥偬弗暇給之時，決不可一日而闕，非若其他翰墨文詞空言無用之比也。恭惟國家五朝正史，久已大成；而神宗皇帝、哲宗皇帝、徽宗皇帝三朝史書，始於紹興二十八年開院纂緝，糜費帑廩，九年於此。惟帝紀略備之外，其餘邈然無涯，不惟舊聞失墜，無書可考；亦緣是非褒貶，易招悔吝。朝廷既不督課，有司幸於因循。加以席未及煖，遷徙而去；甚或提綱無官，秉筆全闕，動經旬月，無復誰何。人徒見館宇邃嚴，吏胥旁午，皆謂煌煌天朝，必備史策，而不知文具如此。臣竊檢照景德中修太祖、太宗兩史，十年而成；天聖中修真宗史，四年而成；熙寧中修仁宗、英宗兩史，六年而成。今之三史，若只用目前規摹，更數十百年，亦恐汗青無日。何則？自熙寧初元，至今百年，見聞所逮，尚難追記。只更一二十年，殘編斷簡，漸就散逸，故家遺俗，無可詢究。雖悔向來之因循，欲決意成之，亦不可復得。文謨武烈，恐遂湮晦，何以仰稱陛下追孝清廟、羹牆祖宗之心？臣每念至此，震慄汗下。伏望特賜聖裁，亟命朝廷討論史事，立之課程，剋以期限。其熙寧以來舊事，本院無書可考者，許關取秘閣四庫所藏，及搜訪士大夫家所存干照文字，網羅參訂。仍擇儒館優閑之臣數人，增兼編撰，庶得併工分力，結局有期。成書之後，薦之宗祏，於以上慰三后在天之靈，燕寧歡喜，介福家邦，與天無極。此臣所謂繫國體重大。前者親目其弊，今又再司其職，不敢緘默，且陛下家事也。伏望特留聖慮。

【題解】

本文作於乾道二年（一一六六）二月，時任禮部員外郎。宋會要輯稿職官七一「黜降官八」：「（乾道）二年三月四日詔，新除禮部郎中（按，當爲員外郎）范成大放罷。以言者論其巧宦幸進、物論不平故也。」本文輯自歷代名臣奏議卷二七七國史，文前有「成大又論三朝國史劄子曰」，孔凡禮范成大佚著輯存第二〇—二一頁、全宋文卷四九八〇均録本文。于北山范成大年譜乾道二年繫本文，案云：「文中云自『紹興二十八年……九年於此』，計其年代，當在此時。石湖除禮部員外郎，仍兼國史院編修官，與文中『再司其職』語亦合，故繫於此。」

論虜使生事劄子

臣竊聞前日金國遣使來奉壽觴，其正使沿路於瑣瑣末節，多欲少變舊例，皆非國體重輕，特出一時無稽之説。陛下待之有法，一不得志而去。然自近年未嘗敢爾。其所以敢爾者，士大夫竊議謂有兩説：或謂山東饑旱，民多流徙，恐爲吾所窺測，故爲此驕狀，以示泰然，而堅盟信；或謂彼國以陛下天錫神武，不忘中原，經理邊陲，江淮增勢，必慮和好不久，虜之君臣或有計議，使者恐預知之，故敢肆然出此。二説是非，固未易決，要之，皆所以啓陛下自治待時之計。何則？從前之説，彼憚於興役而懼吾有謀耶？則安知其無可乘之機？從後之説，彼疑吾經略而不恃和好耶？則安知其無先事之舉？故曰：皆所以啓陛下自治待時之計。臣愚欲望聖慈與帷幄大臣，乘此閒暇之時，稍紓不急之務，益講待敵之策。蚤夜孜孜，更甚前日，以待事至而應焉。臣去年面對，嘗陳「三力」之説：一曰日力，寸陰可惜者是也；二曰國力，資用所出者是也；三曰人力，愚慮智術之所及者是也。此三力者有限，不可糜費於不急之地，盡用以待敵，猶恐不給。臣區區愚忠，因使人之來，又有所感，故復爲陛下略言之。伏惟留神省察！

【題解】

本文作於乾道五年（一一六九），時任禮部員外郎，兼崇政殿説書。文中有「臣去年面對，嘗陳『三力』之説」，指乾道四年五月，陛對上論日力國力人力疏，本文中提到「三力」。本文輯自歷代名臣奏議卷三四九，文前有「范成大論虜使生事劄子曰」。孔凡禮范成大佚著輯存第一二頁、全宋文卷四九八〇均録本文。

論記注聖語劄子

臣聞帝者莫盛於堯舜，其事遠，而其書存。二典所記都俞吁咈之詞，可以端拜而議。因其詞，知其所以聖。不然，則雖堯舜之盛無傳焉。後世設官以記言，旨意深矣。恭維陛下天縱神聖，求治甚勤，露朝便坐，日有謨訓。凡紀綱法度之説，性命道德之藴，有漢唐之君不得與於斯者。是宜史不絶書，以昭萬古。臣蒙恩待罪柱下，竊考記注所載，十不一二，蓋緣進對臣僚，循習故常，例以無所得聖語爲報。紹興間，史官屢有建明，三曾出榜朝堂，而不報者自若也。其報到者，又務爲簡略，或止片言一字，且漫不及所奏因依，抽毫執簡，終無纂述，臣甚懼焉。按令文：「親聞聖語應記注事不報後省者，違制論。又應報聖語而違者，修注官具申尚書省。若報到無聖語者，月終類聚以聞。」雖有此法，前後未嘗申嚴，及不曾舉行類聚以聞之令，宜其諸所記注，多違舊章。臣愚欲望聖慈，下臣此奏，付閤門、内侍省，遇有對班，坐條告報，并許史官依令舉行，將報到無聖語者，月終類聚奏聞。萬機之燕，略賜考察。庶幾大哉王言，無敢隱匿，聖謨洋洋，匹休二典，天下萬世幸甚！

【題解】　本文作於乾道六年（一一七〇），時任起居舍人。本文輯自歷代名臣奏議卷二七七，孔凡禮范成大佚著輯存第一五頁、全宋文卷四九七九録本文。

論侍立劄子

臣近因奏陳記注，不得盡紀聖語；伏蒙宣諭，正以史官侍立太遠，令臣討論典故。臣竊見今來左右史侍立，乃在正殿東南隅朵殿之上，漠然並無所聞，誠乖書言記動之義。謹按唐制，凡御殿，則二史侍立於殿上御坐左右，執筆以記言動。其紫宸入閤，天子臨軒，即立螭頭，逼階傾耳而聽之。或殿上，或螭頭，皆得密聞王言，即時記録，證據甚明。許敬宗、李義府、李林甫爲政時，其制方廢。文宗復之，至今以爲盛舉。文宗嘗與宰相論當世奢靡，時史官執筆螭頭。帝謂曰：「適所議論，卿記録未？」以此見雖立殿階螭頭之下，尚得有聞而記述，况侍殿上耶？本朝初，復起居院，梁周翰等討論典故，雖未精詳，然亦但云直於崇政殿以記言；以至國史、職官志諸書所載，亦只云便殿侍立，而無今來東朵殿之説。所謂朵殿，本無經見。若謂與正殿一體，即容設置供奉官員閤于幕次，憩坐自如，則不可全謂之殿也。如果與正殿事體不同，不應侍立左右者，却立於彼，此可謂失記注之地矣。又按王容季所載，稱本朝故事，侍立於御坐後。歐陽修請侍立於御坐之前。修罷，復立於後。此事雖不見會要，然世傳之久矣。會要獨載：「修乞令上殿臣僚退，少留殿門，俟修注官出，面録聖語。仁宗從之。」臣竊料國朝修注官雖立殿上，所謂立於御坐後者，聞見亦自不審。所以修有「留臣僚於殿門面録聖語」之請，而又有「移立御坐前」之説。要之，唐制爲詳，而本朝之制爲略。其原出於建置之初，梁周翰等討論不精之故。當時尚無朵殿之説。

今則不知閤門如何相承，却止令立於朵殿。隆興元年，左史胡銓等建言，立非其地。閤門、御史臺討論典故，故欲令起居郎、舍人起居訖升殿。辛執並臺諫奏事，權暫東朵殿侍立，候臣僚奏事時，依講筵例，於御坐前侍立。其意以爲宰相奏事所得聖訓，中書、門下自有時政記；並臺諫論事，亦恐難遽漏洩；其他臣僚奏對，初何妨嫌，而使記注之官不得記述以詔萬世？誠爲漏典。臣竊見行在百司，皆得舉職，獨左右史職記言動而職實不舉，王言既不得聞，而臣僚奏對，又例以無所得聖語爲報，則是記言之職，有名無實。所謂記動者，凡行幸出入、號令設施之類，只憑諸司關報，而國史日曆所亦同被受，已先修纂，則後省記注，幾成長物。一史之官，號爲職清地近，班綴從臣，而瘝官曠職如此，臣所以夙夜慚懼，不皇寧居。伏望聖慈，參酌前古盛際，特賜檢會乾道元年閤門、御史臺已討論到典故，斷自聖心，特制史官侍立之地，以爲聖代成法。

【題解】　本文作於乾道六年（一一七〇），時任起居舍人。本文輯自歷代名臣奏議卷二七七。黄震黄氏日鈔卷六七有節文，略有不同，録以備考：「内殿論左右史（郎左舍人右）侍立典故。唐制：凡御殿，二史立左右紫宸閣，臨軒即立螭頭，皆得密聞王言。國朝淳化二年，始置直崇政殿。慶曆二年，歐陽修同修起居注，移立御前，曰：起居注非殿中祗候人，不當立座後。隆興元年，胡銓乞復侍立故事。御史臺會到經筵例，宰執臺諫奏事，權立禁殿，臣僚奏事時，立御座前。閤門契勘，垂拱殿常朝，自乘二史無侍立指揮，今請比附後殿輪立。」孔凡禮范成大佚著輯存第一六一一一七頁、全宋文卷四九七九均録本文。

論獻説迎合布衣補官之弊劄子

臣聞聖人在上，所以虚己以來天下之言者，蓋欲廣見聞，資啓沃，以輔聰明之所未及也。至於朝變夕改，乘時射利之徒，候伺上意，耳剽口傳，爲迎合之説，取容一時，以釣爵位者，將安用之哉！國家之於北虜，可謂血讎矣。是讎也，天地神明，社稷蒼生，其誰不知？陛下受太上之託，荷列聖之休，不忘北向，以雪宗廟大耻，可謂有志矣。是志也，天地神明，社稷蒼生，亦其誰不知？乃宸謨聖策，甫欲有所設施，而一時射利之徒如前所云者，即便彷彿指意，争獻迎合之説，繙舊史以談計謨，檢方志以述地理，詢北客以撰事機，走權門以伺報應，如是而已。聖朝以其説之惓惓，不吝賞激，至有布衣補官而去者甚衆。一人得志，轉相倡和，兢以迎逢爲進身事業。傳播既廣，四方翕然，洩陛下之神機，漏朝廷之密指，甚非國家之利也。伏望聖慈與腹心輔臣，思大計之甚重，審先務之當行，日夜淬厲，自圖實效。凡迎合之虛言，取悦一時之聽，無益於國而徒利其身者，不必更誘而進之，以開倖門而玩大謀。天下幸甚。

【題解】

本文作於乾道六年（一一七〇）使金歸後。本文輯自歷代名臣奏議卷一八三「去邪」。黄震黄氏日鈔卷六七有節文云：「内殿論獻説迎合、布衣補官之弊。」列於「使回」一條之後。周必大神道碑：「自公使北，狂生上書，迎合恢復事，補官十餘人。公奏：『倖門不可開，繼此，臣必繳奏。』上曰：『誠然，書已滿屋，朕皆不省。』公每事正捄，大率類此。」亦言本文作於「使回」之時。于北山范成大年譜繫本文於乾道七年，欠當。孔凡禮范成大年譜乾道六年譜文云：「奏論獻説迎合之弊，又奏論布衣補官之弊。」即指本文。孔凡禮范成大佚著輯存第一九頁、全宋文卷四九七九均録本文。題參孔氏、全宋文擬。

論知人劄子

臣聞古今未嘗有不生才之世，而君子常患於無知人之明。今有知人之明，則天下之人無不才者。無知人之明，而徒起乏才之歎，是亦厚誣天下而已。不知其知兵而使之治財，不知其知財而使之治禮，及其不集事也，則均受不才之名。一旦各以其所長，易地而使之，三人者猶前日之人也，而各以其才稱。一動其機，才否爲之變。是機也，非智力之所能爲，天與之明，道與之妙，其於人也，交際密庸於精神視聽之表，固不可以言語筆舌諭也。文王之立政，克知三有宅心，灼見三有俊心，是以有能官人之名。夫謂之克知，謂之灼見，此豈有諭而可傳哉！今不先究知人之明，而但起乏才之歎，不謂誣，可乎？臣嘗謂錢穀甲兵，萬事之統，皆可以立説，惟人才不知，不可以置論。何者？知人之明，在人君心術之微，而非變政易令之所及故也。嗚呼，知人之明尚矣。其次莫若公。公雖非明，而可以生明。去胸中之私喜怒，用天下之公是非，以進退天下之才，雖不能皆當，要亦十得七八。伏惟聖明省臣激切而加意焉。

【題解】

本文作於乾道七年（一一七一），時任中書舍人。本文輯自歷代名臣奏議卷一五七「知人」，文前有「宋孝宗時，敷文閣待制、四川制置使范成大論知人劄子曰」。孔凡禮范成大佚著輯存第二〇頁、全宋文卷四九七九均録本文。孔氏案云：「日鈔列此文節文於内殿論獻説迎合疏後，帥廣右疏前。今從日鈔。」孔凡禮范成大年譜乾道七年繫本文云：「上論知人札子。謂知人在明，使其所長，其次在公，去胸中之私喜怒。」日鈔節文云：「論知人。不知其人而使之，不集事，則均受不才之名。各以其長，易地使之，皆以才稱。」黄震日鈔，是按照石湖文之次序鈔録的，日鈔篇目之排列，可作爲繫年之重要參考，比明人楊士奇的可信度要强。以此證之，歷代名臣奏議加於文前的官銜有誤。

乞提刑依限決獄劄子

乞提刑依限決獄。檢準乾道令，限五月下旬起離，雖未被旨，亦行。

【題解】本文作於淳熙四年（一一七三），時知成都府兼四川制置使。本文輯自黄震黄氏日鈔卷六七，孔凡禮范成大佚著輯存第五七頁、全宋文卷四九八〇均録本文。題參全宋文擬。

論支移劄子

内郡拖欠，因循弗償。邊守望輕，莫能理索，擁其空城，坐受艱窘。群蠻習見，意輕中國。如眉州輸叙州米萬石㊀，止與百石、五十石，或全不應副。乞責四路漕臣參酌，别立中制。

【校記】

㈠輸：原作輸，孔凡禮輯存據義改。今從之。四庫本作「旱」。

【題解】

本文作於淳熙四年（一一七三），時知成都府兼四川制置使。本文輯自黄震黄氏日鈔卷六七，孔凡禮范成大佚著輯存第五九頁、全宋文卷四九八〇均録本文。

論蜀中吏廩劄子

俸給不以時得，當專責之漕司，不應廩稍息絶，坐視不顧。

【題解】

本文作於淳熙四年（一一七三），時知成都府兼四川制置使。周必大神道碑：「公列上民兵十五事，上曰：『范某已病，尚爲國遠慮，可趣其事。』公疾愈而行。」上十五事，時在離蜀前，本文或即其中一事。本文輯自黄震黄氏日鈔卷六七，孔凡禮范成大佚著輯存第六〇頁、全宋文卷四九八〇均録本文。孔氏據黄氏附注「並蜀事」，因擬出本題，今從之。

辟兵官劄子

臣契勘四川，去朝廷絶遠，事之利害與近甸不同。自關外宿師以來，多有離軍使臣及將家子弟所在僑寓，外銓闕少，注擬不行，往往衣食匱乏，狼狽無歸。其間却有材武卓然、堪備任使之人，失職久閑，理當收恤。舊來朝廷將四川城寨兵官八十六闕，專令制置司量才差辟，最有深意。近准尚書省劄子，坐據吏部申請，稱上件窠闕，本司未見辟人，欲從吏部權行差注，一次行下，止令尊依已降指揮。臣有以見陛下聖謨神斷，洞照萬里，至纖至悉，無不周盡。不然，則前項失職之人，愈更坐困。臣照得上件窠闕，自前宣撫制置司節次差辟，未嘗闕員，止是右選小官，邈在萬里，類皆貧窶，無力赴部，計會付身，因循就禄，不敢更校資任。間有到吏部者，或以小節退難取會，往返動是經歲，更一往復，則已任滿罷去矣。就令無所沮難，得給付身，又被幹人抽藏，邀取厚利；或將質當錢物，因而沉失。以此，奉辟之書，實是艱於上達。又前此差辟，不曾一一拍試。自臣到任，盡革弊倖。遇有陳乞差遣者，躬赴教場，按閲事藝，取四邑材武應選之人，依資次差辟。如武藝不應格者，即令歸部參選。向來醫卜給使及進納吏職之流，與夫癃老疾病。選愞無技者，皆不得以濫吹。臣用此規模，一年以來，沿邊城寨，諸州將佐，皆易以材武之人，幾以太半，只更數月，可以盡變。既已擇之之精，此等各望資歷寸進。臣今逐一與之點對，照驗付身，起發奏辟。每十員或二十員，作一番保明，自用遞筒申發。欲望聖慈，降下吏部照會，所給付身，乞勿付親事官及幹事人等，並從吏部復用皮筒，遞付本司給散。如内有小節不圓，未至切害去處，即乞先次放行，續下本司取會。庶幾川遠孤進，行五舊人，皆得成就考任，安心効職，爲惠甚大，所繫不輕。取進止。

貼黄：臣又契勘四川大小臣，止緣不即起辟，給降付身，視城寨要害之處，止似權局，不爲固志。又緣舉辟官不測替移，被差官亦遂罷去。只如去年一年，宣撫司所差，先經鄭聞選差一次。鄭聞罷，則隨司亦罷。次經沈復差代一次，沈復罷，則又亦隨罷。是一年之間，沿邊城寨，元不曾有正官。邊防如此，安得不慮。此皆緣不即時辟奏，給降付身，所以致然。伏乞睿照！

【題解】

本文作於淳熙二年（一一七六）九月，時知成都府。孔凡禮范成大年譜淳熙二年譜文云：「九月庚子（二十二日），詔階、成、西和、鳳四州當職官以下選辟守官，以成大所奏也。」皇宋中興兩朝聖政卷五四：「詔階、成、西和、鳳州當職官以下，令本路帥漕司於四路在部官同共選辟，并體量見任人委實癃老及不堪倚仗者，并申制置司躬親審量。保明申取朝廷指揮，其所辟官不許辭避。所有邊賞一節，令吏部看詳申尚書省。以知成都府權四川制置使范成大所奏也。」本文輯自永樂大典卷八四一三，黄震黄氏日鈔卷六七有節文，孔凡禮范成大佚著輯存第二六頁、全宋文卷四九八〇均録本文。

論民兵義士劄子 一

臣聞天下之議論，常患於易偏，今之言民兵者是也。以爲可用者，則謂便成一軍；以爲無用者，則謂不如其已。而不知可用與否，各有所在，未可一偏議也。五方之人，風氣不同，强弱各異。臣以身之聞見考之，江浙近地，所謂民兵者，直保伍役夫耳，誠不足恃。乃若關外之義士，荆襄之義勇，勇鷙健武，人材絶異。技藝紀律，性習所使，雖正軍鋭卒，未能遠過。無廩兵之費，有勝兵之實，養威藏用，最爲上策。朝廷要當愛護拊循，特加之意，申嚴其法而便安之，講明其利而增廣之。所謂申嚴其法者，謂如近年關外諸色守把官軍，皆已抽回，無人充代；便欲就差義士，拘係於官，輕變成法。朝廷行下禁止，制帥兩司，雖已施行，即不知已未依應。當從朝廷立限催促，非因調發，永不得差。又如前此用兵之際，或先驅義士以嘗寇餌敵，棄如草菅。軍還有功，賞又弗逮。父老至今嘗以爲言。當從朝廷立定節制，别分頭項，使用其長。如是，則其法盡善矣。所謂講明其利而增廣之者，謂如關外忠勇一軍，皆有蠲免科糴則例。近聞天恩曠蕩，已與權免糴一年。若自此以後，常得中熟，雖難永免，自可減科。既薄其税租之輸，又嚴其拘役之禁，則關外民丁，皆有餘裕。凡强壯者，皆可增籍。又如荆襄義勇，臣過而見之，荆南一處，已踰萬人，聞止是團結主户，而客户有力者實多。議者亦謂尚可通融措置。各乞下逐路帥臣，密切相度，申取聖裁。如是，則其利無遺矣。臣載惟梁荆之民，健武根蒂，攻有餘力，守不待勸。若便如此加意，可以特將成軍。所有教閲小費，比之養兵，減省十倍以上，而其人可恃，較之汎然招刺游手之徒，羸弱逃亡常相半者，不可同年而語。如狂言可采，伏乞聖慈次第施行！取進止。

【題解】

本文作於淳熙三年（一一七六），時知成都府。本文輯自永樂大典卷八四一三。周必大神道碑曾談及此文：「蜀用陝西舊法，料簡强壯民丁三萬，寓之於農，號曰義士，以待緩急。歲久，監司郡守，多雜役之。都統司又令守關隘烽燧，且乞與大軍更戍。公力言其不可。詔遵舊法。」孔凡禮范成大佚著輯存第二六頁、全宋文卷四九八〇均録本文。

論民兵義士劄子　二

興元、洋州等處，建炎依陝西法，抽結義士。在關外四州，則名忠勇軍。與免科率。大散關之戰，能爲官軍先鋒。後因差役規法浸壞，乾道二年，虞雍公宣撫得旨〔一〕，增結梁洋一帶計二萬六千餘人，立爲專法，大要一語，非因調發，不許差使。蓋朝廷無毫釐養兵之費，而實寓正軍數萬於民間，所當愛護。至是都統郭鈞議差守關隘，公以雍公專法争之。

【題解】

本文作於淳熙三年（一一七六），時知成都府。本文輯自黄震黄氏日鈔卷六七，孔凡禮范成大佚著輯存第五八頁録本文，全宋文未録。題據文意擬。

【箋注】

〔一〕虞雍公宣撫：即虞允文，宋史虞允文傳：「允文力求去，授少保、武安軍節度使、四川宣撫使，進封雍國公。」

乞免移屯與執政答宣諭劄子

某昨奉鈞誨，傳諭上指，議欲移屯潼川、綿州大軍二千人前來成都，並聽成都帥臣節制等事。竊惟成都會府，根本全蜀，而武備玩弛，卒乘單弱；若增屯大軍，誠可折衝。惟是潼川、綿州兩軍屯戍，皆經四五十年，老身長子，各已成家，婚姻盤錯，墳壟相望，揆之常情，恐未免安土重遷。必先爲之經畫措置，曲盡其宜。使盤挈之初，免家具破散之憂；既到之後，無暴露羈旅之戚。人忘其徙，家安其舊，然後有利無害。略計營壘支犒之費，無慮十有餘萬，非一日可遽辦者。至於目下，脱有姦盜竊發，一切緩急事宜，有合調發去處，緣去年復再置四川制置司時，已有九月五日專降聖旨，依條具合行事務，内一項：四川諸州姦宄夷獠之患，許從制置司審度事勢，差發都統司西兵捍禦。今來成都帥臣，係兼四川制置使，遵照上件指揮，於諸處屯兵，自可節制奉行，不至闕悮。所有移屯，欲乞鈞慈特賜開陳，少寬限期，容某續更子細相度，並計算所費萬數，條具申聞。某博詢熟究，以致拜答稽緩，伏乞鈞慈，特賜矜恕！

【題解】

本文作於淳熙三年（一一七六），時知成都府。本文輯自永樂大典卷三五八七引。本文有「去年復再置制置使」，四川罷宣撫使，改設制置使，爲淳熙二年六月間事，故知本文必作於淳熙三年。孔凡禮范成大佚著輯存第三〇頁、全宋文卷四九八〇均録本文。

論蜀兵貧乏劄子

臣契勘蜀中養兵，用民力者五十年矣。宜軍中之富實，而邇來貧乏者衆，甚軫顧憂。原其致貧之由，皆謂初招軍時，止是單身，其後婚娶，人口漸多，勢不能給。前來宣撫司，措置給錢，付都統司，使自回易，以資貼累重之人，每月添支糧米。緣本錢不多，軍中營運不行，近來多是以錢放償與合添支人，謂如每月借與錢引伍千，即令出息一千，便將息錢准折添支。雖軍士少濟急闕之須，而實無增添之實。臣嘗議軍中回易，非本錢寬餘，無以得倍稱之息。又非三兩年間可以見效。要當爲之算計，其所合添支者若干，合用息錢若干，計其取息合用本錢若干，然後可以冀實惠之孚爾。所謂合與添支之數者，臣嘗試拖照支帳，略加料度。蜀軍雖九萬餘人，除將佐職事官俸給優厚外，又除入隊使人、正兵弓箭手有職名人，舊宣司効用義兵强兵等人，月糧本色及折估添支，有得錢引二十道以上者；敢勇月糧本色及折估添支，有得錢引八道上下者；最强弓手月糧本色及折估添支，亦得錢引六道上下，皆粗可足用。以上色額，並不須添支，并不入隊人亦未須商議外，其餘入隊長行，委有貧乏。蓋緣關外軍糧招收放請之制，單身者於所請糧内以五斗折估錢引，兩口者以二斗折沽錢引，三口之家，則無折估。當時計口折估，止爲糧貴折估賤，故口衆者不折，本意欲以優卹之。二十年來，糧米價賤，折估價貴，口衆之人，全得正色破賣，比之折錢，虧少錢引一道上下，所以累重，全請正色人，尤難支梧。此蜀軍貧乏之要領也。今當將上件三色長行折估，少者不以口計，量與增折。謂如無折估者，與折二斗、三斗之類。及强弓手元添支銀三錢，止折得錢引七分五釐，委是微不能濟用。槍手等第，亦與此同，亦當與量行增添折銀分數。謂如錢引如七分五釐者，添作一引以上之類。兩項合與增添者，止以入隊人爲率。其使臣及其職名人，并不入隊人，皆不須問。欲望處分，將臣此議以總領財賦官令不下司，密切算計上件人合量與添支數目，共計一歲當費若干，用若干本錢，可得上件利息支用，或非目下回易所能辦，而所費錢數不多，朝廷可以調度，即乞出自聖慈，特與添給。蓋回易逐利，非止目下未能見効，兼軍中貿遷，不無搔擾，將兵幹當，亦廢教習。前來已曾給錢營運，至今措置未行。臣故爲回易之説，切有疑慮，今乞併下總領官，令多方相度，别更有何策，可以貼濟，奏取聖裁。兹事體大，伏望留神省察，取進止。

貼黄：臣劄子中所謂欲問總領所别更有何策可以貼濟者，切見目今軍中，比宣撫使虞允文打算之時，使臣離軍太半，其支折錢估，比舊額當須减省。兼不入隊人内，有使臣及軍兵有職名大請受之人，數目不少，亦漸合揀退，自此支折錢估，亦當减省。恐有那融得行之理。故乞併下總領官，究心措置相度。

【題解】本文作於淳熙三年（一一七六），時知成都府。本文輯自永樂大典卷八四一三，孔凡禮范成大佚著輯存第三五—三六頁、全宋文卷四九八〇均録本文。

論關外四州歲苦和糴劄子

川秦軍糧，减到利、閬、興州、大興軍等處官糴，買瀘、叙客米多支錢，并利州酒息共百萬，以增添四州及金、洋州、興元府糴本，使官自糴買通，利路諸州，並不科糴。

【題解】

本文作於淳熙三年（一一七六），時任蜀帥。于北山范成大年譜淳熙三年譜文云：「七月，朝廷以倉部員外郎李蘩來總蜀賦，蘩先上疏言利路和糴之害，並請變抑配舊法，詔同制帥范成大同詳度。」石湖因上劄子論關外四州歲苦和糴。本文輯自黄震黄氏日鈔卷六七，孔凡禮范成大佚著輯存第五六頁、于北山范成大年譜、全宋文卷四九八〇均録本文。于氏題本文爲論關外四州歲苦和糴劄子（見本譜採録佚文一覽表），今從之。關於本文所論之事，周必大神道碑：「公復言和糴之害。凡西兵十萬，歲用米一百四十七萬斛。兑買省計及營田之外，闕五十二萬斛。括興元、階、成、西和、鳳、文、龍等州民户家業而均科之，每石予錢引四道有半，其三分折茶，實給三引，耗費斛面不與焉。詔與總領李蘩議。蘩密計本所饋遺乾没歲約百萬，隱而不言，獨奏乞朝廷降本招糴。執政怒，詔公劾蘩違制不同議。公遣人語蘩，蘩感懼，始出羨數。是歲遂以此錢所在招糴。其後上疑歲歉或防闕，公謂：『脱不得已，權科一年，歲豐如故，不猶愈於常擾民乎？』上曰：『善。』令每歲降指揮，而科糴遂止。」洪咨夔知心堂記談李蘩總蜀賦言和糴害民事，兼及石湖罷糴事，極有參考價值，云：「昔在孝宗皇帝，以盛德大業，紹開中興，仁不異遠，視坤維戚休如在陛楹間。迺淳熙丙申秋七月，制詔晉原李公蘩，以倉部員外郎總蜀賦，望選也。未上，首奏利路和糴爲民害，假臣三數月，可永除五十年病根。爲國爲民之慮，目無全牛矣。尋奏：『易之裒多益寡，書之懋遷有無，皆深寓理財至計。臣願於經費中撙盈虚斂散之宜，酌緩急先後之序，通融排斡，劑量取予，盡變抑配舊法，官自與農爲市，不虧豪忽之價，不取圭撮之贏，而軍不乏餉，民不加賦。其條凡數十，其大節目十有一。反復熟究，皆經久實利。惟少寬轡策，俾得其愚。』上大奇之，詔制置范公成大同詳度，又詔度支郎周嗣武就覈利害，悉奏所請可施行。公以聖主難逢，時幾易失，亦連上奏，願任責辦集。其議三閲歲而堅定。案：全蜀餉道，歲大約以石計者一百五十餘萬，中六十餘萬，科之邊氓，量家業以定均敷之數，名和糴，實强取。民不堪命，怨咨轉聞。皇明洞燭萬里，一意任公，以寬西顧。奏始上，非惟九重難之，公卿大夫皆難之，蜀人之切於解倒垂者亦莫不難之；而公見定守篤，慷慨論列不少折，累書與同列辨難尤力。訖如始議。官糴民粟，價與時爲低昂，遠邇讙趍，輦負繈屬，聲氣不動而軍餉給。九州數十萬户，踴躍呼舞，始知有生之樂，家祠人祝之。迨范公入參機密，上問蜀罷糴可久行否，范公奏以身保之。上悦曰：『是大不易得！』

論文州邊事劄子

臣伏見四蜀沿邊蠻夷，自政和以前，雖時有侵犯邊境，當時朝廷鮮曾容貸，旋即舉兵問罪，固未必皆有大功，然夷人終是畏憚，不敢無時輕發。比年以來，如成都府路嘉、黎、雅三州等處，屢有邊事，時議以外備大敵，姑務含忍；又以方市戰馬，不欲阻絶。夷人狃習，謂中國終不能報復，來則有虜掠之利，退則無追躡之憂。甚者反得犒賞財物，過於未叛之時，是以泰然無所顧忌。蜀之諸邊，蓋未嘗得數歲無事。邇者利州西路文州界内，有蕃部侵犯寨堡，殺掠人兵。訪聞常年如此，官司每是隱忍蔽覆，終於和斷而已。契勘今來作過蕃部，據邊吏張皇關申，其衆亦不過三四百人，初無雄傑酋長爲之謀，又無堅甲利兵爲之用。國家屯戍大軍，密邇其處，蕞爾小蕃，乃敢跳踉如此者，政以習見近事故也。若不惜暫勞小費，併力討蕩，期於不貸，則豈獨文州蕃戎讋懼，其他種落，自此懲創，知中國不可輕犯，此西陲數十年安静之長算也。臣已榜下文州，止告諭非作過蕃部，且許自通貿易，以解散其締結。又聞蕃寇之來，稍不得利，即依林菁以自固。官軍深入，易落姦便。臣亦已行下乘風焚山，嚴兵清野，徐用鄉道，擣其巢穴。惟是議者或以爲文州係買馬地分，恐不即和斷，或至阻隔。臣再三詢究茶馬司所買馬數，文州不當十之一二；又其品凡下，非宕昌比。兼今來作過主首，止是一族，雖加攻討，自不妨餘族互市。政使緣此而所買馬數少減於常年。權邊防利害之重輕，亦恐自有先後緩急之序。或又謂朝廷方以備北虜爲急，此等癬疥，合且姑息。臣竊謂不然。大敵未平，尤當先除腹心之患。諸葛亮豈一日忘中原哉？然五月渡瀘，深入不毛，以定南中者，蓋出此也。不然，方今關外寧肅，而鑾夷敢擾動如此；使岐雍有警，則此等窺伺侵寇，將何所不至。臣暫此攝事，實有不敢以苟紓歲月爲心，而妄爲西土畫息肩之策。若萬分有一，偶合睿指，欲乞出自聖斷，更賜行下興州都統制吴挺，廣設方略，討蕩施行。其措置催督之類，臣雖庸虚，不敢不任其責。所有文州數百匹之馬，或不及歲額，亦乞暫寘度外。俟邊防安静，不患馬額之不復。臣區區狂率，干犯天威，伏地戰越。

【題解】

本文作於淳熙三年（一一七六），時在蜀帥任上。于北山范成大年譜淳熙三年譜文云：「文州蕃部擾邊，爲文告示之。」「疏論文州邊事，並論劾守臣，朝廷詔吴挺選員兼知。」本文輯自歷代名臣奏議卷三三六「禦邊」，文前有「敷文閣待制、四川制置使范成大奏論文州邊事劄子曰」。孔凡禮范成大佚著輯存第二八—二九頁、全宋文卷四二九三均録本文，題作「請勦文州夷疏」。宋會要輯稿職官四七：「（淳熙）三年三月二日，詔四川都統制吴挺選習兵官一員，兼知文州。以四川制置使范成大言：文州管下蕃部作過，知州李彦堅畏懦失職；下任王彪，老謬不肯之官。彦堅、彪既罷，因有是命。」

催西兵營寨劄子

臣契勘黎州比蒙朝廷添屯西兵，最爲良策。蓋徼外蕃落，從來以西兵爲重，謂之「喫人肉虜子」。只如近日，就黎州處置叛將王文才，既斬首訖，其見屯西兵，競分其肉食之。互市諸蠻，皆環布震疊，面無人色。但前此西兵未有營寨，只就城内寺院駐劄；而互市諸蕃，亦入城安泊。臣竊慮往來日久，不免與西兵相偶於途，人情浸熟，漸忘畏憚，無以養威，遂行下知黎州禄東之，令於城外别立西兵營寨，不令無時入城。東之已於北城之外，得寬閑寨基，所有起立營房及將官廨宇之類，臣即已撥支合用錢數，盡付東之，未見申到興工時日，即今索實。臣今去官，伏乞朝廷行下四川制置司及黎州催促，取令日下了畢。取進止。

【題解】

本文作於淳熙四年（一一七七）離蜀任回蘇前。周必大神道碑：「四年春，公大病，求歸，上令先進敷文閣直學士，明日乃下詔，令公上兵民十五事。」本文云：「臣今去官，合具奏禀。」知作於淳熙四年離蜀前。本文輯自永樂大典卷八四一三引，孔凡禮范成大佚著輯存第三三頁、全宋文卷四九八〇均録本文。

論朝市儀注劄子

臣聞禮之有儀，禮之細也，然儀猶不立，則何禮之足云。今者黄旗紫蓋，暫駐東南，朝市之制，當倣京邑。所以隆上都而觀萬國者，安得而不肅哉！臣伏見文武百僚正衙朝會及德壽宫朝賀之類，退至宫殿等門，奔趨不暇，紛蹂闐咽，緣内之仗衛，外之從人，自相交鬨，至無路可行，貴臣近列，冠笏欹傾，有不能自持者。入公門，鞠躬如也。過位，色勃如也，足躩如也。謂君雖不御坐，過君之位者，猶當恭肅。今於駕興班退，失容如此，則朝廷之儀，有當申嚴者。伏乞睿旨行下所屬，每遇朝集將退，縱有他處期會，但少紓頃刻，令編攔人寬出班路，使搢紳各依次序安行趨出，以申「鞠躬」、「足躩」之義。臣又伏見車駕行幸，前後禁衛各有重數。今乘輿纔過，駕後圍子每重只四五人，不能呵衛禁嚴法物及供奉班聯，乃與行路人混爲一區，雖袒裼負載者，亦得并行禁圍之中。漢文帝號稱寬恕，縣人來，聞蹕，猶匿橋下，必不敢闌入仗内如今之縱弛。則扈從之儀有當申嚴者。伏乞睿旨行下所屬，乘輿行幸，增修鈎陳壁壘之制，量添駕後衛卒，必俟屬車禁衛盡絶，方許民庶通行。臣又伏見在京街道車馬相遇，皆有先後定制。今行都九衢之中，不問尊卑貴賤，務相排軋，兩不遜避。甚或給使技胥及白身之輿馬，下至擔夫荷卒，皆與朝臣爭道，莫之誰何。古者齒路馬及蹙路馬之芻者皆有誅，非貴馬也，貴君馬，所以尊君也，而況君之朝臣乎！則街道之儀有當申嚴者。伏乞睿旨下所屬檢照條法，凡車馬相遇，有當避道，有當分道，有當斂馬側立之類，一如儀制。否則，許被犯官司解送懲治。以上三者雖禮之細，而實關事體，所以觀國之光在是，誠不可忽。臣繆掌邦禮，未敢及其重大，謹按衆目之所不安者，姑舉一二，伏望聖慈，責之攸司，以嚴禮禁。

【題解】

本文作於淳熙四年（一一七七），自蜀歸後，十一月入對，除權禮部尚書。孔凡禮范成大年譜淳熙四年譜文：「上疏，論朝市儀注，一爲朝廷之儀，二爲扈從之儀，三爲街道之儀。謂三者實關治體。」本文輯自歷代名臣奏議卷一二〇。黄震黄氏日鈔卷六七有節文，云：「論朝市儀注，一乞令編攔人寬出班路，使搢紳次序安行，此朝廷之儀。二乞俟屬車禁衛盡絶，方許民庶通行，此扈從之儀。三乞有當避道、分道，斂馬側立之類，一如儀注，此街道之儀。」附注：「以下還朝奏事。」孔凡禮范成大佚著輯存第三七頁，全宋文卷四九八〇均録本文。

上關外四州災傷劄子

關外四州災傷，准令安撫司體量措置，轉運司檢放展閣，常平司糶給借貸，提刑司覺察妄濫。

【題解】本文作於淳熙四年（一一七七），時知成都府兼四川制置使。本文輯自黄震黄氏日鈔卷六七，孔凡禮范成大佚著輯存第五七頁、全宋文卷四九八〇均録本文。題參全宋文擬。

論二廣獄事劄子

憲司吏指摘片言，以控扼邀求不滿所欲，則追逮送勘，故酷吏寧殺囚於獄，以免後災。深廣有數十年無詳覆事至憲司者，豈真無死囚哉！

【題解】本文作於淳熙五年（一一七八）二月，時任權禮部尚書。于北山范成大年譜淳熙五年譜文：「二月，奏請二廣州郡不請以進士攝官。從之。又上劄子論二廣獄事。」本文輯自黄震黄氏日鈔卷六七，本文上一條「論朝市儀注」下附注「以下還朝奏事」。孔凡禮范成大佚著輯存第六〇頁、全宋文卷四九八〇均録本文。題參孔氏、全宋文擬。

論透漏銅錢劄子

臣聞東南蕃夷舶船，歲至中國。舊止以物貨博易；近年頗以見錢爲貴。廣、泉、四明及並海州郡，錢之去者，不可勝計。紹興三十年，嘗大立法禁，五貫之罪死；隨行錢物，全給告人。罪賞之重，至此極矣，而終弗敗獲。蓋溟渤荒渺，客程飄忽，誠有法禁所不能及者。訪聞一舶所還，或以萬計，泉司歲課，積聚艱窘；而散落異國，終古不還，誠可爲痛惜而深恨也。今法禁既不可制，盍亦循其本而捄之乎？臣愚欲望明詔，試令有司條具：每歲市舶所得，除官吏縻費外，實裨國用者幾何？所謂蕃貨，中國不可一日無者何物？若資國用者無幾，又多非吾之急須，則何必廣開招接之路！且以四明論之：蕃舶所齎，止於青甆、銅器、螺頭、松實及板木之類而已，皆非中國不可無之物，而誘吾泉寶以去，利害重輕，不較而判。臣嘗試妄議，以爲明州一處蕃舶，豈不可以權住、姑塞漏錢之一穴？其它可以類舉。此拔本塞源、不爭而善勝之道。今無法以必禁，又以爲蓄貨不可無，則當坐視泉寶四散而去，勿惜恨可也。惟陛下與大臣熟計而圖之！

【題解】

本文作於淳熙七年（一一八〇），時知明州。本文輯自歷代名臣奏議卷二七二「理財」，文前有「知静江府范成大論透漏銅錢劄子曰」。于北山范成大年譜淳熙七年譜文云：「上劄子，論與蕃舶貿易，錢幣外流之弊。以爲若非中國不可無之物，可以權住，以塞漏錢之一穴。」于氏引録本文後，又按云：「此劄申論杜塞錢幣外流，有停止四明市舶貿易之意，顯係知明州時所上。歷代名臣奏議標『知静江府』，非是。蓋明臣黄淮、楊士奇編選奏議時，驟見文首有『東南蕃夷船舶』字樣，遂誤以爲兩廣之事。不知東南乃蕃夷定語，非指中國輿地方位；且知静江豈得舉毫無干涉之四明爲例？稍籀全文，其義甚明，今不從奏議而改繫於此。」所言極是。孔凡禮范成大佚著輯存第一七一一八頁、全宋文卷四九七九均録本文。

辭免知建康府劄子

準尚書省劄子，三省同奉聖旨：范成大差知建康府，疾速赴行在奏事訖之任。

臣聞命震驚，罔知所措。臣聞：覆載二儀之至公，不獨私於一物；爵禄衆賢之所共，難併萃於非才。臣去春蒙恩，閫制海郡，治行亡狀，考幽當黜。迺二月庚子詔書，忽被誤渥，職臣秘殿，臣皇懼不敢當，即已陳情控免，俞音未下，又付留鑰。中外觀聽，雜然甚驚。凡所謂量才不肖、揣分宜休、在臣循省所當辭避之説，皆未敢縷如以瀆天威。但方陛下總核名實、登崇俊良之時，而何物幺麽，浹辰之間，洊污除書，未及滿歲，再煩臨遣。屈天地之私恩，摟衆賢之所共。真才實能，於此猶懼；况如臣者，政使貪榮冒寵，豈不外憚煩嘖，内虞疾顛？積此凌競，何敢下拜！伏望聖慈，委照孤危，收還成涣，改圖碩望，俾護北門。則公朝不玷於選掄，小己亦寛於憂畏。所有恩命，臣未敢祗受。取進止。

【題解】

本文作於淳熙八年（一一八一）三月，詔命改守建康，上疏辭免。周必大神道碑：「（淳熙八年）三月，改帥江東，兼行宫留守。」本文輯自永樂大典卷一〇九九八，孔凡禮范成大佚著輯存第三八頁、全宋文卷四九八〇均録本文。

再辭免知建康府劄子

臣比奏辭免差知建康府，伏奉詔書，賜臣不允者。臣跽讀訓詞，感深涕泣。載念臣遭遇聖明，早蒙識擢，蓋嘗不量亡似，許國馳驅。陛下過聽，假臣麾節，填拊方外，四方萬里，臣未嘗敢輒辭。今又以執政寵名，居守留鑰，造廷得覲，過蒙上冢，閫外榮遇，殆冠平生。而臣方且彷徨憂畏，稽留詔書不敢下拜者，蓋其怵惕危悃，不止於浹旬疊組非所堪任而已。緣臣尫羸早衰，疾痛日深，實恐有誤委寄；兼僥踰已甚，常慮挻災，亦不可更尸腆禄。又臣妻族魏氏，見居溧水、宣城之間，皆係所部，豈無瓜李之嫌？積此凌競，不遑寧處，須不免再干方命之誅，陳情控免。伏望聖慈矜炤危悃，收還成命。如未許，即就外祠，别乞改差一小郡，使爲陛下拊摩鰥寡，圖報萬一。臣仰恃君父隆寬之恩，用敢盡布腹心，干冒天威，無任昧死。所有恩命，臣未敢祇受。取進止。

【題解】本文作於淳熙八年（一一八一）三月，詔命改守建康，成大上疏辭免，不許，造朝覲見，再上疏辭，仍不許。本文輯自永樂大典卷一〇九九八，孔凡禮范成大佚著輯存第三八—三九頁、全宋文卷四九八〇均録本文。

措置荒政劄子

住催江東軍器；免催殘税；借廣惠倉陳米以備賑糶〔一〕。

沿江全藉上游江西、湖北客米，兩得旨，税場不可邀攔。乞申嚴行下。

乞借朝廷見樁建康等處米三十萬石，穀二十萬石，不候檢到損數，通融兑便。恐冬深民流，救之無及也。

廣濟倉等陳米，儲之不過爲塵土，散之可以易民命。沿江渡口，流民過淮處，如建康之靖安、東陽、下蜀、大城堽（岡）、馬家等渡，太平州采石、大信、荻港、三山、上灣等處，池州銅陵、東流、池口等渡，皆差官給糧，津發其回。不願回者，存養之。近渡路口，如建康界湖熟、金陵鎮、路口、桐井四處，復爲之邀接津遣。其自兩浙來者，多自饒州石門取路，亦置場給。論其還，勸分賞格，減半細數。（原注：用淳熙元年三月二十四日指揮。）被荒殘税，申乞蠲閣。流移歸業，收贖不候生滿。行李牛畜，並與收免渡錢〔二〕。

【題解】

本文作於淳熙八年（一一八一），時在知建康府任上。本文輯自黄震黄氏日鈔卷六七，原爲多段節文，姑合爲此，題用于北山范成大年譜本譜採録一覽表所擬。孔凡禮范成大佚著輯存第六二—六三頁録此。全宋文卷四九七七録上流民事奏一文，即本文之第四段。本年石湖初到任，適歲旱，忙於賑濟，因上措置荒政劄子。周必大神道碑：「四月，開府金陵。適歲旱，公招徠商賈，捐各夏税。請於上，得軍儲二十萬石賑饑民。苗額二十萬斛，是年蠲三之二。而五邑受粟總四萬五千四百餘户，無流徙者。盜發柴溝，去城二十里；又刼江賊徐五稱静江大將軍，公皆設策捕獲。在鎮二年，以餘財代輸下户秋苗及丁錢一年。」

【箋注】

〔一〕此段文字下：有黄震語：「此皆公自鄞移建康，遇淳熙庚子歲歉後初政也。」

〔二〕此段文字：前有「公時帥江東，當淳熙辛丑，仍歉」；後有「凡荒政之大略具是，一一皆可法者。顧恐近世無復乾淳可貸之粟，雖有力莫施耳」。皆黄震記録范石湖措置荒政時之評語。

沿海船户編甲劄子

海道荒杳，界分不明，時有寇攘，並無任責。臣昨將明州管下諸寨，各考古來海界，繪成圖本；及根括沿海船户，以五家爲甲，如一船有犯，同保併科，亦已攢寫成册，並藏在制司。如遇獲到海賊，即檢照犯人船甲，根株究治。乞行下制置司，令於所隸州縣一體施行。

【題解】

本文作於淳熙八年（一一八一），時在知建康府任上。本文輯自宋會要輯稿兵一三，文前有「（淳熙）八年閏三月十三日，新知建康府范成大言」，文後有「從之」。孔凡禮范成大佚著輯存第八二頁録本文，題爲論治明州海盜疏。于北山范成大年譜淳熙八年譜文：「閏三月上疏：『沿海船户，已立保甲，一船有犯，同保併科。』從之。」題爲沿海船户編甲劄子（見本譜採録佚文一覽表），今從之。

奏乞蠲免大軍倉欠負劄子

臣比奉聖旨，盤量總領所大軍倉儲積米數，今已畢事，通計浄欠八萬六千餘斛。總領所見將合干人送本府左院根勘，照條斷罪備償。臣竊考之：大軍一倉，創於紹興五年，至今已得四十六年㊀，前後支過軍糧，無慮二千餘萬斛。從前即不曾除豁，冒頭盡耗，亦不曾如此。盤量到底，即上件欠數，猶不爲多。縱有情弊，恐非盡出於目即。合干人等，若繩以三尺，則根株斷罪徒配，猶爲輕典。案後備償估籍，不足充數。緣情有可矜，理有可察，臣輒冒昧奏聞。伏望天恩詳酌，特降指揮施行。取進止。

【校記】

㈠四十六年：「四」原作「三」，孔凡禮輯存校：「四，原作『三』，誤，今改。」全宋文校：「紹興五年，至本年應爲四十六年，『三』字誤。」今據改。

【題解】

本文作於淳熙九年（一一八二），時知建康府。本文輯自永樂大典卷七五一六，孔凡禮范成大佚著輯存第三九頁、全宋文卷四九八〇均有録。黄震黄氏日鈔卷六七録有節文：「大軍倉、轉盤倉舊皆屬總所。淳熙九年七月九日奉旨，應有朝廷米斛，總司不許干預。時公任建康，盤量大軍倉欠負八萬六千餘斛，奏以創倉已三十六年，支過無慮二千餘萬斛，不曾除豁，亦不到底，縱有情弊，恐非合出於目即合于人。」大軍倉，在建康下水門内，景定建康志卷二三「諸倉」云：「大軍倉，在下水門内，北接廣濟倉，監官一員。」

奏撥隸轉般倉劄子

臣契勘近奉聖旨：「諸路州軍，應有朝廷米斛去處，專委守臣認數，樁管總司不許干預。」并小貼子：「大軍、轉般樁管米，依前項指揮。」臣已恭依，將本府大軍、轉般倉見在米斛，盤到實數，拘收樁管訖。伏見目即諸處和糴米綱到倉岸者，舳艫相尾，見係本倉監官合干人交卸。竊緣轉般倉，雖號建康府户部轉般倉，而監官合干人及所管米斛，自來却隸淮西總領所。今朝廷措置，既將此米撥付守臣，其合干人等却仍隸總司，事體相違，難以檢察。欲望聖慈詳酌，特降指揮，將轉般倉撥正所隸，則守臣方可任責，實繫經久利害。取進止。

【題解】

本文作於淳熙九年（一一八二），時知建康府。本文輯自永樂大典卷七五一五，孔凡禮范成大佚著輯存第四〇頁、全宋文卷四九八〇均録本文。轉般倉，在建康上水門外，景定建康志卷二三「諸倉」：「轉般倉，淳熙六年置，在上水門外，淮水北岸，置監官一員。」

大欲未濟，風俗偷安，甚者遂稱行在爲都下，浙右爲畿甸，中原爲他地，歸正遺民爲虜人。

【題解】本文作於淳熙十五年（一一八八）十一月，時起知福州，固辭，詔令奏事，即上此。黄震黄氏日鈔卷六七「劄子」録此，文前有「延和奏事」。延和，殿名，咸淳臨安志卷一「大内」：「延和殿，垂拱（殿）及後殿之後，皆有此殿，遇聖節、冬至、正旦、寒食，大禮齋宿（或避殿），則御焉。」周必大神道碑：「（淳熙）十五年十一月，起知福州，引疾固辭，詔令奏事，又辭。」孔凡禮范成大年譜淳熙十五年譜文云：「十一月，起知福州，面對。延和殿奏事，大旨在論變偷安之習。」孔凡禮范成大佚著輯存第六五頁、全宋文卷五二二四均録本文。題參全宋文擬。

論作城貴神速劄子

曹操作沙城，孫權作疑城，唐楊朝晟築木波三城，三旬而畢。裴行儉築碎葉城，亦五旬而畢。務神速也。

【題解】本文作於淳熙十五年(一一八八)十一月,時起知福州,固辭,詔令奏事,乃作此劄子。本文輯自黄震黄氏日鈔卷六七,孔凡禮范成大佚著輯存第六五頁,全宋文卷四九七九均録本文。題參全宋文擬。

謝賜御書劄子

古人書法,字中有筆,筆中無鋒,乃爲極致。所謂錐畫沙屋漏雨之法,蓋自鍾、王之後,未有得其全者。惟我高考〔一〕,獨傳此妙,而陛下親授家學,曲盡聖能,意象自然,筆迹俱泯,而萬鈞之筆潛寓其間。譬猶宇宙闔闢,不見斧鑿之痕,雲霞卷舒,殊非繪畫之力。此非聖性天高,學力海富,道腴德輝,被於心畫,則何以深造自得,集其大成全美如此!臣又嘗論李唐名家,猶得楷法,本朝作者,但工行書。如米芾所作,飄逸超妙〔二〕,可喜可愕。責以楷法,殆無一字。此事寂寥久矣。

【題解】本文作於淳熙十五年(一一八八)十一月。周必大神道碑:「(淳熙)十五年十一月,起知福州,引疾固辭,詔令奏事,又辭。……至家,又遣使賜御書蘇軾詩二首。」本文即答謝之辭。本文輯自黃震黃氏日鈔卷六七,文前有「謝賜御書謂」。孔凡禮范成大佚著輯存第六五頁,全宋文卷四九七九均録本文。

【箋注】

〔一〕高考:指宋高宗趙構,孝宗之父,其時高宗已死,故稱高考。

〔二〕「如米芾」二句:米芾,宋代著名書法家,與蘇軾、黃庭堅、蔡襄齊名,人稱「宋四家」。陶宗儀書史會要卷六:「米芾,字元章,初居太原,後爲襄陽人。……書效王羲之,篆宗史籀,隸法師宜官。……當時名世之流,評其人物,以謂文則清雄絶俗,氣則邁往凌雲,字則超妙入神。」

延和殿又論二事劄子

臣今有愚見二事,開具於後:一、臣竊聞虜中自立璟爲太孫,諸子不平,形於謡言。臣頃過保州,是時其嗣允恭尚在,已見承應人密説,國中惟畏服大王,將來恐有李唐秦王之事,謂其長子允升也。今又立璟,則其伯叔之心皆可想見。他日若璟得國，伯叔不服，必有内亂，此其機可乘。萬一璟能制伯叔之命，則必有腹心之臣爲之謀主，事成勢定，又必有窺伺之圖。國家當不輟儲備，以待事勢。

貼黄：臣竊見方今國計未足，民力未裕，求所以足國裕民，則無其説。止緣規模未堅定，所經費不可減。欲儲蓄贏羡以足國，而所入不支所出，欲緩催科除耗剩以裕民，而上煎下迫，實惠難行。若只如此，趣了目前，無復餘力。萬一敵人真有機會，亦恐無以應之。天下事莫有大於此者。伏想久留聖心，不待愚臣妄論。

【題解】

本文作於淳熙十五年（一一八八）十一月，成大起知福州，固辭，詔令奏事，入對延和殿，上此。本文輯自永樂大典卷一〇八七六，題謂二事，文僅存一事。孔凡禮范成大佚著輯存第四〇頁、全宋文卷四九八〇均録本文。考金史世宗本紀，大定二十六年立孫完顔璟爲皇太孫，時當孝宗淳熙三年。大定二十九年正月金世宗卒，璟即位於靈柩前，時當淳熙六年。

范石湖集輯佚卷七　書　帖

應詔上皇帝書

户部督州郡，不問額之虚實；州郡督縣道，不問力之有無；縣道無所分責，凡可鑿空掠剩、賊民而害農，無所不用。偶有所增，永不可減。其他巧作名色，核其支用，皆非入己，亦不得而盡禁。此非超覽九天之上，作新一王之法，曠然大變其制，未見裕民之術。

西南保障，自嶺南左右二江沿邊西北轉而西行，略牂牁、夜郎、黔中，而極於西南越巂之塞；又西北至劍外、河西之境，無慮萬里，祖宗築城寨置兵，今名存而實廢，乞行下蜀、廣巡修。又黎州專控青羌、吐蕃等蠻，雅州專控碉門等蠻，嘉州專控夜郎等蠻，各相對壘。今聞番部結親相通。

【題解】 本文作於淳熙十六年（一一八九），本年二月，孝宗禪位於趙惇，是爲光宗。本文題下原注：「光宗即位。」周必大神道碑：「壽康皇帝初政，特詔求言，公疏：乞述重華以廣孝治，執仁術以守家法，堅國本以定規模，節經費以蘇民力，精覘諜以應事機，審選任以求將材，修堡障以固西南，議鹽筴以安二廣，嚴錢禁以權官會，廣屯田以實邊儲。」審視周文，可知石湖當時上奏内容甚多。本文輯自黄震黄氏日鈔卷六七，孔凡禮范成大佚著輯存第六七頁、全宋文卷四九八一均録本文。

代樂先生還鄉上季太守書

孔子在陳曰：「盍歸乎來！吾黨之士狂簡進取，斐然成章。」孔子在陳，何思魯之狂士？説者曰：如琴張、曾皙、牧皮者，孔子之所謂狂也。雖不得謂之中道，而亦足以共學，是以思歸而與之游。聖人之有樂於父母之國而愛其鄉里，雖其狂士猶且思之；使魯國而有大賢君子，爲之師帥長上，可以主盟吾道，則孔子之歸，當不待於在陳之時矣。傷魯國之無斯人，而下至於思其狂士，亦聖人之不幸也已。先，某之去魯也，漂流於外，二十年於兹矣。夫以聖人號爲忘情，去魯爲未久，而在陳之思，有樂於父母之國而愛其鄉里若此，况於漂流二十年，一旦而來歸，誠可爲客子之喜，而又適遭閣下辱臨此邦，可謂有賢人君子爲之師帥長上，而足以主盟吾道。則某今日之歸，猶榮於聖人之歸魯，其爲喜可勝慨哉？雖然，凡羈旅之士，久客而歸，歸而遇賢主人者，其喜皆猶是也，何獨某耶？顧某於此，竊又有私喜者。蓋嘗歷數此邦之人，異時遭罹寇戎，肝腦塗地，其得免脱禍機、散而四方者，纔十分之三。就三分之中，其不餓踣槁死與流爲奴隸，而能澡雪拔勵，自列於冠帶之流者，又三分之一而已。就一分之中，復得不死，而當賢大夫爲政之時，以其痛定之軀，歸訪親鄰，復游故鄉如某者，蓋無之而僅有焉。宜其較之衆人而竊又有私喜者也。復自思念，方痛未定時，形影相攜，奉頭鼠竄，去舒、黄，並荆、郢，抗章、贛，下九江，登會稽，望海門，而弛擔於姑蘇。其間弓刀矢石、鏑天隱地、草竄莽伏、萬死一生之場，與夫深山大川、荒陬絶境、驚波飛石、虎嘷鰐暴、攲危震慴之險，以至於寒不絲身、飢不穀腹、窮困逼迫、偷生脱死之狀，皆所備嘗而飽歷。息肩吴門，復理舊業，幸得與當世英俊並游崇論，欲議其於天人禍福、古人成敗、聖人行事、是非得失之端，又皆孰數淹貫於其中。顧惟閣下，縣邑遺民，雖上壽之老，垂白之叟，其間有能熟於道路、更於世變、老於時事而閑於道理如某之不肖者，抑又無幾焉。竊意閣下亦將喜某之來，又非特爲某之私喜也。是以攝齊叩門，趨庭以請見，迹甚疏而意甚密，交甚淺而言甚深，而不自覺其狂率焉。恭惟閣下，以粹德懿文，翺翔籍甚。而此邦之政，又稱愷悌，誠恐一旦朝廷深知弱翁治行，促鋒車以東去，而鰥寡之遂失職，故某税鞅屬耳，旅突未黔，而遽以求見。鄭諺曰：「我有子弟，子産誨之；我有田疇，子産殖之。」若某者，其亦可誨也乎？始叙其所以喜，終致其願安承教之私，區區之誠如此。不宜。某再拜。

【題解】　本文作於紹興十九年（一一四九）左右，時在崑山讀書。本文輯自永樂大典卷六六四一，孔凡禮范成大佚著輯存第一〇六頁、全宋文卷四九八一均録本文。于北山范成大年譜繫本文於淳熙四年，欠當，孔凡禮於本文後有按語云：「樂備南徙，當在建炎三年金人大舉南侵經淮海時。『二十年於兹』，當爲紹興十九年左右。本文當作於此時。」近是。

上李徽州書

學優則仕，仕優則學。是終身之間，有時而仕，無時而不學也。

薦士而束以文法，王公大人可以少愧；而草茅抱負挾持之才，亦可流涕太息，無復當世之望矣。又況法已大弊。

【題解】本文作於紹興二十六年（一一五六），時在新安掾任上。本文輯自黄震黄氏日鈔卷六七，原爲二段節文，今合爲一。文前尚有「上李徽州謂」五字，文後尚有「捩鼻」二字，均爲黄震語。孔凡禮范成大佚著輯存第一一五頁、全宋文卷四九八一均有録，分爲二文。李徽州，即李稙，紹興二十六年知徽州府。徽州府志卷三：「宋知州：李稙，以朝散大夫紹興二十六年任。」餘參見本書卷六次韻知郡安撫九日南樓宴集三首「題解」。

上洪内翰書

不龜手之藥，一也。或以封，或不免於洴澼絖。方其洴澼絖也，不自知其可以封也。及其封也，天下不以其止於洴澼絖而已也。水之於井也，日汲則洌，不汲則竭。其行於地上也，隨所遇而變生焉。

【題解】本文作於紹興三十二年（一一六二），時監太平惠民和劑局。本文輯自黄震黄氏日鈔卷六七，孔凡禮范成大佚文輯存第一一五頁、全宋文卷四九八一均録本文。黄震有跋語云：「初公任徽州户曹，以書謁其守洪公适。秩滿，謁内翰禮部於朝，由和劑局兼編修，召試，入秘省。公固一世文豪，而儒先汲引，亦非默默。而人忽自知。其書詞多起人意者，今略抄。」洪内翰，指洪遵。于北山范成大年譜紹興三二年譜文云：「上書左相陳康伯、侍郎汪應辰、内翰洪遵。」

上陳魯公書

治莫大乎常。天地爲大矣，飄風則不終朝，驟雨則不終日。方其飄且驟也，人孰不畏？亦孰不知其不能終朝夕？何者？非天地之常故也。前日如舒、申諸公，忽天下之常，一命之曰流俗，再命之曰異議，三命之曰姦黨。自今觀之，其天定矣。俗也，異也，姦也，皆天下之常而已。

【題解】本文作於紹興三十二年（一一六二），時在監太平惠民和劑局任上。本文輯自黄震黄氏日鈔卷六七，孔凡禮范成大佚著輯存第一一六頁、全宋文卷四九八一均録本文。陳魯公，即陳康伯（一〇九七—一一六五），字長卿，信州弋陽人。宣和三年中上舍丙科。累官吏部尚書、參知政事、尚書右僕射、左僕射兼樞密使，封魯國公。卒年六十九，先謚文恭，後改謚文正。宋史卷三八四有傳。于北山范成大年譜紹興三十二年譜文云：「上書左相陳康伯、侍郎汪應辰、内翰洪遵。」

上汪侍郎應辰書

漢武帝踞見大將軍，不冠不見汲長孺。淮南王視平津侯以下如發蒙，獨憚長孺，不敢奮姦謀。長孺在朝，官不過内史，而係天下輕重如此。今士大夫以顧忌爲俗久矣。其原始於愛重其身者太過，位尊而名益衰，禄厚而利實薄。上不足以取信於君，下無以慰其人。彼之愛重其身者，乃所以暴棄而甚輕之也。

【題解】

本文作於紹興三十二年（一一六二），時監太平惠民和劑局。本文輯自黄震黄氏日鈔卷六七，孔凡禮范成大佚著輯存第一一六頁、全宋文卷四九八一均録本文。于北山范成大年譜紹興三十二年譜文：「上書左相陳康伯、侍郎汪應辰、内翰洪遵。」又云：「閏二月，汪應辰由吏侍調户侍，有賀啓。」則上書應在閏二月之前汪應辰任吏部侍郎時。

致周必大簡

來日登天平，須攀援至遠公亭及諸石屏處。白雲泉名在水品，其色凝白，蓋乳泉也，張又新以虎丘石井、松江在第三、第六，而下此泉，未知如何？試一別之。向壽老欲作亭泉上，及別築遠公亭，而范氏媼居寺中擾之，遂退寺右。上山路旁有石龜，形極似，向亦有名，近無知者。忠烈廟具有文正以下畫像，宜掛壁謁之。

【題解】

本文作於乾道三年（一一六七），時石湖正領宫祠在蘇。宋會要輯稿職官七一：「乾道二年三月，新除吏部郎中（按，當爲吏部員外郎）范成大放罷。以言者論其巧宦幸進，物論不平故也。」乾道三年五月，周必大遊靈巖、天平，石湖作此，並以茶、香等物遺之。周必大吴郡諸山録：「至能走價送薰香、松黄、新茶，其簡云：（略）。」周記其年爲「丁亥五月」，丁亥，即乾道三年。本文輯自周必大吴郡諸山録（王稼句校點，蘇州文獻叢鈔初編本，據宛委山堂本説郛標點排印）。孔凡禮范成大佚著輯存第一一七録本文，所據爲周益國文忠公集遊山録卷一，文字與蘇州文獻叢鈔初編本頗異。全宋文卷四九八一亦録本文，與孔輯存同。

論鹽法書

二廣爲天子南庫。（闕）廣右乃炎方形勝要害之處。（闕）廣西財計，祖宗定制撥賜，一歲共約七十萬緡。自建炎以後，改充他用，故官自賣鹽。紹興八年，始行客鈔，率以二年方賣得一年鈔。遂罷客鈔，復許官般。

【題解】本文作於乾道九年（一一七三），時在廣西帥任上。本文爲論鹽法，雖爲節文，亦可與請復官賣鹽疏互相參看。本文輯自王象之輿地紀勝卷一〇三，孔凡禮范成大佚著輯存第七四頁、全宋文卷四九七九亦録本文。原分爲「鹽法奏」、「論鹽法書」兩條，今合爲一文。

與王淮書

春麥惟郭綱能言之，蓋北人謂之劫麥。

【題解】本文作於淳熙八年（一一八一），時在知建康府任上。本文輯自宋史全文續資治通鑑卷二七，孔凡禮范成大佚著輯存第一一七頁、全宋文卷四九八一均録本文。文前有「淳熙八年十二月甲子，進呈范成大具到上元縣所種二麥，王淮等奏得范成大書謂」一段文字，知本文作於淳熙八年。上元縣爲建康府之屬縣。

行臺帖

成大少稟：林得之見過，求一言，云有公狀詣行臺。鄉親之故，敢忘僭率，且其言亦有緒論，幸冀垂情，他容探伺。留中之除，嗣馳賀幅次。右謹具呈。五月日，左朝奉郎集英殿修撰新知静江府范成大。

【題解】本文作於乾道九年（一一七三）五月，時石湖新知静江府。本文輯自岳珂寶真齋法書贊卷二六，孔凡禮范成大佚著輯存第一〇七頁、全宋文卷四九八一均録本文。孔氏按云：「此帖稱『新知』，當作於乾道九年。此帖或爲寫與王淮（季海）者。查中興百官題名學士院題名：『王淮，乾道九年四月，以太常少卿兼權直院，七月除中書舍人兼直院。』可證。」岳珂於范帖後有按語云：「右淳熙參政資政大學士石湖先生范文穆公成大，字致能，行臺、兩司、常州、成都四帖真跡一卷。近世能書惟范、張相望。筆勁體遒，可廣可狹，如公抑足以名家矣。嘉定癸未十月，得前一帖於維揚醫者劉大聲。次二帖，後一歲得於平江鬻者何義。又兩歲三月，復得後一帖於金壇士人劉克家。」

與五一兄帖　一

成大拜覆五一兄：即日，伏惟尊候多福。比承累書，知安慰甚。且收三哥書，知已赴常州，且得禄食以歸養，非細事，須謝祖先積善所致也。七哥、九哥，在此甚安，但爲先生丁憂廢學，已議别請先生也。但未有赴試藝解者，極以爲憂耳。兄且得一子食禄，自此可以水淺長流矣。劣弟年來多病早衰，鬚髮如雪，骨瘦如柴，食少藥多，如此度日，可以想見況味。未間，一味瞻想而已。今略此通問。三哥不及别書，且善將息，凡事勤謹。三嫂、姪孫安勝。大姐且安迹，不説親否？未間，將愛爲祝，不備。九月十一日，成大拜覆五一兄座前。更送去新附子十枚。

【題解】　本文作於淳熙元年（一一七四）九月，時在桂林任廣西帥。本文輯自岳珂寶真齋法書贊卷二六，孔凡禮范成大佚著輯存第一〇七頁、全宋文卷四九八一均録本文。五一兄，指范成象，孔凡禮范成大佚著輯存第一〇七本文下按云：「此帖當爲與從兄成象者。成象自乾道九年奉祠，未聞他赴，當即鄉居。七哥、九哥，當爲成大之子莘、兹。三哥當即成象之子藻。藻中乾道八年進士（見至正崑山郡志卷四），其赴常州，當以中進士後赴調。此帖作於桂林，莘、兹以先生丁憂廢學，則在桂林已有時，具體時間當爲淳熙元年。」

與五一兄帖　二

成大拜覆五一兄座前：暑候，伏惟尊候萬福。成大自正月起離廣西，六月七日方入成都府。路界交割，今已入城了。在路恰四個月以上，川陸相半，受萬千辛苦艱險，他時歸來面説，書中説不盡也。新婦自遭壓後，到荆南上下，方得性命可保。又爲路中辛苦，到漢川大病，至今未能坐起，擾擾可知。成大止存四莖骨頭，烏皮包裹，其不仆于道塗者，天也。七哥、九哥，遠路一遭，却得安樂。九哥氣弱多病，全不及七哥也。前日在桂林時，先生不得人，枉壞了光陰，今已得一佳士矣。旦夕事定，敦逼兩人爲學矣。三哥曾討得權局否？新生想甚長進，大姐想且安迹於高氏也。定女日長成，已議所向矣。因遣人過行在，今過平江通安問。未間，伏乞保重，不備。六月九日，成大拜覆五一兄座前。

【題解】

本文作於淳熙二年（一一七五）六月九日，時任蜀帥，剛從桂林入蜀，六月七日方入成都城。

本文輯自岳珂寶真齋法書贊卷二六，孔凡禮范成大佚著輯存第一〇八頁、全宋文卷四九八一均録本文。本文之内容，與淳熙元年九月之函相關，可參讀。

與友人帖 一

成大祗候辭免下，便決馬首所向。今打道已臨岐無？萬一未遂所辭，抉羸强之西上，勝未知所以稱塞者㊀。張丈切望教之，所聞所見所尚云何者，悉以垂誨，惟久要之義，無多遜也。或有西南一切委使，亦皆悉以其目示及，當奉周旋。成大自去國來，朝貴不甚通書。得書者回之，或遷除者，援書司故事賀賀，老懶已廢書尺中事業，自後恐欲有所扣問，當以一幅通門下，切恕其崖略可耳。成大再覆。

【校記】

㊀勝：原無，據臺北故宫博物院藏帖補。

【題解】

本文作於淳熙八年（一一八一）春，時在知明州任上，朝命守建康，成大兩次上書辭免，見辭免知建康府劄子、再辭免知建康府劄子。本文即作於已上辭免書而尚未准辭之間，故云：「萬一未遂所辭，抉羸强之西上」。本文輯自吴榮光辛丑銷夏録卷一「宋人十札」，孔凡禮范成大佚著輯存第一〇九頁、全宋文卷四九八一均録本文。本帖今藏臺北故宫博物院，凡十二行，計一百五十一字。中國書法全集第四〇卷本帖圖版，僅影印七行。

與友人帖　二

成大頓首再拜。辱寄荔酥沙魚，極荷珍記。丈母留此數月，初止是健忘，入冬來患痢，且淋，卧牀甚久。前月，極綿惙，晝夜憂之。城中醫藥比南塘不同。目今又難起動。百六、百七哥亦在此，并其婦看覷，觀委薾之狀，甚可慮也。朝夕賤迹得去，即方敢津發歸鄉。問及，故略以拜稟。成大頓首再拜。

【題解】

本文作於淳熙九年（一一八二）冬，時在知建康府任上。因高淳離金陵較近，故岳母隨成大在金陵任所。文云：「朝夕賤迹得去，即方敢津發歸鄉。」意謂等我離任時方敢發舟帶岳母等家眷回南塘，故知本文當作於淳熙九年冬，因十年秋，成大已離建康。本文輯自秘殿珠林石渠寶笈三編第十五函第四册，大觀録卷七、孔凡禮范成大佚著輯存第一一〇頁、全宋文卷四九八一均録本文。本帖今藏臺北故宫博物院。

兩司帖

成大比蒙誨筆，欽認眷意。昨已盡却鼓笛等，謂可降臨，竟辱鄭重，如聞來日兩司之招軒蓋。欲二十二日午間，具家飯，款契闊，敢幸不外，他遲面盡。右謹具呈。

二月日，中大夫提舉洞霄宮范成大劄子。

【題解】

本文作於淳熙六年（一一七九）二月。「提舉洞霄宮」，范成大於淳熙五年罷參知政事，提舉洞霄宮。周必大神道碑：「才兩月，前御史亟論公，公即出門。……公請以本官奉祠，詔如所乞，提舉臨安府洞霄宮。」續資治通鑑卷一四六：「（淳熙五年六月）乙亥，范成大罷職奉祠，以言者論之也。」本文當作於淳熙六年二月，若七年二月，則已命知明州，三月到任。本文輯自寶真齋法書贊卷二六，孔凡禮范成大佚著輯存第一〇九頁、全宋文卷四九八一均録本文。

春晚晴媚帖

成大維時春晚晴媚，昨惟知郡中大旅食燕居，台候神相萬福。賢郎來，辱惠書，審問動静，且拜妙畫之貺，併用慰感！小隱自是益增輝矣。邇者返漁樵，粗支風露，無足云。賢郎具道公幹事委曲，恨此荒寂，不能効尺寸，謾作鄭丈書致懇細，與賢郎言之，其它固似筆舌能，既併須續馳禀矣。懇未知會，並惟冀厚衛以前亨復，慰此願望。右謹具呈。三月日，中大夫、提舉洞霄宫范成大劄子。

【題解】本文作於淳熙六年（一一七九）三月。卞永譽式古堂書畫彙考卷一四著録此帖，題下注：「行草書，白粉牋。」六藝之一録卷三九五、孔凡禮范成大佚著輯存第一〇九頁、全宋文卷四九八一均録本文。此帖今藏上海博物館。孔凡禮范成大年譜淳熙六年譜文：「是月（按，指三月），有春晚晴媚帖，謝人送畫。」注云：「味帖意，或爲與單夔者。」

金橘帖

成大蒙餉金橘三百枚，荷意珍厚，遲面叙感。右謹具呈。十月日，端明殿學士、中大夫、前建康府范成大。

【題解】本文作於淳熙十年（一一八三）十月，時自建康府歸不久。景定建康志卷一四建康表：「（淳熙）八年辛丑四月十三日，端明殿學士、中大夫范成大知府事。九年壬寅十一月初二日，成大特授大中大夫。十年癸卯八月三十日，成大除資政殿學士，提舉臨安府洞霄宮。」周必大神道碑：「（淳熙）十年，公以積勤寖苦頭眩，自夏徂秋，五上章求閑。上不得已，進資政殿學士，再領洞霄。」本文作於淳熙十年十月，已改除資政殿學士，石湖仍用舊職名。本文輯自六藝之一録卷三九五。卞永譽式古堂書畫彙考卷一四録本文，題下注：「行書，紙本。」孔凡禮范成大佚著輯存第一一〇頁、全宋文卷四九八一均録本文。

答楊冠卿帖

成大辱示楊君，詩詞趣高有韻，甚不易得，漁社有此客，可以豪矣。若更陶冶，便可進前輩，異日與之相見，當面□列道之。

【題解】

本文作於淳熙十年至十二年間，時在家養病。楊冠卿將自己的詩詞寄給石湖，因作此答書。楊冠卿（一一三九—？），字夢錫，江陵人。舉進士，曾出知廣州。解官後，僑寓臨安，與友人李結於淳熙十年至十二年間，在吴興共結詩社「漁社」。有客亭類稿十四卷。客亭類稿卷一一有秋日自武林病歸漁社李使君惠以長篇誦之再三沉疴脱怨，卷一三有癸卯春雜用古語繼吴監簿水月即事、乙巳春次中隱先生韻。癸卯，即淳熙十年；乙巳，即淳熙十二年。楊冠卿工詩，陸游楊夢錫集句杜詩序：「楚人楊夢錫才高而深於詩，尤積勤杜詩，平日涵養不離胸中，故其句法森然可喜。」本文輯自楊冠卿客亭類稿卷首諸老先生惠答客亭書啓稿，孔凡禮范成大佚著輯存第一一一頁、全宋文卷四九八一均録本文。題原作「石湖范參政帖」，孔凡禮輯存作「答楊冠卿」，今從全宋文。

與養正帖

昨辱惠字，至慰。雪晴奇寒，以僕之瑟縮，遥知公之爲況也。范子二軸，各爲題數字，納去，幸爲分付。屬此寒冷，不得與渠少款曲，每念右史同年，爲之悽斷。王生所作隸古千文，可得一觀否？方子文字，挨排，不行，只得以來年。今小大尚未回。得維垣親札。間數日，闊扁來者又數處，殆成苦相，不可具言。成大頓首養正監廟奉議賢友。

【題解】

本文約作於淳熙十四、十五年間，時在蘇閑居。養正，即龔頤正。本文結尾有「養正監廟奉議賢友」語，監廟，即監潭州南嶽廟。陸友仁吴中舊事：「龔敦頤，字養正……淳熙七年，周益公必大修國史，薦之，得旨給札繕寫以進。後七年，洪景盧以翰林學士領史事，復薦之，得上州文學。」

蘇州府志卷七八人物五:「龔頤正,字養正,本名敦頤。……淳熙末,洪邁領史院,奏授下州文學,補迪功郎,監潭州南嶽廟。」本文輯自三希堂法帖第一九一八頁,孔凡禮范成大佚著輯存第一一二頁、全宋文卷四九八一均録本文。本帖又名雪晴帖,今藏臺北故宫博物院。

與先之帖

成大頓首再拜先之司門朝奉賢表:雪後奇寒,緬惟履候公餘萬福。别浸久,企仰日深。向辱寄書,具報草草。今兹復奉惠翰,知近問爲慰。僕衰颯如昨,無足道。前自昆仲出仕,鄰里已往還稀疏。近又從善持節,愈無聚首一笑之適,殊覺離索也。前辱須委甚是,爲宛轉法司,爲閑冷之久,度不能響應,故久而未有寸效,然常常在懷也。受之未有歸期。五哥且得安樂,不知已滿未?或謂恐來楊家園宅居止,是否?手凍體倦,作報草草。未間,願言多愛。前佇超擢,不宣。成大頓首再拜先之司門朝奉賢表。

【題解】 本文作於紹熙二年(一一九一)冬,文中有「近又從善持節」,此指本年趙師羼任淮東漕事,本文即作於其後不久。題中之「先之」，文中之「受之」，當爲兄弟行。孔凡禮范成大年譜紹熙三年譜文附注：「二嫂不知是否成象之妻？先之與上年與先之書中之受之，或爲二嫂娘家侄輩，故上書成大以賢表稱先之。」本文輯自三希堂法帖第二九一七頁，孔凡禮范成大佚著輯存第一一三頁、全宋文卷四九八一均録本文。本帖又名雪後帖，今藏臺北故宫博物院。

中流一壺帖

成大再拜，上問二嫂宜人懿候萬福！老嫂、兒女輩悉拜起居之禮，朗娘侍奉均慶。元日，四哥見過，却云得大哥書，近曾不快。從善書又來，爲渠覓丹，聞大段虚弱，甚懸懸也。四哥云：得其姪書，交之，只批數字耳。不知先之彼中曾得書否？鍾醫捨我而它之，亦緣貧病交攻，可亮。想數曾相見，如聞錢卿頗周其急〔一〕，可謂中流一壺也〔二〕。平江有委不也？成大頓首再拜。

【題解】

本文作於紹熙三年（一一九二）初。孔凡禮范成大年譜紹熙三年譜文：「歲初，有書與二嫂。」本文輯自六藝之一録卷三九五，卞永譽式古堂書畫彙考卷一四著録本文，題下注：「行草書，藍紙本。」孔凡禮范成大佚著輯存第一一二頁、全宋文卷四九八一均録本文。從善，即趙師羼，參卷三五送趙從善少卿將漕淮東「題解」。本帖今藏北京故宮博物院。

【箋注】

〔一〕錢卿：徐邦達古書畫經眼要録是帖下按語云：「帖中稱『錢卿』，或是錢端禮，曾官太常少卿，卒於淳熙四年。」中國美術全書書法篆刻編宋金元書法「圖版説明」：「考文中『錢卿』二字，實指錢良臣。錢氏於淳熙五年六月范成大罷參知政事後簽知樞密院事，至年底除參知政事，三年後始罷，爲一時之人望，誠堪『一壺中流』之譽也。」而方愛龍則贊同孔譜之説，云：「味帖意，『錢卿』當不指某姓錢者，而應是范成大某一友人之字；『中流一壺』是謂錢卿在其友好鍾醫『緣貧病交攻』、『捨我而它之』之際，能『頗周其急』之舉。即此看來，范成大此時自己也應該是歸祠閑居，不然，不會讓人這般淒涼離去。那麽，此時的范成大應該是歸祠石湖。據年譜可知，范成大在淳熙十年知建康府任上罷歸，就是因爲得疾。在歸石湖後，亦時病。孔考或可信。」（載中國書法全集第四十卷）筆者贊同方氏之説。

〔二〕中流一壺：語見鶡冠子學問：「中河失船，一壺千金。」喻難能可貴之義。

垂誨帖

成大向蒙垂誨，先夫人志中，欲改定數處，即已如所教，一一更竄添入。久已寫下草子，正以一兩處疑，封題在書案數月矣，而未敢遺。一則今之所增贈典及諸孫及婿官稱姓名等，皆是目今事；而僕作志，乃是吾儕在湖蜀時，恐公點檢出來，却是一病。若不以此爲病，則可耳。公可更細考而詳思之，若有所疑，即飛介見諭，當即日回報，不敢復如前日之遲徊。二則本欲力拙自書，而劣體日增倦乏，不能如願。不知吴興，想不乏能書者，就令朱書於石，尤爲便耳。揮汗草草率略，不罪不罪！成大再拜。

【題解】本文作年難以確考。孔凡禮范成大佚著輯存録本文，案云：「此帖當作自建康歸石湖以後。」本文輯自六藝之一録卷三九五，卞永譽式古堂書畫彙考卷一四、全宋文卷四九八一録本文。此帖今藏臺北故宫博物院。

尊妗帖

成大頓首，上問尊妗令人體候萬福，十姐兒女以次悉。致□□今司子諸舍侍奉書慶。韓□□來，能言後堂之勝，恨未拭目耳。此委不外，成大頓首。

【題解】　本文作年無考。本文輯自三希堂法帖第二九一八頁，孔凡禮范成大佚著輯存第一一三頁、全宋文卷四九八一均録本文。尊妗，指舅母。陶宗儀南村輟耕録卷一七「嬸妗」條云：「宋張文潛明道雜志云：經傳中無『嬸』『妗』二字。嬸字，乃世母字二合呼；妗字，乃舅母字二合呼也。二合，如真言中合兩字音爲一。」本帖又名與尊妗令人書，藏臺北故宫博物院。方愛龍評曰：「本札書法線條凝煉蒼老，氣息渾重醇厚，當爲成大晚年手筆。」（中國書法全集第四十卷）

玉候帖

成大頓首，上問尊妗宜人玉候萬福！十姐兒女輩悉布起居之禮，朗娘侍奉均勝。女甥甚難容，聊慰目前也。諸院安佳，何時得至後堂耶？新法玉麟春十斗，并蠔鮓、黄雀各十瓶，巴段四缶，伴書，以漬椒盤，一笑一笑。成大再拜。

【題解】　本文作年無考。本文輯自六藝之一録卷三九五，卞永譽式古堂書畫彙考卷一四著録本文，題下注：「行楷書，紙本。」孔凡禮范成大佚著輯存第一一三—一一四頁、全宋文卷四九八一均録本文。中國書法全集卷四〇有本帖之圖版，僅爲部分，「朗娘」以上少三句。徐邦達古書畫過眼要録在本帖條下有按語，云：「壬寅消夏録著録宋人十一劄册中有副本一頁，書法圓熟，收藏印記亦不同。見有正書局影印宋元墨寶第一集中。」

范石湖集輯佚卷八　啓

賀王中書啓

寵隨龍馭，榮陟鳳池。當風雲感會之時，復天地交泰之象。傳聞四海，歡喜一辭。竊以國步方艱，方撥亂而反正；仕途久壅，當爲官而擇人。况中書政事之原，乃天下根本之地。有德在位，斯民舉安。恭惟中書相公學贊皇猷，才全王佐。直方大以求諸己，安平泰以濟斯民。洗光咸池，親逢盛旦；宣威沙漠，定策元勛。眷注益隆，譽望彌著。某刻心盛德，翹首下風。附驥尾以無階，賀燕厦之有託。仁者在高位，已符孟子之言；聖主得賢臣，願奏王褒之頌。

【題解】　本文作於紹興二十六年（一一五六），時在新安掾任上。本文輯自聖宋名賢五百家播芳大全文粹卷五六，孔凡禮范成大佚著輯存第一一八頁、全宋文卷四九八一均録本文。王中書，指王綸。

孔輯存於本文後按曰：「文中『復天地交泰之象』、『洗光咸池』云云，當作於秦檜死後不久。查建炎以來繫年要録卷一七二紹興二十六年五月丙午紀事：『起居郎吴秉信，起居舍人兼崇政殿説書王綸並試中書舍人。』本文當作於其時。王綸，宋史卷三百七十二有傳。本啓當爲賀王綸者。」

與嚴教授啓

清襟凝遠，卷松江萬頃之秋；妙筆縱横，挽崑崙一峰之秀。

【題解】　本文作於紹興二十六年（一一五六）至二十八年（一一五八）間，時在新安掾任上。嚴教授，即嚴焕，字子文，常熟人，曾任徽州教授，紹興二十八年，嚴焕離徽州赴臨安府教授任，石湖有詩送行之，參見卷七送子文雜言「題解」。本文輯自黄震黄氏日鈔卷六七，孔凡禮范成大佚著輯存第一二三頁、全宋文卷四九八二均録本文。題參全宋文擬。

代洪徽州賀户部邵侍郎啓

伏審明廷敷命，禁路登賢。掌建邦之圖，貳成周之分職；簪待問之筆，參西漢之近臣。儒先會通，輿誦清穆。伏惟某官，冰壺瑩徹，玉繅粹温。傲睨學林，文章乃其餘事；邅迴宦路，富貴不以動心。化汔更張，人維圖任。脂錦車而夙駕，結璁珮以昕朝。遂由宰士之聯，進帥教官之屬。王人時惟建事，在籲俊以爽邦；君子奚患無餘，必善藏而富國。將朝夕論思之是賴，豈貨財本末之足信。序陞政塗，庸贊道揆。某屬紆組紱，獲睹絲綸。欣燕厦之成，彈冠相慶；想龍門之峻，擁篲無階。

【題解】

本文作於紹興三十年（一一六〇），時在新安户曹任。本年正月，邵大受除户部侍郎，范成大代洪适爲賀啓。洪徽州，即洪适，時知徽州，參見卷七古風上知府秘書二首「題解」。户部邵侍郎，即户部侍郎邵大受，建炎以來繫年要録卷一八四：「（紹興三十年春正月壬辰）尚書左司員外郎邵大受權户部侍郎，仍兼點檢贍軍激賞酒庫。」「（三月癸巳）大受病不任事，詔與外任，大受乞宫觀。後三日，以大受充秘閣修撰，提舉太平興國宫。」本文輯自永樂大典卷七三〇四，孔凡禮范成大佚著輯存第一一九頁、全宋文卷四九八一均録本文，題參孔氏、全宋文擬。

賀户部趙侍郎啓

伏審作令法宫，登賢禁路。劉宗正行漢京兆，久著能稱；鄭武公爲周司徒，亶維德舉。凡聞速置，胥有吉辭。伏惟某官學殖資高，宗莩譽廣。富貴吾所自有，不以動心；文辭爛然成章，果能用世。頃弭神皋之節，遂分京邑之符。摘伏如神，風采聞於天下；以經自輔，名聲重於朝廷。汔由心計之長，進莅版圖之掌。聳觀游刃，靡憚棼絲。國富可期，贊文、景養民之務；爽邦是望，用毛、原同姓之卿。某跡阻典城，心馳賓序。遡想南溟之運，自笑蜩飛；欣逢大厦之成，敢同燕賀。

【題解】本文作於紹興三十年（一一六〇）二月，時任新安户曹。户部趙侍郎，即户部侍郎趙子潚，字清卿，宋宗室。紹興三十年，權户部侍郎，石湖作本文賀之。宋史卷二四七趙子潚傳：「子潚字清卿，秦康惠王後，孝靖公令奥之子也。七歲而孤，家貧力學。登宣和中進士第。……詔權户部侍郎，陞敷文閣待制，復知臨安府。」據建炎以來繫年要録卷一八四知趙子潚爲户部侍郎，乃紹興三十年二月癸亥（十四日）。本文輯自永樂大典卷七三〇四，卷一四九一二摘其「摘伏如神」以下四句。孔凡禮范成大佚著輯存第一一九—一二〇頁、全宋文四九八一均録本文。

賀户部汪侍郎啓 聖錫

伏審輟從銓筦，登莅版曹。上方披輿地之圖，志恢舊境，公實貳司徒之職，選冠新除。任重當仁，功成指日。恭惟某官，稟暉喬岳，騰茂叢霄。經術淵渟，有荀孟贊成之力；文章光啖，極卿雲黼黻之工。飄飄月窟之冲飛，蹇産天梯之難進。風舟屢引，霞佩益高。質諸鬼神而無疑，士誦平生之出處；不有君子其能國？身關公是之存亡。化汔更張，人維求舊。望峻圖書之府，師嚴教化之宫。粤叙進於銓廷，宜階升於公路。屈爲計相，登濟伐功。兹爲復古之時，莫急聚人之政。四郊方壘，一敵故驕。竊聞枝撑而相仍，脱有緩急而何恃？疇咨至計，允屬真儒。儻有説以豐財，殆不難於活國。某屬塵末吏，獲掃高門。德進而朝廷尊，敢同傾於頌禱；術行而天下富，將真見於登平。

【題解】

本文作於紹興三十二年（一一六二）閏二月，時任監太平惠民和劑局。户部汪侍郎，即户部侍郎汪應辰。建炎以來繫年要録卷一九八：「（紹興三十二年閏二月壬辰）權尚書吏部侍郎汪應辰與權户部侍郎徐度兩易，應辰仍兼權國子祭酒。」汪應辰曾兩次辭免户部侍郎，均不允，辭免户部侍郎奏狀文末注：「閏二月二十七日三省同奉聖旨不允。」再辭免户部侍郎奏狀文末原注：「三月一日，三省同奉聖旨，依已降指揮不允，不得再有陳請。」本文輯自永樂大典卷七三〇四，孔凡禮范成大佚著輯存第一二〇頁、全宋文卷四九八二均録本文。

賀户部錢侍郎啓

伏審王廷揚命，民部選賢。弼五服而至五千，輿圖是寄；貳六官而屬六十，從槖有輝。凡曁速郵，翕然交譽。伏惟某官高明性稟，忠孝家傳。鄧氏世侯，東京莫與爲比；裴公居位，四海不謂以親。久矣外遷，汔兹明陟。暫解平反之寄，進顓經費之權。貨財本末源流，特爲餘地；朝夕論思獻納，方倚多聞。少假禁途，即梯公路。某偶司近郡，夙聽新除。東塾序賓，隃阻歷階之次；尺書贊喜，往塵堆案之門。

【題解】

本文作於紹興三十年（一一六〇）七月，時在新安户曹任上。户部錢侍郎，即户部侍郎錢端禮。錢端禮（一一〇九—一一七七），字處和。景臻孫，忱子。以門蔭進。累官知臨安府，權户部侍郎兼樞密都承旨，户部侍郎兼吏部，淮東宣諭使，吏部侍郎、户部尚書、端明殿學士、簽書樞密院事兼權參知政事、參知政事兼權知樞密院事，知寧國、紹興府。錢氏在政治上依附湯思退，力倡和議，又與右正言尹穡共排主戰派張浚。爲地方官，籍人財産至六十萬緡，侍御史范仲芑劾以「貪暴不悛」，降職一等。淳熙四年八月復原職。卒年六十九。平生事迹，見攻媿集卷九二觀文殿學士錢公行狀、宋史卷三八五本傳。本文輯自永樂大典卷七三〇四，孔凡禮范成大佚著輯存第一二一頁、全宋文卷四九八二均録本文。

賀劉太尉啓

如蒼生何，人喜謝安之起；果吾父也，虜驚郭令之來。

【題解】本文作於紹興三十一年（一一六一）六月，時石湖新安户曹秩滿來臨安，劉太尉，即劉錡，本年六月，劉錡受命節制諸路軍馬，石湖作本文賀之。宋史卷三六六劉錡傳：「劉錡字信叔，德順軍人，瀘川軍節度使仲武第九子也。……錡鎮荆南凡六年，軍民安之。魏良臣言錡名將，不當久閑。乃命知潭州，加太尉，復帥荆南府。……（紹興）三十一年，金主亮調軍六十萬，自將南來，彌望數十里，不斷如銀壁，中外大震。時宿將無在者，乃以錡爲江、淮、浙西制置使，節制諸路軍馬。」建炎以來繫年要録卷一九〇紹興三十一年六月紀事：「太尉……劉錡爲淮南、江南、浙西制置使，節制諸路軍馬。」本文輯自黄震黄氏日鈔卷六七，孔凡禮范成大佚著輯存第一二二頁、全宋文卷四九八二均録本文。

賀陳察院啓

雖志高鴻鵠，慚燕雀之安知；然路有豺狼，諒狐狸之不同。

【題解】本文作於紹興三十二年（一一六二）六月，時在監太平惠民和劑局任上。陳察院，即監察御史陳良翰。陳良翰，字邦彦，台州臨海人。紹興五年進士，知温州瑞安縣，有治績，宋史卷三八七有傳，周必大陳良翰神道碑（平園續稿卷二六）：「（紹興）三十一年冬，入御史臺爲檢察官。明年六月，擢監察御史。」監察御史可稱「察院」，高承事物紀原卷五「三院」云：「唐憲府故事，侍御、殿中、監察呼三院，故今亦斥殿中曰殿院，監察曰察院，自唐室始也。」本文輯自黄震黄氏日鈔卷六七，孔凡禮范成大佚著輯存第一二二頁、全宋文四九八二均録本文。題参全宋文擬。

回樓大防末甲頭名取放啓

瓊杯偶缺，初驚一字之難；金牓昭垂，果下六符之敇。

【題解】本文作於隆興元年（一一六三），樓大防，即樓鑰，字大防，隆興元年進士，宋史有傳。有攻媿集。樓鑰隆興元年應南宮試，主司賞其文，以偶犯舊諱，抑置末等之首，故石湖作本文。本文輯自黃震黃氏日鈔卷六七，孔凡禮范成大佚著輯存第一二四頁、全宋文卷四九八二均録本文。

賀張魏公啓

負三紀倚重之望，節彼南山；明一生忠義之心，有如皦日。

【題解】　本文作於隆興元年（一一六三），時石湖監太平惠民和劑局，四月，任聖政所檢討官，因有此有賀啓。張魏公，即張浚，字德遠，漢州綿州人，抗金屢建戰功，孝宗即位，召見，除少傅、江淮東西路宣撫使，進封魏國公。隆興元年，除樞密使，都督建康、鎮江府、江州、池州、江陰軍軍馬。宋史卷三六一有傳。本文即作於其時。于北山范成大年譜隆興元年譜文：「有回樓大防啓、賀張魏公啓。」按云：「因石湖文集佚去，不見與張浚交往之迹。幸黃震摘存一聯，始知石湖對此愛國前輩亦極景仰。」本文輯自黃震黃氏日鈔卷六七，孔凡禮范成大佚著輯存第一二五頁、全宋文卷四九八二均録本文。

賀史刑侍啓

伏審輟從宰屬，擢貳秋卿。監治古以象刑，式司邦禁；列從臣而第頌，允穆朝僉。休聲所同，和氣自至。竊以得賢可及堯舜，建官尤重於諸曹；致治庶幾成康，措刑宜首於庶務。恭惟判部侍郎，毓粹自天，研幾於聖。濟世之道，源遠而流長；華國之文，芒寒而色正。守險夷之一節，更榮滯之兩塗。上既察於忠純，時遂加於眷倚。南宫之分六職，既藉彌縫；北省之出萬機，更資考覈。果膺殊渥，亟踐邇聯。豈特取儒雅而勝法家，抑亦積譽處而登政路。某久睽英表，遠庇餘休。第切欣於得輿，阻趨慶於成廈。進皋陶之淑問，已陟禁嚴；用方叔之壯猷，佇躋樞要。

【題解】　本文作於乾道元、二年（一一六五、一一六六）間，時石湖正在臨安任職，故史正志任刑部侍郎，石湖乃作賀啓。本文輯自聖宋名賢五百家播芳大全文粹卷一三，孔凡禮范成大佚著輯存第一二一頁、全宋文卷四九八二均録本文。史刑侍，即時任刑部侍郎的史正志。于北山以爲此文是否出於石湖之手，「尚不敢定」，其范成大年譜紹熙四年譜文附注録本文，按云：「五百家播芳大全文粹雖南宋之書，采擷既多，頗傷冗雜，每有張冠李戴之訛。此二啓是否出於石湖，尚不敢定。即以内容論，亦當時官場循例應酬之作，並無資料價值。故不入譜，繫於卒後。」孔凡禮輯存則於本文下按云：「查史、志，紹興、隆興、乾道、淳熙間，史氏任刑部侍郎者，惟史正志。本文或爲賀正志者。正志，嘉定鎮江志卷一七有傳。」孔氏所云是。按嘉定鎮江志卷一九：「史正志，字致道……轉朝奉郎，除檢正兼權吏部侍郎。明年，權刑侍兼吏部侍郎，又兼兵部侍郎，改吏部侍郎。請郡，除集英殿修撰知建康府。」史正志赴建康府時爲乾道三年九月，見景定建康志卷一四。

到蜀謝啓

既來萬里，敢計一身。

【題解】

本文作於淳熙二年（一一七五），石湖於本年六月七日抵達成都，就蜀帥任。本文輯自黄震黄氏日鈔卷六七，孔凡禮范成大佚著輯存第一二五頁、全宋文卷四九八二均録本文。

賀禮侍啓

美盛德以告神明，觀會通而行典禮。

【題解】本文作年難以確考。本文輯自黃震黄氏日鈔卷六七，孔凡禮范成大佚著輯存第一二三頁、全宋文卷四九八二均録本文。題參全宋文擬。

謝薦舉啓　一

古者薦才而未始有法，今則立法而不勝其私。

【題解】本文作年難以確考。本文輯自黃震黄氏日鈔卷六七，孔凡禮范成大佚著輯存第一二三頁、全宋文卷四九八二均録本文。題参全宋文擬，下二啓同。

謝薦舉啓　二

軒眉席次者，非勢則利；縮手袖間者，惟孤與寒。

【題解】本文作年難以確考。本文輯自黃震黄氏日鈔卷六七，孔凡禮范成大佚著輯存第一二三頁、全宋文卷四九八二均録本文。

謝薦舉啓　三

一言而期翾蔑，歷盼而識孟嘉。

【題解】

本文作年難以推斷。本文輯自黄震黄氏日鈔卷六七，孔凡禮范成大佚著輯存第一二三頁、全宋文卷四九八二均録本文。

謝薦舉啓　四

前以三鼎，後以五鼎；人有一天，我有二天。

【題解】

本文作年難以推斷。本文輯自黄震黄氏日鈔卷六七，孔凡禮范成大佚著輯存第一二三頁、全宋文卷四九八二均録本文。

與州郡啓　一

五日一風，十日一雨，貫神明指顧之間；千夫有澮，萬夫有川，興廢壞笑談之頃。

【題解】本文作年無考。本文輯自黃震黃氏日鈔卷六七，孔凡禮范成大佚著輯存第一二四頁、全宋文卷四九八二均録本文。題參全宋文擬，下四啓同。

與州郡啓　二

其浸五湖，去天一握。

【題解】本文作年無考。本文輯自黃震黃氏日鈔卷六七，孔凡禮范成大佚著輯存第一二四頁、全宋文卷四九八二均録本文。

與州郡啓　三

朝夕論思，皆堯、舜、禹、湯、文、武之道；雷霆號令，有典、謨、訓、誥、誓、命之文。

【題解】本文作年無考。本文輯自黄震黄氏日鈔卷六七，孔凡禮范成大佚著輯存第一二四頁、全宋文卷四九八二均録本文。

與州郡啓　四

天子畿方千里，刺史入爲三公。

【題解】本文作年無考。本文輯自黄震黄氏日鈔卷六七，孔凡禮范成大佚著輯存第一二四頁、全宋文卷四九八二均録本文。

與州郡啓　五

將如蒼生何，無踰老臣者。

【題解】本文作年無考。本文輯自黄震黄氏日鈔卷六七、孔凡禮范成大佚著輯存第一二四頁、全宋文卷四九八二均録本文。

謝改官啓

聚精會神，方圖國家之多難；振景拔迹，樂育天下之英才。

【題解】本文作年難以確考。本文輯自永樂大典卷二一九四九，孔凡禮范成大佚著輯存第一一六頁、全宋文四九八二均録本文。

范石湖集輯佚卷九　序　跋

燕安南使自叙

妙千八百國諸侯之選，獨分正於南邦；聳二十五城督府之尊，特序賓於東道。

【題解】本文作於淳熙元年（一一七四），時任廣西帥。本文輯自黄震黄氏日鈔卷六七，本文前爲重貂館銘，此銘作於乾道九年冬，則本文可繫於淳熙元年。孔凡禮范成大佚著輯存第一三四頁、全宋文卷四九八二均録本文。

水利圖序

竊謂天人之理必相因，而其力亦常相半。人事已十五六，則其不可奈何者當歸之天；在人者未盡，不幸遭遇，便謂「天實爲之」，此不待智者知其不然。蓋嘗與老農計之，欲爲救災捍患之術，大概有二，曰作堤，曰疏水；其小概一，曰種茭。今之塍岸，率去水二三尺，人單行猶側足。其上坎坷斷裂，纍纍如蹲羊伏兔。佃户貧下，至東作時，舉質以備糧種，其勢無餘力以及畚臿之工。婦子持木杴，探污泥，補綴缺空，累塊亭亭，一蹴便隕，謂之作岸，實可憐笑。雖殫力耕耘，而不念四維之不足恃。秋水時至，相以飄風，莫之障防，與江湖同波。農人轉徙而他，明年或能歸業，或召新租，事力愈薄，鹵莽增甚。長民者不爲檢校，没世窮年，永爲曠土。今宜考紹興二十八年來被水之由，其邊鄰湖瀼，土人所謂「搭白」之處，增築長堤，使高五六尺，基廣七八尺以上。秋冬之交，潢潦乾源，手足所及，土皆可取。閲春夏半年，至秋雨風潮，土已堅定，草茅生之，可恃爲安。較之臨時補綴，相去遠矣。至於夫力，則同頃共利者不殊。如一頃之田，南高而北下，水必先自北入。北邊有田之人，固當悉力；三邊衆户，亦合併工。夫有田無岸，水平入之，輒復罪歲，誠可太息。蓋作堤之説如此。崑山之田，號爲下濕。數十年前，十種九澇。自趙霖鑿吴淞江積潦〔二〕，三十年來，歲無荐饑。今吴淞之利自若，而邑中諸港，頗有湮鬱之處，一二里間，斷絶有之。今宜行視，凡出水之港，皆決而疏之，使水得肆行無留，用工甚少，效驗立見，而堤岸始爲田用。蓋疏水之説如此。江東圩埂高厚，如大府之城，舟行當仰視之，并驅其上，猶有餘地。至水發時，數十百圍，一時皆破，其有茭葑外護者，往往獨存。蓋其紛披摇曳，與水周旋，而不與之忤，比其及岸，已如强弩之末，狂怒盡霽。茭之能殺水如此。崑山附田，皆有茭葑，近歲騎軍就牧，斬刈殆盡。陂濼漫生之茭，不可以頃畝計，獨令赦，附堤者猶不乏。軍興，宜與主將通知利害，明立表識，使樵斤無得過此。茭所不産處，即置葑田附之。三説具舉，無遺策矣。此非有隱情奥理，待探賾而知。州縣屬吏有解事者，使躬行阡陌，不三日間，利害皆在目。今誠因農隙，稍損倉粟，以助作者，此命一下，見其歡然翕從，指顧而成矣。

【題解】

本文作於紹熙元年（一一九〇），時在蘇養病。本文輯自顧炎武天下郡國利病書第五册蘇下，南宋文録録卷一五、孔凡禮范成大佚著輯存一六八頁、全宋文卷四九八二均録本文。于北山范成大年譜於紹興二十五年附注按語云：「石湖世居水鄉，故對水利一事，平日頗爲究心，嘗撰水利圖序（自紹興歷二十八年爲紹熙元年，此文殆爲知平江府袁説友作）。」按袁説友曾任蘇州守，於紹熙元年三月中到任，二年五月赴召，見范成大吴郡志卷一一。

【箋注】

〔一〕自趙霖鑿吴淞江積潦：趙霖於政和六年九月任兩浙提舉常平，措置興修積水。范成大吴郡志卷一九「水利」云：「霖以宣和元年正月二十一日，役夫興工，前後修過一江、一港、四浦、五十八瀆，修築常熟塘岸一條，隨岸開塘，至宣和二年八月初十日罷。」

吴下同年會詩序

進士科始於隋，盛於唐，本朝因之。偕升者謂之同年，衣冠之好，由來尚矣。唐人尤意期集，燕設之名，亡慮十數。而曲江大會，長安坊市爲半空，天子至御樓以觀。當此時，通榜之士，意氣相予甚厚，否則有紫陌青雲之譏。本朝略去浮侈，但存聞喜一燕而爲之，同年之制，則加詳焉。既朝謝，揆日集貢院，奉賜第録黄於香案，列拜庭下，禮畢，更以齒班立。四十以上東序西鄉，未四十西序東鄉。推年最長若最少者各一人升堂，長者中立南鄉，少者北鄉。春官吏贊拜，少者拜，又贊答拜長者，洎兩序皆再拜，謂之拜黄門，叙同年，所以明章風期，惠篤事契㊀，委曲之意，過唐遠矣。士大夫甯得輕負此意，翛然雲散，異日相視，如塗之人乎！紹熙改元，建安袁起巖、張元善〔一〕俱使浙西，始以歲五日會同年之在吴下者於姑蘇之臺，登臨勝絶，傾倒情素，獻醻樂甚，賦詩相屬，州里傳寫，一夕殆徧。好事者雜然高贊，以爲伐木之詩也〔二〕。起巖謂僕嘗誇春闈，使爲序引㈡。僕時位下，渠足數。獨以親見諸公貴名之起，又嘉二使君能脩舊好，略記團司故實，以代揚觶之詞。庶凡號稱同年者㈢，聞風動懷，增重名義，或於雅道小有補焉，非直爲一觴一詠設也。二月望，石湖范成大書。

【校記】

㈠ 惠篤事契：古今事文類聚作「篤叙事契」。

㈡ 使爲序引：古今事文類聚作「屬爲序引」。

㈢ 庶凡：古今事文類聚作「使凡」。

【題解】

本文作於紹熙元年（一一九〇）二月，時石湖正奉祠家居。本文輯自陸增祥八瓊室金石補正卷一一六，祝穆古今事文類聚前集卷二九、吴都文粹續集卷四、繆荃孫江蘇金石志卷一三、孔凡禮范成大佚著輯存第一六七頁、全宋文卷四九八二均載本文。題，祝穆古今事文類聚前集卷二九、吴郡文粹續集卷四均作「姑蘇同年會詩序」。按，本文據陸增祥八瓊室金石補正卷一一六輯録，不取祝穆古今事文類聚，金石補正雖爲清人輯録，而石刻文字則爲宋代原物，而事文類聚雖編於宋季，然校以金石拓本，誤漏甚多，如「本朝」作「宋朝」，「紹熙」誤作「紹興」，「列拜庭下」脱「庭下」二字。「進士科始於隋」，脱「於」字。錢大昕潛研堂金石文跋尾續第四記云：「右同年讌唱詩，紹熙改元正月五日，提點浙西刑獄建安袁説友起巖，提舉浙西常平茶鹽浦城張體仁元善，會同年之在吴下者於姑蘇臺。與集者胥臺成欽亮仲鄰、胥臺唐子壽致遠、胥臺胡元功國敏、浚儀趙彦衛景安、浚儀趙彦瓊中玉、浚儀趙彦真從簡。期而不至者浦城章澥仲濟、胥臺王藝文卿、三山陳德明光宗、桐川周承勛晞稷，凡十二人。人各賦七言律詩一篇，皆隆興元年木待問榜進士也。於是石湖范成大爲之序，郡人龔頤正書而刻之石。范公以資政殿學士奉祠家居，集中多與起巖唱和之作。起巖以淳熙十六年七月到任，是年三月，除直秘閣知平江府，故范公集中始稱提刑，後稱知府也。」

【箋注】

〔一〕張元善：即詹體仁，詹爲本姓，嗣其舅張氏，名張體仁，字元善，後復本姓。范石湖序及吴郡志均作張體仁。按宋史本傳：「詹體仁，字元善，建甯浦城人……登隆興元年進士第。……光宗即位，提舉浙西常平，除户部員外郎，湖廣總領。」正德姑蘇志卷四二有詹體仁傳，云：「詹體仁，字元善，浦城人。少有異材，始冠，第進士。光宗即位，提舉浙江常平，務爲民除害興利。」

〔二〕伐木之詩：詩經小雅伐木：「伐木丁丁，鳥鳴嚶嚶。出自幽谷，遷于喬木。嚶其鳴矣，求其友聲。」詩篇歌頌友情。

無盡燈後跋

念佛三昧，深廣微密。世但以音聲爲佛事，此書既出，當有知津者。乾道丁亥季夏七日，吴郡范成大書。

【題解】

本文作於乾道三年（一一六七）季夏。本文輯自樂邦文類卷三，大正新修大藏經第四七卷、續藏經第二編第一二套第五册第四三〇頁、全宋文卷四九八三均載。「無盡燈」，本爲佛家法門名，以一人之法展轉開導百千人而無盡，譬如以一燈燃百燈，故云無盡燈。維摩經菩薩品：「維摩詰言：諸姊有法門名無盡燈，汝等當學。無盡燈者，譬如一燈燃百千燈，冥者皆明，明終不盡，如是諸姊，夫一菩薩開導百千衆生，令發阿耨多羅三藐三菩提心，於其道意亦不滅盡。隨所説法而自增益一切善法，是名無盡燈也。」此指大正藏經中的一種。

題佛日浄慧寺東坡題名

右文忠公倅杭時送客至佛日山寺壁間所題。余年十五〔一〕，往來山中，常與舉上人游〔二〕，居其下。後三十七年，舉欲匄縣公勒之石，余亦自蜀道東歸，因勸成之。淳熙丁酉嘉平日，吴郡范成大書。

【題解】

本文作於淳熙四年（一一七七）十二月。丁酉，即淳熙四年；嘉平，十二月。時石湖自蜀東歸還朝，除權禮部尚書。本文輯自潛説友咸淳臨安志卷八一，孔凡禮范成大佚著輯存第一三九頁、全宋文卷四九八二均録本文。佛日浄慧寺，即佛日山浄慧禪寺。咸淳臨安志卷二四山川三「城東北諸山」：「佛日山，在母山之東北，高六十餘丈，中有佛日浄慧寺。」又，卷八一寺觀七：「佛日浄慧寺，天福七年吴越王建爲佛日院，大中祥符元年改今額。東坡題名。」其下附注周必大跋：「佛日浄慧禪寺在桐扣黄鶴峰下，寺中有池，池有渥注泉，東坡先生嘗賦五言絶句。」

【箋注】

〔一〕余年十五：石湖十五歲時，爲庚申年，即紹興十年。時父范雩爲諸王宫大小學教授，石湖隨父在杭。宋會要輯稿帝系六：「（紹興十年八月）十一日，諸王宫大小學教授范雩言：『伏睹祖宗舊法，南班宗室大將軍以下，每二年一試藝業，取中選者推恩。……』」

〔二〕舉上人：即詩僧舉慧，常雲遊各地寺院，年長於石湖。石湖從其游，有詩歌唱和，本書卷二〇贈舉書記歸雲丘、卷二二送舉老歸廬山，舉書記、舉老、舉上人，都指舉慧。有雲丘詩集，陸游作跋雲丘詩集後，稱賞其詩。參見卷二〇贈舉書記歸雲丘「題解」。

跋北齊校書圖

右北齊校書圖，世傳出於閻立本㊀，魯直畫記登載甚詳，此軸尚欠對榻七人㊁，當是逸去其半也。諸人皆鉛槧文儒，然已著韡，坐胡床，風俗之移久矣！石湖居士題。

【校記】

㊀世傳：波士頓美術館藏本於此下原有二空格，方愛龍疑爲「粉本」，待考。

㊁此軸：兩字原無，今據波藏本、穰梨館過眼録補。

【題解】

本文作於淳熙七年（一一八〇），時在知明州任上。韓元吉有北齊校書圖跋，作於淳熙八年正月，云：「今范明州謂逸其半。」則范跋必作於淳熙七年，因范成大於淳熙七年三月到明州任。北齊校書圖，世傳閻立本畫，今藏美國波士頓美術館。韓元吉跋文中有關此圖故事，今録之，以供參考：「齊文宣天保七年詔樊遜校定群書供皇太子。遜與諸郡秀孝高乾和、馬敬德、許散愁、韓同寶、傅懷德、古道子、李漢子、鮑長暄、景孫及梁州主簿王九元、水曹參軍周子深等十一人，借邢子才、魏收諸家本，共刊定秘府紕繆。於是五經諸史，殆無遺闕，此圖之所以作也。山谷所謂士大夫十二員，今范明州謂逸其半者，皆是矣。至唐，已隔周隋二代，不知何自得其形容彷彿耶？高氏起北方，以兵力奮，然敦尚儒風，立石經，興黌序，定尚書於涼風堂，質經義於春宫，意當時文士亦歆艷之，故相傳於圖畫哉。流及後裔，文林之館既興，御覽之書繼作，無愁之聲已播於天下，不抹其亡，故余感而賦之云。淳熙八年正月庚申，潁川韓元吉題。」陸游、郭見義、謝諤亦有此圖題跋、題詩，見金程宇美國所藏宋人墨迹脞録。本文輯自李慈銘越縵堂日記第三七册，大觀録、墨緣匯觀、穰梨館過眼録卷一、孔凡禮范成大佚著輯存第一三六頁、全宋文卷四九八二均載本文。檢黄伯思東觀餘論卷下載跋北齊勘書圖後云：「僕頃歲嘗見此圖别本，雖未見畫者主名，特觀其人物衣冠，華虜相雜，意後魏、北齊間人作。及在洛見王氏本題云北齊勘書圖，又見宋公次道書，始知爲楊子華畫，其所寫人如邢子才、魏收輩，豈在其間乎？宜其模矩乃爾。今觀此本，益知北土人物明甚，則知子華之迹爲無疑。唐閻令稱子華自象人以來，曲盡其妙，簡易標美，多不可減，少不可踰。今詳其迹，信然。第它本尚餘兩榻，有啓軸隱几而仰觀者，有執卷揞如意而沈思者數輩，蓋當時畫此，弗但一通也。李匡乂資暇謂茶托始於唐崔寧，今北齊畫圖已有之，則知未必始自唐世，亦猶蕭梁已有紫囊盛笏，而唐史謂始於張九齡者，同也。觀者宜審定之。政和丁酉歲八月五日，武陽黄某長孺父於楚州衮華堂觀。」黄氏謂北齊勘書圖有多本，畫者爲楊子華，范、韓、陸、郭諸氏跋語及陸心源著録均未及之，因録出以供參考。

御書石湖二大字跋

淳熙八年三月庚戌，制書擢臣守金陵。閏月丁亥，朝行在所。庚寅，辭後殿。翼日既望，詔錫清燕苑中，皇帝親御翰墨，大書「石湖」二字以賜。天縱聖能，游藝超絶。典則高古，如伏羲畫；體勢奇逸，如神禹碑。日光雲章，垂耀縑素。環列改觀，禁籞動色。臣驚定喜極，不知抃蹈，昧死奉觴上千萬歲壽，奉寶書以出。越五日，至於石湖藏焉。石湖者，具區東匯，自爲一壑，號稱佳山水。臣少長釣游其間，結茅種木，久已成趣。春秋時，吴臺其陰，越城其陽，登臨訪古，往蹟具在。汙萊露蔓，千七百餘年，莫有過而問者。今猥以臣故，徹聞高清，天光博臨，燕及荒野，豁開闢來，未睹斯盛。裴度、李德裕皆唐宗臣，緑野、平泉，亦聲震當代，揆今所蒙無傳焉。何物么麽，獨冒寵赫，百身萬殞，莫能負戴。臣蒲柳早秋，仕無補益，縣官儻畹晚不休，奸止足之戒，則將上累隆知，俯愧初服，臣用是懼。冀幸少日，遂賜骸骨，歸老湖上，宿衛奎壁，與山川之神，暨猿鶴松桂，同在昭回中，一介姓名，亦因是不朽。使後世之臣屬厭榮禄，得全於桑榆，以無辱君賜，則陛下丕顯休命，不委於草莽，庶幾報恩之萬一。既摩刻扁榜，又被之琬琰以傳，且附著臣之自敘云爾。

【題解】本文作於淳熙八年(一一八一)閏三月。本文輯自古今事文類聚别集卷一二。又見吴都文粹續集卷二三、石湖志卷一、姑蘇志卷三二、古今圖書集成第一一六册第三頁，范成大佚著輯存第一三七頁、全宋文卷四九八三有録。

跋御書

跳龍卧虎之勢，漏屋畫沙之迹，皆神動天隨，泊穆無間㊀。譬猶叶氣絪緼，蒸爲雲漢，輝光所麗，自成文章，非復世間筆墨畦徑所能擬議。

【校記】

㊀泊：原作「汮」，參孔凡禮輯存、全宋文卷四九八三改。

【題解】本文作於淳熙八年(一一八一)閏月(即三月)，將赴建康任，朝辭受賜後作。本文輯自王應麟玉海卷三四，孔凡禮范成大佚著輯存第一四五頁、全宋文卷四九八三均有録。玉海之記載，很不明確，易生混淆，今録其相關文字，加以辨析。玉海卷三四「淳熙書蘇軾蘇轍詩」條云：「八年閏月既望，以御書蘇軾四詩賜范成大。十五年十二月又賜損齋所書蘇轍詩二軸。是月辛卯，書石湖二字賜成大。成大跋云：『天縱聖能，游藝超絶，典則高古，如伏羲畫；體勢奇逸，如神禹碑。』又跋云：『跳龍卧虎之勢（略）。』」按：準確的記載，應是八年閏月所賜之御書蘇軾詩，相對應的跋語，當是「卧龍跳虎」以下一段文字。十五年十二月又賜損齋所書蘇轍詩二軸，無跋語。八年閏月辛卯所賜石湖二字，相對應的跋語，當爲「天縱聖能」一段文字。王應麟顛倒序次，使人産生錯覺，幸賴石湖另有御書石湖二大字跋，足以證之。周必大神道碑記云：「二内侍奉縑素來，上有『石湖』二大字，御墨尚濕。公拜賜，奉觴進酒謝，上滿飲，復袖御書蘇軾詩一軸以賜，自未至酉乃罷。」記述亦自含糊。孔凡禮范成大年譜淳熙八年譜文云：「朝辭，孝宗書『石湖』二字以賜，有謝表，厥後立石刊之，并撰紀御書碑，以彰其事。同時孝宗又賜蘇軾詩一軸以賜，有跋語。」

題睢陽五老圖卷

退休就閑，士君子皆能之，惟耆耋康寧所謂五福，則天之所畀也。後生當勉己之所能，以待天之所畀，庶乎希蹤壽域云。淳熙甲辰仲冬朔，歷陽龔敦頤攜此卷相示，敬識其末。吴郡范成大書。

【題解】 本文作於淳熙十一年（一一八四）仲冬，時在家養病。睢陽五老圖卷，無名氏畫。畫卷初藏於郡學翹材館，錢明逸序云：「今假守留鑰之日，登翹館，因得圖像占述序引，以代鄉校詠謡之萬一。至和丙申中秋日，錢明逸。」後輾轉爲畢氏及朱氏後人珍藏。朱熹親睹此圖，作跋睢陽五老圖卷并詩（東景南據式古堂書畫彙考畫考卷一五輯存，見朱熹佚文輯考），跋云：「得其畢氏之傳，再見於江南，豈勝幸哉。」都穆寓意編載此圖，云：「在崑山朱氏，朱蓋五老之一兵部郎中貫之後。御史史天昭出以示予，圖有錢明逸序，歐陽公、司馬公而下詩皆不存在，今存惟南宋及元人題跋。」又經宋、元、明、清名人題贊，如歐陽修、范仲淹、文彦博、司馬光、蘇軾、范成大、楊萬里、趙孟頫、虞集、張翥、柳貫等。乾隆間，此圖卷改裝成册頁，民國年間流入美國。其中，畢世長像及錢明逸等人題記，藏於美國紐約大都會博物館；馮平、王涣二像，藏於華盛頓弗利爾美術館；杜衍、朱貫二像，藏於紐約耶魯大學藝術陳列館。錢明逸睢陽五老圖序云：「夫蹈榮名而保終吉，都貴勢而躋遐耆，白首一節，人生所難。今致仕官師相國杜公，雅度敏識，圭璋巖廟，清德令望，龜準當世，功成自引，得謝君門，視所難得者則安享之，謂所難行者則恬居之。燕申睢陽，與賓客太原王公，故衛尉河東畢卿，兵部沛國朱公，駕部始平馮公，咸以耆年挂冠，優遊鄉梓，暇日宴集，爲五老會，賦詩酬唱，怡然相得。宋人形於繪事，以紀其盛。」周密齊東野語卷二〇「耆年諸會」條云：「前輩耆年碩德，閒居里舍，放從詩酒之樂，風流雅韻，一時歆羡。後世想慕，繪而爲圖，傳之好事，蓋不可一二數也。……至和五老則杜衍（丞相，祁國公，八十）、王涣（禮部侍郎，九十）、畢世長（司農卿，九十四）、朱貫（兵部郎中，八十八）、馮平（駕部郎中，八十八）。時錢明逸留鑰睢陽，爲之圖像而序之。」

（按，周密記「爲之圖像」一語欠當，讀錢明逸序可知。）本文輯自趙琦美趙氏鐵網珊瑚卷一三，下永譽式古堂書畫彙考卷四五、孔凡禮范成大佚著輯存第一三九頁、全宋文卷四九八三均載本文。

跋西塞漁社圖

始余筮仕歙掾，宦情便薄，日思故林。次山時主簿休寧，蓋屢聞此語。後十年，自尚書郎歸故郡，遂卜築石湖。次山適爲崑山宰，極相健羨，且云亦將經營苕霅間。又二十年，始以漁社圖來。噫！余雖早得石湖，而違己交病，奔走四方，心剿形瘵。其獲往來湖上，通不過四五年。今退閑休老，可以放浪丘壑，從容風露矣。屬抱衰疾，還鄉歲餘，猶未能一跡三徑間，令長鬚檢校松菊而已。次山雖晚得漁社，而强健奉親，時從板輿，徜徉勝地，稱壽獻觴，子孫滿前。人生至樂，何以過此。余復不勝健羨，校次山疇昔羨余時，何止相千萬哉。尚冀拙恙良已，候桃花水生，扁舟西塞，煩主人買魚沽酒，倚棹謳之。調賦沿溪詞，使漁童樵青輩，歌而和之。清飈一席，興盡而返。松陵具區，水碧浮天，蓬窗雨鳴，醉眠正佳。得了此緣，亦一段奇事。姑識卷末，以爲玆游張本。淳熙乙巳上元。石湖居士書。

【題解】

本文作於淳熙十二年（一一八五）上元節。本文輯自金程宇美國所藏宋人墨迹脞録（載稀見唐宋文獻叢考，中華書局二〇〇九年出版）。本文孔凡禮范成大佚著輯存認爲「惜今不傳」，作爲存目佚著，全宋文未收。李結西塞漁社圖（一名雪溪漁社圖），今藏美國紐約大都會博物館，海外中國名畫精選（上海文藝出版社一九九九年出版）收録此圖。此圖卷有八位名家題跋、題詩，計范成大、洪邁、周必大、王藺、趙雄、閻蒼舒、尤袤、翁埜。淳熙十一年，范成大正在蘇養病，知李結有西塞漁社圖，特致書李結，索畫以題跋。黄震黄氏日鈔卷六七評及本文云：「（范成大）跋語多簡峭可愛，惟漁社圖有韻，梅林集有情，皆長而佳。」楊冠卿客亭類稿卷首諸老先生惠答客亭書啓編載李結與楊冠卿第三帖云：「漁社和篇，詞語益壯，慚感萬狀。近得范石湖書，來索西塞圖，欲爲作詩，漁社自此著名矣。」石湖致書索畫，必在淳熙十一年，爲畫題跋，已是淳熙十二年正月十五日。稍後於范成大之諸家題跋，有助於理解本文和李結之生活、思想，因將全宋文未予收録之洪邁、王藺、趙雄、閻蒼舒、尤袤五跋，附録於此，以供參考：洪邁跋云：「天筆題識其上，由存挂之素壁。正不識畫者，知其爲超妙入神。視丹青蹊徑默然相絶。雖釣竿蓬艇，葛巾野服，常羊于菰蒲風露間。使人之意也消。若着脚于絳闕清都之上，玩其位置，直與西塞，溪山寫真，縹縹陵雲，人間世無此境也。而河陽李次山一旦實得之，不得從元真子游，得從次山游足矣。不得至西塞山，得見此漁社圖足矣。次山三爲二千石，而苦貧如窶士。物莫能兩大，豈桃花流水，天固有以嗇其享邪。西塞在吳興，故元真有『霅溪灣里釣魚翁』之句，而黄州亦有之，乃唐曹成王用師處。東坡公嘗以偶散花洲被諸樂府，姑借爲齊安重至于雲天箬笠、江海蓑衣之章，則固表其下，曰吳興矣。淳熙戊申十月廿三日。野處洪景盧書。」王藺跋云：「余十數年前，備官周行。聞毗陵守李次山政術敏健，而持身甚廉，以不得識面爲恨。忽報臺評罷去，昉疑焉。有來自毗陵者，必詢之，其説不異于前。最後一故人，家毗陵之外邑，誠篤可信，適調官來謁，坐定，首扣所疑。故人曰：『某雖居是邦，與之情分絶疏，然公論不可掩。』且言其罷去之日，闔郡之大，下至胥吏走卒，皆稱嘆其廉，以爲前未知見。余疑頓釋。屢爲稱屈于儕輩間。後二三年，次山以親養之迫造朝，余時在從班，一見知其爲磊落人，又過于所聞矣。剖符蘄春，來訪，别袖出此圖相示，欲丐數語。余披圖驚喜，謂次山曰：頃年過霅上，霅之二三子邀余，游道場諸山，望西塞指似白鷺飛處曰：此即元真子之故棲，小舟夷猶，舉酒相屬，愛其清絶，而想見其人，安得有此山而居之，不知乃今爲次山物也。它時得歸浮家迂路，係西塞下，求見次山。當承雅命，今則未有暇。次山即持圖去，自是出處參差，不相值者復七八年。今春余罷政還淮鄉，而次山自四蜀總計，奉祠東下。舟過江上，不遠數十里，肯來訪余。余方杜門掃軌，得次山來，相對話舊，衰疾頓醒。次山復出圖與諸公題跋，求踐前約。余雖未得重爲西塞游，然不可辭也。余中間立朝近十年，以憂去國，來歸故廬，上漏下濕，不庇風雨。竭使北之橐，僅成此屋。旁辟數畝田，粗有卉竹。杖履觴咏，日與兄弟同之。偶與次山話其故，次山顧視棟宇樸陋，不覺發笑。余亦從旁笑。次山猶未見荒蕪之園，當不一笑而足。然余知次山清貧，漁社新築，想必不能宏壯，因詢其規橅，則曰：此行息肩，將罰松誅茅，隨宜創數十椽，管領溪山，以娱暮景。若必宏壯而後居，則貧不異昔，猝爲可辯，是俟河之清也。余因撫掌大笑曰：然則漁社之圖特晝餅爾，又何暇笑余之樸陋哉。次山亦復大笑曰：此可書也。乃并書以與之。紹熙二年五月既望，軒山居士王藺。」趙雄跋云：「始予識次山於吴中，知其才術敏强，所至辨治，號一時能吏。或曰：此特見用者耳。次山官業雖隆，官情寔薄，其胸次恢廓，韻度清遠，有高人□士之風。予姑唯唯否否。紹興嗣之詔，以次山爲尚書郎，出總蜀計，予適叨守益州，潼關鹽策之□□計府至多。月課不登，郡邑俱病。次山則蠲其苛取，而舒其期會。潼川于是復爲樂國，予益知次山之能。居無何，予以請祠得歸，方增治衡宇于内江之陰。□領僮奴，□松種菊，自所居達江上可里所，亦欲葺成小圃，爲終焉之計。然規橅狹隘，景物寒儉，猶恐不及□彭澤之三徑，况大焉者乎。俄而次山□來言曰：萬里孤官，豈人之情，有詞吁天，蒙恩報可，今移節湖右，出峽有日，將歸老于西塞山下矣。舊則山趾卜築，名曰漁社，敢圖此獻，丐我一言。予披圖閱之，西塞霅溪，蓋吴興勝絶處，漁社寔據其會。山水明秀，花木奇麗，延袤十數里，皆爲几席間物。猗歟盛哉！退視予之所營，益蕪陋可笑，因嘆次山胸次韻度，誠如曩時或人之言云，然次山方以才術聞，今天子纘祚首加識擢，豈終隱于漁社者耶？予雖未登漁社堂，然得閱其圖，圖末又有周益公、范吴公大書，紀述頗詳，二公予平生所敬信，敢嗣書其後。紹熙庚戌日南至資中趙雄温叔書。」閻蒼舒跋云：「始予在朝行，李公次山守毗陵，書疏往來。知其才氣不群，風流可想，恨未識之。距今十有六年，次山自總領蜀計歸吳，予自荆州還蜀，始識面，相與傾倒如平生歡。出此圖相示，索『西塞漁社』及『西塞山』七大字。舟中搖兀，勉强書之。若夫次山所以追迹釣徒，景慕聱叟者，則前巨公偉人瑰詞傑筆，固以盡之，兹不復贅。顧闕山修岨，江湖渺茫，未知見日，時展斯卷，如接勝游於苕霅之上云。紹熙二年正月廿五日，太原閻蒼舒書。」尤袤跋云：「漁社主人以尚書郎萬里使蜀，洗手奉法，一毫不以自污。歸裝枵然，止朝天石一二塊，真不負朝家委任之意。出示漁社圖及趙、周、范三老跋語，欲余附名其間。夫自古湖山風月，漁人樵子，有而不能享，詩人詞士，愛而不能有，今公袖功名之手，歸休林壑，又得元真子之故居，其樂何可肚道。老子於此興復不淺，爲我問訊山前白鷺，未知元真子，何如今日爾。予生甲辰，與公同歲，而衰病特甚。方丐祠，未得請，見公還浙，復披此圖，茫然知冥鴻之慕。行當歸耕故園，望西塞山，一葦可航，挐舟訪公雲水間，扣舷歌青箬、緑蓑之句，道舊故而笑樂，亦一快也。因書軸尾，東坡所謂異日不爲山中生客云。紹熙辛亥暮春中澣，錫山尤袤書。」

四時田園雜興六十首跋

比嘗夏日拙句，寄撫州使君和仲同年兄〔一〕。使君辱和，甚妙；且欲盡得四時雜興，今悉寫寄。僕既歸田，若幸且老健，則遊目騁懷之作，將不止此，詩筒往來未艾也。石湖居士壽櫟堂書。

【題解】

本文作於淳熙十三年（一一八六），時養病在家。四時田園雜興引云：「淳熙丙午，沉痾少紓，復至石湖舊隱，野外即事，輒書一絶，終歲得六十篇，號四時田園雜興。」石湖曾以夏日一組詩，寄趙癰，趙寫了和章，並要求盡得四時雜興，石湖因悉數書寫寄，並作此跋語。本文輯自詩詞雜俎卷中，孔凡禮范成大佚著輯存一三七頁、全宋文卷四九八三均録本文。詩詞雜俎卷中石湖詩集都穆序云：「范文穆公田園雜興詩六十首，今見公集中。此則公之手迹，爲御史盧君師邵所得。師邵景仰先賢，手摹是詩，刊置石湖書院。」又云：「今之論者，乃謂孝宗欲相乎公，以其不知稼穡之艱，命遂中止。公聞之，因賦此以見意，蓋未爲知公者也。」錢鍾書以爲這僅是一個傳説，他在宋詩選注中説：「假如這個傳説靠得住，它只證明了宋孝宗没調查過范成大的詩，或則没把他的詩作準，那末再多寫些四時田園雜興和臘月村田樂府，也不見得有效。因爲石湖詩集裏很早就有象大暑舟行含山道中那種『憂稼穡』、『憐老農』的作品。而且不論是做官或退隱的詩，都一貫地表現出對老百姓的痛苦的體會，對官吏的横暴的憤慨。」

【箋注】

〔一〕和仲同年兄：即趙癰，乃是石湖紹興二十四年的同科進士。孔凡禮考其生平云：「查清同治臨川縣志卷三十三宋知撫州軍州事，淳熙最末一人爲趙癰。又查李心傳建炎以來繫年要録卷一百六十六紹興二十四年三月辛酉紀事，知癰中是年張孝祥榜進士，與成大同年。再查廣東通志卷二百十一金石略十三趙癰紀遊詩，知癰字仲和。跋中同年使君，蓋趙癰。詩詞雜俎石湖詩集明王鏊序稱，不知癰爲何人，故略辨於此。」

題蘭亭帖 一

蘭亭序唐世摹本已不復見，今但石本耳。摹手刻工，各有精粗，故等差不同。惟是定武者，筆意彷彿尚存，士大夫通知貴重，皆欲以所藏者當之，而未必皆然。觀此本，則不容聲矣。紹熙辛亥立冬，石湖范成大書。

【題解】

本文作於紹熙二年（一一九一）立冬日。本文輯自倪濤六藝之一録卷一五七，蘭亭續考卷一、孔凡禮范成大佚著輯存第一三八頁、全宋文卷四九八二均録本文。蘭亭序，後世摹本多矣，石湖以爲定武本爲勝。明朱存理鐵網珊瑚卷四、趙琦美趙氏鐵網珊瑚卷一均録蘭亭序定武本並宋元諸家題識，清卞永譽式古堂書畫彙考卷五著録多種定武本蘭亭，如趙子固所藏落水本定武蘭亭卷、山谷跋本定武蘭亭本、宋御府搨定武蘭亭卷等，以及諸家題識，並可與本文參讀。

題蘭亭帖　二

蘭亭爲書法之祖，南中摹倣幾數十本，終不若定武者之勝。今觀此軸，刻畫與使墨，皆有佳趣，決知其爲定武者也。然較之予所收者墨色匀重，亦打碑者自有不同。得之者當寶藏，蓋書法盡於此矣！石湖居士書。

【題解】本文未標年月，或與上幅同時題寫，或後先接續題寫，姑並繫於紹熙二年。本文輯自倪濤六藝之一録卷一五七，蘭亭續考卷一、孔凡禮范成大佚著輯存第一三八頁、全宋文卷四九八二均録本文。

題山谷帖

光風轉蕙，泛崇蘭些〔一〕。此山谷先生小楷氣象。

【題解】本文作年難以確考。本文輯自汪砢玉珊瑚網法書卷五著録山谷楷書趙景道帖并絶句詩八首，後附宋人三跋。都穆識云：「宋人三跋中，有石湖居士者，予鄉先生范文穆公至能也。正德庚午春三月，前進士吳門都穆。」趙琦美趙氏鐵網珊瑚卷四、郁逢慶郁氏書畫題跋記卷二、宋四家真迹、孔凡禮范成大佚著輯存第一三八頁、全宋文卷四九八二均載本文。

【箋注】

〔一〕「光風」二句：語出楚辭宋玉招魂。用形象化的語言評論書法藝術之風格、氣象，乃南朝梁袁昂之創舉，其古今書評評索靖書：「如飄風忽舉，鷙鳥乍飛。」評衛恒書：「如插花美女，舞笑鏡臺。」唐人效之。石湖用「光風」二句形容黃庭堅書法之氣象，妙極。

跋山谷帖

山谷晚年書法大成，如此帖毫髮無遺恨矣。心手和調，筆墨又如人意，譬泰豆之御，内得於中，外合馬志，六轡沃若，兩驂如舞，錫鸞肅雍，自應武象，莫不入馳驅之範，亦詭遇者之所知也。范成大至能題於此。

【題解】

本文作年難以確考。本文輯自朱存理珊瑚木難卷三「山谷真迹」，卞永譽式古堂書畫彙考卷一一、全宋文卷四九八三均載本文。朱存理記載，這幅山谷真迹，名爲經伏波神祠，是黃庭堅在元祐中書寫的劉禹錫伏波廟詩，下載張孝祥和范成大兩跋。張和范同是紹興二十四年進士，書法齊名，人稱「張范」。張孝祥跋云：「張孝祥安國氏，觀於南郡衛公堂上，信一代奇筆也。養正善藏之，乾道戊子八月十日。」戊子，乾道四年，范成大於本年知處州，七月赴任，八月至郡，石湖桂林中秋賦序云：「戊子守括蒼。」則八月十五日人在處州。石湖不可能與張孝祥同時觀賞山谷真迹，且張跋亦未提及。據朱存理附書，此卷後歸崑山張大參敬之，明代歸沈石田氏。

樂庵語録跋

樂庵先生少年豪放任俠，抵掌功名之場。及其獨抱聖經，坐進此道，遂知死生之説，於去來起滅之際，逍遥如此，蓋所謂未有天地自古固存者。先生既自得之，彼去來生滅，特旁觀所見云爾。何足以闚先生之具，况諄諄遺令之細耶！石湖范成大書。

【題解】本文作年難以確考。本文輯自樂庵語録卷首，全宋文卷四九八三亦録。

跋米元章臨王獻之帖

元章少時書法蓋自沈傳師，後始入大令之室，結體超軼，一用其筆意。此帖元章所作㊀，臨池用工如此。晚年放恣，自成一家，不復作此狡獪變化矣。

【校記】

㊀此帖：清河書畫舫作「此卷」。所作：書畫舫作「所模」。

【題解】

本文作年難以確考。本文輯自古今事文類聚別集卷一二，全宋文卷四九八三亦録，題參全宋文擬。本文亦見張丑清河書畫舫卷九下引米南宫外集，實乃范成大跋語。

跋米禮部行草

米禮部行草，政用大令筆意，稍跌宕，遂自成一家。後生習米者，但得其踰繩越契之風，則善學柳下惠者也。范成大跋。

【題解】

本文作年難以確考。本文輯自張丑清河書畫舫卷九下「米芾」條。全宋文卷四九八三有録。米禮部，即米芾，蔡肇故宋禮部員外郎米海嶽先生墓誌銘：「公諱芾，字元章，世居太原，後徙襄陽。……過潤州，愛其江山，遂定居焉。作庵城東，號海嶽，日咏哦其間，爲吾州佳絶之觀。」

跋山谷臨顔書

前輩多宗顔魯公楷法，後來自變，成一家耳。山谷尤於顔有所得，蓋專作顔體，不問得意與否。學書當有源流，觀人書亦當知源流，未易輕置議也。

【題解】

本文作年難以確考。本文輯自古今事文類聚別集卷一二，全宋文卷四九八三有録。

跋道君皇帝題宣和殿圖後

自玉階及紅雲法駕之後，以至六小樓，意趣超絶，形容高妙，必夢遊帝所者仿佛得之，非世間俗史意匠可到。明窗浄几，盡卷展玩，怳然便覺身在九霄三景之上。

【題解】

本文作年難以確考。本文輯自劉昌詩蘆蒲筆記卷九，全宋文卷四九八三有録。道君皇帝，即宋徽宗趙佶，鄧椿畫繼卷一：「徽宗皇帝，天縱將聖，藝極於神，即位未幾，因公宰奉清閑之宴，顧謂之曰：『朕萬幾餘暇，別無外好，惟好畫耳。』……獨於翎毛，尤爲注意，多以生漆點睛，隱然豆許，高出紙素，幾欲活動，衆史莫能也。……已而又製奇峰散綺圖，意匠天成，工奪造化，妙外之趣，咫尺千里。其晴巒疊秀，則閬風群玉也。明霞紓彩，則天漢銀潢也。飛觀倚空，則仙人樓居也。至於祥光瑞氣，浮動於縹緲之間，使覽之者欲跨汗漫，登蓬瀛，飄飄焉，嶢嶢焉，若投六合而隘九州也。」然畫史諸書未見有趙佶畫宣和殿之記載。本文文字，與范成大詩集卷三二白玉樓步虛詞六首序，有相仿佛者，如：「趙從善示余玉樓圖，其前玉階一道，横跨緑霄，中琪樹垂珠網，夾階兩傍。緑霄之外，周以玉闌，闌外方是碧落。……紅雲自東來，雲中虚皇乘玉輅，駕兩金龍。……又有小玉樓六，其制如前。寶光祥雲，前後蔽虧，或隱或現。……此畫運思超絶，必夢遊帝所者髣髴得之，非世間俗史意匠可到。明窗淨几，盡卷展玩，恍然便覺身在九霄三景之上。」文字雷同若此，實有可疑。

跋司馬温公帖

世傳字書似其爲人，亦不必皆然。杜正獻之嚴整〔一〕，而好作草聖；王文正之沉毅〔二〕，而筆意灑落，攲側有態，豈皆似其人哉？惟温公則幾耳。開卷儼然，使人加敬，邪僻之心都盡，而况於親炙之者乎！

【題解】

本文作年無考。本文輯自永樂大典卷三〇〇〇，山堂肆考卷一三三、古今事文類聚別集卷一二、孔凡禮范成大佚著輯存第一三九頁、全宋文卷四九八三均録本文。

【箋注】

〔一〕杜正獻：即杜衍，字世昌，越州山陰人，善草書。官至宰相，卒，謚正獻，宋史卷三一〇有傳。宣和書譜卷一九草書：「文臣杜衍，字世昌，越州山陰人。……韓琦嘗以詩謝其書，云：『因書乞得字數幅，伯英筋骨羲之膚。』其爲當時所重如此。」書史會要卷六：「杜衍，字世昌……謚正獻。好翰墨，至暮年以草書爲得意，喜與婿蘇舜欽論書。」

〔二〕王文正：即王安石，字介甫，撫州人，退相時進荆國公，謚曰文，追封舒王。宋史卷三二七有傳。宣和書譜卷一二行書：「舒王王安石，字介甫，本撫州人。……而評其書者謂，得晉宋人用筆法，美而不夭饒，秀而不枯瘁，自是一世翰墨之英雄。」書史會要卷六：「王安石，字介甫……黄庭堅曰：荆公率意而作，本不求工而蕭散閒遠，如高人勝士。」宋另有王旦，謚文正，然不善書。

跋婺源硯譜

龍尾刷絲〔一〕，秀潤玉質，天下硯石第一。今其坑塞已數年㊀，大木生之，不復可取。或因洪水漂薄，沙礫間得異時斧鑿之餘，至瑣碎者亦治爲硯，縱横不盈二三寸，稍大者即是故家所藏舊物，士大夫既罕得見，故能察識者少，而遂以端石爲貴。端石絶品猶不能大勝刷絲，東坡鳳咮硯銘云〔二〕：「坐令龍尾羞牛後㊁。」此乃武夷灘石，那得度龍尾前！一時謔語，非確語也。

【校記】

㊀ 坑塞已數年：「坑」字原作「冗」，今據新安志卷一〇引歙研説改。數年：黄氏日鈔作「數十年」，近是。

㊁ 牛後：原作「牛尾」，據蘇軾鳳咮硯銘改。

【題解】

本文作年難以確考。本文輯自古今事文類聚别集卷一四，全宋文卷四九八三人有録。黄震黄氏日鈔卷六七録節文，孔凡禮范成大佚著輯存第一四〇頁録黄氏節文。婺源硯譜，即婺源研圖譜，唐積著，新安志卷一〇「叙雜説・研」：「婺源研，在唐開元中，因獵人葉氏逐獸至長城里，見壘石如城，壘狀瑩潔可愛，因擕之以歸，刊粗成研，温潤大過端溪者。後數世葉氏諸孫持以與令，令愛之，訪得匠手，琢爲研，由是天下始傳。」

【箋注】

〔一〕龍尾刷絲：龍尾，龍尾硯，徽州産。新安志卷一〇引蘇易簡文房四譜：「今徽州之山有石，俗謂之龍尾石，亦亞於端，若得其石心，巧匠就而琢之，貯水之處圓轉如渦旋，可愛。」又引歙研說：「按圖經，龍尾山在婺源縣長城里，今雖多故坑，無有石出。環縣皆山也，石雖出他山，實龍尾之支脈，俱得謂之龍尾。」刷絲，刷絲硯，徽州歙縣産。新安志卷一〇引辨歙石説：「歙縣出刷絲研，甚好，但文理太分明，無羅文，間有白路、白點者是。」

〔二〕東坡鳳咮硯銘：即蘇軾硯銘九首鳳咮硯銘，胡仔苕溪漁隱叢話前集卷四六：「東坡鳳咮古研銘云：『帝規武夷作茶囿，山爲孤鳳翔且嗅。下集芝田啄瓊玖，玉乳金沙散虚竇。殘嶂斷壁澤而黝，治爲書研美無有。至珍驚世初莫售，黑眉黄眼争妍陋。蘇子一見名鳳咮，坐令龍尾羞牛後。』余至富沙，按其地里，武夷在富沙之西，隸崇安縣，去城二百餘里。北苑在富沙之北，隸建安縣，去城二十五里。北苑乃龍焙，每歲造貢茶之處，即與武夷相去遠甚。其言『帝規武夷作茶囿』者，非也。想當時傳聞不審，又以武夷山爲鳳凰山，故有『山爲孤鳳翔且嗅』之句。其實北苑茶山，乃名鳳凰山也。北苑土色膏腴，山宜植茶，石殊少，亦頑燥，非硯材。余屢至北苑，詢之土人，初未嘗以此石爲硯，方悟東坡爲人所誑耳。若劍浦黯淡有一種石，黑眉黄眼，自舊人以爲研，余意鳳咮硯必此灘之石，然亦與武夷相去遠矣。」

跋加味平胃散方

本法專辟不正之氣。夷堅志言：孫九鼎遇故人鬼云：遇我，當小疾，服平胃散即無苦，則其辟不正可知。晉有南陽宗定伯，夜逢鬼，鬼問誰？誑曰：「我亦鬼，且新死，未知何所惡？」曰：「不喜唾。」因負鬼急持之。化爲羊，恐其變化，大唾之，賣得千錢。鬼猶畏唾，況乎胃散乎！

【題解】

本文作年無考。本文輯自黄震黄氏日鈔卷六七，孔凡禮范成大佚著輯存第一四〇頁、全宋文卷四九八三均録本文。

跋

一

石耳生巖石面目處㊀，性温有補。

【校記】

㊀面目處：「目」，孔凡禮范成大佚著輯存案：「疑爲日字之誤。」全宋文校：「疑作日。」

【題解】

本文作年難以確考。本文輯自黄震黄氏日鈔卷六七，孔凡禮范成大佚著輯存第一四一頁、全宋文卷四九八三均録本文。

跋 二

石曼卿真書大字妙天下。

【題解】

本文作年難以確考。本文輯自黄震黄氏日鈔卷六七，孔凡禮范成大佚著輯存第一四一頁、全宋文卷四九八三均録本文。石曼卿，即石延年，厲鶚宋詩紀事卷一〇：「石延年，字曼卿，一字安仁，其先幽州人。家宋城。真宗録三舉進士，爲三班奉職。歷太子中允、同判登聞鼓院。有集。」宣和書譜卷六：「文臣石延年，字曼卿，本幽州人，官至太子中允、秘閣校理。……文詞筆墨，照映流輩，得之者不異南金大貝，以爲珍藏，其正書入妙品。」

跋 三

碑石未泐者具在。好奇之士乃專倣刻文刓剥之處，以握筆滯思作羸尫頹靡之體，僅成字形，以爲古意。

【題解】

本文作年難以確考。本文輯自黄震黄氏日鈔卷六七，孔凡禮范成大佚著輯存第一四一頁、全宋文卷四九八三均録本文。孔凡禮按：「古意後，黄氏謂：愚謂石湖此語爲漢隸也，今之學古文者亦然。」

跋詛楚文

詛楚文當惠文王之世，則小篆非出李斯〔一〕。

【題解】

本文作年難考。本文輯自黄震黄氏日鈔卷六七，孔凡禮范成大佚著輯存第一四一頁、全宋文卷四九八三亦録本文。詛楚文，戰國時，秦昭襄王詛楚頃襄王之罪於神之文，歐陽修集古録跋尾卷一：「右秦祀巫咸神文，今流俗謂之詛楚文。其言首述秦穆公與楚成王事，遂及楚王熊相之罪。」按，楚懷王、頃襄王當秦文惠王及昭襄王時，秦楚屢相攻伐，故石湖言「詛楚文當惠文王之世」。

【箋注】

〔一〕「則小篆」句：小篆出於李斯，見於前代之書論中，唐李嗣真書品後：「逸品五人。李斯，小篆。右小篆之精，古今妙絶。」竇臮述書賦：「周、秦、漢之三賢，余目驗之所先，石雖貞而云亡，紙可寄而保傳。」注：「李斯，上蔡人，終秦丞相，作小篆，書嶧山碑。」宣和書譜卷二「篆書敍論」云：「小篆則又出於大篆之法，改省其筆畫而爲之，其爲小篆之祖，實自李斯始。然以秦穆公時詛楚文考之，則字形真是小篆。疑小篆已見於往古，而人未之宗師，獨李斯擅有其名。」

跋東坡詩

東坡切韻詩，「寄作詩孫符」，集中不載。符，字仲虎，位至尚書，其子名山，字壽甫。

【題解】本文作年難以確考。本文輯自黄震黄氏日鈔卷六七，孔凡禮范成大佚著輯存第一四二頁、全宋文卷四九八三均録本文。

跋東坡墨迹

事勢迫切，不若付死生禍福於無何有之鄉，雖至大故不亂，雖非得道，去道不遠。

【題解】本文作年難以確考。本文輯自黄震黄氏日鈔卷六七，孔凡禮范成大佚著輯存第一四二頁、全宋文卷四九八三均録本文。跋語前，黃震云：「東坡船上曲江，遇灘瀨，攲側，士無人色，坡獨作字不少衰。曰：吾更變多矣。置筆而起，終不能一事，孰與且作字乎？石湖注云。」跋語後又云：「愚謂：坡公定力如山石，石湖發明盡之。惜雖非得道之語，溺異端耳。平生所行者道，道豈別有一物，而得之空虛耶！余先君子嘗言，無事時小心，有事時大膽，可以受用。」孔凡禮案：「元虞集道園學古録卷四十題蘇文忠公詩帖，有『此卷坡書及石湖跋，皆真無疑』之語。石湖之跋，不知是否即此跋。」

跋獨孤及論季札潔己之禍

秉節之士，各有所安。

【題解】

本文作年難以確考。本文輯自黃震黃氏日鈔卷六七，孔凡禮范成大佚著輯存第一四二頁、全宋文卷四九八三均録本文。獨孤及（七二五—七七七），字及之，洛陽人。唐玄宗天寶十三載，中洞曉玄經科，授華陰尉，歷參浙東節度使、江淮都統幕。代宗時，徵爲左拾遺，遷太常博士、禮吏二部員外郎。大曆時出爲濠、舒、常三州刺史。卒謚憲。他工古文，與蕭穎士、李華等倡導古文。亦善詩。今存毗陵集二十卷。新唐書有傳。石湖所論内容，出獨孤及吴季子札論，見全唐文卷三八九。

跋歐陽詹自明誠論

歐陽詹自明誠論謂：尹喜自明誠而長生，公孫洪自明誠而公卿，張子房自明誠而輔劉，公孫鞅自明誠而佐嬴。不知詹所謂誠者何物？

【題解】

本文作年難以確考。本文輯自黄震黄氏日鈔卷六七，孔凡禮范成大佚著輯存第一四三頁、全宋文卷四九八三均有録。歐陽詹，字行周，泉州晉江人。德宗貞元八年中進士，爲國子監四門助教，卒年僅四十餘歲。工詩文，韓愈稱道他「志於古文」、「文章深切，喜往復，善自道」。歐陽詹自明誠論載全唐文卷五九八，文云：「自性達物曰誠，自學達誠曰明。上聖述誠以啓明，其次考明以得誠，苟非將聖，未有不由明而致誠者，文武周孔，自性而誠者也。」又曰：「明之於誠，猶玉待琢，器用於是乎成。故曰：玉不琢，不成器；人不學，不知道。器者，隱於不琢而見於琢者也。誠者，隱於不明而見於明者也。無有琢玉而不成器，用明而不至誠焉。嗚呼，既明且誠，施之身，可以正百行而通神明；處之家，可以事父母而親弟兄；遊於鄉，可以睦閭里而寧訟争；行於國，可以輯群臣而子黎甿；立於朝，可以上下序；據於天下，可以教化平。」石湖文中「尹喜」以下四句，均爲歐文之成句。

范石湖集輯佚卷十　記

范村記

范村者，杜光庭神仙感遇傳云：「唐乾符中，吴民胡六子與其徒泛海，迷失道，漂流數日，至一山下，即登岸謀食，居人皆以禮相接，甚有情義，問此何許？則曰范村也，當見山長。引行至山頂，可十里所，花木夾道，風景清穆，宫室宏麗，侍者森列。一叟坐堂上，命客升階，與語曰：『吾越相也，得道長生，居此歲久。山下皆吾子孫，相承已數十世。念汝遠來，當以回飈相送。』比下，居人餽以糧糗。解維，風便，俄頃達西岸。時高駢鎮淮南，聞之，招六子，補六合鎮將。始以所見爲人言之。」光庭之傳云爾。惟吾家陶朱公，用人之國，勳業蓋世，越之君臣，方將社而稷之；乃不俟終日，櫂扁舟而去。迹其行事，天壤一人而已。世無神仙，可也；有之，非公誰宜仙者！列仙傳又謂公嘗賣藥蘭陵，彼人累代見之。范村豈其所定居耶？某奉祠還鄉，家西河之上，距海財百里，追懷祖武，想像仙山，月生潮來，悠然東望，煙雲晻藹，去人不遠。會舍南小圃適成，輒以范村名之。圃中作重奎之堂，敬奉至尊壽聖皇帝、皇帝所賜神翰，勒之琬琰藏焉。四傍各以數椽爲便坐。梅曰淩寒，海棠曰花仙，酴醿洞中曰方壺，衆芳雜植曰雲露。其後庵廬曰山長，蓋瓦不足，參以蓬茅。雖不能如昔村之華，於雲來家事，不啻侈矣。噫！陶朱公渡兵江淮，震曜中國，分地以賜諸侯，功大名顯，貴隆富盛，備福之極，度世而仙。昔村所有如此，今無一焉，獨不愧斯名乎？雖然，公所成就固烈矣，而心危慮深，未及飲至，舍爵，半塗騰逝，變姓掃迹，以二十年之成謀而莫之一朝居焉。某不肖，生值聖世，饕竊名禄，無以報塞萬分，上恩天載，扶持全安之，老而歸休，猶得宿衛兩朝，賜書於家林之下，婆娑日涉，常在雲漢昭回中，榮光所被，燕及猿鶴，此則昔村所無而今之所有，僑立斯名，亦尚無愧。按周元王五年，越入吴，陶朱公於是去國；後千三百五十年，當唐乾符六年，范村之名始聞於世；又三百二十年，實皇宋紹熙初元，歲在庚戌，某遂以范村名其圃。上下垂千七百年，其傳遠矣！杜元凱謂范氏世爲興家，斯言猶信。後之人倘能長保此居，則村名之傳，又不知其幾世幾年乎！書之壁以示同姓。是歲二月望日記。

【題解】

本文輯自永樂大典卷三五七九，孔凡禮范成大佚著輯存第一六三頁、全宋文卷四九八四均載録。石湖之經營范村，是淳熙十三四年間事，而寫作范村記，則在紹興元年（一一三一）。石湖梅譜序：「余於石湖玉雪坡，既有梅數百本。比年，又於舍南買王氏僦舍七十楹，盡拆除之，治爲范村，以其地三分之一與梅。」卷二八有送遂寧何道士自潭湘歸蜀，詩作於淳熙十四年，詩云：「山黄水濁湖南路，竹月荷風憶范村。」可知范村之經營當在淳熙十三四年。關於范村之經營、位置，周必大、姜夔都有描述。周必大神道碑：「先以石湖稍遠，不能日涉，即城居之南别營一圃，閲杜光庭神仙傳，記胡六子自崑山風海至范老村遇陶朱公事，大喜曰：『此吾里吾宗故事，不可失也！』題曰『范村』，刻兩朝賜書於堂上，榜曰『重奎』。其北又葺古桃花塢，往來其間。」姜夔玉梅令詞，題下自注：「高平調。石湖家自製此聲，未有語實之，命予作。石湖宅南，隔河有圃，曰范村，梅開雪落，竹院深静。而石湖畏寒不出，故戲及之。」詞云：「疏疏雪片，散入溪南苑。春寒鎖、舊家亭館。有玉梅幾樹，背立怨東風，高花未吐，暗香已遠。　公來領略，梅花能勸：花長好，願公更健！便揉春爲酒，翦雪作新詩，拚一日，繞花千轉。」

舍蓋堂記

徽在江左，多名山，少平陸，州所治衡從不能十里，而陵衍猶相半。坦然砥如者，太守之居而已。泝新安江枝而西，屬之休陽，山益叢，美樕生之，斧斤所材。浮歙浦，入於濤江，以輸行都，當匠鄉費什八，而徽人顧不事華屋，雖仙佛之廬，厘支壓傾，不可風雨，其能獨以壯麗稱者，亦莫如太守之居，而東序之正寢尤其奂焉者也。寢成之二十五年，前守怵於物怪之説，棄去弗處，後皆因之，闃無足音㈠，又十七年而當紹興己卯，番陽洪公寶來典城。明年正月，既報政，爲廣厦遂廢可惜，乃規以爲便坐，易其面勢，賓出日，撤兩翼之重檐以納光景，洞三隅之複壁，使可羅胡牀數十，與諸吏及四方之賓客共之，避而不專鄉，故名之曰舍蓋。暇日列觴豆。揮麈劇談，窗户靖深㈡，遠響來答。間登前榮之傑觀，挹山川之神，以稽舊聞。其右則問政、紫陽，群峰綿聯，許、聶蜕蟬之隱居也。左則黄山天齊㈢，雲雨在下，容成子、浮丘公飈車羽輪所往來，烟消日出，猶髣髴其音塵，客之從游者，皆有馭長風籋倒景以方羊天地間意。知有樂乎斯堂，而不知前日之蛛絲鼠壤，空虚幽暗而扃鐍也。初，公以忠臣子擢殊科，登道家山，輒自列去國，天子方以更化，望人命公，至州四千里而遥，有詔肦輔郡符節，引以自近，其不留外。久之，知凡簿書期會之報，宜非所以煩公。然始至之日，不鄙野其吏民，端委聽直無倦容。於是六邑之留獄室訟皆湊於府，朝案其説，纍牘充棟，數十年弗堅定者，却批窾折㈣，隨刃迎解。狡獪之流雖欲并緣潤辭，以珥筆豪州里，情見勢屈，噤無從發端，訟獄清静而州里宴然。庭中無復事，從容燕居於斯堂之上，而其民歡欣歌舞於溪山千里之外，惟恐外之。百須儉陋，而不足以安公，聞其登新堂而樂，則相與傳舍蓋之名而珍之，以爲琳房綺寮，神仙之居，徒以公在焉故也。嗚呼！孟子所謂賢者而後樂此者幾是歟？公書於隸尤工，得先魏古法，鍾繇、元常而下無譏也。堂既名，大書其榜，屬參軍事范成大爲之記。後之來者覽觀心畫之妙，而咨製名之意，必有指斯名而告者焉。

【校記】

㈠ 闃：原作「間」，全宋文據宋本方輿勝覽改。從之。

㈡ 窗户靖深：原作「旨遠情深」，全宋文據宋本方輿勝覽改。從之。

㈢ 則：原作「在」，全宋文據宋本方輿勝覽改。從之。

㈣ 窾：原作「竅」，全宋文據宋本方輿勝覽改。從之。

【題解】

本文作於紹興三十年（一一六〇），時在新安掾任上。舍蓋堂，徽州州衙内堂名，洪适葺治之，屬范成大爲之記。新安志卷一「官府」：「先是，累數守以正堂爲不利，避弗居。至丞相洪公乃敞之，以御賓客，致尊賢之意，號舍蓋堂。」輿地紀勝卷二〇江南東路徽州景物下：「舍蓋堂，即州衙正堂，累守以正堂不利，避弗居。至丞相洪公乃敞之，以致尊賢之意，號舍蓋堂。」康熙徽州府志卷二：「舍蓋堂，在府治後。……鄱陽洪适典郡之明年建。以延四方往來之士。范成大有記。」本文輯自方輿勝覽卷一六，全宋文卷四九八三録之。

瞻儀堂記

吴自置守以來，仍古大國，世爲名郡。又當東南水會，外暨百粤，中屬之江淮，四方賓客行李之往來，畢上謁戲下，願見東道主，城門之軌深焉。稻田膏沃，民生其間實繁，井邑如雲煙，物夥事穰，有司程文書應言府者以千萬計㊀。奉使命大夫行部，第郡課，必致詳於吴。以視列城，其雄劇如此。夜漏未盡，太守坐堂上，主吏賓客旅進退，語言面目，不暇相執何。平明，乃得據案聽諸曹白事，率常旰食。有頃，它客與報期會者，又至如前。雖精力過絶人，其勢亦出甚勞，而後能善治。故吴郡虎符，非名德士若已至大官者不以肦。去之數十百年，長老猶以爲記。至藏去繪像，畏愛之如一日。鄱陽洪公之以内相典城也，乃規東序之間屋爲堂，取凡公私所藏故侯之像，頗補其闕遺，列畫其上，又采韓退之廟學碑語㊁，名之曰瞻儀，而命州民范成大詞而識諸石。竊嘗觀郡國方志與耆舊風土之書，既備載山川土疆郭郛所在，必論次前世賢守長爵里姓字之大略著於篇，謂君子嘗居之。其地政僻陋，猶借此以爲寵。今吾州不獨能志其人，而肖貌具在，章綬相輝，凜凜如對生面，它郡未聞有此。雖大府地重，多顯者來，自有以不沒；抑吴人習於親上，至久遠且弗弭忘，氣俗之熾舊矣，洪公蓋始表出之，盛事固不宜無紀。然公實以紹興辛巳夏五月至郡。是歲北虜謀畔盟，積甲並塞，使行人來啓兵端，又造舟東海上，將數道入寇。天子赫怒，大發步騎待邊。分命樓船將督水居之士，營巨浸以直賊衝。吴前當出師通道，後控海浦所從入，烽堠相望，羽書疾星火。公聲氣弗爲動，春容頤指，不斂一錢，不籍一夫，機事立決無留行。姦人幸騷摇一逞，心醉叵測，相率遁去。里門晏閒，田間無吠犬；行歌刈熟，不知有軍興。民德公甚，念無以報恩勤，飲食必祝焉。公於艱難時用劇郡，呼吸變故，曾無足以攖道德之威，齒文章之斧斤者，治行冠一世而不自以爲功，若此足矣。顧方帥其吏民以館御諸賢，覽觀裴回，若慕用之云者。夫有餘則毋我，不足者多尚人，君子之德心，豈世俗所能測識者哉？後之人歷階而登，有感於作者之意，疇昔以行能蓋前聞人，其必葺斯堂而嗣其事，壁間之圖，將魚鱗雜襲，至於無窮可也。敢併書之，以風來者。十月九日，左從事郎范成大記。

【校記】

〔一〕言府：吴都文粹作「官府」。

【題解】

本文作於紹興三十一年（一一六一）十月九日。本文輯自范成大吴郡志卷六，正德姑蘇志卷二二、吴都文粹卷二、光緒蘇州府志、民國吴縣志卷二九、顧沅吴都文編卷四八、孔凡禮范成大佚著輯存第一四八頁、全宋文卷四九八三均載之。瞻儀堂，紹興三十一年郡守洪遵建，范成大吴郡志卷六：「瞻儀堂，舊在廳事之東。紹興三十一年，郡守洪遵建。吴俗貴重太守，來者必繪其像，春秋則陳於齊雲樓之兩挾，令吏民瞻禮。至是洪公恐爲風日所侵，故作此堂藏之。紹熙三年，郡守沈揆，始遷諸像於後圃舊凝香堂中，並其名遷焉。」樓鑰平江府瞻儀堂畫像記（攻媿集卷五五）：「（鄭若容改知平江府）一日，貽書於鑰，謂郡中自至道以迄於今，更郡守一百五十人，率有繪像，舊在齊雲樓兩廡。紹興末年，洪公樞密以内相出守，嘗建瞻儀堂，而列像其中，范公參政爲之記。今又三十六年，繪事故暗，裝潢寖以陊脱。欲繪圖於壁間，良工名筆，一開生面，而以舊像庋之閣上，庶幾可久，子爲我記之。」

【箋注】

〔一〕韓退之廟學碑：即韓愈處州孔子廟碑記，云：「惟此廟學，鄴侯所作。……像圖孔肖，咸在斯堂。以瞻以儀，俾不感忘。後之君子，無廢成美。琢詞碑石，以贊攸始。」

思賢堂記

吴郡治故有思賢亭，以祠韋、白、劉三太守。更兵燼，久之，遂作新堂，名曰三賢。其四年，當紹興辛巳〔一〕，鄱陽洪公，始益以唐王常侍〔二〕、本朝范文正之像，復其舊之名亭者榜焉。先是公以歲五月來臨吾州，繇州南鄙望洞庭，略具區，觀三江五湖之吐吞，濤波聒天，旁無邊垠。而石隄截然浮於巨浸之上，若有鬼神之扶傾，鯨鰲背負而涌以出也。暮夜，人語馬嘶，匈匈不絶。公固已語其人，思常侍之功矣。周覽原田而相其溝防，東南之播於江，東北之委於海者，脈絡釃通，堙蕪滌涂㊀。夏旱易以陂，潦水時至，不能齧渚涯以決污邪，荒寒化爲麥禾。起景祐，迄今歲，無大祲，於是公又曰：「非文正范公之勤其民者乎？」退而參石記竹書之傳，詳兩賢行事，尚什百於此。韓退之名知言，碑王之墓隧，謂治蘇最天下，蓋遺册僅存於一隄，其變滅無考者，不知幾也。文正自郡召還，遂參永昭陵大政，德業光明，爲宋宗臣，通國之誦曰文正公，而不以姓氏行焉。韋、白、劉之遺愛，邦人既已俎豆之，語在舊碑，尚矣。王、范風烈如此，且有德於吴，宜俱三賢不没，以爲無窮之思，此堂之所爲得名者。嘗謂士才高必自賢，位高或不屑其官，世通患也。洪公〔三〕，忠宣公之子，擢博學宏詞第一，名字滿四海餘二十年。既入翰林爲學士，未幾，自列去㊁。甫及里門，制書以左魚來矣。邦人度公且上朝謁，莫能久私公也。然始至之日，咨民所疾苦，退然不自居其智能，亟從掌故吏訪諸賢之舊圖畫，彷彿想見其平生。公既以道學文章命一世，顧有羨於五君子者，意將迹其惠術，講千里之長利以膏雨此民。彼憧憧往來，視桑蔭、趣舍人裝者，慮安肯出此！夫才高而不自賢，位高而滋共其官，盛德事也。斯堂法應得書。會公使來屬筆紀歲月，成大世占名數西郭，樂其州多賢守令之不歉於古也，文正公又吾東家丘焉，竊願託斯堂以誇鄰邦，以爲邑子榮。乃不辭而承公命。八月既望，州民左從事郎范成大記并書。

【校記】

㊀ 涂：吴都文粹作「除」。

㊁ 自列：吴都文粹作「自劾」，義長。

【題解】

本文作於紹興三十一年（一一六一）。文云「八月」，洪遵於三十二年五月離蘇，故當作於三十一年。本文輯自吴郡志卷六、姑蘇志卷二二、道光蘇州府志卷一九、吴都文粹卷二、永樂大典卷七

二三六、孔凡禮范成大佚著輯存一四八頁、全宋文卷四九八三均載之。思賢堂，在吴郡郡治，范成大吴郡志卷六：「思賢堂，舊名思賢亭，以祠韋應物、白居易、劉禹錫，後改曰三賢堂。紹興二十八年郡守蔣璨建。三十二年，郡守洪遵又益以王仲舒及范文正公二像，更名思賢。」龔明之中吴紀聞卷四「思賢堂」條云：「郡齋後舊有思賢堂，以祠韋、白、劉三太守，後更名『三賢』。紹興末，洪内相景嚴爲郡，益以唐王常侍仲舒、本朝范文正之像，復號爲思賢堂，今參政范公作記。」

【箋注】

〔一〕紹興辛巳：宋孝宗紹興三十一年（公元一一六一）。

〔二〕唐王常侍：即王仲舒。王仲舒（七六二—八二三），字弘中，山西太原人。貞元十九年，中賢良方正、直言極諫科制舉，授右拾遺，歷仕右補闕，進禮部、考功、吏部三司員外郎。元和五年，任職方郎中、知制誥，歷峽、婺州刺史，十三年，任蘇州刺史，所至皆有善政，韓愈唐江南西道觀察使王公神道碑稱贊他「政成，爲天下守之最」。范成大吴郡志卷一一「牧守」：「王仲舒，字弘中，自婺州刺史徙蘇州，隄松江爲路，變屋瓦，絶火災。賦調常與民爲期，不擾自辦。」因捐資助修寶帶橋，令名久著。徐崧百城煙水卷三：「寶帶橋，唐刺史王仲舒鬻寶帶助建，故名。」

〔三〕洪公：即洪遵。范成大吴郡志卷一一「題名」：「洪遵，徽猷閣直學士、左朝請郎。紹興三十一年五月到三十二年五月，除翰林學士。」洪遵，字景嚴，紹興十二年博學宏詞科及第，擢秘書省正字，累官翰林學士承旨、同知樞密院事，歷知平江、信州、太平。事見宋史卷三七三本傳。

崑山縣新開塘浦記

隆興二年，淛河以西郡國七大水。吳之屬縣五，崑山爲甚。長老之記，以爲三江、具區古揚州，地勢最下，是爲東南水之所都〔一〕。其東，地益下，爲崑山；又東，愈益下，海也。故崑山常受三江、具區之委以入于海。其野甚平而善淤，霖潦時至，則水多高居，必以衡塘從浦疏瀹四出，然後民得汚邪而稼之。今歲久弗濬，塗泥滿溝。夫地愈益下㊀，而脈絡壅底，則其沉瀦獨甚於他邑固宜。明年春二月，民大饑且疫，皆仰哺於官。河陽李結次山適爲其邑長〔二〕，私念水利未修，水害亡終窮也。按農田令甲，荒歲得殺工直以募役，乃飾供上之羨，若勸分所得，爲之糗糧、扉屨、畚鍤，號召前仰哺者一夕麕至，濬浦五：曰新洋江〔三〕，曰小虞，曰茜涇，曰下張，曰顧浦。濬塘三：曰郭澤，曰七丫，曰至和〔四〕。五旬而告休㊁。用民之力役，凡十有三萬四千六百有奇，糜緡錢一萬二千有奇，稻麥以鍾計，七千七百有奇，而官儲不知，公徒無所與焉。余時備史官〔五〕，次山使來，句書以爲記。余聞其土水患舊矣。間者朝議屢欲遣使發縣官錢用諸費以從事，論議藏有司充屋，卒以事大無敢承命者。次山獨能群餓羸之餘嘗試之〔三〕，其績已不可揜，後有來者。逢年而有餘力，必且思前人之意，彷彿其緒而緝之，隨水之變而爲之救，將終古無後艱，此予之所以欲書者。饑疫之烈也，延緣數十縣，見大夫錯立其間，左奉食，右執飲，嗟餓者於路，窮日力且弗給。方是時，人其敢以從容修廢望其長哉？有能賈瀕死者之餘力以舉是役，君子謂之賢勞，而黯然無傳，僅與不爲者相絕如毛氂耳。事固有屈於一時而伸眉于後，此又余之所以欲書者。所謂至和塘者，是姑蘇道也。異時舟行，財一長亭輒膠，則折入其旁湖泖以達於郡。盜區寒荒亡以衛，不然，遇禍不可勝計。今雖暮夜，猶肆行塘中，如過舟枕席之上，憧憧者身，新蒙其利不可誣〔四〕，餘雖在絕遠僻陋之濱，以一至和之親見，足以信其餘之可傳，此又余之所以遂書而不辭者。是爲記。乾道元年十二月一日。

【校記】

〔一〕夫：原作「天」，今據洪武蘇州府志、道光蘇州府志改。

〔二〕告休：原作「告體体」，今據洪武蘇州府志、道光蘇州府志改。

㊂ 群：原作「郡」，今據洪武蘇州府志、道光蘇州府志改。
㊃ 新蒙其利：洪武蘇州府志、道光蘇州府志作「親蒙其利」。

【題解】

本文作於乾道元年（一一六五）十二月，時任著作佐郎。本文輯自吴郡文粹續編卷五四，姑蘇志卷一二、洪武蘇州府志卷四八、道光蘇州府志卷一三三、孔凡禮范成大佚著輯存第一五〇頁、全宋文卷四九八三均有録。

【箋注】

〔一〕是爲東南水之所都：朱長文吴郡圖經續記卷下：「地勢傾於東南，而吴之爲境居東南最卑處，故宜多水。昔禹之治水也，因其勢之可决者，疏而爲三江，因其勢之必聚者，瀦而爲五湖，乃底於定，微禹其能不魚乎？」

〔二〕河陽李結次山適爲其邑長：李結於隆興二年、乾道元、二年，適爲崑山縣令。范成象崑山縣新修學記：「乾道改元，河陽李侯爲邦之二年也。」李結，石湖友人，詳見本書卷一〇李次山自畫兩圖其一泛舟湖山之下小女奴坐船頭吹笛其一跨驢渡小橋入深谷各題一絶「題解」。

〔三〕新洋江：朱長文吴郡圖經續記卷上：「新洋江，在崑山縣界。本爲故道，錢氏時嘗浚治之，號曰新洋江，既可排流潦以注松江，又可引江流溉岡身也。」

〔四〕至和：范成大吴郡志卷一九：「至和塘，舊名崑山塘，從古爲湖瀼，多風濤。本朝至道、皇祐中，嘗議興修，不果，至和二年，始修治成塘，遂以年號名塘，有崑山主簿丘與權之記，甚備。」

〔五〕余時備史官：周必大神道碑：「乾道元年三月，升校書郎，六月，兼國史院編修官，十一月遷著作佐郎。」李結派使者求石湖爲記，時石湖爲校書郎兼國史院編修官，故曰「史官」。至寫作本文時，已遷著作佐郎。

新修主簿廳記

州縣之任，古謂之宦遊，豈直以斗升易農而已哉？名山大川，雄尊奇秀之境，從事其間，足以窺覽觀而昌神明〔一〕，古之君子，固有樂乎此矣。松江太湖，水國之勝，當天下第一。四方好事者想像其處，欲至而無繇。今行臨東南〔二〕，士大夫假道以奏名場，與夫商賈百族櫂船而逐利者，飇颿相摩，此其人皆有所期會，詘呼争先〔三〕，亂次以濟，終夜洶洶有聲，其勢豈能少留而一寓目？是雖日過乎前，而與未始至者奚辨？余家吴門，莽蒼在望，又無聲利火馳之役，宜能數遊；而躬耕作苦，正爾少暇日。私念：誠得築室葦間，卜鄰三高，以朝夕於斯，吾樂可勝計耶？乾道丙戌，八月既望，間從容泛舟垂虹，主縣簿高君炳儒適新作治所〔一〕，落其成，余與觀焉。蓋自始役至是，財七十日〔四〕，而閈閎高昭，牖户靚深，髹繢甓鏝，皆中度程。既聚廬之百須，無一可恨；而爲之讀書之齋，休坐之堂，修竹繞圍，光景瀟然。所謂垂虹者，乃在其旁數十百步耳。夫出有江湖之趣，居有清燕之適，此固古之君子宦遊之樂，而余素願朝夕於斯而不可得者。炳儒之職，會計當而已，無催科敲扑之煩，奔命將迎之勞，而有可樂者如此，於是求文以爲識。余聞漢高士不爲主簿，孫子嚴徙舍而有喜色。士未遭，隨所寓而安，其可愧者，不立我也㊄。炳儒有文學行誼，而不卑其官，又作意而新之，視祭竈請比鄰有加焉，其志固未易量。姑爲叙其所可樂，以告後之賢者使共之。明年二月一日，順陽范成大記并書。左迪功郎平江府吴江縣主簿、主管學事，四明高文虎建。

【校記】

㊀ 窺覽觀：吴都文粹作「窮覽觀」。

㊁ 今行臨東南：吴都文粹作「今行在臨東南」。

㊂ 謳呼：吴都文粹作「謳呼」。

㊃ 財：吴都文粹作「才」。

㊄ 立：吴都文粹作「在」。

【題解】

本文作於乾道三年（一一六七）。本文輯自吴郡志卷三七，姑蘇志卷二三、吴都文粹卷九、孔凡禮范成大佚著輯存第一五一頁、全宋文卷四九八四均載之。本文所記之主簿廳，在吴江縣，吴郡志卷三七：「吴江縣，在州南四十里。主簿廳，在縣之西。」蘇州府志卷一四二金石三吴江縣：「新修吴江主簿廳記，范成大撰并書，乾道三年二月。」高文虎曾名該廳堂爲「曾程堂」，請李處全爲之記。文載吴郡志卷三七。李處全曾程堂記：「余同年友高君炳儒，主吴江縣簿之二年。既請於府縣，以新治舍。又即其西，作堂三楹，爲退食之所。規制穩密，不庳不隆。榜之曰『曾程』，以禮部尚書贛川曾公楙，中書舍人信安程公俱，嘗爲此官，示尊賢也。且屬余記之。余幼侍先君，獲拜二公席。益知其文章議論，軒輊一時，在京師已嶄嶄有人望。曾公既登華近，而程公亦賜第擢館閣，迄爲中興第一流，先後典内外制。渡江文物，追配中原，二公有助焉。其去此雖遠，而流風遺迹猶或可考。尚友昔人，炳儒得之矣。炳儒行終更去，一紙書入光範門，諸公當争挽致之。由西垣入北扉，丹青帝謨，鼓舞郡聽，則於二公何羨。雖然，孔子之賢賢，孟子之論世，其尊德樂道之風，可少廢邪？後之君子，將有取於斯文。乾道三年四月朔日，贊皇李處全記。」

【箋注】

〔一〕高君炳儒：即高文虎，字炳如，又字炳儒，四明人，禮部侍郎閌之從子。登紹興三十年（一一六〇）進士，調平江府吴興縣主簿。數年後調任吴江縣主簿。曾從曾幾學，聞見博洽。歷仕太學博士、國子祭酒、中書舍人，翰林學士，屢兼史職。韓侂胄用事，諂事之，與胡紘合黨，共攻道學，困遏天下士。宋史卷三九四有傳。

三高祠記

乾道三年二月，吴江縣新作三高祠成〔一〕。三高者，越上將軍姓范氏，是爲鴟夷子皮；晉大司馬東曹掾姓張氏，是爲江東步兵；唐贈右補闕姓陸氏，是爲甫里先生。三君生不並世，而鴟夷子皮又嘗一用人之國，功大名顯而去之；季鷹、魯望蕭然臞儒，使有爲於當年，其所成就，固不可隃度。要皆以得道見微、脱屣天刑、清風峻節，相望於松江太湖之上，故天下同高之。而吴江之人，獨私得奉烝嘗以誇於四方，若曰：此吾東家丘云爾。邑大夫趙伯虚以故祠偪陋，將改作；鄉老王份獻其地雪灘，乃築堂其上，告遷而奠焉，且屬石湖范成大爲之辭。噫！不有君子，其能國乎？今乃自放寂寞之濱，掉頭而弗顧，人又從而以爲高，此豈盛際之所願哉？後之人高三君之風，而跡其所以去，爲世道計者，可以懼矣。至於豪傑之士，或肆志乎軒冕，宴安留連，卒悔於後者，亦將有感於斯堂，而成大何足以述之？然屈平既從彭咸，而桂叢之賦，猶招隱士，疑若隱處林薄，不死而仙；況如三君蟬蜕溷濁得全於天者！嘗試倚檻而望：水光浮天，雲日下上，風帆煙篷，飄忽晦明，意必往來其間，成大亦何足以見之！姑效小山，作歌三章以招焉，遂從而歌之曰：「若有人兮扁舟，撫湖海兮遠遊。衆芳媚兮高丘，忽獨君兮不可留。長風積兮浪波白，蕩摇空明兮南極一色。鏡萬里兮鞭魚龍，列星熒熒兮其下孤蓬。眇顧懷兮斯路，與涼月兮入滄浦。戰争蝸角兮昨夢一笑，水雲得意兮垂虹可以檥櫂。仙之人兮壽無期，樂哉垂虹兮去復來。」載歌曰：「若有人兮横大江，秋風起兮歸故鄉。鴻冥飛兮白鷗舞，吴波鱗鱗兮而在下。嗟人胡爲兮天地四方，美無度兮吾之土。膾修鱸兮雪霏，登菰蕈兮芼之。水仙繽兮胥命，君可望兮不可追。頫倒景兮揮碧寥，娭燕息兮江之皋。菉蘋堂兮廡杜若，一杯之酒兮我爲君酌。」又歌曰：「若有人兮北江之渚，披雲而晞兮頮煙雨。菊莎兮杞棘，歲晼晚兮何以續君食！佪五鼎兮腥腐，羞三泉兮終古。千秋風露兮歸來故墟，月明無人兮蒼石與語。牛宫泇兮生蒲荷，潮西東兮下田一波。訪南涇兮鄰曲，山川良是兮邱壟多稼。九晼兮今其刈，聊春容兮兹里。」是歲六月既望，書遺邑人，使習以侑祠。伯虚請，遂以爲記〔三〕。

【題解】

本文作於乾道三年（一一六七）六月。本文輯自吳郡志卷一三，吳都文粹卷三、姑蘇志卷二八、南宋文範卷四三、孔凡禮范成大佚著輯存、全宋文卷四九八四均有録。周密齊東野語卷一六「三高亭記改本」條，録石湖本記之手稿。今録其全文，不另作校記，便與今傳本參讀之：「三高亭，天下絶景也，石湖老仙一記，亦天下奇筆也。余嘗見當時手藁，揩摩抉剔，如洗玉浣錦，信前輩作文不憚於改如此。因詳書於此，與同志評之。記云：『乾道三年二月，吳江縣新作三高祠成。三高者：越上將軍姓范氏，是爲鴟夷子皮；晉大司馬東曹椽姓張氏，是爲江東步兵；唐贈右補闕姓陸氏，是爲甫里先生。三君者不並世，而鴟夷子皮又嘗一用人之國，名大功顯而去之。季鷹、魯望，蕭然臞儒。使有爲於當年，其所成就，固不可渝度。要皆得道見微，脱屣天刑，清風峻節，相望於松江、太湖之上，故天下同高之。而吳江之邑人，獨私得奉烝嘗以夸於四方，若曰吾東家邱云爾。邑大夫趙伯虛勤勞其邑，百廢具舉，以故祠爲陋，將改作，於是歸老之士鄉老王份，獻其地雪灘，左具區，右笠澤，號稱勝絶。乃築堂於其上，告遷於像而奠焉。又屬石湖郡人范成大爲之辭（識）。噫！（傳曰。）不有君子，其能國乎？今乃自放寂寞之濱，掉頭而弗顧，人又從而以爲高，豈盛際之所願哉！後之人高三君之風，而跡（尚論）其所以去，爲世道計者，可以懼思過半矣。至於豪傑之士，或肆志乎軒冕（尸祝而社稷莫之能説），宴安流連，卒悔於後者，亦將有感於斯堂，而某何足以述之？然（獨嘗怪）屈平既（淵潛以）從彭咸，而桂叢之賦，猶召隱士（淮南小山猶爲作隱士之賦。）疑若幽隱處林薄，不死而仙。況如三君蟬蛻溷濁，得全於天者。嘗試倚楹而望，水光浮空，雲日下上，風飄烟艇，飄忽晦明。意必往來其間（某），何足以見之，故效（援）小山（故事）作歌三章以招焉。遂從而歌曰：「若有人兮扁舟，憮亂五湖兮遠遊，衆芳媚兮高丘，獨君兮不可留。長風積兮波浪白（吹澤國），蕩摇空明兮南北一色（浪波稽天兮南北一色）。鏡萬里蕩空碧兮鞭魚龍，列星剡剡兮一下其孤蓬，渺顧懷兮斯路，與涼月兮入滄浦（君之旂兮獵獵，紅梁千丈兮可以艤楫。餞東流兮悵雲海，悠悠我思兮君無遠邁）。戰爭蝸角兮昨夢一笑，水雲得意兮垂虹可以艤棹。仙之人兮壽無涯，樂哉垂虹兮去復來。」載歌曰：「若有人兮橫大江，秋風起兮歸故鄉。鴻冥飛兮白鷗舞，吳波鱗鱗兮在下。嗟人胡爲兮天地四方，樂莫樂兮美無度兮吾之土。膾修鱸兮雪飛，登菰蓴兮芼之。水仙濱兮胥命，君可望兮不可追（驅疾霆兮駟奔雲，宛一息江之濱）。頫倒景兮揮碧，寥娭宴息兮江之皋。菉蘋堂兮廡杜若，一杯之酒兮我爲君酌。」又歌曰：「若有一人兮北江之渚，披雪而晞兮頮烟雨。緑蔬兮莎棘，歲婉晚兮何以續君食。佃五鼎兮腥腐，羞三（石）泉兮終古（鳥烏飛兮擇君屋，歸來故墟兮蒼烟疎木。擢笠澤兮徑秋荷，漭洞庭兮一波。訪故人兮安在？）千秋風露兮歸來故墟，月明無人兮蒼石與語。牛宫泖兮生蒲荷，潮西東兮下田一波。訪南涇兮鄰曲，山川良是兮丘壠。多稼（石田）九畹兮今其刈，聊春容兮茲里。」』不見初草，何以知後作之功，觀前輩著述，而探其用意改定，思過半矣。」後人對范成大三高祠記評價甚高，吳江縣志卷四五藝文載此作，文末注：「徐志云：此碑，文既雅馴，書亦工美，邑中珍物也。」樓鑰讀范吏部三高祠堂記（攻媿集卷一一）：「三高之風天與高，三高之靈或可招。小山以後無此作，具區笠澤空寥寥。幾從垂虹蕩雙槳，寓目滄浪獨怊悵。筆端不倒三峽流，欲遽招之恐長往。前身陶朱今董狐，襟抱磊落吞江湖。瑰詞三章妙天下，大書深刻江之隅。我來誦詩凜生氣，若有人兮在江水。扁舟獨釣膾鱸魚，茶竈筆牀歸甫里。先生同是丘壑人，只今方迫功與名。謝公捉鼻恐未免，便看林藪生風雲。他年事業滿彝鼎，乞身歸來坐佳境。不嫌俗士三斗塵，容我漁蓑理煙艇。」黄震黄氏日鈔卷六七：「三高祠記，極佳。」厲鶚宋詩紀事卷五七周郔三高亭懷范石湖：「蓴脆鱸肥酒細傾，浩歌悲壯欲誰聽。沈迷簿領頭將白，彈壓江山眼自青。魚躍紫鱗銜葦岸，鷗翻白雪下沙汀。西風散髮危亭上，醉倚豐碑照日星。」

【箋注】

〔一〕吴江縣新作三高祠成：新作，指乾道三年新修，舊有三高祠，於紹興三年「因其廢址，實創而新之」，祝鑑有三高祠記詳記其事：「易稱『知幾其神乎』，『君子見幾而作，不俟終日』，須之則後矣。是維成功之下，不可以久居；亡道之人，不可與久處；兵亂之世，不可以苟仕。知斯三者，則知幾矣。遲之其殆危乎！昔者越相范君，既苦身戮力，與勾踐深謀踰二十年。滅吴霸越，用復會稽之耻。謂大功之下，難以久居。暨還返國，遽書謝王去之。乘輕舟，浮五湖，莫知其所終極。而大夫種，沈吟不時決，卒用誅死。厥後七百有餘歲，晉有張季鷹，自吴入洛。時方齊王（冏）專朝怙己。署君東曹掾，君知其不終，難與獨處。慨千里之羈宦，臨秋風而長懷。託興菰鱸，促駕告歸。無何冏敗。又後五百有餘歲，唐有陸魯望。當咸通、乾符世，寇亂方殷，隱身自放。扁舟篷席，翛然笠澤、甫里間，時號江湖散人。辟署無所從，徵命無所得。優游自終，竟全亂世。如三先生，可謂知幾君子哉。雖地異時殊，默語不同。然其決去自全，咸遂其高孅均也。吴江邑地，瀕帶具區。舊有長橋，横絶江湖之間。修檻浮梁，植立千柱。電涎淵漎，蜿如長虹。巨浸浮空，涵泳星月。包山、洞庭，如在天外。風帆島樹，滅没煙際。東西行者，以爲三吴遊觀之偉。好事者又寫鴟夷子皮之像，配以江東步兵、甫里先生，立祠橋梁之上，榜曰『三高』。蓋其平生所遊居也，貞風素烈，尚凛然湖山，可想聞而概見。歲庚申秋七月吉，括蒼祝鑑與大梁人趙九齡，置酒橋亭，悲歌望遠，舉觴酹江。慷慨言曰：去危即安，夫人而願之。然皆反焉者，何哉？知幾者鮮也。雖並世同交如大夫種，功非不多也。顧常侍，材非不周也。鹿門子，學非不贍也。或死憂而受辱，何也？居成功，處亡道，仕亂世，黽勉畏去。是何識之卑也，知幾遠矣。惟鴟夷子，道大功宏，百世師仰。而張、陸二子，羸然山澤之臞像，而配之幾不倫矣。豈不曰：亟隱亟去，身名俱全，以是爲同。曰三高云者，豈異稱哉。後之君子，苟寵禄之是耽。發機之禍，忽忘不戒。聞三高之風，仰三高之像，庶少警乎。不然，涉斯流也，登斯梁也，其無愧乎？後將有悔乎，其無悔乎？始橋之置，於慶曆歲中。建炎初載，胡寇南牧，並及祠宇火之無餘。後六年，當紹興癸丑歲，今吴郡楊君同與今御史單父祝君師龍爲邑尉，蓋因其廢址，實建而新之，復立祠如故云。謹記。」紹興癸丑歲，即紹興三年（一一三三）。三高祠，在吴江雪灘，祠范蠡、張翰、陸龜蒙。范成大吴郡志卷一三「祠廟下」云：「三高祠，在吴江縣垂虹橋南，即王氏臞庵之雪灘也。昔堂在垂虹橋南圯，極偏仄。乾道三年，縣令趙伯虚徙之雪灘。三高者，范蠡、張翰、陸龜蒙也。此祠人境俱勝，名聞天下。」清初徐崧、張大純百城烟水卷四吴江縣：「三高祠，祀越（上將軍）范蠡（鴟夷子皮）、晉（大司馬東曹掾）張翰（江東步兵）、唐（贈右補闕）陸龜蒙（甫里先生）。舊有畫像三幅，宋熙寧間，縣令林肇肖其本而繪之鱸鄉亭，榜曰：『松陵三高』（在長橋）。元祐中，縣令王辟建底定亭（在橋堍西南），又圖其壁。（後壁又壞）元符三年，石令處道復葺堂，始像祀之。（處道有記）靖康間，石令義問以舊畫刻石，兵亂失。龔令鑄繼至，得碑本於石倅道叟家。乾道三年，趙令伯虚以故祠爲陋，將改作，邑人王份獻雪灘地，遂遷祀焉。（范成大記）」

吴縣廳壁續記

吴令壁有記，尚矣。唐大曆己未，梁肅爲之詞者〔一〕，令盧某所立，石亡而文傳。本朝元祐壬申，郭受爲之詞者〔二〕，令許公輔所立，石雖存，而中更兵燼，缺裂無幾。後七十有六年，晉陵袁君祖忠政成將歸，始治二石更刻之；又斷自建炎以下爲之續記，實乾道紀元之三祀，歲在丁亥，距大曆垂四百年，而題名三立，相望可考，吏民以爲盛事。然吴之爲壯縣，固自昔志之，氣俗之爈，生聚之繁，覽觀之勝，著於二碑者自若；獨官事搶攘，日不暇給，必出於甚難而後能善治，視昔類不同者，非特吳爲然。余行四方，所過縣邑數十百，見大夫皆厭苦其官，嚬咨太息，悔扇之來，而憂後之不得脱。余私怪其説，甚哉，何至於此！及切磋究之，使一二其詳，則曰：「古吏憂民而已；今顧不然。蕞爾小邑，負責猶數鉅萬，晝夜薄遽，唯錢穀之知，且不能報期會，有如一日。姑舍是而用力於民，不崇朝百適滿矣。」彼嚬咨太息、厭苦而欲脱者，真有味其言哉！今夫急催科則愧政，專撫字則愧考，兼善之誠難。若袁君蓋幾於無愧者。其政先理而後情，弛例而舉法，故吏不能並緣，士不敢奸以私。民有訟，自揣不當勝，望寺門心醉却去；直者家居待報，曰：「無庸謁吏，明府自辯此。」坐堂上再期，人信之如一日。至於大官之間，須求於不有，責課於非時，則又從容辯給，弗以厲民，率常最於他邑。嗚呼，可謂難也已！旦暮去此，至大官，勢益易於爲縣，其所成就何可量！按續記所登載，無慮三十人，而未有顯者，必將自袁君始。儻余言猶信，來者尚勉之！八月十五日，左奉議郎主管台州崇道觀范成大記并書。

【題解】

本文作於乾道三年（一一六七）八月十五日，時奉祠在家。本文輯自范成大吳郡志卷三七，吳都文粹續編卷九、南宋文範卷四三、孔凡禮范成大佚著輯存第一五四頁、全宋文卷四九八四均有録。本文原題續記，參孔輯存、全宋文擬。吴郡志卷三七「縣記」云：「吴縣，在府治之西二里。廨宇，紹興二年知縣蔣結建；縣門，淳熙十二年知縣趙善宣重建並書額。廳之西有平理堂、無倦堂。堂之西有延射亭，天聖七年知縣徐的建。亭之南北各有小山，山有小亭，南曰松桂，北曰高蔭，皆淳熙五年知縣趙不忩建。吴令壁記二，范成大又爲續記一，世代氏姓，猶可考云。」

【箋注】

〔一〕梁肅爲之詞者：梁肅（七五三—七九三），字敬之，河南陸渾人。建中元年，中文辭清麗科，授校書郎。後仕監察御史、右補闕、史館修撰。其家避難吴越，工古文，有文集三十卷，新唐書有傳。梁肅之吴縣令廳壁記，見全唐文卷五一九，吴郡志卷三七亦載之。

〔二〕郭受：宋乾道時爲吴縣尉，其文載吴郡志卷三七。

平政橋記

栝蒼帶郭浮橋，歲久不葺，民苦病涉。乾道四年冬，郡守范成大實始改作。郡從事張徹，惠利民，麗水縣留清卿調其工費，以授州民豪長者四人，使董役吏毋得有所與。凡爲船七十有二，聯續架梁，爲梁三十有六，築亭溪南以莅之。歲十一月橋成，名之曰「平政」。亭成，名之曰「知津」。又得廢浮圖之田五十畝於縉雲，以其租屬亭，歲時治橋，俾勿壞。明年正月，大合樂以落之。衆請銘其事於石，使後有考。銘曰：孰梁斯兮？踏淵若衢。我維新之，櫛櫛其艫。工庥於亭，有粟在耨。豈維新之，永以不朽。

【題解】

本文作於乾道五年（一一六九）正月，時在處州知州任上。處州平政橋，始建於乾道四年，十一月橋成，石湖於乾道五年正月作記。處州府志卷六「橋渡」云：「濟川浮橋，在括蒼門外。舊在南明門外，造舟爲梁，聯以鐵綆。宋乾道四年，州守范成大新之，名曰平政。核廢寺田租，以資修治，刻銘及橋規於石。」又，卷二八藝文志文編二南明門橋埠記：「栝介萬山中，茀鬱磅礴，標勝東浙。峙鼎湖，佩元鶴，南走武彝，幾百里，順流而下，直接甌江，通津也。濟以舟楫，來往孔艱。宋乾道五年，郡守范公，得廢寺租若干緡，創設浮橋於南明之滸，夷若坦途，四民稱便。」本文輯自處州府志卷六橋梁，浙江通志卷三八麗水縣濟川橋、孔凡禮范成大佚著輯存第一五四頁、全宋文卷四九八四均有録。

重修蔣帝廟記

乾道七年，詔侍衛騎軍屯建康。明年，樞密洪公自當塗守安撫本道。廼行城東，直蔣山，得高亢地以爲營，循山而北，以謁於蔣帝之廟，慨然念神之食於兹山千數百年，赫有靈響，輔世討賊，前王賴焉。今貔虎萬群，連營其左，折衝之威，神尚克相之，而祠宇陋頹不葺，何以徼福！于是選時鳩徒，治其廟，若神之百須，皆侈而新之。四月戊午告成，移書石湖之上，求文以爲記云云。竊惟神之英烈，能殺身不顧，發靈兵間，漂疾無方，摭推逆兇，已敵先代所愾，至像設輿馬皆有行色，可謂壯哉，可謂異哉！嗚呼！秣陵之盗不烈於滔天之寇，石頭之逼不慘於舊京之禾黍，鍾離之橋，邵陽之栅，不熾於中原萬里數十年之氛埃。神於其小者猶能奮其威怒，有此武功，寧獨無意於丕天之大耻乎！嘗試酌椒漿桂酒，酹神而問之，其必有不虚之報，以無負於洪公，公亦將合人神之助，崇建勳業，以無負於上之倚重焉。成大不佞，故志其遠且大者以告神，且以復公之命。八年十一月二十六日，左朝奉郎、充集英殿修撰，新知静江軍府事、提舉學事、兼管内勸農使、充廣南西路兵馬都鈐轄、兼本路經略安撫使、兼提舉買馬、吴縣開國男、食邑三百户、賜紫金魚袋范成大記并書，資政殿大學士、左中大夫、知建康軍府事、提舉學事、兼管内勸農使、充江南東路安撫使、馬步軍都總管、兼營田使、兼行宫留守、鄱陽縣開國子、食邑六百户、賜紫金魚袋洪遵立。

【題解】

本文作於乾道八年十一月二十六日，乃應洪遵之請而作。時石湖正在蘇州，新知静江軍府事，尚未赴任。石湖離蘇赴任，乃乾道八年十二月七日。范成大驂鸞録：「石湖居士以乾道壬辰十二月七日發吴郡，帥廣西。」本文輯自景定建康志卷四四，全宋文卷四九八四有録。蔣帝廟，在建康蔣山之西北，去城十二里。景定建康志卷四四：「蔣帝廟」云：「神蔣氏，名子文，漢末尉秣陵，死而靈異，吴大帝爲立廟。晉加相國之號，宋加相國大都督中外諸軍事，封蔣王。齊進號爲帝。」「政和八年，漕使劉公會元重修，乾道八年，樞密洪公遵重修。」

成都古寺名筆記

成都畫多名筆，散在諸寺觀，而見於大聖慈寺者爲多，今猶具在，總而記之左，庶幾觀者可考。

前寺：多寶塔壁，畫地獄變相，待詔左全筆〔一〕。妙格中品。畫四天王四堵，師子國王一堵，釋迦佛一堵。小壁，勢至、觀音一十二堵，及塔上壁畫西方變相、阿彌陀佛共三堵，文殊、普賢、觀音大悲如意輪共五堵，并古迹，不知名。

普賢閣：閣外南壁，畫南方天王一堵，趙温奇筆〔二〕。妙格上品。畫像會一堵，五如來一堵，八菩薩、釋迦佛一堵。并閣後壁，畫文殊、普賢，北畔，五髻文殊、彌勒下生北方天王，井堂内四柱上，四天王，并辛澂筆〔三〕。妙格中品。北方肉甲天王，杜敬安筆〔四〕。能格上品。

鮮于院：小閣上壁，畫毗盧佛，待詔杜齯龜〔五〕筆。妙格下品。

百部院：過廊，畫護戒神，僧知評筆〔六〕。

千部院：佛堂壁，畫熾盛光佛，古迹。

白馬院：佛堂，畫十六羅漢，古迹。近時周忘機畫瀟湘圖〔七〕，王逸民擬任才仲作桃源圖〔八〕。

承天院：祖堂，惠遠國師像，孫知微筆〔九〕。妙格上品。近年，院僧粉去古畫，别寫新像，尚餘侍者二僧，猶在。

中寺：自中三門北至水陸院，東至如意輪正覺院。係高力士同僧英幹建。中佛殿，殿内壁畫維摩居士、師子國王變相，待詔左全筆。妙格中品。釋迦佛二堵，待詔杜懷玉筆〔一〇〕。前廡東壁，畫起寺金和尚、高力士像，古迹。西壁，畫漢孝明帝、蔡愔、秦景、王遵及摩騰、竺法之像，童仁益筆〔一一〕。妙格上品。

文殊閣：四壁，畫北方天王、梵王，待詔趙温奇筆。妙格上品。阿彌陀佛、大悲、毗盧、十大弟子四堵。閣外壁，畫大悲三十七尊、法華經驗大悲菩薩四堵，東南方天王，西方天王，并待詔趙公祐筆〔一二〕。神格上品。彌勒、釋迦西方變相，北方天王變相，待詔范瓊筆〔一三〕。神格上品。報身如來，待詔張騰筆〔一四〕。妙格上品。無量壽品佛，古迹。東方天王，待詔趙公祐筆。神格上品。帝釋，待詔趙温奇筆。妙格上品。千手眼觀音、勢至，張希古筆〔一五〕。閣上周匝壁，畫諸佛古迹。

華嚴閣：影壁後，畫天花瑞像二，其西，待詔竹虔筆〔一六〕；能格上品。其東，高道興筆〔一七〕。妙格中品。窗外兩壁，畫大悲，待詔張南本筆〔一八〕。妙格中品。兩畔小壁，畫天王，并古迹；杜悰像，張逢筆〔一九〕。泗州和尚小壁，畫太子游雷山，古迹。當面四壁，王波利像，呂嶤筆〔二〇〕；能格上品。東、西二方天王，帝釋、梵王，待詔趙温奇筆。妙格上品。周匝壁，畫佛像，并古迹。

文殊閣：院門連寺廊，畫金剛神變驗一堵，待詔左全筆。妙格中品。院内觀音堂壁，畫天王、帝釋侍從二堵，街詔趙公祐筆。神格上品。

西大悲院：佛堂内，畫八明王，古迹。

大將院：壁畫羅漢二、北方天王及大將部屬并帝釋、梵王，共六堵，并待詔范瓊筆。神格上品。

藥師院：連寺廊八門兩壁，畫千眼大悲、北方天王、大悲、釋迦變相四堵，待詔范瓊筆。神格上品。殿内，釋迦佛、帝釋、梵王部衆，並古迹；畫文殊、普賢、維摩、無量壽、西方天王十二神，共九堵，并待詔趙公祐筆。神格上品。瑞像堂周匝畫像，并古迹。寺後門向上小壁，畫觀音，僧知評筆。

六祖院：院門北壁，地藏一堵，杜措筆〔二一〕。能格上品。南壁，佛會變相一堵，待詔趙忠義筆〔二二〕。妙格下品。院内山木四堵，唐壁畫，古迹。

保福院：門屋，畫天王二堵，趙得齊筆〔二三〕。妙格上品。姑蘇臺一堵，僧惠堅筆〔二四〕。避暑宫一堵，僧楚安筆〔二五〕。能格中品。小壁，畫竹雀二堵，黄筌筆〔二六〕。妙格中品。佛殿内，羅漢一堂，盧楞伽筆〔二七〕。妙格上品。記中不載，蓋自昭覺訪神霄，徙來。殿後，海山觀音一堵，張南本筆。妙格中品。亦昭覺移至。小壁，羅漢一堂，古迹。法堂上，湖山一堵，馬二堵，近時郭游卿郭熙之孫〔二八〕筆。

大輪堂：壁畫大輪部屬兩堵，金剛二十四尊，并待詔趙温奇筆。妙格上品。

極樂院：門外壁，畫散花天女，范瓊筆。神格上品。大悲菩薩，左全筆。妙格中品。觀音大悲一堵，古迹。佛殿内，十六羅漢，盧楞伽筆。妙格上品。

四絶堂：壁畫悟達國師真，常粲筆〔二九〕。妙格中品。畫彭州至德山、金堂棲賢山二堵，李昇筆〔三〇〕。妙格下品。

石像院：門壁，香花菩薩二堵；門内，菩薩一堵，并古迹。前記不載。慧日院門壁，畫奉聖國師真、齊天大王，泗州和尚宗震筆〔三一〕。佛堂内，十六羅漢，丘文播筆〔三二〕。能格上品。

吉安院：畫十二面觀音，杜齯龜筆。妙格下品。

壽寧院：佛殿内四壁，畫熾盛光、九耀，孫知微筆。柱上小像，知微自寫其真也。殿内廊，畫太子修行，古迹。

東觀音堂：畫觀音、十六羅漢，李懷讓筆。霧中山出峽圖，李昇筆。妙格下品。樓上，畫惠遠送陸道士、李翺見藥山，孫知微筆。妙格上品。護法神，孫知微筆。

土地堂：孟蜀主真，古迹。戰勝天王、羅漢，共三堵，趙元晟筆。

華嚴院：殿壁畫毗盧佛，張希正筆。妙格中品。文殊、普賢，古迹。觀音、勢至五髻文殊，丘文播筆。能格上品。

興善院：殿内，泗州大聖一堵，常粲筆。妙格中品。八明王，張南本筆。妙格。

西林院：殿内羅漢，杜措筆。能格上品。壁後，彌陀佛二，菩薩、彌勒、羅漢，盧楞伽筆。妙格上品。

大悲閣：畫觀音十堵，楞嚴變相一十八堵，并宗道兄弟筆。八明王八堵，繡毬觀音，並古迹。

揭諦院：壁畫釋迦佛二，菩薩、觀音、勢至、十六羅漢，并杜齯龜筆。妙格下品。

寶勝院：藏殿内外聖像，并古迹。

彌勒院：壁畫十六羅漢、文殊、普賢，張南本筆。妙格中品。畫故事山水二堵，劉國用筆〔三三〕。

錦津院：壁畫釋迦佛、十六羅漢，劉國用筆。能格上品。白衣自在觀音，李懷讓筆。

東律院：壁畫八明王、西方變相、釋迦如來、十六羅漢，杜子瓌筆〔三四〕。能格上品。

灌頂院：壁畫藥師佛、十六羅漢，張玄筆〔三五〕。能格下品。

如意輪院：壁畫花竹六鶴六堵，童祥筆〔三六〕，半已不存。

楞嚴院：壁畫六祖，劉國用筆。能格上品。枯木一堵，文與可筆〔三七〕。山水十堵，蒲永昇筆〔三八〕。龍虎二堵，魯安道筆。山水三堵，僧延廣筆。

甘露寺：廊壁，高僧數十堵，并古迹。

承天院：吕祖真堂後，佛像四堵，杜子瓌筆，能格上品。不下金繩閣下諸佛如意輪觀音等像。

起悟院：堂頭近，周忘機畫樹石四壁。

【題解】

本文輯自楊慎全蜀藝文志卷四二，孔凡禮范成大佚著輯存、全宋文卷四九八四均載之。本文作於石湖任職成都時。石湖淳熙二年（一一七五）五月自桂林出發，六月七日抵成都；四年五月二十九日離成都，在成都任四川制置使，知成都府，歷時二十四個月。石湖有鑑於成都古寺大聖慈寺中名畫頗夥，因詳細記述名畫之畫家、畫名及其位置，撰成本文，寫作當有個時間過程，非成於一時。本文當爲范成大成都古今記丙記一書之内容。于北山范成大年譜將本文繫於淳熙四年離成都前，也只是約略言之。宋黄休復益州名畫録曾對成都及其周邊地區之名畫及畫家，有過記載，可與此文互相參考。其中，有一些畫家及其作品，黄休復未能見到，故石湖之記可補畫史之缺失，極爲珍貴。

【箋注】

〔一〕待詔左全：唐末五代蜀地畫家，善畫佛像。黄休復益州名畫録卷上：「左全者，蜀人也，世傳圖畫迹，本名家。寶曆年中，聲馳闕下，於大聖慈寺中殿畫維摩變相、師子國王、菩薩變相。三學院門上，三乘漸次修行變相、降魔變相。文殊閣東畔，水月觀音、千手眼大悲變相。極樂院門兩金剛，西廊下，金剛經驗及金光明經變相。前寺南廊下行道，二十八祖；北廊下行道，羅漢六十餘軀。多寶塔下，倣長安景公寺吴道玄地獄變相。」郭若虚圖畫見聞志卷二：「左全，蜀郡人。迹本儒家，世傳圖畫，妙工佛道人物。寶曆中，聲馳宇内，成都、長安畫壁廣，多倣吴生之迹，頗得其要。有佛道功德、五帝三官等像傳於世。」

〔二〕趙温奇：一作「趙温其」，唐末五代蜀地畫家，趙公祐之子。黄休復益州名畫録卷上：「趙温奇者，公祐子也。幼而穎秀，長有父風。父殁之後，於大聖慈寺文殊閣内，繼父之蹤，畫北方天王及梵王、帝釋、大輪部屬、大將堂大將部屬并梵王、帝釋。普賢閣下，南方天王。華嚴閣上畫東西二方天王、帝釋。」郭若虚圖畫見聞志卷二：「趙温其，公祐之子，綽有父風，成都寺觀多見其迹。」

〔三〕辛澂：即辛澄，唐末五代畫家。黄休復益州名畫録卷上：「辛澄者，不知何許人也。建中元年，大聖慈寺南畔，創立僧伽和尚堂，請澄畫焉。纔欲援筆，有一胡人云：『僕有泗州真本。』一見甚奇，遂依様描寫，及諸變相，未畢，蜀城士女瞻仰儀容者側足，將燈香供養者如驅。今已重粧，損矣。普賢閣下五如來同坐一蓮花，及鄰壁小佛九身，閣裏内如意輪菩薩，並澄之筆，見存。」郭若虚圖畫見聞志卷二：「辛澄，不知何許人。成都大慈寺泗州堂有僧伽像，及普賢閣下有五如來像。」

〔四〕杜敬安：五代畫家，善畫佛像。黄休復益州名畫録卷中：「敬安，子瓌子也。美繼父蹤，妙於佛像，今大聖慈寺普賢閣下北方天王，三學院羅漢閣下無量壽尊，並敬安筆。蜀城寺院，父子圖畫佛像羅漢甚衆。」郭若虚圖畫見聞志卷二：「杜敬安，齯龜之子，繼父之美。事孟蜀爲翰林待詔，尤能傅彩，成都大慈寺多與其父同畫列壁。」郭氏謂杜敬安爲齯龜之子，夏文彦圖繪寶鑑卷一與之同。然黄休復之時代與杜子瓌父子比較接近，其記載或得其實。

〔五〕杜齯龜：五代畫家，本秦人，避居蜀地，師常粲，善寫真，亦善佛像羅漢。黄休復益州名畫録卷中：「杜齯龜者，其先本秦人，避禄山之亂，遂居蜀焉。齯龜少能博學，涉獵經史，專師常粲寫真雜畫，而妙於佛像羅漢。……授翰林待詔，賜紫金魚袋。今嚴君平觀杜天師光庭真，大聖慈寺華嚴閣東廊下祐聖國師光業真，並齯龜筆，見存。」郭若虚圖畫見聞志卷二：「杜齯龜，其先本秦人，避地居蜀。博學强識，工畫羅漢，兼長寫貌。始師常粲，後自一體。事王蜀爲翰林待詔。成都大慈寺有畫壁。」

〔六〕僧知評：生平未詳。

〔七〕周忘機：宋代畫家，名純，字忘機，成都華陽人。山水師唐李思訓，衣冠人物師顧愷之，佛道師李公麟。鄧椿畫繼卷三「巖穴上士」：「周純，字忘機，成都華陽人，後依解潛，久留荆楚，故亦自稱楚人。少爲浮屠，弱冠遊京師，以詩畫爲佛事，都下翕然知名。士大夫多與之遊，而王寀輔道最與相親，後坐累編管惠州，不許生還。適鄰郡建神霄宫，本路憲舊知其人，請朝廷赦能畫人周純來作繪事，從之，於是憑藉得以自如。其山水師思訓，衣冠師愷之，佛像師伯時。又能作花鳥、松竹、牛馬之屬，變態多端，一一清絶。」

〔八〕王逸民：宋代畫家，永康軍導江縣（今四川灌縣）人。鄧椿畫繼卷四：「王逸民，字逸平，永康導江人。初爲僧，名紹祖，詩畫俱倣周忘機，而氣韻懸絶也。平生頗負氣，政和間改德士，則云：『我生不背佛而從外道。』取祠部牒焚之，自加冠巾。學山谷草書亦美觀。」任才仲：即任誼，宋代畫家。鄧椿畫繼卷三：「任誼字才仲，宋復古之甥也。嘗爲協律郎，後通判澧州，適丁亂離，鍾賊反叛，爲群盜所殺。平日凡所經歷江山佳處，則舐筆吮墨，輒成圖軸，仿佛籠罩，清潤可喜。邵澤民爲春官，才仲正在太常，與之同部，相好甚密。今其家富有才仲手迹，有南北江山圖、平蕪千里圖、四更山吐月圖、唐功臣圖、斗山烟市圖、松溪深日圖。又取平生所見蘭花數十種，隨其形狀各命以名，如杏梁歸燕、丹山翔鳳之類，皆小字隸書記其所見之處。邵氏名曰香圃，其隸古勁，學中郎也。」

〔九〕孫知微：宋代畫家，字太古，眉州彭山（今屬四川）人。善畫山水、人物、佛道、星辰。劉道醇聖朝名畫評卷一：「孫知微，字太古，彭山人，知書，通語論、黄老學，善雜畫，初師沙門令宗。凡牧伯所至，必與之相款，高談劇辯，皆出人意。蜀中寺觀，多有親筆。但畫釋老事迹，則往山野不茹葷，經時方成。晚歲寓居青城白侯壩之趙村，愛其水竹深茂，以助其興也。」范鎮東齋紀事卷四：「蜀有孫太古知微，善畫山水、仙宫、星辰、人物。其性高介，不娶，隱於大面山，時時往來導江、青城，故二邑人家至今多藏孫畫，亦藏畫於成都。今壽寧院十一曜絶精妙，有先君題記在焉。」郭若虚圖畫見聞志卷三：「孫知微，字太古，眉陽人。精黄老學，善佛道畫。於成都壽寧院畫熾盛光、九曜及諸墻壁，時輩稱服。知微凡畫聖像，必先齋戒疏瀹，方始援毫。有功德并故事人物傳於世。」蘇軾畫水記：「始知微欲於大慈寺壽寧院壁作湖灘水石四堵，營度經歲，終不肯下筆。一日，倉皇入寺，索筆墨甚急，奮袂如風，須臾而成，作輪瀉跳蹙之勢，洶洶欲崩屋也。知微既死，筆法中絶五十餘年。」范成大吴船録記載伏龍觀有孫太古畫李氏父子像、丈人觀有孫太古畫三十二仙真、龍虎二君像。

〔一〇〕杜懷玉：生平未詳。

〔一一〕童仁益：宋代蜀地畫家，工畫佛道、人物。郭若虚圖畫見聞志卷三：「童仁益，蜀郡人，工畫人物尊像，出自天資，不由師訓，乃孫知微之亞矣。嘗畫青城山丈人觀諸仙。淳化末，以成都天慶觀仙游閣下舊有石恪畫左右龍虎君，仁益遂抒思援毫，于天慶觀前亦畫龍虎君兩壁，及畫大慈寺中佛殿漢孝明帝摩騰、竺法蘭三藏，保福寺畫首楞嚴二十五觀，筆力尤健。頗有圖軸傳於輦下，好事者往往誤評爲知微之筆也。」

〔二〕趙公祐：晚唐畫家，長安人，寶曆後寓居蜀城，善畫人物、佛像、鬼神。黄休復益州名畫録卷上：「公祐者，長安人也。寶曆中，寓居蜀城。攻畫人物，尤善佛像、天王、神鬼。初，贊皇公（李德裕）鎮蜀之日，賓禮待之。自寶曆、太和至開成年，公祐於諸寺畫佛像甚多。會昌年，一例除毀，唯存大聖慈寺文殊閣下天王三堵，閣裏内東方天王一堵，藥師院師堂内四天王并十二神。前寺石經院天王部屬，並公祐筆，見存。」郭若虛圖畫見聞志卷二：「趙公祐，成都人。工畫佛道鬼神，世稱高絶。太和間已著畫名。李德裕鎮蜀，以賓禮遇之。改莅浙西，辟從蓮幕。成都大慈、聖興兩寺，皆有畫壁。」黄庭堅山谷題跋卷三題趙公祐畫：「黟川吕大淵藏此畫，以爲趙公祐畫也。以余觀之，誠妙於筆，非俗工所能辦也。」

〔三〕范瓊：晚唐畫家，善畫人物、佛像、鬼神，與陳皓、彭堅齊名。黄休復益州名畫録卷上：「范瓊者，不知何許人也。開成年，與陳皓、彭堅同時同藝，寓居蜀城。三人善畫人物、佛像、天王、羅漢、鬼神，三人同於諸寺圖畫佛甚多。會昌年除毀後，餘大聖慈寺佛像得存。」郭若虛圖畫見聞志卷二：「范瓊、陳皓、彭堅三人同時同藝，名振三川。大中初復興佛宇後，三人分畫成都大慈、聖壽、聖興、浄衆、中興等五寺墻二百餘間，各盡所藴。淳化後兩遭兵火，頗有毁廢矣。（辛顯云：范爲神品，陳、彭爲妙品。仁顯云：范、陳爲妙品上，彭爲妙品。嘗見文潞公家墳寺積慶院有移置壁畫婆叟仙一軀，乃范瓊所作，辛顯評爲神品，當矣。）」

〔一四〕張騰：晚唐畫家，太和末，來蜀地諸寺畫佛像。黄休復益州名畫録卷上：「張騰者，不知何許人也。太和末年，偶止蜀川，於諸寺壁圖畫亦多。會昌年除毁皆盡。大中初，佛寺再興，於聖壽寺大殿畫文殊一堵，普賢一堵，彌勒下生一堵，浴室院北，對范瓊畫持弓北方天王一堵，大聖慈寺文殊閣下畫報身如來一堵，並騰之筆，見存。」郭若虚圖畫見聞志卷二：「張騰，不知何許人。工佛道雜畫，描作布色，頗窮其妙。成都聖興寺有畫壁。」

〔一五〕張希古：生平未詳。

〔一六〕竹虔：長安人，尹繼昭弟子，隨僖宗入蜀，工畫道釋人物。黄休復益州名畫録卷中「吕嶢傳」附：「竹虔者，雍京人也。攻畫人物佛像，聞成都創起大聖慈寺，欲將吴道玄地獄變相於寺畫焉。廣明年，隨駕到蜀，左全已在多寶塔下畫竟，遂於華嚴閣下後壁西畔畫丈六天花瑞像一堵。」郭若虚圖畫見聞志卷二：「吕嶢、竹虔，并長安人，工畫佛道人物。僖宗朝爲翰林待詔，廣明中扈從入蜀。長安、成都皆有畫壁。」

〔一七〕高道興：唐末五代畫家，成都人，工畫佛像、高僧。黄休復益州名畫録卷上：「高道興者，成都人也，攻雜畫，觸類皆長，尤善佛像、高僧。光化年，高（昭）宗敕許王蜀先主置生祠，命道興與趙德齊同手畫西平王儀仗、車輅、旌旗、禮服、法物。朝真殿上皇姑帝戚、后妃、女樂百堵。已來授翰林待詔，賜紫金魚袋。及先主殂逝，再命道興與德齊畫陵廟鬼神、人馬兵甲、公主儀仗、宮寢嬪御一百餘堵。今大慈寺中兩廊下，高僧六十餘軀，華嚴閣東畔，丈六天花瑞像，並見存。」郭若虛圖畫見聞志卷二：「高道興，成都人。事王蜀爲内圖畫庫使。工佛道雜畫，用筆神速，觸類皆精。蜀之寺觀尤多墻壁。時諺云：『高君墜筆亦成畫。』」

〔一八〕張南本：晚唐蜀地畫家，善畫佛像鬼神，尤善畫火。黄休復益州名畫録卷上：「張南本者，不知何許人也。中和年，寓止蜀城，攻畫佛像、人物、龍王、神鬼。……今大聖慈寺華嚴閣下東畔大悲變相，竹溪院六祖，興善院大悲菩薩，八明王孔雀王變相，並南本筆。」郭若虛圖畫見聞志卷二：「張南本，不知何許人。工畫佛道鬼神，兼精畫火。嘗於成都金華寺大殿畫八明王，時有一僧游禮至寺，整衣升殿，驟睹炎炎之勢，驚怛幾仆。時孫遇畫水，南本畫火，水火之形本無定質，惟於二公冠絶古今。」李廌德隅齋畫品評大佛像云：「蜀張南本所作也。世之畫史，但能寫物之定形，故水火之狀，難盡其變。始張南本與孫位並學畫水，皆得其法。南本以爲同能不如獨勝，遂專意畫火，獨得其妙。」

〔一九〕張逢：生平未詳。

〔二〇〕吕嶤：長安人，尹繼昭弟子，隨僖宗入蜀，工畫道釋、人物。黄休復益州名畫録卷中：「吕嶤者，京兆人也。唐翰林待詔，自京隨僖宗皇帝車駕至蜀，授將仕郎，守漢州雒縣主簿，賜緋魚袋。今大聖慈寺華嚴閣上天王部屬諸神及王波利真，並嶤之筆，見存。」郭若虛圖畫見聞志卷二亦記其人事，參見前竹虔注。

〔二一〕杜措：成都人，善畫山水。黄休復益州名畫録卷中：「杜措者，蜀人也。幼慕李昇山水，長亦勤學，廿年中畫夕不捨。今大聖慈寺六祖院傍地藏菩薩竹石山水一堵，并院内羅漢閣上小壁，翠微寺禪和尚真，三學院經堂上小壁太子捨身餵餓虎一堵，善惠仙人布髮掩泥一堵，並措之筆，見存。」郭若虛圖畫見聞志卷二：「杜措，成都人，亦工山水，多作老木懸崖、回阿遠岫，殊多雅思。有秋日并州路詩意圖，并山水卷軸傳於世，亦工佛像。」按，唐李宣遠有塞下詩：「秋日并州路，黄榆落故關。」杜措即據此詩意畫成此圖。

〔二二〕趙忠義：長安人，趙德玄之子，自幼入蜀，善畫佛道、人物。黄休復益州名畫録卷中：「趙忠義者，德玄子也。德玄自雍襁負入蜀。及長，習父之藝，宛若生知。孟氏明德年，與父同手畫福慶禪院東流傳變相十三堵，位置鋪舒，樓殿臺閣，山水竹樹，蕃漢服飾，佛像僧道，車馬鬼神，王公冠冕，旌旗法物，皆盡其妙，冠絶當時。……今餘王蜀先主祠堂正門西畔神鬼，大聖慈寺正門北墻上西域記，石經院後殿天王變相，中寺六祖院傍藥師經變相，並忠義筆，見存。」郭若虛圖畫見聞志卷二：「趙忠義，元德之子，事孟蜀爲翰林待詔。雖從父訓，宛若生知。蜀後主嘗令畫關將軍起玉泉寺圖，作地架一座，垂棉疊栱，向背無失。蜀主命匠氏較之，無一差者，其精妙如此。嘗與高道興、黄筌輩同畫成都寺壁甚多。」

〔二三〕趙得齊：一作「趙德齊」。趙温奇之子，工畫佛像。黄休復益州名畫録卷上：「德齊者，温奇子也。乾寧初，王蜀先主府城精舍不嚴，禪室未廣，遂於大聖慈寺大殿東廡起三學延祥之院，請德齊於正門西畔畫南北二方天王兩堵。……大聖慈寺竹溪院釋迦十弟子并十六羅漢，崇福禪院帝釋及羅漢，崇貞禪院帝釋、梵王及羅漢堂文殊普賢，皆德齊筆。」郭若虚圖畫見聞志卷二：「趙德齊，温其之子，襲二世之精藝，奇縱逸筆，時輩咸推伏之。光化中，詔許王建於成都建生祠，命德齊畫西平王儀仗車輅、旌纛法物及朝真殿上畫后妃嬪御，皆極精微。昭宗恩之，遷翰林待詔。（辛顯評温其與德齊，皆次公祐之品。）」

〔二四〕僧惠堅：蜀人，黄休復益州名畫録卷下：「僧惠堅者，蜀人也，亦好圖畫，而最謬焉。廣政中，三學院僧請畫姑蘇臺一堵，對勾楚安避暑宫圖，識者以爲無鑒之甚也。今亦見存。」

〔二五〕僧楚安：俗姓勾氏，漢州什邡人，聖壽寺僧，善畫山水、人物。景焕野人閒話（太平廣記卷二一四）：「西蜀聖壽寺僧楚安，妙畫山水，而點綴甚細，至於尺素之上，山川、林木、洞府、峰巒、寺觀、煙嵐、人物，悉皆有之。每畫一小團扇，内安姑蘇臺，或畫滕王閣，其有千山萬水，盡在目前。」黄休復益州名畫録卷下：「僧楚安，蜀州什邡人也，俗姓勾氏。攻畫人物、樓臺。……今大聖慈寺三學院大廳後明皇帝幸華清宫避暑圖一堵，楚安筆。」郭若虚圖畫見聞志卷二：「僧楚安，蜀人。善畫山水，點綴甚細。每畫一扇，上安姑蘇臺或滕王閣，千山萬水，盡在目前。今蜀中扇面印板，是其遺範。（仁顯云：筆蹤細碎，全虧六法，非大手高格也。)」

〔二六〕黄筌:五代畫家,字要叔,成都人。後蜀先主授他翰林待詔,權翰林圖畫院事,後主孟昶時,賜金紫,加官爲如京副使。後蜀降宋,他與黄居寀同來汴梁,當年病死。筌花鳥師刁光胤,山水師李昇,龍水師孫位,尤長於花竹翎毛,在我國花鳥畫發展史上佔有重要地位。黄休復益州名畫録卷上、劉道醇聖朝名畫評卷一及卷三、郭若虚圖畫見聞志卷二都有傳記。圖畫見聞志云:「黄筌,字要叔,成都人,十七歲事王蜀後主爲待詔,至孟蜀加檢校少府監,賜金紫,後遷如京副使。善畫花竹翎毛,兼工佛道人物,山川龍水,全該六法,遠過三師(花鳥師刁處士,山水師李昇,龍水師李遇也。)」

〔二七〕盧楞伽:唐代名畫家,長安人,吴道玄弟子,善畫佛像、經變、山水。朱景玄唐朝名畫録將他列入「神品下」,評曰:「盧稜迦善畫佛,於莊嚴寺與吴生對畫神,本別出體,至今人所傳道。」張彦遠歷代名畫記卷九:「盧楞伽,吴弟子也,畫迹似吴,但才力有限。頗能細畫,咫尺間山水寥廓,物象精備。經變佛事,是其所長。」黄休復益州名畫録卷上:「盧楞伽者,京兆人也。明皇駐蹕之日,自汴入蜀,嘉名高譽,播諸蜀川,當代名流,咸伏其妙。至德二載,起大聖慈寺,乾元初,於殿東西廊下畫行道高僧數堵,顔真卿題,時稱二絶。至乾寧元年,王蜀先主於寺東廊起三學院,不敢損其名畫,移一堵於院門南,移一堵於門北,一堵於觀音堂後。此行道三堵六身,畫經二百五十餘年,至今宛然如初。西廊下一堵馬鳴提婆像二軀,雖遭粉飾,猶未損其筆踪，餘者重妝，皆昧前迹。蜀中諸寺佛像甚多，會昌年皆盡毁。」

〔二八〕郭游卿：夏文彦圖會寶鑑卷三：「郭道卿字仲常，游卿字季熊，熙之諸孫，皆爲郡守，頗有家學，善畫馬，其筆法真季孟也。」

〔二九〕常粲：晚唐畫家，長安人（郭若虚圖畫見聞志作成都人），咸通中，路巖牧蜀時入蜀。善畫佛道、人物。黄休復益州名畫録卷上：「常粲者，雍京人也。咸通年，路侍中巖牧蜀之日，自京入蜀，路公禮賓待之。粲善傳神、雜畫。……今大聖慈寺悟達國師知玄真，粲之筆，見存。」郭若虚圖畫見聞志卷二：「常粲，成都人，工畫佛道人物，善爲上古衣冠。咸通中，路巖鎮蜀，頗加禮遇。有孔子問禮、山陽七賢等圖，并立釋迦、女媧、伏羲、神農燧人等像傳於世。」

〔三〇〕李昇：成都人，專攻山水，人稱小李將軍。黄休復益州名畫録卷中：「李昇者，成都人也。小字錦奴，年纔弱冠，志攻山水。天縱生知，不從師學，初得張藻員外山水一軸，玩之數日，云：『未盡妙矣。』遂出意寫蜀境山川平遠，心思造化，意出先賢。數年之中，創成一家之能，俱盡山水之妙。……於大聖慈寺真堂内畫漢州三學山圖一堵，彭州至德山一堵，時稱悟達國師真堂四絶：常粲寫真、僧道盈書額、李商隱讚、李昇畫山水。今見存。」郭若虚圖畫見聞志卷二：「李昇，成都人。工畫蜀川山水。始得張璪山水一軸，凝玩數日，云未盡善矣。後遂心師造化，意出前賢。成都聖壽寺有畫壁，多寫名山勝境。仁顯曰：『嘗於少監黄筌第見昇山水圖，乃知名實相稱也。』有武陵溪、青城、峨嵋、二十四化等圖傳於世。（蜀中多呼昇爲小李將軍。)」

〔三一〕宗震:生平未詳。

〔三二〕丘文播:又名丘潛,四川廣漢人,工畫道釋、人物、山水,尤擅畫牛。黄休復益州名畫録卷中:「丘文播者,漢州人也,後改名潛。攻畫山水、人物、佛像、神仙,今新都乾明禪院六祖,漢州崇教禪院羅漢,紫極宫二十四化神仙,皆文播筆,見存。」郭若虚圖畫見聞志卷二:「丘文播暨弟文曉,廣漢人。并工佛道人物,兼善山水,其品降高、趙輩。成都并其鄉里頗有畫迹。文播後改名潛。」

〔三三〕劉國用:宋代畫家,善畫羅漢。鄧椿畫繼卷六:「劉國用,漢州人,工畫羅漢,壁素之傳甚多,在丘、杜、金水張之下也。」

〔三四〕杜子瓌:成都人,善畫佛像。黄休復益州名畫録卷中:「杜子瓌者,成都人也。擅於賦采,拂淡偏長,唯攻佛像。王蜀時,於龍華泉東禪院畫毗盧佛,據紅日輪,乘碧蓮花座,每誇同輩云:『某粧此圓光如日初出,淺深瑩然,無筆玷之迹。』見存。」郭若虚圖畫見聞志卷二:「杜子瓌,華陽人,工畫佛道,尤精傅彩,調鉛殺粉,别得其方。嘗於成都龍華東禪院畫毗盧像,坐赤圜中碧蓮花上,其圜光如初出日輪,破淡無迹,人所不到也。」

〔三五〕張玄:簡州金水石城山人,善畫羅漢。黄休復益州名畫録卷中:「張玄者,簡州金水石城山人也,攻畫人物,尤善羅漢。當王氏偏霸,武成年聲迹喧然,時呼玄爲張羅漢。……今大聖慈寺灌頂院羅漢一堂十六軀，見存。」郭若虚圖畫見聞志卷二：「張玄，簡州金水石城山人。善畫僧相，畫羅漢名播天下，稱『金水張家羅漢』也。」

〔三六〕童祥：宋畫家，鄧椿畫繼卷九：「郭若虚所載往往遺略，如江南之王凝花鳥，潤州僧修范湖石，道士劉貞白松石梅雀，蜀之童祥、許中正人物仙佛，丘仁慶花，王延嗣鬼神，皆名筆也，俱是熙寧以前人物。」

〔三七〕文與可：即文同（一〇一八—一〇七九），字與可，自號笑笑先生，梓橦永泰人。嘗守湖州，人稱「文湖州」。又嘗任洋州知州，人稱「文洋州」。官至司封員外郎，充秘閣校理。善畫墨竹。郭若虚圖畫見聞志卷三：「文同字與可，梓潼永泰人，今爲司封員外郎、秘閣校理。善畫墨竹，富蕭灑之姿，逼檀欒之秀，疑風可動，不笋而成者也。復愛於素屏高壁狀枯槎老枿，風旨簡重，識者所多。」蘇軾書晁補之所藏與可畫竹：「與可畫竹時，見竹不見人。豈獨不見人，嗒然遺其身。其身與竹化，無窮出清新。莊周世無有，誰知此疑神。」

〔三八〕蒲永昇：宋畫家，成都人，善畫水。郭若虚圖畫見聞志卷四：「蒲永昇，成都人，性嗜酒放浪。善畫水，人或以勢力使之，則嘻笑舍去；遇其欲畫，不擇貴賤。蘇子瞻内翰嘗得永昇畫二十四幅，每觀之則陰風襲人，毛髮爲立。子瞻在黄州臨皋亭，乘興書數百言寄成都僧惟簡，具述其妙，謂董戚之流爲死水耳。」蘇軾書蒲永昇畫後：「近歲成都人蒲永昇，嗜酒放浪，性與畫會，始作活水，得二孫（孫位、孫知微）本意。」

成都古今丙記序

前記趙清獻公作於熙寧七年甲寅，凡三十卷。蜀之始封及分野，梁益州、劍南西川、成都府屬郡縣得名之所自，廢置因革之不同，考之詳矣。後八十七年，當紹興三十年庚辰，王恭簡公續爲之記，有辨正其差誤、附益其未載者。二記今皆具存，續記之成，距今纔十有八年，雖事之當書者，不至甚夥。然恐自是日月寖久，來者難考，乃蒐耳目所及者，繼書之，名曰丙記。其二記已載者，皆不重出云。

【題解】

本文作於淳熙四年（一一七七）。本文輯自袁説有成都文類卷二三，又見楊慎全蜀藝文志卷三〇，范成大佚著輯存第一六六頁有録。全蜀藝文志卷三〇胡文質成都古今丁記序云：「成都古今記，起自熙寧甲寅，前帥趙閱道集之，凡三十卷。後八十七年，當紹興庚辰，王時亨復爲續記二十二卷，廢置因革，纖悉巨細，靡不載也。又十有八年，當淳熙丁酉，范至能復爲丙記十卷，距時亨去日未遠。雖不至如前續記之多，然二書之所不及者，則加詳矣。」據胡序知成都古今丙記爲十卷，成書於淳熙四年。

石經始末記

石經已載前記，晁子止作考異而爲之序。考異之作，大抵以監本參考，互有得失，其間顛倒缺譌，所當辨正，然古今字畫，雖小不同，而實通用耳。考異并序，凡二十一碑，具在石經堂中。子止之序曰：「鴻都石經，自遷徙鄴、雍，遂茫昧於人間。至唐太和中，復刊十二經，立石國學。而唐長興中，詔國子博士田敏與其僚校諸經，鏤之版，故今世六學之傳，獨此二本爾。按趙清獻公成都記，僞蜀相毋昭裔捐俸金，取九經琢石於學宫。而或又云：毋昭裔依太和舊本，令張德釗書。國朝皇祐中，田元均補刻公羊高、穀梁赤二傳，然後十二經始全。至宣和間，席文獻又刻孟軻書，參焉。今考之，僞相實毋昭裔也。孝經、論語、爾雅，廣政甲辰歲張德釗書。周易，辛亥歲楊鈞、孫逢吉書。尚書，周德正書。周禮，孫朋吉書。毛詩、禮記、儀禮，張紹文書。左氏傳，不誌何人書，而詳觀其字畫，亦必爲蜀人所書。然則蜀之立石蓋十經，其書者，不獨德釗，而能盡用太和本，固已可嘉。凡歷八年，其石千數，昭裔獨辨之，尤偉然也。公武異時守三榮，嘗討國子監所模長興版本讀之，其差誤蓋多矣。昔議者謂太和石本授寫弗精，時人弗之許，而世以長興版本爲便，國初遂頒布天下，收向日民間寫本不用。然有訛舛，無由參校判知其謬，猶以爲官既刊定，難於獨改。由是而觀，石經固脱錯，而監本亦難盡從。公武至少城，寒暑一再易節，暇日，因命學官讎校之。石本周易説卦：乾，健也，以下有韓康伯注略例，有邢璹注禮記月令，從唐李林甫改定者。監本皆不取外，周易經文不同者五科，尚書十科，毛詩四十七科，周禮四十二科，儀禮三十一科，禮記三十二科，春秋左氏傳四十六科，公羊傳二十一科，穀梁傳一十三科，孝經四科，論語八科，爾雅五科，孟子二十七科。其傳注不同者尤多，不可勝記。獨計經文，猶三百二科。迹其文理，雖石本多誤，然如尚書禹貢篇『夢土作乂』，毛詩日月篇『以至困窮而作是詩也』，左氏傳昭公十七年『六物之占，在宋、衛、陳、鄭乎』，論語述而篇『舉一隅而示之』，衛靈公篇『敬其事而後食其禄』之類，未知孰是。先儒有改尚書『無頗』爲『無陂』，改春秋『郭公』爲『郭亡』者，世皆譏之，此不敢決之以臆，姑兩存之，亦鐫諸樂石，附於經後不誣，將來必有能考而正之者焉。」子止又刻古文尚書於堂，而爲之序曰：「自秦更前代法制以來，凡曰古者，後世寥乎無聞，書契之作，固始於伏犧，然變狀百出，而不彼之若者，亦已多矣。尚書一經，獨有古文在，豈非得於壁間，以聖人舊藏，而天地亦有所護，不忍使之絶滅。中間雖遭漢巫蠱、唐天寶之害，終不能晦蝕，今猶行於人間者，豈無謂耶！況孔子謂尚書以其上古之書也，當時科斗既不復見，其爲隸古定此實一耳。雖然，聖人遠矣，而文字間可以概想，則古書之傳，不爲浪設。予抵少城，作石經考異之餘，因得此古文全編於學官，乃延士張奐，做吕氏所鏤本再刻諸石。是不徒文字足以貽世，若二典『曰若』、『粤𡖂』之類，學者可不知歟？嗚呼，信而好古，學於古訓，乃有獲，蓋前牒所令，方將配孝經、周易經文之古者，同附於石經之列，以故弗克。第述一二，以示後之好識奇字者，又安知世無揚子雲？時乾道庚寅仲夏望日序。」

【題解】本文作於淳熙四年（一一七七）離成都前，于北山范成大年譜淳熙四年譜文：「四月，朝廷徵召到。……有關西蜀文物者，則有石經始末記、成都古寺名筆記。」本文輯自楊慎全蜀藝文志卷三六上，孔凡禮范成大佚著輯存第一五九頁、全宋文卷四九八四均有録。

慧感夫人祠記

慧感夫人，舊謂之聖姑，或以爲大士化身，靈異甚著。祝安上通守是邦，事之尤謹。每有水旱，惟安上禱祈立驗。後以剡薦，就除臺守。既至錢唐，詰旦欲絶江，夢一白衣婦人告之曰：「來日有風濤之險。」既覺，頗異之，卒不渡。至午，颶風倏起，果覆舟數十，獨安上得免。一夕，盜入祠中，竊取其幡。平旦，廟史入視之，見一人以幡纏其身，環走殿中。因執以問，答曰：「某實盜也，夜半幸脱，已踰城至家矣。今不知潛制於此，神之威靈使然，敢不伏辜。」建炎間，賊虜將至城下，有一居民，平昔謹於奉事，夢中告之曰：「城將陷矣，速爲之所。謹勿以此告人。佛氏所謂刧數之説，不可逃也。」不數日，兵果至。其他神驗不一。後加封慧感顯祐善利夫人。

【題解】

本文約作於淳熙五年（一一七八）。本年四月，成大任參知政事，六月，爲言者論罷，奉祠。本文輯自中吳紀聞卷四，姑蘇志卷二七、吳都法乘卷一九、吳都文粹續集卷一四、范成大佚著輯存第一七三頁、全宋文卷四九八五均有録。顧沅吳郡文編卷七四有靈祐廟記，署爲范成大作，其文云：「按乾符二年林茂記云：梁衛尉卿陸僧瓚捨宅爲寺。有女不嫁，既死，祠於寺之東廡。開寶中，吳越王朝京，道出吳江，大風幾覆舟，見女子拯之，自言重元寺之神，本國加封感應夫人，郡人於此祈子，頗驗。元符初年夏旱，人多暍死，明年疫癘繼作，通判祝安上攝州事，禱神致雨，歲大熟。事聞，詔封慧感夫人。政和二年，曹棐記，賀鑄書。中吳紀聞云：安上除知台州，至錢唐，將濟，夢一婦人告以風濤之險。明日，果覆舟數十，獨安上得免。嘗有祝史竊廟中縣幡，（縶）其身，環走殿内，自言某實盜也。夜半踰城還家，神靈潛制於此。建炎中，金人入邊，居民有事之者，夢神告以兵難，不數日陷。乾道三年秋，禱雨有應，父老顧安時上其事，加封慧感顯祐善利夫人。參政范至能記。」當爲顧氏糅合各史料而成，可參看。

中秋泛石湖記

淳熙己亥中秋，至先、至能自越來溪下石湖，縱舟所如，忘路遠近，約略在洞庭、垂虹之間。天容水鏡，光爛一色，四維上下，與月無際。風露温美，如春始和，醉夢飄然，不知夜如何其。惟有東方大星，欲度蓬背，自後不復記憶。坐客或有能賦之者。張子震、馬少伊、鄭公玉〔一〕、章舜元〔二〕，客也。

【題解】

本文作於淳熙六年（一一七九），時正奉祠居家。本文輯自周密澄懷録卷下，孔凡禮范成大佚著輯存第一六一頁、全宋文卷四九八四均載之。

【箋注】

〔一〕鄭公玉：即鄭縝，崑山人，官至知州，與石湖爲同年進士，至正崑山郡志卷三「進士」：「紹興二十四年張孝祥榜：鄭縝公玉。」

〔二〕章舜元：孔凡禮范成大年譜淳熙六年譜文：「中秋，與從兄成象、張子震、馬少伊、鄭縝、章舜元等夜泛石湖。」附注：「詩集卷二十有次韻章秀才北城新圃詩，疑舜元即章秀才，章氏爲姑蘇大族。」參見次韻章秀才北城新圃「題解」，章秀才即北章之後人。

重九泛石湖記

淳熙己亥重九，與客自閶門泛舟，徑橫塘。宿霧一白，垂欲雨。至綵雲橋，氛翳豁然。晴日滿空，風景閒美，無不與人意會。四郊刈熟，露積如繚垣。田家婦子著新衣，略有節物。挂颿遡越來溪，潦收淵澄，如行玻璃地上。菱華雖瘦，尚可采。檥櫂石湖，扣紫荆，坐千巖觀下。菊之叢中，大金錢一種，已爛熳濃香。正午，薰入酒杯，不待轟飲，已有醉意。其傍丹桂二畝，皆盛開，多欒枝，芳氣尤不可耐。攜壺度石梁，登姑蘇後臺，躋攀勇往，謝去巾輿筇杖。石稜草滑，皆若飛步。山頂正平，有拗堂蘚石，可列坐，相傳爲吴故宫閒臺別館所在。其前湖光接松陵，獨見孤塔之尖，尖少北，點墨一螺爲崑山。其後，西山競秀，縈青叢碧，與洞庭林屋相賓。大約目力踰百里，具登高臨遠之勝。始，余使虜，是日過燕山館，嘗賦水調云：「萬里漢家使。」後每自和。桂林云：「萬里漢都護。」成都云：「萬里橋邊客。」明年徘徊藥市，頗歎倦游，不復再賦，但有詩云：「年來厭把三邊酒，此去休哦萬里詞。」今年幸甚，獲歸故國，偕鄰曲二三子，酬酢佳節於鄉山之上，乃用舊韻，句云：「萬里吴船泊，歸訪菊籬秋。」

【題解】

本文作於淳熙六年九月。本文輯自周密澄懷録卷下，張宗橚詞林紀事卷一〇、孔凡禮范成大佚著輯存第一六二頁、全宋文卷四九八四均載之。全宋詞以此文作水調歌頭序。

重修行春橋記

太湖日應咸池，爲東南水會，石湖其派也。吴臺越壘，對立兩涘，危峰高浪，襟帶平楚，吾州勝地莫加焉。石梁卧波，空山映發，所謂行春橋者，又據其會。胥門以西，横山以東，往來憧憧，如行圖畫間。凡遊吴中而不至石湖，不登行春，則與未游無異。歲久橋壞，人且病涉；縣之萬景，亦偃蹇若無所彈壓，過者爲之歎息。豪有力之家，顧環視莫恤，漫以委之官。前令陳益、劉棠，皆有意而弗果作。淳熙丁未冬，諸王孫趙侯至縣，甫六旬，問民所疾苦，則曰：「政孰先於徒杠輿梁者！」乃下令治橋，補覆石之缺，易藉木之腐，增爲扶欄，中四周而兩旁翼之。歲十二月鳩工，訖於明年之四月，保伍不知，公徒不預，邑人來觀，歡然落成而已。今天下仕者，視劇縣如鼎沸，屏氣怵惕，猶懼不葴；侯於此時，從容興廢，蓋亦甚難。四鄉之人，不能出力傾助者，至是始有愧心。則相與商略，他日將作亭其上，以憩倦游者，尚庶幾見之。今姑識治橋之歲月。亭成，將嗣書云。侯名彦真，字德全，舊名彦能。隆興元年進士，擢第後改今名。橋成之明年，日南至。資政殿學士、通議大夫、提舉臨安府洞霄宫范成大記。

【題解】

本文作於淳熙十六年（一一八九），時奉祠在家。本文輯自吴都文粹續集卷三五，姑蘇志卷一九、洪武蘇州府志卷四八、孔凡禮范成大佚著輯存第一六三頁、全宋文卷四九八四均載録。行春橋，石湖勝景，在横山下越來溪中。范成大吴郡志卷一七：「行春橋，續圖經云：『在横山下越來溪中，湖山滿目，亦爲勝處。』橋甚長，跨溪湖之口。好事者或名小長橋，歲久廢闕，淳熙十六年，縣令趙彦真始復修之，勝概爲吴中第一。」趙彦真修橋，始於淳熙十四年冬，十五年四月成，「橋成之明年」，即淳熙十六年，范成大爲作記。

雙瑞堂記

紹熙初元夏四月，吴郡袁使君爲政之再閲月也，長洲之彭華鄉以瑞麥獻；又三月，木蘭後池以瑞蓮獻。麥兩歧，已堅栗可刈，歧間復出新苗，玉枝青葱，且秀且實。後十日，又歧於新苗之半，亦秀實如前。按瑞圖，麥自兩歧至九歧者有矣，未聞枯莖之稊，一再重出，青黄殊色，而三穎俱茂，有生生不窮之意，蓋創見云。蓮則共蔕異花，連理并秀，豐腴適相當，亦奇産也。吏民歡喜，謂造物者效珍發祥，工深巧妙，非賢使君孰能致此！又謂，使君辱臨吾州，政爾暖席，而嘉瑞輒應，何其速耶？余聞神人精祲之交，其迹固相絶遠，一念感通，則和同無間，直瞬息頃爾，固未可速計也。方使君持節按刑時，以杜後惠文繩，郡縣弗虔，官吏纍足；立逐捕巨賊，血其鯨鯢，風采烈於秋霜。朝廷第最課進，直中秘書，就牧此邦。吴人憺其威名，相與屏氣惕息。使君一日過范村，從容爲余言：「曏吾以衣繡持斧爲職，知飭法鋤姦而已；今爲郡守，號稱民父母，當有惻怛之愛，拊摩惸鰥，若乳保之於赤子，使百姓知吾此心，庶幾有不忍欺者。雖蒲鞭且弗願用，况於桁楊敲朴乎？」余矍然起賀曰：「公此心當與天通，人固未能户知，神者其知之矣！」閲時亡幾，而叶氣薰翔，被於珍物，豈非一念之感，如鼓應桴，有不疾而速，不召而至歟？是歲秋大熟，政成人和，庭訟稀簡，郡廓廓無事，曩之蘄望於民者，皆如本指，益知祥應之不虛。於是部使者暨府縣之賓佐，皆畫圖以傳，賦詩以相倡酬。猶謂未足傳久遠，且春秋有年、大有年，皆以喜書；今兹樂歲善收，甌窶污邪，無不滿望，二瑞實兆其祥，尤不可以弗識。乃以「雙瑞」名郡之東堂。余又爲原其所以致祥者爲之記，因以附見有年之喜，亦春秋之遺意焉。使君名説友，字起巖，建陽人。嘉平月，石湖范成大記。

【題解】

本文作於紹熙元年（一一九〇）十二月，時奉祠在蘇。本文輯自范成大吴郡志卷六，姑蘇志卷二二、吴郡文粹卷二、吴郡文編卷四八、孔凡禮范成大佚著輯存第一六五頁、全宋文卷四九八四均有載。雙瑞堂，在郡治内，舊名西齋，郡守袁説友爲之改名。吴郡志卷六「官宇」云：「雙瑞堂，舊名西齋。紹興十四年，郡守王焕建。前有花石小圃，便坐之佳處。紹熙元年，長洲有瑞麥四歧及後池出雙蓮，郡守袁説友葺西齋，以『雙瑞』名堂，識其嘉祥。」

佛日山記

佛日山，由臨平而西，有佳趣。新安江帶城右旋，淙潺亂石間，不能一。長亭辟小溪，大會歙浦，貫萬山以出，又合始新、太末之水，行三百六十里，與海潮會爲浙江。其間稠灘如其里之數，每灘率減數丈，大或十倍。世傳天目山巔，與歙之柱礎平。

【題解】

本文輯自黄震黄氏日鈔卷六七，孔凡禮范成大佚著輯存第一七〇頁、全宋文卷四九八五均有録。題參全宋文擬。孔凡禮輯存按云：「此記當爲任徽州户曹時作。」

范石湖集輯佚卷十一　銘　題名

詹氏知止堂銘　并序

信有鄉先生詹君者，舉進士，歷官既倦遊，即第家作堂曰知止，將老焉。後五年，上奉議郎、諸王宫教授印組，頓首言縣官，願匄骸骨歸州里。制詔：「詹某引年知止，足勵士風，録其子一人。」讀詔中語，適與堂之名合，聞者異之。君之言曰：「始吾爲此，非惡寵利之途而違之也，吾見迹焉者矣。惟彼之徇則違己，惟己之合則不如其已。與其倒迮於日昃，孰若去而之山谿蒼涼之濱，訪初服之亡恙，俛仰昨非，蘧然形寓，吉蠲神明，落其華紛，尚庶幾於聞道。止乎彼而行乎此者，其失得孰多？」君之自叙云爾，余何足以辨之？姑用是銘其堂：

賢哉大夫！緬其高風。始名斯堂，若與天通。有如不信，視此扁榜。又視天語，如鏡中像。載登斯堂，皦焉初心。平生固然，匪今斯今。卷舒之岐，理不同軌。利達之轅，道義之梍。富貴幾何？蹈淵若陵。吾改吾轅，莫梍其行。其行靡靡，望道之涘。孰曰知止？未見其止。

【題解】

本文作年難以確考。本文輯自永樂大典卷七二四一，孔凡禮范成大佚著輯存第一一七頁、全宋文卷四九八五均有録。于北山范成大年譜繫本文於乾道十八年，不當。詹氏，即詹叔善，字繼道，信州玉山人。廣信府志卷九之三人物儒林：「詹叔善，字繼道，玉山人。紹興進士（十八年王佐榜）。拜奉議郎、諸王宫大小學教授。滿歲即求致仕。壽皇嘉之，特官其子，復賜詔，有『知止足勵士風』之語。先時，叔善築書屋曰『知止』，與召語合，人多題詠之。其昆弟叔寧、叔迥、叔沄、叔羲，俱第進士。」

復水月洞銘 并序

水月洞，剜灕山之麓，梁空踞江。春水時至，湍流貫之。石門正圓，如滿月涌，光景穿映，望之皎然，名賓其實，舊矣。近歲或以一時燕私，更其號朝陽〔一〕，邦人弗從。且隱山東洞，既曰朝陽矣，不應相重。乾道九年秋九月初吉〔二〕，吴人范成大、莆田人林光朝，考古揆宜〔三〕，俾復其舊。成大又爲之銘。百世之後，尚無改也。銘曰：有嵌孱顔，中淙漲湍，水清石寒。圓魄在上，終古弗爽，如月斯望。灕山之英，灕江之靈，婷其嘉名。范子作頌，勒於龍嵸，水月之洞。

【題解】

本文作於乾道九年九月，范成大與林光朝偕遊水月洞，石湖爲作銘文。本文輯自陸增祥八瓊室金石補正卷一一四、陸耀遹金石續編卷一八、粵西金石志卷八、孔凡禮范成大佚著輯存第一二八頁、全宋文卷四九八五均有載。水月洞，在桂林灕山，范成大桂海虞衡志：「水月洞，在宜山之麓，其半枕江。天然刓刻作大洞，透徹山背。頂高數十丈，其形正圓，望之端整如大月輪。江別派，流貫洞中。踞石弄水，如坐卷篷大橋下。」臨桂縣志卷一一山川志三：「洞穴有水然後稱奇，桂林諸洞，無慮百所，率近在城外數里，俱有可觀。若水東之曾公巖、興安之石乳洞，皆有流水自洞而出。施直橋横檻其上，遨遊者，得以徙倚。異於他洞者，空明幽邃而已。雖然，未若城南之水月洞、東江之龍隱巖也。水月中通，形如半規，江流貫之，中有石橋，可以觴客。龍隱修曲而高明，江流貫之，鼓櫂而入，仰視洞頂，夭嬌乎真龍之脊背也。范石湖謂二洞奇賞絶世。」

【箋注】

〔一〕更其號朝陽：陸耀遹金石續編卷一八按：「銘序：水月洞名舊矣，近歲以一時燕私，更號朝陽。謂張孝祥、張維也。」

〔二〕初吉：詩經小雅小明：「二月初吉。」鄭玄箋以爲朔日，即初一。又，古人分一月爲四分，自朔至上弦爲初吉，自上弦至望爲生霸，自望至下弦爲既望，自下弦至晦爲死霸，説見王國維觀堂集林卷一生霸死霸考。

〔三〕林光朝：字謙之，莆田人，隆興二年，年五十始進士及第。歷國子司業，因不往賀樞密張説，出爲廣西提點刑獄。陸耀遹金石續編卷一八著録復水月洞銘，按云：「與光朝並以乾道九年至桂，並以牴牾外戚遠官同方，水月盟心，宜其莫逆。」

重貂館銘　并序

嶠南風土常燠，惟桂林最善，唐人喜詠歌之，杜子美以謂宜人，白樂天以謂無瘴，然皆聞而知之者。戎昱實從事幕府，始有「重著貂裘」之句。乾道九年，余辱帥事，臘後大雪盈尺，苦寒如中州。一坐屢索衣，至盡用頃使朔庭時所服，乃掇昱語名西偏擁爐之室，且銘之。此獨以御冬，非所常居，故謂之館云。炎交維古羲所宅，帝墉灕潰畀南伯。清淑回薄鬱以積，彼歊暵厲竄罔跡。宜令大冬枋厥職，雪雰霾空風割石。浮楹複宇謨燕息，抱陽塞向塗四隙。暉景下墮牖生白，載茸裘裳晏熯席。遝來笑言我友即，時哉燠寒絶荒逖，賓以號名尉北客。

【題解】

本文作於乾道九年（一一七三）十二月，時在桂林帥任。本文輯自永樂大典卷一一三一三，黄震黄氏日鈔卷六七有節文，孔凡禮范成大佚著輯存第一二八頁、全宋文卷四九八五均載録。

碧虛銘㊀

唐鄭冠卿遇日華、月華君於棲霞之洞㊁，與之笛，不能成聲。傾壺酒飲之，僅得滴瀝。獨記其贈詩二篇。出門見二樵者，問曰：「洞中樂乎？」跬步亦失所在。吴人范成大小築其處，以識幽討。按詩卒章云：「不緣過去行方便，那得今朝會碧虛？」即以扁榜，且銘之巖壁：空洞維石，中函碧虛。誰歟知津？有翹負芻。我來叩門，兩翁在否？雖不能笛，能醉君酒。爲君作亭㊁，表巖之扃。名翁所命，而我銘之㊂。有宋淳熙改元嘉平日刻。

【校記】

㊀ 題：粤西金石略、臨桂縣志作「碧虛亭銘」。

㊁ 銘之：臨桂縣志作「名之」。金石續編陸耀遹按：「『銘之』，依韻當作『之銘』，書刻時誤倒。」

【題解】

本文作於淳熙元年臘月。本文輯自陸增祥八瓊室金石補正卷八八，陸耀遹金石續編卷一九、粵西金石略卷九、臨桂縣志卷二一、孔凡禮范成大佚著輯存第一二九頁、全宋文卷四九八五均載之。陸增祥於題下注：「高八尺，橫五尺。十二行，行十四字，字徑三寸四分許，正書。橫額分書，題『碧虛銘』三字。」八瓊室金石補正著録棲霞洞題刻五段，云「在臨桂」，其中一段，即石湖銘文。范成大桂海虞衡志：「棲霞洞在七星山。七星山者，七峰位置如北斗。又一小峰在傍曰輔星石。」

【箋注】

〔一〕「唐鄭冠卿」句：臨桂縣志卷一〇山川志二：「從洞口（棲霞洞）入，石索懸錦鯉魚，掛於雲半。左有石樓，唐祀元元於此。乾寧中，臨賀令鄭冠卿來遊，遇二客飲酒奏樂，與之篴，勿能聲。臨別，謂冠卿曰：『方今四海鬥爭，群雄角立，重斂贍兵，蓋亦天數。王喬、許遜之徒，皆臨官即升道果，予其勉之！』出晤負芻，曰：『碧空之樂汝知之乎？』乃日華、月華君也。』跬步失所在。」

〔二〕爲君作亭：范成大重建碧虛亭。臨桂縣志卷一〇山川志二：「（棲霞洞）由七星觀歷級而上，爲元帝殿。入座旁小門執炬行陰道中，數折，得洞高朗。洞頂石紋爲群鶴翔空，俗呼白鶴洞。前闢平地如毬場，可坐十餘人。壁鐫四仙巖。又折而上爲碧虛亭，宋范成大所建，本朝范公承勳新之，過亭則棲霞洞矣。」廣西通志卷二三三勝迹略四桂林府一：「碧虛亭，七星巖棲霞洞，舊名齊雲，宋范成大重建，更名碧虛。」

壺天觀銘 并序

凡洞穴皆幽闇偪仄，秉燭而遊；惟屏風巖高廣壁立，如康莊大廈，延納暉景，内外昭徹。石湖居士名之曰「空明之洞」。由磴道數拾級，出小石穴，山川城郭，恍然無際，以作臺觀，是名壺天。游客詫曰：「大哉斯壺，函裹如許！」居士曰：「世所有相，如空浮華，心目顛倒，□□□□。故善巧者，能於寶珠及以芥子乃至毫端，出見塵剎。彼觀者不覺不知，況一壺哉！」客悟且笑曰：「然則游戲神通耶？」居士亦笑，而爲之銘曰：心塵目華，三昧見前。我提一壺，彌羅大千。無有方所，四維上下。此三昧門，溥遊施者。

【題解】

本文輯自桂勝卷八，孔凡禮范成大佚著輯存第一二九頁、全宋文卷四九八五均載録。臨桂縣志卷一一山川志三録本文，題爲「屏風巖銘」。本文作於淳熙元年。石湖於乾道九年三月至桂林，赴廣西帥任。范成大桂海虞衡志：「屏風巖，在平地斷山峭壁之下。入洞門，上下左右皆高廣百餘丈，中有平地，可宴百客。仰視鍾乳森然，倒垂者甚多。躡石蹬五十級，有石穴通明。透穴而出，則山川城郭，恍然無際。余因其處作壺天觀，而命其洞曰空明。」

殊不惡齋銘

天道左旋，地勢四遊。曜靈轉轂而日運，璿柄回環而歲周。彼大物不能斯須安息，而況乎人生之若浮？故閑之一字，百祥無足比，五福不能疇焉。有士於此，爲病所虐，支體既墮，聰明叵作。解疊華之六綰，塞混沌之七鑿。龜藏於屋，蝸縮於殼。蓬蒿滿徑，車輪生角。冠劍委於凝塵，書傳束於高閣。心無所用，氣合於漠。困則佳眠，饑則大嚼㊀。但覺日月之舒長，不知户庭之寂寞。愧何修而何爲，而擅區中之閑樂？人見其病也，不堪其憂，我以爲殊不惡也。

【校記】

㊀則：原無，孔凡禮輯存據文意補入，今從之。

【題解】

詩集卷二五有殊不惡齋秋晚閑吟五絶，作於淳熙十二年，本文或作於同時。本文輯自永樂大典卷二五三六，孔凡禮范成大佚著輯存第一三〇頁、全宋文卷四九八五均有録。

同登七星山題名

乾道癸巳重九，吳人章潭邃道〔一〕、范成大至能，攜家同登七星山，遂遊棲霞〔二〕、水月〔三〕諸洞。

【題解】

本文作於乾道九年（一一七三）。本文輯自謝啓昆粵西金石志卷八「章潭范成大題名」。孔凡禮范成大佚著輯存一八五頁、全宋文卷四九八五均有録。七星山，在桂林東，張鳴鳳桂勝卷二：「七星山，渡江而東，則有七星峰駢岫列高，視近野群山莫與并。然亦有諸巖洞、冷水出其東，棲霞出其西，又有玄風、彈丸，爲棲霞左右掖，南則龍隱，雖小隔越，諸峰回映連綴，狀斗，故曰七星。」其題名爲真書，徑三寸，刻石在臨桂棲霞洞。

【箋注】

〔一〕章潭：字邃道，時爲廣西運判。

〔二〕棲霞：洞名，范成大桂海虞衡志：「棲霞洞，在七星山。……石洞在山半腹，入石門，下行百餘級，得平地，可坐數十人，六月無炎，大冬温然。」

〔三〕水月：洞名，在灕山之麓，范成大桂海虞衡志：「水月洞，在灕山之麓，其半枕江，天然刓刻作大洞，透徹山背。頂高數十丈，其形正圓，望之如大月輪。江别派，流貫洞中。」

壺天觀題名 一

經略安撫使范成大〔一〕，新作壺天觀，提點刑獄鄭丙落其成〔二〕，轉運判官趙善政〔三〕，提點坑冶鑄錢李大正同集。淳熙改元七月十日。

【題解】

本文作於淳熙元年（一一七四）七月十日。本文輯自臨桂縣志卷二三金石志三，謝啓昆粤西金石略卷九、桂林石刻第一八七頁、孔凡禮范成大佚著輯存第一八五頁、全宋文卷四九八五均載録。臨桂縣志卷二三金石志三：「行書，徑五寸，右刻在屏風山。」淳熙八年，石湖同年梁安世官廣南西路轉運判官，游壺天觀，因作題壺天觀詩并序：「留守參政大資范公，余同年（下缺二字），往歲在桂林，題刻最多，四方傳之。暇日嘗與同僚徧觀。因即公所名壺天觀題數語，括蒼梁安世。宣政喜邊功，隆兑築州縣。程公自名巖，刻石記所建。得既不償費，中興棄不繕。誕謾磨崖辭，當日安夸衒。英英石湖仙，改作壺天觀。壁間之大字，莊重如峨弁。詩文鸞鶴音，筆勢龍蛇變。登高瞰洞户，灕水澄如練。勝概聳靈台，遐觀起三歎。玲瓏二十四，妙墨鐫題徧。我來爲拂塵，端若侍顔面。邦人頌遺愛，壽骨癯且健。今（缺二字）麟堂，安得使之見。淳熙辛丑立秋後一日。」

【箋注】

〔一〕經略安撫使：石湖任桂林帥，其全稱爲「集英殿修撰、知静江府軍府事、兼本路經略安撫使」。

〔二〕鄭丙：字少融，福州長樂人。乾道六年正月，除尚書禮部員外郎，出爲江西轉運判官，改湖南提點刑獄，提點廣東，移廣西提點刑獄。鄭丙移廣西提刑，當爲淳熙元年初，因乾道九年之提刑爲林光朝。平園續稿卷二五有鄭丙之神道碑，宋史卷三九四有傳。

〔三〕趙善政：即趙養民。

壺天觀題名 二

鄭少融、趙養民、李正之、范至能，落壺天觀，還會碧虚。淳熙元年。

【題解】

本文作於淳熙元年（一一七四）。本文輯自謝啓昆粤西金石略卷八，桂林石刻第一八七頁、孔凡禮范成大佚著輯存第一八五頁、全宋文卷四九八五均載録。

中隱山題名

鄭少融、趙養民、李正之、范至能，淳熙甲午歲中秋後三日同遊。

【題解】

本文作於淳熙元年（一一七四）八月十八日。本文輯自謝啓昆粵西金石略卷八，臨桂縣志卷二四金石志五、孔凡禮范成大佚著輯存第一八六頁、全宋文卷四九八五均有録。臨桂縣志金石志於題名下記云：「行書，徑一寸許。右刻在中隱巖。」中隱山，即中隱巖，在桂林西南。

龍隱巖題名

淳熙元年初□日，吴郡范致能、長樂鄭少融、□□王仲顯、□□祝元將、□□□月□□□來游龍隱巖□百□□□東山□□□□蓋□得之龍□水石□□□□□。

【題解】

本文作於淳熙元年（一一七四），時石湖任桂林帥，與同僚遊龍隱巖，因題名。本文輯自桂林石刻第一九〇頁，全宋文卷四九八五亦有録。龍隱巖，在桂林市東七星山脚。范成大桂海虞衡志：「龍隱洞、龍隱巖，皆在七星山脚，没江水中，泛舟至石壁下，有大洞門，高可百丈。鼓棹而入，仰觀洞頂，有龍迹夭矯，若印泥然，其長竟洞。舟行僅一箭許，别有洞門可出。巖在洞側。山半有小寺，即巖爲佛堂，不復屋。」臨桂縣志卷一〇引查禮游記：「自花橋泛舟不半里至洞，在七星山第七峰之山脚。小東江之水注焉。洞口高約七八十尺，鼓棹而入，洞長二百尺，寬一二十尺，左右盡石刻。舟從洞後出，緣山脚百五十尺至岸，舍舟登山，由蹬道數十武即龍隱巖，巖與洞近，故以洞之名名巖。」

屏風巖題名

淳熙乙未廿八日酌别碧虚，七人復過壺關〔一〕，姓字在棲霞。

【題解】

本文作於淳熙二年（一一七五）。本文輯自桂林石刻第一九〇頁，全宋文卷四九八五有録。屏風巖，又名程公巖，因程節開發此巖而得名。范成大桂海虞衡志：「屏風巖，在平地斷山峭壁之下。入洞門，上下左右皆高廣百餘丈，中有平地，可宴百客。仰視鍾乳森然，倒垂者甚多。躡石蹬五十級，有石穴通明。透穴而出，則山川城郭，恍然無際，余因其處作壺天觀，而命其洞曰空明。」

【箋注】

〔一〕七人：指碧虛題名中之祝元將、王仲顯、游子明、林行甫、周直夫、諸葛叔明與范至能。

碧虛題名

范至能赴成都，率祝元將〔一〕、王仲顯〔二〕、游子明〔三〕、林行甫〔四〕、周直夫〔五〕、諸葛叔時〔六〕，酌別碧虛。淳熙乙未廿八日。

【題解】

本文作於淳熙二年（一一七五）。本年正月，拜蜀帥，因與同僚酌別。本文輯自臨桂縣志卷二一金石志二，謝啓昆粤西金石略卷八、陸耀遹金石續編卷一九、孔凡禮范成大佚著輯存第一八六頁、全宋文卷四九八五均有録。碧虛，亭名，在桂林七星山棲霞洞。

【箋注】

〔一〕祝元將：即祝大任，字元將，吴人，曾知賀州、郢州，石湖有清湘驛送祝賀州南歸、寄題祝郢州白雪樓，參見兩詩「題解」。

〔二〕王仲顯：即王光祖，字仲顯，臨江人，曾官柳州知州，石湖有清湘驛送王柳州南歸，可參見此詩「題解」。

〔三〕游子明：即游次公，建安（今福建建甌）人，乾道九年入范成大桂帥幕。厲鶚宋詩紀事卷五七有小傳。淳熙末曾官汀州通判。參見卷一三過鄱陽湖次游子明韻「題解」。本次離別，游次公賦滿江紅，詩人玉屑卷二一：「寒岩游子明，送范制置成大入蜀：『雲接蒼梧，山莽莽、春浮澤國。江水漲、洞庭相近，漸驚空闊。江燕飄飄身似夢，江花草草春如客。望漁村、樵市隔平林，寒烟色。　方寸亂，成絲結。離別近，先愁絕。便滿篷風雨，櫓聲孤急。白髮論心湖海暮，清樽照影滄浪窄。看明年、天際下歸舟，應先識。』其間詞語精絕。」

〔四〕林行甫：生平不詳。

〔五〕周直夫：即周去非，字直夫，著有嶺外代答。

〔六〕諸葛叔時：金華人，爲獄掾。

上巳題名

至能、季思〔一〕、壽翁〔二〕、虞卿、子宣〔三〕、正甫、渭師、子餘〔四〕、無咎、淳熙戊戌季春丁巳同游，子師不至。

【題解】

本文作於淳熙五年（一一七八）上巳，時范成大在臨安任權禮部尚書兼直學士院。此石刻題名在龍華寺（寺在玉津園附近）。本年丁巳，孝宗幸玉津園，石湖及諸人蓋扈從至此，畢事後同游龍華寺，題名留念。本文輯自六藝之一録續編卷五，孔凡禮范成大佚著輯存第一八六頁、全宋文卷四九八五亦録本文。

【箋注】

〔一〕季思：即司馬伋，字季思，司馬光之玄孫，陸游老學庵筆記卷八：「紹興末，謝景思守括蒼，司馬季思佐之，皆名伋。」乾道二年，爲建康總領，景定建康志卷二六：「司馬伋，右朝散郎尚書户部員外郎，乾道二年八月二十五日到，十月十五日丁憂。」乾道六年，以試工部尚書使金。八年，鎮廣州；淳熙四年，爲吏部侍郎；五年七月，知鎮江；六年四月，知平江；九年，知泉州，居二年，再任。以上歷仕，見孔凡禮范成大年譜淳熙五年譜文。陸游孺人王氏墓表（渭南文集卷三九）：「孺人嫁司馬文正公元孫龍圖閣待制伋之仲子。」

〔二〕壽翁：即李椿（一一一〇—一一八三），字壽翁，洺川永平人。靖康之亂，避地南遷，因父遺澤補官。歷官縣尉，監司理參軍，州軍事判官，節度推官。參張浚幕，效力頗多。監登聞鼓院，知鄂州，廣南西路提點刑獄，荆湖北路轉運判官，樞密院檢詳，左司員外郎兼權檢正，直龍圖閣知隆興府，江南西路安撫使，荆湖南路轉運副使，都大提舉四川茶馬，權湖南安撫，司農卿兼權臨安府，江南西路轉運副使，知婺州，加秘閣修撰，吏部侍郎，集英殿修撰知太平州，顯謨閣待制知潭州，荆湖南路安撫使，進敷文閣直學士致仕。卒年七十三。宋史卷三八九有傳。

〔三〕子宣：即劉邦翰，字子宣，范成大吴船録卷下：「（八月）辛巳晨，出大江，午至鄂渚。……監司帥守劉邦翰子宣而下，皆來相見邀飯。」周必大南歸録乾道八年紀事：「前常德太守劉大夫邦翰子宣相候。」

〔四〕子餘：即齊慶胄，字子餘。周必大有朝請郎權尚書禮部侍郎兼侍講齊慶胄辭免禮部侍郎制（玉堂類稿卷八），作於淳熙七年三月二十四日。宋會要輯稿職官七二：「（淳熙七年）四月二十二日，禮部侍郎齊慶胄放罷。」蔡戡有齊子餘侍郎挽詞（定齋集卷九），即禮部侍郎齊慶胄。

暘谷洞題名

范至先、至能、張元直同游林屋洞天，至先之子葳及現、壽二老俱。淳熙戊戌孟冬朔。

【題解】本文作於淳熙五年（一一七八）十月初一，時閑居在蘇。本書卷二〇與現壽二老遊壽泉因話去年林屋之遊題贈，即指這次遊洞事。張元直，從排列次序看，應是比較親近的人。按，石湖有二妹，第二妹適張氏。驂鸞録乾道八年十二月二十四日記事云：「張氏妹從其夫方宦臨安。」張元直或即爲石湖二妹夫。本文輯自林屋洞暘谷洞口石刻，姜本紅、朱俊霞、白帥敏著石湖名賢范成大（蘇州大學出版社二〇一七年出版）録本文。

范石湖集輯佚卷十二　祭文　雜文

祭亡兄工部文

維淳熙七年歲次庚子，十二月己卯朔初一日，弟中大夫知明州軍州事兼沿海制置使某，謹以清酌庶羞之奠，致祭於亡兄致政運使工部之靈。惟兄以履踐爲問學，故不載之空言；以廉隅爲事業，故無所合於時好。非其道義，一介不取。意所安樂，簞瓢晏如。清浄絶欲，半世塵外。天遊逍遥，八極環堵。鐵石堅忍如苦行道人，冰霜孤潔如臞儒列仙。雖入儀郎位，出將使節，譽滿朝野，德流江湖，視若夢境，棄焉如脱。兄之離垢遯俗久矣，故能通乎晝夜之道，安時處順，來去如一。其屬疾也，謝醫却藥，弗問家事。知不可爲，則焚香盥手，翛然告終。昔善其生，今善其死。逝者如此，可謂全歸。嗚呼！是足以見先伯父與□□□地下矣。惟我范氏，奕世同居。薄宦離逖，咸非本心。曏我歸□□□□□□基，三徑輒荒。兄曰時哉，相汝經營；又曰老矣，與汝俱佚。藐是不肖，未克掛冠，復起典州，與兄别離。平生屢别，蓋亦屢見。奉遺盤門，謂我遄歸。豈其生離，化爲死别，嗚呼哀哉！西河正東，北城稍南，籃輿相過，兒童識知。鄉之二老，獨餘一翁。我今雖歸，歸亦何心！新圖異書，誰與共閲？釀成果熟，誰與共嘗？横塘之雪，石湖之月，誰其方舟？吴臺越城，包山洞庭，桃李之蹊，橘中之洲，誰其曳杖而行前？節逢春秋，姻親會同，惟吾伯兄之敬；與夫冠婚喪祭，故家遺俗，凡情文百爲折衷於大宗之門者，今舉無適與歸矣。兄之存亡，固爲范氏重輕；而白首殘年，抱觸目無窮之悲者，又某之所獨也！翼翼吴都，茫茫九原，豈無他人？不如吾兄。酹觴鄞江，與潮俱西，莫知我哀，兄其知之！尚饗。

【題解】

本文作於淳熙七年（一一八〇）十二月，時在知明州軍州事任上。本文輯自永樂大典卷一四〇五一范石湖大全集祭亡兄工部文，孔凡禮范成大佚著輯存第一八四頁、全宋文卷四九八五均有載。

祭樂先生文

維年月日，門生敷文閣直學士、朝請郎、四川安撫制置使范某，謹以清酌庶羞之奠，致祭於删定監簿先生樂公之墓。嗚呼！有如先生之間關兵燼，九死一生，孑然而立身者乎？有如先生之學問攻苦，兼貫六藝，深醇而成全者乎？又有如先生之甫上朝謁，突不及黔，忽焉數晦朔而翁媪相從於九原者乎？嗚呼，此先生身世則然也！又有如教誨成就，自童而習之，以至同升諸公，如某之托契於樂氏之門者乎？藐然遠戍，萬里來歸，謂當復登堂受教，安知其忽焉楸行之下拜先生之墳乎？有菲斯肴，慟哭以奠，其何能將追痛之誠而酢平生之恩勤乎？嗚呼，哀哉！尚饗。

【題解】

本文作於淳熙四年（一一七七），石湖自蜀歸吴，知樂備已卒，往吊其墓，並作此祭文。本文輯自永樂大典卷一四〇五四，孔凡禮范成大佚著輯存第一八三頁、全宋文卷四九八五均有録。按，宋會要輯稿選舉二二考試，有淳熙二年正月九日樂備以删定官點檢試卷之記載。則樂備之逝世，當在淳熙四年石湖東歸前不久。

祭遺骸文

維乾道九年八月乙酉，左朝奉郎、充集英殿修撰、知静江軍府事兼管内勸農使㊀、充廣南西路兵馬都鈐轄兼本路經略安撫使、兼提舉買馬、吴縣開國男、食邑三百户，賜紫金魚袋范成大，謹遣左迪功郎臨桂縣令陳舜韶、左迪功郎司法參軍鄭郥以清酌庶羞之奠，祭於新塚諸君之靈：嗚呼，聖人有言：「卜其宅兆而安厝之。」則凡死而無宅兆者，不得其安，可知也。形魄降於地，骨肉歸復於土，然後其魂氣無不之也。故曰：人死曰鬼。鬼者，歸也。不得其安，不得其歸，魂羈而無託，天下之至悲也。桂林之俗，或不葬所親，寓其骨於浮屠，而顙莫泚也。與夫遠游客死，遺骸委骼，狼藉散亂而弗收者，不知其幾也。嗚呼，若爾諸君，生何罪於天，而今乃至於此也。太守之來，惻然動乎其心，若己手之而棄也。屬吾同僚，出公帑，營燥剛，實覺華之原，鍾官之墟，鬱然砥然，以爲諸君之墓隧也。舉凡無歸之骨，而窀之域於前列者，有官君子也。分封於兩旁者，姓字不得冥漠，君之類也。祭之雖非其親，藏之雖非其里，有以安而歸之，何異於親與里也。日吉辰良，肴芬而酒旨，魂兮即安，無南無北無東西也。牛羊弗踐，樵薪避焉。超於終古，勿毀勿夷也。嗚呼哀哉，尚饗㊁！

【校記】

㊀ 尚饗：原闕，據廣西通志補。

㈡ 尚饗：桂故原無，今據廣西通志補。

【題解】

本文作於乾道九年（一一七三）八月，時在桂林帥。本文輯自桂故卷五，南宋文録録卷二一、廣西通志卷二三八、孔凡禮范成大佚著輯存第一八二頁、全宋文卷四九八五均有録。臨桂縣志卷二七勝迹志三：「宋乾道間，范成大與民期約，以秋八月十五日皆葬所親，否則即以不孝不道論。至期收葬者什九。其無親識及子孫飄零者，官爲聚而穸之于城北，各以石揭其姓名。不知爲誰，則云舊在某所，使後可訪。混入穴中狼藉不分者尚數十擔，合二大冢，爲文祭之。父老以其文刻石於西湖潛洞。」于北山范成大年譜「乾道九年譜文」云：「八月間，訪瘞旅柩，作義冢，爲文葬之。」下加案語云：「舉葬文（即葬遺骸文），據張仲宇小傳（臨桂縣志卷二十八人物志），謂即張氏所撰。石湖本工文，不待他人捉刀；然此類文字，亦往往由幕僚代作，而親加潤色點定，即以入集，例亦常見。」

上梁文

吴波萬頃，偶維風雨之舟；越戍千年㈠，因築湖山之觀㈡。

【校記】

㈠越戍：永樂大典卷二二六六引蘇州府志作「越城」。

㈡因築：陸友仁吴中舊事作「因作」。

【題解】

本文作於乾道八年（一一七二），成大建石湖别墅於盤門外十二里，因作本文。孔凡禮、于北山范成大年譜均繫本文於此年。孔凡禮按云：「此上梁文當爲别墅初創時作，石湖志略得其實。」本文輯自周密齊東野語卷一〇，陸友仁吴中舊事、永樂大典卷二二六六引蘇州府志、孔凡禮范成大佚著輯存第一三五頁、全宋文卷四九八五均有録。黄震黄氏日鈔卷六七評云：「上梁文數語，多雄壯。」

遊録

匡廬衡嶽，塊然大山，不得以峰名。最奇秀者，惟池之九華、歙之黄山。

【題解】

本文作於紹興三十年（一一六〇），時任新安掾，本年有黄山之行，參見本書卷七天都峰、温泉諸詩。本文輯自徐璈黄山紀勝卷四（見趙敏黄山志四種校箋，黄山書社二〇一八年版）孔凡禮范成大佚著輯存、全宋文均未録本文。本文主旨贊頌黄山勝過廬山、衡山，與本書卷六再韻答子文「黄山聞道勝衡廬」句意相一致。

水竹贊 并序

崑山石奇，巧如雕鎪，縣人採寘水中，種花草其上，謂之水寘，而未聞有能種竹者。家弟至存遺余水竹一盆〔一〕，娟浄清絶，衆寘皆廢。竹固不俗，然猶須土壤栽培而成，此獨泉石與俱，高潔不群，是又出乎其類者。贊曰：

竹君清癯，百昌之英。偉兹孤根，又過於清。尚友奇石，弗麗乎土。濯秀寒泉，亦傲雨露。辟穀吸風，姑射之人。微步凌波，洛川之神。蟬蜕泥塗，同於絶俗。直幹高節，此君之獨。棐几明牕，不受一塵。微列仙儒，其孰能賓之！

【題解】

本文作年難以確考，文云「家弟至存」，或作於早年讀書崑山時期。本文輯自永樂大典卷一九八六五，全宋文卷四九八五有録。

【箋注】

〔一〕家弟至存：石湖有二弟，周必大神道碑：「愛二弟，教而撫之，待成績尤至，今爲朝請郎通判建康府，成已前卒。」詩集卷一四甲午除夜猶在桂林念致一弟使虜今夕當宿燕山會同館兄弟南北萬里感悵成詩，則成績字致一，甲午爲淳熙元年，尚在。另一弟成已，當即本文所云之「家弟至存」，石湖文字中很少見到，諒即「前卒」之成已。

炭頌 并序

予病衰，大冬非附火不暖，既銘被、爐，又作炭頌：

燔木不灰，化爲精堅。是衷至陽，維火之傳。雪霾六虛，冰寒九淵。環堵之室，天不能寒。有赫神物，斡流化甄。尺璧寸珠，罔功汗顏。我維德之，莫之名言。既燠既安，與之。

【題解】本文當作於晚年歸老後，具體作年難以確考。本文輯自山堂肆考卷一三一，古今事文類聚續集卷一八、南宋文録録卷九、孔凡禮范成大佚著輯存第一三一頁、全宋文卷四九八五均有録。

書舒蘄二事

皆以持心之厚，惡人報德而獲生。

【題解】

本文作年無考。本文輯自黄震黄氏日鈔卷六七，孔凡禮范成大佚著輯存第一四三頁、全宋文卷四九八五均有録。

記王列女事㊀

王列女不事二主。

【校記】

㊀題：原無，孔凡禮輯存作「記一篇」，今據文意擬。

【題解】

本文作年無考。本文輯自黄震黄氏日鈔卷六七，孔凡禮范成大佚著輯存第一七一頁有録之。全宋文未録。孔輯於此文下按云：「此則文字，原接上則『之』後。又誤『王列女』之『王』爲主，不可通。今從元刻本。」

記朱俠事㊀

朱俠脱屈容叔之子於悍婦，長而還之。

【校記】

㈠題：原無，孔凡禮輯存作「記一篇」，今據文意擬。

【題解】

本文輯自黄震黄氏日鈔卷六七，孔凡禮范成大佚著輯存第一七一頁録之。

記董國度事

董國度陷虜，得婦人力，歸而負之，奇禍死。

【題解】

本文輯自黄震黄氏日鈔卷六七，孔凡禮范成大佚著輯存第一七〇頁、全宋文卷四九八五均有録。題參孔氏、全宋文擬。洪邁夷堅志乙志卷一「俠婦人」條，詳述此事，末注：「范至能説。」

記雷孝子事

雷孝子天錫，十一歲刲股救父。

【題解】

本文作年無考。本文輯自黄震黄氏日鈔卷六七，孔凡禮范成大佚著輯存第一七〇頁、全宋文卷四九八五均有録。題參孔氏、全宋文擬。

書新安事

汪姓鼻祖，名華〔一〕，隋末據歙、宣、杭、睦、婺、饒之地以歸唐〔二〕，今廟封顯靈英濟王。又，俗傳黄巢以汪王同臭味，下令毋犯汪氏，歙人争冒汪姓。俚云：四門三面水，十姓九家汪。百姓油糍鬼，官人豆腐王。譏俗陋也。豆腐，舊傳劉安戲術。又，俚語：徽人三日飽，兩社一年朝。不重冬節也。

【題解】

本文作於紹興二十六年至三十年任新安掾時，具體年月難以確考。本文輯自黄震黄氏日鈔卷六七，孔凡禮范成大佚著輯存第一四二頁、全宋文卷四九八五均有録。孔氏案云：「此則節文前，日鈔有評述一則，云：『天聖五年，王堯臣牓小録，石湖見之昆山龔氏，載異於近制者甚多。』」

【箋注】

〔一〕「汪姓鼻祖」二句：羅愿汪王廟考實（新安志附）：「行狀云：王諱世華，避唐太宗諱，去上字。」

〔二〕「隋末據歙」句：資治通鑑卷一八九載汪華據黟歙等五州，羅愿汪王廟考實：「較其實，則所謂六州者，蓋皆有之，不可掩也。」

沈德和尚記祖輝仲事

沈德和尚書祖輝仲勘江賊，活七人。同官死，嫁其二女。病中見黄衣使召爲仙官，且延壽三紀。

【題解】

本文作年無考。本文輯自黄震黄氏日鈔卷六七，孔凡禮范成大佚著輯存第一四三頁、全宋文卷四九八五均有録。題據文意擬。

記事

常明叔父死，神降其家，云爲人奪胎。

【題解】 本文作年莫考。本文輯自黄震黄氏日鈔卷六七，孔凡禮范成大佚著輯存第一四四頁、全宋文卷四九八五均有録。

論學書須視真迹 一

學書須是收昔人真迹佳妙者，可以詳視其先後筆勢、輕重往復之法。若只看碑本，則惟得字畫，全不見其筆法神氣，終難精進。

【題解】 本文作年難以確考。本文輯自陳櫄負暄野録卷下「學書須視真迹」條，孔凡禮范成大佚著輯存第一四五頁、全宋文卷四九八三均有録。

論學書須視真迹 二

學時不在旋看字本，逐畫臨倣。但貴行住坐臥常諦翫，經目著心。久之，自然有悟入處，信意運筆，不覺得其精微，斯爲善學。

【題解】

本文作年難以確考。本文輯自陳槱負暄野録卷下「學書須視真迹」條，孔凡禮范成大佚著輯存第一四五頁、全宋文卷四九八三均有録。

論書一

漢人作隸，雖不爲工拙，但皆有筆勢腕力㈠，其法嚴於後世真行之書㈡，精采意度㈢，粲然可以想見筆墨畦徑也。

【校記】

㈠ 但：六藝之一録、佩文齋書畫譜作「然」。

㈡ 其法：原脱「法」，今據六藝之一録、佩文齋書畫譜補。

㈢ 精采：原作「精嚴」，據六藝之一録、佩文齋書畫譜改。

【題解】

本文作年難以確考。本文輯自陸友仁硯北雜志卷下，倪濤六藝之一録卷二七九、王原祁等佩文齋書畫譜卷七「范成大論書」條引之，孔凡禮范成大佚著輯存第一四六頁、全宋文卷四九八三均有録。

論書 二

古人書法，字中有筆，筆中有鋒，乃爲極致。

【題解】本文作年難以確考。本文輯自楊慎墨池瑣録卷一，又見王原祁等佩文齋書畫譜卷七「范成大論書」，孔凡禮范成大佚著輯存第一四六頁、全宋文卷四九八三均有録。

通濟堰碑

通濟堰，合松陽、遂昌兩谿之水，引而東行，環數十百里，溉田廣遠，有聲名浙東。按長老之記，以爲蕭梁氏時詹南二司馬所作。至宋中興乾道戊子，垂千歲矣。往迹蕪廢，中下源尤甚。明年春，郡守吴人范成大與軍事判官蘭陵人張澈，始修復之，事悉具新規。三月，工徒告休。成大馳至斗門，落成於司馬之廟。竊悲夫水無常性，土亦善堙，修復之甚難，而潰塞之實易。惟後之人，與我同志，嗣而葺之，將有考於斯。今故列其規於石以告。四月十九日，左奉議郎權發遣處州軍州主管學事兼管内勸農事范成大書。

通濟堰規

堰首

集上中下三源田户，保舉下源十五工以上，有材力公當者充。二年一替，與免本户工。如見充堰首，當差保正長即與權免，州縣不得執差，候堰首滿日，不妨差役。曾充堰首，後因析户工少，應甲頭脚次與權免。其堰首有過，田户告官迫究，斷罪改替。所有堰堤斗門，石函葉穴，仰堰首寅夕巡察。如有疏漏倒塌處，即時修治。如過時以致旱損，許田户陳告，罰錢三十貫，入堰公用。

田户

舊例，十五工以上，爲上田户，充監當。遇有工役，與堰首同，共分局管幹。每集衆，依公於三源差三名，二年一替，仍每月輪一名，同堰首收支錢物人二。或有疎虞不公，致田户陳告，即與堰首同罪。或大工役，其合充監當人，亦抑前來分定窠座管幹，或充外役，亦不蠲免，並不許老弱人抵應。內有恃强不到者，許堰首具名申官追治，仍倍罰一年堰工。

甲　頭

舊例，分九甲。近緣堰田多係附郭上田户典賣，所有堰工，起催不行。今添立附郭一甲，所差甲頭，於三工以上至十四工者差充，全免本户堰工。一年一替，委堰首集衆上田户，以秧把多寡，次第流行，依公定差。如見充别役，即差下次人，俟别役滿日，依舊脚次。仍各置催工歷一道，經官印押收執。遇催到工數抄上，取堰首僉人。堰首差募不公，致令陳訴點對得實，堰首罰錢二十貫，入堰公用。

堰　匠

差募六名，常切看守堰堤。或有疎漏，即時報堰首修治。遇興工日，支食錢一百二十文足。所有船缺，遇舟船上下，不得取受情倖容縱，私折堰堤。如疎漏，申官決替。

堰工

每秧五百把，敷一工。如過五百把有零者，亦敷一工。下户每二十把至一百把，出錢四十文足。一百把以上至二百把，出錢八十文足。二百把以上敷一工。鄉村並以三分爲率，二分敷工，一分敷錢。城郭止有三工以下者，并敷錢。其三工以上者，即依鄉村例，亦以三分爲率，每工一百文足。如有低昂，隨時申官增減。官給赤歷二道。二道一年一易，内一道充收工，一道充收錢糧。並仰堰首同論月上田户，逐時抄上，不得容情增減作弊，不許泛濫支使。如違，許田户陳告官司。勘磨得實，其管掌人輕重斷罪外，或偷隱一文以上，即倍罰，入堰公用。至歲終結算。有錢樁管在堰，其堰工，每年並作三限催發，謂如田户管六十工，每限發二十工，設使不足，又量分數催發，田户不得執定限。如遇大興工役，量事勢輕重，敷工使用。值年分堰堤不損，用工微少，堰首不得多敷工數，掠錢入己。如違，即依隱漏工錢例責罰。田户不如期發工納錢，仰堰首舉申勾追，倍罰一年工數。

船缺

出行船處，即石堤低處是也。

在堰大渠口，通船往來，輪差堰匠兩名看管。如遇輕船，即監梢公那過。若船重大，雖載官物，亦令出卸空船拔過，不得擅自倒拆堰堤。若當灌溉之時，雖是官員船并輕船，並合自沙洲牽過，不得開堰，泄漏水利。如違，將犯人申解使府，重作施行。仍仰堰首以時檢舉申使府，出榜約束。

堰䟺

自開拓䟺至城塘䟺，並係大䟺，各有闊狹丈尺。開拓䟺中枝，闊二丈八尺八寸，南枝闊一丈一尺，北枝闊一丈二尺八寸。鳳臺兩䟺，南枝闊一丈七尺五寸，北枝闊一丈七尺二寸。石剌䟺，闊一丈八尺。城塘䟺，闊一丈八尺。陳章塘䟺，中枝闊一丈七尺七寸半，東枝闊一丈八寸二分，西枝闊八尺五寸半。内開拓䟺遇亢旱時，揭中枝一䟺，以三晝夜爲限，至第四日，即行封印，却揭南北䟺蔭注，三晝夜訖，依前輪揭。如不依次序及至限落䟺，䟺首申官施行。其鳳臺兩䟺不許揭起外，石剌、陳章塘等䟺，並依放開拓䟺次第揭弔。或大旱，恐人户紛争，許申縣那官監揭。如田户輒敢聚衆持杖恃强，佔奪水利，仰㮣頭申堰首或直申官，追犯人究治斷罪，號令罰錢二十貫，入堰公用。如㮣頭容縱，不即申舉，一例坐罪。其開拓、鳳臺、城塘、陳章塘、石刺㮣，皆係利害出處，各差㮣頭一名，並免甲頭差使。其餘小㮣頭與湖塘堰頭，每年與免本户三工。如違誤事，本年堰工不免，仍斷决。

堰夫

遇興工役，並仰以卯時上工，酉時放工。或入山斫篠，每工限二十束，每束長一丈，圍七尺，至晚差田户交收，一日兩次，點工不到，即不理工數。

渠堰

諸處大小渠堰，如遇淤塞，即請衆田户。衆田户分定窠座丈尺，集工開淘，各依古額。其兩岸並不許種植竹木，如違，依使府榜文施行。

請官

如遇大堰倒損，興工浩大，及亢旱時，上役難辦，許田户即時申縣委官前來監督。

請所委官常加鈐束，隨行人吏不得騷擾，仍不得將上田户非理凌辱，以致田户憚於請官修治及時旱損。如違，許人户經縣陳訴，依法施行。

石函斗門

石函或遇沙石淤塞，許破堰工開淘斗門。遇洪水及暴雨，即時挑閘，免致沙石入渠。纔晴，水落即開閘，放水入堰渠。輪差堰匠，以時啓閉。如違，致有妨害，許田户告官，將堰匠斷罪，如堰首不覺察，一例坐罪。

湖塘堰

務在瀦蓄水利。或有淺狹去處，湖堰首即合報堰首及承利人户，率工開淘，不許縱人作捺爲塘及圍作私田，侵佔種植，妨衆人水利。塘湖堰首，如不覺察，即同侵佔人斷罪，追賞錢一十貫，入堰公用，許田户告。

堰　廟

堰上龍王廟，葉穴龍女廟，並重新修造，非祭祀及修堰，不得擅開，容閑雜人作踐。仰堰首鎖閉看管，洒掃崇奉，愛護碑刻，并約束板榜。堰首遇替交割或損漏，即衆議依公破工錢修葺。一歲之間，四季合用祭祀，並將三分工錢支破，每季不得過一百五十工。

水　淫

一處。在地名寶定大堰路邊。通蔭溪邊田合留外，有私創處，並合填塞。其争佔人，許被害田户，申官追斷。

逆　掃

諸湖塘堰邊，有仰天及承坑塘，不係承堰出工，即不得逆掃。堰内水利田户，亦不得容縱偷遞。其承堰田，各有堰水，不得偷掃别堰水利，及不許用板木作捺，障水入田，有妨下源灌溉。亦仰人户陳首重斷，追賞錢一十貫，入堰公用。

開　淘

自大堰至開拓槩，雖約束以時開閉斗門葉穴，切慮積累沙石淤塞，或渠岸倒塌，阻遏水利。今於十甲内，逐年每甲各椿留五十工，每年堰首將滿，於農隙之際，申官差三源上田户，將二年所留工數，併力開淘，取令深闊，然後交下次堰首。

葉穴頭

葉穴係是一堰要害去處，切慮啓閉失時，遂致衝損。兼捕魚人向後作弊。今於比近上田户，專差一名充穴頭，仰用心看管。如遇大雨，即時放開閘板，或當灌溉時，不得擅開。所差人，兩年一替，特免本户逐年堰工。如違誤事，斷罪倍罰本户工，仍看管龍女廟。

堰司

於當年充甲頭，田户議差能書寫人一名充，三年一替。如大工役，一年一替，免充甲頭，一次不支僱丁錢。或因緣騷擾及作弊，申官斷替。

堰簿

堰簿，已行攢造都工簿一面，堰首收管，田秧等第簿一面，請公當上田户一名收管。三年一替。遇有闕割，仰人户將副本自陳并砧基，先經官推割，次執干照，請管簿上田户對行闕割。至歲終，具過割數目姓名，送堰首改正。都簿如無官司憑照，擅與人户闕割，許經官陳告，追犯人赴官重斷，罰錢三十貫，入堰公用。

右依准州縣備據到官張文林申，重修到前項規約，州司點對，委是經久，除已保明供申轉運衙及提舉常平衙外，行下鐫石施行。乾道五年四月望日，右文林郎處州軍事判官張澈立石。

【題解】二文作於乾道五年（一一六九），時在知處州任上。本文輯自李遇孫栝蒼金石志卷五，處州府志卷二六、松陽縣志卷一三、孔凡禮范成大佚著輯存第一七四頁均有録，全宋文卷四九八五録有碑文。李遇孫於文下云：「石刻上本有堰山一條，字既剥落，無從取證，亦仍堰志之舊，存十九條矣。」關於寫作緣起、經營始末，諸家有詳細記載，因逐録之以供參考。周必大神道碑云：「處多山田，梁天監中，詹、南二司馬作通濟堰於松陽、遂昌之間，激溪水四十里外，溉田二十萬畝。溪遠田高，堰壞已五十年。公尋故迹，議伐大木，横壅溪流，度水與田平，即循溪疊石岸，引水行其中。置四十九閘，以節啓閉。上源用足，乃及其中，次至其下，而堰可復。議定，官爲雇工運石，命其傍食利户各發丁壯，分畫界定，以五年正月同日興工，四月而成，水大至，如初議。適公被召，躬往勞之，父老懽呼曰：『堰成，公忍去我耶？』公曰：『吾能經始，安能保其無壞！』爲立詹南廟，作堰規，刻石廟中，盡給左右山林爲修堰備。至今蒙其利。」栝蒼彙紀卷七地理紀麗水縣：「乾道間，郡守范成大重加修葺，有堰規二十條，見堰廟石刻，范自爲記，略曰：通濟堰，按長老記云，蕭梁時詹、南二司馬所作；至乾道戊子，垂千載矣。往迹蕪廢，中下源尤甚。明年春，郡守吴人范成大與軍事判官蘭陵張澈修復之，事悉具新規。三月，工徒告休，成大馳至斗門，落成於司馬之廟。竊悲夫水無常性，土亦善湮，修復之甚難，而潰塞之實易。惟後之人與我同志，嗣而葺之，將有考於斯，故刻其規於石。」處州府志卷二六藝文志金石：「右宋郡守范公成大通濟堰記并堰規二十條。乾道四年頒發。五年，張澈立石。舊志僅録記略，又脱去六十八字，今摹石刻始全。然規石雖存，字迹模糊難辨。今取相傳堰志一書録之。原刻尚有堰山一條，共二十條，今止十九條。據堰志云，堰規凡二十條，今除去堰山一條。蓋舊堰自春初起工，用木篠築成堰堤，取材於山，攔水入堰。自開禧元年郡人參政何澹築成石隄，以圖久遠不費修築，因請於有司給此山。今山爲何氏物，業非堰山矣。是則何氏因捐築石隄，後據山爲己有，遂除去『堰山』一條，存十九條。」

附録

一、諸家評論

（一）詩評

楊萬里誠齋詩話

自隆興以來，以詩名者：林謙之、范致能、陸務觀、尤延之、蕭東夫。

楊萬里千巖摘稿序

余嘗論近世之詩人，若范石湖之清新，尤梁溪之平淡，陸放翁之敷腴，蕭千巖之工致，皆予之所畏者。

楊萬里進退格寄張功父姜堯章

尤、蕭、范、陸四詩翁，此後誰當第一功？新拜南湖爲上將，更差白石作先鋒。可憐公等俱癡絶，不見詞人到老窮。謝遣管城儂已晚，酒泉端欲乞移封。

楊萬里謝張功父送近詩集

十年不夢軟紅塵，惱亂閑心得我嗔。兩夜連繙約齋集，雙明再見帝城春。鶯花世界輸公等，泉石膏肓歎病身。近代風騷四詩將，非君摩壘更何人（四人：范石湖、尤梁溪、蕭千巖、陸放翁）。

劉克莊後村詩話前集卷二

蕭千巖機杼與誠齋同，但才慳於誠齋，而思加苦，亦一生屯蹇之驗。同時獨誠齋奬重，以配范石湖、尤遂初、陸放翁，而放翁絶無一字及之。

劉克莊中興絶句續選

南渡詩尤盛於東都，炎、紹初，則王履道、陳去非、汪彦章、吕居仁、韓子蒼、徐師川、曾吉甫、劉彦沖、朱新仲、希真，乾、淳間，則范至能、陸放翁、楊廷秀、蕭東夫、張安國一二十公，皆大家數。

宋濂答章秀才論詩書

馴至隆興、乾道之時，尤延之之清婉，楊廷秀之深刻，范至能之宏麗，陸務觀之敷腴，亦皆有可觀者，然終不離天聖、元祐之故步，去盛唐爲益遠。

周遵道豹隱紀談

天生好句，未嘗無對。俚俗之語，得之爲難。栗齋詩話載二對云：「死人身邊有活鬼，强將手下無弱兵。」一云：「老手舊胳脯，窮觜餓舌頭。」今有一對，亦可比擬，如「磨油拌生菜，呷醋咬陳姜」。石湖居士戲用鄉語云，土俗以二至後九日爲寒燠之候，故諺有「夏至未來莫道熱，冬至未來莫道寒」之語。又夏至後一説云：「一九至二九，扇子不離手。三九二十七，吃水如蜜汁。四九三十六，争向露頭宿。五九四十五，樹頭秋葉舞。六九五十四，乘涼不入寺。七九六十三，夜眠尋被單。八九七十二，單被添夾被。九九八十一，家家打炭墼。」冬至後云：「一九至二九，相唤不出手。三九二十七，籬頭吹觱篥。四九三十六，夜眠如露宿。五九四十五，太陽開門户。六九五十四，貧兒争意氣。七九六十三，布衲兩𧜟𧟄。八九七十二，貓狗争陰地。九九八十一，犁耙一齊出。」范公吴人，不免用鄉語。

方回跋遂初尤先生尚書詩

宋中興以來，言治必曰乾、淳，言詩必曰尤、楊、范、陸。其先或曰尤、蕭，然千巖早世不顯，詩刻留湘中，傳者少。尤、楊、范、陸特擅名天下。（略）回謂光堯龍渡時，則有詩人陳去非、吕居仁、徐師川、韓子蒼之徒，所謂及聞正始之音者。至阜陵在宥，而四鉅公出焉，非以其渾大典正，與中原諸老並歟？誠齋時出奇峭，放翁善爲悲壯，然無一語不天成。公與石湖，冠冕佩玉，度騷媲雅，蓋皆胸中貯萬卷書，今古流動，是惟無出，出則自然。

方回讀張功父南湖集并序

乾、淳以來，稱尤、楊、范、陸，而蕭千巖東夫、姜梅山邦傑、張南湖功父亦相伯仲。梁溪之嫡淡細潤，誠齋之飛動馳擲，石湖之典雅標致，放翁之豪蕩豐腴，各擅一長。千巖格高而意苦，梅山律熟而語新。

方回曉山烏衣圻南集序

乾、淳以來，誠齋、放翁、遂初、石湖、千巖五君子，足以躡江西、追盛唐。

宋史卷三八六范成大傳

成大素有文名，尤工於詩。上嘗命陳俊卿擇文士掌内制，俊卿以成大及張震對。自號石湖。有石湖集、攬轡録、桂海虞衡集行於世。

都穆南濠詩話

予觀歐、梅、蘇、黄、二陳，至石湖、放翁諸公，其詩視唐未可便謂之過，然真無愧色者也。

沈周跋宋陸游自書詩一卷（石渠寶笈卷二九）

放翁詩大類石湖，書法亦大同小異，在當時，蓋二公互相取益也。宜乎其忘勢遺位，與之傾倒平生。後世推范公之知人，陸公之自信。

楊慎東皁三蜀兩遊集序

昔之爲詩推表山川，膾炙人口於吾蜀者，宜莫若杜子美之富且著，子美而下，則宋之范至能、陸務觀也。三子之集，大行於今，覆視其帙，居蜀之作過半矣。品格之間，古今之别，姑置勿問，且言其所值：杜則流離飢困，寂抑悦恨，故其言志，恒多怨；陸則流連光景，肆情臯壤，故其命詞，恒多歡；若范公，則分弓秉鉞，開府行邊，功建弍遏，名垂不朽，而又以暇日餘景，掞藻觚與文士埒能，一人争勝，其所題詠篇什，聲叶中和而調諧貞則，亦其時之遇也。今大中丞儀封劉公，比跡千古，亦今之石湖也。觀斯集也，弔古興懷，則沉鬱而不懟；晤言因寄，則取適而不流；犂然性情之貞，碻乎理義之正。他日與石湖集并傳，無疑也。

何良俊 四友齋叢説卷二五

南宋陳簡齋、陸放翁、楊萬里、周必大、范石湖諸人之詩，雖則尖新太露圭角，乏渾厚之氣，然能鋪寫情景，不專事綺繢，其與但爲風雲月露之形者，大相徑庭。

賀裳 載酒園詩話又編 范成大

選宋詩不復可繩以古法，真須略玄黄取神駿耳。但當汰其已甚，違拜從純，不可無此權度也。吾於汴宋最愛子由，杭宋則深喜至能，真有驊騮騄耳歷都過塊之能，雖時亦霜蹄一蹶，要不礙千里之步。代聖集贈别曰：「一曲悲歌水倒流，樽前何計緩千憂。事如夢斷無尋處，人似春歸挽不留。草色粘天鶗鴂恨，雨聲連曉鷓鴣愁。迢迢緑浦帆飛遠，今夜新晴獨倚樓。」南徐道中曰：「半生行路與心違，又逐孤帆擘浪飛。吴岫擁雲遮望眼，楚江浮月冷征衣。長歌悲似垂垂淚，短夢紛如草草歸。若使一廛供閉户，肯將青雀易柴扉。」入秭歸界曰：「山根繫馬得漿家，深入窮鄉事可嗟。蚯蚓祟人能作瘴，茱萸隨俗强煎茶。幽禽不見但聞語，野草無名都着花。窈窕崎嶇殊未艾，去程方始問三巴。」鄂州南樓曰：「誰將玉笛弄中秋，黄鶴飛來識舊遊。漢樹有情橫北浦，蜀江無語抱南樓。燭天燈火三更市，摇月旌旗萬里舟。卻笑鱸鄉垂釣手，武昌魚好便淹留。」此石湖帥蜀歸過鄂州作也。古云「寧飲建鄴水，莫食武昌魚」，卻如此點化，何減回道人半黍。再渡胥口曰：「古來此地快蓬心，天繞明湖日照臨。一雁雲平時隱見，兩山波動對浮沈。衰鬢都共荻花老，醉面不如楓葉深。罾户釣徒來問訊，去年盟在肯重尋？」以上諸詩有似元、白者，有似許渾、韓偓者。又如「月從雪後皆奇夜，天向梅邊別有春」，「鵰鶚相安無可笑，熊魚自古不能兼」，「定中久已安心竟，飽外何煩食肉飛」，「含風竹影淡留月，着雨蛩聲深怨秋」，俱有新趣。絶句之工者，兖州道中曰：「虎嘯狐鳴苦竹叢，魂驚終日走蒙茸。松林斷處前山缺，又見南湖數十峰。」冬日田園雜興曰：「斜日低山片月高，睡餘行藥繞江郊。霜風掃盡千林葉，閒倚笻枝數鸛巢。」尤澹秀可愛。范嘗使於金，口奏乞還河南寢陵，遂有羈留之議，賦詩曰：「萬里孤臣致命秋，此身何止一浮漚。提攜漢節同生死，休問羝羊解乳否。」此尤其生平大節，不止呫嗶之士。請息齋書事曰：「蝨裏書時真是賊，虎中宣力任爲倀。」「賊」字太不文，然下句終是快語，亦可愁時破涕也。

費經虞雅倫卷二一

宋初競尚西崑、才調，元之獨爲清麗醇雅。（略）後出如永叔、子瞻、石湖、放翁，皆遵仿之，實宋風所自開也。

石湖與放翁齊名，清新藻麗，然才亞於放翁。今之學者多於其中摘新字面用之，非石湖意也。

汪琬讀宋人詩五首

唱得吴歈迥不同，石湖别自擅宗風。楊尤果與齊名否？如此論量恐未公。

汪琬劍南詩選序

范石湖之詩非不新也，然而邊幅則太窘矣。

姜宸英唐賢三昧集序

詩至中晚已小變。王元之輩名爲以杜詩變西崑之體，而歐、蘇各自成家，西江别爲宗派。至南渡而街談巷語競竄六義，其間能以唐自名其家，自放翁、石湖而外，不可多得，或者謂反不如西崑之浮艷，其聲存也。

吴景旭歷代詩話卷六一

南渡以後，范石湖、陸放翁兩家爲冠。楊誠齋謂范之清新，陸之敷腴。姜白石謂温潤如范，俊逸如陸，當時已推服之。然范詩易看而難入，當由其温潤，進其清新；陸詩難擇而易耽，當汰其敷腴，實其俊逸。

葉燮原詩内篇

宋初詩襲唐人之舊。（略）自後諸大家迭興，所造各有至極，今人一概稱爲宋詩者也。自是南宋、金、元作者不一，大家如陸游、范成大、元好問爲最，各能自見其才。

又推崇宋詩者，竊陸游、范成大與元之元好問諸人婉秀便麗之句，以爲秘本。昔李攀龍襲漢魏古詩、樂府，易一二字便居爲己作，今有用陸、范及元詩句，或顛倒一二字，或全竊其面目，以盛誇於世，儼主騷壇，傲睨古今。豈惟風雅道衰，抑可窺其術智矣。

王士禛香祖筆記卷五

宋姜夔堯章白石集，予鈔之近百首，蓋能參活句者。白石詞家大宗，其于詩亦能深造自得。自序同時詩人，以温潤推范石湖，痛快推楊誠齋，高古推蕭千巖，俊逸推陸放翁。白石游于諸公間，故其言如此。

王士禛帶經堂詩話卷一〇

宣獻與楊誠齋、范石湖、陸放翁同時，詩亦石湖伯仲，歌行學蘇、黄，氣或不遒，格詩苦鈍，然不爲楊、范佻巧取媚。

又卷一八

載酒園詩話，丹陽賀裳著。其持論有不可解處，如范石湖之視陸放翁何啻霄壤，而賀則云至能有驊騮、騄耳過都歷塊之能，又云務觀才具無多，意境不遠，唯善寫眼前景物，音節琅然可聽。（略）此如乞兒輕議波斯賈胡，足發一笑耳。其論晁具茨亦然。大抵所取率晚唐窕巧之語，以爲雋異，豈得輒衡量大家耶！

宋犖漫堂説詩

南渡後，陸游學杜、蘇，號爲大宗。又有范成大、尤袤、陳與義、劉克莊諸人，大概杜、蘇之支分派别也。

放翁老鍊峭潔，（略）可冠南宋，石湖非其伯仲。

尤侗梁溪遺稿跋

南宋詩家首推尤、楊、范、陸，號「中興四將」，蓋比之張、韓、劉、岳云。顧其時習尚，争學唐風，由元訖明，鮮有齒及宋詩者。洎乎昭代，然後大行。蘇、黄而下，劍南爲盛，石湖次之，誠齋雖拙于用多，亦篇什斐然矣。

汪森梅山續稿序

余讀宋諸家詩，而自始迄終，各有其原本焉。五季以還，家少陵而户元、白，然分途攬轡，超詣各殊。即如梅宛陵之精琢，歐陽廬陵之雅鍊，蘇眉山之開拓變化，黄涪翁之出没浩瀚，范石湖之丰標，陸劍南之逸足，真可謂百不爲多，一不爲少。其或以偏師制勝，獨壘争奇，樹幟生前，標名身後，雖辟支小果，游戲神通，亦未可以優此而劣彼也。

諸錦白石詩序

白石在南宋一老布衣，往往爲章服者傾倒，如石湖、誠齋互爲推奬，由是聲價益高，士固不可無所汲引歟。

全祖望宋詩紀事序

建炎以後，東夫之瘦硬，誠齋之生澀，放翁之輕圓，石湖之精致，四壁并開。

陳訏宋十五家詩選石湖詩選

范石湖取境雅瘦，力排丰縟；然氣韻自腴，故高峭而不寒儉。

金學蓮書陸放翁詩後

山水嚴陵天下無，放翁真放極清娱。一時誤作南園記，已覺高風讓石湖。

張惣葛莊詩鈔序

或訊公詩自佳，疑或涉宋。而余謂論詩如九方皋之相馬，當在牝牡驪黄之外，誠不以是也。論聲調，唐之元、白，已肇蘇、陸，論氣味，宋之歐、梅，豈減韓、柳；他如半山、石湖諸老，誰得以非唐目之？

杭世駿申改翁出蜀集序

生其鄉與夫宦轍所至，唐若李、杜，宋若蘇，若陸、范，其詩怪偉絶特，與劍閣之嵯峨相峙，而欲插齒牙於其間，出一奇，制一勝，又難之難也。

宋百家詩存卷一〇小山集

于湖張孝祥、石湖范成大名重一時，(劉)翰游於二公之門，故詩聲日著。

錢世錫論宋人絶句十二首和陳檢齋司馬九

嫵媚清新鮑謝俱，誠齋斂衽不爲腴。令人絶意江南好，雜興田園范石湖。（誠齋序石湖詩曰：「我於詩豈敢以千里畏人者，而於公獨斂衽也。」）

袁守定佔畢叢談卷五

元、白長慶集固近宋調，其實肇於少陵。少陵詩：「老妻畫紙爲碁局，稚子敲針作釣鈎」，「酒債尋常行處有，人生七十古來稀」，「春水船如天上坐，老年花似霧中看」，「晝引老妻乘小艇，晴看稚子浴清江」，（略）如此類者甚多，的是劍南、石湖鼻祖。

姚壎宋詩略自序

南渡之尤、楊、范、陸，絶類元和。

吴祖修讀遺山題中州集後詩

一代詞人孰積薪，涪皤陳語肯相因。石湖冲淡放翁健，可是西江社裏人？

張謙宜絸齋詩談卷五

陸劍南、范石湖皆學杜有得者，范較養勝，陸較才勝耳。

范石湖筆致平雅，惟入蜀自虎牙至秭歸縣，不減少陵。

四庫全書總目卷五八

御選唐宋詩醇四十七卷。（略）南宋之詩，范、陸齊名。（略）石湖集篇什無多，才力識解亦均不能出劍南集上。既舉白以概元，自當存陸而删范。權衡至當，洵千古之定評矣。

邵堂論詩六十首三一

西河留守但經年，東閣参知兩月旋。高唱湖田新樂府，石湖應共鑑湖傳。

沈德潛説詩晬語卷下

南渡後詩，楊廷秀推尤、蕭、范、陸四家，謂尤延之袤、蕭東夫德藻、范致能成大、陸務觀游也。後去東夫，易以廷秀，稱尤、楊、范、陸，蕭幾不能舉其名氏，而詩亦散逸矣。

王昶舟中無事偶作論詩絶句四十六首

楊監詩多終淺俗（楊誠齋），平園老去亦疎庸（周益公）。石湖居士真清遠，不獨驂鸞寫狀濃（范石湖）。

又偶成

歸田何敢擬淵明，欲傚香山亦未成。范陸新詩差可繼，興來覓句遶廊行。

姚鼐重修石湖范文穆公祠記

南宋資政殿大學士范文穆公，既以文學著稱當世，其詩尤爲天下所愛。後世爲詩者，每誦法之，以謂宋詩人之傑。然考公生平，主朝出使，卓有節行，臨民布政，方略可觀，亦非第詩人之傑而已。

翁方綱石洲詩話卷四

阮亭云：范石湖之視陸放翁，何啻霄壤。蓋平熟之中，未能免俗也。

石湖於桑麻洲渚，一一有情，而其神不遠，其佳處則白石所稱「温潤」二字盡之。

石湖善作風景語，於竹枝頗宜。

范、陸皆趨熟，而范尤平迤，故間以零雜景事綴之，然究未爲高格也。

放翁五言古詩，平揖石湖，下啓遺山。

後村稱王義豐詩「高處逼陵陽、茶山」。今觀其詩，清切有味，遠出誠齋、石湖之上，而世不甚稱之。

自後山、簡齋抗懷師杜，所以未造其域者，氣力不均耳。降至范石湖、楊誠齋，而平熟之逕，同輩一律，操牛耳者，則放翁也。平熟則氣力易均，故萬篇酣肆，迥非後山、簡齋可望。而又平生心力，全注國是，不覺暗以杜公之心爲心，于是乎言中有物，又迥出誠齋、石湖上矣。

徐曉亭塵談筆存

楊誠齋詩，力求超脱，范石湖詩，力求精工，卻不道詩從至性至情流出，不求超脱而自超脱，不求精工而自精工。

李重華貞一齋詩説

南宋陸放翁堪與香山踵武，益開淺直路徑，其才氣固自沛乎有餘，人以范石湖配之，不知石湖較放翁則更滑薄少味。（略）故知范、陸並稱，猶之温、李，元、白，優劣自皎然也。

方廷楷習靜齋論詩絶句

西村生性愛幽居，得句吟來范石湖。詩欲驚人原好事，何妨此癖未銷除。（歸善葉西村適）

李調元雨村詩話卷下

范石湖詩稍次于放翁，而入蜀峽中詩爲獨具手眼。余曾擬其刺灒淖諸篇，不免效顰之笑。至云蜀人好食生蒜，臭不可近，今則不然矣。

謝啓昆讀全宋詩仿元遺山論詩絶句二百首范成大

一曲清溪訪越來，西風楚客重徘徊。三邊館畔哦詩罷，萬里橋頭載酒迴。冰天桂海夢魂非，路入横塘燕子飛。閒坐息齋殊不惡，家人檢校石湖歸。

石樵詩話卷四

宋律詩多用轆轤格、轆轤韻，雙出雙入。（略）楊誠齋、范石湖多用之。

静居緒言

南渡後詩一變，尤、蕭、楊、范、陸時名相埒。（略）石湖似爲整煉，而才思狹窄，終遜一籌。

朱庭珍筱園詩話卷四

南宋四大家，當時稱尤、蕭、范、陸，謂尤延之、蕭東夫、范石湖、陸放翁也。然三人皆非放翁匹，而延之尤卑。

黄維甲與從侄杭生濚之孝廉論唐宋八家文宋四家詩得失

詩到蘇黄都説盡，古人定論我何殊。若論逸響餘絃外，我獨傾心范石湖。

黄維甲病中讀宋四家詩各題一絶

忙裏成吟俱慘淡，衰年得句亦精神。文章不爲勳名掩，南宋如公復幾人？

洪亮吉北江詩話卷五

陸渭南之在范石湖幕府也，石湖主清新，而渭南則主沈鬱，故能各自名家，并拔戟自成一隊。

况澄仿元遺山論詩三十首一九

文采尤蕭范陸同，石湖南渡振頹風。梁谿寂寞千巖冷，我獨傾心拜放翁。

胡敬仿漁洋山人題唐宋金元詩絶句

別自陸豪黄峭外，無窮層出見清新。武夷君亦風流甚，留住詩篇放卻人。（先君子藏有范石湖集，爲孫丈半峰攜入閩，墮建溪中。）

姚瑩論詩絶句六十首

開府題詩范石湖，也如嚴武在東都。務觀禮法因君放，曾與登牀一醉無。

李慈銘越縵堂日記（光緒乙酉七月十一日）

閲石湖集。文穆詩頗兼率易槎枒之病，然其晚年寫老疾之態，多如人意所欲言，於我今日，尤體狀曲肖也。

陸心源楊氏日記序

余惟遊記之源，蓋出於史家之支流。宋以後作者踵接，然往往瑣屑穢雜，無關法戒，故自石湖、放翁而外，傳者甚寡。

沈曾植海日樓叢鈔引筆記

石湖、放翁，潤以文采，要爲樂而不淫，以自别爲詩人旨格。

陳衍石遺室詩話卷一四

唐以前名句多全聯寫景者。宋人除陸放翁、范石湖、楊誠齋諸家外，往往寫景中帶着言情。

(二) 詞評

周必大與范至能參政劄子

樂府措之花間集中，誰曰不然。陳無己云「妓圍窈窕，争唱舍人之詞」，今在桂林矣。最後七夕篇尤道盡人間情意，蓋必履之而後知耳，奇絶奇絶。

沈雄古今詞話詞話上卷

劉漫塘曰：范致能、陸務觀，以東南文墨之彦，至爲蜀帥。在幕府日，賓主唱酬，每一篇出，人以先睹爲快。

張惠言詞論

姜堯章夔暗香(舊時月色),題曰石湖咏梅,此爲石湖作也。時石湖蓋有隱遁之志,故作此二詞以沮之。白石石湖仙云:「須信石湖仙,似鴟吏飄然引去。」末云:「聞好語,明年定在槐府。」此與同意。首章言己嘗有用世之志,今老無能,但望之石湖也。

厲鶚論詞絶句十二首

舊時月色最清妍,香影都從授簡傳。贈與小紅應不惜,賞音只有石湖仙。

馮金伯詞苑萃編卷一

石湖老人謂予云:「琵琶有四曲,今不傳矣。曰濩索(一曰濩弦)梁州、轉關緑腰、醉吟商胡渭州、歷弦薄媚也。」予每念之。辛亥之夏,予謁楊廷秀丈于金陵邸中,遇琵琶工解作醉吟商胡渭州,因求得品弦法,譯成此譜,實雙聲耳。詞曰:「又正是春歸,細柳暗黄千縷。暮鴉啼處,夢逐金鞍去。一點芳心休訴,琵琶解語。」

又卷八

花間、尊前而後,言詞者多主曾端伯樂府雅詞,今江、淮以北稱倚聲者,輒曰雅詞,甚矣,詞之當合乎雅矣。自草堂選本行,不善學者,流而俗,不可醫。讀秋屏詞,盡洗鉛華,獨存本色,居然高竹屋、范石湖遺音,此有井飲處所必欲歌也。

又卷一三引竹山漫録

范石湖坐上客有譚劉婕好事者，公與客約賦詞。游次公子明倚金縷曲先成，公不復作，衆亦斂手。詞云：「暖靄烘晴簾。鎖垂楊、籠池罩閣，萬絲千縷。池上曉光分宿霧。日近群芳易吐。尋并蒂、闌邊凝佇。不信釵頭雙鳳去，奈寶刀、被妾先留住。天一笑，玆花妒。阿嬌好在金屋貯。甚秋風、易得蕭疏，扇鸞塵污。一自昭陽宫閉後，墻角土花無數。况多病、情傷幽素。百花臺上空雨露。望紅雲、杳杳知何處。天尺五，去無路。」

又引研北雜志

小紅，范成大青衣也，有色藝。成大請老，姜夔詣之。一日，授簡徵新聲，夔製暗香、疏影兩曲，成大使二伎歌之，音節清婉。成大尋以小紅贈之。其夕大雪，過垂虹，賦詩曰：「自喜新詞韻最嬌，小紅低唱我吹簫。曲終過盡松陵路，回首烟波十里橋。」夔喜自度曲，吹洞簫，小紅輒歌而和之。夔卒于杭州，范挽詩曰：「所幸小紅方嫁了，不然啼損馬塍花。」宋時花藥出東西馬塍，皆名人葬處，夔葬此，故云。

葉申薌本事詞卷下

范石湖歸老日，姜堯章嘗于雪中過訪，款留經月。時值湖墅梅花盛開，石湖授簡索詞，且徵新聲。堯章爲特製二曲以呈，蓋自度腔也。范賞玩不已，命家妓工歌者習之，音節諧婉，命之曰暗香、疏影。

周必大平園，嘗奉使過池陽，趙富文太守招宴。籍中有曹盼者，潔白靜默，或病其訥而少慧，周憐之，爲賦梅以見意云：「踏白江梅，大都玉琢酥凝就。雨肥霜逗。癡騃閨房秀。　莫待冬深，雪壓霜欺後。君知否。却嫌伊瘦。又怕伊僝僽。」適屆七夕，趙又開宴出家姬小瓊以侑觴，周又賦贈云：「秋夜乘槎，客星容到天孫渚。眼波微注。將謂牽牛渡。　見了還非，重理霓裳舞。雖無誤。幾年一遇。莫訝周郎顧。」小瓊，即范石湖所謂與韓無咎、晁伯如之家姬，稱爲三傑者。

善本書室藏書志卷四〇

石湖詞（略），文穆以詩雄一代，詞亦清雅瑩潔，迥異塵囂。集中小令更勝於長調。

吴衡照蓮子居詞話卷一

歌者小瓊，石湖居士所謂三傑之一也，周益公贈以點絳脣詞。按益公夫人極妒，韋居聽輿載其事，頗足發哂。南宋相眼，益公有侍妾曰芸香，姓孫氏，錢唐人，能爲新聲，豈即夫人所妒之媵與？厲樊榭云：益公，宋史紹興二十年進士，據咸淳臨安志，紹興二十一年趙逵榜，宋史誤也。

陳廷焯白雨齋詞話

石湖詞音節最婉轉，讀稼軒詞後讀石湖詞，令人心平氣和。

丁紹儀聽秋聲館詞話卷二

宋范文穆(成大)曾館姜白石于石湖，後此吴夢窗、張玉田亦寄迹焉。道光初，吴門諸詞家擬於石湖建祠，祀三詞人。陳小松明經賦詞代引，即用白石所製石湖仙云。

謝章鋌賭棋山莊詞話卷三

順陽范成大之請老也，夔詣之，范有青衣曰小紅，色藝雙絶。一日，范授簡，徵新聲，夔製暗香、疏影兩曲以進，范使二妓肄習之，音節清婉。迨夔歸吴興，范以小紅贈焉。其夕大雪，過垂虹亭，因賦詩使小紅歌，而自吹洞簫以和之，聞者莫不凄絶。

馮煦蒿庵論詞

毛氏就其藏本，更繼付梓，于兩宋名家，若半山、子野、方回、石湖、東澤、日湖、草窗、碧山、玉田諸君子，未及匯入。即所刻諸家之中，亦仍有裒輯未備者，兹既從之甄採，雖別得傳本，亦不敢據以選補。域守一隅，彌自恧已。

沈曾植菌閣瑣談附録海日樓叢鈔

石湖、放翁，潤以文采，要爲樂而不淫，以自別爲詩人旨格。曾端伯樂府雅詞，是以此意裁別者。白石老人，此派極則，詩與詞幾合同而化矣。

蔣敦復芬陀利室詞話卷三

詞原于詩，即小小咏物，亦貴得風人比興之旨。唐、五代、北宋人詞，不甚咏物，南渡諸公有之，皆有寄托。白石、石湖咏梅，暗指南北議和事。及碧山、草窗、玉潛、仁近諸遺民，樂府補遺中，龍涎香、白蓮、蒓、蟹、蟬諸咏，皆寓其家國無窮之感，非區區賦物而已。

王國維人間詞話删稿

自竹垞痛貶草堂詩餘而推絶妙好詞，後人群附和之。不知草堂雖有褻諢之作，然佳詞恒得十之六七。絶妙好詞則除張、范、辛、劉諸家外，十之八九，皆極無聊賴之詞。古人云：「小好小慚，大好大慚。」洵非虚語。

詹安泰無庵説詞

石湖小詞，有絶佳者，如眼兒媚：「春慵恰似東塘水，一片縠紋愁。溶溶曳曳，東風無力，欲避還休。」香軟温馨，中人欲醉。使淮海爲之，恐不外是。惜石湖詞如其詩，專主清潤，類此者不多耳。夢弼和作，幸不及此，否則，將不知要費許多氣力也。

重、拙、大爲作詞三要，固也。然輕清微妙之境界，亦不易到，因此等境界，不容不用意，又不容大著力也。馮正中「風乍起」詞，深得此中三昧。宋詞家惟韓子耕、范石湖有此境。

（二）文評

楊萬里石湖先生大資參政范公文集序

然公之詩文，非能工也，不能不工耳。公風神英邁，意氣傾倒，拔新領異之談，登峰造極之理，蕭然如晉宋間人物。他人戛戛吃吃而不能出諸口者，公嚬呻噫欠之間，猝然談笑而道之。則其詩文之工，豈十日一水、五日一石之謂也哉？甚矣文之難也。長於臺閣之體者，或短於山林之味；諧於時世之嗜者，或漓於古雅之風。牋奏與記序異曲，五七與百千不同調。非文之難，兼之者難也。至於公，訓誥具西漢之爾雅，賦篇有杜牧之之刻深，騷詞得楚人之幽婉；序山水則柳子厚，傳任俠則太史遷。至於大篇決流，短章斂芒，縟而不釀，縮而不窘，清新嫵麗，奄有鮑、謝，奔逸雋偉，窮追太白。求其隻字之陳陳，一倡之嗚嗚，而不可得也。今四海之内，詩人不過三四，而公皆過之，無不及者。予於詩，豈敢以千里畏人者？而於公獨斂衽焉。於是文士詩人之難者易，偏者兼矣，其不盛矣乎？

周必大與范至能參政劄子

舍人綏靖五筦，應酬庶事，猶悉力於翰墨間，愈久愈工。如亭記、館銘，本原經旨，遣詞峻拔，亹亹柳儀曹、劉賓客之上。天之賦予，一何偏也。

樓鑰資政殿大學士通議范成大轉一官致仕制

俊逸不群，風流自命。文章甚偉，崔、蔡誠不足多；制誥尤工，王、楊當爲之伯。緒餘所出，施設具宜。

又范成大贈五官制

身登二府，仕歷三朝。詞章議論之高，無慚古昔；東西南北之表，咸著威名。曾輔政之幾何，乃居閒之寢久。九齡之風度可想，晉公之神明不衰。石湖忽隮乎文星，壽櫟遽成夫陳迹。云何不涉，而至于斯。念三吳人士之無多，歎一代風流之幾盡。躐五階而進秩，按二品以疏恩。噫，三仕三已而賦歸，豈復計生前之事；一官一集之傳遠，尚得垂身後之名。

又賀明州范參政成大啓

儒林師表，聖代宗工。英主有爲，出際五百年之運；嘉謨允合，遂超九萬里之程。羽儀天朝，金玉王度。繽綸秘掖，追還盤誥之風。（略）輕裘談笑，澄翰海之驚瀾；健筆流傳，播鷄林之佳句。盡消愁歎，倏變謳吟。

又代賀范舍人成大啓

學耽八索，才本六經。分東方諸侯之符，俄促歸于鳳闕；秉南宮舍人之筆，遂進立于螭坳。比求虜使之行，無出明公之右。戎酋相顧，不知李揆之肯來；士論私憂，或言韓愈之可惜。抗穹廬而不撓，全故璧以復歸。天顔爲開，國勢增重。徑上紫薇之直，快吟紅藥之階。雖儒者最以掌制誥爲榮，而人言猶有典屬國之歎。眷知方渥，進用未央。變污俗而至典謨，正賴文章之潤色。

黄震黄氏日鈔卷六七

公喜佛老，善文章，蹤跡天下，審知四方風俗。所至登覽嘯詠，爲世歆慕，往往似東坡。東坡當世道紛更，屢争天下大事，其文既開闔痛暢，而又放浪嶺海，四方人士爲之扼腕，故身益困而名益彰。公遭值壽皇清明之朝，言無不合，凡所奏對，其文皆簡樸無華，而又致位兩府，福禄過之，流風遺韻亦易消歇耳。

何宇度益都談資卷上

宋陸務觀、范石湖皆作紀妙手，一有入蜀記，一有吴船録。載三峽風物，不異丹青圖畫，讀之躍然。

陳宏緒吴船録題詞

王逸少爲王述所困，自誓去官，超然事物之外，然欲一游岷嶺，竟至死不果。蘇子瞻云「山水游放之樂，自是人生難必之事」，誠哉是言。予夢想函關、劍棧垂三十年，殆今顛毛種種，亦卒未償此願。范石湖吴船録二卷，自成都至平江數千里，飽歷飫探，具有夙願。其紀大峨八十四盤之奇，與銀色世界兜羅錦雲，攝身清光，現諸異幻，筆端雷轟電掣，如觀戰於昆陽，呼聲動地，屋瓦振飛也。蜀中名勝不遇石湖，鬼斧神工，亦但施其伎巧耳。豈徒石湖之緣，抑亦山水之遭逢焉。幾亭陳士業書。

（四）書評

周必大資政殿大學士贈銀青光禄大夫范公成大神道碑

公蔡氏所自出，故書法兼真、行、草之妙，人争藏之。壽皇尤愛賞，相與極論古今翰墨，數被賜予。

陳造石湖兩帖還李推官

石湖老子家蓬丘，一笑俯作人間遊。風度人品第一流，結字亦復無朋儔。還軫蓬丘俄十秋，恍開此帖揩病眸。便若執鞭侍瓊舟，狂奔渴驥騰驚虬。斷圭折劍紛然投，蜚虹曳霞爛相繆。人間至寶人貪求，無間珣琪雍琳璆。彼此輕重寧其侔，借我肯作一月留。我癡不減顧虎頭，還君孰視仍牢收。愛護幸免惡客偷，亦幸不污寒具油。

袁説友跋范石湖草書詩帖

右石湖先生翰墨也。紹熙癸丑，某將指肅客事已，道由吴門，見公於壽櫟堂，飲食教誨，載辱竟日。某因出道間詩編呈似，公不鄙焉而覽之，既又伸楮和墨，取四絶作草聖，頃刻即就。公曰：「予屬和未暇，書此以當和篇耳。」蛟龍驤騰，蜿蜒起伏，筆端變態，不可窮盡，視杜祁公、蘇滄浪、黄太史之筆，誠兼有之。又六年，某繆制蜀閫，繼公於十九年之後，流風善政，殆不止於猶存也。仰企前規，如在左右。慨念疇昔灑翰之寵，何可自秘，敬鐫樂石，留置郡齋，庶幾夫古人挂劍之義，且以慰蜀民愛棠之思云。因挈大軸，命小史展卷簷前，月華下照，字畫交映，三復未竟，已聞家僮鼻息雷鳴矣。嗚呼！所謂得之心而寓之酒者，豈獨山水之樂哉！翼日，因書其事於帖。

陳櫄近世諸體書

草則有蔣宣卿、吴傅朋、王逸老、單炳文、姜堯章、張于湖、范石湖，蔣、吴極秀媚，所乏者遒勁；逸老草法甚熟，而間有俗筆；單字法本楊少師凝式，而微加婉麗；姜蓋學單而入室者；于湖、石湖悉習竇晉，而各自變體。雖未盡合古，要各自有一種神氣，亦足嘉尚。

韓淲澗泉日記卷中

范成大，字致能，先公亦與之善，宜參政。……喜寫草書行書，又喜賦詩，人亦多喜之。

乾道、淳熙以來，明經張栻、吕祖謙，直言胡銓、王龜齡……文詞趙彦端、毛幵，辯博陳亮、葉適，書法張孝祥、范成大，道學陸子静，朱熹。

又卷下

先公常談崔德符詩；又稱王荆公四六好；范致能字畫，陸務觀詩歌，周洪道四六，洪景盧文章。

岳珂范參政行臺兩司常州成都四帖

右淳熙參政資政大學士石湖先生范文穆公成大字至能行臺、兩司、常州、成都四帖真蹟一卷。近世能書，惟范、張相望，筆勁體遒，可廣可狹，如公抑足以名家矣。嘉定癸未十月，得前一帖於維揚醫者劉大聲；次二帖，後一歲十月得於平江鬻者何聰；又兩歲三月，復得後一帖於金壇士人劉克家。贊曰：縱之而矩不踰，斂之而鋒無餘。實藴而華敷，雲爛而霞舒。雖曰近世之書，亦足以爲軒几之娱。久而信，信而傳，其殆留而爲後世之須，噫嚱石湖！

范參政書懷詩帖

右石湖書懷詩帖真蹟一卷。此詩似寄示興元連率者，在淳熙間，殆是章德茂諸君，而未得其人也。帖以嘉定己卯十月得之建鄴。贊曰：當平世而概想齋壇之國士，因送客而遂及陽關之舊知，蓋拊髀之思，在上弗替，故淳熙之士夫，亦不敢一日而忘可將之奇。斯帖之傳，固未易例以近世之詩也。

董更書録卷下

范成大，字至能，近世以能書稱，今有田園雜興詩翰刻石，字學山谷、米老，韻勝不逮而勁健可觀。

岳氏贊云：近世能書，惟范、張相望，筆勁體遒，可廣可狹，如公亦足以名家矣。

陶宗儀書史會要卷六

范成大，字至能，號石湖居士，吴郡人，擢紹興進士第，官至資政殿大學士，少高放，以能書稱，字宗黄庭堅、米芾，雖韻勝不逮而遒勁可觀。

王世貞書林藻鑑卷九范成大

圓熟遒麗，生意鬱然。

孫鑛書畫跋跋卷一

范文穆吴中田園雜興卷。右范文穆田園雜興絶句六十首，蓋罷金陵閫以大資領洞霄宫歸隱石湖時作，書法出入眉山、豫章間，有米顛筆意。文穆手蹟，余曾見，蓋得米意多。今人率嗤宋詩，然宋人真率處，却有風致，能感動人。

顧復平生壯觀

南渡以後，諸公書習氣頗相類，一望而可定其時代，惟文穆公行書兼草猶得唐人脈絡。然亦但見小行草柬札耳。

二、諸家序跋

陸游范待制詩集序

石湖居士范公待制敷文閣來帥成都，兼制置成都、潼川、利、夔四道。成都地大人衆，事已十倍他鎮，而四道大抵皆帶蠻夷，且北控秦隴，所以臨制捍防，一失其宜，皆足致變故于呼吸顧盻之間。以是幕府率窮日夜力，理文書，應期會，而故時巨公大人亦或不得少休。及公之至也，定規模，信命令，弛利惠農，選將治兵。未數月，聲震四境，歲復大登。幕府益無事，公時從其屬及四方之賓客飲酒賦詩。公素以詩名一代，故落紙墨未及燥，士女萬人已更傳誦，被之樂府弦歌，或題寫素屏團扇，更相贈遺，蓋自蜀置帥守以來未有也。或曰，公之自桂林入蜀也，舟車鞍馬之間，有詩百餘篇，號西征小集，尤雋偉，蜀人未有見者，盍請于公以傳？屢請而公不可，彌年乃僅得之。于是相與刻之，而屬某爲序。淳熙三年上巳日，朝奉郎成都府路安撫使參議官兼四川制置使司參議官山陰陸某序。

楊萬里石湖先生大資參政范公文集序

予疇昔之晨，與客坐堂上，遥見一健步黄衣負一笈至庭下，呼而諏其奚自，曰：「自參政公范氏也。」發其笈，公之文集在焉。索其書讀之，則公之子莘叩頭請曰：「莘不天，不自賈越，而先公一夕奄忽棄其孤。莘欲死而不敢者，有先公付托之重任在。方先公之疾而未病也，日夜手編其詩文，數年成集，凡若干卷。逮將易簀，執莘手而授之，且曰：『吾集不可無序篇，有序篇，非序篇，寧無序篇也。今四海文字之友，惟江西楊誠齋與吾好，且我知，微斯人疇可以囑斯事，小子識之！』若莘則何敢請，而先公之治命不敢墜，惟先生哀而諾之。」予執書，抱遺編而泣曰：萬里與公同年進士也。公先進，至爲朝廷大臣，與天子論道發政，坐廟堂，進退百官，而萬里環堵荒寒之士也，何敢與公友。公不我薄陋而辱友之，萬里不敢拒公，亦不敢以執政俟公也。今忍死丁寧之托，其敢辭？初，公以文學材氣受知壽皇，自致大用，至杖漢節使强虜，即其庭，伏穹廬不肯起，袖出私書切責之，君臣大驚。有自階闥之嬖竊位樞臣者，其勢方震赫，公沮之，竟不奉詔而去。其所立又有不凡者矣。若夫劌心于山水風月之場，雕龍于言語文章之囿，此我輩羈窮酸寒、無聊不平之音也，公何必能此哉！古語曰：爭名者必于朝，爭利者必于市。是二人者，使之以此易彼，二人者其肯乎哉？非不肯也，不願也；非不願也，亦各樂其樂也。詩人文士，挾其所樂，足以敵王公大人之所樂，不啻也，猶將愈之。故王公大人無以傲夫士，而士亦無所折于王公大人。今日乃自屏其所可樂，而復力爭夫士之所甚樂，所謂不虞君之涉吾地者，其不多取乎？然公之詩文，非能工也，不能不工耳。公風神英邁，意氣傾倒，拔新領異之談，登峰造極之理，蕭然如晉宋間人物。他人戛戛吃吃而不能出諸口者，公矉呻噫欠之間，猝然談笑而道之，則其詩文之工，豈十日一水、五日一石之謂也哉！甚矣，文之難也！長于臺閣之體者，或短于山林之味；諧于時世之嗜者，或漓于古雅之風。箋奏與記序異曲，五七與百千不同調，非文之難，兼之者難也。至於公，訓誥具西漢之爾雅，賦篇有杜牧之之刻深，騷詞得楚人之幽婉，序山水則柳子厚，傳任俠則太史遷；至于大篇決流，短章斂芒，縟而不釀，縮而不窘，清新嫵麗，奄有鮑、謝，奔逸雋偉，窮追太白，求其隻字之陳陳，一倡之嗚嗚，而不可得也。今四海之内，詩人不過三四，而公皆過之，無不及者。予于詩，豈敢以千里畏人者，而于公獨斂衽焉。于是文士詩人之難者易、偏者兼矣，其不盛矣乎！嘻！人琴今俱亡矣，廣陵散今此聲遂絶矣！惠子不生，莊子不死，復何道哉！復何道哉！公之别墅曰石湖，山水之勝，東南絶境也。壽皇嘗爲書兩大字以揭之，故號石湖居士云。公諱成大，字至能，世爲姑蘇人。其世次言行職官，則有少保大觀文大丞相益國周公之銘詩在。紹熙五年六月十一日，誠齋野客廬陵楊萬里謹序。

范莘、范兹石湖居士集跋

先人嘗爲莘等言，自十四五始爲詩文，晚而彌篤，或寢疾，醫以勞心見止，亦以政自不能不爾謝之。手編僅成帙，而棄不肖之孤，其尚忍言哉！當從九京遊而未敢者，以先人之志未承也。詩文凡百有三十卷，求序於楊先生誠齋，求校於龔編修芥隱，而刊於家之壽櫟堂。春秋霜露，思其志意，思其所樂，僾然如見，愾然如聞，庶得藉口，以告吾先人云。嘉泰二年十二月初三日，莘、兹謹書。

楊長孺石湖詞跋

石湖先生文章翰墨，其視坡、谷，所謂魯君之宋呼于垤澤之門者。今留天地間，已貴珍之，況後世子雲耶？吟詠餘思，游戲樂府，縱筆落紙，不調而工，較之於詩，似又度驊騮前也。淳熙戊戌，先生歸自浣花，是時家尊守荆溪，置酒卜夜，觸次從容，先生極談錦城風景之盛，宦情之樂，因舉似數闋，如賦海棠云：「馬蹄塵撲。春風得意笙簫逐。款門不問誰家竹。只揀紅妝，高處燒銀燭。碧鷄坊裏花如屋。燕王宮下花成谷。不須悔唱關山曲。直爲海棠，也合來西蜀。」如憶西樓云：「悵望梅花驛，凝情杜若洲。香雲低處有高樓。可惜高樓、不近木蘭舟。緘素雙魚遠，題紅片葉秋。欲憑江水寄離愁。江已東流，那肯更西流。」此蓋先生最得意者。長孺耳剽，恨未飽九鼎之珍也。後九年，忽得餘妍亭稿二百十有二闋，遂入宅于石湖無盡藏中，豪髮無遺恨矣。又五年，長孺係官二水，丞相益國周公羅致幕下，偶爲鄉人劉炳先、繼先伯仲言之。炳先曰：「昔蘧伯玉耻獨爲君子，足下獨私先生之製作，可乎？」長孺對曰：「不敢。」乃以授之，俾傳刻云。紹熙壬子六月二日，門下士修職郎、永州零陵縣主簿、權湖南安撫使準備差遣楊長孺敬跋。

依園主人康熙本石湖詩集跋

石湖詩集三十三卷，凡古今各體詩一千九百一十六首，范文穆公手自編定，宋嘉泰間其子莘等刻以行世，合詩文凡百有三十卷。明時曾已重刻，而流傳頗少，又有活板印本，殘闕甚多。今藏書家多有抄本，而訛舛異同，魯魚錯出。吾友金子亦陶所藏，從宋板抄得，更爲廣集諸家，較勘精密，可稱善本。兹先刻其詩集，以公諸同好。卷帙前後悉依原本所編，其間訛字，（略）皆略爲改正。所有一二漶漫之處，無從辨證，姑闕之以俟考。外附賦、楚辭一卷，樂府一卷。賦本在詩前，今附於詩後者，集以詩名，從其類也。嗟乎！自文穆公至今，四百有餘年矣，而詩篇在是，聲光爛然，亦可以見吴下之風流，其淵源至今弗絶也。康熙戊辰八月中秋前一日，依園主人謹識。

周之麟宋四名家詩鈔石湖先生詩鈔序

詩之爲道，未有不備衆妙而可以詩鳴也。如范石湖先生詩，姜白石稱其温潤，楊誠齋稱其清新嫵麗，至有摘「月從雪後皆奇夜，天到梅邊有别春」之句，以爲絶調者，此如晁無咎誦張文潛「斜日兩竿眠犢晚，春波一眼去鳧寒」爲莫能及者等。夫古今之論詩者多矣，惠休稱謝靈運爲

「初日芙蕖」，沈約稱王筠爲「彈丸脱手」，要亦得其髣髴耳，豈遂有以抉作者之髓哉。石湖詩，如「客愁無錦字，鄉信有燈花」，「釀泥深巷五更雨，吹酒小樓三面風」，何嘗不淒婉；「洛花堆錦暖，吴藕鏤冰寒」，「石門柳緑清明雨，洞口桃花上巳山」，何嘗不工緻；悲壯則「舟危神女峽，馬瘦鬼門關」，「漢樹有情横北渚，蜀江無語抱南樓」；精細則「袖單嫌翠薄，杯冷怯金寒」，「雲堆不動山深碧，星出無多月淡黄」。即五、七律中可見者如此，而可以一格律之哉。然所造詣無端，充之而極其致，且各極其致。嗚呼，難言之矣。

柴升宋四名家詩鈔石湖先生詩鈔序

論者謂張曲江詩、韓昌黎文、顔平原書爲古今第一流，人故所詣，亦爲古今第一籍。其人不以詩與文與書顯，要亦卓卓不可磨滅，矧兼之也。夫勳業文章實相表裏，論者又謂詩之爲道，類出之離憂放廢中，非廟堂人所能辨，是則刻舟之説也。南宋詩人衆矣，而後人獨佞渭南不置，不知石湖先生實負時譽，誠齋、白石各輸心推讓，此豈邊見哉。況其生平所豎立，皆足以蹂轢時流，稱不朽業。所在内外，義役有設，隄堰有修，邊戍有撫，蜀士有崇；有增絹價贖罪之疏，有議大理加等之疏，有抑漕司强取之疏，有罷明州海物之疏，有移軍儲賑饑之疏；而最稱不朽者，奉使金庭，爲朝庭争大禮，詞氣激昂，瀕於死而後脱。及制置兩川，能部分諸路，堵其前驅，吐蕃、青羌，相率鼠伏。此不可磨滅之功業，雖不有詩亦傳，況有詩以與之俱傳，其必待離憂放廢乃號詩人哉！既論次其情，因并述其與詩俱傳者，以傳於世。

彭元端知聖道齋讀書跋卷二

標目文集，以賦騷爲首卷，接詩三十三卷而無文。或當時未編成，或後佚之。此猶舊抄，有李太僕名印。太僕以字行，牲其本名也，景泰時人。今現行秀野草堂本，少贊一首，以賦騷爲末卷，冠以楊誠齋全集序、陸放翁西征小集序，餘俱同。

朱孝臧石湖詞跋

右石湖詞一卷，附補遺，半塘翁手校知不足齋本，乙巳夏閒寄余粤東。翁旋歸道山，以未詳所據，久庋匧衍。去年吴伯宛以鮑渌飲原鈔本見示，其誤與刊本同。覆檢翁校精審無可疑，豈出舊本耶！遂付剞氏，以補四印齋叢刻之所未逮云。原鈔詞後有小齊雲江立跋，首闋滿江紅詞亦江氏手録。補遺僅九闋，刊本玉樓春以下八闋，殆渌飲輯也。宋劉昌詩蘆浦筆記載白玉樓賦，道君皇帝親灑宸翰於圖後。石湖跋有法駕導引步虚詞六章，今併附卷尾。癸丑上巳，歸安朱孝臧跋於無著庵。

愛日精廬藏書志云滿江紅第二闋脱「始生之日丘宗卿使君攜具來爲壽坐中賦詞次韻謝之」二十二字。按宗卿滿江紅壽石湖詞正同其韻。又云三聘和醉落魄元夕詞「欲知此夜碧天闊」下脱一葉，據目録，尚有醉落魄唱和兩闋，眼兒媚唱和兩闋，末葉「何人爲我丁寧驛使來」到「江干」蓋眼兒媚和詞尾句。據此知石湖與陳夢弼詞唱和相間，原編爲一卷，補遺眼兒媚非夢弼韻，所輯殆尚未盡也。癸丑四月朔上，彊邨人再記。

傅增湘藏園群書題記卷一四董若雨鈔本石湖居士集跋

石湖居士集據陳氏書録解題爲一百三十六卷，今通行者祇三十四卷，顧刻目録載有詞一卷，余別藏明鈔本前有目録一卷，則文集正爲一百卷也。顧氏跋言金亦陶藏本照宋版鈔得，玆先刻其詩集。是清初文集固尚存也。顧氏又言一百三十卷本明時曾已重刻，而流傳頗少。第遍檢歷來藏家絶無此本，其言或出傳聞，未可據爲典要歟？然即此三十四卷之詩，明代自金蘭館活字外更無他刻，故康熙以前傳世者祇有鈔本。以各家所載考之，汲古目有舊鈔八册，延令目有鈔本六册，鐵琴銅劍樓有叢書堂鈔本，皆爲三十四卷。其他乃絶少概見。

余既於滬市收得明寫本，爲仁和王氏所藏，復於津市更覯此本，紙色黄黯，字跡潦草，有數卷兼作行書者，其中更多空闕之字，意其必據舊刊重寫，故斷爛之處悉仍其舊，而又剋期蒇事，迫遽不及工書也。半葉十行，行二十一字，與滬市明鈔本正同。卷中有朱墨點校之筆，卷首有「壬辰若雨寫贈」六字，下鈐「張雋之印」。考董説字若雨，湖州人，其後爲僧，名南潛。張雋字非仲，一名僧願，又字文通，吴江人，積書甚富，手録者千餘卷，擁列左右。莊廷鑨聘修明史，爲作「有明理學諸儒傳」，其稿別行，名與斯集。史案未發，自知其禍，逃於僧舍，年已七十，後與潘檉章、吴炎諸人同受刑於杭州。著有西廬詩草四卷，事迹見南潯鎮志。葉俶緣藏書紀事詩云：「參閲名登野史亭，謗書酷甚腐遷刑。空王難贖多生劫，碧血湖堤走鬼燐。」正爲非仲詠也。嗚呼！白首空門，難逃宿劫，丹鉛遺卷，猶漬淚痕，事殊於固、邕，而禍烈於崔、范，撫卷流連，感愴曷已！其遺籍流傳可考見者，如平津館鑑藏記中唐鑑有「張雋字文通」印，皕宋樓藏明鈔春秋纂言、鐵琴銅劍樓藏宋刊朱慶餘集均有「張雋之印」，正與此書所鈐同。自順治壬辰迄今，已二百八十餘年，源流之古已自足珍，况其爲志節之士摩挲點勘，手澤所留貽者乎？余一匣之中並儲雙璧，而珍重護惜此本，殆駕明鈔而上之。若不得已而去，於斯二者固當貴近而賤遠矣。識者諒不河漢余言。壬申二月十九日，藏園書。

余取此本與顧刻對校，字句偶有異同，如：卷一道中詩「潮平宿鷺沙」，不作「湖平」；讀史詩「茲事定不暗」，「暗」字不缺。卷二秋日雜興五首，不作「六首」，其「蒼筠如蒼玉」與「屋東雙梧桐」合爲一首也。卷三立春郊行下有「崑山作」注三字，顧刻無之；劇暑詩「啾啾赤帝騎」，顧刻缺「啾啾」二字。更以黄刻勘之，則訂訛補漏殆難枚舉。蓋顧刻、明鈔與此皆同出一源，黄刻則分卷二十既已不同，文字更多舛互，疑所據乃别一本，故差違遂不可以道里計也。藏園又記。

又明鈔范石湖集跋

石湖居士集三十四卷，明寫本，十行二十一字。前有目録一卷，第一卷爲賦及騷詞，以下古律詩。棉紙無格，每卷籤題均仍明人手書，全書無前人印記，惟近人據顧刻本以朱筆校正耳。

按石湖集爲公手自編定，嘉泰間其子莘等刻以行，凡詩文一百三十卷。顧氏跋語云：明時曾已重刻。然各家著録絶未一及，何耶？余曾見金蘭館活字本，爲李木齋師收得，惜中闕數卷，第亦有詩無文，與通行本無以殊也。康熙黄昌衢刻本分二十卷，據其自序亦出於舊鈔，以此明鈔校之，其奪訛舛異殆難僂指。考顧刻前有依園主人序，言金亦陶藏本從宋板鈔得，更爲廣集諸家，校勘精密，可稱善本，兹先刻其詩集以公同好云云。是金氏藏本實兼存文集，不審顧氏何以衹取其詩，致令百卷鴻文竟歸沈没，並傳鈔亦絶迹於天壤，深足嗟惜。今取此本與顧刻對勘，卷數次第相同，惟明鈔前有目録一卷，顧刻全行删落；明鈔賦騷在卷一，顧刻列之末卷，已失宋刊舊第。其字句亦偶有異同，兹舉第一卷言之，如：館娃宫賦「况於捧心之百媚」，顧刻脱「於」字。騷詞歸將篇「猶顧懷兮此都」，「猶」不作「獨」。其餘更不悉舉。

余留意宋人集有年，惟石湖集鈔本乃獨少見，昔年曾收得舊本，爲董若雨寫贈張雋者，鈔手雖舊，然視此殆後百年矣。余别有詳記，此不復贅。壬申春分後三日沅叔記。

三、書目著録

陳振孫直齋書録解題卷一八

石湖集一百三十六卷，參政吴郡范成大致能撰。初以起居郎使金，附奏受書事，抗金主於其殿陛間，歸而益被上眷，以至柄用。石湖在太湖之濱，姑蘇臺之下，去城十餘里。面湖爲堂，號鏡天閣，又一堂扁「石湖」二字，阜陵宸翰也。今日就荒毁，更數年，恐無復遺迹矣。頃一再過之，爲之慨然。

又卷二一

石湖詞一卷，范成大撰。

宋史卷二〇八藝文志七

范成大石湖居士文集（卷亡）。又石湖別集二十九卷，石湖大全集一百三十六卷。

文淵閣書目卷九

范至能石湖居士文集，一部六册，殘闕。

又卷一〇

范石湖三吴雜吟，一部一册，闕。

菉竹堂書目卷三

范至能石湖居士文集六册。

又卷四

范石湖三吴雜吟一册。

國史經籍志卷五

范成大石湖集百三十六卷。

萬卷堂書目卷四

石湖集三十四卷。

脈望館書目

石湖居士集六本。

内閣藏書目録卷三

石湖文集四册，不全。（略）楊萬里序，凡三十四卷，二十二卷以後俱闕。

澹生堂藏書目卷一三

石湖承明集十卷、雜著二十三卷、書稿十五卷、附録五卷。

石湖居士集八册，三十四卷。

徐氏家藏書目卷六

范成大石湖集三十四卷。

汲古閣珍藏秘本書目

石湖居士詩集八本，舊鈔。

絳雲樓書目卷三

石湖居士詩集六册。陳景雲注：「三十三卷。楊秘書誠齋作序，龔編修芥隱校字。」

四庫全書總目卷一六〇

石湖詩集三十四卷江蘇巡撫採進本，宋范成大撰。成大有吴郡志，已著録。案陳振孫書録解題成大有集一百三十六卷，宋史藝文志亦載石湖大全集一百三十六卷，與陳氏著録同，而又有石湖别集二十九卷，又有石湖居士文集，亡其卷數。此本爲長洲顧嗣立等所訂，乃於全集之中獨摘其詩别行，而附以賦一卷。前有楊萬里、陸游二序，然萬里所序者乃其全集，不專序詩；游所序者乃其西征小集，亦非序全詩；以名人之筆，嗣立等姑取以弁首耳。據萬里序，集乃成大所自編。考十一卷末有自注云：「以下十五首，三十年前所作，續得殘稿，附此卷末。」其餘諸詩，亦皆注以下某處作，是亦手訂之明證矣。詩不分體，亦不分立名目，惟編年爲次。然宋洪邁使金詩凡四首，其兩首在第八卷，列於邁使還入境以詩迓之之前，其兩首乃在第十卷，列於何溥挽詞之後。邁未嘗再使金，則送别之詩不應前後兩見。又南徐道中詩下注曰「以下赴金陵漕試作」，則是當在第二卷之首，不應孤贅第一卷之末，或後人亦有所竄亂割併歟？成大在南宋中葉與尤袤、楊萬里、陸游齊名，袤集久佚，今所傳者僅尤侗所輯之一卷，篇什寥寥，未足定其優劣。今以楊、陸二集相較，其才調之健，不及萬里，而亦無萬里之粗豪；氣象之闊不及游，而亦無游之窠臼。初年吟詠，實沿溯中唐以下。觀第三卷夜宴曲下注曰：「以下二首效李賀。」樂神曲下注曰：「以下四首效王建。」已明明言之。其他如西江有單鵠行、河豚歎，則雜長慶之體。嘲里人新婚詩、春晚三首、隆師四圖諸作，則全爲晚唐五代之音，其門徑皆可覆案。自官新安掾以後，骨力乃以漸而遒，蓋追溯蘇、黄遺法，而約以婉峭，自爲一家，伯仲於楊、陸之間，固亦宜也。

耿文光萬卷精華樓藏書記卷一一七

石湖詩集三十四卷，宋范成大撰。顧氏依園本。康熙戊辰，吴郡顧嗣臯、嗣協、嗣立重訂付梓，有跋。首紹熙五年楊萬里序，次淳熙三年陸游序，次宋史本傳，次目録，凡詩三十三卷，三十四爲賦六首、楚詞四首，三十五爲詞有目無書，注「續出」，目後爲顧跋，末有嘉泰三年范莘跋。誠齋云：「公之別墅曰石湖，山水之勝，東南絶境也。壽皇爲書兩大字以揭之，故號石湖居士。」楊氏序曰：（略）陸氏序曰：（略）文光案：放翁所序爲西征小集，此本未見。顧氏跋曰：（略）彭氏跋曰：「（略）」文光案：秀野草堂本，即顧氏本，彭氏所跋別一抄本，其與顧本異者惟首尾不同。顧云附賦於詩後者，集以詩名，從其類也。是宋本賦在前，顧氏移之於後也。據彭氏跋，知見石湖全書，而余則未見其文，文蓋後刻者也。

范石湖詩集注三卷，國朝沈欽韓撰，前後無序跋，摘句加注，不録全詩，有題。潘伯寅刻入功順堂叢書。欽韓，吴人，字文起。

四時田園雜興詩一卷，宋范成大撰。石湖書院本。明正德十六年都穆序，又王鏊序，凡詩六十首，見本集。此則公之手蹟，爲御史廬君師邵所得，手摹是詩，刊寘書院。

沈德壽抱經樓藏書志卷六四

石湖詞一卷抄本，宋吴郡范成大致能撰。

丁丙善本書室藏書志卷三〇

石湖居士詩集三十四卷陳樗山校本，宋范成大撰。成大字至能，吴郡人，紹興二十四年進士。以起居郎使金，附奏受書事，抗虜於殿陛間。歸時益被眷，官至參政。石湖在太湖濱，面湖爲堂，號鏡天閣，又一堂，扁曰石湖，阜陵宸翰也。馬氏、陳録載其集一百三十六卷。宋嘉泰三年，公之子莘、茲求序於楊誠齋，求校於龔芥隱，而刊於家之壽櫟堂。年湮版亡，即鈔本亦不可得。明弘治癸亥，金蘭館以活字印行，止三十四卷。此本雖爲吴郡顧氏重訂，而卷端有楞山小印，知曾爲陳撰所校也。楞山書畫秀逸，手筆益可珍玩。

又卷四〇

石湖詞一卷精鈔本，何夢華藏書，吴郡范成大致能。歷代詩餘載有石湖詞，文穆以詩雄一代，詞亦清雅瑩潔，迥異塵囂。集中小令更勝於長調。毛氏刻六十家詞，未曾收入此卷。鈔寫精雅，有錢塘何元錫，字敬祉，號夢華，又號蝶隱圖記。

瞿鏞鐵琴銅劍樓藏書目録卷二一

石湖居士文集三十四卷，舊鈔本，宋范成大撰。陳氏書録載石湖集一百三十六卷，今僅存詩集一種，曰文集者，猶仍舊本也。有楊萬里序，男莘跋，舊爲吴文定藏書，板心有「叢書堂」三字。其全集嘗刻於嘉泰間，卷末有「奉議郎樞密院編修官兼實録院檢討官兼資善堂小學教授龔頤正校正」一行。

石湖居士集三十四卷，明活字本。此本用活字擺印，板心有「弘治癸亥金蘭館刻」八字，與舊鈔本間有小異處。卷首有季振宜藏書，季滄葦圖書記二朱記。

篇目索引

三　画

四　画

五　画

六　画

〔乛〕

七 画

〔一〕

〔乛〕

八　画

〔一〕

九 画

十　画

〔一〕

〔一〕

十一画

〔一〕

〔丨〕

十二画

〔一〕

十三画

〔一〕

〔丨〕

〔丿〕

〔丶〕

〔乛〕

十四画

〔一〕

十五画

〔乛〕

十六画

〔一〕

十七画

〔一〕

十九画

廿　画

廿一画

廿二画

廿三画

〔丨〕

〔丶〕

廿四画

〔一〕

〔丶〕

廿五画及以上

四部叢刊書録

石湖居士詩集三十四卷五册，上海涵芬樓藏愛汝堂刊本，宋范成大編。

北京圖書館古籍善本書目

石湖居士集三十四卷，宋范成大撰，明弘治十六年金蘭館銅活字印本，十册。

石湖居士集三十四卷，宋范成大撰，明吴氏叢書堂鈔本，十册。

石湖居士集三十四卷，宋范成大撰，清順治九年董説鈔本，四册。

石湖居士集三十四卷，宋范成大撰，清康熙二十七年顧氏依園刻本，顧肇熙校注并跋，邵鋭跋，四册。

石湖居士集二十卷，宋范成大撰，清康熙二十七年黄昌衢藜照樓刻本，潘鍾瑞校補并跋，四册。

聊齋志異會校會注會評本	[清]蒲松齡著　張友鶴輯校
敬業堂詩集	[清]查慎行著　周劭標點
納蘭詞箋注	[清]納蘭性德著　張草紉箋注
方苞集	[清]方苞著　劉季高校點
樊榭山房集	[清]厲鶚著　[清]董兆熊注　陳九思標校
劉大櫆集	[清]劉大櫆著　吴孟復標點
儒林外史彙校彙評(增訂版)	[清]吴敬梓著　李漢秋輯校
小倉山房詩文集	[清]袁枚著　周本淳標校
忠雅堂集校箋	[清]蔣士銓著　邵海清校　李夢生箋
甌北集	[清]趙翼著　李學穎、曹光甫校點
惜抱軒詩文集	[清]姚鼐著　劉季高標校
兩當軒集	[清]黄景仁著　李國章校點
惲敬集	[清]惲敬著　萬陸、謝珊珊、林振岳標校　林振岳集評
茗柯文編	[清]張惠言著　黄立新校點
瓶水齋詩集	[清]舒位著　曹光甫點校
龔自珍全集	[清]龔自珍著　王佩諍校點
龔自珍詩集編年校注	[清]龔自珍著　劉逸生、周錫䪖校注
水雲樓詩詞箋注	[清]蔣春霖著　劉勇剛箋注
人境廬詩草箋注	[清]黄遵憲著　錢仲聯箋注
嶺雲海日樓詩鈔	[清]丘逢甲著　丘鑄昌標點

譚元春集	[明]譚元春著　陳杏珍標校
張岱詩文集(增訂本)	[明]張岱著　夏咸淳輯校
陳子龍詩集	[明]陳子龍著 施蟄存、馬祖熙標校
夏完淳集箋校(修訂本)	[明]夏完淳著　白堅箋校
牧齋初學集	[清]錢謙益著　[清]錢曾箋注 錢仲聯標校
牧齋有學集	[清]錢謙益著　[清]錢曾箋注 錢仲聯標校
牧齋雜著	[清]錢謙益著　[清]錢曾箋注 錢仲聯標校
牧齋初學集詩注彙校	[清]錢謙益著　[清]錢曾箋注 卿朝暉輯校
李玉戲曲集	[清]李玉著 陳古虞、陳多、馬聖貴點校
吴梅村全集	[清]吴偉業著　李學穎集評標校
歸莊集	[清]歸莊著
顧亭林詩集彙注	[清]顧炎武著　王蘧常輯注 吴丕績標校
安雅堂全集	[清]宋琬著　馬祖熙標校
吴嘉紀詩箋校	[清]吴嘉紀著　楊積慶箋校
陳維崧集	[清]陳維崧著　陳振鵬標點 李學穎校補
屈大均詩詞編年校箋	[清]屈大均著　陳永正等校箋
秋笳集	[清]吴兆騫撰　麻守中校點
漁洋精華録集釋	[清]王士禛著 李毓芙、牟通、李茂肅整理

范石湖集　[宋]范成大撰　富壽蓀標校
范成大集校箋　[宋]范成大撰　吴企明校箋
于湖居士文集　[宋]張孝祥著　徐鵬校點
稼軒詞編年箋注(定本)　[宋]辛棄疾撰　鄧廣銘箋注
辛棄疾詞校箋　[宋]辛棄疾著　吴企明校箋
姜白石詞編年箋校　[宋]姜夔著　夏承燾箋校
後村詞箋注　[宋]劉克莊著　錢仲聯箋注
瀛奎律髓彙評　[元]方回選評　李慶甲集評校點
雁門集　[元]薩都拉著　殷孟倫、朱廣祁校點
揭傒斯全集　[元]揭傒斯著　李夢生標校
高青丘集　[明]高啓著　[清]金檀注　徐澄宇、沈北宗校點
唐寅集　[明]唐寅著　周道振、張月尊輯校
文徵明集(增訂本)　[明]文徵明著　周道振輯校
震川先生集　[明]歸有光著　周本淳校點
海浮山堂詞稿　[明]馮惟敏著　凌景埏、謝伯陽標校
滄溟先生集　[明]李攀龍著　包敬第標校
梁辰魚集　[明]梁辰魚著　吴書蔭編集校點
沈璟集　[明]沈璟著　徐朔方輯校
湯顯祖詩文集　[明]湯顯祖著　徐朔方箋校
湯顯祖戲曲集　[明]湯顯祖著　錢南揚校點
白蘇齋類集　[明]袁宗道著　錢伯城校點
袁宏道集箋校　[明]袁宏道著　錢伯城箋校
珂雪齋集　[明]袁中道著　錢伯城點校
隱秀軒集　[明]鍾惺著　李先耕、崔重慶標校

王荆文公詩箋注(修訂版)	[宋]王安石著　[宋]李壁箋注 高克勤點校
王令集	[宋]王令著　沈文倬校點
蘇軾詩集合注	[宋]蘇軾著　[清]馮應榴注 黄任軻、朱懷春校點
東坡樂府箋	[宋]蘇軾著　[清]朱孝臧編年 龍榆生校箋
東坡詞傅幹注校證	[宋]蘇軾著　[宋]傅幹注 劉尚榮校證
欒城集	[宋]蘇轍著　曾棗莊、馬德富校點
山谷詩集注	[宋]黄庭堅著　[宋]任淵、史容、 史季温注　黄寶華點校
山谷詩注續補	[宋]黄庭堅著　陳永正、何澤棠注
山谷詞校注	[宋]黄庭堅著　馬興榮、祝振玉校注
淮海集箋注	[宋]秦觀撰　徐培均箋注
淮海居士長短句箋注	[宋]秦觀著　徐培均箋注
清真集箋注	[宋]周邦彦著　羅忼烈箋注
石門文字禪校注	[宋]釋惠洪撰　周裕鍇校注
石林詞箋注	[宋]葉夢得著　蔣哲倫箋注
樵歌校注	[宋]朱敦儒著　鄧子勉校注
李清照集箋注(修訂本)	[宋]李清照著　徐培均箋注
吕本中詩集箋注	[宋]吕本中著　祝尚書箋注
陳與義集校箋	[宋]陳與義著　白敦仁校箋
蘆川詞箋注	[宋]張元幹著　曹濟平箋注
劍南詩稿校注	[宋]陸游著　錢仲聯校注
放翁詞編年箋注(增訂本)	[宋]陸游著　夏承燾、吴熊和箋注 陶然訂補
渭南文集箋校	[宋]陸游著　朱迎平箋校

白居易集箋校	[唐]白居易著　朱金城箋校
柳宗元詩箋釋	[唐]柳宗元著　王國安箋釋
柳河東集	[唐]柳宗元著　[宋]廖瑩中輯注
元稹集校注	[唐]元稹著　周相録校注
長江集新校	[唐]賈島著　李嘉言新校
張祜詩集校注	[唐]張祜著　尹占華校注
三家評注李長吉歌詩	[唐]李賀著　[清]王琦等評注 蔣凡校點
樊川文集	[唐]杜牧著　陳允吉校點
樊川詩集注	[唐]杜牧著　[清]馮集梧注
温飛卿詩集箋注	[唐]温庭筠著　[清]曾益等箋注
玉谿生詩集箋注	[唐]李商隱著　[清]馮浩箋注 蔣凡校點
樊南文集	[唐]李商隱著　[清]馮浩詳注 錢振倫、錢振常箋注
皮子文藪	[唐]皮日休著　蕭滌非、鄭慶篤整理
鄭谷詩集箋注	[唐]鄭谷著 嚴壽澂、黄明、趙昌平箋注
韋莊集箋注	[五代]韋莊著　聶安福箋注
李璟李煜詞校注	[南唐]李璟、李煜著　詹安泰校注
張先集編年校注	[宋]張先著　吴熊和、沈松勤校注
二晏詞箋注	[宋]晏殊、晏幾道著　張草紉箋注
乐章集校箋	[宋]柳永著　陶然、姚逸超校箋
梅堯臣集編年校注	[宋]梅堯臣著　朱東潤編年校注
歐陽修詩文集校箋	[宋]歐陽修著　洪本健校箋
歐陽修詞校注	[宋]歐陽修著　胡可先、徐邁校注
蘇舜欽集	[宋]蘇舜欽著　沈文倬校點
嘉祐集箋注	[宋]蘇洵著　曾棗莊、金成禮箋注

蕭繹集校注	［南朝梁］蕭繹著　陳志平、熊清元校注
玉臺新咏彙校	吴冠文、談蓓芳、章培恒彙校
王梵志詩校注（增訂本）	［唐］王梵志著　項楚校注
盧照鄰集箋注	［唐］盧照鄰著　祝尚書箋注
駱臨海集箋注	［唐］駱賓王著　［清］陳熙晉箋注
王子安集注	［唐］王勃著　［清］蔣清翊注
陳子昂集（修訂本）	［唐］陳子昂撰　徐鵬校點
孟浩然詩集箋注（增訂本）	［唐］孟浩然著　佟培基箋注
王右丞集箋注	［唐］王維著　［清］趙殿成箋注
李白集校注	［唐］李白著　瞿蜕園、朱金城校注
高適集校注（修訂本）	［唐］高適著　孫欽善校注
杜詩趙次公先後解輯校	［唐］杜甫著　［宋］趙次公注　林繼中輯校
新定杜工部草堂詩箋斠證	［唐］杜甫著　［宋］魯訔編　［宋］蔡夢弼會箋　曾祥波新定斠證
杜詩鏡銓	［唐］杜甫著　［清］楊倫箋注
錢注杜詩	［唐］杜甫著　［清］錢謙益箋注
杜甫集校注	［唐］杜甫著　謝思煒校注
岑參集校注	［唐］岑參著　陳鐵民、侯忠義校注
戴叔倫詩集校注	［唐］戴叔倫著　蔣寅校注
韋應物集校注（增訂本）	［唐］韋應物著　陶敏、王友勝校注
權德輿詩文集	［唐］權德輿撰　郭廣偉校點
王建詩集校注	［唐］王建著　尹占華校注
韓昌黎詩繫年集釋	［唐］韓愈著　錢仲聯集釋
韓昌黎文集校注	［唐］韓愈著　馬其昶校注　馬茂元整理
劉禹錫集箋證	［唐］劉禹錫著　瞿蜕園箋證

《中國古典文學叢書》已出書目

詩經今注	高亨注
楚辭集注	[宋]朱熹撰　黄靈庚點校
楚辭今注	湯炳正、李大明、李誠、熊良智注
司馬相如集校注	[漢]司馬相如著　金國永校注
揚雄集校注	[漢]揚雄著　張震澤校注
張衡詩文集校注	[漢]張衡著　張震澤校注
阮籍集	[魏]阮籍著　李志鈞等校點
陸機集校箋	[晉]陸機著　楊明校箋
陶淵明集校箋(修訂本)	[晉]陶潛著　龔斌校箋
世説新語箋疏(修訂本)	[南朝宋]劉義慶撰　余嘉錫箋疏　周祖謨等整理
世説新語校釋(增訂本)	[南朝宋]劉義慶撰　[南朝梁]劉孝標注　龔斌校釋
鮑參軍集注	[南朝宋]鮑照著　錢仲聯增補集説校
謝宣城集校注	[南朝齊]謝朓著　曹融南校注集説
江文通集校注	[南朝梁]江淹著　丁福林、楊勝朋校注
文心雕龍義證	[南朝梁]劉勰著　詹鍈義證
詩品集注(增訂本)	[梁]鍾嶸著　曹旭集注
文選	[梁]蕭統編　[唐]李善注